Rebecca Gablé

Das zweite Königreich

BASTEI LÜBBE

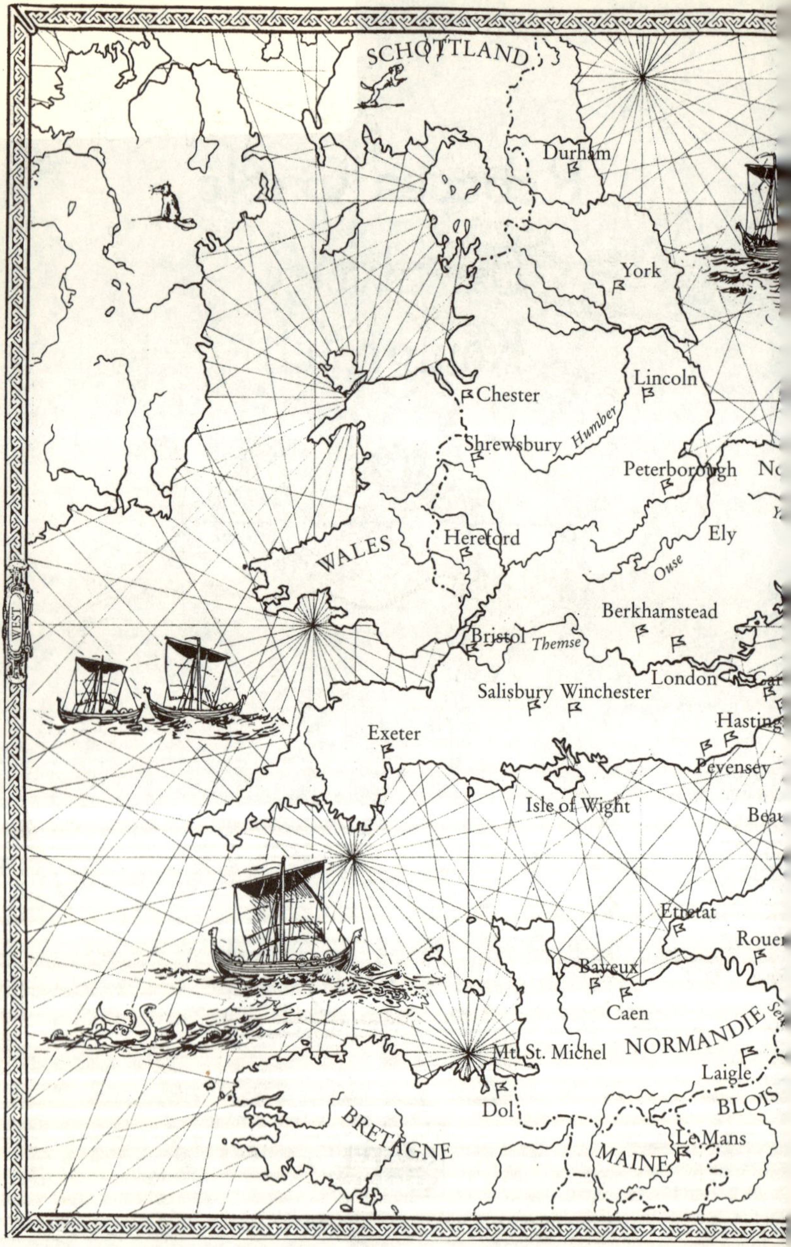
SCHOTTLAND
Durham
York
Lincoln
Chester
Shrewsbury
Humber
Peterborough
Ely
Hereford
WALES
Ouse
Berkhamstead
Bristol
Themse
London
Salisbury
Winchester
Exeter
Pevensey
Isle of Wight
Etretat
Bayeux
Caen
NORMANDIE
Mt. St. Michel
Laigle
Dol
BLOIS
Le Mans
MAINE
BRETAGNE
WEST

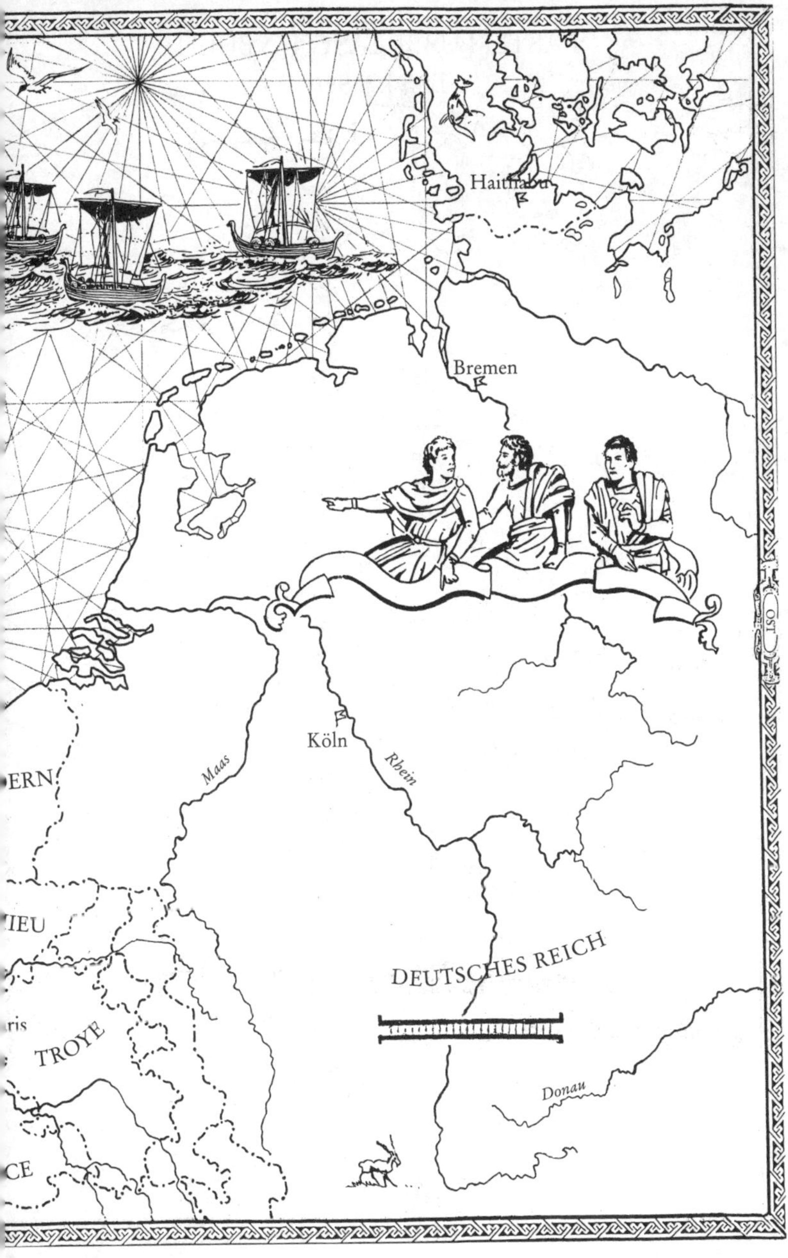

Haithabu
Bremen
Köln
Maas
Rhein
ERN
IEU
ris
TROYE
CE
DEUTSCHES REICH
Donau
OST

BASTEI LÜBBE TASCHENBUCH
Band 26966

Vollständige Taschenbuchausgabe
der bei Ehrenwirth erschienenen Hardcoverausgabe

Bastei Lübbe Taschenbücher und Ehrenwirth
in der Verlagsgruppe Lübbe

Lektorat: Karin Schmidt
Umschlaggestaltung: Gisela Kullowatz
Titelbild: akg-images
Karte: Jahn Balaz
Satz: Utech GmbH Hamburg
Druck und Verarbeitung: GGP Media GmbH, Pößneck
Printed in Germany
ISBN 978-3-404-26966-2

Namen und Leute

Das »æ« in Namen wie Cædmon, Ælfric etc. ist ein Buchstabe runischen Ursprungs, der in der angelsächsischen Sprache häufig vorkam und wie das deutsche »ä« ausgesprochen wird.

William müßte natürlich eigentlich Guillaume heißen, zumal alle anderen Normannen in diesem Roman Namen in französischer Schreibweise haben. Da dieser König aber nun einmal als »William« in die englische Geschichte eingegangen ist, habe ich ihn hier ebenfalls so genannt.

Nachnamen im heutigen Sinne gab es im 11. Jahrhundert nicht. Ich habe Namen wie Godwinson, fitz Osbern oder Montgomery trotzdem als solche verwendet, damit bei der Vielzahl der Personen noch erkennbar bleibt, wer wessen Sohn oder Tochter ist.

Eine Aufstellung der wichtigsten Figuren – historische wie fiktive – findet sich im Anhang.

Rebecca Gablé

Jahrgang 1964,
studierte Literaturwissenschaft, Sprachgeschichte und Mediävistik in Düsseldorf, wo sie anschließend als Dozentin für mittelalterliche englische Literatur tätig war. Heute arbeitet sie als freie Autorin. Sie lebt mit ihrem Mann in einer ländlichen Kleinstadt am Niederrhein.

Homepage: www.gable.de

Von Rebecca Gablé sind als Taschenbücher lieferbar:

13917 Das Lächeln der Fortuna
14808 Das zweite Königreich
15218 Der König der purpurnen Stadt
15396 Die Siedler von Catan
15683 Die Hüter der Rose
16307 Das Spiel der Könige

1. BUCH

Dann erschien in ganz England ein Zeichen am Himmel, wie man es nie zuvor gesehen hatte. Manche sagten, es sei der Stern Comet, den man den »langhaarigen« Stern nennt, und er leuchtete eine ganze Woche lang Nacht für Nacht.
Angelsachsenchronik, 1066

Helmsby, März 1064

»Bei Gott, was für ein Treffer, Cædmon! Wer so mit einer Schleuder umgehen kann wie du, kann seinen Bogen getrost verfeuern.« Dunstan klopfte seinem jüngeren Bruder so kräftig auf den Rücken, daß dieser sich unauffällig mit der Linken auf den Sattelknauf stützte.
Cædmon strahlte, glitt aus dem Sattel und lief die fünfzig oder sechzig Schritte, die ihn von seiner erlegten Beute trennten. Es war ein einjähriger Rehbock. Er lag reglos auf der Seite, auch die Vorderläufe zuckten nicht mehr. Sein braunes Auge starrte in den weißgrauen Himmel hinauf, der noch weitaus mehr nach Winter denn nach Frühling aussah. Auch der Waldboden unter Cædmons dünnen, knöchelhohen Lederschuhen fühlte sich noch hart an. Die alten, dicht stehenden Bäume zeigten nicht den leisesten Hauch von Grün, aber die ersten verwegenen Narzissen blühten im struppigen Gras des Vorjahres.
Dunstan war ebenfalls abgesessen und trat zu seinem Bruder. »Meisterhaft«, wiederholte er und nickte nachdrücklich. »Mitten zwischen die Augen. Ich wette, er war schon tot, ehe er umfiel. Wie machst du das nur?«
Der Junge hob unbehaglich die Schultern und winkte verlegen ab. Dunstan war sechzehn, zwei Jahre älter als er, und für gewöhnlich sehr sparsam mit seinem Lob. »Ich weiß nicht. Ich ... seh' auf den Punkt, den ich treffen will, und hör' auf das Singen der Schleuder über meinem Kopf. Und dann ...«
Dunstan verpaßte ihm eine Kopfnuß der eher sanften Sorte. »Ja, ja. Erspar mir den lehrreichen Vortrag.«
Aber du hast gefragt, dachte Cædmon verständnislos.
»Jetzt ist jedenfalls endlich Schluß mit dem verfluchten Pökelfleisch«,

bemerkte Dunstan zufrieden, beugte sich über den Bock und band ihm mit einer dünnen Lederschnur die Läufe zusammen. Dann sah er stirnrunzelnd auf. »Was ist? Hilfst du mir, oder hast du Angst, daß dir schlecht wird, wenn du Blut siehst?«
Cædmon seufzte verstohlen, zückte sein Jagdmesser und setzte es dem Bock an die Halsschlagader. Er vermied es, in das tote braune Rehauge zu sehen.

Wenig später waren sie auf dem Heimweg. Der ausgeblutete Bock lag vor Cædmon über dem Sattel, und das stämmige, gedrungene Pferd trug die doppelte Last ohne erkennbare Mühe. Eine fahle Märzsonne glitzerte auf dem Wasser des Ouse, an dessen östlichem Ufer sie entlangritten. Der Nebel, der sich den ganzen Tag über nicht so recht hatte lichten wollen, war hier am Ufer dichter. Ein paar Eisschollen trieben noch auf dem Wasser, aber der Fluß war schon wieder befahrbar. Ein Lastkahn tauchte vor ihnen aus den dichten Schwaden auf, beladen mit Fässern und Holzkohle. Der Schiffer hielt sein Gefährt mit einer langen Stange in der Strommitte und ließ sich flußabwärts treiben. Als er die beiden Reiter auf dem Uferpfad entdeckte, hob er eine Hand von seiner Ruderstange und winkte ihnen zu. Cædmon winkte zurück.
»Das war Godric«, murmelte er.
»Ich habe Augen«, erwiderte Dunstan trocken.
»Ich hab ihn den ganzen Winter nicht gesehen.«
»Nein, weil er sich den Winter über in seiner Hütte verkriecht wie ein Bär in seiner Höhle, sich von früh bis spät mit Bier vollaufen läßt oder eine seiner zahllosen Schwestern bespringt, bis das Tauwetter kommt und er wieder hinausfahren kann.«
»Dunstan!« rief Cædmon schockiert aus.
Sein Bruder schnitt eine verächtliche Grimasse. »Entschuldige, Schwesterchen ...«
Cædmon schwieg beleidigt. Der Uferpfad verengte sich, so daß sie hintereinander reiten mußten, und das war ihm nur recht. Dunstan sollte nicht sehen, wie ihm das Blut in die Wangen geschossen war, und Cædmon drückte seinem struppigen Kaltblüter die Fersen in die Seiten und zog eine Länge vor. Laß ihn nur reden, dachte er. Aber *ich* war es, der den Bock erlegt hat.
»Sag, Cædmon, jetzt mal ganz ehrlich. Bist du noch Jungfrau?« fragte Dunstan mit vermeintlichem brüderlichem Wohlwollen. Doch Cæd-

mon hörte das mutwillige Grinsen in seiner Stimme, er brauchte sich nicht einmal umzuwenden, um es zu sehen.
Er errötete schon wieder. Das schien ihm in letzter Zeit ganz besonders häufig zu passieren. Über den Winter hatte sein Körper begonnen, sich auf geradezu bestürzende Weise zu verändern. Er hatte einen ordentlichen Schuß getan und war jetzt ebenso groß wie Dunstan und sein Vater, aber das war es nicht allein. Sein Bartwuchs hatte eingesetzt, seine Stimme veränderte sich, er wurde von Träumen geplagt, an die er nicht denken konnte, ohne wieder aufs neue rot anzulaufen, und all das erschien ihm fremd, machte ihn so unsicher, daß es ihm manchmal vorkam, als lebe er im Körper eines Fremden.
»Antworte, Cædmon«, befahl Dunstan mit der befehlsgewohnten Stimme des Älteren. »Wenn es so ist, wüßte ich, wie wir Abhilfe schaffen könnten. Ehe du auf die Idee kommst, dich an den Schafen zu versuchen.«
Ein neuerliches, empörtes »Dunstan!« lag Cædmon auf der Zunge, aber er besann sich und wandte lediglich den Kopf, um seinem Bruder einen vernichtenden Blick zuzuwerfen. Doch statt dessen weiteten sich seine Augen vor Entsetzen.
»Heiliger Edmund, steh uns bei ... Reite, Dunstan! Los, komm schon!«
Dunstans Miene zeigte eine Mischung aus Verwunderung und gönnerhafter Belustigung, und statt dem guten Rat zu folgen, wandte er den Blick ebenfalls zum Fluß. »Oh, mein Gott ... Ein Drache!«
Damit hatte er genug gesehen. Er rammte seinem Pferd die Hacken in die Seiten. Cædmon war schon angaloppiert. Er hörte ein seltsam surrendes Geräusch, wie das Summen einer Hornisse, und zog den Kopf ein. Im nächsten Moment spürte er einen stechenden Schmerz im linken Bein und schrie entsetzt auf. Sein sonst so gleichmütiges Pferd bäumte sich plötzlich auf, legte die Ohren an und bockte. Cædmon warf sich nach vorn, um im Sattel zu bleiben, doch das Tier wieherte angstvoll, stieg, und dann pflügte Dunstans Pferd in seine Seite. Sie stürzten in einem wirren Durcheinander aus Hufen, Armen und Beinen. Ein harter Stoß traf Cædmon in den Rücken, und er lag einen Moment still, unfähig zu atmen oder sich zu rühren. Wieder erklang das unheilvolle Surren, und er überwand seine Schwäche und kroch auf dem Bauch in das dichte Unterholz neben dem Pfad. Dann lag er still, hielt sein Bein umklammert und lauschte.
Es kam ihm vor, als habe er Stunden so gelegen. Die Stille war beinah

vollkommen, nur ganz leise war das Plätschern des Flusses zu vernehmen.
Schließlich sammelte Cædmon seinen Mut und hob den Kopf. »Dunstan?«
Sein Pferd stand nur wenige Schritte entfernt auf dem Pfad. Offenbar war es ein Stück gerannt und dann zurückgekehrt; der Rehbock schleifte am Boden. Dunstans Brauner war hingegen nirgendwo zu sehen, doch sein Bruder selbst lag gleich neben ihm, halb auf dem Uferpfad, halb im Dickicht. Sein Gesicht war Cædmon zugewandt, und was durch die wirren, blonden Haare hindurch davon erkennbar war, wirkte todesbleich. Dunstan lag vollkommen reglos.
»Nein ...« Cædmon richtete sich halb auf. Ein neuerlicher Schmerz zuckte durch sein Bein, und er sah es zum erstenmal an. Ein kurzer, hellgefiederter Pfeil steckte seitlich in seinem Oberschenkel. »Gott verflucht. Dunstan?«
Sein Bruder regte sich nicht. Cædmon robbte zu ihm hinüber und strich die Haare aus Dunstans Stirn. Dann legte er ihm furchtsam eine Hand auf die Brust. Das Herz schlug gleichmäßig und kräftig. Ein wenig erleichtert untersuchte er den Kopf des Bruders. Unter dem Haaransatz fand er eine anschwellende Beule. Anscheinend hatte Dunstan einen Huftritt vor die Stirn bekommen. Cædmon rüttelte ihn zaghaft an der Schulter. Nichts.
»Gott, was tu' ich denn jetzt nur?«
Er sah auf den Fluß hinaus. Der Drache war verschwunden, zweifellos weiter flußaufwärts gezogen. Cædmon wußte, er mußte nach Hause reiten. Seinen Vater und die anderen warnen.
»Und je länger du hier herumsitzt, um so dunkler und kälter wird es werden«, murmelte er. Unbewußt versuchte er, Dunstans Stimme zu imitieren, denn nichts konnte ihn so dazu anspornen, über sich hinauszuwachsen, wie die Herablassung seines Bruders.
Cædmon zog das gesunde Bein an, biß die Zähne zusammen und stand auf. Doch sobald er das angeschossene Bein mit seinem Gewicht belastete, zuckte der Schmerz bis in die Hüfte hinauf. Als er die wenigen Schritte zu seinem Pferd zurückgelegt hatte, weinte er.
Er umfaßte den Sattelknauf mit beiden Händen und sah im schwindenden Licht an seinem linken Bein hinab. Blut tränkte seine Hosen aus dunklem Wollstoff, der Fleck hatte beinah die gekreuzten Lederbänder erreicht, die seine Waden bis zum Knie umschlossen, und breitete sich

weiter aus. Besser nicht hinsehen, dachte er. Er nahm sein geduldiges Reittier am Zügel. »Komm, Beorn. Wir müssen Dunstan nach Hause schaffen.«

Der stämmige Grauschimmel ließ sich willig führen, aber nach drei Schritten mußte Cædmon anhalten. Er hatte bis heute nicht gewußt, daß einem übel werden konnte vor Schmerz. Der Nachmittag war weit fortgeschritten, und es wurde schnell kälter. Trotzdem erschien sein Gesicht ihm heiß. Er fuhr sich mit dem Ärmel über die Stirn, legte dem Pferd den rechten Arm um den Hals und hüpfte auf einem Bein neben ihm her.

Dunstan war nach wie vor besinnungslos. Cædmon beugte sich über ihn und fühlte wieder seinen Herzschlag. Unverändert.

»Oh, Dunstan, werd wach. Bitte, wach doch auf, du verdammter Mistkerl ...«

Aber Dunstan war nicht gerade dafür bekannt, daß er sich nach den Wünschen seiner Brüder richtete. Er zeigte nicht die leiseste Regung. Cædmon sah zum Himmel auf. Er war nicht mehr weiß, sondern dunkelgrau. Ein scharfer Wind hatte sich mit der Dämmerung erhoben und trieb schwere Wolken heran.

»Ja, warum nicht«, murmelte Cædmon bissig. »Das macht jetzt keinen großen Unterschied.«

Er wußte genau, was er tun mußte. Aber im Augenblick fühlte er sich seiner Aufgabe nicht gewachsen. Fast war es, als könne er den mörderischen Schmerz schon jetzt spüren, und er schauderte unwillkürlich.

»Gott, Dunstan, das werde ich dir niemals verzeihen«, drohte er an.

Er betrachtete das Gesicht seines Bruders, um noch einen kleinen Aufschub herauszuschinden. Es war kein übles Gesicht. Eingerahmt von flachsblonden Locken, eine hohe Stirn, helle Brauen und dichte Wimpern, eine gerade, fast zu schmale Nase über einem noch recht dünnen Schnurrbart und einem um so breiteren Mund, der von Natur aus, sogar jetzt in tiefer Bewußtlosigkeit, zu einem Lächeln neigte, das manchmal gutmütig, öfter aber höhnisch war. Cædmon legte den Kopf zur Seite, seine eigenen, dunkleren Locken fielen ihm dabei ins Gesicht, und er rief sich die eisblaue Farbe der Augen ins Gedächtnis.

»Komm, Bruder«, murmelte er seufzend. »Laß uns nach Hause reiten.«

Er schätzte, sie waren noch etwa drei Meilen von Helmsby entfernt. Ausgeschlossen, den ganzen Weg zu laufen. Schon bei dem Gedanken brach ihm der Schweiß aus. Hoffnungsvoll spähte er den Uferpfad ent-

lang, doch von Dunstans Pferd war nirgends eine Spur zu entdecken. Schweren Herzens löste er die Stricke, mit denen sie den Rehbock festgebunden hatten. Mit einem dumpfen Laut fiel der schwere Kadaver zu Boden.
»Die Füchse werden ein Fest feiern«, murmelte Cædmon. Er schwang den Strick in der Linken und sah auf seinen Bruder hinab. »Statt dessen werde ich dich heimbringen.«

Er erinnerte sich später nur vage. Er wußte noch, daß er mehrere Anläufe gebraucht hatte, um den schweren, leblosen Körper seines Bruders auf den Rücken des Pferdes zu hieven. Er vergaß, daß er zwischendurch verzweifelte, daß er beinah der Versuchung erlegen wäre, Dunstan liegenzulassen und Hilfe zu holen. Aber das durfte er nicht. Es wurde dunkel und kalt. Der Wald wimmelte von hungrigen Räubern auf zwei und vier Beinen, selbst der Drache mochte zurückkommen. Cædmon wußte, wenn er Dunstan zurückließ und allein heimritt, würden sie seinen Bruder vermutlich nur noch tot wiederfinden.
Als er den großen Körper schließlich aufs Pferd gehoben hatte, hatte Cædmon das Gefühl, daß seine Kräfte aufgezehrt waren. Er weinte wieder. Er konnte nichts dagegen tun, der Schmerz in seinem Bein war übermächtig. Seine Finger erschienen ihm ungeschickt und klamm, als er Dunstans Hände und Füße zusammenband. Dann führte er das Pferd zu einem nahen Baumstumpf, kletterte ungeschickt hinauf und saß auf. Als er den linken Fuß in den Steigbügel stellte und mit seinem gesamten Gewicht belastete, wurde ihm schwarz vor Augen. Hastig schwang er das rechte Bein über den Sattel, nahm die Zügel auf und ritt an.
Inzwischen war es dunkel. Cædmon ließ die Zügel lang und hoffte darauf, daß das Pferd von allein nach Hause finden würde. Er wußte nicht mehr, wo er sich befand. Er saß zusammengekrümmt im Sattel, eine Hand auf der Schulter seines Bruders, und es dauerte nicht lange, bis eisige Regentropfen ihn in den Nacken trafen wie Nadelstiche. Die Welt wurde finster.

»Je zwei Mann Richtung Fluß und nach Norden. Der Rest folgt mir. Aufsitzen!« Die tragende Stimme übertönte den prasselnden Regen ohne besondere Mühe. »Worauf wartet ihr, na los!«
»Da kommt jemand, Thane«, rief eine junge Stimme aus der Finsternis. Die Männer, die sich vor dem Pferdestall nahe der Halle versammelt

hatten, nahmen die Füße aus den Steigbügeln und horchten hoffnungsvoll. Jetzt konnten sie alle den dumpfen Hufschlag im Morast hören. Eine schemenhafte Pferdegestalt hob sich plötzlich als schwarzer Schatten vor der nächtlichen Dunkelheit ab.
»Wo ist mein Vater?«
»Thane, es ist Cædmon!«
Ælfric, der Thane of Helmsby, ließ die Zügel seines kräftigen Wallachs los und trat auf den Reiter zu.
»Cædmon?«
Der Junge richtete sich im Sattel auf. »Wir hatten einen Rehbock erlegt. Aber dann ... kam ein Drache und ...«
»Cædmon, wo ist Dunstan?« Ælfric legte ihm die Hand auf das linke Bein, und Cædmon wurde ohnmächtig.

Er erwachte mit einem Gefühl vollkommener Schwerelosigkeit, wie er es aus den Träumen kannte, in denen er fliegen konnte. Er kostete das Erlebnis aus, und erst als er auf weichem Grund landete, schlug er die Augen auf.
Sein Vater stand über ihn gebeugt. Er hatte ihn getragen, erkannte Cædmon, und sah sich verwirrt um: Er lag auf einem breiten Bett mit Vorhängen aus rauhem, bräunlichem Wollstoff – kein Zweifel, er lag im Bett seiner Eltern. Einen Moment fragte er sich verwirrt, was in aller Welt er hier verloren hatte, doch als er sich regte, spürte er das Bein wieder, und die Erinnerung kam zurück.
»Dunstan ...«
»Es geht ihm gut«, sagte Ælfric beschwichtigend. »Er ist aufgewacht.«
»Vater, es waren die Dänen. Ein Drache kam den Fluß hinauf, und sie haben auf uns geschossen.«
Ælfric betrachtete ihn skeptisch. »Das hat dein Bruder auch behauptet. Ich dachte, er phantasiert. *Ein* Drachenschiff, Cædmon? Die Dänen haben unsere Küsten schon seit langem verschont, Gott und seinen Heiligen sei Dank, aber wenn sie kommen, dann wenigstens mit zehn Schiffen. Oder mit Hunderten. Es muß König Knuts Geisterschiff gewesen sein, das ihr gesehen habt.«
Cædmon wies auf sein abgewinkeltes Bein. »Und nennst du das einen Geisterpfeil?«
Ælfric sah besorgt auf den blutgetränkten Schaft hinab. »Keineswegs. Deine Mutter wird sich darum kümmern. Ich denke, es ist das beste,

ich mache mich mit den Männern auf den Weg, um euren Drachen zu erlegen. Wenn das Schiff die Vorhut einer Invasion ist, sollten wir das wissen. Wahrscheinlicher ist, daß es nur Piraten sind.«
»Auf jeden Fall schießen sie gut.«
Ælfric lächelte. »Dunstan sagt, du hattest einen Bock?«
Cædmon nickte. »Ich mußte ihn zurücklassen, um Dunstan nach Hause zu bringen. Dabei hatte er sich so auf den Rehbraten gefreut.«
Sein Vater legte ihm kurz die Hand auf die Schulter. Er war kein Mann, der dazu neigte, seinen Gefühlen Ausdruck zu verleihen. Niemand hätte ahnen können, welche Ängste er ausgestanden hatte, nachdem Dunstans Pferd allein nach Hause gekommen war. Er suchte einen Moment nach Worten, um seinem Zweitältesten zu zeigen, wie dankbar er ihm war. »Du hast es trotzdem richtig gemacht. Wir werden sehen, ob wir deinen Bock auf dem Rückweg finden. Sonst schicke ich Wulfric und Cynewulf in den Wald. Auf keinen Fall können wir zulassen, daß du um deinen Braten betrogen wirst.«
Cædmon verzog einen Mundwinkel zu einem müden Lächeln, und Ælfric wandte sich ab und ging mit langen Schritten zur Tür. Der Junge schloß die Augen und bat Gott, er möge nochmals eine schützende Hand über seine Familie halten und seinen Vater unversehrt nach Hause kommen lassen.
All seine Vorfahren hatten gegen die Dänen gekämpft – die Dänen hatte Gott sich ausgesucht, um die Engländer zu prüfen. Vor langer Zeit hatte der große König Alfred mit den Dänen Frieden geschlossen und ihnen beinah die Hälfte von England überlassen. Die Nachfahren König Alfreds eroberten diese Hälfte Englands, die bis auf den heutigen Tag *Danelaw* genannt wurde, zurück. Über die Generationen waren die dänischen und englischen Nachbarn miteinander verschmolzen, ihre Sprachen wurden einander immer ähnlicher, so daß die Unterscheidung zwischen Dänen und Angelsachsen nach und nach in Vergessenheit geriet. Es hätte Frieden im Land herrschen können, wären nicht immer wieder neue Dänen gekommen, Wikinger, die nicht auf Land aus waren, das sie besiedeln konnten, sondern auf Beute. Auf Mord und Totschlag.
Doch in den letzten Jahren war es ruhig geworden um die Wikinger. Seit Ælfric seinem Vater als Thane of Helmsby gefolgt war, hatte es keine größeren Überfälle mehr gegeben, weder hier in East Anglia noch anderswo. Und das sei ein Glück, hatte Cædmon seinen Vater

sagen hören, denn König Edward sei ein Heiliger, kein Krieger. Cædmon hoffte, das Drachenschiff, das den Ouse hinaufgesegelt war, kündigte nicht das Ende der ruhigen Jahre an. Er hatte keine Zweifel, daß sein Vater und die *Housecarls*, die in seinem Dienst standen, in der Lage waren, Haus und Hof zu verteidigen. Und auch er selbst und seine Brüder hatten gelernt, ein Schwert, eine Streitaxt und eine Pike zu führen. Von der Bandschleuder ganz zu schweigen. Trotzdem flößte die Vorstellung von einem neuen Däneneinfall ihm Angst ein. Genaugenommen, mußte er feststellen, erfüllte der Gedanke ihn mit Grauen.

Die hölzerne Tür zu der kleinen Kammer hinter der Halle öffnete sich geräuschlos, und eine zierliche, dunkelhaarige Frau trat ein. In einer Hand hielt sie eine Wasserschüssel. Sie stellte sie neben dem Bett ab und beugte sich über ihn.

»*Comment vas tu, mon fils?*«

Sie legte ihm die Hand auf die Stirn, und Cædmon lehnte den Kopf in die Kissen zurück. »Na ja. Wie soll es einem Mann gehen, der gerade mit der Erkenntnis ringt, daß er ein Feigling ist?«

Sie lachte ihr leises, warmes Lachen. »Ein Feigling? Du? Das wäre mir ganz neu. Nein, nein, Cædmon. Du hast ein Herz so groß wie Beowulfs.« Sie sah kurz auf den gefiederten Schaft in seinem Oberschenkel. »Und das wirst du auch brauchen.«

Cædmon schnitt eine Grimasse und wechselte das Thema. »Was macht Dunstan?«

»Oh, Dunstan ist schon wieder ganz der Alte. Er sitzt drüben in der Halle, einen beeindruckenden Verband um die Stirn und einen vollen Becher vor sich und erfreut die Dienerschaft mit der Geschichte, wie er dich vor den Dänen errettet hat.«

»Ganz falsch«, tönte Dunstans laute Stimme von der Tür. »Er hat sich besonnen und ist gekommen, um euch zu helfen.«

Cædmon hob abwehrend die Rechte. »Verschwinde...«

Ehe Dunstan widersprechen konnte, öffnete die Tür sich erneut, und die drei übrigen Geschwister schlüpften herein.

»Wir wollten nur kurz nach ihm sehen«, sagte der dreizehnjährige Guthric hastig, um den Vorhaltungen seiner Mutter zuvorzukommen.

Zögernd, ein bißchen ängstlich traten sie auf das breite Bett zu. Als sie den Pfeil und den großen Blutfleck auf dem Bein ihres Bruders sahen, wandte der kleine Eadwig sich abrupt ab und vergrub das Gesicht in den Röcken seiner Schwester.

Hyld legte ihm die Hand auf den Kopf. »Wird es gehen?« fragte sie Cædmon besorgt.
Er rang sich ein Lächeln ab. »Noch besteht jedenfalls kein Grund, die Totenwache zu halten. Schert euch raus.«
Alle vier wandten sich ab, doch seine Mutter rief ihren Ältesten zurück. »Dunstan, dich werde ich brauchen.«
Dunstan blieb stehen, aber Cædmon schüttelte den Kopf. »Ich will Guthric.«
Niemand erhob Einwände. Dunstan führte seine Schwester und seinen jüngsten Bruder hinaus, zog die Tür hinter sich zu, und sie hörten ihn lachen, eine Spur nervös vielleicht.
Guthric war der einzige der fünf Geschwister, der seiner normannischen Mutter wirklich glich. Seine Haare waren glatt und so dunkelbraun, daß sie bei schwachem Licht schwarz wirkten, ebenso dunkel waren seine Augen. Wäre diese offenkundige Ähnlichkeit nicht gewesen, hätte es gewiß Spekulationen über Guthric gegeben. Auch so konnte man die Köchin gelegentlich raunen hören, Guthric sei ein Wechselbalg, ein Feenkind. Er war still, ein Träumer; stundenlang konnte er manchmal draußen im Hof sitzen und den Vögeln lauschen, so als verstünde er ihre Sprache. Vor einiger Zeit hatte Guthric den Wunsch geäußert, nach Ely ins Kloster zu gehen und lesen zu lernen. Sein Vater hatte ihn ausgelacht, und danach war die Angelegenheit nie wieder erwähnt worden.
Cædmon liebte seine Geschwister ausnahmslos, aber alle auf andere Weise. Er bewunderte Dunstans unbekümmerte Verwegenheit, so sehr, daß er ihm seine Derbheit meist verzeihen konnte. Er mochte Hylds Scharfsinn und ihre Großzügigkeit, und wie jeder in der Familie vergötterte er seinen kleinen Bruder Eadwig. Aber Guthric stand ihm näher als jeder andere Mensch auf der Welt. Guthric konnte er Dinge anvertrauen, die ihn beschämten, denn Guthric urteilte nie nach allgemeingültigen Grundsätzen. Er hatte ein ganz eigenes Bild von der Welt, ein Bild, das Cædmon nie so recht begreifen konnte, aber das spielte keine Rolle.
Mit einem schwachen Lächeln stieg Guthric auf das hohe Bett, richtete Cædmon ein wenig auf und glitt hinter ihn. »Ich dachte, du wolltest zur Jagd. Mir war nicht klar, daß du dabei an die Rolle des Hirschs gedacht hast«, bemerkte er. Dann griff er unter Cædmons Achseln hindurch und umschloß seine Brust mit beiden Armen. »Fertig.«
Cædmon sank zurück in die knochige und doch so tröstliche brüderli-

che Umarmung, blickte starr in den durchhängenden Baldachin hinauf und konzentrierte sich darauf, die Zähne fest zusammenzubeißen.
So sah er nicht, daß seine Mutter die Hände hob und die Linke um den kurzen Schaft legte. Dieses Mal zuckte der tückische Schmerz bis in die Schulter, und Cædmon schrie auf.
Marie de Falaise war in kriegerischen Zeiten in der Normandie aufgewachsen und hatte schon als junges Mädchen die Kunst ihres Vaters, der Wundarzt gewesen war, erlernt. Was in der Normandie als ausgesprochen unweiblich galt, hatte hier in England keine besondere Aufmerksamkeit erregt, als Ælfric of Helmsby schließlich mit König Edward aus dem normannischen Exil heimgekehrt war und seine Frau mitgebracht hatte. Ihre Heilkünste hatten dem einen oder anderen in Helmsby das Leben gerettet – Marie hatte sogar einmal einem altgedienten Housecarl nach einem bösen Sturz beim Pferderennen den zertrümmerten Arm abgenommen. Aber bei ihrem eigenen Sohn wurde sie plötzlich zimperlich.
Als Cædmon sah, daß sie den Mut verloren hatte, kehrte seine eigene Entschlossenheit zurück. Er atmete tief durch. »Tu es. Und gebt mir irgendwas, worauf ich beißen kann, sonst stürzt die Halle ein.«
Guthric lachte leise, zog sein Messer aus der Hülle am Gürtel und steckte Cædmon den hölzernen Schaft zwischen die Zähne. Dann verschränkte er die Hände wieder vor dessen Brustkorb.
Marie legte beide Hände übereinander an den Pfeil und zog. Sie drehte nicht, um die Wunde nicht zu vergrößern, ruckte beinah sanft, und der Pfeil gab ein wenig nach. Dann griffen seine Widerhaken erneut in das Muskelfleisch.
Der Pfeil muß raus, betete Cædmon sich vor. Er klammerte sich an den Satz, hob ihn wie einen Schild vor sein Bewußtsein. *Der Pfeil muß raus, es wird nicht lange dauern, gleich ist es vorbei ... Gott, mach, daß es bald vorbei ist ...*
Seine Zähne gruben sich in das Holz des Messergriffs, er krallte die Hände in Guthrics Unterarm, und sein Blick wurde unscharf. Er hörte seine eigenen Schreie nur wie aus weiter Ferne, aber er wurde nicht bewußtlos. Seine Schultern spannten sich, und Guthric preßte sich dagegen und hielt ihn und versuchte stumm, seine eigene Kraft in den Bruder überfließen zu lassen.
Dann zog Marie mit einem letzten Ruck die Pfeilspitze aus der Wunde, und es war vorbei.

»Gut gemacht, Cædmon. Jetzt gib mir das Messer.« Marie faßte die scharfe Klinge vorsichtig mit zwei Fingern, legte die andere Hand unter sein Kinn und half ihm, den Mund zu öffnen. »Hier, trink das.«
Er spürte einen Becher an den Lippen und schluckte. Es war starker Wein. Den Geschmack war er nicht gewöhnt, und er öffnete verblüfft die Augen. Als sie den Becher absetzte, keuchte er.
Marie gab den restlichen Wein auf ein reines Tuch und drückte es behutsam auf die Wunde. Der Alkohol brannte, aber das war nichts im Vergleich zu dem höllischen Schmerz, den er hinter sich hatte. Er fand das Brennen fast leicht zu ertragen. Sein Körper entspannte sich. Während seine Mutter ihm einen Verband anlegte, ließ er sich zurücksinken und löste seinen Klammergriff um Guthrics Unterarm. Seine Nägel hatten blutige Halbmonde hinterlassen.
»Entschuldige, Bruder…«
Guthric lächelte und stand vom Bett auf. »Komm. Laß uns nachsehen, was die anderen uns vom Essen übriggelassen haben.«
Aber Marie schüttelte den Kopf. »Cædmon bleibt hier und rührt sich bis morgen früh nicht vom Fleck. Das Bein muß ruhig liegen, hörst du?«
Cædmon sah verwundert auf. »Und willst du mit Vater statt dessen in der Halle schlafen?« erkundigte er sich. Dieses war das einzige Privatgemach. Nur der Thane und die Dame der Halle genossen das Privileg, sich zurückziehen zu können. Ihre Kinder schliefen, sobald sie dem Kleinkindalter entwachsen waren, mit den Housecarls und deren Familien, den Mägden und dem übrigen Gesinde im Stroh auf dem Fußboden der großen Halle.
Marie bedachte Cædmon ob seiner respektlosen Bemerkung mit einem mißfälligen Stirnrunzeln. »Ich denke nicht, daß dein Vater vor morgen früh heimkommt. Und selbst wenn. Für eine Nacht ist hier Platz genug für drei.«
»Dann lasse ich euch etwas zu essen bringen«, erbot sich Guthric.
Cædmon hätte keinen Bissen hinunterbringen können. Aber alle weiteren Debatten blieben ihm erspart, denn er war fest eingeschlafen, als die Magd mit Bier und Eintopf kam.

Leise Stimmen weckten ihn. Es war finster.
»… haben Metcombe niedergebrannt und große Verwüstung angerichtet«, hörte er seinen Vater wispern. »Vier Männer sind tot, sieben ver-

letzt, Gott allein weiß, wie viele Frauen geschändet. Das Dorf liegt in Schutt und Asche. Es ist furchtbar.«

»Aber wieviel furchtbarer wäre es geworden, wenn Dunstan und Cædmon sie nicht entdeckt hätten und ihr nicht hingeritten wäret«, erwiderte Marie ebenso leise.

»Das ist wahr.«

»Und du bist sicher, es waren Piraten?«

»Ja. Wir haben einen der Anführer lebend erwischt, und er hat beim Blute Christi geschworen, daß sie auf eigene Faust handelten und ihr König Sven nichts damit zu tun hat.«

Marie schnaubte leise. »Ein fragwürdiger Schwur. Diese gottverfluchten Wikinger sind doch in Wahrheit allesamt Heiden.«

Ælfric lachte leise. »Und das sagst ausgerechnet du? Es ist nicht viel länger als hundert Jahre her, daß ihr Normannen heidnische Wikinger wart.« Er wurde wieder ernst. »Er hat die Wahrheit gesagt, ich bin sicher.«

»Dann sei Gott gepriesen. Sind sie geflohen?«

»Nein. Ich habe fünf Gefangene. Gesunde, kräftige Kerle, wir können sie gut gebrauchen. Sobald sie handzahm sind, schicke ich sie nach Metcombe. Dann können sie wenigstens einen Teil des Schadens wiedergutmachen, den sie angerichtet haben. Die anderen sind tot. Das Schiff haben die Leute von Metcombe in Brand gesteckt.«

»Und unsere Männer?«

»Alle unversehrt, bis auf ein paar Kratzer. Wir hatten leichtes Spiel, die Dänen waren vollkommen überrascht, so schnell auf Widerstand zu stoßen. Und jetzt sag mir, wie steht es mit Cædmon?«

Plötzlich ging dem Jungen auf, daß er lauschte, und er schämte sich, aber jetzt war es zu spät, um sich bemerkbar zu machen. Er wünschte, er wäre nicht aufgewacht, auch wenn es ihn beruhigt hatte, der Stimme des Vaters zu lauschen.

Durch die geschlossenen Bettvorhänge hörte er seine Mutter antworten: »Das wissen wir morgen oder übermorgen. Wenn er Fieber bekommt …« Sie beendete den Satz nicht.

»Aber der Pfeil ist heraus?«

»Ja.«

Cædmon fand, man konnte ihrer Stimme mühelos anhören, daß sie nicht mehr darüber sagen wollte, aber sein Vater schien nicht den gleichen Respekt vor diesen Warnsignalen zu haben wie er selbst.

»Sag es mir.«

»Der Pfeil saß direkt auf dem Knochen. Ich habe versucht, es nicht schlimmer zu machen und ihn auf dem gleichen Weg herauszuziehen, auf dem er eingedrungen ist. Gott helfe mir, ich habe getan, was ich konnte, Ælfric. Aber welchen Schaden er angerichtet haben mag...«

»Wird er ein Krüppel sein, Marie?«

Zu Cædmons größter Bestürzung begann seine Mutter zu weinen.

Die Wunde oberhalb des Knies entzündete sich nicht, sondern begann schnell zu heilen. Cædmon bekam kein Fieber und befand nach einem Tag, daß er das Bett jetzt lange genug gehütet hatte. Seine Mutter machte aus ihrer Erleichterung keinen Hehl. Sie gestattete ihm aufzustehen, allerdings mit der Ermahnung, es sie sofort wissen zu lassen, falls der Wundschmerz sich verschlimmerte. Der Schmerz nahm jedoch mit jedem Tag ab, nur fühlte das Bein sich zunehmend taub an. Selbst nach zwei Wochen konnte Cædmon nur mit Hilfe eines Krückstocks laufen und zog den linken Fuß nach. Nach drei Wochen stellte er immer noch keine Besserung fest, und das gab ihm zu denken. Er fragte seine Mutter, was sie von der Sache hielt, und sie riet ihm, sich in Geduld zu fassen.

»Herrgott noch mal, Cædmon, du kommst einhergehinkt wie ein Tattergreis.« Dunstan lehnte neben dem Tor zum Pferdestall und sah dem Bruder ungehalten entgegen. »Ich meine, du solltest dich langsam mal ein bißchen zusammenreißen.«

Cædmon hielt entrüstet vor ihm an. »Und was willst du damit sagen?«

»Daß du dich gehen läßt und ein Riesengetue um die Geschichte machst, damit alle dich bedauern und du dich vor der Arbeit drücken kannst.«

Cædmon verzog sarkastisch den Mund. »Zu schade, daß der Pfeil nicht dich getroffen hat, Dunstan. Ich bin sicher, du würdest viel besser damit fertig und könntest wieder einmal unter Beweis stellen, was für ein Kerl du bist.«

Dunstan machte mit erhobener Faust einen drohenden Schritt auf ihn zu. »Du...«

Ihr Vater war unbemerkt hinzugetreten und riß seinen Ältesten am Ellbogen zurück. »Schluß damit! Was fällt dir ein?«

»Entschuldige«, brummte Dunstan unwirsch.

Ælfric bedachte ihn mit einem Kopfschütteln. »Wo sind die Pferde?

Wozu, glaubst du, hab ich dich vorausgeschickt? Um jetzt hier in der Kälte zu stehen und zu warten?«

Dunstan wollte sich rechtfertigen, er war sehr erfindungsreich im Ersinnen von Ausreden, aber Ælfric winkte ab.

»Ich weiß genau, wo du dich rumgetrieben hast.« Mit einem ungehaltenen Seufzer trat er in den Stall, zog gewohnheitsgemäß den Kopf ein, um durch die niedrige Tür des verwitterten Holzgebäudes zu passen, und fand im dämmrigen Innern einen vielleicht achtjährigen Jungen, der auf Zehenspitzen neben dem großen Wallach stand und versuchte, diesem den Sattel aufzulegen.

»Guten Morgen, Ine. Wo ist dein Vater?« Ælfric nahm dem kleinen Kerl den schweren hölzernen Sattel aus den Händen und legte ihn seinem Pferd auf den Rücken.

Ine lächelte scheu. »Krank, Thane.« Dankbar ließ er sich auch die Trense abnehmen und machte sich statt dessen daran, den Sattelgurt festzuschnallen, eine Aufgabe, die seiner Körpergröße eher entsprach.

»Dunstan, Cædmon«, rief der Thane über die Schulter. »Kommt rein und sattelt selbst, wenn das nicht zuviel verlangt ist!« Dann wandte er sich wieder an den kleinen Jungen. »Was fehlt ihm denn?«

Ine senkte den Blick und schüttelte den Kopf. »Ich weiß nicht. Er hat Fieber. Er brennt, sagt Mutter.«

Ælfric klopfte seinem Pferd den Hals und wandte sich zu der steilen, wackeligen Stiege, die zum Heuboden hinaufführte, wo der Stallknecht mit Frau und Kindern lebte. Oben angekommen, mußte er nicht nur den Kopf einziehen, sondern sich vornüberbeugen, um stehen zu können, selbst unmittelbar unter dem First.

Der Dachboden über dem Stall bildete eine kleine Kammer, die fast zur Hälfte mit Heu und Hafersäcken gefüllt war. Der verbleibende Raum dahinter war nicht viel größer als eine Pferdebox. Auch ohne Feuer wurde es hier oben nie wirklich eisig, weil die Körperwärme der Pferde aufstieg und die Kammer einigermaßen warmhielt, aber der scharfe Märzwind pfiff durch die Ritzen zwischen den Holzlatten der Wände, und es war sehr feucht.

Der winzige Raum war unmöbliert bis auf ein paar Strohlager am Boden. Der Stallknecht und seine Familie nahmen ihre Mahlzeiten genau wie alle anderen Angehörigen des Guts in der Halle ein und schliefen nur deswegen auf dem Heuboden, weil es Ælfric lieber war, wenn auch nachts jemand bei den Pferden blieb. Für gewöhnlich

hielt sich tagsüber niemand hier oben auf, Ine und sein Vater kümmerten sich um die Reittiere, während seine Mutter und die beiden Schwestern mit anderen zusammen die Kühe versorgten, molken und Butter und Käse herstellten. Die beiden Mädchen waren auch heute zur Arbeit gegangen, doch als Ælfric nähertrat, entdeckte er eine rundliche Frau, die sich über eine reglose Gestalt auf einer der Strohmatratzen beugte.
»Mildred«, sagte er leise.
Die Frau fuhr erschrocken zusammen und kam eilig auf die Füße. »Thane …«
»Was ist mit ihm?«
Sie schüttelte den Kopf und fuhr sich mit dem Ärmel über ihr reizloses, gerötetes Gesicht. »Ich weiß nicht … Ich glaube, er stirbt.« Ihre Stimme drohte zu kippen.
Ælfric sah auf den Kranken hinab, der bedenklich reglos auf seinem Strohbett lag. Im Dämmerlicht konnte man das Gesicht nicht deutlich erkennen, aber es schien ihm wächsern und tatsächlich todesbleich.
»Warum habt ihr nicht nach meiner Frau geschickt?« fragte er, gedämpft, aber ärgerlich.
Mildred schüttelte stumm den Kopf und preßte eine Hand auf den Mund, um ihr Schluchzen zu unterdrücken.
»Aber das haben wir doch«, protestierte Ine.
»Still, Junge«, fuhr seine Mutter ihn an.
Ælfric wandte sich zu dem kleinen Kerl um. »Was soll das heißen, ihr habt nach ihr geschickt?«
Ine überlegte einen Augenblick, was das kleinere Übel war, seiner Mutter oder dem Thane nicht zu gehorchen. Noch ehe er eine Entscheidung getroffen hatte, regte sein Vater sich plötzlich, stöhnte heiser und krümmte sich zusammen wie im Krampf. Mildred hockte sich neben ihn, nahm einen Lappen aus einem Ledereimer und versuchte, ihm die Stirn abzutupfen.
»Ich warte, Junge«, sagte Ælfric.
Ine biß sich auf die Unterlippe und hob dann den Kopf. »Mutter hat mich gestern abend zur Halle rübergeschickt, ich solle die Lady Marie holen. Und ich hab's ausgerichtet.«
»Wem?«
Ine verließ der Mut. »Ich … ich weiß nicht mehr, Thane.« Er sah mit großen Augen auf seinen Vater hinab, der sich stöhnend im Fieber-

krampf wälzte, und Tränen begannen seine schmutzigen Wangen hinabzurinnen.

Ælfric vergeudete keine Zeit mehr. Er hastete die Stiege hinab und ins Freie. Vor dem Tor warteten seine Söhne mit den Pferden. »Dunstan, hol deine Mutter. Schnell. Und dann finde heraus, wem Ine gestern abend gesagt hat, sein Vater sei krank.«

Dunstan drückte Cædmon die Zügel in die Hand, wandte sich ab und rannte über den Hof zur Halle hinüber.

»Was ist mit Edgar?« fragte Cædmon.

Ælfric seufzte leise. »Ich glaube nicht, daß deine Mutter ihm noch helfen kann. Wo ist Guthric?«

»Ich weiß nicht, Vater«, log Cædmon.

Guthric hatte ihm während des Frühstücks eröffnet, daß er nicht die Absicht habe, mit nach Metcombe zu reiten, und war kurz darauf mit dem kleinen Eadwig an der Hand ins Dorf aufgebrochen, wo er, so vermutete Cædmon, Vater Cuthbert heimsuchen und so lange beschwatzen würde, bis der Dorfpriester sich bereitfand, ihm ein paar neue Buchstaben beizubringen. Helmsby war eine ärmliche Gemeinde mit einer zugigen, schäbigen kleinen Holzkirche, und der Priester und seine Frau lebten in einer ebenso zugigen, schäbigen kleinen Kate. Vater Cuthbert bewirtschaftete kein Land, er und seine Familie lebten von den kärglichen Erträgen ihres Gemüsegartens und dem, was die Gemeindemitglieder an Kirchenabgabe erübrigen konnten. Aber der Priester besaß einen Schatz von großer Seltenheit: ein dickes, in Leder gebundenes Buch voll brüchiger Pergamentseiten, die Auszüge aus der Bibel und einige Heiligengeschichten enthielten. Sein Latein war so schlecht, daß er kaum in dem kostbaren Buch lesen konnte, aber er kannte die Buchstaben und hatte auf Guthrics hartnäckiges Drängen hin begonnen, ihn zu unterrichten.

»Ich kann mir schon vorstellen, wo er steckt«, knurrte Ælfric.

Cædmon fuhr seinem struppigen Kaltblüter über die lange Stirnlocke und sah mit vorgetäuschtem Interesse zum Himmel auf. »Wird Regen geben.«

»Um so besser. Die Erde ist zu hart zum Pflügen.«

»Ja.«

Ælfric betrachtete Cædmon einen Augenblick, der unbewußt sein ganzes Gewicht auf den Stock gestützt hatte. »Wirst du es schaffen bis Metcombe?«

Cædmon sah verlegen zu Boden. »Natürlich.«
»Das Bein immer noch taub?«
Der Junge nickte.
Ælfric zeigte sein seltenes Lächeln. »Das vergeht schon wieder.«
»Ja. Bestimmt.«
»Verdammt, wo bleibt deine Mutter...«
Wie aufs Stichwort erschien Marie an der Tür zur Halle, hastete die Stufen hinab und überquerte den Hof. Dunstan folgte ihr. Ohne anzuhalten trat sie durch das Stalltor, und gleich darauf hörten sie die Stiege knarren.
Ælfric nickte seinen Söhnen zu. »Also. Höchste Zeit, daß wir uns auf den Weg machen.«
Cædmon klemmte sich seinen Stock unter den Arm und packte den Sattel mit beiden Händen. Er konnte nicht aufsitzen, indem er den linken Fuß in den Steigbügel stellte, weil der Fuß sofort wegknickte, wenn er ihn mit seinem Körpergewicht belastete. Also sprang er mit dem gesunden Fuß ab, stemmte sich hoch und schwang sich in den Sattel.
Ælfric war ebenfalls aufgesessen, aber Dunstan stand noch mit dem Zügel in der Hand, er hielt den Kopf untypisch gesenkt und räusperte sich nervös. »Vater...«
Ælfric sah ihn wortlos an.
»Ine ist zu mir gekommen gestern abend«, gestand Dunstan. »Ich wollte es Mutter auch sofort sagen, aber ...« Er brach kopfschüttelnd ab.
»Du hast es einfach vergessen«, beendete sein Vater den Satz für ihn.
Dunstan nickte.
Ælfric sah zum Himmel auf, als wolle er Gott fragen, was er denn verbrochen habe, um mit so einem Nichtsnutz von Sohn geschlagen zu sein. »Herrgott, Dunstan...«
»Ich weiß.« Dunstan hob den Blick und sah den Vater offen an. »Wenn er stirbt, ist es vielleicht meine Schuld, und gute Sklaven sind teuer.«
»Und darüber hinaus schwer zu finden. Vielleicht sollten wir dich ein paar Monate seine Arbeit tun lassen, damit du endlich lernst, Verantwortung zu tragen.«
Dunstan starrte den Vater entsetzt an. »Aber...«
Ælfric schnitt ihm mit einer Geste das Wort ab. »Warten wir ab, wie die Sache ausgeht und was deine Mutter sagt. Für heute kannst du deine Bußfertigkeit unter Beweis stellen, indem du hierbleibst und mit Wulfric zusammen das Pflügen überwachst.«
Dunstan war alles andere als begeistert, aber er hütete sich, seinen

Unwillen zu zeigen. Er fand, er war ausgesprochen gut davongekommen. Vorerst. Er wäre tausendmal lieber mit seinem Vater und Cædmon in das von den dänischen Piraten verwüstete Dorf geritten, als die langweilige Feldarbeit der Sklaven und dienstpflichtigen Bauern zu überwachen, aber er wußte selbst, daß er zu wenig Interesse an der Landwirtschaft zeigte.
»Natürlich, Vater.«
Ælfric nickte Cædmon zu, und nebeneinander ritten sie durch den Torbogen der hohen Hecke, die die Halle umgab, und auf die Felder hinaus.

»Was werden wir in Metcombe vorfinden, Vater?« fragte Cædmon, als sie nach einer guten Stunde aus dem Schatten des kleinen Waldes kamen und wieder zwischen frisch gepflügten Feldern einherritten.
Ælfric antwortete nicht gleich. Er sah zu dem Gespann aus acht dunkelbraunen Ochsen hinüber, das einen langen, schmalen Feldstreifen entlangtrottete. Ein junger Bauer führte den Pflug, den sie zogen; seine hochschwangere Frau, die kaum älter als Hyld schien, hatte die Hand auf das Joch gelegt und lenkte die Tiere. Es waren unfreie Pächter, die einen ihrer drei Feldstreifen bestellten, und Cædmon wußte, daß höchstens einer der acht Ochsen dem jungen Paar gehörte. Die ärmeren Bauern liehen sich gegenseitig ihre Ochsen aus, so daß ein jeder das notwendige Achtergespann hatte, um seine Felder zu pflügen.
Cædmon glaubte schon, sein Vater habe ihn nicht gehört. Aber schließlich riß Ælfric sich von ihrem Anblick los und sagte: »Ich habe keine Worte dafür. Vermutlich wirst du niemals vergessen, was du heute in Metcombe siehst.«
Der Junge schwieg beklommen. Bald tauchten sie wieder in ein Waldstück ein, und nach einer Weile nahm Cædmon einen schwachen, aber durchdringenden Geruch wahr, ein eigentümliches Gemisch aus brennendem Holz, Nässe und Fäulnis.
Sein Vater hob den Kopf. »So riecht der Krieg, Cædmon.«

Metcombe war einmal ein Dorf von gut siebzig Seelen gewesen. Die Hütten und Katen der freien Bauern hatten sich an die kleine St.-Guthlac-Kirche geschmiegt, ein jedes Haus umgeben von einem Gemüsegarten und einer niedrigen Hecke, über die die strohgedeckten Dächer der kleinen, meist einräumigen Häuschen lugten. Ein unauffälliger Ort. Die

Bauern lebten vom Ertrag ihrer kleinen Felder, bekamen Fleisch und Milch von den Kühen, Ziegen und Schweinen, die in der Regel mit ihnen unter einem Dach lebten, und Aale, Forellen und Lachse aus dem Fluß, der ihr Dorf säumte, sie seit Menschengedenken vor jeder Hungersnot bewahrt hatte und ihnen jetzt zum Verhängnis geworden war.
Cædmon hatte die Schultern hochgezogen und sah sich so wenig wie möglich um. Aber selbst aus dem Augenwinkel nahm er die schreckliche Verwüstung wahr. Die Hütten mitsamt der St.-Guthlac-Kirche waren zu verkohlten, jammervollen Gerippen verbrannt, denen ein bitterer Gestank nach feuchter Asche entstieg. Hier und da hatte jemand in seinem Garten ein kleines, qualmendes Feuer entzündet, um das die Menschen sich fröstelnd scharten. In dreien der niedergebrannten Hütten, die sie passierten, lagen Tote auf groben Holzbänken oder der nackten Erde aufgebahrt; für keinen von ihnen brannte auch nur eine einzige Kerze. Bei einem der Toten kniete eine weinende Frau. Ein Stück abseits stritten zwei kleine Jungen um ein Stück Brot, das im Eifer des Gefechts im Morast gelandet war. Einer der beiden Kampfhähne trug einen schmutzigen Verband um den Kopf. Beide heulten.
Die Hecken und Gärten waren niedergetrampelt, totes, verstümmeltes Federvieh lag auf dem Weg, die Dorfwiese war eine Schlammwüste.
An ihrem Saum standen die Überreste dessen, was einmal die Mühle gewesen war. Dort hielten sie an, und Cædmon folgte dem Beispiel seines Vaters und saß ab.
Das vergleichsweise große Gebäude war nur teilweise abgebrannt und hatte noch eine Tür. Ehe Ælfric anklopfen konnte, öffnete sie sich, und ein hagerer, großer Mann mit rötlichem Bart trat heraus.
»Hengest«, grüßte Ælfric höflich. Er nickte zu Cædmon. »Mein Sohn. Cædmon, das ist Hengest, der Müller.«
Cædmon reichte dem Müller die Hand.
Hengest zeigte den Anflug eines Lächelns. »Ich bin nicht sicher, ob ich mich so noch nennen darf. Es wird viel Zeit vergehen, ehe ich wieder etwas zu mahlen habe.« Er schlug trotzdem ein.
»Ja.« Ælfric trat langsam einen Schritt auf ihn zu. »Deswegen bin ich hier.«
Der Müller verschränkte die Arme. »Ich höre, Thane.«
»Nun, ich denke, als erstes sollten wir über Saatgut reden. Das ist wohl das dringlichste.«
»Das ist es allerdings.« Hengest schien einen Moment unentschlossen.

Dann sah er zu Cædmon. »Würdest du mir einen Gefallen tun, Junge? Wenn du dorthin läufst, wo einmal unsere Kirche stand, findest du rechts ein verkohltes Haus mit einer doppelstämmigen Eiche vor der Tür. Der Baum ist wie durch ein Wunder unversehrt. In dem Haus wohnt eine alte Frau, ihr Name ist Berit. Bring sie her.«
Cædmon nickte, zog seinen Stock aus dem Sattelgurt und machte sich hinkend auf den Weg.
Hengest sah ihm einen Moment nach. »Ach ja. Ich erinnere mich wieder. Sie haben auf Eure Söhne geschossen, Thane.«
Ælfric ließ ihn nicht aus den Augen. »Ja.«
»Wird er wieder gesund?«
»Er *ist* gesund.«
Der Müller verzog schmerzlich das Gesicht. »Ihr habt natürlich recht. Netter Junge.«
Ælfric wechselte das Thema. »Saatgut und Viehfutter, Hengest. Ich kann euch nicht alle beköstigen, aber wenn nicht reicht, was ihr aus dem Fluß holt, kann ich euch zumindest unter die Arme greifen.«
»Wartet, bis Berit kommt.«
»Ich werde nicht stundenlang mit einem alten Weib feilschen. Ich mache euch ein Angebot, und ihr könnt es euch in Ruhe überlegen. Zum Vollmond komme ich wieder, um mir eure Antwort zu holen.«
Hengest tat, als habe er ihn nicht gehört. Er wies dem Thane einen Platz auf der Bank vor der abgebrannten Mühle. »Ihr müßt mir verzeihen, daß ich Euch kein Bier einschenke, es ist alles dahin. Ein Becher Flußwasser ist alles, was ich zu bieten habe.«
Ælfric hob abwehrend die Hand, trat zu seinem Pferd, holte einen Lederschlauch aus der Satteltasche und setzte sich damit neben den Müller. »Hier, trink. Ich bin nicht durstig.«
Hengest nahm einen tiefen Zug aus dem Schlauch. Er enthielt starkes, würziges Bier. »Hm. Gott, das tut gut. Danke, Thane.« Er gab Ælfric den Schlauch zurück. »Saatgut und Futter, sagt Ihr. Und was noch?«
»Vier dänische Sklaven. Keiner älter als fünfundzwanzig. Kräftig und kerngesund. Sie werden euch das Dorf im Handumdrehen wieder aufbauen, notfalls könnt ihr sie auch vor den Pflug spannen.«
»Sie würden uns das Dorf vielleicht wieder aufbauen, wenn wir Holz hätten.«
»Schön. Meinetwegen bekommt ihr auch Holz. Dafür bekomme ich von jedem Mann und jeder Frau einen Tag Arbeit während der Erntezeit.«

Hengest antwortete nicht direkt. »Vier dänische Sklaven, sagt Ihr? Ich dachte, es waren fünf?«
Ælfric nickte. »Einen behalte ich selbst. Als Wergeld für das Bein meines Sohnes.«
Der Müller blinzelte in die fahle Märzsonne. »Ja. Ich schätze, das ist recht. Also, Thane: Ihr bietet uns Bauholz gegen Arbeit. Und Ihr bietet uns Saatgut und Futter gegen ...?«
»Euer Land. Jeder Bauer von Metcombe überschreibt mir sein Land. Sie können ihre Häuser wieder aufbauen und ihre Felder weiter bewirtschaften, nichts wird sich wirklich ändern, bis auf die Tatsache, daß sie mir Pacht schulden.«
Hengest machte ein finsteres Gesicht. »Ihr verlangt, daß die Bauern Euch ihr *Land* überlassen, das Erbe ihrer Söhne, für ein paar Körner Saatgut?«
Ælfric nickte ungerührt. »Und meinen Schutz, ja.«
Ehe der Müller seiner Erbitterung Luft machen konnte, kam Cædmon in Begleitung einer alten Frau zurück. Berit war die Dorfälteste; niemand wußte, wie alt genau sie war, jedenfalls war sie die einzige, die sich noch an die Zeiten erinnerte, da der glücklose König Æthelred die Geschicke Englands in seinen unfähigen Händen gehalten hatte, jeden Mann aus Metcombe zum Kriegsdienst holte und von den Frauen Geld forderte, damit er den Dänen Tribut zahlen konnte.
Vor Hengest und Ælfric blieb sie stehen. Sie hatten sich höflich erhoben, als sie nähertrat. Erst sah sie dem Thane in die Augen, dann dem Müller, setzte sich auf die frei gewordene Bank und stützte die Hände auf die Oberschenkel.
»Es ist gut von Euch, uns zu besuchen, Thane. Und ich nehme an, Ihr wollt uns Euren Schutz anbieten.«
Hengest wiederholte, was Ælfric vorgeschlagen hatte. Er sprach bedächtig und ohne die Stimme zu erheben, aber seinem Gesicht war anzusehen, was er von dem Angebot hielt.
Berit äußerte sich nicht gleich. Sie sah nachdenklich auf ihre runzligen Hände hinab, die auf ihrem Rock aus rauher, bräunlicher Wolle lagen, verschränkte schließlich die Finger ineinander und sah zu Ælfric auf. »Ich denke, die meisten werden auf Euer Angebot eingehen, Thane.«
»Gut.« Er reichte ihr den Bierschlauch, und sie nahm einen tiefen Zug.
»Aber Berit ...«, begann der Müller.
Sie hob abwehrend die Linke. »Die Zeiten ändern sich, Hengest. Dies

ist das dritte Mal, daß Metcombe zu meinen Lebzeiten verwüstet wurde. Ich wäre dankbar, wenn es sich als das letzte Mal erweisen sollte. Die Dänen werden wiederkommen. Sie werden keine Ruhe geben, bis wieder einer von ihnen auf Englands Thron sitzt. Es wird stürmisch, und wir brauchen Schutz. Wenn du mir nicht glaubst, frage deine Schwester, ich bin sicher, sie wird mir recht geben.«

Hengest wandte den Kopf ab, aber nicht schnell genug, um den Schmerz in seinem Gesicht vor dem Besucher zu verbergen.

»Aber wir können doch nicht einfach so unser Land aufgeben«, wandte er flehentlich ein.

»Davon ist ja auch keine Rede«, sagte Ælfric ruhig. »Niemand soll sein Land aufgeben. Jeder soll genau da bleiben, wo er ist, wo seine Vorfahren vor ihm waren, seine Nachkommen nach ihm sein werden. Nur das Eigentum geht auf mich über.«

Berit verzog den Mund zu einem kleinen, freudlosen Lächeln. »Wie glattzüngig Ihr seid, Thane. Genau wie Euer Großvater. Aber seid Ihr auch ein ebenso großer Krieger wie er? Das wüßte ich gern. Ist Euer Schutz wirklich unser Land wert?«

Ælfric erwiderte das Lächeln mit demselben Mangel an Frohsinn, dafür einem deutlichen Anflug von Hohn. »Ich glaube wirklich nicht, daß ich dem Vergleich mit Ælfric Eisenfaust standhalte, Berit…«

»Gott, wie das verfluchte Wikingerpack sich vor ihm gefürchtet hat«, murmelte sie wehmütig.

»Wie dem auch sei. Er und seinesgleichen sind aus der Welt verschwunden. Mein Schutz ist das beste, was ihr kriegen könnt. Und ich werde tun, was ich kann. Darauf habt ihr mein Wort.«

»Und das ist genug«, erwiderte sie unerwartet. »Wie ich sagte. Ich werde den Leuten raten, Euer Angebot anzunehmen. Wenn Ihr zum Vollmond wiederkommt, gehört Metcombe Euch.«

Er verneigte sich knapp.

»Dann laß uns die Einzelheiten besprechen.«

Cædmon hörte aufmerksam zu, während sein Vater, die alte Frau und der Müller über Saatgut, Viehfutter und Bauholz redeten. Berit verhandelte hart und geschickt, es schien, als holte sie mehr aus seinem Vater heraus, als dieser bereit gewesen war zu geben. Doch schließlich wurden sie handelseinig. Ælfric verabschiedete sich höflich und gab ihr ein paar Pennies, die sie dort verteilen sollte, wo die Not am größten war. Cædmon hatte schon auf dem Weg zu Berits Haus alles verschenkt, was

er in seinem Brotbeutel trug. Er nickte dem Müller und der Alten zu, folgte dem Beispiel seines Vaters und saß auf.
Berit trat zu ihm und half ihm, den gefühllosen linken Fuß in den Steigbügel zu führen.
Cædmon wünschte, sie würde ihn in Ruhe lassen, und sah verlegen auf den Widerrist seines Pferdes.
Berit strich ihm leicht übers Knie. »Ich sehe, du trägst es mit Fassung, mein Junge.«
Er rieb sich unbehaglich das Kinn an der Schulter. »Es ist nichts. Es vergeht schon wieder.«
Sie runzelte die Stirn, sah kurz zu Ælfric und trat dann zurück. »Ja. Natürlich. Gott schütze dich, Junge.«
»Und dich auch, Berit.« Er hob die Hand und folgte seinem Vater über die niedergetrampelte Wiese zum Ufer des Flusses.

Guthric und Hyld erwarteten sie am Tor und folgten ihnen zum Pferdestall.
Ælfric saß ab und wandte sich an seine Tochter. »Was ist mit Edgar?«
Sie hob die Schultern. »Mutter sagt, mit Gottes Hilfe kriegt sie ihn durch.« Sie verschwieg, daß Marie auch gesagt hatte, Edgars Chancen hätten besser gestanden, wenn sie ihn schon am Vortag hätte behandeln können. Hylds Loyalität gehörte in Zweifelsfällen immer Dunstan. Sie war ein hübsches Mädchen von zwölf Jahren, und glich sie auch ansonsten mehr ihrem Vater, hatte sie zumindest die Anmut ihrer zierlichen, normannischen Mutter geerbt. Ein langer blonder Zopf fiel ihr über den Rücken, sie hatte große Hände, die gerne zupackten, und ein ebenmäßiges, beinah herzförmiges Gesicht mit ebenso bestürzend blauen Augen wie Cædmons.
»Es ist eine Blutvergiftung«, fuhr sie fort. »Er ist in einen rostigen Nagel getreten. Der Fuß hat sich entzündet, und rote Streifen liefen sein Bein hinauf. Mutter hat ihn in die Halle bringen lassen und den Fuß dort aufgeschnitten.« Bei der Erinnerung verzog sie das Gesicht und schauderte. »Dann hat sie einen Umschlag aus Birkenrinde darumgelegt, gegen das Fieber. Aber er brennt immer noch.« Sie senkte den Kopf.
Ælfric fuhr ihr über den Scheitel. »Sei nicht so niedergeschlagen, Hyld. Wir sind alle in Gottes Hand.«
Sie nickte, ohne aufzusehen. »Ich weiß. Aber es war so … furchtbar.«

»Ja. Ich bin sicher, das war es. Geh nur und sieh, ob du deiner Mutter helfen kannst. Wir kümmern uns schon selbst um die Pferde.«
Hyld eilte zur Halle zurück. Ælfric löste den Sattelgurt, schlang ihn über den hölzernen Sattel und führte seinen Wallach auf das Stalltor zu. Guthric machte ihm Platz.
Ælfric hielt einen Moment an, ließ den Zügel los, holte aus und schlug ihn so hart ins Gesicht, daß Guthric gegen die Stallwand geschleudert wurde. Er zog erschrocken die Luft ein, und noch ehe er das Gleichgewicht wiedergefunden hatte, schlug sein Vater ihn mit dem Handrükken in die andere Gesichtshälfte.
Guthric legte sicherheitshalber die linke Hand um den Torpfosten und schüttelte kurz den Kopf. »Gott … War's das?«
»Wenn ich das nächste Mal sage, du sollst mit mir reiten, wirst du nicht verschwinden.«
»Nein, Vater.«
»Und um dich von deiner eitlen Lust am Lesen zu heilen, wirst du Edgars Aufgaben übernehmen, bis er wieder gesund ist oder wir einen neuen Stallknecht gefunden haben.«
Guthric sah einen Augenblick ungläubig zu ihm auf. Dann wandte er den Kopf ab, damit sein Vater das rebellische Aufblitzen in seinen Augen nicht sah. »Wie du willst, Vater.«
Ælfric drückte ihm wortlos die Zügel in die Hand, machte auf dem Absatz kehrt und überquerte mit großen Schritten den Innenhof.
Cædmon zog den Sattel von Beorns Rücken und hängte ihn auf den zugehörigen Holzpflock, nahm dem Pferd die Trense aus dem Maul, spülte sie in einem Eimer Wasser ab, alles ohne einen Ton zu sagen.
Guthric stand mit verschränkten Armen an einen Pfosten gelehnt und beobachtete, wie sein Bruder auch das Pferd des Vaters versorgte.
»Du könntest wenigstens einen von beiden abreiben«, knurrte Cædmon wütend.
Guthric zog verwundert eine Braue hoch, nahm eine Handvoll reines Stroh und fuhr dem Wallach damit über die Flanke. »Man könnte beinah meinen, du beneidest mich um meine neue Aufgabe, die, so hörte ich heute morgen, eigentlich schon Dunstan versprochen war. Aber der kostbare Dunstan wird natürlich wieder einmal verschont.«
»Nun, wie es aussieht, war's ja noch nicht zu spät für Edgar, auch wenn Dunstan vergessen hat, Mutter sofort Bescheid zu geben«, sagte Cædmon über die Schulter.

»Ich würde sagen, das bleibt noch abzuwarten. Und ich würde darüber hinaus sagen, das ist überhaupt nicht der Punkt. Oder? Hier wird wieder einmal mit zweierlei Maß gemessen. Wie üblich.«
Cædmon hielt einen Augenblick mit seiner Arbeit inne. »Du hast recht. Wie üblich.« Seine Stimme klang eigentümlich leblos.
Auch Guthric ließ die Hand mit dem Stroh sinken. »Was hast du, Cædmon? War es so schrecklich in Metcombe? Was glaubst du, wieso ich mich gedrückt habe.«
Cædmon neigte den Kopf leicht zur Seite. »Ja. Ich würde sagen, es war schrecklich.«
»Aber das ist es nicht allein?« hakte Guthric nach.
Cædmon antwortete nicht sofort. Schließlich fragte er unvermittelt: »Wenn du an die Hölle denkst, Guthric, was stellst du dir vor?«
Guthric mußte nicht lange überlegen. »Ein eisiges, lebloses Ödland aus schwarzem Fels. Riesig. Endlos. Dann plötzlich ein Abgrund, und darin ein Meer aus Feuer und Schwefel. Warum fragst du?«
Cædmon atmete tief durch und fuhr fort, mit langen, gleichmäßigen Strichen sein Pferd trockenzureiben. »Ich glaube, die Hölle ist in Metcombe. Kälte, Schlamm, Asche, Hunger, ein Ort der Hoffnungslosigkeit. Und ein Ort der Wahrheit.«
Guthric warf das Stroh zu Boden und trat auf ihn zu. »Cædmon …«
Cædmon hob den Kopf und sah ihn an. Zwei Tränen liefen über sein Gesicht, und er tat nichts, um sie wegzuwischen. »Das Bein wird nicht heilen. Ich hab es im Gesicht der alten Frau gesehen. Und Vater wußte es auch. Sie haben mir etwas vorgemacht, Guthric.«
Guthric nickte langsam. »Ja.«
Cædmon war fassungslos. »Du hast es gewußt? Und mir kein Wort gesagt?«
»Ich habe überhaupt nichts gewußt«, wehrte der Jüngere ab. »Aber es ist beinah drei Wochen her und wird und wird nicht besser. Und wenn Mutter dich ansieht … wenn sie glaubt, niemand beobachtet sie, dann verrät ihr Gesicht sie.«
Cædmon wandte sich abrupt ab und entfernte sich hinkend ein paar Schritte. Dann legte er einen Arm um den hölzernen Stützpfeiler und lehnte die Stirn dagegen. »Gott … Warum ich?« Er spürte Guthrics Hand auf der Schulter und schüttelte sie wütend ab. »Warum nicht Dunstan? Warum nicht du?«

»Ich weiß es nicht, Cædmon. Um die Wahrheit zu sagen, ich habe mir die Frage auch schon ein paarmal gestellt. Denn hätte es mich erwischt, hätte Vater mir bestimmt erlaubt, ins Kloster zu gehen.«

Cædmon lachte leise, verlagerte absichtlich sein ganzes Gewicht auf das linke Bein und fühlte mit einem distanzierten Interesse, wie es einknickte. Er fiel zu Boden und schlug sich den Ellbogen auf. Beinah verspürte er eine Art Genugtuung, als das schwache Brennen sich bemerkbar machte. Er setzte sich auf und fuhr sich mit beiden Händen durch die Haare. »Oh, wenn ich diesen verfluchten Dänen nur in die Finger bekommen könnte...«

Guthric hatte sich wieder eine Handvoll Stroh genommen und setzte die Arbeit fort. Hin und wieder sah er auf den gebeugten, reglosen Rücken seines Bruders, und der Anblick verursachte in ihm eine eigentümliche Beklommenheit, beinah ein leises Grauen. Als er dem Wallach Wasser und Heu gebracht hatte, fragte Guthric schließlich: »Und was würdest du tun, wenn du ihn in die Finger bekämest?«

Cædmon ließ die Hände sinken und hob ungeduldig die Schultern. »Ich glaube, darüber möchte ich lieber nicht reden.«

Guthric trat aus der Box des Wallachs und klopfte seinem Bruder im Vorbeigehen leicht auf den Rücken. »Komm mit, Cædmon. Ich will dir was zeigen.«

Guthric führte ihn aus dem Stall, vergewisserte sich, daß ihr Vater nirgendwo in der Nähe war, und huschte an der Hecke entlang zum nördlichen Teil des Innenhofs. Es war Nachmittag, und so früh im Jahr stand die Sonne noch tief; die Hecke warf lange Schatten.

»Komm schon«, raunte Guthric.

»Wohin gehen wir?« fragte Cædmon, ungehalten und doch neugierig.

»Zum Brauhaus.«

Es war ein kleines Holzgebäude wie alle anderen im Hof, das jedoch nur selten benutzt wurde. Bier wurde immer für etwa zwei Monate gebraut, die vollen Fässer nicht hier, sondern in einem der verschließbaren Vorratshäuser aufbewahrt.

Vor der Tür stand ein Mann.

Guthric nickte höflich. »Ohthere.«

Der Housecarl erwiderte das Nicken. »Wollt ihr rein?«

»Wenn du so gut sein willst. Und wenn du dichthältst.«

Ohthere hob gleichmütig die Schultern. »Macht ausnahmsweise kei-

nen Unfug.« Er wandte sich zur Tür, zog den schweren Riegel zurück und stieß sie auf. Dann winkte er die beiden Jungen hindurch.
Cædmon folgte Guthric zögerlich. »Was zur Hölle wollen wir hier?«
Guthric trat vor ihm in den dämmrigen, fensterlosen Raum. Cædmon folgte. Zuerst nahm er nichts wahr als einen intensiven Hefegeruch. Dann erkannte er ein paar schemenhafte Gestalten.
»Da, Cædmon. Das ist der Pirat, der dich angeschossen hat.«
Vier Männer saßen auf dem feuchten, lehmigen Boden. Sie waren an Händen und Füßen gefesselt, blinzelten gegen das Licht, das plötzlich durch die geöffnete Tür hereinströmte, und sahen dann unbewegt zu ihnen auf. Drei waren blond, einer dunkel. Die Haare hingen ihnen offen bis auf die Schultern, die beiden älteren trugen kurze Bärte. Ihre gürtellosen Gewänder und Hosen waren besudelt und zerrissen, aber aus guter Wolle, erkannte Cædmon, braun oder gar schwarz gefärbt, dunkler als die Kleidung, die Angelsachsen in der Regel trugen. Was immer sie an Schuhwerk besessen haben mochten, hatte man ihnen abgenommen.
Der fünfte Mann lag reglos am Boden. Er hatte die Augen geschlossen, aber die Lider zuckten, er war wach. Sein entblößter Rücken war mit Striemen übersät. Getrocknetes Blut entstellte sein bartloses Gesicht, die Nase war gebrochen. Füße und Waden waren schwärzlich blau von Blutergüssen und grotesk geschwollen. In seinem ganzen Leben hatte Cædmon noch keine so geschundene Kreatur gesehen.
Er wandte sich ab. »O mein Gott...«
»Vater hat sie alle prügeln lassen«, sagte Guthric hinter seiner linken Schulter. »Bis der hier schließlich zugab, auf euch geschossen zu haben. Ich denke, das hätte ich an seiner Stelle auch getan, ganz gleich, ob's stimmt oder nicht, aber genug ist genug. Jedenfalls, nachdem die Männer ihn endlich in Ruhe ließen, hat Dunstan ihn sich vorgenommen. Und verbringt seither beinah jede freie Minute bei ihm. Ehrlich, Dunstan hat eine echte Schwäche für unseren Erik entwickelt. Und ich könnte mir denken, wenn du Erik hier nach seiner Meinung fragst, wird er dir sagen, die Hölle ist in Helmsby.«
Der Mann schlug die Augen auf, als er seinen Namen hörte, und Cædmon erkannte, daß der Däne nicht viel älter war als er selbst, siebzehn höchstens. Erik bewegte den Kopf, und die dunklen Haare, die einen Teil des Gesichts verdeckt hatten, fielen zurück und entblößten eine langgezogene, frische Schnittwunde auf seiner Wange. Dunkle, graue

Augen blickten Cædmon unverwandt an. Dieser wagte nicht, näher zu treten, ihm graute davor, in den Augen des anderen einen Ausdruck von Hohn oder Triumph zu entdecken, wenn er ihn hinken sah.
»Erik … Ist das dein Name? Kannst du mich verstehen?«
Der junge Däne nickte. »Du mußt langsam sprechen.« Er hatte eine unerwartet sanfte, angenehme Stimme.
Aber Cædmon hatte ihm nichts zu sagen. Er hatte sich gewünscht, den Mann zu töten, der ihn zum Krüppel gemacht hatte, aber jetzt, da er ihn vor sich sah, schien die Vorstellung vollkommen irrsinnig. Er hatte sich ein johlendes, bärtiges Ungeheuer mit einem gehörnten Helm vorgestellt, ein langes, blutverschmiertes Schwert in einer fleischigen Faust, eine Streitaxt in der anderen. Nicht das hier.
»Hast du … hast du mich wirklich angeschossen?«
»Ja. Es ist … schwierig, von einem fahrenden Schiff auf ein …«, er suchte nach dem Wort, »auf ein bewegliches Ziel zu schießen. Ich wollte dich töten.«
»Warum?«
»Um zu verhindern, daß du … warnst.«
Cædmon nickte langsam und fragte sich einen finsteren Augenblick lang, ob es nicht für sie beide besser gewesen wäre, wenn Erik ihn mitten ins Herz getroffen hätte. »Aber was hattet ihr hier zu suchen? Was wollt ihr nur immerzu von uns?«
Erik verzog verächtlich einen Mundwinkel. »Jedes Land gehört dem, der es zu erobern vermag. Und wer sein Land nicht verteidigen kann … hat es verwirkt. So wie der eifrige Beter, den ihr … auf den Thron gesetzt habt…«
Einer seiner Gefährten fuhr ihn scharf in einer Sprache an, die für Cædmons Ohren hart und unmelodisch klang, der seinen aber doch so ähnlich war, daß er die Worte »genug« und »vorsichtig« verstand.
Er schüttelte langsam den Kopf. »Ihr wart nichts weiter als Piraten. Euer König hat euch nicht geschickt.«
»Nein.« Eriks Augen wurden glasig. »Nein, nicht … geschickt.« Die Augen fielen zu.
Cædmon wandte sich abrupt ab und trat ins Freie. »Ich will, daß Dunstan ihn zufrieden läßt.«
Guthric war ihm gefolgt. »Da sehe ich schwarz.«
Cædmon blieb vor ihm stehen und rammte wütend seinen Stock in die nasse Erde. »Aber von Rechts wegen sollte er mir gehören.«

Guthric breitete kurz die Arme aus. »Dann sprich mit Vater. Auf dich hört er doch hin und wieder. Fordere dein Recht, ich kann mir nicht vorstellen, daß er es dir abschlägt.«
Cædmon ging ein Licht auf. »Deswegen hast du mich hergebracht, oder? Dieser verfluchte dänische Misthund tut dir leid.«
Guthric schüttelte nachdrücklich den Kopf. »Ich habe dich hergebracht, damit du weißt, wie die Dinge liegen.«
»Aber du willst doch, daß ich dafür sorge, daß Dunstan ihn zufriedenläßt.«
Guthric wandte den Blick ab. Er starrte in den Schatten am Fuße der Hecke und sagte leise: »Dunstan ist ein Ungeheuer, Cædmon.«
»Dunstan ist unser Bruder. Wieso soll ich nicht glauben, daß er es für mich getan hat?«
»Weil du es in der Regel lieber mit der Wahrheit hältst.«
Cædmon wandte sich wütend ab. »Ich würde sagen, dieser dänische Pirat ist das Ungeheuer. Er ist ohne jedes Recht über unsere Küste hergefallen. Und über Metcombe. Und über mich.«
»Ich bin nicht so sicher, daß er eine Wahl hatte. Sein Onkel befehligte das Schiff. Der Onkel ist tot. Ebenso zwei von Eriks Vettern. Was würdest du tun, wenn Vater von dir verlangte, mit ihm auf einen Raubzug gegen Dänemark zu segeln?«
»Das würde ihm im Traum nicht einfallen.«
»Insofern hast du es leicht mit deinem Urteil.«
Cædmon schnaubte. »Nimm dein Messer, Guthric. Ramm es dir ins Bein. Schneide dir die Sehnen durch, oder was immer es ist. Mach einen Krüppel aus dir. Dann reden wir weiter.«

Helmsby, April 1064

Der Frühling war gekommen, die dunklen Monate der Untätigkeit und des Eingesperrtseins endlich vorbei und alle Felder bestellt. An einem für die Jahreszeit ungewöhnlich warmen Tag kurz nach Ostern ritt Ælfric mit Dunstan und zwölf seiner Männer nach Metcombe zum Gerichtstag, der regelmäßig alle vier Wochen dort abgehalten wurde und wo dieses Mal die Bauern des Dorfes durch Eid ihr Land dem Thane of Helmsby übereignen sollten. Cædmon hatte ebenfalls mitkommen sol-

len, doch er hatte behauptet, sein Bein schmerze heute zu stark für den weiten Ritt. Es war gelogen. Er hatte längst keine Schmerzen mehr. Aber es war ihm zutiefst zuwider, wenn seinetwegen alle langsam ritten. Ebenso war ihm zuwider, wie betont fröhlich selbst die bärbeißigsten der Housecarls neuerdings mit ihm redeten, wie geflissentlich sie vermieden, sein Bein anzusehen. Nein, Cædmon blieb viel lieber zu Hause.
Er saß mit seinen jüngeren Geschwistern im sonnenbeschienenen Hof vor der Halle auf der Wiese. Der Vormittag war still und friedvoll. Im nahen Viehstall stampfte eine Kuh. Eine durchdringende Geruchsmischung aus Stroh und Mist drang aus dem geöffneten Tor. Eine junge Magd kam mit zwei schweren Milcheimern heraus und trug sie zur Halle hinüber. In dem kleinen Wäldchen jenseits der Hecke rief ein Kuckuck.
Guthric lag lang ausgestreckt auf dem Rücken und sah blinzelnd in den blauen Himmel hinauf. Hyld hatte ihre Spindel mit nach draußen gebracht; genau wie ihre Mutter schien sie unfähig, einfach einmal gar nichts zu tun. Der siebenjährige Eadwig hatte Guthrics Messer stibitzt und zerlegte einen Frosch.
»Eadwig, muß das sein?« schalt Hyld. »Das ist eklig.«
Eadwig stückelte unbeirrt weiter und fragte Guthric: »Warum ist Vater mit so großem Gefolge nach Metcombe geritten?«
»Wenn ein Eid vor dem Gericht einer Hundertschaft rechtskräftig sein soll, muß er vor zwölf Zeugen geleistet werden. Wer klug ist, bringt sich seine Zeugen selber mit.«
»Was ist eine … Hundertschaft?«
»Ein Distrikt. Ganz England ist in Grafschaften unterteilt und die Grafschaften in Distrikte, die Hundertschaften heißen.«
»Northumbria nicht«, widersprach Hyld.
Guthric schnitt eine Grimasse. »Ich sprach von England. Nicht von dem nördlichen Ödland, wo die Wilden leben.«
»Und warum heißt eine Hundertschaft eine Hundertschaft?«
»Weil jeder Distrikt aus etwa einhundert Hufen besteht. Sollte er jedenfalls.«
Eadwig hielt ein Froschbein gegen das Licht. »Was ist ein Huf?«
»Nein, nicht ein Huf. Es heißt eine Hufe.«
»Also? Was ist eine Hufe?«
Guthric stöhnte. »Sieh her, Eadwig. Siehst du das Loch in meinem Bauch?«

Eadwig kicherte. »Sag doch.«
»Eine Hufe ist ein Stück Land. Ein großes Stück Land, ausreichend, um eine große Familie zu ernähren. Früher, als alle Brüder und Vettern und so weiter zusammen einen Hof bewirtschafteten und zusammen in einem Haus lebten, war eine Hufe das Land, das sie zusammen bestellten. Nach der Hufe wird heute noch die Höhe der Steuerpflicht bemessen.«
»Und warum wohnen wir nicht mit all unseren Vettern zusammen? Und mit Onkel Athelstan?«
Guthric und Hyld lachten. »Ja, das wäre herrlich«, meinte Hyld. »Dann wäre es hier sicher niemals langweilig.«
»Ich weiß es nicht, Eadwig«, antwortete Guthric kopfschüttelnd. »Die Zeiten haben sich einfach geändert. Frag Cædmon, vielleicht kann er dir sagen, wie es gekommen ist.«
Cædmon zuckte mit den Schultern. »Nein, keine Ahnung.«
Guthric bedachte ihn mit einem Stirnrunzeln und wandte sich dann wieder an seinen jüngsten Bruder. »Ich denke, jetzt sollten wir darüber reden, daß auch Frösche Geschöpfe Gottes sind, und was denen in der Hölle bevorsteht, die arme, wehrlose kleine Frösche in Stücke hakken.«
Eadwig sah mit großen Augen zu ihm auf, offenbar nicht sicher, wie ernst Guthric das meinte, aber immerhin ließ er von seinem Opfer ab. »Was denn?« fragte er zögernd, hin und her gerissen zwischen Neugier und Furcht.
»Nun, ich kann nur raten. Wir müssen Vater Cuthbert fragen. Aber ich könnte mir vorstellen, daß sie von Hunderten kleiner Teufel in Hunderte kleiner Stückchen geschnitten werden. Und dann...«
»Hör auf, Guthric«, unterbrach Hyld. »Du erschreckst ihn.« Sie strich Eadwig über die blonden Locken.
Eadwig umfaßte verstohlen den Saum ihres Kleides. »Und was wird mit denen, die in der Sonne rumliegen, statt die leeren Ställe gründlich auszumisten, wie Vater gesagt hat?«
Guthric grinste in den Himmel. »Selig die Geknechteten, denn sie werden getröstet werden.«
Dieses Mal lachte sogar Cædmon. »Für einen, den es ins Kloster zieht, bist du ein ziemliches Lästermaul.«
»Außerdem heißt es: ›Selig die *Trauernden*, denn sie werden getröstet werden‹«, bemerkte Hyld.
Guthric hob seine schmalen, langfingrigen Hände und wischte die Ein-

wände beiseite. »Wer weiß, wie es wirklich heißt. Was Vater Cuthbert uns über die Bibel lehrt, ist so verläßlich wie Sonnenschein im April, darauf wette ich.« Dann setzte er sich seufzend auf. »Trotzdem sollte ich mich lieber an die Arbeit machen, sonst bin ich schon wieder in Schwierigkeiten. Wie wär's, wenn du mir ein bißchen zur Hand gehst, Eadwig?«
Der Kleine rümpfte die Nase. »Das kann Ine ebensogut.«
Guthric packte ihn am Ärmel und zog ihn auf die Füße. »Du bist ein wahrer Faulpelz. Komm schon.«
Sie waren gerade im Stall verschwunden, als auf dem Pfad vor dem Tor Hufschlag erklang. Cædmon hob verwundert den Kopf. Sein Vater konnte es kaum sein, dazu war es noch zu früh.
Durch die Hecke ritt eine Gruppe von fünf Reitern in den Hof und hielt geradewegs auf die Halle zu. Der vordere war ein großer, breitschultriger Mann um die Vierzig mit einem riesigen silbrigblonden Schnurrbart und einem gewaltigen Schwert an der Seite. Er trug einen kostbaren Mantel und ritt ein Pferd, wie Cædmon es nie zuvor gesehen hatte. Er kannte sie nur aus Erzählungen. In der Sprache seiner Mutter nannte man solche Pferde *Destrier*. Schlachtrösser. Es war ein erschrekkend großer, kraftvoller, aber feingliedriger Hengst mit glänzend schwarzem Fell, einem edlen Kopf und einem üppigen, gewellten Schweif, und sowohl der Sattel als auch das Zaumzeug waren verschwenderisch mit Silber verziert. Die anderen Männer waren unauffälliger gekleidet und ritten schlichte Kaltblüter. Sie verblaßten neben ihrem Anführer, doch waren sie bis an die Zähne bewaffnet und trugen matte Helme mit Nasenschutz. Housecarls, schloß Cædmon.
Vor der Halle hielten sie an und saßen ab.
Cædmon kam auf die Füße, humpelte eilig herbei und verneigte sich höflich vor dem feingekleideten Mann. »Seid willkommen, Mylord. Cædmon of Helmsby, zu Euren Diensten.«
Der Besucher lächelte und zeigte zwei Reihen ebenmäßiger, gesunder Zähne. Das Lächeln machte sein Gesicht freundlich, beinah übermütig, hatte aber gleichzeitig etwas eigentümlich Beunruhigendes. Es schien seine hellblauen Augen nicht zu erreichen. Sie sahen ihn durchdringend an.
»Wo ist dein Vater, Junge?«
»Zum *Folcmot* in Metcombe, Mylord. Wir erwarten ihn erst heute abend zurück. Wenn Ihr auf ihn warten wollt, tretet ein.«

Der Fremde verschränkte die Arme und legte den Kopf zur Seite. »Ich weiß, daß die Leute in East Anglia für ihre Gastfreundschaft berühmt sind, aber denkst du nicht, es ist gefährlich, einen Mann in die Halle deines Vaters zu bitten, dessen Namen du nicht einmal kennst?«

Cædmon biß sich nervös auf die Unterlippe, senkte den Blick und nickte verlegen. »Ich wußte nicht so recht, wie ich danach fragen sollte.«

Der Mann lachte leise. »Ist deine Mutter daheim?«

»Ja, Mylord.«

»Dann geh und sag ihr, Harold Godwinson bittet ergeben um einen Bissen Brot und einen Schluck Bier.«

Cædmons Herz machte einen Satz. Aber in seinem Gesicht regte sich nichts, er blinzelte nicht einmal. Er verneigte sich nochmals. »Sofort, Mylord.«

Hastig wandte er sich ab und stieg die drei Stufen zum Eingang der Halle hinauf, konzentrierte sich darauf, das linke Bein so wenig wie möglich nachzuziehen. Vor der Tür blieb er stehen und rief zum Pferdestall hinüber: »Guthric, wir haben Gäste! Kümmere dich um die Pferde!«

Dann eilte er hinein. Marie kam ihm schon in der Halle entgegen.

»Cædmon? Ich habe dich rufen hören. Wer ist es denn?«

Er schüttelte fassungslos den Kopf. »Er behauptet, er sei Harold Godwinson.«

Maries Augen weiteten sich für einen Moment. Dann legte sie ihm kurz die Hand auf die Wange, wandte sich ab und ging zur Tür.

Der hohe Besuch versetzte den ganzen Haushalt in helle Aufregung. Jeder Mann, jedes Kind, jeder Knecht und jede Magd in Helmsby hatte schon von Harold Godwinson gehört, aber niemand außer Ælfric und Marie war ihm je begegnet. Harold Godwinson war der Earl of Wessex, und das allein schon machte ihn zu einem sehr mächtigen Mann, denn Wessex war die größte und bedeutendste Grafschaft Englands. Aber er war viel mehr als das. Er war König Edwards Schwager – Harolds Schwester Edith war die ungeliebte, kinderlose Königin an Edwards Seite. Harolds Brüder waren die Earls von Northumbria, East Anglia und Kent. Kurzum, die Godwinsons regierten England – während König Edward sich dem Kirchenbau widmete –, und Harold regierte die Godwinsons.

Marie schickte Cædmon und Guthric, ihrem Vater entgegenzureiten, und sie machten sich umgehend auf den Weg. Im Wald war es kühl. Eine leichte Brise bewegte die Zweige und verstärkte den würzigen Duft von Walderde und Frühlingsblüte. Die Sonne ließ das erste zarte Grün der Bäume und Sträucher leuchten.

»Was in aller Welt mag Harold Godwinson von Vater wollen?« fragte Cædmon versonnen.

»Tja.« Guthric hob vielsagend die Schultern. »Ich habe keine Ahnung, aber es ist bestimmt etwas Unangenehmes.«

Cædmon sah ihn aufmerksam an. »Wie kommst du darauf? Vermutlich ist es nur ein Besuch aus Höflichkeit. Er kennt Vater von früher, sie haben zusammen gegen die Waliser gekämpft, und schließlich war Harold einmal der Earl of East Anglia.«

»Richtig. Bis sein Vater, Earl Godwin, an der königlichen Tafel tot von der Bank kippte und endlich Platz machte für Harold, der es nicht erwarten konnte, Wessex in die Finger zu kriegen. Die Umstände, die zu Godwins Tod führten, sind nie geklärt worden, und es gibt bis heute Gerüchte.«

Cædmon starrte ihn mit offenem Mund an. »Woher weißt du das alles?«

Guthric verzog spöttisch einen Mundwinkel. »Auch wenn ich vielleicht meistens den Anschein erwecke, mit meinen Gedanken meilenweit fort zu sein, höre ich doch zu, was in der Halle geredet wird, weißt du. Je abwesender meine Miene, um so aufmerksamer. Aber die Housecarls reden in meiner Gegenwart, als sei ich gar nicht da.«

Cædmon schüttelte verblüfft den Kopf. »Was sonst sagen sie über Earl Harold?«

»Oh, ganz Unterschiedliches. Die Männer werden sich nie einig über ihn. Die einen sagen, es sei eine unchristliche Verleumdung zu behaupten, Harold habe irgend etwas mit dem Tode seines Vaters zu tun gehabt. Godwin sei an einer Fischgräte erstickt oder ähnliches, und wenn nicht, habe König Edward ein größeres Interesse an seinem Tod gehabt als Harold, weil Godwin mächtiger war, als es dem König lieb sein konnte.«

»Aber König Edward ist ein Heiliger!« protestierte Cædmon entrüstet.

Guthric nickte langsam. »So sagt man. Jedenfalls, die Männer, die zu Harold halten, sind der Meinung, es sei ein Segen, daß wir ihn haben, das Land brauche einen starken Führer, besonders unter einem schwachen König … entschuldige, einem *heiligen* König, wollte ich natürlich sagen. Harold habe die Waliser besiegt, und das sei ein Segen für die Grenzgebiete. Außerdem sei es nur natürlich, daß er seine Brüder zu den Earls of Northumbria und East Anglia und Kent gemacht habe, er brauche verläßliche Verbündete. Und sie sagen, weil er zur Hälfte Däne ist, wird er leichter als jeder andere mit König Harald Hårderåde von Norwegen zu einer friedlichen Einigung kommen und ihn überzeugen, seinen Anspruch auf den englischen Thron fallenzulassen.«

»Harolds Mutter war Dänin?« fragte Cædmon angewidert, als hätte Guthric gesagt, die Mutter des Earl sei eine schleimige Natter gewesen.

»O ja. Sie war König Knuts Schwägerin.«

»König Knut? *Der* König Knut, der König von Dänemark *und* England war?«

»Eben der.«

»Und was sagen die Männer, die nichts von Harold Godwinson halten?«

Guthric schüttelte den Kopf. »Es gibt niemanden, der nichts von ihm hält. Alle sind sich einig, daß er ein mutiger, tapferer Kriegsherr ist. Aber manche sagen, er sei habgierig und machthungrig. Er habe gegen Earl Ælfgar intrigiert, so daß der König ihn verbannte, damit das Haus von Mercia den Godwinsons nicht länger in die Suppe spucken kann und sie die ganze Macht an sich reißen können.«

Cædmon dachte einen Moment nach. »Und was davon ist nun wahr?«

Guthric hob gleichmütig die Schultern. »Alles, vermutlich. Oder auch gar nichts.«

»Dir ist es so oder so gleich, was?« Cædmon grinste wider Willen.

Guthric nickte und legte den Kopf schräg. »Da, hör doch.«

»Was denn? Hufschlag?«

»Nein. Ich glaube, ein Zaunkönig.«

Cædmon stöhnte. »Komm lieber. Laß uns zusehen, daß wir weiterkommen. Wenn Vater zu Hause ist, ehe wir ihn gefunden haben, wird Dunstan uns bis zum Tag des Jüngsten Gerichts damit aufziehen.«

Auf halbem Wege zwischen Metcombe und Helmsby kam ihnen die Reiterschar entgegen. Dunstan, der neben seinem Vater an der Spitze ritt, wies mit dem Finger geradeaus. »Ah! Da kommen Hinkefuß und Wirrkopf.«

Ælfric warf seinem Ältesten einen drohenden Blick zu. »Cædmon, was ist passiert?«
»Nichts. Besuch ist gekommen, und Mutter schickt uns. Wir sollen dich nach Hause holen.«
Ælfric verdrehte die Augen. »Nicht Onkel Athelstan, hoffe ich.«
Seine Söhne lachten. Sie mochten ihren kauzigen, trinkfreudigen Onkel gern, aber Athelstan kam nur nach Helmsby, wenn er in Geldnöten war und sich etwas von seinem Bruder leihen wollte.
»Nein, nein«, sagte Cædmon.
»Also, wer ist es?«
»Harold Godwinson, Vater.«
Ein verwundertes Aufraunen ging durch die Gruppe der Housecarls.
Ælfric riß die Augen auf. »Was in Gottes Namen ...« Er unterbrach sich, schien einen Moment tief in Gedanken versunken und nickte dann. »Kommt. Wir wollen ihn nicht länger als nötig warten lassen.«

Sie kehrten auf dem kürzesten Weg zur Halle zurück. Ælfric sprang vom Pferd, warf einem der Männer die Zügel zu und eilte die Stufen zu seinem Haus hinauf. Dunstan, Cædmon und Guthric folgten ihm.
Harold Godwinson saß mit seinen Männern und Marie am Tisch, vor sich einen großen Becher. Eine Platte mit Brot und kaltem Wildbret war aufgetragen worden. Als Harold Ælfric eintreten sah, erhob er sich.
Ælfric ging mit langen Schritten auf ihn zu, blieb dicht vor ihm stehen, und die beiden Männer packten sich bei den Unterarmen.
»Harold. Welch eine Ehre für mein bescheidenes Haus.«
Godwinson lachte leise und umarmte ihn kurz. »Wie gut es tut, wenigstens ab und zu zu erleben, daß Harold Godwinson einem englischen Thane noch willkommen ist.«
»Wie kannst du so etwas sagen? Welchem aufrechten Mann in England könntest du unwillkommen sein?«
Godwinson zog eine ironische Grimasse. »Du würdest staunen ... Aber reden wir lieber über dich. Ich höre, ihr hattet Ärger mit dänischen Piraten?«
Ælfric nickte, und sie setzten sich nebeneinander auf die Bank. Marie winkte einer Magd zu, mehr Bier zu bringen.
Ælfric scheuchte seine drei Söhne, die unentschlossen in der Nähe standen, mit einem Wink fort. »Schert euch raus. Vor dem Essen will ich keinen von euch sehen.«

In der Halle von Helmsby wurde meist gegessen, ehe die Sonne unterging. Wenn es dunkel wurde, gingen die Leute schlafen.
Für gewöhnlich war das Essen eine fröhliche, lautstarke Angelegenheit; die Housecarls und ihre Familien versammelten sich ebenso wie die Mägde und Knechte des Guts an den beiden langen Tischen. Die Köchin füllte die Schalen aus dem großen Kessel über dem Feuer mit Eintopf, Brotlaibe wurden herumgereicht, und jeder brach sich ein Stück ab. Hunde tollten im Stroh am Boden und rauften um die Knochen, die ihnen zugeworfen wurden. Nach dem Essen wurden die Tischplatten von den Holzböcken genommen und an die Wände gelehnt, und ein jeder suchte sich einen Schlafplatz.
Heute war die Stimmung gedämpfter als gewöhnlich. Die Unterhaltungen gingen im Flüsterton vonstatten, und alle spähten verstohlen zu Ælfric und seinem hohen Besucher hinüber, die ein bißchen abseits an einem Ende des Tisches saßen. Als sie aufgegessen hatten, ließ Ælfric einen Krug Honigmet kommen und schickte Dunstan, das kostbare, silberbeschlagene Trinkhorn aus der Truhe in der Schlafkammer zu holen. In Windeseile kehrte Dunstan zurück und überreichte es mit ehrfurchtsvoller Miene seiner Mutter. Marie füllte das Horn aus dem Krug, brachte es dem Earl of Wessex und streckte es ihm mit einem feierlichen Segenswunsch entgegen. Solche Förmlichkeiten waren in Helmsby selten, und die Männer und Frauen am Tisch wechselten ratlose Blicke.
»Und nun sag mir, was ich für dich tun kann, Harold«, drängte Ælfric. »Ich kann kaum glauben, daß du nur um einer alten Freundschaft willen den weiten Weg geritten bist.«
Godwinson hob leicht die Schultern. »Ein Mann in meiner Position hat so wenige Freunde, daß auch der weiteste Weg sich lohnt. Aber in gewisser Weise hast du recht. Es gibt in der Tat etwas, das du für mich tun könntest.«
»Wenn es in meiner Macht steht, ist es so gut wie getan.«
Harold atmete tief durch, legte die Hände auf die Tischplatte und sah kurz darauf hinab, ehe er fortfuhr. »Ich habe dir gesagt, ich bin im Begriff, in die Normandie zu William dem Bastard zu reisen.«
Ælfric nickte.
»Ich sage dir ehrlich, Ælfric, ich war vor zehn Jahren in Frankreich, und ich denke, ich kann behaupten, ich kenne die Schliche und die Eigenarten dieses seltsamen Volkes, aber die Normannen sind ein ganz

eigener Schlag.« Er lächelte Marie reumütig zu. »Nichts für ungut, aber diese Normannen, die der König so innig in sein Herz geschlossen hat, seit er bei ihnen aufwuchs, sind mir nicht geheuer. Nun wünscht er, daß ich ihren Herzog William in seinem Auftrag aufsuche, und natürlich werde ich tun, was mein König wünscht. Aber ich beherrsche ihre Sprache nicht gut. Ich kenne ihre Sitten nicht.«
Er unterbrach sich kurz und sah von Marie wieder zu Ælfric. Der Thane of Helmsby erwiderte seinen Blick offen; wenn er ahnte, worauf Harold hinauswollte, ließ er sich jedenfalls nicht anmerken, was er davon hielt.
»Natürlich werde ich ein halbes Dutzend gelehrter Mönche bei mir haben, die mir jedes Wort übersetzen, das ich nicht verstehe. Herzog William wird seinerseits wenigstens zwei Dutzend gelehrter Mönche um sich scharen, die *ihm* übersetzen, was *ich* sage. Aber es bleibt die bedauerliche Tatsache, daß ich mit der heiligen Mutter Kirche im allgemeinen und mit den Brüdern des heiligen Benedikt im besonderen nicht immer das beste Verhältnis hatte über die Jahre. Ich bin nicht gewillt, mich auf ihr Wohlwollen – oder soll ich sagen, ihre Ehrlichkeit? – zu verlassen. Was ich brauche, ist ein verläßlicher Begleiter. Niemand von herausragendem Rang, verstehst du. Ein unauffälliger, junger Bursche, der die Sprache beherrscht und mich wissen läßt, wenn meine frommen Ratgeber sich bei ihren Übersetzungen … irren. Ich brauche jemanden, der mein Ohr und mein Auge an Williams Hof ist, ohne daß irgendwer ihn bemerkt.«
Ælfric nickte langsam. Es herrschte ein langes Schweigen, die Unterhaltungen in der Halle waren verstummt oder zu kaum wahrnehmbarem Geflüster gedämpft.
Schließlich hob der Thane den Kopf. »Cædmon, komm her.«
Cædmon rührte sich nicht. Seine Hände lagen lose auf den Oberschenkeln und wurden mit einemmal sehr feucht. Er erwiderte den Blick seines Vaters stumm.
»Bist du taub, komm her, hab' ich gesagt.«
Guthric trat Cædmon unter dem Tisch unauffällig in die Wade.
Cædmon fuhr leicht zusammen, stand langsam auf und trat vor seinen Vater.
»Hast du gehört, was Earl Harold gesagt hat, Cædmon?«
»Ja, Vater.« Seine Stimme war tief und heiser, er räusperte sich nervös.
»Und möchtest du ihm und England diesen kleinen Dienst erweisen und mit ihm in die Normandie reisen?«

Cædmon schluckte. Seine Lider flackerten kurz, aber er senkte den Blick nicht. Nein, wäre die ehrliche Antwort gewesen, ein klares, kategorisches Nein. Er wollte nicht mit diesem Fremden in ein fremdes Land reisen. Er wollte nicht weg von Helmsby und seiner Familie und allem, was ihm vertraut war. Er war noch niemals aus Helmsby fort gewesen. Der Gedanke machte ihm himmelangst.

»Was ist, Cædmon? Antworte!«

Cædmon atmete tief durch. »Ja, Vater. Sicher. Wenn es dein Wunsch ist ...«

»Das ist es.«

Cædmon nickte. Er fühlte sich dumpf und hölzern.

Ælfric lächelte kühl. »Dann ist es abgemacht. Du kannst wieder an deinen Platz gehen. Alles weitere besprechen wir morgen.«

Cædmon wandte sich ab, und sein linkisches Hinken war ihm nur zu bewußt, als er zu seinem Platz zurückkehrte. Er versuchte, den Kopf hochzuhalten, aber er spürte all die vielen Blicke wie heiße Eisen, die sich in sein Fleisch brannten, und er ging ohne anzuhalten an seinem Platz vorbei zur Tür, verließ die Halle, und als er sich den vielen Augenpaaren entzogen wußte, rannte er. Er rannte zum erstenmal seit seiner Verwundung. Es war ein ungleichmäßiges, halb hüpfendes Rennen, und als er in den Obstgarten kam, raste sein Herz, und seine Kehle brannte.

Es dauerte keine halbe Stunde, bis sein Vater ihn dort fand. Cædmon erhob sich eilig aus dem Gras unter dem Apfelbaum. Ælfric stand nur einen Schritt vor ihm und sah ihn unbewegt an. »Wie konntest du mich so bloßstellen?«

Cædmon wandte den Kopf ab und rieb sich das Kinn an der Schulter. »Ich glaube nicht, daß ich das getan habe. Ich habe ›ja‹ gesagt.«

»O ja. Das hast du. Aber wie?«

»So gut ich konnte. Ich bin es nicht gewohnt zu lügen. Du hältst für gewöhnlich nichts davon.«

Sein Vater runzelte bedrohlich die Stirn. »Gib acht, was du redest.« Dann schüttelte er verständnislos den Kopf. »Was ist nur in dich gefahren?«

»Warum ... warum schickst du mich weg?« Cædmons Stimme kippte, und er atmete tief durch, um die Fassung zu wahren. »Weil du es nicht ertragen kannst, mich anzusehen, nicht wahr? Du möchtest lieber vergessen, daß einer deiner Söhne ein Krüppel ist.«

Ælfric schnalzte ungeduldig mit der Zunge. »Wie oft habe ich dich dieses Wort in den letzten Wochen sagen hören? Jetzt ist Schluß damit! Hör auf zu jammern. Das ist erbärmlich. Du bist jung und gesund und solltest Gott danken, daß er dich hat leben lassen. Statt dessen klagst du tagein, tagaus über dein Los. Du solltest dich wirklich schämen. Nicht dein Körper ist es, der verkrüppelt ist, sondern dein Gemüt. Du bist kein Krüppel, Cædmon. Du bist ein Feigling mit einem steifen Bein.«

Cædmon fuhr zurück, zu erschüttert, um zu antworten.

Es war einen Moment still. Er versuchte, sich selbst mit Distanz zu betrachten, um zu ergründen, ob sein Vater recht hatte. Er kam zu keinem befriedigenden Ergebnis. Es stimmte vermutlich, daß er zuviel Zeit damit zubrachte, über sein Los nachzugrübeln. Daß er damit haderte. Aber hatte er nicht auch verdammt guten Grund?

»Also schickst du mich deswegen fort, ja? Weil ich ein Feigling mit einem steifen Bein bin?«

»Nein.« Es klang abweisend und hart.

Cædmon nickte langsam. »Kann ich gehen?«

»Nein.«

Also wartete er.

Der laue Aprilabend schwand schnell, es war beinah dunkel. Die Wiesen unter den Obstbäumen hatten die Farbe von geschmolzenem Blei angenommen, die Vögel waren verstummt, und es war sehr still. Cædmon sah seinen Vater nur noch als schemenhaften Schatten, sah das Weiße seiner Augen leuchten.

Schließlich seufzte Ælfric. »Du bist nicht der einzige, dem meine Entscheidung nicht gefällt, weißt du. Dunstan kocht vor Wut. Er würde eine Hand dafür geben, mit Harold in die Normandie zu gehen und die Welt zu sehen.«

»Dunstans Pech, daß du auf ihn nicht verzichten kannst.«

»Bei allen Heiligen, Cædmon … Ich habe dich ausgewählt, weil du der klügste meiner Söhne bist.«

Cædmon schnaubte höhnisch, und sein Vater packte ihn nicht gerade sanft am Arm. »Dein Respekt läßt ziemlich zu wünschen übrig, mein Sohn.«

Der Junge sah ihm in die Augen. »Ja. Gefährliche Gewässer für einen Feigling.«

»Du …«

Cædmon wich einen Schritt zurück und hob begütigend die freie Hand. »Es tut mir leid. Ich will dich nicht verärgern, und ganz sicher wollte ich dich vor deinem hohen Gast nicht bloßstellen. Aber du bist nicht ehrlich zu mir, Vater. Hättest du deinen klügsten Sohn schicken wollen, hättest du Guthric auswählen müssen.«
Diesmal schnaubte Ælfric und ließ ihn los. »Soll ich einen Träumer schicken, der nie mit seinen Gedanken bei der Aufgabe wäre? Und Guthric beherrscht die Sprache deiner Mutter nicht halb so gut wie du.«
»Das ist nicht wahr, und Guthric ist auch kein so hoffnungsloser Träumer, wie du annimmst. Aber ich will nicht, daß du ihn an meiner Stelle schickst. Ich wünschte mir nur, du würdest ehrlich zugeben, warum du mich ausgesucht hast.«
»Ich habe dir die Wahrheit gesagt, und an deiner Stelle würde ich mir gut überlegen, ob du das noch einmal in Zweifel ziehen willst.«
Cædmon mochte sich im Augenblick nicht ganz darüber im klaren sein, ob er ein Feigling voller Selbstmitleid oder ein grausam verstoßener Krüppel war, jedenfalls war er kein Märtyrer. Er hielt den Mund.
Ælfric sah zum Nachthimmel auf und pflückte versonnen eine Blüte vom Baum. »Eines Tages wirst du mir dankbar sein, glaub mir.«
Cædmon schnitt verstohlen eine Grimasse. Das konnte er nun wirklich nicht glauben. Er dachte einen Moment nach. »Kann ich dich etwas fragen, Vater?«
»Natürlich.«
»Warum … müssen wir tun, was Harold Godwinson wünscht? Wieso …« Er fand es schwierig, die richtigen Worte zu finden. »Aus welchem Grund kann er einfach herkommen und einen Sohn von dir fordern?«
»Er ist der mächtigste Mann in England, Cædmon. Kaum jemand kann es sich erlauben, Harold Godwinson eine Bitte abzuschlagen. Nicht in diesen Zeiten.«
»Aber du bist des Königs Thane und niemandem sonst verpflichtet.«
»Harold Godwinson handelt in des Königs Auftrag. Derzeit jedenfalls.«
»Aber was du dem König schuldest, ist klar geregelt. Steuern, Wehrdienst, Männer für den Brückenbau und die Instandhaltung der Straßen. Und das ist alles.«
»Das steht in einer Urkunde, die beinah hundert Jahre alt ist. Aber seither hat die Welt sich gewandelt. Als König Æthelred deinem Ur-

großvater Helmsby überschrieb, war es groß genug, um jeden Haushalt zu ernähren. Mehr als das Sechsfache dessen, was ich heute besitze. Aber dein Ahn teilte es auf unter seinen Söhnen.«
»Ja, ich weiß. Darum sind all unsere Nachbarn Verwandte. Wie Onkel Ulf of Blackmore zum Beispiel.«
»So ist es. Mein Vater war klüger. Er teilte das verbliebene Land nicht noch einmal auf, sondern vermachte es mir, seinem ältesten Sohn. Aber er dachte nicht darüber nach, was aus meinem Bruder werden sollte. Er schickte Athelstan an den Hof des Königs, und heute ist er ein Herumtreiber und ein Taugenichts.«
Cædmon lächelte unwillkürlich, als der Name des Onkels fiel, fragte dann aber: »Wenn du so denkst, warum erlaubst du Guthric dann nicht, ins Kloster zu gehen?«
Ælfric winkte ungeduldig ab. »Das ist eine ganz andere Frage, die dich im übrigen überhaupt nichts angeht. Was ich sagen will, ist das: Wir sind in Geldnöten. Deswegen mußte ich den Leuten von Metcombe ihr Land abgaunern, aber das bedeutet nicht das Ende unserer Schwierigkeiten. Ich schulde der Krone Geld, Cædmon. Eine Menge Geld. Ich habe die Steuern seit Jahren nicht in voller Höhe aufbringen können. Viele kleine Thanes stecken in der gleichen Klemme. Und es gibt einen leichten Ausweg. Was die meisten tun, ist, in ein Dienstverhältnis zu einem größeren, reicheren Lord einzutreten. Es gibt ein lateinisches Wort dafür. *Commendatio*. Sie verpflichten sich einem mächtigen Thane oder Earl gegenüber, treten in seinen Dienst und sind ihre Geldsorgen los.«
»Und du bist eine ... *commendatio* mit Harold Godwinson eingegangen?«
Ælfric schüttelte langsam den Kopf. »Das hätte er gern. Aber ich will nicht. Ich ... kann nicht.«
»Du traust Godwinson nicht«, schloß Cædmon verblüfft.
Ælfric hob unbehaglich die Schultern. »Er ist ohne Zweifel ein großer, ehrenhafter Mann. Ein alter Freund und Kampfgefährte, und vielleicht wird es dich versöhnen zu hören, daß er meinem Bruder Athelstan einmal sein nichtsnutziges Leben gerettet hat. Aber die Vorstellung gefällt mir nicht, von Harolds Gnade abhängig zu sein. Dafür opfern die Godwinsons die Ihren zu bereitwillig, wenn es hart auf hart kommt. Also mußte ich ihm etwas anderes bieten.«
Cædmon wandte sich ab und legte eine Hand über den Mund. Gott,

du hast mich *verkauft*, dachte er entsetzt. Verscherbelt wie ein Mastschwein…

Er ballte die Fäuste und steckte sie unter die Achseln, als er es merkte. »Bin ich so viel wert?«

Ælfric lächelte unfroh. »Du solltest stolz sein. Du bist tatsächlich die Antwort auf seine drängendste Sorge.« Er schwieg einen Augenblick und legte seinem Sohn dann leicht die Hand auf die Schulter. »Du könntest es sehr viel schlechter antreffen, als in Harold Godwinsons Dienst zu treten, weißt du. Er ist ein großer Mann. Und wenn du es richtig anstellst, kannst du davon profitieren.«

»Und wenn ich es nicht richtig anstelle?«

»Dann wirst du zermalmt wie in den Fängen eines Drachen, Cædmon. So ist die Welt.«

Bosham, April 1064

Cædmon saß fröstelnd auf einem Findling und starrte zu den fünf Schiffen hinüber, die nicht weit vom Ufer entfernt im untiefen Wasser knarrend um ihre Ankerketten dümpelten. Ein paar Männer waren bereits an Bord gegangen, auf dem vordersten Schiff wurde der Mast errichtet. Ein schneidender Wind pfiff und trieb schwere Wolken landeinwärts. Cædmons Umhang flatterte wie ein loses Segel, und er zog ihn fest. Das warme Frühlingswetter hatte nicht gehalten. Seit sie vor drei Tagen von Helmsby aufgebrochen waren, hatte es fast unablässig geregnet.

Am Strand herrschte hektisches Treiben. Bewaffnete Männer kamen einzeln oder zu zweit über die Düne und schlossen sich einer der fünf Gruppen an, die sich nach und nach auf dem nassen Sand herausbildeten – die Besatzungen der fünf Schiffe. Diener brachten ein paar Vorräte an Bord, Housecarls trugen geheimnisvolle Kisten, vielleicht Geschenke für Herzog William, dachte Cædmon. Und all diese Menschen eilten an ihm vorbei, ohne ihm mehr Beachtung zu schenken als dem Findling, auf dem er saß. Sie umrundeten ihn geschickt, aber keiner würdigte ihn eines Blickes. So ging das seit drei Tagen. Cædmon hatte sich so manches Mal gefragt, ob er vielleicht unsichtbar geworden war.

Ein einfach gekleideter, unbewaffneter Mann trat an ihn heran und

belehrte ihn eines Besseren. »Hier, halt ihn und nimm ihn mit an Bord, mach dich mal nützlich.«
Cædmon stand hastig auf. »Ja, sicher, nur…«
Doch der Mann hatte ihm schon einen Falken auf den Unterarm gesetzt, ihm die Leine in die Linke gedrückt und stürzte davon.
»Nur hab ich keinen Handschuh«, beendete Cædmon seinen Einwand murmelnd. Er wickelte sich schnell den Saum seines Umhangs um die Hand, ehe der Falke die Krallen hineinschlagen konnte. Dann setzte der Junge sich vorsichtig wieder hin. Er versuchte, keine ruckartigen Bewegungen zu machen, um den Vogel nicht zu erschrecken, und begutachtete den kleinen, von einer Lederhaube verhüllten Kopf. Dann seufzte er. »Also schön. Sei mir willkommen. Vermutlich bist du ein übellauniges Ungeheuer wie all deine Artgenossen und wirst mir die Augen aushacken, wenn ich nicht vorsichtig bin, aber selbst du bist besser als überhaupt keine Gesellschaft.«
Auf dem anstrengenden, freudlosen Ritt von East Anglia zur Küste hinunter hatte er sich manchmal so allein gefühlt, daß er sich Unterhaltungen mit Guthric ausgedacht hatte. Er hatte sich vorgestellt, sein Bruder sei mit ihm zusammen auf diese Reise ins Unbekannte geschickt worden, und das hatte das Gefühl von Verlorenheit ein wenig gemildert. Manchmal wußte er so genau, was Guthric gesagt hätte, wenn sie einen auffälligen Baum passierten oder irgendwer in Hörweite etwas besonders Dummes von sich gab, daß Cædmon Guthrics Stimme beinah hören konnte, und dann grinste er verstohlen vor sich hin und vergaß für ein Weilchen, wie kalt und naß und hungrig er war.
Sie hatten weder in Westminster haltgemacht, wo der König sich derzeit aufhielt und wie so oft den von ihm initiierten Bau der neuen Klosterkirche beaufsichtigte, noch in Winchester. Cædmon mußte gestehen, daß er enttäuscht war. Aber Harold Godwinson war in Eile.
Die erste kurze Nacht verbrachten sie auf einem seiner Güter in der Nähe von Maldon, und einer der Männer hatte abends in der Halle ein langes Versgedicht vorgetragen, das von einer erbitterten Schlacht erzählte, die der ruhmreiche Byrhtnoth dort in Maldon gegen die Dänen geschlagen und verloren hatte. Tief berührt hatte Cædmon gelauscht. Natürlich kannte er sowohl die Geschichte der Schlacht als auch das Lied, denn Maldon lag nicht weit von Helmsby entfernt, doch hatte er nie zuvor einen so guten Spielmann gehört. So eindringlich war sein Vortrag, daß man beinah glaubte, man sehe das grausame Gemetzel mit eigenen Au-

gen, höre die trotzigen Worte der sterbenden Krieger mit eigenen Ohren. Es hatte ihn beunruhigt, aber gleichzeitig zutiefst beeindruckt.
Am zweiten Abend waren sie zu einem weiteren Haus des Earl in Sussex gekommen, am dritten Tag endlich nach Bosham, wo Harold ebenfalls eine Halle besaß. Sie war größer als jedes Haus, das Cædmon je gesehen hatte. Über der eigentlichen Halle lag ein zweites Stockwerk, wo der Earl seine private Kammer hatte, die ihm und seiner Geliebten Edith nicht nur als Schlafraum, sondern auch der sicheren Aufbewahrung seiner Geldschatullen, Reliquien, goldenen Trinkbecher und anderer kostbarer Gegenstände diente. Auch ihre zahlreichen Söhne und Töchter und die Würdenträger seines Haushaltes wohnten in eigenen Kammern. Cædmon fragte sich, wie es wohl sein mochte, wenn man einen Raum ganz für sich allein hatte oder nur mit seinen Brüdern teilen mußte. Er konnte es sich überhaupt nicht vorstellen.
In Bosham waren die Vorbereitungen für die Überfahrt in die Normandie bereits in vollem Gange. Die Thanes und Housecarls und Soldaten, die mitreisen sollten, waren schon alle versammelt. Cædmon staunte, wie viele Männer es waren. Gewiß nicht weniger als hundert. Er hatte versucht, niemandem im Weg zu sein und nicht aufzufallen. Meist drückte er sich irgendwo im Schatten herum. Keiner nahm Notiz von ihm, und er wagte nicht, irgendwen anzusprechen. In Harolds Hallen herrschte ein rauher Umgangston. Es wurde mehr getrunken, als in Helmsby üblich war, und manche der Männer waren streitsüchtig wie Kampfhähne. Je mehr das Gefolge anschwoll, um so voller wurde es in der Halle. In der letzten Nacht hatte Cædmon nur mit Mühe einen Platz finden können, wo er sich niederlegen konnte. Geschlafen hatte er kaum. Die hohen Deckenbalken hatten förmlich gebebt vom Schnarchen der Betrunkenen, und gleich links neben Cædmon vergnügte sich einer von Harolds Housecarls mit einer Magd. Der Mann zu seiner Rechten lag allein und schnarchte auch nicht, aber er stahl Cædmon die Decke. Der Junge hatte nicht gewußt, was er tun sollte, er fürchtete, er würde sein Leben aufs Spiel setzen, wenn er sie zurückforderte. Also hatte er gefroren und mit einer seltsamen Mischung aus Faszination und Bestürzung den kaum gedämpften Lustschreien der scheinbar unersättlichen Küchenmagd gelauscht. Das erste graue Tageslicht kroch schon durch die Ritzen der hölzernen Wände, als er endlich einschlief.
Am Morgen hatte Earl Harold sich mit seinem gesamten Gefolge in die

kleine Kirche von Bosham gedrängt, um für ein gutes Gelingen seiner Mission zu beten, und dann waren sie zur Küste geritten.

»Und wie mag es jetzt weitergehen, hm?« fragte Cædmon den Falken.

Der Vogel legte den Kopf schräg, lief seitwärts seinen Arm bis zum Handgelenk hinab und klammerte sich fest. Die scharfen Krallen drangen mühelos durch den dünnen Wollstoff.

Cædmon schnitt eine Grimasse. »Im Grunde kann es nur besser werden.«

»He, du, Hinkefuß! Bist du Cædmon of Helmsby?«

Cædmon biß die Zähne zusammen, ehe er aufsah. Ja, Narbenfratze, genau der bin ich, hätte er antworten können, aber er ließ es lieber sein. Der Mann vor ihm trug ein Kettenhemd aus geschwärzten Eisenringen, einen Helm, Pike, Wurfspieß und Streitaxt und sah alles in allem so aus, als verschlinge er morgens zum Frühstück gern ein, zwei angelsächsische Jünglinge, mit oder ohne Hinkefuß.

»Ja.«

»Dann geh an Bord. Los, los, beweg dich. Da vorn, das erste Schiff.«

Cædmon stand auf und folgte den Männern, die sich zu dem ersten und größten der Schiffe begaben, mit dem auch Earl Harold selber segeln würde. Kurz vor der Wasserlinie zogen die Männer Schuhe und Hosen aus, rafften ihre knielangen Übergewänder und wateten in die Brandung. Niemand machte Anstalten, Cædmon den Falken abzunehmen. Also hielt er Gewand und Umhang mit einer Hand hoch, so gut er konnte, und fand sich damit ab, daß er mit triefnassen Schuhen in die Fremde ziehen würde.

Der Wind stehe günstig, hatten die Seeleute zuversichtlich versprochen. Und tatsächlich glitten die Schiffe mit erstaunlicher Schnelligkeit durchs graugrüne Wasser. Gischt schäumte zischend am Bug auf. Wenn Cædmon zurücksah, konnte er immer die übrigen vier Schiffe sehen, die fächerförmig hinter ihnen folgten wie ein Gänseschwarm seinem Leitvogel, doch die grünen, welligen Hügel und kreideweißen Felsen der englischen Küste verschwanden bald. Cædmon spürte eine eigentümliche Enge in der Brust, als hielten Bärenpranken ihn gepackt und drückten ihm die Luft ab. Er fühlte sich entwurzelt, abgeschnitten von allem, was vertraut und sicher war, verbannt.

»Sieh nicht zurück, mein junger Freund, die Zukunft Englands liegt vor uns«, raunte eine samtweiche Stimme in sein Ohr.

Cædmons Kopf schnellte hoch. »Was?«
Er fand sich Auge in Auge mit einem jungen Mönch, der so lautlos zu ihm an die Reling getreten war, daß Cædmon nichts davon bemerkt hatte. Er war ein hagerer, recht kleiner Mann; er mußte ein wenig zu Cædmon aufsehen. Auf den ersten Blick wirkte er nicht viel älter als Dunstan, aber die Tonsur in seinem dunkelblonden Schopf besagte, daß er die Gelübde abgelegt hatte. Der Blick seiner dunklen Augen war von einer seltsam entrückten Heiterkeit, die Cædmon schlagartig an Guthric erinnerte.
»Was sagtet Ihr, Bruder?«
»Du hast gehört, was ich gesagt habe. Aber hast du auch verstanden, was ich meinte? Und möglicherweise noch wichtiger ist die Frage: Habe *ich* verstanden, was ich meinte? Wer weiß.« Die beinah schwarzen Augen funkelten spitzbübisch. »Mein Name ist Oswald.«
»Cædmon.«
»Oh, ich weiß, ich weiß. Ein ebenso heiliger Name wie der meine. Und wie rufst du deinen gefiederten Begleiter?«
Cædmon sah stirnrunzelnd auf den Falken auf seinem Handgelenk. »Ich weiß es nicht, Bruder. Er wurde mir in aller Hast anvertraut. Man hat mir seinen Namen nicht gesagt.«
»Dann sollten wir einen für ihn finden. Was hältst du von Guillaume?«
Cædmon wiederholte das eigenartige Wort tonlos, erprobte es auf seiner Zunge. »Was für ein Name soll das sein?«
Bruder Oswald betrachtete ihn einen Moment ernst. »Ein Name, von dem wir noch viel hören werden, glaub mir. Es bedeutet William.«
»Oh.«
»Man raunte in mein haariges Segelohr, du sprichst Normannisch?«
Cædmon nickte. »Meine Mutter stammt aus der Normandie. Sie lebt schon lange in England«, fügte er hastig hinzu, als gelte es, einen Makel vom Ruf seiner Mutter zu tilgen, »aber sie hängt an ihrer Muttersprache. Sie hat sie mir beigebracht, meinen Brüdern und meiner Schwester auch.«
»Sieh an.« Bruder Oswald legte seine feingliedrigen Hände um die Reling und sah in die aufspritzenden Fluten hinab. »Dein Vater war mit König Edward im Exil?«
Cædmon wiegte den Kopf hin und her. »Mein Großvater, genaugenommen. Mein Vater kam in der Normandie zur Welt. Er war noch

jung, als er mit dem König nach England zurückkam und Thane of Helmsby wurde … Warum wollt Ihr das alles wissen?« fragte er plötzlich argwöhnisch.
Bruder Oswalds Gesicht erstrahlte in einem entwaffnenden Lächeln voller Übermut. »Oh, meine *Confratres* haben mich geschickt, dir auf den Zahn zu fühlen. Sie sind zu Tode beleidigt, daß Earl Harold einen eigenen Übersetzer mitgenommen hat.«
Cædmon konnte nicht anders, als das Lächeln zu erwidern. »Ich wünschte bei Gott, er hätte mich zufriedengelassen und ich könnte da sein, wo ich herkomme.«
Oswald schürzte die Lippen. »Immerhin kann ich den Brüdern also berichten, daß du nicht die Absicht hast, dich hervorzutun und in Harolds Diensten auf Kosten ihrer Glaubwürdigkeit Karriere zu machen.«
»Ganz sicher nicht«, beteuerte Cædmon mit Inbrunst.
»Das wird sie beruhigen. Du möchtest also gar nicht in die Normandie an den Hof des strahlenden Herzogs William?«
Cædmon schüttelte den Kopf, hob die Linke und strich dem Falken behutsam das Gefieder. Der Vogel senkte den gekrümmten Schnabel und bot seine weiße Brust den liebkosenden Fingern.
Oswald wandte sich um, verschränkte die Arme und lehnte sich seufzend an die Reling. »Ach ja. Warum sollte es dir besser ergehen als mir?«
»Ihr wolltet auch nicht?« erkundigte Cædmon sich, erleichtert, einen Gleichgesinnten gefunden zu haben.
Oswald schüttelte den Kopf. »Bei dieser Sache kann nichts Gutes herauskommen.«
»Wie meint Ihr das?«
Der Bruder hob unbehaglich die Schultern. »König Edward liebt die Normannen und die Normandie. Vielleicht mehr, als gut ist für England. Earl Harold hingegen mißtraut den Normannen zutiefst. Trotzdem schickt der König ausgerechnet ihn an Williams Hof. Dabei möchte ich wetten, daß William Harold ebenso mißtraut wie umgekehrt. Nein, ich fühle mich nie besonders wohl, wenn ich feststelle, daß ich zwischen Hammer und Amboß geraten bin. Was mir seltsamerweise immer wieder passiert. Aber nun muß ich gehen, Freund Cædmon. Sei guten Mutes, Earl Harold selbst führt das Ruder, wir werden sicher landen. Er ist ein hervorragender Seemann. Das liegt

an den Wikinger-Vorfahren«, schloß er trocken und wollte sich abwenden.

»Wartet noch«, bat Cædmon impulsiv. Er hatte drei Tage lang mit niemandem gesprochen. Er wollte nicht gleich wieder alleingelassen werden.

Oswald zögerte und sah ihn abwartend an.

»Aus welchem Kloster kommt Ihr, Bruder Oswald?«

»Ely.«

»Dorthin wollte mein Bruder. Aber Vater erlaubt es nicht.«

Oswald verzog das Gesicht in spöttelnder Mißbilligung. »Dein Vater riskiert sein Seelenheil ... Warum will dein Bruder ins Kloster?«

»Er will lesen lernen.«

»Eine gefährliche Gabe.«

Cædmon sah ihn überrascht an. »Wieso sagt Ihr das?«

»Weil ich es erfahren habe, am eigenen Leib. Nichts kann einen Mann so von Gott entfernen wie die Wissenschaft. Sag das deinem Bruder.«

Cædmon lächelte schwach. »Er ist wie Ihr, wißt Ihr.«

Oswald erwiderte das Lächeln. »Dann sag ihm, er soll rennen, so weit und so schnell er nur kann, wenn er einem Kloster nahekommt.« Und damit wandte er sich ab.

Der Wind frischte auf, und Cædmon verließ seinen Platz bald, weil die Reling zum Schauplatz höchst unappetitlicher Vorkommnisse wurde. Er wanderte langsam nach achtern und dachte verwundert, daß er noch nie in seinem Leben so viele standhafte Männer hatte kotzen sehen.

Als er zum Ruderstand kam, sagte eine lachende Stimme: »Nun, Cædmon? Du und ich und Odin scheinen beinah die einzigen an Bord, die seefest sind.«

Cædmon wandte den Kopf. Harold Godwinson stand am Ruder, seine Augen lachten, seine wunderbar gesunden Zähne waren entblößt, und für einen Moment erschien er wahrhaftig wie ein wilder Wikinger. Cædmon mußte sich zusammennehmen, um nicht furchtsam zurückzuweichen.

»Wer ist Odin, Mylord?«

Harold nahm kurz die Linke vom Ruder und wies auf den Falken. »Mein bestes Stück. Reitest du oft zur Falkenjagd, Junge?«

Cædmon schüttelte den Kopf. »Nie, Mylord.« Es war ein sündhaft teurer Zeitvertreib, den sein Vater sich nicht leisten konnte.

Harold runzelte die Stirn. »Was fällt dem Falkner dann ein, ihn dir anzuvertrauen? Gib ja auf ihn acht. Wenn du ihn ausbüxen läßt, kommst du in Teufels Küche.«
Cædmon wickelte die Halteleine fester um die Linke. »Seid unbesorgt. Was bedeutet Odin?«
»Es ist der Name eines der alten Götter.«
»Oh … dänisch«, murmelte Cædmon mit kaum verhohlener Geringschätzung.
Harold sah ihn einen Augenblick an, ein Mundwinkel zuckte. »Auch deine angelsächsischen Vorfahren haben zu Odin gebetet, ehe aus Irland und Rom die Mönche kamen, die sie zum wahren Glauben bekehrten, mein Junge.«
Cædmon war keineswegs sicher, ob er das glauben sollte.
Harold nickte nachdrücklich. »So war es. Und die meisten Nordländer sind längst Christen geworden. Die Dänen sind kein so übles Volk, wie man dich gelehrt hat, glaub mir.«
Cædmon sah unwillkürlich auf sein Bein hinab und antwortete nicht.
Harold blickte kurz zum Himmel auf. »Ich schätze, wir kriegen ein bißchen mehr Wind, als wir uns gewünscht haben. Es könnte ein wenig ruppig werden. Besser, du gehst mittschiffs in Deckung. Und paß bloß auf den Falken auf. Sieh dich rechtzeitig nach irgendwas um, woran du dich festhalten kannst.«
Es war ein guter Rat. Beinah schlagartig wurde der Tag finster, gewaltige Wolkentürme jagten heran und entluden sich über ihnen. Der Wind heulte auf und steigerte sich so schnell zu einem handfesten Sturm, daß der Mast brach, ehe Harold den Befehl geben konnte, das Segel einzuholen. Der Earl und die Seeleute an Bord waren fieberhaft bemüht, lose Ladung zu vertäuen und die Männer an Bord so zu verteilen, daß das Schiff keine Schlagseite bekam. Turmhohe Brecher schlugen über die Reling, und weil es finster war, wußte man erst, daß sie kamen, wenn sie einen wie ein eisiger Schlag auf den Kopf trafen. Viele Stimmen brüllten durcheinander, schwere Schritte rannten bald zum Bug, bald nach achtern, und schon zweimal war der grauenvolle Schrei: »Mann über Bord!« erklungen.
Cædmon hatte ein Tau gefunden, das zur Takelage gehörte, hatte es mehrmals um seinen Arm geschlungen und das andere Ende an einen eisernen Ring in der Bordwand geknotet. Er kniete am Boden, hatte den Brechern den Rücken zugewandt und beugte seinen Oberkörper

schützend über den Falken, der jetzt vollkommen reglos auf seinem Arm hockte und fast unmerklich bebte.

Wieder gellte der verzweifelte Ruf: »Mann über Bord!« Und eine zweite Stimme schrie fast gleichzeitig: »Oh, heiliger Petrus, steh uns bei, es war Bedwyn. Bedwyn!«

»Wer immer Bedwyn sein mag, sein Schicksal ist es, noch heute vor seinem Schöpfer zu stehen«, ächzte eine vertraute Stimme neben Cædmon.

»Bruder Oswald!«

»Erlaubst du, daß ich mich an deinem Seil festhalte, Freund Cædmon?«

»Natürlich.«

Oswald war auf Händen und Füßen herangekrochen. Erleichtert griff er nach dem dicken Tau und klammerte sich so fest daran, daß seine Knöchel weiß hervortraten. Er war von Kopf bis Fuß durchnäßt, genau wie Cædmon, seine Kutte klebte ihm am dürren Leib. »Man könnte meinen, Gott sei unserer Mission nicht wohlgesinnt.«

Cædmon nickte. »Ich hoffe, er hat nicht die Absicht, uns deswegen gleich alle zu ersäufen.«

Oswald setzte sich ein wenig auf und lehnte sich mit dem Rücken an die Bordwand, die Hände unverändert um das Seil gelegt. »Das hoffe ich auch. Kannst du schwimmen?«

»Ja. Ihr?«

Oswald nickte und atmete tief durch. »Aber ich glaube, ich hätte derzeit keine große Lust, denn...«

Ein gräßliches Splittern und Kreischen von Holz übertönte seine letzten Worte. Dann durchlief ein heftiger Ruck das Schiff, und es neigte sich spürbar zur Seite.

»Ein Riff! Wir sind auf ein Riff aufgelaufen!«

Cædmon hätte schwören können, es war die Stimme, die eben »Mann über Bord« gemeldet hatte. Die Stimme des Unglücksboten. Entsetzen schwang darin.

Oswald schloß die Augen, nahm eine Hand vom Tau, um sich zu bekreuzigen, und senkte den Kopf.

Cædmon beugte sich weiter über den verängstigten Vogel, krümmte sich, so weit er konnte, zusammen, und so sah er es nicht, spürte lediglich, daß die Welt plötzlich aus den Angeln geraten war und sich um ihre eigene Achse zu drehen schien, ein Heer von Geisterstimmen schrie in Panik auf, und er purzelte vornüber. Das Seil hielt ihn nur einen Augenblick. Dann prallte Bruder Oswalds Körper hart gegen seinen, und Cædmon stürzte in die Schwärze.

Das Wasser war so unglaublich kalt, daß er einen Moment glaubte, sein Herz werde stehenbleiben und der Kampf mit den Fluten bliebe ihm erspart. Doch sein Herz raste weiter. Er trat Wasser und erlebte einen Augenblick gänzlich unerwarteter Glückseligkeit. Sein gefühlloses linkes Bein bewegte sich und fühlte sich im Wasser nicht tauber an als das rechte. Dann rollte eine der gewaltigen Wellen über ihn hinweg, und als er prustend wieder auftauchte, hatte er den Falken verloren. Der Sturm heulte unverändert, aber die schwarzen Fluten verursachten ein viel größeres Getöse, so als seien es Felsblöcke, nicht Wassermassen, die sich mahlend aneinanderrieben und türmten.

Cædmon kämpfte sich strampelnd aus seinem Umhang und schwamm los. Dabei war ihm völlig klar, daß es im Grunde keinen Sinn hatte. Er wußte ja nicht einmal, in welcher Richtung die normannische Küste lag oder wie weit es bis dorthin sein mochte. Außerdem zerrte die starke Strömung an ihm und schien ihn jedesmal zurückzuwerfen, wenn er eine Elle weit gekommen war. Er konnte überhaupt nichts sehen. Zweimal versuchte er, Bruder Oswalds Namen zu rufen, aber beide Male brachte es ihm nichts weiter ein, als daß ein Schwall bitteres Salzwasser in seinen geöffneten Mund strömte. Die Schwärze um ihn herum und die bodenlose Tiefe unter ihm erfüllten ihn mit Grauen, und er schwamm in Panik, in dem vollkommen sinnlosen Versuch, dem Grauen zu entkommen.

Seine Kräfte schwanden schnell. Die vollgesogene Kleidung wurde bleischwer und wollte ihn in die Tiefe ziehen. Seine Schwimmzüge wurden kleiner und schwächer, er kam überhaupt nicht mehr von der Stelle. Eine der unbarmherzigen Wellen schlug über ihm zusammen, traf seinen Kopf wie eine wütend geschwungene Keule, und er ging unter. Mit weit aufgerissenen Augen sank er, wurde von der Strömung wieder emporgerissen, holte keuchend Atem und schrie vor Angst und Wut. Dann kam die nächste Welle herangebraust, legte sich mit ungeheuer kräftigen Pranken auf seine Schultern und schob ihn vorwärts, und Cædmon pflügte mit dem Gesicht durch Sand.

Er öffnete den Mund zu einem Laut der Verwunderung, doch sofort füllte sein Mund sich mit winzigen, klebrigen Sandkörnern. Er spuckte und keuchte, spürte weichen Boden unter Händen und Knien und krabbelte in panischer Hast weiter an Land. Dann lag er still, zitternd vor Kälte und Erschöpfung, fuhr mit den Händen durch die nasse Erde und dankte Gott.

»Wenn du dich rührst, bist du tot«, raunte eine heisere Stimme über ihm auf normannisch.

Cædmon fuhr zusammen, blieb aber unbewegt mit dem Gesicht im Sand liegen und antwortete: »Viel ist ohnehin nicht von mir übrig. Soll ich liegenbleiben, bis die Flut kommt und sich den Rest von mir holt?«

Er hörte ein leises Keuchen, das vielleicht ein Lachen war. »Steh auf. Langsam. Hände auf den Rücken.«

»Ich glaube nicht, daß ich das kann.« Seine Arme und Beine bebten vor Schwäche, es war, als wären all seine Knochen zu Wasser geworden.

»Bist du Engländer? Wir haben schon ein paar aus dem Wasser gefischt. Aber keiner verstand unsere Sprache.«

»Ja, ich bin Engländer. War ein junger Mönch unter denen, die ihr retten konntet?«

»Wir haben niemanden gerettet, Bürschchen. Wir haben sie gefangengenommen. Dieses Land gehört Comte Guy de Ponthieu.«

Cædmon hob den Kopf aus dem Sand. »Ich bitte vielmals um Vergebung, hier ungebeten angespült worden zu sein.«

Zwei große Hände umfaßten seine Oberarme und zerrten ihn in die Höhe. »Komm auf die Füße. Ich will hier draußen nicht die Nacht verbringen.«

Der Soldat war ein hagerer, eher kleiner Mann in fadenscheinigen Kleidern, aber das knielange Kettenhemd und das Schwert an seiner linken Seite schienen von erstklassiger Qualität. Eine Streitaxt trug er nicht. Auch keinen Helm, und da er der erste leibhaftige Normanne war, den Cædmon zu Gesicht bekam, fiel es dem Jungen nicht leicht, seine Verblüffung zu verbergen. Wäre er nicht so vollkommen erschöpft gewesen, hätte er sich das Lachen wohl kaum verkneifen können: Der Mann vor ihm war vollkommen bartlos, und damit nicht genug, war sein leicht ergrautes, dunkles Haar auf höchst seltsame Weise geschoren. Es hing ihm in kurzen Fransen über die Stirn, zog sich in einer leichten Rundung um den Kopf, die die Ohrläppchen freiließ, und war hinten gerade abgeschnitten, so kurz, daß sein Nacken zu sehen war.

»Was starrst du mich so an, he?«

Cædmon senkte eilig den Blick.

»Komm.« Der Mann legte ihm die Hand auf die Schulter und führte ihn eine flache Düne hinauf. Cædmon torkelte humpelnd vor ihm her.
Auch hier an Land herrschte schweres Wetter. Der Wind fegte vom Kanal heran und ließ ihnen den dichten Regen waagerecht in den Rücken prasseln. Doch war es hier nicht so finster wie draußen auf See. Im grauen Tageslicht konnte Cædmon die Wolken ausmachen, die über den Himmel jagten, das struppige Gras auf dem Kamm der Düne, das Grün der Wiesen dahinter, und er dachte verwundert: Es sieht aus wie England.
Eine Schar von vielleicht einem Dutzend Reitern wartete jenseits der Düne auf einem schlammigen Pfad, etwa ebenso viele Gefangene standen triefend und mit hängenden Schultern zwischen ihnen. Nur Harold Godwinson hielt sich aufrecht und sah den Soldaten herausfordernd in die Augen. Cædmon ließ den Blick über die jämmerliche kleine Schar gleiten. Bruder Oswald war nicht darunter.
Sein Bewacher stieß ihn unsanft zwischen die Schulterblätter, und Cædmon stolperte in die Mitte der kleinen Gruppe.
»Gott sei Dank, Junge«, murmelte Harold.
»Wo sind die anderen?« fragte Cædmon verstört.
Harold schüttelte langsam den Kopf. »Nur wir. Ich weiß nicht, was aus den übrigen vier Schiffen geworden ist. Ich bete, daß sie rechtzeitig umkehren konnten.«
Der Zug setzte sich in Gang. Der Pfad führte zwischen üppigen Wiesen und frisch bestellten Feldern mit fetter, brauner Erde hindurch, mündete in eine Straße, der sie zwei oder drei Stunden in südlicher Richtung folgten, bis sie schließlich ein großes Dorf erreichten. An seinem Westrand stand auf einem flachen Hügel eine steinerne Halle.
Die Soldaten trieben ihre Gefangenen durch das Tor eines gewaltigen Palisadenzauns. Im Innenhof hielten sie an.
Der Mann, der Cædmon am Strand aufgelesen hatte, sah sie der Reihe nach an. Dann fragte er Harold: »Bist du der Anführer?«
Harold rätselte einen Moment mit gerunzelter Stirn, erkannte dann den Sinn der Worte und nickte.
»Wie ist dein Name?«
»Harold Godwinson. Ich bin im Auftrage König Edwards unterwegs zu Herzog William. Besser, ihr laßt mich ziehen.«
Der Normanne schüttelte den Kopf. »Was sagst du?«

Harold nickte Cædmon zu, und der Junge übersetzte getreulich, was er gesagt hatte.
Die Normannen wechselten ratlose Blicke. Dann saß der Wortführer ab, trat zu Harold und nahm ihm die Fesseln ab. »Komm mit. Du auch, Junge«, wies er Cædmon an und befahl seinen Kameraden: »Sperrt die anderen ein.«

Cædmon hatte nie zuvor eine Halle aus Stein gesehen. Selbst Harolds Häuser, die so viel größer und prächtiger waren als das seiner Familie in Helmsby, bestanden aus verbretterten Balkenkonstruktionen. Guy de Ponthieus Burg hingegen wirkte, als hätten Riesen große graue Felsquader aufgetürmt. Über eine Zugbrücke und durch ein breites, bewachtes Eingangstor gelangten sie in eine Vorhalle, hinter der eine Küche zu liegen schien; jedenfalls drangen Rauch und ein köstlicher Geruch nach gebratenem Speck heraus. Cædmons Magen grummelte vernehmlich. Rechts führte eine steinerne Treppe zur eigentlichen Halle hinauf. Dorthin brachte sie der Soldat.
Entlang der Stirnseite des großen Saales stand ein Tisch auf einem flachen Podest, dahinter brannte ein Feuer in einem mannshohen Kamin. Auch die Längswände waren von Tischen gesäumt, an denen Männer und Frauen in kleinen Gruppen zusammensaßen und aßen.
»Diese Normannen halten große Stücke auf Tischordnung«, raunte Harold Cædmon zu. »Nicht nur an der hohen Tafel, wie bei uns. Auch an den Seitentischen herrscht strikte Rangordnung. Wer unterhalb der Salzfässer sitzt, ist von keinerlei Bedeutung.«
Cædmon nickte. Das hatte seine Mutter ihm auch einmal erklärt.
Der Herr der Halle war ein etwas beleibter Mann um die Vierzig, dessen mürrisches Hängebackengesicht kränklich bleich wirkte. Er sah ihnen mit gerunzelter Stirn entgegen. An seiner Seite saß eine ebenso beleibte, aber sehr elegante Dame. Haube und Kotte waren aus safrangelbem Leinen, das ärmellose Überkleid aus einem schimmernden, dunkelgrünen Stoff, den Cædmon nicht kannte.
»Der Sturm hat ein Schiff auf die Sandbank getrieben«, meldete der Soldat. »Diesen hier und ein Dutzend weitere haben wir aufgegriffen. Er sagt, sein Name sei Harold Godwinson.«
Auf Guy de Ponthieus Sauertopfgesicht erschien langsam ein zufriedenes Lächeln. »Ach wirklich?« Er wandte sich an Harold. »*Der* Godwinson, von dem es heißt, er regiert England und seinen greisen König?«

Harold hob den Kopf noch ein wenig höher. Sein Blick glitt kurz in Cædmons Richtung. Offenbar hatte er nicht genau verstanden, was Guy gesagt hatte, und wußte nicht, ob man ihn beleidigt hatte oder nicht.
Cædmon räusperte sich und sagte mit gesenktem Kopf. »Er ist der Mann, den Ihr meint, *Monseigneur.*«
Guy sah kurz mit halb geschlossenen Lidern auf ihn hinab, beachtete ihn aber nicht weiter. An Harold gewandt fragte er: »Was führt Euch ins Ponthieu, Mylord?«
Harold drehte sich zu Cædmon um. »Sag ihm, König Edward hat mich mit wichtigen Nachrichten zu Herzog William in die Normandie gesandt. Sag ihm, ich bedaure, an seiner Küste gelandet zu sein, aber es war ein Unfall. Sag ihm, wir wären äußerst dankbar für ein Obdach für die Nacht und wollen morgen über Land nach Rouen ziehen, zu Herzog William.«
Cædmon übersetzte. Er bemühte sich, sicher und deutlich zu sprechen, damit Harolds überlegene Selbstsicherheit nicht gänzlich verlorenging, aber er sah weiterhin auf seine Füße, um die sich eine Pfütze zu bilden begann.
Guy lachte leise, als der Junge geendet hatte. »Also William der Bastard erwartet Euch, ja?«
Mit Cædmons Hilfe antwortete Harold. »So ist es.«
»Hm. Dann lassen wir ihn warten. Und wenn er lange genug gewartet hat, wird er vielleicht ein anständiges Lösegeld für seine englischen Freunde zahlen.« Er schien versucht, sich die Hände zu reiben. »Ihr seid die Antwort auf all meine Sorgen…«
Harold verschränkte die Arme vor der Brust und nickte Cædmon zu. »Sag ihm, seine Sorgen fangen gerade erst an.«
Cædmon zögerte.
»Sag es ihm!« fauchte Harold.
Cædmon übersetzte.
Guy de Ponthieu hörte auf zu grinsen und winkte die Wache hinzu. »Bring unseren hohen Gast und seinen Mund in ihr Quartier. Sorg dafür, daß es ihnen an nichts fehlt.«
Cædmon fand wenig Trost in dieser Anweisung, denn nicht nur er hörte den Hohn. Der Soldat und ein weiterer, der inzwischen in die Halle gekommen war, zerrten Harold die Hände auf den Rücken, fesselten ihn und führten ihn rüde hinaus. Niemand legte Hand an Cæd-

mon. Und das war auch gar nicht nötig. Freiwillig hinkte er hinter der traurigen Gruppe her, hinterließ eine tropfnasse Spur in der Halle und dachte, mir ist gleich, wo sie uns hinbringen. Nur bitte, Gott, sorg dafür, daß sie uns etwas zu essen geben.

Sie verließen die Halle durch das Haupttor und kamen über eine abwärts führende Außentreppe zu einem Gebäudeteil, den Cædmon ebenfalls nur aus Geschichten kannte: Das Verlies lag in einem unterirdischen Geschoß, das eigens zu diesem Zweck in die Erde gegraben worden war. Es war ein einzelner, großer Raum mit einer niedrigen Gewölbedecke. Eine dünne Schicht aus feuchtem Stroh lag am Boden. Als die schwere Holztür sich quietschend öffnete, hoben die übrigen Gefangenen die Köpfe.
Die Wachen führten Harold zur Wand gegenüber der Tür, wo mehrere lange Eisenketten an schweren Ringen in der feuchten Mauer verankert waren. Einer der Soldaten kniete sich auf den Boden und legte eine der Ketten um Harolds rechtes Fußgelenk.
Der Earl nahm es gelassen. Er lehnte sich leicht mit den Schultern an die Wand und sah zu seinem so erbärmlich geschrumpften Gefolge hinüber. Dann maß er Guys Soldaten mit einem verächtlichen Blick. »Und? Wie wär's, wenn ihr uns ein wenig Brot und einen Schluck Bier bringt? Wenigstens für den Jungen?«
Sie erwiderten seinen Blick ratlos.
»Übersetze, Cædmon.«
Cædmon schwieg. Er hatte Hunger. Vor allem hatte er Durst. Das Salzwasser schien jetzt schlimmer in seiner Kehle zu brennen als vor einer Stunde. Aber es war noch nicht so schlimm, daß er bereit gewesen wäre zu betteln.
»Worauf wartest du, Junge«, drängte Harold unwirsch.
»Der Earl of Wessex wünscht zu erfahren, ob man gewillt ist, ihm und seinem Gefolge ein wenig Brot zukommen zu lassen«, meldete sich eine samtweiche Stimme aus dem Schatten.
»Bruder Oswald!« rief Cædmon voller Freude.
Der Mönch trat in den zuckenden Lichtkreis der einzelnen Fackel, verneigte sich knapp vor Harold und lächelte Cædmon verstohlen zu. Dann sprach er wieder zu den Wachen: »Denn mögen wir in euren Augen auch nur englische Barbaren sein, sind wir doch Schiffbrüchige, wißt ihr. Unerträglicher Durst quält einen jeden von uns, nachdem wir gegen die

salzigen Fluten kämpfen mußten, um an eure grüne, fruchtbare Küste zu gelangen, fast so wie einst das Volk Israel in der großen Wüste nach der Flucht aus Ägypten. Und wir sind hungrig. Gott, wie hungrig wir sind! Tagelang waren wir unterwegs, versteht ihr, sind ziellos umhergetrieben auf dem weiten Meer, und unsere Vorräte waren im Nu aufgezehrt.«
»Was faselt der Mönch da so lange?« brummte Harold.
»Ja, Bruder Oswald, was faselt Ihr da?« raunte Cædmon.
Oswald ignorierte ihn und fuhr voller Inbrunst fort: »Die Sonne brannte auf unsere Köpfe herab, und bald ging uns das Trinkwasser aus. Manch wackerer Mann verging vor Durst, trank vom verhängnisvollen Salzwasser und tobte im Wahnsinn, bis Gott ihn erlöste. Dann, als schon alle Männer halbtot waren vor Hunger und Durst, begegneten wir einem Seeungeheuer...«
»Wie weit ist es von England bis hierher?« erkundigte einer der Soldaten sich unsicher.
»Oh, weit!« Oswald machte eine vielsagende, ausholende Geste. »Ich weiß es nicht mit Bestimmtheit, aber ich möchte annehmen, England liegt näher am Reich der Russen als dem der ruhmreichen Normannen.«
Die Soldaten waren tief beeindruckt. »Wie lange wart ihr denn unterwegs?« wollte der andere wissen.
Oswald runzelte die Stirn. »Schwer zu sagen. Cædmon, wie lange waren wir unterwegs?«
Cædmon trat neben ihn und schüttelte langsam den Kopf. »Ich weiß es wirklich nicht, Bruder Oswald. Ich konnte all die Tage nicht zählen. Ich weiß, wir hatten einen jungen Falken an Bord, als wir aufbrachen, der an Altersschwäche starb, ehe wir ankamen.«
Oswald starrte ihn einen Moment in vollkommener Verblüffung an, dann leuchteten seine Augen auf. »Ihr habt ihn gehört. Cædmon war noch ein Knabe, als wir von zu Hause lossegelten, lag praktisch noch in den Windeln, und jetzt schaut ihn euch an.«
»Cædmon«, fiel Harold schneidend ein. »Ich verlange zu wissen, was ihr da redet.«
»Wir versuchen nur, diese wackeren Männer zu überzeugen, daß wir ein Abendessen verdient haben«, antwortete Oswald glattzüngig.
Harold brummte mißtrauisch.
Die beiden Wachen tauschten ratlose Blicke. Dann nickte der, der Cædmon am Strand aufgelesen hatte. »Na schön. Ich werd' sehen, was sich machen läßt.«

Cædmon wartete, bis sie hinausgegangen waren, dann bestürmte er Bruder Oswald: »Wo wart Ihr? Ich dachte, Ihr wäret ertrunken!«
»Das dachte ich auch. Aber ich hatte mehr Glück als Bruder Egbert und die anderen.« Er unterbrach sich, machte ein Kreuzzeichen und schloß die Augen zu einem kurzen Gebet für seine ertrunkenen Mitbrüder. Dann seufzte er. »Sie waren alt, weißt du. Sie haben es nicht geschafft. Als du und ich über Bord gingen, habe ich versucht, dich zu finden, aber das Wasser tobte so furchtbar, es war aussichtslos. Dann kam eine breite Planke an mir vorbei. Ich hab mich daraufgelegt und bin gepaddelt. Vermutlich war ich deswegen eher an Land als alle anderen. Vom Strand aus habe ich mich sofort auf den Weg landeinwärts gemacht, weil ich hoffte, ein Fischerdorf zu finden, wo ich Hilfe für die anderen holen könnte. Statt dessen traf ich auf diese Raufbolde. Sie hörten mich an, dann schickte ihr Anführer mich mit zweien seiner Männer hierher und ritt mit den restlichen weiter zur Küste. Man sperrte mich hier ein. Seither habe ich hier gesessen und gebetet, daß wenigstens du am Leben bleibst, und dabei bin ich langsam getrocknet.«
Cædmon lächelte schüchtern. »Danke, daß Ihr ein gutes Wort für mich eingelegt habt.«
Oswald nickte zufrieden. »Und ausnahmsweise hat Gott sogar auf mich gehört.«
Sie bekamen einen Laib Brot und einen Krug mit einem merkwürdigen Gebräu. Kein Bier, sondern ein helleres, leicht sprudelndes Getränk, das eigentümlich säuerlich auf der Zunge prickelte und nach Äpfeln schmeckte.
Agilbert, einer von Harolds Housecarls, der den Krug vorkostete, spuckte angewidert ins Stroh. »Ich weiß nicht, ob es Gift ist, jedenfalls schmeckt es eklig.«
Oswald nahm ihm das hölzerne Gefäß eilig ab, als er Anstalten machte, den Inhalt ins Stroh zu kippen. »Warte ...« Er schnüffelte daran, dann lachte er leise. »Das ist kein Gift, Agilbert, du Ochse. Das ist Cidre. Alle Leute trinken es hier, so wie man bei uns Bier oder Met trinkt.« Er kostete einen kleinen Schluck und schloß genießerisch die Augen. »Hm. Wunderbar.«
Alle sahen ihn gespannt an und warteten, vielleicht zehn Atemzüge lang. Dann brachte Oswald den Krug zu Harold und reichte ihn ihm mit einer Verbeugung. »Seht Ihr, Mylord. Kein Gift.«
Harold trank einen kleinen Schluck. Seine Miene zeigte weder Unmut

noch Wohlgefallen, er schien überhaupt nicht wahrzunehmen, was er da trank. Er reichte den Cidre dem Mann zu seiner Linken. »Hier. Jeder nur einen kleinen Schluck, alle müssen etwas bekommen. Das gilt auch für das Brot. Gib es mir, Agilbert.«

»Soll ich nicht vielleicht lieber...«

Harold winkte ungeduldig ab. »Guy wird uns nicht vergiften. Er will uns ja an William verscherbeln, also braucht er uns gesund und lebendig.«

Der Housecarl nickte beruhigt und reichte ihm den Laib.

Harold wischte sich die Hände an der Kleidung sauber. »Wie viele sind wir?«

»Vierzehn«, antworteten Cædmon und Oswald wie aus einem Munde.

Harold brach das Brot in zwei Hälften und jede Hälfte in sieben Teile. Es wurden jämmerlich kleine Stücke. Harold ließ jeden der überlebenden Schiffbrüchigen vortreten und gab ihm eines. Sie aßen so langsam wie möglich, kauten lange auf jedem kleinen Bissen. Dann ließ Harold den Cidre ein zweites Mal herumwandern. Cædmon bekam den letzten Schluck ab. Der Mann, der nach ihm an der Reihe gewesen wäre, knurrte wütend, hob die Faust und verpaßte ihm einen wahren Hammerschlag über dem Ohr, so daß Cædmon zu Boden geschleudert wurde.

Er hob schützend die Arme um den Kopf und sagte: »Es tut mir leid. Ich hab nicht gemerkt, daß es der Rest war, ehrlich...«

Der Mann machte Anstalten, nach ihm zu treten, aber Harold donnerte: »Schluß damit, Eldred! Reiß dich zusammen. Ich verlange, daß ein jeder von euch sich zusammennimmt. Es wird nicht gerauft, und es wird nicht gestritten. Ist das klar?«

Eldred ließ augenblicklich von Cædmon ab und verneigte sich. »Ja, Mylord.«

Harold verspeiste seinen letzten Bissen Brot mit gerunzelter Stirn, anscheinend tief in Gedanken versunken. Dann löste er sich von der Wand und trat auf die Männer zu. Die Fußkette klirrte leise. Sie umringten ihn, und er begann leise zu reden. »Das Ponthieu ist eine kleine Grafschaft am östlichen Rand der Normandie. Comte Guy ist Williams Vasall, aber nicht sein Freund. Es ist noch nicht lange her, daß Guy mit Williams Widersachern offen paktiert und Krieg gegen ihn geführt hat. Den Krieg haben sie verloren – so wie Williams Feinde es immer zu tun pflegen –, und vermutlich ist Guy jetzt erst recht auf Rache aus. Er wird

William ein Angebot machen, uns freizukaufen, um ihn in Verlegenheit zu bringen. Die Frage ist nur, wann. Und ich würde uns allen die Peinlichkeit lieber ersparen. Der erste von uns, der Gelegenheit findet, muß fliehen.« Er hockte sich auf den Boden. Die anderen folgten seinem Beispiel. Harold fegte das Stroh beiseite, bis der feuchte Lehmboden zum Vorschein kam, in den er mit dem Fingernagel ein paar Linien zog. »Das hier«, er wies auf die obere, beinah waagerechte Linie, »ist die Küste. Der Ort, wo wir uns im Augenblick befinden, heißt Beaurain. Das liegt ungefähr hier. Und hier ist Rouen.« Er wies auf einen Punkt, der tiefer landeinwärts und weiter nach links lag, und schüttelte seufzend den Kopf. »Ich kann nicht glauben, wie weit nach Osten wir abgetrieben sind. Ich breche in die Normandie auf und lande im Ponthieu. Wenn meine seefahrenden Ahnen das wüßten...«
Die Männer lachten leise.
Harold lächelte flüchtig und tippte auf den Punkt, der Rouen darstellte. »Es ist nicht viel mehr als ein guter Tagesritt.« Er hob den Kopf und sah einen nach dem anderen an.
»Wer soll gehen, Mylord?« fragte Agilbert.
Harold schüttelte den Kopf. »Wir müssen sehen, wie es hier weitergeht. Wer immer von euch eine Möglichkeit zur Flucht findet, muß sie ergreifen und so schnell wie möglich zu William gehen und ihm berichten, was uns passiert ist.«
»Ja, aber wie?« fragte Eldred. »Wie sollen wir uns verständlich machen?«
Harold winkte ab. »Es gibt durchaus Leute an Williams Hof, die unsere Sprache sprechen. Mein Bruder Wulfnoth, zum Beispiel.«
»Euer Bruder?« fragte Cædmon verwundert.
Harold nickte und fuhr sich müde über die Stirn. »Ja. Er ist ... Gast an Williams Hof. Schon seit zwölf Jahren.«
»Oh.« Cædmon ließ sich zurücksinken, bis er mit den Schultern an der Wand lehnte. Er hatte den Kopf gesenkt, aber er beobachtete Harold aus dem Augenwinkel und kam zum erstenmal auf die Idee, sich zu fragen, was der mächtige Earl of Wessex wohl empfinden mochte in dieser Situation, ob er sich vor seinem König oder Herzog William genierte, in diese mißliche Lage geraten zu sein, ob er wütend war oder sich fürchtete. Was für ein Mensch er eigentlich war. Wie er dazu gekommen war, so mächtig zu werden. All diese Dinge. Cædmon betrachtete zum erstenmal den Mann, nicht den Earl.

Er zog sich aus dem Kreis und dem Schein der Fackel zurück und rückte die Wand entlang, bis er für sich war.
Bruder Oswald schloß sich ihm bald an. »Fürchte dich nicht, Cædmon. Die See hat uns nicht verschlungen, Guy de Ponthieu wird es auch nicht wagen.«
»Ich fürchte mich doch gar nicht«, protestierte er.
Oswald grinste breit. »Gut. Wie fandest du das Essen? Eher französisch als normannisch, würde ich sagen.«
»Was?«
»Schmackhaft, aber nicht besonders reichlich.«
Cædmon mußte lachen, obwohl er immer noch hungrig war wie ein Wolf. »Wie lange werden wir hier festsitzen, was glaubt Ihr, Bruder?«
»Oh ...« Oswald streckte die Beine aus. »Ich würde sagen, das hängt ganz von uns ab. Wenn wir darauf warten wollen, bis Guy und William sich über uns geeinigt haben, werden wir hier alle graue Bärte kriegen.«
Cædmon schüttelte seufzend den Kopf und stützte das Kinn auf die Faust. »Gott, wie ich wünschte, ich wäre zu Hause.«
»Ja. Ich denke, so ergeht es uns allen heute abend. Wo bist du zu Hause?«
Cædmon erzählte von Helmsby. Aber er sagte nicht viel. Je länger er daran dachte, um so schlimmer wurde sein Heimweh, und er legte wirklich keinen Wert darauf, vor Bruder Oswald, Earl Harold und seinen rauhbeinigen Housecarls in Tränen auszubrechen. »Und was ist mit Euch? Woher kommt Ihr?«
»Aus Somerset. Ich war in Glastonbury auf der Klosterschule und bin dann nach Winchester und weiter nach Ely. Ich bin eine rastlose Seele, weißt du.«
»Eine ungewöhnliche Neigung für einen Mönch, oder?«
»Worauf du dich verlassen kannst. Und jetzt versuch zu schlafen, Freund Cædmon.«
»Es ist so kalt. Ich wünschte, ich hätte eine Decke.«
»Und ich wünschte, ich hätte Flügel. Tut das Bein weh, wenn du frierst?«
Cædmon wandte den Kopf ab. »Ein bißchen.«
»So, du wirst also abweisend, wenn man darauf zu sprechen kommt, ja? Erzählst du mir trotzdem, wie es passiert ist?«
Cædmon atmete tief durch. »Ich war mit meinem Bruder auf der Jagd. Ein dänischer Pirat hat auf uns geschossen, und der Pfeil traf mich oberhalb des Knies.«
»Und dein Bruder?«

Cædmon schüttelte den Kopf. »Keinen Kratzer.«
Oswald nickte nachdenklich und legte ihm kurz die Hand auf die Schulter. »Leg dich hin. Und morgen sehen wir zu, ob wir eine Decke für dich kriegen.«

Nicht nur Cædmon, sondern jeder der Männer bekam eine Decke. Sie wurden auch anständig beköstigt. Am zweiten Abend ließ Guy de Ponthieu Harold gar in seine Halle bringen und lud ihn ein, mit ihm zu speisen. Offenbar hatte er sich besonnen und war zu dem Schluß gekommen, daß es seinen Absichten nicht dienlich war, den Earl of Wessex zu erniedrigen und sich somit zum Feind zu machen, denn er war der mächtigste Mann in England, und im Gegensatz zu seinen Soldaten wußte Guy, daß England nahe genug am Ponthieu lag, um ein gefährlicher Feind zu sein. Also behandelte er Harold zuvorkommend, wenn auch ohne alle Herzlichkeit. Auf Harolds Gefolge erstreckte sich sein Sinneswandel hingegen nicht. Sie blieben weiterhin eingesperrt, und die Laune der Männer wurde immer finsterer. Wenn Harold in die Halle geführt wurde und nicht da war, um ihnen Respekt einzuflößen, fürchtete Cædmon sich vor den rauhen, übellaunigen Gesellen, verzog sich in einen Winkel im Schatten und versuchte, nur ja niemandem im Weg zu sein. Bruder Oswald konnte ihm nicht helfen, denn er begleitete Harold, um für ihn zu übersetzen. Cædmon war noch keinmal aufgefordert worden, diese Aufgabe wahrzunehmen, aber nach etwa einer Woche kam er trotzdem aus dem finsteren Kellerloch heraus.
»Du«, sagte der Normanne, der ihnen meistens das Essen brachte, und trat vor ihn. »Du sprichst unsere Sprache, richtig?«
Cædmon nickte.
»Steh gefälligst auf, wenn ich mit dir rede!«
Der Junge kam langsam auf die Füße.
»Komm mit. Ich bin es satt, euch zu bedienen, von jetzt an bring' ich dich morgens und abends in die Küche, und du kannst euer Essen da abholen, verstanden?«
»Ja, sicher«, antwortete Cædmon überrascht. Dagegen hatte er nun wirklich nichts. Auf eine Geste des Soldaten ging er voraus zur Tür. Als der Mann sein Humpeln bemerkte, das durch die Tage und Nächte in der feuchten Kälte hier unten wieder schlimmer geworden war, fragte er: »Wird es auch gehen mit dem Korb? Wenn du euer Essen fallen läßt, müßt ihr hungern.«

Cædmon verzog das Gesicht. »Wenn ich das Essen für Earl Harolds Männer fallen lasse, ist Hunger vermutlich die kleinste meiner Sorgen. Es wird gehen, keine Bange.«

Der Mann lachte leise, führte ihn die Außentreppe hinauf und zum Haupteingang der Burg. Es war noch früh am Tag, die Sonne lugte gerade erst über die östlichen Palisaden. Aber der Morgen war angenehm lau, und die sanfte Brise roch nach Meer. Cædmon atmete tief durch. Es kam ihm vor, als sei er jahrelang eingesperrt gewesen.

»Wie lange dauert es, bis ein Comte einem Herzog einen Earl verkauft hat?« fragte er seinen Bewacher.

Der Mann schmunzelte und hob die Schultern. »Da fragst du mich zuviel. Wie kommt es, daß du unsere Sprache so gut beherrschst, Junge?«

»Meine Mutter stammt aus der Normandie.«

Der Mann blieb stehen. »Ist das wahr? Woher?«

»Aus Falaise.«

»Da hol mich doch der Teufel ... Warum hast du das nicht eher gesagt?«

Cædmon sah ihn verständnislos an. »Wozu?«

»Wozu? Wie ist dein Name, Junge?«

»Cædmon.«

»Cædmon. Willkommen in der schönen Heimat deiner Mutter.« Er klopfte ihm kräftig auf den Rücken. Es war seltsam, seinen Namen von diesem Fremden ausgesprochen zu hören, er betonte ihn genauso eigenartig wie seine Mutter.

»Vielen Dank.«

Der Mann brachte ihn durch die Vorhalle in die große, von Rauch und Hitze erfüllte Küche der Burg. Über einem gewaltigen Feuer hingen zwei Töpfe. Aus einem steinernen Ofen an der Wand holte ein junger Bursche mehrere lange Brotlaibe.

»Louise!« rief Cædmons Begleiter. »Wo steckst du?«

Aus einer angrenzenden Vorratskammer kam eine dicke Frau mit einem sehr roten Gesicht. »Wo soll ich schon sein? Was gibt es denn?«

Er legte Cædmon eine Hand auf die Schulter und schob ihn auf die Köchin zu. »Das ist Cædmon aus England, aber seine Mutter stammt aus Falaise. Gib ihm eine Schale anständige Suppe. Ein bißchen Honigkuchen, wenn du hast. Er war die ganze Woche mit diesen angelsächsischen Schweinehirten zusammen eingesperrt.«

»Entschuldigung«, meldete sich Cædmon zu Wort. »Aber sie sind kei-

ne Schweinehirten, es sind Soldaten des Earl of Wessex. Tapfere Männer, versteht ihr.«
Der Soldat winkte ab. »Und ich sage, Schweinehirten. Da, Junge, iß.«
Die Köchin hatte eine große Schale mit dampfender Suppe auf den Tisch gestellt, der ein wunderbares Aroma von Fisch und Zwiebeln entströmte. Cædmon fiel im Traum nicht ein, weiter für Harolds Housecarls einzustehen und sich damit womöglich um die Suppe zu bringen. Das waren sie nun wirklich nicht wert. Er glitt eilig auf die Sitzbank und begann zu löffeln.
»Hm! Gut.«
Die Köchin brummelte gallig, reichte ihm aber ein großzügiges Stück Brot.
Sie fütterten ihn, bis er glaubte, er müsse jeden Moment platzen. Der Soldat, der sich inzwischen als Henri vorgestellt hatte, setzte sich zu ihm, leistete ihm bei seinem üppigen Frühstück Gesellschaft und wollte wissen, wie es Cædmons Mutter nach England verschlagen habe. Er schien sie aufrichtig zu bedauern.
Cædmon gab bereitwillig Auskunft, meistens mit vollem Mund. Schließlich packte die Köchin Brot, Cidre und eine Kanne mit sehr viel dünnerer Suppe in einen Korb, und Henri brachte Cædmon zu den anderen Gefangenen zurück.
»Was hat so lange gedauert?« fragte Eldred wütend. Er riß Cædmon den Korb aus der Hand, und ein wenig Suppe schwappte ins Stroh. »Paß doch auf, du Schwachkopf!«
»Tut mir leid«, murmelte Cædmon. »Die Köchin hat mich stundenlang warten lassen, sie war mit dem Frühstück für die Gesellschaft in der Halle beschäftigt.« Und er dachte, Gott, verzeih mir die vielen Lügen, die ich in letzter Zeit ausspreche, aber ich habe das Gefühl, hier geht es für mich ums nackte Überleben.
Eldred warf ihm einen finsteren Blick zu und sah dann in den Korb. »Viel bringst du nicht gerade.«
»Nein, ich weiß.« Plötzlich plagte ihn sein Gewissen, weil er gepraßt hatte, während die Männer hier unten sich mit so karger Kost begnügen mußten. »Heute abend werd' ich versuchen, der Köchin ein bißchen mehr abzuschwatzen. Ehrenwort.«

Tatsächlich gelang es ihm über die folgenden Tage, die brummelige Köchin für sich zu gewinnen. Wenn er kam, stand immer schon eine

Schale mit Eintopf oder ein Teller mit Brot und Käse für ihn bereit, und während er aß, packte sie den Korb für die Männer und fand es von Tag zu Tag schwieriger abzulehnen, wenn Cædmon sie bat, auch einmal ein paar Äpfel hineinzulegen oder ein wenig Speck in den Eintopf zu schneiden. Henri begleitete ihn nicht mehr auf dem Weg zwischen Küche und Verlies, der wachhabende Soldat an der Tür ließ ihn einfach heraus und wieder hinein, wenn er zurückkam.

So überquerte Cædmon an einem regnerischen Frühlingsabend allein den Burghof, als eine Schar von vielleicht zehn Reitern durchs Tor kam. An der Spitze ritt ein junger Edelmann, sein dunkler Schopf war nach normannischer Sitte geschoren. Ihm folgte auf einer hübschen, feingliedrigen Stute ein junges Mädchen. Sie sah ihm so ähnlich, daß es sich nur um seine Schwester handeln konnte. Mitten im Hof hielten sie an. Der junge Mann sprang aus dem Sattel, trat zu ihr, und sie legte die Hände auf seine Schultern und glitt graziös aus ihrem Damensattel. Er sagte etwas, und sie lachten beide. Dann wandte das Mädchen sich an einen der Begleiter, einen Falkner, der einen kleinen, weißbrüstigen Sperber hielt. Sie nahm den Vogel auf ihre behandschuhte Linke, zog ihm mit der Rechten die Haube vom Kopf und küßte ihn gleich über den Augen. Cædmon stockte der Atem. Aber der Vogel hielt vollkommen still, ließ die Liebkosung huldvoll über sich ergehen und schien gar mit gesträubtem Gefieder die Brust ihren streichelnden Fingern entgegenzuwölben. Sie lachte, ihre langen, dunklen Haare fielen wie ein Schleier über den Sperber, schließlich streckte sie die Arme empor und gab ihn dem Falkner zurück. Dann nahm sie ihren Bruder bei der Hand. »Komm, Lucien«, hörte Cædmon sie sagen. »Du schuldest mir ein Seidenband, und ich will es vor dem Essen.«

Er ließ sich willig von ihr fortzerren.

Cædmon sah ihnen nach, bis sie in der Burg verschwunden waren, dann nahm er den Korb auf, um in sein freudloses Quartier zurückzukehren, als plötzlich mehrere Dinge gleichzeitig passierten.

Der Sperber, seiner Haube immer noch ledig, breitete die Schwingen aus und flog von der Faust des Falkners, ehe dieser die Halteleine ergreifen konnte. Der Vogel zog einen engen, niedrigen Kreis, tauchte unter dem Kinnriemen der Stute hindurch, die sich so erschreckte, daß sie wiehernd stieg und in das reiterlose Pferd neben ihr pflügte, den Apfelschimmel des jungen Edelmannes, den das Mädchen Lucien genannt hatte. Beide Pferde gingen durch und rasten in entgegengesetz-

ten Richtungen mit schleifenden Zügeln durch den Burghof. Die übrigen Reiter der Jagdgesellschaft saßen eilig ab, brachten sich in Sicherheit oder versuchten, Vogel und Pferde wieder einzufangen. Die beiden Torwachen schnitten dem Schimmel den Weg ab, der auf die Palisaden zuraste, und er riß den Kopf herum, machte kehrt und floh Richtung Burgturm. Er hielt schnurgerade auf Cædmon zu. Der Junge rührte sich nicht. Er ließ lediglich seinen Korb fallen und machte sich bereit, im richtigen Moment beiseite zu springen. Doch der junge Hengst umrundete ihn schlitternd, machte noch ein paar bockige Sprünge und kam kurz vor der steinernen Außentreppe zum Halten. Cædmon nahm einen Apfel aus dem Korb und hinkte langsam auf ihn zu. »Es ist gut. Hab keine Angst mehr. Sieh mal, was ich hier habe…«
Seine Stimme schien das verschreckte Tier zu beruhigen. Es stand still, die aufgerichteten Ohren bebten, und es hatte sich noch nicht wieder weit genug gefangen, um Interesse für den Apfel zu zeigen, aber es ließ zu, daß Cædmon nähertrat. Ohne Eile nahm er den Zügel in die Linke. »So ist gut.«
Der junge Schimmel ließ sich willig Richtung Pferdestall führen. Die Stute hingegen jagte immer noch kreuz und quer durch den Innenhof, und das zornige Gebrüll ihrer Verfolger bewog sie nicht gerade, sich zu beruhigen.
Cædmon hatte den Hof zur Hälfte überquert, als er wie angewurzelt stehenblieb. Die beiden Falkner hatten nur Augen für den Sperber, der sich über dem Hühnerhaus in immer weiteren Kreisen in die Höhe schraubte; die Halteleine flatterte hinter ihm wie ein dünner Drachenschwanz. Die übrigen Jäger und die Wachen rannten der Stute hinterher.
Das Tor war frei.
Ohne jede Hast, aber mit einem gewaltigen Brausen in den Ohren nahm Cædmon den Zügel kürzer, stemmte sich in gewohnter Weise hoch und glitt in den Sattel. Er ließ sich keine Zeit, den tauben Fuß mit den Händen in den Steigbügel zu führen, stieß statt dessen dem Schimmel leicht die Fersen in die Seiten, und das Pferd trug ihn folgsam aufs Tor zu.
»Da!« schrie eine junge Soldatenstimme. »Seht doch, der Engländer!«
Alle im Hof versammelten Normannen ließen von ihrer Jagd ab und eilten statt dessen Richtung Tor. Cædmon verstärkte den Druck seiner Schenkel, und das Pferd galoppierte an. Der Falkner, der den Sperber

gehalten hatte, rannte quer über den Hof zum Tor. Cædmon sah, daß der Normanne vor ihm dort ankommen würde. Er kniff die Augen zusammen und lehnte sich leicht vor. »Lauf. Lauf doch, du Klepper…«
Pferd und Falkner rannten im spitzen Winkel aufeinander zu. Wenige Ellen vor dem Tor trafen sie zusammen. Cædmon spürte das Pferd leicht schwanken, als es mit dem rennenden Mann zusammenprallte, aber seine Geschwindigkeit hielt es auf Kurs. Aus dem Augenwinkel sah Cædmon den Falkner mit ausgestreckten Armen und Beinen im Gras landen, und dann lagen Tor und Zugbrücke hinter ihm. Der Wind brauste in seinen Ohren, als er im gestreckten Galopp durch das Dorf ritt, er sah Bauern mit vor Staunen geöffneten Mündern vorbeifliegen, aber er wurde nicht langsamer, galoppierte weiter der untergehenden Sonne entgegen, bis das Pferd zu keuchen begann.
Hinter dem Saum eines dichten Waldes hielt er schließlich an. Jetzt erst nahm er sich Zeit, die Füße in die Steigbügel zu führen, und klopfte dem Schimmel dankbar den Hals.
»Das hast du wunderbar gemacht. Du bist ziemlich schnell auf deinen kurzen, stämmigen Beinen, was? Aber ich kann nicht glauben, daß Guy de Ponthieus Männer sich einfach die Haare raufen und wehklagen. Vermutlich sind sie schon hinter uns her.«
Er hatte nicht die geringste Ahnung, was er tun sollte. Alles, was er wußte, war, daß er in südwestlicher Richtung reiten mußte, um nach Rouen zu William dem Bastard zu kommen. Wie südlich oder wie westlich wußte er nicht. Auch nicht, wie weit es wirklich war. Ein guter Tagesritt, hatte Harold gesagt. Aber das konnte ebensogut geraten sein.

Tatsächlich brauchte Cædmon zwei Nächte und zwei Tage. Dabei hatte er weder sich noch dem Pferd viel Ruhe gegönnt. Er wurde getrieben von der Angst vor seinen Verfolgern. Die Vorstellung, was ihm bevorstand, wenn sie ihn erwischten, löste jedesmal ein heißes Brodeln in seinem Magen aus, wenn er daran dachte. Nur zweimal wagte er, länger anzuhalten und ein paar Stunden zu schlafen, stets im Schutz eines Waldes, ein gutes Stück abseits des Weges. Und wenn er schlief, träumte er von dem schwarzhaarigen Mädchen, sah wieder, wie sie die schmalen, weißen Hände auf die Schultern ihres Bruders legte und aus dem Sattel glitt, wie sie den Kopf neigte und den Sperber küßte. Aber dann schlichen die Ängste sich in seine Träume, und Guy de Ponthieu erschien wie ein Dämon, sein bleiches, feistes Gesicht eine schauerliche, wutverzerrte Fratze, und er schrie: *Schießt ihm einen Pfeil ins rechte Bein, macht es so taub und lahm wie das linke, und dann wollen wir sehen, ob er uns noch einmal davonläuft ...*

Cædmon wachte jedesmal in kalten Schweiß gebadet auf, stieg auf sein erschöpftes Pferd und trieb es weiter.

Im Laufe des ersten Tages lernte er, sein Pferd zu beneiden, das einfach den Kopf senken und das junge Frühlingsgras rupfen konnte. Der Hunger wurde so bohrend, daß er schließlich unerträglicher war als die Angst, und Cædmon hielt an einem abgelegenen Gut und bettelte um Essen. Eine Magd gab ihm ein Stückchen steinhartes Brot und einen Kanten angeschimmelten Käse, die sie offenbar den Schweinen hatte bringen wollen. Cædmon fiel heißhungrig darüber her.

Zweimal war er auf Flüsse gestoßen, die seinen Weg kreuzten, und er mußte stundenlang am Ufer entlangreiten, bis er eine Furt oder Brücke fand. Das Land war flach und dünn besiedelt. Er sah die Dörfer schon von weitem und hatte keine Mühe, sie zu umrunden. Riesige Wälder bedeckten die Ebene, und die dichten Bäume und der meist graue Himmel machten es oft schwer zu entscheiden, wo Südwesten lag. Aber Cædmon hielt nicht an, er ritt Meile um Meile durch Wälder und Felder, die von zahllosen kleinen Wasserläufen durchzogen waren, er fror, er wurde naßgeregnet, und vor allem war er hungrig, aber er gestattete sich nicht zu verzagen. Weil er nur weiter und nicht zurück konnte. Und vielleicht auch, erkannte er während der vielen Stunden, die er nur mit seinen Gedanken beschäftigt im Sattel verbrachte, weil er sich und seinem Vater und der ganzen, verdammten Welt beweisen wollte, daß er kein »Feigling mit einem lahmen Bein« war.

Am Vormittag des zweiten Tages endlich wagte er sich auf die Straße. Seit dem Vorabend war er ihrem Verlauf gefolgt, immer ein gutes Stück zur Rechten. Er hatte sich überlegt, daß eine so gute, breite Straße sicher zu einer großen Stadt führen mußte. Und er betete, die Stadt möge Rouen sein. Als er dann morgens immer noch keine Anzeichen von Verfolgung feststellen konnte, gab er seine Deckung auf, und auf der Straße kam er viel schneller voran.

Das Gelände war hügeliger geworden. Als die Sonne schon schräg stand, gelangte er nach einer langgezogenen Steigung schließlich über den Kamm einer Anhöhe. Er hielt an und starrte ungläubig auf das Bild, das sich unter ihm erstreckte: Am diesseitigen Ufer eines breiten Flusses drängten sich Häuser. Eine unermeßliche Zahl von Häusern, so schien es ihm. Sie standen dicht an dicht und doch kreuz und quer durcheinander; von hier oben konnte man keine Wege erkennen, die sich dazwischen entlangschlängeln mochten. Etwa in der Mitte dieses aberwitzigen Gewirrs erhob sich eine große Kirche. Die ganze Stadt war von einer hohen Wehranlage umringt, die teilweise aus Stein, teilweise aus Palisaden bestand. Nahe am Fluß erhob sich ein gewaltiges Bauwerk, das große Ähnlichkeit mit Guy de Ponthieus Burg in Beaurain aufwies.

»Mein Gott ...«, hauchte Cædmon. »Wohnen in all diesen Häusern Menschen? Wo sind ihre Felder? Wo halten sie ihr Vieh?«

Das fremdartige Häusergewühl dort unten im Tal machte ihm angst. Und er war so furchtbar müde. Eine Weile saß er einfach nur mit hängenden Schultern im Sattel und wartete, daß genug Mut in sein Herz und genügend Kraft in seine Glieder zurückkehrten, um den letzten Abschnitt seiner Reise in Angriff zu nehmen.

Dann hörte er hinter sich Hufschlag. Der Schreck fuhr ihm in die Knochen, er sah sich gehetzt nach einem Versteck um, wo er und der Schimmel in Deckung gehen konnten, aber schon preschten vier geharnischte Reiter über den Hügelkamm und hielten genau auf ihn zu. Einer trug eine Standarte mit einem gelben Löwen auf rotem Grund. Cædmon seufzte erleichtert. Selbst er hatte von diesem Wappen gehört. Dies waren nicht Guys Männer.

»Mach Platz, Junge!« brüllte der vordere Reiter, und Cædmon lenkte den Schimmel zum Straßenrand. Als die vier Pferde vorbeizogen, schnaubte seines und nickte aufgeregt.

Cædmon kam eine verwegene Idee. Er schüttelte die Zügel auf. »Ja, lauf nur, wenn du noch kannst. Los.«

Sein ausdauernder Gefährte nahm die Verfolgung auf und hatte die Gruppe bald eingeholt. Cædmon hielt ihn ein wenig zurück, damit er die Reiter des Herzogs nicht überholte, schloß aber dicht genug auf, daß es den Anschein erwecken mußte, er gehöre dazu. So gelangte er unangefochten durchs Stadttor, durch die Gassen des irrsinnigen Häusergewühls geradewegs über die Zugbrücke der gewaltigen Burg.

Erst als die Reiter im Hof anhielten, bemerkten sie ihren ungebetenen Begleiter.

»Was willst du hier?« fuhr der Bannerträger ihn an. »Wer bist du?«

Cædmon glitt aus dem Sattel. »Mein Name ist Cædmon of Helmsby«,

keuchte er ausgepumpt. »Ich komme aus England, der Earl of Wessex schickt mich. Und ich muß sofort zu Eurem Herzog. Wirklich, es ist ... sehr wichtig. Sagt mir, wo ich ihn finde.«
Der Mann neben dem Bannerträger zog den Helm vom Kopf und enthüllte ein kantiges Gesicht mit einem blauen Bartschatten auf Kinn und Wangen, einer strengen Hakennase und fast schwarzen Augen unter buschigen Brauen.
»Er steht genau vor dir, Cædmon of Helmsby.«

Cædmon stockte beinah der Atem. Das lahme Bein knickte unter ihm weg, und ebenso aus Schwäche wie aus Ehrfurcht sank er auf ein Knie nieder.
»Der Earl of Wessex war im Auftrag König Edwards unterwegs zu Euch, Monseigneur«, stammelte er. »Ich ... wir ...« Gott, reiß dich zusammen, zischte eine Stimme in seinem Kopf, die Guthrics hätte sein können. Er sammelte seine Gedanken und hob den Kopf. »Wir gerieten in einen Sturm, wurden abgetrieben und erlitten vor der Küste des Ponthieu Schiffbruch. Comte Guy nahm die vierzehn Überlebenden gefangen, darunter auch Earl Harold, um sie Euch gegen Lösegeld anzubieten.«
William verschränkte die Arme vor seiner breiten Brust. Er war hochgewachsen – an die sechs Fuß – und wirkte ungeheuer kräftig, so als könne er mit zweien seiner kurzen Finger mühelos eine hundertjährige Eiche ausreißen. »Und wie kommst du dann hierher?«
»Ich bin geflohen.«
»Ah. Also bist du der Wackerste in Harolds Gefolge?«
Cædmon konnte ein ironisches Grinsen nicht ganz unterdrücken. »Ich bin der Jüngste und hab dazu ein lahmes Bein. Darum haben sie auf mich am wenigsten aufgepaßt.«
William erwiderte das Lächeln, und es machte sein Gesicht unerwartet spitzbübisch und gutaussehend. »Ist dein Vater Ælfric of Helmsby?«
Cædmon machte große Augen. »Ihr kennt ihn?«
»O ja. Als Kinder haben wir zusammen Äpfel gestohlen und sind in der Seine um die Wette geschwommen. Und wenn ihm der Sinn danach stand, hat er mich erbarmungslos damit gehänselt, daß meine Mutter nicht die Frau meines Vaters war. Du darfst dich im übrigen erheben.«
Cædmon lief feuerrot an, stützte die Hände auf und kam mit Mühe auf die Füße. Er wußte beim besten Willen nicht, was er darauf erwidern

sollte, und kam zum erstenmal auf den Gedanken, sich zu fragen, ob sein Vater als Junge ebenso mutwillig und gedankenlos und manchmal auch grausam gewesen war wie Dunstan heute, ob er seinen Ältesten deswegen von all seinen Kindern am meisten liebte, weil er ihm selbst am ähnlichsten war.

Der Herzog ließ ihn nicht aus den Augen, seine Miene war unbewegt. »Ich sehe, daß du die Dinge gerne erst durchdenkst, ehe du den Mund aufmachst. Das ist gut. Warst du lange unterwegs von Beaurain?«

»Vorgestern bei Sonnenuntergang bin ich dort losgeritten.«

»Hm. Ich nehme an, du bist hungrig.« Er wandte sich abrupt an die umstehenden Männer. »Du bringst den Jungen irgendwo unter, wo er sich ausschlafen kann. Und sorg dafür, daß er etwas Vernünftiges zu essen bekommt.«

Der Mann verneigte sich. »Sofort, Monseigneur. Komm mit, Junge.«

»Und ich fürchte«, sagte William zu dem zweiten, »du wirst sofort wieder aufbrechen müssen, Gerard. Du reitest nach Beaurain. Nimm fünf Männer mit. Sage Guy, daß ich meine englischen Gäste in zwei Tagen in Rouen erwarte. Sag ihm, ich erwarte auch ihn. Sag ihm, für jede Stunde, die er sich verspätet, werde ich hundert Männer schicken, die über sein Land herfallen, seine Vasallen erschlagen, seine Töchter … Hat er Töchter?«

»Eine.«

»Also gut. Seine Tochter schänden, seine Bauern abschlachten, seine Dörfer niederbrennen, seine …«

Mehr hörte Cædmon nicht, denn sein Begleiter führte ihn über den Hof zur Burg, eine Treppe hinauf in die große Halle, die beinah menschenleer war, am anderen Ende wieder durch eine Tür, eine weitere steinerne Stiege hinauf und zu einer hölzernen Tür an einem langen, von Fackeln erhellten Korridor. Er stieß die Tür auf und nickte Cædmon zu. »Tritt ein, Cædmon of Helmsby. Ich lasse dir sofort etwas zu essen bringen.«

Cædmon bedankte sich und trat über die Schwelle. Er befand sich in einer geräumigen Kammer mit einem schmalen Fenster, das einen Blick auf den Fluß und das Tal bot. Entlang der Wände lagen mehrere Strohlager, und in der Raummitte stand ein Tisch mit Bänken. Niemand war dort. Cædmon sank müde auf eine der Bänke nieder. Nicht lange, und eine hübsche junge Magd kam. Sie brachte ihm Brot, Käse und einen Teller, auf dem sich ein wahrer Berg kaltes Fleisch auftürmte.

Neben den Teller stellte sie einen Becher mit Wein, der so dunkelrot war, daß er beinah schwarz wirkte. Cædmon bedankte sich bei dem Mädchen, wartete, bis er wieder allein war, und fiel dann über das Essen her. Das Brot war frisch, der Käse reif und saftig, das Fleisch zart und fett und von einer dünnen Kruste aus Kräutern umhüllt. Es war göttlich. Cædmon aß mit Hochgenuß, leerte den Becher mit dem ungewohnt starken Wein, torkelte zu einem der Strohbetten und schlief augenblicklich ein.

Ein nicht gerade sanfter Tritt in die Seite riß ihn aus schweren Träumen. »He! Was hast du in meinem Bett verloren?« fragte eine junge Stimme entrüstet.

»Laß ihn schlafen, Etienne, er ist zwei Tage und Nächte nicht aus dem Sattel gekommen.«

Cædmon rührte sich nicht, hielt die Augen geschlossen und hoffte, daß die zweite Stimme Gehör fand und er sich so bald nicht bewegen mußte. Er war immer noch furchtbar schläfrig.

»Was weißt du schon wieder, wovon ich nichts gehört hab'? Wer ist der Kerl?« fragte der erste, der offenbar Etienne hieß.

»Er ist mit diesem englischen Adligen an Guy de Ponthieus Küste gespült worden, und Guy hat sie festgesetzt. Dieser hier ist geflohen, und der Herzog hat Guy eine unmißverständliche Botschaft geschickt, die anderen Engländer auch herzubringen. Ausgerechnet jetzt, habe ich deinen Vater sagen hören. Wir müßten sofort in die Bretagne ziehen, wenn wir Riwallon noch rechtzeitig zu Hilfe kommen wollen, ehe Conan ihn zerquetscht. Aber es sieht so aus, als sei diese englische Gesandtschaft dem Herzog sehr wichtig, er will sie auf jeden Fall hier erwarten.«

»Wichtig oder nicht, Roland, dieser Engländer liegt in meinem Bett. Wo soll ich schlafen?«

»Auf dem Fußboden«, schlug Roland mit einem Grinsen in der Stimme vor. »Du weißt doch. Was uns nicht umbringt, macht uns härter.«

»Amen«, murmelte Etienne ergeben, und in der kurzen Stille, die folgte, schlief Cædmon wieder ein.

Gepolter und ein Durcheinander von Stimmen weckten ihn. Er wußte sofort, wo er sich befand. Als er sich aufsetzte, fand er, daß die Zahl seiner Zimmergenossen auf zwölf angewachsen war. Es waren ausnahmslos junge Burschen, einige ein wenig jünger, andere ein paar Jahre älter als er selbst, und sie saßen um den Tisch und nahmen eine Mahlzeit ein, die offensichtlich das Frühstück war. Er mußte die ganze Nacht durchgeschlafen haben. Heller Sonnenschein fiel durch das schmale, hohe Fenster, und die Jungen starrten ihn neugierig an, ihr Frühstück ebenso vergessend wie ihre Unterhaltungen.

Cædmon wünschte, die Erde möge sich auftun und ihn verschlingen. Er rieb sich verlegen das Kinn an der Schulter.

»Guten Morgen. Mein Name ist…«

»Cædmon of Helmsby, das haben wir alle schon gehört«, sagte einer, den Cædmon an der Stimme als Etienne erkannte. »Am Ende des Korridors draußen findest du einen Abort. Hier gleich neben der Tür steht ein Eimer mit Wasser. Dann solltest du dir deine barbarischen, langen Angelsachsenzotteln kämmen. Im übrigen sei willkommen in dieser ruhmreichen Runde und fühle dich herzlich eingeladen, unser Frühstück zu teilen. Aber bitte, such dir von heute an ein anderes Bett.«

Alle lachten. Cædmon lächelte nervös. Ihm graute davor, vor all diesen neugierigen Blicken aufzustehen und zur Tür zu humpeln. Am liebsten hätte er sich die dünne Wolldecke über den Kopf gezogen. Aber es blieb ihm nichts anderes übrig. Er kniete sich hin, mit dem Rücken zur Raummitte, stützte sich mit der Rechten an der Wand ab und kam umständlich auf die Füße. Dann ging er zur Tür. In der Stille erschien sein ungleichmäßiger Schritt ihm unglaublich laut, dabei verursachten die dünnen Ledersohlen seiner Schuhe in Wirklichkeit kaum ein Geräusch. Als er auf den Gang hinaustrat, kam es ihm vor, als glitte eine ungeheure Last von seinen Schultern.

Etienne und Roland und die anderen Jungen waren Söhne normannischer Adliger, die am Hof des Herzogs zu Kriegern ausgebildet wurden oder, wie sie es nannten, zu »Rittern«. Nach dem eher kargen Frühstück mußten sie in den Hof hinunter zu ihren Waffenübungen. Doch zuvor erbot sich Roland, einer der älteren, Cædmon in die Halle zu geleiten.

»Dort wird sich jemand finden, der sich deiner annimmt«, erklärte er zuversichtlich. »Aber Etienne hat recht, weißt du, du solltest dir die Haare kämmen. An deinen Lumpen können wir im Moment wohl nicht viel tun, aber hier legen sie großen Wert auf eine ordentliche Erscheinung.«

»Ich habe keinen Kamm«, bekannte Cædmon beschämt.
Roland wies auf die Fensterbank. »Dann nimm unseren. Und beeil dich ein bißchen. Wenn ich zu spät komme, krieg' ich Schwierigkeiten.«
Hastig fuhr Cædmon sich mit dem breitgezinkten Hornkamm durch seine schulterlangen Haare. Dann folgte er Roland durch den langen Gang und die Treppe hinab in die große Halle. Auch hier saßen die Leute beim Frühstück. Die unteren Bänke waren gut gefüllt, weiter oben erkannte Cædmon einen der Männer, die am Vortag mit dem Herzog geritten waren, aber Williams thronartiger Sessel an der hohen Tafel war leer. Etwa auf halber Höhe des linken Tisches saß ein Mann für sich mit dem Rücken zur Tafel. Roland steuerte zielstrebig auf ihn zu. »Verzeiht mir, Wulfnoth«, sagte er höflich.
Der Mann hob den Kopf. Er hatte dunkelblonde, leicht gewellte Haare, die ihm bis über die Schultern fielen, aber, stellte Cædmon verwundert fest, keinen Bart.
»Hier bringe ich Euch einen Landsmann«, fuhr Roland fort. »Cædmon of Helmsby.«
Die gerunzelte Stirn des Mannes glättete sich, ein schwaches Lächeln hellte sein Gesicht auf, und als er sich weiter zu ihnen umwandte, erkannte Cædmon, daß er ein eigentümliches Ding auf dem Schoß hielt, das möglicherweise ein Musikinstrument war.
»Danke, Roland«, sagte Wulfnoth. »Sei willkommen, Cædmon. Setz dich zu mir.«
Cædmon nahm Platz und bedankte sich bei Roland, der sich eilig davonmachte.
»Ihr seid … Earl Harolds Bruder?« fragte der Junge unsicher.
Wulfnoth nickte. »Enttäuscht?«
»Nein«, antwortete er wahrheitsgemäß. »Aber Ihr seid … ganz anders.«
Es bestand keinerlei Ähnlichkeit, und das lag nicht nur daran, daß Wulfnoth wenigstens zehn Jahre jünger war als sein Bruder. Wirkte Harold Godwinson groß und athletisch, geradezu hünenhaft, war Wulfnoth eher schmal und von mittlerem Wuchs. Statt Harolds eisblauer Augen waren seine meergrau. Seine Haare waren dunkler, seine Haut blasser.
Er verzog den Mund zu einem spöttischen, kleinen Lächeln. »Tja, ich bin völlig aus der Art geschlagen, mein Junge. In jeder Hinsicht. Alle Godwinsons sind große Krieger und schlaue Politiker. Ich nicht.«

»Was seid Ihr denn?«
Er hob leicht die Schultern. »Ich habe es immer noch nicht herausgefunden. Und da kommen wir dem Übel schon auf die Spur. ›Du denkst zuviel‹, hat mein alter Herr immer zu mir gesagt. ›Hör auf damit, sonst wird nie etwas aus dir.‹ Und er hatte recht. Darum haben sie mich zu William geschickt. Weil ich zu nichts anderem tauge.« Er sagte das ohne alle Bitterkeit, eine Spur belustigt sogar.
»Dann geht es Euch wie mir«, murmelte Cædmon düster.
Wulfnoth betrachtete ihn aufmerksam, aber ehe er etwas erwidern konnte, wies Cædmon auf das seltsame Ding in seinem Schoß. »Was ist das?«
»Eine Laute.«
Cædmon schüttelte den Kopf. »Nie gehört.«
»Sie kommt aus Sizilien. Du weißt vermutlich, daß die Normannen Süditalien und Sizilien erobert haben?«
»Nein. Ich weiß nicht einmal, wer oder was oder wo Sizilien ist.«
Wulfnoth lächelte nachsichtig. »Willst du die lange oder die kurze Fassung?«
»Die kurze«, erwiderte Cædmon. Es fiel ihm eigentümlich leicht, offen zu diesem Mann zu sein, dabei verspürte er sonst immer einen Knoten in der Zunge, wenn er Fremden begegnete. Vermutlich lag es daran, daß sie Landsleute waren, die sich in der Fremde getroffen hatten.
Wulfnoth erzählte ihm von dem Inselreich Sizilien, wo jeder Pilger haltmachen mußte, der ins Heilige Land wollte, doch dieses Reich wurde von heidnischen Arabern beherrscht, die nicht viel für fromme Pilger übrig hatten und sie nicht gerade selten abschlachteten. Sizilien und das nördlich angrenzende Apulien und Kalabrien befanden sich in ständiger politischer Unrast, und das hatten die landhungrigen, abenteuerlustigen Normannen zum Anlaß genommen, dort hinzuziehen und das Land zu erobern. »Und Robert Guiscard und sein Bruder Roger schlagen sich heute noch mit den Heiden herum, aber seit ein paar Jahren haben die Normannen die Oberhand. Seit sie zum erstenmal über Sizilien hergefallen sind, haben sie jedesmal alles mögliche mitgebracht, wenn sie zwischen ihren Feldzügen einmal heimkamen. Heidnisches Zeug, zugegeben, aber diese Laute hier war auch dabei. Und deswegen bin ich zu dem Schluß gekommen, daß die Heiden solche Ungeheuer nicht sein können.«
»Spielt etwas«, bat Cædmon.

Wulfnoth schien überrascht, folgte der Bitte aber bereitwillig. Die Laute war ein hölzernes Ding mit einem bauchigen Hohlkörper, der wie eine durchgeschnittene Birne geformt war. Etwa da, wo die Birne die Kerne hat, hatte sie ein Loch. Oberhalb des Lochs war ein flaches, längliches Brett angebracht, wie ein Hals, von dessen Ende bis über das Loch sich vier dünne Schnüre spannten. Wulfnoth drückte mit den Fingern der Linken am Ende des Halses auf diese Schnüre, mit der anderen Hand zupfte er daran, ungefähr in Höhe des Kerngehäuses der Birne, und aus dem Hohlkörper kamen die wunderlichsten Töne. Cædmon lauschte hingerissen, ohne zu merken, daß sein Mund offenstand. Wulfnoth spielte eine kleine, etwas traurige Weise, zupfte mal diese, mal jene Schnur, manchmal auch zwei gleichzeitig, was einen wunderbar harmonischen Doppelklang ergab.

Als er geendet hatte, klappte Cædmon den Mund zu, schüttelte aber wie benommen den Kopf. »Das ist … wunderschön. So etwas habe ich noch nie gehört. Spielt noch etwas. Bitte!«

Wulfnoth fand selten ein so geneigtes Publikum. Er spielte bereitwillig für Cædmon und war erstaunt, daß es dem Jungen nicht zuviel wurde; seine Faszination schien im Gegenteil immer noch zuzunehmen. Und so war es auch. Cædmon war vollkommen hingerissen von diesen ungewohnten Lauten, dem sanft vibrierenden, hellen Wohlklang, den man diesen Schnüren entlocken konnte, und die Musik nahm ihn so gefangen, daß er für eine Weile alles andere vergaß. Sein Bein, sein Heimweh, seine verrückte Flucht aus Beaurain, sogar das Mädchen mit dem Sperber. Die Verzauberung gaukelte ihm eine Reihe fremdartiger, aber süßer Bilder vor, in denen nichts scharfe Konturen hatte, doch alles von erlesener Schönheit und einer fast unirdischen Leichtigkeit war. Und je länger Wulfnoth spielte, um so tiefer versank Cædmon in dieser Traumwelt.

»Weiter«, bettelte er, als Wulfnoth zum Ende einer beschwingten Melodie kam.

Doch Wulfnoth wehrte lachend ab und zeigte Cædmon die Finger seiner Linken. In den Kuppen hatten sich tiefe Furchen gebildet, von denen zwei bluteten.

»Oh. Warum habt Ihr nichts gesagt?« fragte Cædmon schuldbewußt.

»Weil ich wie alle Godwinsons eitel bin und von der Bewunderung eines empfänglichen Zuhörers nie genug bekomme.«

Cædmon lachte leise. »Woraus sind die Schnüre, daß sie so tief in die Haut schneiden?«

»Saiten. Man nennt sie Saiten. Und sie sind aus Katzendarm.«
Cædmon verzog angewidert das Gesicht.
Wulfnoth griff unter die Bank und förderte einen Beutel aus weichem Wolltuch ans Licht, in den er seine Laute liebevoll einhüllte. »Und jetzt zeige ich dir die Burg, wenn du willst.«
Cædmon nickte. »O ja. Und ich würde furchtbar gern die Stadt sehen.«
Wulfnoth sah auf seine blutenden Finger hinab, strich behutsam mit dem Daumen darüber und schüttelte den Kopf. »Dafür mußt du dir einen anderen Führer suchen. Ich kann die Burg nicht verlassen.«
»Aber ... warum nicht?«
»Das weißt du nicht? Ich bin Williams Geisel, Cædmon.«
Cædmon war erschüttert. »Ein Gefangener? Seit *zwölf* Jahren?«
Wulfnoth hob leicht die mageren Schultern. »In gewisser Weise. Es ist zu ertragen, weißt du. Mein Käfig ist groß und komfortabel. William erweist mir große Höflichkeit und Gastfreundschaft; wir alle tun so, als sei ich als Gesandter König Edwards hier. Nur dauert meine Gesandtschaft inzwischen doch schon sehr lange. Und wenn mein Bruder jetzt herkommt und mich wieder zurückläßt, dann ...« Er winkte seufzend ab. »Ich weiß nicht, was dann passiert.«
Cædmon wußte nichts zu sagen. Er empfand tiefes Mitgefühl für Wulfnoth Godwinson, der so ganz anders war als sein Bruder, und große Bewunderung für die Geduld, mit der er sein Los hinnahm, vor allem aber für die wunderbare Musik, die er der Laute entlocken konnte. »Ich wünsche Euch von Herzen, daß Ihr mit nach England fahren könnt, wenn Earl Harolds Mission erfüllt ist.«
Wulfnoth atmete tief durch und stand auf. »Komm. Laß uns einen Rundgang machen, ehe es anfängt zu regnen.«

Die Burg von Rouen war wesentlich größer als die in Beaurain, aber nicht so grundlegend anders. Wulfnoth führte Cædmon erst auf die Brustwehr der Palisaden, zeigte ihm die Luken, durch die man Pfeile auf etwaige Angreifer hinabschießen oder sie mit siedendem Öl oder griechischem Feuer in die Flucht schlagen konnte. Umgeben war die Einfriedung von einem tiefen Graben, der vom Wasser der Seine gespeist wurde und über den eine Zugbrücke zum eisenbeschlagenen Tor führte. Im weiträumigen Innenhof befanden sich Wirtschaftsgebäude, Pferdeställe, Waffenkammern, eine Schmiede, Vorratshäuser und eine große, kostbar ausgestattete Kapelle. Der eigentliche Burgturm aus grauen Steinquadern hatte sage und schreibe vier Stockwerke, wobei das zweite, das die riesige, säulengestützte Halle enthielt, höher war als die anderen. Unter der Halle befanden sich Küchen, Vorrats- und Wirtschaftsräume.

»In den Geschossen über der Halle liegen die Quartiere der vielen Höflinge und Würdenträger«, erklärte Wulfnoth. »Hier gibt es viel mehr Ämter als am Hof unseres Königs, weil es hier weitaus zeremonieller zugeht. Diese Normannen lieben den ganzen überflüssigen Pomp, sie versuchen, damit über die Tatsache hinwegzutäuschen, daß sie vor gut hundert Jahren noch heidnische Wilde waren, plündernde, räuberische Wikinger. Aber im Grunde können sie das nie verleugnen; sie haben es einfach noch in ihrem Blut. Weiter sind dort oben die Schreibstuben der Mönche, die William helfen, sein Reich zu verwalten, Quartiere für hohe Gäste und arme Geiseln wie mich.«

»Und wo schläft der Herzog? Gibt es eigentlich auch eine Herzogin?«

»Ich bin nicht sicher, ob er überhaupt je schläft«, antwortete Wulfnoth. »Aber seine Privatgemächer liegen gleich über der Halle. Und ja, es gibt eine Herzogin, Matilda, eine sehr schöne, kluge Frau und der einzige Mensch, auf den William auch dann hört, wenn er anderer Meinung ist. Die beiden haben drei Söhne und zwei Töchter.«

»Und der Herzog? Wie ist er?«

»Du hast ihn getroffen, oder?«

Cædmon nickte zögernd. »Nur kurz. Er war sehr freundlich zu mir.« Er dachte daran, was William über seinen Vater gesagt hatte. »Es scheint ihm nicht viel auszumachen, daß er ein Bastard ist.«

Wulfnoth sah kurz über die Schulter. »Dieses Wort spricht man hier besser nicht laut aus, Cædmon«, warnte er. »Du irrst dich, weißt du. William mußte sehr hart kämpfen, um zu seinem Recht zu kommen, obwohl sein Vater ihn zu seinem Nachfolger bestimmt hatte. Mehr oder minder jeder Adlige der Normandie hat gegen William rebelliert, als er Herzog wurde. Nach und nach hat er den Widerstand niedergeschlagen. Ein paar Jahre bevor ich hierher kam, führte William Krieg gegen Geoffrey, den Herzog des Anjou. William war siegreich. Aber als er in der besiegten Stadt Alençon einmarschierte, schlugen die Einwohner mit Tierhäuten an die Wände ihrer Häuser. Die Mutter des Herzogs war eine Gerberstochter, verstehst du. Sie wollten ihm damit ihre Geringschätzung zeigen.« Wulfnoth brach ab.

»Und?« drängte Cædmon.
»William ließ zweiunddreißig von ihnen ergreifen und ihnen Hände und Füße abhacken.«
Cædmons Magen hob sich gefährlich. »O mein Gott…«
Wulfnoth zuckte seufzend die Schultern. »Du siehst, er *ist* empfindlich, was dieses Thema betrifft.«
Cædmon schluckte. »Ja. Sicher hat er viel darunter zu leiden gehabt.« Wenn er selbst plötzlich die Macht gehabt hätte, jeden zu bestrafen, der ihn einen Krüppel nannte, wäre er der Versuchung vermutlich auch erlegen.
»Möchtest du die Verliese sehen?« fragte Wulfnoth.
Cædmon winkte ab. »Von normannischen Verliesen habe ich für mein ganzes Leben genug gesehen.«
Wulfnoth lachte und sah zum Tor hinüber. Eine Schar normannischer Ritter zog auf der Burg ein. Es waren vielleicht zwanzig.
»Da kommen die ersten von Williams Kriegern«, bemerkte Wulfnoth. »Wenn Harold sich nicht beeilt, wird er den Herzog verpassen.«
»Aber wohin geht der Herzog?«
»Er zieht in den Krieg. Wieder einmal. Diesmal gegen Conan, den Herzog der Bretagne, der einem von Williams Vasallen aus heiterem Himmel ein, zwei Burgen abspenstig gemacht hat.« Wulfnoth schüttelte versonnen den Kopf. »Ich kann diese französischen Adligen wirklich nicht verstehen. Sie sollten doch langsam gelernt haben, daß gegen William kein Kraut gewachsen ist.«

Die folgenden beiden Tage verbrachte Cædmon meist in Wulfnoths Gesellschaft. Wulfnoth lud ihn sogar ein, in seinem Quartier zu schlafen. So geduldig er seine unverdiente Verbannung auch ertrug, genoß er es doch, wieder einmal seine Muttersprache zu sprechen und zu hören, mit einem Menschen zu reden, der dem gleichen Boden entstammte wie er, der zu denselben Heiligen betete, dem er nicht alles erklären mußte und der ihm nicht so von Grund auf fremd war. Er wurde nicht einmal böse, als er Cædmon mit seiner Laute erwischte. Voller Verblüffung hörte er zu, wie der Junge beinah Ton für Ton das kleine Hirtenlied nachzupfte, das Wulfnoth am Tag zuvor für ihn gespielt hatte, und als Cædmon zum Ende kam, Wulfnoths Anwesenheit bemerkte und das Instrument schuldbewußt aus der Hand legen wollte, ermunterte dieser ihn, fortzufahren. Von da an wurde die Laute nur noch selten in ihre Hülle verpackt. Während sich auf der Burg von Rouen Williams Heer versammelte, hockten die beiden Engländer Stunde um Stunde zusammen in ihrem Quartier oder draußen im sonnigen Hof und spielten, und Wulfnoth konnte einfach nicht fassen, wie schnell Cædmon lernte.

»Mir scheint, Gott hat dir eine Gabe geschenkt«, sagte er mit einem kleinen Lächeln. »Wie dem Heiligen, nach dem du benannt bist.«

Cædmon lachte verlegen. »Es ist furchtbar lästerlich, was du da sagst.«

»Ja, bestimmt. Meine Furcht vor dem Zorn Gottes ist nicht mehr so groß, wie sie einmal war. Vermutlich weil ich glaube, daß er mich schon für all die Sünden bestraft hat, die ich nie Gelegenheit hatte zu begehen, da er mich hierher geschickt hat. Er, mein Vater und ... der Mann, der gerade durchs Tor reitet.«

Cædmon sah auf. An der Spitze einer Reiterschar zog der Earl of Wessex auf der Burg von Rouen ein. Er ritt ein großes, stämmiges Schlachtroß wie das, mit dem er nach Helmsby gekommen war. An seiner Seite trug er sein großes Schwert, und er wirkte so stattlich, nahezu königlich, daß Guy de Ponthieu neben ihm völlig verblaßte. Ihnen folgten einige Ritter aus Guys Gefolge, Harolds Housecarls, Bruder Oswald, der junge Lucien, dessen Pferd Cædmon gestohlen hatte, und ... *sie*.

Wulfnoth hatte nur Augen für seinen Bruder. »Harold«, flüsterte er tonlos. »O mein Gott, Harold. Dein Bart ist grau geworden ...«

Cædmon sah, daß er die Hände zu Fäusten geballt hatte. Wulfnoth trat rastlos von einem Fuß auf den anderen, aber irgend etwas hinderte ihn, zu seinem Bruder zu gehen. Also blieben sie beide auf dem sonnigen Stück Wiese vor der Kapelle stehen und sahen zu, wie die Reisegesellschaft absaß, Soldaten und Stallknechte herbeiliefen, um die Pferde zu versorgen und den Ankömmlingen behilflich zu sein. Auch der Kapitän der Wache, der die Soldaten an Williams Hof befehligte, trat gemessenen Schrittes hinzu und begrüßte zuerst den Earl of Wessex, dann den Grafen des Ponthieu, wie Cædmon mit Interesse feststellte. Wenn er eins in der kurzen Zeit gelernt hatte, die er hier war, dann das: Die Reihenfolge der Begrüßung blieb bei den Normannen ebensowenig dem Zufall überlassen wie die Tischordnung.

Harold sagte etwas zu dem normannischen Offizier, der daraufhin in ihre Richtung wies. Der Earl ließ den Mann fast brüsk stehen und eilte auf sie zu. Vor Wulfnoth hielt er an, und sein sonst meist unbewegtes

Gesicht verriet eine Vielzahl von Gefühlen. Cædmon konnte den Ausdruck nicht so recht deuten, Trauer und Ergriffenheit lagen jedenfalls darin.
»Wulfnoth …« Harold packte seinen Bruder, dessen schmächtige Gestalt beinah in der Umarmung verschwand.
»Willkommen in Rouen, Bruder«, murmelte der Jüngere.
Er schafft es nicht, so kühl zu bleiben, wie er gern möchte, fuhr es Cædmon durch den Kopf. Er wollte sich höflich entfernen, aber kaum hatte er sich abgewandt, landete eine Pranke auf seiner Schulter.
»Hiergeblieben, mein Junge.« Harold drehte ihn wieder zu sich um und sah ihn lächelnd an. »Ich bin dir zu Dank verpflichtet. Was für eine wagemutige Tat, Cædmon. Du hast jeden meiner Housecarls beschämt.«
Dann muß ich mich von jetzt an wohl mehr denn je vor ihnen in acht nehmen, dachte Cædmon flüchtig. Er schüttelte verlegen den Kopf. »Ich war der einzige, der Bewegungsfreiheit hatte.«
Harold hob abwehrend die Linke. »Trotzdem. Für einen jungen, unerfahrenen Burschen wie dich wäre es selbst ohne ein lahmes Bein eine gewaltige Aufgabe gewesen. Du kannst sicher sein, daß dein Vater davon erfährt. Und er wird genauso stolz auf dich sein wie ich.«
»Danke, Mylord.« Das Lob klang aufrichtig, also warum hatte er das Gefühl, daß die kleine Spitze beabsichtigt gewesen war?
Harold legte Cædmon und Wulfnoth einen Arm um die Schultern und führte sie auf das Hauptgebäude zu. »Kommt. William erwartet uns.«
Vor der Burg feierte Cædmon ein freudiges Wiedersehen mit Bruder Oswald, und die Housecarls begrüßten ihn mit mehr Freundlichkeit, als er erwartet hätte. Eldred klopfte ihm sogar die Schulter. »Ohne dich säßen wir immer noch in dem verdammten Drecksloch, Junge. Ich bin dir was schuldig.«
Cædmon lachte leise. »Darauf werd' ich zurückkommen, wenn du am wenigsten damit rechnest, Eldred.«
Guy und sein Gefolge würdigten ihn keines Blickes. Und Cædmon wagte nicht, zu dem Mädchen hinüberzusehen.
Der Kapitän der Wache führte sie in die Halle. Die Tische waren beiseite geräumt worden. Herzog William saß auf seinem thronartigen Sessel. Er trug einen kostbaren Mantel aus dunkelgrünem Brokat, der am Hals mit einer goldenen Spange geschlossen war, über einem nicht minder feinen Gewand aus safrangelbem Leinen. Ein wenig zu seiner

Linken standen ein Priester und einer von Williams Vertrauten, die leise miteinander tuschelten. Offiziere standen in Gruppen zusammen, hielten Becher in den Händen und besprachen leise die Einzelheiten des bevorstehenden Feldzuges.

Der Herzog selbst saß vollkommen reglos und sah den Ankömmlingen ernst entgegen.

Harold und Guy traten vor ihn und verneigten sich, Guy wesentlich ehrerbietiger als der englische Earl.

William wandte sich trotzdem zuerst an diesen. »Seid mir willkommen, Monseigneur.«

Harold bedankte sich. »Ich bringe Euch freundschaftliche Grüße von Eurem Vetter, König Edward.«

Der Anflug eines höflichen Lächelns lag in Williams Mundwinkeln, aber sein Ausdruck zeigte Unverständnis.

Harold sah kurz über die Schulter. »Cædmon, Bruder Oswald, wenn ihr so gut sein wollt…«

Sie traten beide einen Schritt vor und übersetzten den förmlichen Gruß wie aus einem Munde. Dann tauschten sie einen Blick und hatten Mühe, nicht zu lachen.

William nickte bedächtig und wandte sich an Guy de Ponthieu. Cædmon hätte nicht gedacht, daß die Miene des Herzogs noch ernster werden konnte, aber seine Augen verengten sich fast unmerklich, der Ausdruck wurde auf unbestimmte Weise drohend. »Seid auch Ihr willkommen, Guy. Und ich bin Euch dankbar, daß Ihr den Gesandten meines Vetters nach seinem Schiffbruch mit Gastfreundschaft aufgenommen und hierhergeleitet habt. Ihr habt Euch als treuer Vasall erwiesen.«

Harold lauschte Bruder Oswalds gemurmelter Übersetzung mit gerunzelter Stirn und hob dann den Kopf, als wolle er Einspruch erheben. Aber dann besann er sich. Das entging William nicht. Für einen Augenblick lächelte er, zu kurz, um sagen zu können, ob es beschwichtigend oder höhnisch war, dann winkte er einem Diener, der drei Pokale mit Wein auf einem Tablett herbeitrug. Er reichte einen dem Herzog, einen dem Earl of Wessex und einen Guy.

William hob den Becher seinen Gästen entgegen. »Trinken wir auf das Wohl meines Vetters, des Königs von England.«

Alle nahmen einen tiefen Zug.

»Und nun nennt mir die Botschaft, die König Edward mir sendet,

Monseigneur«, sagte William. »Der Junge Cædmon soll übersetzen, was Ihr zu sagen habt.«
Harold hob verwundert die Brauen, nickte aber zustimmend. »Der König, Euer Vetter, ist nicht wohl«, begann er. »Die Jahre der Verbannung lasten ebenso schwer auf ihm wie die Bürde seiner Königswürde und sein entsagungsvolles Leben. Und er hat mich geschickt, solange er noch gesund genug ist, wie er sagt, um Euch zu versichern, daß er zu dem Versprechen steht, das er Euch gab, als Ihr ihn vor gut einem Dutzend Jahren in England aufgesucht habt.«
William ließ Harold nicht aus den Augen, solange er sprach, und traktierte Cædmon mit dem gleichen, durchdringenden Blick, als der Junge übersetzte.
»Und wißt Ihr, worum es sich bei diesem Versprechen handelt?« erkundigte sich William.
Harold nickte langsam. »Ja, Mylord. Er hat es mir gesagt. Edward wünscht, daß Ihr nach ihm König von England werdet.«
Statt zu übersetzen, starrte Cædmon den Überbringer der Botschaft einen Moment ungläubig an, dann besann er sich und wiederholte seine Worte auf normannisch.
William streifte den Jungen mit einem Seitenblick. »Du bist verwundert, Cædmon?«
»Ähm ... mehr überrascht, Monseigneur.«
William nickte. »Ich nehme an, viele Engländer werden überrascht sein.«
Und viele Engländer werden kein bißchen glücklich sein, dachte Cædmon. Ein Blick auf Harolds Housecarls reichte, um das zu wissen. Aber das sollte schließlich nicht seine Sorge sein. Und er gelobte, seine Empfindungen von nun an besser zu verbergen, wenn er für Harold oder Herzog William übersetzte, nur Mund und Ohr zu sein und nichts sonst.
»Und was ist mit Euch, Harold Godwinson?« wollte William wissen.
Harold hob leicht die Schultern. »Die Ehe des Königs mit meiner Schwester ist kinderlos. Es gibt niemanden in England, der einen unangefochtenen Anspruch auf den Thron hätte. Ich werde die Entscheidung meines Königs nicht in Frage stellen, sein Wort bindet auch mich.«
William lauschte aufmerksam, als versuche er, die Wahrheit aus der Betonung der Worte herauszulesen. Dann verschränkte er die Arme. »Das heißt, Ihr erkennt an, daß ich einen rechtmäßigen Anspruch auf

England habe, wenn die Zeit kommt, einen Nachfolger für meinen Cousin Edward zu finden?«

»Das erkenne ich an, Mylord.«

»Ich kann also auf Eure Unterstützung rechnen?«

Harold nickte. »Und der König hat mich gebeten, gemeinsam mit Euch Schritte zu erwägen, die das Band zwischen England und der Normandie noch fester knüpfen.«

William lauschte mit gerunzelter Stirn, schien einen Moment nachzudenken und nickte langsam. »Ist Euer König vielleicht der Ansicht, es werde Zeit, daß Ihr heiratet?«

Harold lächelte und hob vielsagend die Schultern. »Das würde mich nicht wundern.«

William erwiderte das Lächeln, leerte seinen Becher und stand auf. »Haltet mich nicht für unhöflich, Monseigneur, aber ich bin im Begriff aufzubrechen, um eine unselige Streitigkeit mit einem meiner Nachbarn auszutragen. Morgen bei Tagesanbruch müssen wir ausrücken, wenn wir ihn erreichen wollen, ehe er seine Stellung ausbaut. Bleibt als Gast auf meiner Burg in der Obhut meines Seneschalls, dem es auch eine Freude sein wird, mit Euch zu jagen. Man sagte mir, daß Ihr diesen Sport ebensosehr liebt wie ich.«

»Das tue ich in der Tat«, stimmte Harold zu. »Aber noch lieber als Wild jage ich die Feinde der Verbündeten meines Königs. Erlaubt mir und meinen Männern, Eure Truppen zu verstärken, Mylord. Ich weiß, es ist überflüssig, aber es wäre uns eine Ehre.«

William schien nichts anderes erwartet zu haben. Er neigte zustimmend den Kopf. »Dann ist der Sieg uns schon gewiß. Kommt, lernt meine Kommandanten kennen, sie werden Euch unsere Pläne erläutern.« Er legte Harold leicht die Hand auf den Arm und führte ihn zu der Gruppe von Adligen, die in unmittelbarer Nähe gestanden hatten.

Cædmon folgte, um zu übersetzen, aber Harold schüttelte den Kopf. »Nein, Junge. Du wirst nicht mitkommen. Bruder Oswald soll jetzt während der Lagebesprechung für mich übersetzen und mich dann auch auf den Feldzug begleiten, wenn er so gut sein will. Du bist zu jung.«

»Aber, Mylord …«, wandte Cædmon entsetzt ein. »Bitte, laßt mich nicht hier zurück.«

Harold ging weiter, als habe er ihn nicht gehört. Fast beiläufig sagte er über die Schulter zu einem seiner Männer: »Agilbert, nimm den Bengel mit nach draußen und bring ihm bei, mir nicht noch einmal zu widersprechen.«

Der Housecarl nickte knapp und winkte Cædmon mit einem Finger zu sich.

Cædmon verspürte einen heißen Stich im Magen, folgte der Aufforderung aber, ohne zu zögern.

Wulfnoth trat unauffällig zu seinem Bruder. »Überlaß den Jungen mir, Harold«, bat er leise.

Harold winkte ungeduldig ab. »Meinetwegen. Dann bring du ihm Manieren bei. Und jetzt verschwindet, allesamt.«

Wulfnoth trat aus dem Kreis der Ritter zurück und bedeutete Cædmon, ihm zu folgen. Erleichtert hinkte der Junge zu ihm hinüber, und gemeinsam verließen sie die Halle durch die hintere Tür und stiegen die zwei Treppen zu Wulfnoths Quartier hinauf.

Wulfnoth schloß die Tür, trat langsam auf Cædmon zu und baute sich vor ihm auf.

»Und jetzt?« fragte Cædmon rebellisch.

»Tja …« Wulfnoth betrachtete ihn eingehend. »Ich denke, jetzt nehmen wir uns die Laute und spielen weiter. Und ich fordere dich mit allem Nachdruck auf, dem ruhmreichen Harold Godwinson nie wieder zu widersprechen, vor allem nicht in der Öffentlichkeit, das untergräbt sein Ansehen, und in solchen Dingen ist er empfindlich.«

Cædmon lächelte befreit. »Ich werde dran denken. Danke, Wulfnoth.«

Wulfnoth trat an den Tisch, holte das Instrument aus seiner Hülle und strich liebevoll über den Korpus. Dann reichte er es Cædmon. »Hier. Spiel, bis deine Finger bluten, und tu Buße.«

»Einverstanden.« Cædmon ergriff das zerbrechliche Instrument ohne alle Scheu, hockte sich damit auf einen Schemel, legte den Kopf schräg, um den Saiten mit dem Ohr näherzukommen, und stimmte sie nach. »Aber vorher sag mir eins. Wie ist es möglich, daß unser König Edward und der Herzog der Normandie Vettern sind?«

»Nun, wegen Emma, natürlich.«

»Emma?«

Wulfnoth lehnte sich mit verschränkten Armen an die Wand neben dem Fenster und nickte. »Emma. Frau und Mutter vieler Könige. Hast du nie von ihr gehört?«

Cædmon schüttelte den Kopf.

»Sie war eine normannische Prinzessin und wurde als junges Mädchen mit unserem König Æthelred verheiratet.«

»Æthelred, den sie ›den Unberatenen‹ nannten? Gott, das muß ja Ewigkeiten her sein.«

»Weit mehr als ein halbes Jahrhundert. König Edward ist ihr Sohn. Emma war eine Tante von Herzog Williams Vater. Darum sind er und Edward Vettern.«

»Verstehe.«

»Nachdem König Æthelred starb und England damit endgültig von seiner unseligen Regentschaft erlöste, heiratete Emma König Knut von Dänemark, der, wie du vermutlich weißt, auch König von England wurde. Ihr gemeinsamer Sohn Harthaknut folgte seinem Vater auf den englischen Thron. Erst als er starb, holte man Edward aus dem normannischen Exil nach England zurück und machte ihn zum König.«

Cædmon nickte. »Und somit war Emma Ehefrau und Mutter von je zwei Königen. Nicht schlecht. Sie muß es verstanden haben, im richtigen Moment die Seiten zu wechseln.«

»Oh, da bin ich nicht so sicher. Ich denke eher, daß die Macht immer dahin ging, wo Emma hinging. Eine wirklich große Frau.«

»Hast du sie gekannt?«

Wulfnoth hob kurz die Schultern. »Als Junge bin ich ihr einmal begegnet. Aber sie hat sich vom Hofleben ferngehalten nach Harthaknuts Tod. Ich glaube, sie hat König Edward ebenso verabscheut wie seinen Vater. Ihre Loyalität lag bei ihrem zweiten Mann und dessen Söhnen. Und deswegen hat Edward sie in einem Kloster eingesperrt, bis sie vor gut zehn Jahren starb. Er hatte eine Heidenangst vor seiner Mutter.«

Cædmon schüttelte versonnen den Kopf. »Der König hatte also eine normannische Mutter, genau wie ich.«

»So ist es.«

»Mir war nie klar, wie alt die Beziehungen zwischen England und der Normandie schon sind, wieviel weiter sie zurückreichen als die Heirat meiner Eltern. Ich dachte immer, mein Vater sei eine Ausnahme mit seiner normannischen Frau.«

Wulfnoth schüttelte lächelnd den Kopf. »Nein. Er befindet sich in königlicher Gesellschaft, wenn du so willst, selbst wenn es ein etwas merkwürdiger König war. Und jetzt spiel endlich, Cædmon.«

Cædmon folgte seiner Aufforderung willig. Er spielte ein lustiges Trinklied, das er die Soldaten gestern abend im Hof hatte singen hören.

Wulfnoth summte die Melodie mit und lachte leise, als er geendet hatte. »Kein sehr passender Gesang für einen unschuldigen Knaben wie dich. Es wird Zeit, daß die Soldaten abrücken, damit hier wieder die strenge Sitte einzieht, auf die William so großen Wert legt.«
Cædmon strich mit dem Finger über die höchste Saite und zupfte leise daran. »Tut er das?«
»O ja. William ist ein großer Verfechter von Mäßigung und Tugend. Er ist sehr fromm, weißt du. Weitaus frömmer als sein Bruder, der Bischof von Bayeux.«
»Frömmer als ein Bischof?« wiederholte Cædmon ungläubig.
Wulfnoth nickte. »Ich denke, seine eigene Geschichte hat William tugendhaft gemacht. Der Fluch seiner Geburt ist die unmittelbare Folge der Lasterhaftigkeit seines Vaters. William hat keine Laster. Er säuft nicht, frißt nicht, er hat niemals Huren. Vielleicht denkt er, wenn er gegen die Sünden des Fleisches ins Feld zieht, wird es in Zukunft weniger bedauernswerte Kreaturen wie ihn geben. Bastarde.« Er hob leicht die Schultern. »Wer weiß. Vielleicht hat er auch völlig andere Gründe, ich habe ehrlich keine Ahnung. Tatsache ist jedenfalls, Bischof Odo von Bayeux, Williams Halbbruder, frißt gern, säuft gern und kennt die Hurenhäuser seiner Diözese besser als die Klöster, darauf möchte ich wetten.«
»Hat er keine Frau?« wollte Cædmon wissen.
Wulfnoth schüttelte den Kopf. »In der Normandie dürfen die Bischöfe nicht heiraten. Nicht einmal die kleinen Dorfpfarrer, obwohl viele von ihnen es trotzdem tun.«
»Sie dürfen nicht heiraten, aber sie dürfen sich Huren halten?« fragte Cædmon verständnislos.
»Natürlich nicht. Aber wer kann das schon beweisen? Schließlich nehmen sie weder päpstliche Legaten noch den sittenstrengen William mit, wenn sie zu ihren Freundinnen ins Bett steigen.«
Cædmon schüttelte den Kopf und seufzte tief. »Gott, wie seltsam dieses Land ist. Ich kann nicht glauben, daß Harold mich einfach hier zurückläßt ...« Er unterbrach sich und sah schuldbewußt zu seinem neuen Freund auf, ärgerlich über sich selbst. »Verzeih mir, Wulfnoth. Ich habe nicht daran gedacht, wie lange du es hier schon aushalten mußtest.«
Wulfnoth lächelte schwach. »Schon gut. Ich habe mich daran gewöhnt, weißt du. Und so oft ich mich auch nach England sehne, denke

ich doch manchmal, es wäre mir heute viel fremder als dieser Ort hier. Und jetzt spiel weiter, Cædmon. Spiel mir englische Lieder. Vielleicht ist eines dabei, das ich noch nicht kenne.«

Vom Fenster aus verfolgten sie am nächsten Morgen den Auszug von Williams Truppen.

»So viele Krieger«, staunte Cædmon, zutiefst beeindruckt. Er konnte ihre Zahl nicht schätzen. Aber es waren sicher doppelt so viele wie die Einwohner von Helmsby, das an die dreihundert Seelen zählte.

»Ja«, stimmte Wulfnoth zu. »Der aufsässige Conan kann einem beinah leid tun. Er hat sich auf der Burg von Dol verschanzt, heißt es, um William zu erwarten.«

»Und? Was wird der Herzog tun? Wie führt man Krieg gegen jemanden, der sich in einer Burg verschanzt hat?«

»Oh, es gibt mehrere Möglichkeiten. Man versucht, seine Palisaden mit Belagerungsleitern zu erklimmen, um in die Burg zu gelangen, oder erstürmt das Tor mit einem Rammbock oder schießt feurige Bälle über die Palisaden in der Hoffnung, daß die Gebäude drinnen in Flammen aufgehen. Wenn das alles nichts nützt, zieht man einen Belagerungsring um die Burg und schneidet sie vom Nachschub ab. Und wenn die Verteidiger drinnen hungrig genug sind, kommen sie schon heraus.«

»Aber das kann ewig dauern, oder?«

Wulfnoth schob die Unterlippe vor und hob gleichmütig die Hände. »William hat ja Zeit. Und eine Belagerung ist vielleicht die einzige Sache der Welt, für die er so etwas wie Geduld aufbringen kann.«

Sie hatten sich gerade wieder mit der Laute auf die Schemel unter dem Fenster gesetzt, als die Tür schwungvoll geöffnet wurde. Ein breitschultriger, älterer Mann trat mit einem großen Schritt über die Schwelle. Er hatte ein ausgeprägtes, glattrasiertes Kinn, über das eine gezackte Narbe verlief. Eine weitere teilte seine linke Wange senkrecht in zwei Hälften. Im übrigen war schwer zu erkennen, was in diesem Gesicht Narben und was Furchen waren. Sein Schädel war so rund und kahl wie die Kiesel im Bachbett.

»Cædmon of Helmsby?«

»Ja?«

Der Blick der dunklen Augen glitt abschätzend an seiner Erscheinung auf und ab. Dann winkte der Mann. »Mein Name ist Jehan de Bellême. Von heute an stehst du in meiner Obhut.«

Cædmon fand in dieser Eröffnung wenig Tröstliches. Er sah hilfesuchend zu Wulfnoth, der sich langsam erhoben hatte. »Aber wieso...«
Der Kahlköpfige hob abwehrend die Linke. »Das weiß ich nicht, Wulfnoth. Es tut mir leid, daß ich Euch der Gesellschaft Eures Landsmannes beraube, wirklich. Aber ich kann's nicht ändern. Komm mit mir, Junge.«
Cædmon stand auf und reichte Wulfnoth die Laute. »Was ... wollt Ihr von mir?« fragte er unsicher.
»Ich will einen Krieger aus dir machen.«
Wulfnoth sank mit hängenden Schultern zurück auf seinen Hocker. »Geh nur, Cædmon. Komm wieder, wann immer du kannst.«
Cædmon sah verständnislos von ihm zu Jehan. »Aber ...« Er schüttelte den Kopf. »Wer immer Euch das aufgetragen hat, hat wohl vergessen zu erwähnen, daß ich ein Krüppel bin.«
Auf dem narbigen Gesicht breitete sich ein fast hämisches Grinsen aus. »Das wird dich nicht vor mir retten, Söhnchen.«

Jehan de Bellême war einer von Herzog Williams ältesten und treuesten Kampfgefährten. Als der siebenjährige William das Herzogtum von seinem Vater geerbt hatte und jeder Adlige der Normandie glaubte, die Stunde sei gekommen, da er die Macht an sich reißen könne, hatte Jehan unermüdlich über seinen jungen Herrn gewacht, hatte ihn vor zwei hinterhältigen Anschlägen bewahrt und ihn schließlich, als es in Rouen für den Jungen zu gefährlich wurde, bei Nacht und Nebel fortgebracht, auf dem Hof einfacher Bauern versteckt und ihn später wohlbehalten bei seiner Mutter in Falaise abgeliefert. Als William mit siebzehn begonnen hatte, sich die Macht in seinem Reich zu erkämpfen, stand Jehan ihm wiederum zur Seite.
Inzwischen war er zu alt und auch zu oft verwundet worden, um noch weiter mit in den Krieg zu ziehen, doch eignete er sich hervorragend für die Aufgabe, die der Herzog ihm statt dessen übertragen hatte: Jehan war ein leuchtendes Vorbild, ein hervorragender Lehrer und ein gnadenloser Schleifer.
»Ich weiß nicht, wie ihr barbarischen Angelsachsen dort drüben in eurem nebligen Inselreich es haltet, aber hier in der christlichen, zivilisierten Welt kämpfen Ritter zu Pferd«, eröffnete er Cædmon, als sie in den Hof hinaustraten. Der Himmel über Rouen hatte sich zugezogen, und der Morgen war kühl.
»Wir Barbaren reiten zum Schlachtfeld, sitzen dann aber ab und kämp-

fen zu Fuß«, klärte Cædmon ihn auf. »Vermutlich weil unsere treuesten Feinde, die Dänen, immer mit Schiffen kommen und selten Pferde mitbringen. Es wäre also unfair.«

Jehan blieb stehen, sah ihn scharf an und stemmte die Hände in die Seiten. Niemand hätte ahnen können, daß er nur mit Mühe ein Lächeln unterdrückte. »Na schön. Ich merke, du hältst dich für einen Schlaukopf. Aber von jetzt an machst du das Maul nur noch auf, wenn du gefragt wirst. Ist das klar?«

Cædmon nickte langsam. »Völlig.«

Was blieb ihm schon übrig. Harold hatte ihn zurückgelassen wie einen lahmen Gaul, Wulfnoth besaß hier keinerlei Autorität, und weil vermutlich niemand wußte, was man mit ihm anfangen sollte, steckte man ihn zu den anderen jungen Burschen auf der Burg. Er konnte sich fügen oder schon wieder ausreißen, um irgendwie nach England und nach Helmsby zurückzukehren. Aber dann würde sein Vater ihm die Hölle auf Erden bereiten, weil er in Schande heimkäme. Also konnte er ebensogut bleiben, selbst wenn, was er durchaus für möglich hielt, Jehan de Bellême nicht viel besser war als die Hölle.

»Kannst du reiten?« fragte Jehan.

»Ja.«

»Gut?«

»Ich denke schon.«

»Ein Schwert führen?«

»Leidlich.«

»Eine Lanze?«

Cædmon schüttelte den Kopf.

Jehan brummte. »Hm. Na schön.« Er ruckte sein Kinn Richtung Burg. Aus dem Tor kam eilig eine Schar junger Burschen, die Cædmon als diejenigen wiedererkannte, deren Quartier er in der ersten Nacht hier geteilt hatte.

Sie überquerten die Wiese, nahmen in einer halbwegs ordentlichen Reihe vor Jehan Aufstellung und erwiderten seinen Gruß höflich. Jehan führte Cædmon zum linken Ende der Reihe und sagte: »Siehst du, Lucien, so schnell kann es gehen. Jetzt bist du nicht mehr der neueste in diesem traurigen Haufen.«

Lucien de Ponthieu nickte mit ausdrucksloser Miene und sah zu Boden, als Cædmon sich zögernd neben ihn stellte. Doch als Jehan sich abwandte, flüsterte Lucien tonlos: »Du hast meinen Vater in Schwierigkeiten gebracht. Und mein Pferd gestohlen. Das wird dir noch leid tun, ich schwör's dir.«

Großartig, dachte Cædmon grimmig. Das wird ja immer besser...

Mit verwirrender Schnelligkeit fuhr Jehan wieder zu ihnen herum, packte jeden der beiden Jungen mit einer Hand an den Haaren und stieß sie hart mit den Köpfen zusammen. »Ich dulde nicht, daß hier geredet wird!«

Er ließ sie los. Lucien hielt das Gleichgewicht mit Mühe, aber Cædmon fiel, das lahme Bein knickte einfach unter ihm weg wie ein Strohhalm. Er rappelte sich sofort wieder auf und sah mit hochrotem Kopf und zornig blitzenden Augen in die Runde. Niemand lachte. Die meisten erwiderten seinen finsteren Blick offen, alle außer Lucien mit Freundlichkeit. Hier wurde nie über die Mißgeschicke eines anderen gelacht, sollte Cædmon schnell lernen. Ihr Haß auf Jehan de Bellême machte die Jungen zu Verbündeten.

»Also wenn ich die jungen Damen dann bitten dürfte ...« Jehan machte eine auffordernde Geste. »Holt euch ein Pferd. Und wer als letzter zurück ist, wird sie nachher alle absatteln.«

Natürlich war Cædmon der letzte. Er versuchte nicht einmal zu rennen, weil er weder Rolands Mitgefühl noch Luciens Häme oder Jehans Spott hätte ertragen können, wenn sie seinen ungelenken Schweinsgalopp gesehen hätten. Er hinkte in aller Seelenruhe zum Stall, und als er hinkam, waren die anderen schon aufgesessen und preschten davon. Das Pferd, das sie ihm übriggelassen hatten, war erwartungsgemäß ein armseliger Klepper, der die Ohren nach hinten legte, als er seinen Reiter näherkommen sah, und gefährlich nach der Hand schnappte, die den Zügel ergriff. Cædmon saß auf, nahm die Zügel kurz und zog dem Klepper mit dem losen Ende eins über, als er bockte und ihn abwerfen wollte. Von da an ging das Pferd folgsam, wenn auch unwillig, aber trotzdem kam Cædmon erst Minuten nach den anderen zum Übungsplatz zurück.

Jehan war dabei, stumpfe Übungsschwerter an seine Zöglinge zu verteilen. Als er zu Cædmon trat, bemerkte er: »Ich glaube, ich muß dir etwas erklären, mein Junge. Wenn ich sage, ›Geht zum Pferdestall‹, dann meine ich, so schnell ihr könnt.«

Cædmon nahm sein Schwert in die Rechte. Es war unglaublich schwer.

»Ich bin so schnell gegangen, wie ich konnte.«

Jehan runzelte die Stirn und ließ ihn nicht aus den Augen. »Dann solltest du zusehen, daß du ein bißchen schneller wirst. Sonst wirst du feststellen, daß der Tag nicht genug Stunden hat, um all die Arbeiten zu erledigen, die du dir aufhalst.«

Die *du* mir aufhalst, meinst du wohl, dachte Cædmon wütend, aber er nickte nur.

Jehan klopfte dem biestigen Klepper den mageren Hals, und erwartungsgemäß schnappte das Pferd nach ihm, aber der vierschrötige Normanne wich mit erstaunlicher Geschmeidigkeit zurück. »Also dann. Roland und Philip, laßt uns sehen, was ihr könnt.«

Fürs erste paarte er die Jungen so, daß immer ein Schwächerer gegen einen Stärkeren kämpfte, was Cædmon wenigstens ersparte, gegen Lucien antreten zu müssen. Sein erster Gegner war Etienne, der ihm den Diebstahl seiner Schlafstatt bei weitem nicht so verübelte wie Lucien den seines Pferdes. Etienne ritt dicht an Cædmon heran und griff ihn mit harten, schnellen Schwerthieben an, hielt aber jedesmal inne, wenn der neue Mitschüler in Bedrängnis geriet. Cædmon bewunderte, wie geschickt Etienne die schwere Waffe handhabte, wie mühelos er gleichzeitig sein Pferd lenkte, praktisch nur mit den Knien. Mehr durch Zufall kam Cædmon mit einer wenig einfallsreichen Finte durch und konnte den Kampf für wenige Augenblicke an sich reißen. Etienne parierte seinen unkoordinierten Angriff geschickt, rief aber lachend: »Nicht schlecht für einen langhaarigen Barbaren!«

Cædmon erwiderte sein verwegenes Grinsen und stürzte sich mit mehr Eifer in den Kampf.

Jehan unterbrach sie schließlich, ließ sie absitzen und wieder in einer Reihe Aufstellung nehmen. Dann schritt er die Riege ab und erklärte einem jeden, welche Fehler er gemacht hatte, welche Gefahren sein Fehler barg und wie man ihn vermied. Ein Lob hatte er für niemanden. Als er schließlich bei Cædmon ankam, fragte er: »Wer hat dich unterrichtet?«

»Mein Vater oder einer seiner Housecarls … seiner Ritter.«

»Und hat dein Vater in vielen Schlachten gekämpft?«

Cædmon witterte eine Falle. Jeden Moment würde das ernste, narbige Gesicht sich zu einem höhnischen Lächeln verziehen, und der Normanne würde irgend etwas Abfälliges über die Waffenkunst der Engländer sagen. Aber weil ihm nicht viel anderes übrigblieb, antwortete der Junge wahrheitsgemäß: »Nicht viele. Aber er hat mit Earl Harold gegen die Waliser gekämpft, und wann immer die Dänen die Küste bedrohen, hilft er, sie zurückzuschlagen.«

»Führt er das Schwert mit beiden Händen?«
Cædmon schüttelte den Kopf. »Die Streitaxt, ja. Aber wenn er mit dem Schwert kämpft, trägt er in der Linken einen Schild.«
»Warum führst du das Schwert dann beidhändig?«
Cædmon überlegte einen Augenblick. »Ich fand es recht schwer. Und wenn man es in beiden Händen hält, kann man das Gleichgewicht besser halten.«
»Mag sein, aber man ist nicht beweglich genug, wenn man zu Pferd kämpft.« Plötzlich legte er die Hand um Cædmons rechten Oberarm. Dann brummte er: »Kein Wunder, daß du ein Schwert für schwer hältst. Ich fühle hier nichts als Haferbrei. Womit vertreibt ihr jungen Kerle in England euch die Zeit, he? Blumenpflücken?«
Cædmon rang mit einem mächtigen Drang, seinen Arm loszureißen. Er biß die Zähne zusammen. »Nein.«
Jehan ließ ihn los. »Na schön. Im nächsten Durchgang mißt du dich mit Roger.« Er wies auf einen großen, breitschultrigen Jungen, der alt genug schien, um Jehans Klauen bald zu entkommen. »Leg die linke Hand auf den Rücken und laß sie dort. Wenn wir mit Schwert und Schild üben, wirst du sehen, daß du Schild und Zügel zusammen in der Linken halten mußt, aber für heute mach es wieder so wie eben, wickle den Zügel um den Sattelknauf. Dein linker Arm macht gar nichts.«
Cædmon nickte.
Jehan winkte Roger näher und wies die anderen an: »Seht alle genau hin und vergleicht Cædmons Stil mit Rogers. Wenn ihr euch ein bißchen Mühe gebt und ausnahmsweise mal die Augen öffnet, könnt ihr vielleicht etwas lernen.«
Roger kämpfte ebenso fair wie Etienne, aber weitaus härter. Nach wenigen Augenblicken drohte Cædmon das Schwert zu verlieren, und instinktiv faßte er wieder mit der linken Hand an das Heft und ließ sie dort. Es ging nicht anders, er konnte die Waffe mit einer Hand nicht halten.
Jehan brach den Kampf ab, trat zu Cædmon, zog ihn aus dem Sattel und schlug ihn mit der Faust zu Boden. Ehe der Junge aufstehen konnte, hatte der Normanne seine kurze Lederpeitsche aus dem Gürtel gezerrt und ließ sie auf seinen linken Oberarm niedersausen. »Du solltest besser schnell lernen, zu tun, was ich dir sage.« Er schlug noch einmal zu und traf die linke Schulter.
Cædmon hatte sich auf die Zunge gebissen und kniff die Augen zu.

Nicht noch mal, dachte er atemlos, bitte nicht noch mal, sonst werd' ich dir den Gefallen tun müssen und brüllen.

Aber Jehan trat zurück. »Steh auf.«

Cædmon kam so schnell wie möglich auf die Füße.

»Sind wir uns einig, daß der linke Arm jetzt auf deinem Rücken bleibt?«

Cædmon atmete tief durch. »Ich glaube nicht, daß er im Augenblick zu etwas anderem taugt. Aber das Schwert wird mir aus der Hand gleiten.«

»Das würde ich mir an deiner Stelle gut überlegen. Du bist schlecht in Form, darum kannst du ein paar Minuten ausruhen, ehe wir es noch einmal versuchen. Etienne, Paul, aufsitzen, los. Ihr seid an der Reihe ...«

Im weiteren Verlauf wurde der Tag nicht besser. Jehan de Bellême war ein erbarmungsloser Zuchtmeister. Er verlangte absolute Disziplin, duldete jeden Fehler nur einmal und schikanierte seine Zöglinge nach einem ausgeklügelten System. Mit tiefstem Abscheu reagierte er auf jedes Anzeichen von Schwäche. Noch ehe es Mittag wurde, befand Cædmon sich in einem Jammertal dumpfer Verzweiflung. Weil er bei allen Aufgaben, die mit Schnelligkeit und Beweglichkeit zu tun hatten, immer der Letzte war, lud er sich tatsächlich eine solche Vielzahl ungeliebter Aufgaben auf, daß es so aussah, als solle er bis tief in die Nacht beschäftigt sein.

Beim Abendessen, das er mit den anderen Jungen in ihrem Quartier einnahm, kaute er mühsam auf dem alten, harten Brot, das Jehan ihm verordnet hatte. Cædmon hatte zwar für alle das Essen aus der Küche holen müssen, durfte den anderen aber nur beim Vertilgen ihrer dicken Schweinekoteletts zusehen. Es war ihm gleich. Er war zu müde und deprimiert, um Hunger zu verspüren.

Etienne stand von seinem Platz auf, und als er an Cædmon vorbeikam, der ein wenig abseits saß, legte er ihm kurz die Hand auf die Schulter. »Es wird schon werden«, sagte er zuversichtlich.

Cædmon schnaubte verächtlich und schüttelte die Hand ab.

»Glaub mir, ich weiß, wie du dich fühlst. Der erste Tag ist für jeden der schlimmste.«

Cædmon stand unvermittelt auf. Er konnte Etiennes Freundlichkeit nicht ertragen. Sie gab ihm den Rest. »Laß mich zufrieden.« Er wandte sich zur Tür.

»Aber wo willst du denn hin?«
»Wo soll ich schon hingehen? Ich habe noch wenigstens zwanzig Helme zu putzen.« Ohne eine Antwort abzuwarten trat er auf den Korridor hinaus. Er lehnte sich an die kalte Steinmauer, starrte in die zuckende Flamme einer Fackel an der gegenüberliegenden Wand und wog ab, was er tun sollte. In Wirklichkeit hatte er nicht die geringste Lust, jetzt noch einmal durch den strömenden Regen zur Waffenkammer zu laufen und seine Arbeit zu beenden. Er hatte mehr als genug davon. Gott, ich muß weg von hier, dachte er verzweifelt. Die Vorstellung, nach England zu fliehen und seinem Vater unter die Augen zu treten hatte einen ganz neuen Reiz. Was immer Ælfric tat, es konnte nicht schlimmer werden als der Tag, den Cædmon hinter sich hatte. Aber das Tor der Burg war verschlossen und bewacht. Vielleicht könnte ich auf die Brustwehr steigen, über die Palisaden klettern und hinunterspringen, überlegte er. Aber vermutlich würde ich mir den Hals dabei brechen. Oder das gesunde Bein, wie wär's, Cædmon? Nein, lieber nicht.
Ratlos wandte er sich zur Treppe, um ins Obergeschoß hinaufzusteigen, aber kaum hatte er die ersten beiden Stufen erklommen, sagte eine leise Stimme aus dem Schatten hinter ihm: »Als ob ich's geahnt hätte. Und wo willst du hin, Söhnchen?«
Cædmon stieß hörbar die Luft aus. Er wandte sich langsam um, antwortete aber nicht.
Jehan de Bellême wirkte unheimlich im diffusen Fackelschein, das unruhige Licht warf zuckende Schatten auf sein narbiges Gesicht und verwandelte es in eine Fratze. »Sicher bist du unterwegs zu deinem Freund und Landsmann Wulfnoth, nicht wahr? Um Trost in seinem Bett zu suchen, das würde mich weiß Gott nicht wundern.«
Cædmon wurde ganz elend vor Wut. Sehnsüchtig dachte er an die Schleuder an seinem Gürtel. Für einen Augenblick erfreute er sich an der Vorstellung, wie ein kantiger Stein Jehan am Kopf traf. Er sah ihn seine großen Hände vors Gesicht schlagen und in die Knie gehen. Aber der Normanne stand zu nahe vor ihm, um ihn wirkungsvoll mit der Schleuder angreifen zu können. Abgesehen davon hatte Cædmon nicht einen einzigen Stein bei sich.
»Kriege ich vielleicht in absehbarer Zeit eine Antwort?« zischte Jehan.
»Ich wollte zu Wulfnoth, ja. Um die Laute zu spielen.«
»Ach ja, ich hatte vergessen, daß du eine Schwäche für damenhaften Zeitvertreib hast.« Jehan trat einen Schritt näher. »Du wirst vorläufig

keine Laute mehr spielen, mein Junge. So lange nicht, bis du genug Kraft hast, ein Schwert vernünftig mit einer Hand zu führen, und zwar mit der rechten *und* der linken, verstehst du, weil man seinen Schwertarm in einer Schlacht schon mal verlieren kann, und dann ist es gut, wenn man noch einen hat.«

»Warum ... warum könnt Ihr mich nicht zufriedenlassen?« fragte Cædmon verständnislos. »Ich werde nie in einer Schlacht kämpfen, das wißt Ihr so gut wie ich.«

Jehan winkte ab. »Jetzt kommt das wieder. Der bedauernswerte Cædmon mit dem lahmen Bein.« Er unterbrach sich kurz. Dann schüttelte er mißbilligend den Kopf, und der Hohn war aus seiner Stimme verschwunden, als er fragte: »Wie ist es passiert, hm?«

Nein, dachte Cædmon. Nicht auch das noch. Gott, mach, daß er mich nicht zwingt. Er lehnte sich mit einer Schulter an die Wand der Treppe und senkte den Kopf. Wenn er nur hätte laufen können, wäre er geflohen, wäre gerannt, hätte sich irgendwo versteckt und die Folgen auf den nächsten Tag verschoben.

»Du willst nicht darüber reden?«

»Nein.«

»Nun, ich will es aber hören. Nicht um dich zu quälen, wie du vermutlich annimmst, sondern um einschätzen zu können, wie stark du wirklich beeinträchtigt bist und was nur wehleidiges Getue ist. Also wirst du es mir sagen.« Die Drohung war unüberhörbar.

Ja, das werde ich vermutlich, dachte Cædmon erschöpft. Früher oder später. Also warum nicht jetzt gleich. Er biß die Zähne zusammen, wandte den Kopf ab und beschränkte sich auf zwei Sätze. Die Jagd, das Drachenschiff, der Pfeil.

»Wo genau hat dich der Pfeil getroffen?«

»Über dem Knie.« Er wies vage in die Richtung.

»Laß mich die Narbe sehen.«

Cædmon betrachtete ihn ungläubig. »Hier mitten auf der Treppe soll ich die Hosen runterlassen? Habt Ihr keine Angst, ins Gerede zu kommen?« Er konnte kaum glauben, was er gesagt hatte. Aber er hatte im Laufe dieses Tages so viele zotige Beschimpfungen gehört, daß der Ton wohl irgendwie auf ihn abgefärbt hatte. Jehan fiel wider Erwarten nicht über ihn her. Er grunzte, beinah belustigt, hätte man meinen können, packte Cædmon am Arm, zog ihn zurück in den Flur und durch eine Tür in eine kleine, jetzt verlassene Schreibstube. Durchs Fenster fiel

noch ein Rest Tageslicht, aber er nahm trotzdem eine der Fackeln von der Wand im Korridor mit hinein und schloß polternd die Tür.
»Jetzt laß sehen.«
Den Blick starr auf das kleine Fenster gerichtet, löste Cædmon den Knoten am Gürtel seiner Beinlinge, ließ sie bis auf die Waden hinabrutschen und hob sein knielanges Übergewand weit genug an, daß die längliche, eingedellte Narbe am Ansatz des Oberschenkels sichtbar wurde.
Jehan beugte sich darüber, die eine Hand auf sein eigenes Knie gestützt, mit der anderen führte er die Fackel so nah heran, daß Cædmon fürchtete, in Flammen aufzugehen. Der Normanne betrachtete den Schaden lange und eingehend. Als er sich schließlich wieder aufrichtete, war seine Miene verschlossen. Das Gesicht gab absolut nichts preis.
»Hat er tief dringesteckt?« erkundigte er sich.
Cædmon genoß immer noch die Aussicht über den Fluß und die bestellten Felder am jenseitigen Ufer. Er nickte knapp. »Auf dem Knochen.«
»Wer hat ihn rausgeholt?«
»Meine Mutter. Sie ist...«
»Ich weiß, ich weiß. Der Vater deiner Mutter war der beste Feldscherer, den wir je hatten.«
Cædmons Kopf fuhr herum. »Ihr kanntet ihn?«
»Hm. Und deine Mutter auch. Hübsches Kind. Was nur in sie gefahren ist, einen Engländer zu heiraten ... Hat es stark geblutet?«
»Ja.«
»Wieviel Zeit ist vergangen, bis deine Mutter den Pfeil entfernt hat?«
»Ich weiß nicht. Zwei Stunden vielleicht.«
Jehan hob den Kopf und sah ihm für einen Moment in die Augen. »Ich könnte mir vorstellen, die Zeit ist dir mächtig lang geworden.«
Cædmon antwortete nicht. Er hatte keinerlei Interesse am Mitgefühl dieses Ungeheuers.
»Ich sehe, die Wunde ist sauber verheilt. Sie war nicht brandig«, schloß Jehan.
»Nein.«
»Und jetzt ist das Bein taub?«
Cædmon nickte.
»Wann hat das angefangen?«
»Gleich nachdem der Schmerz nachließ. Nach zwei oder drei Tagen.«

»Und seither hat sich nichts geändert?«
»Doch. Anfangs brauchte ich einen Stock zum Laufen. Jetzt geht es ohne.«
Jehan winkte ab. »Das liegt nur daran, daß du dich an das taube Gefühl gewöhnt hast. Du hast praktisch wieder laufen gelernt unter den geänderten Umständen. Aber die Taubheit hat nicht nachgelassen?«
»Nein.«
»Und hast du noch Schmerzen?«
»Manchmal. Wenn es kalt ist oder ich das Bein viel bewegt habe.«
»Wo genau?«
»Im ganzen Bein.«
»Heute auch?«
»Heute auch.«
Jehan nickte. »Na schön. Du kannst verschwinden. Leg dich schlafen. Ich habe dir bei den anderen ein Lager herrichten lassen, von heute an schläfst du dort. Ein Junge in deinem Alter sollte seine Zeit mit Gleichaltrigen verbringen.«
Cædmon brachte seine Kleider in Ordnung. »Wozu? Ich meine, Harold Godwinson wird, so Gott will, von diesem Feldzug zurückkehren und mich wieder mit nach Hause nehmen. Was soll das Ganze also?«
Jehan runzelte gefährlich die Stirn. »Tu, was ich dir sage. Geh schlafen und sammle deine Kräfte. Du wirst sie brauchen, glaub mir.«
Cædmon wandte sich ab. An der Tür blieb er noch einmal stehen. »Fürchtet Ihr nie, eines Nachts im Schlaf erstochen zu werden?«
Jehan gab sein leises, heiseres Lachen von sich. »Nein. Ich züchte keine Feiglinge, weißt du. Und jetzt scher dich zum Teufel.«

Rouen, Mai 1064

»Es kann nicht mehr lange dauern«, sagte Etienne, holte aus und warf einen flachen Stein ins Wasser. Er setzte dreimal auf. »Conan de Bretagne ist mit fliegenden Fahnen aus Dol geflohen, hat der Bote meinem Vater berichtet. Und jetzt wird der Herzog ihm das Schwert an die Kehle setzen und ihm seine Bedingungen diktieren.«
Etiennes Vaters war Guillaume fitz Osbern, ein entfernter Cousin des Herzogs und sein Steward oder »Seneschall«, wie man hier sagte, der

in Rouen zurückgeblieben war, um Reich und Burg in der Abwesenheit des Landesherrn zu verwalten. Er war einer der engsten Vertrauten des Herzogs und genoß hohes Ansehen am Hof. Cædmon fand ihn hochnäsig und aufbrausend, und er hatte festgestellt, daß Etienne, fitz Osberns drittältester Sohn, seinem Vater möglichst aus dem Weg ging. Jedenfalls versuchte er nie, aus der Verbindung Kapital zu schlagen.
Cædmon warf ebenfalls einen Stein. Er brachte es auf fünf Mal. »Aber Roland hat gesagt, der König von Frankreich unterstützt Conan.«
»Wieso bist du immer besser als ich? Zeig mir noch mal, wie du es machst … Ja, der König unterstützt Conan. Aber was heißt das schon? Das Reich, das der König regiert, ist nicht einmal halb so groß wie die Normandie.«
Cædmon starrte ihn mit offenem Munde an. »Aber ist nicht der König der oberste Herrscher über ganz Frankreich? Ich meine, der Earl of Wessex besitzt auch das meiste Land in England, aber er könnte sich niemals gegen den König auflehnen.«
Etienne kniete sich ins Ufergras und suchte nach neuen Steinen. »Nein, das ist hier anders. Der Herzog würde nie offen gegen den König ins Feld ziehen, weil er ihm einen Lehnseid geleistet hat, den er nicht brechen will. Aber davon abgesehen hat der König keinerlei Macht über ihn oder die anderen Herzöge. Jeder herrscht über sein Herzogtum wie über ein eigenes Königreich.«
»Aber wenn niemand das Sagen über alle anderen hat, führen sie nicht immerzu Krieg gegeneinander?«
»Doch. Oft.«
Cædmon schüttelte den Kopf. »Und da sagst du, *wir* seien Barbaren.«
Etienne lachte, und plötzlich war seinem blassen, schmalen Gesicht anzusehen, daß er erst fünfzehn Jahre alt war. Meistens ließen seine ernste Miene und die versonnenen, dunklen Augen ihn älter wirken. Er war groß und schlaksig wie Cædmon, aber er hatte eine beherrschte, selbstsichere Art, sich zu bewegen. Sein Gesicht war ebenmäßig, mit einer hohen Stirn und einer edlen, geraden Nase, und Cædmon hatte beobachtet, daß die Mägde in der Halle sich immer allerhand einfallen ließen, um seine Aufmerksamkeit zu erregen, wenn Etienne sich gelegentlich dort aufhielt. Obwohl er noch relativ jung war, gehörte er zu Jehans besten Schülern, und Cædmon hätte nicht zu sagen vermocht, wie er die letzten Wochen ohne Etiennes Heiterkeit und seine natürliche Freundlichkeit überstanden hätte.

»Hier, paß auf«, sagte Cædmon und nahm seitlich hinter seinem Freund Aufstellung. »Du mußt ihn mehr aus dem Handgelenk werfen, damit er sich schneller dreht, dann fliegt er praktisch übers Wasser.« Er vollführte mehrmals eine langsame Pantomime der Wurfbewegung, um Etienne deutlich zu machen, was er meinte, ehe er ihm den Stein aus der Hand stahl und warf. Acht Mal.

»Das glaub' ich einfach nicht ...«, murmelte Etienne.

»Na ja«, brummte Cædmon. »Zwölf ist wirklich gut.«

Etienne verschränkte die Arme und betrachtete ihn kopfschüttelnd. »Oh, Cædmon. Was für ein Aufschneider du bist. Das kannst du mir nicht weismachen. Es ist unmöglich.«

Cædmon strich sich die langen Haare hinters Ohr und suchte mit den Augen den Boden nach einem geeigneten Stein ab. »Wollen wir wetten?«

»Einverstanden. Wenn du es schaffst, übernehme ich heute abend deinen Stalldienst, und du kannst dich zu deinem schwermütigen Landsmann schleichen und auf deiner geliebten Laute üben.«

»Wie großmütig du bist, Etienne ...«

»Das ist nicht weiter schwierig, wenn man sicher sein kann, daß man seine Großmut nicht unter Beweis stellen muß. Du hast drei Versuche.«

Cædmon hatte den richtigen Stein gefunden. Mit geschlossenen Augen befühlte er ihn zwischen Daumen und Fingern der Rechten und schüttelte den Kopf. »Ein Versuch reicht. Und du übernimmst meinen Stalldienst die ganze Woche. Wenn ich es nicht schaffe, nehme ich dir deinen eine Woche lang ab, wenn du das nächste Mal an der Reihe bist.«

Etienne atmete mit einem Lächeln tief durch. »Oh, seliger Müßiggang. Welch wunderbare Zeiten kommen auf mich zu.«

»Wenn du dich da nur nicht irrst ...«

»Halt keine Reden. Laß sehen.«

Cædmon trat hinkend ans Ufer und betrachtete das Wasser mit leicht zusammengekniffenen Augen. Er lauschte dem Plätschern, dem Rhythmus, mit dem die kleinen Wellen ans grasbewachsene Ufer schwappten. Er konzentrierte sich nur auf diese Laute und wog den Stein in der Hand, der inzwischen ganz warm geworden war. Dann ging er leicht in die Knie, holte aus und ließ den flachen Kiesel aus dem Handgelenk vorschnellen. Er flog wenigstens zehn Ellen weit aufs Wasser hinaus, ehe er zum erstenmal aufsetzte. Dann wieder und wieder und wieder.

Bei jedem Aufschlag war ein schwaches, helles »Plitsch« zu vernehmen, und eine winzige Fontäne glitzerte in der hellen Morgensonne.
»Zehn ... elf ... zwölf ... dreizehn ... vierzehn. Oh, ich hasse dich, Cædmon of Helmsby!« Etienne ließ sich ins Gras fallen. »Eine Woche Stalldienst *und* Frühwache«, jammerte er. »Ich bin ein toter Mann.«
»Und ein schlechter Verlierer«, bemerkte Cædmon spitz.
Etienne lachte und stöhnte gleichzeitig. »Das kann ich einfach nicht glauben. Gott hat nicht gewollt, daß Steine fliegen. Wie *machst* du das?«
»Das habe ich dir doch gezeigt.«
»Nein, nein. Es muß ein Geheimnis geben, das du hütest, ich bin sicher. Du hast nicht fair gespielt. Ich hoffe, du denkst daran, wenn du das nächste Mal zur Beichte gehst, Cædmon.«
Cædmon sah zur Sonne auf. »Ich schätze, jetzt sollten wir erst einmal zum Hochamt gehen, sonst kommen wir zu spät, und dann ist es aus mit dem Sonntagsfrieden.«
Etienne wurde schlagartig ernst. »Du hast recht. Für diese Woche hatten wir wirklich genug Ärger.«
»Allerdings. Und wem haben wir das zu verdanken«, grollte Cædmon leise, während sie nebeneinander zur Burg zurückeilten.
Etienne antwortete nicht, aber er teilte Cædmons Verdacht.
Mochte Cædmon auch unbestreitbar Jehan de Bellêmes bevorzugtes Opfer sein, schien es dennoch so, als lebe Lucien de Ponthieu sich noch schlechter auf der Burg von Rouen ein. Dabei hatte er es vergleichsweise leicht. Er war gut geschult im Umgang mit Lanze und Schwert, so daß er Jehans Unmut nicht in dem Maße auf sich zog wie Cædmon. Außerdem hatte er seine Zwillingsschwester hier bei Hofe. Natürlich sah er sie nicht oft. Sie war als Hofdame zu Herzogin Matilda gekommen, verbrachte die Tage mit ihr und den anderen jungen Damen am Hof, während Luciens Alltag sich meist fernab der Halle abspielte, auf dem Sandplatz, in Waffenkammern und Pferdeställen, bei der Wache oder in ihrem Quartier. Aber immerhin hatte er hier noch jemanden, der ihm nahestand, nachdem sein Vater heimgeritten war. Doch er fügte sich nur unwillig in seinen neuen Alltag und fand im Gegensatz zu Cædmon keinen Anschluß an seine neuen Kameraden. Etienne hatte sich jede erdenkliche Mühe gegeben, und Roland Baynard, der älteste von allen, hatte ebenfalls alles getan, um Lucien die harte Eingewöhnungszeit zu erleichtern. Aber der Junge schloß sich niemandem

an, blieb zu allen hochmütig und kühl, und sein Versprechen war keine leere Drohung gewesen: Er ließ keine Gelegenheit verstreichen, um Cædmon das Leben schwerzumachen.

»Ich kann nicht begreifen, was mit dem Kerl los ist«, murmelte Etienne kopfschüttelnd. »Er benimmt sich, als hätten alle sich gegen ihn verschworen.«

Unerwartet nahm Cædmon Lucien in Schutz. »Auf die Idee kann man ohne weiteres kommen, wenn man hier fremd und neu ist.«

»Ja, ich weiß. Trotzdem. Er tut sich selbst keinen Gefallen, wenn er so weitermacht. Komm, laß uns einen Schritt zulegen. Hörst du? Es läutet schon.«

Die Glocke der Kapelle erschien Cædmon nach wie vor wie ein Wunder. Natürlich hatte er schon von Kirchenglocken gehört. Es gab sie auch in England. In London, Winchester und den reicheren Städten und Klöstern. Guthric hatte gar einmal behauptet, wenn der Wind günstig stehe, könne man in Helmsby die Glocke des Klosters von Ely hören. Heute war Cædmon der Überzeugung, sein Bruder hatte sich das wieder einmal nur in seiner blühenden Phantasie erdacht, ohne zu ahnen, wie eine Glocke sich wirklich anhörte. Denn diesen Klang, da war er sicher, hätte er auch aus weiter Ferne noch verwundert wahrgenommen. Es war ein heller, reiner Ton, der die Burgbewohner zur Messe rief, weithin hörbar bis in die entlegensten Ställe und auch jenseits der Palisaden in der Stadt. Die tieferen Glocken der großen Kathedrale, wo der Erzbischof das Hochamt hielt, machten ihr Konkurrenz, aber Cædmon zog den fröhlichen Klang der Glocke hier oben vor.

Sie schlüpfen mit den letzten in die kleine Kirche, glitten unauffällig an ihre üblichen Plätze, und als Jehan stirnrunzelnd zu ihnen hinübersah, senkten sie schleunigst die Köpfe und beteten voller Inbrunst.

Der Rest des Sonntags stand Cædmon zur freien Verfügung. Bis zur Vesper konnte er tun, was er wollte, und die Pläne für den heutigen Tag standen schon lange fest. Nach der Messe wartete er nahe des Burgtors in einem stillen Winkel hinter einem Vorratshaus. Der Innenhof leerte sich langsam, und Cædmon trat nervös von einem Fuß auf den anderen.

»Herrgott noch mal, Wulfnoth. Wo bleibst du?«

»Hier bin ich schon«, raunte die vertraute Stimme in der noch vertrauteren Sprache hinter ihm. »Was kann ich dafür, wenn Guillaume fitz Osbern nach der Messe plötzlich auf die Idee verfällt, mich in ein Gespräch zu verwickeln? Ich kann ihn schwerlich mit einer Ausrede abspeisen und stehenlassen, oder?«

Cædmon nickte ungeduldig und reichte ihm einen grauen, zerlumpten Mantel. »Hier. Zieh ihn über und setz die Kapuze auf. Mach dich klein, halt dich gekrümmt, paß auf, daß niemand deine Haare sieht. Da, beeil dich, die Bettler kommen zum Tor.«

Jeden Sonntag fanden sich arme Leute aus der Stadt und der Umgebung auf der Burg ein und bettelten nach der Messe um Almosen. Männer und Frauen, die durch Alter, Krankheit oder ein sonstiges Unglück in Not geraten waren, oft auch Kinder. Niemand wurde abgewiesen. Herzog William nahm seine Christenpflichten bekanntlich sehr ernst, auch was den Schutz der Schwachen und Bedürftigen betraf.

Das armselige Häuflein bewegte sich langsam zum Tor. Cædmon entging nicht, wie viele von ihnen hinkten. Ich hätte bessere Chancen, mich unbemerkt darunter zu mischen als Wulfnoth, dachte er grimmig. Aber auch Wulfnoth wurde so gut wie unsichtbar in der jammervollen Schar. Cædmon verfolgte seinen Weg durchs Tor und über die Zugbrücke. Wulfnoth hielt sich gekrümmt und zog so glaubhaft das linke Bein nach, daß der Junge sich verdrießlich fragte, ob er ihn vielleicht heimlich beobachtet und studiert hatte.

Als die Bettler zwischen den ersten Häusern der Stadt verschwunden waren, folgte Cædmon zur Brücke.

»Wo soll's denn hingehen?« fragte eine der Wachen.

Cædmon wandte sich zu ihm um und ging rückwärts weiter. »Ein Apotheker in der Rue Boulanger hat eine neue Salbe gegen lahme Glieder, hat mir einer erzählt«, erklärte er. »Aus Sizilien.« Das war immer ein gutes Stichwort, schien hier beinah gleichbedeutend mit »neuartig« und »wundersam«.

Aber der Wachsoldat war skeptisch. »Du verschwendest dein Geld, Junge«, rief er ihm nach.

Cædmon winkte ab. »Und du versäufst deines, Gilbert.«

Er traf Wulfnoth auf einem kleinen Platz im Tuchhändlerviertel. Cædmon war noch nicht sehr vertraut mit der Stadt, und Wulfnoth kannte sie überhaupt nicht, aber auf dem Platz gab es eine steinerne St.-Martinus-Kirche, die die Tuchhändler gestiftet hatten, und weil

steinerne Kirchen eine solche Seltenheit waren, war sie nicht zu verfehlen.
Wulfnoth hatte an dem öffentlichen Brunnen gleich vor der Kirche haltgemacht. Er saß auf dem gemauerten Brunnenrand, die Hände lose auf den Knien, und sah staunend an der grauen Steinfassade hinauf. »Mein Gott … So etwas habe ich noch nie gesehen …«, murmelte er verwundert.
Cædmon lächelte zufrieden. »Was möchtest du tun? Die Stadt erkunden? Die Kathedrale besuchen? Oder vielleicht einen Ort eher irdischer Freuden? Etienne hat mir versichert, hier gibt es alles.«
Wulfnoth atmete tief durch. »Ja. All das will ich tun. Aber ich glaube, am allerliebsten möchte ich in den Wald. Es ist Frühling. Fast schon Sommer. Ich habe seit meiner Jugend keinen Wald mehr gesehen.«
Cædmon nickte. Er brachte keinen Ton heraus. Gott, was für ein Leben, dachte er niedergeschlagen. Wie hältst du das nur aus, Wulfnoth? Ausgerechnet du, dessen Seele so frei wie ein Vogel ist? Was haben sie dir nur angetan, dein Vater, Earl Harold, der König und Herzog William?
Er verbarg seine Beklommenheit hinter einem verwegenen Grinsen. »Komm.« Er winkte seinen Freund eine abschüssige Gasse hinab. »Ich weiß den Weg.«
Sie verbrachten einen wundervollen Tag zwischen Bäumen und Sträuchern in leuchtendem Frühlingsgrün. Wenigstens drei Meilen drangen sie in den dichten Wald vor, und als Cædmon schließlich nicht mehr weiterkonnte, machten sie auf einer Lichtung halt. Wulfnoth war wie trunken vor Glückseligkeit. Er wälzte sich im jungen Gras, sog den Duft von Erde und Blumen tief ein und lachte selig, wann immer er einen Vogel hörte. Einmal weinte er auch. Cædmon wandte ihm den Rücken zu und tat, als bemerke er es nicht, beging statt dessen ein schweres Vergehen und holte mit der Schleuder eine fette Taube aus einem der Bäume. Sie brieten die Taube über einem kleinen Feuer, aßen sie mit ein paar frühen Wildkräutern, die Wulfnoth am Rande der Lichtung entdeckt hatte, leckten sich den Bratensaft von den Fingern, und dann holten sie die Laute aus ihrem Beutel.
Als die Schatten schließlich länger wurden, brach Wulfnoth den Zauber. »Es wird Zeit, Cædmon. Wir haben noch einen ziemlich langen Rückweg vor uns.«
Der Junge nahm die Hand von den Saiten, ließ sie auf dem birnenför-

migen Korpus ruhen und nickte widerstrebend. »Ich wünschte, wir könnten hierbleiben. Gott, ich wünschte, das hier wäre ein englischer Wald.«
Wulfnoth verzog das Gesicht zu einem melancholischen Lächeln. »Wenn man so jung ist wie du, hat man ehrgeizige Wünsche. Aber ich bin zufrieden, weißt du. Du hast mir einen langgehegten Traum erfüllt.«
»Ich bin froh, Wulfnoth.«
»Komm. Laß uns aufbrechen. Mir geht es wie einem Vogel nach langer Gefangenschaft; ich sehne mich nach der sicheren Vertrautheit meines Käfigs.«
Cædmon steckte das Instrument in die Hülle, die Wulfnoth ihm entgegenhielt. »Das kann ich kaum glauben.«
Wulfnoth zog die Lederschnur der Hülle zusammen und sah versonnen in die hellgrünen Wipfel hinauf. »Nein, du hast recht. Ich könnte ewig hierbleiben. Hör nur, die Vögel...«
»Ja. Wunderschön. Ich möchte auch hierbleiben. Vielleicht sollten wir's tun, weißt du. Die Gesetzlosen daheim hausen schließlich auch in den Wäldern.«
Wulfnoth schüttelte lächelnd den Kopf. »Du würdest anders darüber denken, wenn Winter wäre.«
»Mag sein. Ich bin nicht sicher.«
Wulfnoth stand auf. »Komm. Ich will nicht undankbar sein. Es war ein herrlicher Tag. Und das ist genug.«
Dir vielleicht, dachte Cædmon hitzig, aber was ist mit mir? Doch natürlich folgte er Wulfnoth zum Pfad zurück Richtung Stadt.
Auch der Rückweg auf die Burg war genau geplant, wenn auch ein bißchen riskanter als das Manöver am Morgen. Cædmon hatte beschlossen, daß es das sicherste war, die Vesper zu versäumen. Kurz nach der Andacht wurde die Tagwache am Tor abgelöst, und die Leute aus der Stadt, die ein Anliegen an Guillaume fitz Osbern hatten oder mit einer Einladung zum Essen in der Halle geehrt wurden, fanden sich ein. Es war keine so dichtgedrängte Menge wie die Bettler am Morgen, aber doch genug Bewegung am Tor, hoffte Cædmon, daß die Wachen, die ohnehin mit der Ablösung beschäftigt waren, die zwei heimkehrenden Ausreißer nicht bemerkten.
Tatsächlich kamen sie unbemerkt durchs Tor, und Cædmon verspürte Erleichterung und auch Genugtuung, daß er und Wulfnoth den Normannen ein Schnippchen geschlagen hatten. Der Gedanke bereitete

ihm solches Vergnügen, daß er Guillaume fitz Osbern kaum zur Kenntnis nahm, der ihnen mit zwei Wachen entgegenkam. Vermutlich wollte der Seneschall irgendeinen der Ankömmlinge am Tor begrüßen. Erst als er genau auf sie zuhielt und dann vor ihnen stehenblieb, erkannte Cædmon, daß irgend etwas schiefgelaufen war. Sein Magen zog sich schmerzhaft zusammen.

Fitz Osbern stemmte die Hände in die Seiten, und sein kostbarer, dunkelblauer Umhang bauschte sich hinter ihm auf wie ein Segel. »Mir wurde gemeldet, Ihr habet die Burg verlassen, Wulfnoth.«

Wulfnoth sah ihm in die Augen; wenn der eisige Blick und die schneidende Stimme ihm Angst einjagten, war sie ihm jedenfalls nicht anzumerken. »Und bin wieder zurückgekommen, ja.«

Fitz Osbern hob gebieterisch die Hand und schüttelte den Kopf. »Trotzdem habt ihr gegen vereinbarte Regeln verstoßen.«

»Ich kann mich nicht erinnern, je einer Vereinbarung zugestimmt zu haben«, entgegnete Wulfnoth sarkastisch.

»Sie wurde in Eurem Namen getroffen und bindet Euch. Ihr habt Euch als nicht vertrauenswürdig erwiesen, und darum stelle ich Euch unter Arrest, bis der Herzog zurückkommt und selbst entscheiden kann. Vorläufig in Eurem Quartier, aber solltet Ihr Euch weiterhin unwillig zeigen, Anweisungen zu befolgen, geht es auch anders. Und jeder weitere Kontakt mit Eurem Landsmann hier wird unterbleiben …«

»Nein!« widersprach Cædmon impulsiv.

Wulfnoth legte ihm schnell die Hand auf den Arm. »Es ist schon gut, Cædmon.«

»Du«, sagte fitz Osbern zu Cædmon, und die beiden Engländer fragten sich flüchtig, wo man lernte, in ein einziges Wort soviel Herablassung zu legen. »Du gehst in dein Quartier. Ich bin sicher, Jehan wartet schon sehnsüchtig auf dich.«

Cædmon unterdrückte ein Schaudern und nickte. Er konnte seiner Stimme nicht trauen. Fitz Osbern gab den Wachen ein Zeichen, und sie führten Wulfnoth höflich, aber bestimmt zum Hauptgebäude. Cædmon folgte, und sein Herz fühlte sich wie ein heißer Stein in seiner Brust an.

Jehan wartete nicht auf Cædmon, aber all seine Schüler hockten beklommen in ihrem Quartier um den schweren Eichentisch herum. Sie sahen auf, als Cædmon eintrat, und niemand sagte ein Wort. Etienne saß mit dem Rücken zum Tisch, hatte den Kopf in den Nacken gelegt und drückte ein feuchtes Tuch auf sein linkes Auge. Als er die Hand mit dem Lappen sinken ließ, erkannte Cædmon, daß das Auge fast zugeschwollen war.

Etienne rang sich ein Lächeln ab. »Du hast hier einen ziemlichen Aufruhr ausgelöst, weißt du. Mein Vater war alles andere als erfreut und wollte wissen, ob ich irgend etwas mit diesem ›verräterischen Akt‹, wie er es nannte, zu tun habe.«

Cædmon trat kopfschüttelnd näher. »Oh, Etienne. Es tut mir leid. Ich habe dir absichtlich nichts gesagt, um dich nicht in Zwiespalt zu bringen.«

»Ich weiß. Genau das habe ich ihm erklärt, und er hat mir wohl auch geglaubt. Darum bin ich mit *einem* blauen Auge davongekommen.« Ein verwegenes Grinsen stahl sich auf sein Gesicht, aber es geriet sofort wieder ins Wanken, als krachend die Tür aufflog.

Jehan de Bellême füllte die Öffnung fast gänzlich aus. Er stand breitbeinig auf der Schwelle, die Peitsche lag lose in seiner rechten Pranke, und er tippte damit leicht gegen sein Bein.

Cædmon starrte unverwandt darauf. Er konnte die Augen einfach nicht abwenden. Er schluckte trocken, machte einen hinkenden Schritt Richtung Tür und betete um Mut.

Aber Jehan schüttelte den Kopf. »Zu dir komme ich später. Erst will ich den Judas.«

Sie wußten nicht, wohin er Lucien gebracht hatte, aber es mußte irgendwo in der Nähe sein, denn sie hörten die Schreie.

»Gott, sei doch still«, murmelte Roland in das bleierne Schweigen. »Vorher wird er bestimmt nicht aufhören.«

Das Essen stand unberührt auf dem Tisch und wurde kalt. Keiner verspürte Appetit. Dieser Tag und seine Folgen lagen ihnen allen schwer im Magen. Cædmon war speiübel vor Angst. Was er hörte, entsetzte ihn, und er wußte, daß genau das Jehans Absicht gewesen war. Deswegen hatte er sich Lucien als ersten geholt.

»Was ist denn eigentlich passiert?« fragte er und fuhr sich mit einer klammen Hand über die Stirn.

»Wie es scheint, hat Lucien dich hinter dem Vorratshaus verschwinden sehen und sich gedacht, daß du irgendwas im Schilde führst«, sagte Roland. »Also hat er dich beobachtet, und als Wulfnoth mit den Bettlern über die Brücke verschwand, hat er die Torwache alarmiert. Sie

haben ihm nicht geglaubt, und das ist ja nicht weiter verwunderlich. Ich meine, Wulfnoth hat noch nie versucht, sich davonzumachen, also wieso plötzlich heute? Als sich dann herausstellte, daß er wirklich verschwunden war, standen die Wachen schön dumm da. Etiennes Vater hat ihnen unmißverständlich klargemacht, was er von ihrer Nachlässigkeit hält. Und wie du dir denken kannst, sind die Wachen jetzt auch nicht besonders gut auf dich zu sprechen.«
Cædmon verzog das Gesicht. »Großartig …« Aber das war im Moment wirklich seine geringste Sorge. Ein besonders markerschütternder Schrei ließ ihn zusammenfahren.
»Gott, er wird ihn umbringen«, murmelte Philip.
Und tatsächlich wurde es auf einmal unheimlich still. Niemand sprach mehr. Niemand schien sich mehr rühren zu können. Und als auf dem Flur draußen der vertraute, schwere Schritt erklang, war Cædmon sicher, er müsse sich übergeben.
Mit dem gewohnten Übermaß an Kraft stieß Jehan die Tür auf. »Nun zu dir, Cædmon of Helmsby.«
Der rechte Fuß erschien Cædmon mit einemmal ebenso taub wie der linke. Es war, als berührten sie die strohbedeckten Steinfliesen gar nicht, als er zur Tür hinkte. Kaum in Reichweite, packte Jehan ihn rüde am Arm, schleuderte ihn nach draußen und zog die Tür zu. Dann zerrte er den Jungen den Gang entlang, die Treppe hinunter und hinaus ins Freie. Die letzten Strahlen der untergehenden Sonne tauchten den Burghof in weiches, kupferfarbenes Licht. Noch wenigstens eine Stunde würde bis Einbruch der Dunkelheit vergehen. Lichter und fernes Stimmengewirr drangen aus den Fenstern der Halle, das Haupttor war noch nicht geschlossen.
»Der Seneschall hat mich angewiesen, dich für dein ungehöriges, eigenmächtiges Betragen angemessen zu bestrafen«, erklärte Jehan.
»Und muß das unbedingt hier vor den Augen der Welt sein?«
»Halt den Mund und hör mir zu, Söhnchen. Ich sage dir, was du jetzt tun wirst: Geh in die Wachkammer am Tor. Dort findest du zwei Beutel mit Sand. Die hängst du dir über die Schultern. Dann kommst du wieder in den Hof, steigst die erste Treppe an den Palisaden hinauf, gehst die Brustwehr entlang bis zur nächsten Treppe, steigst wieder herunter. Dann weiter in dieselbe Richtung bis zur Treppe an der südöstlichen Ecke. Da wieder hinauf. Und immer so weiter. Verstehst du, worauf ich hinauswill?«

Cædmon sah ihn fassungslos an. »Ein Gepäckmarsch über die Brustwehr?« fragte er ungläubig. »Das ist alles?«
»Das ist alles«, bestätigte Jehan mit einem hinterhältigen Grinsen. »Ein Gepäckmarsch über die Brustwehr unter Ausnutzung jeder Treppe, an der du vorbeikommst.«
»Wie lange?« fragte Cædmon argwöhnisch.
Jehans Grinsen wurde noch ein wenig breiter. »Bis Sonnenaufgang.«
Cædmon konnte ein Schnauben nicht unterdrücken. »Das schaffe ich niemals. Ich bin heute schon sieben oder acht Meilen gelaufen.«
»Weißt du, es ist letzten Endes eine reine Willensfrage, was man schafft und was nicht. Du weißt, was die Alternative ist. Geh, frag Lucien, wie es ihm gefallen hat.«
»Ich habe gehört, wie es ihm gefallen hat.«
»Tja. Der Junge kann sich nicht beherrschen, aber er wird es schon noch lernen. Also, wie steht es, Cædmon? Was wählst du?«
»Die Brustwehr.«
Jehan nickte zufrieden. »Hab ich's doch geahnt. Oh, und beinah hätt' ich es vergessen: Die Nachtwache wird dir eine Fackel geben, die du bei dir trägst, so daß sie dein Fortkommen mitverfolgen können. Ich werde mich jetzt zur Ruhe begeben, aber sollte ich morgen früh hören, daß du gar zu langsam warst oder vor Sonnenaufgang schlappgemacht hast ... na ja, du kannst dir vorstellen, wie es dann aussieht.«
Cædmon nickte und betrachtete seinen Lehrer verständnislos. »Warum?«
»Wenn du es nicht verstehst, kann ich es dir nicht erklären, Cædmon. Und nun wünsche ich dir viel Erfolg auf deiner kleinen Wanderung. Gute Nacht.«

Bis Mitternacht war es relativ leicht. Cædmon war überhaupt nicht bewußt, in welchem Maße seine Kräfte und seine Ausdauer zugenommen hatten, seit er das zweifelhafte Privileg genoß, zu Jehan de Bellêmes handverlesenen Zöglingen zu zählen. Bei seiner unfreiwilligen Landung im Ponthieu hatte er sich während seines heftigen, aber doch recht kurzen Kampfes mit den Fluten vollkommen verausgabt. Heute marschierte er drei Stunden ohne besondere Mühe, obwohl die Riemen der Sandbeutel schmerzhaft in seine Schultern schnitten und die Beutel selbst bei jedem Schritt gegen seine Hüftknochen schlugen. Fünf Treppen führten auf die Brustwehr hinauf, jede hatte etwa zwanzig Stufen. Er beschäftigte seine Gedanken ziemlich lange damit auszurechnen, daß es alles in allem also hundert Stufen pro Runde waren. Die Palisaden, die die Burg umgaben, bildeten nahezu ein Quadrat, und jede Seite, hatte Cædmon bis Mitternacht herausgefunden, war etwa zehn Dutzend Schritte lang.

Das erste Ziehen in den Oberschenkeln bemerkte er beim Erklimmen einer der Treppen. Es verteilte sich gleichmäßig, das lahme Bein zog weder stärker noch schwächer als das gesunde. Er nahm die Fackel in die linke Hand und legte die rechte auf das rohe Holzgeländer, um sich den Aufstieg ein wenig zu erleichtern. Die Nacht hatte sich merklich abgekühlt, aber das war ihm nur recht. Die schwache Brise war wohltuend auf seinem heißen Gesicht und trocknete die ersten Schweißtropfen, die sich auf seiner Stirn bildeten. Er kam wieder an eine Treppe. Abwärts. Das ging leicht. Abwärts war fast noch besser als geradeaus. Als er unten ankam, spürte er das kühle, federnde Gras durch die dünnen Sohlen, ein angenehmes Gefühl. Er wußte, daß jetzt der Burgturm zwischen ihm und den Wachen lag, hielt kurz an, nahm für einen Augenblick das Gepäck ab und massierte seine steinharten Schultern. Dann lud er sich die Beutel wieder auf und nahm die nächste Treppe in Angriff. Auf den letzten Stufen ächzte er. Das Ziehen in den Oberschenkeln hatte sich besorgniserregend verstärkt.

Eine Stunde nach Mitternacht knickte das lahme Bein zum erstenmal weg. Es passierte auf der Treppe, ohne jede Vorwarnung. Cædmon ließ die Fackel instinktiv fallen und griff haltsuchend mit beiden Händen nach dem Geländer. Fluchend zog er sich weiter nach oben, hinkte die schmale Brustwehr entlang, wobei er sich mit der Hand an den Palisaden abstützte, dann wieder eine Treppe hinunter. Abwärts erschien ihm inzwischen fast ebenso schlimm wie aufwärts. Seine Knie wollten sich nicht mehr beugen. Und das taube Bein wurde zusehends unzuverlässiger. Er nutzte die Gunst der Dunkelheit und überschlug die nächsten beiden Treppen. Erst kurz vor dem Tor hangelte er sich wieder auf die Brustwehr hinauf.

Ein Wachsoldat hatte dort oben Stellung bezogen und erwartete ihn. »Ich dachte schon, du hättest ein Nickerchen eingelegt. Ich seh' deine Fackel nicht mehr«, sagte er.

Cædmon hinkte an ihm vorbei. »Ich hab sie verloren. Sie ist hingefallen und erloschen.« Er klang kurzatmig.

»Wenn du das nächste Mal vorbeikommst, gebe ich dir eine neue«, versprach der Soldat.

Ich weiß nicht, ob ich noch mal vorbeikomme, dachte Cædmon düster. Er war müde. Seine Augen brannten, und die Muskeln in Schultern und Beinen schmerzten, als habe er sauren Essig statt Blut in den Adern. Dieses Mal mogelte er bei allen Treppen. Er schleppte sich die Brustwehr entlang, sah manchmal aus dem Augenwinkel das schwarze, samtige Band des Flusses unter sich schimmern oder den Sternenhimmel über sich, aber er hatte keinen Blick mehr für ihre Schönheit.

»Hier«, sagte der Soldat, als Cædmon zu ihm zurückkam. »Trink einen Schluck.« Er streckte ihm einen Becher entgegen.

Cædmon griff danach und trank gierig. Es war kühles Wasser, und es belebte ihn so sehr, daß er sich für ein paar Augenblicke einredete, er könne vielleicht doch bis Sonnenaufgang durchhalten. Aber die erfrischende Wirkung ließ nur zu bald wieder nach. Auf der Treppe an der Westwand strauchelte er beim Aufstieg und schlitterte vier oder fünf Stufen abwärts. Er griff verzweifelt um sich auf der Suche nach einem Halt, bekam einen Längsbalken zu fassen und trieb sich ein paar große Splitter in die Hand. Es war nichts, brannte nur ein wenig. Aber Cædmon weinte. Er war völlig am Ende.

»Komm schon, Junge. Es ist nicht mehr lange. Siehst du den Schimmer da drüben? Noch eine Runde, höchstens zwei, dann geht die Sonne auf.«

»Nicht für mich«, keuchte Cædmon und wankte an ihm vorbei.

Der Mann folgte ihm mit dem Wasserbecher. »Hier, trink.«

Cædmon nahm das Wasser, aber er hielt nicht an. Wenn er jetzt stehenblieb, würde er sich nie wieder in Bewegung setzen, das wußte er genau. Seine unnütze Last hatte er schon vor langer Zeit abgelegt. Er hatte mehr als genug damit zu tun, sein eigenes Gewicht zu tragen. Er taumelte wie im Fieber, und seit einiger Zeit hatte er Mühe, klar zu denken. Auf den Treppen betete er das *Pater Noster*, und bei jedem Wort nahm er eine Stufe in Angriff. Es war der einzige Weg, der ihm einfiel, um überhaupt noch einen Fuß vor den anderen zu setzen. Er konzentrierte sich auf die Worte, die er murmelte, statt auf das Reißen in seinen Beinen, und sie gehorchten ihm, als sei es eine äußere Kraft, die sie lenkte.

Als er die nächste Runde absolviert hatte, konnte auch Cædmon einen schwachen rosa Schimmer am östlichen Himmel ausmachen, aber als er hinübersah, überkam ihn ein heimtückischer Schwindel, und er fiel auf Hände und Knie nieder. Ein Bräusen wie das Rauschen der See war in seinen Ohren. Er kroch weiter.

»Steh wieder auf«, herrschte der Soldat ihn an. »Na los, komm auf die Füße. Ich habe mir hier nicht die Nacht mit dir um die Ohren geschlagen, damit du jetzt so kurz vor dem Ziel schlappmachst. Steh auf!«

»Kann nicht mehr ... die Treppen ...«

Der Mann zerrte ihn hoch, legte ihm von hinten die Hände auf die Schultern und schob ihn vorwärts. »Es sind einhundertundzwölf Stufen, Cædmon. Kannst du so weit zählen?«

»Ja.«

»Dann zähl jetzt rückwärts. Denn das hier ist die letzte Runde, ehrlich, Junge, das ist nicht gelogen. Komm schon. Ich gehe ein Stück mit. Und hier haben wir die erste Treppe. Zähle.«

Es wirkte so ähnlich wie das Beten, die Zahlen waren wie ein Seil, das ihn weiterzog. »Hundertacht ... hundertsieben ... hundertsechs ...« Er wankte gefährlich auf das viel zu niedrige Geländer zu, und der Wachsoldat beschloß, den Jungen auf dem Rest des Weges zu begleiten, damit er nicht so kurz vor dem Ziel von der Brustwehr stürzte. »Verflucht sei Jehan de Bellême, dieser Teufel«, murmelte der Mann.

Cædmon spürte ein irres Kichern in seiner Brust aufsteigen und drängte es erschrocken zurück. »Wie heißt du?«

»Michel«, antwortete der Soldat. »Wie der Erzengel, dem das Kloster auf der Felseninsel geweiht ist.«

Cædmon kannte kein Kloster auf einer Felseninsel. Aber er dachte an Ely, das auf einer Insel inmitten eines tückischen Moores lag, und an Guthric, der so gern dorthin wollte, an Dunstan, Hyld und Eadwig, und er lächelte ein wenig.

»So ist gut, Cædmon. Zeig die Zähne. Und hier kommt wieder eine Treppe ...«

Cædmon schwankte inzwischen wie ein Schiff auf rauher See. Er klammerte sich mit beiden Händen an das rohe Holzgeländer, spürte die Splitter in der Hand nicht mehr. Michel folgte dicht hinter ihm, bereit, den Jungen jeden Augenblick vor einem tödlichen Sturz zu bewahren.

»Siebzehn ... sechzehn ... fünfzehn ... dreizehn ... zwölf ...«

»Du hast eine vergessen, Junge, aber das macht nichts.«

»Was?«

»Die Sonne geht auf.«
Cædmon hatte den Fuß der Treppe fast erreicht. Seine Hände glitten vom Geländer, und er ließ sich fallen, spürte eine kantige Holzstufe auf der Schulter, und dann rollte er durch weiches Gras. Mit geschlossenen Augen saugte er an den Halmen, die in seinen Mund geraten waren, rührte sich nicht mehr, spürte mit einer Art entrückter Verzückung das Pochen in den Fußsohlen und schlief ein.
»... selten einen Jungen von so grimmiger Entschlossenheit gesehen«, hörte er Michels Stimme sagen.
Dann das vertraute, verhaßte, heisere Lachen. »Ja. Er ist ein gottverfluchter Dickschädel. Also willst du sagen, es hat funktioniert, ja?«
»Ich sage, er ist neun Stunden ohne Pause gelaufen, und als er wirklich am Ende war, hat er aufgehört zu hinken.«
Es war einen Moment still. Dann Jehans Stimme: »Ich danke dir, Michel. Du hast mir einen großen Dienst erwiesen.«
Die Stimmen entfernten sich, und Cædmon schlief wieder. Das Gehörte stahl sich in seine Träume und vermischte sich mit den wirren Bildern, die er dort sah, von Wulfnoth und Luciens Zwillingsschwester, die gemeinsam mit einem Sperber im Wald von Rouen Tauben jagten, Etienne, der mit sandgefüllten Leinensäcken beladen am Ufer des Ouse stand und Steine übers Wasser hüpfen ließ, und jedesmal, wenn der Stein aufsetzte, stieg aus dem Wasser ein Schrei auf, und der Fluß hatte Luciens Stimme.

Es war schon fast Mittag, als Cædmon zum erstenmal richtig wach wurde. Er schlug die Augen auf und starrte auf die inzwischen vertraute, graue Mauer neben seinem Strohbett, aber er rührte sich nicht. Für den Augenblick wollte er nicht mehr spüren als die wohlige Wärme unter seiner Decke, die bleierne Schwere seiner Glieder. Doch er war nicht mehr müde genug, um wieder einzuschlafen. Bald wurde der Anblick der Mauer ihm eintönig, er schlug die Decke zurück und setzte sich stöhnend auf. »Gott ... Ich bin ein alter Mann.«
Ohne jede Eile stand er auf, reckte sich versuchsweise und hinkte zum Tisch hinüber. Bei jedem Schritt protestierte jeder Muskel seines Körpers, aber das machte weiter nichts. Er ließ die Schultern kreisen, setzte sich auf seinen Platz und fiel über die Hafergrütze her, die sie ihm übriggelassen hatten.
Als er wenig später auf den Gang hinaustrat, stieß er mit Aliesa de

Ponthieu zusammen. Oder genauer gesagt, sie rannte ihn über den Haufen. Cædmon taumelte zurück gegen die Tür, stolperte über die eigenen Füße und landete unsanft am Boden.

»Oh … Ich bitte vielmals um Verzeihung«, rief sie erschrocken. Im nächsten Moment lag ihre schmale Hand auf seinem Arm. »Seid Ihr verletzt?«

Cædmon kam hastig auf die Füße. »Nein …« Er verfluchte seine Neigung zum Erröten. »*Ich* muß mich entschuldigen.«

Das besorgte Stirnrunzeln verschwand, und sie lächelte. Die Ähnlichkeit mit ihrem Bruder war verblüffend. Lucien und Aliesa glichen einander, wie es bei zwei Menschen unterschiedlichen Geschlechts nur möglich war. Sie hatten die gleichen rabenschwarzen Haare, große, graugrüne Augen und eine Spur zu breite Münder mit vollen Lippen. Aliesas Nase war höchstens einen Hauch zierlicher. Ihr Kinn hatte das gleiche Grübchen, doch vom Hals an endete alle Ähnlichkeit. Die Zwillinge waren ein Jahr jünger als er, wußte Cædmon, aber während Luciens Körper noch genauso knabenhaft und ungelenk war wie seiner, hatte Aliesa schon die Proportionen und feingeschwungenen Formen einer erwachsenen Frau. Das konnte er mühelos erkennen, denn die Kleider normannischer Frauen lagen eng an Schultern, Brust und Hüften, statt in weiten Falten zu fallen, wie es bei Engländerinnen üblich war. Aliesa trug ein schlichtes Kleid aus gelblich weißem Leinen, auf den Hüften mit einem geflochtenen Lederband gegürtet. Unter den kurzen, bestickten Ärmeln schauten die langen des Unterkleides hervor, das einen Ton dunkler gefärbt war. Cædmon mußte sich zwingen, nicht auf die Wölbung zu starren, die sich unterhalb des runden, vorn geschlitzten Halsausschnitts abzeichnete. Die Haare hingen ihr in glänzenden Flechten bis auf die Hüften, und als sie den Kopf neigte, schwangen sie wie ein dichter Schleier mit.

Cædmon fand die Sprache wieder. »Laßt mich Euren Korb tragen.«

Sie reichte ihm den leeren Weidenkorb mit einem bezaubernden, kleinen Knicks. »Das ist sehr freundlich. Ich wollte ein paar Rosen holen.«

Nebeneinander gingen sie zur Treppe, doch nach wenigen Schritten blieb Aliesa stehen. »Ihr habt Euch doch verletzt. Ihr hinkt ja.«

Cædmon schüttelte den Kopf. »Das tu' ich immer, Madame.«

»Oh …«, sagte sie leise. »Jetzt weiß ich, wer Ihr seid.«

Cædmon fürchtete, sie werde ihm den Korb aus den Händen reißen und ihn mit ein paar scharfen Worten davonjagen. Aber sie ging weiter neben ihm her, ihre Miene eher bekümmert als zornig, und sie sprachen nicht mehr, bis sie in den kleinen Garten hinter der Kapelle kamen, der auf den Wunsch der Herzogin dort angelegt worden war. Rosen kletterten die Rückwand des kleinen Gotteshauses hinauf und standen in üppigen Sträuchern auf dem Rasen.

Aliesa nahm ein kurzes Messer von ihrem Gürtel und sah über die Schulter. Nur ein kleiner Ausschnitt des Hofes war von hier aus einsehbar. »Vermutlich wäre es nicht gut, wenn man uns hier zusammen sieht«, murmelte sie.

Cædmon hielt ihr den Korb hin, und die erste, langstielige Blume wanderte hinein. »Nein. Ich kann durchaus verstehen, wenn Ihr nichts mit mir zu schaffen haben wollt.«

Sie warf ihm unter halbgeschlossenen Lidern hervor einen rätselhaften Blick zu. »Das meinte ich nicht. Ich dachte eher an meinen Ruf.« Sie lachte leise vor sich hin. Es war kein mädchenhaftes Kichern, sondern ein sanfter, wohlklingender Laut, und Cædmon spürte voller Verwirrung, wie sein Glied sich regte. Er lief schon wieder rot an und wandte hastig den Kopf ab.

»Ich kann den Zorn meines Bruders auf Euch nicht teilen, wißt Ihr«, fuhr sie fort. »Es war nicht recht von meinem Vater, den englischen Earl und sein Gefolge festzusetzen. Ihr wart Schiffbrüchige und hättet Anrecht auf seine Hilfe gehabt. Wäre die Situation umgekehrt gewesen, hätte ich das gleiche getan wie Ihr. Um ehrlich zu sein, ich habe Eure Tat bewundert. Und Lucien hat sein Pferd zurückbekommen. Wozu also der Groll?«

Sie weiß noch nicht, was gestern passiert ist, ging ihm auf. »Um es mit Euren Worten auszudrücken, Madame, wäre die Situation umgekehrt gewesen, wäre mein Zorn auf ihn sicher ebenso groß.«

»Ja, zweifellos. Und weil ihr Männer so seid, zieht ihr fortwährend in den Krieg und macht uns Frauen zu Witwen und unsere Kinder zu Waisen, nur für eure Eitelkeit.«

Cædmon war sprachlos. So etwas Merkwürdiges hatte er noch nie gehört. Er dachte darüber nach und schüttelte schließlich den Kopf. »Ich denke, die meisten Kriege werden geführt, um das Land gegen Feinde zu verteidigen. Das Land, das auch die Frauen und Kinder ernährt.«

»Das ist genau die Ausrede, mit der ihr euren liebsten Zeitvertreib rechtfertigt. Und dabei vergeßt ihr, daß Gott gesagt hat, ›Du sollst nicht töten‹. Darum ist Krieg Gott nicht gefällig, ihr alle lebt also in

Sünde. Was, denkt Ihr, wird aus den Seelen derer, die fallen, ohne zuvor Gelegenheit zur Beichte zu finden?«
Cædmon hob abwehrend die Hände. »Ich weiß es nicht. Was Ihr sagt, verwirrt mich. Ich muß darüber nachdenken, ich bin sicher, es gibt eine kluge Antwort, die Euch widerlegt, aber natürlich fällt sie mir jetzt nicht ein. Wie kommt Ihr auf solche Gedanken?«
»Ich habe etwas in einem Buch darüber gelesen.«
Er starrte sie schon wieder an. »Ihr könnt *lesen*?«
Sie nickte und schnitt eine weitere Rose. Der Korb war schon zur Hälfte gefüllt. »Ich war ein paar Jahre in Caen im Kloster.« Und sie wäre für ihr Leben gerne dort geblieben, denn es war der einzige Ort der Welt, wo es einer Frau erlaubt war, ihren Kopf zu gebrauchen. Aber sie war viel zu gut erzogen, um einen so ungehörigen Gedanken zu äußern.
»Kann Euer Bruder etwa auch lesen?« fragte er weiter.
»Natürlich nicht«, gab sie lachend zurück. »Das ist nur etwas für Mädchen und fromme Männer.«
Er nickte. »Dann ist wenigstens das in diesem seltsamen Land genauso wie bei mir zu Hause.«
Sie betrachtete ihn einen Moment neugierig. »Ist Euer England sehr anders?«
Er hob die Schultern. »Die Landschaft unterscheidet sich nicht so sehr von dieser hier. Grüne Hügel, große Wälder, und nirgendwo ist man wirklich weit vom Meer entfernt. Es regnet genauso viel wie hier, und ebenso plötzlich kommt die Sonne hervor. Aber bei uns hat nur Gott Häuser aus Stein, nicht die Menschen. Man legt nicht so großen Wert auf Etikette wie hier, ich glaube, die Menschen fürchten sich weniger voreinander. Wenn ein Mann einem anderen ein Unrecht zufügt, wird er in der Regel nicht verstümmelt, sondern muß dem Geschädigten oder dessen Hinterbliebenen ein Wergeld bezahlen. Und die Thanes und Earls schicken ihre Söhne nicht fort, um sie von einem Ungeheuer in wütende Krieger verwandeln zu lassen.«
»Ihr meint also, Euer Land sei glücklicher als dieses hier?«
»Nein. Wir haben die Dänen, um uns das Leben bitter zu machen. Sie haben England ausgeblutet, wir haben ihnen seit Generationen immer größere Summen Geld bezahlt, damit sie uns zufriedenließen. Darum leben bei uns mehr Menschen im Elend als hier.«
»Und habt Ihr Heimweh?«
Er nickte seufzend. »Schrecklich.«

Sie lachte ihr sanftes, warmes Lachen. »Armer Cædmon.« Es klang wunderschön, wie sie seinen Namen aussprach.
Er mußte selbst grinsen. »Ja, der werde ich sein, wenn ich nicht bald zum Unterricht gehe.« Er stellte den Korb neben ihr ins Gras.
»Dann will ich Euch nicht aufhalten. Au!« Erschrocken ließ sie die Blüte los, die sie gehalten hatte, und steckte den Finger in den Mund.
Cædmon trat einen Schritt näher. »Laßt sehen.«
Er nahm ihre Linke in seine beiden schwieligen Hände, die neben ihrer groß wie Bärentatzen wirkten. Zögernd ließ sie zu, daß er ihre Finger geradebog. Er hatte geglaubt, sie habe sich an einer Rose gestochen, aber tatsächlich hatte sie sich mit der scharfen Klinge ihres Messers in den Finger geschnitten. Es blutete heftig.
»Augenblick. Das haben wir gleich.« Behutsam tupfte er mit seinem Ärmel das Blut ab, rupfte ein wenig Moos aus der Wiese und drückte es vorsichtig auf die Schnittwunde. »Das stillt die Blutung. Ihr werdet sehen, gleich hört es auf.«
Sie sah verblüfft auf ihren grünen Verband. »Woher wißt Ihr das?«
»Meine Mutter hat's mir beigebracht. Aber Ihr könnt es getrost glauben, sie ist Normannin, wißt Ihr.« Er verneigte sich mit einem Lächeln. »Und jetzt muß ich wirklich gehen.«
Sie schlug die Augen nieder. »Danke für Eure Hilfe.«
Verzückt betrachtete er die langen, dichten Wimpern, riß sich mühsam von ihrem Anblick los und wandte sich ab. Auf dem Weg zum Sandplatz legte er unbewußt die Hände zusammen. Fast war es, als könne er ihre weichen, schmalen Finger immer noch spüren.

Jehan hatte zu seiner mehrstündigen Verspätung keinen Kommentar abgegeben, aber er nahm Cædmon gleich wieder hart an die Kandare, hetzte ihn über den Sandplatz und ließ ihn seine neuerworbene Geschicklichkeit im Schwertkampf gegen die schwierigsten Gegner erproben. Cædmon erbrachte heute nur höchst mäßige Leistungen, denn ihm taten immer noch alle Knochen weh, und langsam stellte sich in den Beinen ein mörderischer Muskelkater ein. Trotzdem ließ Jehan ihn auch heute immer laufen, während er die anderen reiten ließ, wie so oft in den vergangenen Wochen. Cædmon erduldete die schikanöse Routine mit zusammengebissenen Zähnen. So erbärmlich er sich auch fühlte, es gab jemanden, dem es heute noch viel schlechter ging als ihm.
Am Ende des langen Nachmittags teilte Jehan Cædmon und Lucien

zusammen ein, die Ausrüstung in die Waffenkammer zurückzubringen, was immer den Verlierern des Tages vorbehalten war.
Die Arme voller Wurfspieße folgte Cædmon Lucien zu der bewachten Holzbaracke neben dem Pferdestall, wo die Ausrüstungsgegenstände verwahrt wurden. Schweigend räumten sie alles zurück an den richtigen Platz. Auch bei dieser Aufgabe war man gut beraten, besondere Sorgfalt walten zu lassen.
»Lucien, kann ich mit dir reden?«
Der junge Normanne wandte sich langsam zu ihm um. »Ich wüßte wirklich nicht, was du und ich zu bereden hätten.«
Cædmon plagte ein schlechtes Gewissen. Er hatte überhaupt nichts gegen diesen Jungen, im Gegenteil, als er ihn zum erstenmal mit seiner Schwester im Hof der Burg ihres Vaters beobachtet hatte, hatte er gedacht, was für ein vornehmer, junger Edelmann er doch war. Er hatte sich gewünscht, er könne genauso sein, zur Falkenjagd reiten und mit größter Selbstsicherheit einer jungen Dame aus dem Sattel helfen.
Er atmete tief durch. »Es tut mir leid. Alles, was passiert ist.« Er schüttelte ratlos den Kopf. »Und was du gestern getan hast, hätte ich im umgekehrten Fall vermutlich auch getan. Ganz gleich, wie Jehan dich genannt hat, es war nicht…«
»Was, glaubst du, kümmert mich deine Meinung?« unterbrach Lucien schneidend.
Cædmon seufzte und nickte. »Einen Dreck.«
»So ist es.« Lucien stellte die Schilde auf ihre hölzernen Gestelle. Alles, was er heute tat, machte er mit langsamen Bewegungen, und er ließ Cædmon sein Gesicht nicht sehen.
»Ich weiß nicht, warum ich dir immer nur Unglück bringe«, sagte Cædmon leise zu seinem Rücken. »Das will ich gar nicht. Ich meine … Gott, es ist schwierig, die richtigen Worte zu finden. Ich schätze, was ich eigentlich sagen will, ist, daß ich dich um Verzeihung bitte. Es tut mir leid.« Er stieß erleichtert die Luft aus. Sich zu entschuldigen gehörte wirklich nicht zu seinen Stärken. Er war ein bißchen stolz, daß er es zustande gebracht hatte, auch wenn er wußte, daß er es vor allem für Luciens Schwester getan hatte.
Der Junge wandte sich zu ihm um und richtete sich kerzengerade auf. »Das sieht dir wirklich ähnlich«, stieß er wütend hervor. »Jetzt beschämst du mich obendrein auch noch. Natürlich akzeptiere ich deine Entschuldigung, Cædmon. In gewisser Weise weiß ich sie vielleicht

sogar zu schätzen. Aber ich bete trotzdem, daß Gott den Herzog bald siegreich heimkehren läßt und du mit eurem Earl nach England zurückkehrst und ich dich nie im Leben wiedersehen muß.«
Cædmon nickte langsam. »Weißt du ... dagegen hätte ich auch nichts.«

Rouen, Juni 1064

Vorerst erreichte sie jedoch lediglich die Nachricht, daß Conan de Bretagne sich nach Dinan geflüchtet hatte, wo William ihn belagerte. Es war also noch völlig ungewiß, ob und wie bald Luciens Gebet erhört werden sollte.
Unterdessen ergaben sowohl er als auch Cædmon sich in das Unvermeidliche, und was ihnen anfangs unerträglich erschienen war, wurde Normalität. Dank Jehan de Bellêmes Fürsprache lockerte der Seneschall Wulfnoths Arrestbedingungen, und Cædmon durfte seinen unglücklichen Landsmann hin und wieder besuchen, freilich ohne zu ahnen, wem er das zu verdanken hatte. Jehan wäre der letzte gewesen, auf den er gekommen wäre, denn er war überzeugt, daß der alte normannische Haudegen ihn wirklich aus tiefster Seele verabscheute, weil er Ausländer oder ein Krüppel war oder aus welchem Grunde auch immer. Jedenfalls machte er Cædmon das Leben nach wie vor schwerer als allen anderen. Immerhin brachte ihm das die Sympathie seiner neuen Gefährten in besonderem Maße ein, und das wußte Cædmon zu schätzen. Er genoß das Zusammenleben mit so vielen Gleichaltrigen, die meist fröhliche Stimmung in ihrem Quartier, die neuen, phantasievollen Flüche, die er lernte, ganz zu schweigen von den vielen Geheimnissen über Frauen, die ihn verblüfften und faszinierten, und bald hatte er den Verdacht, daß er über diese Dinge mehr wußte als Dunstan – jedenfalls in der Theorie –, und er errötete auch nicht mehr so leicht.
Eine andere, viel tiefgreifendere Veränderung vollzog sich, ohne daß Cædmon das geringste davon bemerkte: Dank Jehans drastischer Maßnahmen, wie etwa nächtliche Gepäckmärsche auf der Brustwehr oder fußläufige Jagdausflüge, während alle anderen ritten, waren Cædmons Beinmuskeln enorm gestärkt worden. Auch im linken Bein. War die Taubheit auch nach wie vor vorhanden, konnte er den Fuß doch besser

bewegen, und wenn er sich nicht auf seine Beine konzentrierte, wie etwa bei Übungskämpfen, ließ das Hinken deutlich nach. Doch sobald er das Schwert in den Sand rammte und an seinen Platz in der Reihe zurückkehrte, humpelte er wie eh und je. Und fragte sich ratlos, *wieso* Jehan ihn immer mit so erbitterten Zornesausbrüchen empfing.

»... selbst wenn ich alles richtig gemacht und meinen Gegner gar entwaffnet habe. Aber ich kann ihm nie etwas recht machen. Gott, warum will ihr Herzog König von England werden, wenn die Normannen uns so hassen? Das ist einfach lächerlich.«

Wulfnoth legte die Laute beiseite. »Wir werden nicht viel zu lachen haben, wenn es wirklich dazu kommt«, bemerkte er ironisch. »Im übrigen glaube ich nicht, daß Jehan dich haßt. Im Gegenteil. Ich würde sagen, er schenkt dir besondere Aufmerksamkeit.«

»Ja, immer wenn er jemanden sucht, an dem er sein Mütchen kühlen kann«, brummte Cædmon. Dann legte er den Kopf schräg. »Woher willst du das überhaupt wissen?«

Wulfnoth wies auf das kleine Fenster seiner Kammer. »Ich beobachte euch.«

Cædmon nickte. Die Vorstellung war ihm nicht besonders angenehm, aber er konnte sich vorstellen, wie grauenhaft lang und eintönig Wulfnoths Tage jetzt waren, und er fühlte sich dafür verantwortlich. »Was wird Earl Harold nur sagen, wenn er hört, was ich dir eingebrockt habe.«

»Oh, ich bin sicher, er wird allerhand zu sagen haben. Aber zu mir, nicht zu dir. Ich bin alt genug, um dein Vater zu sein, Cædmon, ich trage die Verantwortung allein. Und falls es dich beruhigt, der Tag war seinen Preis wert.«

Der Junge lächelte befreit. »Gut. Das fand ich auch.«

»Und jetzt sag mir, hast du deine Angebetete wiedergesehen?«

Der plötzliche Themenwechsel traf Cædmon unvorbereitet. Er schlug den Blick nieder und rieb sich das Kinn an der Schulter. Nur Wulfnoth hatte er sich anvertrauen können, denn die Empfindungen, die Aliesa de Ponthieu in ihm ausgelöst hatte, standen in keinerlei Bezug zu den meist recht anschaulichen und manchmal auch derben Diskussionen seiner Kameraden. Er fühlte sich eigentümlich schwach und schutzlos, wenn er an sie dachte, wie eine Schnecke, der man ihr Haus genommen hatte, und darum hütete er sein Geheimnis sorgsam. Aber bei Wulfnoth war es etwas anderes. Cædmon hätte nicht sagen können, warum, aber die Vertrautheit, die sie verband, wenn sie zusammen musizierten, machte Schneckenhäuser überflüssig.

»Nein, nur ein paarmal aus der Ferne, wenn sie mit den Töchtern des Herzogs in den Garten ging.«

»Hat sie dich angelächelt?«

»Ja, aber nur ein bißchen. Und nur, wenn ihr Blick zufällig in meine Richtung glitt.«

»Das ist es, was du glauben sollst«, sagte Wulfnoth trocken.

Aber Cædmon schüttelte den Kopf. »Nein, wirklich. Und sie sieht immer gleich wieder weg. Wahrscheinlich hat ihr Bruder ihr wer weiß was angedroht, wenn sie je ein Wort mit mir spricht.«

»Nein, das kann ich mir nicht vorstellen. Er würde ihr niemals Vorschriften machen. Er vergöttert sie, und er schaut zu ihr auf.«

»Trotzdem. Wenn er wüßte, daß ich sie getroffen habe, würde er mich vermutlich mit bloßen Händen erwürgen.« Er stand rastlos von seinem Schemel auf und lehnte sich neben dem Fenster an die Wand. »Vielleicht ist es besser so. Wenn wir heimfahren, sehe ich sie nie wieder. Ich muß sie mir aus dem Kopf schlagen.«

»Nur leider hört die Liebe nie auf die Stimme der Vernunft«, bemerkte Wulfnoth. Er spottete nicht. Er spürte, daß dieses Thema für den Jungen sehr heikel war, und er wollte sich sein Vertrauen nicht verscherzen.

Cædmon betrachtete ihn versonnen und fragte sich, was Wulfnoth wohl über solche Angelegenheiten wußte. Er konnte nicht viel älter gewesen sein als Cædmon jetzt, als er an den Hof des Herzogs gekommen war. Ob es hier in Rouen eine Frau gab?

»Worüber grübelst du nach, Cædmon?«

»Über dich.«

Wulfnoth lächelte geheimnisvoll und strich mit einem Finger über die Saiten der Laute. Sie gaben einen seufzenden Ton von sich, wie Weidenblätter im Wind. »Nun, es gibt durchaus Frauen, die das Schicksal eines armen Verbannten nicht unberührt läßt, weißt du.«

»Ja, darauf wette ich«, erwiderte Cædmon lachend.

Wulfnoth warf ihm einen kurzen Blick zu. »Aber ich denke, mehr will ich darüber nicht sagen. Wie du selber schon so weise erkannt hast, ist es ratsam, in diesen Dingen diskret zu sein. Das gilt in besonderem Maße, wenn die fragliche Dame verheiratet ist.«

»Wulfnoth!« rief Cædmon erschrocken aus. »Du riskierst Kopf und Kragen.«

»O ja. Und das würdest du auch tun, glaub mir.«
»Aber...«
Cædmons Einwand ging in einem schmetternden Trompetenstoß unter. Der Junge fuhr zum Fenster herum. »Oh, Gott sei gepriesen, da sind sie, Wulfnoth! Herzog William, dein Bruder, die Housecarls ... Und da ist Bruder Oswald!«
Wulfnoth trat zu ihm und sah in den Hof hinunter, in den der Herzog an der Spitze seiner Truppen eingeritten war. Harold of Wessex war an seiner Seite, und er trug einen normannischen Kettenpanzer und Helm, erkannte Cædmon verwundert.
»Sieh an«, murmelte Wulfnoth. »Mein ruhmreicher Bruder muß sich wieder einmal tapfer bewährt haben. William hat ihn zu einem seiner Ritter geschlagen.«
Cædmon riß entsetzt die Augen auf. »Du willst sagen, Herzog William habe die Hand gegen den Earl of Wessex erhoben?«
Wulfnoth sah ihn einen Moment verdattert an und lachte dann. »Nein, nein. Er hat ihn als Ritter in seinen Dienst genommen. Dem geht ein feierliches Ritual voraus, wobei der Herzog den Auserwählten mit dem Schwert auf der Schulter berührt. Es ist eine hohe Auszeichnung für Männer von Rang oder eine Belohnung für besonders große Tapferkeit. In diesem Fall, könnte ich mir allerdings vorstellen, ist es vor allem ein Druckmittel...«
»Also das verstehe ich nun überhaupt nicht.«
Wulfnoth winkte ab. »Da, siehst du, William hat Harold eine Rüstung geschenkt.« Der Kettenpanzer, den Harold trug, war länger als die in England gebräuchlichen und vorn und hinten geschlitzt, damit man bequem darin reiten konnte. »Sieh nur, wie fein die Ringe sind, sie bewegen sich fast wie Stoff. Aber undurchdringlich. Und da, siehst du das Fähnchen, das Harold an der Lanze trägt?«
»Gelber Löwe auf rotem Grund«, murmelte Cædmon verblüfft. »Herzog Williams Wappen.«
»Ja.«
»Was hat das zu bedeuten?«
»Es bedeutet, daß Harold in Williams Dienst getreten ist. Zumindest symbolisch ist Harold jetzt sein Mann. Weißt du, William ist ein verdammt gerissener Bastard, wenn du mir die Formulierung verzeihen willst.«
Cædmon sah Herzogin Matilda mit ihren Söhnen den Hof überqueren.

Gemessenen Schrittes trat sie auf ihren Gemahl zu und wartete in gebührlicher Entfernung, während William absaß und mit fitz Osbern, seinem Vetter und Seneschall, sprach.
»Wieso gerissen?«
»Nun, er hat Harold eine sehr große Ehre erwiesen, die mein Bruder natürlich nicht ablehnen konnte. Aber gleichzeitig hat er sich ihn verpflichtet. Jetzt muß Harold Williams Anspruch vertreten, sonst verliert er seine Ehre, verstehst du, und die ist ihm enorm kostbar. Weitaus kostbarer als ein Bruder, zum Beispiel. Ich glaube, William macht wirklich ernst. Er will die englische Krone.«

Und er hatte noch weitaus mehr getan, um seinen Anspruch zu sichern, erfuhren sie später von Bruder Oswald, der gekommen war, um ihnen auszurichten, daß sie beide zum Festmahl in der Halle erwartet wurden.
»Was hat das zu bedeuten?« raunte Cædmon Wulfnoth unbehaglich zu. »Will William alle englischen Gäste an seinem Hof ehren oder uns armen Sündern die Hölle heiß machen?«
Wulfnoth hob kurz die Schultern. »Denk nach, Dummkopf. Wie lautet die normannische Antwort auf deine Frage?«
Cædmon nickte und grinste wider Willen. »Beides, natürlich.«
»Beides, natürlich«, bestätigte Wulfnoth.
»Wovon redet ihr?« fragte der Mönch neugierig.
Aber Wulfnoth winkte ab. »Erst seid Ihr an der Reihe, Bruder. Erzählt uns alles, was Ihr erlebt habt, es macht nichts, wenn Ihr ein bißchen übertreibt, was die Ruhmestaten meines Bruders angeht. Cædmon und ich dürsten nach Geschichten von englischen Helden.«
Oswald sah aufmerksam von einem zum anderen und erkannte die Veränderungen, die sich an seinen beiden Landsleuten vollzogen hatten, seit er sich vor zwei Monaten von ihnen verabschiedet hatte. Wulfnoth war äußerlich zynischer geworden, aber in Wahrheit sehr viel weniger verbittert und schwermütig als zuvor, er wirkte beinah heiter. Doch noch mehr verwunderte ihn Cædmons Verwandlung. Der Junge hatte einen ordentlichen Schuß getan, geradezu beängstigend breite Schultern entwickelt und wirkte trotz seines hinkenden Ganges behende. Die kränkliche Blässe hatte sein Gesicht verlassen, dafür hatte sich ein gehetzter Ausdruck in seine Augen geschlichen, den Oswald ausgesprochen beunruhigend fand. Doch er behielt seine Gedanken für sich und stellte ihnen keine Fragen, sondern erfüllte

ihre Bitte und erzählte. Von ihrem eiligen Ritt nach Dol, das Conan schon fluchtartig verlassen hatte, sobald er von ihrem Anrücken hörte. Sie hatten ihn weiter nach Dinan, einer Festung unweit von Rennes, verfolgt, wo Conan sich verschanzte. Doch schließlich war Williams Belagerung erfolgreich gewesen. Die Normannen hatten die Palisaden niedergebrannt und das Tor genommen. Conan hatte kapituliert.

»Er hat Williams Bedingungen ausnahmslos akzeptieren müssen, und damit, haben die Normannen mir versichert, hat William den letzten seiner Feinde besiegt.«

Wulfnoth schnaubte. »William wird Feinde haben, bis er seinen letzten Atem aushaucht. Ohne Feinde ist er nicht glücklich.«

Oswald nickte. »Mag sein. Wir zogen jedenfalls weiter nach Mont St. Michel, und Euer Bruder rettete mehrere Männer des Herzogs aus dem tückischen Treibsand, der die Flußmündung nahe der Felseninsel so gefährlich macht. Er hat sein Leben riskiert, und das ist nicht übertrieben. Ein sehr tapferer Mann.«

»O ja«, stimmte Wulfnoth vorbehaltlos zu. »Das ist er ohne Zweifel.«

»Dieses Kloster St. Michel ist wohl das größte Wunder, das Menschen je zur Ehre Gottes erschaffen haben«, fuhr Bruder Oswald fort. »Ich kann immer noch nicht richtig glauben, was meine Augen gesehen haben.« Mit der Erinnerung überkam ihn anscheinend eine Art Verzückung, jedenfalls richtete sein Blick sich nach innen, und er schwieg eine Weile. Dann kehrte er in die Gegenwart und nach Rouen zurück. »Von dort ging es weiter nach Bayeux, wo der Halbbruder des Herzogs uns auf das herzlichste in seinem Bischofspalast empfing. Und da blieben wir, und William und Harold besprachen zum erstenmal ausführlich die Frage, was geschehen soll, wenn unser heiliger König Edward in die Welt berufen wird, in die er gehört.«

»Und?« drängte Cædmon. »Was haben sie gesagt?«

»Er darf es nicht wiederholen, Cædmon«, rügte Wulfnoth nachsichtig. »Sicher haben sie ihn Geheimhaltung schwören lassen.«

»Nun, zumindest kann ich wiederholen, was sie vor Zeugen gesagt haben«, entschied Oswald nach einem kurzen Zögern. »Euer Bruder, Wulfnoth, wird die älteste Tochter des Herzogs heiraten, sobald das Mädchen alt genug ist. Dann hielten sie eine sehr feierliche Zeremonie ab, der auch der Bischof beiwohnte. Harold trat in Williams Dienst und schwor ihm Gefolgschaft. Und schließlich leistete er einen höchst heiligen Eid, Williams Thronanspruch zu unterstützen. William legte größten Wert auf diesen Schwur, er hieß Earl Harold jede Hand auf einen Reliquienschrein legen. Und Harold tat es ohne zu zögern und schwor. Nur als er anschließend erfuhr, *wessen* Gebeine es waren, auf die er geschworen hatte, da wurde er … ein bißchen blaß um die Nase, würde ich sagen.«

»Wer waren die Heiligen?« wollte Wulfnoth wissen.

»Willibrord und Bonifaz.«

»Wer sind sie?« fragte Cædmon.

Oswald verzog schmerzlich das Gesicht. »Wirklich, Junge, manchmal könnte man glauben, du seist unter Heiden aufgewachsen.«

»Ich weiß. Unser Priester in Helmsby kann nicht mal vernünftig lesen. Er hat uns nicht viel über Heilige beigebracht.«

»Armes Kind. Ich hoffe, er hat dich wenigstens rechtmäßig getauft.«

Cædmon merkte, daß Bruder Oswald ihn auf den Arm nahm. Er grinste. »Das hoffe ich auch. Also, warum war Harold so erschrocken?«

»Sie waren zwei der größten englischen Heiligen, die auf den Kontinent zogen und die Friesen und die Franken missionierten. Alle *anständigen* Christenmenschen in England verehren sie mit größter Hingabe.«

Cædmon ging auf die Spitze nicht ein. »Na und? Was spielt es für eine Rolle, auf wessen Gebeine er schwört, es sei denn, er …« Er brach abrupt ab. Dann sah er unsicher von Oswald zu Wulfnoth und wieder zurück. »Ich glaube, das verstehe ich nicht richtig.«

»Da bist du nicht der einzige«, antwortete Oswald. »Herzog William jedenfalls verstand es auch nicht so recht. Er verlangte zusätzliche Garantien. Und seither ist die Stimmung ein wenig abgekühlt.«

Wulfnoth hatte sich abgewandt und den Kopf in den Händen vergraben. »Er wird mich wieder hierlassen«, hörten sie ihn heiser flüstern. »O mein Gott, er wird mich wieder hier zurücklassen …«

Oswald trat zu ihm, hob die Hand, um sie ihm auf die Schulter zu legen, und ließ sie wieder sinken. »Noch ist nichts entschieden.«

Wulfnoth gab einen Laut von sich, der halb verächtlich, halb wie ein Schluchzen klang.

In der Halle war es ungewöhnlich voll, und der große, hohe Saal wurde von zahllosen Fackeln und Kerzen erhellt. Spielleute saßen oder standen mit ihren Instrumenten unter den Säulen und versuchten mit wechselhaftem Erfolg, das Stimmengewirr zu übertönen. Weder Hunde noch Kinder durften heute im Stroh am Boden herumtoben. Die einen waren aus der Halle verbannt, die anderen saßen unter strenger Aufsicht an den Tischen.

An der hohen Tafel saß Herzog William auf seinem Thronsessel, die Herzogin an seiner linken, Harold of Wessex an seiner rechten Seite. Neben dem Earl saß fitz Osbern. Die sonst meist säuerliche Miene des Seneschalls zeigte jetzt ein leises Unbehagen, was vermutlich daher rührte, daß er Verständigungsprobleme mit seinem Tischnachbarn hatte. Der zwölfjährige Robert und seine beiden jüngeren Brüder, Richard und William, die Söhne des Herzogs, saßen neben ihrer Mutter, die Töchter waren nicht anwesend.

Oswald führte Wulfnoth und Cædmon in das Innere des Hufeisens, das die Tische bildeten, und vor der hohen Tafel blieben sie stehen und verneigten sich tief.

William ließ die Bratenscheibe, die er in der Hand hielt, achtlos auf seinen vergoldeten Teller zurückfallen, verschränkte die Arme und sah sie ernst an.

»Gutes und Schlechtes ist mir über euch berichtet worden«, sagte er ernst.

»Wie ersteres uns beglückt, so sehr bedauern wir letzteres«, antwortete Wulfnoth. Seine Stimme klang seltsam flach und leblos und hatte keinerlei Überzeugungskraft.

William runzelte die Stirn. »Und was hast du zu sagen, Cædmon of Helmsby?«

Nichts, dachte er, einer Panik nahe. Mir fällt einfach nichts ein. Bruder Oswalds Ellbogen zwischen seinen Rippen half ihm, die Sprache wiederzufinden. »Ganz sicher wollte ich mich nicht undankbar für Eure Großmut und Gastfreundschaft zeigen, Monseigneur.« Er schluckte trocken. Er fand, das hatte er ziemlich gut gesagt, bedachte man die Umstände.

»Ich bin froh, daß du meine Gastfreundschaft zu schätzen weißt, Cædmon«, sagte William mit einem kaum wahrnehmbaren Lächeln. »Also laßt uns sagen, wir vergessen diesen unerfreulichen Vorfall. Gott war mir wieder einmal gnädig bei meinen Unternehmungen, und es ist nur billig, daß ich meine Dankbarkeit ihm gegenüber durch Milde euch gegenüber unter Beweis stelle. Und nun geht an eure Plätze und eßt und feiert mit uns.«

Der Earl of Wessex hatte schweigend zugehört; was er verstanden hatte, konnten sie nur raten. Wulfnoth und Cædmon verneigten sich noch einmal vor William und sahen beide unsicher zu Harold, der fast unmerklich nickte. Sein Blick drückte heftige Verärgerung aus.
Sie wandten sich ab.
»Ich habe keinen Platz hier in der Halle«, raunte Cædmon.
»Macht nichts. Komm mit an meinen, alle können ein bißchen zusammenrücken.«
Etwa in der Mitte des linken Tisches, ein gutes Stück unterhalb des Salzfasses, machten die Leute für sie Platz. Wulfnoth schlug alle angebotenen Speisen aus, nahm nur einen Becher Wein. Cædmon hingegen aß gierig. Saftigen Braten, zartes Gemüse und schneeweißes Brot bekam man schließlich nicht alle Tage. »Dein Bruder ist sehr wütend auf uns, ja?« fragte er, als sein ärgster Hunger gestillt war.
Wulfnoth hob leicht die Schultern. »Das sollen wir jedenfalls glauben. In Wirklichkeit hat er vermutlich ein furchtbar schlechtes Gewissen.«
Cædmon wischte sich mit einem Stück Brot das Fett von den Fingern, legte es dann beiseite und sah seinen Freund ernst an. »Wieso glaubst du nur, daß er dich noch einmal hier zurückläßt? Herrgott noch mal, er ist dein *Bruder*. Warum sollte William seinem Schwur nicht glauben, wenn er ihn doch für ehrenhaft genug hält, um ihn in seinen Dienst zu nehmen?«
Wulfnoth sah ihn an, aber er antwortete nicht, und Cædmon sah etwas in seinen Augen, das ihm schlagartig den Appetit verdarb: tiefe Verzweiflung und … Mitleid.

Als die Halle begann, sich zu leeren, schickte der Earl of Wessex wiederum Bruder Oswald, um sie zu holen. Harold sah sie kommen, stand auf und trat ihnen entgegen. Cædmon hatte fast vergessen, wie hünenhaft er war, welche Ehrfurcht er einem einflößte.
»Wulfnoth«, begann Harold mit gesenkter Stimme. »Ich sehe, du weißt schon, was ich dir zu sagen habe. Ich muß dich nochmals bitten, hier in Rouen zu bleiben, um das Haus Godwinson an Williams Hof zu vertreten.«
Wulfnoth zeigte keine Regung. Er sah seinem Bruder lange in die Augen und sagte schließlich ebenso leise: »Wenn William wüßte, wie wenig ich dir wert bin, dann ließe er mich sicher frohen Herzens ziehen. Wer will schon eine wertlose Geisel durchfüttern.«

Harold fuhr fast unmerklich zusammen. »Ich kann verstehen, daß du erbittert bist. Glaub mir, ich weiß genau, was du empfindest.«
»Nein, Harold. Du hast keine Ahnung.« Wulfnoth wandte sich abrupt ab und ging, ehe sein Bruder ihn entlassen hatte.
Cædmon stand allein vor dem mächtigsten Mann Englands und wünschte, er besäße soviel Mut und Trotz wie Wulfnoth. Wenigstens brachte er genug Ungehörigkeit zuwege, um als erster das Wort zu ergreifen. »Mich wollt Ihr auch hierlassen, nicht wahr?«
»Es ist der Wunsch deines zukünftigen Königs, Junge. Du solltest stolz sein.«
Doch nicht Stolz war die Todsünde, der Cædmon gerade versucht war sich hinzugeben, sondern Zorn. Es ist wahr, dachte er wie betäubt. Es ist also wirklich wahr. Bis eben hatte er sich noch einreden können, Wulfnoth müsse sich irren, er, Cædmon, sei viel zu bedeutungslos, um als Geisel zu taugen. Jetzt, da er Gewißheit hatte, prasselten die Folgen auf ihn nieder wie ein Steinhagel. Es bedeutete, daß er Helmsby und seine Eltern und Geschwister auf lange Zeit nicht wiedersehen würde. Daß er England ebenso lange nicht wiedersehen würde. Niemanden außer Wulfnoth und sich selbst die Sprache würde sprechen hören, in der er dachte und träumte. Daß er auf unabsehbare Zeit als schlechtgelittener Gast bei diesen fremden, oft feindseligen Normannen bleiben mußte. Und es bedeutete, daß er auf ebenso unabsehbare Zeit Jehan de Bellême ausgeliefert blieb.
Er wollte gehen. Er wollte die hell erleuchtete Halle verlassen, sich einen stillen Winkel suchen und heulen wie ein kleiner Bengel.
»Ich bin sicher, du wirst deinem Land Ehre machen, Cædmon.«
»Das kann ich nicht versprechen, Mylord.«
Harold hob das Kinn und betrachtete ihn mit kühlem Befremden. »Nun, ich bin überzeugt, dein Vater wird meine Entscheidung verstehen und gutheißen. Und er wird sich auf dich verlassen.«
Geschwätz, dachte Cædmon wütend. Mein Vater ist dir doch ganz egal.
»Ich werde sofort nach meiner Rückkehr zu ihm gehen. Wünschst du, daß ich ihm etwas ausrichte?«
»Ja.«
»Dann überleg dir gut, was du ihm sagen willst. Wer kann schon wissen, ob ihr euch in dieser Welt wiederseht.«
Cædmon nickte und folgte dem Rat. Er überdachte seine Botschaft sorgfältig. »Sagt ihm, ich sende ihm ergebene und respektvolle Grüße.

Und sagt ihm, ich sende ihm Bruder Oswald, damit er Guthric mit nach Ely nehmen kann.«
Harold runzelte die Stirn. »Eine eigentümliche Botschaft.«
»Aber mein Vater wird sie verstehen. Darf ich gehen, Mylord?«
»Natürlich.«
Cædmon wandte sich hastig ab und floh aus der Halle. Als er die Stimmen und das Licht hinter sich ließ, spürte er, wie feucht seine Stirn und die Hände waren. Erst jetzt spürte er wirklich das ganze Ausmaß seiner Erschütterung. Ohne festes Ziel lief er die Treppe hinunter. Er brauchte Luft. Er wollte den Himmel sehen.
Draußen war es noch nicht ganz dunkel. Der Sommer war gekommen, die Abende waren lang. Eine sanfte Brise strich über das lange Gras im Hof, die Dämmerung tauchte die Palisaden und Wirtschaftsgebäude in ein klares, blaues Licht. Cædmon atmete tief durch. Er legte den Kopf in den Nacken, sah im Westen den Abendstern funkeln und nahm aus dem Augenwinkel eine schattenhafte Gestalt wahr. Blinzelnd blickte er in die Richtung und erkannte einen Mann, der die Treppe zur Brustwehr an der Flußseite der Palisaden hinaufeilte. Er nahm immer zwei Stufen auf einmal, ohne sich am Geländer abzustützen. Cædmon verfolgte seinen Aufstieg mit gerunzelter Stirn, dann setzte er sich in Bewegung. Er faßte keinen bewußten Entschluß, er hatte auch keinen klaren Gedanken, er rannte einfach los.
In Windeseile überquerte er den Hof, seine dünnen Lederschuhe verursachten keinen Laut auf dem jungen Gras. Dann war er an der Treppe und hastete hinauf, leichtfüßig und schnell. Diese Treppen kannte er wirklich weitaus besser, als ihm lieb war, er wußte genau, wo er hintreten mußte, damit sie nicht knarrten.
Er erreichte den Mann, als dieser gerade ein Bein über die Brüstung schwang, packte ihn von hinten mit beiden Armen und riß ihn zurück.
»Nein.«
»Laß mich ... Um der Liebe Christi willen, laß mich los, Cædmon!«
»Auf keinen Fall. Komm runter. Tu das nicht, Wulfnoth. Bitte. Du kommst in die Hölle, wenn du das machst...«
»Das Risiko nehme ich willig in Kauf. Und jetzt sei so gut und nimm deine Hände von mir.«
Cædmon bot seine ganze Kraft auf und zog Wulfnoth mit einem Ruck zurück. Zusammen landeten sie auf den Holzbohlen der Brustwehr. Cædmon weinte. »Bitte, Wulfnoth.«

Wulfnoth atmete tief durch. »Jetzt sag bloß nicht, ›laß mich nicht allein‹.«
»Laß mich nicht allein.«
»Cædmon ... ich weiß nicht, wie ich dir das begreiflich machen soll. Es ist einfach so: Ich will nicht mehr. Bitte, laß mich los und verschwinde, ehe mich der Mut verläßt.«
»Nein...«
Wulfnoth wollte ihn abschütteln und aufstehen, Cædmon riß ihn zurück, und sie rangen miteinander, beide gleichermaßen entschlossen, ihren Willen durchzusetzen. Gefährlich nah rollten sie an die ungesicherte Kante der Brustwehr, und gerade als Cædmon spürte, wie die Kraft aus seinen Armen wich und Wulfnoth ihm entglitt, war plötzlich ein Schatten über ihnen, eine unheimliche, große Gestalt sperrte das schwindende Licht aus, packte ohne die geringste Mühe jeden an einem Oberarm, brachte sie auseinander und zerrte sie auf die Füße.
»Nun, Söhnchen«, raunte die vertraute, verhaßte Stimme, »wie ich höre, bleibst du mir noch ein Weilchen erhalten.«
Cædmon konnte die Hand auf seinem Arm nicht ertragen und riß sich wütend los. Wulfnoth hingegen stand reglos, mit gesenktem Kopf. »Jehan«, sagte er leise. »Wenn Ihr ein Mensch seid und wißt, was Barmherzigkeit ist...«
»Oh, entgegen anderslautender Meinung bin ich ein Mensch und weiß durchaus, was Barmherzigkeit ist, aber ausnahmsweise hat der Bengel hier einmal recht, und ich werde Euch nicht erlauben, Euch in unsere schöne Seine zu stürzen. Es gibt eine junge Dame an diesem Hof, die mir das niemals verzeihen würde.«
Der Schreck fuhr Wulfnoth so heftig in die Glieder, daß er die Finsternis seiner Seele für einen Augenblick vergaß. »Woher wißt Ihr ...«
Jehan lachte heiser. »Hier passiert nicht viel, das mir entgeht, mein Freund. Und jetzt gehen wir zurück, alle drei.«
Schweigend überquerten sie den Burghof, betraten das Gebäude und stiegen die Treppen hinauf. Cædmon und Jehan geleiteten Wulfnoth bis vor sein Quartier. Wulfnoth würdigte sie keines Blickes mehr, ging hinein und schloß die Tür, und sie hörten die Riegel einrasten. Sicherheitshalber hielt Jehan trotzdem den ersten Wachsoldaten an, dem sie auf dem Gang begegneten, und hieß ihn, Wulfnoths Kammer zu bewachen.
Dann brachte Jehan auch Cædmon bis vor die Tür. »Du warst schnell

eben im Hof. War dir wichtig, daß er nicht springt, he? Diese Jammergestalt ist schließlich alles, was du vorläufig von deiner Heimat zu sehen kriegst, richtig?«
»Stimmt. Kann ich gehen?«
»Ja, geh nur. Und wenn du damit fertig bist, dir die Augen auszuheulen, dann denkst du vielleicht mal drüber nach, wieso du bedauernswerter Krüppel schneller als der Wind den ganzen verdammten Hof überqueren konntest.«
Cædmon sah ihn argwöhnisch an, sicher, daß Jehan auf irgendeine besonders abscheuliche Gemeinheit hinauswollte, aber dann weiteten sich seine Augen plötzlich. »Gott ... Bin ich ... bin ich ehrlich gelaufen, ohne zu hinken?«
Jehan sah ihm in die Augen und legte für einen winzigen Moment die Hand auf seine Schulter. »Gute Nacht, Söhnchen. Wir sehen uns morgen früh.«

Helmsby, September 1065

»Was machst du da, Hyld?«
Hyld stieß zischend die Luft aus und hätte um ein Haar den Schmalztopf fallen lassen, den sie in Händen hielt. »Gott, Eadwig, mußt du dich immer so anschleichen?«
Der kleine Junge wich gekränkt zurück. »Ich hab mich gar nicht angeschlichen!« protestierte er.
Hyld bekam ein schlechtes Gewissen. Sie hatte ihren kleinen Bruder nicht anfahren wollen. »Entschuldige ...« Sie seufzte leise und strich ihm über die blonden Engelslocken. »Du hast mich erschreckt, das ist alles. Sei nicht böse.« Sie schnitt zwei dicke Scheiben von einem runden, dunklen Brotlaib ab, bestrich sie mit Gänseschmalz und schlug sie in ein Tuch.
Eadwig sah ihr mit großen Augen zu. »Bekomm ich auch was?«
Sie schnitt noch ein kleines Stück Brot ab, tauchte es in den Honigtopf und hielt es ihm hin. »Hier. Und jetzt verschwinde.«
Eadwig dachte nicht daran. »Was hast du denn vor, wovon ich nichts wissen soll?«
Hyld wandte ihm wieder den Rücken zu. »Das werde ich dir bestimmt

nicht auf die Nase binden.« Sie nahm einen Krug von einem Bord an der Wand, trat damit ans Bierfaß und tauchte ihn ein. Dann trank sie einen Schluck ab, damit er nicht mehr ganz gefüllt war, und stellte ihn vorsichtig in den Korb.
»Sag's mir doch. Bitte, Hyld. Ich verrat's auch bestimmt niemandem.«
»Meine Güte, was stellst du dir vor? Gunnild ist krank. Ich gehe ins Dorf und bringe ihr ein bißchen Schmalzbrot und Bier. Das ist alles.«
»Nimmst du mich mit?«
»Nein.«
»Och … Bitte, Hyld.«
Sie lachte und hob abwehrend die Hände. »Gib dir keine Mühe. Die Antwort ist nein. Du bist zu ungeduldig für einen Krankenbesuch. Kaum wärst du da, würdest du schon wieder gehen wollen. Vermutlich willst du ohnehin nur ins Dorf, um mit dem Jüngsten des Schmieds zusammen die Obstbäume zu plündern. Nein, nein, du bleibst schön hier.«
»Ach, schade.« Der Kleine sah niedergeschlagen zu Boden, und der Anblick seines gesenkten Kopfes und seiner langen Wimpern machte Hyld beinah schwach. Sie beeilte sich, den Korb fertig zu packen, und küßte ihren Bruder auf die Stirn. »Sag Mutter, ich bin vor der Vesper zurück.«
Hastig verließ sie das dämmrige Vorratshaus und trat hinaus ins Freie. Es war kurz vor Mittag, und die Sonne stand hoch am blauen Sommerhimmel. Eine beinah schläfrige Stille lag über dem Hof. Es roch nach warmem Heu und trockener Erde. Hyld sog den Duft tief ein, hängte sich ihren Korb über den Arm und machte sich auf den Weg.
Sie hatte Eadwig angelogen. Ihr Weg führte sie nicht ins Dorf, sondern an den Feldern vorbei, durch das kleine Wäldchen von Helmsby bis zu den Wiesen am Ufer eines breiten Baches, der ein paar Meilen weiter nördlich in den Ouse floß. Gemächlich strömte er durch sein tiefes Bett im hohen Gras, hier und da überschattete eine Weide das kühle, dunkle Wasser.
Unter einem der Bäume saß ein Mann im Schatten und betrachtete ohne besonderes Interesse die große Schafherde, die auf der Wiese zwischen Ufer und Wald weidete. Dann hob er den Kopf ein wenig, stieß einen leisen, langgezogenen Pfiff aus, und ein schwarzes, zottiges Ungetüm von einem Hund, das einen Steinwurf von ihm entfernt in der Sonne gedöst hatte, sprang auf und schritt die Herde ab wie ein Feld-

herr seine Truppen bei einer Heerschau. Der Schäfer selbst blieb, wo er war, rupfte einen Grashalm aus, steckte ihn zwischen die Lippen und wollte sich im Gras ausstrecken, als er Hyld entdeckte.
Ein plötzliches Lächeln vertrieb den Ausdruck versonnener Melancholie von seinem Gesicht. »Ah.« Es war ein kurzer Laut, der keine Verblüffung, aber eine Art wohliger Zufriedenheit ausdrückte. »Und was mag dich herführen?«
Sie trat näher und kniete sich neben ihn in den Schatten. »Ich wollte dir etwas bringen.«
»Was denn?«
Sie stellte den Korb zwischen sie ins Gras. »Schmalzbrot.«
»Und?«
»Bier.«
»Und?«
»Mich.«
Er lachte leise, richtete sich plötzlich auf und nahm ihre Hand. Er bewegte sich mit einer katzenhaften Schnelligkeit und Anmut, die sie immer wieder aufs neue bannten. Willig ließ sie sich in seine Arme ziehen, saugte an seinen Lippen, fühlte seine Hände um ihre Taille und spürte das vertraute Herzklopfen, das zu gleichen Teilen aus Verliebtheit und aus Angst hervorgerufen wurde. Sie konnte sich immer noch an ihrer eigenen Verwegenheit berauschen. Aber als seine Hand sich unter ihren Rock stehlen wollte, schob sie sie weg.
»Nichts da. Hier, iß«, befahl sie.
Er ließ die Hände sinken und legte den Kopf schräg. »Was ist? Hast du Angst, Dunstan könnte vorbeikommen?«
»Gott, sag doch so etwas nicht, Erik!«
Der junge Däne winkte beruhigend ab. »Er ist in aller Herrgottsfrühe mit deinem Vater zusammen fortgeritten. Sie treffen sich in Ely mit Harold Godwinson. So bald werden sie nicht zurückkommen.«
Sie sah ihn ungläubig an. »Woher weißt du solche Dinge nur immer? Sie haben gesagt, sie reiten nach Ely, aber ich dachte, sie wollten Guthric besuchen. Von Harold Godwinson war keine Rede. Zieht Dunstan dich neuerdings ins Vertrauen, ja?«
Eriks Gesicht verdüsterte sich einen Moment. »So würde ich es nicht nennen. Dunstan hat nach wie vor nur ein einziges Interesse an mir. Wie sagte Guthric doch so schön? Dunstan hat eine echte Schwäche für mich.« Er schnitt eine Grimasse.

Hyld seufzte und legte den Kopf an seine Schulter. »Das muß in der Familie liegen.«
Sie lachten. Von Anfang an hatten sie viel zusammen gelacht, obwohl ihre Situation alles andere als erheiternd war. Wenn Hyld nachts wachlag und mit ihren Dämonen rang und ihrer Furcht, war ihr nur zu bewußt, wie entsetzlich im Grunde war, was sie tat. Wie unverzeihlich. Und daß es kein gutes Ende nehmen konnte.
Ihr Vater hatte in letzter Zeit gelegentlich davon gesprochen, es werde Zeit, daß sie heirate. Und er hatte ihr ein paar geeignete Kandidaten vorgeschlagen, Nachbarn und entfernte Vettern – Thanes aus der näheren Umgebung oder deren Söhne, gute Männer und gute Partien ausnahmslos. Doch sie hatte alle rundheraus abgelehnt. Ihr Vater war ihr nicht böse. Sie könne es nicht ewig vor sich herschieben, hatte er bemerkt, aber er wolle sie zu nichts zwingen, er werde keine Entscheidung ohne ihr Einverständnis treffen. Das war ausgesprochen großzügig; längst nicht alle Väter machten sich die Mühe, bei der Wahl der Ehemänner Rücksichten auf die Wünsche ihrer Töchter zu nehmen. Ælfric überließ die Entscheidung letztlich ihr. Nur hatte er dabei ganz sicher nicht an einen dänischen Sklaven gedacht, einen Piraten, der ihre Nachbarn überfallen und ihren Bruder zum Krüppel gemacht hatte.
Hyld fand es ja selber befremdlich. Solang sie zurückdenken konnte, hatte sie immer zu Dunstan aufgeschaut, hatte gedacht, was er dachte, gemocht, was er mochte, getan, was er sagte. Und so war es nur selbstverständlich, daß sie Dunstans leidenschaftlichen Haß auf den räuberischen Dänen geteilt hatte, schließlich hatte sie Grund genug. Dann hatte Guthric Cædmon überredet, bei ihrem Vater für Erik einzutreten, und darüber war es zwischen Guthric und Hyld zu einem heftigen Streit gekommen. Aber als sie Erik dann bei der Heuernte im vergangenen Sommer zum erstenmal gesehen hatte, schien die Meinung ihrer Brüder auf einmal eigentümlich belanglos. Man hatte ihm keine Sense anvertraut, weil alle ihn für gefährlich hielten, und er trug Fußketten, denn er hatte versucht wegzulaufen. Die Ketten klirrten leise und behinderten seinen Gang, als er den Schnittern Reihe um Reihe durch die Wiesen folgte und das frisch geschnittene Gras zum Trocknen ausbreitete, zusammen mit den Frauen und Kindern. Hyld hatte ihn eine Weile beobachtet, beinah fasziniert, wie man einen wilden Bär auf dem Jahrmarkt anstarrt. Widerwillig hatte sie sich eingestanden, daß er der

schönste Mann auf der ganzen verdammten Heuwiese war. Daß man kaum umhinkam, ihn für seine trotzige Miene zu bewundern. Daß er sich selbst mit den Fußfesseln geschmeidiger bewegte als jeder andere. Und dann hatte er plötzlich den Kopf gehoben und sie angelächelt.

Hyld verscheuchte diese Gedanken mit einem ungeduldigen Wink, trank einen Schluck aus dem Krug, den sie mitgebracht hatte, und lehnte die Schultern an Eriks Brust. »Bist du nicht hungrig?«

»Doch. Schrecklich.« Er griff in den Korb, ohne hinzusehen, bekam das Paket mit den Broten zu fassen und fiel darüber her. Hyld beobachtete ihn aus dem Augenwinkel und lächelte verstohlen vor sich hin. Sie sah ihm furchtbar gern beim Essen zu. Er verschlang immer alles in wenigen, großen Bissen, kaute emsig und schluckte gierig.

»Was ist so komisch?« fragte er mit vollem Mund.

»Du, natürlich. Du ißt genau wie meine Brüder.«

Er zog die Stirn in Falten und schluckte. »Dann gibt es immerhin etwas, das wir gemeinsam haben, deine Brüder und ich.«

»Oh, mehr als nur das. Sie sind anständige Kerle, einer wie der andere.«

»O ja. Vor allem Dunstan.«

Sie wurde nicht mehr wütend, wenn er auf Dunstan schimpfte. Sie gab vor, in diesem Punkt vollkommen neutral zu sein, doch in letzter Zeit hatte sie sich häufiger dabei ertappt, daß sie ihren großen Bruder nicht mehr so rückhaltlos vergötterte wie früher. Das machte ihr zu schaffen. Also hatte sie mit ihrer Mutter darüber gesprochen, aber Marie hatte nur erwidert: »Du wirst erwachsen, Hyld. Das ist alles.«

In dem Moment war die Versuchung fast unwiderstehlich gewesen, sich ihrer Mutter anzuvertrauen. Ihr zu gestehen, was es in Wahrheit war, das sie so verändert hatte. Aber das war natürlich völlig undenkbar. Zu spät war ihr aufgegangen, daß der einzige Mensch, mit dem sie über Erik hätte reden können, Guthric war, ausgerechnet der Bruder, der ihr immer fremd gewesen war. Und jetzt war er fort, war ohne einen Augenblick zu zögern mit dem fremden Mönch, den Cædmon ihnen aus Rouen geschickt hatte, nach Ely gegangen.

»Gott, sie fehlen mir so schrecklich. Guthric und Cædmon.«

Erik drückte die Lippen auf ihren Scheitel. »Ja, ich weiß.«

»Wie es ihnen wohl geht? Ich kann mir überhaupt nicht vorstellen, was für ein Leben sie jetzt führen. Guthric als Novize in einem Kloster. Er wird lesen lernen. Womöglich gar schreiben.«

»Und Latein.«

»Nicht zu fassen. Und Cædmon …« Sie brach ab. Sie wußte, Erik redete nicht gern über Cædmon.
Aber er fragte unerwartet: »Was ist mit ihm?«
»Na ja. Letzte Nacht hab ich wachgelegen und versucht, mir sein Gesicht vorzustellen. Und … es ging nicht. Ich weiß nicht mehr genau, wie er aussieht.«
Er nickte und zog sie ein bißchen näher. »Ja, das ist furchtbar. Mir geht es mit meinen Geschwistern ebenso.« Seine Eltern waren schon einige Jahre tot, aber er hatte eine Schwester und einen Bruder, beide jünger als er, die jetzt im Haus des Onkels lebten, der das Kommando über ihr unseliges Unterfangen geführt und den Ælfric in Metcombe erschlagen hatte. Erik wußte nicht, was aus seinen Geschwistern geworden war, nachdem der Onkel nicht hatte heimkehren können. Das war eine der vielen Sorgen, die *ihn* nachts wachhielten. »Wenn ich an sie denke und versuche, mir ihre Gesichter in Erinnerung zu rufen, sind es immer nur vage Bilder, die ich sehe. Verschwommen. Ich erinnere mich besser an ihre Stimmen.«
»Erzähl mir von ihnen. Du sprichst so selten davon.«
Aber Erik schüttelte den Kopf. »Lieber nicht. Du mußt dir immer alles vom Herzen reden. Aber ich nicht. Ich … bin anders.«
»Ja.« Sie rümpfte die Nase. »Ein verfluchter Däne, was soll man erwarten. Es heißt ›von der Seele reden‹.«
Erik lächelte. »Wie auch immer.«
Er wünschte sich oft, er könnte in seiner Sprache mit ihr reden. Auch wenn er die ihre mit jedem Tag besser beherrschte, erschien sie ihm doch manchmal wie ein kaum überwindliches Hindernis. Und wie so oft, wenn er darüber nachsann, dachte er unweigerlich an Cædmon. Obwohl er nicht wollte. Aber er kam einfach nicht umhin, an ihn zu denken, denn sie hatten in ihrer derzeitigen Situation so vieles gemeinsam. Erik war seit seinem dreizehnten Lebensjahr zur See gefahren, erst mit seinem Vater, später mit dessen Bruder. Er war im Slavenland gewesen, sogar in Sizilien, öfter aber in Irland oder Wales, um Handel zu treiben oder die Küsten zu überfallen, je nachdem, was die politische Lage gebot. Er hatte viele schreckliche Dinge gesehen, hatte selbst Männer im Kampf getötet oder verstümmelt, aber er hatte selten eine Tat so bereut wie den heimtückischen Schuß auf Hylds Bruder. Und wenn es schon sein mußte, warum, *warum* hatte er dann nicht wenigstens Dunstan treffen können?

Nachdem seine vier Gefährten, die wie er das Fiasko von Metcombe überlebt hatten, zur Arbeit in das verwüstete Dorf geschickt worden waren und er als einziger in Helmsby zurückblieb, hatte er manchmal geglaubt, er müsse das einsamste Geschöpf auf der Welt sein. Niemand, der seine Sprache verstand. Niemand, der ein freundliches Wort für ihn hatte. Alle hielten ihn für ein Ungeheuer und mieden ihn, alle außer Dunstan, natürlich, der trotz des ausdrücklichen Verbots seines Vaters keine Gelegenheit verstreichen ließ, ihn heimzusuchen. Einmal war Erik entkommen. Zu Fuß und ohne klare Vorstellung, wohin er sich wenden sollte, war er in den Wald geflüchtet, gerannt, die ganze Zeit in Panik. Er hatte von vornherein keine wirkliche Chance gehabt, und eigentlich wußte er das auch. Sie hatten ihn eingeholt und zurückgebracht, geprügelt und in Ketten gelegt. Ælfric hatte ihm angedroht, ihm einen Fuß abzuhacken, sollte er je wieder versuchen zu fliehen. Und Erik war überzeugt, daß er all das nur hatte aushalten können, weil er es verdiente, weil es eine Art Sühne für Cædmons lahmes Bein war. In den endlosen finsteren Stunden, die er eingesperrt war, hatte er immerzu an ihn denken müssen, an diesen angelsächsischen Jungen, der jetzt genauso unter Fremden gefangen war wie er selbst, sich wahrscheinlich genauso nach Hause sehnte, nach Menschen und Dingen, die ihm vertraut waren. Er fühlte sich ihm verbunden.
Es schien, als habe Ælfrics fürchterliche Drohung ihren Zweck erfüllt. Erik unternahm keinen zweiten Fluchtversuch, wurde gar so zahm, daß man ihm eine Schafherde anvertraute, als sich herausstellte, welch glückliche Hand er mit den Tieren, vor allem aber mit dem Hund hatte. Erik war es gleich, daß sie glaubten, sie hätten ihn kleingekriegt. Sie konnten denken, was sie wollten. Er war wegen Hyld geblieben. Dabei war das nun wirklich das letzte gewesen, was er gewollt hatte, das letzte, was er gebrauchen konnte. Anfangs hatte er sich eingeredet, es werde schon wieder vorbeigehen, auf ein paar Wochen kam es schließlich nicht an, warum sollte er sich seine bittere Gefangenschaft nicht ein wenig versüßen mit den Freuden, die sie ihm so verblüffend bereitwillig und rückhaltlos schenkte. Aber irgendwie saß es wohl doch tiefer, als er angenommen hatte. Er konnte sich nicht entschließen, sie zurückzulassen, um dann endgültig aus Helmsby zu verschwinden. Er brachte es einfach nicht fertig. Aber ebensowenig konnte er sich dazu entschließen, ihr die Wahrheit zu sagen.
»Bleibst du heute nacht hier draußen?« wollte Hyld wissen.

Erik schüttelte den Kopf. »In ein, zwei Stunden treibe ich die Herde zurück. Wulfric will, daß ich sie morgen auf die Felder bringe.«

Wulfric, Ælfrics Steward, überwachte den gesamten Landwirtschaftsbetrieb von Helmsby, und er legte großen Wert darauf, daß die Schafe gleich nach der Ernte auf die Stoppelfelder kamen, damit sie dort weideten und den Boden düngten. Erik verstand nicht das geringste von Landwirtschaft, denn seine Familie stammte aus der blühenden Hafenstadt Haithabu an der Ostsee, doch er hatte im Laufe des vergangenen Jahres gelernt, Wulfrics Kenntnisse und Umsicht zu bewundern, mit denen dieser den großen Gutsbetrieb führte.

»Also kommst du heute abend heim«, schloß Hyld.

Er lachte unfroh. »Es wird lange dauern, ehe ich wieder heimkomme.«

Hyld wandte den Kopf ab. »Du weißt, was ich meine.«

»Ja.« Er zog sie wieder näher und legte einen Finger unter ihr Kinn. »Mach kein so trauriges Gesicht. Aber es nützt nichts, wenn du dir einzureden versuchst, daß ich hierhergehöre, Hyld. Das tue ich nicht.«

»Nein, ich weiß.«

»Und ich kann nicht ewig hierbleiben. Ich verstehe, daß du dich zerrissen fühlst, aber früher oder später mußt du dich entscheiden.«

Sie machte sich ungeduldig los. »Du redest, als ginge es um nichts weiter als die Frage, ob ich mit dir fortgehen will oder nicht.«

Er hob leicht die Schultern. »Aber genau so ist es.«

Sie sah ihn verständnislos an. »Du kannst nicht hier weg, Erik. Jeden anderen würde mein Vater vielleicht laufen lassen, aber dich würde er wieder suchen und er würde dich auch finden. Bist du denn vom letzten Mal kein bißchen klüger geworden?«

»Was erwartest du? Daß ich mich duldsam in mein Schicksal ergebe und bis ans Ende meiner Tage seine Schafe hüte? Mein Gott, weißt du eigentlich, wie … erniedrigend das für mich ist? All meine Vorfahren waren Seefahrer und Soldaten, unerschrockene, tapfere Männer, und ich bin doch nur nach England gekommen …« Er brach unvermittelt ab.

»Ja?« Ihre Augen hatten sich verengt. »Das würde mich wirklich interessieren. Um was genau zu tun bist du nach England gekommen?«

Er winkte ab. »Was soll aus *uns* werden, wenn ich hierbliebe? Dein Vater würde niemals erlauben, daß wir heiraten.«

»Und was soll aus uns werden, wenn du fortgehst? Immer vorausgesetzt, sie finden dich nicht.«

»Das werden sie nicht. Diesmal ist es etwas völlig anderes. Ich weiß jetzt, wo ich bin. In höchstens zwei Tagen könnte ich in Norwich sein und erst einmal untertauchen, niemand würde mich finden. Und du mußt mitkommen, Hyld. Wenn wir von hier fort sind, können wir uns als Mann und Frau ausgeben, und sobald wir ein bißchen Geld haben, gehen wir zu einem Priester und lassen uns trauen.«
»Und woher willst du Geld bekommen? Unterwegs ein paar Kaufleuten auf der Straße auflauern? Wo könnten wir hingehen? Wovon sollten wir leben? Wir würden verhungern, Erik, und jetzt kommt der Herbst und dann der Winter, und wir könnten ohne weiteres erfrieren.«
»Wenn wir nicht vorher verhungert sind«, erinnerte er sie grinsend und verzog schmerzlich das Gesicht, als sie ihn mit beiden Händen an den Haaren packte. Dann wurde er wieder ernst. »Wir müßten weder verhungern noch erfrieren. Glaub mir, ich würde dich nicht bitten mitzukommen, wenn ich nicht wüßte, daß ich für dich sorgen kann.«
Sie schüttelte traurig den Kopf. »Aber wie könnte ich ihnen das antun? Einfach so fortgehen ohne ein Wort?«
»Ja, ich weiß, es ist bitter.«
»Erik…«
Er legte einen Finger auf ihre Lippen. »Komm.«
Er nahm ihre Hand, stand auf und zog sie mit sich hoch, führte sie vom Ufer weg, am Rand der Wiese entlang in den Schatten des Waldes. Sie fanden eine kleine Senke mit einem stillen, grünen Tümpel, wo die Bäume weniger dicht standen. Dort legten sie sich ins struppige Waldgras. Erik schnürte ohne alle Hast ihr Kleid auf, zog es ihr mitsamt Unterkleid über den Kopf und löste das Band, das ihren Zopf zusammenhielt. Dann breitete er ihre langen Haare um ihre Schultern aus und betrachtete sie hingerissen. Sie hatten tatsächlich die leuchtende, satte Farbe von reifem Weizen und waren dick und üppig.
Hyld senkte den Blick. »Was starrst du nur immer so.« Sie war ein wenig errötet.
Erik lachte und seufzte gleichzeitig. »Ach, Hyld… Das kannst du nicht verstehen. Du bist so wunderbar.«
Sie lächelte scheu und schlang die Arme um seinen Hals, zog ihn beinah gierig zu sich herunter. Er streifte hastig seine Sachen ab und glitt auf sie. Sie sah ihm in die Augen, als er in sie eindrang, ernst und offen, das hatte sie von Anfang an getan. Er hatte noch nie mit einer Frau geschlafen, die so ehrlich bei der Liebe war wie Hyld, so rückhaltlos. Es

machte ihn immer schwach, erfüllte ihn mit einer Zärtlichkeit, die ihm bedenklich erschien. Er senkte den Kopf, streifte mit den Lippen ihren wunderbaren, kirschroten Mund und flüsterte: »Komm mit mir, Hyld. Ich will nicht ohne dich gehen. Vertrau mir.«
»Ich kann nicht«, erwiderte sie tonlos. Sie drehte den Kopf weg, legte aber gleichzeitig die Arme um seinen Hals, zog ihn fester an sich und umschloß ihn mit den Beinen. »Du bist ein dänischer Pirat und hast auf meinen Bruder geschossen. Ich liebe dich, aber ich kann dir nicht trauen.«

Es war schon dunkel, als Ælfric und Dunstan aus Ely zurückkehrten. Staubig, hungrig und durstig kamen sie in die Halle, wo das Essen schon fast vorbei war.
Sie setzten sich zu Marie, Hyld und Eadwig an den Tisch, und die Mägde beeilten sich, ihnen Bier und Brot zu bringen, während die Köchin die Kalbshaxe auftrug, die sie für den Herrn der Halle und seinen Sohn aufgespart hatte.
»Oh, wunderbar, Helen«, murmelte Ælfric dankbar, wischte sich die Hände an der Kleidung ab und zückte sein Messer, um sich ein Stück Fleisch abzuschneiden.
Marie wartete, bis sein ärgster Hunger gestillt war, ehe sie fragte: »Hast du Guthric gesehen?«
Er nickte. »Du glaubst nicht, wie er gewachsen ist.«
»Und geht es ihm gut?«
»O ja. Ich habe lange mit ihm gesprochen.« Er schüttelte lächelnd den Kopf. »Wir sind durch den Kreuzgang gewandelt wie zwei waschechte Klosterbrüder. Es war richtig, daß wir ihn haben gehen lassen, Marie; Cædmon hatte recht. Ich denke, Guthric ist wirklich glücklich dort. Er hat mit solcher Begeisterung von seinem Unterricht gesprochen, von den Büchern, von der Gelehrsamkeit der Brüder, so habe ich unseren Guthric noch nie gesehen. Ein richtiges Feuer lodert in seinen Augen, er kommt mir doppelt so lebendig vor wie früher. Und ich habe mit Abt Thurstan gesprochen. Er sagt, sie hätten lange keinen so begabten, vielversprechenden Schüler gehabt. Unser Sohn macht uns Ehre, sagt er.«
Marie strahlte und legte kurz die Hand auf seine. »Ich bin froh, Ælfric. Ich wünschte nur …« Sie brach ab.
Aber er wußte genau, was sie hatte sagen wollen. »Ja. Ich wünschte

auch, Cædmon wüßte davon. Da fällt mir ein, Harold Godwinson sendet dir seine ergebene Empfehlung.« Sein Tonfall war ironisch, aber seine Miene verdächtig finster.
Seit der Rückkehr aus der Normandie hatte Earl Harold Ælfric regelmäßig aufgesucht und alles getan, um die Verbindung zu festigen. Ælfric of Helmsby war nur ein unbedeutender Landadliger, gehörte nicht den *Witan* – den »Weisen« des Kronrates – an und war weder reich noch mächtig genug, um einen großen Einfluß in East Anglia darzustellen. Trotzdem hatte Harold seine Nähe gesucht und ihn in seine politischen Schritte eingeweiht. Ælfric hatte nie den Versuch unternommen, sich zu distanzieren. Er machte sich nichts vor, er wußte, er konnte es sich nicht leisten, Harold Godwinson die kalte Schulter zu zeigen. Niemand in England konnte sich das leisten. Aber er hatte ihm nie verziehen, daß Harold seinen Sohn einfach so in der Normandie zurückgelassen hatte. Wie einen lahmen Gaul.
»Was wollte er?« fragte Marie leise.
In der Halle war es dämmrig, die Fackeln großteils schon gelöscht. Hier und da wurden Tische beiseite geräumt, und die Leute legten sich schlafen.
Dunstan ergriff den Bierkrug und füllte seinen Becher wieder auf. »Er wirbt um Unterstützung, um seinen Bruder zu stürzen«, verkündete er unverblümt.
Ælfric warf ihm einen warnenden Blick zu. »Gib acht, was du redest, Dunstan.«
Dunstan hob unbeeindruckt die Schultern. »Das ist die reine Wahrheit.«
»Aber es besteht kein Grund, sie aus voller Kehle in die Welt hinauszuposaunen.«
Marie machte große Augen. »Er will den Earl of East Anglia stürzen?«
Ælfric schüttelte den Kopf. »Nein, seinen anderen Bruder. Tostig. Den Earl of Northumbria. Tostigs Position im Norden ist wackelig. Die Leute in Northumbria haben ihn von Anfang an verabscheut. Sie haben ihn geduldet, weil er einen einigermaßen verläßlichen Frieden mit Schottland geschlossen hat und die Grenzgebiete nicht mehr ständig überfallen wurden. Es heißt, Tostig und König Malcolm von Schottland sind einander nahe wie Brüder. Aber jetzt will Tostig eine hohe Steuer in Northumbria erheben und hat sich mit seinen Thanes zerstritten. Harold fürchtet, er wird sich nicht mehr lange halten können, und er will ihn ablösen, ehe es zu einer Revolte kommt.«

»Und recht hat er«, murmelte Dunstan, leise, aber nachdrücklich. »Das wäre das letzte, was uns fehlt. König Edward ist krank, und Harald Hårderåde von Norwegen wartet nur auf den richtigen Moment, um mit seinen Schiffen hier einzufallen. Vielleicht wird er denken, ein kranker König in Westminster und eine Revolte in Northumbria sind der richtige Moment, und dann ...« Er brach unvermittelt ab, als er aus dem Augenwinkel eine Bewegung wahrnahm, und fuhr herum. »Was hast du hier verloren?« fragte er barsch.

Erik trat aus dem Schatten an den Tisch, ignorierte Dunstan und verneigte sich knapp vor Ælfric. »Ich bitte um Verzeihung...«

»Was willst du?« knurrte Ælfric kaum weniger barsch.

Ja, was will ich, dachte Erik ratlos und betete um eine Eingebung. Er hatte keineswegs die Absicht gehabt aufzufallen. Er starrte auf seine Füße, um Verlegenheit vorzutäuschen und sich daran zu hindern, Hyld anzusehen, die still und blaß neben der Mutter saß und auf ihren leeren Holzteller hinabblickte. »Ähm ... kann ich morgen früh in die Kirche, Thane? Es ist nur, ich sollte die Herde auf die Felder treiben, aber ... es ist der Todestag meiner Mutter, und ich ...«

»Herrgott noch mal, frag Wulfric«, herrschte Ælfric ihn an.

Erik nickte und wandte sich ab.

»Was war mit deiner Mutter, he?« fragte Dunstan. »Habt ihr sie mit auf Kaperfahrt genommen und an die Mauren verkauft?«

Hylds Kopf ruckte hoch.

»Dunstan!« schalt Marie ungehalten.

Erik blieb stehen und sah ihn an. Er sagte nichts. Er richtete so selten wie möglich das Wort an Dunstan oder Ælfric, und wenn es unvermeidbar war, sprach er langsam und stockend, übertrieb seinen Akzent und gab vor, längst nicht alles zu verstehen, was er hörte. Es war besser, wenn sie glaubten, er könne ihre Sprache nicht meistern. Sie achteten nicht so sehr darauf, was sie sagten, wenn er in der Nähe war, und sie redeten so gut wie nie mit ihm, weil es ihnen zu umständlich war. Aber er hatte immer Mühe, seine Abscheu vor Dunstan zu verbergen. So auch jetzt. Ich wünsche dir von ganzem Herzen, daß deine Frau einmal so elend im Kindbett verrecken muß wie meine Mutter, dachte er hitzig. Ich wünsche dir, daß du dabeistehen und zusehen mußt und daß es dir das Herz zerreißt. Aber nicht einmal auf dänisch konnte er das zu ihm sagen, die Gefahr war zu groß, daß Dunstan einzelne Worte verstand.

»Was starrst du mich so an, Schwachkopf«, grollte Dunstan. »Mach, daß du wegkommst.«
Erik entfernte sich lautlos, und Marie bedachte ihren Ältesten mit einem Kopfschütteln. »Es besteht kein Grund, jemanden so zu behandeln, Dunstan. Er verbüßt seine Schuld, indem er hierbleiben und hart für uns arbeiten muß, und das ist genug. Ganz gleich, was er getan hat, er ist ein menschliches Wesen.«
Dunstan schnaubte. »Er ist nichts als ein Häufchen Dreck. Jedenfalls, wenn Harold Godwinson Truppen aushebt, will ich mit ihm gehen, Vater.«
»Ich weiß. Das hast du mir schon wenigstens ein dutzendmal gesagt«, erwiderte Ælfric trocken.
»Und?« hakte Dunstan nach. »Bist du einverstanden?«
Ælfric nickte zögernd. »Natürlich. Wenn es wirklich dazu kommt.«
Dunstan lächelte zufrieden, stand auf und streckte sich mit einer komischen Grimasse. »Gott, mir tun alle Knochen weh. Was für ein Ritt. Ich gehe schlafen.« Er packte seinen kleinen Bruder nicht gerade sanft im Nacken und zog ihn von der Bank hoch. »Komm mit, Zwerg. Höchste Zeit für dich. Das gilt auch für dich, Hyld.«
Hyld hatte eine scharfe Antwort auf der Zunge. Sie haßte es, wenn Dunstan sie herumkommandierte, und natürlich nahm sie ihm übel, wie verächtlich er mit Erik sprach. Aber es war zu gefährlich, sich ihren Unwillen anmerken zu lassen. Wortlos stand sie auf und folgte ihren Brüdern zu dem Alkoven hinter dem Herd, der den Kindern des Thane vorbehalten war.
Ælfric und Marie zogen sich auch bald zurück.
»Ist das dein Ernst?« fragte Marie, als sie den schweren Bettvorhang zurückschob. »Du willst Dunstan wirklich gehen lassen?«
Ælfric nahm sein Schwert ab und legte es auf die Truhe unter dem pergamentbespannten Fenster. »Er wird bald achtzehn Jahre alt, Marie. Du kannst ihn nicht ewig hierhalten.«
»Nein, ich weiß. Es ist nur ... ein bißchen viel auf einmal. Drei Söhne in einem Jahr.« Sie setzte sich auf die Bettkante, schlug die Decke zurück und legte sich hin.
»Du redest, als wären sie tot. Das ist albern. Sie werden nur erwachsen und gehen fort, so ist das nun mal.«
Cædmon war nicht erwachsen, als er fort mußte, dachte sie, aber sie hatte nicht vor, noch einmal an diesen bitteren Kelch zu rühren. Und

Ælfric hatte ja recht. Mochten ihre Söhne auch weit fort sein, wußte sie sie doch gut aufgehoben. Es war ihr ein großer Trost, als sie von Bruder Oswald erfahren hatte, daß Cædmon in Jehan de Bellêmes Obhut war. Sie erinnerte sich gut an den normannischen Haudegen, der seinem Herzog in den schwierigen Jahren so unbeirrbar zur Seite gestanden hatte. Ein guter, zuverlässiger Mann, der ihren Sohn sicher gut behüten würde, da war sie unbesorgt. Und Guthric wußte sie ebenso gut aufgehoben.

»Aber wenn es wirklich zu einer Revolte im Norden kommt und Dunstan mit Harold Godwinson geht, heißt das, er zieht in den Krieg«, wandte sie ein.

»Ja.« Ælfric legte sich neben sie, deckte sie beide zu und zog seine Frau an sich. »Aber Dunstan weiß, wie man auf sich aufpaßt.«

»Erzähl mir keine Märchen«, erwiderte sie ungehalten. »Ich habe den Krieg gesehen. In einer Schlacht kann niemand auf sich aufpassen.«

»Wie dem auch sei. Es hat keinen Sinn, sich darüber zu grämen. Dunstan ist in Gottes Hand wie wir alle. Und wenn er geht, haben wir immer noch Hyld und Eadwig, damit es hier nicht zu einsam wird.«

Marie antwortete nicht. Sie legte eine Hand auf seine Brust und dachte an die Kinder, die sie verloren hatten, Edith und den kleinen Gyrth, die beide kein Jahr alt geworden waren, und wie furchtbar Ælfric gelitten hatte, als sie starben. »Und was ist mit dir? Wenn es hart auf hart kommt in Northumbria, soll ich wirklich glauben, Harold Godwinson würde dann auf dich verzichten?«

Ælfric atmete tief durch und antwortete nicht direkt. »Er will, daß wir Weihnachten dieses Jahr an König Edwards Hof verbringen. Er hat mich sehr nachdrücklich eingeladen.«

»Aber wozu, in aller Welt? Der König hat sich noch nie für uns interessiert. Was will er plötzlich von uns?«

»Der König will überhaupt nichts von uns. Er ist todkrank, Marie. Aber wenn er das Weihnachtsfest noch erlebt, sollen sich wie üblich die Witan versammeln.«

»Und wo?«

»In Westminster. Die Klosterkirche ist nahezu fertig und soll geweiht werden, wenn die Großen des Reiches alle dort versammelt sind. Harold glaubt, der König warte nur noch auf diesen Tag, um dann nach der Vollendung seines großen Werkes aus der Welt zu scheiden.«

»Nun, dann gehen wir eben nach Westminster«, erwiderte Marie unbekümmert. Sie war durchaus zufrieden mit ihrem bescheidenen, ländlichen Leben in Helmsby, aber sie war mit dem zeremoniellen Pomp aufgewachsen, der am Hof des Herzogs der Normandie üblich war, und hatte nicht die geringsten Einwände, nach langer Zeit wieder einmal eine königliche Halle voll kostbar gekleideter Männer und Frauen zu sehen.

»Ja, was bleibt uns übrig«, brummte Ælfric.

»Komm schon, so schrecklich wird es nicht werden«, sagte sie lächelnd.

»Du weißt ja noch nicht, worum es eigentlich geht. Harold will, daß ich Sheriff von Norfolk werde.«

Marie setzte sich kerzengerade auf. »Was?«

»Da staunst du, nicht wahr.«

»O mein Gott. Es wird keinen Tag Ruhe mehr geben in Helmsby, du wirst immer nur unterwegs sein, um Gerichtstage abzuhalten und Steuern einzuziehen, du wirst…«

»Ein sehr mächtiger Mann.«

»Und willst du das?«

Ælfric antwortete nicht sofort. Schließlich sagte er nachdenklich: »Es hat zweifellos seinen Reiz.«

»Aber?«

»Nun, ich weiß nicht, ob mir Harolds Absichten besonders gefallen. Gorm of Edgecomb, der jetzige Sheriff, wird zu alt für das Amt, das sehe ich ein. Aber Gorm ist ein mächtiger, reicher Mann aufgrund seiner Ländereien und seiner familiären Verbindungen. Ich wäre nur mächtig und vielleicht sogar irgendwann reich von Harolds Gnaden, verstehst du?«

»Er will einen Sheriff, der abhängig von ihm ist.«

»Nicht nur in Norfolk, darauf möchte ich wetten.«

»Was hat er vor, Ælfric?«

»Das ist nicht so besonders schwer zu erraten, oder?«

Hyld wurde wach, als eine große Hand sich über ihren Mund legte. Sie riß entsetzt die Augen auf.

»Keine Angst. Ich bin es«, raunte die vertraute, samtweiche Stimme, und die Hand wurde zurückgezogen.

Hyld setzte sich auf. »Erik, bist du wahnsinnig?« wisperte sie. »Was, wenn Dunstan aufwacht?«

Er ignorierte ihren Protest und nahm ihren Arm. »Komm mit. Leise.«
»Aber...«
»Jetzt komm schon.«
Es war zu gefährlich, hier herumzustreiten. Sie schlug die Decke zurück, stand auf und folgte ihm barfuß durch die dunkle Halle, vorbei an schemenhaften, reglosen Gestalten, die die Wand entlang unter ihren Decken lagen, und weiter zur Tür. Lautlos hob Erik den schweren Balken an, mit dem diese nachts verriegelt wurde. Hyld kniff die Augen zu und hielt den Atem an, als könne sie damit verhindern, daß die Tür knarrte. Aber das tat sie nicht. Erik öffnete den rechten Flügel einen Spaltbreit, zog Hyld hinaus und ans südliche Ende des Innenhofs zwischen die Schafställe.
»Was hast du mit der Tür gemacht?« fragte sie. »Sie knarrt, solange ich denken kann.«
»Was schon. Ich hab der Köchin ein bißchen Butter abgeschwatzt und sie auf die Scharniere geschmiert, als alle schon schliefen.«
Sie schüttelte verwundert den Kopf. »Und wirst du mir verraten, was das zu bedeuten hat? Warum weckst du mich mitten in der Nacht und riskierst, daß wir hier draußen zusammen erwischt werden?«
»Es ist nicht mitten in der Nacht, sondern kurz vor Tagesanbruch. Ich muß mit dir reden, Hyld, und ich weiß nicht, ob wir morgen noch Gelegenheit haben würden.«
Plötzlich wurden ihre Hände feucht. »Was ist passiert?«
»Ich muß von hier fort. Ich kann nicht länger warten.«
»Aber, Erik...«
»Ja, ich kenne all deine Einwände. Ich gehe trotzdem. Morgen.«
»Aber ... warum?«
»Es würde bis lange nach Sonnenaufgang dauern, um dir das zu erklären. Die entscheidende Frage ist eine ganz andere, Hyld. Wirst du mit mir kommen, ja oder nein?«
Sie antwortete nicht. Ihre Kehle war plötzlich wie zugeschnürt. Es war fast, als wäre er schon fort, als vermißte sie ihn jetzt schon.
»Bitte«, drängte er leise.
Sie schluckte entschlossen den dicken Kloß hinunter, den sie in der Kehle spürte. »Ich kann nicht. Ich kann meiner Familie das nicht antun.« Es klang erstickt, nicht so entschieden, wie sie beabsichtigt hatte.
»Aber was du *mir* antust, ist nicht von so großer Bedeutung, oder?« fragte er hitzig.

»*Ich* bin nicht diejenige, die fortgeht und dich zurückläßt«, entgegnete sie. Dann nahm sie seine Hand und drückte sie an ihr Gesicht. Die Hand roch schwach nach Gras und Sonne. Hyld hatte ihn oft ausgelacht, weil er sich ständig die Hände wusch und bei jeder Gelegenheit im Fluß badete. Sie hatte schon früher vom übertriebenen Reinlichkeitssinn der Wikinger gehört, und sie fand ihn zu komisch. Aber er hatte unbestreitbar seine Vorzüge.
Sie drückte die Lippen in seine schwielige Handfläche. »Tu's nicht. Bitte. Sie werden dich finden und zurückbringen und dir wer weiß was antun. Das kann ich nicht aushalten.«
Er machte sich los. »Ich glaube nicht, daß das passieren wird. So oder so, ich muß das Risiko eingehen. Ich habe viel zu lange gezaudert.«
»Was heißt das? Wovon redest du?«
»Von einem Eid, der mich bindet«, sagte er leise.
Hyld stockte der Atem. Das änderte natürlich alles. Ein Eid war eine ernste, oft genug tückische Angelegenheit. »An wen?«
Er antwortete nicht.
Plötzlich ging ihr ein Licht auf, und sie spähte argwöhnisch in seine Richtung. Sie konnte nur seine Silhouette erkennen und das Weiße seiner Augen. »Es hat irgend etwas mit dem zu tun, was Vater und Dunstan vorhin erzählt haben, oder? Du hast sie belauscht. Du warst nicht zufällig in der Nähe.«
Vermutlich war es besser, ihr nicht zu verraten, daß er auch ihre Eltern belauscht hatte, an diesem Abend und in vielen Nächten zuvor, daß er einen Spalt in der hölzernen Trennwand zwischen Halle und Schlafkammer entdeckt hatte, der zu schmal war, um hindurchzuspähen, aber breit genug, um das Ohr daran zu pressen und zumindest alles, was Ælfric mit seiner volltönenden, tragenden Stimme sagte, zu verstehen. Und er hatte sie weiß Gott nicht nur reden hören. Manchmal, wenn sein Los ihm besonders bitter erschien, heiterte er sich mit dem Gedanken auf, daß er vermutlich der einzige Mann in Helmsby war, der genau wußte, was der Thane und seine Lady nachts so trieben, was für ausgefallene Wünsche die sonst stets so ruhig und beherrscht wirkende Marie de Falaise hinter geschlossenen Bettvorhängen äußerte...
»Du hast recht.«
»Erklär es mir, Erik. An wen bist du durch Eid gebunden? Du kannst nicht von mir verlangen, daß ich eine so schwerwiegende Entscheidung treffe, ohne daß du mir sagst, worauf ich mich einlasse.«

»Na schön«, räumte er zögernd ein. »Komm her, Hyld. Setz dich. Es ist eine komplizierte Geschichte.« Sie setzten sich mit dem Rücken an die Stallwand, dicht nebeneinander, und Erik nahm ihre Hand und wählte seine Worte sorgsam. »Ich bin nicht sicher, daß dir gefällt, was ich dir jetzt sage, aber das ist vermutlich nur ein Grund mehr, warum du es erfahren solltest, ehe du dich entscheidest. Wir haben nicht viel Zeit, und ich muß mich kurz fassen, ich kann dir nicht alle Zusammenhänge erklären. Ich muß darauf hoffen, daß du mir zubilligst, daß ich meinem Gewissen folge und den gleichen Grundsätzen von Ehre und Familie, an die du auch glaubst.«

»Das klingt, als sei es abscheulich, was du mir zu sagen hast«, bemerkte sie unbehaglich.

»Vielleicht. Du mußt selbst urteilen. Und du mußt mir versprechen, daß du mich ausreden läßt, ehe du urteilst.«

Sie zögerte nicht. »Einverstanden.«

Er überlegte einen Augenblick, wie er anfangen sollte. »Du weißt vermutlich, daß England vor nicht allzu langer Zeit einen dänischen König hatte, oder?«

Sie nickte unwillig. »König Knut. Aber das war lange vor meiner Geburt.«

»Ja. Er ist vor über dreißig Jahren gestorben. In Dänemark halten wir sein Andenken in Ehren und nennen ihn Knut den Großen.«

Hyld schnaubte verächtlich. »Wir nennen ihn nicht so.«

»Aber es ist eine Tatsache, daß in den zwanzig Jahren, die er hier regiert hat, Frieden im Land herrschte, oder nicht?«

»Aber Erik, das ist, als würdest du sagen, ich müsse den Teufel anbeten, um vor den Heerscharen der Hölle sicher zu sein«, wandte sie entrüstet ein. »*Natürlich* gab es keine Däneneinfälle, als Knut König war, wozu auch, er hatte England ja schon.«

Erik verzog einen Mundwinkel, auch wenn sie es nicht sehen konnte. »Schön. Laß uns darüber streiten, wenn wir mehr Muße haben. Wie dem auch sein mag, Knut war ein mächtiger König, der nicht nur über England und Dänemark, sondern auch über Norwegen herrschte.«

»Wirklich? Das wußte ich nicht.«

»Hm. Sein Sohn, Harthaknut, konnte sich weder in Norwegen noch in England halten.«

»Gott sei Dank. So haben wir wieder einen englischen König bekommen«, brummte sie.

»Nichtsdestotrotz folgte Harthaknut seinem Vater als rechtmäßiger König auf den englischen Thron, selbst wenn er kaum je hier war, weil er Krieg gegen König Magnus von Norwegen führte. Jeder wollte den anderen unterwerfen. Als sie einsehen mußten, daß es keinem von beiden gelang, kamen sie zu einer Einigung: Harthaknut von Dänemark und Magnus von Norwegen setzten sich gegenseitig als Erben ein, falls sie kinderlos sterben sollten. Harthaknut starb als erster und hinterließ Magnus sowohl den dänischen als auch den englischen Thronanspruch. Er konnte keinen von beiden durchsetzen. Inzwischen ist auch Magnus von Norwegen tot, er hinterließ ebenfalls keinen Sohn, sondern sein Onkel erbte den Anspruch. Dieser Onkel ist König Harald Hårderåde von Norwegen.«
»Ich glaube nicht, daß mir besonders gefällt, was du mir erzählst ...«, murmelte Hyld unbehaglich. Den Namen Harald Hårderåde hatte sie schon oft gehört. Und obwohl sie nicht viel von solcherlei Dingen verstand, wußte sie doch, daß Harald Hårderådes Anspruch auf die englische Krone, so fragwürdig er auch sein mochte, eine ständige Bedrohung darstellte, die, so lange sie zurückdenken konnte, dräuend am Horizont hing wie die allgegenwärtige Angst vor Mißernten oder einer Pockenepidemie.
»Das habe ich befürchtet. Aber du wolltest es wissen, und jetzt wirst du dir auch den Rest anhören müssen. Du glaubst, ich sei Däne, Hyld, und in vieler Hinsicht hast du recht. Ich bin in Haithabu geboren und aufgewachsen, mein Vater und mein Onkel, unter denen ich zur See gefahren bin, waren Dänen. Aber meine Mutter war Norwegerin. Ihr Vater war ein Halbbruder von Harald Hårderåde.«
»Der König von Norwegen ist dein Großonkel?« fragte sie ungläubig.
Er schüttelte lachend den Kopf. »Nur im weitesten Sinne. Mein Großvater war ein Bastard. Aber er und Harald haben sich immer nahegestanden, sie waren zusammen im Exil, in Rußland und Byzanz. Nein, ich kann keine familiäre Verbindung mit dem König von Norwegen in Anspruch nehmen, aber ich stehe in seinem Dienst.«
Hyld entzog ihm unvermittelt ihre Hand und stand auf. »Ich glaube, es wäre besser, wenn du nicht weitersprichst, Erik.«
»Hyld, hör mir zu...«
»Nein.«
Es traf ihn unvorbereitet, wie abweisend ihre Stimme klang. Das hätte er nicht für möglich gehalten.

»Ich konnte damit leben zu glauben, daß du ein dänischer Pirat bist, aber ein dänischer Pirat im Dienst von Harald Hårderåde, der unseren heiligen König Edward stürzen will, das ist einfach zuviel. Es tut mir leid. Ich werde keiner Menschenseele sagen, was du mir offenbart hast, aber…«

»Nein, Hyld, tu das nicht, bitte. Hör mir zu, du hast es versprochen.«

Das hatte sie wirklich. Was für eine hinterhältige Falle. Ihre Gefühle waren in Aufruhr, sie hatte große Mühe, sich zu beherrschen. Sie war zum erstenmal in ihrem Leben verliebt, sie hatte keinerlei Erfahrung in diesen Dingen und niemanden, dem sie sich anvertrauen konnte. Was für ein Unglück, was für ein verfluchtes Pech, daß sie ihre Gefühle, ihren Seelenfrieden, nicht zuletzt ihre Unschuld ausgerechnet an den Neffen und den Spitzel eines feindlichen, kriegerischen Königs verschwendet hatte…

»Dann faß dich kurz«, forderte sie eisig.

Erik fuhr sich mit der Hand über die Stirn. »Hyld, euer König Edward, den du einen Heiligen nennst, ist ein alter, todkranker Mann. Und er hinterläßt keinen Erben.«

»Er hat einen Neffen von reinstem königlichen, *angelsächsischen* Blut.«

»O ja. Der kleine Edgar. Wie alt ist er? Ungefähr gleichaltrig mit deinem Bruder Eadwig, nicht wahr? Genau der richtige König für so schwierige, unruhige Zeiten…«

»Selbst wenn. Ganz sicher wären wir mit ihm besser bedient als mit diesem verfluchten, norwegischen Satan!«

»Herrgott noch mal, Hyld, ich hatte keine große Wahl, als er mir angeboten hat, mich in seinen Dienst zu nehmen, weißt du. Meine Eltern waren tot, in Haithabu hatten wir nur meinen Onkel, und was für ein Mann er war, kannst du unschwer daran erkennen, daß er ohne jede Notwendigkeit, ohne jedes Recht den Angriff auf Metcombe befohlen hat. Er war ein Scheusal. Und meine kleine Schwester und mein Bruder waren ihm ausgeliefert. Schon allein ihretwegen mußte ich es tun. Harald Hårderåde ist kein Satan, glaub mir. Er könnte England ein ebenso guter König sein wie Knut.«

»Oh, das ist wunderbar. Nur leider wollen wir ihn nicht! Wir suchen uns unsere Könige doch ganz gern selber aus!«

»Mach dir nichts vor. Es gibt in ganz England niemanden, der einen begründeteren Anspruch auf die Krone hat als er. Ich sage dir, was passieren würde: Sie würden den kleinen Edgar der Form halber auf den

Thron setzen, und dann würden die beiden mächtigen, verfeindeten Adelsgeschlechter, die ihr hier habt, um die Macht ringen, und im Handumdrehen hättet ihr einen blutigen Krieg im Lande: das Haus Mercia gegen das Haus Godwinson.«
»Es müßte nicht so kommen«, widersprach sie aufgebracht.
»Dann sag du mir, was passieren soll, wenn König Edward stirbt.«
Hyld hatte keine Ahnung. Sie kannte sich mit diesen Dingen nicht gut genug aus. »Ich weiß es nicht, Erik. Ich weiß nur, daß wir ganz sicher keinen norwegischen König wollen.« Sie streckte die Hand nach ihm aus und zog sie hastig zurück, als sie merkte, was sie tat. »Ich kann verstehen, daß dir nicht viel anderes übrigblieb. Aber was immer du glaubst, für Harald Hårderåde tun zu müssen, ich kann nicht mitkommen. Du hast mir meine Entscheidung leicht gemacht.«
Erik hatte die Arme auf den angewinkelten Knien gekreuzt und den Kopf darauf gebettet. Es wird hell, dachte Hyld flüchtig. Sie spürte einen fast übermächtigen Drang, die Hand auf diesen gesenkten Kopf zu legen, die Finger in den dunklen Locken zu vergraben, aber sie beherrschte sich. Sie sah noch einen Moment auf ihn hinab, dann räusperte sie sich entschlossen. »Leb wohl, Erik.«
Er hob den Kopf und sah zu ihr auf. »Wie kannst du das tun?« fragte er verständnislos.
»Oh, das ist nicht fair«, protestierte sie. Sie ballte die Fäuste und blinzelte entschlossen, aber die Tränen waren hartnäckig und zahlreich, sie ließen sich nicht länger hinunterwürgen. »Du hast einen Eid geleistet, den du für mich nicht brechen willst, aber du verlangst von mir, daß ich für dich meinen Vater und meine Mutter *und* meinen König *und* mein Land verrate! Was denkst du dir eigentlich?«
»Ich verlange keineswegs, daß du irgend jemanden verrätst«, widersprach er heftig. »Ich habe nicht vor, eurem König auf seinem Weg ins Jenseits auf die Sprünge zu helfen oder ähnliches, falls du das annimmst.«
»Sondern was? Was hat dich plötzlich zu der Erkenntnis gebracht, daß du sofort aufbrechen mußt? Was hat dein Eid mit den Neuigkeiten zu tun, die mein Vater aus Ely mitgebracht hat?«
»Wozu willst du das wissen? Um es deinem Vater zu erzählen? Oder Dunstan?«
Hyld wich zurück, als habe er sie geohrfeigt. Ihr Mund öffnete sich, aber sie wußte nichts zu sagen. Und plötzlich überkam sie eine gewaltige,

graue Welle der Übelkeit. Kalter Schweiß brach ihr auf Stirn und Rükken aus, mit einem erstickten Laut wandte sie sich ab und floh auf unsicheren Beinen. Sie kam bis zum Hühnerhaus. Hinter dem kleinen Holzschuppen fiel sie auf die Knie und erbrach sich. Weil sie gleichzeitig weinte, geriet sie bald in Atemnot. Sie keuchte erstickt, aber das Würgen ließ nicht nach. Heiße Galle schoß ihr in den Mund und drohte sie zu ersticken. Sie wimmerte und keuchte und rang röchelnd um Atem.
Dann spürte sie eine Hand auf ihrem Rücken. Eine zweite legte sich auf ihre Stirn, und durch den grauen Schleier, der ihre Sinne vernebelte, nahm sie einen schwachen Grasduft wahr.
»Geh weg«, brachte sie mit Mühe hervor. »Verschwinde.«
»Ganz ruhig. Atme«, sagte er beschwichtigend. »Nur atmen. Gleich wird es besser, du wirst sehen.«
Ihr Körper entspannte sich tatsächlich ein wenig, die grauenvolle Enge in ihrer Kehle ließ nach. Doch die Übelkeit blieb. Hyld fiel kraftlos zur Seite und strich mit der rechten Hand durchs taufeuchte Gras.
»Warte. Rühr dich nicht vom Fleck.« Er richtete sich auf, ging eilig zum Brunnen und brachte ihr einen Becher Wasser. »Hier.«
Hyld spülte sich den Mund aus, aber sie konnte nicht trinken. Sie fühlte sich elend und hilflos. Mühsam stemmte sie sich in eine sitzende Haltung. »Danke.«
Erik hockte vor ihr im Gras und sah sie unverwandt an, seine dunklen Augen erschienen ihr riesig.
»Hyld...«
»Ja?«
»Wann hast du zum letztenmal geblutet?«

Ely, September 1065

Bruder Oswald wollte den letzten Rest Tageslicht vor der Komplet nutzen, um seine Illumination fertigzustellen. In letzter Zeit fand er große Freude an seiner Arbeit im Scriptorium und einen gänzlich unerwarteten inneren Frieden. Er arbeitete an einer Apostelgeschichte in lateinischer Sprache, die der Earl of Wessex hier in Auftrag gegeben hatte, wohl als Geschenk für seine junge normannische Braut. Die Bücher, die sie in Ely anfertigten, wurden im ganzen Land gepriesen. Es sollte ein kostbares Buch werden, sie sollten nur nicht an Goldfarbe sparen, hatte Earl Harold dem Abt zu verstehen gegeben. Vater Thurstan hatte Bruder Oswald die Oberaufsicht über das Projekt und die Anfertigung der bebilderten Initialen übertragen, weil Oswald einer der begabtesten Künstler seines Klosters war. Ergeben hatte der junge Mönch eingewilligt, aber inzwischen hätte er die Aufgabe nur höchst ungern wieder aus den Händen gegeben.

Als er auf seinem Weg vom Refektorium zum Schreibsaal am Portal vorbeikam, hörte er den Bruder Pförtner sagen: »Was immer euer Anliegen sein mag, es muß bis morgen warten. Nach der Frühmesse könnt ihr wiederkommen.«

Er wollte die kleine Pforte in dem großen Tor schließen, aber eine schmale Hand legte sich auf die Tür und drückte nach innen. »Bitte«, flehte eine junge Mädchenstimme. »Es ist furchtbar wichtig, Bruder. Ich verspreche, ich werde ihn nicht so lange aufhalten, daß er zu spät zum Abendgebet kommt, aber...«

»Ich sage es jetzt zum letztenmal«, brummte der alte Pförtner. »Für heute seid ihr zu spät. Gott segne euch und gute Nacht!« Er stemmte sich gegen die Tür.

»Nein!« rief die junge Stimme, ebenso wütend wie verzweifelt.

Oswald trat zögernd näher. »Was gibt es denn, Bruder Sigebert?«

Der Pförtner wandte den Kopf, und seine Miene hellte sich auf, als er den Mitbruder sah. »Ah, Oswald! Hier ist eine junge Frau, die darauf besteht, noch heute mit deinem Schützling zu sprechen. Und sie ist hartnäckig. Vielleicht könntest du...«

Oswald trat noch einen Schritt näher. Der Bruder Pförtner zog die Tür einen Spaltbreit auf, vorsichtig, als fürchte er, jeden Moment werde von der anderen Seite ein Rammbock dagegendonnern. Oswald spähte hinaus. Er wußte sofort, wer das Mädchen war. »Hyld?«

»Bruder Oswald? Oh, Gott sei gepriesen.«

Er war nicht sicher, ob er sie wiedererkannt hätte, wäre sie Cædmon nicht so ähnlich gewesen. Bei ihrem Anblick überkamen ihn die Erinnerungen an ihr verrücktes Abenteuer in der Normandie wie ein wirrer Bilderreigen. »Ist etwas geschehen in Helmsby?«

Sie schüttelte den Kopf. »Ich muß mit Guthric sprechen. Noch heute. Bitte, Bruder, helft mir. Ich verspreche, es wird nicht lange dauern.«

Oswald wandte sich an seinen Mitbruder. »Was hältst du von einer Ausnahme, Bruder Sigebert?«

Doch der Pförtner hob abwehrend die Hände. »Wie stellst du dir das vor? Was, denkst du, werde ich zu hören kriegen, wenn herauskommt, daß ich abends Damenbesuch zu unseren Novizen lasse?«
»Sie ist seine Schwester«, wandte Oswald ein.
»Das sagen sie alle…«
»Aber ich kenne sie.«
»Trotzdem. Gleich müssen wir alle zur Komplet, und der Junge hockt gewiß noch über den Büchern.«
Oswald seufzte leise. »Nein, heute nicht.« Er dachte einen Moment nach und schenkte seinem Mitbruder sein gewinnendes Lächeln. »Muß nicht auch ein Bruder Pförtner hin und wieder einmal austreten? Angenommen, du wärest gar nicht hier gewesen, als es am Tor klopfte, sondern ich hätte geöffnet?«
»Das wäre eine Lüge, Oswald«, entgegnete Sigebert, aber man konnte hören, daß er ins Wanken geraten war.
Oswald legte ihm lächelnd die Hand auf die Schulter. »Aber sie dient gewiß einer guten Sache…«
Der alte Mönch nickte zögernd, wandte sich ab und schlurfte davon.
Oswald öffnete die Pforte. »Komm herein, Hyld. Schnell. Aber der Wikinger muß draußen warten.«
Erik war über die Schwelle getreten, ehe Hyld sich rühren konnte. »Ich gehe, wohin sie geht«, erklärte er nicht unfreundlich.
Oswald zog die Brauen hoch, wechselte einen kurzen Blick mit Hyld und hob dann die Schultern. »Meinetwegen. Kommt. Hier entlang.«
Er führte sie eilig durch den Innenhof, am Refektorium vorbei und um die Klosterkirche herum in einen kleineren, grasbewachsenen Hof, wo ein dampfender, großer Eisenkessel über einem prasselnden Feuer hing. Guthric stand mit aufgekrempelten Ärmeln über den Kessel gebeugt und versuchte, mit einer riesigen hölzernen Gabel etwas wie ein großes Stück Tuch aus dem kochenden Wasser zu fischen.
Hyld blieb stehen und starrte ihren Bruder an. Sie hatte nicht damit gerechnet, ihn in einer Mönchskutte zu sehen. Dumm von mir, ging ihr auf.
Oswald trat an die Feuerstelle. »Du hast Besuch, Guthric. Hier, laß mich das machen.«
Guthric wandte sich um. »Hyld!« Er drückte Oswald die Holzgabel in die Hand und trat eilig zu ihr und Erik. »Was ist geschehen? Vater und Dunstan waren gestern noch hier…«

Sie nahm seine linke Hand in ihre beiden. »Es geht allen gut, Guthric.«
Er sah unsicher von ihr zu Erik und wieder zurück. »Ich hoffe, daß ihr zwei hier zusammen erscheint, hat nicht das zu bedeuten, was ich glaube.«
Erik brauchte einen Augenblick, um diesen etwas verworrenen Satz zu durchschauen, dann verschränkte er die Arme und schenkte dem jungen Novizen ein waschechtes Seeräuberlächeln. »Ich weiß ja nicht, was du dir vorstellst, aber vermutlich schon.«
Guthric wandte sich mit großen, bekümmert dreinblickenden Augen an seine Schwester. In seinem Rücken hatte Bruder Oswald endlich das große Tuch aus dem kochenden Wasser gefischt, und Erik erkannte, daß es sich keineswegs um ein Stück Stoff oder ein Laken handelte, sondern um eine Tierhaut. Der Mönch trug seine dampfende, tropfende Last zu einem aufrechten Holzrahmen hinüber, nahm sie mit spitzen Fingern von der Holzgabel und schlang sie über die obere Querlatte. Dann fädelte er eine Schnur in eine dicke Nadel, stach am Rand in die Tierhaut und nähte sie mit großen Schlaufen in den Rahmen, straff gespannt. Er arbeitete geschickt und schnell. Als er fertig war, kam er zu ihnen zurück und legte Guthric im Vorbeigehen die Hand auf die Schulter. »Schab sie ab, solange sie heiß ist, sonst ist es die doppelte Arbeit.«
»Ja, Bruder Oswald«, antwortete der Junge abwesend. »Danke für deine Hilfe.«
Mit einem letzten, aufmerksamen Blick auf Bruder und Schwester wandte der Mönch sich ab und verschwand hinter der Kirche.
Guthric zog Hyld mit sich zu seinem Holzgestell. »Komm, wir können ebensogut hier reden.«
»Was machst du da?« fragte sie neugierig.
Guthric nahm einen hölzernen Schaber in die Hand und zog ihn über die Tierhaut. Ein unappetitlicher Fettschmier blieb daran zurück. »Pergament«, antwortete er knapp.
Hyld nickte und biß sich auf die Unterlippe. Sie wußte nicht, wie sie anfangen sollte, Guthric erschien ihr mit einemmal nicht nur fremd, sondern unnahbar. Das tut er absichtlich, ging ihr auf. »Guthric, ich gehe fort.«
Er hielt nicht inne. »Wohin?«
»Das kann ich dir nicht sagen.«
Er warf ihr einen kurzen Blick zu, ein kleines, spöttisches Lächeln auf

den Lippen. »Du wählst mich zu deinem Fürsprecher, aber du traust mir nicht?«
»Du gibst mir nicht gerade Anlaß, dir zu trauen. Ich wäre nicht hergekommen, aber ich bin …« Verzweifelt, hatte sie sagen wollen, doch sie ließ es lieber unausgesprochen. »Ich glaube, ich bekomme ein Kind, Guthric.«
Er schüttelte kurz den Kopf und preßte einen Augenblick die Lippen zusammen. »Gott vergebe euch.«
Plötzlich stand Erik neben ihr. Er verschränkte die Arme und sah Guthric herausfordernd an. »Du bist der einzige, an den sie sich wenden kann. Es ist schwer genug für sie. Was ist mit dir? Haben sie in nur einem Jahr einen Pharisäer aus dir gemacht?«
Guthric fuhr wütend auf. »Was fällt dir ein?« Er wandte sich kopfschüttelnd an seine Schwester. »Wie konntest du das nur tun, Hyld? Warum ausgerechnet ein dänischer Pirat? Welcher Teufel hat dich geritten?«
Hyld hob den Kopf. »*Du* warst der Teufel. Du hast zu mir gesagt, auch ein dänischer Pirat sei ein Mensch mit einer unsterblichen Seele und habe ein Recht darauf, wie ein Mensch behandelt zu werden. Weißt du noch?«
Guthric riß verwundert die Augen auf, als er hörte, wie er mit den eigenen Worten geschlagen wurde. Er nahm seine Arbeit wieder auf und widmete ihr seine gesamte Aufmerksamkeit. Es war lange still, das Schweigen nur unterbrochen vom Kratzen des Schabers und dem Gurren der Tauben im Dachstuhl der Kirche.
Dann ließ er sein Werkzeug sinken, kam um den Holzrahmen herum zu ihnen und nickte. »Ihr habt recht. Es tut mir leid, Hyld. Ich war einfach … zu überrascht.«
Sie lächelte scheu. »Ja. Das war ich auch, glaub mir.«
Er nahm ihre Hand und zog sie zu einer niedrigen Mauer, die den kleinen Hof vom Gemüsegarten trennte. Dort setzten sie sich. Erik war ihnen gefolgt und blieb neben Hyld stehen.
Hyld berichtete ihrem Bruder in knappen Worten, was sich in den letzten Monaten ereignet hatte. Sie senkte den Blick nicht, denn sie schämte sich nicht. Harald Hårderåde und Eriks geheimnisvolle Mission verschwieg sie. Sie wußte ja nicht einmal selbst genau, worum es sich dabei handelte.
»Jedenfalls bleibt mir gar nichts anderes übrig, als mit ihm zu gehen. Seit Wochen ist mir jeden Morgen speiübel, aber ich habe mir einfach

nichts dabei gedacht. Erst Erik hat mich heute morgen auf den Gedanken gebracht. Ich frage mich, wie ich so blind sein konnte.«
»Weil du es nicht wahrhaben wolltest«, erwiderte ihr Bruder. »Das ist typisch für dich, Hyld. Du siehst immer nur, was du sehen willst.«
Sie fragte sich, ob das stimmte. Vielleicht war es so. Sie hatte gern klare Verhältnisse, eine genaue Vorstellung von sich selbst und den Menschen in ihrem Leben. Möglicherweise half es da manchmal, gewisse Dinge zu übersehen.
»Ich glaube nicht, daß ich mir das jetzt noch leisten kann.«
»Nein«, stimmte Guthric zu. Auf einmal empfand er großes Mitgefühl für seine Schwester. Wie unglaublich gewagt mußte ihr eigener Schritt ihr erscheinen, wie unsicher ihre Zukunft. »Ich muß sagen, daß dein Schneid mir ziemlich imponiert.«
Hyld hob die Schultern. »Wir werden noch sehen, wie weit es damit her ist.«
»Du machst jedenfalls keinen besonders verzagten Eindruck.«
»Ich bin vor allem erleichtert, Guthric. Ich war so zerrissen, wenigstens das habe ich jetzt überwunden. Aber ich könnte es nicht ertragen, einfach so fortzugehen und Vater und Mutter im ungewissen zu lassen. Du mußt es ihnen erklären.«
»Keine sehr dankbare Aufgabe«, murmelte er seufzend.
»Nein«, gestand Hyld kleinlaut. »Aber ich weiß mir keinen anderen Rat.«
Guthric nickte. »Nein. Sei beruhigt, Hyld.« Er dachte einen Moment nach. »Wann seid ihr aufgebrochen?«
»Heute vormittag. Ich habe gesagt, ich ginge ins Dorf, um Edith beim Wollefärben zu helfen, und Erik sollte die Herde auf die Stoppelfelder treiben. Mit etwas Glück haben sie gerade erst gemerkt, daß wir verschwunden sind.« Ihr Magen verkrampfte sich bei dem Gedanken, wieviel Kummer und Sorge sie ihren Eltern bereitete.
Guthrics Gedanken schienen in die gleiche Richtung zu gehen, und er schlug beklommen die Augen nieder. »Also schön. Ich denke, spätestens morgen mittag wird Vater herkommen, um euch zu suchen. Wenn nicht, werde ich Abt Thurstan bitten, mich nach Hause reiten zu lassen, und mit ihnen reden.«
Ihr blasses, bekümmertes Gesicht hellte sich auf. Impulsiv nahm sie seine Hände. »Danke, Guthric.«
»Und jetzt sagt mir, wohin ihr wollt.«

Hyld und Erik wechselten einen Blick. Erik zögerte nur einen winzigen Moment, dann sagte er: »Nach Norden. Nach Northumbria. Aber erst einmal gehen wir nach Norwich. Dort werde ich Landsleute finden, die mir helfen, und einen Priester, der uns traut.«
Guthric sah ihm in die Augen. »Ein vernünftiger Plan. Und wenn mein Vater mich fragt, in welche Richtung ihr aufgebrochen seid, werde ich wiederholen, was du gesagt hast. Aber vielleicht ändert ihr eure Route ja noch. Davon könnte ich dann schließlich nichts wissen, nicht wahr. Vielleicht wirst du dir überlegen, daß mein Vater und Dunstan wie der Zorn Gottes hinter dir her sein werden. Und daß mein Vater viele Freunde in Norwich hat. Und dann entschließt ihr euch vielleicht, doch lieber auf direktem Weg nach Norden zu gehen. In York würdest du mehr Landsleute finden als in Norwich. Und dort wäret ihr in Sicherheit.«
Erik schnaubte. »Ja, nur liegt zwischen Ely und York das Moor.«
»Stimmt. Dort würde euch niemand vermuten. Kein Mensch wird glauben, daß ihr so verrückt sein könntet, es im Moor zu versuchen. Und selbst Dunstan würde sich fürchten, euch dorthin zu folgen.«
Erik betrachtete ihn mit wachsendem Unbehagen. »Aber es ist unmöglich …«
»Nein, das ist es nicht«, entgegnete Guthric. »Viele Männer aus Ely gehen ins Moor, um dort Torf zu stechen.« Er dachte einen Augenblick nach. »Wie seid ihr hergekommen?«
»Wir haben uns ein Floß … geborgt«, gestand Erik mit einem Achselzucken. »Wir bringen es ja zurück.«
Die Fens, die großen Feuchtgebiete von East Anglia, bestanden teilweise aus Sumpfland, teilweise aus großflächigen, seichten Seen. In einem dieser Seen erhob sich die Klosterinsel von Ely.
»Habt ihr Geld?« fragte Guthric.
Hyld schüttelte den Kopf, aber Erik antwortete unerwartet: »Fast dreißig Silberpennies. Alles, was Dunstan hinter dem Backhaus vergraben hatte.«
Guthric und Hyld wechselten einen fassungslosen Blick und brachen dann in befreiendes Gelächter aus. »Der arme Dunstan«, bemerkte Guthric kopfschüttelnd. »Man könnte fast glauben, Gott habe dich geschickt, um ihn zu prüfen.«
»Dunstan hat seine Zeche bei mir noch lange nicht beglichen«, gab Erik zurück.

Guthric verzog das Gesicht. »Ich glaube, ich möchte nicht mit ihm tauschen.«
Eine helle Glocke ertönte, und er erhob sich. »Die Komplet. Wenn ich zu spät komme, darf ich morgen wieder den ganzen Tag Schafhäute kochen, statt zu lesen.«
Hyld nahm seine Hand und drückte sie kurz. »Dann geh lieber. Danke, Guthric. Ich…«
Er schnitt ihr mit einer Geste das Wort ab. »Hört zu: Wenn ihr euch für das Moor entscheidet, wendet euer Floß nach Norden. Dann kommt ihr durch einen Weiler von Torfstechern, Fenham. Dort gibt es einen alten Mann, Gorm, der das Moor kennt wie kein anderer. Er wird euch führen, wenn ihr ihn bezahlt. Und jetzt geht, ehe der Bruder Pförtner das Tor für die Nacht verschließt.«
Nach einem winzigen Zögern schloß er seine Schwester in die Arme und küßte sie auf die Stirn. Dann ließ er sie los, wandte sich ohne ein weiteres Wort ab und eilte zur Kirche.

York, Oktober 1065

Sie traten aus dem Schatten des hohen, eisenbeschlagenen Stadttores und glitten eilig zur Seite, um den vielen Ochsenkarren Platz zu machen, die in die Stadt einzogen. Auf der breiten, schnurgeraden Straße, die ebenso wie das Stadttor Micklegate hieß, rumpelten die großen Gefährte dicht an dicht Richtung Innenstadt, beladen mit Fässern und Fellen, Tuchballen oder Bauholz, allen möglichen Waren aus aller Herren Länder. Ein beinah ebenso reger Verkehrsstrom kam aus der entgegengesetzten Richtung. Manchmal verkeilten die Karren sich ineinander, und alles geriet ins Stocken. Die Ochsentreiber brüllten einander wütend an und schwangen drohend ihre Stöcke. Die ungezählten Menschen, die zu Fuß unterwegs waren, mußten achtgeben, daß sie nicht überrollt oder niedergetrampelt wurden. Auf beiden Seiten der Straße ragten hohe, schmale Häuser auf, so daß kein Platz zum Ausweichen war. Das Mahlen der vielen Räder, das Stimmengewirr, das Blöken, Quieken und Bellen der vielen Tiere und das Läuten der Kirchenglocken vereinten sich zu einem wahren Höllengetöse, der Geruch des Unrats auf der Straße und die Ausdünstungen

von Mensch und Vieh vermischten sich zu einem unbeschreiblichen Gestank.
Hyld starrte mit offenem Mund und angewiderter Miene auf das wilde Treiben. »So muß es sein, wenn der Tag des Jüngsten Gerichts anbricht«, murmelte sie.
Erik strahlte und sah sich mit leuchtenden Augen um. »Fast könnte ich glauben, ich wäre zu Hause.«
Sie warf ihm einen entsetzten Blick zu. »Armer Erik...«
Er lachte, nahm ihren Arm und zog sie unerschrocken vorwärts, bis sie mit dem wogenden Strom verschmolzen. Hyld warf gehetzte Blicke um sich und stellte fest, daß sich das wüste Stimmengewirr aus mehr nordischen als englischen Wortfetzen zusammensetzte. Sie war nicht verwundert. Mochten die westsächsischen Könige Nordengland auch zurückerobert haben, hatten die dänischen Kaufleute York doch niemals aufgegeben, und in ihren Herzen fühlten viele Leute in Northumbria sich immer noch dänisch.
Erik hielt an und fragte einen der Ochsentreiber in seiner Sprache nach dem Weg. Der Mann antwortete ebenfalls auf dänisch und wies nach Nordosten, wo sich ein Kirchturm aus dem Häusergewirr erhob. Erik nickte und dankte ihm. Dann nahm er wieder ihre Hand. »Komm, Hyld. Wir haben es beinah geschafft. Es ist nicht mehr weit.«

Sie hatten zwei Wochen gebraucht, drei Tage allein, um das Moor zu durchqueren. Der alte Gorm, zu dem Guthric sie geschickt hatte, war krank gewesen, darum hatte seine Enkelin sie geführt, ein stilles, zierliches dunkles Mädchen, jünger als Hyld. Anfangs war Hyld voller Argwohn gewesen. Das alte Volk war spärlich geworden in England, und es hieß, sie seien sonderbare Menschen und den Angelsachsen nicht wohlgesinnt. Doch das Mädchen führte sie sicher durch Sümpfe und Treibsand, so daß ihnen nichts Schlimmeres widerfuhr, als von Kopf bis Fuß von Mücken zerstochen zu werden.
Nachdem sie sich von ihrer stillen Führerin verabschiedet hatten, waren sie Richtung Humber gezogen. Sie reisten stetig nach Norden, und die Nächte wurden kälter. Manchmal litten sie Hunger, denn sie mußten sparsam mit ihrem Geld umgehen und Erik, stellte Hyld halb belustigt, halb entsetzt fest, hatte nicht die leiseste Ahnung, wie man jagte. Also hatte sie sich eine notdürftige Schleuder geknüpft und wenigstens dann und wann einen Hasen oder eine Taube erlegt, dankbar, daß

Cædmon sich die Mühe gemacht hatte, ihr den Umgang mit dieser Jagdwaffe beizubringen, obwohl sie ein Mädchen war. Sie litt nach wie vor an Morgenübelkeit, und Erik war in ständiger Sorge, daß die Reise zu anstrengend für sie sein könnte, aber sie waren ohne größere Mißgeschicke und vor allem ohne die geringsten Anzeichen von Verfolgung nach York gekommen.

»Und wie geht es nun weiter?« fragte sie, als sie nach rechts in eine kaum weniger belebte Straße einbogen, die zu der großen Kirche führte. Auf einer breiten Holzbrücke überquerten sie einen Fluß, der mitten durch die Stadt zu fließen schien.

»Der Ouse«, bemerkte Erik.

Hyld sah ihn ungläubig von der Seite an. »Aber unser Fluß zu Hause heißt Ouse!«

Er hob lächelnd die Schultern. »Dieser auch. Die große Klosterkirche dort drüben ist St. Peter. Aber die Leute nennen sie das Münster. Dort hält sonntags der Erzbischof das Hochamt.«

»Warst du schon einmal hier?« fragte sie neugierig.

Er nickte. »Aber nur kurz. Ich kenne die Stadt kaum.«

Auf der anderen Seite der Brücke blieb Hyld stehen und nahm entschlossen seinen Arm. »Wohin gehen wir, Erik?«

Er sah auf sie hinab. »Du weißt es doch längst, oder?«

»Du willst zu Earl Tostig? Harold Godwinsons Bruder?«

Er lächelte, nahm ihre Hand, und sie schlenderten weiter. »Ich habe mich gewundert, daß du nicht eher davon angefangen hast.«

»Wirklich?«

»Hast du Angst, mein Vorhaben könnte ein so abscheulicher Akt des Hochverrats sein, daß du nicht bei mir bleiben kannst? Und dann wüßtest du nicht, wohin mit dir und dem Balg, das du trägst?«

Sie seufzte. »So ist es.«

Er legte den Arm um ihre Schulter. »Sei unbesorgt. Ich überbringe nur eine Botschaft.«

»Ein Angebot«, mutmaßte sie düster. »Wenn Harold Godwinson seinen Bruder fallenläßt und die Thanes von Northumbria sich erheben, bietet Harald Hårderåde Tostig Männer und Waffen, wenn Tostig im Gegenzug Haralds Thronanspruch unterstützt. Ist es nicht so?«

Erik warf ihr einen anerkennenden Blick zu. »Und du willst behaupten, du verstehst nichts von Politik?«

Hyld blieb wieder stehen. »Warum schickt dein König Harald Hårde-

råde nicht einfach einen offiziellen Gesandten zu Tostig? Warum ausgerechnet dich? Warum die Heimlichtuerei?«
Erik nickte. »Ja, er wird Tostig Gesandte schicken. Hat es vielleicht längst getan. Ich war hier, um herauszufinden, wann der beste Zeitpunkt dafür ist. Wie Tostig und Harold Godwinson wirklich zueinander stehen. Wie sie zum König stehen. All diese Dinge.«
Sie zog eine säuerliche Miene. »Und um das zu tun, hast du meinen Vater und Harold Godwinson bei jeder Gelegenheit belauscht, wenn der Earl nach Helmsby kam. Das ist widerlich, Erik.«
Er hob gleichmütig die Schultern. »Kaum so widerlich wie der Verrat, den Godwinson an seinem Bruder begehen will. Außerdem war es das einzige, das mir zu tun übrigblieb. Du wirst zugeben müssen, meine Möglichkeiten waren ziemlich beschränkt.«
Sie ging nicht darauf ein. »Und? Wie stehen die Brüder Godwinson zum König?« wollte sie wissen.
»Harold verachtet König Edward als frömmelnden Schwächling, dient ihm aber treu, weil er große Stücke auf seine eigene Ehre hält. König Edward vertraut Harold, weil ihm nichts anderes übrigbleibt, aber er kann ihn nicht ausstehen. Statt dessen liebt der König Tostig wie den Sohn, den er nie hatte. Natürlich ist Harold eifersüchtig. Tostig seinerseits würde König Edward für weniger als dreißig Silberlinge an Harald Hårderåde verkaufen, wenn es seinen Absichten dienlich wäre. Und Tostig haßt und fürchtet seinen Bruder. Er ist ein hinterhältiger Feigling und giert nach Macht und Reichtum.«
Hyld rümpfte die Nase. »Nette Verbündete sucht dein König sich aus.«
Erik schüttelte den Kopf. »Tostig kann niemals ein Verbündeter sein, sondern nur ein Werkzeug. Ich sage dir all diese Dinge, damit du verstehst, wie vorsichtig wir sein müssen, Hyld. Tostig Godwinson ist ein sehr gefährlicher Mann.«
»Ja. Ich glaube, diese Eigenschaft liegt bei den Godwinsons in der Familie.«

Tostig Godwinson, der Earl of Northumbria, hatte neben zahlreichen Landsitzen eine prächtige Halle in York, von wo aus er sein zerfallendes Reich verwaltete und seine schwindende Macht ausübte. Es war ein großes Anwesen, umgeben von einem hohen Palisadenzaun, mit geräumigen, kasernenartigen Quartieren für seine Housecarls, Schreibstuben für die vielen Mönche und Kapläne in seiner Kanzlei, mit Ställen und Vorratshäusern und einem komfortablen, prunkvollen Hauptgebäude. Doch im Innenhof herrschte ein wildes Durcheinander, das nicht gerade von straffer Ordnung sprach: Männer in Kettenhemden und Helmen standen in Gruppen zusammen, hielten Becher in der Hand und debattierten aufgeregt, nicht wenige schienen betrunken. Das Tor der Halle stand offen und war anscheinend unbewacht. Eine Gruppe Schweine war aus dem Stall entkommen und stöberte ungehindert im Morast des Innenhofs nach Leckerbissen. Zwei Mägde hockten auf dem Brunnenrand, ließen die Beine baumeln und sahen den Tieren desinteressiert zu.

»Kein Wunder, daß hier alles zum Teufel geht«, raunte Erik Hyld zu.

Auch sie sah sich mißbilligend um. Ein ebenso merkwürdiges wie heftiges Unbehagen hatte sie beschlichen. Dieser ungehemmte Müßiggang schien so falsch, so eigenartig und so fremd, daß sie am liebsten geflüchtet wäre.

Der Wachsoldat am Tor hob das Kinn. »Und?« fragte er barsch.

»Ich muß zum Captain der Wache«, sagte Erik, höflich, aber bestimmt und mit weitaus mehr Selbstsicherheit, als er empfand.

Der Soldat betrachtete verwundert die ziemlich abgerissene, mit Straßenstaub bedeckte Kleidung des Ankömmlings und sein unrasiertes Kinn, registrierte zweifellos das Fehlen von Pferd und Waffen und jedem anderen Anzeichen von Rang, aber er zuckte gleichmütig mit den Schultern. Dann wies er auf einen Mann in einem guten Wollmantel, der gerade zu den Mägden am Brunnen trat und ihnen offenbar Beine machte. Jedenfalls sprangen sie schleunigst auf und trieben die Schweine zusammen.

Erik nickte seinen Dank und betrat den Innenhof. Hyld folgte ihm.

Erik trat auf den Captain der Wache zu und stellte eine höfliche Frage in seiner Sprache, doch der Mann winkte schroff ab. »Sprich englisch mit mir oder verschwinde, Söhnchen.«

Erik war einen Augenblick verblüfft, denn er wußte, daß Tostigs Housecarls größtenteils Dänen waren, doch er sammelte sich sofort. »Ich habe eine Botschaft für Earl Tostig. An wen muß ich mich wenden, um vorgelassen zu werden?«

Der Captain beäugte ihn kritisch. »Eine Botschaft? Von wem?«

Erik faßte in den Ausschnitt seines Gewandes und zog eine Lederschnur hervor, die, so hätte Hyld schwören können, gestern noch nicht dort gewesen war. An der Schnur hing ein glänzendes Siegel. Er hielt

es dem Wachoffizier zur Begutachtung hin. »Von Ælfric, Thane of Helmsby.«
Hyld stockte der Atem.
Der Mann schüttelte den Kopf. »Nie gehört.«
»Er ist ein Vertrauter des Earl of Wessex und der neue Sheriff von Norfolk.«
Hyld biß sich auf die Zunge, um einen Laut der Verblüffung zu unterdrücken.
»Ach ja?« fragte der Captain mit erwachendem Interesse. »Dann ist die Botschaft wohl wichtig, was?«
Erik nickte knapp. »Äußerst wichtig.«
»Und vertraulich?«
»Absolut.«
»Tja ...« Plötzlich packte der Soldat Erik hart am Arm und zog ihn mit einem Ruck näher. »Dann mußt du dich nach Britford bemühen, Bürschchen, da findest du Tostig, den verfluchten, mörderischen Bastard, der seit gestern nicht mehr Earl of Northumbria ist!«
Eriks Magen verkrampfte sich. »Dann ... dann nehme ich an, daß meine Botschaft sich erledigt hat.«
»Die Entscheidung wollen wir Earl Morcar überlassen. Ich bin sicher, er ist brennend daran interessiert zu hören, was die Godwinsons aushecken.«
»Morcar?« fragte Erik ungläubig, für einen Moment überwog seine Verblüffung seine Furcht. »Der Bruder des Earl of Mercia?«
»Genau der. Er ist leider noch nicht in York, um sich deine interessante Botschaft anzuhören, aber wir werden dich hier sicher verwahren, bis er kommt.« Er drehte Erik den Arm auf den Rücken und stieß ihm die Faust zwischen die Schulterblätter. »Vorwärts.«
Plötzlich spürte der Wachoffizier ein Brennen wie von einem Nadelstich in der Nierengegend.
»Laßt ihn los«, sagte Hyld leise, fast höflich. »Es ist Euer eigener Dolch, den Ihr spürt, Captain. Laßt ihn los, oder ich ramme ihn rein bis zum Heft, ich schwör's bei Gott.«
Der bärtige, breitschultrige Captain stand wie vom Donner gerührt. Noch nie in seinem Leben hatte er so etwas eine Mädchenstimme sagen hören. In seiner Verblüffung folgte er dem Befehl und ließ den jungen Dänen los. Dann tastete er mit der Rechten nach seinem Dolch. Er war tatsächlich verschwunden. Das kleine Luder mußte ihn ihm aus

der Scheide am Gürtel gestohlen haben, ohne daß er das geringste gemerkt hatte.
»Hyld ...«, begann Erik unsicher, aber sie fiel ihm ins Wort: »Komm her. Stell dich neben mich, nimm meinen freien Arm, und dann schlendern wir alle drei zum Tor, so als wäre alles in bester Ordnung. Lächelt, Captain.« Sie bohrte den Dolch ein bißchen tiefer durch den festen Wollstoff seines Mantels und das Leinengewand darunter, und der Captain fuhr fast unmerklich zusammen. »Lächelt«, wiederholte sie.
Er spürte ein kleines, warmes Rinnsal den Rücken hinablaufen. Und er lächelte.
Langsam, als habe der allgemeine Müßiggang sie angesteckt, spazierten sie zum Tor, Erik und Hyld Arm in Arm, der Captain dicht neben ihnen, das Lächeln wie festgeleimt auf seinen Zügen.
»Sagt der Wache, Ihr begleitet uns zum Sheriff«, befahl Erik leise. Sein Magen war immer noch wie verknotet, er versuchte, die Augen überall gleichzeitig zu haben, aber er hatte die Fassung wiedergefunden. »Dann kommt Ihr mit uns bis zum Münster, und dort lassen wir Euch gehen.« Er sah über Hylds Schulter und bauschte ihren Umhang kurz auf, so daß er sich über ihren Ellbogen legte und die Hand mit dem Dolch verdeckte.
Der Wachsoldat am Tor war nicht gerade nüchtern, aber dennoch erweckte die seltsame Prozession seinen Argwohn. »Alles in Ordnung, Captain?« erkundigte er sich unsicher.
»Was soll die dämliche Frage?« fuhr der Captain ihn an. »Natürlich. Ich begleite diesen jungen Mann hier zum Sheriff der Stadt, ich bin in spätestens einer Stunde zurück. Und bis dahin will ich, daß hier wieder Ordnung herrscht, ist das klar?«
Der Soldat nickte erschrocken und straffte seine Haltung. »Ja, Captain.«

Brav wie ein Lamm geleitete der Wachoffizier sie durch die belebten Straßen. Nachdem sie den Innenhof der Halle und damit die unmittelbare Gefahrenzone verlassen hatten, war Erik wieder hinreichend Herr seines Verstandes, um zu erkennen, daß sich ihm hier eine einmalige Gelegenheit bot.
»Seit wann ist Morcar Earl of Northumbria?« fragte er.
Der Captain antwortete nicht gleich, und als Hyld mit fest zusam-

mengebissenen Zähnen am Dolchgriff ruckte, machte er einen kleinen Satz und sagte hastig: »Er hat noch nicht offiziell angenommen. Er will Northumbria, doch noch berät er mit seinem Bruder, ob er sich gegen den König und die Godwinsons wird halten können.«
»Und Tostig war abwesend, als er entmachtet wurde, ja?«
»Wie meistens«, brummte der Mann. »Er kann froh sein, daß er nicht hier war. Die Thanes und die Truppen, die den Aufstand anführten, waren außer Rand und Band vor Zorn.«
»Warum?« fragte Hyld.
Der Captain versuchte, sie über seine Schulter anzusehen. »Weil Tostig drei angesehene Thanes hat ermorden lassen, um an ihre Ländereien zu kommen. Und er hat eine Steuer eingeführt, die kein Mann in Northumbria bezahlen kann.«
»Unklug«, murmelte Erik. »Aber hat es denn gar keinen Widerstand gegen seinen Sturz gegeben?«
»Nicht in der Stadt. Nur seine Housecarls haben sich zum Kampf gestellt, als wir Tostigs Schatzkammer aufbrachen. Sie haben erst aufgegeben, nachdem wir zweihundert von ihnen abgeschlachtet hatten, sture dänische Bastarde.«
Erik rammte ihm den Ellbogen zwischen die Rippen, beinah beiläufig, aber dem Captain blieb die Luft weg. »Ich bin es langsam satt, das zu hören«, murmelte Erik. »Und wenn Ihr unter Earl Morcar Captain der Wache bleiben wollt, solltet ihr lieber lernen, uns Dänen ein bißchen mehr Respekt entgegenzubringen. Morcars Großvater war der letzte von König Knuts Earls. Und wenn Morcar hier herrscht, wird es sein, als sei König Knut zurückgekehrt. Deswegen wolltet ihr ihn doch, oder nicht?«
»Du weißt ziemlich gut Bescheid für einen zerlumpten Laufburschen«, brummte der Captain mißtrauisch.
Hyld sah sich um. Sie waren an einen belebten Marktplatz gekommen, wo Bauern und Marktweiber Käse, Obst, Gemüse und Fisch feilboten. »Komm, Erik«, sagte sie. »Laß uns verschwinden.«
Er nickte, trat zu ihr und raunte dem Captain von hinten ins Ohr: »Überlegt Euch, ob Ihr ein wildes Geschrei anfangen wollt. Ihr werdet uns doch nicht erwischen, aber Ihr müßtet vermutlich erklären, wie es passieren konnte, daß ein Mädchen Euch mit Eurem eigenen Dolch übertölpelt hat.«
Der Captain biß knirschend die Zähne zusammen. »Bete, daß wir uns nicht wiedersehen.«

Erik lachte leise und wechselte einen Blick mit Hyld. Sie nickte, ließ den Dolch los, und dann wandten sie sich ab und rannten.
Lachend und außer Atem hielten sie am anderen Ende des Marktplatzes an. Erik schlang die Arme um sie, hob sie hoch und wirbelte sie einmal herum, ohne auf die Marktweiber zu achten, die ihn schalten, weil Hylds Röcke ihre Auslage von den Ständen fegten.
»Oh, Hyld, du steckst voller Überraschungen! Ich dachte schon, es wäre alles verloren, ich würde wieder in irgendeinem finsteren Loch landen, und du wärst allein und verlassen. Wie mutig du bist!«
Sie lachte, ergab sich einem kleinen, seligen Rausch. »Es war eigentlich ganz einfach. Manchmal ist es eben von Vorteil, wenn man ein Mädchen ist und von niemandem beachtet wird. Er hat mich einfach nicht gesehen.«
Erik zog sie wieder an sich und küßte sie unter den Beifallsbekundungen, Pfiffen und Anfeuerungen der Marktfrauen. Dann führte er sie zu einem nahen Stand. »Schau her, Hyld, hier gibt es dänischen Met. Nichts, was ihr hier aus Honig braut, kann sich damit messen.«
Er erstand einen hölzernen Krug und am Nachbarstand zwei fette Pasteten mit Pilzen und Schweinefleisch. Hyld aß und trank dankbar, wandte aber mit vollem Mund ein: »Denkst du nicht, wir sollten ein bißchen sparsamer sein? Was machen wir denn jetzt?«
Sie gingen eine Gasse hinunter, die so schmal war, daß die vorstehenden Giebel der Häuser beinah zusammenstießen. Der Krug wanderte hin und her. Sie verspeisten ihre Pasteten, und Erik dachte nach.
»Tja, jetzt hat sich erst einmal alles geändert...«
»Wie bist du darauf gekommen, dich als Bote meines Vaters auszugeben?«
»Ich hatte sein Siegel. Ohne irgendeinen Beweis hätte niemand geglaubt, daß irgendwer einen abgerissenen Kerl wie mich als Boten schickt, schon gar nicht der König von Norwegen.«
»Was hättest du Tostig gesagt?«
»Weiß der Himmel.«
Hyld lachte. »Woher hattest du Vaters Siegel, hm?«
»Er bewahrt den Ring in seiner Truhe auf. Irgendwann, als niemand in der Halle war, bin ich in die Kammer geschlichen und...«
»Gott, Erik, wenn sie dich erwischt hätten!«
Er hob lächelnd die Schultern.
Sie winkte ab. »Hör auf mit diesem Piratengrinsen.«

»Ich habe Verwandte in York«, bemerkte er beiläufig. »Am besten, wir verkriechen uns ein paar Tage, bis die Lage sich geklärt und der Captain der Wache seinen Zorn vergessen hat und es leid wird, nach uns zu suchen.«

Sie nickte. »Hoffentlich sind deine Verwandten nicht auf seiten der Aufrührer.«

»Ähm … es sind Verwandte mütterlicherseits.«

Hyld verzog das Gesicht. »Norwegisches Thronräuberpack also.«

»Wenn du so willst.«

Ein Regentropfen traf sie auf die Nase, und Hyld sah zum verhangenen Himmel auf. »Meinetwegen. Selbst mit norwegischem Thronräuberpack unter einem Dach zu sein ist besser als gar kein Dach.«

Er nahm ihre Hand. »Deinen Sinn fürs Praktische habe ich schon immer bewundert. Komm. Sie wohnen in Coppergate. Ich glaube, wir müssen hier entlang.«

Eriks Onkel Olaf war ein reicher Seidenhändler und besaß ein großes, aus Eichenbalken gezimmertes Haus in einem der wohlhabendsten Viertel der Stadt. Wie alle Grundstücke in York war auch seines schmal – die Straßenfront nur zwölf Fuß breit – aber tief. Hinter dem Haupthaus, das er und seine Familie bewohnten, lagen das Lagerhaus und einige kleinere Gebäude, die er als Läden und Werkstätten an Handwerker verpachtete.

Nachdem Erik seinem Onkel erklärt hatte, wer er war, wurden sie mit großer Herzlichkeit aufgenommen. Zum Glück, denn das Wetter war endgültig umgeschlagen, ein eisiger, windgepeitschter Regen prasselte gegen Holzläden und Dachschindeln und verwandelte die Straßen der großen Stadt in schlammige Bäche.

Ungeachtet dessen durchkämmten die Männer der Wache die Gegend – auch nach Tagen noch. Sie suchten einen jungen, schwarzhaarigen Dänen in Begleitung eines englischen Mädchens. Das wußte Olaf zu berichten, als er vom Tuchmarkt und dem Gildehaus heimkam.

»Aber morgen sind wir diese Sorge los«, verkündete er eines Abends, als Hyld und Erik seit etwa einer Woche in seinem Haus lebten. »Es wird erzählt, Morcar habe akzeptiert. Er ist der neue Earl of Northumbria. Und morgen zieht er mit allen Männern, die er kriegen kann, nach Süden.«

»Es gibt Krieg?« fragte Hyld erschrocken.

Der grauhaarige, stattliche Kaufmann hob die Schultern. »Das wäre

möglich, mein Kind. Der König betrachtet den Aufstand der Thanes von Northumbria als offene Rebellion und hat angekündigt, das *Fyrd* – euer angelsächsisches Heer – zu den Waffen zu rufen.«
Hyld bekreuzigte sich. »Gott beschützte Vater und Dunstan«, murmelte sie.
Erik schnitt eine verstohlene Grimasse.
»Edwin, der Earl of Mercia, wird seinem Bruder Morcar gewiß zur Seite stehen«, fuhr der Onkel fort. »Also stehen Edwins und Morcars Truppen dem König und dem Fyrd gegenüber. Ich denke, alles wird davon abhängen, was Harold Godwinson tut.«
Erik stand auf, stellte sich ans Fenster und verschränkte die Arme. »Dann sind Tostigs Tage in England gezählt«, murmelte er.
Sein Onkel sah ihn scharf an. »Du glaubst, Harold Godwinson wird sich gegen seinen eigenen Bruder und gegen den König stellen?«
Erik wies auf Hyld. »Godwinson hat ihrem Vater so gut wie gesagt, daß er seinen Bruder mit Freuden fallenlassen würde, wenn er damit einen Bürgerkrieg verhindern könnte. War's nicht so, Hyld?«
Sie funkelte ihn böse an. »Ich werde nicht wiederholen, was mein Vater vertraulich im Kreise seiner Familie gesagt hat!«
Er biß sich schuldbewußt auf die Unterlippe. »Entschuldige...«
Olaf lächelte verstohlen. »Wie dem auch sei«, sagte er dann zu Erik. »Wenn es so kommt, wie du denkst, dann ist jetzt der richtige Zeitpunkt, Tostig deine Botschaft zu überbringen. Er ist mit König Edward in Britford in Wiltshire. Du mußt hingehen.«
»Nein«, widersprach Hyld impulsiv.
Der ältere Mann legte ihr mitfühlend die Hand auf den Arm. »Ich kann deine Gefühle verstehen, Kind, aber Erik ist durch Eid gebunden.«
»Ihr versteht *nicht*«, entgegnete sie ungeduldig. »Tostig ist bei König Edward, sagt Ihr. Nun, früher oder später wird Earl Harold auch zum König gehen, um ihn zu überzeugen oder zu zwingen, sich seinem Standpunkt anzuschließen.«
»Und?« fragte der Onkel verständnislos.
Hyld wechselte einen Blick mit Erik, und dieser hob seufzend die Schultern. »Ihr Bruder wird in Godwinsons Gefolge sein. Vielleicht auch ihr Vater. Und wenn sie mich sehen, bin ich ein toter Mann.«
Der Onkel runzelte die Stirn, dann blickte er seinen Neffen scharf an. »Ich glaube, es wird Zeit, daß du mir ein bißchen mehr über dich und deine schöne, junge englische Frau erzählst, mein Junge...«

Am zwölften Oktober, dem Namensfest des heiligen Wilfred, wurden Hyld und Erik am Portal der eben diesem Heiligen geweihten Kirche in Coppergate getraut. Eriks Onkel übernahm alle Kosten, und auch wenn keiner der Brautleute in York weitere Verwandtschaft hatte, die man zur Feier hätte laden können, bereitete er ihnen doch im Kreise seiner Familie ein denkwürdiges Festmahl mit Reh- und Schwanenbraten, feinstem Gemüse, süßem Obst in dicker Sahne, Kuchen, Honigmet und Wein. Erik war so gerührt von der Freundlichkeit dieses Onkels, der ihn doch eigentlich gar nicht kannte, daß er Mühe hatte, Haltung zu bewahren, und er schwelgte hingebungsvoll in den Köstlichkeiten, die man ihm vorsetzte. In den ganzen eineinhalb Jahren, die er in Helmsby verbracht hatte, hatte er kaum etwas Besseres zu essen bekommen, als die Schweine in ihrem Trog fanden. Um so mehr wußte er diesen Festschmaus zu schätzen. Hyld aß kaum etwas – sie sah keinen Sinn darin, heute viel zu essen, um morgen früh entsprechend viel wieder von sich geben zu müssen –, aber sie erfreute sich an Eriks unbekümmerter Völlerei und wärmte sich in der freundlichen Fürsorglichkeit seiner Verwandten. Wie anders hatte sie sich den Tag ihrer Hochzeit immer vorgestellt. Sie hätte nie geglaubt, daß er irgendwo anders als in Helmsby begangen werden könnte. Sie vermißte ihre Eltern und ihre Brüder schmerzlich bei diesem Fest, aber sie war, erkannte sie verblüfft, eine glückliche Braut. Und sie war stolz, eine verheiratete Frau zu sein. Die Vorstellung, die sie von sich selbst hatte, veränderte sich grundlegend durch diese einfache Tatsache.

»Was denkst du, Hyld of Helmsby«, raunte ihr Bräutigam ihr ins Ohr. »Fragst du dich, welcher Dämon dich geritten hat, einen bettelarmen, dänischen Piraten zu heiraten?«

Sie sah ihn an. Er war nicht mehr ganz nüchtern, ein kleines, dümmliches Lächeln lag auf seinen Lippen, aber sein Blick war ernst. Sie nahm seine Hand und drückte sie an ihr Gesicht. Die Hand roch immer noch nach Gras.

»Nein. Es ist gut so, wie es ist.«

Sein Onkel Olaf stattete Erik mit neuer Kleidung und einem beinah kostbaren Mantel aus und schenkte ihm ein gutes, norwegisches Schwert. Erik sträubte sich dagegen, die Geschenke anzunehmen, sie sahen zu sehr nach Almosen aus. Aber Olaf führte ihm vor Augen, daß er als Eriks einziger Verwandter in England nur seine Pflicht tat und

daß die neuen Sachen Eriks Reise und die Erfüllung seiner Mission soviel einfacher machen würden.
Unterdessen marschierten Morcar, der neue Earl of Northumbria, und sein mächtiger Bruder, Edwin of Mercia, mit ihren Truppen südwärts, überfielen die Midlands und drangen bis nach Northampton vor. Sie plünderten die Stadt und die Umgebung, stahlen den Bauern das Vieh, verbrannten das Korn und töteten jeden, der Haus und Hof verteidigen wollte, bis Northamptonshire aussah, als seien die Wikinger eingefallen. Damit hatte niemand gerechnet. In heller Panik rief der schwerkranke König die Männer seines Landes zu den Waffen, doch sie versammelten sich nur zögerlich. Die Leute in Wessex, Kent und East Anglia hatten kein großes Interesse an den Querelen im Norden und waren nicht erpicht darauf, für Earl Tostig, den unbeliebtesten der Brüder Godwinson, ihre Haut zu Markte zu tragen. Harold Godwinson schloß sich mit seinen eigenen Truppen dem König und Tostig in Britford an, wo sie sich berieten. Schließlich sandte der König Earl Harold zu Verhandlungen mit den Rebellen nach Oxford.

»Hyld, ich wünschte, du würdest hierbleiben.«
»Nein.«
»Aber hier bist du in Sicherheit, und ich...«
»Kommt nicht in Frage.«
»Herrgott noch mal, du bist schwanger. Denk wenigstens an die Sicherheit des Kindes, wenn schon nicht an deine.«
»Tu' ich. Und ich finde, ich habe ein berechtigtes Interesse, dafür zu sorgen, daß niemand seinem Vater einen Dolch in den Rücken stößt.«
Ihr Streit wurde im Flüsterton ausgetragen. Sie saßen an einem rohen Holztisch in der schummrigen Gaststube eines Wirtshauses in Sarum, nur noch wenige Meilen von der königlichen Halle in Britford entfernt. Unweit von York hatte Erik auf einem großen Gehöft zwei Pferde gestohlen, die ihre Rückreise nach Süden schnell und vergleichsweise bequem gemacht hatten. Doch Hyld hatte Todesängste ausgestanden, während er diese Freveltat beging und sie im nahen Wald wartete, und sie hatte sich geschworen, ihn nicht mehr aus den Augen zu lassen, bis diese verfluchte Geschichte ausgestanden war.
Erik seufzte. »Du hättest mir anstandshalber sagen können, daß englische Frauen nicht tun, was ihre Männer sagen, *bevor* ich dich geheiratet habe.«

»Und du hättest mich anstandshalber heiraten können, *bevor* du mich geschwängert hast«, erwiderte sie spitz. »Sagen wir, wir sind quitt. Und jetzt laß uns aufbrechen.« Sie stand auf und verließ das Gasthaus, ohne sich nach ihm umzudrehen.

Erik erhob sich eilig, fischte einen seiner letzten Pennies aus dem Beutel, brach ihn an der Sollbruchstelle in zwei Hälften, die eine Hälfte noch einmal mittendurch und warf das Viertel – Farthing genannt – auf den schmuddeligen Tisch. Dann folgte er ihr in den Hof und zum Stall hinüber.

Hyld war schon dabei, ihren sanftmütigen Braunen zu satteln. »Na endlich.«

Erik folgte ihrem Beispiel. »Ich habe kein gutes Gefühl bei dieser Sache, Hyld. Für mich allein wäre es relativ einfach, unbemerkt hineinzugelangen. Jetzt sind so viele Adlige mit ihrem ganzen Gefolge in Britford, daß ein einzelner fremder Mann niemandem auffällt. Aber ein Mädchen?«

»Ich nehme doch an, in der Halle des Königs gibt es Mägde und Köchinnen und so fort?«

»Bestimmt. Aber keine mit einem so guten, kunstvoll bestickten Mantel wie deinem.«

Hyld sah nicht ohne Stolz an ihrem guten Stück hinab. Sie hatte den Wollstoff eigenhändig bestickt. In der ganzen Christenheit und darüber hinaus war englische Stickerei berühmt, und selbst in diesem Land der Meisterinnen wurde Hylds Arbeit allgemein bewundert. Ein Altartuch, das sie mit Goldfäden bestickt und das Guthric als Geschenk für Abt Thurstan mit nach Ely genommen hatte, zierte jetzt die dortige Klosterkirche.

»Nun, ich werde ihn auf keinen Fall zurücklassen. Es muß eben so gehen.«

Erik saß auf. »Na ja. Das wird es wohl auch. Bis wir ankommen, ist es dunkel. Und nachts sind bekanntlich alle Hunde grau.«

»Katzen«, murmelte Hyld und schwang sich in den Sattel.

Sie ritten etwa eine Stunde am Ufer des schönen Flusses Avon entlang und stießen schließlich auf die ersten Zelte der Adligen, die mit ihrem Gefolge keinen Platz in der Halle mehr gefunden hatten. Manche Zelte standen mehr oder minder für sich, andere in Gruppen, von Fackelringen umgeben und bewacht. Hyld und Erik umrundeten sie

alle im weiten Bogen und kamen ungehindert zum Tor des Palisadenzaunes.
»Wie willst du an den Wachen vorbei?« raunte Hyld.
»Hm.« Erik hielt sein Pferd an. »Du kennst nicht zufällig irgendwen an König Edwards Hof, der mit absoluter Sicherheit zu keinem der politischen Lager gehört?«
»Doch. Meinen Onkel, Athelstan of Helmsby.«
Erik lachte leise. »Der Trunkenbold mit den ewigen Geldnöten? Ich hab von ihm gehört.«
»Er hat beinah sein ganzes Leben in König Edwards Gefolge verbracht. Aber ich glaube, mit Politik hat er nichts im Sinn.«
»Das ist unser Mann.« Erik ritt vor bis ans Tor.
»Wer da?« rief eine junge Soldatenstimme. »Nennt die Losung!«
»Ich kenne sie nicht.« Erik hielt an und wartete, bis der Soldat mit der Fackel nähergetreten war und ihn eingehend begutachten konnte. Dann sagte er: »Ich bin Guthrum Erikson. Ich habe eine Nachricht für Athelstan of Helmsby.«
Der Name rief die übliche Reaktion hervor: der junge Wachsoldat grinste wider Willen. »Dann reite ein, Guthrum Erikson. Aber ich bin nicht sicher, ob du deine Nachricht heute noch an den Mann bringen kannst.«
Hyld und Erik ritten nebeneinander durchs Tor. »Warum?« fragte er.
»Weil der fragliche Mann um diese Zeit in der Regel zu betrunken ist, um auch nur ein Wort aufzunehmen, das man zu ihm sagt.« Der Soldat wies auf ein langgezogenes Gebäude, aus dessen spärlichen Fenstern heller Lichtschein drang. »Du findest ihn irgendwo dort drin.«
Erik warf ihm einen Farthing zu. »Danke.«
Hyld wartete, bis sie den dunklen Hof zur Hälfte überquert hatten, ehe sie leise fragte: »Guthrum Erikson?«
»Nun, in Wahrheit ist es umgekehrt, Erik Guthrumson. Aber in diesem Geschäft muß man sich genau überlegen, wem man seinen wirklichen Namen anvertraut.«
»Wie glattzüngig du lügst...«
»Aber ich lüge nie mehr als unbedingt nötig. Komm, da vorn sind ein paar Nebengebäude. Laß uns dahinter verschwinden und überlegen, wie wir weitermachen. Den schwierigsten Schritt haben wir schon hinter uns. Wir sind durchs Tor gekommen, dank Onkel Athelstan.«
»Sei froh, daß du mich mitgenommen hast.«

»Bin ich. Jetzt müssen wir nur noch Tostig Godwinson finden.«
Sie verschwanden im Schatten hinter der Kapelle und saßen ab. Hier war es so finster, daß man die Hand vor Augen kaum sehen konnte. Erik band die Pferde an den unteren Ast einer einsamen Birke, nahm Hylds Arm und führte sie um einen Viehstall herum auf die Halle zu. Diese Halle war kein einräumiges Gebäude mit abgeteilter Schlafkammer wie die in Helmsby, sondern eine königliche Residenz mit einer Vorhalle, einer separaten Küche, Privatgemächern für den König und die Königin und ihre höchsten Gäste. Die Vorhalle war dämmrig; nur ein wenig Licht und leises Stimmengewirr drangen aus dem Hauptraum dahinter.
»Denkst du, Tostig ist in der Halle?« fragte Hyld leise.
»Wer kommt da?« fragte eine junge, barsche Stimme.
Erik fuhr leicht zusammen; er hatte nicht damit gerechnet, die Vorhalle bewacht zu finden. »Ich habe eine Nachricht für Athelstan of Helmsby. Mein Name ist …«
»Ich weiß, wer du bist.« Der Wachsoldat trat aus dem Schatten in den Lichtkegel, der aus der Halle strömte. »Und für wen deine Nachricht auch bestimmt sein mag, er wird sie nicht bekommen.«
Erik starrte ihn wortlos an. Er hatte es einfach nicht für möglich gehalten, daß sein schlimmster Alptraum sich erfüllen könnte.
Hyld machte einen Schritt nach vorn. »Dunstan …« Ihr Bruder wirkte eigentümlich fremd in Lederharnisch und Helm.
Dunstan pfiff leise durch die Zähne, und zwei weitere Männer traten aus der Haupthalle in den Vorraum. Im selben Moment faßte Erik Hyld am Handgelenk und zog sie zur Tür, aber drei kamen aus der Küche, schnitten ihnen instinktiv den Weg ab und packten Erik.
»Was gibt es denn, Dunstan?« fragte einer.
Dunstan trat gemächlich auf Erik zu. Er würdigte seine Schwester keines Blickes. Zu den Gefährten sagte er: »Madulf, bleib hier und übernimm meine Wache, sei so gut.«
»Ja, sicher, Dunstan.«
»Und die anderen kommen mit mir.«
Sie tun willig, was er sagt, dachte Hyld. Er ist ein geborener Anführer. Und sie ertappte sich dabei, daß sie ein bißchen stolz auf ihren Bruder war. Alte Gewohnheiten ließen sich eben doch schlecht ablegen.
»Dunstan …«, sagte sie wieder, und er blickte sie immer noch nicht an. Statt dessen gab er seinen Kameraden einen Wink. »Fesselt ihn. Bringt

sie hinüber in die Schmiede. Da ist jetzt todsicher keiner. Und seht euch vor, er ist schlüpfrig wie ein Aal und kräftiger, als er aussieht.«
Einer zog eine Lederschnur aus seinem Beutel und band Erik die Hände auf den Rücken. Dann stießen sie ihn hinaus in den mondbeschienenen, menschenleeren Innenhof und weiter zu einer abgelegenen, kleinen Holzbaracke mit einem jetzt kalten Schmiedeofen. Flankiert von zwei Wachen folgte Hyld ihnen, und sie hatte das eigentümliche Gefühl, daß ihre Füße den Boden nicht berührten.
Einer brachte eine Fackel mit und steckte sie in eine Halterung an der rohen Holzwand der kleinen Schmiede. Ein anderer zog die Tür zu.
Dunstan stand neben der Feuerstelle und starrte Erik unverwandt an. »Ich habe jeden Tag gebetet, daß wir uns wiedersehen.«
Erik verzog spöttisch den Mund und entgegnete nichts.
»Nehmt ihm das Schwert ab, verflucht, wo habt ihr eure Gedanken!« knurrte Dunstan.
Seine Gefährten beeilten sich, Eriks Schwertgürtel zu lösen.
»Um Himmels willen, Dunstan, willst du mich nicht einmal ansehen?« fragte Hyld leise.
Ohne ihre Bitte zu erfüllen fuhr er herum und schlug ihr mit dem Handrücken ins Gesicht. Damit hatte Hyld nicht gerechnet. Blinzelnd taumelte sie zur Seite und schlug hart auf den Boden.
Erik machte eine Bewegung in ihre Richtung, aber sofort packten ihn zwei der jungen Soldaten und hielten ihn zurück.
Dunstan beobachtete ihn mit einem mokanten Lächeln. »Dieser Mann ist ein entflohener Sklave meines Vaters«, klärte er seine Kameraden auf. »Und darüber hinaus offenbar ein Spion. Für wen, werden wir schon noch herausfinden.«
Erik ließ ihn nicht aus den Augen. »Wieso bist du nicht an der Seite deines Herrn bei den Verhandlungen in Oxford, Dunstan?«
Dunstans Miene verdüsterte sich für einen Augenblick. Er antwortete nicht, aber Erik schloß, daß Harold Godwinson ihm nicht die Beachtung geschenkt hatte, die Dunstan für angemessen hielt.
»Ist Vater mit ihm gegangen?« fragte Hyld.
Dunstan tat, als habe er sie nicht gehört. Er trat auf Erik zu und holte seinen Dolch aus der Scheide am Gürtel. »Ich hätte dich gleich am ersten Tag töten sollen, nachdem wir dich geschnappt haben.«
»Nun, du hast dich redlich bemüht«, sagte Erik tröstend. »Mehr kann man von niemandem verlangen.«

»Du hast recht. Und heute werde ich meine Gelegenheit nicht ungenutzt verstreichen lassen.«
Hyld öffnete den Mund, aber sie brachte keinen Ton heraus.
»Soll das Mädchen zusehen, Dunstan?« fragte einer der jungen Soldaten mit verhohlenem Vorwurf.
Er schüttelte den Kopf. »Das hier kann so lange dauern, sie würde sich zu Tode langweilen. Schaff seine Hure hinaus.«
»Sie ist meine Frau«, erklärte Erik mit Nachdruck, und Dunstan stieß ihm das Knie in den Unterleib.
»Wenn das wahr ist, wird es heute nacht eine Witwe mehr in England geben.«
Erik lag zusammengekrümmt am Boden. Er konnte nicht antworten.
Hyld machte einen Schritt auf ihn zu, aber einer der Wachsoldaten nahm ihren Arm – beinah sanft – und brachte sie zur Tür. Über die Schulter sah sie noch einmal zu Erik, und ihre Blicke trafen sich. Dann schob ihr Bewacher sie in die Dunkelheit hinaus. Hyld stolperte, stützte sich einen Moment an der Bretterwand ab und atmete tief durch. Sie mußte nachdenken. Schnell. Drinnen fiel ein dumpfer Schlag.
Der Soldat nahm wieder ihren Arm. »Komm hier weg. Besser so, glaub mir.« Er führte sie Richtung Halle zurück. »Ich bring' dich erst mal in die Küche. Wir werden sehen, ob wir nicht einen Becher Wein für dich finden.« Er sprach zu ihr, als sei sie ein verstörtes Kind.
Hyld schüttelte den Kopf und blieb stehen. »Nein, bitte … Ich möchte in die Kapelle. Ich will Gott bitten, daß er Dunstan zur Besinnung bringt.«
»Da sehe ich schwarz. Aber wenn du möchtest, bringe ich dich selbstverständlich zur Kapelle.«
»Ich finde sie schon allein.«
»Bestimmt. Aber ich denke, ich sollte dich lieber nicht aus den Augen lassen. Woher kennst du Dunstan überhaupt, hm?«
»Er . . . Ich bin seine Schwester. Oder zumindest war ich das einmal.«
Ihr junger Bewacher blieb stehen. »Also *du* bist Hyld of Helmsby? Ich hab's mir beinah schon gedacht. Paß bloß auf, daß du deinem Vater nicht über den Weg läufst.«
Hyld wischte sich mit dem Handrücken über die Augen und schluckte. »Ist er hier?«

»Nein. Er hat den Earl of Wessex nach Oxford begleitet. Aber sie können jederzeit zurückkommen.«

»Ich wünschte, er wäre hier«, sagte sie leise. »Ich weiß, er würde mir helfen.«

»Du irrst dich. Er hat beinah den Verstand verloren, als dein Bruder Guthric ihm erzählt hat, was du getan hast. Dann hat er Guthric windelweich geprügelt, weil er dich hat gehen lassen, und als die Mönche dazwischengingen, hat er einem von ihnen auch eins verpaßt, und jetzt hat er eine sehr unangenehme Klage am Hals.«

»Oh, Guthric ...« Hyld biß die Zähne zusammen und atmete tief durch. Sie konnte es sich jetzt einfach nicht leisten, die Beherrschung zu verlieren, mit ihrem Kummer mußte sie sich später befassen. »Woher ... woher weißt du das alles?«

»Mein Vater hat's mir erzählt. Athelstan of Helmsby.«

»Onkel Athelstan? Dann bist du mein Vetter? Wie heißt du?«

»Alfred. Aber ich bin nicht dein Vetter. Er ist nicht dein Onkel. Du hast keine Familie mehr, Hyld. Du bist wirklich ein ganz armes Schwein. Ich möchte ehrlich nicht mit dir tauschen.«

Hyld stand reglos vor ihm und ließ den Kopf hängen. Dann trat sie so unvermittelt zu, daß er nicht ausweichen konnte. Alfred riß die Hände vor den Schritt und brach jaulend zusammen.

Hyld sah noch einen Moment auf ihn hinab. »Ich finde, du bist auch nicht gerade zu beneiden, Vetter Alfred.«

Dann machte sie kehrt und rannte zur Halle. Der Wachsoldat, den Dunstan im Vorraum zurückgelassen hatte, erkannte sie nicht wieder; er hatte vorhin nur Augen für Erik und Dunstan gehabt. Hyld stürmte an ihm vorbei in die von zahllosen Fackeln und Kerzen erhellte Halle. Nur aus dem Augenwinkel nahm sie die prunkvollen Wandbehänge und schneeweißen Tischtücher, die feinen Kleider der Männer und Frauen wahr. Sie ließ den Blick die langen Tische entlang über ihre Gesichter wandern, aber sie entdeckte niemanden, der Harold Godwinson auch nur entfernt ähnlich sah, und ihr Onkel schien ebenfalls nicht hier zu sein. Verzweifelt hielt sie einen jungen Pagen an, der einen Weinkrug hereinbrachte. »Earl Tostig? Wo finde ich ihn?«

»Ich nehme an, in seinem Gemach.«

»Bring mich hin.«

»Aber...«

Hyld nahm mit der Linken seinen Arm, zückte mit der Rechten ihren Dolch und bohrte ihm die Spitze unauffällig in die Nierengegend. Es hatte einmal geklappt, es würde wieder funktionieren. »Bring mich hin, oder ich stech' dich hier und jetzt ab, ich schwör's«, zischte sie. Der Page hatte keine Mühe, ihr zu glauben. Mitsamt seinem Krug führte er sie auf die gegenüberliegende Stirnseite der Halle, durch eine Tür, eine hölzerne Treppe hinauf und in einen dämmrigen Korridor bis zu einer Tür ganz hinten. »Da drin. Warte, bis ich verschwunden bin, ehe du anklopfst, ich will keinen Ärger.«

Hyld nickte knapp. »Dann scher dich weg.«

Das ließ der Junge sich nicht zweimal sagen. Hyld ließ ihm soviel Zeit, wie sie brauchte, um einmal tief durchzuatmen, dann zog sie den Riegel zurück, stieß die Tür auf und trat ein.

Tostig Godwinson stand mit einem Becher in der Hand am Fenster. Er wandte sich stirnrunzelnd um. »Was fällt dir ein? Was willst du?«

Hyld vollführte ihren elegantesten Knicks, zum erstenmal in ihrem Leben dankbar, daß ihre Mutter immer so großen Wert auf feine Manieren gelegt hatte. »Mein Name ist Hyld of Helmsby, Mylord.«

Tostig runzelte die Stirn. »Helmsby? Harolds neuer Wachhund in Norfolk, oder irre ich mich?«

»Das mag sein, ich weiß es nicht. Bitte, hört mich an, Mylord. Euer Bruder hat Euch verraten. Schon vor drei Monaten hat er meinem Vater anvertraut, daß er Euren Sturz in Kauf nehmen werde, wenn er damit einen Bürgerkrieg vermeiden könne.«

Tostigs Gesicht verfärbte sich, nahm einen bedenklich dunklen Rotton an. Er machte einen langen Schritt auf sie zu und krallte die Hand um ihren Arm. »Was redest du da? Woher willst du das wissen?«

»Ich war dabei, als mein Vater es wiederholte.«

Er ließ sie los, stieß sie beinah weg. »Wieso sollte ich dir glauben?«

»Weil es die Wahrheit ist. Ich … ich gehöre nicht mehr zum Haus meines Vaters, weil ich einen Mann geheiratet habe, der im Dienst des Königs von Norwegen steht. Er ist hier mit einer Botschaft seines Königs an Euch, aber mein Bruder Dunstan hat ihn abgefangen und … und ist dabei, ihn umzubringen. Helft ihm, Mylord. Ich bitte Euch. Helft ihm und helft Euch selbst. Euer Bruder hat euch fallenlassen, aber König Harald Hårderåde bietet Euch Unterstützung.«

Tostig antwortete nicht sofort. Er betrachtete sie eingehend, erkannte ihren leicht gewölbten Bauch und wie jung sie noch war. »Weißt du, daß es Hochverrat ist, was du da redest?«

»O ja, Mylord. Ich weiß. Aber wenn man selbst verraten und verkauft ist, kann man nicht zimperlich bei der Wahl seiner Mittel sein. Das gilt für mich ebenso wie für Euch.«

Tostig lächelte freudlos. Das Lächeln verlieh seinem hageren Gesicht das Aussehen eines hungrigen Wolfs. Hyld war noch nie einem Mann begegnet, der ihr ein so starkes, intuitives Mißtrauen einflößte, und sie wußte, es konnte nichts Gutes dabei herauskommen, wenn sich ihr und Eriks Schicksal mit dem seinen verknüpfte. Aber es war wie sie gesagt hatte: Im Augenblick konnte sie nicht wählerisch sein.

Tostig legte sein Schwert um und öffnete die Tür. »Dann wollen wir uns deinen Boten einmal anschauen. Ob ihr mir eine Falle stellt, werde ich wissen, wenn ich ihn sehe.«

Hyld antwortete nicht. So schnell ihre Füße sie trugen führte sie ihn aus der Halle hinaus und über den dunklen Innenhof zur Schmiede. Vor der Tür verstellte ihnen eine schattenhafte Gestalt den Weg.

»Wer da?«

»Tritt beiseite«, knurrte Tostig.

»Mylord!« rief Alfred erschrocken aus. »Wir haben diese Frau festgenommen, und sie ist mir entwischt. Sie ...« Tostig verpaßte ihm einen wahren Hammerschlag an die Schläfe, und Alfred ging zum zweitenmal an diesem Abend zu Boden. Tostig trat achtlos über ihn hinweg und stieß die Tür der Schmiede auf, die blanke Klinge in der Rechten. »Niemand rührt sich!«

Hyld schlüpfte hinter ihm über die Schwelle, und als sie die Szene im Raum im schwachen Licht des Feuers erkannte, zog sie scharf die Luft ein. »Erik!«

Erik stand mit dem Schwert in der einen, einem Dolch in der anderen Hand in der Raummitte, den Kopf wegen der niedrigen Decke leicht eingezogen. Die drei Wachen lagen reglos am Boden, zwei schienen nur bewußtlos, der dritte hatte die Augen weit aufgerissen, und auf der Brust seines Gewandes hatte sich ein bräunlich roter Fleck gebildet. Dunstan stand mit leeren Händen und war bis zur Wand zurückgewichen. Er blutete über dem linken Auge, und seine Miene war so fassungslos, daß es beinah komisch wirkte.

Tostig stellte sich zwischen die beiden Kontrahenten und fragte Dunstan: »Du hast eine Botschaft für mich, sagt deine Frau?«

»Nein, das bin ich«, antwortete Erik hinter ihm. »Wenn Ihr Tostig Godwinson seid.«

Tostig fuhr stirnrunzelnd zu ihm herum. »Tatsächlich? Aber sie sagte, ihr Bruder sei im Begriff, dich umzubringen.«

»Ihr Bruder und ich haben die Rollen getauscht.«

Tostig zeigte wieder sein Wolfslächeln und trat beiseite. »Dann bring zu Ende, wobei ich dich unterbrochen habe, damit ich meine Botschaft zu hören bekomme. Ich *bin* Tostig Godwinson.«

Erik nickte Dunstan zu. »Also, wie ich sagte. Du hast Zeit für ein *Paternoster,* wenn du zügig betest.«

Hyld trat zu ihm und legte die Hand auf seinen rechten Unterarm. »Tu's nicht, Erik«, bat sie leise.

»Ich will nicht, daß du für mich bittest, Hure«, knurrte Dunstan.

»Niemanden hier kümmert, was du willst«, fauchte sie und wandte sich wieder an ihren Mann. Seine bleigrauen Augen funkelten vor Haß. Gesicht und Hände waren blutverschmiert, und auf einmal sah er tatsächlich so aus, wie sie sich einen mordgierigen Wikinger immer vorgestellt hatte. Aber vermutlich ist das meiste sein eigenes Blut, rief sie sich ins Gedächtnis. Dunstan war das Ungeheuer, nicht er.

»Bitte, Erik. Ich weiß, wie gut deine Gründe sind, aber er ist und bleibt mein Bruder.«

»Lieber bin ich tot als dein Bruder«, versetzte Dunstan verächtlich.

Hyld schüttelte den Kopf. »Halt den Mund, Dunstan. Also, Erik, was sagst du?«

Er sah sie an und atmete tief durch. »Das ist wirklich … sehr viel verlangt, Hyld.«

»Ja, ich weiß.«

»Und wenn ich ihn leben lasse, werden wir nicht weit kommen.«

»Earl Tostig wird uns schützen.« Sie sah zu ihm hinüber. »Nicht wahr, Mylord? Das werdet Ihr doch?«

»Wenn ich nicht bald meine Botschaft zu hören bekomme, werde ich zu Bett gehen und euch alle drei eurem Schicksal überlassen«, knurrte er. »Aber wenn sie soviel wert ist, wie du sagst, sollt ihr unter meinem Schutz stehen, ja.«

»Siehst du«, sagte Hyld eindringlich zu Erik. »Wir haben nichts zu befürchten.«

Erik zögerte noch einen langen Moment. Aber nur, um den Schein zu wahren. Er wußte, er würde es nicht fertigbringen, es in ihrem Beisein zu

tun. Also warf er Dunstan sein Schwert vor die Füße, wandte sich ohne ein Wort ab und nahm sein eigenes, das mitsamt Scheide und Gürtel neben der Esse an der Wand lehnte. Dann öffnete er die Tür und machte eine höfliche Geste in Tostigs Richtung. »Nach Euch, Mylord.«
Tostig stapfte hinaus, und Erik folgte ihm. Hyld legte die Hand auf den Türriegel und zögerte noch einen Moment. Sie sammelte ihren Mut und sah ihren Bruder an. »Leb wohl, Dunstan. Ich glaube nicht, daß wir uns in dieser Welt wiedersehen. Gott schütze dich.«

Rouen, Januar 1066

»In jenen Tagen aber verbannten mich Vater und Mutter. Dem Tode nahe, nur in meinem Innern noch ein Funke Leben, fand ich Obdach bei einer mildtätigen Frau, die mich in ihren Kleidern wärmte, mich fremdes Geschöpf in ihr Haus aufnahm wie ihr eigenes Kind. Sie nährte mich, bis ich erwachsen war und in die Fremde ziehen konnte. All dies tat sie für mich, zum Schaden ihrer Söhne und Töchter. Wer bin ich?«
Cædmon sah in die Runde grübelnder Gesichter und lehnte sich mit verschränkten Armen und einem zufriedenen Lächeln zurück.
Eine fahle Januarsonne schien durch die Fenster der großen, herzöglichen Halle von Rouen. Es war der letzte Tag der Weihnachtsfeierlichkeiten, das Fest der Heiligen Drei Könige. Die jungen Damen und Knappen des Hofes saßen am frühen Nachmittag nahe am Kamin zusammen und genossen die letzten Stunden des seligen Nichtstuns.
»Nur in meinem Innern noch ein Funke Leben?« fragte Etienne fitz Osbern versonnen.
Cædmon nickte.
»Ein Mönch?« tippte Etienne. »Und die Frau, die ihn aufnimmt, ist die heilige Mutter Kirche?«
»Aber wer wären dann die leiblichen Kinder der Frau?« wandte Aliesa ein.
Mit sorgsam verborgener Wonne betrachtete Cædmon ihre gerunzelte Stirn. Ihr ganzes Gesicht spiegelte höchste Konzentration wider, und ihre zierliche Nase war gekräuselt.
»Nein, es ist kein Mönch«, bestätigte Wulfnoth, dessen Schatz an Rätseln noch unerschöpflicher war als Cædmons.

»Gib uns einen Hinweis«, verlangte Etienne. »Ist es ein Ding oder ein Lebewesen?«
»Wie kann ein Ding Mutter und Vater haben, du Esel«, schalt Aliesa ungeduldig.
»Ein Kuckuck!« rief der elfjährige Richard triumphierend. »Es muß ein Kuckuck sein. Die Frau ist die Vogelmutter, ihre leiblichen Kinder die Küken, die der Kuckuck aus dem Nest wirft!«
Cædmon stand von der Bank auf und verneigte sich vor dem Sohn des Herzogs. »So ist es. Und damit führt Richard insgesamt. Seit Heiligabend hat er zwölf Rätsel erraten, gefolgt von Aliesa mit zehn, dann kommt lange Zeit niemand, dann Etienne mit fünfen und dann ihr restlichen Tölpel mit einem oder zweien. Ähm ...« Er verneigte sich knapp vor den beiden anderen Söhnen des Herzogs, Robert und William. »Von den Tölpeln seid ihr selbstverständlich ausgenommen, Monseigneurs.«
Alle lachten, und ein Page brachte ein Tablett mit heißem Würzwein und kleinen Ingwerküchlein. Sie langten begierig zu, auch wenn Cædmon Wulfnoth zuraunte: »Gut, daß das Fressen morgen ein Ende hat, sonst wäre ich bald so feist wie Etiennes Vater.«
»Kennt ihr noch mehr Rätsel?« fragte William, der jüngste der Söhne des Herzogs, der von allen Rufus genannt wurde. »Rufus« sei lateinisch und bedeute »der Rote«, hatte Wulfnoth Cædmon erklärt. Der junge William trug den Beinamen wegen seiner auffallend geröteten Wangen. »Habt ihr nicht noch eins?«
»Doch«, antworteten die beiden Engländer wie aus einem Munde und sahen sich grinsend an.
Wulfnoth nickte Cædmon auffordernd zu. »Stell du ihnen noch eines. Mir fallen im Augenblick nur die einfachen ein.«
»Also schön.« Cædmon überlegte einen Moment, dann nahm er die Unterlippe zwischen die Zähne, warf einen abschätzenden Blick in die Runde und sagte schließlich: »Hört gut zu. Das ist eine wirklich harte Nuß: Prächtig hängt dies Ding beim Schenkel des Mannes, gleich unter seinem Gewande. Es ist steif und hart, und wenn der Mann sein Gewand anhebt, will er das Loch mit dem Haupt seines Gehänges grüßen, jene wundersam passende Öffnung, die es so oft zuvor schon füllte. Was ist dieses Ding?«
Alle starrten ihn sprachlos an, manche entsetzt, manche beschämt, Etienne wider Willen belustigt.

Lucien de Ponthieu erhob sich unvermittelt. »Was fällt dir ein! Es sind Damen in dieser Gesellschaft, und wir sind hier nicht in einem gottverdammten englischen Schweinestall!«
Cædmon machte große Unschuldsaugen. »Aber Lucien, was hast du denn nur? Was ist mit euch? Strengt eure Köpfe an, so schwierig ist es nun auch wieder nicht.«
Lucien krallte die Linke in Cædmons Gewand und ballte die Rechte. »Jetzt ist es genug...«
Cædmon sah ihm in die Augen. »Vielleicht solltest lieber *du* dich besinnen, wo du dich befindest. Nimm deine Hände von mir, sei so gut.«
»Es ist ein Schlüssel!« verkündete der neunjährige Rufus, der so angestrengt nachgedacht hatte, daß er weder das peinliche Schweigen noch den drohenden Streit wahrgenommen hatte.
Cædmon lächelte breit. »So ist es, Rufus. Ein Schlüssel.« Er sah mit gerunzelter Stirn in die Runde. »Oder hat jemand etwas anderes vermutet?«
Alle außer Lucien brachen in schallendes Gelächter aus, und der letzte Rest Anspannung verflog.
»Ich glaube, ich werde euch lieber ein Gedicht vorlesen, ehe sich hier irgendwer beim Rätselraten eine blutige Nase holt«, schlug Aliesa vor, die einzige der jungen Hofdamen, die Cædmons Blick tapfer erwidert hatte, als er sein tückisches Rätsel stellte. Mit einem liebevollen und gleichzeitig bittenden Lächeln besänftigte sie ihren Zwillingsbruder. »Würdest du mir das Buch herüberreichen, Lucien?«
Er brachte ihr den schweren, ledergebundenen Band. Aliesa legte ihn vor sich auf den Tisch, andächtig und voller Ehrfurcht schlug sie ihn auf und blätterte die gelben Pergamentseiten behutsam um. Das Buch gehörte Herzogin Matilda, die es ihr geliehen hatte, um sich und die anderen jungen Leute am Hof während der Festtage zu unterhalten. Es war eine Kostbarkeit, und Aliesa lebte in ständiger Angst, daß irgendwer Wein darüber verschütten oder es mit schmutzigen Händen anfassen könnte.
»Was wollt ihr hören? Vom Untergang Trojas? Oder von Roland?«
»Roland! Roland!« riefen die jungen Normannen begeistert aus. Sie bekamen einfach nie genug von den Ruhmestaten des Paladins Karls des Großen. Sie nahmen ihn sich zum Vorbild, verehrten ihn als großen Helden ihres Volkes, was, so hatte Wulfnoth Cædmon gegen-

über angemerkt, eigentlich doch ziemlich albern war, denn Karl der Große und sein treuer Roland waren Franken gewesen und hatten zu einer Zeit gelebt, da die Vorfahren aller Normannen noch wilde Nordmänner waren, die ihrem einäugigen Gott Odin Pferdeopfer darbrachten …

Aliesa fand die richtige Stelle und begann zu lesen. Anfangs lauschte Cædmon nur dem wunderbar melodischen Klang ihrer Stimme. Die Geschichte kannte er zur Genüge – auch wenn er sie noch nie in Versen gehört hatte –, und er hielt keine besonders großen Stücke auf Roland. Aus purem Trotz lehnte er ihn ab, nur aus dem einen Grund, weil Jehan de Bellême ihnen den fränkischen Helden wenigstens einmal am Tag als leuchtendes, für sie unerreichbares Beispiel hinstellte. Cædmon wünschte sich, Aliesa könne einmal die Geschichten und Verserzählungen hören, die in englischen Hallen vorgetragen wurden, von Oswald und Edmund, den Märtyrerkönigen, von Wiland dem Schmied, von Siegfried und dem Drachen und von Beowulf. Aber das würde wohl niemals geschehen …

Er seufzte vernehmlich, und als er Wulfnoths eindringlichen Blick spürte, riß er sich zusammen und konzentrierte sich auf die Geschichte dieses tragischen Helden, der, verraten von seinem eigenen Stiefvater, bei der Überquerung eines Gebirgspasses vom Heer abgeschnitten wurde. Zu stolz, das Horn zu blasen und seinen Kaiser so zu Hilfe zu holen, starb er völlig unnötig, irrtümlich erschlagen von der Hand seines treuen Freundes, des vom Feind geblendeten Olivier. Gerade als das Heer unter der Führung des mächtigen Karl kehrtmachte, um die gemeuchelte Elite seiner Ritterschaft zu rächen, brach Aliesa plötzlich ab.

Cædmon hob verwundert den Kopf und folgte dann hastig dem Beispiel seiner Gefährten, sprang auf und verneigte sich tief.

Herzog William stand mit verschränkten Armen vor einer der Säulen. Das Feuer warf unruhige Schatten auf sein Gesicht, das völlig unbewegt war bis auf einen Muskel in seiner rechten Wange, der rhythmisch zuckte. Seine schwarzen Augen loderten. Cædmons Herz sank, und er hatte nicht übel Lust, es den jüngeren Söhnen des Herzogs gleichzutun, zurückzuweichen und sich so klein wie möglich zu machen. Was auch immer geschehen sein mochte, er hoffte inständig, daß es nichts mit ihm zu tun hatte.

Prompt fiel Williams Blick auf ihn. So muß die Maus sich fühlen, wenn

sie sich der Katze gegenübersieht, dachte Cædmon flüchtig, schluckte und rang darum, nicht die Augen niederzuschlagen. Dann glitt der Blick des Herzogs weiter zu Wulfnoth.
»Ein Bote aus England ist eingetroffen«, sagte er, seine Stimme vollkommen ausdruckslos. »Ich bedaure, euch mitteilen zu müssen, daß mein Cousin, König Edward, gestern morgen kurz vor Tagesanbruch aus dieser Welt geschieden ist.«
Cædmon bekreuzigte sich und trat instinktiv einen Schritt näher zu Wulfnoth, der den Kopf gesenkt hatte, ebenfalls das Kreuzzeichen machte und murmelte: »Ruhe in Frieden, Schwager Edward.«
War die Nachricht auch lang erwartet, war sie dennoch ein Schock für die beiden Engländer. Der fromme Edward war so lange König gewesen, beinah ein Vierteljahrhundert, daß sie sich ein England ohne ihn kaum vorstellen konnten.
»Ich teile Euren Schmerz«, fuhr Herzog William in dem gleichen bedächtigen Tonfall fort. »England verliert einen guten König. Aber seid guten Mutes. Es hat schon einen neuen. Gerade jetzt, da wir hier stehen und plaudern, setzt der Erzbischof von York ihm in der neuen Klosterkirche von Westminster die Krone aufs Haupt.«
Cædmon hatte plötzlich das Gefühl, als habe er einen heißen Wackerstein im Bauch.
William lächelte schwach. »Ich denke, ich muß Euch gratulieren, Wulfnoth Godwinson.«
»Harold …«, brachte Wulfnoth tonlos hervor.
Der Herzog nickte. »Besteigt heute als der zweite dieses Namens den englischen Thron.« Er ließ die Arme sinken, und seine großen Hände ballten sich zu mächtigen Fäusten, als er einen Schritt näher auf sie zu trat. »Obwohl er geschworen hat, *meinen* Anspruch auf eben diesen Thron zu unterstützen. Obwohl er in *meinen* Dienst getreten ist.« Er unterbrach sich einen Augenblick, um sich wieder zu fassen. »Armes England. Ein Eidbrecher, Lügner und Verräter ist dein neuer König. Doch ich höre ihn schon sagen, daß er es nicht verhindern konnte, denn, so berichtet mein verläßlicher Bote, das *Witenagemot*, euer altehrwürdiger, angelsächsischer Kronrat, habe ihn zum König gewählt. Nachdem der sterbende König ihn zu seinem Nachfolger bestimmt habe. Was, denkt Ihr, Wulfnoth, wollen wir ihm als Krönungsgeschenk schicken? Euren Kopf vielleicht?«
Wulfnoth rührte sich nicht und sagte kein Wort. Cædmon hingegen

konnte sich nicht so meisterlich beherrschen. Seine Furcht machte ihn kopflos. »Monseigneur, bitte, Wulfnoth kann doch nichts...«
»Euer Vater hat ebenfalls für Harold gestimmt, Cædmon of Helmsby!« donnerte William.
Cædmon fuhr leicht zusammen. »Aber mein Vater gehört nicht zum Witenagemot...«
»Ihr seid nicht auf dem laufenden über die politischen Veränderungen in England, mein junger Freund. Euer Vater ist ein einflußreicher Mann geworden.« Ehe Cædmon diese Neuigkeit noch richtig aufnehmen konnte, fuhr der Herzog zu der Wache am Eingang der Halle herum und befahl: »Sperrt sie ein! Bringt dieses Verräterpack in irgendein Kellerloch, wo ich sie nicht sehen muß! Sofort!«
Die Wachen eilten herbei, und Cædmon spürte einen eisernen Griff im Nacken, eine zweite Hand umklammerte seinen linken Oberarm. »Komm schon«, sagte der Soldat unwirsch. Er zerrte ihn herum, und für einen kurzen Moment sah Cædmon Aliesa, die ihn mit weit aufgerissenen Augen anstarrte, ohne daß er hätte sagen können, ob es Abscheu oder Furcht um sein Leben war, die sie empfand. Ihre Blicke trafen sich, doch dann trat ihr Bruder zwischen sie. Seine Miene war unschwer zu deuten. Er genoß das Schauspiel, das sich ihm bot.
Der Wachsoldat versetzte Cædmon einen unsanften Tritt in die Wade und zerrte ihn zur Tür. »Beweg dich.«
Cædmon erkannte ihn erst jetzt. Es war Michel, der seit jener verrückten Nacht auf der Brustwehr einer seiner wenigen Freunde unter den Männern des Herzogs gewesen war. Damit schien es jetzt allerdings vorbei zu sein.
Aber Cædmon irrte sich. Kaum waren sie zur Tür hinaus, ließ Michel ihn los. »Ich werde für dich beten, Cædmon«, murmelte er.
»Ja, ich glaube, ich habe im Augenblick jede Art von Fürsprache nötig«, erwiderte Cædmon beklommen.
Michel und der zweite Wachsoldat brachten sie in ein wahrhaft schauriges Kellerverlies. Es war ein relativ großer Raum mit einer niedrigen Decke, die auf dicken, steinernen Pfeilern ruhte. Als Michel mit einer Fackel eintrat, huschten ein gutes Dutzend Ratten in alle Richtungen davon.
»Es ist das beste, was wir zu bieten haben«, entschuldigte er sich bei den beiden Gefangenen.

Cædmon und Wulfnoth nickten ergeben. Im Augenblick hatten sie wirklich andere Sorgen.
»Ich bringe euch Decken«, versprach Michel. »Sonst noch irgendwas, das ihr braucht?«
Sie schüttelten die Köpfe. Erst später kam ihnen der Gedanke, daß sie sich die eintönigen Stunden in dieser finsteren Gruft mit der Laute hätten verkürzen können.
Michel befestige die Fackel an einer Halterung in der Wand und ging hinaus. Der Riegel rasselte vernehmlich. Wulfnoth setzte sich mit dem Rücken an einen der Pfeiler gelehnt ins Stroh. Cædmon blieb nahe der Tür stehen, sah sich um, nahm die Schleuder vom Gürtel und fischte einen der Kiesel aus seinem Beutel, die er gewohnheitsgemäß immer bei sich trug.
»Gib acht, was du triffst, Cædmon. Wenn du mir ein Loch in den Schädel schießt, wird William schwer enttäuscht sein. Ein eingedelltes Krönungsgeschenk macht sicher einen schlechten Eindruck.«
Cædmon antwortete nicht. Er legte den Stein ein und ließ die Schleuder über dem Kopf kreisen, bis sie gleichmäßig sang. Dann schnellte der Stein heraus und traf eine große Ratte genau zwischen die Augen.
»Nummer eins.«
»Du hast nicht genug Steine, um sie alle zu erledigen.«
»Dann werde ich mir meine Steine eben wiederholen.« Er legte einen neuen ein und tötete die zweite Ratte.
»Herrgott, hör auf damit!« herrschte Wulfnoth ihn an.
Cædmon zog die Brauen hoch, zuckte dann die Schultern und ließ sich ihm gegenüber im Stroh nieder. Es war längere Zeit still.
Schließlich fragte er: »Wird er uns töten, Wulfnoth?«
»Ich weiß es nicht. Eben in der Halle dachte ich, er würde es auf der Stelle tun. Ich denke, je mehr Zeit vergeht, um so besser stehen unsere Chancen.«
Cædmon nickte. »Na ja. Die Sache hat auf jeden Fall ihre gute Seite. Solange wir hier eingesperrt sind, habe ich Ruhe vor Jehan de Bellême. Das ist ein nicht zu überschätzender Vorzug. So betrachtet, könnte ich mich an dieses Quartier durchaus gewöhnen. Vor allem, wenn du mir gestattest, die Ratten zu…«
»Cædmon, du darfst nicht denken, dein Vater hätte dich willig geopfert. Ich bin überzeugt, ihm blieb keine andere Wahl. Du hast keine Vorstellung, wie Harold einem Mann zusetzen kann, wie…«

»Hör doch auf«, fiel Cædmon ihm ärgerlich ins Wort. »Ich bin kein Bengel mehr.«
»Nein. Ich sage dir diese Dinge, weil es so ist. Weil ich meinen Bruder soviel besser kenne als du.«
Cædmon winkte ungeduldig ab. »Und wenn schon. Mag sein, daß mein Vater mich heute nicht geopfert hat, aber vor zwei Jahren hat er es ganz sicher getan. Und im Grunde ist es auch völlig gleich, wer uns den Strick umgelegt hat, an dem wir zur Schlachtbank geführt werden. Ob mein Vater oder dein Bruder, was macht das für einen Unterschied?«
Wulfnoth nickte zustimmend. »Nicht den geringsten, du hast recht.« Er streckte die Beine aus und lehnte den Kopf zurück gegen den dicken, gemauerten Pfeiler. »Gott, Harold, welch unanständige Hast. Der arme Edward kann noch nicht einmal kalt gewesen sein, als du seine Krone genommen hast.«
»Glaubst du wirklich, der König hat ihn vor seinem Tod zum Nachfolger bestimmt?«
Wulfnoth schnaubte. »Nie im Leben. Der König konnte meinen Bruder ebensowenig ausstehen wie meinen Vater. Er hat sie beide immer gefürchtet.«
»Vielleicht war sein Geist verwirrt«, gab Cædmon zu bedenken.
»Vielleicht. Vielleicht hat Harold diese rührselige Geschichte vom Sinneswandel in letzter Minute aber auch nur erfunden, um die Witan für sich zu gewinnen.«
Cædmon nickte nachdenklich, legte die Arme auf die angezogenen Knie und stützte das Kinn auf die Faust. »Und was wird Herzog William tun?«
»Gute Frage. Ich kann mir irgendwie nicht so recht vorstellen, daß er müßig die Hände in den Schoß legt und seine Träume von der englischen Krone stillschweigend begräbt.«

Tatsächlich rief der Herzog umgehend eine Versammlung seiner mächtigsten Adligen und Verbündeten ein. Während Cædmon und Wulfnoth in Furcht und Ungewißheit schmorten, traf sich der Rat in Lillebonne, etwa zwanzig Meilen westlich von Rouen, und dort erörterten sie, wie man auf diesen Affront reagieren solle.
Am Tag der Rückkehr des Herzogs schlich Etienne sich abends in den Keller hinab zum Verlies und brachte den beiden Engländern Neuigkeiten und Brathühnchen.

»Hier, mit den besten Grüßen aus der Küche. Jetzt macht es sich bezahlt, daß du dort so gute Kontakte unterhältst, Cædmon«, bemerkte er mit einem süffisanten Lächeln.
Cædmon brummte irgend etwas Unverständliches und begann zu essen. Etienne und die anderen jungen Männer am Hof waren regelmäßige Gäste in den Freudenhäusern der Stadt. Weil Cædmon sie nie begleitete, gingen sie davon aus, daß er anderweitig auf seine Kosten kam, und irgendwie war das Gerücht um Cædmon und eine der Küchenmägde in die Welt gekommen. Er tat nichts, um es zu zerstreuen, obwohl es jeglicher Grundlage entbehrte. Selbst wenn er ein Mädchen gefunden hätte, das bereit gewesen wäre, sich mit einer englischen Geisel einzulassen, er hätte es nie riskieren können. Wäre sie schwanger geworden, hätte das für ihn böse Schwierigkeiten zur Folge gehabt. Doch ebensowenig konnte er seine Freunde bei ihren Ausflügen begleiten, weil er so gut wie kein Geld besaß. Die beschämende Wahrheit war, daß er in dieser Disziplin nach wie vor unerprobt war. Aber er wollte wirklich nicht, daß irgendwer das auch nur ahnte.
Etienne hielt sein beharrliches Schweigen fälschlicherweise für galante Zurückhaltung und wechselte das Thema.
»Ich wäre schon eher gekommen, aber mein Vater hat es ausdrücklich verboten.«
»Und jetzt hat er es erlaubt?« fragte Wulfnoth ungläubig.
Etienne schüttelte den Kopf. »Natürlich nicht. Aber er ist noch in Lillebonne und kommt erst morgen zurück.«
Cædmon lächelte seinem Freund dankbar zu. »Du riskierst mal wieder Kopf und Kragen. Wenn Jehan davon erfährt ...«
»Tja, du wirst es nicht glauben, Cædmon, aber es war Jehan, der die Wachen überredet hat, mich zu euch zu lassen. Ich sag's ja immer, er hat eine Schwäche für euch beide.«
»Ich glaube, mir wird schlecht«, brummte Cædmon, aß aber mit unvermindertem Appetit weiter. Michel sorgte dafür, daß sie ausreichend beköstigt wurden, aber die erlesenen Speisen, die in der Halle serviert wurden, verschwendete man nicht an die in Ungnade gefallenen Engländer.
»Jedenfalls habt ihr nach wie vor Freunde hier«, versicherte Etienne nachdrücklich.
Cædmon öffnete den Mund zu einer bissigen Bemerkung, aber Wulfnoth kam ihm zuvor. »Das wissen wir zu schätzen, Etienne«, sagte er

eilig und warf Cædmon einen warnenden Blick zu. »Und jetzt erzählt, was immer Ihr uns sagen könnt.«
Der junge Normanne dachte einen Moment nach und beobachtete Cædmon, der aufgestanden war, um die Fackel zu erneuern, deren Zischen und Flackern verriet, daß sie bald verlöschen wollte.
»Cædmon, du hinkst!« rief Etienne erschrocken.
»Ich weiß.« Cædmon winkte beruhigend ab.
Das Bein hatte nie ganz aufgehört, ihm Schwierigkeiten zu bereiten. Im Winter machte es ihm mehr zu schaffen als im Sommer, aber ganz gleich zu welcher Jahreszeit kündigte es ihm einen jeden Wetterumschwung durch einen dumpfen, ziehenden Schmerz an, und die Leute auf der Burg in Rouen hatten sich angewöhnt, ihn zu fragen, ob es Regen geben werde. Er irrte sich so gut wie nie. Doch die Beschwerden beeinträchtigten ihn kaum noch, er dachte so gut wie nie an diese alte Geschichte, und seit jenem Abend im vorletzten Sommer, als er Wulfnoth gehindert hatte, sich von der Brustwehr zu stürzen, hatte ihn niemand mehr hinken sehen.
»Ein bißchen kalt und feucht hier unten. Und ich habe vermutlich nicht genug Bewegung.«
»Ich glaube nicht, daß ihr es noch lange hier aushalten müßt«, sagte Etienne zuversichtlich. »Natürlich ist der Herzog immer noch zornig auf Euren Bruder, Wulfnoth. Aber er tobt nicht mehr.«
Wulfnoth nickte. »William hatte seit jeher einen kühlen Kopf in seinem Zorn, das macht ihn so gefährlich.«
»Die Unterstützung des Adels und seiner Vasallen hat ihn besänftigt«, fuhr Etienne fort. »Der Herzog hat es als bedauerliche Tatsache akzeptiert, daß der englische Adel nicht zum Versprechen seines toten Königs steht und…«
»Es klingt ziemlich häßlich, wie du das sagst«, unterbrach Cædmon aufgebracht.
»Es *ist* häßlich«, entgegnete Wulfnoth. »Bedauerlicherweise war König Edward der einzige Mann in England, der einen Normannen auf dem englischen Thron wollte. Vielleicht war es unklug und selbstsüchtig, daß er dieses Versprechen gab, aber wie dem auch sei, sein Versprechen hätte die Witan binden müssen. Jeder Angehörige des Rates, der für Harold gestimmt hat, hat sich ehrlos verhalten, wie gut seine Gründe auch immer gewesen sein mögen. Und mein Bruder ist von allen am tiefsten gesunken. Fahrt fort, Etienne.«

»Der Herzog und der Rat haben beschlossen, daß eben erkämpft werden muß, was man ihm widerrechtlich vorenthält. Eine Flotte soll gebaut werden. Und sobald sie fertig ist, wird sie nach England segeln.«
Cædmon traute seinen Ohren kaum. »Er will England … erobern?«
Wulfnoth pfiff leise durch die Zähne. »Ich habe irgendwie immer geahnt, daß er nicht die Absicht hat, als William ›der Bastard‹ in die Geschichte einzugehen.«
Cædmon hörte nicht hin. »Er muß wahnsinnig sein. Ich meine, das kann nicht einmal *er* wagen. Es ist aussichtslos, und die ganze Christenheit würde empört aufschreien.«
»Wieso glaubst du das?« fragte Etienne kühl. »Er will nichts weiter als sein Recht durchsetzen.«
»Herrgott noch mal, Etienne, ich bin gerne bereit zuzugeben, daß Harold Godwinson sein Wort gebrochen und sich ehrlos verhalten hat, aber jetzt ist er der vom Witenagemot gewählte König! Da ist nichts mehr zu machen.«
»Ich schätze, das werden wir sehen.«
»Aber ihr habt kein *Recht*…«
Etienne hob abwehrend die Hand. »Cædmon.«
»Was?«
»Ich glaube, wenn wir Freunde bleiben wollen, müssen wir uns darauf einigen, bestimmte Themen zu meiden. Und ich schätze, dazu gehört, was ich über deinen König denke und was du über meinen Herzog denkst. Was meinst du?«
Cædmon dachte einen Augenblick nach. Dann nickte er knapp. »Du hast recht.«
Etienne lächelte schwach. »Dann wollen wir es in Zukunft so halten. Politik ist schließlich keine Sache zwischen dir und mir.«
»Nein«, stimmte Cædmon mit mehr Überzeugung zu. »Du hast recht, Etienne. Entschuldige.«
Etienne winkte ab, sah sich kurz um und schauderte unwillkürlich. »Ich kann verstehen, daß du auf uns Normannen im Augenblick nicht gut zu sprechen bist, weißt du. Ich glaube, ich könnte es hier nicht mit so großer Gelassenheit aushalten wie ihr. Und darum werde ich euch jetzt verlassen, Monseigneurs«, schloß er grinsend.

Anfang Februar wurden Wulfnoth und Cædmon tatsächlich ohne ein Wort der Erklärung aus ihrem Verlies entlassen. Es war früher Morgen, noch fast dunkel, und die Wachen, die sie die Treppe hinauf in den eisig kalten Hof führten, hießen Wulfnoth, sie zu begleiten. Cædmon möge in die Halle gehen und frühstücken und sich dort bereithalten.

Die beiden Engländer tauschten unbehagliche Blicke.

In der Halle war Hochbetrieb. So unauffällig wie möglich ging Cædmon zu dem Platz an der linken Tafel, wo er zusammen mit Wulfnoth saß, wenn er sich gelegentlich hier aufhielt. Zwei normannische Ritter gleich neben ihm unterbrachen ihre Unterhaltung, als er Platz nahm, und standen mit solchem Nachdruck auf, daß die Leute in der Nähe neugierig aufschauten. Mit einem unendlich verächtlichen Blick in Cædmons Richtung gingen die beiden Männer davon. Cædmon biß die Zähne zusammen und tat, als mache ihm das überhaupt nichts aus. Er hatte kaum aufgegessen, als eine Wache zu ihm trat und ihm mitteilte, Herzog William wünsche ihn umgehend zu sehen. Schweren Herzens folgte Cædmon dem Mann aus der Halle. Er war alles andere als erpicht darauf, sich dem Zorn und Hohn des Herzogs auszusetzen, er fand, die Normannen stellten gar zu hohe Ansprüche an seine Duldsamkeit.

Die Wache führte ihn eine Treppe hinauf zu den herzöglichen Gemächern, klopfte an und bedeutete Cædmon mit einem Nicken einzutreten.

William saß zurückgelehnt in einem Sessel am Fenster. Ein Leinentuch bedeckte seine Brust, und hinter seiner Schulter stand sein Barbier, das frisch geschärfte Rasiermesser in der Hand.

Cædmon trat zögernd ein paar Schritte in den Raum, verneigte sich tief und sah sich verstohlen um. Er war zum erstenmal in diesem Gemach. Wunderbare, große Teppiche bedeckten die Wände, die Steinfliesen waren mit frischem Stroh und duftenden Kräutern ausgelegt. An einem der beiden schmalen, hohen Fenster stand ein dunkel gebeizter Eichentisch mit mehreren brokatgepolsterten Sesseln, unter dem anderen ein hohes Stehpult mit einer Kerze darauf, hinter dem ein kleiner, blasser Mönch wartete, die Feder einsatzbereit in der Hand. Sonst war niemand im Raum.

»Tretet näher, Cædmon«, sagte William nicht unfreundlich.

Cædmon wagte sich drei Schritte weiter vor.

»Ich wünsche, daß Ihr eine Protestnote übersetzt, die ich nach England zu schicken gedenke. Wiederholt langsam in Eurer Sprache, was ich sage. Deutlich, damit der Schreiber die fremden Worte auch versteht.«

»Ja, Monseigneur.«
»Pierre, worauf wartest du, denkst du, ich habe den ganzen Tag Zeit, mich rasieren zu lassen«, fuhr er den Barbier zerstreut an, der sich schleunigst an die Arbeit machte. William legte den Kopf zurück und begann zu diktieren: »An Harold, Earl of Wessex. Mit großem Bedauern habe ich von Eurer Usurpation Kenntnis genommen, mit der Ihr die englische Krone widerrechtlich und entgegen Eurer beeideten Zusicherung an Euch gebracht habt. Ich ermahne Euch nachdrücklich, Euch zu besinnen, denn nicht nur habt Ihr gegen jedes geltende weltliche Recht verstoßen, sondern mit dem Bruch Eures feierlichen Eides Euer Seelenheil verwirkt…«
Es wurde ein langer, äußerst scharfer Brief, und das Diktat ging nur stockend vorwärts, denn der Schreiber mußte Cædmon allenthalben bitten, einzelne Worte zu wiederholen. Entsetzt stellte er fest, daß die Sprache der Engländer vornehmlich aus gelispelten Zischlauten zu bestehen schien und insgesamt ein mißtönendes Gekrächz ergab, das sich eher nach einer schlimmen Halsentzündung denn einer Sprache von Christenmenschen anhörte.
»Monseigneur, ich finde keine Buchstaben für diese … Geräusche«, jammerte er.
William, der von Buchstaben nicht mehr Ahnung hatte als Cædmon und dem die Tragweite des Problems daher nicht bewußt war, hob abwehrend die Hand. »Macht es so gut wie Ihr könnt. Und jetzt weiter.«
Als schließlich sowohl Brief als auch Rasur abgeschlossen waren, schien die Laune des Herzogs sich merklich gebessert zu haben. Vermutlich hat es ihm gutgetan, sich seinen Groll von der Seele zu reden, dachte Cædmon.
»Und was sagt Ihr, Cædmon? Habe ich recht oder nicht?«
Der junge Engländer hob verwundert den Kopf; das war eine seltsame Frage für den sonst so unnahbaren Herzog. »Ihr habt mit jedem Wort recht«, räumte er ein.
»Aber trotzdem ist Euch König Harold auf dem englischen Thron lieber als König William?«
Cædmon geriet in arge Bedrängnis. Beinah wünschte er, der Herzog würde ihn zurück in das Rattenloch im Keller schicken, statt ihn dieser Befragung zu unterziehen.
»Hättet Ihr wohl die Güte, mir zu antworten, Cædmon of Helmsby?«
Cædmon sah ihn an. »Nein, Monseigneur. *Mir* ist er nicht lieber. Ha-

rold Godwinson hat seinen König hintergangen, seinen Bruder verraten, meinen Vater erpreßt, mich im Stich gelassen und Euch betrogen. Ich halte ihn für keinen guten Mann und daher für keinen guten König. Aber ich bin sicher, die Witan und die meisten Menschen in England sind anderer Ansicht. Sie sehen in ihm den mutigen Heerführer, als der er sich ungezählte Male bewährt hat, den starken Mann, der England vor unwillkommenen Invasionen schützen wird, sei es aus Süden oder Norden. England will keinen fremden König und wird sich auch keinem fremden König unterwerfen.«

William hatte mit leicht geneigtem Kopf zugehört und schien jetzt tief in Gedanken versunken. Dann wandte er sich an den Schreiber: »Nun, Bruder Rollo, was sagt Ihr? Haben beide das gleiche diktiert?«

Der kleine Mönch sah stirnrunzelnd von seinen Pergamentrollen auf und nickte zögernd. »Ja, Monseigneur. Soweit ich feststellen kann, dekken sich Wulfnoths und Cædmons Übersetzungen.«

William nickte zufrieden und zeigte sein seltenes Lächeln. »Verzeiht mein Mißtrauen, Cædmon.«

»Ich kann verstehen, daß Euer Vertrauen in die Aufrichtigkeit der Engländer erschüttert ist.«

William riß sich mit der für ihn so typischen Ungeduld das Handtuch von der Brust, stand auf und trat auf ihn zu. »Aber Ihr wart aufrichtig und offen, also werde ich es auch sein. Ich gestehe, als ich von Harold Godwinsons Verrat erfuhr, wollte ich seinen Bruder und Euch töten. Aber Ihr habt nicht nur einflußreiche, sondern auch sehr weise Fürsprecher an meinem Hof. Und einer sagte etwas, das mir immer klüger und bedeutsamer erscheint, je länger ich darüber nachdenke. Ihr erklärt, England wird sich keinem fremden König unterwerfen. Nun, dann muß es eben unterworfen werden. Die Krone steht mir zu, und ich werde sie bekommen. Und wenn es soweit ist, werde ich Männer wie Euch brauchen. Männer, die eine Brücke schlagen können zwischen Engländern und Normannen, weil sie sie beide kennen. Männer, denen ich trauen kann, und ich habe eine eigentümliche Neigung, Euch zu trauen, Cædmon, hatte sie immer schon. Gerade eben habt Ihr wiederum bestätigt, daß ich mich nicht in Euch täusche. Was sagt Ihr?«

Cædmon sagte erst einmal gar nichts. Er hatte den Verdacht, daß er im Begriff war, in eine Falle zu tappen, aus der er sich vielleicht nie wieder würde befreien können. »Ich … ich muß darüber nachdenken, Mon-

seigneur. Ich glaube, es ist eine schwerwiegende Entscheidung, vor die Ihr mich stellt.«
»Das ist es sicher. Also denkt. Laßt mich England erst einmal erobern. Wenn das bewerkstelligt ist, werde ich Eure Antwort erfragen.«
Cædmon verneigte sich wortlos.

Als er auf den Korridor hinaustrat, fing der junge Richard ihn ab. »Cædmon! Ich bin ja so froh, daß du wieder da bist.«
»Ja, ich auch, Richard.«
»Komm mit. Meine Mutter wünscht dich zu sehen.«
Gott, was wollen sie auf einmal alle von mir, dachte er ungläubig.
Herzogin Matilda verbrachte den Vormittag in Gesellschaft ihrer jüngeren Kinder: Richard, Rufus und einer Schar Töchter, von denen Cædmon nur die zwölfjährige Agatha erkannte. Die anderen, Adeliza, Cecile und Adela waren noch so klein und er sah sie so selten, daß er nie sicher sein konnte, welche welche war. Es waren hübsche, lebhafte Kinder. Die meisten hatten die dunklen Haare und Augen ihres Vaters geerbt, nur Rufus und eines der kleinen Mädchen hatten die goldblonden Locken und hellblauen Augen ihrer flämischen Mutter.
Cædmon verneigte sich wiederum ehrerbietig, und wiederum sah er sich verstohlen um. Es war ein ebenso kostbar eingerichtetes Gemach wie Williams, doch lagen hier überall Holzspielzeuge im Stroh am Boden verstreut. Eine von Matildas Hofdamen – leider nicht Aliesa – brachte mit zweien der kleinen Mädchen eine Stoffpuppe zu Bett, und auf einer gepolsterten Bank unter dem Fenster entdeckte Cædmon zu seiner Verwunderung Wulfnoth, der die Beine übereinandergeschlagen hatte und auf das friedvolle Bild hinabblickte.
»Ihr wolltet mich sprechen, Madame?«
Matilda nickte lächelnd und reichte ihre jüngste Tochter, die sie auf dem Schoß gehalten hatte, an die Amme, die in respektvollem Abstand von Mutter und Tochter gewartet hatte, eine frische Windel kampfbereit in der Hand.
Dann wandte die Herzogin sich wieder an Cædmon. »Ich bin überzeugt, Eure Unterredung mit dem Herzog verlief einvernehmlich?«
Und was mag diese Frage zu bedeuten haben, überlegte Cædmon unbehaglich.
»Ähm …, ich bin nicht ganz sicher, Madame. Wenn Ihr meint, ob ich seinen Brief übersetzt habe, ohne zu versuchen, ihn zu betrügen, dann

ja, wenn Ihr meint, ob ich auf sein Ansinnen eingegangen bin, dann nein. Es ist eine schwierige Entscheidung für mich, und ich habe mir Bedenkzeit ausgebeten. Da ich hier mit meinem Kopf auf den Schultern vor Euch stehe, denke ich, man kann sagen, die Unterredung verlief alles in allem einvernehmlich.«

Matilda biß sich auf die Unterlippe, um ein Lächeln zu unterdrücken. »Beinah ein kleines Wunder, bedenkt man, daß Eure Zunge ebenso scharf ist wie die seine.«

Cædmon rieb sich verlegen das Kinn an der Schulter und antwortete nicht.

Matilda nickte ihm zu; sie hatte eine bemerkenswert huldvolle Art zu nicken, die Cædmon schon oft aus der Ferne bewundert hatte. »Ich will Euch nicht unnötig von Eurem Unterricht fernhalten. Mir war nur daran gelegen, Euch wissen zu lassen, wie froh meine Söhne und ich sind, daß der Zorn des Herzogs nicht länger zwei unschuldige Männer trifft.«

Cædmon fiel ein, was William über seine einflußreichen, weisen Ratgeber gesagt hatte, und ihm ging ein Licht auf. »*Ihr* habt für uns gesprochen, Madame? Wie großmütig von Euch.«

Sie hob kurz die schmalen Schultern. »Es war nur recht. Und ich bin sicher, es wird sich für uns alle noch von Vorteil erweisen.« Sie hob lächelnd die Hand, um ihn zu entlassen.

Wulfnoth schloß sich ihm an, und gemeinsam stiegen sie die Treppe hinunter.

»Was hatte das zu bedeuten?« fragte Cædmon verständnislos. »Was wollte sie von mir?«

»Sie wollte vor allem einen Blick auf dich werfen. Sie wünscht, daß du in Zukunft mehr Zeit mit Richard und Rufus verbringst. Sollte der Herzog in England tatsächlich erfolgreich sein, will sie, daß du ihre beiden jüngeren Söhne unsere Sprache lehrst. Du solltest ihm Glück wünschen, weißt du. Es würde bedeuten, daß du Jehan de Bellême entkommst.«

Cædmon schnitt eine Grimasse. »Was für ein Dilemma ... Und was wollte sie von dir?«

»Oh, nichts weiter. Hören, was ich von dir denke. Sie schickt gelegentlich nach mir, weißt du. Schließlich ist sie so etwas wie meine Nichte.«

»Wie bitte?«

Wulfnoth zuckte mit den Schultern. »Ihre junge Tante Judith, die Halbschwester ihres Vaters, ist die Frau des fürchterlichsten all meiner Brüder, Tostig, neuerdings nicht mehr Earl of Northumbria, wie man hört.«

Cædmon schüttelte verwirrt den Kopf. »Was redest du da?«
»Meine Schwägerin ist ihre Tante. Also ist Matilda meine angeheiratete Nichte. Was ist daran so schwer zu verstehen?«
Cædmon schwieg betroffen. Er vergaß einfach immer wieder, aus welch mächtigem Adelsgeschlecht Wulfnoth stammte, welch ein Leben, wieviel Macht ihm von Geburt her eigentlich zugestanden hätten.
»Und sie schickt nach dir, um mit dir zu plaudern, ja?«
»So ist es. Ein hohes Privileg, das ich wirklich zu schätzen weiß. Sie ist eine der wunderbarsten Frauen, die ich kenne. Und du kannst getrost davon ausgehen, daß wir ihr unser Leben verdanken.«
»Ist ihr Einfluß auf William so groß?«
Wulfnoth nickte. »Er vergöttert sie und hört auf sie, ja.«
»Erstaunlich«, murmelte Cædmon. »So ein zierliches Persönchen. Und noch so jung.«
»Ja, sie ist noch keine dreißig, muß ungefähr vierzehn gewesen sein, als Robert zur Welt kam. Sieben Kinder bisher, eins gesünder als das andere, und man sieht ihr kein einziges davon an.«
»Das ist wahr. Herzog William ist ein glücklicher Mann.« Wulfnoth verzog ironisch den Mund. »Er hat hart genug gekämpft, um seine Matilda zu erringen. Sie haben gegen das ausdrückliche Verbot des Papstes geheiratet, weißt du.«
»Ist das wahr? Warum hat er die Heirat verboten?«
»Angeblich, weil William und Matilda zu nah miteinander verwandt waren. In Wirklichkeit, weil dem Papst eine Verbindung zwischen Flandern und der Normandie politisch nicht zusagte. Jedenfalls heirateten sie einfach, warteten, bis der Papst starb, holten sich die Erlaubnis von seinem Nachfolger und stifteten zur Buße jeder ein Kloster. Und damit war die Angelegenheit vergessen.«
Cædmon sann über diese ungewöhnliche Eheschließung nach und dachte, daß seine Hoffnung auf Aliesa de Ponthieu vielleicht gar nicht so vergeblich war, wenn auch Herzog William Matilda unter so widrigen Umständen und sogar gegen den Widerstand der Kirche geheiratet hatte. Immer vorausgesetzt, daß Aliesa ihn überhaupt wollte.

Jehan de Bellême begrüßte Cædmon mit einem zufriedenen Grinsen. »Du hast die weihnachtliche Faulenzerei vier Wochen länger als jeder andere genossen, wie?« knurrte er.
Cædmon nickte. »Ich hab gedacht, ich bin im Paradies.«

»Das kann ich mir vorstellen. Vermutlich bist du wieder so schlaff und kraftlos wie am Tag deiner Ankunft hier.«
»Mindestens.«
Ohne jede Vorwarnung trat Jehan ihm die Beine weg, und Cædmon ging zu Boden. »Nicht in diesem Ton, Söhnchen. Du kannst gleich unten bleiben. Zeig mir ein paar Liegestütze...«
Cædmon hätte nicht gedacht, daß er einmal so weit kommen würde, einen Tag in Jehans Klauen einen schönen Tag zu nennen, aber er kam nicht umhin. Er fühlte verharschten Schnee und den steinhart gefrorenen Boden unter seinen Händen, die wunderbare, sanfte Februarsonne auf Nacken und Rücken, während er sich ein ums andere Mal in die Höhe stemmte, zwanzigmal, dreißigmal, ohne auch nur kurzatmig zu werden, bis Jehan griesgrämig befahl, er solle endlich mit dem Unfug aufhören. Cædmon blieb einen Moment mit dem Gesicht im Schnee liegen, drehte sich dann auf den Rücken und blinzelte lächelnd in den blaßblauen Himmel.
Jehan sah auf ihn hinab. »Öffnet einem die Augen für die Schönheit der Welt, was?«
Cædmon setzte sich abrupt auf und bemühte sich um eine ausdruckslose Miene. Er wußte, Jehan war vor beinah zwanzig Jahren bei der Schlacht von Val-ès-Dunes Williams Feinden in die Hände gefallen, die ihn über ein Jahr lang gefangengehalten hatten. Nicht in einem Verlies, sondern in der *Oubliette* – dem Ort des Vergessens –, einem modrigen, feuchten Loch *unter* den Verliesen. Cædmon war überzeugt, kein anderer Mann hätte das überlebt, aber er verspürte nicht die geringste Neigung, Gefangenenanekdoten mit Jehan de Bellême auszutauschen. Vielmehr wünschte er leidenschaftlich, Jehan wäre in der Oubliette verreckt.
Der alte Veteran grinste wissend und machte eine auffordernde Geste. »Jeder holt sich ein Pferd. Und wer als letzter zurückkommt, wird heute abend fasten...«
Cædmon brauchte nicht zu befürchten, daß er hungrig zu Bett gehen müsse. Er war schon lange nicht mehr der letzte gewesen. Er gehörte jetzt mit Etienne fitz Osbern und Lucien de Ponthieu zu den Älteren; Roland Baynard, Roger und Philip waren im vergangenen Sommer auf die Güter ihrer Familien zurückgekehrt, jüngere Söhne aus den normannischen Adelsgeschlechtern waren nachgerückt, und auch Robert, der älteste Sohn des Herzogs, nahm seit einigen Monaten an Jehans

Unterricht teil. Die herzögliche Würde bewahrte Robert nicht vor Schikane und Schlägen, im Gegenteil, Cædmon kam mehr und mehr zu dem Schluß, daß der bedauernswerte Junge seine Nachfolge als Jehans bevorzugtes Opfer angetreten hatte. Und als Jehan den Sohn des Herzogs endlich da hatte, wo er ihn wollte, Robert blutend und heulend vor ihm im Sand lag, beugte er seinen kugelrunden Glatzkopf über ihn und raunte heiser: »Denkst du, ich tue das aus Freude, Robert? Glaubst du wie all die anderen Schwachköpfe hier, es bereitet mir ein besonderes Vergnügen, ungestraft junge Burschen zu quälen, die ausnahmslos von höherer Geburt sind als ich selbst?«
Robert richtete sich auf, fuhr sich mit dem Unterarm über die blutende Nase und nickte. »Ja. Das glaube ich.«
Jehan grinste zufrieden. »Nun, du hast zweifellos recht«, sagte er leise. »Aber es gibt noch einen zweiten Grund, weißt du.« Er stemmte die Hände in die Seiten und brüllte: »Herrgott, nimm dich zusammen, Robert fitz William, wir ziehen in den *Krieg!* Das gilt für jeden von euch Jammerlappen. Ihr meint, ich bin die Hölle, ja? Nun, ich schwöre euch, ihr alle werdet euch nach mir zurücksehnen! Und wenn ihr auch nur einen Funken Hoffnung haben wollt zu überleben, dann werdet endlich wach und gebraucht eure Köpfe und hört auf das, was ich euch beizubringen versuche!«

Im März wurde mit dem Bau der Flotte begonnen, und nach allem, was man hörte, ging es gut voran. Jeder von Williams Vasallen war verpflichtet, je nach Größe seiner Ländereien eine bestimmte Anzahl von Schiffen zur Verfügung zu stellen. Es wurde ein hartes Frühjahr für die normannische Landbevölkerung, die Leute mußten nicht nur wie üblich ihre Felder und die ihrer Gutsherren bestellen, sondern zusätzlich Unmengen von Holz schlagen und zu den Sammelstellen schaffen. Dort übernahmen dann Schiffsbauer die Arbeit. Auch nahe Rouen gab es einen Bauplatz, und an windstillen Tagen konnte man das Singen der Hämmer selbst oben auf der Burg hören, oft bis tief in die Nacht.
Am Sonntag nach Ostern stahl Cædmon sich nach dem Abendessen in den Hof hinaus und schlich in Matildas kleinen Garten hinter der Kapelle. Er liebte diesen Ort. Still und friedvoll war es hier; das junge, frühlingsgrüne Gras duftete betörend, und kleine, gelbe Büschel von Narzissen blühten darin. Er warf sich auf den Boden, ließ die Halme

sein Gesicht kitzeln, streckte die Arme über dem Kopf aus und sog alles gierig in sich auf.
Dann hörte er ihr helles Lachen: »Aber Cædmon, was tut Ihr denn da?«
Das war der zweite Grund, warum er hierherkam. Es bestand immer die Chance, sie zu treffen. In zwei Jahren war es erst viermal geschehen, doch jedesmal hatte er es vorher genau gewußt.
Er drehte sich auf den Rücken und sah zu ihr auf. Im dämmrigen Zwielicht schimmerten ihre schwarzen Haare wie ein stiller, nächtlicher See.
»Vermutlich das gleiche wie Ihr, Aliesa. Ich komme an den Ort, der mir hier der liebste ist, um ein paar belanglose Gedanken zu denken.«
Er besann sich mit einiger Verspätung der Gebote der Höflichkeit, kam auf die Füße und verneigte sich.
Sie senkte kurz den Kopf, um den schon makellosen Rock ihres moosgrünen Kleides zu glätten. Jedenfalls wirkte es moosgrün im schwindenden Licht. Cædmon war sicher, daß er es noch nie an ihr gesehen hatte. Ihre langen, dichten Wimpern bildeten zwei perfekte Halbmonde, ihr schneeweißer Schwanenhals schien ein schwaches Leuchten auszustrahlen, und er sah ihren Puls darin pochen. Gott, wie rettungslos ich ihr verfallen bin, dachte er ohne alle Bestürzung. Er hatte sich längst an das Gefühl gewöhnt.
»Darf ich mich zu Euch setzen?« erkundigte sie sich.
Er schüttelte den Kopf. »Lieber nicht. Der Rasen ist feucht. Ich hatte irgendwie vergessen, daß wir erst April haben.«
An einer niedrigen Hecke aus Spalierobst stand eine Bank. Er nahm ihre Hand und führte sie dorthin. »Bitte.«
Sie entzog sich eilig seinem Griff. »Wenn uns jemand sieht…«
»Das sagt Ihr jedesmal.«
Sie nickte. »Ich weiß. Einfallslos. Warum kommt Ihr wirklich hierher, Cædmon?«
Er verschränkte die Arme und legte den Kopf in den Nacken. Die ersten Sterne flimmerten am Himmel. »Um Euch zu sehen, Aliesa«, gestand er offen.
Sie lachte. »Sehr charmant.«
Er sah sie wieder an. »Heute vor zwei Jahren bin ich von zu Hause aufgebrochen. Habe meine Eltern, meine Brüder und meine Schwester zum letztenmal gesehen. Ich komme her, um mich zu fragen, wie es

ihnen allen gehen mag. Das kann ich nur, wenn ich allein bin. Und man ist auf dieser Burg nie irgendwo allein, nur hier.«
Sie erhob sich. »Dann werde ich gehen und Euch zufriedenlassen.«
Er nahm wieder ihre Hand. »Nein. Bitte nicht.«
Dieses Mal zog sie ihre Hand nicht gleich weg. Cædmon befühlte sie verstohlen. Glatt und kühl und zerbrechlich, genau, wie er sie in Erinnerung hatte. Er führte sie an die Lippen. Er konnte einfach nicht anders.
Aliesa schrie entsetzt auf.
Cædmon ließ sie los, als habe er sich plötzlich verbrannt. »Verzeiht mir…«
»Seht doch, Cædmon!« fiel sie ihm ins Wort. »O mein Gott, was ist das?« Ihr ausgestreckter Arm wies auf einen Punkt über seiner linken Schulter.
Cædmon wirbelte herum. Dann riß er ebenso entsetzt die Augen auf wie sie. »Heiliger Edmund, steh uns bei…«
Aliesa drängte sich instinktiv an ihn, und Cædmon legte die Arme um sie und vergaß den unheimlichen Schicksalsboten am Firmament. Er sperrte ihn einfach aus, schloß die Augen und fuhr mit den Lippen über ihren Scheitel. »Hab keine Angst«, murmelte er. »Keine Angst.«
»Aber was ist das nur?«
Unwillig schlug er die Augen wieder auf und sah zum Himmel. Ein neuer Stern war plötzlich dort erschienen, stand hoch im Südwesten und ließ alle anderen Himmelslichter vor seiner strahlenden Helligkeit verblassen, selbst den Abendstern. Er zog einen eigentümlichen, milchigen Lichtstreif hinter sich her wie die fliegende Mähne eines galoppierenden Pferdes.
»Wie der Stern von Bethlehem«, murmelte Cædmon.
Aliesa hob die Hand und bekreuzigte sich, rückte aber nicht von ihm ab. »Cædmon … im Kloster sagten sie, vor hundert Jahren hätten die Menschen geglaubt, wenn eintausend Jahre nach Christi Geburt vergangen seien, käme das Ende der Welt. Als es ausblieb, versicherten die Gelehrten, dann müsse es eben ein Jahrtausend nach seinem Tod am Kreuz kommen, aber kommen werde es bestimmt, so stehe es in der Offenbarung. Glaubt Ihr … sie haben sich verrechnet?«
Er spürte eine Gänsehaut auf Armen und Beinen. Es war ein grauenvoller Gedanke. Aber er konnte nicht ernsthaft daran glauben. Er erlag der Versuchung und legte die Linke in ihren Nacken, berührte mit den

Lippen ihre Wange. »Bestimmt nicht, Aliesa. Es ist ein himmlisches Zeichen, ganz gewiß. Aber nicht das Ende der Welt. Das Ende der Welt kann nicht an einem so lächerlich belanglosen Sonntag wie heute kommen. Die Erde müßte beben, der Himmel sich verdunkeln, all diese Dinge. Das Schlimmste, was heute geschehen ist, war der Aprilschauer nach der Messe.«

Sie lachte atemlos, hob den Kopf und sah wieder hinauf. »Dann denkt Ihr, es ist eine himmlische Warnung gegen Williams unseligen Krieg?«

»Ja, das würde ich wirklich furchtbar gerne denken. Aber was ist, wenn dieser langhaarige Stern auch in England zu sehen ist? Ich meine, den großen Wagen und den Mond sehen wir dort schließlich auch. Also was, wenn er in England auch erscheint? Ein himmlisches Zeichen gegen Harold Godwinsons unrechtmäßige Thronbesteigung? Oder will Gott den Engländern das eine sagen, den Normannen das andere?« Er hob kurz die Schultern. »Ich weiß es nicht.«

»Es macht mir angst«, gestand sie leise.

»Mir auch.«

»Werdet Ihr mit Herzog William in den Krieg ziehen, Cædmon?«

Er schüttelte den Kopf. »Ich werde mit ihm nach England gehen, wenn er sich entschließen sollte, mich mitzunehmen. Aber ich werde keine Waffen für ihn führen. Ich liefe Gefahr, einen meiner Brüder in der Schlacht zu erschlagen. Oder von einem von ihnen erschlagen zu werden. Und ich möchte weder Kain noch Abel sein. – Und was werdet Ihr tun, wenn die Flotte lossegelt und alle normannischen Ritter in den Krieg ziehen, den Ihr, wie ich mich entsinne, prinzipiell verurteilt?«

»Das habt Ihr Euch gemerkt?« fragte sie verblüfft. »Wie eigenartig.«

»Wieso? Es war ein bemerkenswerter Gedanke.«

»Die wenigsten Männer merken sich, was eine Frau zu ihnen sagt, wußtet Ihr das nicht? Was soll ich schon tun? Ich werde hierbleiben und kein Auge zutun, bis ihr alle wohlbehalten wieder zu Hause seid, und vor meiner Zeit alt und gramgebeugt werden.«

Cædmon war selig, daß sie um seine Sicherheit besorgt war. Er lachte leise. »Vielleicht solltet Ihr das Herzog William sagen. Wenn er eine so fürchterliche Drohung hört, läßt er bestimmt von seinem Vorhaben ab.«

Sie machte sich ungeduldig von ihm los. »Ach, Ihr macht Euch immer über alles lustig.«

Er legte leicht die Hände auf ihre Unterarme, damit sie keine allzu große Distanz zwischen sie bringen konnte. »Ihr irrt Euch. Mir graut vor diesem Krieg. Lieber würde ich den Rest meines Lebens hier im Exil verbringen, als unter diesen Umständen heimzukehren.«

Kaum hatte er es ausgesprochen, bereute er seine Offenheit schon. Würde sie ihn jetzt nicht für schwächlich und verzagt halten, für den selbstmitleidigen Jämmerling, der er gewesen war, als er hierher kam? Doch zu seiner Verwunderung rückte sie nicht peinlich berührt von ihm ab, sondern legte für einen winzigen Moment ihre kühle Hand auf seine Wange.

»Ja, ich kann mir vorstellen, wie bitter es für Euch sein muß.«

Als sie die Hand sinken ließ, nahm er sie in seine und legte sie an seine Brust. »Aliesa, Ihr...«

»Aliesa!« ertönte eine Stimme aus Richtung der Kapelle. »Aliesa, bist du hier?«

Cædmon erkannte die Stimme mühelos. Er ließ sie los und verschwand mit einem tollkühnen Hechtsprung hinter dem Spalierobst.

Lucien de Ponthieu kam hinter dem kleinen Gotteshaus hervor und stieß erleichtert die Luft aus, als er seine Zwillingsschwester entdeckte. »Gott sei Dank! Komm mit hinein. Hast du den Stern nicht gesehen? Gewiß ist es gefährlich, jetzt draußen zu sein.«

Aliesa hatte die Linke an die Wange gelegt und fragte sich, ob es wirklich stimmte, daß eben noch zwei warme Lippen darauf gelegen hatten. Sie antwortete nicht.

»Aliesa?« fragte ihr Bruder beunruhigt.

Sie warf einen kurzen, unsicheren Blick auf die Obsthecke. Dann nahm sie sich zusammen. »Ja. Ich komme, Lucien.«

Das seltsame Himmelszeichen hatte alle Leute erschreckt. Eine ganze Woche lang leuchtete es jede Nacht, und hier und da hörte man die Zweifler raunen, es sei eine göttliche Warnung gegen Herzog Williams ehrgeizigen Plan. Doch der Herzog selbst und seine engsten Ratgeber kamen bald zu dem Schluß, es müsse sich um ein Zeichen göttlichen Wohlwollens gehandelt haben, denn die Vorbereitungen des größten militärischen Wagnisses, von dem die Welt je gehört hatte, hätten kaum besser verlaufen können. Der Bau der Flotte ging zügig voran, und im Mai kehrte eine Gesandtschaft aus Rom zurück und brachte wunderbare Neuigkeiten. William hatte diese Abordnung hoher Adliger und kirchlicher Würdenträger zum Papst geschickt, um dort offiziell eine Beschwerde gegen Harold Godwinsons Eidbruch und seine wider-

rechtliche Thronbesteigung vorzubringen. Ohne jeden Vorbehalt hatte Papst Alexander sich dem Standpunkt der Normannen angeschlossen. Er war ohnehin verstimmt über den neuen König von England, der in Mißachtung päpstlicher Dekrete am exkommunizierten Erzbischof von Canterbury festhielt. Also stattete Alexander Williams Gesandtschaft mit offiziellen Dokumenten aus, die besagten, daß die englische Krone allein William von der Normandie zustehe und Harold Godwinson gegen die Gesetze der Welt und der Kirche verstoßen habe. Der Papst ging gar so weit, William zu bescheinigen, daß sein Feldzug gegen England ein heiliger Krieg sei, und gab den Gesandten kostbare Reliquien und ein päpstliches Banner mit auf den Heimweg. Nachdem diese eindeutige Parteinahme der obersten Gewissensinstanz der Christenheit bekannt geworden war, ergriffen auch der König von Frankreich und der junge deutsche König und designierte Kaiser für William Partei. So kam es, daß aus allen Teilen Frankreichs und gar aus Deutschland Soldaten in die Normandie strömten, um sich unter dem päpstlichen Banner zu versammeln, bis die normannischen Heerführer schließlich kaum noch wußten, wie sie die ganzen Freiwilligen unterbringen und ernähren sollten. Doch Herzog William verbot strikt jede Form von Plünderung, und die Landbevölkerung blieb unbehelligt von den vielen Soldaten.
Unterdessen wurden die Schiffe an der Mündung des Flusses Dives zusammengezogen, und Ende Juli brach das Heer endlich zur Küste auf, um den Kanal zu überqueren.

»Leb wohl, Wulfnoth.«
»Leb wohl, Cædmon. Und mach kein solches Gesicht. Es ist ja nicht deine Schuld.«
Natürlich hatte der Herzog wiederum verfügt, daß Wulfnoth in Rouen bleiben müsse, damit die Normannen, falls die Eroberung nicht so erfolgreich verlief wie erhofft, weiterhin ein Druckmittel gegen Harold Godwinson in der Hand hielten.
Cædmon nickte bedrückt. »Ich wünschte trotzdem, du kämest mit. Ich ... fürchte mich so jämmerlich. Was für eine schreckliche Art, nach Hause zu kommen. In einer feindlichen Armee.«
»Aber du hast William doch gesagt, daß du keine Waffen für ihn führen wirst, oder?«
»Ja, sicher. Trotzdem.«

Wulfnoth legte ihm kurz die Hand auf die Schulter. »Ich verstehe dich sehr gut. Wenn Männer ein Tauziehen veranstalten, zünden sie zwischen den beiden Lagern ein Feuer an. Wenn William und Harold ihr Tauziehen um England beginnen, wirst du genau in diesem Feuer stehen. Aber sei guten Mutes. Du hast Freunde auf beiden Seiten. Etienne und Roland und Philip gehen mit, nicht wahr?«
Cædmon nickte. »Natürlich. Lucien de Ponthieu auch. Kein Normanne will jetzt zu Hause bleiben, sogar fitz Osbern zieht dieses Mal mit in den Krieg.«
»Ja, das habe ich gehört. Herzogin Matilda und der junge Robert haben alle Vollmacht, in Abwesenheit des Herzogs und des Seneschalls das Herzogtum zu verwalten.«
Im Hof erscholl ein helles Horn.
Wulfnoth warf einen kurzen Blick aus dem Fenster. »Es wird Zeit. Aber warte noch einen Augenblick.«
Er trat an sein Bett, hockte sich hin und zog etwas darunter hervor, eine helle, neue Lederhülle, in der sich ein birnenförmiger Gegenstand mit langem Hals verbarg. Er streckte sie Cædmon entgegen. »Hier. Denk an mich, wenn du spielst.«
Cædmon riß die Augen auf und warf einen verwirrten Blick zum Tisch, wo Wulfnoths Laute an ihrem angestammten Platz lehnte. »Aber...«
Wulfnoth lächelte. »Roger Guiscards Cousin hat sie aus Sizilien mitgebracht, als er über Weihnachten hier war. Ich habe sie ihm abgeschwatzt. Ich wollte sie dir schon eher geben, aber als abzusehen war, daß unsere Wege sich für eine Weile trennen, habe ich mir gedacht, ich schenke sie dir zum Abschied.«
»Oh, Wulfnoth...«
Zögernd und voller Ehrfurcht nahm Cædmon das Instrument entgegen, löste die Kordel und warf einen Blick in die Hülle. Behutsam fuhr er mit einem Finger über die Saiten, und sie seufzten leise. Er schluckte energisch und hob den Kopf. »Ich danke dir.«
Wulfnoth lächelte. »Jetzt beeil dich lieber. Sonst segeln sie ohne dich. Mögest du auf deinem Weg Freunde finden, die Führung der Engel und das Geleit der Heiligen.«
Cædmon umarmte ihn kurz. »Danke. Gott schütze dich, Wulfnoth.«
Sein Freund schob ihn energisch zur Tür. »Ich denke, du hast seinen Schutz nötiger. Du und England und mein armer Bruder Harold.«

London, September 1066

Unangemeldet stürmte ein Bote in die Halle, geradewegs auf den kleinen Kreis um den König am Fenster zu. Sein Mantel war grau von Staub, der linke Ärmel seines Gewandes war zerfetzt, ebenso das linke Hosenbein, so als sei er vom Pferd gestürzt, und Blut hatte den Stoff getränkt. Vor Harold Godwinson fiel er auf die Knie. »Mein König…«, keuchte er.

»Dunstan!« rief Ælfric of Helmsby erschrocken aus.

Sein Sohn ignorierte ihn, hatte nur Augen für den König. »Vergebt mir die schlechten Nachrichten, Mylord. Es ist endlich passiert. Er ist in England gelandet.«

»Wer? William?« fragte der König fassungslos.

Dunstan starrte ihn einen Augenblick verständnislos an und schüttelte dann wild den Kopf. »Harald Hårderåde von Norwegen. Er … er kam mit dreihundert Schiffen den Tyne hinauf. Vor einer Woche.«

Das Gesicht des Königs war aschfahl geworden, aber seine Stimme klang vollkommen ruhig, als er sagte: »Nur weiter, Dunstan. Hab keine Scheu. Du kommst aus York?«

Dunstan nickte und atmete tief durch.

»Gebt dem Mann zu trinken«, wies der König einen der Diener an, der Dunstan augenblicklich einen Becher brachte. Aber der junge Bote beachtete ihn nicht. Statt dessen senkte er den Kopf; er brachte es nicht fertig, Harold in die Augen zu sehen bei dem, was er ihm zu sagen hatte. »Euer Bruder Tostig erwartete ihn. Euer Verdacht war vollkommen richtig, Tostig war in Schottland und hat König Malcolm Truppen abgeschwatzt. Er und Harald Hårderåde vereinten ihre Armeen und marschierten auf York. Morcar of Northumbria und sein Bruder Edwin, der Earl of Mercia, stellten sich ihnen entgegen, aber … Tostig und Harald Hårderåde haben sie vernichtend geschlagen, Mylord. Morcar und Edwin haben überlebt, heißt es, aber ihre Truppen sind fast bis auf den letzten Mann aufgerieben. Tostig und der König von Norwegen marschierten ungehindert weiter nach York, wo die Stadtbevölkerung sie mit Freuden willkommen hieß. Euren Bruder weniger, aber sie feierten Harald Hårderåde wie einen lang ersehnten Befreier.«

Er verstummte, nahm endlich den Becher, den der Diener ihm geduldig hinhielt, und leerte ihn in einem Zug.

Harold Godwinson hatte das Kinn auf eine Faust gestützt und dachte nach. Seine Augen wirkten kleiner als gewöhnlich, so als litte er an Schlafmangel, und ein grauer Schatten lag auf seinem Kinn. Schließlich schien er sich einen Ruck zu geben und richtete sich auf. »Es ist gut, Dunstan. Geh hinunter in die Küche und iß und trink, und jemand soll deine Wunden versorgen und dir neue Kleidung beschaffen. Deine Neuigkeiten sind in der Tat furchtbar, aber du hast mir gute Dienste erwiesen. Das werde ich nicht vergessen.«

Dunstan erhob sich, verneigte sich tief vor seinem König und wandte sich ab.

Harold wartete, bis er wieder allein mit seinen engsten Beratern war. Dann stützte er die Ellbogen auf den Tisch und sah aufmerksam in die Runde. »Nun, Mylords? Wie es scheint, hat der Nordwind, der William seit Wochen in der Normandie festhält, Harald Hårderåde geradewegs an die englische Küste geweht. Was, denkt Ihr, sollen wir tun?«

Nach einem kurzen, nachdenklichen Schweigen sagte sein Bruder Gyrth: »Es wird uns nicht viel anderes übrigbleiben, als mit Tostig und Harald Hårderåde zu einer Einigung zu kommen. Sollen sie Northumbria meinetwegen behalten, es war seit jeher ein Wikingernest. Sie haben Edwin of Mercia geschlagen? Bitte, sollen sie auch noch Mercia nehmen. Was kümmert es uns? Wir dürfen den Süden nicht entblößen. William kann jeden Tag hier landen, und er will nicht Northumbria, sondern *deine* Krone.«

»Die will Harald Hårderåde auch«, gab Ælfric of Helmsby zu bedenken. »Ich glaube nicht, daß er sich mit Northumbria und Mercia zufriedengäbe.«

»Das ist letztlich alles eine Verhandlungsfrage«, warf Waltheof, der Earl of Huntingdon, ein. »Auch dem König von Norwegen ist der Spatz in der Hand sicherlich lieber als die Taube auf dem Dach.«

»Ich finde es ausgesprochen befremdlich, daß Ihr die Nordhälfte Englands als ›Spatz in der Hand‹ bezeichnet, Mylord«, entgegnete der Thane of Kitridge schneidend.

Ælfric gab ihm recht. »Die Leute in Northumbria mögen Harald Hårderåde freundlich gesinnt sein, aber sie wollen keine Trennung von England. Das hätten wir letzten Sommer gemerkt. Doch die Frage scheint mir nicht so sehr, was *sollen* wir tun, sondern was *können* wir tun? Was, wenn wir nach Norden ziehen, und in der Zwischenzeit fällt der normannische Bastard über Englands Süden her?«

Der König hob kurz die Hand und beendete damit die Debatte. Mit einem bitteren kleinen Lächeln sagte er: »Vermutlich sollten wir uns geehrt fühlen. Es gibt zwei Männer, von denen behauptet wird, sie seien die größten Heerführer unseres Zeitalters. Der eine ist Harald Hårderåde von Norwegen, der andere William von der Normandie. Beide haben es auf uns abgesehen. Vielleicht sollten wir alle nach Irland fliehen und die beiden aufeinandertreffen lassen, in der Hoffnung, daß sie sich gegenseitig ausmerzen…«

Niemand lachte.

»Wer sagt, Harald Hårderåde und William der Bastard seien die größten Heerführer unserer Zeit, hat einen vergessen: Harold Godwinson«, ereiferte sich sein Bruder Leofwine, der Earl of Kent.

Harold runzelte die Stirn und nickte nachdenklich. »Ja, vielleicht hast du recht. Vermutlich könnte ich es mit jedem von ihnen aufnehmen. Aber mit *beiden?*« Er drückte für einen Moment Daumen und Zeigefinger gegen die geschlossenen Lider und schüttelte den Kopf. »Ihr müßt mir verzeihen.«

Sie alle waren erschöpft, nicht nur der König. Den ganzen Sommer über, seit sie vom Bau der normannischen Flotte wußten, hatten sie mit dem Fyrd von Wessex die Südküste bewacht. Völlig umsonst, wie sich gezeigt hatte, und die Soldaten wurden übellaunig, bis schließlich jeden Tag eine Meuterei auszubrechen drohte, weil die scheinbar sinnlose Wache sie von ihren Feldern fernhielt. Es wurde schier unmöglich, Disziplin zu halten. Der König hatte das Fyrd notgedrungen aufgelöst und seine Schiffe zur Überholung nach London befohlen. Doch die meisten waren auf dem Weg dorthin verlorengegangen, abgetrieben und versenkt durch den tückischen Nordwind. Die Thanes und Lords waren ausgelaugt nach ihren langen, fruchtlosen Mühen und voller Sorge, und die verheerenden Nachrichten aus dem Norden hatten die meisten in einen dumpfen Schockzustand versetzt.

Der König trank aus seinem Becher und stellte ihn langsam auf den Tisch zurück. »Seit im April das Himmelszeichen erschienen ist, will nichts mehr gelingen, was ich anfange«, sagte er leise. »Ich frage mich, zürnt Gott mir vielleicht wirklich? Schließlich ist es wahr, was William und der Papst sagen, ich habe meinen Eid gebrochen…«

Die Männer am Tisch schüttelten ihren Trübsinn ab und protestierten einhellig.

»Ein Eid, den Ihr unter Zwang leisten mußtet, Ihr wart doch praktisch Williams Gefangener…«

»König Edward hat Euch auf dem Sterbebett zu seinem Nachfolger ernannt ...«
»England braucht einen englischen König ...«
Harold hob lächelnd die Hand. »Euer Zuspruch tröstet mich, Mylords. Und er beschämt mich.« Er legte beide Hände auf die Tischplatte und stand auf. »Wir dürfen nicht länger zagen. William wird kommen, sobald es ihm möglich ist, aber noch bläst der Wind aus Norden. Also sage ich, ziehen wir nach Northumbria und verteidigen England gegen die Feinde, die schon hier sind: Harald Hårderåde und, so sehr es mich schmerzt, meinen Bruder Tostig.«
Die Thanes und Earls murmelten erleichtert und trommelten mit ihren Bechern zustimmend auf den Tisch.
Harold lächelte matt. »Waltheof, Ihr versammelt Eure und meine Männer. Ælfric, reitet mit Dunstan nach East Anglia und ruft das Fyrd auf, aber nur die, die sofort einrücken können, wir dürfen nicht auf die Säumigen warten. Wir werden die besten Chancen haben, wenn wir eher nach Northumbria kommen, als die Eindringlinge erwarten.«

Ælfric hatte dafür gesorgt, daß Dunstan zwei Stunden Schlaf bekam, ehe sie aufbrachen. Dann schickten sie nach den Pferden, verließen den Innenhof der königlichen Halle und ritten in östlicher Richtung am Fluß entlang, durch belebte Straßen und vorbei an den Hafenanlagen. Schiffe aus vieler Herren Länder lagen an den Kais, brachten Wein, feine Tuche, Silber oder Handschuhe, und englische Schiffe wurden mit Wolle, Stickereien und Kupfer beladen, die auf dem Kontinent hohe Preise brachten. Ælfric und Dunstan passierten einen dänischen Gewürzfrachter, dessen kostbare Ladung unter den argwöhnischen Blicken der schwer bewaffneten Besatzung gelöscht wurde.
Der Anblick lenkte Ælfrics Gedanken von der bedrohlichen politischen Lage zu seinem großen persönlichen Kümmernis.
»Hast du von *ihr* gehört?« fragte er seinen Ältesten, unfähig, den Namen seiner Tochter auszusprechen.
Dunstan versteifte sich sichtlich. Von jedem anderen hätte er sich diese Frage verbeten. Dann nickte er widerwillig. »In York reden sie von einem schwarzhaarigen Kerl, halb Däne, halb Norweger, mit einer jungen, englischen Frau. Es scheint, er war über das ganze vergangene Jahr der wichtigste Verbindungsmann zwischen Harald Hårderåde und Tostig. Ich habe versucht zu erfahren, wo sie stecken, aber es war un-

möglich. Er ist gerissen wie ein Fuchs, und er hat in York einen Unterschlupf, vermutlich irgendwelche Verwandte. Niemand wollte mir etwas sagen. Einer von Morcars Männern interessierte sich auch für ihn, der Captain der Wache. Sagt, er hätte noch eine Rechnung mit ihm und seiner kleinen, angelsächsischen Teufelin zu begleichen. Guck mich nicht so an, das hat *er* gesagt. Jedenfalls hat er erfahren, daß sie den Winter an Harald Hårderådes Hof verbracht haben. Gottverfluchte Verräter, alle beide«, schloß er grollend und spuckte auf den Boden.

Ælfric nickte, aber sein Zorn auf Hyld war längst verraucht. Er vermißte sie, und er bedauerte, wie er mit Guthric umgesprungen war, der ja überhaupt keine Schuld an den Ereignissen trug, nur der Überbringer der schlechten Nachricht gewesen war. Eine hilflose Trauer erfüllte ihn, wenn er an seine Tochter dachte, und in letzter Zeit erschien ihm der Zerfall seiner Familie mehr und mehr wie ein böses Omen.

»Jedenfalls, wenn es zur Schlacht mit Harald Hårderåde kommt, hoffe ich, meinen alten Freund Erik dort zu treffen«, sagte Dunstan grimmig.

Ælfric schüttelte fast unmerklich den Kopf. »Bedenke, worum du bittest, Dunstan...«

»Was soll das heißen?« fragte sein Sohn entrüstet. »Meinst du etwa, ich könnte es nicht mit ihm aufnehmen? Nur weil er mich letztes Jahr in Britford übertölpelt hat? Da war ich unachtsam, weil ich nicht damit gerechnet hab', daß er sich von seinen Fesseln befreien könnte. Ich werde nie begreifen, wie ihm das gelungen ist. Wer weiß, vielleicht benutzt dieser Teufel magische Kräfte. Aber noch mal werde ich ihn nicht unterschätzen.«

»Nein, da bin ich sicher. Aber wie dem auch sei, wenn es zur Schlacht gegen Harald Hårderåde und Tostig kommt, werden wir ganz andere Sorgen haben als ihn.« Und wenn Dunstan Erik erschlüge, stünde Hyld ganz allein da mit ihrem Kind. Aber das konnte er natürlich nicht sagen.

Dunstan zögerte einen Moment, ehe er sich dazu durchrang, die bange Frage zu stellen, die ihn bewegte: »Denkst du ... denkst du, König Harold kann Harald Hårderåde besiegen? Ich meine, man hört die unglaublichsten Geschichten über den König von Norwegen. Daß er nur mit seiner Leibwache einen Dänenüberfall zurückgeschlagen hat, zum Beispiel. In York erzählt man sich, er habe mit bloßer Hand einen Drachen getötet.«

Ælfric lächelte nachsichtig. »Du solltest nicht alles glauben, was du hörst, Dunstan. Schon gar nicht, wenn es um Drachen geht.«
»Ja, ich weiß, man sagt, es gibt keine echten Drachen mehr, aber gilt das auch für Norwegen?«
»Zugegeben, das kann man nie wissen«, räumte sein Vater ein. »Aber wie dem auch sei: Harald Hårderåde ist ein sterblicher Mensch, nichts weiter. Wenn auch ein hervorragender Soldat. Es ist ein Jammer, daß Morcar und Edwin ihn nicht aufhalten konnten. Harolds Rechnung ist nicht aufgegangen.«
»Wie meinst du das?« fragte Dunstan.
Ælfric warf ihm einen vielsagenden Blick zu. »Was glaubst du wohl, warum Harold letzten Sommer seinen Bruder Tostig hat fallenlassen? Damit das Haus von Mercia, also Edwin und Morcar, seinen Thronanspruch unterstützen und den Norden gegen einen Überfall aus Norwegen sichern.«
»Dann müssen wir eben tun, was ihnen nicht gelungen ist. Zumindest haben Edwin und Morcar Harald Hårderådes Heer geschwächt. Er hat viele hundert Männer verloren, heißt es, und die Überlebenden sind erschöpft.«
»Darum sollten wir sie stellen, ehe sie Gelegenheit haben auszuruhen. Reite zu, Dunstan. Wir müssen uns beeilen, aber ich will auf jeden Fall über Helmsby reiten, damit deine Mutter nicht im ungewissen ist.«

In nur vier Tagen stellte König Harold von England ein großes Heer auf und führte es nach Norden. Er marschierte durch York – das ihm bereitwillig, wenn auch ohne große Herzlichkeit die Tore öffnete –, und am fünfundzwanzigsten September stellte er Harald Hårderåde und Tostig bei Stamford Bridge. Er schickte einen Unterhändler ins feindliche Lager, der seinem Bruder Straffreiheit und teilweise Rückgabe seiner Ländereien versprach, wenn er sich besann und dem König von Norwegen die Gefolgschaft aufkündigte. Doch zum erstenmal in seinem Leben bewies Tostig Standhaftigkeit und Treue: Er erteilte seinem Bruder eine kühle Abfuhr. Es sollte sich als seine letzte Fehlentscheidung erweisen. Als der Bote König Harold die Nachricht brachte, befahl dieser umgehend den Angriff. Die Schlacht währte bis Sonnenuntergang. Als sie vorbei war, hatte England einen grandiosen Sieg errungen. Das blutige Schlachtfeld war übersät mit den Leibern gefallener Norweger, unter ihnen auch der legendäre König Harald Hårderåde. Nur

wenige Schritte von ihm entfernt lag sein glückloser englischer Gefolgsmann Tostig Godwinson.
Dunstan hatte seine Bluttaufe fast ohne einen Kratzer überstanden. Er war erschüttert gewesen, als er Zeuge des grauenhaften Gemetzels wurde, doch er hatte tapfer gekämpft, und sobald er sich davon überzeugt hatte, daß auch sein Vater und die meisten der Männer aus Helmsby und Metcombe unversehrt waren, brach er mit einer Schar von vielleicht zweihundert Mann unter dem Kommando des Earl of East Anglia auf, um das erbärmliche Häuflein überlebender Norweger zur Küste zu jagen.
Als sie nach York zurückkehrten, wohin der König gezogen war, um seine Truppen auszuruhen, war es wiederum Dunstan, der ihm Bericht erstattete.
»Sie merkten bald, daß wir hinter ihnen her waren, und gerieten in Panik, Mylord. Ihr hättet sie sehen sollen, all die stolzen Wikinger. Sie sind gerannt wie die Hasen!«
Harold Godwinson lächelte grimmig. Es galt keineswegs als ehrlos, einen fliehenden Feind zu verfolgen und niederzumachen, es war nur vernünftig. Denn wer heute floh, konnte morgen mit Verstärkung wiederkommen. »Und hast du den gefunden, der dir so am Herzen lag, Dunstan?«
Dunstan schüttelte den Kopf. »Leider nicht, mein König.« Er hatte Erik weder während der Schlacht noch bei der Verfolgung der Norweger gesehen. »Ich hätte Euch liebend gern den Kopf des Mannes gebracht, der Euren Bruder zum Verrat angestiftet hat, es hätte unseren Sieg noch vollkommener gemacht. Aber wenn er in England ist, werde ich ihn schon noch finden. Die Norweger flohen jedenfalls nach Riccall am Ouse, wo ihre Schiffe lagen. Vierundzwanzig konnten sie noch bemannen, Mylord. Nur vierundzwanzig. Von dreihundert. Sie ruderten mit der Strömung den Ouse und den Humber hinab, und wir verfolgten sie bis zur Küste. Sie segelten Richtung Heimat davon, und es wird ein schwarzer Tag in Norwegen sein, wenn sie dort ankommen.«
Harolds Kopf ruckte hoch. Er umklammerte die Lehnen seines thronartigen Sessels, bis die Knöchel schneeweiß waren, und fragte: »Sie segelten nach *Norden* davon?«
Dunstan nickte grinsend und öffnete den Mund, doch als er den Ausdruck des Entsetzens im Gesicht seines Königs sah, blieben ihm die

Worte im Halse stecken. »Aber, Mylord, was …« Dann erst ging ihm die Bedeutung seiner Worte auf, und einen furchtbaren Moment lang glaubte Dunstan, die Kontrolle über seine Blase zu verlieren. Dann sank er wieder vor dem König auf die Knie. »Vergebt mir, Mylord, es scheint mein Schicksal zu sein, Euch schlechte Nachrichten zu bringen. Aber es ist, wie ich sagte. Sie segelten nach Norden. Heiliger Oswald, steh uns bei. Der Wind hat gedreht.«

St. Valéry, September 1066

»Gott sei gepriesen, der Wind hat gedreht!«

Nicht nur die Seeleute, die den Umschwung als erste bemerkt hatten und freudig verkündeten, dankten der Vorsehung, sondern auch jeder Adlige im Gefolge des Herzogs. William der Bastard wurde für viele Tugenden gerühmt, aber Geduld zählte nicht dazu. Beinah drei Monate lang hatten die widrigen Windverhältnisse ihn und seine Flotte an der heimischen Küste festgehalten, bis er schließlich so verdrossen war, daß selbst fitz Osbern und die übrigen hohen Adligen am liebsten einen Bogen um ihn machten.

Etienne betrat eilig das Zelt, das ihn und die anderen jungen Männer im Gefolge des Herzogs beherbergte, seit sie die Flotte vor zwei Wochen von der Divesmündung hierher verlegt hatten.

»Packt euer Zeug zusammen, wir segeln in zwei Stunden.« Selbst dem sonst so unerschütterlichen Etienne gelang es nicht, seine Erregung zu verbergen.

Roland, Philip, Roger und Lucien sprangen auf und redeten wild durcheinander.

Etienne trat zu Cædmon, der nach wie vor auf seinem Schemel an dem wackeligen Tisch saß, der ihnen seit Wochen für die Mahlzeiten ebenso diente wie für Würfel- und Mühlespiele, und leise die Saiten seiner Laute zupfte. »Hast du nicht gehört, Cædmon? Wir brechen auf! Endlich bläst der Wind aus Süden.«

Cædmon nickte. »Natürlich habe ich dich gehört. Du brüllst schließlich laut genug.«

Etienne klopfte ihm lachend die Schulter. »Du und ich haben die Ehre, auf der *Mora* zu segeln.«

»Und was ist mit uns?« fragte Roland, der dabei war, seine wenigen Habseligkeiten in seine Decke einzurollen.
Etienne schüttelte den Kopf. »Ich weiß nicht. Am besten fragst du deinen Vater, er ist für die Bemannung der Schiffe zuständig.«
Philip ging zum Zelteingang. »Ich gehe ihn suchen.«
»Warte, ich komme mit.« Roger gesellte sich zu ihm.
»Und ich werde versuchen, jemanden zu finden, der unsere Rüstungen an Bord bringt«, verkündete Roland. »Ich habe wenig Lust, das ganze Zeug selber zu tragen.«
»Leg sie an, dann spürst du das Gewicht nicht«, schlug Etienne vor.
Roland nickte. »Eine fabelhafte Idee. Und wenn wir kentern, werde ich sinken wie ein Stein. Nein, danke. Mein Bruder Jerome hat sich letzten Sommer ein neues Kettenhemd schmieden lassen und von früh bis spät damit geprahlt, wie leicht es sei. Als ich sein Gefasel nicht mehr aushielt, hab ich vorgeschlagen, zum nächsten Wollmarkt zu reiten und unsere Kettenhemden wiegen zu lassen.«
»Und?« fragte Lucien neugierig. »War seins wirklich so leicht?«
Roland nickte. »Nur vierundzwanzig Pfund.«
»Und deins?«
»Achtundzwanzig. Die Wollwaage wäre beinah zusammengebrochen. Nein, ich glaube wirklich, ich segle lieber ohne einen solchen Mühlstein um den Hals nach England. Also dann, bis später.«
Unter dem Gelächter der anderen ging er hinaus.
»Was ist jetzt, Cædmon, los, laß uns unser Zeug zusammensuchen«, drängte Etienne.
»Vermutlich will er gar nicht, daß es endlich losgeht«, mutmaßte Lucien, aller Humor war aus seiner Miene gewichen. »Wer erlebt schon gern den Untergang seines Königs?«
»Er ist nicht *mein* König«, murmelte Cædmon seufzend. »Weiß jemand, wo das Rasiermesser ist?«
»Willst du wie ein Normanne aussehen, wenn du nach England kommst?« erkundigte sich Lucien. »Das ist hoffnungslos. Du bist und bleibst ein angelsächsischer Schweinehirt, rasiert oder unrasiert.«
Etienne fuhr zu ihm herum. »Wieso sagst du das immerzu?«
»Schon gut, Etienne«, warf Cædmon ein und spielte einen fröhlichen kleinen Lauf. »Es beleidigt mich nicht.«
Lucien verzog spöttisch den Mund. »Wie könnte es auch. Schließlich

war der Heilige, nach dem du benannt bist, tatsächlich ein Schweinehirt, nicht wahr?«

Cædmon nickte. »Ich bewundere deine Bildung, Lucien. Nicht viele Normannen sind bewandert in unseren englischen Heiligen. Wenn du ihn kennst, dann weißt du gewiß auch vom heiligen Willibrord, nicht wahr? Jenem Missionar, der aus England in den Norden zog, um *deine* Vorfahren zu bekehren, und von ihnen abgeschlachtet und an *eure* Schweine verfüttert wurde? Jetzt, da ihr euch vom Heidentum abgewandt habt – mehr oder minder –, wäre zu überlegen, ob Willibrord nicht der Schutzpatron *normannischer* Schweinehirten werden sollte…«

Lucien schnaubte verächtlich und stiefelte wortlos hinaus.

Etienne wartete, bis seine Schritte verklungen waren, dann grollte er: »Auf welchem Schiff er auch fahren mag, ich hoffe, es geht unter.«

Cædmon verzog das Gesicht. »Das solltest du nicht sagen, ehe wir nicht sicher sind, ob er nicht auch für die *Mora* eingeteilt ist.«

Etienne sah ihn verständnislos an. »Wieso bist du nie wütend auf ihn? Warum läßt du dir alles von ihm gefallen?«

Cædmon stand auf, fand das Rasiermesser unter Rogers Mantel und trat mit dem kleinen Bronzespiegel in das Dreieck aus Licht am Eingang. »Er hat recht, weißt du.«

»Ah ja? Mir war nicht bewußt, daß du ein Schweinehirt warst, ehe du nach Rouen gekommen bist. Ich habe immer geglaubt, du seiest der Sohn eines englischen Edelmannes, aus dem Holz, um Lucien de Ponthieu das Pferd unter der Nase wegzustehlen und aus der Gefangenschaft seines niederträchtigen Vaters zu fliehen…«

Cædmon grinste und ritzte sich in die Wange. »Verflucht… Nein, ich meinte, er hat recht, wenn er sagt, daß ich mich davor fürchte, was geschieht, wenn wir nach England kommen.«

Etienne schnürte sein Bündel zu und setzte sich seufzend auf einen der Hocker am Tisch. »Ja, ich weiß. Mir ginge es sicher ebenso.«

»Ich fühle mich entzweigerissen, weißt du. Ich kann es kaum erwarten, England zu sehen. Meine Eltern und meine Geschwister. Aber das normannische Heer wird zwischen uns stehen.«

Etienne hob unbehaglich die Schultern. »Wer kann wissen, was wir vorfinden, Cædmon? Vielleicht sind die Engländer längst geschlagen, und wir kommen als Befreier, die den norwegischen Besatzerkönig verjagen.«

Cædmon ließ das Messer sinken und wandte sich langsam zu ihm um. »Was redest du da?«
»Du hast es nicht gehört? Harald Hårderåde ist in Nordengland gelandet. Der Usurpator Harold Godwinson ist ihm sofort entgegengezogen. Vermutlich hat es inzwischen eine Schlacht gegeben. Aber wie sie ausgegangen ist, weiß Gott allein.«
Cædmon senkte den Kopf. Armes England, dachte er unglücklich. Was hast du nur verbrochen, daß du so schwer bedrängt wirst?

Die *Mora* war zweifellos das prächtigste der rund vierhundertfünfzig Schiffe der normannischen Flotte. Herzogin Matilda hatte sie in aller Heimlichkeit bauen lassen und ihrem geliebten Gatten für sein großes Wagnis geschenkt.
Die Hafenanlage von St. Valéry wimmelte wie ein Ameisenhaufen. Waffen, Rüstungen, Pferde und ebenso Wein und Vorräte wurden an Bord gebracht. Kurz vor Einbruch der Dämmerung schließlich wateten sie an Bord und stachen mit der Abendflut in See.
Der Nachtwind war sehr frisch und böig. Pechschwarze Wolken hatten die Sterne verhüllt; die Signalfackel am Mast der *Mora*, die der Flotte den Weg weisen sollte, schien das einzige Licht der Welt zu sein. Cædmon saß während der ganzen Überfahrt mit dem Rücken an der Backbordwand und fürchtete sich. Der Ausgang seiner letzten Kanalüberquerung war ihm in allzu lebhafter Erinnerung. Welche Chance hätten sie, wenn sie mitten in der Nacht auf offener See sinken sollten?
Doch die *Mora* machte gute Fahrt und trotzte dem tückischen Südwind beinah verächtlich, so schien es. Als der Morgen graute, stellte die Besatzung zu ihrer größten Bestürzung fest, daß sie trotz der Signalfackel offenbar allen anderen Schiffen davongesegelt war; sie waren vollkommen allein.
Nur der Herzog zeigte keinerlei Beunruhigung. Er gab Befehl, den Anker zu werfen und eine ordentliche Mahlzeit anzurichten, die die Besatzung bei Laune halten sollte, während sie auf die Nachzügler warteten. Schließlich sahen sie achtern tatsächlich nach und nach die Schatten der nachfolgenden Schiffe auftauchen.
Aber Cædmons Blick war unverwandt nach vorn gerichtet. Er stand immer noch backbord, abseits von den kleinen Gruppen Adliger und junger Ritter, und sah England unaufhaltsam näherrücken. Ein leichter

Nebel lag über dem Kanal und verhüllte die schroffen, weißen Klippen der Küste.
Bald herrschte wieder Stille an Bord der *Mora*. Alle Männer spähten angestrengt aufs Wasser hinaus; wenn sie sprachen, dann nur im Flüsterton. Jeden Moment rechneten sie damit, die Schiffe der englischen Flotte aus dem Nebel auftauchen zu sehen. Keiner der normannischen Eroberer ahnte, daß die englische Flotte nach London berufen oder auf dem Weg dorthin vernichtet worden war.
So kamen sie unangefochten an die Küste und fanden eine große Bucht mit einem seichten Strand, wo sie Anker warfen. Am Ostrand der Bucht lag ein verschlafenes Dorf. Cædmon sah blinzelnd hinüber, aber er konnte keine Menschenseele entdecken.
Plötzlich hörte er neben sich einen Laut und wandte sich um.
»Nun, was sagt Ihr, Cædmon?« fragte Herzog William. »Wo sind wir gelandet?«
Der jüngere Mann schüttelte ratlos den Kopf. »Ich habe nicht die geringste Ahnung, Monseigneur.«
William hob gleichmütig die Schultern. »Dann laßt uns an Land gehen und es herausfinden.« Und mit diesen Worten sprang er von Bord. Doch als er auf dem feuchten Sand landete, strauchelte er und stürzte der Länge nach hin. Die Männer an der Reling zogen erschrocken die Luft ein.
Aber William sprang sofort wieder auf die Füße, hob die sandverkrusteten Arme und rief lachend: »Seht nur, ich habe England mit beiden Händen in Besitz genommen!«
Die Landung der großen Armee ging so reibungslos vonstatten, daß Cædmon zu dem Schluß kam, sie müsse bis ins letzte Detail genauestens geplant gewesen sein. Am späten Vormittag waren alle Schiffe bis auf zwei in die Bucht eingelaufen. Eines, erfuhren sie später, war zu weit nach Osten abgetrieben und in Romney gelandet. Die Einwohner der kleinen Stadt hatten nicht lange gefackelt und die Besatzung bis auf den letzten Mann getötet. Das zweite Schiff war offenbar gesunken, es tauchte nie wieder auf. Der Wahrsager des Herzogs war an Bord dieses Unglücksschiffes gewesen, doch William tat den Verlust mit einem ungeduldigen Wink ab. »Was taugt ein Wahrsager, der ausgerechnet das Schiff besteigt, welches dem Untergang geweiht ist?«

Unweit des Strandes fanden sie die Ruine einer römischen Festung, und der Herzog gab Befehl, sie mit einem Erdwall zu verstärken und dort ein vorübergehendes Lager zu errichten. Nur begleitet von fünfundzwanzig seiner Ritter begab er sich auf einen Erkundungsritt. Ein zweiter Trupp zog aus, um Proviant zu beschaffen. Dem Großteil des Heeres aber wurde befohlen, auf den Schiffen zu bleiben und nach der englischen Flotte Ausschau zu halten.

Am Nachmittag kam Etienne an Bord der *Mora* und machte Cædmon ausfindig. »Sie sind zurückgekommen. Und er schickt nach dir.«

Cædmon nickte. »Warum so finster, Etienne? Gefällt dir nicht, was du bislang von England gesehen hast?«

Etienne lächelte grimmig und sagte achselzuckend: »Du hattest vollkommen recht. Es sieht aus wie die Normandie. Nein, wenn ich finster dreinblicke, dann weil mein verehrter Vater sich blamiert hat. Stell dir vor, sie kamen zu Fuß zurück. Sie mußten die Pferde führen, das Gelände war zu unwegsam zum Reiten. Und der Herzog trug die Rüstung meines Vaters zusätzlich zu seiner eigenen auf den Schultern. Man könnte auch sagen, der wackere fitz Osbern hat unterwegs schlappgemacht…«

Cædmon verkniff sich mit Mühe ein Grinsen. »Vielleicht sollte der wackere fitz Osbern sich bei Gelegenheit einmal ein paar Wochen in Jehan de Bellêmes Obhut begeben. Das verjüngt. Und macht schlank.«

Etienne nickte seufzend. »Jetzt geh lieber. Er erwartet dich.«

Cædmon fand den Herzog in Gesellschaft seiner beiden Halbbrüder und seiner engsten Vertrauten in der notdürftigen Festung. Sie saßen an einer langen Tafel und speisten. Der Duft von gebratenem Fisch stieg Cædmon verführerisch in die Nase – es war Freitag.

Als er ihn am Eingang entdeckte, winkte der Herzog ihn mit seinem Speisemesser näher.

»Kommt nur. Ich hoffe, man hat Euch und die übrigen auf der *Mora* angemessen gefüttert?«

»Gewiß, Monseigneur«, log Cædmon. Sie hatten nur steinhartes Brot und wässrigen Wein bekommen.

William nickte, verspeiste ein Stück Fisch – außen knusprig braun und innen schneeweiß –, kaute und schluckte, ehe er die Wachen anwies: »Bringt ihn herein.« An Cædmon gewandt fuhr er fort. »Ich muß Euch wieder einmal bitten, für mich zu übersetzen. Wir haben einen Mann aus dem Ort dort drüben mitgebracht, und ich möchte ihn ein paar Dinge fragen.«

Cædmon verneigte sich wortlos und sah sich um, als er Schritte am Eingang hörte. Die beiden Wachen kehrten mit einem gefesselten Mann in einfachen, beinah zerlumpten Kleidern zurück. Cædmon hatte so lange keinen Bart mehr gesehen, daß er ihn einen Augenblick verwundert betrachtete. Hatte er sich auch geweigert, sich die Haare nach normannischer Sitte scheren zu lassen, folgte er in allen anderen Dingen doch normannischer Mode und trug weder Kinn- noch Schnurrbart, genau wie Wulfnoth.

Die Wachen zerrten ihren Gefangenen vor den Herzog und versetzten ihm einen unsanften Stoß, so daß er auf den Knien landete.

Der Mann stöhnte, es klang fast wie ein Schluchzen. »Bitte, tut mir nichts ...«, flehte er atemlos. »Bitte, wer immer Ihr auch sein mögt, Mylord...«

»Nimm dich zusammen«, riet Cædmon ruhig. »Das steigert deine Chancen, glaub mir.«

Die zusammengesunkene Gestalt fuhr herum in die Richtung, aus der die verständlichen, wenn auch kühlen Worte kamen. »Gott, Ihr könnt mich verstehen? Wer sind diese Leute? Was ... was wollen sie denn von mir...«

»Fragt ihn, wie dieser Ort heißt«, fiel William dem Angelsachsen barsch ins Wort.

Cædmon wiederholte die Frage auf englisch.

Der Mann blinzelte verständnislos. »Pevensey. Unser Dorf heißt Pevensey.«

Das verstand William ohne Übersetzung. »Fragt ihn, wo der nächste größere Hafen ist.«

Cædmon fragte.

»Ich ... weiß nicht, ich kenne keinen Hafen. Ich ... oh, mein Gott, laßt nicht zu, daß sie mich töten, ich flehe Euch an ... Frau und Kinder ...« Seine Furcht machte ihn vollkommen kopflos, er bekam keinen zusammenhängenden Satz mehr zustande.

Auf ein Zeichen von William packte eine der Wachen den armen Wicht bei den Haaren und setzte ihm den Dolch an die Kehle. Der Mann wimmerte erstickt.

Cædmon wandte sich an den Herzog. »Erlaubt Ihr, daß ich einen Mo-

ment mit ihm rede? Er ist nur ein einfacher Fischer, außer sich vor Angst.«
William nickte unwillig und befahl dem Soldaten, von dem Gefangenen abzulassen.
Cædmon sah auf die zusammengesunkene Gestalt hinab und schämte sich seines Landsmannes. »Kann ich ihm sagen, daß Ihr ihn leben laßt, wenn er vernünftig antwortet? Vielleicht hilft das.«
»Meinetwegen. Wenn es nicht gar zu lange dauert.«
Cædmon hockte sich vor den Mann und sprach leise auf ihn ein. Der Gefangene hörte auf zu beben, hob schließlich den Kopf und nickte scheu. »Hastings, Mylord. Vielleicht fünf Meilen östlich von hier.«
»Ist der Hafen groß genug für all die Schiffe in der Bucht?« fragte Cædmon.
Der Mann nickte wieder. »Bestimmt. Wer … wer seid Ihr, Mylord?«
»Ich bin kein Lord. Ich bin Cædmon of Helmsby. Aber dies sind der höchste Lord der Normandie und seine Witan.«
Der arme Tropf schrumpfte wieder völlig in sich zusammen. »Also ist es wahr, was erzählt wird.«
Cædmon legte ihm kurz die Hand auf die Schulter. »Ja, es ist wahr.« Dann wandte er sich an William. »Der Hafen, den Ihr sucht, heißt Hastings, Monseigneur. Ganz in der Nähe.«
Williams Miene hellte sich auf. »Und in welchem Teil Englands sind wir gelandet?«
Cædmon brauchte den Fischer nicht zu fragen. Der Name Hastings war ihm geläufig. »In Sussex.«
»Und wer herrscht über Sussex?«
»Der Earl of Wessex.«
Der Herzog lächelte strahlend. »Es hätte kaum besser kommen können. Schickt Euren wackeren Landsmann nach Hause, Cædmon. Augenblick.« Er griff in seinen Beutel, fischte eine Münze heraus und warf sie ihm zu. »Botenlohn.«
Cædmon fing sie auf und gab sie dem Fischer. »Hier hast du einen Penny.« Er zückte seinen Dolch und durchschnitt die Fesseln. »Jetzt geh«, drängte er leise. »Beeil dich.«
Das ließ der Mann sich nicht zweimal sagen. So hastig stürzte er zur Tür, daß er über die eigenen Füße stolperte und um ein Haar gestürzt wäre. Die Normannen lachten schallend. Als die Jammergestalt endlich verschwunden war, wirkte Cædmon erleichtert.

»Was war so gut an der Nachricht?« fragte Williams Bruder Odo, der Bischof von Bayeux.
Der Herzog spießte bedächtig ein Stück Fisch auf. »Je eher wir Harold Godwinson herlocken, um so besser für uns. Falls er Harald Hårderåde geschlagen hat und noch König von England ist, dürfen wir ihm keine Ruhepause gönnen.«
Odo hob verständnislos die Schultern. »Und weiter?«
»Sussex gehört zu Harold Godwinsons eigener Grafschaft. Morgen ziehen wir nach Hastings, und zwar mit Feuer und Schwert. Jeder Mann, der hört, daß sein Heim in Flammen steht, eilt auf dem schnellsten Weg nach Hause.«
Cædmon spürte einen eisigen Schauer auf dem Rücken, seine Hände waren mit einemmal eiskalt und feucht. Wulfnoth hatte vollkommen recht gehabt, erkannte er. Er würde mitten im Feuer stehen.

Hastings, Oktober 1066

Wie William vorhergesagt hatte, eilte Harold Godwinson in Gewaltmärschen nach Süden. Er machte in London halt, um seine vollkommen erschöpften Truppen auszuruhen und neue auszuheben, doch als er erfuhr, daß die Normannen die Umgebung von Hastings in Schutt und Asche legten, brach er überstürzt dorthin auf, gegen den ausdrücklichen Rat der Witan.
William hatte in Hastings inzwischen eine Festung errichten lassen, die ihm als Hauptquartier diente. Ungläubig hatte Cædmon beobachtet, wie blitzschnell das bewerkstelligt wurde: Innerhalb von zwei Tagen hatten ein paar hundert Soldaten einen breiten Graben ausgehoben und mit der Erde einen hohen Wall errichtet. Man konnte förmlich zusehen, wie er wuchs. Es war ein denkbar simples Prinzip, doch sobald der Erdhügel mit Palisaden umgeben war, würde diese primitive Festung selbst für ein zahlenmäßig überlegenes Heer so gut wie uneinnehmbar sein, solange sie von innen entschlossen verteidigt wurde.
Von Hastings sandte der Herzog Kundschafter aus und nahm Kontakt zu den in England lebenden Normannen auf. Bald war er über die Ereignisse der Schlacht von Stamford Bridge und jeden von Harolds Schritten genauestens im Bilde.

Am Morgen des vierzehnten Oktober verließ er, nachdem er die Messe gehört hatte, mit seinem gesamten Heer von etwa siebentausend Mann Hastings und marschierte den englischen Truppen entgegen. Auf einem Hügel weit außerhalb der Stadt hielten sie an, und als die Kundschafter berichteten, das englische Heer werde bald auf dem gegenüberliegenden Hügel in Sicht kommen, gab der Herzog Befehl, die Schlachtordnung aufzustellen: links die Bretonen unter Comte Alan, rechts die Söldner aus Frankreich, Flandern und Deutschland unter Williams vertrauten Vasallen Eustace de Bologne und Roger de Montgomery, in der Mitte der Herzog selbst mit seinen normannischen Rittern und seinen beiden Brüdern, Odo und Robert.

Etienne fitz Osbern nahm für einen Augenblick den Helm ab. »Wenn wir diese Stellung halten, müssen die Engländer bergan kämpfen«, bemerkte er.

»Das glaubst du doch wohl selber nicht, daß sie uns den Gefallen tun«, schnaubte Lucien de Ponthieu.

»Setz den Helm auf, Etienne«, mahnte Roland Baynard ruhig. »Ob bergan oder bergab, auf jeden Fall haben die Engländer die Sonne im Gesicht.«

»Vorläufig«, brummte Etienne. »Aber was wird heute nachmittag?«

Lucien lachte höhnisch. »Was glaubst du, wie lange es dauert, einen Haufen englischer Schweinehirten zu besiegen? Noch dazu einen müden Haufen...«

»Der gerade Harald Hårderåde, den gefürchtetsten Heerführer aller Zeiten, vernichtend geschlagen hat«, gab Etienne zu bedenken.

Cædmon lauschte ihnen schweigend und fragte sich, ob er den Nachmittag noch erleben würde, wenn er bei seinem Vorsatz blieb und sein Schwert in der Scheide ließ.

Herzog William ritt ein paar Längen vor, wendete sein Pferd und hob gebieterisch die Hand. Das leise Waffenklirren und Stimmengewirr verebbte, selbst die Pferde schienen stillzustehen.

»Vor uns steht der Thronräuber mit einem großen Heer. Hinter uns liegt das Meer, wo feindliche Schiffe lauern. Es gibt kein Zurück für uns, der einzige Weg führt nach vorn!« rief er mit tragender Stimme. »Laßt euch von der Zahl der Gegner nicht entmutigen! Kämpft frohen Mutes und reinen Herzens, denn vergeßt nicht, das Recht ist auf unserer Seite! *Gott* ist auf unserer Seite!« Und mit diesen Worten hob er das Reliquiar hoch, das er um den Hals trug und das die Reliquien enthielt, auf die Harold den gebrochenen Eid geleistet hatte, und im selben Moment entrollte der Bannerträger die päpstliche Standarte. Die Truppen jubelten ohrenbetäubend. Die Morgensonne funkelte auf Kettenhemd und Helm des Herzogs, und Cædmon spürte, wie selbst ihm das Herz in der Brust vor Stolz und Ehrfurcht anschwoll, denn William erschien ihm plötzlich wie der wiedererstandene Roland: schön und schrecklich und unbezwingbar.

Und das war der Moment, da über dem Kamm des nächsten Hügels die englischen Banner erschienen.

Auch die Engländer traten in dreigeteilter Schlachtaufstellung an, auch sie hatten die stärksten Verbände in der Mitte gebündelt: Harold Godwinson, seine Brüder Gyrth und Leofwine und tausend seiner Housecarls. Insgesamt zählte das englische Heer etwa achttausend Mann, hatten die Kundschafter berichtet, doch nur ihre Anführer waren beritten.

»Jetzt bleibt bloß abzuwarten, wer als erster die Geduld verliert und seinen Hügel aufgibt«, murmelte der Bischof von Bayeux und lockerte das Schwert in der Scheide.

»Ich kann nicht verlieren, was ich nicht besitze«, erwiderte William und gab das Signal zum Angriff.

Hörner erschollen auf beiden Seiten. Dann setzte das normannische Heer sich hügelabwärts in Bewegung. Vor ihnen erstreckte sich eine grasbewachsene Ebene, auf der ein einsamer Apfelbaum stand. Die Engländer rührten sich nicht. William ließ seine vorderen Linien, die Armbrust- und Bogenschützen, bis auf hundert Schritt Entfernung vorrücken, ehe er den Schußbefehl gab.

Die normannischen Pfeile prallten von den englischen Schilden ab, die eine dichte Mauer bildeten, ohne den geringsten Schaden anzurichten, und sie wurden nicht erwidert.

»Warum schießen sie nicht?« murmelte William. Nichts rührte sich auf englischer Seite, nichts war zu sehen bis auf den dichten Schildwall, es war geradezu unheimlich.

William wandte sich an Cædmon, der dicht neben seinem Bannerträger stand. »Sagt mir, warum sie nicht schießen.«

»Sie haben keine Bogenschützen, Monseigneur.«

»*Was?* Welch eine Unsitte ist das nun wieder? Kämpft das englische Heer immer ohne Bogenschützen?«

Cædmon schüttelte den Kopf. »Es ist unterschiedlich. Vermutlich sind viele Bogenschützen bei Stamford Bridge gefallen.«

»Das fängt ja gut an«, grollte der Herzog leise. »Wenn sie nicht zurückschießen, heißt es, daß keine Pfeile herüberkommen, die unsere Männer aufsammeln können. Unsere Schützen werden in Windeseile mit leeren Köchern dastehen ...« Er dachte einen Moment nach, dann wies er auf Etienne. »Nehmt fünfzig Mann und reitet zurück zum Hafen. Holt an Pfeilen, was Ihr tragen könnt.«
Etienne war so entsetzt, daß er seine Manieren vergaß. »Aber Monseigneur ...«
»Tut, was ich sage, oder nehmt den Helm ab, damit ich Euch den Kopf abschlagen kann!« herrschte William ihn an.
Etienne nickte knapp, wendete sein Pferd und galoppierte zu den hinteren Linien.
William hob die Hand, und ein Hornsignal gab den Befehl zum Vormarsch. Die Fußsoldaten der Hauptstreitmacht rückten auf ganzer Linie vor, pflügten langsam, aber unaufhaltsam bergan, brandeten gegen die vorderste Linie der englischen Truppen, und das Gemetzel begann. Waffenklirren erfüllte den klaren Oktobermorgen, gewaltige Staubwolken stoben auf, und ein ohrenbetäubendes Gebrüll erhob sich auf beiden Seiten. »Dieu aie!« lautete der vielstimmige Schlachtruf der Normannen, »Gott helfe!« Und die Engländer erwiderten nur ein einziges Wort: »Ut! Ut!« dröhnte es vom Hügelkamm, »Hinaus! Hinaus!« Es klang wie das Gebell von Höllenhunden.
Die beiden Frontlinien schienen vollkommen ineinander verkeilt, bewegten sich kaum. Doch schließlich brach der Gegenangriff der Engländer an der linken Flanke von Williams Truppen durch. Die Bretonen gerieten ins Wanken, wichen zurück, machten schließlich kehrt und flohen. Gegen Harold Godwinsons ausdrücklichen Befehl nahm der rechte Flügel seiner Armee unter seinem Bruder Gyrth und Ælfric of Helmsby die Verfolgung auf und gab damit die erhöhte Position auf dem Hügelkamm preis.
William der Bastard schlug mit seinem Schwert auf den Schild. »Jetzt! Jetzt!« rief er, heiser vor Aufregung und Kampfeswut, und zog mit zweitausend berittenen Normannen in die Schlacht.
Cædmon blieb zurück, zusammen mit Etiennes Vater und den anderen Kommandanten, die es im Gegensatz zu ihrem Herzog für weiser hielten, das Geschehen aus dem Hintergrund zu lenken. Starr vor Entsetzen saß der junge Engländer im Sattel und sah, was er bislang nur aus Geschichten und Liedern kannte: eine Schlacht. Und so blutrünstig

und detailfreudig die Schilderungen in der Dichtung auch oft waren, hatten sie ihn doch nicht auf das vorbereitet, was er bei Hastings erlebte. Er hörte die Schreie der Verwundeten und Sterbenden, das schrille Wiehern der stürzenden Pferde, sah das grauenvolle Hauen und Stechen, sah die Engländer mit der gefürchtetsten all ihrer Waffen, der Streitaxt, Ritter und Pferd auf einen Streich fällen, sah ebenso oft die berittenen Normannen die benachteiligten englischen Fußsoldaten aus luftiger Höhe niederstrecken.

Als es Mittag wurde, hatte die Wiese sich in ein aufgewühltes Feld aus rotgefärbtem Schlamm verwandelt, auf dem abgetrennte Gliedmaßen verstreut lagen wie eine schaurige Wintersaat. Und noch immer tobte die Schlacht mit unverminderter Wut.

Dann erhob sich ein Schrei des Entsetzens unter den Normannen: »Der Herzog ist gefallen! Der Herzog ist gefallen!«

»Oh, heilige Jungfrau, steh uns bei«, stöhnte Bischof Odo, bekreuzigte sich, gab seinem Pferd die Sporen und ritt in die Schlacht. Er schwang seinen Bischofsstab, der mehr Ähnlichkeit mit einer Kriegswaffe hatte, über dem Kopf und befahl den Männern brüllend, ihre Stellung zu halten. Doch ehe noch Panik ausbrechen und das normannische Heer in einen kopflosen Haufen fliehender Feiglinge verwandeln konnte, hatte der Herzog sich aus den Steigbügeln seines gestürzten Pferdes befreit und war unverletzt aufgesprungen. Cædmon entdeckte ihn erst, als er sich auf das nächstbeste Pferd geschwungen hatte und mitten im dichtesten Kampfgetümmel den Helm vom Kopf riß.

»Seht!« rief Cædmon dem Seneschall zu, der den Kopf in Trauer gesenkt hatte. »Seht doch, Monseigneur!«

Fitz Osbern blickte auf, und in diesem Moment erhob sich die Stimme des Herzogs über den Schlachtenlärm: »Schaut mich an! Schaut mich an, Männer der Normandie! William ist nicht gefallen! Gott steht mir bei, und mit seiner Hilfe werden wir bald den Sieg erringen!« Er führte das Reliquiar kurz an die Lippen, dann stülpte er den Helm wieder über und wehrte Harold Godwinsons gefürchtete Housecarls ab, die sich gierig auf ihn stürzten, nachdem er sich so leichtsinnig zu erkennen gegeben hatte. Aber es schien, als streite Gott tatsächlich auf Williams Seite. Sein Schwert fuhr durch den englischen Angriff wie die Sense durchs Korn.

Wenig später kehrte Etienne fitz Osbern mit fünftausend Pfeilen aus Hastings zurück. Dieses Mal schossen die Schützen auf Befehl ihres

Herzogs ihre Pfeile hoch in die Luft, so daß sie die Engländer von oben trafen, und bald stiftete der tödliche Pfeilregen Panik und Verwirrung unter den Gegnern. Die Reihen lichteten sich, und mit einem gezielten Angriff durchbrachen die normannischen Ritter endgültig den feindlichen Schildwall. Die Housecarls bildeten einen schützenden Kreis um ihren König, doch der Angriff konzentrierte sich auf diesen Ring, der immer dünner und dünner wurde. Vier Normannen brachen schließlich durch, preschten auf die königliche Standarte zu und hauten nieder, was sich ihnen in den Weg stellte. Einer von Harolds Bannerträgern schlug einem der Ritter den Schildarm ab, ehe er selbst fiel. Schließlich stand Harold allein. Das Schwert in der rechten, die Axt in der linken Faust, so trat er ihnen entgegen, doch einer der Normannen gab seinem gewaltigen Schlachtroß die Sporen und ritt Harold Godwinson nieder. Dann saßen sie ab, bildeten einen engen Kreis um den König von England und hoben gleichzeitig die Schwerter.
Und das war das Ende.
Die Engländer, die sich noch auf den Beinen halten konnten, wandten sich ab, warfen ihre Waffen von sich und flohen in die Dunkelheit. Fitz Osbern gab Befehl, die Fliehenden zu verfolgen und jeden niederzumachen, den sie erwischten.

Derweil brachte Herzog William den Mann vor sich im Sattel vom Schlachtfeld, der bei der Niederwerfung des Usurpators den halben Schildarm eingebüßt hatte. Er ritt zu einem der wenigen Zelte, die in dem notdürftigen Lager am Rand des Schlachtfelds errichtet worden waren.
»Lauft, Cædmon, holt einen Feldscher.«
»Ja, Monseigneur.«
»Nein, wartet. Jemand anders soll gehen. Ihr versorgt ihn, bis der Arzt gefunden ist. Verflucht, werdet ihr mir wohl diesen Mann abnehmen, ehe er verblutet ist?«
Ein paar Soldaten sprangen erschrocken herbei und nahmen den Verwundeten vorsichtig in Empfang, als der Herzog ihn vom Pferd gleiten ließ. Der Schein einer nahen Fackel fiel auf das bleiche, reglose Gesicht. Es war Lucien de Ponthieu.
Cædmon hatte eine Hand vor den Mund gepreßt und starrte auf ihn hinab.

William saß ab und versetzte ihm einen unsanften Stoß. »Worauf wartet Ihr, Junge, verbindet ihn, na los! Ich will nicht, daß er stirbt.«
Cædmon nickte, ließ die Hand sinken und wandte den Blick von Luciens blut- und dreckverschmiertem Gesicht ab, damit er nachdenken konnte. »Bringt ihn hinein«, wies er die Soldaten an. »Und besorgt mir einen Strick. Schnell. Wir müssen den Arm abbinden...«

Cædmon wünschte in dieser Nacht viele Male, er hätte früher größeres Interesse an der Kunst seiner Mutter gezeigt und aufmerksamer zugehört, wenn sie ihm etwas beizubringen versuchte. So aber mußte er ungezählte Male tatenlos zusehen, wie ein Mann starb, weil er nicht wußte, was er hätte tun können. Er ging den wenigen Feldschern zur Hand, wo er nur konnte, und kam bald zu der Erkenntnis, daß das Grauen der Nacht das Grauen des Tages überstieg. Auch im Lazarettzelt floß das Blut in Strömen, aus Stich- und Schnittwunden an Köpfen, Gliedern und Leibern, vor allem jedoch aus Stümpfen. Dutzenden von Stümpfen. Sie alle mußten ausgebrannt werden, ehe sie mit Pech verschmiert und verbunden wurden, und bald war der Gestank nach verbranntem Fleisch so übermächtig, daß Cædmon ständig ins Freie flüchten mußte, um zu würgen und Galle zu spucken und dann ein paarmal tief durchzuatmen, ehe er den Mut fand, an diesen Ort des Schreckens zurückzukehren.
Und die ganze Zeit war er in Gedanken draußen auf dem nächtlichen Schlachtfeld, bei all den verwundeten, stöhnenden und schreienden Engländern, um die sich niemand kümmerte, weder Wundarzt noch Priester.
Als der Tag anbrach, verließ er das Lazarettzelt und machte sich auf die Suche nach einem Offizier, den er um Erlaubnis bitten konnte, zwischen den Toten und Verletzten auf dem Feld nach vertrauten Gesichtern suchen zu dürfen. Doch er hatte kaum zehn Schritte im ersten zartrosa Licht des kalten, klaren Herbstmorgens zurückgelegt, als Bischof Odo auf ihn zutrat.
»Kommt, mein Sohn.«
»Wohin?«
»Kommt.«
»Aber...«
Odo schüttelte den Kopf, legte ihm die Hand auf die Schulter und brachte ihn zu einem abgelegenen Zelt am Rand des Lagers. Cædmon

sah den normannischen Bischof mit bangen Augen an, aber Odo nickte nur Richtung Zelteingang. Als Cædmon sich abwandte, sagte er hinter ihm:

»Ich bin hier draußen. Falls Ihr mich braucht.«

Cædmon mußte sich zwingen, einen Fuß vor den anderen zu setzen. Mit einem fast unmerklichen Hinken betrat er das Zelt.

Nur zwei Fackeln erhellten das Innere, es herrschte diffuses Halbdunkel. Cædmon sah reglose, schemenhafte Gestalten aufgereiht am Boden liegen. Langsam schritt er den Mittelgang hinab, und er erkannte seinen Vater sofort.

Er kniete sich neben ihn auf die kalte Erde und legte die Linke auf die gefalteten Hände. Sie fühlten sich warm an.

Ælfric schlug die Augen auf. »Cædmon?«

»Ja, Vater.«

Ælfric sah blinzelnd zu ihm auf. Seine Augen waren trüb. Eine häßliche, gezackte Wunde verlief diagonal über seine Wange. Cædmon wollte die Decke anheben, um den übrigen Schaden in Augenschein zu nehmen, aber Ælfric schüttelte den Kopf.

»Nein. Ich will nicht, daß du es siehst. Sorg dafür, daß sie meinen Sarg verschließen. Laß nicht zu, daß deine Mutter mich so sieht.«

Cædmon nickte. »Sei unbesorgt.«

Ælfric erschauerte, und für einen Moment verzerrte sich sein Gesicht. Seine Hände wurden klamm.

»Willst du einen Priester?« fragte Cædmon leise. Er konnte kaum glauben, wie ruhig seine Stimme klang.

»Nein. Ich habe gebeichtet, bevor wir in die Schlacht zogen, und seither … nichts getan, das ich bereue. Mit Gott bin ich im reinen. Aber mit dir nicht. Kannst du mir vergeben, Cædmon?«

»Das habe ich längst.«

Ein schwaches Lächeln zeigte sich auf dem grauen Gesicht. »Dann ist es gut. Dann ist … alles gut.« Er schloß die Augen, und Cædmon wartete. Aber Ælfric war noch nicht ganz fertig.

»Tot, Cædmon. Alle Godwinsons. Gyrth, Leofwine, König Harold.«

»Nur Wulfnoth nicht.«

»Nein. Aber England. England liegt im Dreck und wird nie wieder aufstehen. Es ist bei Hastings gefallen. So wie ich.«

Nicht die Könige sind England, nicht die Godwinsons, nicht einmal du, dachte Cædmon. Aber das sagte er nicht.

»Cædmon…«
»Ja?«
»Kümmere dich um deine Mutter und um Eadwig. Such deine Schwester und vergewissere dich, daß es ihr gutgeht. Tu was du kannst für die Leute in Helmsby. Sie verlassen sich auf uns. Und du bist jetzt der einzige.«
Cædmon spürte, wie eine eisige Hand sein Herz umklammerte. »Was ist mit Dunstan?«
»Einer der ersten Pfeile hat ihn getroffen. Er stand gleich neben mir. Traf ihn … in den Hals. Mein armer Sohn … So viel Blut …« Es war nur noch ein schwaches Flüstern, dann versiegte auch das. Die blutunterlaufenen Augen fielen zu, zwei Tränen quollen unter den Lidern hervor. Mit einem leisen Stöhnen atmete er aus und lag dann still.
Noch lange hielt Cædmon die Hände seines Vaters umklammert und lehnte die Stirn an seine Schulter.

Die zwei Jahre, die er von zu Hause fort gewesen war, verblaßten, selbst das Grauen der letzten Nacht und des Tages zuvor schien plötzlich eigentümlich entrückt und belanglos. Begebenheiten, Bilder und Gerüche seiner Kindheit, die er lang vergessen geglaubt hatte, waren auf einmal klar und scharf in seiner Erinnerung. Er entsann sich an den Tag, da sein Vater ihm die erste Schleuder geschenkt und ihm gezeigt hatte, wie man damit umging. Er erinnerte sich genau an Ælfrics strahlendes Gesicht an dem Morgen, als Eadwig zur Welt kam. Er dachte an Weihnachten am prasselnden Herdfeuer in der Halle, an Bratäpfel und lange Geschichten. Und er dachte an Dunstan, sein Lachen, seine Verwegenheit, seine gelegentliche gedankenlose Grausamkeit. Es fühlte sich an, als habe jemand eine Axt genommen und ein Stück von ihm abgehackt, etwas Lebenswichtiges, seine Wurzeln vielleicht. Und er fragte sich, ob Lucien de Ponthieu wohl ähnlich empfinden würde, wenn er aufwachte und feststellte, daß ihm jemand den linken Arm genommen hatte.

Er wußte nicht, wie lange er so reglos bei seinem Vater gekniet hatte, jedenfalls waren die Hände des Toten eiskalt, als er eine Berührung an der Schulter spürte und in die Wirklichkeit zurückkehrte. Er hob den Kopf und konnte kaum glauben, was er sah. Langsam und ein wenig unsicher kam er auf die Füße. Seine Beine waren eingeschlafen.

»Ich bin erstaunt, daß Ihr die Zeit findet, zu Euren toten Feinden zu kommen, Monseigneur«, sagte er und gab sich nicht die geringste Mühe, seine Bitterkeit zu verbergen.
William schüttelte den Kopf. »Ich komme zu Euch, nicht zu den Toten. Ich bedaure Euren Verlust, Cædmon. Aber ich müßte lügen, wollte ich sagen, ich bedaure den Tod von Ælfric of Helmsby. Der einzige meiner toten Feinde, mit dem ich gern Zwiesprache gehalten hätte, ist Harold Godwinson. Aber dazu hatte ich noch keine Gelegenheit. Er ist so zerstückelt, daß noch nicht alle Teile gefunden sind.«
Cædmon wandte angewidert den Kopf ab. »Ich ersuche Euch um die Erlaubnis, meinen Vater nach Hause bringen zu dürfen. Und meinen Bruder. Falls ich ihn finde...«
»Ich kann Eure Bitte leider nicht gewähren. Ihr seid hier unabkömmlich.«
Cædmon hob das Kinn und verschränkte die Arme. »Ich wüßte wirklich nicht, wozu Ihr mich brauchen könntet.«
»O doch. Das wißt Ihr ganz genau. Ich habe meinen Teil erfüllt, Cædmon. Ich habe England erobert. Jetzt will ich Eure Antwort.«
»Nein.«
William atmete tief durch und sah einen Moment auf Ælfric hinab. »Ein gutes Gesicht«, murmelte er.
»Ein guter Mann«, erwiderte Cædmon schneidend.
»O ja, ich weiß. Und ich kann Euren Schmerz nachfühlen. Wißt Ihr, ich war acht Jahre alt, als mein Vater starb. So etwas vergißt man nicht.«
»Aber sicher wäre Euch nie in den Sinn gekommen, in den Dienst des Mannes zu treten, der Euren Vater auf dem Gewissen hatte.«
William runzelte gefährlich die Stirn. »Ihr solltet Euch ein bißchen in acht nehmen, Cædmon of Helmsby«, riet er leise. »Ich bin nicht verantwortlich für den Tod Eures Vaters, sondern nur er selbst. Er hat seine Wahl getroffen, hat sich auf die Seite des Eidbrechers gestellt, und ich bin sicher, er kannte sein Risiko. Genau wie er habt Ihr die Wahl. Überlegt gut, ob Ihr seinen Fehler wiederholen wollt.«
Cædmon antwortete nicht gleich. Er sah auf seinen Vater hinab. »Aber ich bin *Engländer*!«
»Ihr seid zur Hälfte Normanne.«
»Nicht in meinem Herzen.«
»Doch. Ich bin sicher. Ihr wißt es nur noch nicht. Aber wie dem auch

sei. Wenn Ihr Engländer seid, dann helft England. Helft England, indem Ihr mir helft. Seht den Dingen ins Auge, die Engländer sind ein besiegtes Volk. Schwere Zeiten kommen auf sie zu. Wenn Ihr Euch ihnen verbunden fühlt, dann werdet ihr Fürsprecher vor ihren Bezwingern.«

»Ich kann mir keine undankbarere Aufgabe vorstellen«, erwiderte Cædmon.

»Was sonst wollt Ihr tun?«

»Meinen Vater nach Hause bringen. Mich um meine Mutter und meine Geschwister kümmern. Und um Helmsby.«

Der Herzog schüttelte langsam den Kopf. »Helmsby gehört Euch nicht mehr, Cædmon. Jeder englische Edelmann, der bei Hastings Waffen gegen mich geführt hat, hat sein Land verwirkt…«

»Aber…«

»… es sei denn, er erwirkt meinen Pardon. Er oder sein Erbe. Euer Vater ist gefallen, Euer Bruder auch, wie Ihr sagt. Also liegt es an Euch, meinen Pardon zu erwirken. Ihr könnt Euch sicher vorstellen, unter welchen Umständen ich bereit wäre, ihn zu gewähren.«

Cædmon sah ihn ungläubig an. »Das ist Erpressung.«

»Stimmt.«

»Ein erpreßter Eid ist nicht bindend.«

»Ich verlange keinen Eid. Ich verlange nur, daß Ihr zurückkommt, sobald Ihr Euren Vater und Bruder begraben und Eure Angelegenheiten in Helmsby geregelt habt. Den Eid könnt Ihr mir leisten, wenn Ihr Euch aus freien Stücken dazu entschließt.«

Cædmon zögerte nicht. »Einverstanden.« Er wußte, daß ihm nichts anderes übrigblieb.

Der Herzog zeigte ein schwaches, sehr erschöpftes Lächeln. »Sagen wir, ein Monat?«

»Zwei.«

»Meinetwegen. Am zweiten Adventssonntag erwarte ich Euch zurück. Wo immer ich dann sein werde, werdet Ihr zu mir stoßen.«

Cædmon nickte und verneigte sich knapp.

Helmsby, Oktober 1066

Das Wetter war umgeschlagen. Es regnete beinah ohne Unterlaß während Cædmons Heimweg, und ein eisiger Wind zerrte an seinem Mantel. Er kam nur langsam voran, denn hatte der Stallmeister ihm auf Befehl des Herzogs auch eines der großen, kostbaren normannischen Schlachtrösser zugeteilt, hielt der Karren mit dem Sarg ihn dennoch auf.

Er brachte nur einen Sarg nach Hause. Obwohl er einen ganzen Tag damit zugebracht hatte, das Schlachtfeld abzusuchen, und seinen Hort an schauderhaften Erinnerungen um eine Unzahl grauenvoller Bilder bereichert hatte, hatte er Dunstan nicht finden können.

Am Mittag des dritten Tages ritt er schließlich durch den Torbogen der Hecke in den Hof ein. Die Halle und die kleinen Wirtschaftsgebäude schienen sich unter dem bleigrauen Wolkenhimmel zu ducken, Sturzbäche rannen plätschernd von den strohgedeckten Dächern. Cædmon saß ab und sah sich um. Keine Menschenseele war zu entdecken, es war geradezu unheimlich still, und einen schrecklichen Moment lang fürchtete er, Helmsby sei verlassen. Doch dann öffnete sich die Tür des Vorratshauses, und ein schlaksiger, blondgelockter Junge trat hinaus in den Regen.

»Dunstan?«

»O mein Gott, Eadwig! Wie groß du geworden bist!« Er trat zu ihm und schlug die Kapuze zurück. »Eadwig, ich bin's.«

»Cædmon!«

Sein jüngster Bruder fiel ihm um den Hals. Cædmon mußte sich kaum bücken, um ihn zu umarmen. Eadwig war zehn, rief er sich ins Gedächtnis, und nur noch einen guten Kopf kleiner als er selbst. Er fühlte sich dürr und knochig an, aber die Arme, die Cædmon um seinen Hals spürte, waren kräftig, die Hände in seinem Nacken schwielig von Arbeit und Waffenübungen.

Er richtete sich auf. »Wo ist Mutter?«

Eadwig wies mit dem Daumen über die Schulter auf die Halle. »Drinnen. Sag, wie kommst du hierher, Cædmon? Bist du mit dem normannischen Heer gekommen? Ist es wahr, daß eine normannische Flotte an der Südküste gelandet ist? Hast du irgendwas von Vater gehört?«

Cædmon nickte. »Komm, laß uns hineingehen.«

»Was ist auf dem Karren?«

»Komm schon, Eadwig.«
Sein Bruder folgte ihm widerspruchslos die Stufen zum Eingang hinauf, warf ihm jedoch von der Seite bange und gleichzeitig neugierige Blicke zu.
»Was ist in dem Beutel, den du da trägst?«
»Eine Laute.«
»Eine was?«
»Ich zeig' sie dir später.« Cædmon stieß die Tür auf, sah sie einen Augenblick irritiert an, weil sie nicht knarrte, und trat dann ein. In der Halle war es dämmrig wie immer. Ein großes Feuer brannte im Herd und erfüllte die Luft mit wohliger Wärme und dem Geruch nach brennendem Holz und trocknender Wolle. Ein rundes Dutzend Leute saßen an den Tischen, Mägde und Knechte, aber keine Housecarls. Sie waren vermutlich alle mit Ælfric nach Hastings gegangen.
Ehe Cædmon noch einmal nach seiner Mutter fragen konnte, trat sie aus der Tür zur hinteren Kammer. Sie sah ihn sofort, machte instinktiv einen Schritt in seine Richtung, blieb dann abrupt stehen und schlug die Hände vor den Mund.
»Cædmon…«
Er trat zu ihr und schloß sie wortlos in die Arme. Sie war kleiner und zierlicher, als er sie in Erinnerung hatte. Was natürlich nur daran lag, daß er selbst gewachsen war, seit er sie zuletzt gesehen hatte, ging ihm auf. »*Ma mère*.«
»Oh, Cædmon. Du hinkst nicht mehr.«
»Nein. Das haben sie mir abgewöhnt.«
»Was ist passiert? Woher kommst du?« fragte sie, ihre Stimme gedämpft, weil sie das Gesicht an seine Schulter gepreßt hatte.
Er ließ sie nicht los. »Aus Hastings. Komm, laß uns nach nebenan gehen.«
»Nein … Nein, nicht nach nebenan. Was ist passiert? Guthric schickte mir eine Nachricht. In Ely haben sie gehört, es habe eine große Schlacht in der Nähe von Hastings gegeben. William habe gesiegt, König Harold sei gefallen. Was weißt du, Cædmon?«
Er führte sie zur Tür. Aus dem Augenwinkel sah er, daß Eadwig folgte, aber er erhob keine Einwände. Sein Bruder mußte es schließlich auch erfahren.
»Beides ist wahr«, sagte er. Vor der Tür blieb er auf der obersten Stufe stehen und drehte sie zu sich um, so daß sie sich direkt gegenüberstan-

den. Drei Tage lang hatte er darüber nachgedacht, wie er es ihr sagen sollte. Welche Worte man wählen konnte, um einer Frau und Mutter diese Nachricht zu überbringen. Anfangs hatte er sich lange Reden und Erklärungen zurechtgelegt. Aber er hatte sie alle verworfen. Es gab keine Worte, hatte er erkannt.

Er ließ sie los und sah ihr in die Augen. »Vater und Dunstan sind tot.« Er nickte auf den Karren im Hof zu. »Ich bringe Vater nach Hause. Dunstan habe ich nicht finden können.«

Marie schloß die Augen, rührte sich nicht und gab keinen Laut von sich. Hinter seiner rechten Schulter hörte Cædmon einen erstickten Laut. Er wandte sich zu seinem Bruder um und zog ihn an sich. Eadwig krallte die Linke in seinen Mantel und weinte. Er preßte das Gesicht an Cædmons Brust, und Cædmon spürte die Hitze, die der magere Körper des Jüngeren ausstrahlte.

Marie stieg die Stufen hinab und ging zum Karren hinüber. Mit langsamen, schlafwandlerischen Bewegungen kletterte sie auf die Ladefläche, legte die Hände an den Sargdeckel und versuchte, ihn beiseite zu schieben.

Cædmon legte Eadwig den Arm um die Schultern und führte ihn zum Wagen.

»Er wollte nicht, daß du ihn siehst«, sagte er seiner Mutter leise. »Ich habe den Sarg verschließen lassen.«

Marie sank neben dem rohen Holzkasten auf die Knie und legte die Arme um Deckel und Seitenwand, als wolle sie den Toten umarmen. Sie preßte die Wange auf die harzigen Bretter und ließ die Söhne ihr Gesicht nicht sehen.

»Komm, Eadwig«, murmelte Cædmon und führte seinen Bruder zurück in die Halle.

Eadwigs magere Schultern bebten immer noch. Er versuchte, sich zu beherrschen, aber ohne großen Erfolg. Sie setzten sich abseits von den Leuten auf eine Bank nahe des Feuers, und Cædmon wartete geduldig, daß sein Bruder die Fassung wiederfand. Die Mägde warfen ihm neugierige, unsichere Blicke zu und tuschelten. In einer dunklen Ecke im hinteren Teil der Halle entdeckte er Edwina und Hergild, zwei der Frauen der Housecarls. Er hatte keine Neuigkeiten für sie, weder gute noch schlechte. Bei seiner grausigen Suche auf dem Schlachtfeld hatte er unter den Gefallenen kein einziges bekanntes Gesicht gefunden. Allerdings waren auch längst nicht alle Gesichter erkennbar gewesen. Und nicht alle Gefallenen hatten überhaupt noch Köpfe...

Sie konnten nur abwarten, wer heimkehrte und wer nicht.

Eadwig fuhr sich mit dem Ärmel über die Augen und hob dann den Kopf. »Ist der König auch tot?«

Cædmon nickte. »Und seine beiden Brüder.«

Eadwig blinzelte verständnislos. Er war zu verstört, um diesen neuerlichen Schock wirklich zu spüren.

»Also gibt es nun gar keine Godwinsons mehr?« fragte er ungläubig.

»Doch. Wulfnoth. Er lebt in Rouen an Herzog Williams Hof. Und Harold Godwinson hat ein paar Söhne, soweit ich weiß.«

»Alles Bastarde«, sagte Eadwig teilnahmslos. Er war mit seinen Gedanken anderswo.

Mag sein, trotzdem sind sie gut beraten, wenn sie das Land sofort verlassen und so weit rennen, wie sie nur können, dachte Cædmon. Wer weiß besser als William, wie mächtig der Bastard eines mächtigen Mannes werden kann.

»Sag, was ist mit Hyld?« fragte er schließlich. »Vater hat von ihr gesprochen, und es hörte sich an, als sei sie fort.«

Eadwig schüttelte langsam den Kopf. »Sie ist wieder da.« Er wies auf die Tür zum Hinterzimmer.

Cædmon erhob sich widerwillig. Er hatte es satt, der Unglücksbote zu sein.

»Hat er von mir auch gesprochen?« fragte Eadwig flehentlich.

Cædmon sah auf ihn hinab. Sein Bruder hatte die Unterlippe zwischen die Zähne genommen und blickte mit großen, kummervollen Augen zu ihm auf. Wie jung er noch ist, fuhr es Cædmon durch den Kopf, und plötzlich wollte er nichts so sehr wie seinen kleinen Bruder vor allem Leid und Kummer beschützen. Die Heftigkeit des Gefühls verblüffte ihn.

»Ja, er hat von dir gesprochen. Er hat mir aufgetragen, für dich zu sorgen. Und das werde ich auch tun. Ich verspreche es dir, Eadwig.«

Und das bedeutete vermutlich, daß er fortan tun mußte, was William der Bastard von ihm verlangte, ganz gleich, was es war. Erst jetzt ging ihm auf, wie erpreßbar er wirklich geworden war, jetzt da er plötzlich die Verantwortung für seine Familie trug, für den ganzen Haushalt, genau genommen für jeden Mann, jede Frau und jedes Kind in Helmsby. Der Gedanke machte ihm himmelangst, und er schob ihn lieber

schnell von sich, wandte sich ab und ging mit entschlossenen Schritten auf die Tür zum Hinterzimmer zu.
Er trat ohne zu zögern ein und blieb dann wie vom Donner gerührt stehen. Seine Schwester saß auf einem Schemel unter dem pergamentbespannten Fenster. Und sie hielt ein Kind im Arm.
»O mein Gott…«
Hyld hob den Kopf, und als sie ihn erkannte, sprang sie mit einem gedämpften Jubellaut auf. »Cædmon!«
Er trat zu ihr und nahm sie behutsam mitsamt dem Kind in die Arme. »Ich sehe, es hat sich allerhand ereignet, während ich weg war. Ist das mein Neffe oder meine Nichte?«
Hyld küßte ihm liebevoll die Wange und legte ihm das schlafende Baby in die Arme. »Dein Neffe. Olaf, nach seinem Paten.«
Was für ein verfluchter Wikingername, dachte Cædmon flüchtig, aber jetzt war nicht der geeignete Moment, darüber zu streiten. Er sah auf das friedvolle, kleine Gesicht hinab. Sein Neffe hatte dichte dunkle Wimpern, und der Flaum auf seinem Kopf war rabenschwarz.
»Gott segne dich, Olaf«, murmelte er und strich behutsam mit dem Daumen über die rosige Stirn. »Gott segne dich. Du scheinst mehr auf deinen Vater zu kommen, wer immer er sein mag.«
Hyld straffte die Schultern, ohne es zu merken. »Hör zu, Cædmon …«
»Nein, Hyld, hör du zu.« Und er wiederholte seine traurige Botschaft. Seine Schwester sah ihn an, ohne zu blinzeln, mit einemmal sehr bleich. Er erkannte Trauer und Schmerz in ihrem Gesicht, aber nicht die gleiche unkomplizierte Trauer wie Eadwigs oder auch seine eigene, nicht den unverwindbaren Schmerz, den er in den Augen seiner Mutter gesehen hatte. Er gab Hyld das Kind zurück.
»Vielleicht solltest du ihn zu ihr bringen. Vielleicht kann er sie trösten.«
Hyld schüttelte langsam den Kopf. »Ich kann nicht, Cædmon. Sie hat noch kein Wort mit mir gesprochen, seit ich zurückgekommen bin«, sagte sie tonlos.
Er riß verständnislos die Augen auf. »Was? Wieso nicht?«
Zwei Tränen liefen über ihr Gesicht. »Wenn ich dir das sage, wirst du auch nicht mehr mit mir reden wollen. Und … ich weiß nicht, ob ich das aushalten würde.«
»Dann schwöre ich dir, daß es nicht passiert.«
Sie gab einen eigentümlichen Laut von sich, halb ein Lachen, halb ein

Schluchzen. »Sei lieber vorsichtig. Gerade du hättest den meisten Grund, dich von mir abzuwenden.«
»Wir sind nicht mehr so viele, daß wir uns den Luxus erlauben könnten, uns voneinander abzuwenden, Hyld. Spann mich nicht auf die Folter. Raus damit. Wer ist Olafs Vater?«
Sie zauderte noch einen Moment, dann trat sie auf das breite Bett zu und zog den Vorhang zurück. Cædmon folgte und sah über ihre Schulter in ein Paar rauchgrauer Augen, ein unnatürlich bleiches, bartloses Gesicht, umgeben von wirren schwarzen Haaren.
Hyld hatte recht gehabt, mußte er feststellen, er war wirklich schokkiert. Aber er hatte ihr sein Wort gegeben. Also ließ er es sich nicht anmerken.
»Erik, der Pirat, sieh an«, sagte er leise.
Erik zeigte den Anflug seines Piratenlächelns.
Cædmons Mundwinkel zuckte, und er wandte sich an seine Schwester. »Ja, ich kann mir vorstellen, daß das einigen Wirbel verursacht hat.«
»Du ... du bist nicht böse?« fragte Hyld ungläubig.
»Nein. Ein bißchen befremdet. Aber nicht böse.«
»Warum nicht?«
Er dachte einen Augenblick nach. »Ich bin nicht sicher. Vielleicht, weil ich selbst zwei Jahre ein Gefangener in der Fremde war. Das führt zwangsläufig dazu, daß man die Dinge mit anderen Augen betrachtet. Und mit Distanz.«
»Oh, Cædmon ...« Hyld senkte den Kopf und drückte die Lippen auf die Stirn ihres Sohnes. »Du kannst nicht ermessen, wie erleichtert ich bin. Vater ... er hat sich von mir losgesagt, weißt du. Und Mutter hat mir durch Eadwig ausrichten lassen, ich müsse fortgehen, sobald Erik gesund ist. Weil ich keinen Platz mehr in dieser Familie hätte.«
»Nun, Vater hat seine Meinung geändert. Beinah seine letzten Worte galten dir. Ich solle dich suchen und mich vergewissern, daß es dir gutgeht. Und jetzt bin *ich* das Oberhaupt dieser Familie ...« Er konnte kaum glauben, was er da sagte. Nach einem fast unmerklichen Zögern fuhr er fort: »Und ihr könnt hierbleiben, solange ihr es wünscht, denn hier ist dein Zuhause.«
Hyld sah ihn sprachlos an.
Cædmon legte seine Hand kurz auf ihre. »Geh nach draußen zu Mutter, wenn du dich dazu überwinden kannst, Hyld. Ich bin sicher, es wäre gut für euch beide.«

Sie nickte und trat zur Tür.
Cædmon wartete, bis er mit Erik allein war, ehe er ihn wieder ansah. »Und? Was hast du zu sagen?«
»Nicht viel«, erwiderte Erik leise. »Deine Schwester hat mir verboten zu sprechen, und sie wird fuchsteufelswild, wenn ich nicht gehorche.«
»Was ist passiert?«
»Ein Pfeil in die Brust. Bei Stamford Bridge. Als alles schon verloren war, der König und Tostig Godwinson beide gefallen und …« Er hustete schwach.
»Ich glaube, Hyld hat recht. Red lieber nicht weiter.«
Aber Erik hob eine seiner großen, schmalen Hände und winkte ab. »Sie hat mich gefunden. Nachts das Schlachtfeld abgesucht, in einem Arm das Kind, in der anderen Hand eine Fackel.«
Cædmon schauderte unwillkürlich. Er wußte, was Hyld gesehen hatte. »Eine sehr mutige Frau, meine Schwester.«
»Verlaß dich drauf. Ich kann mich an nichts davon erinnern, ich war mehr tot als lebendig. Der Pfeil steckte in der Lunge. Und sie hat den englischen Truppen einen Karren geklaut und mich hergebracht. Deine Mutter hat den Pfeil rausgeholt.«
Cædmon schüttelte verwundert den Kopf. Er hätte gerne mehr über Stamford Bridge erfahren. Vor allem hätte er gerne gewußt, was Erik auf der norwegischen Seite zu suchen gehabt hatte. Aber das konnte alles warten. Es war nicht schwer zu erkennen, daß der Mann seiner Schwester immer noch sehr krank war.
»Cædmon …«
»Sei jetzt lieber still.«
Erik verzog ungeduldig das Gesicht. »Ich warte seit über zwei Jahren auf eine Gelegenheit, dir das zu sagen. Es ist nur ein Satz: Ich bedaure, daß ich auf dich geschossen habe.«
Cædmon wandte den Kopf ab und rieb sich das Kinn an der Schulter. Das Thema bereitete ihm immer noch Unbehagen. Dann gab er sich einen Ruck und erwiderte offen: »Ich glaube nicht, daß ich dir hätte verzeihen können, wenn das Bein taub geblieben wäre. Doch wir haben beide Glück gehabt, weißt du. Es ist geheilt, und du schuldest mir nichts.«
»Aber wärst du kein Krüppel gewesen, hätte dein Vater dich nicht weggeschickt.«
Cædmon überraschte sich selbst, als er sagte: »Dann hätte ich viele

Dinge nie gelernt, die ich heute weiß, wäre vielen Freunden nie begegnet, die ich heute habe. Oft war es furchtbar ...« Er dachte an seine Flucht aus dem Ponthieu, an Jehan de Bellême und den Monat in dem rattenverseuchten Verlies. »Und ich meine furchtbar, wenn ich furchtbar sage. Aber ich möchte es auf keinen Fall missen.«
»Ja. Ich weiß, wie das ist, glaub mir.« Eriks Leben in Helmsby war oft genug die Hölle gewesen, aber wäre er Ælfric in Metcombe nicht in die Hände gefallen, wäre er Hyld nie begegnet.

Marie de Falaise war eine Dame von großer Beherrschtheit und ehernen Grundsätzen. Das bedeutete zum einen, daß sie ihren Schmerz mit sich allein ausmachte. Niemand sah sie weinen, hörte sie klagen oder hätte ahnen können, daß sie mit Gott haderte. Als sie ins Haus zurückkehrte, war sie bis auf die Haut durchnäßt, aber vollkommen gefaßt. Diese Wesensart bedeutete jedoch andererseits auch, daß sie nicht zuließ, sich durch ihren Kummer ihrer Tochter gegenüber milde stimmen zu lassen. Hyld hatte sich jede erdenkliche Mühe gegeben, mit ihr zu sprechen. Aber vergebens. Marie hatte ihr Enkelkind auf den Arm genommen und gewiegt, wollte es gar nicht mehr hergeben, doch ganz gleich, was Hyld sagte oder tat, ihre Mutter gab ihr eisiges Schweigen nicht auf.
Trotzdem ließ Hyld Mann und Kind bedenkenlos in Maries Obhut zurück und ritt auf Cædmons Bitte hin nach Ely, um Guthric für die Beerdigung ihres Vaters nach Hause zu holen. Es war niemand sonst da, der gehen konnte, Cædmon war unabkömmlich, weil es hundert verschiedene Dinge gab, um die er sich kümmern mußte, und Hyld kannte außerdem den Weg.
Als Cædmon sie am nächsten Vormittag mit ihrem Bruder zusammen in den Hof einreiten sah, spürte er förmlich, wie sein Herz leichter wurde.
Mit langen Schritten überquerte er den Hof und riß Guthric aus dem Sattel der sanften Mähre, die ihn hergebracht hatte.
»Guthric!« Er umarmte ihn innig. »Guthric ...«
Sein Bruder machte sich mit einem leisen Lachen los. »Du brichst mir ja die Knochen.«
»Entschuldige.«
Sie sahen sich an und lächelten scheu, plötzlich befangen.
»Bruder Oswald sendet dir herzliche Grüße«, sagte Guthric schließlich.

»Und sein Beileid.«
»Danke.«
»Er ist jetzt unser Subprior, weißt du. Eine wirklich wichtige Persönlichkeit.«
»Und was ist mit dir? Wie ist es dir ergangen?«
Guthric atmete tief durch und sah sich langsam im schlammigen, freudlosen Innenhof um. »Gut«, sagte er leise. »Seit dem Tag, da ich Helmsby verlassen habe, weiß ich, wozu Gott mich auf diese Welt geschickt hat. Ich habe einen Ort gefunden, wohin ich gehöre. Und das verdanke ich nur dir, Cædmon.«
»Ich bin froh, Guthric.«
»Und du?«
Cædmon verzog einen Mundwinkel. »Ich habe bislang nur Orte gefunden, wohin ich nicht gehöre.« Er legte seinem Bruder die Hand auf die Schulter. »Komm hinein. Du auch, Hyld. Jetzt, da wir alle zusammen sind, sollten wir die Dinge bereden.«
Guthric zögerte. »Wo ist Vater? Ich würde ihn gern sehen.«
Cædmon schüttelte den Kopf und erklärte, warum der Sarg verschlossen war.
»Das ist mir gleich«, erwiderte Guthric. »Ich muß nicht die leere Hülle sehen, um für die Seele zu beten. Aber ich will einen Augenblick an seiner Seite sein.«
»Er ist im Dorf. In der Kirche. Ich bin mit Vater Cuthbert übereingekommen, daß das die beste Ruhestätte ist, bis wir ihn beerdigen.«
Guthric nickte zustimmend. »Dann entschuldige mich eine halbe Stunde.«
»Ich komme mit dir.«
Seite an Seite gingen sie die halbe Meile bis nach Helmsby über schlammige Wiesen und schmale Waldpfade, ohne viel zu reden. Cædmon genoß die Gesellschaft seines Bruders. Zum erstenmal seit Hastings spürte er so etwas wie Frieden. Dabei war es keineswegs so, als hätte sich nichts geändert. Mehr als zwei Jahre waren vergangen, sie waren älter geworden, Guthric trug eine Benediktinerkutte und Cædmon normannische Kleidung und ein normannisches Schwert. Als sie sich zuletzt gesehen hatten, waren sie Kinder gewesen. Inzwischen hatte Guthric seine Berufung gefunden und Gott. Cædmon hatte keine so großen Errungenschaften vorzuweisen. Alles, was er gefunden hatte, waren ein paar Einsichten über sich selbst, eine zweite Heimat und eine

Frau, die er liebte. Aber all das war für den Augenblick von keiner besonderen Bedeutung. Das Gefühl der Zusammengehörigkeit, das starke Band von Sympathie gepaart mit naher Verwandtschaft stellte sich sofort wieder ein, und ohne jede Mühe konnten sie da anknüpfen, wo sie sich getrennt hatten.

»Du warst bei Hastings?« wollte Guthric wissen.

»Ja.«

»Erzähl mir davon.«

»Nein, lieber nicht. Ich muß Mutter und Hyld und Eadwig auch davon erzählen. Und ich will das wirklich nicht alles zweimal aufleben lassen.«

»So schlimm war es?«

»Grauenvoll«, gestand Cædmon leise.

»Dann erzähl mir von Rouen. Wie hast du gelebt? Wer war der außergewöhnlichste Mensch, dem du begegnet bist?«

»Oh, das ist wirklich schwer zu sagen. Wulfnoth Godwinson vielleicht. Er ist Harolds Bruder und lebt seit beinah fünfzehn Jahren als Geisel an Williams Hof. Er ist so duldsam wie ein Engel und doch so schlau wie der Teufel. Er weiß alles, er kennt jeden, er beobachtet unbemerkt und durchschaut die geheimsten Absichten. Und er hat mir das Lautespielen beigebracht. Oder Etienne fitz Osbern, der Sohn des Seneschalls. Sein Vater ist ein sehr mächtiger Mann, aber Etienne ist ein wunderbarer Freund. Er hat immer zu mir gestanden, vom ersten Tag an. Obwohl wir so verschieden sind, wie zwei Menschen nur sein können. Oder Herzog William selber. Ich habe nie jemanden gesehen, der so tiefe Frömmigkeit und so eiskalte Grausamkeit in sich vereint. Er weist keinen Bettler von der Tür, aber wer in seinem Wald wildert, den läßt er blenden oder kastrieren oder beides. Und dann natürlich Aliesa...«

Ehe er so recht wußte, wie ihm geschah, hatte er Guthric alles von ihr erzählt, von ihrer Schönheit und ihrer Sanftmut, vom Rabenflügelglanz ihrer Haare, ihrer Bildung und von ihrem Bruder.

Guthric lauschte ihm aufmerksam, bis sie vor der kleinen St.-Wulfstan-Kirche standen, und schließlich sagte er mit einem leicht verwunderten Lächeln: »Du bist ein Normanne geworden, Cædmon.«

»O nein.« Cædmon schüttelte nachdrücklich den Kopf. »Vielleicht wäre es besser, wenn du recht hättest. Aber ich bin Engländer.« Und damit stieß er die hölzerne Tür auf, und sie traten ins dämmrige Halbdunkel vor den Sarg ihres Vaters.

Am nächsten Morgen begruben sie Ælfric of Helmsby bei typisch naßkaltem Beerdigungswetter auf dem kleinen Friedhof, der St. Wulfstan umgab, im Schatten einer uralten Eiche und an der Seite seines Großvaters, des legendären Ælfric Eisenfaust. Alle Leute aus Helmsby waren zugegen, auch aus Metcombe waren viele gekommen. Ælfric war ein guter Thane und ein fairer Sheriff gewesen, und sie legten Wert darauf, ihm die letzte Ehre zu erweisen. Viele weinten, als der grobgezimmerte Sarg in die Erde gelegt wurde.
Vater Cuthbert stammelte und radebrechte durch die Zeremonie. Guthrics Anwesenheit machte ihn nervös, er fürchtete – völlig zu Recht –, daß der junge Novize sein unsinniges Kauderwelsch, das alle anderen für Latein hielten, durchschaute. Guthric hatte seine liebe Mühe, während der Beerdigung des Vaters nicht in schallendes Gelächter auszubrechen.
Tatsächlich schien Guthric am wenigsten von Ælfrics Tod berührt.
»Sicher liegt es daran, daß du Gott näher bist als wir«, mutmaßte Cædmon, als sie auf dem Heimweg waren.
Guthric wiegte den Kopf hin und her. »Ich weiß nicht, ob ich das bin. Aber zwischen Vater und mir war keine Liebe, Cædmon. Dabei habe ich mich wirklich bemüht. Doch mehr als Pflichtgefühl habe ich nie zustande gebracht. Ich kann nicht ehrlich behaupten, daß er mir fehlen wird. Und was Dunstan betrifft … Die Welt wird ein klein wenig besser sein ohne ihn.«
Cædmon spürte einen Stich. »Es ist furchtbar, was du da sagst.«
»Aber wahr. Frag Erik.«
»Die Meinung eines dänischen Piraten über meinen Bruder ist für mich ohne Belang.«
»Dieser dänische Pirat ist ein Großneffe des unlängst verstorbenen Königs von Norwegen.«
Cædmon blieb stehen. »Er ist was?« fragte er fassungslos.
Guthric nickte nachdrücklich. »Was an der Maßgeblichkeit seiner Meinung wenig ändert. Und er mag ein Draufgänger und Glücksritter sein, aber er betet unsere Hyld an, er hat seinen Eid an Harald Hårderåde mit größter Gewissenhaftigkeit erfüllt, und er hat Dunstan geschont, als er endlich die Chance hatte, es ihm heimzuzahlen, nur weil Hyld ihn darum gebeten hat. Ich würde sagen, alles in allem ein guter Mann, unser Schwager.«
»Woher weißt du das alles?« fragte Cædmon verwundert.

»Sie hat in Ely haltgemacht, als sie mit ihm von Stamford Bridge zurückkam. Aber auch der Bruder, der bei uns die Kranken pflegt, wagte sich an den Pfeil nicht heran. Also hat sie nur ein paar Stunden ausgeruht und ist dann hierher aufgebrochen.«

Cædmon sann über diese Neuigkeiten nach, und als sie zur Halle zurückkamen, wandte er sich an seine Mutter: »Denkst du nicht auch, es wird Zeit, daß wir uns alle zusammensetzen und Pläne machen?«

Sie nickte zögernd. »Du hast recht.«

»Dann sollten wir dorthin gehen, wo wir ungestört sind und wo Erik uns hört.«

Er trat auf die Tür zur Schlafkammer zu. Hyld schenkte ihm ein dankbares Lächeln.

Marie hob das Kinn. »Ich wüßte nicht, was unsere Pläne diesen Fremden und seine Familie angingen.«

Cædmon erwiderte ihren Blick und versuchte, das richtige Mittelmaß zwischen Respekt und Autorität zu finden. Es war eine eigentümliche, ungewohnte Situation, die vermutlich nicht nur ihm Unbehagen bereitete. »Bitte, Mutter«, sagte er leise. »Vater hat mir Hyld ebenso anvertraut wie dich und Eadwig. Wenn er ihr verzeihen konnte, kannst du es nicht auch?«

Ohne ein weiteres Wort trat sie ein. Cædmon ließ ihr höflich den Vortritt. Kaum hatte er die Tür geschlossen, wandte sie sich an ihn und sagte: »Eins wollen wir klarstellen, Cædmon: Nach dem Tod deines Vaters und deines Bruders bin *ich* das Oberhaupt dieser Familie, bis du alt genug bist, diese Verantwortung zu tragen. Und bis zu dem Tag wirst du tun, worum ich dich bitte, nicht umgekehrt.«

Er spürte einen heftigen Drang, zu rebellieren, aber er konnte nicht. Er war regelrecht gefesselt von den guten Manieren, die sie ihm in Rouen beigebracht hatten, mußte er feststellen.

Er verneigte sich knapp. »Selbstverständlich werde ich tun, worum du mich bittest. Und natürlich bist du das Oberhaupt dieser Familie und wirst über Halle, Hof und Helmsby bestimmen, schon allein weil ich gar nicht hier sein werde.«

»Was soll das heißen?« fragte sie stirnrunzelnd.

»Spätestens am zweiten Advent muß ich mich dem Herzog wieder anschließen. Er marschiert auf London, und er meint, er braucht mich für den Fall, daß irgendwer nicht auf Anhieb versteht, was er mit seinem Schwert zu sagen versucht«, antwortete er bitter.

Marie schüttelte entschieden den Kopf. »Er wird auf dich verzichten müssen, denn ich erlaube es nicht.«
Cædmon atmete tief durch. Er hatte mit allerhand gerechnet, er hatte sich vor Stürmen und Tränen und Verzweiflung gefürchtet, aber daß ein Machtkampf zwischen ihm und seiner Mutter ausbrechen könnte, kaum daß sein Vater unter der Erde war, traf ihn unvorbereitet.
»Ich fürchte, dann werde ich ohne deine Erlaubnis gehen müssen ...«
»Was fällt dir ein, Cædmon!«
»Mir bleibt keine andere Wahl«, versuchte er zu erklären. »Ich ...«
»Ich werde das auf keinen Fall zulassen!«
»Hättest du wohl die Güte, mich nicht ständig zu unterbrechen?«
Er hatte seine Stimme nicht erhoben, aber alle starrten ihn entgeistert an. So hatten sie ihn noch nie reden hören. Nicht nur die normannischen Schwerter sind scharf, dachte Guthric beinah amüsiert.
Cædmon nutzte die verwunderte Stille, um ebenso leise fortzufahren: »Ihr müßt euch vor allem darüber im klaren sein, daß nichts mehr so sein wird, wie es früher war. William von der Normandie hat nicht nur eine Schlacht gewonnen, sondern England erobert. Mag sein, daß er hier und da noch auf Widerstand stößt, aber er wird ihn brechen. Der englische Adel ist so gut wie ausgelöscht. Wer nicht bei Hastings gefallen ist, den hat es vorher in Stamford Bridge erwischt.« Er unterbrach sich kurz und wechselte beinah gegen seinen Willen einen Blick mit Erik, der halb aufgerichtet im Bett lag und jedes Wort verfolgte. Erik nickte nachdrücklich.
»Jeder Mann, der bei Hastings gegen William gefochten hat, wird enteignet«, fuhr Cædmon fort. »Das gilt für die Toten ebenso wie für die Überlebenden. Wir werden unser Land verlieren, das Dach über unseren Köpfen, wir werden Bettler sein. Es sei denn, ich trete am zweiten Adventssonntag meinen Dienst als Williams Ohr und Williams Mund an. So sieht es aus.«
Marie sank auf die Truhe neben dem Fenster, als könne sie plötzlich ihren Beinen nicht mehr trauen. »Das kann er nicht tun. Das würde er niemals tun. Ich bin Normannin!«
»Er würde es tun, sei versichert. Er hat es mir gesagt, und er hält immer Wort. Abgesehen davon, hätte zufällig einer seiner Brüder auf der anderen Seite gestanden, würde er auch den enteignen und an den Bettelstand bringen. Ohne mit der Wimper zu zucken. Wenn du das nicht weißt, kennst du ihn nicht.«

»Ich kannte ihn schon, lange bevor du zur Welt kamst«, versetzte sie schneidend.
»Vielleicht hat er sich verändert. Und es hat wenig Sinn, weiter darüber zu debattieren, denn ich gehe auf jeden Fall.«
Marie schüttelte langsam den Kopf. »*Du* hast dich ganz gewiß verändert. Ich erkenne dich kaum wieder.«
Hättest du verhindert, daß Vater mich an Harold Godwinson verschachert, wäre ich dir nicht fremd geworden, dachte er, aber er sprach es nicht aus. Er hatte nicht vor zu vergessen, welchen Kummer seine Mutter litt. Und er verstand durchaus, daß sie sich weigerte zu glauben, dem Verlust ihres Mannes und Sohnes könnte auch noch der ihrer Stellung und ihres Heims folgen. Das war wirklich ein bißchen viel auf einmal. Er nahm ihre Hand in seine beiden und führte sie reumütig an die Lippen. »Bitte entschuldige.«
Sie nickte, drückte seine Hand für einen Moment an ihre Wange und sagte: »Erzähl uns von den Normannen, Cædmon. Und von Hastings und deinem Vater.«
Er begann mit der Überfahrt auf der *Mora*, schilderte ihre Landung und schließlich den Verlauf der Schlacht, wobei er sich bemühte, sein Entsetzen zu verbergen und alles zu verschweigen, was ihren Kummer mehren könnte. Trotzdem weinten Marie, Hyld und Eadwig, als er das Wiedersehen mit seinem Vater beschrieb. Guthric saß zu Eriks Füßen auf der Bettkante, hatte die Beine gekreuzt und die Arme verschränkt und lauschte mit unbewegter Miene. Cædmon warf ihm einen Blick zu, aber es war unmöglich, das Gesicht seines Bruders zu deuten. Ihm war sehr wohl bewußt, daß Guthric der einzige war, den sein Vater nicht erwähnt hatte.
»Seine letzten Gedanken galten Dunstan«, endete er und sah ein kleines, spöttisches Lächeln in Guthrics Mundwinkeln lauern und einen Ausdruck unverhohlenen Abscheus auf Eriks blassem Gesicht.
Es war lange Zeit still. Erst als der kleine Olaf aufwachte und zu krähen begann, fiel die Starre von ihnen ab. Hyld trat an das große Bett, wo das Kind neben seinem Vater lag, nahm es auf, wandte ihnen den Rükken zu und legte es an. Das Jammern verstummte abrupt.
»Und wie wird es jetzt weitergehen?« fragte Guthric Cædmon schließlich.
Cædmon hob kurz die Hände. »Wie gesagt. William zieht nach London. Ich bete, daß die verbliebenen Witan ihrem Namen Ehre machen

und genug Weisheit besitzen, seinen Thronanspruch anzuerkennen, ohne weiteres, sinnloses Blutvergießen zu provozieren.«

»Also wird William König von England«, stellte Guthric fest.

»Er sollte es längst sein. Da er uns Helmsby unter den genannten Bedingungen läßt, wird sich für uns nicht viel ändern. Die Frage ist, wie viele unserer Housecarls kommen zurück? Haben wir genug Leute, um das Gut zu bewirtschaften, und haben wir Geld?«

Marie nickte. »Wir hatten eine gute Ernte. Und dein Vater war fast ein Jahr lang Sheriff. Es ist ein lukrativer Posten, ja, wir haben etwas Geld. Viele Männer aus Helmsby und Metcombe sind mit dem Fyrd nach Norden gezogen, wir müssen abwarten, wie viele heimkehren. Sie können ja schließlich nicht alle gefallen sein.«

Cædmon und Erik, die jeder eine der Schlachten miterlebt hatten, hielten es durchaus für denkbar, daß sie alle gefallen waren, aber keiner von beiden äußerte diese düstere Vermutung.

»Dann, denke ich, spricht nichts dagegen, daß die Dinge hier so weitergehen wie bisher«, sagte Cædmon statt dessen und fragte seine Schwester, die mit dem Rücken zu ihm gewandt dasaß. »Was habt ihr für Pläne, Hyld?«

»Wir wollen zurück nach York«, sagte sie über die Schulter.

»Ich habe dort einen Onkel«, erklärte Erik. »Sein einziger Sohn ist bei Stamford Bridge gefallen. Ich bin sicher, daß er mich in sein Geschäft aufnimmt und mir eins seiner Schiffe anvertraut.«

Cædmon verzog den Mund. »Verstehe. Einmal Pirat, immer Pirat.«

»Es sind Handelsschiffe«, warf Hyld aufgebracht ein.

»Und bist du sicher, daß du dort oben im finsteren Northumbria leben willst, ganz allein unter Fremden, während dein Mann immerzu auf See ist?« fragte Cædmon skeptisch.

Sie schnürte ihr Kleid zu und wandte sich wieder zu ihm um. »Ich werde nicht allein sein. Sobald Erik gesund ist, holt er seine Geschwister aus Haithabu nach York, und sie werden in unserem Heim leben. Außerdem wird er ja nicht ständig fort sein. Und ich habe Onkel Olaf und seine Familie, wo ich willkommener bin und mit größerer Herzlichkeit aufgenommen werde als hier.«

Erik legte seine Hand auf ihre. »Du solltest nicht ungerecht sein. Ohne die Hilfe deiner Mutter wäre ich gestorben.«

»Ich verzichte auf deine Fürsprache«, versetzte Marie kühl.

Erik deutete ein Schulterzucken an. »Ihr kriegt sie trotzdem.«

Guthric rieb sich die Nase, um sein Lächeln hinter seiner großen Hand verstecken zu können.
Aber Cædmon war bekümmert. Er hoffte, daß seine Mutter und Schwester noch Frieden schließen würden, ehe sie sich trennten. Für ihn war dieser Riß in der Familie beängstigend und zutiefst widernatürlich.
»Ich bedaure, daß du so weit fortziehst«, sagte er zu Hyld. »Wir werden wenig voneinander sehen.«
Die steile Zornesfalte zwischen ihren Brauen verschwand. »Ich hoffe, William kommt gelegentlich nach York, wenn er König ist, und bringt seinen Mund und sein Ohr mit.«
»Bedenke, worum du bittest, Hyld«, warnte Cædmon impulsiv. Er verstand nicht so recht, warum er das gesagt hatte. Aber sie sollten sich später beide daran erinnern.

Guthric kehrte erleichtert nach Ely zurück, und Cædmon kam sich verlassen vor, als sein Bruder fort war. Kopfüber stürzte er sich in die Arbeit, versuchte, so gut er konnte den Gutsbetrieb auf den bevorstehenden Winter vorzubereiten, begutachtete Vieh- und Kornbestände, ging beinah jeden Tag nach Helmsby und ritt häufig nach Metcombe und sprach mit Bauern, Müllern und Schafhirten.
Viele, aber nicht alle Männer aus Helmsby waren gefallen. Nach und nach kamen die Überlebenden heim, und einer der ersten war Wulfric der Steward. Marie und Cædmon waren glücklich, ihn zu sehen. Zum einen weil er am längsten im Dienst der Familie stand. Schon sein Vater hatte Ælfrics Vater gedient, er war in Helmsby aufgewachsen und gehörte praktisch zur Familie. Zum anderen, weil niemand den Gutsbetrieb und die Pachtverhältnisse so gut kannte wie er. Es beruhigte Cædmon zu wissen, daß Wulfric hier sein würde, um seiner Mutter zu helfen, wenn er selbst wieder fort mußte.
Wulfric hatte an Ælfrics Seite gestanden, als der Thane fiel. Im letzten, verzweifelten Konterangriff der Engländer war er dann abgetrieben worden, und als er gesehen hatte, wie König Harold niedergemacht wurde, war er wie die meisten anderen in Panik geflohen. Doch er hatte eine tiefe Wunde am Kopf und viel Blut verloren und war irgendwann ohnmächtig zusammengebrochen.
»Und das hat mir das Leben gerettet«, schloß er seinen traurigen Bericht. »Vermutlich haben die Normannen mich für tot gehalten.

Die anderen Flüchtenden haben sie eingeholt und niedergemacht. Ich bin an zahllosen vorbeigekommen, als ich schließlich aufgewacht war und weitergehen konnte.« Er stützte den grauen Kopf in die Hände. »Daß es so mit uns enden konnte. Geschlagen und niedergemetzelt ...«
Cædmon legte ihm für einen Moment die Hand auf die Schulter. »Ihr hattet keine Chance. Nicht nach Stamford Bridge.«
Der ältere Mann nickte unglücklich. »Das ist wahr. Wir waren schon hundemüde, als wir in Hastings ankamen. Viele verwundet ...«
»Weißt du ... weißt du irgend etwas über Dunstan?«
»Nein. Ich sah ihn fallen, gleich zu Anfang. Was für eine Verschwendung! Er war so unverzagt, so voller Kampfeswut. Er hätte sicher hundert der normannischen Bastarde niedergemacht. Aber der Pfeil traf ihn noch vor dem ersten Angriff. So ein guter Junge, so viel Mut.« Wulfric ballte seine mächtige Pranke zur Faust und schlug sich leicht aufs Bein, er rang sichtlich um Haltung. »So voller Liebe für seinen König ...«
Cædmon nickte schweigend. Ihm war unbegreiflich, wie irgendwer Harold Godwinson lieben konnte, aber er zweifelte nicht daran, daß sein Bruder ein großer, bewundernswerter Krieger gewesen war.
»Du hast ihn nicht gefunden?« fragte Wulfric.
Cædmon schüttelte den Kopf. »Trotzdem müssen wir die Toten begraben, Wulfric, und sei es nur in unseren Herzen. Wir müssen an die Zukunft denken. Schwere Zeiten stehen uns bevor.«
»Ja. Du hast recht, Thane.«
Cædmon starrte ihn betroffen an. So hatte ihn bislang noch niemand genannt.

Ende November war Erik soweit wiederhergestellt, um die weite Reise nach York antreten zu können. Er drängte zur Eile, denn er wollte dort sein, ehe die Schneefälle einsetzten. Er wußte, wie gefährlich eine Winterreise sein konnte, vor allem für einen Säugling. Cædmon setzte sich gegen den Widerstand seiner Mutter durch und schenkte ihnen eins der besten Pferde, die sie im Stall stehen hatten, sorgte dafür, daß ihr Wagen reichlich mit Proviant beladen wurde und sie beide warme Mäntel bekamen.
Schließlich reichte er Erik einen verheißungsvoll klimpernden Beutel. »Hier. Man weiß nie, was einem unterwegs so alles passiert.«

Erik verschränkte die Arme und schüttelte den Kopf. »Du hast genug für uns getan, Cædmon. Ich werde kein Geld von dir annehmen.«
»Du kannst es mir ja zurückzahlen, wenn du von deinem ersten einträglichen Raubzug ... ich meine natürlich, deiner ersten einträglichen Kaufmannsfahrt zurückkommst.«
Erik erwiderte das breite Grinsen. »Weißt du, du kannst mich hundertmal einen Piraten nennen. Das beleidigt mich nicht.«
»Allein das sagt ja wohl alles.«
Das ist wahr, mußte Erik einräumen, antwortete aber lediglich: »Steck dein Geld weg. Ich will es nicht.«
Cædmon wandte sich an Hyld. »Dann nimm du es. Herrgott noch mal, es ist nicht viel. Und du hättest ein Anrecht auf eine anständige Mitgift gehabt.«
Sie nahm den Beutel mit einem Lächeln und küßte ihn auf die Wange. »Danke.«
»Hyld, ich will das nicht«, beharrte Erik störrisch.
Sie befestigte den Beutel an ihrem Gürtel. »Warum nicht? Er hat recht, weißt du, es steht mir zu. Beziehungsweise dir. Es ist kein Almosen, und Cædmon gibt es in Freundschaft. Also hör auf, dich zu zieren.«
Erik wandte sich mit komischer Verzweiflung an Cædmon. »So ist es immer. Sie hört einfach nicht auf mich.«
Cædmon verzog spöttisch den Mund. »Du wolltest sie haben, jetzt siehst du, wozu es führt, wenn ein Däne es mit einer englischen Frau aufnehmen will.«
Erik legte den Arm um die Schultern seiner Engländerin. »Es gibt im ganzen Norden keine, die ihr das Wasser reichen könnte.«
Cædmon betrachtete seine Schwester und seinen Schwager, sah den verliebten Blick, den sie tauschten, und fühlte gleichzeitig Neid und Hoffnung in sich aufsteigen. Wenn Hyld und Erik den generationenalten Haß zwischen ihren Völkern überwinden konnten, warum sollten dann Aliesa und er nicht die Unterschiede meistern können, die sie trennten? Gerade jetzt, da ihre beiden Völker so eng miteinander verknüpft werden würden, ob es ihnen nun gefiel oder nicht.
Er machte eine auffordernde Geste. »Nun reitet schon los, bald ist der halbe Tag um. Glückliche Reise. Möget ihr auf eurem Weg Freunde finden, die Führung der Engel und das Geleit der Heiligen.«
Er umarmte seine Schwester, ehe sie auf den Bock kletterte. Olaf lag warm eingepackt auf dem Wagen und schlief.

»Wann wirst du aufbrechen?« fragte Erik.
»Morgen.«
Der junge Däne nickte, zögerte einen Moment und streckte dann die Hand aus. »Auch dir eine glückliche Reise, Cædmon.«
Er schlug wortlos ein. Ihre Blicke trafen sich einen Moment, und sie tauschten ein unsicheres Lächeln. Ein Jammer, dachte Cædmon flüchtig. Unter anderen Umständen hätten wir Freunde werden können.
Erik schwang sich in den Sattel, und der kleine Zug setzte sich in Bewegung. Cædmon sah ihnen nach, bis sie durchs Tor verschwunden waren. Er hörte Hyld auflachen, es klang schon fern.
»Gott schütze euch«, murmelte er, hauchte seine eiskalten Hände an und ging zurück ins Haus.

Nur sich selbst gestand er ein, daß er es kaum erwarten konnte, aus Helmsby wegzukommen. Die kühle Distanziertheit seiner Mutter trieb ihn ebenso fort wie der ungewohnte Respekt, den die Leute auf dem Gut und im Dorf ihm plötzlich zollten. Die Mägde umsorgten ihn wie Glucken, wenn er abends heimkam, brachten ihm das beste Stück Fleisch und das frischeste Brot und warfen ihm Blicke zu, die ihn beunruhigten und bis in seine ohnehin schon schweren Träume verfolgten. Selbst Ohthere, der Housecarl, der ihn und Guthric früher so großzügig mit Ohrfeigen bedacht hatte, wenn sie irgendeinen Unfug angestellt hatten, begegnete ihm mit einemmal voller Ehrerbietung, und Cædmon kam sich wie ein Hochstapler vor. Als hätte er Dunstan den Platz weggenommen, der ihm zustand.
Am meisten jedoch machten ihm die Lebensbedingungen in Helmsby zu schaffen, die ihm auf einmal so primitiv und bäurisch erschienen. Hier war das ganze Leben auf einen einzigen Raum beschränkt. In der Halle wurde gekocht, gegessen und geschlafen. Es gab keine Decken auf den klobigen Holztischen, die oft nur mäßig sauber waren. Einen einzigen, unbeschreiblich riechenden Abort draußen in der kleinen Holzbude für all die Menschen. Und längst nicht jeder wusch sich vor dem Essen die Hände.
Nachts fand er keine Ruhe, weil das Schnarchen der Schlafenden und das Keuchen der Liebenden von der hohen Decke zurückgeworfen wurden und zusammen ein wahres Getöse ergaben. Nichts blieb einem verborgen, weder Ehekrach noch Versöhnung, weder Kinderkrankheiten noch Altersgebrechen. Nur Geburt und Tod fanden, seit Marie de

Falaise die Dame der Halle war, in der Abgeschiedenheit der hinteren Kammer statt.
In der Nacht vor seinem Aufbruch lag Cædmon wieder einmal wach. Rastlos warf er sich von einer Seite auf die andere, beneidete Eadwig, der selig an seiner Seite schlief, und noch mehr seine Mutter, die jetzt wieder einen ganzen Raum für sich allein hatte, und dachte an Rouen. Allein war man auch dort nirgends, aber das Leben auf der Burg war mit den beengten Verhältnissen in der Halle von Helmsby doch nicht vergleichbar. Dort teilte er einen Raum nur mit einem knappen Dutzend Gleichaltriger. Dort gab es stille Winkel im Innenhof, im Hauptgebäude, in der Kapelle oder dem Garten dahinter, wohin man sich ein Weilchen verkriechen konnte. Wie oft hatte er sich nach Hause gesehnt, als er dort war. Jetzt sehnte er sich zurück. Er schalt sich einen ewig unzufriedenen Toren und rief sich ins Gedächtnis, wie froh und dankbar er sein sollte, daß er lebte, daß er hier wachliegen und den nächtlichen Geräuschen, diesen zahllosen Lebenszeichen lauschen konnte. Anders als Dunstan, der jetzt vermutlich irgendwo in einem namenlosen Grab lag, verscharrt wie ein Hund. Daß er gesund und heil war, zwei Hände hatte, um sich die Ohren zuzuhalten, anders als Lucien de Ponthieu, der nie wieder mit solcher Eleganz einer Dame aus dem Sattel helfen würde wie an dem Tag, als Cædmon ihn zum erstenmal gesehen, ihn um seine mühelose Selbstsicherheit beneidet hatte.
Doch es nützte nichts, sich vorzubeten, wie glücklich er sich schätzen konnte. Er fand trotzdem keinen Schlaf, wälzte sich auf den Rücken, zog die zu dünne Decke bis zum Kinn und starrte mit brennenden Augen in die Dunkelheit. Er versuchte, die vielen beunruhigenden Geräusche aus seinem Bewußtsein zu verbannen, dachte an Aliesa, an das Gefühl ihrer Brüste, die sich an seinen Körper gepreßt hatten, als er sie hielt. An dem Abend, als der langhaarige Stern erschienen war. Wie nah sie einander gewesen waren. Er erinnerte sich genau an den Duft ihrer Haare, an ihren warmen Atem auf seinem Kinn, den Klang ihrer Stimme …
Er schreckte auf, als er eine Hand auf der Brust spürte. Er mußte wohl doch eingeschlafen sein. Er träumte. In seinem Traum war er mit Aliesa im Garten hinter der Kapelle, und der Stern erstrahlte plötzlich am Himmel, zog seinen feurigen Schweif hinter sich her. Voller Angst preßte sie sich an ihn, drückte die Hand auf seine Brust.
Eine Hand drückte auf seine Brust.

Er öffnete den Mund, um ihren Namen zu sagen, aber ein Schwall langer Haare fiel auf sein Gesicht und knebelte ihn. Er schloß die Lippen und saugte daran. Die Haare schmeckten leicht nach Rauch.
Er war jetzt wach, wußte, wo er sich befand.
Der Schatten über ihm bewegte sich, schlug seine Decke zurück und glitt neben ihn. Es war vollkommen finster. Das Feuer war nur noch ein schwaches Glimmen, die Nacht draußen mondlos und wolkig, außerdem waren die Läden zugesperrt.
Er erkannte sie an dieser eigentümlichen Geruchsmischung aus Rauch und Milch. Sie war eine der jüngeren Mägde in der Halle, arbeitete in der Molkerei und ging der Köchin zur Hand, und er konnte sich nicht an ihren Namen erinnern. Er hatte sie früher nie gesehen. Aber ihm war nicht entgangen, welche Blicke sie ihm zugeworfen hatte. Vor allem abends, wenn er vor dem Feuer gesessen und die Laute gespielt hatte.
»Wie heißt du?«
Er bekam keine Antwort. Eine kühle kleine Hand glitt unter sein Gewand und umfaßte sein hartes Glied. Er kniff die Augen zu. Die Hand tat das, was er für gewöhnlich unter heftigen Gewissensbissen selbst tat, aber es war trotzdem völlig anders. Seine Bauchmuskeln spannten sich an, jeder Muskel in seinem Körper spannte sich an, er ballte die Fäuste, versuchte, an irgend etwas Banales oder Unangenehmes zu denken, wie einen Vormittag mit Jehan de Bellême etwa oder eine Frühwache oder ein Schwert zu schleifen, doch es nützte nichts, sein Körper folgte den eigenen Regeln und entlud sich mit der ganzen angestauten Wut der letzten Nächte.
Er biß sich in den Oberarm und kniff die Augen zu. Tölpel, dachte er wütend. Jetzt wird sie gehen. Jetzt wird sie verschwinden, und du hast deine Chance vertan…
Aber sie blieb. Sie legte sich auf ihn und raffte die Röcke. Atemlos kostete er das Gefühl aus, stellte sich ihre goldblonden Flechten vor und fragte sich, ob die krausen, drahtigen Haare, die seinen Bauch kitzelten, wohl die gleiche Farbe hatten. Er spürte ihre schmalen Hände auf seinem Gesicht, dann auf den Schultern, schließlich nahm sie seine Hand in ihre und führte sie an ihre Brust. Seine Kehle war wie ausgedörrt. Er schluckte trocken und zerrte am Stoff ihres Kleides, hörte ein leises Reißen und hatte endlich freie Bahn. Mit beiden Händen umschloß er ihre weichen, nachgiebigen Brüste, und es dauerte nicht

lange, bis sein Glied sich wieder aufrichtete und sie sich mit einem unterdrückten Laut des Triumphes darauf hinabsenkte.
Anfangs lag er reglos und überließ sich ihr, ergab sich staunend diesen vollkommen neuen, ungeahnten Empfindungen, doch als sie ihn auffordernd am Ärmel zupfte, legte er einen Arm um ihre Taille, stützte sich auf den Ellbogen und drehte sie beide ein bißchen unbeholfen um. Dann lag er auf ihr, spürte ihre Beine um seine Hüften und legte behutsam die Hand auf ihre entblößte Brust. Er regte sich in ihr, zaghaft zuerst, wie ein sanftes Schaukeln, bis sie schließlich die Hände um seine Taille legte und ihn führte. Als sie zu keuchen anfing, hielt ihn nichts mehr. Er beschleunigte und verstärkte seine Bewegungen, wurde wagemutiger, stieß und keuchte, und sie gab ein beinah wimmerndes Stöhnen von sich, das lauter und immer lauter wurde, bis er sicher war, daß nicht nur die ganze Halle, sondern auch die Toten auf dem Friedhof von St. Wulfstan davon aufwachen müßten, aber er konnte nicht aufhören, bewegte sich noch heftiger und ergötzte sich an ihrer Stimme. Und dann ergoß er sich in diese Unbekannte, brach ein und lag auf ihr, erdrückte sie mit seinem ganzen Gewicht und dachte Aliesa, immer nur dieses eine Wort: Aliesa, Aliesa, Aliesa, Aliesa …
Sie legte beide Hände auf sein Gesicht, strich seine Haare zurück und küßte ihn auf den Mund. Dann befreite sie sich aus seinen Armen, stand lautlos auf und schlich davon, ohne ein Wort gesprochen zu haben. Cædmon bettete den Kopf auf seinen angewinkelten Arm und spürte eine wohlige Schwere in den Gliedern, eine Form von Müdigkeit, die er lange entbehrt hatte.
Und er dachte, daß es unbestreitbar seine Vorzüge hatte, der Thane of Helmsby zu sein.

Berkhamstead, Dezember 1066

»Halt! Wer reitet da?«
»Cædmon of Helmsby.«
Der Soldat, der den Zugang zum Lager bewachte, trat mit einer Fackel in der Hand näher, hielt sie hoch und sah blinzelnd zu dem Reiter auf. »Ja, ich kenne dich. Du kannst passieren.«

»Könntest du mir sagen, wo ich Etienne fitz Osbern finde oder Roland Baynard?«

Der Mann wandte sich brüsk ab und schüttelte kurz den Kopf. »Keine Ahnung. Jetzt pack dich...«

Cædmon zog sein Schwert ohne einen Laut – ein Trick, mit dem er sogar Jehan de Bellême verblüfft hatte –, so daß der Wachsoldat entsetzt zusammenfuhr, als er die kalte Spitze plötzlich im Nacken spürte. »Wie wär's mit einem Hauch normannischer Höflichkeit, mein Freund? Dreh dich um.«

Der Mann wandte sich langsam um, wobei er den Kopf zur Seite bog, um zu verhindern, daß die scharfe Klinge ihm die Haut am Hals einritzte. Er schlug unterwürfig die Augen nieder.

»Kannst du mir jetzt vielleicht sagen, wo ich meine Freunde finde?« fragte Cædmon ohne besonderen Nachdruck.

»Ich weiß es wirklich nicht, Monseigneur. Aber gewiß kann Ralph de Gael es Euch sagen, er ist der Kapitän der Wache.«

Cædmon steckte sein Schwert ein. »Warum nicht gleich so?«

Wie kommt es nur, daß so viele von euch Normannen nur beim Anblick einer blanken Klinge Einsicht zeigen? fragte er sich, und gleich darauf folgte die Erkenntnis, daß sich Normannen und Engländer in diesem Punkt weniger unterschieden als in vielen anderen. Er hatte in den letzten Tagen gesehen, wie eindringlich die normannischen Klingen die Engländer Einsicht gelehrt hatten...

Er ritt in das ordentliche, streng bewachte Lager am Rande der kleinen Ortschaft Berkhamstead, westlich von London, und als er vor der säuberlich abgesteckten Pferdekoppel absaß, trat Etienne aus einem angrenzenden Zelt.

»Cædmon! Gott sei gepriesen.«

Cædmon schloß seinen Freund kurz in die Arme. »Dieser Überschwang rührt mein Herz.«

Erst jetzt merkte er wirklich, wie sehr Etienne ihm gefehlt hatte, wie schmerzlich er sein heiteres Wesen, vor allem aber seinen Esprit entbehrt hatte. Solange Guthric in Helmsby gewesen war, hatte er kaum gemerkt, daß er den Umgang mit seinen Freunden vermißte. Aber nachdem sein Bruder ins Kloster zurückgekehrt war, hatte Cædmon unablässig an Etienne, Roland, vor allem an Wulfnoth denken müssen.

Etienne lachte leise. »Ich enttäusche dich höchst ungern, aber in erster Linie ist es unser Herzog, der deine Rückkehr herbeigesehnt hat. Ich

glaube, wenn du wirklich erst am Sonntag gekommen wärst, wäre er vorher vor Ungeduld geplatzt.«
Cædmon war keineswegs wohl bei dem Gedanken, daß William solchen Wert auf seine Dienste legte. »Tja, ich bin schneller vorangekommen als erwartet. Es war wirklich nicht schwer, euch zu folgen.«
Etienne verzog mißfällig das Gesicht. »Ich weiß. Es war ... ein harter Weg.«
Cædmon nickte, erinnerte sich an ihr Abkommen und wechselte das Thema. »Komm, laß uns sehen, ob wir etwas Heißes zu trinken bekommen. Ich bin seit Tagesanbruch unterwegs und steifgefroren.«
Etienne willigte ein, führte ihn zu einem der Küchenzelte und erbat heißen Würzwein. Schließlich bekamen sie einen dampfenden Krug und zwei Becher, und Etienne ging voraus zu ihrem Zelt. Niemand war dort. »Wir sind erst seit gestern hier und werden wohl auch nicht lange bleiben, aber ich habe dafür gesorgt, daß hier ein Bett für dich hergerichtet wurde. Damit du nicht wieder meines kaperst.«
Cædmon stieß lächelnd mit dem Becher an Etiennes. »Danke.« Dann setzte er sich auf das erstbeste Strohlager, streckte die Beine aus und drückte die freie Hand in sein müdes Kreuz. »Wie geht es Lucien?«
Etienne hob kurz die Schultern. »Gut. Er hat Glück gehabt. Kein Fieber, kein Wundbrand, sie mußten den Arm nicht weiter abnehmen. Das verdankt er dir, heißt es.«
Cædmon winkte ab. »Blödsinn.«
»Man könnte jedenfalls meinen, es macht ihm überhaupt nichts aus. Er ist nicht schwermütig. Oder wenn, läßt er es sich nicht anmerken. Sobald die Wunde verheilt war, hat er seinen Dienst wieder aufgenommen. So als wäre nichts geschehen. Er verliert kein Wort über sein Mißgeschick, hat keinem Menschen erzählt, was genau sich unter Harolds Standarte abgespielt hat, und übt sich jede freie Minute im einarmigen Kampf. Man ... kommt nicht umhin, ihn zu bewundern. Er läßt sich wirklich nicht gehen. Jehan wäre erstaunt.«
Cædmon nickte wortlos. Er dachte an seine eigene Verwundung vor beinah drei Jahren. Wenn es wirklich stimmte, daß Lucien sein Schicksal ohne Bitterkeit hinnahm, dann mußte er ihn in der Tat bewundern. Das hatte er nicht fertiggebracht.
Etienne räusperte sich. »Cædmon, wir haben uns vor deiner Abreise nicht mehr gesehen, und ich hatte keine Gelegenheit, dir zu sagen, wie leid es mir tut, daß dein Vater und Bruder gefallen sind.«

»Danke, Etienne.«
»Das muß ... eine sehr traurige Heimkehr für dich gewesen sein.«
Cædmon atmete tief durch und starrte in das beinah schwarze Gebräu in seinem Becher. Hier in dem unbeheizten Zelt war es kaum wärmer als draußen, sein Atem bildete weiße Dampfwolken. Er nahm einen tiefen Zug. Der Wein war wunderbar heiß, schmeckte nach Zimt und Nelken, und seine Glut breitete sich in wohligen Wellen in seinem Körper aus.
»Ja, das war es wohl. Soweit es denn überhaupt eine Heimkehr war. Jedenfalls war ich froh, meine Mutter und Geschwister wiederzusehen, so traurig der Anlaß auch gewesen sein mag ...« Er brach ab. Wie sollte er Etienne seine widersprüchlichen Empfindungen erklären? Er durchschaute sie ja nicht einmal selbst. Und es befremdete ihn, wie erleichtert er war, aus Helmsby fort zu sein.
»Etienne, was ist nur geschehen? Wie konnte es passieren, daß die Normannen so eine Schneise der Verwüstung von Kent bis nach Berkshire gezogen haben?«
Etienne antwortete nicht sofort. Er trank, drehte den Becher dann zwischen den Händen und dachte eine Weile nach. »Wie ich sagte, es war kein leichter Weg. Hier und da stießen wir auf heftigen Widerstand, und der Herzog hielt es offenbar für das klügste, von vornherein unmißverständlich klarzustellen, was er von Widerstand hält. Nachdem er Romney in Schutt und Asche gelegt hatte, öffneten Dover und Canterbury uns anstandslos die Tore, aber dann wurde das Wetter schlecht, wir fanden keinen Proviant und bekamen allesamt die Ruhr. Grauenhaft ...«
Cædmon nickte. Er hatte unterwegs davon gehört, daß Gott das ganze Besatzerheer mit einer Epidemie geschlagen hatte, sie sich aber trotzdem nicht davongemacht hatten.
»Dann kamen wir nach London, und diese törichten Adligen und Bischöfe verweigerten dem Herzog den Einzug in die Stadt. Es heißt sogar, sie wollen den kleinen angelsächsischen Prinzen auf den Thron setzen ... wie heißt er doch gleich? At'eling oder etwas in der Art?«
Cædmon mußte lächeln. »›Ætheling‹ ist ein Titel. Es heißt soviel wie junger Edelmann oder auch Prinz. Sein Name ist Edgar. Daher Edgar Ætheling.«
»Wie auch immer. Es ist Irrsinn, Cædmon. Er ist ein Kind! Und die Lords in London ignorieren einfach, daß ...« Etienne brach unvermittelt ab.

»Daß sie ein besiegtes Volk sind?« hakte Cædmon nach.
Etienne nickte wortlos.
»Weiter. Nur zu, ich habe schließlich gefragt. Sag's mir.«
»Die Truppen des kleinen Edgar Ætheling fielen an der Brücke nach London über uns her und zogen sich erst zurück, als mehr als die Hälfte von ihnen gefallen waren. Das muß man den Angelsachsen wirklich lassen, weißt du, sie sind hitzköpfig und vielleicht töricht, aber verflucht tollkühn. Sie ... haben mich jeden einzelnen Tag der letzten zwei Monate verblüfft.«
Cædmon rieb sich kurz die Stirn. »O ja. Unsere Dichter schreiben mit Vorliebe lange Gedichte über unseren Mut der Verzweiflung...«
»Herzog William beriet sich mit seinen Brüdern, meinem Vater, mit Rolands Vater und den anderen Adligen. Er sagt, der Schlüssel zu England liegt in London. Und natürlich hat er recht. Alle Handelswege, alle Nachrichtenverbindungen laufen dort zusammen. Aber die Stadt ist zu groß und zu gut befestigt, als daß ein direkter Angriff erfolgreich sein könnte, also hat er beschlossen, sie zu isolieren. Eine Schneise der Verwüstung um London zu legen, wie du sagst, und die Stadt von allem Nachschub und jeder Verstärkung abzuschneiden. Er fing damit an, daß er die kleine Stadt am südlichen Themseufer niederbrennen ließ, ich habe vergessen, wie sie heißt.«
»Hieß.«
»Komm, komm, sie werden sie schon wieder aufbauen. Das tun die Leute immer, wenn ihre Stadt niedergebrannt wird.«
»Vielleicht. Der Ort heißt Southwark. Und ich habe ihn gesehen. Ich bin durchgeritten.« Schon von weitem hatte er es gerochen: brennendes Holz, Nässe, Fäulnis ... *so riecht der Krieg,* hatte sein Vater gesagt. Und es sah tatsächlich so aus wie Metcombe nach dem Däneneinfall. Alles verkohlt, das Feuer hatte den Schnee geschmolzen und mit der Asche zu einem breiigen Schlamm verrührt, Kinder mit rußgeschwärzten Gesichtern standen weinend auf der Straße ...
»Es sah nicht aus wie ein Phönix, der sich noch einmal aus der Asche erheben will.«
Etienne hob das Kinn. »Die Leute von Southwark verdanken ihr Schicksal der Halsstarrigkeit ihres Adels.«
»Ja.«
Das freimütige Eingeständnis besänftigte den jungen Normannen sofort wieder, und er beendete seinen Bericht mit wenigen, nüchternen

Worten: Von Southwark aus hatte das normannische Heer einen Ring der Zerstörung um London gezogen und unterwegs so viel Angst und Schrecken verbreitet, daß zumindest Stigand, der umstrittene und doch einflußreiche Erzbischof von Canterbury, sich besonnen und die Seiten gewechselt hatte.
»Vorgestern kam er zu Herzog William und erklärte feierlich, daß er nicht länger auf einer Krönung des kleinen Edgar Ætheling bestehen wolle. Sein Normannisch war exzellent. Ein überaus gebildeter Mann. Sag, Cædmon, ist es wirklich wahr, daß er von fünf verschiedenen Päpsten exkommuniziert wurde?«
Cædmon hob ratlos die Schultern. »Kann sein. Ich weiß nicht viel über Stigand. Mein Vater hielt ihn für einen gefährlichen Ränkeschmied. Aber genau wie alle anderen Witan wollte er lieber einen englischen Ränkeschmied als einen normannischen Heiligen auf dem Bischofsstuhl von Canterbury.«
Etienne grinste. »Wie dem auch sei. Mein Vater sagt, Stigands Wort hat Gewicht bei den englischen Lords, und jetzt, da er eingelenkt hat, werden die übrigen auch bald kippen.«

Sie kippten am nächsten Tag.
Cædmon kam aus dem Küchenzelt, wo er sich sein Frühstück geholt hatte, als Lucien de Ponthieu ihn abfing.
»Da bist du also. Es ging ein Gerücht, du seiest wieder da.«
Cædmon blieb stehen und betrachtete ihn. Er versuchte nicht vorzugeben, er sehe nicht auf den verstümmelten Arm. Er wußte aus eigener Erfahrung, daß selbst die verstohlensten Blicke nicht unbemerkt blieben. Der Stumpf war lang genug, um nicht abzustehen; der Arm war unmittelbar über dem Ellbogen abgetrennt worden und hing senkrecht herab. Der Ärmel des nachtblauen Gewandes war säuberlich eingeschlagen und festgesteckt.
»Es fällt kaum auf, weißt du«, bemerkte Cædmon und biß in das weiche, noch heiße Gerstenbrot, das er bekommen hatte.
Luciens Gesicht zeigte keine Regung. »Du sollst dich auf der Stelle zum Dienst melden.«
Cædmon rührte sich nicht. »Mein Dienst beginnt am Sonntag.«
»Er beginnt jetzt. Eine Abordnung englischer Schweinehirten ist hier, du wirst gebraucht.«
»Ah ja? Und wer genau sind die Schweinehirten?«

»Was weiß ich. Zwei Brüder namens Edwin und Morcar und irgendein Bischof.«
»Der ja dann wohl eher ein Schafhirte wäre. Edwin und Morcar sind, nachdem keiner der Godwinsons mehr übrig ist, die vornehmsten englischen Adligen.«
»Das ist mir gleich. Jedenfalls wünscht der Herzog, dich zu sehen. Jetzt gleich. Wenn du nicht freiwillig mitkommst, kann ich auch ein paar Männer der Wache abkommandieren...«
Cædmon verspeiste sein letztes Stück Brot. »Das hättest du wohl gerne, was? Ich habe festgestellt, daß du nicht mehr in unserem Zelt wohnst, Lucien. Sollte es möglich sein, daß du zu höheren Weihen aufgestiegen bist?«
»Ich befehlige die Leibwache des Herzogs.«
»Oh. Meinen Glückwunsch.«
Lucien zeigte nicht einmal den Anflug eines Lächelns. Ohne ein weiteres Wort führte er Cædmon durch den Schneematsch zu Williams Zelt und ruckte das Kinn Richtung Eingang.
Cædmon nickte und trat ein.
Der Herzog der Normandie saß auf einem thronartigen Sessel und ließ sich wieder einmal rasieren. Seine Miene zeigte die so typische Ungeduld. Als er Cædmon entdeckte, hellte sich sein Gesicht merklich auf.
»Es ist also wahr, Ihr seid gekommen.«
Cædmon trat näher und sank vor dem Herzog auf ein Knie nieder. »Ich bin verwundert, daß Ihr diesbezüglich Zweifel hattet, Monseigneur.«
William zeigte sein Wolfsgrinsen. »Nun, sagen wir, ich war nicht ganz sicher. Ihr Angelsachsen seid nicht gerade dafür bekannt, daß ihr immer der Stimme der Vernunft folgt.«
»Nein. Aber wie Ihr selbst sagtet, Monseigneur: Ich bin zur Hälfte Normanne.«
»Und ich bin froh zu sehen, daß Ihr Euch darauf besonnen habt. Erhebt Euch, Cædmon. Vier Männer sind aus London hergekommen. Oder genauer gesagt, drei Männer und ein Kind. Aldred, Edwin, Morcar und Edgar Ætheling. Was wißt Ihr über sie?«
»Ich habe keine Ahnung, wer Aldred ist.«
»Er ist der Erzbischof von York, Ihr solltet ihn kennen.«
»Vielleicht wurde er Erzbischof, nachdem ich nach Rouen kam. Und York ist sehr weit weg.«
»Das ist wahr.« William nickte, und der Barbier zog das Messer nicht

schnell genug zurück. Durch seine eigene Bewegung ritzte der Herzog sich die Wange ein. Mit einem unwilligen Knurren packte er den glücklosen Diener am Arm und schleuderte ihn von sich. »Besser, du gehst mir aus den Augen, du Tölpel, ehe ich auf die Idee verfalle, dir die verdammte Hand abhacken zu lassen!«
Der Barbier stammelte eine Entschuldigung und floh.
William wischte sich das Kinn mit einem weißen Leinentuch ab. »Weiter, Cædmon.«
»Edwin ist der Earl of Mercia, sein Bruder Morcar Earl of Northumbria. Er hat letztes Jahr Tostig Godwinson gestürzt.«
»Mit Harold Godwinsons tatkräftiger Unterstützung, heißt es.«
»Ja. Deswegen hat Tostig auf Harald Hårderådes Seite gekämpft.«
William zog verblüfft die Brauen hoch. »Was wißt Ihr darüber?«
Cædmon zögerte einen Moment, dann berichtete er William alles, was Hyld und Erik ihm offenbart hatten. Es spielte schließlich keine Rolle mehr. Harald Hårderåde von Norwegen war ebenso mausetot wie Harold und Tostig Godwinson.
William verzog angewidert den Mund. »Was für ein tollwütiges Pack diese Godwinsons doch waren. Mir scheint, der einzig Anständige von ihnen genießt meine Gastfreundschaft in Rouen.«
»Ja. Und vielleicht könntet Ihr Euch entschließen, ihn aus Eurer Gastfreundschaft zu entlassen, jetzt da Ihr kein Druckmittel gegen England mehr braucht.«
Der Herzog runzelte bedrohlich die Stirn. »Wenn ich Eure politischen Ratschläge wünsche, werde ich es Euch wissen lassen.«
Cædmon verschränkte die Arme und sagte lieber nicht, was ihm auf der Zunge lag.
Doch William schien seine Gedanken zu erraten. »Als ich sagte, Ihr solltet der Fürsprecher Eures Volkes werden, meinte ich nicht gerade diejenigen, die meinen Anspruch gefährden und zum Kopf einer Rebellion werden könnten.«
»Es gäbe nichts, das Wulfnoth ferner liegen könnte. Er hat nicht das leiseste Interesse an Macht oder Einfluß. Aber…«
»Er ist ein Godwinson!« fiel William ihm barsch ins Wort. »Und somit eine Bedrohung. Womit wir zu Edgar Ætheling kommen. Sagt mir, was Ihr über ihn wißt!«
Cædmon schüttelte den Kopf. »Nur, was Wulfnoth mir erzählt hat. Er ist ein Großneffe unseres frommen König Edward. Sein Vater Edward

wuchs in Ungarn im Exil auf, unter dem Schutz des deutschen Kaisers. Vor zwanzig Jahren etwa kam dieser Edward mit seiner Familie nach England zurück, aber er ... starb kurz nach seiner Ankunft hier.«
»Ihr meint, Harold Godwinson ließ ihn ermorden.«
»Das weiß niemand, Monseigneur.«
»Aber jeder vermutet es.«
Cædmon nickte unwillig. »Genau das hat Wulfnoth auch gesagt.«
William hob in gespielter Verwunderung den Kopf. »Man könnte beinah glauben, Euer Freund Wulfnoth liebt die Wahrheit mehr als seinen Bruder.«
»Ja. Ich glaube, so ist es.«
»Wie dem auch sei. Aus Harolds Perspektive war es eine politische Notwendigkeit. Wenn er damals insgeheim schon nach der Krone trachtete, war ein Erbe des angelsächsischen Königshauses das letzte, was er gebrauchen konnte.«
Cædmon sah ihn an. »Also wird Edgar Ætheling das Schicksal seines Vaters teilen? Weil ein Erbe des angelsächsischen Königshauses das letzte ist, was Ihr gebrauchen könnt?«
William hob kurz die Schultern. »Das werde ich wissen, wenn ich ihn und die englischen Lords gesehen habe.«
Er rief die Wachen und hieß sie, die englische Abordnung hereinzuführen.

Nicht nur der Erzbischof von York, die Earls von Mercia und Northumbria und der rechtmäßige Thronerbe waren zu William gekommen, sondern ebenso fünf weitere englische Adlige, und die Absicht ihres Besuches wurde offensichtlich, als sie alle, einschließlich des hohen Kirchenfürsten, vor dem Herzog der Normandie das Knie beugten.
Cædmon stand ein Stückchen abseits und betrachtete sie voller Beklommenheit. Es ist nicht richtig, dachte er trotzig. Das darf einfach nicht sein...
Der Erzbischof von York erhob sich unaufgefordert, und die anderen folgten seinem Beispiel.
»Im Namen der Stadtbevölkerung überbringe ich Euch Grüße und die Versicherung, daß London Euch offensteht, Mylord«, erklärte der Bischof steif.
Er war noch ein junger Mann für sein hohes Amt, Anfang Dreißig vielleicht. Unter seiner enganliegenden, traurigen Bischofsmütze stah-

len sich ein paar blonde Locken hervor. Weitaus jünger jedoch waren die beiden mächtigen Earls des Nordens. Cædmon hatte Mühe, sein Erstaunen zu verbergen. Edwin of Mercia und Morcar of Northumbria konnten nicht älter als Anfang Zwanzig sein. Sie sahen einander auffällig ähnlich, hatten lange dunkle Haare, die ihnen glatt bis auf die Schultern fielen, und ihre Gesichter wurden von gewaltigen Raubvogelnasen beherrscht, die sie von ihrem Großvater Leofric geerbt hatten. Der Junge in ihrer Begleitung, der nur Edgar Ætheling sein konnte, war hingegen älter, als Cædmon angenommen hatte, wenigstens zwölf. Vermutlich hatte sich das Bild vom kleinen Prinzen Edgar in den Köpfen der Engländer ebenso wie der Normannen so nachhaltig festgesetzt, daß sie ihn noch als Greis den »kleinen Edgar Ætheling« nennen würden.
»Cædmon? Darf ich heute noch mit Euren Diensten rechnen?« fragte William schneidend.
Cædmon fuhr leicht zusammen. Einen furchtbaren Moment lang konnte er sich nicht erinnern, was der Bischof gesagt hatte. Aber es fiel ihm sogleich wieder ein, und er übersetzte getreulich.
William nickte, und das seltene Lächeln machte sein Gesicht so überraschend gutaussehend und sympathisch.
»Sagt dem ehrwürdigen Bischof, ich danke ihm für seine Worte und London für seine Gastfreundschaft.«
Cædmon übermittelte die Antwort.
Einer der jungen Earls, Edwin of Mercia, vermutete Cædmon, wandte sich an ihn. »Ihr seid Engländer, nicht wahr?«
»Ja, Mylord.«
»Werdet Ihr mir Euren Namen verraten?«
»Cædmon of Helmsby.«
»Oh. Ich kannte Euren Vater.«
»Er ist bei Hastings gefallen.«
»Ich weiß. Wie so viele gute Männer. Und so viele bei Stamford Bridge. Gott hat sich abgewandt von England und den Satan entfesselt, auf daß er über uns komme und sein Reich errichte…«
William sah Cædmon ungeduldig an.
»Der Earl of Mercia hat sein Beileid über den Tod meines Vaters bekundet, Monseigneur.«
»So vieler Worte bedarf es dafür in Eurer Sprache?«
»Wenn die Gefühle heftig genug sind, ja.«

»Sagt ihm, er möge zur Sache kommen!«
»Der Herzog heißt Euch willkommen, Mylords, und bittet mich, Euch zu fragen, was Ihr ihm zu sagen habt.«
Edwin sprach direkt zu Cædmon: »Sagt dem Bastard, wir beugen uns seinem Schwert, damit er seinen Krieg gegen Bauern, Frauen und Kinder einstellt. Wir haben keine andere Wahl. London ist abgeschnitten. Tausende würden verhungern, wenn wir weiter Widerstand leisten. Er hat seinen gottverfluchten Krieg gewonnen. Sagt ihm das.«
»Auch der Earl of Mercia entbietet Euch seinen Gruß. Er ist zu der Einsicht gekommen, daß es nicht zum Wohl des englischen Volkes ist, weiterzukämpfen, und daß er sich in das Unvermeidliche fügen muß.«
William trat mit verschränkten Armen einen Schritt näher und blieb direkt vor Cædmon stehen. »Wenn ich Euch noch einmal dabei ertappe, daß Ihr schönfärbt, statt zu übersetzen, lasse ich Euch die Zunge herausreißen. Ich habe das Wort sehr genau verstanden, mit dem der Earl of Mercia mich zu bezeichnen beliebte.«
Cædmon schluckte. Auf dem Markt in Rouen hatte er einmal einen Gaukler gesehen, der auf einem Seil balancierte, das zwischen zwei hohen Pfosten gespannt war. Genauso fühlte er sich jetzt. »Ich war der Ansicht, es sei meine Aufgabe, Verständigung herbeizuführen, Monseigneur, nicht Groll zu schüren. Darum habe ich mich auf das Wesentliche beschränkt.«
»Übersetzt, was sie sagen, und überlaßt gefälligst mir zu entscheiden, was das Wesentliche ist.«
Cædmon nickte.
Der Austausch war leise und in höflichem Tonfall vonstatten gegangen. Und die Stimme des Herzogs änderte sich auch jetzt nicht, als er fortfuhr: »Ratet dem Earl of Mercia zur Mäßigung, und laßt ihn wissen, daß ich morgen in London einzumarschieren gedenke.«
Cædmon wandte sich an den jungen Earl. »Mylord, wenn Ihr England und Mercia einen Dienst erweisen wollt, dann wählt Eure Worte mit mehr Bedacht. Und der Herzog läßt Euch sagen, daß er morgen nach London ziehen wird.«
Edwin machte ein Gesicht, als habe er in einen unreifen Apfel gebissen, aber ehe er etwas erwidern konnte, trat der junge Edgar Ætheling vor. Zwei rote Flecken brannten auf den Wangen seines hübschen, ebenmäßigen Gesichts. »Wer seid Ihr, daß Ihr es wagt, so mit dem Earl of Mercia zu reden? Was seid Ihr nur für eine Kreatur, Cædmon of

Helmsby, ein Engländer, der mit unseren Unterdrückern gemeinsame Sache macht! Wie könnt Ihr Euch nur selbst ertragen? Ich glaube, ich wäre lieber tot!«

»Das werdet Ihr auch sehr bald sein, wenn Ihr Euch nicht vorseht«, erwiderte Cædmon hitzig. »Ihr solltet alt genug sein zu erkennen, daß gerade Euer Leben am seidenen Faden hängt.«

»Cædmon ...«, sagte William leise, in diesem ausdruckslosen Tonfall, der so gar nichts Gutes verhieß.

Cædmon ballte einmal kurz die Fäuste und atmete tief durch. »Ich bitte um Verzeihung, Monseigneur. Ich wurde persönlich angegriffen und ... Ich hoffe, Ihr billigt mir zu, daß meine Aufgabe nicht leicht ist und ich mich erst daran gewöhnen muß.«

»Das solltet Ihr lieber bald tun.«

Die englischen Lords tauschten unbehagliche Blicke und raunten aufgebracht untereinander. Die so schwierige Unterredung drohte vollends zu scheitern, als der Erzbischof von York das Wort ergriff und an William gewandt sagte: »Mylord, ich hoffe, Ihr werdet uns nachsehen, daß nicht jeder von uns in der Lage ist, das Schicksal, vor das Gott uns alle gestellt hat, klaglos hinzunehmen. Doch wozu wir eigentlich hergekommen sind, ist, um Euch folgendes zu sagen: Das englische Volk soll nicht weiter unter den Folgen von Harold Godwinsons Eidbruch und der Fehlentscheidung des Witenagemots leiden. Die Lords haben mich ermächtigt, Euch in unser aller Namen die englische Krone anzutragen.«

Cædmon spürte sein Herz in seiner Kehle flattern, aber seine Stimme zitterte nicht, als er die kleine Ansprache des Bischofs übersetzte.

William lauschte mit unbewegter Miene, und als Cædmon geendet hatte, verneigte er sich knapp vor dem Bischof und erwiderte: »Um Euretwillen bin ich froh, daß Ihr zu dieser weisen Einsicht gekommen seid, und akzeptiere Euer Ansinnen, denn diese Krone steht mir von Rechts wegen und von Gottes Gnaden zu. Und ich gelobe meinerseits, daß ich dem englischen Volk ein gerechter Herrscher sein und alles tun werde, das in meiner Macht steht, um seinen Frieden zu wahren und seine Küsten zu verteidigen.«

Cædmon sah ihn einen Moment entgeistert an, aber er fand nicht das leiseste Anzeichen von Spott in seinem Ausdruck – offenbar war dem Herzog die Ironie seiner letzten Worte nicht bewußt. Er übersetzte ergeben und hoffte, die Lords würden nicht glauben, daß William sie verhöhnte.

Aber noch ehe sie seine Worte so recht in sich aufnehmen konnten, fuhr der Erzbischof fort: »Ich vertraue darauf, daß diese Zusage Eurer Fürsorge auch für dieses unschuldige Kind gilt. Daß er nicht um sein Leben fürchten muß, wenn er Euch aufrichtig Gefolgschaft schwört.«
Er wies mit einer knappen Geste auf den angelsächsischen Prinzen, der sehr viel blasser und stiller geworden war, seit Cædmon ihm so unverblümt eröffnet hatte, wie es um ihn stand. Mit bangen Kinderaugen hing er an den Lippen des Herzogs, während Cædmon übersetzte.
William erwiderte den Blick des Jungen kühl, mit derselben Gleichgültigkeit, mit der der Fuchs das Huhn ansieht. Doch dann verzogen seine Mundwinkel sich für einen Augenblick nach oben. »Ihr glaubt im Ernst, ich würde meine Hände mit dem Blut eines unschuldigen Kindes beflecken? Seid unbesorgt. Ich bin ein Christenmensch, kein Godwinson. Edgar Ætheling soll nicht das Schicksal seines Vaters erleiden.«
Er unterbrach sich kurz und warf Cædmon einen spöttischen Blick zu. »Vielmehr soll er mir als Gast an meinem Hof willkommen sein. An meinem Hof in Rouen, versteht sich.«
Cædmon wiederholte seine Worte getreulich. Als der junge Edgar sein Urteil vernahm, verlor er für einen Moment die Fassung. Seine trotzige, eiserne Haltung geriet ins Wanken, und er krallte eine Hand in den Mantel des Bischofs.
»Hab keine Furcht«, fügte Cædmon nahtlos an seine Übersetzung an. »Ich war lange dort. Es ist kein schlechter Ort, und du wirst nicht der einzige Engländer dort sein.«
Der Erzbischof lächelte ihm dankbar zu. »Gott steh Euch bei, Cædmon of Helmsby, Ihr habt ein zu weiches Herz, um der Mund dieses Ungeheuers zu sein. Und nun seid so gut und fragt Seine Gnaden, wann er seine erbeutete Krone auf sein verfluchtes Haupt zu setzen wünscht und ob meine unwürdigen Hände ihm für diesen Anlaß ausreichen oder ob er seinen Komplizen, den Papst, zu dem Zweck nach Westminster bitten will …«

In der dritten Adventwoche zogen die Normannen in London ein. Die Stadtbevölkerung säumte die Bridge Street und die Thames Street, den ganzen Weg nach St. Paul, um sich den langen, prächtigen Zug fremdländischer Edelleute und Soldaten anzusehen. Es wurde nicht gejubelt, aber es flogen auch keine Kohlköpfe. Die Leute von London sahen den Tatsachen ins Auge. Sie wußten, sie konnten froh sein, einer Belagerung und Plünderung entgangen zu sein. Eine Abordnung der Kaufmannsgilden und Zünfte hieß William willkommen und versicherte ihn der Ergebenheit ihrer Stadt, und am Weihnachtstag wurde William der Bastard, den sie in England den Eroberer nannten, in Westminster gekrönt.

Die steinerne Klosterkirche, deren Bau der fromme König Edward so viele Jahre seines Lebens gewidmet hatte, war ein prachtvolles, reich geschmücktes Bauwerk mit einer Unzahl kleiner Rundbogenfenster, dicken, hellen Sandsteinmauern und einer kostbaren Glocke mit einem wunderbar warmen Geläut, aber sie war nicht sonderlich groß. Die normannischen Adligen und Offiziere und die englischen Lords und Thanes füllten den wenigen Raum und standen dicht gedrängt. Die Leute von Westminster und die Schaulustigen, die so zahlreich aus dem benachbarten London gekommen waren, tummelten sich draußen auf dem Vorplatz und in den Gassen des Städtchens. Die Soldaten der Wache hatten den Zugang zur Kirche abgeriegelt und drängten das Volk rüde zurück.

Cædmon und Etienne hatten sich unerlaubt in die Kirche geschlichen. Sie standen nahe des Westportals und wurden Zeugen einer Zeremonie, die offenbar bis ins letzte Detail geplant und ausgeklügelt war. Natürlich verstanden sie kein Wort der langen, lateinischen Krönungsmesse, doch der feierliche Ernst erfüllte sie mit Ehrfurcht, und als der Erzbischof dem in golddurchwirkten Gewändern gekleideten William die altehrwürdige Krone der angelsächsischen Könige aufs Haupt setzte, kam es ihnen vor, als würden sie Zeugen einer Verwandlung. Mit eigenen Augen sahen sie, wie aus einem Herzog ein König wurde. So erhaben wirkte er, so verändert, als sei die göttliche Gnade, die er für sich in Anspruch nahm, mit dem Augenblick seiner Salbung offenbar geworden.

Cædmon ließ den Blick über die Gesichter der englischen Lords schweifen und erkannte, daß sie das gleiche sahen wie er. Hoffnung leuchtete in ihren Augen, in manchen gar Ergebenheit. Und als der Bischof von Coutances und der Erzbischof von York sich an die Versammelten wandten und der erste sie in französischer, der zweite in englischer Sprache fragte, ob sie ihren neuen König anerkennen wollten, war der zustimmende Jubel aus englischen Kehlen ebenso laut wie der der anwesenden Normannen.

So ohrenbetäubend war ihr Getöse, daß Cædmon unbemerkt den Rückzug antrat und die Kirche verließ. Doch als er auf den Vorplatz hinaustrat, stockte ihm der Atem.
»O mein Gott, Lucien, was tust du…«
Die Männer der Wache hatten ihre Schwerter gezogen und jagten die Schaulustigen davon. Etwa ein Dutzend Soldaten hatte sich um Lucien de Ponthieu geschart, der einen Strohhaufen vor einem Mietstall an der Ecke des Platzes entzündet hatte und brennende Fackeln an seine Männer verteilte.
Ehe Cædmon ihn erreicht hatte, standen die ersten Strohdächer schon in Flammen.
»Lucien … bist du wahnsinnig!«
Lucien stieß ihn mit der Schulter beiseite, das Schwert in der Faust. »Brennt das verdammte Rebellennest nieder!« befahl er. »Die anderen folgen mir!«
Er wollte Richtung Kirche davonstürzen, aber Cædmon packte seinen gesunden Arm und hielt ihn zurück. »Wenn du jetzt die Kirche stürmst, wird er dich hängen lassen. Was ist nur in dich gefahren!«
Lucien versuchte sich loszureißen. »Hörst du denn nicht? Es ist eine Revolte…«
Cædmon lauschte dem Getöse, das aus dem Kirchenportal drang, und verstand. Er ließ Luciens Ellbogen los. »Du irrst dich. Sie feiern ihren neuen König.«
Lucien hörte kaum hin. »Laß mich, du verfluchter Kollaborateur! Du wirst mich nicht hindern, meine Pflicht zu tun…«
»Herrgott, sperr die Ohren auf, Lucien! Es ist keine Revolte. Sie jubeln!«
Lucien blieb wie angewurzelt stehen und lauschte. Cædmon hatte eindeutig recht, es konnte keinen Zweifel geben. Das Geschrei, das aus der Kirche drang, das Lucien in seinem Eifer, in seiner Sorge um den Herzog für das Gejohle und Waffengeklirr einer ausbrechenden Rebellion gehalten hatte, waren in Wirklichkeit Freudenrufe und Schwerter, die im Beifall auf Schilde geschlagen wurden.
Lucien ließ die Waffe sinken, steckte sie dann eilig in die Scheide und machte eine auffordernde, weit ausholende Geste. »Alles in Ordnung! Wir haben uns geirrt! Holt Wasser! Löscht die Brände!«
Aber es war zu spät. Westminster stand in Flammen. Und während der englische und normannische Adel in der Klosterkirche seinen neuen

König feierte, brannte das kleine Städtchen außerhalb Londons, das seit den Tagen des frommen König Edward der Sitz des englischen Königtums war, fast bis auf das letzte Haus nieder, verwandelte sich in eine Wüstenei aus Asche, Ruß und Schlamm. Als die letzten Brände verloschen, blieb der Geruch von brennendem Holz, Nässe und Fäulnis zurück.

Etienne fitz Osbern stand mit Cædmon zusammen auf dem Vorplatz, sah mitleidig die sinnlosen, verzweifelten Versuche der kleinen Handwerker und Kaufleute, ihre Häuser zu retten, und blickte dann mit einem finsteren Stirnrunzeln zu Lucien de Ponthieu hinüber, der so tat, als ginge diese Feuersbrunst ihn überhaupt nichts an, und mit mehr Umständlichkeit als nötig seine Männer zum Abmarsch formierte.

Etienne seufzte tief. »Jesus, wie ich ihn verabscheue! Und dieser Mann wird mein Schwager, Gott helfe mir.«

Cædmons Kopf fuhr herum.

Etienne hob unbehaglich die Schultern. »Sag bloß, das weißt du nicht? Sobald wir nach Hause kommen, werde ich Aliesa de Ponthieu heiraten. Wir sind verlobt, seit ich vier Jahre alt war.«

Cædmon wandte den Blick ab und starrte auf das lichterloh brennende Dach des Mietstalls.

Etienne legte ihm kurz die Hand auf den Arm. »Gott, du bist kreidebleich, Junge. Es ist auch wirklich kein schöner Anblick. Komm, kehren wir Luciens Werk den Rücken und feiern wir unseren König. Komm schon. Ach ja, und fröhliche Weihnachten, Cædmon.«

2. BUCH

Oftmals rühmte ich William ob all seiner Tugenden, doch kann ich ihn nicht preisen für diese Tat, die Verderben über Gerechte und Frevler zugleich brachte durch die entsetzliche Hungersnot. Und so will ich all das Leid des schwer geprüften Volkes beklagen, statt seine Schandtat durch lügnerische Schmeicheleien zu verhehlen. Gewiß sollte dies barbarische Morden nicht ungestraft bleiben.
Ordericus Vitalis, *Historia Ecclesiastica*

Winchester, Mai 1069

»Und was geschah, nachdem der große König Alfred die Dänen besiegt habste?« fragte Richard.
»Hatte, du Hornochse«, verbesserte Rufus.
»Hatte, du Hornochse«, stimmte Cædmon zu. »Nachdem Alfred den dänischen König Guthrum besiegt hatte, schloß er einen Vertrag mit ihm und überließ ihm und seinem Volk die nordöstliche Hälfte von England.«
»Warum?« fragte Rufus verständnislos. »Warum hat er sie nicht zum Teufel gejagt, wenn er sie doch besiegt hatte?«
Genau diese Frage hatte Cædmon auch gestellt, als sein Vater ihm die Geschichte zum erstenmal erzählt hatte. Und erst Wulfnoth hatte ihm eine befriedigende Antwort gegeben. Er verdankte Wulfnoth überhaupt das meiste dessen, was er den dreizehn- und vierzehnjährigen Söhnen des Königs heute über englische Geschichte und Gebräuche beizubringen versuchte.
»Die Dänen hatten schon angefangen, in England Wurzeln zu schlagen. Und Alfred war der Ansicht, wenn es gelänge, friedlich miteinander zu leben, könnte das für beide Seiten von Nutzen sein. Er wollte eine Flotte bauen, und die Dänen verstanden sich auf den Schiffsbau. Er wollte den Handel mit dem Kontinent ausweiten, und auch da hatten und haben sie die Nase vorn. Vor allem wollte König Alfred Frieden in England und Glück und Wohlstand für sein Volk.«
Sie saßen auf der Wiese hinter der prachtvollen königlichen Halle von Winchester, die auf einer seichten Anhöhe stand, so daß man von hier

aus das neue und das alte Kloster der Stadt sehen konnte. In beiden läutete die Glocke zur Vesper. Es war ein herrlich warmer Frühlingstag, und Cædmon genoß die Sonne im Gesicht. Bei der Niederschlagung der Rebellion in Lincoln im letzten Jahr hatte er eine tiefe Wunde an der linken Schulter davongetragen, die ihm immer noch gelegentlich zu schaffen machte, und er spürte, daß die Wärme ihr guttat.

»Aber wenn König Alfred mit den Dänen einen Vertrag geschlossen hat, stand das Land ihnen zu. Wie konnten Alfreds Nachfolger sie einfach vertreiben?« fragte Richard.

»Pah.« Rufus schnaubte verächtlich. »Ein scharfes Schwert ist ein besseres Argument als Worte auf Pergament.«

Und das, befand Cædmon, war ein typisches Beispiel für die grundsätzliche Verschiedenheit seiner beiden Schüler. Richard versuchte immer, die Dinge von allen Seiten zu betrachten, und ging ihnen gern auf den Grund. Manchmal machte er sich das Leben dadurch unnötig schwer. Rufus hingegen war gelegentlich zu vorschnell in seinem Urteil, denn er zerbrach sich nicht gern den Kopf. Rufus fiel das Lernen leichter, er hatte die fremde Sprache erstaunlich mühelos begriffen und machte kaum noch Fehler. Es war beinah, als habe er ein angeborenes Gespür dafür; fast instinktiv fand er sich in dem ungewohnten Gewirr ihrer komplizierten, hoffnungslos unlogischen Grammatik zurecht. Richard hingegen mußte überlegen, ehe er die richtige Verbform fand, und hatte kein so gutes Gedächtnis für die fremden Worte, und trotzdem war sein Wortschatz vermutlich doppelt so groß wie Rufus', einfach weil er so viel mehr Wörter brauchte, um seine so viel komplizierteren Gedankengänge auszudrücken.

»Was hätte Euer Vater wohl an Stelle von Alfreds Söhnen getan?« fragte Cædmon.

»Er hätte die Dänen davongejagt«, sagte Richard.

»Und bei der Gelegenheit gleich Dänemark erobert«, fügte Rufus grinsend hinzu.

Richard bedachte seinen jüngeren Bruder mit einem mißfälligen Stirnrunzeln und warf Cædmon einen zerknirschten Blick zu. Cædmon zwinkerte ihm zu, um ihm zu zeigen, daß er nicht ärgerlich war. Und das war er auch nicht. Denn wenn Rufus taktlos war, dann nicht aus Bosheit, sondern aus Gedankenlosigkeit.

»Vielleicht werden wir bald Gelegenheit haben festzustellen, was euer Vater im Fall eines Däneneinfalls tut«, bemerkte er beiläufig.

Rufus winkte ab. »Das alte Märchen von der Wikingerflotte. Ewig wird sie vorhergesagt, aber sie kommt nie.«
»Das haben die Angelsachsen auch geglaubt, bevor Harald Hårderåde von Norwegen mit dreihundert Schiffen den Humber hinaufkam«, gab Cædmon trocken zurück.
»Du denkst, die Dänen kommen wirklich?« fragte Richard. Er klang nicht besorgt. Beide Jungen lebten in der unbekümmerten Überzeugung, daß keine militärische Herausforderung ihrem Vater je etwas anhaben konnte.
»Gut möglich, ja.« Cædmon beunruhigte die Vorstellung weitaus mehr als die beiden Prinzen, aber das ließ er sich nicht anmerken. »Zurück zu Alfred. Sein zweites großes Anliegen war die Verbreitung des Christentums. Er wollte, daß es tiefe Wurzeln in England schlug. Und zu dem Zweck…«
»Oh, heilige Jungfrau, da kommt Lucien de Ponthieu«, fiel Rufus ihm raunend ins Wort.
Richard sah auf und stöhnte.
Lucien trat gemächlich näher, blieb vor ihnen stehen und legte die rechte Hand um den linken Oberarm. Die Geste war ein merkwürdiges, halbes Armeverschränken, aber sie wirkte keineswegs grotesk. Nur mißfällig.
»Ich störe dieses Plauderstündchen ja nur ungern, aber wenn ich mich recht entsinne, hatte ich gesagt, zur Vesper. Richtig? Und was hörte ich eben? War's die Vesperglocke? Oder stimmt was nicht mit meinen Ohren?«
Die Prinzen erhoben sich schleunigst, und Lucien ohrfeigte sie beide. Hart genug, daß Rufus blinzelnd gegen seinen Bruder taumelte.
»Ich rate euch, laßt mich nicht noch einmal warten.«
»Nein, Lucien.«
Cædmon wandte den Kopf ab. Es mußte ja nicht unbedingt sein, daß Lucien seine angewiderte Grimasse sah. Dann stand er auf und stellte sich neben die kleinlauten Prinzen.
»Es war meine Schuld, Lucien, ich hätte sie zu dir schicken sollen. Ich hab's vergessen.«
»Nur schade, daß ich dich nicht ohrfeigen kann«, gab Lucien mit dem Anflug eines Lächelns zurück. »Da seht ihr, wie ungerecht die Welt ist, Jungs. Und jetzt los, worauf wartet ihr!« Er verpaßte Rufus eine aufmunternde Kopfnuß, und die Jungen verabschiedeten sich hastig von

Cædmon und stoben davon, liefen um die Halle herum auf die Nordseite, wo der Sandplatz lag. Lucien folgte ihnen, ehe Cædmon noch etwas sagen konnte.

Cædmon sah ihnen kopfschüttelnd nach und seufzte. Er hatte sich strikt geweigert, die militärische Ausbildung der beiden Prinzen zu übernehmen. Dabei hätte es ihm Spaß gemacht, sie im Umgang mit Schwert, Lanze und Wurfspieß zu unterrichten. Aber nicht auf normannische Art. Cædmon war nicht zimperlich; nicht gelernte Aufgaben oder mangelnde Aufmerksamkeit ahndete auch er mit Ohrfeigen, das war schließlich völlig normal. Doch um nichts in der Welt wollte er ein erbarmungsloser Schleifer sein wie Jehan de Bellême. Seit er den Krieg gesehen hatte, verstand er in gewisser Weise die Notwendigkeit, sah ein, daß es einen Sinn hatte. Aber trotzdem wollte er nicht tun, was Jehan de Bellême tat, wollte auch nicht so leidenschaftlich gehaßt werden, wie Jehan de Bellême gehaßt wurde. Lucien de Ponthieu hingegen schien das nicht im mindesten zu beunruhigen. Cædmon mußte allerdings auch einräumen, daß Lucien eine bessere Methode gefunden zu haben schien als Jehan. Richard und Rufus fürchteten sich vor ihm und ließen keine Gelegenheit aus, sich über ihn zu beklagen. Lucien trieb sie zur völligen Erschöpfung, überforderte sie absichtlich, ging sparsam mit seinem Lob um und schlug sie unbarmherzig. Aber er demütigte sie nicht. Und darum haßten sie ihn auch nicht.

»Denn unser einarmiger Finsterling ist im Grunde seines Herzens ein anständiger Kerl«, murmelte Cædmon, reckte sich in der warmen Abendsonne und lachte vor sich hin.

»Nur ein Tor lacht über nichts«, bemerkte eine Stimme hinter seiner linken Schulter.

Cædmon fuhr herum. »Etienne! Was in aller Welt verschlägt dich hierher?«

Etiennes Vater, Guillaume fitz Osbern, war nach wie vor der engste Vertraute des Königs und inzwischen der Earl of Hereford. Wenn der König in der Normandie weilte, was in den letzten zweieinhalb Jahren häufiger vorgekommen war, regierte fitz Osbern an seiner Statt England, zusammen mit dem Bruder des Königs, Bischof Odo, der der Earl of Kent war. Odos Aufgabe war vergleichsweise einfach. Der Südosten Englands hatte sich schnell auf die geänderten Verhältnisse eingestellt und sich der normannischen Herrschaft unterworfen. Hereford lag nahe der walisischen Grenze, vor allem aber weiter nördlich, und Kö-

nig William nannte fitz Osbern seinen »Wächter des Nordens«. Das war kein sehr dankbares Amt.
Etienne und sein älterer Bruder Roger standen ihrem Vater bei seiner schwierigen Aufgabe zur Seite, und deswegen hatte Cædmon seinen Freund in letzter Zeit nicht häufig gesehen.
Etienne umarmte Cædmon herzlich. »Vater schickt mich mit Nachrichten zum König. Außerdem hatten wir Sehnsucht nach euch allen, also haben wir uns gesagt, warum verbringen wir den Sommer nicht bei Hofe.«
Cædmon lächelte. »Was für eine wunderbare Idee«, sagte er voller Wärme.
Manchmal befremdete es ihn, wie mühelos er sich verstellen konnte. *Sie* würde hier sein. Wenn Etienne den Sommer hier verbringen wollte, hatte er sie mitgebracht. Schließlich gehörte sie zum Gefolge der Königin, es lag nur nahe. Aber es bedeutete, daß jeder Tag dieses Sommers ein unsägliches Jammertal für Cædmon sein würde.
Er nahm seinen Freund beim Arm und führte ihn zur Halle. »Wie geht's deiner Frau?«
»Gut. Immer noch nicht schwanger, was nicht daran liegt, daß wir uns nicht bemüht hätten, aber davon abgesehen, blendend.«
Jesus Christus, ich hoffe, die Dänen kommen bald ...
»Sie wird sich freuen, dich zu sehen«, fuhr Etienne fort. »Und ihren Bruder, natürlich ... Stimmt etwas nicht?«
Cædmon riß sich zusammen. »Nein, nein. Alles in Ordnung. Was hört ihr aus York?«
Sie betraten die Halle, wo die Vorbereitungen für das Abendessen getroffen wurden. Tische wurden aufgebockt, makellos weiße Tücher darauf ausgebreitet, auf die Mägde und Pagen Kerzenhalter und Salzfässer stellten.
Sie setzten sich an einen der unteren Tische und winkten einem Pagen, ihnen Wein zu bringen. Cædmon sah sich verstohlen um. Aliesa war nirgends zu entdecken.
»Im Augenblick herrscht Ruhe in York«, antwortete Etienne. »Ich war letzten Monat noch da. Eine blühende Handelsstadt wie eh und je. Von den Aufständen im Winter ist nichts mehr zu spüren. Ich hoffe, die Leute von York, von ganz Northumbria haben endlich eingesehen, daß es klüger ist, sich in das Unvermeidliche zu fügen.«
»Das hoffe ich auch«, stimmte Cædmon zu, aber er glaubte es nicht.

Überall in England hatte es Widerstand gegen die Eroberer gegeben. Mal heftiger, mal halbherzig. Das ganze letzte Jahr hindurch war Cædmon an der Seite des Königs durchs Land gezogen und hatte geholfen, ihn niederzuschlagen. Seine Neutralität aus den Tagen von Hastings hatte er längst aufgegeben. Die Dinge hatten sich inzwischen grundlegend geändert: William war der gesalbte König von England, und wer gegen ihn rebellierte, war ein Verräter. Viele englische Lords und Thanes dachten genauso. In Devon hatte der einheimische Adel eine Revolte niedergeschlagen, und als zwei von Harold Godwinsons unehelichen Söhnen mit ein paar Schiffen aus ihrem irischen Exil herübergekommen waren und Bristol besetzen wollten, hatte die königstreue Stadtbevölkerung sie geradewegs zurück über die irische See gejagt. Nur der Norden wollte sich einfach nicht fügen. Ende letzten Jahres hatte König William einen treuen Vasallen nach Northumbria geschickt, um für Ruhe und Ordnung zu sorgen. Er hatte mit neunhundert Mann im Bischofspalast von Durham Quartier bezogen. Die aufgebrachte Stadtbevölkerung hatte die Eingänge von außen versperrt und den Palast in Brand gesteckt. Die gesamte normannische Garnison war elend verreckt. Der »kleine« Edgar Ætheling, der im Sommer zuvor vom Hof des Königs geflohen und bei König Malcolm in Schottland Unterschlupf gefunden hatte, war, sobald ihn die Nachrichten aus Durham erreichten, mit schottischen Truppen nach York marschiert und hatte die dortige normannische Garnison belagert. Doch die Nachrichten waren ebenso schnell nach Süden gekommen. König William zog in Gewaltmärschen nach Norden, die sich nur mit Harold Godwinsons sagenhaftem Marsch nach Stamford Bridge vergleichen ließen, und kam viel eher dort an, als irgendwer erwartet hatte. Die Revolte wurde niedergeschlagen. William ließ jeden Aufrührer hinrichten, dessen sie habhaft wurden. Alle bis auf Edwin und Morcar, die beiden jungen Earls des Nordens, die damals mit zu der Abordnung gehört hatten, die William in Berkhamstead die Krone antrug. Diesen beiden verzieh der König noch einmal, nachdem sie ihm einen erneuten Treueid geschworen hatten, schickte sie aber als »Gäste« nach Rouen. Edgar Ætheling war geflohen, sobald es brenzlig wurde.
In unmittelbarer Nähe von York ließ der König eine der befestigten Burganlagen errichten, die überall in England wie Pilze aus dem Boden schossen, und gab die Stadt selbst zur Plünderung frei, aber er ließ sie nicht niederbrennen.
»Für dieses Mal«, hatte er warnend erklärt.

»Ein Jammer, daß Edgar Ætheling uns durch die Lappen gegangen ist«, bemerkte Etienne. »Er wird uns noch jede Menge Ärger machen, da bin ich sicher.«
Cædmon gab ihm recht. Trotzdem war er immer noch froh, daß der König den angelsächsischen Prinzen damals geschont hatte. »Es heißt, er sei wieder in Schottland?«
Etienne nahm einen tiefen Zug aus seinem Becher und nickte. »O ja. Und wie es aussieht, hat er es verstanden, sein Bündnis mit Schottland zu untermauern. König Malcolm wird Edgars Schwester heiraten.«
Cædmon mußte lachen. Um ein Haar hätte er sich verschluckt. »Prinzessin Margaret? Also, manchmal muß man sich wirklich fragen, wo die Gerüchteköche ihre Zutaten hernehmen. Margaret kommt auf ihren frommen Onkel, König Edward, Etienne. Wenn es je eine Braut Christi gab, dann sie. Sie muß ungefähr so alt sein wie wir. Und ich erinnere mich, als ich noch ein Bengel war, nannten sie sie schon eine Heilige. Ich bin sicher, sie hat längst die Gelübde abgelegt.«
Etienne schürzte die Lippen und schüttelte den Kopf. »Hat sie nicht. Aber du hast recht, sie war felsenfest entschlossen. König Malcolm hat sich monatelang an ihrer Sturheit den Schädel eingerannt. Dann war er es satt. Erzbischof Aldreds Informant sagt, Edgar Ætheling habe vor der Tür gestanden und jeden fortgescheucht, der seiner schreienden Schwester zu Hilfe kommen wollte ... Jedenfalls heiraten sie nächsten Monat.«
»Schande über dich, Edgar Ætheling«, murmelte Cædmon.
Etienne nickte. »Und über König Malcolm. Gott allein weiß, was sie im Schilde führen. Solange sie dort oben im rauhen Schottland zusammenhocken und Ränke schmieden, wird es im Norden keine Ruhe geben, darauf wette ich. Und Edwin of Mercia ist aus Rouen geflohen, wußtest du das?«
Cædmon nickte. Er hatte in den Straßen von Winchester ein Gerücht gehört, der junge Edwin of Mercia sei heimgekehrt und sammle seine einstigen Housecarls um sich. »Aber Edwin wird Edgar Ætheling nicht unterstützen, dafür kennt er ihn zu gut.«
»Vielleicht nicht, aber auf jeden Fall wird er versuchen, Unruhe zu stiften. All diese sogenannten englischen Helden tun ihrem Volk letztlich keinen großen Gefallen, Cædmon.«
»Nein, ich weiß.«
»Und wenn die Dänen tatsächlich kommen und Edwin sich ihnen

anschließt …« Er brach ab und erhob sich lächelnd. »Madame … du siehst hinreißend aus.«
Cædmon folgte seinem Beispiel, stand auf und wandte sich um.
Aliesa hatte sich überhaupt nicht verändert. Mit achtzehn wirkte sie noch genauso mädchenhaft wie an dem Tag vor beinah genau fünf Jahren, als er sie zum erstenmal gesehen hatte. Ihre Kleider waren heute eine Spur ausgefallener als früher, und sie trug dezenten, aber teuren Schmuck. Etienne schien ein unstillbares, fast kindliches Vergnügen daran zu finden, seine schöne Frau zu schmücken. Ihr Kopf war mit einem leichten Tuch bedeckt – *couvre-chef* genannt –, wie es sich für eine verheiratete Frau gehörte. Es wurde von einem schmalen Goldreif in der Stirn gehalten und reichte ihr nur bis auf die Schultern, so daß die schwarzen Flechten darunter hervorwallten. Sie küßte ihren Mann lächelnd auf die Wange und legte leicht die Hand auf seinen Arm.
Sie waren ein perfektes Paar. Und wie hätte sie ihn nicht lieben können? Etienne war ein so ungewöhnlich gutaussehender Mann, geistreich, großzügig und – so entrüstet er es auch bestritten hätte – beinah sanftmütig. Ein vollkommener junger Edelmann und Ritter. Sie hätte es wirklich nicht besser treffen können.
Und trotzdem riß es Cædmon schier das Herz aus dem Leib zu sehen, wie sie ihren Mann auf die Wange küßte.
Mit einem warmen Lächeln wandte sie sich an Cædmon. »Wie schön, daß Ihr hier seid, Thane.«
Er verneigte sich höflich. »Willkommen in Winchester, Aliesa.«
»Etienne hat unterwegs etwa alle zwei Meilen gesagt, ›Hoffentlich ist Cædmon bei Hofe‹. Ich hätte seine üble Laune ertragen müssen, wenn Ihr ihn enttäuscht hättet.«
Er lächelte schwach. »Die Gefahr war nicht groß. Ich bin ja praktisch immer hier. Wenn ich gelegentlich nach Helmsby komme, fallen meine eigenen Hunde mich an wie einen Einbrecher.«
Aliesa setzte sich zu ihnen, und sie unterhielten sich und scherzten unbeschwert, und niemand hätte ahnen können, daß Cædmon nichts anderes wirklich wahrnahm als nur ihren Anblick und ihren Duft.
Nach und nach füllte sich die Halle, und bei Einbruch der Dämmerung wurde aufgetragen. Das große Hufeisen der Tische war gut besetzt. Es war nicht mehr so voll wie zu Ostern, als König William so prachtvoll Hof gehalten hatte, daß man Gefahr lief, vom Gold und Silber der Tafel geblendet zu werden, aber auch jetzt war einiger Betrieb. Englische und

normannische Adelige mit ihren Frauen, Williams Ritter, Bischöfe, Priester und Mönche, all die vielen Menschen, die das große Reich dies- und jenseits des Kanals verwalten halfen, fanden häufig Grund, sich bei Hofe einzufinden.

Das Essen war reichhaltig, aber nicht verschwenderisch: Kalbsbraten mit zartem, jungem Gemüse, außerdem Hirschragout, denn der König war gestern wie so oft zur Jagd geritten, und für den ausgesuchten Kreis derer, die an der hohen Tafel saßen, Rehrücken.

In diesen Genuß kamen Cædmon, Etienne und die anderen jungen Leute nicht, aber sie fanden keinen Grund zu klagen. Nach dem Essen entschuldigte Aliesa sich und ging zu ihrem Bruder. Sie setzte sich neben ihn, und sie steckten die Köpfe zusammen.

»Ist Roland nicht hier?« erkundigte sich Etienne.

Cædmon wischte sein Speisemesser an einem Stück Brot sauber, steckte es ein und verzehrte das Brot. »London«, antwortete er mit vollem Mund.

Ralph Baynard, Rolands Vater, kommandierte die Stadtwache der großen Handelsmetropole und konnte ebensowenig auf seine Söhne verzichten wie Guillaume fitz Osbern – sehr zu Rolands Verdruß, der großen Gefallen am Hofleben fand, vor allem an der Jagd.

Etienne streckte die langen Beine unter dem Tisch aus. »Gott, ich bin erledigt. Furchtbare Schinderei, das Reiten … Was machen unsere Prinzen? Ich wette, Lucien macht ihnen das Leben bitter.«

Cædmon nickte. »Er gibt sich alle Mühe. Und sie machen sich prächtig. Alle beide. Was denkst du, Etienne? Glaubst du, Richard wird der nächste König von England?«

Etienne hob verblüfft den Kopf. »Was für ein seltsamer Gedanke. König William kann nicht viel älter als vierzig sein.«

»Ich meinte ja auch nicht morgen.«

Etienne zuckte kurz mit den Schultern. »Nun, Robert ist der Älteste.«

»Aber er ist noch niemals in England gewesen. Ich frage mich manchmal, ob William vorhat, sein Erbe zu teilen. Die Normandie für Robert, England für Richard.«

»Wer weiß. Es wäre denkbar, und du hast schon recht, es ist eigenartig, daß er Robert nie mit herbringt. Warum beschäftigt diese Sache dich so?«

Cædmon winkte ab und hob seinen Becher. »Ich verbringe den halben

Tag mit den Prinzen. Wahrscheinlich denke ich deshalb viel über sie nach.«
»Was macht der kleine Henry?« erkundigte sich Etienne. Königin Matilda hatte kurz nach ihrer Ankunft und Krönung in England letztes Jahr noch einen Sohn geboren. Der erste normannische Prinz, der in England zur Welt gekommen war.
»Er ist gesund und läuft«, wußte Cædmon zu berichten. Und bei dem Gedanken an den kleinen Henry kam ihm die Frage in den Sinn, ob sein eigenes Kind inzwischen vielleicht auch zur Welt gekommen war. Das letzte Mal war er kurz vor Weihnachten zu Hause gewesen, und da hatte sie ihm gesagt, sie sei schwanger. Man konnte es kaum sehen, aber das war immerhin ein halbes Jahr her…
»Cædmon!« Etienne stieß ihn lachend in die Seite. »Bist du taub?«
»Entschuldige. Was hast du gesagt?«
Etienne winkte ab. »Nicht so wichtig.« Er sah seinen Freund forschend an. »Irgend etwas bedrückt dich, ich habe es gleich gemerkt. Was ist es?«
Cædmon war erschrocken. »Nichts. Gar nichts.«
»Na schön. Dann bin ich beruhigt. Schick nach der Laute, ja? Spiel etwas für uns.«
Cædmon sandte einen Pagen in sein Quartier, der ihm nach wenigen Minuten den blankgewetzten, nachgedunkelten Lederbeutel mit dem Instrument brachte.
Die Halle hatte sich merklich geleert. William, Matilda, die Prinzen und Prinzessinnen hatten sich früh zurückgezogen, und auch die übrige Gesellschaft löste sich jetzt schnell auf.
Cædmon stand auf und ging an einen Platz näher beim Feuer, damit er ein bißchen Licht hatte. Dann stimmte er leise, den Kopf konzentriert über den birnenförmigen Korpus gebeugt, ehe er anfing zu spielen.
Wie so oft wenn er die Laute zur Hand nahm, überkam ihn eine eigentümlich heftige Sehnsucht nach Wulfnoth. Seit der Eroberung war Cædmon nicht mehr in der Normandie gewesen, trotz seiner eindringlichen Bitten hatte William immer Gründe gefunden, ihn in England zurückzulassen. Darum hatte er Wulfnoth seit beinah drei Jahren nicht mehr gesehen. Er spielte all die schlichten, englischen Weisen, die er zu Anfang von ihm gelernt hatte, und als seine Finger richtig warm waren, stimmte er die komplizierteren, normannischen Lieder an.
Etienne blieb eine Weile bei ihm sitzen und lauschte –; er war seit

jeher ein geduldiger Zuhörer gewesen. Aber schließlich stand er auf und machte eine gemächliche Runde, sprach eine Weile mit seiner Frau und ihrem Bruder und ging dann weiter, um andere Freunde zu begrüßen.

Cædmon hatte ganz und gar nichts dagegen, für sich allein zu spielen, er tat es gern und oft. Er hatte eine Gabe, vollkommen in der Musik zu versinken, und das wußte er zu schätzen, denn sie war eine wunderbare Zuflucht vor allen Anfechtungen und Kümmernissen.

Plötzlich sagte sie neben ihm: »Ich kenne dieses Lied! Oh, bitte singt, Cædmon. Es ist so wunderschön.«

Er legte die flache Hand auf die Saiten und brachte sie so zum Verstummen. Dann schüttelte er lächelnd den Kopf. »Besteht nicht darauf, Ihr würdet es bereuen. Ich singe in etwa so schön wie der Rabe in der Fabel.«

»Und anders als der Rabe laßt Ihr Euch auch durch Schmeicheleien nicht zum Singen überreden?« neckte sie.

»Warum singt Ihr nicht?«

Für einen Moment schien sie verblüfft, dann setzte sie sich neben ihn ans Feuer. »Also los. Spielt«, befahl sie ungeduldig.

Ihr Bein berührte seines, leicht wie eine Daunenfeder.

Cædmon schloß die Augen und schlug die ersten Akkorde an.

Es war eine lange normannische Ballade von einem jungen Ritter und einer Königstochter, die durch einen bösen Zauber in Wolf und Taube verwandelt wurden und sich nur zur Dämmerung in Vollmondnächten sehen konnten. Die Geschichte verriet die Wikingerherkunft der Normannen, denn sie entstammte, so wußte Cædmon, einem alten nordischen Märchen. Und wie die meisten nordischen Märchen nahm sie ein böses Ende. Der König, der Vater der Taube, machte Jagd auf den Wolf, der sich schließlich seinen Häschern stellte und starb, um die Taube vom Bann zu erlösen.

Aliesa kannte den ganzen langen Text auswendig. Ihre Stimme war rein und unglaublich klar. Cædmon fühlte sich so verzaubert, daß es ihn nicht gewundert hätte, sich in einen Wolf verwandelt zu finden, wenn er die Augen aufschlug. Aliesa sang leise, und trotzdem verstummten die Gespräche an der Tafel bald, und alle, die noch da waren, lauschten hingerissen.

Als Cædmon die letzte Strophe anstimmte, in welcher der Wolf sich endlich der Ausweglosigkeit ihrer Lage ergab und sich opferte, öffnete

er die Augen, hob den Kopf und sah sie an. Es war seine Absicht gewesen zu lächeln, um die Traurigkeit der Geschichte zu lindern, aber als er ihren Blick sah, verlor er die Herrschaft über seine Mimik.
Ihre Augen ruhten auf ihm, wie lange schon, das mochte Gott allein wissen, und so hatte sie ihn noch niemals angesehen.
Sie hatte ihn immer gemocht, das wußte er, aber in diesem Moment, da sie sang und all ihre Gedanken auf das Lied gerichtet hatte, ihn nur ansah, um jede Stimmungsschwankung seines Spiels, jeden Rhythmuswechsel vorherzusehen, war ihr Blick so offen, so unmaskiert wie nie zuvor. Er durchlebte einen Moment vollkommen widersprüchlicher Empfindungen, so daß er fürchtete, es werde ihn in Stücke reißen. Eine Glückseligkeit, die ihn zu überwältigen, ihn fortzureißen drohte wie eine gewaltige Sturmflut, gepaart mit eisigem Entsetzen. Gott, wenn Etienne sieht, was ich sehe, wird es uns alle ins Unglück stürzen …
So beiläufig, daß niemand unter ihren Zuhörern es bemerken konnte, stieß er mit seinem Knie an ihres, und sie fuhr leicht zusammen, senkte mit einem unschuldigen, nahezu schelmischen Lächeln die Lider und beendete die Ballade mit solcher Hingabe, solch sanftmütiger Traurigkeit, daß selbst ihr hartgesottener Bruder sich verstohlen die Augen wischte.
Als die letzten Töne verklungen waren, herrschte einen Augenblick Stille, ehe ihr Publikum in begeisterten Beifall ausbrach.
Cædmon und Aliesa tauschten ein Lächeln, dann verneigten sie sich. Etienne stand auf, nahm seine Frau bei der Hand und zog sie zu sich hoch. »Das war wunderbar, Liebste.« Er küßte sie ungeniert auf den Mund und legte liebevoll den Arm um ihre Taille. »Ich wußte, daß du eine schöne Stimme hast, aber mir war nicht bewußt, wie zauberhaft sie sein kann. Du hast uns alle zu Tränen gerührt.«
Sie lächelte, plötzlich wirkte sie scheu und verwirrt. »Ich würde sagen, die Ehre gebührt Cædmon.«
Cædmon winkte ab. »Nein, Etienne hat recht. Ihr habt wunderbar gesungen.« Sein Abwinken erschien ihm matt, seine Stimme schleppend. Alles war eigentümlich entrückt und fremd. Hatte sie ihn wirklich so angesehen? Gerade eben? Kein Traum?
»Ich denke jedenfalls, das ist nicht mehr zu steigern«, urteilte Etienne. »Und weil mir außerdem jeder Knochen weh tut, würde ich gern schlafen gehen. Was denkst du?«
Sie nickte. »Ja, natürlich. Ganz wie du willst, Etienne.« Sie lehnte den

Kopf einen Moment an seine Schulter. »Ich bin auch müde. Gute Nacht, allerseits. *Bonne nuit*, Cædmon.« Sie warf einen kurzen Blick in seine Richtung, der ihn aber nicht ganz erreichte.
Er tat es ihr gleich und lächelte nur vage, ohne wirklich aufzusehen in ihre Richtung. »*Bonne nuit.*«

Der Mai blieb heiß. Die Straßen von Winchester wurden rissig, und jedes Pferd, jeder Karren wirbelte gewaltige Staubwolken auf. Das Grün der umliegenden Felder und Wälder war noch hell und frühlingshaft, aber schon senkte sich der erste graue Schleier darauf hinab.
Am Tag vor Christi Himmelfahrt saß Cædmon mit seinen beiden Schülern im Schatten einer Buche und erzählte ihnen von den großen Gelehrten und der Blütezeit der Klöster unter König Edgar.
»Innerhalb von nur fünfzehn Jahren wurden über vierzig Abteien gegründet oder wiederbelebt. Zu den neuen Klöstern zählten auch so berühmte und mächtige Häuser wie Ramsey und Ely.«
»Wo dein Bruder ist?« fragte Rufus.
»Stimmt genau. Oswald und Dunstan und Æthelwold und all ihre Schüler, die dem Geist von Cluny folgten, reformierten auch die Klöster, die es schon gab – nicht zuletzt hier in Winchester –, und verbreiteten Frömmigkeit, strenge Klosterregeln und Gelehrsamkeit im ganzen Land.«
»Aber was war mit dem Klerus? Wurden die Priesters auch reformiert?« wollte Richard wissen.
Cædmon zog die Brauen in die Höhe, und der Junge überdachte seinen Satz. »Wie muß es heißen?« fragte er.
»Priester«, antwortete Rufus.
»Aber das ist die Einzahl«, protestierte Richard. »Ein Priester. Zwei Priesters. Oder?«
Cædmon lachte in sich hinein. »Rufus hat recht. Ein Priester, zwei Priester.«
Richard schlug mit der Faust ins Gras. »Aber das ergibt keinen Sinn!«
»Nein, ich weiß.«
Richard wedelte die Grammatik als hoffnungsloses Unterfangen beiseite. »Jedenfalls sagt Vater, die englische Kirche sei ein einziger Sauhaufen, ihre Priesters ... Priester allesamt ungebildete, gottlose Frevler. Also, Cædmon. Was ist aus der wunderbaren Reform geworden?«
»Ja, das wüßte ich auch zu gern, Cædmon«, sagte eine tiefe Stimme

hinter ihnen, und sie sprangen alle drei auf die Füße und verneigten sich tief.
»Sire«, grüßte Cædmon.
William winkte sie zurück auf ihre Plätze und setzte sich zu ihnen ins Gras. »Fahrt fort und belehrt mich über meine unergründlichen englischen Untertanen.«
Cædmon grinste und sagte achselzuckend: »Nun, die Reform blieb auf die Klöster beschränkt. Und nach König Edgars Tod verlor sie an Bedeutung. Neue Däneneinfälle versetzten das Land in Angst und Schrecken, und Schwerter wurden wieder wichtiger als Gelehrsamkeit.«
Wären sie allein gewesen, hätte Richard an dieser Stelle eingewandt, daß doch gewiß die Schwerter in Händen christlicher Streiter im Kampf gegen heidnische Wikinger der Führung der Kirche bedurften. Aber keiner der Jungen sagte etwas. Die Anwesenheit ihres Vaters machte sie befangen.
William schien das nicht zu bemerken. Er nickte Cædmon auffordernd zu, und der junge Angelsachse fuhr mit seinem Geschichtsunterricht fort. In englischer Sprache. Der König lauschte mit konzentriert gerunzelter Stirn. Wie immer war es unmöglich zu sagen, was er verstand. Er sprach nie ein Wort Englisch – er behauptete, er fürchte, sich bei dem Versuch Zunge und Gaumen irreparabel zu verbiegen –, und er ließ sich bei Verhandlungen immer noch jedes Wort übersetzen, das in der einheimischen Sprache gesprochen wurde. Es war nicht immer nur Cædmon, der diesen Dienst versah, inzwischen gab es auch eine Reihe von Mönchen, die beide Sprachen beherrschten und denen der König hinreichend traute. Aber wenn Cædmon für ihn übersetzte, tat er es heute mit größerer Vorsicht denn je. Er war einigermaßen sicher, daß William so gut wie jedes Wort verstand, und Cædmon hatte seine grausige Warnung von Berkhamstead nie vergessen.
Der König schien Cædmons Verdacht zu bestätigen, als er am Ende seines Vortrags sagte: »Aber Ihr könnt nicht leugnen, daß Oswald und Dunstan letztlich gescheitert sind. Der Geist von Cluny hat Edgars Regentschaft hier nicht lange überdauert.«
Cædmon wiegte den Kopf hin und her. »Es ist unterschiedlich«, antwortete er auf normannisch. »In Ely, Ramsey oder Glastonbury lebt er weiter. Ihr selbst sagtet kürzlich, daß die Bücher, die in Ely hergestellt werden, es mühelos mit denen aus Bec aufnehmen können.«

William nickte. »So sagen meine gelehrten Ratgeber, ja. Trotzdem. Ich bleibe dabei, die englische Kirche ist ein Schweinestall, und ihre Reform eins meiner dringendsten Anliegen. Die meisten englischen Priester können weder lesen noch Latein, dafür sind sie sehr bewandert in allen Lastern, die je ersonnen wurden.«
Cædmon räusperte sich. »Sie sind verheiratet, Sire. Das ist alles.«
William fegte den Einwand ungeduldig beiseite. »Schlimm genug! Der Papst hat es verboten, und ich werde dieses Verbot durchsetzen. Und wenn die englischen Priester sich nicht fügen, wird jeder einzelne durch einen normannischen ersetzt!«
Cædmon stellte sich einen der affektierten, aufgeblasenen normannischen Geistlichen in St. Wulfstan in Helmsby vor und in der armseligen, hölzernen Kate, die Vater Cuthbert, seine Familie und sein Vieh beherbergte.
»Ich bin sicher, der normannische Klerus würde sich mit dem üblichen Feuereifer auf diese Aufgabe stürzen«, bemerkte er trocken.
William zeigte sein seltenes Lächeln. »Ja, bestimmt.« Er sah zu seinen Söhnen und machte eine auffordernde Geste. »Verschwindet. Ich möchte einen Moment allein mit Cædmon reden.«
Richard und Rufus sprangen auf, verneigten sich formvollendet vor dem König und ihrem Lehrer und gingen davon.
William schien sie augenblicklich zu vergessen. »Schlechte Nachrichten, Cædmon.«
Cædmons Herz sank. »Die Dänen?«
Der König nickte knapp. »Über zweihundert Schiffe, heißt es. Herrgott, was wollen die Dänen nur immerzu in England?«
Cædmon antwortete nicht.
William hob entrüstet das Kinn. »Ihr wollt nicht im Ernst sagen, der Dänenüberfall sei auch nur irgendwie mit meiner Eroberung Englands vergleichbar?«
»Ich sage überhaupt nichts, Sire.«
»Weil Ihr meint, daß ich Euch nicht hängen kann für das, was Ihr denkt.«
Richtig, dachte Cædmon, aber was er sagte, war: »Ich glaube, darauf möchte ich mich lieber nicht verlassen.«
Der König verzog amüsiert die Lippen, wurde aber gleich wieder ernst. »Sie kommen unter dem Befehl von König Svens Söhnen und seinem Bruder. Ich weiß nicht genau, wann sie kommen, aber sicherlich bald.

Reitet nach Hause, bewaffnet Eure Leute und macht Euch bereit, die Küste zu verteidigen.«
Cædmon war verblüfft. »Aber denkt Ihr nicht, sie werden den Humber hinaufsegeln und in Northumbria landen?«
»Wo die Menschen sie willkommen heißen und ihnen jubelnd die Stadttore öffnen werden, meint Ihr, ja? Nun, gut möglich, daß sie das tun werden. Aber vielleicht hoffen sie auch, daß wir genau das annehmen und nach Norden ziehen, und sie fallen in Kent ein, während der Süden entblößt ist. Ich weiß es nicht. Ich will auf alle Fälle vorbereitet sein.«
Cædmon nickte. »Wann wünscht Ihr, daß ich gehe?«
»Morgen.«

Er war erleichtert, aus Winchester zu entkommen. An jedem Abend in der Halle, bei jedem Jagdausflug fühlte er sich wie ein Verdurstender, dem man einen Becher Wasser vorhält, ganz nah, aber doch außerhalb seiner Reichweite. Er war inzwischen zu der Überzeugung gelangt, daß er sich alles nur eingebildet hatte, was er am Abend ihrer Ankunft in Aliesas Blick zu sehen geglaubt hatte. Denn obwohl sie jetzt beinah jeden Abend nach dem Essen zusammen musizierten, war es nie wieder passiert. Aliesa setzte sich zu ihm auf die Kaminbank, aber doch ein gutes Stück von ihm entfernt, und wenn sie sang, schaute sie ihn nicht an. Ihr Blick schien vielmehr nach innen gerichtet.
Für Cædmon waren es die glücklichsten Momente des Tages. Er war natürlich niemals allein mit ihr, sie hatten immer eine größere oder kleinere Zuhörerschar, und trotzdem war es etwas, das er nur mit ihr teilte, so als hüteten sie zusammen ein Geheimnis. Er ergab sich all den körperlichen Empfindungen, die ihre Nähe auslöste, malte sich aus, was er ihr alles sagen würde, wenn die Dinge anders stünden, stellte sich vor, wie sie auf seine Eröffnungen reagieren würde, sah jedes einzelne ihrer Gefühle in ihrem wundervollen Gesicht widergespiegelt. Vor seinem geistigen Auge. Wahrhaftig hingegen sah er, wie ihr lilienweißer Hals im flackernden Feuerschein schimmerte, sah ihren herrlichen Mund Worte formen – und weil die meisten Lieder ja doch von nichts anderem handelten, waren es nicht selten Worte der Liebe.
Es war himmlisch, und er trank alles gierig in sich auf und verdurstete trotzdem. Die ersten Anzeichen waren schon erkennbar. Beim Rasieren sah ihn ein bleiches Gespenst mit dunklen Schatten unter den Augen

aus dem Spiegel an, die Folge seiner zunehmenden Schlaflosigkeit. Er war rastlos und unausgeglichen, und Etienne hatte bemerkt, er sehe mit jedem Tag blasser aus, und sich besorgt erkundigt, ob Cædmon krank sei.

Ja, Etienne, krank. Unheilbar liebeskrank. Ich liebe deine Frau …

Er hörte die Worte so deutlich in seinem Kopf, daß er einen Augenblick fürchtete, er habe sie vielleicht wirklich laut ausgesprochen. Er war so angespannt, daß er manchmal glaubte, die Kontrolle über sich zu verlieren, als müsse sich irgend etwas Bahn brechen.

Und das war kein Zustand. Vermutlich war es wirklich besser, wenn er den Hof verließ, besser für sie alle. Auch wenn ihm bei der Vorstellung, sie nicht mehr zu sehen, ihre Stimme nicht mehr zu hören, und das vielleicht monatelang, hundeelend wurde.

»Haltet die Küste für mich zwischen Yare und Ouse, und es soll Euer Schaden nicht sein, Cædmon«, sagte der König zum Abschied, und Cædmon dachte bei sich, daß es eine Aufgabe war, die ihn und seine Möglichkeiten weit überforderte. Wie sollte er zwei Flüsse und die Küste dazwischen bewachen? Woher sollte er die Männer dafür nehmen? Aber er behielt seine Zweifel für sich. »Das werde ich, Sire.«

Der König entließ ihn mit einem eleganten Wink, und Cædmon verneigte sich und ging hinaus. Er beeilte sich auf dem Weg zu den Stallungen; der Morgen war schon weit fortgeschritten, und er wollte vor dem nächsten Mittag in Helmsby sein.

Vor dem Stall wartete ein Knecht mit Widsith, dem gewaltigen, normannischen Schlachtroß, das der König Cædmon nach der Niederschlagung der Rebellion in Lincoln geschenkt hatte. Am gleichen Tag hatte er ihn zum Ritter geschlagen. Nichtsdestotrotz hatte Cædmon seinem normannischen Pferd an diesem Tag normannischer Ehrungen einen angelsächsischen Namen gegeben. Es war ein junger, sehr kostbarer Hengst, ausdauernd und perfekt geschult, und Cædmon liebte ihn sehr.

»Danke, Odric.« Er nahm die Zügel in die Linke und wollte aufsitzen, als Richard, Rufus, Etienne und Aliesa in den kleinen Hof vor dem Stall traten.

»Da haben wir dich so gerade noch erwischt«, bemerkte Etienne lächelnd. »Glückliche Reise, Cædmon.«

Cædmon nahm den Fuß aus dem Steigbügel und trat zu ihnen. »Dan-

ke.« Er lächelte auf seine beiden Zöglinge hinab. »Vergeßt nicht alles, was ich euch beigebracht habe«, sagte er auf englisch.
Sie schüttelten die Köpfe. »Rufus hat sich in den Kopf gesetzt, mir in Englisch zu unterrichten, solange du fort bist«, berichtete Richard voller Empörung.
Cædmon legte ihm kurz die Hand auf die Schulter. »Ich glaube, das könnte nicht schaden.«
»Ich werde *mir* seinem Unterricht anschließen«, sagte Aliesa zwinkernd. »Ich glaube, ein paar Stunden englischer Grammatik könnten *mich* auch nicht schaden.«
Cædmon starrte sie entgeistert an. »Aliesa ... Ich wußte nicht, daß Ihr Englisch lernt.«
Etienne lächelte stolz. »Sie ist schon richtig gut, oder was meinst du? Sie hat sich Bücher in eurer Sprache besorgt, stell dir das vor.«
Er hört sich an, als lobe er die Klugheit seines Falken, dachte Cædmon gehässig, aber ehe er auf eine höfliche Antwort sinnen konnte, sagte Aliesa seufzend: »Ich fürchte nur, mein Akzent ist schrecklich.«
Das ist er in der Tat, dachte er, unterdrückte ein Grinsen und versicherte inbrünstig: »Aber ganz und gar nicht. Haltet Euch nur an Rufus, wenn Ihr unsicher seid, er ist ein Genie in Grammatik.«
»Das werde ich. Bis Ihr wiederkommt. Lebt wohl, Cædmon. Möget Ihr auf Eurem Weg Freunde finden, die Führung der Engel und das Geleit der Heiligen. Sagt man in England nicht so?«
Er nickte verblüfft. »So sagt man. Danke, Aliesa.« Er verneigte sich tief und saß auf.

Helmsby, Mai 1069

»Willkommen daheim, Thane. Wir hatten keine Nachricht, daß du kommst.«
Cædmon zügelte Widsith unter dem hohen Tor in den Palisaden und betrachtete seine Burg voller Stolz.
Der Palisadenzaun mit den unüberwindlichen Spitzen umgab den Burghof, der die Viehställe, Wirtschaftsgebäude und die kleinen Lehmhütten für das Gesinde beherbergte. In der westlichen Hälfte dieses Innenhofs war ein Hügel aufgeschüttet worden, der hauptsächlich aus

der Erde bestand, die beim Aushub des breiten, tiefen Grabens angefallen war, der ihn umgab. Der Graben, über den eine Zugbrücke zum Tor führte, war bewässert. In East Anglia konnte man einfach kein Loch schaufeln, ohne daß es sich innerhalb kürzester Zeit mit Wasser füllte. Ein zweiter, nicht ganz so hoher Palisadenzaun schützte den Erdwall.

Diesen Erdwall – den die Normannen aus unerfindlichen Gründen »Motte« nannten – krönte der dreigeschossige, hölzerne Burgturm. Es war keine große, aber eine solide Burg, und sollten die Dänen wirklich hier einfallen und Cædmon nicht in der Lage sein, sie zurückzuschlagen, wären er und die Seinen hier zumindest in Sicherheit.

Der Bau der Burg war eine gewaltige Anstrengung gewesen. Cædmon hatte ihn begonnen, sobald der König ihm die Erlaubnis erteilte, aber er hatte über ein Jahr gebraucht, sie war erst diesen Frühling fertig geworden. Das Vorhaben hatte die gesamten Rücklagen des Gutes aufgezehrt, obwohl William ihn wegen der strategisch wichtigen Lage der Burg zwischen Yare und Ouse finanziell unterstützt und ihm einen erfahrenen Baumeister zur Seite gestellt hatte, der schon ein gutes Dutzend Burgen gebaut hatte. Sie waren auf alle nur denkbaren Schwierigkeiten gestoßen: Der Boden war so weich, daß sie viel mehr Eichenpfähle als Fundament hatten einbringen müssen als ursprünglich erwartet, die dienstpflichtigen Bauern aus Helmsby und der Umgebung zeigten sich anfangs unwillig, am Bau mitzuwirken, und Cædmon hatte härter durchgreifen müssen, als ihm lieb war, um sie umzustimmen. Seine Mutter nannte das ganze Vorhaben größenwahnsinnig und hatte keinen Finger gerührt, um es voranzubringen. Aber Cædmon hatte vollkommen unerwartete Unterstützung gefunden.

Er saß ab und schloß seinen Vetter in die Arme. »Alfred! Seit wann hält der Steward von Helmsby Torwache?«

Wulfric, der alte Steward, war im ersten Winter nach der Eroberung an den Folgen seiner Kopfverletzung von Hastings gestorben. Ungefähr zur gleichen Zeit war der trunksüchtige Onkel Athelstan mit seinem Sohn Alfred in Helmsby gestrandet. Jetzt, da es keinen angelsächsischen Hof mehr gab, war er obdachlos geworden, hatte sich auf seine Wurzeln besonnen und war heimgekehrt. Cædmon hatte ihn mit mehr Herzlichkeit willkommen geheißen, als Ælfric es vielleicht getan hätte, denn er hatte seinen verrückten, leichtsinnigen, trinkfreudigen Onkel immer gern gemocht. Und dessen Sohn Alfred hatte sich als große

Bereicherung und verläßlicher Verbündeter bei der Einführung neuer Ideen erwiesen. Alfred hatte genau wie Dunstan treu zu Harold Godwinson gestanden und bei Hastings entschlossen für seinen König gekämpft. Aber Alfred war jung und anpassungsfähig. Er hatte sich mühelos auf die geänderten Verhältnisse eingestellt, er bewunderte die überlegene Kriegskunst der Normannen und war seinem neuen König ebenso ergeben wie dessen Vorgänger. Genau wie Cædmon trug er keinen Bart und kleidete sich nach normannischer Sitte, und er konnte nie genug bekommen, wenn Cædmon vom Hof, vom König, dem höfischen Treiben und den Prinzen erzählte. Cædmon hatte nicht lange gezögert, Alfred zum Steward zu machen und ihm die Verantwortung für Burg und Ländereien zu übertragen, wann immer er selbst fort mußte. Auch diese Entscheidung hatte er gegen den Widerstand seiner Mutter durchgesetzt, aber er hatte sie noch keinen Tag bereut.
Alfred klopfte ihm kräftig die Schulter und nahm Widsith am Zügel. »Ich halte nicht Wache, aber ich hatte so ein komisches Gefühl, als käme Besuch. Und weil ich, wie du weißt, unheilbar neugierig bin, hab ich mich am Tor rumgedrückt, um zu sehen, wer es ist. Ich hätte allerdings nicht damit gerechnet, daß der Burgherr höchstpersönlich heimkommt.«
Diese Bezeichnung war Cædmon noch reichlich fremd. »Wie geht es allen? Was macht dein Vater?«
Alfred seufzte. »Träumt von längst vergangenen Tagen, wie immer. Ansonsten sind alle wohlauf, außer Eadwig. Er hatte ein Fieber, ist furchtbar schwach und dünn, und deine Mutter erlaubt nicht, daß ich ihn mit auf die Felder hinausnehme, damit er reitet und wieder zu Kräften kommt.«
»Und Gytha?«
Alfred grinste von Ohr zu Ohr. »Ein Junge, Cædmon. Ein prächtiger Kerl.«
»Ist das dein Ernst? Wann?«
»Vor drei Tagen.«
Ein Sohn, dachte Cædmon ungläubig. *Ich habe einen Sohn*. Er hörte die Worte in seinem Kopf, aber er konnte es nicht so recht glauben.
Er beschleunigte seine Schritte. »Alfred, tust du mir einen Gefallen? Bringst du Widsith in den Stall?«
»Natürlich.«
Cædmon wandte sich eilig ab, rannte über den Hof und erstürmte seine

Burg. Zehn Stufen führten zum Eingang hinauf, so daß man durch die Tür direkt in die geräumige Haupthalle über den im Erdgeschoß befindlichen Vorratskammern kam. Wie immer war hier Betrieb: Die Männer der Frühwache, die vor einer Stunde abgelöst worden waren, saßen an einem Ende des langen Tisches bei einem späten Frühstück, die Köchin und ihre Gehilfinnen ein Stück weiter oben und putzten Kohlköpfe, und Onkel Athelstan saß wie üblich mit einem Becher Met nahe am Feuer und starrte trübsinnig in die Flammen.

Cædmon hielt pflichtschuldig bei ihm an. »Ich hoffe, du bist wohl, Onkel?«

Athelstan hob den Kopf, und sein Gesicht hellte sich auf. Da er Ælfrics jüngerer Bruder war, konnte er kaum über Vierzig sein, aber er hatte das Gesicht eines alten Mannes. Seine Nase war mit einem feinen Netz roter Äderchen überzogen, die seine größte Schwäche verrieten, und seine Augen schienen trüb, doch das täuschte. Onkel Athelstan, so wußte Cædmon, sah immer noch mehr als die meisten anderen Leute.

»Cædmon! Willkommen daheim. Ich hoffe, du bleibst ein Weilchen. Deine Mutter führt hier ein striktes Regiment in deiner Abwesenheit, weißt du, man kommt sich vor wie im Kloster.«

Cædmon grinste. »Ich nehme an, das heißt, sie rationiert Met und Bier?«

»Und den Cider auch, das einzig Segensreiche, was uns die Normannen beschert haben.«

»Cidre.«

»Sag ich doch, Cider.«

Athelstan hob den schlichten Holzbecher an die Lippen. Seine leicht schleppende Stimme verriet Cædmon, daß er betrunkener war als zu dieser frühen Stunde üblich, aber die große, arbeitsscheue Hand war ruhig und sicher.

»Ich schätze, du weißt, daß du einen kleinen, plärrenden Bastard hast?« erkundigte Athelstan sich, als er den Becher absetzte.

»Alfred hat's mir erzählt. Wo ist er?«

Sein Onkel hob langsam die breiten Schultern, strich sich die grauen Locken aus der Stirn und sah Cædmon mit seinen blauen Augen an, die zwar meist blutunterlaufen waren, ihn aber trotzdem immer so lebhaft an seinen Vater erinnerten.

»Ich weiß es nicht«, antwortete Athelstan. »Wenn ich du wäre, würde ich in der Molkerei nach seiner Mutter suchen.«

Cædmon machte kehrt, verließ die Halle und eilte zu dem hölzernen Gebäude an der Ostseite des Hofs, wo aus der Milch der gutseigenen Kühe Butter, Quark und Käse hergestellt wurden. Wie immer verzog er leicht angewidert das Gesicht, als ihm beim Eintreten der aufdringliche Geruch saurer Milch entgegenschlug.

Zwei junge Frauen waren bei der Arbeit, die eine stampfte Butter, die andere füllte frische Milch aus einem ledernen Eimer in Holzbottiche um.

Gytha saß auf einem Schemel neben der Tür, hatte ihren Kittel über die linke Brust herabgezogen und ihr Kind angelegt. Als Cædmons Schatten über die Schwelle fiel, huschten die beiden anderen Mägde lautlos in den angrenzenden Vorratsraum.

Cædmon beugte sich über Gytha und küßte sie auf die Stirn.

»Da bist du also«, war alles, was sie sagte.

»Da bin ich.«

Er sah auf das Kind hinab. Es war ein winziges häßliches Ding mit einem feuerroten Kopf. Die Augen waren zugekniffen, und es saugte gierig an der Brust seiner Mutter.

Cædmon streckte unsicher die Hand aus, zögerte einen Augenblick und strich dann mit einem Finger über die klitzekleine Wange.

»Er ist so … winzig.«

»Er wächst«, prophezeite sie lächelnd.

Cædmon hockte sich vor sie, legte beide Hände auf ihr Gesicht und küßte sie auf den Mund. Sie roch immer noch nach Rauch und Milch. Er ließ sich neben ihr auf dem strohbedeckten Boden nieder, lehnte sich mit dem Rücken an die Wand und betrachtete seinen Sohn und dessen Mutter.

Gytha hatte den Kopf gesenkt, und erst als sie sich die Haare hinters Ohr strich, konnte er ihr Gesicht wieder sehen. Wie üblich zeigte es keine Regung.

Er mochte Gytha sehr gern. Sie war ein einfaches Bauernmädchen ohne alle Manieren, aber sie war zu still und scheu, um je vulgär zu sein. Außerdem war sie die erste Frau, die er je gehabt hatte, und er war ihr immer noch dankbar. Ihre stumme, eindringliche Zärtlichkeit konnte ihn nach wie vor rühren. Wenn er an zu Hause dachte, war es ein gutes Gefühl zu wissen, daß sie dort war.

»Cædmon, er ist noch zu klein, um dir ähnlich zu sein, aber er ist dein Sohn, glaub mir.« Es war ein hastig hervorgestoßener Wortschwall, der ihm verriet, welche Mühe es sie gekostet hatte, ihn herauszubringen.

Er runzelte verwundert die Stirn. »Ich wäre im Traum nicht darauf gekommen, daran zu zweifeln. Wieso sagst du das?«

Sie schüttelte kurz den Kopf.

Er nahm ihre Hand. Sie war klein und schmal, aber schwielig.

»Wie wollen wir ihn nennen, hm? Was denkst du?«

»Ich dachte, das solltest du entscheiden«, antwortete sie.

»Also gut. Was hältst du von Ælfric?«

Ihr Kopf fuhr hoch. »Nach deinem Vater?« fragte sie ungläubig.

Er lächelte. »Warum nicht?«

»Aber ...« Sie brach ab und senkte den Kopf, ließ die langen, flachsblonden Haare absichtlich wieder vor ihr Gesicht gleiten.

Er strich sie beiseite. »Aber was?«

»Denkst du nicht, du solltest den Namen deinem Erben vorbehalten? Dem Sohn, den deine Frau dir eines Tages schenkt?«

Er schnitt eine Grimasse. »Diese Frau gälte es erst einmal zu finden.« Und außerdem, erkannte er unter leisen Gewissensbissen, sollte ich je heiraten und einen Erben haben, wird er wohl eher einen normannischen Namen bekommen. »Hast du Einwände gegen Ælfric?«

Sie lachte leise. »Einwände? Nein.«

»Dann soll es so sein.« Er stand auf und streckte ihr die Hand entgegen. »Komm, laß uns in die Halle hinübergehen. Ich bin staubig und durstig.«

Gytha rührte sich nicht. Ihre hellblauen Augen waren groß und unruhig.

»Was ist?« fragte er ungeduldig. »Komm schon.«

»Deine Mutter hat es verboten. Sie will mich nicht mehr in der Halle sehen, hat sie gesagt.«

»Ah ja?« Er hob das Kinn, vermied es aber, irgendeine Regung zu zeigen. »Komm mit, Gytha«, wiederholte er, und sie erhob sich, ohne zu zögern, und streckte ihm das Kind entgegen. »Halt ihn einen Moment.«

Cædmon nahm seinen Sohn unsicher in seine beiden großen Hände. Gytha schnürte ihren Kittel zu und lachte über seine Ungeschicklichkeit. »Hier, so mußt du ihn halten.« Sie stellte sich neben ihn und legte ihm sein Kind in die Arme.

Cædmon mußte sich immer einschärfen, daß er keinen Grund hatte, sich vor seiner Mutter zu fürchten, damit es nicht passierte. Bevor er an ihre Tür klopfte, rief er sich ins Gedächtnis, daß er neunzehn Jahre alt und ein Ritter des Königs und Thane of Helmsby war, und wappnete sich für die eisige Feindseligkeit, die ihm entgegenschlagen würde. Ohne eine Aufforderung abzuwarten, zog er den Riegel zurück und trat ein.

Marie de Falaise sah von ihrem Stickrahmen auf und blickte ihm unbewegt entgegen.

Cædmon verneigte sich. *»Ma mère.«*

»Willkommen daheim, Cædmon.« Sie lächelte nicht.

»Danke.«

Jedesmal, wenn er sie wiedersah, schien sie ihm verhärmter als beim Mal zuvor. Sie trug zu jeder Jahreszeit dunkle Kleidung, so daß man sie für eine Nonne hätte halten können. Das früher so frische Gesicht, dessen Ausdruck immer so schnell wechselte wie das Wetter im April, das der Spiegel ihres heftigen Temperaments gewesen war, war unnatürlich unbewegt und pergamentbleich geworden. Tiefe Furchen verliefen von ihren abwärts gezogenen Mundwinkeln zum Kinn hinab.

Er wußte, warum. Er konnte sie sogar verstehen. Sie hatte ihren Mann mehr geliebt als jedes ihrer Kinder. Dunstans Verlust allein hätte sie überwinden können, aber Ælfrics Tod hatte sie bitter und unversöhnlich gemacht. Sie kam einfach nicht darüber hinweg. Er hatte ihr alle Zuversicht und Lebensfreude geraubt. Und Cædmon bedauerte sie aus tiefstem Herzen. Aber er hatte schon vor langer Zeit aufgehört, sich mit ihrem Unglück erpressen zu lassen.

Er trat lächelnd näher. »Wie geht es Eadwig?«

»Er erholt sich langsam.« Sie zuckte ungeduldig mit den Schultern. »Er war immer das kränklichste meiner Kinder.«

Cædmon war verblüfft. Er konnte sich nicht erinnern, daß Eadwig früher je kränklich gewesen war, aber er ging nicht darauf ein. »Und wie geht es dir, Mutter? Wie gefällt dir dein neues Heim?«

Sie schürzte verächtlich die Lippen. »Das fragst du? Nachdem du mich gezwungen hast, die alte Halle, mein Heim aufzugeben?«

Er trat mit verschränkten Armen ans Fenster. Jetzt da die warme Jahreszeit angebrochen war, war die Pergamentbespannung entfernt worden, und wenn die Läden geöffnet waren, hatte man einen herrlichen Blick über den Wald und den Ouse. Aus den wenigen Fenstern der

ebenerdigen alten Halle hatte man nie etwas anderes gesehen als den schlammigen Innenhof und die dräuende Hecke.
»Die Zeiten ändern sich. Ich bedaure, wenn du dich nicht heimisch fühlst. Aber es war der Wunsch des Königs, daß wir diese Burg bauen.«
»Die Zeiten ändern sich«, stimmte sie kühl zu.
Cædmon atmete tief durch und wandte sich ihr wieder zu. »Mutter, ein neuer Däneneinfall steht bevor. Deswegen hat der König mich heimgeschickt. Möglich, daß sie gleich den Humber hinaufsegeln, aber ebensogut kann es passieren, daß sie über unsere Küste herfallen. Wir sollten auf alles vorbereitet sein.«
Sie nahm ihre Nadel wieder auf. »Was sollte es mich kümmern, wo die Dänen landen?«
»Es könnte bedeuten, daß wir Verwundete haben, die versorgt werden müssen. Haben wir Kräutervorräte, um Brüche und Fleischwunden und Wundbrand und Fieber zu behandeln?«
Sie nickte. »Darauf bin ich immer gerüstet.«
»Gut.« Er zögerte einen Moment, wählte seine Worte mit Bedacht. »Weißt du, daß du einen Enkel bekommen hast?«
Sie hielt den Kopf tief über ihren Stickrahmen gebeugt. »Ich weiß nur, daß eine der Melkerinnen einen Bastard geboren hat.«
»Nun, es ist mein Bastard.«
»Ich frage mich, wie du so sicher sein kannst. Und wenn es so ist, solltest du dich schämen.«
»Er ist meiner, und ich schäme mich nicht. Und ich bitte dich eindringlich, Gytha nicht mehr aus der Halle zu weisen und ihr das Leben schwerzumachen. Ich habe keinen Anlaß, an ihrem Wort zu zweifeln.«
»Nein. Weil du leichtgläubig und einfältig bist. Frag deinen Cousin Alfred, auf den du so große Stücke hältst, ob er sich nicht auch brüstet, der Vater von Gythas Balg zu sein.«
Cædmon sah verständnislos auf sie hinab. Wie treffsicher sie ihr Gift einzusetzen weiß, dachte er, für einen Moment hatte er einen eifersüchtigen Stich verspürt. Aber er wußte, sie sagte es nur, weil sie Alfreds und Athelstans Anwesenheit in Helmsby nicht billigte, weil sie Cædmons Vertrauen in Alfred für unangebracht hielt. Und weil sie wußte, daß diese Mutmaßung Cædmon härter treffen würde als jede andere.
Er verneigte sich sparsam. »Ich glaube, ich habe meine Wünsche deutlich zum Ausdruck gebracht. Gytha steht es frei, sich in der Halle aufzuhalten, auch wenn ich nicht hier bin.«

Maries Lippen verzogen sich verächtlich. »Mir würde im Traum nicht einfallen, deine Wünsche zu mißachten, Cædmon.«

»Das weiß ich zu schätzen.« Er ging hinaus, blieb einen Moment vor der Tür stehen und atmete tief durch, ehe er sich auf die Suche nach seinem Bruder machte.

Er fand Eadwig, wie Alfred gesagt hatte: weitgehend genesen, aber bleich und apathisch. Tatsächlich erkannte er sich selbst in seinem Bruder wieder. Cædmon war nur wenig älter gewesen als Eadwig jetzt, als Erik ihn angeschossen hatte, und er hatte das gleiche getan wie sein Bruder: Er hatte sich gehenlassen, war schwermütig und teilnahmslos geworden und … faul.

Also tat Cædmon mit Eadwig das, was Jehan de Bellême mit ihm selbst gemacht hatte, wenn auch nicht in ganz so drastischer Weise. Gegen den ausdrücklichen Protest seiner Mutter nahm Cædmon den Jungen jeden Tag mit hinaus, wenn er über die Felder ritt oder in die Dörfer, um vor dem eventuell drohenden Däneneinfall zu warnen und die jungen Burschen in seinen Dienst zu nehmen. Anfangs ermüdete Eadwig schnell und jammerte ständig, und Cædmon wünschte mehr als einmal, er hätte seinen kleinen Bruder in dessen abgedunkelter Kammer vor sich hinsiechen lassen. Aber es waren nur die Folgen eines Fiebers, die Eadwig zu überwinden hatte, keine schwere Verwundung. Nach wenigen Tagen lebte er auf, seine Augen bekamen wieder Glanz, und er zeigte ein zunehmendes Interesse an allem, was er sah und hörte.

»Mir war nie klar, wieviel Land uns gehört, Cædmon. Ich meine mich zu erinnern, daß Vater abends immer heimkam, ganz gleich, wo er den Tag verbracht hatte. Aber wir sind jetzt schon zwei Tage unterwegs, und du sagst, wir haben noch nicht alle Dörfer besucht.«

Cædmon nickte. Ihm unterstand ein wesentlich größeres Gebiet als seinem Vater vor ihm. »Ich nehme an, du weißt, daß zwei unserer Nachbarn bei Hastings gefallen sind?«

Eadwig nickte. »Onkel Ulf of Blackmore und Gorm of Edgecomb, der früher Sheriff war.«

»So ist es. Der König hat ihr Land kurzerhand mit Helmsby und Metcombe zusammengefaßt und mir diesen ansehnlichen Brocken von Norfolk als Lehen gegeben.«

»Als was?«

»Als Lehen. Das ist etwas typisch Normannisches, Eadwig: schlau ausgedacht, aber unnötig kompliziert.«

»Erklär's mir.«
»Also. Grundsätzlich gehört alles Land der Krone. Aber der König ›verleiht‹ es an seine Lords und seine Witan.«
»›Lehen‹ kommt von ›leihen‹?«
»Richtig.«
»Also gehört dir Helmsby eigentlich gar nicht mehr?«
»Doch. Das mit dem Leihen ist reine Formsache. Es gehört mir, es geht an meine Erben über, mir allein stehen die Pachteinnahmen zu. Dafür schulde ich dem König Soldaten zur Verteidigung Englands oder auch der Normandie. Je mehr Land ich besitze, um so mehr Soldaten schulde ich ihm. Aber je mehr Land ich besitze, um so reicher bin ich auch. Darum sind die normannischen Adligen ganz versessen auf Ländereien in England.«
Eadwig atmete tief durch. »Nur gut, daß du so klug warst, dich auf die Seite des Königs zu stellen. Sonst wären wir Bettler wie Onkel Athelstan oder Onkel Ulfs Witwe.«
Cædmon wiegte den Kopf hin und her. »Wir werden noch sehen, ob ich so klug war. Jedenfalls bin ich jetzt ein Vasall des Königs.«
»Vasall?«
»So heißen die Männer, die ein Lehen halten. Und sollte es mir gelingen, irgendwann soviel Land anzuhäufen, daß ich es allein nicht mehr verwalten und selbst nicht mehr genug Soldaten stellen kann, um meine Seite des Abkommens zu erfüllen, steht es mir frei, meinerseits einen Teil meines Landes als Lehen zu vergeben. An dich, zum Beispiel. Du wärst dann ein Aftervasall.«
Eadwig prustete. »Vielen Dank, ich verzichte. Was für ein Wort!«
Cædmon grinste ihn an, hob die Hand und wies nach Süden. »Siehst du die Rauchfahnen? Das muß Blackmore sein. Es ist nicht mehr weit.«
»Gott sei Dank. Mir tun alle Knochen weh. Ich hätte nichts gegen ein kühles Bier und ein weiches Bett.« Er trabte neben Cædmon an und kicherte vor sich hin. »Aftervasall, also wirklich...«

Sie verbrachten die Nacht in Blackmore, der südlichsten Ortschaft seines Lehens, und Cædmon suchte seine Tante Edith auf und lud sie zum wiederholten Male ein, mit ihren Kindern nach Helmsby zu kommen und dort zu leben. Sie lehnte zum wiederholten Male ab. Sie blieb höflich und verbindlich, aber Cædmon und Eadwig verstanden durchaus, daß sie lieber in einer ärmlichen Bauernkate in Blackmore ein kärgliches Dasein fristen wollte, als mit dem normannisch gesinnten Thane of Helmsby und seiner normannischen Mutter unter einem Dach zu leben.

»Aber dein Geld hat sie angenommen«, bemerkte Eadwig bissig, als sie sich auf den Rückweg machten.

Cædmon hob seufzend die Schultern. »Du darfst ihr nicht böse sein, Eadwig. Onkel Ulf und zwei ihrer Söhne sind bei Hastings gefallen, und der König hat ihnen ihr Land genommen und es statt dessen mir gegeben. Es ist kein Wunder, daß sie die Normannen verabscheut. Und uns.«

Eadwig dachte darüber nach. Mit halbgeschlossenen Lidern sah er über die grünen Felder hinweg, seine langen Wimpern warfen kleine, halbmondförmige Schatten auf die Wangen, und mit einer ruckartigen Kopfbewegung warf er die langen Engelslocken über die Schulter zurück. »Schämst du dich, daß du ihr Land bekommen hast?«

Cædmon sah ihn überrascht an, nickte aber wahrheitsgemäß. »Ja.«

»Aber du hättest es doch nicht ablehnen können. Der König wäre dir sicher böse gewesen.«

»Todsicher.«

Eadwig dachte immer noch nach und fragte dann schließlich: »Könntest du es ihr nicht zurückgeben? Oder ihrem Sohn. Könnte er nicht dein ... du weißt schon ... Aftervasall werden?«

»Ja, wenn sie klug genug wäre, ihre Stellung zu wahren und ihre verbliebenen zwei Söhne für so eine Aufgabe zu erziehen. Doch jetzt wachsen sie auf wie Bauern, darum wird daraus nichts werden, fürchte ich.«

Aber sein Gewissen plagte ihn dennoch.

In einem weiten nordwestlichen Bogen ritten sie zurück zum Ufer des Ouse und kamen so schließlich nach Metcombe. Sie folgten der abschüssigen Gasse, die zwischen den neuen, recht großzügigen Katen hindurchführte, und hielten auf der Wiese vor der Mühle.

Der Müller kam zum Vorschein, als er den Hufschlag hörte, und Cædmon saß ab und streckte ihm die Hand entgegen. »Hengest.«

Der Mann betrachtete ihn wortlos, ließ den Blick über sein bartloses Gesicht und die normannischen Kleider gleiten, und seine Miene zeigte Ablehnung. Dann sah er ihm wieder in die Augen, Erkennen dämmerte, und er schlug lächelnd ein.

»Thane! Seid uns willkommen. Ihr müßt mir verzeihen, ich habe Euch viele Jahre nicht gesehen.«

Cædmon winkte ab und wies dann auf Eadwig. »Mein jüngster Bruder. Eadwig, das ist Hengest der Müller.«
Eadwig saß ab und gab dem Müller höflich die Hand.
»Wie geht es den Leuten von Metcombe?« fragte Cædmon, nachdem er der Einladung gefolgt war und sich auf der Bank vor der Tür zur Mühle niedergelassen hatte.
Hengest brachte drei hölzerne Becher mit gutem, dunklem Bier aus der Mühle und setzte sich zwischen sie.
»Seht euch um. Wir haben unsere Häuser wieder aufgebaut, wir hatten seit der Eroberung jedes Jahr eine reiche Ernte, Euer Vetter Alfred ist ein fairer Steward, der niemanden übers Ohr haut, und außerdem ist Frühling. Uns geht es prächtig, Thane. Dank Eurem Vater. Er und Berit hatten recht, ich hatte unrecht. Es war eine gute Entscheidung.«
Cædmon trank von dem würzigen Bier und nickte zufrieden. »Was macht die alte Berit?«
Hengest hob lächelnd die Schultern. »Im Winter hat sie ihren letzten Zahn verloren, aber ansonsten ist sie ganz die Alte. Sie wird uns alle überleben. Wollt Ihr zum Essen bleiben?«
Cædmon lehnte dankend ab. »Ich will vor Einbruch der Dämmerung wieder in Helmsby sein. Ich war über ein halbes Jahr lang nicht zu Hause und habe viel Arbeit nachzuholen.«
Der Müller betrachtete ihn versonnen. »Viel Verantwortung für einen jungen Kerl wie Euch. So viel Land, so viele Dörfer. Und Eure Mutter ist Euch keine große Hilfe, heißt es.«
Cædmon unterdrückte im letzten Moment eine barsche Zurechtweisung. Der Müller von Metcombe war ein angesehener Mann und sagte seine Meinung ohne Scheu. Er begegnete Cædmon mit Respekt, aber nicht unterwürfig, denn dazu sah er keinen Anlaß. Es war typisch normannische Denkweise, ihn anmaßend zu finden, erkannte Cædmon, und er verbarg sein Befremden hinter einem kleinen Lächeln und wechselte das Thema.
»Was ist aus den vier Dänen geworden, die mein Vater euch damals geschickt hat?«
Hengest seufzte leise und leerte seinen Becher. »Einer ist vor Heimweh eingegangen, einer an einer Pilzvergiftung, der dritte ist uns davongelaufen, und der vierte hat meine Schwester geheiratet.«
Cædmon zog die Brauen hoch und nickte dann. »Na ja. Warum sollte es dir besser gehen als mir...«

Hengest lachte leise, stützte die Hände auf die Oberschenkel und sah von einem Bruder zum anderen. »Es ist sehr gut von Euch, herzukommen und nach uns zu sehen, aber ich bin sicher, das war nicht der einzige Grund Eures Besuches. Braucht Ihr Arbeitskräfte für Eure Burg? Nun, viel kann ich Euch nicht versprechen, aber wir werden tun, was wir können.«
Cædmon schüttelte den Kopf. »Die Burg ist fertig, Gott sei Dank. Nein, es geht um etwas anderes, Hengest: Es ist möglich, daß wir diesen Sommer Besuch bekommen.«
Alle Fröhlichkeit wich aus Hengests Miene. »Dänen?«
»Dänen.«
Der Müller bekreuzigte sich. »Heiliger Oswald, steh uns bei.«
Cædmon erhob sich rastlos und stellte sich mit verschränkten Armen vor die Bank. »Sein Beistand kann sicher nicht schaden, aber wir sollten uns nicht darauf verlassen. Sehen wir den Dingen ins Auge, Metcombe ist besonders verwundbar, weil es direkt am Fluß liegt. Aber gerade Metcombes Sicherheit liegt mir am Herzen.«
Der Müller hob mutlos die Schultern. »Was können wir schon tun? Wenn sie kommen, dann kommen sie.«
Cædmon fegte diese Bemerkung ungeduldig beiseite. »Wir können allerhand tun. Schickt mir jeden jungen Mann, den ihr hier entbehren könnt, nach Helmsby, und ich werde sie im Kampf ausbilden, so gut es geht, und ihnen an Waffen zur Verfügung stellen, was ich kann. Von jetzt an solltet ihr jeden anderen sonntäglichen Zeitvertreib einstellen und euch nur noch im Bogenschießen üben. Mit Pfeil und Bogen waren die Dänen seit jeher am ehesten verwundbar. Wenn ihr entschlossen genug seid, könnt ihr etwas ausrichten.«
»Aber Thane«, wandte der Müller ein. »Die Leute hier sind einfache Bauern. Wie sollen sie…«
»Ich bin sicher, viele haben für König Harold bei Stamford Bridge oder Hastings gekämpft und allerhand gelernt. Aber sei unbesorgt, ich will euch nicht eurem Schicksal überlassen. Wir werden noch mehr tun: Ich schicke euch ein Pferd nach Metcombe. Ein gutes Pferd, ihr müßt es gewissenhaft versorgen und lernen, es zu reiten. Bringt es in einem Stall am Dorfrand unter. Und wenn ihr ein Drachenschiff den Ouse hinaufkommen seht, schickt mir einen Boten mit diesem Pferd, und ich werde mit meinen Männern herkommen, so schnell ich kann. Plant alles genau und probt den Ernstfall. Laßt euch nicht wieder aus heiterem Himmel überraschen.«

Hengest betrachtete ihn verwundert und schüttelte dann langsam den Kopf. »Nein, Thane. Wir werden tun, was Ihr sagt.«
Er brachte sie zu ihren Pferden zurück, hielt Cædmon höflich den Steigbügel, während dieser aufsaß, und sah mit einem kleinen, staunenden Lächeln zu ihm auf. »Wenn ich denke, was für ein blasses, mageres, hinkendes Bürschchen Ihr damals wart, Thane. Und heute ... Nicht zu glauben.«
Cædmon rieb sich verlegen das Kinn an der Schulter. »Was immer ich heute bin, haben die Normannen aus mir gemacht, Hengest.«
Der Müller nickte ernst. »Ja. Und darum ist es kein Wunder, daß Ihr so große Stücke auf das verdammte Pack haltet.«

Helmsby, August 1069

»Cædmon! Cædmon, bist du wach?«
Er schreckte aus dem Schlaf, fuhr sich mit beiden Händen durch die Haare und sah sich verwirrt um. »Jetzt ja«, brummte er. Gytha regte sich schläfrig an seiner Seite. Er zog die Decke über ihre Schulter. »Komm rein, Alfred.«
Die Tür zu seinem Privatgemach flog auf. »Es tut mir leid, Cædmon. Ein Bote ist aus Metcombe gekommen.«
Cædmon schwang die Beine über den hohen Bettrand und griff nach den Hosen. Es ist also wahr, dachte er. Es ist genau das passiert, was der König vorausgesehen hat. Sie greifen die Ostküste an.
»Wie viele Schiffe?« Er fühlte sich eigentümlich ruhig.
»Drei.«
»Weck die Männer. Alle sollen sich bewaffnet im Hof versammeln.«
»Schon passiert.« Alfred reichte ihm sein rehbraunes, knielanges Übergewand.
»Dann laß die Pferde satteln«, ordnete Cædmon undeutlich aus den Falten seines Gewandes an.
»Auch schon passiert.«
Cædmons Kopf kam wieder zum Vorschein, und er legte seinem Vetter für einen Augenblick die Hand auf den Arm. »Dann laß dich in Gold aufwiegen.« Er wandte sich an Gytha, die inzwischen wach war und mit großen Augen wortlos von einem zum anderen blickte.

Cædmon lächelte, beruhigend, wie er hoffte. »Ich schicke euch Nachricht, sobald ich kann.«
Sie nickte, und er eilte mit Alfred auf den Flur hinaus.

Sie ritten, was das Zeug hielt. Cædmon, Alfred, neun Housecarls und zwei Dutzend junger Burschen, die Cædmon in seinen Dienst genommen und über den Sommer ausgebildet hatte. Jetzt würde er feststellen, was sie gelernt hatten.
Die Nacht war mondhell, der Waldboden trocken nach der langen Sommerhitze, sie kamen gut voran. Kaum eine Stunde verging, bis sie den Dorfrand erreichten, und als sie aus dem Wald kamen, sahen sie Feuerschein.
»O Gott, nein«, murmelte Cædmon flehentlich und zog sein Schwert. Nicht Metcombe, Gott. Nicht schon wieder.
»Es ist nicht das Dorf«, rief Alfred hinter ihm. »Das Feuer ist am Fluß. Es muß eines der Schiffe sein...«
Die Schlacht um Metcombe war schon in vollem Gange. Die Bauern hatten Cædmons Ratschläge getreulich befolgt und sich bewaffnet, verbargen sich hinter den Hecken ihrer Häuser und schossen aus dem Hinterhalt auf die Angreifer.
Als Cædmon mit seinen Leuten auf die Dorfwiese kam, ging die Mühle in Flammen auf, zwei große, schattenhafte Gestalten hatten den Müller ins Freie gezerrt, vor seinem Haus auf die Knie gezwungen, und ein dritter stand mit hoch erhobenem Schwert vor dem erleuchteten Nachthimmel und machte Anstalten, dem Müller den Kopf abzuschlagen.
Noch im gestreckten Galopp nahm Cædmon die Rechte vom Zügel, ließ die vorbereitete Schleuder über dem Kopf kreisen und den Stein dann herausschnellen. Er konnte nicht sehen, wo genau er den Dänen getroffen hatte, jedenfalls fiel ihm das Schwert aus der Hand, und er sackte zusammen. Die beiden, die den Müller gehalten hatten, ließen von ihrem Opfer ab, wirbelten herum und zogen die Schwerter.
Im Feuerschein der brennenden Mühle sah Cædmon weitere langhaarige, dunkel gekleidete Gestalten auf die Wiese eilen.
Er wandte sich kurz an seinen Vetter. »Nimm zehn Mann und durchkämm das Dorf. Versuch, sie hierher zu treiben. Die Dorfbewohner sollen bei ihren Häusern bleiben und ihre Familien schützen. Beeil dich!«

»Ja, Cædmon.«
Das Scharmützel währte nicht einmal eine Stunde. Cædmon konnte kaum fassen, wie leicht es war. So anders als die erbitterten Schlachten in irgendwelchen namenlosen Mooren und Flußmündungen, von denen sowohl die Dichtung als auch die Dorfältesten so gern erzählten, Schlachten, in denen Dänen und Engländer sich wütende Schwertkämpfe lieferten und sich gegenseitig bis auf den letzten Mann aufrieben. Auch in Metcombe wurde hart gekämpft, sowohl Alfred als auch einer der älteren Housecarls wurden verwundet, aber die Männer des Dorfes stifteten mit ihren tückischen Pfeilen solche Verwirrung unter den angreifenden Dänen, daß diese sich bald zum Ufer des Flusses zurückzogen. Auf so erbitterte Gegenwehr waren sie einfach nicht gefaßt gewesen.
Cædmon verfolgte sie mit seinen Männern bis zum Fluß und tötete vier oder fünf der flüchtenden Wikinger mit der Schleuder. Nicht nur das verkohlte Wrack, sondern auch ein zweites der drei Angreiferschiffe blieb am Ufer des Ouse zurück. So viele Dänen waren gefallen oder lagen verwundet und stöhnend auf der Dorfwiese, daß sie das Schiff nicht mehr hatten bemannen können.
Langsam steckte Cædmon sein Schwert in die Scheide, schloß für einen Moment die Augen und ergab sich seinem Triumph. Er hatte bis heute nicht gewußt, wie berauschend ein Sieg sein konnte, wie er das Blut in Wallung brachte. Bislang hatte er immer nur die Schlachten seines Königs geschlagen – immer gegen Engländer –, hatte getan, was er sagte, war ihm gefolgt wie ein Schatten, um seinen Rücken zu dekken, oder war gegangen, wohin er ihn schickte. Dies hier war sein erster eigener Sieg. Und er war süß.
Aber er gestattete sich nur einen Moment, das Gefühl auszukosten, ehe er sich besorgt umwandte. »Alfred?«
Sein Vetter ritt ein paar Längen vor und hielt neben ihm an. »Wir waren gar nicht mal so schlecht, oder?« Er keuchte leise.
»Wo hat es dich erwischt?«
»Am Bein. Blutet ziemlich, ist aber nicht schlimm.«
Cædmon war nicht gewillt, das so unbesehen zu glauben. Er wendete Widsith. »Reiten wir heim. Fünf Mann bleiben hier. Ich glaube nicht, daß die Dänen wiederkommen, aber sicher ist sicher. Los.«
»Thane«, murmelte eine gepreßte Stimme in der Nähe.
Cædmon hob den Kopf. »Ohthere? Bist du verletzt?«

»Nein.« Der altgediente Housecarl seines Vaters trat mit hängendem Kopf vor ihn und streckte ihm zögernd die Hand entgegen. »Wir haben das hier am Ufer gefunden.«

Cædmon erahnte eine Waffe in seiner Hand und nahm sie. Es war ein schmales, normannisches Jagdmesser mir einer matten Stahlklinge und einem geriffelten Elfenbeingriff. Cædmon erkannte es sofort. Schließlich hatte er selbst es seinem Bruder geschenkt.

Er schloß für einen Moment die Augen. »Eadwig ... O mein Gott, Eadwig...«

»Er muß sich uns heimlich angeschlossen haben«, mutmaßte Ohthere erstickt. »Seit Wochen hat er davon gefaselt, er wolle dabeisein, wenn wir die Dänen zurückschlagen.«

Cædmon nickte. Eadwig hatte ihm unentwegt damit in den Ohren gelegen, und Cædmon hatte es ebenso hartnäckig abgelehnt, seine Bitte auch nur zu erwägen. Mit einemmal spürte er eine beinah übermächtige Übelkeit.

»Durchsucht das Dorf«, brachte er tonlos zustande. »Vielleicht liegt er irgendwo verwundet...«

Die Männer schwärmten ohne zu zögern aus und machten sich auf die Suche. Aber sie fanden keine Spur von Eadwig. Einer nach dem anderen kehrte unverrichteter Dinge zurück.

Cædmon saß reglos im Sattel, den Kopf tief gesenkt.

Alfred berührte ihn schließlich behutsam am Arm. »Wir können nichts tun, Cædmon«, sagte er leise. »Sie haben ihn mitgenommen.«

Obwohl er selbst so gut wie jeder andere Mann wußte, daß es sinnlos war, befahl Cædmon, das Drachenschiff zu verfolgen. Er konnte einfach nicht tatenlos hinnehmen, daß sein Bruder verschleppt worden war, dem er doch hoch und heilig versprochen hatte, ihn zu beschützen. Und vor allem konnte er den Gedanken nicht ertragen, daß er Eadwig nie wiedersehen sollte. Denn die Dänen machten keine Gefangenen, um sie ihren Familien gegen Lösegeld zurückzugeben, wie es auf dem Kontinent üblich war. Sie nahmen sie mit zu einem ihrer großen Handelsplätze und verkauften sie in die Sklaverei.

Er trieb Widsith gnadenlos den Uferpfad entlang und hatte seine Männer bald abgehängt. Aber er holte die Dänen nicht mehr ein. Wenn sie alle Ruder besetzt hatten und mit der Strömung trieben, waren sie schneller als das beste Pferd. Als selbst das ausdauernde normannische Schlachtroß ausgepumpt zu keuchen begann, hielt Cædmon an. Er starrte auf das schwärzliche, glitzernde Band des Flusses hinaus, lauschte dem leisen Plätschern am Ufer und weinte um seinen Bruder.

Im ersten grauen Licht des anbrechenden Tages ging er zu seiner Mutter, gleich nach seiner Rückkehr. Marie war schon auf und angezogen, das fast schwarze Kleid und passende Tuch, das auch ihren Hals bis zum Kinn umschloß, perfekt und makellos wie immer.
Sie sah sogleich an seinem Gesicht, daß es etwas Entsetzliches war, das ihn zu ihr führte, und sie legte eine ihrer mageren, schneeweißen Hände um den Bettpfosten.
»Eadwig?«
Cædmon nickte. »Er ist heimlich mit uns geritten. Gott helfe mir, ich habe es nicht gewußt, Mutter. Ich hätte nie geglaubt, daß er so etwas tun würde...«
Sie schloß die Augen. »Ist er tot?«
»Nein.«
Sie riß die Augen wieder auf. »Wo ist er...«
»Sie haben ihn mitgenommen.«
Sie starrte ihn fassungslos an, ließ den Bettpfosten los und ballte beide Hände zu Fäusten. Dann machte sie einen unsicheren Schritt auf ihn zu, hob die Rechte, als wolle sie ihn ohrfeigen, ließ die Hand aber kraftlos wieder sinken.
»Eadwig ... Oh, mein kleiner Sohn ...« Ihr ganzes Gesicht verzerrte sich vor Schmerz, und sie weinte.
Er trat zögernd zu ihr. Ihm graute davor, daß sie ihn wegstoßen, ihm die Schuld geben würde. Aber sie schlang unerwartet die Arme um seinen Hals und preßte das Gesicht an seine Brust.
Er hielt sie, verlegen, unsicher und selber am Boden zerstört.
»Ich weiß, es ist nur ein schwacher Hoffnungsschimmer, aber ich werde Erik um Hilfe bitten.« Sie versteifte sich spürbar in seinen Armen, aber er hielt sie weiterhin und fuhr fort: »Ich bin sicher, sie bringen Eadwig nach Haithabu, da ist der größte Sklavenmarkt im ganzen Norden. Erik ist dort zu Hause. Er kann hinfahren, und vielleicht gelingt es ihm ja, Eadwig ausfindig zu machen und zurückzubringen.«
Sie hob den Kopf, machte sich von ihm los und tupfte mit dem Ärmel über ihr Gesicht. »Ich kann diesem Wikinger einfach nicht trauen, Cædmon. Vermutlich würde er Eadwig eher selbst verkaufen, als ihn uns zurückzubringen.«

»Das glaube ich nicht. Schon wegen Hyld würde er das nicht tun. Und Guthric ist überzeugt, Erik sei ein anständiger Kerl.«
Ihr Mund verzog sich, und Cædmon war beinah erleichtert, daß sie zu ihrer kühlen Verächtlichkeit zurückgefunden hatte. Das war ihm vertraut, er war es gewohnt, damit umzugehen.
»Guthric ist nicht gerade das, was ich einen Menschenkenner nennen würde«, versetzte sie, sank dann auf die Bettkante nieder und starrte in ihren Schoß hinab. »Aber du hast recht. Es ist die einzige Chance, Eadwig zurückzubekommen. Wir dürfen nichts unversucht lassen. Gott, wenn ich daran denke, was er durchmacht, was sie ihm antun könnten ...«
Cædmon spürte, wie sein Magen sich verkrampfte. »Sie werden ihn schon anständig behandeln«, sagte er hastig. »Schließlich soll er ihnen ja etwas einbringen.«
Marie nickte und wechselte das Thema: »Wann willst du nach York aufbrechen?«
Er sah aus dem Fenster. Es war hell und versprach ein strahlend schöner Sommertag zu werden. »In einer Stunde.«
Marie betrachtete ihn kritisch. »Aber kannst du so einfach fort? Hat der König dich nicht ausdrücklich angewiesen, bis auf weiteres in East Anglia zu bleiben und die Küste zu sichern?«
»Ich glaube kaum, daß die Dänen sich nach letzter Nacht noch einmal herwagen. Aber selbst wenn. Alfred kann ebensogut mit ihnen fertig werden, das wichtigste ist, daß wir genügend geschulte Männer haben. Ich reite nach York. Ich bin sicher, der König wird es billigen, wenn ich ihm die Situation erkläre.«
»Das wird er nicht, und das weißt du. Du wirst in Teufels Küche kommen.«
Cædmon öffnete die Tür und blieb noch einmal kurz stehen.
»Ich glaube, da bin ich längst.«

York, September 1069

»Es heißt, sie lagern auf der Isle of Axholme«, berichtete Erik, noch ehe er die Tür seines Hauses ganz geschlossen hatte. Er sprach eigentümlich leise. Eine unheimliche Stille lag über der sonst so lärmenden, lebhaften Handelsstadt, die jeden veranlaßte, die Stimme zu senken.

Hyld, Cædmon und Eriks jüngere Geschwister sahen ihm mit bangen Blicken entgegen.

»Wo ist die Isle of Axholme?« fragte sein Bruder Leif.

»Weiß der Teufel …«, brummte Erik.

»Es ist eine Grasinsel in einem riesigen Moor westlich des Trent«, wußte Cædmon zu berichten. Er hatte sein Heimatland bei Williams Eroberungszügen ziemlich gut kennengelernt. »Schwer zugänglich.«

»Vielleicht ist Eadwig dort«, mutmaßte Hyld nervös.

Erik ließ sich seufzend auf der Bank am Tisch nieder. »Wie ich diese Sümpfe hasse. Wirklich, euer England ist in Wahrheit ein einziges Schlammloch.« Er sah zu Cædmon. »Und wenn wir jetzt hinreiten, werden wir ihnen in die Hände fallen. Das Lager ist streng bewacht, heißt es, und sie sind dabei, es zu befestigen. Ihre Hauptstreitmacht ist ausgerückt.«

»In welche Richtung?« fragte Cædmon.

Erik antwortete nicht, und Hyld legte ihrer jungen Schwägerin Irmingard instinktiv den Arm um die Schultern. »Kommen sie her?«

Erik nickte. »Und im Norden stehen der König von Schottland und Edgar Ætheling mit einem gewaltigen Heer, um sich mit den Dänen zu vereinen.«

»O mein Gott.« Hyld schloß für einen Moment die Augen. »Letztes Jahr die Normannen, jetzt die Dänen und die Schotten. Armes York. Was hast du nur verbrochen?«

Cædmon stand abrupt auf. »Ich muß auf die Burg. Ich muß dem König einen Boten schicken.«

»Aber dann erfährt er, daß du gegen seinen ausdrücklichen Befehl hierher gekommen bist«, gab Erik zu bedenken.

Cædmon winkte ab. »Er wird ganz andere Sorgen haben als meinen Ungehorsam.« Er legte sein Schwert um und warf sich den Mantel über die Schultern. An der Tür zögerte er. »Was glaubst du wirklich, Erik? Ist Eadwig in Axholme?«

Erik nickte. »Vermutlich, ja. Aber wir werden nicht hineinkommen. Es ist aussichtslos. Laß uns lieber warten, bis sie abziehen, dann folge ich ihnen nach Haithabu. Ich schwöre, ich werde tun, was ich kann, um deinen Bruder zu finden, Cædmon, aber nach Axholme zu gehen wäre Selbstmord.«

Hyld richtete sich auf. »Wir müssen es trotzdem versuchen.«
»Hyld …«, begann Erik.
»Was soll so schwierig daran sein?« unterbrach sie. »Wir sind nach Britford hineingekommen. Wir sind hier in York in die Festung gekommen. Warum sollte es in Axholme nicht gehen?«
Erik schüttelte langsam den Kopf. »Sie befinden sich in Feindesland und werden extrem wachsam sein.«
»Aber du bist ihr Landsmann! Warum kneifst du?« fragte sie angriffslustig.
Cædmon hob die Hand. »Er hat recht, Hyld. Es ist unmöglich.«
Sie fegte den Einwand wütend beiseite. »Aber jeder Tag dort muß die Hölle für Eadwig sein!«
»Ein vielbemühtes Wort«, murmelte Erik. »Dein Vertrauen in meine Landsleute wärmt mein Herz.«
»Wie soll ich Vertrauen zu einem Haufen wilder Plünderer haben, die einen unschuldigen kleinen Jungen verschleppen?« fuhr sie wütend auf.
Erik öffnete den Mund, aber Cædmon kam ihm zuvor. »Er ist dreizehn und nicht mehr so klein, Hyld. Und Erik hat recht. Wir müssen abwarten, bis sie aus ihrer Inselfestung abziehen.«
Sie schnaubte. »Du! Du kannst doch nur daran denken, deinem geliebten König schnellstmöglich Nachricht zu senden! Du denkst doch überhaupt nicht an Eadwig!«
Der Vorwurf machte ihn sprachlos. Er starrte seine Schwester betroffen an und rieb sich das Kinn an der Schulter.
»Hyld«, sagte Erik leise. »Er hat seinen Kopf riskiert, indem er hergekommen ist. Für Eadwig. Ich bin sicher, du hättest das gleiche getan, aber du hast kein Recht, dich über ihn zu stellen. Laß ihn seinem König eine Nachricht senden und seinen Kopf retten. Und Eadwig wird einfach noch ein wenig länger ausharren müssen, das ist alles.«

Cædmons Bote war der letzte Reiter, der York unbehelligt verließ. Am Tag darauf schlossen die dänischen und schottischen Truppen den Ring um die Stadt. Northumbria befand sich wieder einmal im Aufstand, dem sich auch Gospatrick, der von William eingesetzte angelsächsische Earl der Grafschaft, mit seinen Truppen anschloß. Sie nahmen die Stadt, ohne auf den geringsten Widerstand der Bevölkerung zu stoßen, und belagerten die normannische Burg. Der Befehlshaber der Garnison ordnete einen Ausfall an, normannische Truppen schwärmten in der Stadt aus und legten überall Brände.

Als es dunkel wurde, stand Cædmon wie alle anderen verbliebenen Normannen auf der Brustwehr und verteidigte die Palisaden.

»Mehr Pech!« brüllte einer der Offiziere. »Macht mehr Pech heiß und bringt neue Pfeile!«

»Das Pech geht zu Ende«, meldete eine furchtsame, sehr junge Stimme.

»Dann bringt Wasser zum Kochen! Was stehst du da und hältst Maulaffen feil, du Tölpel, beweg dich!«

Überall hasteten Männer die Brustwehr entlang, kopflos, so schien es Cædmon. Sie schossen Pfeile auf die Angreifer hinab, ließen Steine auf sie niederprasseln und schütteten große Kessel mit kochend heißem Pech auf sie hinunter, aber die Zahl der Gegner schien eher zuzunehmen als zu schrumpfen. Mond und Sterne waren hinter schweren Wolken verschwunden, es hatte angefangen zu regnen. Doch das grausige Licht der brennenden Stadt reichte aus, um die Dänen und Schotten am Fuß der Palisaden auszumachen: Sie liefen umher wie Ameisen.

Es sind zu viele, dachte Cædmon in aufsteigender Panik. Es sind einfach zu viele, und der Ausfall hat uns zu sehr geschwächt...

Ein Stück zu seiner Rechten ertönte der dumpfe Laut von Holz auf Holz, und er sah die Enden einer Belagerungsleiter über die Spitzen der Einfriedung ragen. Ein Soldat hastete herbei, um sie umzustoßen.

»Warte«, sagte Cædmon schnell. »Warte, bis sie fast oben sind. Wenn wir sie dann kippen, brechen die Bastarde sich mit etwas Glück die Hälse.«

Der Soldat wandte sich verwundert zu ihm um. »Cædmon!«

»Philip!«

Es war sein Gefährte und Leidensgenosse aus den Tagen in Rouen. Ein Jahr hatten sie gemeinsam als Jehan de Bellêmes Schüler verbracht, ehe Philip auf das Gut seiner Familie heimgekehrt war. »Was verschlägt dich hierher?« fragte Cædmon.

»Das weißt du nicht? Mein Vater ist Befehlshaber dieser Burg.«

Cædmon nickte und wies dann wieder auf die Belagerungsleiter. »Jetzt.«

Jeder packte sie an einer Seite, und sie stemmten. Beinah fürchtete Cædmon schon, sie hätten zu lange gewartet, zuviel Gewicht laste auf dem oberen Stück, um sie noch umstoßen zu können. Doch mit einer letzten Anstrengung kippten sie sie über den kritischen Punkt, rangen

um Gleichgewicht, damit sie nicht hinterherpurzelten, und die schemenhaften, kletternden Gestalten stürzten schreiend in die Tiefe.
»Gott, woher haben sie die Leitern? Übers Meer mitgebracht?« fragte Philip. Er keuchte ein wenig.
Cædmon schüttelte den Kopf. »Ich würde vermuten, die Leitern und das andere schwere Gerät hat der König von Schottland gestiftet ...«
»Gott verdamme seine Seele. Er hat König William Treue geschworen.«
»Ja. Wie Earl Gospatrick. Sie sind allesamt Verräter.«
Er sah auf das brennende York hinaus. Auch die Stadt hatte den König verraten, und das jetzt schon zum zweitenmal. Störrisch und unbelehrbar waren sie, die Northumbrier, aber er bedauerte sie trotzdem, ganz gleich ob Dänen oder Engländer. Und er mußte daran denken, was Aliesa ihm vor all den Jahren gesagt hatte. Vor allem die Frauen, Kinder und Greise würden darunter zu leiden haben, daß Hab und Gut und das Dach über ihren Köpfen in Flammen aufgingen. Er konnte nur beten, daß Erik seine Familie rechtzeitig aus der Stadt gebracht hatte. Seit die ersten Brände aufgeflammt waren, hatte er sich pausenlos vor Augen geführt, wie gerissen Erik war, welch vorzügliche Informationsquellen er besaß, daß er sich und die Seinen ganz gewiß rechtzeitig in Sicherheit gebracht hatte. Aber die quälende Sorge um Hyld begleitete ihn trotzdem auf Schritt und Tritt.
»Ist der Ausfalltrupp zurück?« fragte er.
Philip verzog das Gesicht und schüttelte den Kopf. »Natürlich nicht. Kein einziger ist zurückgekehrt. Die verfluchten Dänen haben sie samt und sonders abgeschlachtet.«
Cædmon nickte. »Morgen werden wir sie schmerzlich vermissen«, prophezeite er.
»Willst du sagen, mein Vater hat einen Fehler gemacht, indem er den Ausfall befahl?« fragte Philip, und Cædmon glaubte, einen drohenden Unterton in seiner Stimme zu hören.
»Ich sage nur, daß uns die Männer morgen hier fehlen werden. Wir sind zu wenige, um die Burg noch lange zu halten.«
Philip nickte unwillig und spähte vorsichtig über die Palisaden. »Werden sie denn gar nicht müde?« murmelte er.
Wie zur Antwort erscholl plötzlich ein wahrhaft ohrenbetäubendes Dröhnen, das Zaun und Brustwehr erzittern ließ.
Die beiden jungen Männer sahen sich mit schreckgeweiteten Augen

an. »Ein Rammbock …«, sagte Philip ausdruckslos, als habe irgendwer gefragt, als wisse nicht jeder einzelne Mann auf der Brustwehr, woher das Donnern kam.
»Klingt nach einer hundertjährigen schottischen Eiche«, bemerkte Cædmon. »Falls es so etwas Beständiges wie Eichen in Schottland überhaupt gibt.«
Er sagte es beiläufig und war dankbar, daß er seine Stimme so gut unter Kontrolle hatte, aber in Wahrheit verspürte er Todesangst.
Er legte die Hand an den Gürtel und vergewisserte sich, daß er die Schleuder nicht verloren hatte. »Hoffentlich kommt der König bald …«

Noch ehe sie die Stadt verlassen hatten, war Erik froh, daß Hyld auf den genialen Einfall gekommen war, sich selbst und Irmingard als Knaben zu verkleiden. Sie hatte sich die Brust so mörderisch eng gewickelt, daß Erik nur vom Zusehen schmerzlich zusammenzuckte, hatte sich sein zweites Paar Hosen und Übergewand geborgt, das ihr viel zu weit war, so daß es ihre immer noch verräterisch frauliche Figur verbarg. Die zwölfjährige Irmingard trug Kleider ihres um ein Jahr älteren Bruders. Ihre langen Haare hatten sie geflochten, aufgesteckt und unter Kapuzen verborgen und ihre rosige Mädchenhaut mit einer Handvoll Ruß geschwärzt. Es war nahezu perfekt. Hyld trug einen Dolch und ihre Schleuder am Gürtel und ging mit einem übertrieben schweren Männerschritt, um die Kinder zum Lachen zu bringen.
Selbst Erik lächelte, als er seinen Sohn vor sich in den Sattel hob. »Sag nicht Mutter zu deiner Mutter, Olaf, sonst war die ganze Mühe umsonst.«
»Was soll ich denn sagen?« fragte der vierjährige Olaf ernst.
»Nenn mich ›Onkel Olaf‹«, schlug Hyld vor, und die Kinder kicherten wieder.
Erik sah die schmale Straße hinunter. »Beeilt euch. Dort hinten brennt es, und ich höre Waffenlärm.«
Hyld, Leif und Irmingard schwangen sich in die Sättel ihrer struppigen, stämmigen Pferde, und Erik führte den kleinen Reiterzug nach Micklegate. In der Stadt boten sich ihnen die widersprüchlichsten Bilder: Vor einer Schenke war ein ausgelassenes Fest im Gange; die Frauen aus dem Viertel brachten den dänischen Soldaten große Krüge mit Bier, Platten mit Fleisch und Brot und hängten ihnen Blumenkränze um – feierten sie wie Befreier. Nur zwei Straßen weiter stießen sie auf ein erbittertes Gefecht zwischen vielleicht einem halben Dutzend Nor-

mannen und wenigstens doppelt so vielen Gegnern – dem Aussehen nach Schotten und Angelsachsen. Und überall war Feuer, dicker Qualm wälzte sich durch die schmalen Gassen der Stadt und setzte sich beißend in die Atemwege. Aber niemand behelligte die kleine Reitergruppe; wer ihnen überhaupt einen Blick schenkte, sah einen jungen, schlicht gekleideten Dänen in Begleitung von vier Knaben, vermutlich ein Kaufmann aus der Stadt mit seinem Lehrjungen und seinen Brüdern, der sich und die Seinen auf dem Land in Sicherheit bringen wollte.
Überall kamen Diebe aus verlassenen und brennenden Häusern, schwer beladen mit ihrer Beute aus Tuchballen, Weinfässern oder silbernen Bechern – die reiche Kaufmannsstadt war ein Paradies für Plünderer.
Als sie durch das unbewachte Tor ritten, bemerkte Erik: »Wir werden bettelarm sein, wenn wir heimkommen.«
»Aber lebendig«, entgegnete Hyld.
»Ich weiß nicht. Vielleicht hatte mein Onkel doch recht und es ist unklug, die Stadt zu verlassen.« Der Onkel hatte sich strikt geweigert, sein Haus und das gut gefüllte Warenlager ihrem Schicksal zu überlassen, und war mit seiner Familie in der Stadt geblieben.
Hyld ging nicht darauf ein, sondern wies mit der Hand nach Süden. »Da lang geht's nach Axholme«, verkündete sie, lenkte ihr Pferd in die Richtung und setzte sich an die Spitze des Reiterzuges.
»Dein Onkel Olaf ist ein sturer Bastard«, raunte Erik seinem Sohn ins Ohr, und der kleine Olaf lachte verschwörerisch.
Sie hatten keine Pläne gemacht und keine klare Vorstellung, wohin sie sich wenden sollten, denn sie kannten keine Menschenseele außerhalb von York. Erik hatte daher keine Einwände, erst einmal nach Süden zu reiten, das war so gut wie jede andere Richtung. Es war kein angenehmes Reisewetter; immer wieder wurden sie von heftigen Schauern durchnäßt, ehe es sich gegen Abend einregnete, und ein kalter Wind blies aus Norden. Aber sie alle waren das rauhe Klima Northumbrias gewöhnt, und niemand beklagte sich. Vor Einbruch der Dunkelheit kamen sie an ein ärmliches kleines Gut, eine verwitterte, leicht windschiefe Halle, umgeben von einer gewaltigen Buchenhecke, die Hyld und Erik an Helmsby erinnerte. Sie klopften an und erbaten Obdach für die Nacht. Der Thane of Salby, der Hausherr dieser wenig prachtvollen Halle, hatte sich den Dänen angeschlossen und war mit ihnen

nach York gezogen, erfuhren sie von der Dame des Hauses, aber als sie Eriks prallgefüllten Geldbeutel sah, hieß sie die Ankömmlinge herzlich willkommen, wies ihnen einen Platz am langen Tisch und ließ ihnen heißen Eintopf vorsetzen.
»Und was wird nun?« fragte Hyld leise, den Kopf tief über ihre Eintopfschale gebeugt.
Erik sah sich nachdenklich um. »Ich denke, hier sind wir fürs erste gut aufgehoben. Wenn die Burg in York fällt, werden die dänischen Truppen sich über den Humber zurückziehen. Das heißt, sie kommen hier vorbei. Dann werden du und ich uns unauffällig unter sie mischen, mit ihnen durch die verdammten Sümpfe ziehen und sehen, ob wir deinen Bruder finden.«
Hyld strahlte ihn an. »Hattest du das etwa die ganze Zeit schon geplant?«
Er lächelte ziemlich selbstgefällig und wies auf Olaf. »Da, sieh dir diesen Dreckspatz an. Das ganze Gesicht mit Eintopf beschmiert. Ihm fehlt die mütterliche Hand, armes Kind.«
»Aber was soll aus uns werden, wenn ihr nach Axholme geht?« fragte Leif.
»Ihr drei bleibt hier und macht euch nützlich. Hier seid ihr wenigstens in Sicherheit.«
»Soll ich hier etwa die Schafe hüten?« fragte sein Bruder entrüstet.
Erik grinste ihn an. »Nicht die schlechteste Arbeit, glaub mir, ich weiß, wovon ich rede.«
Hylds Gedanken gingen derweil in eine ganz andere Richtung. »Du meinst wirklich, die normannische Burg in York könnte fallen? Ich dachte, diese Burgen sind uneinnehmbar.«
Erik hob leicht die Schultern. »Wenn sie ausreichend bemannt sind.«
»Aber was wird aus Cædmon, wenn sie den Dänen in die Hände fällt?«
Erik winkte beruhigend ab. »Sollte sie wirklich fallen, wird er sich vorher in Sicherheit bringen. Ich meine, es ist kaum zu übersehen, daß er diesem normannischen Bastard ergeben ist, Gott allein weiß, wieso, aber seine Königstreue geht wohl kaum so weit, daß er sich für ihn abschlachten läßt. So verrückt ist er nun auch wieder nicht.«

Die ganze Nacht hindurch ließen die Angreifer den Rammbock gegen das mächtige Tor donnern, und am Morgen des zwanzigsten September fiel die Burg von York.

Dänen, Schotten und Engländer ergossen sich in den Innenhof und metzelten alles nieder, was sich rührte.
Cædmon und Philip blieben dicht zusammen und versuchten, Rücken an Rücken zu kämpfen, wie Jehan sie gelehrt hatte, um wenigstens zu verhindern, daß sie von hinten niedergemacht wurden. Doch was im Unterricht so plausibel erschienen war, ließ sich in der rauhen Wirklichkeit nicht so ohne weiteres durchführen. Im Innenhof herrschte ein dichtes Getümmel, ständig wurden sie von zwei Seiten gleichzeitig angegriffen und getrennt, stolperten über die vielen Verwundeten und Toten am Boden und glitten im glitschigen, blutigen Morast aus.
Cædmon deckte mehr seine linke Seite denn seine Brust mit dem Schild und schwang sein gewaltiges Schwert, so daß die beiden Dänen, die auf ihn zupreschten, hastig zurückwichen und sich nach leichterer Beute umsahen. Im nächsten Moment waren sie schon verschwunden. Zwei ineinander verkeilte Kämpfer taumelten in sein Blickfeld, ehe sie zusammen stürzten, und dann sprang der nächste Däne über sie hinweg und führte einen mörderischen Schwertstoß auf Cædmons Brust. Im letzten Moment riß er den Schild nach vorn.
Es war aussichtslos, das wußte er. Hatte es schon gewußt, als das Tor brach. Oder eigentlich schon, als der Rammbock zum erstenmal dagegendonnerte. Sie konnten gegen diese Übermacht an Feinden nicht bestehen, sie alle würden hier sterben. Sein Bote war nicht rechtzeitig zum König gekommen, York war eben so furchtbar weit weg von Winchester, und wo immer William sich jetzt befand, er würde zu spät kommen, um sie zu retten. Aber auch wenn er genau wußte, daß er das Unvermeidliche nur hinauszögerte, kämpfte Cædmon dennoch weiter, so wie ein Mann, der lebendig begraben ist, nicht aufhört zu atmen, obwohl er weiß, daß er ersticken muß.
Er nutzte eine winzige Unachtsamkeit des Dänen, trat ihm die Füße weg und rammte ihm die Klinge in den Hals, noch während der baumlange Wikinger zu Boden ging. Dann sah Cædmon blitzschnell über die Schulter, entdeckte Philip einen Schritt zur Linken und folgte ihm, bis sie wieder Rücken an Rücken standen.
Auch Philip sah sich kurz um, und ihre Blicke trafen sich für einen Augenblick.
»Cædmon, wir werden sterben«, sagte er fassungslos, und im nächsten Moment fuhr eine schottische Streitaxt auf seine Brust nieder, grub sich knirschend durch das Kettenhemd und tief in den Körper darunter.

Ein Blutschwall schoß aus Philips Mund, der Aufprall schleuderte ihn nach hinten, und noch während Cædmon dachte, Gott, Philip, was für eine verfluchte Sauerei, stieß sein sterbender Gefährte mit enormer Wucht gegen ihn, riß ihn regelrecht um und begrub ihn halb unter sich. Cædmon landete mit dem Gesicht in einer blutigen Pfütze. Angewidert riß er den Kopf hoch und wollte auf die Füße springen, doch schon landete ein zweiter regloser Körper auf seinem Rücken und drückte ihn nieder. Erschöpft bettete er den Kopf auf die Arme, blieb reglos liegen und wartete.

Und ich war so sicher, du würdest kommen, William...

Es hatte wirklich nicht daran gelegen, daß William sich zuviel Zeit gelassen hätte. Er war längst aufgebrochen, als Cædmons Bote ihn erreichte, denn die Nachricht vom Vormarsch der dänisch-schottischen Truppen hatte sich wie ein Lauffeuer verbreitet. Überall im Land flammten neue Rebellionen auf, der totgeglaubte englische Widerstand fand neue Kräfte. Das südliche Northumbria befand sich in Windeseile fest in dänischer Hand, und allerorts feierte die Landbevölkerung die Eindringlinge als lang ersehnte Befreier.

Edwin, der einstige Earl of Mercia und Enkel des großen Leofric, der überall im Norden beliebt war, schloß sich den dänischen Truppen an. Nördlich des Tees herrschte ein heilloses Chaos, und König Malcolm von Schottland nutzte die Gunst der Stunde und errang dort die Oberhand. Plötzlich schien alles möglich, ein skandinavisch beherrschtes Nordengland oder aber ein englisches Nordreich mit dem »kleinen« Edgar Ætheling auf dem Thron, unterstützt von seinem mächtigen Schwager, dem König von Schottland.

Doch sie alle hatten die Rechnung ohne William den Bastard gemacht. Er marschierte sofort nach Norden, außer sich vor Zorn, um die Dänen davonzujagen und die halsstarrigsten all seiner Untertanen endlich zu unterwerfen, in der kriegerischsten all seiner Provinzen endgültig für Ruhe zu sorgen. Jedes Mittel war ihm recht.

Cædmons hartnäckige Weigerung, sich die Haare nach normannischer Sitte zu scheren, rettete ihm das Leben. Als alles vorbei war, jeder einzelne Normanne der Garnison abgeschlachtet, fanden sie ihn zwischen den Toten und Sterbenden. Die Schotten hielten ihn für einen Dänen, die Dänen glaubten, er sei Engländer, und den Engländern war völlig gleich, was er war, Hauptsache keiner der verdammten Normannen. Niemand beachtete ihn, als er sich auf den Weg zum geborstenen Tor machte. Er ging langsam wie ein Schlafwandler, und er hinkte, obwohl er bis auf ein paar Kratzer völlig unverletzt war. Er hinkte, weil er unter Schock stand, weil er so ratlos und entsetzt und erschüttert war wie an dem Tag, als das Drachenschiff den Ouse hinaufgekommen war und Eriks Pfeil seiner unbeschwerten Kindheit ein jähes Ende gesetzt hatte.

Er sah sich so wenig wie möglich um und spürte Erleichterung, als er aus dem Burgtor trat. Draußen trugen die Dänen die magere Beute zusammen, die sie in der Burg hatten finden können, und sammelten sich. Cædmon lauschte ihrem unmelodischen Gekrächz. Die einzigen Worte, die er zweifelsfrei identifizieren konnte, waren »Humber« und »Axholme«. Offenbar wollten sie sich dorthin zurückziehen, und vermutlich würden sie von dort aus einen Boten zu ihrem König Sven schicken, um ihm die frohe Nachricht zu bringen, daß York ihnen in die Hände gefallen war wie eine reife Frucht.

Cædmon sammelte seinen Verstand, machte kehrt, ging wieder durch das zersplitterte Tor und betrat den Pferdestall. Es grenzte an ein Wunder, aber Widsith stand immer noch da, wo er ihn gelassen hatte. Vermutlich wagt keiner der tapferen Wikinger, ein normannisches Schlachtroß zu reiten, dachte er, sattelte seinen treuen Gefährten und brach auf, um seinem König als einziger Überlebender die schlechte Kunde zu bringen. Keine sehr dankbare Aufgabe.

Nachdem Hyld und Erik den Humber überquert hatten, wurde aus den versprengten dänischen Trupps, die sie hier und da überholt hatten, ein stetiger Strom. Viele marschierten, ebenso viele ritten erbeutete Pferde, und alle zogen sie zur Isle of Axholme.

Im Schutz der Nacht überfiel Erik unter heftigen Gewissensbissen einen schlafenden Landsmann und stahl ihm Kettenhemd, Helm und Waffen. So gerüstet, wurde er praktisch unsichtbar unter all den Soldaten. Den ganzen nächsten Tag ritten er und Hyld mit einem Zug von wenigstens hundert Männern, und kaum hatten sie den Trent überschritten, begannen die Sümpfe.

»Bei Odins Eiern, was für ein Land. Wälder, durch die man keinen Weg findet, oder Sümpfe«, brummte der hünenhafte Mann neben Erik und spuckte angewidert ins Schilf.

Erik gab ihm aus vollem Herzen recht. »Aber sei froh, daß wir nicht im Juli hier durch müssen, da fressen einen die Mücken auf.«
Es war heraus, ehe ein unauffälliger Fußtritt von Hyld ihn warnen konnte.
»Du warst schon mal hier?« fragte der Däne verwundert.
»Ähm ... mein Vater hat's mir erzählt.« Erik war nie um eine Lüge verlegen.
Der andere nickte. »Ich hab dich noch nie gesehen. Auf welchem Schiff warst du?« fragte er.
»Auf der *Emma.*« Das konnte er getrost behaupten, denn es gab einfach keine dänische Flotte ohne ein prachtvolles Drachenschiff, das nach der großen Königin benannt war – von der nicht wenige behaupteten, sie sei selbst ein Drachen gewesen. Blieb nur zu hoffen, daß sein neugieriger Gefährte nicht zur Besatzung der *Emma* zählte. »Und du?«
»Auf der *Goda.* Wer befehligt die *Emma?*«
»Gib acht, Freund, das Schlammloch da vorn sieht nicht gut aus, und du hältst genau drauf zu.«
Der Däne korrigierte seinen Kurs und vergaß darüber glücklicherweise seine Frage. »Wir brauchen Flöße, sonst werden wir allesamt ersaufen.«
»Tja, nur leider steht hier weit und breit kein Baum ...« Die Hufe der Pferde verursachten zunehmend beunruhigende, schmatzende Geräusche auf dem trügerischen Untergrund. Wie auf ein verabredetes Zeichen saßen die Männer ab und führten die Pferde, ertasteten mit dem Fuß argwöhnisch den Boden vor sich, ehe sie ihm ihr Gewicht anvertrauten.
»Wer ist der Bengel, der mit dir reitet?« wollte der Däne wissen.
»Mein Bruder. Ich konnte ihn nirgendwo lassen, darum mußte er mitkommen. Er ist stumm, seit er vor zwei Jahren das Fieber hatte, aber dafür ist er ziemlich helle.«
Erik spürte Hylds wütenden Seitenblick und gönnte sich ein breites Grinsen. Sie hatte lange genug in York gelebt, um dänisch zu verstehen, aber sie konnte fast kein Wort sprechen. Außerdem hätte ihre helle Stimme sie sofort verraten. Es war also das einzige, was er hatte sagen können, aber er mußte gestehen, es bereitete ihm ein diebisches Vergnügen, daß sie ihm keine Widerworte geben konnte, solange sie hier waren.
Das Grinsen verging ihm bald. Die Durchquerung des Moors wurde mörderisch. Nur wenige Schritte vor ihnen versank ein Mann im

Treibsand. Zusammen mit ein paar anderen versuchte Erik, ihn zu retten, sie legten sich auf den Bauch, bildeten eine Kette und warfen ihm einen Lederzügel zu, doch es war schon zu spät. Der brackige, braune Sumpf schien den armen Tropf regelrecht hinabzusaugen, und er ging schreiend unter. Der dunkle Schleim schloß sich sogleich über seinem Kopf, nur ein paar Luftblasen verrieten noch, was geschehen war.
Als sie der Verzweiflung nahe waren, kamen die Flöße. Die Dänen, die während des Sturms auf York in Axholme verblieben waren, hatten die Zeit nicht ungenutzt verstreichen lassen. Sie hatten die kleinen Gehölze der inselartigen Ebene gefällt, um eine halbwegs sichere Befestigung zu bauen und eben auch ein paar Flöße, die sie den Ankömmlingen entgegenschickten, sobald sie sie kommen sahen.

Das dänische Heer umfaßte gut dreitausend Mann, von denen sich etwa zwei Drittel im Laufe der nächsten Tage auf der Isle of Axholme einfanden. Ein paar hundert sicherten die Flotte im Humber, die übrigen waren in York gefallen oder in den Sümpfen umgekommen.
Das von einem Palisadenring umgebene Lager bestand aus einem Sammelsurium von Zelten unterschiedlichster Größe. Das prächtigste beherbergte die beiden dänischen Prinzen und ihren Onkel, die den Feldzug anführten. Gekocht und gegessen wurde unter freiem Himmel.
Hyld taumelte im Zustand fortdauernden Entsetzens durch diese Männerwelt. Niemand wusch sich je. Das Essen war halbroh und vollkommen ungenießbar. Die ewigen Zoten widerten sie an, und die unbeschreiblichen Latrinen unter freiem Himmel stellten sie vor das nicht unerhebliche Problem, wie sie ihren natürlichen Bedürfnissen folgen sollte, ohne vor Scham einzugehen und vor allem ohne daß irgendwer ihr auf die Schliche kam. Es blieb ihr nichts anderes übrig, als bis zum Einbruch der Nacht zu warten…
Systematisch suchten sie das Lager nach Eadwig ab. Sie fingen am westlichen Ende an und arbeiteten sich langsam vor. Erik platzte ungehemmt in jedes Zelt, sah sich kurz um, murmelte eine Entschuldigung, kam wieder heraus und schüttelte den Kopf. Nach zwei Tagen hatten sie den Ostrand des Lagers erreicht, ohne auch nur die geringste Spur von Hylds Bruder zu finden.
»Gott, er ist nicht hier«, sagte Hyld mutlos, als sie sich zur Lagebesprechung am Ufer des kleinen Flusses außerhalb der Palisaden trafen. Sie stützte die Stirn auf die Faust. »Es war alles umsonst.«

Erik warf einen raschen Blick über die Schulter, ehe er ihre Hand nahm. Er zog sie kurz an die Lippen, aber er sagte nichts.
Sie hob den Kopf. »Denkst du, er ist tot, Erik?«
»Wir müssen zumindest damit rechnen. Aber noch solltest du nicht alle Hoffnung aufgeben, weißt du.«
»Aber wo soll er sein?« wandte sie verzweifelt ein. »Wir waren in jedem Zelt!«
»Es ist immerhin möglich, daß sie ihn bei den Schiffen gelassen haben …«
»Glaubst du das?«
Er mußte sich zwingen, ihre bange Hoffnung zunichte zu machen. »Nein. Ehrlich gesagt nicht.«
Sie senkte den Kopf auf die angezogenen Knie.
»Es gibt allerdings noch ein Zelt, wo wir nicht waren«, sagte Erik bedächtig.
Ihr Kopf ruckte hoch. »Welches?«

Es schüttete wie aus Kübeln, und die Nacht war so schwarz, daß man buchstäblich die Hand vor Augen nicht sah. Behutsam tasteten Hyld und Erik sich zum Zentrum des Lagers vor, und sie entdeckten das große, graue Zelt erst, als sie fast mit der Nase dagegenstießen. Nahe des Eingangs war eine schwache, flackernde Lichtquelle. Lautlos glitten sie darauf zu.
Durch die Zeltwand erahnten sie die Umrisse einer menschlichen Gestalt, die von einem diffusen Lichtkranz umgeben schien. Ein Wachsoldat mit einer Fackel.
Hyld und Erik wechselten einen Blick, nickten sich zu, und Erik stimmte wie aus heiterem Himmel ein derbes Seefahrerlied an und drückte beide Hände gegen die Zeltbahn, so daß es von innen so aussehen mußte, als sei er dagegengetaumelt.
»Wer ist da?« fragte eine barsche, junge Stimme.
»Ich bin's nur«, lallte Erik. »Ich dachte, ihr habt hier vielleicht noch was zu trinken…«
Der Zelteingang wurde zurückgeschlagen, und der Wachsoldat trat mit eingezogenem Kopf in den Regen hinaus. »Hau bloß ab, Mann…«
Hyld glitt lautlos von hinten an ihn heran, rammte ihr Knie in seine Kniekehle und gleichzeitig beide Fäuste in seine Nieren. Mit einem gedämpften Protestlaut ging die Wache zu Boden. Eigentlich war ver-

abredet gewesen, daß Erik den Rest erledigte, aber da hatten sie noch nicht gewußt, daß mehr als ein Mann den Zelteingang bewachte. Der zweite Soldat trat hastig heraus und rannte sich die Nase praktisch an Eriks Faust ein, während Hyld ihrem Opfer die verschränkten Hände in den Nacken schlug und dann sein Gesicht in den Schlamm drückte, bis er die Besinnung verlor.

Mit mehr Entschlossenheit als Eleganz überwältigten sie die überrumpelten Wachen und schlüpften dann geräuschlos ins Innere des Zeltes. Keine Fackel, sondern ein Kohlebecken in der Mitte des abgeteilten kleinen Vorraums war die Lichtquelle. Die züngelnden Flammen blendeten sie nach der regenschwarzen Nacht draußen, und noch ehe sie sich orientieren konnten, wurden sie beide gepackt, je zwei Soldaten stürzten sich auf sie, drehten ihnen die Arme auf den Rücken und zerrten sie näher zum Licht.

»Was hast du dir gedacht, he?« fragte ein hünenhafter Kerl Erik, und mühelos erkannte er seinen wissensdurstigen Reisegefährten wieder. »Daß du hier einfach so hereinspazieren kannst, um unsere Prinzen zu meucheln, du gottverdammter normannischer Spion?« Der Hüne schlug Erik wütend die Faust in den Magen, und das machte ihn sprachlos.

Hyld kämpfte mit Klauen und Zähnen, um ihre Arme zu befreien. Im Schatten hinter dem Kohlebecken hatte sie eine zusammengekauerte Gestalt entdeckt. »Eadwig! Eadwig!«

Vor Überraschung ließen die Wachen sie los. »Verdammt, das ist ein Mädchen...«

Sie stürzte zu ihrem Bruder und schloß den schlaftrunkenen Jungen in die Arme.

»Hyld?« fragte er ungläubig. »Was ... Wo ist Cædmon?«

»Ich weiß es nicht.« Sie fuhr ihm über den Schopf, feine, seidige Kinderhaare, die immer noch so hellblond waren wie in den Tagen, da sie ihn gewickelt und umhergetragen hatte.

»Alles in Ordnung? Geht es dir gut?«

Er starrte sie mit weit aufgerissenen Augen an und nickte.

Eine unsanfte Hand packte Hyld an der Schulter. »Komm auf die Füße ...«

»Was geht hier vor?« verlangte eine befehlsgewohnte, aber junge Stimme zu wissen.

Alle wandten sich um. Am Eingang zum Hauptraum des Zeltes stand

ein breitschultriger, gutaussehender Däne mit nacktem Oberkörper, das blanke Schwert in der Rechten.
Die Wachen verneigten sich respektvoll. »Dieser Mann und diese Frau wollten hier eindringen, mein Prinz«, erklärte der Hüne grimmig. »Ich bin sicher, sie sind normannische Spione. Er hat behauptet, er sei auf der *Emma* gesegelt, aber...«
Erik befreite sich mit einem plötzlichen Ruck von den Händen, die ihn hielten, trat ohne Hast einen Schritt vor und sank vor dem dänischen Prinzen auf die Knie. »Ich bin kein Spion. Ich bitte um Vergebung, daß wir uns hier eingeschlichen haben, aber ich bin...«
»Erik Guthrumson«, unterbrach Prinz Knut verblüfft. »Ich erinnere mich an dich. Du standest im Dienst des Königs von Norwegen. Wir sind uns in Aarhus begegnet, wo mein Vater und Harald Hårderåde zu Verhandlungen zusammenkamen.«
Unendlich erleichtert erhob sich Erik. »So ist es.« Er wies zu Hyld, die schützend die Arme um die Schultern ihres Bruders gelegt hatte. »Das ist meine Frau, Hyld. Ich schwöre bei Gott, wir hatten nicht die Absicht, Euch an die Normannen zu verkaufen. Aber der Junge ist ihr Bruder. Deswegen waren wir hier.«
Knut zog seine schmalen, wohlgeformten Brauen in die Höhe. »Ist das wahr?« Er sah auf die junge englische Frau in ihrer seltsamen Verkleidung hinab. »Und ihr wolltet ihn zurückholen, ja?«
Erik nickte. »Ich bin gerne bereit, Euch den üblichen Preis zu zahlen«, sagte er gedämpft, er wollte nicht, daß Hyld es hörte.
Der dänische Prinz zeigte den Anflug eines Lächelns. »Nun, ich verliere Eadwig nur höchst ungern, er ist ein ausgesprochen brauchbarer Knabe. Und obwohl ich dem Kapitän der *Freia* ein kleines Vermögen zahlen mußte, um ihn zu bekommen, werde ich dein Geld nicht annehmen.«
»Warum nicht?« fragte Erik mißtrauisch. Er kannte keinen Dänen, der sich freiwillig ein Geschäft entgehen ließ, egal ob Prinz oder Bettler.
Knut wies auf Bruder und Schwester, die engumschlungen am Boden hockten. »Vielleicht rührt es mein Herz.« Dann sah er Erik wieder in die Augen. »Oder vielleicht, um dir Tribut zu zollen. Ich habe dich bedauert und deine Verwegenheit bewundert, als sie mir damals erzählten, zu welchem Zweck Harald Hårderåde dich in seinen Dienst genommen hatte. Ich war sicher, du würdest dabei sterben.«
Erik nickte mit einem unfrohen Lächeln. »Viel hat nicht gefehlt. Wieso ... wißt Ihr davon?«

»Du hattest mich im Pferderennen geschlagen. Das hat mich geärgert, und deswegen habe ich mich über dich erkundigt. Ich wollte einfach wissen, wer du bist.« Prinz Knut grinste flüchtig und wies nochmals auf Hyld und Eadwig. »Deine Frau und ihr Bruder sind frei zu gehen, wohin es ihnen gefällt. Doch ich glaube nicht, daß ich dich so einfach ziehen lassen will…«

Penistone, Oktober 1069

König William zog wieder einmal in atemberaubendem Tempo nach Norden und schlug auf seinem Vormarsch unberechenbare Haken wie ein Hase, um die diversen Rebellionen niederzuschlagen. Er tat es en passant, seine Entschlossenheit, sein Mut und sein taktisches Geschick, die nicht einmal seine erbittertsten Feinde leugnen konnten, verhalfen ihm überall mühelos zum Sieg. Als er auf die Isle of Axholme marschierte, zogen die Dänen sich über den Humber zurück. Sie gedachten nicht, wie der Fuchs in der Falle zu hocken und sich in ihrer Inselfestung aushungern zu lassen.

Cædmon stieß in Südyorkshire auf den König, der in einem der zahllosen kleinen Flußtäler nahe des Dorfes Penistone lagerte, dessen Name unter den normannischen Truppen nicht enden wollende Heiterkeit hervorrief.

Cædmon begab sich umgehend zum Zelt des Königs. Lucien de Ponthieu bewachte den Eingang, und sie begrüßten einander kühl wie gewöhnlich.

»Was zur Hölle tust du hier?« fragte Lucien mit gerunzelter Stirn. »Ich dachte, du verteidigst deine Schweineställe in East Anglia.«

Cædmon winkte ungeduldig ab. »Das habe ich getan, und die Dänen haben meinen Bruder verschleppt. Darum bin ich ihnen gefolgt und war in York, als es fiel.«

Lucien machte große Augen. »Dann geh lieber gleich hinein. Ich bin sicher, das will er sofort hören.«

»Ja. Wo ist Etienne?«

»Irgendwo nördlich des Humber. Er führt einen Spähtrupp an, der die Bewegungen der Dänen verfolgen soll.«

Cædmon nickte und betrat das Zelt.

König William stand mit einem schlichten Zinnbecher in der Hand mit ein paar normannischen Adligen zusammen. Sie berieten das weitere Vorgehen, und Cædmon erkannte an den erhobenen Stimmen, daß sie sich nicht einig waren. Der König lauschte der hitzigen Debatte schweigend, mit gerunzelter Stirn. Er wirkte bleich, und seine Augen waren gerötet; man konnte ihm mühelos ansehen, daß er seit Wochen nicht genügend geschlafen hatte. Sein Kinn war unrasiert, sein Kettenhemd hier und da angerostet und stumpf. Im Zelt war es kalt, das kleine Kohlebecken in der Mitte kam gegen die nasse Herbstkälte nicht an. Hinter der Gruppe erahnte Cædmon im Schatten ein paar Decken am Boden – das königliche Lager. Williams Armeen marschierten immer mit leichtem Gepäck. Es bedeutete, daß jeder Mann, er selbst eingeschlossen, auf alle Bequemlichkeiten verzichten mußte, aber es machte sie schnell.
Cædmon trat ohne zu zögern näher, ignorierte die streitenden Offiziere und sank vor dem König auf ein Knie nieder.
William betrachtete ihn unbewegt. »Ich erhielt Eure Nachricht aus York. Und ich war sicher, Ihr hättet Euren Ungehorsam mit dem Leben bezahlt.«
Cædmon rieb sich das Kinn an der Schulter. »Ich habe getan, was Ihr befohlen hattet, Sire.« Und er betete inständig, daß die Dänen kein zweites Mal den Ouse hinaufgekommen waren, nachdem er von Helmsby aufgebrochen war.
Der König nickte und fuhr sich kurz mit der Hand über die Stirn. »Ich weiß, ich weiß. Ihr habt Wort gehalten, und das werde ich auch tun. Steht schon auf. Und berichtet uns von York.«
Cædmon schilderte, was er gesehen und erlebt hatte, und sein Mund wurde immer trockener. Er hatte schon gelegentlich erlebt, wie diese unheimliche, eiskalte Wut in William aufstieg – der König war ein jähzorniger Mann, und es geschah relativ häufig. Diese Wut war schon am Werk gewesen, als Cædmon eintrat. Er hatte sie auf den ersten Blick erkannt, darum war er schlagartig nervös geworden. Jetzt fing er an zu schwitzen. Der König lauschte ihm schweigend, nichts regte sich in seinem Gesicht. Aber Cædmon sah einen Zorn in seinen Augen, wie er ihn noch nie erlebt hatte. Er hatte etwas Unmenschliches, etwas ganz und gar Erbarmungsloses an sich, das Cædmon mit einem hilflosen, kläglichen Entsetzen erfüllte.
»Ihr sagt nicht viel über die Leute von York, Cædmon«, bemerkte

William ausdruckslos, als er geendet hatte. »Haben sie Widerstand geleistet? Oder sind sie geflohen?«
Cædmon schüttelte den Kopf und senkte den Blick. »Nein, Sire. Manche mögen geflohen sein, aber sie ... haben keinen Widerstand geleistet.«
»Sondern den Dänen und Schotten und englischen Verrätern die Tore geöffnet und sie überschwenglich willkommen geheißen, das wolltet Ihr doch sagen, nicht wahr?«
»Ja.« Es klang tonlos. Cædmon räusperte sich. »Ja, ich fürchte, so war es.«
»So wie überall in Northumbria«, murmelte fitz Osbern, Etiennes Vater. Selbst ihn machte die Stimmung des Königs offenbar beklommen. »Kein Wunder, daß die Dänen nach York zurückziehen. Ich bin überzeugt, sie wollen dort überwintern. Unter Freunden, könnte man wohl sagen«, schloß er bitter.
»Aber York ist nur noch ein Haufen verkohlter Trümmer«, wandte Cædmon ein, zu nervös, um seine Zunge zu hüten.
Der König nickte versonnen. »Ja, ja. Aber ein befestigter Trümmerhaufen ...«
»Wir sollten auf keinen Fall zulassen, daß sie sich in der Stadt verschanzen«, meinte Robert, der Halbbruder des Königs. »Eine Winterbelagerung mit der feindseligen Bevölkerung und der schottischen Bedrohung in unserem Rücken ist zu riskant. Wir ...«
»Du hast recht, Robert«, stimmte der König leise zu. »Und ich schwöre euch, nicht die Dänen, sondern wir werden Weihnachten in York verbringen. Auf dem Weg dorthin werden wir uns des Problems der aufrührerischen Bevölkerung ... entledigen. Und die Dänen können nach Hause segeln oder im winterlichen northumbrischen Ödland verhungern.«
Für einen Augenblick herrschte Schweigen. Dann fragte sein Bruder: »William, was habt Ihr vor?«
Der König trat achtlos an ihm vorbei und schlug den Zelteingang zurück. »Lucien.«
»Mein König?«
»Seht Ihr die Schafherden dort drüben?«
»Ja, Sire.«
»Nehmt fünfzig Männer, reitet auf die Weiden und macht sie nieder.«
»Ja, Sire.«

»Dann reitet Ihr weiter in dieses Dorf dort unten, tötet das Vieh und verbrennt die Ernte in den Scheunen. Auch das Saatgut.«
»Ja. Sire.«
»William …«, begann Robert in seinem Rücken, und der König fuhr zu seinem Bruder herum.
»Sei still! Sag kein Wort, Robert, tu uns beiden den Gefallen.« Sein erhobener Zeigefinger zitterte leicht.
Er drehte sich wieder zu Lucien um. »Und dann, Lucien, wenn Ihr mit dem Vieh und der Ernte fertig seid, tötet Ihr die Männer.«
Vor dem Zelt war keine Antwort zu hören.
»Lucien? Habt Ihr mich verstanden?«
»Ja. Ich … ich habe verstanden, Sire.«
»Gut. Tötet die Männer, am besten auch die Knaben. Was Ihr mit den Frauen macht, ist mir gleich. Dann reitet Ihr weiter zum nächsten Dorf, und dort tut Ihr dasselbe. Und so weiter. Und morgen, wenn wir nach York ziehen, werdet Ihr ausschwärmen und Euer Werk fortsetzen, Ihr und jeder meiner Männer, der mir ergeben ist. Tötet jeden, der Widerstand leistet. Und vor allem, vernichtet die Ernte. Wenn die Leute von Northumbria hungrig genug sind, werden sie schon zahm. Und wenn ihre dänischen und schottischen Befreier keinen Proviant mehr finden, werden sie die Lust verlieren und nach Hause gehen.«
Lucien de Ponthieu besaß zumindest genug Anstand, sich unbehaglich zu räuspern, ehe er sagte: »Ich werde tun, was Ihr wünscht, mein König.«
»Nein! Warte, Lucien!« Cædmon trat einen Schritt vor.
Der Bruder des Königs legte ihm eine warnende Hand auf die Schulter. »Macht Euch nicht unglücklich, Junge«, raunte er. »Hier ist ohnehin jedes Wort verschwendet.«
Cædmon hörte ihn nicht. Er riß sich los, beging die unverzeihliche Anmaßung, den König leicht am Arm zu berühren, so daß William sich zu ihm umwandte, und fiel vor ihm auf die Knie. »Das könnt Ihr nicht tun!«
Die Männer im Zelt und Lucien, der im Eingang stand, starrten ihn mit einer Mischung aus Faszination und Entsetzen an. Der Bruder des Königs trat unauffällig einen halben Schritt zurück, als versuche er unbewußt, sich von ihm zu distanzieren. Er mochte Cædmon of Helmsby gern, aber mit diesem selbstmörderischen Irrsinn wollte er lieber nichts zu schaffen haben.

Der König sah ausdruckslos auf Cædmon hinab, nur seine Stimme verriet eine gewisse Verblüffung. »Wie war das?«
»Tut das nicht, Sire, ich ... flehe Euch an. Ihr habt ja recht, die Northumbrier sind rebellisch und waren es immer schon; selbst den angelsächsischen Königen wollten sie keine Gefolgschaft leisten ...« Es war ein hastiger Wortschwall, und er unterbrach sich, versuchte, sich zusammenzureißen, und atmete tief durch. Zum erstenmal bemerkte er die vollkommene Stille im Zelt. »Aber es wäre ... ein furchtbares Verbrechen. Eurer nicht würdig.«
Nur ein winziges Blinzeln verriet, daß William in seinem rasenden Zorn nicht völlig taub geworden war. Ohne Hast, mit bedächtigen Bewegungen zog er sein Schwert und setzte Cædmon die Spitze an die Kehle. »Nur weiter.«
Cædmon schloß die Augen. »Es sind doch nur Bauern, sie ... stellen doch keine Gefahr dar. Und es sind Engländer, und Ihr ... Ihr habt geschworen, ihnen ein gerechter König zu sein. Aber wenn Ihr das tut, was Ihr vorhabt, werden sie alle verhungern. Ihr seid ein gottesfürchtiger, frommer Mann, Sire. Doch ... was Ihr tun wollt, wird Gott Euch nicht vergeben ...« Er brach ab.
Einen Augenblick spürte er die kühle Klinge noch unterhalb seines Adamsapfels, aber sie stieß nicht zu, sondern verschwand. Cædmon hob den Kopf und sah William sein Schwert einstecken. Dann blickte der König kopfschüttelnd auf ihn hinab. »Wißt Ihr, Euer Mut hat mir immer gefallen, aber Ihr verschwendet ihn seit jeher an Dinge, die es nicht wert sind.« Dann fuhr er zu Lucien herum und wies mit dem Finger auf Cædmon, der immer noch reglos am Boden kniete. »Sperrt ihn ein. Und befreit ihn von der Verräterhand, die er gegen mich erhoben hat.«
Lucien nickte, packte Cædmons linken Arm, zerrte ihn auf die Füße und in den unablässigen Oktoberregen hinaus. Cædmon torkelte neben ihm her, fühlte ein Brausen wie ein Sturm in seinen Ohren, sein Gleichgewichtssinn schien nicht mehr vorhanden, und er hatte den Verdacht, daß er im Begriff war, in Ohnmacht zu fallen.
»Welche war's denn?« fragte er atemlos. »Links oder rechts?«
»Ich habe keine Ahnung, Cædmon«, antwortete Lucien gleichgültig. Er winkte zwei seiner Männer zu sich, die ihnen zu einem abgelegenen, kleinen Zelt am Rande des Lagers folgten, gleich am Bachufer. Es war die Waffenschmiede. Mit einem Blick schickte Lucien den Schmied hinaus.

Die Glut in der Esse verströmte eine dumpfe Hitze, fast sofort begannen ihre Mäntel zu dampfen. Ein geborstenes Schwert lag auf der Werkbank. Cædmon starrte gebannt auf den Amboß und rechnete damit, daß Lucien ihn auffordern würde, die Hand, von der er sich besser trennen konnte, daraufzulegen. Er war keineswegs sicher, daß er es fertig bringen würde. Er riß den Blick mit Mühe von dem massiven Block los und sah in das Gesicht, das Aliesas so sehr glich. »Ich glaube nicht, daß ich so gut damit fertig werde wie du«, gestand er offen.
Lucien schüttelte ungeduldig den Kopf. »Mach dir nicht in die Hosen, ich werde dir keine Hand abhacken.« Er sah zu seinen Männern. »Albert, du gehst und holst sein Pferd. Ein großer Apfelschimmel mit irgendeinem unaussprechlichen angelsächsischen Namen. Und du besorgst ihm Proviant, Pierre. Beeilt euch und seid unauffällig. Dann gebt den anderen Bescheid, sie sollen satteln lassen. Wir brechen in einer halben Stunde auf.«
Die Männer nickten und traten hinaus.
Cædmon sah ihnen verwirrt nach. »Aber ... was tust du?«
»Wonach sieht es denn aus?«
»Du willst, daß ich fliehe?«
»So ist es. Sollte der König auf die Idee kommen, nach dir zu fragen, werde ich sagen, du habest mich überrumpelt. Er wird nicht beglückt sein, aber er wird es verzeihen, weil er einen solchen Narren an dir gefressen hat.«
»Und deine Männer?«
»Sind dem König sehr ergeben, aber mir noch eine Spur ergebener. Sie werden schweigen.«
»Wieso ... wieso tust du das?« fragte Cædmon verständnislos.
Lucien betrachtete ihn ohne alle Sympathie. Dann zuckte er ungehalten mit den Schultern. »Was weiß ich. Vielleicht, weil meine Schwester so große Stücke auf dich hält. Oder vielleicht, damit dein untadeliger Ruf endlich einmal Schaden nimmt. Deine unbefleckte Ehre ist mir seit Rouen ein Dorn im Auge. Oder vielleicht ... vielleicht weil ich hoffe, daß Gott dann wenigstens mir vergibt, wenn schon nicht dem König.«
»Aber er kann dich doch nicht zwingen, gegen deine Überzeugung ...«
Lucien schnitt ihm mit einer barschen Geste das Wort ab. »Doch, natürlich kann er das. Er ist der *König*, wann wirst du das endlich begreifen? Und täusch dich nicht, ich verabscheue dieses ganze rebelli-

sche Engländerpack genauso wie dich, es wird mir nicht den Schlaf rauben, ihnen eine Lektion zu erteilen.«
Doch, dachte Cædmon, das wird es. »Lucien, ich beschwöre dich, laß ihnen wenigstens die Chance zu überleben. Du kannst…«
»Da ist dein Pferd, Cædmon. Sitz auf und verschwinde, oder leg die Hand auf den Amboß. Mir ist es gleich, aber tu eins von beiden, und zwar jetzt gleich.«
Cædmon trat aus dem Zelt. Über die Schulter sagte er: »Danke, Lucien.«
»Ja, ja. Sieh zu, daß du wegkommst. Ich hoffe, du brichst dir den Hals.«

Salby, November 1069

»Oh, heiliger Oswald, steh uns bei, sie kommen! Sie kommen!« schrie eine schrille, junge Frauenstimme in Panik.
Die Strahlen der fahlen Novembersonne fielen schräg in den schlammigen Innenhof und spiegelten sich gleißend in den großen Pfützen. Der kurze Nachmittag ging zur Neige.
Vielleicht zwei Dutzend Reiter mit Fackeln preschten durch das Tor in der Hecke und ritten die beiden Männer, die es bewacht hatten, achtlos nieder. Man konnte sehen, daß ihr Manöver nach einem exakten Plan ablief: Zwei Reiter blieben am Tor und versperrten den Fluchtweg. Die übrigen schwärmten aus und warfen ihre Fackeln auf die Strohdächer der Vorratshäuser. Dann saßen sie ab, und während die einen das Vieh aus den Ställen trieben, um es abzuschlachten, stürmten die restlichen in die Halle.
»Sieh nicht hin, Eadwig«, wisperte Hyld tonlos. »Du auch nicht, Leif. Schließt die Augen.«
Aber die beiden Jungen starrten gebannt zwischen den Ritzen ihres Verstecks hindurch nach draußen, während Irmingard die Hände vor die Augen preßte. »Gott, mir ist schlecht. Mir ist so schlecht«, wimmerte sie.
»Schsch.« Hyld legte ihr die Hand auf die eiskalte, feuchte Stirn. »Ganz ruhig. Tief durchatmen. Du mußt dich zusammennehmen, bitte.«
Ihre junge Schwägerin nickte matt und versuchte, in gleichmäßigen, tiefen Zügen zu atmen.

Der kleine Olaf hatte das Gesicht an der Brust seiner Mutter vergraben und zitterte. Er sah nicht, was draußen passierte, und er verstand nicht, was vorging, aber seit Tagen hatte er die zunehmende Angst der Erwachsenen gespürt, und sie erfüllte ihn mit maßlosem Schrecken.
Hyld strich ihm sanft über den Kopf und verfluchte sich, daß sie mit den Kindern nicht nach York zurückgekehrt war, sobald die ersten Gerüchte von den normannischen Todesreitern sie erreicht hatten. Aber die Geschichten hatten so phantastisch geklungen, daß sie sie anfangs nicht hatte glauben können. Wie die Schauermärchen über Waldgeister und Sumpfhexen. Außerdem hatte sie Erik versprochen, daß sie hierher zurückkehren und auf ihn warten würden, bis die Dänen abzogen oder der dänische Prinz ihn aus seinen Diensten entließ. Erik hatte sie schwören lassen, daß sie nicht allein nach York zurückkehren würde, er hielt es für zu gefährlich. Aber natürlich hatte er nicht ahnen können, daß dieser Teufel von einem normannischen König seine Soldaten ausschicken würde, um das Volk von Northumbria heimzusuchen. Und als Hyld erkannte, daß all die Geschichten, die einem das Blut in den Adern gefrieren ließen, keine Märchen waren, war es schon zu spät. Wäre sie aufgebrochen, wäre sie ihnen in die Arme gelaufen.
Draußen vor ihrem Versteck schrien Mensch und Tier in Todesangst. Die wenigen Männer, die nicht in die Wälder geflüchtet waren, wurden genau wie die Kühe abgeschlachtet, egal ob Housecarl oder Sklave. Frauen riefen Männernamen oder schrien vor Angst und Schmerz, während die normannischen Soldaten sie schändeten. Keine zehn Schritte von ihnen entfernt holte einer eine fliehende Magd ein, packte sie im Nacken, schleuderte sie in den Schlamm und fiel über sie her. Hyld schloß die Augen und hörte eine ruhige Stimme auf Normannisch sagen: »Das können nicht alle sein. Seht in dem Rattenloch nach.«
Schritte näherten sich. Hylds Herz setzte einen Schlag aus, und für einen Moment glaubte sie, sie werde vor Angst sterben. Irmingard saß stockstill neben ihr, die Augen unnatürlich geweitet, aber ihre Miene trotzig, und plötzlich erinnerte sie Hyld sehr an Erik.
Die Holzbretter der Wand erzitterten dröhnend, als die Soldaten dagegentraten, um festzustellen, ob eines oder mehrere lose waren. Sie untersuchten sie systematisch, und so fanden sie das Schlupfloch schnell: Hyld hatte schon vor zwei Tagen mit Leif und Eadwig und einigen anderen Bewohnern der Halle, die sich nicht auf ihr Glück oder die

Gnade der Normannen verlassen wollten, ein paar der unteren Wandbretter gleich neben den Eingangsstufen zur Halle gelöst. Wenn man sie herausnahm, entstand ein schmaler Durchlaß in den niedrigen Hohlraum unter dem Holzfußboden der Halle. Nicht viele hatten es fertiggebracht hineinzukriechen, denn hier unten wimmelte es von Ratten und Mäusen und anderem Ungeziefer, das von den Essensresten lebte, die durch die Ritzen zwischen den Bodendielen herabfielen. Wenn man die Bretter von innen wieder einpaßte, war es beinah völlig finster, und in der Dunkelheit wurden die Ratten mutig und wagten sich dicht an die Eindringlinge heran, um sie zu beschnuppern. Man hörte ihr Fiepen in unmittelbarer Nähe, manchmal spürte man auch die federleichte Berührung ihres rauhen Fells, das Zittern ihrer Barthaare. Hyld ekelte sich. Sie verabscheute Ratten, aber sie waren eindeutig das kleinere Übel.

Im Schutz des Gepolters der Tritte zischte sie: »Ihr bleibt hier drin. Ich gehe allein raus.« Sie reichte Olaf zu Irmingard hinüber. Der kleine Junge streckte flehend die Hände nach seiner Mutter aus, aber Hyld schüttelte den Kopf und legte ihm warnend einen Finger auf die Lippen.

Unter den Tritten der Normannen kippten die losen Bretter nach außen weg. Schwaches Licht strömte herein, und die Ratten huschten davon.

»Kommt raus«, befahl eine Stimme auf englisch mit starkem Akzent, »oder wir kippen über euren Köpfen einen Kessel mit siedendem Öl aus!«

Das hat er sicher auswendig gelernt, fuhr es Hyld durch den Kopf. Sie küßte Olaf die Fingerspitzen und murmelte: »Ganz ruhig. Alles wird gut, mein Engel. Hab keine Angst.« Dann rutschte sie langsam auf die Luke zu und arbeitete sich vor ins Freie.

»Guck an, eine angelsächsische Ratte«, brummte einer der Normannen und trat wieder gegen die Bretterwand. »Die anderen auch! Los, los, kommt schon!«

Nichts rührte sich.

Er tauschte ein Grinsen mit seinem Kameraden, bemühte sich auf Hände und Knie hinab und spähte in die dunkle Öffnung. Dann streckte er die Hand aus, und im nächsten Moment ertönte ein halb unterdrückter Schrei. Hyld erkannte Irmingards Stimme.

»Ich glaub', ich hab' einen Fuß«, verkündete der Normanne triumphierend und zog.

Hyld überkam ein rasender Zorn, weil diese verfluchten Bastarde sich über sie lustig machten, ehe sie sie abschlachteten. Sie zückte ihren Dolch und stürzte sich auf den gekrümmten Rücken vor der Luke.
Der zweite Normanne stieß einen warnenden Ruf aus, und ihr Opfer fuhr blitzschnell herum und fing ihre herabstoßende Faust mit der Waffe mühelos ab. »Was haben wir denn hier? Ein angelsächsisches Knäblein mit einem Speisemesser?« Er sprang auf die Füße, drehte ihr den Arm auf den Rücken, nahm ihr den Dolch ab und setzte ihn ihr an die Kehle. »Vielleicht sollten wir ihm die vorwitzige Nase damit abschneiden, he?«
Hyld biß sich auf die Zunge.
»Justin, ich sagte, laßt die Hände von den Kindern«, mahnte die ruhige normannische Stimme, die sie vorhin schon einmal gehört hatte. Hyld wandte den Kopf. Der Offizier war als einziger nicht abgesessen. Er war ein gutaussehender junger Mann mit schwarzen Haaren und graugrünen Augen, dessen linker Arm kurz über dem Ellbogen endete, aber er zügelte sein feuriges Schlachtroß mühelos mit einer Hand.
Der Soldat nickte ergeben, ließ das Messer sinken und wollte sie wegstoßen, als seine Hand ihre Brust streifte. »Augenblick mal ...«
Er packte sie am Arm, riß ihr die Kapuze herunter und fuhr ihr mit dem Ärmel übers Gesicht. Dann lachte er schallend. »Da hol mich doch der Teufel, das Knäblein ist ein Weibsstück!« Roh zerrte er an ihren Haaren und brachte sie auseinander, so daß sie ihr lose bis auf die Hüften fielen. »Das wäre aber doch wirklich schade gewesen, wenn du mir durch die Lappen gegangen wärst, was, Engel...«
Hyld riß ihren Kopf weg und blickte zu dem Offizier im Sattel auf. Als er ihr Gesicht sah, weiteten seine Augen sich entsetzt.
»Verflucht sollt ihr alle sein«, sagte sie in ihrem reinsten Normannisch, mit aller Ruhe, die sie aufbringen konnte. »Verflucht sollt ihr sein! Und wenn du eine Schwester hast, dann soll ihr das gleiche passieren, was mir heute hier passiert.«
Die grünen Augen starrten sie immer noch unverwandt an. »Wer bist du?«
»Was kümmert es dich?«
»Sag mir deinen Namen!«
»Ich bin Hyld of Helmsby.«
Sein Mund verzog sich spöttisch nach oben, er schien eigentümlich erleichtert. »Dann hat es dich weit nach Norden verschlagen, Hyld of

Helmsby.« Er nickte dem Soldaten knapp zu. »Laß sie los. Sie und alle, die zu ihr gehören, können gehen.«
Wütend stieß der Soldat sie weg und knurrte. »Dann sieh zu, daß du Land gewinnst, du Luder.«
Hyld starrte den einarmigen Offizier ungläubig an, aber sie faßte sich schnell. Sie gedachte nicht, ihr Glück zu hinterfragen. Hastig hockte sie sich vor die Luke. »Kommt raus«, sagte sie leise. »Uns geschieht nichts.«
Leif kam als erster, gefolgt von Irmingard, Eadwig bildete mit Olaf die Nachhut. Sie hielten die Köpfe gesenkt und blickten sich so wenig wie möglich um, wollten die Toten nicht sehen, die zusammengekrümmt im Schlamm lagen, oder die abgeschlachteten Schafe und Ziegen und Kühe und die weinenden Frauen. Hyld sah sie alle. Kein noch so winziges Detail blieb ihr erspart. Rauchwolken quollen von den brennenden Vorratshäusern auf, die Luft war von einem durchdringenden, bitteren Brandgeruch erfüllt, und heiße Asche regnete herab. Sie hob Olaf hoch, der das Gesicht an ihren Hals preßte und leise weinte.
Sie wandte sich noch einmal zu dem Offizier um, denn auf einmal wollte sie eine Erklärung für all dies. Es schien ihr plötzlich furchtbar wichtig. Doch der Reiter war verschwunden.
Sie führte ihre kleine Reisegesellschaft zum Tor in der brennenden Hecke und wandte sich nach Süden.
»Hyld«, sagte Leif nach wenigen Schritten. »York liegt in entgegengesetzter Richtung.«
Sie hielt nicht an. »Wir gehen nicht nach York, Leif.«
»Warum nicht?«
»Weil sie die Ernte verbrennen und das Vieh abschlachten. In York wird es eine Hungersnot geben. Im ganzen Norden.«
»Aber wie soll Erik uns finden, wenn wir nicht heimgehen?« wandte Irmingard angstvoll ein. Sie war furchtbar verstört. Ihre Augen wirkten fiebrig, und zwei kleine rote Punkte brannten auf den Wangen in ihrem bleichen Gesicht.
Hyld lächelte ihr aufmunternd zu. »Er wird uns finden, sei unbesorgt.«
»Gehen wir nach Helmsby?« fragte Eadwig hoffnungsvoll.
»Ja.«
Aber was sie tun sollte, damit sie nicht alle verhungerten, lange bevor sie nach Helmsby kamen, das wußte Hyld beim besten Willen nicht.

Metcombe, Dezember 1069

Seit dem frühen Nachmittag tobte ein Schneesturm, daß man meinen konnte, das Ende der Welt sei nun doch endlich gekommen. Es war den ganzen Tag nicht richtig hell geworden – kaum war die Sonne aufgegangen, schoben sich vom Meer die dicken, schwarzen Wolken heran und hüllten die stille Winterlandschaft in gespenstisches Zwielicht.
Jetzt war es kurz vor Mitternacht, und der Wind heulte immer noch mit Dämonenstimmen um die Mühle, rüttelte an den Läden und ließ die Balken knarren.
Hengest lag mit offenen Augen im Bett und lauschte. Dann richtete er sich auf. »Da klopft jemand.«
»Unsinn«, sagte die Müllerin. »Das ist der Sturm.«
Doch als die Faust wieder an die Tür hämmerte, konnte es keinen Zweifel geben.
Hengest wollte von ihrem Strohlager aufstehen, aber sie packte seinen Ärmel. »Mach nicht auf! Nur der Wilde Hirte könnte in einer Nacht wie dieser umgehen.«
Der Müller lachte leise. »Laß das nicht Vater Wilfred hören…«
Im Herd war noch ein bißchen Glut. Er zündete einen Kienspan an, führte ihn an den Strohdocht der Öllampe und trug sie zur Tür. »Wer ist da?«
Im Heulen des Sturms erahnte er die Antwort: »Cædmon of Helmsby!«
Der Müller öffnete erschrocken die Tür. »Thane! Tretet ein.«
»Danke, Hengest. Kannst du mir sagen, wo ich mein Pferd lassen kann?«
»Bringt es mit herein.«
Erleichtert führte Cædmon Widsith durch die Tür. Die Mühle war größer als die meisten anderen Häuser, trotzdem schien das mächtige normannische Schlachtroß beinah den ganzen freien Raum einzunehmen, und es mußte den Kopf senken, um nicht an die Querbalken zu stoßen, die das Gewicht des Obergeschosses mit dem schweren Mühlstein trugen.
Cædmon brachte seinen durchfrorenen, völlig erschöpften Reisegefährten in die hintere Ecke, wo die beiden Kühe des Müllers standen, und band ihn neben ihnen an.
Dann wandte er sich um und nickte der Müllerin zu. »Verzeiht, daß ich euch einfach so überfalle. Ich …« Er brach ab.

Sie stand von ihrem Lager auf und hielt ihm ihre Decke hin. Wegen der Winterkälte war sie vollständig bekleidet, nur ihr Kopf war unbedeckt. »Hier, Thane. Sie ist noch ganz warm. Nehmt den nassen Mantel ab und wickelt euch in die Decke, während ich das Feuer aufschüre und Euch etwas Heißes mache.«

Schon von ihrer Freundlichkeit wurde ihm wärmer. »Danke.« Er löste die Spange auf der Schulter, die den Mantel hielt, ließ ihn achtlos ins Stroh gleiten und hängte sich die rauhe Wolldecke um.

»Setzt Euch«, drängte der Müller. »Bei allem Respekt, Ihr seht furchtbar aus.«

Cædmon sank auf die Bank nahe am Feuer nieder. In seinem Rücken machte die Müllerin sich zu schaffen, während Hengest eine Handvoll Stroh vom Boden aufnahm und begann, das Pferd trockenzureiben. Niemand sagte etwas. Der Müller und seine Frau wollten keine neugierigen Fragen stellen, und Cædmon war zu durchfroren und erschöpft, um zu reden. Er war keineswegs sicher gewesen, daß er es bis Metcombe schaffen würde. Zweimal war er unterwegs auf Schneewehen gestoßen, die so unüberwindlich schienen, daß er fürchtete, seine Reise sei zu Ende. Irgendwann war er nicht einmal mehr sicher, ob er überhaupt noch dem richtigen Weg folgte.

Als könne der Müller seine Gedanken lesen, sagte er: »Beinah ein Wunder, daß Ihr in diesem Wetter hergefunden habt.«

»Ja. Ja, das ist es wirklich.« Er strich sich die nassen Haare aus dem Gesicht und steckte die gefühllosen Hände dann unter die Achseln, bis die Müllerin ihm einen dampfenden Becher reichte. Er nahm ihn mit einem dankbaren Lächeln und hielt das Gesicht über die aufsteigende Hitze. Der durchdringende Hefegeruch von heißem Bier drang ihm in die Nase. Es gab nicht gerade viele Dinge, die er so verabscheute wie heißes Bier, aber heute trank er es gierig.

»Seid Ihr hungrig?« fragte sie.

Er nickte beschämt. »Es tut mir leid, ich … ich komme als Bettler an eure Tür. Ich kann nicht nach Hause. Das heißt, ich komme von dort, aber ich fand mein Tor von normannischen Soldaten bewacht.«

Hengest strich Widsith bewundernd über die Stirnlocke, kam dann zum Tisch und setzte sich Cædmon gegenüber. »Ja, wir haben davon gehört, daß ein paar Normannen sich auf Eurer Burg eingenistet haben. Alle Welt rätselt, was es damit auf sich hat. Erst dachten wir, Ihr hättet sie in Euren Dienst genommen und hergeschickt, aber … ähm …«

»Ja?«
»Na ja, sie reiten von Dorf zu Dorf und fragen nach Euch.«
Cædmon schloß für einen Moment die Augen. »Seid unbesorgt. Morgen früh werde ich wieder verschwinden. Ich will euch nicht in Schwierigkeiten bringen.«
Hengest und seine Frau tauschten über seinen Kopf hinweg einen beunruhigten Blick.
»Was ist mit meiner Mutter? Und meinen Verwandten?« fragte Cædmon plötzlich erschrocken. »Ich hoffe, die Normannen haben sie nicht auf die Straße gesetzt?«
»Um Gottes willen, nein. Thane, wollt Ihr uns nicht sagen, was passiert ist? Hat der König…«
»Ich bin fertig mit dem König«, unterbrach Cædmon hitzig. »Aber wie es aussieht, ist er noch lange nicht fertig mit mir. Habt ihr irgend etwas von meinem Bruder Eadwig gehört?«
Hengest schüttelte wortlos den Kopf.
Cædmon schlug die Augen nieder. Er fühlte sich so mutlos wie nie zuvor im Leben, und Müdigkeit lag wie Blei auf seinen Gliedern.
»Sobald der Sturm nachläßt, gehe ich nach Helmsby und hole Euren Vetter Alfred«, erbot sich der Müller. »Er wird Euch sagen können, wer die Normannen geschickt hat.«
»Lieber nicht. Vermutlich warten sie nur darauf, daß ich Verbindung zu Alfred aufnehme, und folgen ihm auf Schritt und Tritt.« Dabei hätte er seinen Vetter wirklich gern gesprochen. Und er wollte Gytha und seinen Sohn sehen. Doch am allermeisten, mußte er gestehen, sehnte er sich nach seiner Laute. Aber es war einfach zu riskant. »Wenn du mir einen Gefallen tun willst, Hengest, dann geh zu Alfred, sobald ich fort bin, und sag ihm, daß ich wohlauf bin. Sicher sind er und meine Mutter in Sorge.«
»Aber wo wollt Ihr hin?«
Cædmon hob kurz die Schultern. »Ich weiß es noch nicht. Vermutlich wird mir nichts anderes übrigbleiben, als England für eine Weile zu verlassen.«
Die Müllerin brachte ihm eine Schale mit kochendheißer Hafergrütze und einen Teller mit Brot und Räucheraal.
Cædmon sah sehnsüchtig darauf hinab. »Seid ihr sicher, daß ihr so viel entbehren könnt?«
Hengest nickte lächelnd. »Wir hatten eine gute Ernte, wißt Ihr. Aus-

nahmsweise braucht sich hier mal niemand Sorgen wegen des Winters zu machen. Und ich bin sicher, Euer Vetter Alfred könnte Euch berichten, daß Eure Schatullen von den Pachteinnahmen bersten.«

Cædmon schwieg und aß gierig. Das Herdfeuer knisterte und wärmte ihm den Rücken. Langsam kehrte Leben in seine gefühllosen Hände und Füße zurück. Als sein ärgster Hunger gestillt war, ließen die hämmernden Kopfschmerzen nach, und die lähmende Schwäche wich aus seinen Gliedern. Er fühlte sich viel besser, gestärkt und in der Lage zu berichten, was er erlebt hatte.

»Habt ihr gehört, was der König in Northumbria getan hat?« fragte er leise.

»Es gibt einen Haufen Gerüchte«, antwortete Hengest. »Haarsträubende Geschichten.«

»Es ist alles wahr. Deswegen habe ich mich mit dem König überworfen.« Nachdem er geflohen war, war er erst einmal zurück nach York geritten, zuversichtlich, daß der König das niemals annehmen und dort ganz sicher nicht nach ihm suchen würde. Cædmon wollte sich vergewissern, daß es Hyld und den Kindern gutging, und er wollte herausfinden, ob Erik etwas über Eadwig in Erfahrung gebracht hatte. Doch in York fand er nur Eriks Onkel Olaf, der ihm sagte, Erik und Hyld hätten die Stadt kurz vor dem Fall der Burg verlassen. Also war Cædmon über einen Monat lang kreuz und quer durch Yorkshire geritten, um sie zu suchen, und hatte gesehen, mit welch grausiger Gründlichkeit die normannischen Soldaten die Befehle ihres Königs ausgeführt hatten.

»Es ist ... es ist unbeschreiblich«, sagte er hilflos. »Viele Dörfer sind ganz und gar verlassen. Die Überlebenden haben sich nach Süden aufgemacht. Im Norden gibt es einfach nichts mehr zu essen. Nichts. Das Vieh ist abgeschlachtet, die Ernte verbrannt, auch das Saatgut. Ich habe ungezählte Flüchtlingsgruppen auf den Straßen gesehen, meist Frauen und Kinder. Sie sind ... vollkommen verzweifelt.«

Zweimal war er von Banden abgerissener Greise und halbwüchsiger Jungen überfallen worden, die sein Pferd wollten, um es zu schlachten. Aber sie waren schon zu schwach und ausgezehrt, um gefährlich zu sein, er war ihnen einfach davongeritten. Junge, vormals anständige Mädchen hatten sich an seinen Steigbügel gehängt und sich ihm für ein Stück Brot angeboten. Sie glaubten, er sei reich und müsse die Satteltaschen voller Proviant haben, weil er eine gute Rüstung trug und ein so prächtiges Pferd ritt. Dabei hungerte er inzwischen selbst. Schamlos

hatte er in des Königs Wäldern gewildert, nur deswegen war er überhaupt lebend bis nach Ely gekommen. Er war nur zwei Nächte dort geblieben. Bruder Oswald, der inzwischen der Prior des mächtigen Klosters war, hatte ihn ebenso wie Guthric gedrängt, ein paar Tage auszuruhen und wieder zu Kräften zu kommen, aber er wagte es nicht. Er wußte, falls der König nach ihm suchen ließ, würden sie hierher sicher zuerst kommen.
»Warum?« fragte die Müllerin verstört. »Warum hat der König das getan?«
»Weil er ein Vieh ist«, spie Hengest hervor. »Ein Satan.«
Cædmons erster Impuls war immer noch, William in Schutz zu nehmen. Aber er tat es nicht. Es war unmöglich. Es gab einfach keine Rechtfertigung.
»Er will, daß die Dänen den Winter über in Northumbria nichts zu essen finden und ihnen nichts anderes übrigbleibt, als heimzukehren. Und er will den Widerstand der Northumbrier brechen. Wenn sie damit beschäftigt sind, ums nackte Überleben zu kämpfen, werden sie keine Kraft für Rebellionen übrig haben. Und wenn sie alle verhungern, dann ... dann wird er ihnen keine Träne nachweinen«, schloß Cædmon tonlos. Er vergrub das Gesicht in den Händen. »Ich hab ihm vertraut. König Edward hatte ihm die Krone versprochen, und sie stand ihm zu. Dann mußte er sie sich erkämpfen, und er hat sie bekommen, weil Gott auf seiner Seite war, sagt er. Ich war sicher, er habe recht. Er hat geschworen, dem englischen Volk ein gerechter Herrscher zu sein, und ich hab ihm geglaubt, und jetzt hat er das getan ...«
Der Müller legte ihm tröstend die Hand auf die Schulter. »Ihr solltet nicht fortgehen aus England, Thane. So viele tapfere Engländer sind bei Hastings und Stamford Bridge gefallen. Jeder, der übrig ist, wird gebraucht.«
Cædmon ließ die Hände sinken. »Wie meinst du das?«
Der Müller sah ihm in die Augen. »Habt Ihr je von Hereward dem Wächter gehört?«
Cædmon winkte müde ab. »Ein Gesetzloser mit einer Bande von Strolchen. Damit will ich nichts zu schaffen haben.«
»Normannische Reden«, knurrte der Müller mißfällig. »Hereward ist ein englischer Thane genau wie Ihr! Aber anders als Ihr weiß er, wo er steht!«
»Hengest!« rief seine Frau erschrocken aus.

»Ihr solltet nicht vorschnell urteilen«, fuhr der Müller gemäßigter fort. »Hereward will nichts, als seinem Volk zu seinem Recht verhelfen. Und jeden Tag schließen sich ihm neue Männer an. Unter seiner Führung könnte es einen geeinten, schlagkräftigen Widerstand geben.«
»Ja, aber zu welchem Zweck, Hengest? Um was zu erreichen?«
»Was schon? Das verdammte Normannenpack zurück über den Kanal zu jagen!« Der Müller schlug sich nachdrücklich mit der Faust aufs Bein.
Cædmon schüttelte mutlos den Kopf. »William ist der gesalbte König.«
»Wenn er tot ist, nicht mehr.«
»Mann, du redest dich um Kopf und Kragen«, jammerte die Müllerin leise.
Cædmon warf ihr einen überraschten Blick zu. Er hätte nicht gedacht, daß sie ihm mißtraute. Aber er ging nicht darauf ein, sondern sagte zu Hengest: »Ich kann irgendwie nicht daran glauben, daß Hereward gelingen soll, was Harold Godwinson nicht konnte. Aber einmal angenommen, der Widerstand wäre erfolgreich. Wer, denkst du, sollte dann König von England werden?«
»Edgar Ætheling natürlich«, erwiderte der Müller. »Er steht dem Thron am nächsten.«
Cædmon schüttelte langsam den Kopf. »Er würde England kein Glück bringen. Er ist schwach und ein Feigling.«
»Woher wollt Ihr das wissen?« fragte der Müller entrüstet.
Cædmon hob kurz die Schultern. »Ich kenne ihn, und ich weiß, welches Spiel er seit Hastings gespielt hat. Er würde England im Handumdrehen an die Dänen verlieren, er wäre niemals in der Lage, sie uns vom Leib zu halten. Das«, fügte er beinah verzweifelt hinzu, »kann nur William der Bastard.«
Hengest betrachtete ihn kopfschüttelnd. Ein halb verächtliches, halb mitleidiges Lächeln lag auf seinen Lippen, als er schließlich murmelte: »Und Ihr wollt behaupten, Ihr wäret fertig mit ihm?«

Helmsby, Dezember 1069

»Wer seid ihr, und was wollt ihr?« fragte der Soldat barsch.
Hyld sah ihn unverwandt an. Ihr ausgemergeltes Gesicht schien nur aus Augen zu bestehen. Sie fand keine Worte. Die vergangenen fünf

Wochen ihres Lebens waren strapaziöser, entbehrungsreicher und entsetzlicher gewesen als alles, was sie sich jemals hätte vorstellen können. Je hungriger und schwächer sie geworden war, um so übermächtiger war ihr Instinkt geworden, nach Hause zu gehen, bis der Gedanke schließlich ihr einziger Antrieb war, sie jeden wachen Augenblick beherrschte. Das Tor von normannischen Soldaten versperrt zu finden brachte sie zum völligen Stillstand.

Eadwig trat neben sie. »Ich bin Eadwig of Helmsby, das ist meine Schwester Hyld.«

Die Normannen wechselten verblüffte Blicke. »Cædmon of Helmsbys Bruder und Schwester?« fragte der Wortführer zweifelnd.

Eadwig nickte.

»Laßt uns rein«, befahl Hyld. »Sagt Cædmon, daß wir hier sind.«

Die Normannen grinsten. »Er ist nicht hier. Er ist zu schlau, sich hier blicken zu lassen. Und jetzt verschwindet. Bettelt im Dorf. Wir haben an angelsächsische Hungerleider nichts zu verschenken.«

»Nein.« Hyld schüttelte langsam den Kopf. »Das habt ihr wirklich nicht.« Sie rührte sich nicht von der Stelle.

»Hast du nicht gehört, du Bettlerschlampe«, knurrte der Soldat. »Packt euch...«

»Was gibt es denn?« fragte der Steward von Helmsby und trat aus dem Innenhof. »Großer Gott ... Eadwig!«

Alfred preßte entsetzt die Hand über den Mund. Aber er faßte sich sofort wieder. »Was fällt euch ein? Laßt sie durch«, fuhr er die Wachen an.

Die beiden Normannen machten anstandslos Platz. Der König hatte sie und ein paar andere hergeschickt, um nach Cædmon of Helmsby Ausschau zu halten, ihn zu suchen und festzunehmen, sobald sie ihn fanden, aber sie wußten nicht, weswegen. Sie hatten keinerlei Befugnis, die Befehlsgewalt des Stewards in Frage zu stellen, und mochte Cædmon of Helmsby auch den Zorn des Königs erregt haben, wußten sie doch so gut wie jedermann, daß er hoch in des Königs Gunst stand, und ließen daher lieber Vorsicht walten.

Alfred trat der abgerissenen kleinen Wandererschar entgegen. »Eadwig, was ist passiert? Wo warst du? Wer sind diese ...« Er brach ab, als sein Blick auf Hyld fiel. Er hatte sie seit Britford nicht mehr gesehen, aber ihre Ähnlichkeit mit Cædmon war so deutlich, daß er sie sogleich erkannte. Er machte einen Schritt auf sie zu, als sie schwankte, und stützte sie. »Als wir uns das letzte Mal begegnet sind, warst du nicht so dünn, Base«, bemerkte er mit einem Lächeln. »Aber spitze Knie hattest du damals schon.«

Sie blinzelte verwirrt. Sie hatte keine Ahnung, wovon dieser Mann sprach. »Bitte, wer immer du bist, bring uns zu meinem Bruder.«

Er nahm ihr das Kind aus den Armen, einen vielleicht drei- oder vierjährigen, erbärmlich abgemagerten Jungen, der fest eingeschlafen war. »Cædmon ist nicht hier, Hyld, aber ich bringe euch zu deiner Mutter. Kommt nur.«

Ein schneidend kalter Wind fegte über den Innenhof. Alfred führte die Ankömmlinge zum Hauptgebäude, so schnell deren müde Füße sie trugen, und half ihnen die Treppe hinauf. In der Halle war es nicht gerade anheimelnd. Dicke Buchenscheite brannten im Feuer, aber es zog durch viele Ritzen; die meisten Leute saßen in ihren Mänteln an den Tischen und hatten trotzdem rote Nasen.

»Kommt«, sagte Alfred wieder und führte sie noch eine Treppe hinauf in Cædmons verwaistes Gemach, wo wärmende Teppiche die Wände bedeckten und ein dicker Bettvorhang vor der Zugluft schützte. Er schob ihn beiseite, legte den schlafenden kleinen Jungen auf die Felldecke und winkte sie alle näher. »Ihr müßt zusammenrücken, aber es wird schon gehen. Ich schicke nach Essen und Wein und hole eure Mutter.«

Irmingard, Leif, Eadwig und Hyld kauerten sich um Olaf herum eng zusammen. Das waren sie gewöhnt, sie hatten es in den letzten Wochen bei jeder Rast so gehalten. Hyld zog Olaf wieder auf ihren Schoß, und er wimmerte leise. Sie legte ihre magere, eiskalte Hand auf seine Stirn. Olaf brannte vor Fieber. Er hatte sich schon erkältet, ehe sie nach Lincoln gekommen waren, der erste Ort, wo man ihr Betteln erhört hatte und ihnen zu essen gab. Der erste Ort, der so weit im Süden lag, daß die Todesreiter ihn verschont hatten. Mit einem schier endlosen Strom von Flüchtlingen waren sie in den Innenhof des Klosters gespült worden, und die Mönche hatten sich entschuldigt, daß sie ihnen nur so wenig Brot zu bieten hatten, aber sie konnten diese Massen einfach nicht beköstigen. »Ich wünschte, der Herr Jesus Christus erbarmte sich und stiege herab zu uns mit seinen zwei Fischen und den fünf Broten«, hatte der Bruder gesagt…

Gytha kam mit einem Krug Bier und einer Schüssel Haferbrei. »Hier«, sagte sie leise. »Trinkt zuerst. Eßt langsam. Hyld, Eadwig, willkommen zu Hause.« Sie senkte scheu die Lider.

Hyld nahm kurz ihre Hand und drückte sie schwach. Dann reichte sie Irmingard den Krug. Das Mädchen nahm nur einen winzigen Schluck, ehe sie ihn an ihren Bruder weitergab. Leif trank ebenfalls und streckte Eadwig den Krug entgegen. Eadwig hielt ihn Hyld hin, die die Finger hineintauchte und dann die Lippen ihres Sohnes benetzte. Olaf fuhr mit der Zunge darüber und schlug für einen Moment die fiebrigen Augen auf. Leif und Eadwig ließen ihn nicht aus den Augen, steckten gleichzeitig die Hand in die dampfende Schüssel mit der Grütze und führten die Hand dann zum Mund. Als sie den heißen, mit Salz und Bohnenkraut gewürzten Brei auf der Zunge spürten, tauschten sie ein ganz und gar unkompliziertes, jungenhaftes Grinsen. In den letzten Wochen waren sie oft Rivalen gewesen, hatten manchmal erbittert um die wenigen Bissen gerangelt, die sie fanden. Es schien ein schier unfaßbarer Luxus, essen zu können ohne die Gewissensbisse, dem anderen etwas weggenommen zu haben. Ihr Kampf ums nackte Überleben hatte sie beide zutiefst beschämt, denn sie waren schon in Salby Freunde geworden.

Hyld wickelte ihren kranken Sohn in eine von Cædmons feinen, weichen Wolldecken, tunkte den Finger in die Hafergrütze und steckte ihn zwischen seine Lippen. Mit der anderen Hand griff sie selber zu. Sie hatte zu lange nichts gegessen, um noch Hunger zu verspüren, aber die Vernunft sagte ihr, daß es höchste Zeit war, wieder damit anzufangen. Und nicht nur um ihretwillen. Seit sie York vor über zwei Monaten verlassen hatte, war ihre Monatsblutung ausgeblieben. Möglich, daß es an den Entbehrungen der letzten Wochen lag, aber das glaubte sie nicht.

Als die Schale mit dem Brei geleert war, kam Gytha ein zweites Mal und brachte ihnen warme Haferfladen, Honig und eine heiße Brühe mit viel Zwiebel und Bärlauch. Noch ehe sie ihre Gaben abgestellt hatte, trat Marie ein.

Sie eilte auf das Bett zu und zog ihren Jüngsten in die Arme, ohne die übrige Reisegesellschaft auch nur eines Blickes zu würdigen. »Eadwig … Gott sei Dank«, sagte sie leise. Sie wirkte vollkommen beherrscht wie immer, aber sie wollte ihn gar nicht mehr loslassen.

Eadwig erduldete diese mütterliche Umarmung höflich, obschon sie ihm vor seinem neuen Freund unendlich peinlich war, doch als Marie ihm die Luft abzudrücken drohte, befreite er sich. »Bitte, Mutter, sieh nach Olaf. Er ist furchtbar krank.«

Der kleine Junge lag reglos in den Armen seiner Mutter. Er hatte dunkle Schatten unter den Augen, sein ausgemergeltes Gesicht war so bleich, daß die Haut beinah durchsichtig schien, und sein Atem rasselte unheilvoll.
Hyld schloß die Augen gegen den eisigen Blick ihrer Mutter und biß die Zähne zusammen. Sie hatte als Junge verkleidet unter Wikingern gelebt, hatte ihren Mann an einen verfluchten Dänenprinz verloren, hatte sich durch Kriegsgebiet allein mit ihrem Bruder nach Salby durchgeschlagen, den Einfall der Todesreiter dort überstanden, hatte gesehen, wie verzweifelte Menschen einander überfielen und niedermachten, an Seuchen oder vor Hunger starben, hatte gar Menschen gesehen, die Menschenfleisch aßen, und hatte sich nie gehen lassen, nie gezeigt, wie entsetzt und verzweifelt sie selber war, sondern sich selbst und alle, die ihr anvertraut waren, lebend nach Helmsby gebracht. Und sie wollte verdammt sein, wenn sie jetzt anfing zu heulen, nur weil ihre Mutter kein freundliches Wort für sie hatte.
Mit frostiger Miene, aber unerwartet sanften Händen untersuchte Marie den kranken kleinen Jungen, zog seine Lider hoch, fühlte seine Stirn, betastete seinen Hals und lauschte seinem mühseligen Atem. Dann richtete sie sich auf und wandte sich an Eadwig.
»Sag deiner Schwester, ihr Sohn stirbt.«

Rouen, Dezember 1069

Auch in Abwesenheit des Herzogs und seiner Herzogin verzichtete man in Rouen nicht auf Prunk und Pomp zu den Weihnachtsfeierlichkeiten. Williams ältester Sohn Robert, der die Normandie in Abwesenheit seines Vaters inzwischen alleinverantwortlich verwaltete, hielt prachtvoll hof. Adlige, Ritter und Kirchenfürsten aus dem ganzen Land versammelten sich, und wie immer zog es zu Weihnachten auch die normannischen Abenteurer aus Sizilien nach Hause. Sie wurden in Rouen herzlich willkommen geheißen, und alle scharten sich neugierig um sie, um festzustellen, welch fremdländisches, heidnisches Zeug sie wieder mitgebracht hatten. Die größte Attraktion war dieses Jahr ein neuartiges Brettspiel mit kleinen Feldern aus Elfenbein und Ebenholz und verschiedenen Soldaten- und Reiterfiguren. Dieses Spiel hatte ei-

nen schier unaussprechlichen Namen, der irgend etwas mit dem Beherrscher der persischen Heiden zu tun hatte.
Das Willkommen für die Bettler war weniger herzlich, aber auch in diesem Punkt folgte Robert dem Vorbild seines Vaters: Jeder, der auf der Burg um Almosen bettelte, bekam eine Schale heißer Suppe und, wenn er Glück hatte, ein paar Abfälle von der hohen Tafel.
Eine große Schar Bettler war nach wie vor eine gute Tarnung. In ihrer Mitte und in ein paar Lumpen gehüllt war Cædmon unerkannt durchs Tor gelangt.
Er hielt seine Schale in gefühllosen Fingern, fror erbärmlich in der eisigen Kälte auf dem Burghof und dachte sehnsüchtig an seinen guten Mantel, den er mitsamt der Rüstung in London verkauft hatte, um Geld für die Überfahrt und Reiseproviant zu bekommen. Das meiste Geld war noch übrig. Ein guter Wollmantel und vor allem das Kettenhemd und der normannische Helm mit dem Nasenschutz waren ein kleines Vermögen wert.
Ein Küchenjunge sammelte die leeren Schalen ein und scheuchte die Bettler mit einer Geste weg, als wolle er eine Schar Krähen von einem Feld verjagen. »Packt euch! Macht Platz für die nächsten.«
Cædmon reichte ihm seine Schale, wandte sich ab und hinkte davon. Als er den Burghof zur Hälfte überquert hatte, glitt er im Schutz der Dunkelheit zum Hauptgebäude hinüber und betrat die Vorhalle. Sie war menschenleer. Er warf nervöse Blicke über die Schulter, während er die Treppen hinaufeilte, aber auch in den Gängen war niemand – vermutlich saßen alle beim Festmahl. Heute war das Fest der unschuldigen Kindlein, das an den Kindermord von Bethlehem erinnern sollte. In England war es der Tag, da die Kinder sich fast alles erlauben konnten, jeder Streich, jeder Unfug ungestraft blieb. Aber solche Disziplinlosigkeiten gab es in der Normandie natürlich nicht. Hier war es einfach der vierte Tag der zweiwöchigen Weihnachtsfeierlichkeiten.
Die langen Gänge wurden nur von wenigen Fackeln erhellt. Die Flammen flackerten in der ewigen Zugluft und warfen gespenstische, zuckende Schatten an die dunklen Mauern. Cædmon hastete weiter, seine Schritte hallten ein wenig unheimlich auf den nackten Steinfliesen. Trotz des schwachen Lichts hatte er keine Mühe, sich zu orientieren. Er war drei Jahre fort gewesen, aber diese Burg war ihm bis in jeden Winkel vertraut. Es befremdete ihn ein wenig, wie heimisch er sich hier fühlte.
Ohne anzuklopfen schlüpfte er in die kleine Kammer. »Wulfnoth?«

fragte er in den dunklen Raum hinein, während er die Tür schloß. »Bist du hier?«
Er bekam keine Antwort, tastete sich zum Tisch vor und zündete die Lampe an. Wulfnoths Quartier war unverändert bis auf einen schlichten, aber sorgfältig gearbeiteten Teppich an der Fensterwand, der zeigte, wie der heilige Josef von Arimathäa mit dem Jesuskind in England an Land ging. Cædmon fragte sich, wer ihn wohl gestickt hatte. Nicht gerade viele Leute außerhalb Englands wußten von der Kaufmannsfahrt, die den heiligen Josef und das Jesuskind nach Glastonbury geführt hatte. Die geheimnisvolle normannische Dame vielleicht, der offenbar Wulfnoths Herz gehörte?
Er sah sich weiter suchend um. Sein Atem formte weiße Dampfwolken. Der unbeheizte Raum war eisig kalt.
Die Laute lehnte immer noch in ihrer abgewetzten Hülle an der Wand gleich neben dem Tisch. Er atmete tief durch, hob sie behutsam hoch und hauchte seine kalten Finger an. Ungeduldig, voller Erwartung stimmte er die Saiten. Dann begann er zu spielen.

»Du bist wirklich gut geworden«, sagte Wulfnoth leise an der Tür. »Viel besser als ich.«
Cædmon hielt inne und hob den Kopf. »Dann sollte ich vielleicht erwägen, mich fortan als Spielmann durchzuschlagen«, murmelte er und wischte sich verstohlen mit dem Ärmel übers Gesicht. Er hatte überhaupt nicht gemerkt, daß er weinte, und er schämte sich.
Wulfnoth warf einen kurzen Blick auf den Gang hinaus, schloß dann leise die Tür und trat an den Tisch. Cædmon hatte die Laute beiseite gelegt und stand auf. Sie umarmten sich wortlos. Cædmon kniff die Augen zu und biß sich auf die Zunge, um zu verhindern, daß er irgend etwas unverzeihlich Sentimentales sagte.
Wulfnoth tat es für ihn. »Du hast mir ziemlich gefehlt, weißt du.«
Er klopfte ihm kurz die Schulter, tröstend, so schien es Cædmon, ließ ihn dann los und trat einen Schritt zurück. Sie betrachteten einander mit unverhohlener Neugier.
Wulfnoth schien unverändert, war höchstens eine Spur hagerer geworden. Er trug die immer noch vollen, dunkelblonden Haare länger als früher und hatte sie mit einer Schnur im Nacken zusammengebunden. Seine meergrauen Augen schimmerten feucht, und er verzog einen Mundwinkel, spöttisch und schmerzlich zugleich.

»Du siehst alt aus, mein Freund.«
»Ich fühl' mich auch alt.«
Wulfnoth legte ihm wieder die Hand auf die Schulter und führte ihn zum Tisch. »Setz dich. Ich denke, ich schicke nach heißem Wein und einem Kohlebecken. Das ist ein übler Husten, den du dir da leistest.«
Cædmon winkte ab. »Tu lieber nichts, was Aufmerksamkeit erregt. Nicht nötig, daß sie mich gleich heute abend hier finden.«
Wulfnoth nickte. »Sei unbesorgt. Niemand hier wundert sich über meine Grillen, das weißt du doch. Und ich schicke oft nach Wein, seit ich mir angewöhnt habe, abends hier zu sitzen und zu lesen.«
»Lesen?«
»Tja. Es ist unglaublich, wozu die Langeweile einen Mann treiben kann.« Er legte einen Finger an die Lippen und ging auf den Gang hinaus.

Sie redeten viele Stunden lang. Cædmon war nicht verwundert, als er feststellte, daß Wulfnoth über die Ereignisse in England während der letzten drei Jahre genauestens im Bilde war. Zwischen England und der Normandie gab es ein ständiges Kommen und Gehen, auch waren viele englische Geiseln nach der Schlacht von Hastings nach Rouen geschickt worden. Und Wulfnoth war ein aufmerksamer Zuhörer, er hatte ein bemerkenswertes Talent, Dinge in Erfahrung zu bringen.
»Jedenfalls könnte ich mir vorstellen, daß William dich schmerzlich vermissen wird«, bemerkte er, als er den Rest des inzwischen abgekühlten Weins auf die beiden Zinnbecher verteilte. »Er hat dir getraut.«
Cædmon zuckte ungeduldig mit den Schultern. »Ich weiß nicht, ob er je irgendwem wirklich traut.«
»Nun, immerhin hat er seine Söhne in deine Obhut gegeben.«
»Wie auch immer. Jetzt ist es jedenfalls vorbei.« Cædmon trank einen Schluck, um den Husten zu unterdrücken. Er war seit Wochen erkältet, und weil er auf der Flucht und kaum je im Warmen war, wurde es nicht besser. Vielleicht war es ja das Winterfieber. Dann wäre er all seine Sorgen bald los …
»Und was willst du tun?« fragte Wulfnoth nach einem längeren Schweigen. Cædmon stützte den Ellbogen auf den Tisch und das Kinn auf die Faust. »Ich will verdammt sein, wenn ich das weiß. Es wird mir nichts anderes übrigbleiben, als irgendwohin zu gehen, wo nicht William der Bastard herrscht.« Er ließ die Faust sinken. »Ist nicht deine Schwester Königin im Reich der Russen?«

Wulfnoth schüttelte den Kopf. »Meine Nichte. Harolds Tochter.«
»Aber du weißt, wo dieses Land liegt?«
»Sicher. Das ist nicht weiter schwierig. Mehr oder minder schnurgerade nach Osten.«
»Oder ich könnte nach Byzanz gehen.« Am Hof des byzantinischen Kaisers gab es eine vielgerühmte angelsächsische Leibgarde, die Waranger, wo er gewiß Aufnahme finden würde. »Oder nach Sizilien und mit den normannischen Glücksrittern zusammen um Land und Beute kämpfen. Oder Williams Feinden hier in Frankreich meine Dienste und die vielen Geheimnisse anbieten, die ich als des Königs Übersetzer mit den Jahren erfahren habe. Ich bin sicher, sie wären begeistert …«
»Nur hast du zu all dem nicht die geringste Neigung?«
Cædmon schüttelte trübsinnig den Kopf. »Aber für eine dieser Möglichkeiten werde ich mich entscheiden müssen.«
»Cædmon«, sagte Wulfnoth eindringlich und lehnte sich leicht vor. »Ich bin sicher, der König wird dir verzeihen, wenn du …«
»Verdammt, das ist nicht der Punkt!« unterbrach Cædmon hitzig. »Die Frage ist doch wohl vielmehr, ob ich ihm verzeihen kann.«
»Das wirst du.«
»Nein. Das glaube ich wirklich nicht.«
Wulfnoth widersprach ihm nicht. Er hatte gehört, was in Northumbria geschehen war. Er führte einen regen Briefwechsel mit seiner Nichte Matilda, Williams Königin. Sie hatte ihm davon geschrieben. Und auch wenn sie vorbehaltlos zu ihrem Mann stand und vielleicht der einzige Mensch der Welt war, der das Wunder fertigbrachte, William zu lieben, hatte sie Wulfnoth doch ihr Entsetzen über diese beispiellose Tat gestanden. Und er war erschüttert gewesen, als er es las. Wieviel schlimmer mußte es für Cædmon sein, der es mit eigenen Augen gesehen hatte.
»Weißt du, Cædmon, es mag dir unvorstellbar erscheinen, aber die Frage, ob du William verzeihen kannst oder nicht, ist völlig unbedeutend.«
Cædmon sah ihn verständnislos an.
»Das interessiert niemanden als nur dich. Und mich vielleicht. Die umgekehrte Frage hingegen wird Auswirkungen auf dein Leben und das deiner Familie haben. Natürlich kannst du fortgehen. Aber das würde bedeuten, daß es dir so ergeht wie mir. Ein Fremder in einem fremden Land. Und du weißt, was das bedeutet, du warst lange genug hier.«
Cædmon nickte. Er wußte nichts zu sagen.

»Und es würde bedeuten, daß du nie erfährst, was aus deinem Bruder geworden ist. Das würde dir niemals Ruhe lassen, ich kenne dich. Und wenn William zu dem Schluß kommt, daß du dich endgültig aus dem Staub gemacht hast, wird er dein Lehen einem anderen geben. Einem Normannen. Lucien de Ponthieu vielleicht? Das wäre einer der grausamen kleinen Scherze, die William so gerne mit seinen Feinden treibt. Was für ein Leben hätten deine Bauern dann?«

»Gott, Wulfnoth, warum tust du das...«

»Und deine Mutter? Natürlich, sie ist Normannin, das wird ihr manches ersparen, aber letztlich wäre ein Kloster der einzige Ort, wo sie hingehen könnte. Und Richard und Rufus? Wie sollen sie England verstehen lernen, wenn sie dich nicht mehr haben?«

»Hör auf.«

»Und Aliesa?«

Cædmon donnerte die Faust auf den Tisch. »Ist Etiennes Frau!«

»Aber sie liebt *dich*.«

Cædmon saß wie erstarrt. »Woher ... woher willst du das wissen?«

Wulfnoth lächelte und stand auf. »Laß uns schlafen gehen. Du wirst das Bett mit mir teilen müssen ... ich vertraue auf deinen Anstand.«

»Aber Wulfnoth ... Weißt du eigentlich, was du da gesagt hast?« drängte Cædmon flehentlich. »Wie kommst du dazu? Es ist nur eine Vermutung, oder?«

Wulfnoth seufzte tief. »Glaub einfach, was ich sage. Jetzt komm endlich. Du bist krank und müde, Cædmon, du mußt ins Bett. Und wenn es dunkel ist, dann erzähl mir von Hastings. Niemand, den ich bislang gesprochen habe, konnte mir sagen, wie Harold gestorben ist. Aber du hast es gesehen, nicht wahr?«

Cædmon nickte abwesend. Dann riß er sich zusammen. »Ja. Ich hab es gesehen.«

Doch kaum lagen sie vollständig bekleidet und ein wenig verlegen nebeneinander unter der dicken Felldecke, war Cædmon schon eingeschlafen.

Er holte sein Versäumnis am nächsten Tag nach. Er hatte Fieber, und als er vom Abort zurückkam, waren seine Knie butterweich, und er erhob keine Einwände, als Wulfnoth ihm mit gestrenger Miene einen Tag Bettruhe verordnete. Wulfnoth verbrachte den Großteil des Tages an seiner Seite, wenn er nicht gerade in die Halle oder die Küche

hinunterschlich, um unter irgendeinem Vorwand ein paar Leckerbissen für seinen heimlichen Gast zu organisieren.
Cædmon war dankbar für den einigermaßen warmen, trockenen Unterschlupf, dankbar, dem gnadenlosen Winter dort draußen vorläufig entronnen zu sein. Und er fühlte sich seltsam sicher in Wulfnoths Gegenwart, obwohl er genau wußte, daß Wulfnoth ihn nicht würde retten können, wenn man ihn hier entdeckte.
Er war bis in die Knochen erschöpft und schlief bis zum Nachmittag. Als er aufwachte, erzählte er Wulfnoth von Hastings. Es war lange her, aber es erschütterte ihn immer noch, davon zu sprechen.
Und es erschütterte Wulfnoth. Er saß reglos auf der Bettkante, den Kopf tief gesenkt.
»Erst Tostig bei Stamford und dann Harold, Leofwine, Gyrth. All meine Brüder auf einmal«, murmelte er.
»Ja.«
»Wenn mein Vater geahnt hätte, daß nur ich übrigbleiben würde, hätte er sicher einen der anderen als Geisel zu William geschickt.«
Cædmon setzte sich auf und zog die Knie an. »Ja. Und hätte mein Vater geahnt, wie es Dunstan bei Hastings ergehen würde, dann hätte er ihn an meiner Stelle mit Harold in die Normandie geschickt. Mein Bruder Guthric, der inzwischen ein ziemlich gelehrter Mann ist, nennt es ›Ironie des Schicksals‹.«
Wulfnoth biß sich auf die Unterlippe und nickte. »Und vermutlich hat er recht.«
»Besser für deine Brüder, daß sie gefallen sind, weißt du«, bemerkte Cædmon.
»Ja, ich weiß. Und ich mache mir nichts vor, Harold wird kein besserer Mann dadurch, daß er tot ist. Und um Tostig und Gyrth ist es auch nicht so besonders schade. Aber Leofwine … war ein wirklich anständiger Mensch. Der einzige Godwinson mit einem unbestechlichen Gewissen.«
»Außer dir.«
»Das weiß ich nicht. Mein Gewissen ist nie erprobt worden. Ich war ja immer nur hier.«
Cædmon lächelte schwach. »Ja, du hast es wirklich leicht gehabt …«

Er hatte nicht die Absicht gehabt, länger als eine Nacht in Rouen zu bleiben – Rouen war in gewisser Weise die Höhle des Löwen. Bei all den Wirren der letzten Monate war zwar vielleicht noch nicht bis hier vorgedrungen, daß Cædmon in Ungnade gefallen war, aber schon sein Auftauchen würde reichen, um Argwohn zu erregen. Doch Wulfnoths Gesellschaft tat ihm so unendlich gut, und außerdem war er so krank, daß er sich außerstande sah, gleich wieder aufzubrechen. Ein paar Tage war das Fieber so hoch, daß Wulfnoth in größter Sorge war und erwog, ob Cædmons Entdeckung nicht das kleinere Übel wäre und er sich dem jungen Prinzen Robert anvertrauen und ihn bitten sollte, einen Arzt oder eine Kräuterfrau kommen zu lassen. Doch Cædmon erriet seine Gedanken und ließ ihn schwören, niemandem ein Sterbenswort zu sagen.

Anders als sein Bruder Harold nahm Wulfnoth einen Eid nicht auf die leichte Schulter. Er hielt Wort und sagte zu niemandem etwas. Er schrieb statt dessen einen Brief.

Nach der Jahreswende wurde es noch kälter, aber der Himmel über der Normandie klarte auf, die See wurde ruhiger und der Schiffsverkehr auf dem Kanal wieder reger. Kaum waren die Weihnachtsfeiertage vorbei und Cædmon soweit genesen, daß er rastlos und reizbar wurde, da erhielt Wulfnoth Antwort.

Als er am frühen Nachmittag aus der Halle zurück in sein Quartier kam, fand er Cædmon am Fenster. Wulfnoth trat zu ihm und zog ihn einen Schritt zurück. »Sei bitte vorsichtig.«

Cædmon wies in den Hof hinunter, wo Jehan de Bellême wie eh und je eine Schar halbwüchsiger Jungen herumscheuchte. »Da werden neue Helden für Williams Kriege geschmiedet«, bemerkte er. »Gestählt und gehärtet, um englische Bauern und ihr Vieh abzuschlachten.«

Jehan zerrte einen Unglücksraben aus dem Sattel, brüllte ihn an, zog die berüchtigte Gerte aus dem Gürtel und drosch auf den Burschen ein.

Wulfnoth wandte sich seufzend ab. »Du tust gerade so, als würden angehende englische Housecarls anders erzogen. Bei uns zu Hause war es schlimmer, glaub mir.«

Cædmon schüttelte langsam den Kopf. »Es *ist* anders. Kein englischer Housecarl hätte für seinen Lord oder König das getan, was Lucien de Ponthieu für William getan hat.«

Wulfnoth widersprach ihm nicht. Aber er erinnerte sich an den einen Feldzug, den er im Gefolge seines Bruders miterlebt hatte. Harold hatte eine Strafexpedition gegen ein paar Grenzdörfer angeführt, die sich auf die Seite des walisischen Prinzen Gruffydd geschlagen hatten, und Harolds Horden hatten in diesen Dörfern nicht einen Mann leben lassen und nicht eine Frau verschont. So war der Krieg. Natürlich gab es einen Unterschied zwischen der Rückeroberung einer Handvoll Grenznester und Williams systematischer Verwüstung Nordenglands, die vielleicht vornehmlich dazu hatte dienen sollen, den dänischen Invasionstruppen den Nachschub abzuschneiden, die aber auf eine Entvölkerung ganzer Landstriche hinauslief. Diese Tat war beispiellos. Aber nicht in ihrer Grausamkeit. Nur in der Zahl ihrer Opfer.

»Cædmon, ich habe Nachrichten für dich.«

Cædmon sah verwundert auf. »Aber wie sollte das möglich sein? Von wem?«

»Hör zu.« Wulfnoth zog eine schmale Pergamentrolle aus seinem Ärmel, setzte sich damit an den Tisch und breitete sie aus.

»*Liebster Onkel*«, las er vor. »Gott, ich hasse es, wenn sie mich so nennt…«

»Wulfnoth, was hast du getan?«

Wulfnoth sah nicht von seinem Brief auf. »Ich habe einen Weg gefunden, dir zu helfen, ohne meinen Eid zu brechen. Jetzt halt den Mund und hör zu: *Die Nachrichten aus dem Norden sind schlecht. Die Rebellion im Westen ist nicht niedergeschlagen. Der König ist gleich nach Weihnachten von York aufgebrochen und hat den Gebirgszug der Pennines überquert, um nach Chester zu gelangen, ehe die Aufrührer dort mit ihm rechnen. Das Wetter in den Bergen ist entsetzlich. Er hat viele Männer verloren, unter den Truppen droht eine Meuterei. Mehr weiß ich nicht, und mein Herz ist schwer. Ich hoffe, Euer Freund Cædmon hatte nicht recht, als er prophezeite, Gott werde William seine Taten nicht vergeben. Ich hoffe, Gott hat ihn nicht verlassen, denn er ist der einzige, auf den William wirklich vertraut.*« Wulfnoth hielt kurz inne und warf Cædmon mit gerunzelter Stirn einen Blick zu, ehe er fortfuhr. »*Ich muß Euch gewiß nicht vorwerfen, daß Ihr mich in einen bösen Konflikt bringt – Ihr wißt es selbst. Sagt Cædmon nicht, er habe mit seiner Flucht Schande über sich gebracht, denn die Schande des Königs wiegt schwerer. Sagt ihm auch nicht, daß er zurückkommen muß, um einen englischen König aus Richard zu machen, denn die Krone mag ebenso an Robert gehen. Sagt ihm nur soviel:*

Wer es erfahren hat, weiß,
Welch grausame Gefährtin die Trauer ist
Wenn alle Freunde seines Herzens verloren sind.
Ihm bleiben nur die dunklen Pfade des Exils

Nach dem strahlend hellen Gold der Ringe.
Nur die taube Kälte seines Herzens
Nach allen Schätzen der Welt.
Er entsinnt sich der Männer in der Halle
Und der Pracht der Gaben,
der Tage seiner Jugend, da sein huldreicher Herr
beim Bankett ihn ehrte.
Alles Glück ist vergangen für den,
der ohne die weise Führung seines Herrn ist.«

Cædmon schüttelte den Kopf. »Ich weiß nicht, was das zu bedeuten hat.«
»Warum bist du dann so bleich geworden?«
»William ist nicht huldreich. Und seine Führung nicht weise.«
»Nein.« Wulfnoth seufzte tief. »Es sind nur ein paar Zeilen aus einem alten englischen Gedicht. Es heißt ›Der Wanderer‹. Und Matilda hat recht, dieser ziellos umherirrende Wanderer bist du im Moment.«
Cædmon ergriff die Laute, spielte aber nicht. Er sah auf den birnenförmigen Korpus hinab und hob unbehaglich die Schultern. »Der werde ich immer sein. Ganz gleich, wo ich bin, hier oder in England.«
»Aber in England hast du Freunde, Cædmon. Matilda, Etienne, Roland Baynard, deine Familie.«
»Und meinen huldreichen Herrn«, murmelte Cædmon bissig.
»Willst du den Rest hören?«
»Meinetwegen.«
Wulfnoth breitete die raschelnde Pergamentrolle wieder aus: *»Sagt ihm, er soll nach Flandern zu meinem Bruder gehen und dort bleiben, bis ich ihm Nachricht schicke. Sagt ihm, es sei mein Wunsch. Matilda, Regina Anglorum.«*

Winchester, April 1070

Man mochte darüber streiten, ob es Anlaß zum Feiern gab oder nicht, jedenfalls waren die Festlichkeiten bei Hofe wieder einmal so prächtig, daß mancher Thane vom Lande vor Ehrfurcht erstarrte und mancher Mönch mißfällig das geschorene Haupt schüttelte.

In der österlich geschmückten königlichen Halle bedeckten schneeweiße Tischtücher die Tafeln, die sich unter den Platten mit erlesenen Speisen und den goldenen und silbernen Bechern nur so bogen. Die rußgeschwärzten, alten Wandteppiche waren durch neue ersetzt worden. Nach Entwürfen der Königin, munkelte man, aber ausgeführt von den unvergleichlichen englischen Stickerinnen. Die Teppiche an den Längswänden zeigten Jagdszenen der unterschiedlichsten Art, Ritter und Damen bei der Falkenjagd oder Männer bei der Hirsch- oder Eberjagd. Der prächtigste Teppich jedoch hing hinter der erhöhten Tafel an der Stirnwand des Saales. Er reichte vom Boden bis zur Decke und gab Szenen aus dem *Chanson de Roland* wieder.

Der König und die Königin und jeder ihrer Gäste, der es sich leisten konnte, trugen neue Gewänder in leuchtenden Farben.

Dreimal im Jahr hielt der König Hof – zu Ostern in Winchester, zu Pfingsten in Westminster und zu Weihnachten in Gloucester. Die *Curia Regis* – alle Adligen, hohen Ritter, Bischöfe, Erzbischöfe und Äbte – versammelte sich zu diesen Anlässen, und es wurde beraten, Gericht gehalten, intrigiert, alte Freund- und Feindschaft aufgefrischt und vor allem regiert.

Cædmon ging zögernd von den Stallungen zur Halle hinüber. Schon von weitem hörte er das Stimmengewirr und die Instrumente der Musiker, aber ihm graute davor einzutreten. *Kommt Ostern nach Winchester,* lautete die Nachricht der Königin, die ihn in Gent erreicht hatte. Mehr nicht. Er hatte Herzog Balduin, dem Bruder der Königin, für seine Gastfreundschaft gedankt und war umgehend aufgebrochen, erleichtert, dem öden Niederland mit seinem ewigen Regen und seiner fremden Sprache zu entrinnen. Aber jetzt, da er hier war, plagten ihn Zweifel, ob er das Richtige getan hatte.

Die Unentschlossenheit hemmte seine Schritte, bis sie fast zum völligen Stillstand kamen. Was tat er nur hier? Was sollte das alles? Es hatte sich nichts geändert, nur weil er ein paar Monate fort gewesen war. Davon würden die Toten in Northumbria nicht wieder zum Leben erwachen, das Korn nicht in die Scheunen zurückkehren, der Hunger und das Elend kein Ende nehmen. Wozu war er also zurückgekommen? Fast war er im Begriff kehrtzumachen, als eine energische Hand sich auf seine Schulter legte. »Nichts da. Du wirst schön hierbleiben.«

Cædmon fuhr herum. »Etienne!«

Sein Freund ließ die Hand sinken und betrachtete ihn mit einem Seuf-

zen. »Jetzt haben wir uns alle solche Mühe gegeben, die Wogen zu glätten. Komm ja nicht auf die Idee zu kneifen.«
Cædmon sah zu Boden. »Ich hätte nicht übel Lust dazu.«
Etienne nahm wieder seinen Arm. »Komm.«
»Wohin?«
»Zu einem Verschwörertreffen.«
Cædmon ließ sich unwillig über die große, menschenleere Wiese ziehen. Es nieselte ein wenig – kein strahlendes Osterwetter – aber es war nicht kalt. Das Gras hatte eine satte, junge Frühlingsfarbe, dichte Büschel von Narzissen blühten darin und nickten sacht in der Brise.
»Chester ist gefallen?« fragte Cædmon.
Etienne nickte. »Natürlich.«
Natürlich. Früher oder später fielen sie alle. Nichts konnte William auf Dauer standhalten. Niemand. Cædmon betrachtete seinen Freund von der Seite, während sie zur Kapelle hinübergingen. »Du siehst mitgenommen aus.«
Etienne hob kurz die Schultern. »So einen Winter möchte ich nicht noch einmal erleben. In den Bergen habe ich ein paarmal gedacht, das sei das Ende.« Er schüttelte langsam den Kopf. »Du kannst dir nicht vorstellen, wie wir gefroren haben. Und gehungert. Und die Märsche waren ... ein Alptraum.«
»Aber das Beispiel des Königs hat euch alle angespornt, über euch hinauszuwachsen«, mutmaßte Cædmon. In seiner Stimme lag kein Hohn.
Etienne nickte. »So war es. Jetzt komm. Sie warten in der Kapelle auf dich, und sie wollen gern so bald wie möglich zurück zum Festmahl.«
Cædmon blieb stehen. »Wer sind *sie?*«
»Du wirst schon sehen. Jetzt komm endlich.«
Mit einem nervösen Ziehen im Magen betrat Cædmon die dämmrige Kapelle.
Trübes Tageslicht fiel durch die kleinen Fenster auf die steinernen Bodenfliesen und die verblaßten Fresken an den gekalkten Wänden: die Verkündigung, die Passion, die Höllenfahrt, die Auferstehung, das Weltgericht. Am Altar brannte ein halbes Dutzend dicker Kerzen. Als der Luftzug der geöffneten Tür die Flammen bewegte, warfen sie unruhige, zuckende Schatten auf das schwere, goldene Altarkreuz und die beiden Männer, die davor standen und warteten.
Cædmon trat näher und erkannte Odo, den Halbbruder des Königs,

Bischof von Bayeux und Earl of Kent. Erleichtert sank er auf ein Knie nieder, ergriff die ausgestreckte Hand und berührte den Ring mit den Lippen.

»Erhebt Euch, mein junger Freund«, gebot Odo, dessen warme, tiefe Stimme meist ein gutmütiges Lächeln auszudrücken schien. So ganz anders als die scharfe, oft schneidende Stimme des Königs.

»Dies ist Lanfranc, der Abt von St. Etienne in Caen«, stellte Odo vor und wies auf den hochgewachsenen, hageren Mann an seiner Seite. »Er ist hergekommen, um uns bei der Reform der englischen Kirche zu unterstützen.«

So, dachte Cædmon, der vielgerühmte Lanfranc wird also Erzbischof von Canterbury. Der arme Vater Cuthbert und all die anderen wohlmeinenden, aber ungebildeten und obendrein verheirateten englischen Priester konnten einem leid tun. Schwere Zeiten kamen auf sie zu.

Er verneigte sich wortlos vor dem ehrwürdigen Abt.

Lanfranc sah ihn aus lodernden, fast schwarzen Augen eindringlich an. »Wir kennen uns«, bemerkte er zu Odo.

Odo sah verblüfft zu Cædmon, der knapp nickte. »Das Weihnachtsfest im Jahr vor der Eroberung, Monseigneur. Ich entsinne mich gut. Mein Freund Wulfnoth spricht noch heute voller Bewunderung von Eurer Eloquenz und Gelehrsamkeit.«

Lanfranc verzog den Mund. »Ich hörte, alle Godwinsons seien heuchlerische Schmeichler.«

»Dann seid Ihr falsch informiert. Harold Godwinson kann man vieles nachsagen, aber er war gewiß kein Schmeichler. Und von allen Godwinsons ist Wulfnoth der Beste.«

»Cædmon …«, raunte Etienne eindringlich. »Vergiß nicht, mit wem du sprichst.«

Cædmon nahm sich zusammen, aber er entschuldigte sich nicht.

Odo trat einen Schritt näher und sagte leise: »Ich merke, Ihr seid immer noch bitter, Cædmon. Und ich kann Euch verstehen, glaubt mir. Aber wir können Geschehenes nicht ungeschehen machen, und für uns alle ist es jetzt wichtig, nach vorn zu blicken. Ich will gar nicht versuchen zu rechtfertigen, was mein Bruder, der König, getan hat. Trotzdem solltet Ihr bedenken, daß dieser Däneneinfall zusammen mit den Aufständen im Westen und der Gefahr durch Edgar Ætheling und die Schotten die bislang größte Bedrohung für Williams Herrschaft in England darstellte. Seine Lage war verzweifelt.«

»Und ist es noch«, fügte Lanfranc an, ehe Cædmon seine hitzigen Einwände vorbringen konnte. »Die dänische Flotte hat den Humber zwar verlassen, aber jetzt kreuzt sie vor der Ostküste. Es heißt, König Sven habe sich seinen Söhnen angeschlossen. Und in den Sümpfen Eurer Heimat rottet sich eine Schar Aufständischer zusammen, und es werden jeden Tag mehr.«

»Hereward der Wächter?« fragte Cædmon ungläubig.

Abt und Bischof wechselten einen kurzen Blick, ehe Odo fragte. »Ihr habt von ihm gehört?«

»Jeder Mann in East Anglia hat von ihm gehört. Aber er ist nur ein Abenteurer, ein Gesetzloser, der sich mit einer Bande von Wilderern im Moor versteckt.«

Lanfranc betrachtete ihn mit leicht geneigtem Kopf. »Nun, wir werden sehr bald feststellen, wie gefährlich er ist. Die Krise ist jedenfalls noch nicht gebannt. Und der König braucht Euch jetzt mehr denn je.«

Cædmon trat instinktiv einen halben Schritt zurück und hob abwehrend die Linke. »Es gibt so viele andere, die für ihn übersetzen können ...«

»Mag sein, aber er will Euch. Weil er Euch kennt, weil Ihr Engländer seid, was in vielen Situationen von Vorteil ist – Ihr selbst kennt die Gründe sicher am besten. Und seine Bedingungen sind durchaus annehmbar, würde ich sagen...«

»Bedingungen?«

»Cædmon«, sagte Odo betont leise. »Die Königin hat größte Mühen darauf verwandt, zu erreichen, daß der König Euch Eure Flucht verzeiht, Euch Eure Ländereien läßt ... und natürlich die Hand, die Ihr verwirkt habt. Die wollen wir nicht vergessen.«

Cædmon spürte sein Gesicht heiß werden. »Woher wißt Ihr ...?«

»Mein Bruder Robert hat mir die Geschichte in allen Einzelheiten erzählt. Aber macht Euch keine Illusionen – der gesamte Hof weiß davon. Ihr wart den ganzen Winter über ein beliebtes Gesprächsthema.«

»Gott verflucht ...« Er besann sich, wo er sich befand und wen er vor sich hatte, und murmelte zerknirscht: »Ich bitte um Verzeihung, Monseigneurs.«

Bischof und Abt nickten ernst, aber nachsichtig. »Die Königin hat Etienne und mich ins Vertrauen gezogen«, fuhr Odo fort. »Und ich konnte Lanfranc für unsere Sache gewinnen. Wir alle haben uns sehr bemüht, die Wogen zu glätten, glaubt mir, mein Junge. Für Euch, für

William und für England. Und ich bin sicher, wenn Ihr in Ruhe darüber nachdenkt, werdet Ihr dankbar sein. Denn daraus, daß Ihr hier seid, darf man wohl schließen, daß Ihr keine große Lust verspürt, Euch der Waranger-Garde in Byzanz anzuschließen oder mit Williams Feinden auf dem Kontinent zu paktieren.«

»Nein, das ist wahr«, räumte er offen ein. »Was verlangt der König?«

»Einen Eid«, antwortete Odo.

»Aber ich habe ihm schon einen Lehnseid geleistet«, wandte Cædmon verständnislos ein.

»Und habt ihn gebrochen, als Ihr geflohen seid. Er will eine Erneuerung. Einen Treueschwur. Vor Zeugen.«

»Ach ja? Soll ich vielleicht im Büßerhemd vor den versammelten Hof treten?« fuhr er wütend auf.

»Das war es, was er wollte«, bestätigte Etienne ungerührt. »Aber ich habe ihm gesagt, daß du das niemals tun wirst...«

»Da hast du verdammt recht...«

»... weil du eben doch nur ein halbwilder Angelsachse bist und einfach nicht weißt, was sich gehört.«

Warte nur, bis wir allein sind, dachte Cædmon verdrießlich. Er warf seinem Freund einen vernichtenden Blick zu, verschränkte die Arme und schwieg beharrlich.

Lanfrancs Mundwinkel zuckte amüsiert. »Euch ist sicher nicht unbekannt, daß ich ein ehrgeiziger Mann bin, Cædmon of Helmsby«, begann er. »Und wenn ich schon die undankbare Aufgabe auf mich nehme, dieses gottverlassene Land in den Schoß der Kirche zurückzuführen, dann, verlaßt Euch darauf, werde ich es auch gründlich tun. Der König wünscht nicht nur, daß ich den englischen Klerus reformiere, er will ebenso, daß wir dieses Land befrieden und eine funktionsfähige Verwaltung aufbauen – kurz gesagt, er verfolgt die gleichen Ziele wie Euer König Alfred, den ihr Engländer so glühend verehrt. Aber diese Ziele werden nur erreichbar, wenn Männer wie Ihr uns unterstützen. Also, was sagt Ihr?«

Als Cædmon die Halle betrat, war das Festessen längst vorüber. Die Bänke hatten sich merklich geleert, und diejenigen, die noch da waren, waren mehrheitlich betrunken.

Trotzdem versiegten die angeregten Unterhaltungen nach und nach, als die Höflinge den jungen, dunkel gekleideten Mann erkannten, der

langsam auf die hohe Tafel zuging, den Blick stur nach vorn gerichtet. Schließlich war es so still, daß Cædmon das Stroh unter seinen Schritten rascheln hörte, und er spürte Dutzende Blicke in seinem Nacken wie tückische, kleine Nadelstiche. Es war noch viel schlimmer, als er vorausgesehen hatte. Es erinnerte ihn an die Zeiten, da er ein Krüppel gewesen war und ihn immer alle anstarrten, wenn er einen Raum betrat. Heute so wie damals schnürte es ihm die Luft ab und erfüllte ihn mit einer beinah unbezähmbaren Wut.
Der König wirkte erhaben mit seiner Krone auf dem Haupt. Cædmon hatte gelegentlich geholfen, das prunkvolle, edelsteinbesetzte Stück wieder sicher in seiner Schatulle im Privatgemach des Königs zu verstauen, und wußte daher, wie unglaublich schwer sie war. Doch William trug sie, als spüre er das Gewicht überhaupt nicht, und die Krone verwandelte ihn, machte das gottgegebene Königtum offenbar. Ein so machtvolles Strahlen schien von ihm auszugehen, daß es die Augen gewöhnlicher Sterblicher beinah blendete. Mehr als in der verschwenderischen Pracht des Hoffestes, als in jedem königlichen Dekret manifestierte sich seine Herrscherwürde in diesem Bild. Und Cædmon hatte schon manches Mal gedacht, wie klug der König war, all seine Vasallen und die Mächtigen seines Reiches diesem einschüchternden Anblick jedes einzelne Mal auszusetzen, wenn sie sich an seinem Hof versammelten.
Ließ man jedoch das Blendwerk außer acht und schaute genauer hin, stellte man fest, daß auch dem König die Strapazen des vergangenen Winters anzusehen waren. Sein Gesicht war kantiger als früher, seine Haltung angespannt. Mit unbewegter Miene sah er Cædmon entgegen, und als Richard, der drei, vier Plätze von seinem Vater entfernt saß, freudig aufsprang, um Cædmon zu begrüßen, warf der König ihm einen so drohenden Blick zu, daß der Junge blaß wurde, sich schleunigst wieder setzte und den Kopf senkte. Matilda an Williams rechter Seite ließ Cædmon nicht aus den Augen. Ihr Blick war ernst, aber freundlich, beinah mitfühlend. Cædmon wurde noch elender davon. Er schlug die Augen nieder, schluckte trocken, und als ihn nur noch ein Schritt von der hohen Tafel trennte, sank er auf die Knie nieder.
»Ich höre«, sagte der König eisig.
»Ich bin gekommen, um Euch meiner Treue und Ergebenheit zu versichern, Sire«, sagte Cædmon. Es klang heiser.
»Habt die Güte und sprecht ein wenig lauter, Monseigneur.«

Cædmon räusperte sich. »Ich bin gekommen…«
»Ja ja, ich bin ja nicht taub. Nun, es wird nicht so leicht sein, mich von Eurer Treue und Ergebenheit zu überzeugen. In Anbetracht der Umstände.« Hier und da erhob sich leises, hämisches Gelächter. Der König wartete, bis es vollkommen verklungen war, ehe er fortfuhr: »Was wollt Ihr tun, um mein erschüttertes Vertrauen zurückzugewinnen?«
»Ich werde einen Eid schwören.«
»Hm. Ich habe in den letzten Jahren nicht immer die besten Erfahrungen mit englischen Eiden gemacht.«
Dieses Mal war das Gelächter deutlich lauter.
Cædmon kam ein grauenvoller Verdacht. Der König hatte nie die Absicht gehabt, ihm einen neuen Eid abzunehmen. Er hatte der Versöhnung nur zum Schein zugestimmt, um diese Gelegenheit zu bekommen, Cædmon vor seinem zwar nicht mehr vollzählig versammelten, aber immer noch recht großen Hof zu demütigen. Ein eisiger Schauer kroch Cædmon über den Rücken. Er hatte keine Ahnung, was er tun sollte. Das hier verlief ganz und gar nicht so, wie Odo und Lanfranc vorhergesagt hatten. Mit Mühe rang er den Impuls nieder, aufzuspringen und zu fliehen. Er wäre ja nicht einmal bis zur Tür gekommen. Statt dessen zwang er seinen Kopf hoch und sah dem König in die Augen. Und was ist mit *deinem* Eid, dachte er bitter. In Berkhamstead, als der Erzbischof von York dir die Krone antrug. Ich war dabei, ich habe mit eigenen Ohren gehört, wie du gelobt hast, dem englischen Volk ein gerechter Herrscher zu sein und alles zu tun, das in deiner Macht steht, um seinen Frieden zu wahren und seine Küsten zu verteidigen. Und was hast du getan? *Was hast du getan?*
Er sagte nichts von alldem. Aber er gab sich auch keine besondere Mühe, seine Gefühle zu verbergen. Und was immer der König in seinem Gesicht sah, bewog ihn zu einem seiner berüchtigten plötzlichen Stimmungswechsel. Das gewinnende Lächeln glomm mit einemmal in den dunklen Augen auf, machte die bleichen, zerfurchten Züge weicher. Es hörte nie auf, Cædmon zu verblüffen, daß dieses Lächeln selbst die prägnante Hakennase zu entschärfen schien.
»Und worauf wollt Ihr schwören, Cædmon?«
»Was immer Euch gutdünkt, Sire.«
Der König erhob sich, trat vor ihn und nahm das goldene Reliquiar ab, das er seit der Schlacht von Hastings zu jedem feierlichen Anlaß um den Hals trug. Er hielt die grobgliedrige Kette in der Hand, während

Cædmon die Linke auf den kleinen Schrein legte und die Rechte zum Schwur hob.
William sah zu Lanfranc. »*Abbé*, wenn Ihr so gut sein wollt ...«
Lanfranc trat zu ihnen und machte Anstalten, Cædmon den genau abgesprochenen Wortlaut des Eides vorzusprechen, aber Cædmon kam ihm zuvor. Er hob den Kopf ein wenig, sah dem König ins Gesicht und sagte: »Ich schwöre Euch Treue und Erfüllung all meiner Lehnspflichten. Euch und die Euren und Euer Reich dies- und jenseits des Kanals mit all meinen Kräften und notfalls mit meinem Leben gegen alle Feinde zu verteidigen. Alles zu tun, was in meiner Macht steht, um Euch und das englische Volk einander nahezubringen. Euch und Eurem Willen zu folgen in allem, was recht ist. Und sollte ich diesen Eid brechen, soll Gott die Hand verdorren lassen, mit der ich ihn schwor.«
Er ließ die Hände sinken und schlug die Augen nieder.
»In allem, was recht ist«, murmelte William.
Lanfranc trat zu ihm und wisperte. So leise, daß niemand außer dem König seine Worte hörte.
Es war lange still. In der Halle erhob sich verhaltenes Raunen und Füßescharren, das Schweigen erfüllte die Gäste mit Unbehagen.
Cædmon spürte sein Herz in der Kehle pochen. Schließlich legte er die Handflächen zusammen und hob sie. »Sire, es ist der einzige Eid, den ich Euch geben kann. Aber Gott ist mein Zeuge, jedes Wort davon ist mir ernst und heilig.«
Plötzlich umschlossen Williams warme, große Hände die seinen. Er hielt sie einen Moment, und Cædmon kniff die Augen zu. Er fühlte sich erlöst. Dann hob der König ihn auf und schloß ihn kurz in die Arme. Warmherzige Gesten waren seiner Natur fremd; er tat sich schwer damit. Warmherzige Worte erst recht. Aber Cædmon wollte auch gar nichts hören.
Die weinselige Hofgesellschaft applaudierte gerührt, und Cædmon dachte gallig, zum Teufel mit euch allen, eben habt ihr mich noch ausgelacht, und hätte er den Eid nicht akzeptiert und mich statt dessen zu Gott allein weiß was verdammt, dann wäre euch das genauso recht gewesen. Mindestens.
Aber er konnte nicht lange grollen. Seine Erleichterung stimmte ihn milde. Erst jetzt wurde ihm wirklich bewußt, wie entwurzelt und verzweifelt er während seiner ziellosen Flucht gewesen war. Er gab sich keinen großen Illusionen hin – William würde immer bleiben, was er

war; ihr nächstes Zerwürfnis würde so sicher kommen wie das Weltgericht. Aber das war letztlich bedeutungslos. Denn nur hier konnte er sein.
William hatte sich abgewandt und sprach leise mit Lucien de Ponthieu. Cædmon verneigte sich vor der Königin und sagte: »Ich stehe sehr tief in Eurer Schuld, Madame.«
Sie nickte. »Leistet dem König fortan treue Dienste, nur so könnt Ihr sie begleichen.« Sie lächelte nicht und war unerwartet kühl. Vermutlich war sie ärgerlich, daß er den Eid vollkommener Unterwerfung, den Lanfranc, Odo und Etienne ihm hatten schmackhaft machen wollen und den sicher auch sie mit ausgeheckt hatte, verweigert hatte.
Er verzichtete auf weitere Beteuerungen, aber ebenso auf jede Rechtfertigung. Matilda war eine großzügige Frau und hatte ein mitfühlendes Herz, aber noch am Schlund der Hölle hätte sie zu William gestanden. Widerstand gegen ihn betrachtete sie als persönlichen Affront. Und mochte sie auch die treibende Kraft hinter dieser Versöhnung sein, hieß das offenbar noch lange nicht, daß sie ihm die Beleidigung so ohne weiteres verzieh.
Cædmon überlegte unbehaglich, ob er wohl entlassen war und sich an einen weniger exponierten Platz zurückziehen durfte, als Lanfranc ihn zu sich winkte.
Auf Cædmons fragenden Blick hob die Königin die Hand zu einer knappen Geste, und erleichtert trat er zu dem großen Abt in den Schatten einer Säule.
»Mein Glückwunsch, Thane«, raunte Lanfranc. »Wißt Ihr, ich kenne den König seit beinah zwanzig Jahren, aber wenn Ihr mich vorher gefragt hättet, hätte ich gesagt, daß Ihr niemals damit durchkommt.«
Cædmon lächelte verlegen. »Ich wußte nicht, daß Ihr ihm schon seit so langer Zeit verbunden seid.«
Lanfranc lachte in sich hinein. »Anfangs waren wir nicht gerade ›verbunden‹. Ich habe alles unternommen, was in meiner Macht stand, um seine Heirat mit Matilda zu vereiteln.«
Cædmon war verblüfft. »Oh. Warum?«
»Weil es der Wunsch Seiner Heiligkeit war, natürlich.«
»Verstehe. Ich muß gestehen, es verwundert mich ein wenig, daß Ihr dennoch einer seiner engsten Vertrauten geworden seid.«
Der Abt neigte den Kopf und betrachtete ihn amüsiert. »Tatsächlich? Mich verwundert, daß Euch das verwundert. Ich dachte, gerade Ihr

wüßtet, wie sehr Opposition ihm imponiert. Wenn sie wohldosiert ist, versteht sich. Andernfalls zertritt er sie unter seinem Absatz.«
Cædmon atmete tief durch. »Ich kann nicht behaupten, daß ich Euer Kalkül besitze, Monseigneur. Ich habe das einzige getan, was mir zu tun übrigblieb.«
Lanfranc lächelte kurz. »Ein gesunder Instinkt ist mindestens soviel wert wie Kalkül.«
»Wie habt Ihr Euch ausgesöhnt?« fragte Cædmon neugierig.
»Nun, William verbannte mich aus der Normandie, und ich machte mich auf den Weg zur Grenze, aber ein lahmes Pferd war alles, was mein Abt in Bec mir hatte geben können. Unterwegs traf ich William.«
»Rein zufällig, natürlich«, murmelte Cædmon.
»Natürlich. Ich sagte ihm, ich würde seinem Befehl schneller Folge leisten, wenn er mir ein besseres Pferd gäbe. Er hat gelacht. Er besitzt viel Humor, wißt Ihr. Und dann kamen wir ins Gespräch, und er beschloß, meine Verbannung aufzuheben.«
Cædmon nickte nachdenklich. »Bec. Natürlich. Ihr wart dort Prior, ehe Ihr Abt in Caen wurdet, nicht wahr? Und Papst Alexander war Euer Schüler dort, entsinne ich mich recht? Also habt *Ihr* den päpstlichen Dispens für William und Matilda erwirkt, als Alexander Papst wurde?«
Lanfranc neigte den Kopf ein klein wenig, es war nicht wirklich ein Nicken. »Ich fange an zu verstehen, warum der König ungern auf Euch verzichten will...«
»Und was war vor der Eroberung? Die Delegation zum Papst, die heiligen Reliquien, das ganze Gefasel vom Heiligen Krieg...«
»Na, na«, machte Lanfranc mißbilligend. Doch dann lächelte er. »Ihr habt schon recht. Gute Beziehungen nach Rom sind mit keinem Geld der Welt zu bezahlen ... Und jetzt dreht Euch um. Der König harrt ungeduldig Eurer Aufmerksamkeit.«
Cædmon fuhr herum, und als William ihn zu sich winkte, trat er näher. »Ich bin sicher, Ihr wollt Euch bald zurückziehen, aber zuvor möchte ich Euch noch den jüngsten Neuzugang meines Haushalts vorstellen ... Da ist er schon.«
Verwirrt sah Cædmon Lucien de Ponthieu auf sich zukommen. Vor dem König hielt er an, verneigte sich, trat dann beiseite und gab den Blick auf den halbwüchsigen Knaben frei, der ihm gefolgt war.
Cædmon vergaß alle Etikette. »Eadwig!« Er zog ihn an sich, noch ehe

der Bruder Gelegenheit hatte, seine formvollendete Verbeugung vor dem König zu beenden. Als Cædmon spürte, wie der Junge sich versteifte, ließ er ihn los und trat einen Schritt zurück. »Wie … was …« Er schüttelte mit einem seligen Lachen den Kopf. »O mein Gott, Eadwig, welcher Zauber bringt dich hierher?«

Eadwig lächelte scheu, zog ihn ein Stück beiseite und berichtete. Von seiner Todesangst, nachdem er in Metcombe den Dänen in die Hände gefallen war, von den Ketten, den derben Späßen und Schlägen. Von seinem Heimweh und dem schlechten Gewissen, das ihn quälte, wenn er an Cædmon und an seine Mutter dachte. Von seiner abgrundtiefen Furcht vor der Sklaverei und seinem unversöhnlichen Haß auf die Dänen. Und wie sich alles geändert hatte, als der dänische Prinz ihn zu sich nahm. Dann berichtete er von der Nacht, als Hyld und Erik plötzlich in Axholme erschienen waren, und alles, was sich bis zu ihrer Rückkehr nach Helmsby zugetragen hatte.

Sie hatten die Köpfe zusammengesteckt und redeten lange. Cædmons Brust zog sich zusammen, als er hörte, daß all die Schrecken, die er in Northumbria erlebt hatte, auch Eadwig und Hyld nicht erspart geblieben waren.

»… und dann erschien der König vor zwei Wochen in Helmsby«, schloß Eadwig. »Ich habe Mutter noch nie so aufgeregt erlebt. Er hat lange mit ihr gesprochen. Dann mit Alfred, und in Alfreds Begleitung hat der König die Burg bis in den letzten Winkel inspiziert. Er war sehr zufrieden, das sag' ich dir. Er blieb über Nacht, hat in deinem Bett geschlafen, nebenbei bemerkt, und am nächsten Morgen sprach er wieder mit Mutter und mit Hyld, und dann kam Alfred und sagte, Leif und ich sollten uns reisefertig machen, der König wolle uns mit an seinen Hof nehmen.«

»Eriks Bruder?« fragte Cædmon fassungslos. »Der Bruder eines dänischen Piraten ist Knappe am königlichen Hof?«

Eadwig schüttelte ungeduldig den Kopf. »Der Großneffe des ehemaligen norwegischen Königs.«

»Ach, richtig.« Cædmon rieb sich die Stirn und überdachte die Neuigkeiten. »Arme Hyld. Wie furchtbar muß es sie getroffen haben, als der kleine Olaf starb.«

Eadwig schlug die Augen nieder und nickte. Sie sagten eine Weile nichts. Dann bemerkte er: »Aber sie ist wieder schwanger. Und seit Olaf tot ist, redet Mutter wieder mit ihr. Es ist ganz seltsam, weißt

du …« Er schüttelte verständnislos den Kopf. »Plötzlich hat sie ihr verziehen. So als hätte Hyld auf einmal irgendeine Schuld beglichen.«
Eine sehr scharfsinnige Beobachtung für einen vierzehnjährigen Jungen, dachte Cædmon.

»Ich hoffe nur, Erik kommt aus dem Krieg zurück«, sagte Eadwig leise.

»Sei unbesorgt. Das wird er bestimmt. Erik ist wie ein falscher Penny, er kommt immer zurück, darauf möcht' ich wetten.«

»Du hältst nichts von ihm?« fragte Eadwig besorgt.

»Doch. Ich fürchte, ich halte sogar eine Menge von ihm, auch wenn ich ums Verrecken nicht sagen könnte, warum eigentlich.« Er grinste ein bißchen verschämt und wechselte das Thema. »Und wie kommst du hier zurecht? Bist du stolz, daß der König dich ausgewählt hat?«

Eadwigs Augen leuchteten auf. »Natürlich!«

Richard war unbemerkt zu ihnen getreten. »Mir ist unbegreiflich, was er an dem Leben hier findet. Lucien de Ponthieu schikaniert ihn von früh bis spät.«

Cædmon legte dem Prinzen kurz die Hand auf die Schulter. »Richard! Wie steht's mit der Grammatik?«

Richard grinste, wurde aber sofort wieder ernst und senkte den Kopf. »Ich habe jeden Tag gebetet, daß du zurückkommst, Cædmon.«

»Ich bin geehrt.«

Sie unterhielten sich ein Weilchen, und Cædmon stellte zufrieden fest, daß Richard beachtliche Fortschritte in Englisch gemacht hatte. Vielleicht hatte auch Eadwigs Gesellschaft dazu beigetragen. Er konnte es immer noch nicht so recht fassen, daß sein Bruder hier unversehrt vor ihm stand. Und er war dem König dankbar und nicht wenig geschmeichelt, daß er ausgerechnet Eadwig als Gefährten für die Prinzen ausgewählt hatte.

Als die Jungen sich höflich verabschiedeten, weil es längst Zeit für sie war, schlafen zu gehen, hielt er Eadwig mit einem gemurmelten Wort zurück.

»Wie schlimm ist es mit Lucien de Ponthieu?«

Eadwig schnitt eine vielsagende Grimasse, sagte aber nichts.

»Willst du, daß ich mit ihm rede?«

Sein Bruder überlegte einen Augenblick. Dann schüttelte er den Kopf.

Cædmon klopfte ihm seufzend die Schulter. »Gute Nacht, Eadwig of Helmsby.«

Eadwig grinste. »Gute Nacht, Thane.«

Cædmon schlenderte die Seitentische entlang, bis er seine Freunde entdeckte. Er beobachtete sie einen Augenblick mit Muße. Roland Baynard, Etienne fitz Osbern, ihre Brüder und ein paar weitere junge normannische Adlige saßen vor vollen Bechern und würfelten, auch Lucien de Ponthieu war dabei. Cædmon zögerte, entschied dann, sich ihnen anzuschließen, als ein eiliger Page ihn fast über den Haufen rannte und einen halben Becher Wein über Cædmons Ärmel verschüttete.
»Herrgott, paß doch auf, Bengel!«
»Ich bitte vielmals um Verzeihung, Thane.« Zerknirscht zückte der Page einen schmuddeligen Lumpen, wischte halbherzig über das Malheur und machte alles noch ein bißchen schlimmer.
Cædmon erkannte verblüfft, daß der Junge trotz des normannischen Haarschnitts Engländer war, und fragte sich, wessen Sohn er wohl sein mochte, als der Page ihm zuraunte: »Geht in die Kanzlei. Jetzt gleich.«
»Was...«
Aber der Junge war schon davongeeilt.
Verwundert, beunruhigt und neugierig verließ Cædmon die Halle, stieg eine Treppe hinauf und ging den Gang entlang zu dem Raum, wo die Mönche der königlichen Verwaltung die Steuer-, Pacht- und Zolleinnahmen der Krone verzeichneten und den Ausgaben gegenüberstellten. Von früh bis spät kritzelten sie endlose Pergamentrollen mit ebenso endlosen Zahlenreihen voll. Cædmon hatte nicht häufig Grund, die Kanzlei aufzusuchen, aber wann immer er diese gewissenhaften, ernsten Männer über ihre Arbeit gebeugt sah, bedauerte er sie. Welch ein tristes Dasein sie fristeten.
Doch so emsig sie auch waren, zu dieser späten Stunde waren sie nicht mehr am Werk. Ganz abgesehen davon, daß Feiertag war. Die Tür quietschte vernehmlich, ein wenig Licht aus dem Korridor fiel in den dunklen, verwaisten Raum. Cædmon nahm eine Fackel mit hinein. Das Licht tanzte über die Schriftrollen und dicken Lederbände auf den Stehpulten, Tischen und den Regalen entlang der Wände. Die Mäuse, die hier so vortrefflich gediehen und sich in den alten, verstaubten Jahrgängen ihre Nester bauten, huschten raschelnd ins Dunkel.
»Hallo?« raunte Cædmon. Er kam sich albern vor. Wer in aller Welt sollte um diese Zeit schon hier sein? Dieser Page konnte was erleben...
»Cædmon.«
Um ein Haar hätte er die Fackel fallen lassen, und all die vielen Zahlen und Ziffern wären in Rauch aufgegangen.

»Aliesa...«
Er wich entsetzt einen Schritt zurück. Sein erster Impuls war, sich umzuwenden und das Weite zu suchen. Aber das brachte er natürlich nicht fertig. Statt dessen schüttelte er wie benommen den Kopf, rieb sich das Kinn an der Schulter und befestigte zögernd die Fackel neben ihr in einer Halterung an der Wand. Als die Flamme zur Ruhe kam, tauchte sie ihr Gesicht in weiches, gelbes Licht; ihre Wimpern warfen lange Schatten auf ihre perfekten, sahneweißen Wangen.
»Was hat das zu bedeuten, Madame?«
»Ich ... konnte heute abend nicht am Festmahl teilnehmen«, bemerkte sie beiläufig. Die normannische Art auszudrücken, daß sie nicht hatte mit ansehen wollen, wie er vor dem König zu Kreuze kroch, mutmaßte er.
»Das ist mir aufgefallen.«
Sie hob den Blick und lächelte schwach. »Trotzdem wollte ich nicht versäumen, Euch zu sagen, wie froh ich bin, daß Ihr zurückgekommen seid und der König Einsicht gezeigt hat.«
»Und zu dem Zweck bestellt Ihr mich hierher? Es ist noch keine Stunde her, daß ich den Kopf aus der Schlinge gezogen habe, und schon legt Ihr mir die nächste um.«
Sie hob das Kinn und drehte den Kopf leicht zur Seite – eine Geste voller Hochmut und Verächtlichkeit. Sie erinnerte ihn vage an seine Mutter, und das machte es ihm leichter, ihr standzuhalten. Er verschränkte die Arme, lehnte sich mit den Schultern an die geschlossene Tür und wartete.
Ihre Lider senkten sich ein wenig und verschleierten ihren Blick. Dann verzogen sich ihre Mundwinkel für einen kurzen Moment nach oben, ehe sie sich auf die Unterlippe biß.
»Cædmon«, sagte sie leise. »Für mich ist es auch nicht leichter als für Euch. Als wir hörten, daß Ihr England verlassen hattet ... Ich wußte nicht mehr ein noch aus. Ich dachte, ich würde Euch nie wiedersehen. Und ich habe mir so sehr gewünscht, wir hätten uns nur ein einziges Mal die Wahrheit gesagt.«
Er machte einen Schritt auf sie zu und zog sie an sich. Auf einmal war es ganz leicht. Die naheliegendste Sache der Welt. Er legte die Arme um sie und drückte die Lippen auf ihren Scheitel.
»Entschuldige.« Er wollte ihr tausend Dinge sagen, und allesamt waren sie die Wahrheit, wenn auch nicht besonders originell. Aber er

bekam keine Gelegenheit. Sie hob den Kopf, sah ihm in die Augen und preßte ihre Lippen auf seinen Mund. Dann legte sie die Arme um seinen Hals.

Cædmon preßte sie an sich, drückte ihr fast die Luft ab und küßte sie. Ihre Zunge war flinker als die seine, schlängelte sich schamlos vor, spielte mit seinen Zähnen.

Er ließ die Hände abwärts gleiten, fahrig, fiebrig vor Ungeduld, über ihre Brüste, umfaßte ihre Taille und zog sie fester an sich, damit sie wußte, wie es um ihn stand und was er wollte.

Sie lachte – ein kleiner, atemloser Laut, krallte die Linke in seine schulterlangen Haare und tastete mit der Rechten nach dem Saum seines Übergewands.

Cædmon spürte einen herrlichen, leichten Schwindel. Ihre Verwegenheit berauschte ihn. Keine Frau hatte ihn je so sehr gewollt. Er streifte das sittsame Tuch von ihrem Kopf, und der silberne Stirnreif rollte ein kleines Stück und glitzerte im Fackelschein. Mit ungeschickten Fingern löste er ihre Flechten, während ihre warme, schmale Hand einen Weg in seinen Hosenbund fand und sein pralles Glied umfaßte. Er kniff die Augen zu und stöhnte leise, riß sich mit einer Hand den Mantel herunter, warf ihn auf den Boden, zog sie darauf hinab und befreite sich einen Augenblick, um ihre Röcke hochzuschieben und seinen Gürtel zu lösen, doch selbst das dauerte ihr zu lange. Sie richtete sich auf die Ellbogen auf, zerrte voller Ungeduld an seinen Hosen und zog ihn dann zwischen ihre angewinkelten Knie. Er drang in sie ein, hart, aber nicht roh, voller Hingabe, voller Liebe. Aliesa drängte sich ihm entgegen, fand mit den Lippen wieder seinen Mund und nahm behutsam seine Unterlippe zwischen die Zähne. Cædmon lachte leise. Dann umschloß er ihr Gesicht mit den Händen, küßte sie und stieß gierig und stürmisch in sie hinein.

Es war ein kurzer Akt, heftig, aber voller Zärtlichkeit. Als sie schließlich still lagen, immer noch ineinander verschlungen und außer Atem, spürte Cædmon ein leises Bedauern, daß ihm keine Zeit geblieben war, sie auszuziehen und anzuschauen und zu fühlen. Er hatte ungezählte Male davon geträumt, hatte sich jedes Detail ausgemalt, die Brüste, den Bauchnabel, das schwarze Dreieck ihrer Schamhaare, die Knie, die Knöchel … All das hatte er sich vorgestellt, jedesmal, wenn er Gytha auszog oder irgendein anderes Mädchen. Und jetzt hatte er nichts von alldem gesehen. Nun, vielleicht beim nächstenmal. Er wandte den

Kopf ab, um sein flegelhaftes Grinsen zu verbergen, löste sich behutsam, richtete sich auf und brachte seine Kleider in Ordnung.
Aliesa folgte seinem Beispiel.
Dann saßen sie auf dem staubigen Dielenboden und sahen sich an. Cædmon hob die Linke und legte sie auf ihre Wange. Aliesa umfaßte seine Hand, führte seine Finger an die Lippen, küßte sie und ließ sie dann los.
»Ich war nicht sicher, ob du das tun würdest«, gestand sie mit einem kleinen, beinah verlegenen Lächeln.
»Dann unterschätzt du deine Reize.«
Das Lächeln wurde eine Spur breiter, ehe sie den Blick niederschlug. »Ich dachte, du liebst ihn vielleicht mehr als mich.«
Er zuckte fast unmerklich zusammen. Bis zu diesem Augenblick war es ihm gelungen, Etienne vollkommen aus seinen Gedanken zu bannen. Dann schüttelte er den Kopf. »Ich liebe dich schon viel länger als ihn, weißt du.«
Sie sah ihn verständnislos an, und er erzählte ihr von dem Tag in Beaurain, als sie den Falken geküßt hatte.
Sie nickte unerwartet. »Ja, ich habe dich gesehen. Ich habe auch gesehen, wie du auf Luciens Pferd gestiegen bist. Und gebetet, daß du durchs Tor kommst.«
Er lächelte verblüfft, legte den Arm um ihre Schultern und zog sie an sich. Für einen Moment lehnte sie den Kopf an seine Brust, doch dann machte sie sich los. »Wir sollten lieber gehen.«
Cædmon nickte bedauernd. Er stand auf, streckte ihr die Hände entgegen und zog sie auf die Füße. Dann bückte er sich und reichte ihr das *couvre-chef*, das zusammengeknüllt am Boden lag.
»Es ist ganz verknittert«, bemerkte er zerknirscht.
Sie lachte und zuckte mit den Schultern. »Komm und hilf mir mit den Haaren.«
»Was muß ich tun?«
»Streich sie glatt und zerteil sie in drei gleiche Teile. Ein einfacher Zopf muß reichen.«
Er tat, wie ihm geheißen, und sah dann gebannt zu, während sie die lange schwarze Flut geschickt flocht.
»Wird er nichts merken?« fragte er leise. Er fühlte sich erbärmlich dabei.
Sie antwortete nicht, bis das Tuch ihre Haare bedeckte und der Stirn-

reif richtig saß. Dann wandte sie sich zu ihm um und sagte: »Nein. Er ist betrunken. Ich werde schon schlafen, wenn er kommt. Oder zumindest so tun.«

Er nickte und beneidete sie um ihre Gelassenheit.

Sie legte die Arme um seinen Hals und küßte ihn auf die Wange. Er zog sie an sich, vergrub das Gesicht an ihrem Hals und sog ihren Duft tief ein.

Sie küßte seine Schläfe. »*Bonne nuit*, Cædmon«, flüsterte sie. »Träum von mir.«

Dann war sie verschwunden.

Cædmon befand sich in einem Fegefeuer widersprüchlicher Empfindungen. Sein langgehegter Traum, seine größte Sehnsucht hatte sich erfüllt. Und es erschien ihm gar nicht so unfaßbar, jetzt da es einmal geschehen war. Im Gegenteil. Es war richtig, in gewisser Weise unvermeidbar gewesen. Er war überzeugt, ein so heftiges, beständiges Gefühl wie seines konnte auf Dauer nicht ohne Folgen bleiben. Aber natürlich quälte ihn sein Gewissen. Etienne ließ niemanden im Zweifel darüber, wie selig er über Cædmons Rückkehr war, wich während der ersten Tage kaum je von seiner Seite und überhäufte ihn mit Bekundungen seiner Großzügigkeit und Freundschaft. Und dann verfluchte Cædmon sich und gelobte, der Sache sofort ein Ende zu machen. Doch wenn Aliesa ihn das nächste Mal zu einem heimlichen Rendezvous bestellte – sie war erstaunlich erfinderisch darin –, wurde er jedesmal schwach. Sie trafen sich vor Tau und Tag oder spätabends in abgelegenen Außengebäuden oder gar in der Sakristei der Kapelle – nie zweimal hintereinander am selben Ort. Es waren immer flüchtige Begegnungen, verstohlen und hastig, leises Rascheln und Flüstern in der Dunkelheit. Nur einmal hatten sie gewagt, sich von einer großen Jagdgesellschaft abzusetzen, waren ein weites Stück durch den Wald geritten, bis sie an einen stillen, kleinen See kamen, meilenweit weg von den restlichen Jägern und jedweder menschlichen Siedlung. Dort hatten sie zum erstenmal Muße, liebten sich zum erstenmal unbekleidet, und Cædmon stellte ohne jede Verwunderung fest, daß alles an Aliesa makellos war – in seinen Augen jedenfalls. Die rundlichen Schultern, die hohen, beinah üppigen Brüste mit den zartrosa Spitzen, der flache, weiche Bauch, die schlanken, aber muskulösen Beine, selbst die winzigen, verkümmerten kleinen Zehen fand er anbetungswürdig. Das gestand er freilich nur seiner Laute, wenn er abends allein in einem stillen Winkel saß, neue Melodien und törichte, oft schwülstige und niemals gesungene Verse ersann…

»… ließen die angelsächsischen Könige in allen befestigten Stadtanlagen Münzen einrichten, die von königlich bestellten, sorgsam ausgebildeten Münzern betrieben wurden. Etwa alle zwei Jahre ließ der König die Münzen einschmelzen und neue prägen. Die Gußformen für die neuen Münzen mußten die Münzer sich in Winchester abholen. Die Könige taten dies, um die gleichbleibende Qualität des Silbergeldes zu sichern … Angeblich. In Wahrheit gaben sie jedoch jedesmal einen Geheimbefehl aus, das Münzsilber mit Kuhscheiße und Kröteneiern zu gleichen Teilen zu strecken, damit das englische Geld bis zum Tage der normannischen Eroberung praktisch wertlos wurde.«

Als die Stimme verstummte, kehrte Cædmon aus weit entfernten Gefilden in die Gegenwart zurück und hob den Kopf. »Sehr schön, Rufus.«

Richard, Eadwig, Leif und die anderen jungen Knappen prusteten los. Cædmon runzelte unwillig die Stirn. »Was ist so komisch?«

»Du, Cædmon«, antwortete Richard offen. »Du hast nicht zugehört. Rufus hat die infamsten Lügen über das englische Münzsystem erzählt, das doch selbst der König immer in höchsten Tönen löbt … lobt.«

Cædmon bedachte den Übeltäter mit einem drohenden Stirnrunzeln. »Flegel. Sei lieber vorsichtig.«

Rufus nickte unbekümmert. »Ich weiß immer ziemlich genau, was ich mir bei wem leisten kann. Und die Rechnung geht meistens auf, es sei denn, mein Bruder fällt mir in den Rücken.«

Cædmon verzog den Mund zu einem ironischen Lächeln. Er ließ sich seine Verärgerung nicht anmerken. Schließlich hatte der Junge sich nur einen harmlosen Scherz erlaubt – auf den ersten Blick jedenfalls. Tatsächlich verbarg sich ein bißchen mehr dahinter, aber niemand außer Cædmon und Rufus wußte das.

Cædmon machte eine auffordernde Geste. »Da ich heute anscheinend zu langsam für euch bin, entlasse ich euch ein bißchen früher als gewöhnlich in Bruder Rollos Obhut. Ich weiß, wie sehr ihr dem Leseunterricht entgegenfiebert.«

Ein vielstimmiges Stöhnen war die Antwort.

Cædmon vermutete, es war Lanfranc, der dem König diese alberne Idee in den Kopf gesetzt hatte, daß nämlich junge Männer von Rang des Lesens mächtig sein sollten, damit sie von ihren Verwaltern nicht betrogen wurden oder damit sie in ihren Mußestunden die Bibel studieren konnten, statt immer nur zu würfeln und zu zechen – Cædmon kannte den Grund nicht, und er fand die Vorstellung von einem lesenden Ritter unsäglich albern –, doch der König hatte angeordnet, daß die Knappen am Hofe fortan von einem seiner Schreiber in dieser mysteriösen Kunst unterwiesen werden sollten. Sie haßten diesen Unterricht weitaus mehr als den bei Lucien de Ponthieu, und Cædmon dachte mit leisen Gewissensbissen, daß er sie alle für seinen Mangel an Aufmerksamkeit büßen ließ.

»Na los, worauf wartet ihr, verschwindet.«

Sie erhoben sich murrend von dem gescheuerten Eichentisch in ihrem Quartier, wo Cædmon sie bei schlechtem Wetter immer unterrichtete, um sich auf die Suche nach dem sauertöpfischen Mönch und seinen verfluchten Büchern zu begeben.

Cædmon blieb allein zurück, stützte das Kinn auf die Faust und sann über diesen unbedeutenden kleinen Zwischenfall nach, über andere Dinge, die ihm in den letzten Wochen an Rufus aufgefallen waren, und fragte sich vage, was sich wohl dahinter verbarg. Aber er konnte sich nicht lange damit befassen. Innerhalb kürzester Zeit kehrten seine Gedanken zu Aliesa zurück. Er legte den Kopf auf die verschränkten Arme und ergab sich dem vertrauten Wechselbad aus Verzückung, Scham und Traurigkeit.

»Cædmon? Fehlt dir etwas?«

Er fuhr erschrocken auf. »Was hast du hier verloren, Eadwig? Scher dich zum Unterricht. Was ich sage, gilt für dich genauso wie für jeden ... Junge, du bist ja kreidebleich. Was ist passiert?«

»Etienne fitz Osbern schickt mich. Cædmon ...« Eadwig brach ab.

Gott, nicht Aliesa, dachte Cædmon. Seine Augen verengten sich zu schmalen Schlitzen. »Raus damit. Mach schnell.«

Eadwig riß sich zusammen. »Die Dänen sind in East Anglia eingefallen. Etienne sagt, der König will sofort losmarschieren, und er verlangt nach dir.«

»Wo in East Anglia? Helmsby? Metcombe?«

Sein Bruder schüttelte den Kopf. »In Ely.«

Cædmon sprang so abrupt auf, daß der Hocker polternd umkippte. »Guthric ...«

Helmsby, Juni 1070

»Cædmon, ich kann mich des Eindrucks einfach nicht erwehren, daß die Dänen die Mönche von Ely ganz besonders ins Herz geschlossen haben.«

»Das scheint mir auch so, Sire.«

»Auf jeden Fall behandeln sie sie weitaus rücksichtsvoller als die bedauernswerten Brüder der Abtei von Peterborough«, fuhr der König fort.

»In Ely ist auch nicht so viel Gold zu rauben wie in Peterborough. Außerdem hat Ely keinen normannischen Abt«, gab Cædmon zu bedenken.

Der König sah ihn finster an. »Soll das vielleicht eine Entschuldigung sein?«

»Nur eine Erklärung, Sire.«

Seit Wochen hatten sich die Dänen auf der Klosterinsel von Ely verschanzt, und die englischen Rebellen unter dem inzwischen sagenumwobenen Hereward hatten sich ihnen dort angeschlossen. Die Mönche, allen voran ihr Abt Thurstan – ein Freund und Waffenbruder von Harold Godwinson, hieß es –, hatten ihre Gäste mit etwas mehr als der ihrem Orden gebotenen Gastfreundschaft aufgenommen. Und als Dänen und Rebellen am zweiten Juni die märchenhaft reiche Abtei von Peterborough überfallen, niedergebrannt und bis auf das letzte golddurchwirkte Altartuch ausgeraubt hatten, selbst da hatte Thurstan sie anschließend wieder herzlich willkommen geheißen. Denn der Abt von Peterborough war ein Normanne, der seine Mönche mit eiserner Hand regierte und sie mit einer normannischen Leibgarde in Angst und Schrecken versetzte, und Abt Thurstan war offenbar der Ansicht, es wäre dem Seelenheil des normannischen Bruders zuträglich, wenn sein Haus vom weltlichen Tand befreit werde und er selbst so zu mönchischer Demut zurückfinden könne.

So waren Dänen und Rebellen gleichermaßen schwer beladen mit Gold und Silber aus Peterborough nach Ely zurückgekehrt, doch langsam, so hatte ein Aalfischer Cædmon erzählt, gab es Reibereien und Engpässe. Selbst die fruchtbare Erde der Klosterinsel und die Bauern ihrer vier Dörfer konnten so viele Menschen auf Dauer nicht ernähren. Die Vorräte wurden knapp. Die Dänen waren seit über einem Jahr auf englischem Boden und hatten praktisch nichts erreicht. Und so kriegswütig sie auch sein mochten, liebten sie den Krieg doch nur dann, wenn er Beute brachte. Peterborough war ihr erster einträglicher Raubzug gewesen, doch jetzt war der König von England mit seinen Truppen in East Anglia. Und den Dänen war letztlich genau das geschehen, was sie in Axholme mit so weiser Voraussicht vermieden hatten: Sie saßen in Ely wie die Ratten in der Falle.

Alfred trat unauffällig heran und brachte dem König einen vergoldeten Becher mit Wein – Cædmons bestes Stück und sein bester Tropfen. Cædmon nickte seinem Vetter dankbar zu, und Alfred schmuggelte ein breites Grinsen und eine komische, halb ehrfürchtige, halb unverschämte Grimasse in seine Richtung, ehe er auch die anderen Gäste bewirtete.

Die Halle war fast menschenleer. Die Leute vom Gut, die Housecarls und ihre Familien, selbst Onkel Athelstan hatten das Feld räumen müssen. Nur eine Handvoll normannischer Adliger und Ritter warteten mit dem König: Etiennes Vater Guillaume fitz Osbern, des Königs Bruder Robert und Guillaume de Warenne, einer der großen Helden von Hastings, der zu den engsten Beratern des Königs zählte. Er ging rastlos hinter der hohen Tafel auf und ab, wobei er in regelmäßigen Abständen die Nase hochzog. Er litt offenbar an einem Sommerschnupfen. Schließlich hielt er vor dem König an und sagte mit mühsam unterdrückter Heftigkeit: »Ich kann nicht begreifen, wieso wir hier sitzen und auf dieses verfluchte Heidenpack warten, um zu verhandeln. Warum räuchern wir das verdammte Rebellennest nicht aus?«

»Beruhigt Euch, Warenne. Und mäßigt Euch«, riet der König mit einem leicht mißfälligen Unterton. »Uns allen hier ist bewußt, daß Ihr besonderen Grund habt, diesen Hereward zu verabscheuen, aber im Augenblick geht es nicht um englische Rebellen, sondern um den König von Dänemark. Außerdem hat Cædmon durchaus recht, wenn er sagt, Ely sei so gut wie uneinnehmbar.«

Warenne warf Cædmon einen mörderischen Blick zu. »Wenn mein Bruder einer dieser aufständischen Mönche wäre, würde ich gewiß das gleiche sagen. Aber mein Bruder ist tot. Abgeschlachtet, auf schändlichste Weise überfallen und ermordet von Hereward und seiner Bande verlauster Bauernlümmel...«

Williams Geduld erschöpfte sich. »Ja, ich habe mich auch schon häufiger gefragt, wie Euer Bruder ausgerechnet einem solch erbärmlichen Häuflein zum Opfer fallen konnte...«

Warenne wurde kreidebleich und schwieg. Der König lächelte zufrieden. Und Cædmon dachte nicht zum erstenmal: Der Tag wird kommen, da du den letzten deiner Freunde von deiner Seite treibst...
Hufschlag erklang im Innenhof. Kurz darauf öffnete sich die Tür zur Halle, Lucien trat ein und verneigte sich tief vor dem König. »Prinz Knut von Dänemark und sein Mund, Sire.«
William nickte knapp. »Er sei mir willkommen.«
Lucien wandte sich ab, ging zurück zur Tür und hielt sie einladend auf. Mit leichten, federnden Schritten kam der junge dänische Prinz herein. Ohne Scheu und ohne alle feierliche Gemessenheit durchschritt er den langen Raum. Vor William machte er halt und neigte höflich den Kopf. Es war keine Verbeugung. Er sagte etwas in seiner Sprache, die Cædmon nach wie vor unmelodisch und krächzend erschien, und Knuts »Mund«, der junge Mann, der dem Prinzen in gebührlichem Abstand gefolgt war, trat einen Schritt vor und übersetzte:
»Im Namen seines Vaters, König Sven, entbietet Prinz Knut Euch seinen Gruß. Schwager, wo sind meine Frau und mein Sohn?«
Cædmons Miene blieb vollkommen ungerührt, nicht einmal das leiseste Blinzeln hätte verraten können, daß er den Übersetzer des dänischen Prinzen kannte. Wortgetreu übersetzte er seinen Gruß ins Normannische.
»Seid auch Ihr gegrüßt, Prinz Knut, und erweist Uns die Ehre, Uns an der Tafel Gesellschaft zu leisten«, antwortete William mit ausdrucksloser Miene.
Cædmon wiederholte dies in englischer Sprache und fügte nahtlos an: »Hyld ist hier. Es geht ihr gut, sie erwartet ein Kind.«
Erik übersetzte die Einladung. Der Prinz trat an die Tafel, ließ sich ein gutes Stück von William entfernt nieder, stützte flegelhaft die Ellbogen auf und sagte etwas.
»Der Prinz dankt deinem König, und es wird ihm eine Freude sein, mit einem so ruhmreichen Feind zu trinken. Weißt du irgend etwas über meine Geschwister?«
Cædmon übermittelte die Antwort, während Alfred dem Prinzen einen Becher erstklassigen Helmsby-Met brachte. Sie waren übereingekommen, daß Met einen dänischen Prinzen wahrscheinlich versöhnlicher stimmte als der saure, französische Wein, den die Normannen so liebten.
»Laßt Eure Köchin wissen, sie kann auftragen, Cædmon«, beschied

William. »Und fragt Knut, wie lange sein Vater noch gedenkt, den schönen englischen Sommer zu genießen.«
Cædmon gab Alfred ein unauffälliges Zeichen, der sich auf leisen Sohlen entfernte, um der Köchin Bescheid zu geben. Unterdessen übersetzte Cædmon und sagte zu Erik: »Leif und Irmingard sind beide hier. Sei unbesorgt.«
Prinz Knut warf seinem Übersetzer einen verwirrten Blick zu, vermutlich fragte er sich, was zwei nordische Namen in der Unterhaltung zu suchen hatten.
Erik ignorierte den Blick des Prinzen ebenso wie die Frage des Königs. Die bleigrauen Augen sahen Cædmon unverwandt an.
»Was ist mit meinem Sohn?«
»Erik…«
»Was ist mit meinem Sohn?!«
»Dein Sohn ist tot.«
»Cædmon …«, meldete der König sich beunruhigend leise zu Wort.
»Ich weiß, Sire. Ich tue, was ich kann, um Eure Frage an den dänischen Prinzen zu übermitteln, aber…«
Erik hatte sich von der Tafel abgewandt, sie sahen nur seinen Rücken. Der Prinz stellte in schneidendem Tonfall eine Frage und bekam eine einsilbige, leise Antwort. Knut sprach wieder, aber Erik fiel ihm ins Wort, fuhr ihm regelrecht über den Mund und wandte sich endgültig ab. Er hatte noch keine zwei Schritte zurückgelegt, als der Prinz aufgesprungen war, ihn packte, ein großes Jagdmesser an seine Kehle hielt und sehr ruhig, aber drohend etwas zu ihm sagte.
Erik stand reglos, hatte den Kopf abgewandt und schwieg.
Der Prinz schüttelte ihn und sprach eindringlich im Befehlston auf ihn ein, als zu Cædmons größter Verblüffung Eadwig hinzutrat und bedächtig sprach.
Der dänische Prinz ließ von Erik ab, schien ihn augenblicklich zu vergessen und legte Eadwig seine mächtige Pranke auf die Schulter. »Eadwig, mein kleiner Freund!«
Eadwig tauschte ein paar gemurmelte Worte mit ihm, ehe er sich mit einer tiefen Verbeugung an den König wandte. »Der Prinz bittet Euch wegen des ungebührlichen Betragens seines Übersetzers um Verzeihung, Sire.«
Niemand außer Cædmon bemerkte, daß Erik mit gesenktem Kopf zur Treppe eilte, ohne auch nur einen Blick zurückzuwerfen.

William sah Eadwig mit hochgezogenen Brauen an. Dann bedachte er Cædmon mit seinem trägen Wolfsgrinsen. »Ihr habt mir nie verraten, daß Euer Bruder dänisch spricht.«

»Ich habe es nicht geahnt, Sire«, erwiderte Cædmon verwirrt.

Fortan übersetzte also Eadwig direkt zwischen den beiden Verhandlungspartnern, aber Cædmon blieb hinter dem Stuhl des Königs stehen, um seinen Bruder wenigstens moralisch zu unterstützen und ihm hier und da notfalls mit ein paar normannischen Worten unter die Arme zu greifen. Er wußte, was für eine schweißtreibende Angelegenheit es war, in schwierigen Verhandlungen zu übersetzen, wie leicht man zum Sündenbock für alle Mißverständnisse wurde. Eadwig merkte schnell, daß es wesentlich einfacher war, aus der dänischen in die verwandte englische Sprache zu übersetzen, also übernahm Cædmon wieder die vertraute Rolle als Ohr und Mund seines Königs.

Der saftige, zarte Rehrücken, den Cædmons Köchin bereitet hatte, besänftigte die Gemüter, und es dauerte nicht allzu lange, bis Prinz und König beinah einvernehmlich plauderten.

»Ich weiß nur zu gut, daß kein Herrscher es sich lange erlauben kann, seinem Reich fernzubleiben. Wie lange, glaubt Ihr, werden die Norweger noch warten, ehe sie Dänemark überfallen, wenn weder Euer Vater noch Ihr und Euer Bruder im Lande seid?« fragte der König.

»Die englische Gastlichkeit hat uns länger als geplant hier festgehalten, aber Ihr habt durchaus recht, Sire, wir alle haben Heimweh«, gestand der Prinz.

Mit Mühe wahrte der König seine ernste Miene und machte eine weitausholende Geste. »Was in aller Welt hält Euch dann? Die Hoffnungen auf eine nordenglische Krone doch sicher nicht mehr?«

Knut schüttelte langsam den Kopf. »Mein Vater ist nicht Harald Hårderåde. Er hat kein Interesse an einer englischen Krone.«

»Sondern woran?«

»An Gold, Sire.«

»Nun, wie ich höre, habt Ihr nicht unbeträchtliche Mengen Gold in Peterborough gefunden.«

»Aber wenn wir uns damit zu unseren Schiffen zurückzögen, würden wir sie unbehelligt erreichen?«

William verspeiste in aller Seelenruhe ein Stück Braten, während er seine Antwort überdachte. »Ich sehe nicht, was dagegen spricht. Das Kloster von Peterborough wird sein Gold schmerzlich vermissen, aber

letztlich ...«, hier warf er Cædmon einen ironischen Blick zu, »ist es doch nur eitler, weltlicher Tand. Nein, ich könnte mir durchaus denken, daß Ihr Eure Schiffe mit Eurer ... Ladung unversehrt erreicht.«
»Wenn nun diese Ladung unsere Schiffe aber noch nicht gänzlich füllte?« fragte der Prinz.
Der König zuckte nicht mit der Wimper. »Wieviel würde denn fehlen, Eure Laderäume auszulasten? Sagen wir, zweitausend Pfund?«
Der Prinz zog ungläubig die Brauen in die Höhe. »Andere englische Könige vor Euch haben das Zwanzigfache gezahlt, Sire.«
William lachte. Er nahm einen Zug aus seinem Becher, stellte ihn ab und drehte ihn zwischen den Händen, während er sagte: »Ich könnte es durchaus als Beleidigung auffassen, daß Ihr mich mit diesem unfähigen angelsächsischen Narren Æthelred vergleicht. Der Unterschied ist der, edler Prinz: Ihn hattet Ihr besiegt, darum mußte er Euch das Zwanzigfache zahlen. Mich habt Ihr nicht besiegt, und mich werdet Ihr nicht besiegen. Darum biete ich Euch zweitausend Pfund, um Eure Heimkehr zu versüßen, und keinen Penny mehr.«
»Zehntausend«, erwiderte der Prinz prompt.
William hob den Kopf und sah ihm in die Augen. »Fünf. Fünftausend Pfund und Eure Beute aus Peterborough, und ich sichere Euch freien Abzug zu Eurer Flotte zu. Unter einer Bedingung: Hereward und seine Männer dürfen keinen Anteil bekommen.«
Der dänische Prinz blinzelte verwirrt. »Wie bitte?«
Der König lehnte sich leicht vor. »Nehmt Euer Gold und meine fünftausend Pfund und segelt heim mit meinen Segenswünschen. Aber Hereward muß leer ausgehen.«
Der Prinz zögerte. »Wir haben Absprachen getroffen...«
»Dann brecht sie.« William legte die Hände auf den Tisch und ballte sie zu Fäusten. Und wenn der Prinz nicht bald zustimmt, dachte Cædmon nervös, werden die Fäuste auf den Tisch niederkrachen, daß die Becher springen. Das tat keiner Verhandlung gut. Aber noch sprach der König ruhig, beinah verbindlich. »Ich bin durchaus bereit, mich Euren Abzug etwas kosten zu lassen, weil ich Besseres zu tun habe, als Euch in Ely auszuhungern, was ich natürlich ebensogut tun könnte.«
Knut grinste entwaffnend. »Dazu habt Ihr nur keine Zeit, weil Eure Feinde in le Mans das Volk aufwiegeln, gegen normannische Oberherrschaft zu rebellieren und ihr kleines Land von Eurer väterlichen Fürsorge zu befreien. Wie heißt es doch gleich? Maine?«

William hob langsam die Schultern. »Ich hätte die Zeit. Wenn wir das Maine verlieren, kann ich es jederzeit zurückerobern. Aber es ist sinnlos, darüber zu streiten, wo wir uns doch im Grunde schon einig sind: Nehmt Euer Gold und zieht ab. Aber nehmt all Euer Gold. Hereward mag in Euren Augen einer der letzten großen angelsächsischen Krieger sein, doch im Grunde ist er nur ein Dieb.«
»Wollen wir nicht vielleicht lieber ein anderes Wort wählen, Sire?« fragte Cædmon murmelnd, ehe er übersetzte. »Denn die größten Diebe von allen sind doch die Dänen, und wenn wir das andeuten, könnte ...«
»Ihr habt recht. Sagt ihm, Hereward sei ein Verräter. Sagt ihm, was Ihr wollt. Hauptsache, sie verschwinden und entblößen dieses Rebellennest, ohne Hereward auch nur einen Penny zu überlassen, mit dem er neue Truppen anheuern könnte. Hereward führt den letzten englischen Widerstand gegen die normannische Herrschaft, und das muß ein Ende nehmen. Ich will endlich Ruhe in diesem Land!«
Cædmon nickte seinem Bruder zu. »Sag dem Prinzen einfach, ein Abzug der Dänen ist dem König nur dann fünftausend Pfund wert, wenn er Hereward ans Messer liefert.«
Knut lauschte Eadwig und sah William unverwandt in die Augen. Er zögerte nur noch einen Moment. Dann siegte der Geschäftssinn.
»Einverstanden.«

Cædmon fand Hyld und Erik in der kleinen Kammer, die Hyld seit ihrer Ankunft in Helmsby mit Irmingard teilte. Eriks Schwester hatte sich diskret zurückgezogen, und der Wikinger saß mit seiner Frau auf dem Bett. Hyld hatte den Rücken an seine Brust gelehnt, und er hatte die Arme um sie gelegt.
Als Cædmon eintrat, wandte er hastig den Kopf ab, aber Cædmon hatte seine geröteten Augen längst gesehen. Er bedauerte Erik ebenso wie Hyld. Ein Kind zu verlieren blieb fast niemandem erspart, viele traf es mehr als einmal. Aber es war immer schrecklich. Er erinnerte sich noch an den kleinen Bruder, den er einmal gehabt hatte und der im ersten Winter nach der Geburt gestorben war. Sein Vater war völlig von Sinnen gewesen vor Schmerz, tagelang betrunken und gefährlich wie ein verwundeter Bär, so daß niemand sich in seine Nähe wagte. Erst als Cædmon selbst Vater geworden war, hatte er das verstehen können.
»Prinz Knut ist fort«, sagte er und schloß die Tür. »Er wollte nicht nach dir schicken.« Und der König hatte es sich natürlich nicht nehmen

lassen, Cædmon zuzuraunen, daß eben nicht alle Männer soviel Geduld mit ihren Übersetzern hätten wie er selbst.
Erik hob gleichgültig die Schultern. »Wir hatten uns schon vorher geeinigt, daß dies hier mein letzter Dienst für ihn sein sollte und ich von hier aus nach Hause zurückkehre.«
Cædmon nickte. »Und was werdet ihr jetzt tun?«
»Genau das«, sagte Hyld. »Wir gehen nach Hause.«
»Nach York?« fragte Cædmon fassungslos. »Aber es ist ein Trümmerhaufen. Und der ganze Norden hungert.«
Erik schüttelte langsam den Kopf. »York wird wieder auferstehen. Es wird nicht lange dauern, bis es wieder das blühende Handelszentrum ist, das es letzten Sommer noch war. Aber es braucht Leute mit Kapital, und es braucht Unterstützung. Der ganze Norden. Wir wollen tun, was wir können, es ist unsere Heimat. Und wir wollen so weit weg wie nur möglich von deinem Mörderkönig sein.«
Cædmon nickte. Er konnte Eriks Bitterkeit gut verstehen. Er hatte sie schließlich selbst verspürt, obwohl der König ihn keinen Sohn gekostet hatte. »Du wirst feststellen, daß dein Bruder anders denkt«, sagte er vorsichtig.
Ein scheues Klopfen kündigte Gytha an. Cædmon hatte sie gebeten, einen Krug Met heraufzubringen. Er öffnete ihr, und sie stellte Krug und Becher auf den kleinen Tisch am Fenster. Dann schenkte sie ein. Cædmon lächelte ihr zu, als sie ihm sein Met reichte. Er war seit einer Woche zu Hause, und sie teilte sein Bett wie eh und je. Er schämte sich dessen ein bißchen; er hatte das Gefühl, Aliesa untreu zu sein. Doch als Gytha ihm am ersten Abend in der Halle einen verstohlenen, fragenden Blick zugeworfen hatte, hatte er genickt. Sie war die Mutter seines Sohnes und hatte gewisse Rechte. Hätte er sie zurückgewiesen, wäre das niemandem in Helmsby verborgen geblieben, und er sah keinen Grund und hatte vor allem nicht den Wunsch, sie zu kränken.
Als sie gegangen war, setzte Cædmon sich auf einen Schemel am Fußende des Bettes und nahm die Unterhaltung wieder auf. »Leif und Eadwig haben sich prächtig eingelebt am Hof. Sie lernen viele nützliche Dinge – auch viel überflüssigen Unsinn –, aber vor allem sind sie unzertrennlich. Wenn du deinen Bruder mit nach York nimmst, reißt du sie auseinander.«
»Ich kann nicht glauben, daß Leif freiwillig in den Dienst dieses normannischen Ungeheuers getreten ist«, stieß Erik hervor.

»O ja. Leif bewundert die Normannen. Genau wie Eadwig. Sie haben längst vergessen, was sie im Winter gesehen und erlebt haben. Sie sind jung. Vielleicht könnte man sagen, sie sind leicht zu blenden. Aber du solltest froh sein um deines Bruders willen. Denn England ist normannisch, und nur wer mit dieser Tatsache seinen Frieden macht, wird hier in Frieden leben können.«
»Du meinst, nur wer sich ihnen unterwirft, wird hier in Frieden leben können. Ich muß meine dänischen Wurzeln verleugnen so wie du deine angelsächsischen. Wir müssen weichen oder untergehen?«
Cædmon schüttelte den Kopf. »Das glauben der König und all die normannischen Adligen, die denken, daß sie sich in England nur halten können, wenn sie alles, was englisch oder dänisch ist, unterdrükken. Aber sie irren sich. So wird es nicht sein.«
Erik winkte ärgerlich ab. »Du machst dir etwas vor, Cædmon. Genau so wird es sein.«
»Nein. Denn die Normannen, die hier in England leben, sind unseren Einflüssen ausgesetzt, genau wie wir den ihren. Ich meine, die Eroberung liegt erst vier Jahre zurück, aber schon fangen sie an, unsere englischen Heiligen zu verehren. Sie bauen ihre Burgen auf ihren neuen, englischen Landsitzen und erlernen zwangsläufig unsere Sprache, wenn vielleicht noch nicht die Adligen selbst, dann zumindest ihre Stewards, denn die müssen sich mit den englischen Bauern ja irgendwie verständigen. Viele normannische Adlige haben reiche englische Witwen geheiratet. Was, denkst du, werden ihre Nachkommen sein? Normannen, Engländer oder normannische Engländer? Und die jüngeren normannischen Ritter, wie mein Freund Etienne fitz Osbern, sind England und den Engländern sehr zugetan, weil sie wissen, daß hier ihre Zukunft liegt, und sie übernehmen unsere Bräuche und unsere Geschichten und unser Bier so selbstverständlich und unbekümmert wie Eadwig und Leif die ihren. Und Prinz Richard, der, wenn Gott meine Gebete erhört, der nächste König von England wird, spricht beinah ebensogut Englisch wie Normannisch und fühlt sich dem englischen Volk schon heute verbunden und verpflichtet. Und er kann so viel von Eadwig und Leif lernen.«
Erik starrte blicklos auf einen Punkt an der Wand und rang mit sich. Schließlich nickte er unwillig. »Leif ist alt genug. Er soll selbst entscheiden, was er will.«
Cædmon war erleichtert. Er wußte, wie sehr Leif davor gegraut hatte,

sein Bruder könnte ihn zwingen, den Hof zu verlassen. Und Cædmon war froh um jeden Engländer oder Dänen am Hof, je jünger, um so besser.
»Wann wollt ihr aufbrechen?«
»Sobald das Kind geboren ist«, sagte Hyld. Sie war stiller und ernster geworden, hatte Cædmon festgestellt, erwachsener. Sie trauerte um ihren Sohn, aber das schlimmste hatte sie überwunden. Olaf war wenige Tage vor Weihnachten gestorben, mehr als ein halbes Jahr war vergangen, und die Schwangerschaft war ein großer Trost. Das Kind konnte jetzt jeden Tag kommen. Und nun, da ihr Mann zurückgekommen war, schien sie beinah versöhnt. »Es gefällt uns nicht besonders, unter einem Dach mit dem König zu sein, aber daran ist im Moment nichts zu ändern.«
»Er bricht morgen auf«, beruhigte Cædmon sie. »Er will nach Peterborough, um den Schaden zu begutachten, dann weiter nach Norwich. Und sobald er sicher ist, daß die Dänen abziehen, geht er in die Normandie. Dort gibt es Schwierigkeiten, um die er sich dringend kümmern muß.«
»Gehst du mit ihm?« fragte Hyld.
Er schüttelte den Kopf. »Vorläufig nicht. Ich habe ... etwas anderes zu tun.«
»Was?«
»Ich nehme an, der König schickt ihn nach Ely. Er soll es auskundschaften und herausfinden, ob Hereward den Normannen gefährlich werden kann«, mutmaßte Erik.
Cædmon sah ihn an. »Und? Wie gefährlich ist Hereward der Wächter?«
Erik hob kurz die Hände. »Ich weiß es nicht, Cædmon. Ich war nicht in Ely. Ich war auch nicht bei der Plünderung von Peterborough. Als König Sven im Frühjahr herüberkam, schickte er mich als Gesandten nach Schottland, um festzustellen, ob König Malcolm und der angelsächsische Prinz, Edgar Ætheling, bereit und in der Lage wären, mit den dänischen Truppen zusammen eine gezielte, organisierte Invasion Englands durchzuführen.«
»Und?« fragte Cædmon atemlos.
Erik schüttelte den Kopf. »Ich muß dich leider beruhigen. Edgar Ætheling ist nicht in der Lage, König Malcolm ist nicht bereit. Er fürchtet William. Und weil das so ist und weil König Sven ein kluger Mann ist,

werden die Dänen tun, was Prinz Knut zugesichert hat. Ich bin sicher, sie ziehen ab.«

»Gebe Gott, daß du recht hast«, murmelte Cædmon. »Es ist auch ohne sie alles schwierig genug. Also du weißt nichts über Hereward? Wie viele Männer er hat, welche Mittel, wie ernst wir ihn nehmen müssen?«

Erik schüttelte den Kopf. »Ich weiß es nicht, und wenn ich es wüßte, würde ich es dir nicht sagen. Du hast dich entschieden, William weiter zu dienen, und ich bin sicher, du hast gute Gründe. Aber ich würde mich nie durch dich zu seinem Handlanger machen lassen.«

Nach dem augenscheinlich erfolgreichen Treffen mit dem dänischen Prinzen war der König gutgelaunt zur Jagd geritten. Etienne, Warenne und Robert hatten ihn begleitet und Lucien de Ponthieu natürlich auch – er wich kaum je von des Königs Seite. Folglich gab es an der hohen Tafel an diesem Abend wiederum Wildbret, Cædmons teurer, importierter Wein floß in Strömen, und die Stimmung war nahezu ausgelassen. Leif und Eadwig versahen den Mundschenkdienst an der hohen Tafel.

»Haltet Euch nicht unnötig lange in Ely auf«, sagte William zu Cædmon und legte mit einem Kopfschütteln die flache Hand auf seinen Becher, als Leif ihn auffüllen wollte. »Ich hätte nichts dagegen, Eure Neuigkeiten zu hören, ehe ich den Kanal überquere.«

»Ich werde mich beeilen, Sire.«

»Sollte ich bei Eurer Rückkehr schon aufgebrochen sein, berichtet Lanfranc und meinem Bruder Odo. Dann müssen sie eben entscheiden, wie mit diesem Hereward zu verfahren ist.«

Cædmon nickte. Ihm war alles andere als wohl bei diesem Auftrag. Mochte Hereward auch ein Verräter sein, weil er gegen den von den Witan erwählten König rebellierte, war er doch Engländer und bestimmt überzeugt, das Richtige für sein Volk zu tun. Cædmon hätte es vorgezogen, ihm niemals begegnen zu müssen. Nun, falls er Glück hatte, war Hereward längst von der Klosterinsel abgezogen, wenn er hinkam.

»Wie ich höre, habt Ihr einen Sohn, Cædmon«, bemerkte William nach einem kurzen Schweigen. Aus verständlichen Gründen nahm er das Wort ›Bastard‹ ungern in den Mund.

Cædmon war so verdutzt, daß er fragte: »Wer hat Euch das gesagt?«

»Nun, ich wäre beinah über ihn gestolpert, als ich vorhin von der Jagd zurückkam. Seine Mutter – ich nehme zumindest an, sie ist seine Mutter ...?« Er wies auf Gytha, die an einem der unteren Tische auftrug, wo Etienne und Alfred zusammen saßen und sich aufgrund der Sprachbarriere stockend, aber einvernehmlich unterhielten. Cædmon nickte. »Sie kam herbeigelaufen, hob ihn auf und entschuldigte sich«, fuhr der König fort. »Und da der Junge Euch wie aus dem Gesicht geschnitten ist, habe ich sie gefragt.«
Cædmon nickte wiederum und machte sich auf eine Moralpredigt gefaßt. Es war allgemein bekannt, daß William über solcherlei Unzucht mißfällig die Stirn runzelte. Was der König indes sagte, traf ihn vollkommen unvorbereitet.
»Ich denke, es wird Zeit, daß Ihr heiratet.«
Cædmon fiel vor Schreck der Fasanenflügel aus der Hand. »Heiraten ... ähm, ich glaube wirklich nicht, daß ich ...«
»Ralph Baynards Tochter«, fuhr der König fort, als wäre er nicht unterbrochen worden. »Ich habe schon daran gedacht, bevor ... vor Eurer Abwesenheit. Baynard ist einverstanden. Die Mitgift macht Euch nicht reich, aber Ihr werdet zufrieden sein, da bin sich zuversichtlich.«
»Rolands Schwester?« fragte Cædmon und schüttelte wie benommen den Kopf. »Aber sie muß noch ein Kind sein.« Er wußte, es war ein schwacher Einwand. Aliesa war noch keine drei Jahre alt gewesen, als man sie mit Etienne verlobt hatte. Aber ihm fiel auf die Schnelle nichts Stichhaltigeres ein.
William hob lächelnd die Schultern. »Die Zeit vergeht. Sie ist dreizehn und heiratsfähig. Hübsches Mädchen, übrigens. Hervorragend erzogen. Im Kloster in Caen.«
»Sire, ich will nicht heiraten.«
Der König ignorierte seinen Protest. »Ich werde noch einmal mit Baynard reden, ehe ich in die Normandie gehe. Aber Ihr könnt die Angelegenheit als abgemacht betrachten. Ein Haus in London wird übrigens zur Mitgift gehören. Baynard ist regelrecht besessen von London. Aber er hat nicht unrecht, das Haus wird Euch irgendwann noch von Nutzen sein. London nimmt jeden Tag an Bedeutung zu.«
»Aber ...«
Der König wandte ihm brüsk den rabenschwarzen Hinterkopf zu und sprach mit Cædmons Mutter, die an seiner anderen Seite saß. »Wie denkt Ihr über London, Madame?«

Ely, Juni 1070

Cædmon war unwillig gewesen, Helmsby zu verlassen, und hatte seinen Aufbruch so lange wie möglich hinausgezögert. Er wartete Hylds Niederkunft ab. Zwei Tage, nachdem der König aufgebrochen war, brachte sie wiederum einen gesunden Jungen zur Welt. Ihre Mutter hatte sie entbunden, und die Geburt war reibungslos verlaufen. Hyld hatte ihren Sohn wieder Olaf nennen wollen, aber Erik fürchtete, es könne ein schlechtes Omen sein. Sie verständigten sich auf Harold, nach dem letzten englischen wie auch dem letzten norwegischen König. Cædmon fand, sie hatten schlecht gewählt, denn in einem normannischen England würde jeder Mann an diesem Namen schwer zu tragen haben.

»Aber nicht im Norden«, hatte Erik auf seinen Einwand erwidert.

Es war Cædmon auch schwerer als sonst gefallen, sich von Gytha und dem kleinen Ælfric zu trennen. Schließlich hatte er ihr gestanden, was der König von ihm verlangte. Gytha nahm es weitaus gelassener als er. Nur weil er heirate, müsse sich doch nichts ändern, hatte sie angeführt. Cædmon war sich da keineswegs sicher. Er fand, zwei Frauen machten sein Leben kompliziert genug. Eine dritte, noch dazu eine Ehefrau, war wirklich das letzte, was ihm fehlte. Bevor er aufgebrochen war, hatte er mit einer kurzen, undramatischen Bekanntmachung in seiner Halle offiziell gemacht, was ohnehin alle wußten: Vor seinem versammelten Haushalt hatte er die Vaterschaft von Gythas Sohn anerkannt. Alle außer Marie hatten ihm Beifall gezollt und auf das Wohl des kleinen Ælfric angestoßen.

Erst als sein Gewissen ihm schließlich keine Ruhe mehr ließ, war er aufgebrochen. Ein halber Tagesritt brachte ihn zu einem kleinen Fischerdorf am Rande des großen Sees, der, durchzogen von Untiefen, Sümpfen und Wasserläufen, die Klosterinsel umgab. Die Fischer sagten, nach dem nassen Frühjahr seien die Wege durchs Moor noch tückischer als gewöhnlich, also ließ Cædmon Widsith in ihrer Obhut zurück und zahlte einem der Fischer einen halben Penny, damit er ihn mit seinem Boot hinüberbrachte.

Kein Mönch, sondern ein angelsächsischer Goliath öffnete auf sein hartnäckiges Klopfen die Klosterpforte. Er musterte Cædmon von Kopf bis Fuß und stemmte die Hände in die Seiten. »Und?«

»Mein Name ist Cædmon of Helmsby, ich möchte zu meinem Bruder.«

Das finstere Gesicht hellte sich augenblicklich auf. »Helmsby?!« Eine Pranke krallte sich um Cædmons Arm und zog ihn über die Schwelle, während eine zweite auf seine Schulter eindrosch. »Komm rein, komm rein, Mann! Den Namen hören wir hier gern! Hat der verfluchte normannische Bastard dich endlich aus seinen Klauen gelassen, ja?«
»Na ja, ich...«
»Oh, wie wird dein Bruder sich freuen, dich zu sehen! Das muß ja Jahre her sein.«
Die unglaublich kräftige Hand schob Cædmon durch den einstmals so ordentlichen Innenhof der großen Klosteranlage, wo jetzt wenigstens zwei Dutzend Zelte wild durcheinander standen. Cædmon kapitulierte willig und ließ sich um die Kirche herum in einen zweiten, grasbewachsenen Hof und weiter zu einem kleinen, aber aus Stein erbauten Haus führen, das, so entsann er sich, den Kapitelsaal der Mönche beherbergte. Niemand war dort. Die dämmrige Kühle war äußerst angenehm nach der schwülen Hitze im Moor. Cædmon atmete tief ein und fuhr sich mit dem Ärmel über die Stirn.
Der Goliath lachte dröhnend, und die Pranke landete schon wieder auf seiner Schulter. »Verflucht heiß, was? Ich lass' dir was zu trinken bringen und schick' nach deinem Bruder. Warte hier. Meine Güte, wenn er hört, wer hier ist...«
Cædmon blieb allein in balsamweicher Stille zurück und fühlte sich, als sei er mit knapper Not einem Orkan entronnen. Es verwunderte ihn, daß dieser grölende Hüne so große Stücke auf Guthric hielt, der doch so gar nichts von einem Krieger an sich hatte und sich für nichts als fromme Bücher und deren Herstellung interessierte. Und es befremdete ihn ein wenig, daß Guthric sich offenbar auf Herewards Seite geschlagen hatte, denn noch im Winter, als Cædmon auf seiner Flucht hier haltgemacht hatte, hatte Guthric gesagt, gegen den gesalbten König zu rebellieren hieße, sich gegen Gott aufzulehnen. Er hatte Cædmon keine Vorhaltungen gemacht, daß er unerlaubt aus den Diensten des Königs geschieden war, denn wie jeder Engländer war auch Guthric entsetzt gewesen über das, was William in Northumbria getan hatte. Doch er hatte auch keinen Hehl daraus gemacht, daß seiner Meinung nach Männer wie Hereward und der Wilde Edric, der die Aufstände im Westen angeführt hatte, ebensoviel Schuld an den Ereignissen trugen wie der König selbst. Also was in aller Welt war passiert, daß Guthric seine Ansichten so grundlegend geändert hatte?

Ratlos trat Cædmon an das Lesepult in der Saalmitte, wo ein aufgeschlagenes Buch lag. Vier Spalten in einer säuberlichen, gleichmäßigen Handschrift. Er fragte sich, was wohl dort stehen mochte. Er hatte nur eine vage Ahnung, was Mönche sich bei ihren täglichen Versammlungen vorlasen. Heiligengeschichten vermutlich. Am oberen linken Rand der rechten Seite war ein sehr kunstvoll gemaltes, aber schauriges Bild: eine junge, barbusige Frau, die sich im Tanz wiegte, und in den über dem Kopf ausgestreckten Händen hielt sie eine Schale mit einem blutenden, bärtigen Kopf. Er mußte Guthric fragen, was es zu bedeuten hatte...

Schritte erklangen, und Cædmon wandte sich um. Gleißendes Licht fiel durch die geöffnete Tür, und er konnte nur drei Silhouetten ausmachen. Blinzelnd trat er ihnen entgegen.

»Welch unerwartete Ehre«, sagte der mittlere der drei Schattenrisse. »Der Thane of Helmsby.« Die Stimme klang rauh und leise, als litte der Mann an einer bösen Halsentzündung.

Cædmon spürte, wie die Haare in seinem Nacken sich aufrichteten. Plötzlich hatte er eine Gänsehaut auf den Armen. Die Stimme mochte heiser sein, aber er erkannte sie trotzdem. Er trat einen Schritt auf die hohe, lichtumflutete Gestalt zu.

»Dunstan...«

Ein rauchiges, leises Lachen. »Cædmon.«

Er trat noch einen Schritt näher, war endlich nicht mehr geblendet und konnte ihn deutlich erkennen. Energisch schüttelte er das leise Grauen ab und packte seinen totgeglaubten Bruder bei den Armen.

»Dunstan! Oh, Gott sei gepriesen.«

Dunstans Hände streiften seine Unterarme nur für einen Augenblick, dann ließ er ihn los und trat einen Schritt zurück. Der schlaksige Knabe, den Cædmon zuletzt vor über sechs Jahren gesehen hatte, war ein Mann geworden, aber davon abgesehen, war Dunstan unverändert. Nur der einstmals so kümmerliche Schnurrbart war dichter und dunkler, ein Kinnbart war hinzugekommen, der zum Teil seinen Hals und auch die Narbe des Pfeiles verdeckte, der ihn bei Hastings getroffen und seine Stimme entstellt hatte. Die eisblauen Augen waren so flink, funkelten so mutwillig wie eh und je. Cædmon erkannte, daß dieses Wiedersehen keine ungetrübte Freude sein würde.

»Du hinkst nicht mehr«, bemerkte Dunstan. »Welches Wunder hat das bewirkt?« Er schien wirklich neugierig.

»Ein normannisches Wunder«, antwortete er trocken. »Eine Roßkur. Aber wirksam.«
»Und dafür bist du so dankbar, daß du dich auf ihre Seite geschlagen hast«, stellte Dunstan fest.
Cædmon ging nicht darauf ein. »Vater sagte, ein Pfeil habe dich in den Hals getroffen. Er war sicher, du seiest tot.« Und im selben Moment dachte er: Rechtfertige dich nicht! Dazu besteht kein Grund, und er wird nur Kapital daraus schlagen.
Dunstan grinste breit. »Das dachte ich auch. Nachdem König Harold gefallen war, trug mich ein anderer seiner Housecarls vom Feld. Ein guter Freund. Er war in Hastings zu Hause und brachte mich zu seinen Leuten. So entkamen wir dem Gemetzel nach der Schlacht. Seine Großmutter hat den normannischen Spielzeugpfeil aus meinem Hals gezogen und mir mein eigenes Blut zu saufen gegeben. Deswegen bin ich durchgekommen.«
»Warum bist du nicht nach Hause gegangen? Wenn Mutter gewußt hätte ...«
»Oh, ich war zu Hause, Cædmon. Doch ich fand die Halle meines Vaters verlassen. Eine halbe Meile weiter erhob sich eine normannische Burg. ›Da wohnt der Thane of Helmsby‹, hörte ich die Leute sagen. ›Der normannische Bastardkönig baut ihm eine Burg für seine treuen Dienste. Damit er das seine dazu beitragen kann, sein Volk zu unterdrücken.‹ Und als ich das nächste Mal nach Hause kam, um Eadwig zu holen und wenigstens ihn vor dieser normannischen Seuche zu bewahren, fand ich das Tor von normannischen Wachen versperrt.«
Cædmon hob in vorgetäuschter Gleichmut die Schultern. »Sie standen dort, um nach mir Ausschau zu halten. Der König und ich hatten ... Differenzen.«
Dunstan verzog den Mund zu einem verächtlichen Lächeln. »Ich bin überzeugt, ihr habt sie beigelegt.«
Cædmon nickte. »Vorläufig, ja.«
»Das wundert mich nicht. Man munkelt, der Bastard bevorzugt Knaben in seinem Bett. Auf deinen Arsch konnte er sicher schlecht verzichten.«
Cædmon seufzte. »Ich wünschte, Engländer und Normannen hätten in allen Dingen so viel gemeinsam wie in der Wahl ihrer bevorzugten, wenig einfallsreichen Beleidigungen.« Er unterbrach sich und betrachtete die beiden Männer, die links und rechts von Dunstan standen,

unbewegt wie Götzen. Der eine war ein englischer Soldat in einem eisenbeschlagenen Lederpanzer – vielleicht der einstmalige Housecarl eines englischen Thane oder Earl, jetzt ganz gewiß einer von Herewards Getreuen. Der zweite war ein rundlicher, junger Mönch, der ehrfurchtsvoll an Dunstans Lippen hing.

Cædmon sah seinem Bruder wieder ins Gesicht. »Was grämt dich, Dunstan? Daß ich deinen Platz eingenommen habe? Nun, ich dachte, du seiest gefallen. Aber ich will dir nicht vorenthalten, was dir zusteht. Komm zurück, mach deinen Frieden mit dem König, und ich werde dir Helmsby überlassen.«

Dunstan schnaubte. »Ja, ich wette, daß dieses Angebot von Herzen kommt. Aber sei unbesorgt. Ehe ich meinen Frieden mit einem normannischen König auf dem englischen Thron mache, friert die Hölle ein.«

Cædmon unterdrückte eine bissige Erwiderung. Er betrachtete seinen Bruder und schüttelte langsam den Kopf. »Dunstan. Ich bin so froh, daß du lebst. Mein Weg war ein anderer als deiner. Du weißt genau, daß es nicht meine Wahl war, in die Normandie zu gehen. Aber ganz gleich, wo ich heute stehe und wo du heute stehst, wir sind immer noch Brüder.«

Dunstan blinzelte beinah unmerklich. Für einen Moment schien er zu schwanken. Aber er hatte sich sofort wieder unter Kontrolle. »Wo ist Eadwig?« Seine heisere, beinah tonlose Stimme war eine unmißverständliche Drohung.

»In Winchester. Als Knappe am Hof des Königs.«

Dunstan wandte angewidert den Kopf ab. »Und wo ist der König?«

»Soweit ich weiß, auf dem Weg in die Normandie.«

»Und was suchst du hier?«

»Guthric.«

Dunstan trat einen Schritt auf ihn zu. »Ah ja? Ist das wirklich der einzige Grund für dein plötzliches Auftauchen in Ely? Oder hat dein geliebter König dich hergeschickt, uns auszuspionieren, nachdem er die Dänen bestochen hat, uns zu verraten und zu verschwinden?«

Cædmon sah ihm in die Augen und log ohne besondere Mühe. Wenn er eines als des Königs Übersetzer gelernt hatte, dann das. »Ich bin hier, um Guthric zu sehen.«

Dunstan zeigte ein überhebliches Grinsen, das Cædmon von früher nur zu vertraut war, und nickte. »Nun, mir würde nicht einfallen, deine

Wünsche zu mißachten, Thane.« Er pfiff leise durch die Zähne, und mit eingezogenem Kopf trat der Goliath durch die Tür.
Dunstan wies auf Cædmon. »Bring ihn zu meinem frommen Bruder. Aber laß ihn nicht entwischen.«
Cædmon wandte sich argwöhnisch zu dem Hünen um, gerade rechtzeitig, um dessen massige Faust auf sich zufliegen zu sehen. Sie traf seine Schläfe, und die Welt wurde finster.

Er wachte mit einer fahlen Übelkeit auf, die er mit Jehan de Bellême in Verbindung brachte. So hatte er sich jedesmal gefühlt, wenn er einen harten Schlag auf den Kopf eingesteckt hatte. Aber er wußte, daß er Jehan schon lange entronnen war, er wußte auch, daß er sich in England befand und heute morgen Gytha in seinem Bett zurückgelassen hatte, um für den König irgend etwas zu erledigen.
Er richtete sich auf, befühlte seinen Kopf und kniff die Augen zusammen.
»Cædmon? Gott sei Dank. Ich konnte dich nicht wecken.«
»Guthric...«
»Wie fühlst du dich?«
Die Erinnerung kam zurück. Cædmon hielt seinen dröhnenden Schädel zwischen den Händen. »Dunstan...«
Eine Hand legte sich auf seinen Arm. »Alles in Ordnung?«
Cædmon sah blinzelnd auf. Guthric kniete direkt vor ihm, die dunklen Augen waren angstvoll geweitet. Sie befanden sich in einem dämmrigen, großen Gewölbe. Ein Talglicht brannte in einer Schale am strohbedeckten Boden. Gleich daneben lag eine reglose Gestalt. »Wo sind wir?«
»In Ely«, antwortete Guthric.
»Ja, das weiß ich selbst.«
»Das hier war einmal der Weinkeller. Aber den Wein haben die Dänen und Herewards Männer getrunken. Jetzt ist es das Verlies.«
Cædmon stöhnte. »Großartig. Sie ziehen mich magisch an...« Er richtete sich weiter auf und stellte fest, daß er dicht an einer Wand aus kühlen Steinquadern saß. Er lehnte sich mit dem Rücken dagegen. »Aber was tust du hier?«
Guthric wies wortlos auf den schlafenden oder bewußtlosen Mann am Boden. Cædmon rutschte näher. »Bruder Oswald!« rief er erschrocken. Der Bruder wirkte im schwachen Licht aschfahl, und er hatte aus

Mund, Nase und Ohren geblutet. Cædmon nahm seine Hand. Sie war kalt und klamm.
»Ich glaube, er stirbt«, sagte Guthric leise.
Cædmon sah auf. »Was ist passiert?«
Guthric zog die Knie an, seine Kutte raschelte leise. Cædmon hatte sich immer noch nicht so recht an die Tonsur und die kurzgeschnittenen Haare seines Bruders gewöhnt.
»Ely war schon seit langem der Zufluchtsort für all jene, die sich normannischer Herrschaft nicht unterwerfen wollten oder konnten«, begann Guthric.
Cædmon nickte. Das wußte er so gut wie jeder andere Engländer. Es gehörte zu den vielen Dingen, die er vor dem König geheimhielt.
»Abt Thurstan war ein enger Freund von König Harold«, erklärte Guthric. »Und Ely ist ein Haus Gottes. Es war nur recht, daß wir denen Asyl boten, die in der Welt draußen Verfolgung litten.«
»Ja.«
»Aber dann kamen die Dänen und fast gleichzeitig kam Hereward mit Dunstan und seinen übrigen Männern. Plötzlich war Ely keine Zufluchtsstätte mehr, sondern ein Rebellennest. Doch die meisten der Brüder haben sich ihnen angeschlossen. Sie haben mit Herewards Männern zusammengehockt und gezecht und sich Waffen besorgt … Es war schändlich. Und der Abt hat nur zugeschaut. Als sie Peterborough überfielen, wollte Oswald einschreiten. Er ist unser Prior – ein wichtiger Mann. Und du weißt, wie er zu reden versteht.«
»Allerdings.«
»Er hat die Brüder beschämt. Wirklich beschämt. Er hat ihnen vor Augen geführt, daß Peterborough ein gottgeweihtes Kloster ist und kein Mensch das Recht hat, es zu überfallen, schon gar nicht mit der Begründung, den rechtmäßig eingesetzten Abt vertreiben zu wollen, nur weil er Normanne ist. Ein Abt sei ein Abt, ganz gleich ob Normanne oder Angelsachse.« Guthric hob eine seiner großen, knochigen Hände. »Und so weiter. Er hat ihnen mächtig eingeheizt, bis nicht nur die Brüder, sondern auch Hereward und ein paar seiner Männer ganz betretene Gesichter machten und nicht mehr wagten, ihm in die Augen zu sehen.« Guthric unterbrach sich kurz und schüttelte mit einem traurigen Lächeln den Kopf. »Du hättest es sehen sollen, Cædmon. Ein kleiner, schmächtiger Mönch in Sandalen und Kutte vor einem Haufen bewaffneter Haudegen. Aber seine Zunge war das Schwert Gottes, und

die mächtigen Krieger standen vor ihm wie ein Häuflein gescholtener Novizen. Als Oswald und ich wenig später zum Refektorium gingen, kam Gorm und sagte, Dunstan wolle Bruder Oswald sprechen. Ich nehme an, du bist Gorm schon begegnet?«

»Ungefähr zwanzig Fuß groß, breit wie ein Scheunentor, stark wie ein Ochsengespann und etwa ebenso gescheit? O ja.«

Guthric nickte. »Er hat Oswald so zugerichtet.«

»Auf Dunstans Geheiß?«

»Ich bin sicher, ja. Als ich Dunstan zur Rede gestellt und verlangt habe, daß er mich sofort zu Bruder Oswald bringt, hat er so gelacht wie früher, bevor er einen in die Brennesseln stieß oder sonst einen seiner Streiche spielte, und Gorm schaffte mich hierher und sperrte mich zu ihm.«

Cædmon rechnete. »Vor der Plünderung von Peterborough? Das muß zwei Wochen her sein.«

Guthric hob die Schultern. »Möglich. Ich hab' die Tage nicht gezählt.«

Cædmon stand auf, ging zu Bruder Oswald hinüber und betrachtete ihn genauer. »Und seitdem ist er in diesem Zustand?«

»Anfangs hat er sich noch bewegt und gesprochen, aber jetzt ist er seit vielen Tagen bewußtlos.«

»Wir müssen versuchen, ihm Wasser einzuflößen. Sonst verdurstet er.«

Guthric hob mutlos die Schultern. »Er wird so oder so sterben.«

»Sei nicht so sicher.«

Cædmon suchte sich einen sauberen Strohhalm vom Boden und blies hinein, bis die Luft widerstandslos hindurchströmte. Dann schob er ihn dem Bruder zwischen die Lippen, tauchte einen Finger in den Wasserkrug und ließ einen Tropfen auf den Strohhalm fallen.

Guthric kam näher. »Da hast du dir viel vorgenommen.«

Cædmon zuckte lächelnd mit den Schultern. »Wir haben Zeit, oder?« Er wiederholte die Prozedur des Einträufelns in kurzen Abständen und behielt Oswalds Adamsapfel im Auge, um festzustellen, ob er schluckte. Noch tat sich nichts. »Erzähl mir von Hereward. Nach dem, was du sagst, scheint Dunstan gefährlicher zu sein als der große Held selbst.«

Guthric schüttelte nachdrücklich den Kopf, nahm den Wasserkrug in die Hand und hielt ihn Cædmon hin. »O nein. Hereward ist ein Krieger vom alten Schlag. Er erinnert mich immer an die Geschichten, die Vater uns früher von Urgroßvater Ælfric Eisenfaust erzählt hat. Hereward ist nur glücklich, wenn es Schädel zu spalten und Leiber aufzuschlitzen gibt. Er hat so etwas wie ein Gewissen, falls du das meintest.

Er hatte einmal Ländereien in der Gegend von Peterborough und war im Kloster kein Fremder. Darum war ihm nicht recht wohl dabei, es zu überfallen. Aber er ist grausam und gerissen. Und er ist ein erfahrener Kämpfer. Ich kann schon verstehen, warum seine Männer ihn so verehren, er ist verwegen und sehr mutig.«
»Und welche Rolle spielt Dunstan? Wieso glaubst du, er hat diesen Gorm auf Bruder Oswald gehetzt?«
»Weil Gorm immer auf Dunstans Geheiß handelt. Dunstan hat ihm beim Fall von Lincoln das Leben gerettet und...«
»Dunstan war in Lincoln?« fragte Cædmon entgeistert. »Nur gut, daß wir uns nicht begegnet sind.«
»Dunstan war überall dort, wo es Aufstände gegen den König gegeben hat, Cædmon. Er ist besessen von dem Gedanken, die Normannen aus England zu verjagen. Es ist das einzige, was ihn wirklich interessiert.«
»Und er ist Herewards rechte Hand?« tippte Cædmon.
Guthric dachte einen Augenblick nach. »Eher so etwas wie der Oberste seiner Housecarls. Gorm ist nicht der einzige, der ihm blind ergeben ist. Dunstan ist ein begnadeter Anführer, aber er braucht einen Herrn, dem er dienen kann.«
»Einen Ringgeber«, murmelte Cædmon.
Guthric sah verblüfft auf und nickte dann. »Du hast recht. Dunstan träumt von der Welt der alten Lieder. Von einer Halle voll trinkfester Kerle, die einem Kriegsherrn dienen, der ihre Tapferkeit mit Gold und Ringen belohnt.«
Cædmon schüttelte seufzend den Kopf. »Ich frage mich, ob die Welt je wirklich so einfach war.«
»Weißt du, die Welt ist immer nur in dem Maße kompliziert, wie man in der Lage ist, sie zu begreifen.«
»Oh, Guthric. Wie du mir gefehlt hast. Niemand hätte schöner sagen können, daß unser Dunstan noch nie der Allerhellste war.«
Sie lachten. Die Deckenwölbung warf den Klang ihrer jungen, kräftigen Stimmen zurück und verstärkte ihn, und Cædmon glaubte für einen Moment, er habe aus dem Augenwinkel eine Bewegung erhascht.
»Bruder Oswald?« Er legte die Hand auf die Schulter des bewußtlosen Mönchs und sah Guthric an. »Hat er sich gerührt?«
»Ich weiß es nicht. Aber sieh nur.« Guthric zeigte mit dem Finger. »Er schluckt.«

Mit neuem Eifer nahmen sie ihre Bemühungen wieder auf. »Soll ich ihn aufrichten?« fragte Guthric.
»Nein, lieber nicht. Er sollte möglichst ruhig liegen, bis er aufwacht. Dazu ist Bewußtlosigkeit da, damit der Körper stilliegt und sich selbst heilt.«
»Ich habe nie gewußt, daß du so viel von Mutter gelernt hast.«
»Hab' ich auch nicht. Das hat mir alles ein normannischer Feldscher beigebracht. Alles in einer Nacht.«

Gorm, der Goliath, erschien am nächsten Vormittag, winkte Cædmon mit einem Finger zu sich und führte ihn ins Refektorium, den Saal des Klosters, der einer Halle am ähnlichsten war, denn dort wurden die Mahlzeiten der Brüder zubereitet und eingenommen. Jetzt waren allerdings keine Mönche dort. Vielleicht zwei Dutzend Männer saßen an den langen Tischen oder standen in kleinen Gruppen zusammen und redeten. Trotz der schwülen Hitze draußen brannte ein Feuer, über dem ein gewaltiger Kessel hing. Helles Sommerlicht fiel durch die kleinen Fenster auf staubige Holzdielen. Zwei halbwilde Köter rauften knurrend um einen Knochen.
Hinter dem Tisch an der Stirnseite, an dem Platz, der für gewöhnlich dem Abt vorbehalten war, stand ein vielleicht fünfundzwanzigjähriger Mann mit einem dichten Schnurr- und kurzen Kinnbart. Er trug ein beinah blankes Kettenhemd, aber keinen Helm – seine schulterlangen, dunkelblonden Haare waren unbedeckt. Er war fast einen Kopf kleiner als Dunstan, der an seiner rechten Seite stand, ein wenig untersetzt und vierschrötig, er wirkte massig. Eine längliche Narbe begann knapp über dem linken Augenwinkel und verschwand unter dem Haaransatz. Ein unauffälliges, eher bäuerlich derbes Gesicht. Doch als Cædmon ihm in die Augen sah, verstand er, warum ausgerechnet dieser Mann zum Anführer des englischen Widerstands geworden war, warum so viele Männer ihm so willig in seinem heldenmütigen, aber doch wenig aussichtsreichen Kampf beistanden, ohne daß er ihnen Land und Gold versprechen konnte. Es waren fesselnde Augen, die man nie vergaß, wenn man sie einmal gesehen hatte. Ihr Blick war scharf und durchdringend, es war nicht leicht, ihm lange standzuhalten. Aber das eigentlich Unvergeßliche war ihre Farbe: eins grün, eins blau. Feenaugen.
Cædmon nickte höflich. »Hereward der Wächter.«

Nur die Feenaugen zeigten den Anflug eines Lächelns, das Gesicht blieb unbewegt. »Wißt Ihr, warum sie mich so nennen?«
»Weil Ihr über das englische Volk wacht, nehme ich an.«
Hereward verzog einen Mundwinkel. »Ein rührendes Bild. Nun, in gewisser Weise tue ich das, Ihr habt nicht unrecht. Aber tatsächlich gab man mir den Namen, als ich vor drei Jahren aus Flandern heimkehrte. Über dem Tor der Halle fand ich den Kopf meines Bruders auf eine Lanze aufgespießt, in der Halle eine Bande grölender Normannen. Ich bezog Posten vor dem Tor und erschlug jeden, der herauskam. Das war meine Nachtwache.«
Cædmon nickte. »Und am nächsten Morgen thronten zwei Dutzend normannischer Köpfe über dem Tor, ich habe davon gehört.«
Er dachte, es sei vermutlich ratsam, nicht darauf hinzuweisen, daß Herewards Bruder, der in der Geschichte immer als geschlachtetes Unschuldslamm dargestellt wurde, zuvor die Tochter eines normannischen Kaufmanns vergewaltigt hatte. Und vermutlich war es ebenso ratsam, nicht daran zu erinnern, daß Hereward überhaupt nur deshalb auf dem Kontinent gewesen war, weil er sich in seiner Jugend als ein so zügelloser Rabauke und Unruhestifter gebärdet hatte, daß sein Vater schließlich verzweifelte und ihn verbannte...
Hereward schnalzte mit der Zunge. »Es waren nur vierzehn Köpfe.«
»Immerhin.«
Der Blick der ungleichen Augen durchbohrte ihn regelrecht. »Ich nehme an, der Bastardkönig schickt Euch, um uns auszuspionieren.«
Cædmon erwiderte seinen Blick. Man gewöhnte sich schnell an diese gruseligen Feenaugen, stellte er fest. »Der König hat ganz andere Sorgen. Er bereitet einen Feldzug in die Normandie vor. Er hat nur mäßiges Interesse an Ely. Ihm lag vornehmlich daran, die Dänen nach Hause zu schicken.«
Dunstan konnte nicht länger an sich halten. »Du willst sagen, wir sind nicht bedeutend genug, um ihm Sorgen zu machen, ja?« flüsterte er.
»Ich bedaure, wenn dich das kränkt, aber ich fürchte, genau so ist es.«
Dunstan machte einen langen Schritt auf ihn zu – eine Drohgebärde, die er schon als Junge perfekt beherrscht hatte. »Du bist ein gottverdammter normannischer Spion!«
»Nein, Dunstan, ich bin kein gottverdammter normannischer Spion.«
Er hoffte jedenfalls, daß er noch nicht endgültig verdammt war.
»Du...«

Hereward hielt ihn mit einer kleinen Geste zurück und sagte: »Dann seid Ihr doch sicher bereit, Eure Unschuld durch ein Gottesurteil zu beweisen?«

Cædmon traute seinen Ohren kaum. Und er war ganz und gar nicht bereit dazu. Nicht nur, weil Dunstans Anschuldigung den Tatsachen gefährlich nahekam. Auch unschuldige Männer hatten bei einem Gottesurteil keine besonders guten Chancen. Wer auf diese Weise seine Unschuld unter Beweis stellen sollte, wurde etwa gefesselt in einen Fluß oder Teich geworfen. Stieg er wieder auf und trieb er an der Oberfläche, bedeutete dies, daß das Wasser ihn nicht haben wollte, und seine Schuld war erwiesen. Wer unterging, galt als unschuldig, war aber nicht selten ertrunken, ehe man ihn wieder herausfischen konnte. Noch grausiger war die Feuerprobe. Der Beschuldigte mußte ein glühendes Eisen in der Hand halten oder – je nach Wunsch des Klägers – seine Hand in einen Kessel mit kochendem Wasser stecken und einen Stein herausfischen. Waren die Brandwunden nach drei Tagen verheilt, galt seine Unschuld als erwiesen, wurden sie brandig, war er schuldig. Cædmon hatte so manches Gottesurteil mit höchst zweifelhaftem Ausgang erlebt und immer gedacht, daß Gott der Angelegenheit schon seine volle Aufmerksamkeit schenken müsse, damit es zu einem gerechten Urteil kam. Ausnahmsweise teilte der König in diesem Punkt seine Auffassung und hatte dieses Mittel der Rechtsfindung verboten. Freilich nur, soweit es die in England lebenden Normannen betraf…

»Ich bin ein englischer Thane und habe es nicht nötig, mich einem Gottesurteil zu unterziehen«, versetzte er kühl.

Hereward musterte ihn abschätzend. »Ihr pocht auf Euer Standesrecht? Nun, dann seid Ihr sicherlich gewillt, einen Unschuldseid zu leisten.«

»Das bin ich nicht. Dies hier ist kein Gericht. Weder Ihr noch sonst irgendein Mann hier hat das Recht, mich eines Vergehens zu beschuldigen und mir einen Eid abzuverlangen.« Abgesehen davon wäre ein falscher Unschuldseid eine so unverzeihliche Sünde, daß selbst die miserablen Chancen eines Gottesurteils das weitaus geringere Übel zu sein schienen. »Ich bin ein freier Engländer und nach Ely gekommen, um meinen Bruder Guthric in einer Familienangelegenheit aufzusuchen. Wie kommt Ihr dazu, über mich zu richten? Woher nehmt Ihr das Recht?«

Hereward wies auf die Männer im Raum, unter denen sich ein leises,

bedrohliches Murmeln erhoben hatte. »Seht Euch um. Ich habe insgesamt etwa zweihundert Männer auf dieser Insel. Jeden Tag werden es mehr. Ich glaube, man nennt es das Recht des Stärkeren.«
Cædmon sah in die Feenaugen und lächelte. »Und Ihr nennt William einen Tyrannen?«
Herewards vielgerühmtes, ungezügeltes Wesen brach sich Bahn, er fuhr wütend auf und schlug Cædmon links und rechts ins Gesicht. Cædmon zuckte entsetzt zusammen, zu Tode beleidigt, und seine Rechte glitt wie von selbst an seine linke Seite, wo natürlich kein Schwert mehr hing. Im selben Moment packte Gorm ihn von hinten und drückte ihm ohne die geringste Mühe mit einem seiner Keulenarme die Luft ab.
»Dunstan«, sagte Hereward, ohne Cædmon aus den Augen zu lassen, »ich habe den Eindruck, wir haben mit diesem Mann einen ausgesprochen glücklichen Fang gemacht. Stell fest, wozu er wirklich hier ist und was er weiß.«
Er nahm ein eisernes Kruzifix auf, das auf dem Tisch gelegen hatte. Es war nicht größer als die Hand eines Kindes. Viele der Brüder trugen solche Kreuze am Gürtel. Hereward wandte sich um und warf es ins Feuer.
»Wenn er die Wahrheit sagt, wird Gott es uns zeigen.« Dann ging er mit langen Schritten hinaus.

Die Nachricht verbreitete sich schneller, als das Eisen heiß wurde. Viele Neugierige strömten ins Refektorium; bald war der Saal gut gefüllt. Cædmon sah in ein paar Gesichter. Junge und Alte, Thanes, Bauern, Handwerker, Priester und Mönche – Herewards Truppe war eine zusammengewürfelte Schar. Die Mehrzahl Engländer, nur ein paar sahen dänisch aus. Sie saßen an den Tischen oder standen dahinter, hielten hölzerne Becher in den Händen und redeten. Tatsächlich erinnerten sie ihn an die Männer, die früher die Halle seines Vaters bevölkert hatten. Anständige, einfache Leute. Vermutlich hätten sie sich niemals träumen lassen, daß sie einmal zu Rebellen, zu Gesetzlosen werden würden. Aber sie alle hatten sich gegen die neue Ordnung aufgelehnt, viele wahrscheinlich deshalb, weil die Normannen ihnen irgendein Leid zugefügt, ihr Land genommen, ihr Dorf verwüstet, ihre Familien ermordet hatten. O William, du gottverfluchtester aller Bastarde, du bist es wirklich nicht wert, daß ich das hier für dich auf mich nehme...
Er sah zu seinem Bruder. Dunstan hatte einen Fuß auf die Herdeinfassung gestellt und stocherte mit einem Schürhaken im Feuer herum. Ely

war ein wohlhabendes Kloster; hier wurde mit Holzkohle gefeuert, wie sie auch die Schmiede verwendeten, denn sie brannte heiß und raucharm. Zwischen den glimmenden, schwarzen Kohlen erahnte Cædmon eine rötliche Kreuzform.

Dunstan spürte seinen Blick, hob den Kopf und grinste. »Ist gleich soweit, Cædmon.«

Cædmon nickte stumm. Er schwitzte. Das letzte Mal hatte er sich so gefürchtet, als der König Lucien befohlen hatte, ihm die Hand abzuhacken. Aber dieses Mal würde es kein Entrinnen geben. Dunstan hatte noch nie geblufft. Gott, wenn du wirklich auf Williams Seite stehst, er der von dir erwählte König ist, wie er so gern und häufig behauptet, dann wäre jetzt genau der richtige Moment, das durch ein Wunder kundzutun und mich aus dieser wahrlich mißlichen Lage zu befreien, dachte er ohne viel Hoffnung.

Mit einer langen, schmalen Kohlenzange holte Dunstan das Kreuz aus dem Feuer und hielt es hoch, so daß jeder es sehen konnte. Ein Raunen erhob sich. Das Kreuz glühte leuchtend rot.

Gorm hatte einen flachen Stein herbeigeschafft und auf den Tisch des Abtes gelegt. Behutsam ließ Dunstan das Kruzifix darauf gleiten.

»Wir brauchen einen Priester«, murmelte er. Er wandte sich an die Versammlung. »Wynfrith, du bist Priester, oder?«

»Stimmt.«

»Komm her.«

Ein rundlicher, kleiner Kerl mit schütterem, schulterlangem Haar trat vor. Er begutachtete das Kruzifix eingehend, schlug effekthalber ein Kreuzzeichen darüber, faltete fromm die Hände und murmelte ein sehr kurzes Gebet. Dann nickte er Dunstan zu. »In Ordnung.«

Dunstan sah erwartungsvoll zu Cædmon und machte eine auffordernde Geste. »Also dann. Leg die Hand darauf.«

Cædmon rieb sich das Kinn an der Schulter. »Ich ...« Er räusperte sich. »Ich habe euch gesagt, ich unterziehe mich keinem Gottesurteil.«

Dunstan verzog amüsiert den Mund. »In dem Fall muß ich es für dich tun.«

»Dann laß dich nicht aufhalten, Dunstan. Leg die Hand auf das Kreuz.«

Er fand wenig Trost in dem beifälligen Gelächter.

Auf ein Nicken von Dunstan stellte Gorm sich hinter Cædmon und packte seine Arme. Dunstan nahm das Kruzifix mit der Zange vorsichtig wieder auf und trat auf ihn zu.

Cædmon biß sich auf die Zunge. Wie kannst du das tun, Dunstan? Herrgott noch mal, du bist mein Bruder. *Du bist mein Bruder ...* Instinktiv hatte er die Fäuste geballt, aber Dunstan hatte es gar nicht auf seine Hand abgesehen. Mit der Linken umfaßte er Cædmons Ausschnitt und zog mit einem kräftigen Ruck. Das Gewand zerriß, Dunstan zielte mit zusammengekniffenen Augen, drückte Cædmon das Kreuz mitten auf die Brust, und es zischte wie Regentropfen im Feuer.
Gott hielt sich erwartungsgemäß aus der Sache heraus.
Cædmon schrie.

Er lag am Boden. Er war nicht ganz sicher, wie er dorthin gekommen war. Vermutlich hatte Gorm ihn losgelassen, und seine Beine waren einfach weggeknickt. Er hatte den Kopf in den Armen vergraben und die Augen zugekniffen, und als das Tosen in seinen Ohren abebbte, stellte er fest, daß er keuchte. Er versuchte, flach und langsam zu atmen, versuchte, den Schmerz unter Kontrolle zu bringen, sich nicht davon beherrschen zu lassen, sich an all das zu erinnern, was Jehan de Bellême ihm darüber beigebracht hatte. Aber er hatte große Mühe, zusammenhängend zu denken. Der widerwärtige Gestank seines eigenen verbrannten Fleisches hüllte ihn ein. Die neunhundert Normannen, die die Northumbrier im Bischofspalast von Durham verbrannt hatten, kamen ihm in den Sinn. Je verzweifelter er sich bemühte, das Bild zu verdrängen, um so übermächtiger wurde es.
»Steh auf«, grummelte Gorm über ihm und zerrte ihn auf die Füße.
Cædmon blinzelte. Hereward war zurückgekehrt, lehnte mit der Schulter an der Wand neben dem Herd und betrachtete ihn mit distanziertem Interesse. Dunstan stand mit verschränkten Armen an seiner Seite, die Zange in der Hand. Das Kreuz lag im Feuer, und Cædmon erkannte, daß dieses Ritual in Wahrheit nicht das geringste mit einem Gottesurteil zu tun hatte, daß Dunstan keineswegs gewillt war, drei Tage zu warten, um festzustellen, ob sein Bruder die Wahrheit gesagt hatte oder nicht. Geduld war noch nie seine Stärke gewesen. Cædmon wurde sterbenselend.
Dunstan betrachtete ihn mit einem gönnerhaften Grinsen. »Das stehst du nicht lange durch, Brüderchen«, prophezeite er flüsternd. »Besser, du machst das Maul auf. Was hat der Bastard vor? Wozu hat er dich hergeschickt?«

Cædmon fuhr mit der Zunge seine Zähne entlang. »Ich weiß nicht, was er vorhat, Dunstan.«
»Und wenn du es wüßtest, könntest du es mir nicht sagen, richtig?« höhnte Dunstan.
Cædmon sah ihn stumm an.
Dunstan winkte ab. »Mir ist vollkommen egal, ob du ihm einen Eid geleistet hast. Du bist ein Verräter.«
»Du irrst dich.« Die Übelkeit war abgeklungen, er konnte wieder sicher stehen. Aber es brannte immer noch grauenhaft. Ist so die Hölle? fuhr es ihm durch den Kopf. Er fragte sich, wie lange es wohl dauern würde, bis es nachließ. »Die Verräter seid ihr. William ist … der rechtmäßige König.«
»Harold war der rechtmäßige König!« Ein eigentümlich verzweifelter Unterton lag in Dunstans wütendem, tonlosen Zischen.
»Aber Harold ist tot, Dunstan.« Er war müde, völlig erschöpft, und er fror. Doch er zwang sich, weiterzureden. »Wer, denkst du, soll König von England werden, wenn ihr Erfolg habt und die Normannen aus England vertreibt? Ich kann nicht glauben, daß ihr dieses feige, hinterhältige kleine Ungeheuer Edgar Ætheling auf den Thron setzen wollt.«
Dunstans Augen verrieten seine Gedanken, sie glitten für einen winzigen Augenblick nach links.
Cædmon sah zu Hereward. »Ihr habt große Pläne.«
Hereward hob gelassen die Schultern. »Wenn William gestürzt ist, werden die Witan entscheiden, wer König wird. Nach englischer Sitte und englischem Recht.«
Cædmon nickte. »Nach dem neuen englischen Recht?« fragte er leise. Seine Stimme klang eigentümlich kraftlos, aber jeder im Saal hörte ihn, es war geradezu unheimlich still geworden. »Dem Recht des Stärkeren? Welcher der englischen Witan, die noch übrig sind, hätte schon zweihundert Männer, die er gegen Eure aufbieten könnte?«
Hereward fuhr zu Dunstan herum. »Mach endlich weiter. Wenn du zimperlich wirst, weil er dein Bruder ist, dann tu ich es! Mal sehen, ob er in einer Stunde immer noch so große Worte führt.«
In einer Stunde …
Dunstan schüttelte entrüstet den Kopf und holte das Kruzifix aus der Glut. Cædmon schloß die Augen, als Gorm ihn wieder packte. Er bildete sich ein, das leise Knistern schon hören zu können, mit dem die spärlichen Haare auf seiner Brust verbrannten, noch ehe das Eisen ihn

berührte. Er erinnerte sich jetzt, daß dieses Knistern dem Zischen vorausgegangen war, und er fragte sich, wie in aller Welt er das noch einmal durchstehen sollte, als er die mörderische, warnende Hitze plötzlich im Gesicht spürte. Er riß entsetzt die Augen auf. Das glühende Eisen war weniger als eine Daumenlänge von seiner rechten Wange entfernt.

Nein…

»*Nein!*«

Einen irrsinnigen Moment lang glaubte er, sein Grauen habe durch irgendeinen Zauber Stimme erlangt, doch der laute Ruf klang eher wie ein Befehl denn ein Protestschrei. Und er wirkte. Dunstan zauderte. Ein großer Krieger in Kettenpanzer und Helm kam mit langen Schritten auf sie zu, packte Dunstans Ellbogen und zog ihn zurück. Das glühende Kruzifix glitt aus der Zange und landete auf der hölzernen Tischplatte. Kleine, dunkle Rauchkringel stiegen auf.

Hereward legte die Hand an das Heft seines Schwertes. »Was fällt Euch ein? Wer seid Ihr?«

Der Mann zog den Helm vom Kopf und entblößte ein Gesicht nicht älter als Herewards, schulterlange, glatte dunkle Haare und die gewaltige Raubvogelnase, für die schon sein Großvater berühmt gewesen war.

»Morcar …«, brachte Cædmon fassungslos hervor und dachte voller Verwirrung, daß Gott mit der Wahl des Zeitpunktes für dieses kleine Wunder in gewisser Weise doch ein Urteil gefällt hatte. Ein geradezu salomonisches Gottesurteil, wenn man so wollte. Er spürte ein hysterisches Kichern in seiner Brust aufsteigen und preßte einen Augenblick den Handrücken gegen den Mund, um es niederzukämpfen.

Morcars Blick fiel auf seine Brust, und er verzog angewidert das Gesicht. Dann wandte er sich um. »Seid Ihr Hereward? Meine Güte, es ist tatsächlich wahr, Feenaugen…«

Selbige hatten sich ungläubig geweitet. »Morcar? Von Mercia?«

»Oder von Northumbria, das ist Ansichtssache.«

»Earl Leofrics Enkel?«

»Ja.«

»Earl Edwins Bruder?«

»Ja doch. Meine Schwester, sollte es Euch entfallen sein, heißt Aldgyth.«

Ein leises Lachen plätscherte durch den Saal.

Hereward nahm sich zusammen und reckte angriffslustig das Kinn vor; er gehörte offensichtlich nicht zu denen, die in ein Lachen auf ihre Kosten einstimmen konnten. Dann besann er sich und verneigte sich. »Eine große Ehre, Mylord.«

Morcar betrachtete ihn kühl. »Ich bin hergekommen, um mich Euch anzuschließen, Hereward. Aber eins wollen wir vorher klarstellen: Wenn es je gelingen sollte, William zu stürzen, dann wird mein Bruder Edwin König von England und niemand sonst.«

Hereward verneigte sich wiederum. Er stammte aus Mercia; Morcars Großvater, der berühmte, gefürchtete Leofric, war der Lord seines Großvaters und Vaters gewesen. Ganz gleich, was seine Ambitionen sein mochten, Hereward glaubte an angelsächsische Traditionen und fand es nicht leicht, so alte Treuebande zu mißachten. »Ich würde mir niemals anmaßen, die Vorrechte Eures Hauses in Frage zu stellen, Mylord. Ihr solltet nicht glauben, was dieser Mann…«

»Dieser Mann ist für mich über jeden Zweifel erhaben. Laß ihn los, du … Ochse.«

So groß war Morcars Selbstsicherheit und Herewards Verehrung so offenkundig, daß Gorm augenblicklich von Cædmon abließ. Ein herbeigewunkener Diener brachte zwei große Becher mit Bier. Morcar reichte einen davon Cædmon.

Cædmon nickte dankbar und nahm einen tiefen Zug. Selbst als sie auf dem Kanal gekentert waren und er beinah ertrunken wäre, war er nicht so durstig gewesen. »Danke, Mylord. Ich dachte…«

»Was? Ihr glaubtet mich in Rouen, ja?«

Cædmon nickte und trank noch einmal. Das Bier war süß und herrlich kühl.

»Da war ich auch«, erklärte Morcar. »Doch als ich hörte, daß sich in Ely der englische Widerstand formiert, bin ich geflohen. Ich bin sicher, William hätte mich umbringen lassen, sobald er in die Normandie kommt. Er weiß genau, daß jeder englische Widerstand gefährlich ist, solange noch irgendwer aus dem Haus Mercia oder Godwinson lebt. Ich habe Wulfnoth beschworen, mit mir zu kommen. Aber er wollte nicht.«

Cædmon schloß die Augen, und sofort wurde ihm schwindelig. Der Becher glitt ihm aus den Fingern, und er taumelte.

Morcar stützte ihn und warf Hereward und Dunstan einen finsteren Blick voller Verachtung zu. »Ihr seid tief gesunken, Hereward.«

»Aber Mylord … Dieser Mann ist ein Verräter.«
»Er ist kein Verräter! Er hat seinen Weg gewählt, Ihr den Euren. Wie es jeder Mann in England tun muß. Habt Ihr eigentlich eine Ahnung, was er tut? Wie viele Engländer er vor Williams Zorn bewahrt hat? Daß er jeden gottverdammten Tag seinen Kopf in die Schlinge steckt, indem er beim König für sein Volk einsteht?«
»Auf welcher Seite steht Ihr?« zischte Dunstan wütend.
»Dunstan!« fuhr Hereward ihn an.
»Ich will dir sagen, auf welcher Seite ich stehe, du tollwütiges … Augenblick mal. Ich kenne dich! Du warst Harold Godwinsons Laufbursche damals im Zweischlachtenmonat, kurz vor der Eroberung. Du bist zu Edwin und mir gekommen und wolltest uns in Godwinsons Namen Vorschriften machen, wir hätten gefälligst nach Süden zu marschieren. Du bist Dunstan … of Helmsby.« Er sah ungläubig von Dunstan zu Cædmon und wieder zurück. Eine so abgrundtiefe Abscheu stand in seinem Gesicht, daß Dunstan leicht errötete und sichtlich schluckte.
Morcar trat angewidert von ihm zurück und richtete seinen geballten aristokratischen Hochmut und Unwillen auf Hereward. »Ich verlange, daß Ihr ihn auf der Stelle freilaßt.«
Hereward fühlte sich sichtlich unwohl, aber er schüttelte den Kopf. »Das ist ausgeschlossen, Mylord. Es hieße, daß wir Ely aufgeben müßten, und nirgendwo sind wir so sicher wie hier. Er hat zuviel gehört und gesehen.«
Morcar wandte sich an Cædmon. »Würdet Ihr William berichten, was Ihr gehört und gesehen habt?«
Cædmon nickte.
»Dann werdet Ihr hierbleiben müssen, bis Hereward sich entschließt, von Ely abzuziehen, Cædmon.«
Er hob gleichmütig die Schultern. Er hatte mit weitaus Schlimmerem gerechnet. Und es bedeutete immerhin, daß es ihm vorläufig erspart blieb, Roland Baynards Schwester heiraten zu müssen, wie immer sie heißen mochte…
Morcar nickte Hereward knapp zu. »Ich verlange, daß er anständig untergebracht wird.« Er warf einen vernichtenden Blick in Dunstans Richtung. »Und laß dich nicht dabei erwischen, daß du ihm noch einmal zu nahe kommst, du … widernatürliches Monstrum.«

Man hätte darüber streiten können, ob der leergetrunkene Weinkeller ein »anständiges« Quartier war oder nicht, aber Cædmon zog es auf jeden Fall vor, dort mit Guthric und Oswald zusammenzusein, als anderswo allein. Er hatte Glück – die Brandwunde auf seiner Brust entzündete sich nicht. In den ersten Tagen litt er noch unter heftigen Schmerzen, vor allem nachts, aber es verging. Der junge Novize, der ihnen das Essen brachte und sie, vermutlich auf Morcars Geheiß, mit allen möglichen Annehmlichkeiten wie beispielsweise Decken versorgte, verband die Wunde mit halbwegs sauberen Leinenstreifen und gab Cædmon ein neues Gewand, dem noch recht deutlich anzusehen war, daß es einmal eine Benediktinerkutte gewesen war. Einen Tag später brachte er ihm sein eigenes zurück, der lange Riß von geschickten Händen sorgfältig ausgebessert.

Auch Bruder Oswald machte Fortschritte. Die tiefe Bewußtlosigkeit wich einem natürlichen Schlaf. Schon mehrfach hatte er die Augen aufgeschlagen und leise vor sich hingemurmelt. Er war keinmal ganz zu sich gekommen, doch als Cædmon etwa zehn Tage in Ely war, wachte er schließlich auf.

»Guthric.«

»Bruder Prior.«

»Und ... Cædmon!«

»So ist es. Willkommen im Diesseits, Bruder Oswald.«

Der schmächtige, kleine Bruder wollte sich aufrichten, aber Cædmon legte ihm die Hand auf die Schulter. »Sachte. Was macht der Kopf?«

Oswald blinzelte konzentriert. »Nichts Besonderes. Er steckt voll neugieriger Fragen, wie üblich. Zum Beispiel: Was in aller Welt hast du hier verloren? Oder: Was muß ich tun, um einen Schluck Bier zu bekommen? Oder auch: Was war, ehe Gott Himmel und Erde erschuf?«

Cædmon half ihm lächelnd, sich aufzusetzen. »Der König hat mich hergeschickt, und nun sitze ich hier fest. Bier ist in dem Krug gleich neben Euch. Und was die dritte Frage anbelangt, sie wird wohl warten müssen, bis Ihr sie Gott persönlich stellen könnt.«

Hinter dem Rand des Kruges verzogen Oswalds Lippen sich zu dem breiten Lächeln, an das Cædmon sich so gut erinnerte. Dann setzte er ab.

»Sei nicht so sicher. Vielleicht können wir es doch irgendwie selbst ergründen ... Aber ich denke, vorher müßte ich mich rasieren. Und waschen.«

Sie lachten.
Mit Bruder Oswalds Erwachen änderte sich ihre Situation dramatisch. Er brauchte nicht lange, um herauszufinden, daß Cædmon praktisch kein Wunsch verwehrt blieb, und so scheuchte Oswald ihre Wärter, daß sie ins Schwitzen gerieten: Warmes Wasser und ein Rasiermesser waren nur der Anfang. In Windeseile bekamen sie einen Tisch und Schemel, Oswalds Katze Griselda, die ihnen die Ratten und Mäuse vom Leib hielt, Räucheraal, eine gebratene Gans, frisches, dunkles Brot, einen Krug Met und ... Bücher.
»Bücher?« fragte Cædmon ungläubig.
Oswald nickte nachdrücklich. »Und ich werde endlich tun, wozu es mich schon vor sechs Jahren gelüstete, Cædmon: Ich werde dich das Lesen lehren.«
Cædmon hob entsetzt die Hände. »Nein, vielen Dank, Bruder Oswald, ich habe keineswegs die Absicht, lesen zu lernen. Ich nehme nicht an, es gibt eine Laute an diesem Ort ernsthafter Gelehrsamkeit, oder?«
Oswalds Augen funkelten. »Gorm, du zu groß geratenes Rindvieh!« brüllte er.
Der riesige Schädel erschien in der Tür. »Was?«
»Lauf zum Bruder Sakristan und borg seine Laute. Ein bißchen plötzlich, wenn ich bitten darf!«
Cædmon bekam seine Laute und war selig. Oswald und Guthric lauschten ihm fasziniert, und Guthric bestürmte ihn, ihm die Texte der normannischen Lieder beizubringen. Im Gegensatz zu Cædmon hatte Guthric keine Rabenstimme, sondern einen gut geschulten Benediktinertenor. Bald sang er all die Balladen, die Cædmon im vergangenen Frühjahr immer für Aliesa gespielt hatte, aber ebenso die alten, angelsächsischen Lieder, die sie beide von den Spielleuten kannten, die gelegentlich in die Halle ihres Vaters gekommen waren, um ihre gesungenen Geschichten von vergessenen Schlachten und fernen Ländern vorzutragen.
Doch Cædmon konnte nicht von früh bis spät spielen, und die Langeweile wurde bald die schlimmste Qual seiner Gefangenschaft. So gab er Bruder Oswalds hartnäckigem Drängen schließlich nach und willigte ein, wenigstens die Buchstaben zu lernen, aus denen sein Name bestand.
»Es sind sechs«, eröffnete Oswald ihm.
Cædmon nickte. »Das ist zu ertragen.«

»Der erste ist ein C. Siehst du, ganz einfach, wie ein offener Kreis.«
»Ein C. In Ordnung.«
»Auch das Wort Christus beginnt mit einem C.«
»Wir sprachen aber von dem Wort Cædmon.«
»Du solltest deinen Namen wirklich nicht über den des Herrn stellen, weißt du.«
»Bruder Oswald...«
Der pfiffige Prior hob ergeben die Hände. »Na schön. Der zweite ist ein Buchstabe, der eigentlich aus zweien besteht.«
»Dann sind es ja schon sieben. Du willst mich übers Ohr hauen!«
»Cædmon, ich muß doch sehr bitten. Hör mir zu.«
»Meinetwegen.«
»Er heißt Æsk, was ›Esche‹ bedeutet. Aber man spricht ihn Ä.«
»Ich glaube, das reicht mir.«
»Komm, komm. Stell dich nicht dümmer als du bist, das kannst du dir nicht leisten...«
So lernte Cædmon also, seinen Namen zu lesen, und trotz seiner Proteste lernte er am folgenden Tag die Wörter »Oswald« und »Guthric«. Er erfuhr auch, daß drei Buchstaben des angelsächsischen Alphabets uralte Runen waren, die ihre heidnischen Vorfahren schon benutzt hatten, lange bevor die Missionare nach Britannien kamen und ihre Buchstaben mitbrachten. Die Vorstellung faszinierte Cædmon auf eigentümliche Weise, aber er verbarg sein Interesse sorgsam. Er wußte, wenn er Oswald auch nur den kleinen Finger reichte, würde ihn nichts mehr vor dem missionarischen Eifer des Priors retten.
»Die Welt wandelt sich, Cædmon«, erklärte Oswald mit belehrend erhobenem Zeigefinger. »Es wird nicht mehr lange dauern, bis jeder Mann von Stand das Lesen erlernen muß, wenn er in ihr bestehen will.«
»Ja, und das Sticken vermutlich auch«, brummte Cædmon verächtlich.
Bruder Oswald machte ein Gesicht, als habe er nicht übel Lust, seinen uneinsichtigen Schüler zu ohrfeigen. Ohne es zu merken setzte Cædmon sich gerade auf, als wolle er sie beide daran erinnern, daß er einen guten Kopf größer als Oswald war, und wandte ein: »Warum sollte ein Mann von Stand lesen lernen müssen, der sich doch einen Kaplan halten kann, der es für ihn tut? Wenn ich mich plötzlich entschließen würde, Lesen und Schreiben zu lernen und beispielsweise meine Bücher

selbst zu führen, würden die Leute sagen, ›Nun seht euch das an, der Thane of Helmsby ist arm wie eine Kirchenmaus, nicht einmal mehr einen Schreiber kann er sich leisten.‹«

Oswald fegte den Einwand ungeduldig beiseite. »Wissen, Cædmon. Darum geht es. Und Wissen steht in Büchern, es wird nicht mehr von Mund zu Ohr weitergegeben wie in den Tagen der Druiden. Die Welt ist zu groß geworden dafür. Schau dich selbst an. Früher wurde der Thane of Helmsby in Helmsby geboren, lebte in Helmsby und starb in Helmsby, zog bestenfalls mit dem Fyrd zur nächsten Küste, um die Dänen zurückzuschlagen, oder bis an die walisische Grenze. Und heute? Du bist in der Normandie gewesen, andere Engländer gehen nach Haithabu oder Bremen, um Handel zu treiben, wieder andere nach Byzanz zu den Warangern, und ich sage dir, es wird jetzt nicht mehr lange dauern, bis die Kriegerscharen der Christenheit ins Heilige Land ziehen, um es von den Mauren zu befreien. Und je größer die Welt ist, um so schwieriger wird es, sie zu begreifen, und vor allem, sie zu beherrschen. Das Wissen, das dazu vonnöten ist, kann der Vater nicht mehr an den Sohn vermitteln. Dieses Wissen gibt es nur in Büchern. Die Heiden haben das längst erkannt. *Sie* sind gebildet. Sie sind uns um Längen voraus. Und darum wird es auch nicht so einfach sein, sie zu vernichten, wie der Papst uns alle gern glauben machen will. Nein, ich sage dir, der Tag ist nicht mehr fern, da ein *Illiteratus* auf dem Thron nichts weiter sein wird als ein gekrönter Esel!«

Es war nicht einfach, Bruder Oswalds feurigen Worten etwas entgegenzusetzen – jetzt verstand Cædmon, was Guthric gemeint hatte, als er sagte, Oswalds Zunge sei das Schwert Gottes.

»Man hat William schon schlimmer betitelt«, bemerkte er schließlich mit einem verschämten kleinen Grinsen. »Mag sein, daß du recht hast, Bruder Oswald, vielleicht wird es so kommen, wie du sagst. Aber das ändert nichts an meiner Ansicht: Einem Mann, der nicht Mönch ist, steht das Lesen nicht an. Es ist vollkommen überflüssig.«

Oswald nickte. »Etwa so überflüssig wie das Lautespiel.«

»Aber…«

Gorm ersparte Cædmon die endgültige, schmachvolle Niederlage in diesem Wortgefecht, weil er genau diesen Moment wählte, die Tür zum Weinkeller aufzustoßen. Er riß sie beinah aus ihren alten, rostigen Angeln. Gorm öffnete jede Tür mit dem gleichen Übermaß an

Kraft wie Jehan de Bellême. Jedesmal fand sich Cædmon an ihn erinnert.

Gorm blinzelte dümmlich im Dämmerlicht und zeigte dann mit dem Finger auf Cædmon. »Komm mit.«

Angst durchzuckte Cædmon. Zögernd stand er vom Tisch auf. »Wohin?«

»Komm schon.«

Er führte ihn hinaus in den sonnendurchfluteten Innenhof, und jetzt war es an Cædmon zu blinzeln. Beinah hatte er vergessen, daß Sommer war. Es roch nach Staub und Hitze und dem Schweiß vieler Männer, überlagert von einem schwächeren, aber betörenden Duft, der vom Kräutergarten herüberwehte.

Und dorthin führte ihn der Goliath. Cædmon stieg über das niedrige Spalier und atmete tief durch. Nicht Dunstan hatte nach ihm geschickt. Morcar of Mercia saß auf einer niedrigen Holzbank neben einer dicht berankten Laube und sah ihm entgegen.

»Ich dachte, Ihr wäret vielleicht froh, einmal für eine Stunde die Sonne zu sehen«, bemerkte er, als Cædmon zu ihm trat.

»Danke, Mylord.«

»Setzt Euch.«

Cædmon ließ sich neben ihm nieder, pflückte ein winziges Blatt von einem nahen Strauch, rieb es zwischen den Fingern und roch daran. Der Duft erinnerte ihn an Lammbraten.

»Was ist es?« fragte Morcar.

Cædmon hob die Schultern. »Thymian? Ich habe keine Ahnung.« Er ließ das Blättchen achtlos fallen, und es trudelte lautlos ins Gras.

Morcar nahm den Weinschlauch, der neben ihm lag, und reichte ihn Cædmon. »Hier. Trinkt, ich hatte schon mehr als genug. Seit ich hier bin, hat mich eine seltsame Gier nach Wein und Met gepackt. Wenn ich mich nicht zusammenreiße, bin ich schon mittags betrunken.«

»Warum?« fragte Cædmon überrascht. »Ich hätte gedacht, Ihr wäret froh und glücklich, William entkommen zu sein. Und seid Ihr nicht hergekommen, weil Ihr glaubt, daß Hereward die letzte Hoffnung für ein angelsächsisches England ist?«

»Vielleicht. Was denkt Ihr?«

»Ich denke, er wird scheitern«, antwortete Cædmon offen. »Aber ich mag mich irren.«

Morcar nickte nachdenklich. »Ihr habt schon recht. Deswegen bin ich hergekommen. Aber froh und glücklich? Wißt Ihr, ich habe William einen Eid geleistet, genau wie Ihr.«
Cædmon winkte ab. »Mit seinem Schwert praktisch an Eurer Kehle. Darüber solltet Ihr Euch keine Gedanken machen.«
Morcar betrachtete ihn verwundert. »Warum sagt Ihr das? Es ist weiß Gott schwer auszumachen, wo Ihr steht.«
Cædmon trank. Es war ein guter, fruchtiger Weißwein, vom Rhein oder der Mosel vielleicht; er kannte sich mit Wein kaum besser aus als mit Kräutern. »Dasselbe könnte ich von Euch sagen«, entgegnete er dann. »Als wir uns das letztemal gesehen haben, kurz nach der Krönung in Westminster, habt Ihr mich, wenn ich mich recht entsinne, einen Verräter und gottverdammten Normannenfreund genannt. Vor ein paar Tagen hingegen habt Ihr mich davor bewahrt, daß mein Bruder mich Stück für Stück röstete, habt mir vermutlich das Leben gerettet und noch dazu die schmeichelhaftesten Dinge über mich gesagt.«
Morcar lächelte schwach. »Vielleicht habe ich inzwischen ein paar Dinge dazugelernt. Wenn man ein paar Jahre in der Normandie gelebt hat, sieht man England und den Rest der Welt mit anderen Augen.«
»O ja.«
»Und es war natürlich Wulfnoth, der mir klargemacht hat, welche Rolle Ihr an Williams Hof spielt.«
Cædmon schnitt eine Grimasse. »Das hätt' ich mir denken können. Ihr solltet nicht alles glauben, was Wulfnoth sagt. Er neigt zu Übertreibungen, wißt Ihr.«
Morcar lächelte nicht. »Er ist ein bewunderswerter Mann, Cædmon. Der beste aller Godwinsons. Warum konnte er nicht an Harolds Stelle sein?«
»Vielleicht aus genau dem Grund. Weil er der beste aller Godwinsons ist. Er hätte König Edwards Wünsche hinsichtlich seiner Nachfolge niemals mißachtet. König von England zu sein ist das letzte, was Wulfnoth sich wünscht. Das weiß auch William, deswegen denke ich, daß Eure Sorge um Wulfnoths Sicherheit unbegründet ist. Ihr hingegen seid ehrgeizig, darum war es sehr klug von Euch, Rouen zu verlassen, ehe der König dort eintrifft. Wo ist Euer Bruder, Morcar?«
»Das weiß ich nicht. Und wenn ich es wüßte, bin ich nicht sicher, ob ich es Euch verraten würde, denn Ihr würdet es vermutlich dem König sagen, wenn Ihr Gelegenheit dazu bekämt, nicht wahr?«

Cædmon nickte nachdenklich. »Ja, wahrscheinlich.« Er hatte das Gefühl, er müsse es Morcar erklären. »Ich hatte nie große Illusionen, was William anbelangt, und die wenigen, die ich hatte, habe ich letzten Winter verloren. Aber er ist der König. Das einzige, was ich tun kann, ist zu versuchen, ihn und England miteinander auszusöhnen. Vielleicht ist das ein hoffnungsloses Unterfangen, das ist durchaus möglich. Aber er hat Söhne. Söhne, die beinah schon Engländer sind.«
»Ja, ich verstehe und billige Eure Haltung, Cædmon. Aber sie ist nicht die meine. Ich denke immer noch, Edward hatte kein Recht, William die Krone anzubieten, ebensowenig hatte Harold Godwinson das Recht, sie an sich zu reißen. England sollte einen englischen König haben, und mein Bruder Edwin wäre der beste Mann dafür. Und ich bin sicher, daß ich Hereward dafür gewinnen kann. Er ist kein so übler Bursche, wißt Ihr.«
»Vielleicht nicht. Hereward ist ein Mann vom gleichen Schlag wie Euer berühmter Großvater Leofric oder mein nicht ganz so berühmter, aber unter den Dänen weithin gefürchteter Urgroßvater Ælfric Eisenfaust. Doch die Welt hat sich verändert. Sie und ihre Vorstellungen gehören der Vergangenheit an, und das nicht erst seit der Eroberung. Ihre Zeiten waren schon lange vorher vorbei.«
Morcar dachte darüber nach. Dann fragte er: »Denkt Ihr, der König wird Ely belagern?«
Cædmon hob kurz die Schultern. »Durchaus denkbar.«
»Aber es ist Wahnsinn. Man kann Ely nicht aushungern, die Flüsse und der See könnten zehnmal so viele Männer ernähren. Und keine Armee kann diese Sümpfe durchqueren.«
»Tja. All seine Ratgeber werden ihm genau das sagen, und William wird nicht auf sie hören.«
Morcar lächelte freudlos. »Ich habe meinen Bruder Edwin nicht mehr gesehen, seit er vorletztes Jahr vom Hof geflohen ist«, sagte er leise. »Ich weiß nicht einmal mit Gewißheit, ob er noch lebt. Er war die ganze Zeit im Norden – er könnte Williams Todesreitern in die Hände gefallen sein, unerkannt womöglich, oder er könnte einfach verhungert sein, wie so viele im Norden. Aber wenn er noch lebt, dann sollte er hier sein. Ich will ihn suchen, und ich muß bald aufbrechen. Morgen oder übermorgen oder am Tag danach.«
Cædmon nickte. »Verstehe.« Er stand auf. »Es war sehr freundlich von Euch, mich vorzuwarnen.«

Morcar erhob sich ebenfalls, zog sein Jagdmesser aus der Scheide am Gürtel und reichte es ihm. »Hier, das wird Euch vielleicht dienlich sein. Viel Glück, Cædmon.«
Cædmon ließ die mörderisch scharfe Waffe unter seinem Gewand verschwinden. »Danke. Und ich hoffe, daß Ihr Euren Bruder findet, Mylord. Obwohl er ein gefährlicher Feind ist und wir auf unterschiedlichen Seiten stehen werden, falls wir uns wiedersehen.«
Morcar hob ergeben die Hände. »Dann müssen wir einander bei unserem Wiedersehen eben aus dem Wege gehen.«
Nachdem Morcar gegangen war, machte Cædmon eine gemächliche Runde durch den Kräutergarten. Es stimmte, er verstand wirklich nicht viel von diesen Dingen, aber er war schließlich auf dem Land aufgewachsen und hatte als Junge Dunstans Schwäche für boshafte Streiche geteilt. Darum war er durchaus in der Lage, einige Pflanzen auf Anhieb zu erkennen. Als er gefunden hatte, was er wollte, pflückte er ein paar Zweige, versteckte sie ebenfalls in seinem Hosenbund und ging pfeifend Richtung Weinkeller zurück.

Oswald und Guthric sprangen von ihren Hockern auf, als Gorm die Tür öffnete und Cædmon hineinstieß. Angstvoll sahen sie ihm entgegen.
»Was ist passiert?« fragte Guthric atemlos, als sie wieder allein waren.
Cædmon hob beruhigend die Rechte. »Gar nichts. Alles ist in Ordnung. Na ja, fast alles ist in Ordnung. Ich habe mit Morcar gesprochen. Er verläßt Ely. Sehr bald.«
Guthric legte entsetzt eine Hand auf den Mund, und Oswald sagte, was Guthric dachte: »Sobald Morcar Ely den Rücken kehrt, wird Dunstan dich töten.«
Cædmon nickte. »Und ich wette, daß deine offenkundige Gelassenheit ob dieser Aussicht dir abhanden kommt, sobald du weiterdenkst.«
»Ich bin ganz und gar nicht gelassen!« protestierte Oswald empört. »Und wovon redest du?«
»Wenn Dunstan damit liebäugelt, mich mit dem Leben dafür zahlen zu lassen, daß ich noch einen König habe und er nicht – und ich bin sicher, daß er das tut –, dann darf Morcar natürlich nichts davon erfahren. Darum wird er Morcar sagen wollen, ich sei aus Ely geflohen. In dem Fall kann Dunstan sich keine Zeugen leisten, die Morcar berichten könnten, daß Gorm mich hier rausgeschleift hat. Das heißt, er wird uns alle drei umbringen. Denk ja nicht, dein Abt könnte euch retten.«

»Mein Abt würde mich auch dann nicht retten, wenn er könnte«, gab Oswald bissig zurück. »Er ist Hereward voll und ganz ergeben. Weitaus ergebener als Gott. Seit Hereward und seine Raufbolde hier sind, hatten Abt Thurstan und ich ein paar heftige Auseinandersetzungen. Was glaubst du wohl, wie es kam, daß ich mit eingeschlagenem Schädel im Weinkeller landete? Und ich fürchte, Guthric hat sich in seinem jugendlichen Ungestüm verleiten lassen, sich ebenso unbeliebt zu machen … Oh, Cædmon, wie kannst du dastehen und grinsen? Was tun wir denn jetzt?«
»Wir verschwinden. Und zwar bevor Morcar aufbricht.«
»Verschwinden? Aber wie? Glaub nicht, ich wolle deine Kriegskunst und deinen Heldenmut in Abrede stellen, aber nicht einmal zu dritt können wir es mit Gorm aufnehmen.«
Triumphal zog Cædmon seine Kräuterernte hervor. »Für Gorm ist gesorgt.«
Guthric trat näher. »Eisenhut!« Er fing an zu lachen. »Oh, armer Gorm.«

Es war nicht besonders schwierig, Gorm das Gift unterzujubeln. Sie wußten längst, daß er alles vertilgte, was die drei Gefangenen von ihren üppigen Rationen zurückgehen ließen. Also verzichteten sie am Mittag des folgenden Tages kurzerhand auf den Großteil ihres Biers, rührten die zerstoßenen Eisenhutblätter in den Krug und harrten der Dinge.
»Wird er nichts schmecken?« fragte Bruder Oswald nervös.
Cædmon hob gleichmütig die Schultern. »Möglich, daß er das Bier ein bißchen bitterer als gewöhnlich findet, aber saufen wird er es trotzdem, darauf wette ich.«
»Und was wird mit ihm passieren? Wenn er stirbt, dann …«
»Meine Güte, Bruder Oswald, dieser Kerl hat dich um ein Haar umgebracht! Spar dir dein Mitgefühl für jemanden, der es wert ist.«
»Wem ich mein Mitgefühl zuteil werden lasse, entscheide ich doch immer noch ganz gern selbst, vielen Dank«, entgegnete Oswald spitz.
Cædmon wandte den Blick zur Decke. »Nein, sei unbesorgt, er wird nicht sterben. Ihm wird schlecht. Unbeschreiblich elend – er wird kotzen, bis er wünscht, er wäre tot. Und wenn er glaubt, daß es schlimmer nicht mehr werden kann, dann kriegt er Krämpfe. Böse Krämpfe. Und Durchfall. Vielleicht einen Ausschlag, so daß er aussieht wie ein Aussätziger, aber alles vergeht innerhalb von ein, zwei Tagen wieder. Beruhigt?«

Oswald schüttelte seufzend den Kopf und murmelte: »Vergib mir, o Herr, daß ich mich der Sünde der Rachsucht hingebe und diese Vorstellung mich erfreut. Was hat dieses Teufelszeug in unserem Kräutergarten zu suchen?«
»Richtig angewendet, senkt es Fieber«, erklärte Guthric.
Oswald brummte: »Also, da hätte ich doch lieber Fieber...«
Geräusche drangen nur gedämpft durch die massive Tür zum Weinkeller, aber das jämmerliche Stöhnen, das sich nach einiger Zeit auf der anderen Seite erhob, vernahmen sie trotzdem. Nach einer Weile wurde es still. Sie vermuteten, daß Gorm sich zum Abort verkrochen hatte, um sich seinen diversen Leiden zu ergeben. Und tatsächlich war es ein anderer von Herewards Männern, der kurz vor Einbruch der Dunkelheit die Tür aufsperrte und den Novizen hereinließ, der ihnen das Nachtmahl brachte. Cædmon erkannte den kleinen Mann mit dem schütteren, wirren Haar sofort wieder. Er war der Priester, der das glühende Kruzifix gesegnet hatte. Cædmon schauderte unwillkürlich, als er sich daran erinnerte, und der Schmerz, der fast völlig verebbt war, flammte kurioserweise wieder auf.
Guthric erkannte ihn ebenfalls. »Wynfrith! Welch eine Erleichterung, einen wahren Christenmenschen zu sehen. Wo ist Gorm?«
»Krank«, antwortete der streitbare Priester.
»Oh, das tut mir leid.« Guthrics Unschuldsmiene hätte selbst den Papst getäuscht. »Aber wo du schon einmal hier bist, würdest du mir die Beichte abnehmen?«
Wynfrith blinzelte verblüfft. »Was?«
»Die Beichte«, wiederholte Guthric. »Du bist doch Priester, oder?«
»Ähm, schon.«
»Ich bin seit Wochen hier eingesperrt und habe weder die Kommunion empfangen noch gebeichtet. Es ist mir ein Bedürfnis, du würdest mir einen wirklich großen Gefallen tun.«
»Ja, aber...«
»Wenn du die lateinischen Formeln nicht kannst, helfen wir dir«, bemerkte Bruder Oswald mit sorgsam verborgenem Spott.
Wynfrith trat zögernd über die Schwelle. »Na ja, ich schätze, es ist wohl meine Pflicht, obwohl ich schon seit Ewigkeiten nicht mehr ...« Ehe er den Satz beenden konnte, war Cædmon hinter ihn geglitten, hob einen der dicken Folianten, die auf dem Tisch lagen, mit beiden Händen und ließ ihn auf Wynfriths Schädel niedersausen. Der Priester

brach lautlos zusammen. Gleichzeitig hatte Guthric den verdatterten Novizen am Arm gepackt und stieß ihn gegen die rückwärtige Wand. »Besser, du rührst dich nicht«, riet er.

Cædmon tippte Wynfrith mit der Fußspitze an. Nichts. »Der schläft ein Weilchen.«

Bruder Oswald bedachte Cædmon mit einem Kopfschütteln. »Der arme Boethius. Es ist sein Werk, das du mißbraucht hast. *Der Trost der Philosophie*. Du solltest dich schämen, weißt du.«

Cædmon zuckte unbeeindruckt mit den Schultern. »Wenn die Schlagkraft seiner geballten Weisheit uns hier herausbringt, dann liegt wahrlich Trost in seiner Philosophie. Und jetzt kommt.«

Er zückte Morcars Dolch, schlich zur Tür und spähte hinaus. »Die Luft ist rein«, raunte er über die Schulter.

Die beiden Mönche folgten ihm, und Guthric warf dem verstörten Novizen, der immer noch das Tablett in den Händen hielt, einen reumütigen Blick zu. »Tut mir leid, Eandred, aber du wirst hier mit Wynfrith bis morgen früh ausharren müssen. Verhungern werdet ihr sicher nicht. Nutze die Zeit, um darüber nachzusinnen, wem du in Wahrheit Loyalität schuldest, Hereward oder Gott und deinem Orden.«

»Ja, Bruder Guthric«, murmelte der Junge kleinlaut.

»Und sprich deine Gebete.«

»Ja, Bruder Guthric.«

»Guter Junge.« Guthric trat als letzter über die Schwelle, schloß die Tür und drehte so geräuschlos wie möglich den Schlüssel um.

Cædmon schob Morcars Dolch behutsam in seinen linken Ärmel, glitt aus dem Vorratshaus und sah sich wachsam um. Der Hof lag schon fast im Dunkeln. Er wartete, bis seine Augen sich darauf eingestellt hatten. Als er sich vergewissert hatte, daß niemand in den Schatten lauerte, winkte er den anderen, ihm zu folgen.

»Der Zeitpunkt ist günstig«, flüsterte Oswald. »Sie sind alle beim Essen. Das versäumt keiner von ihnen gern.«

»Hoffentlich vermissen sie Eandred nicht«, murmelte Guthric nervös.

»Schsch«, mahnte Cædmon. »Seid still und horcht auf Schritte. Kein unnötiges Wort.«

Er verschmolz mit dem tiefen Schatten der Klostermauer, und die beiden Mönche stellten verwundert fest, daß er sich vollkommen lautlos bewegte. Sie folgten ihm auf möglichst leisen Sohlen, spitzten die Ohren und warfen nervöse Blicke über die Schulter zurück.

Aber sie kamen unbehelligt in den Kräutergarten. Cædmon hatte beschlossen, die Pforte zu meiden. Sie war todsicher bewacht, und niemand konnte wissen, wie viele Männer sich dort herumtrieben. Sie hatten bessere Chancen, wenn sie über die Mauer gingen. Die berankte Laube, neben der er am Tag zuvor mit Earl Morcar gesessen hatte, würde ihnen das Klettern erleichtern. Falls sie nicht zusammenbrach.

Sie stiegen über die niedrige Obsthecke und huschten durch den Garten zur Mauer.

Cædmon sah daran hoch. Dann nickte er seinem Bruder zu. »Du zuerst. Dann Oswald. Ich komme zum Schluß.«

Guthric stellte eine Sandale auf eine der bedenklich schwachen Holzlatten der Laube und griff mit beiden Händen in die dichten Ranken. Gerade als er sich hochziehen wollte, fiel ein großer Schatten auf seinen. Wie aus dem Nichts war eine dunkle Gestalt aus der Laube geglitten, packte Guthrics Habit, zog ihn zurück, und Stahl blinkte matt im letzten Licht.

Guthric stieß einen halb erstickten Laut der Überraschung aus und verstummte, als er eine Klinge an der Kehle spürte.

»Hab ich's doch geahnt«, wisperte eine heisere Stimme.

Cædmon hatte ihn schon erkannt, ehe er sprach. »Dunstan…«

»Für wie dumm hältst du mich, Cædmon? Dachtest du wirklich, ich würde nicht erkennen, was mit dem armen Gorm los ist? Hast du geglaubt, du kannst mir weismachen, daß du hier einfach geduldig ausharrst, bis wir dich laufen lassen?«

»Und was willst du jetzt tun, Dunstan?« fragte Guthric ruhig. »Zwei deiner Brüder und einen Mönch töten?«

Dunstan lachte sein schauderhaftes, heiseres Lachen. »Das wird wohl nicht nötig sein. Ich bin überzeugt, Cædmon und der ehrwürdige Bruder Prior werden ganz freiwillig dahin zurückgehen, woher sie gekommen sind, wenn ich drohe, nur dich zu töten. Weil sie wissen, daß es mir ernst mit der Drohung ist. Nicht wahr, Cædmon, das weißt du doch!«

»Natürlich weiß ich das, Dunstan. Wer könnte besser wissen als ich, daß es keine Abscheulichkeit gibt, zu der du nicht herabsinken würdest? Daß du bei Hastings nicht nur deinen König und deine Stimme, sondern auch jeden Funken Anstand verloren hast, den du je besessen haben magst.«

Dunstan schnaubte belustigt. »Und davon erhoffst du dir, daß ich Guthric loslasse, mich auf dich stürze und du mich mit dem Messer abstechen kannst, das du im Ärmel versteckt hältst, ja? Du bist so leicht zu durchschauen wie eh und je. Aber du kannst mich nicht mehr beleidigen als ein räudiger Köter den Mond, den er anbellt. *Du* bist derjenige, der tief gesunken ist. So tief, daß ich kaum hören kann, was du sagst.«

»Du warst immer schon unübertroffen darin, nicht zu hören, was du nicht hören willst«, murmelte Guthric.

»Du sei lieber still. Deine frömmelnde Normannentreue ist mir genauso zuwider. Ich könnte dich ebenso leicht abstechen wie ich einen Käfer zertrete«, drohte Dunstan und stieß ihm das Knie in die Nieren. Guthric stöhnte, taumelte und sackte zusammen, nahm in Kauf, daß Dunstans Dolch ihm die Haut am Hals einritzte, gefährlich nah an der Schlagader.

Cædmon erkannte sofort, was Guthric tat. Dunstans Kopf und Oberkörper waren plötzlich für einen Angriff offen, nicht länger durch Guthrics Körper gedeckt. Cædmon traf keine bewußte Entscheidung, dachte keinen klaren Gedanken, aber er zog nicht den Dolch aus dem linken Ärmel, sondern ließ den großen Stein, den er im rechten verborgen hatte, in die Hand gleiten, nahm Maß und warf. Seine Treffsicherheit ließ ihn auch dieses Mal nicht im Stich. Der runde Stein schnellte aus seiner Hand wie aus einer Schleuder, zog einen exakten, kleinen Bogen und traf Dunstan an der Schläfe, ehe er den Kopf wegreißen konnte. Dunstan erstarrte, ganz allmählich verdrehten sich seine Augen, bis nur noch das Weiße sichtbar war, dann klappten sie zu, und er ging ebenso lautlos zu Boden wie Wynfrith vor ihm.

Cædmon würdigte ihn keines weiteren Blickes. Er trat zu Guthric, der taumelnd zur Seite gewichen war, als Dunstan stürzte. »Laß sehen. Ist es schlimm?«

Guthric hatte die Fingerspitzen auf die Wunde am Hals gepreßt. »Glaub' nicht.«

»Kannst du klettern?«

»Natürlich.«

Guthric war immer schon ein geschickter Kletterer gewesen. Mühelos erklomm er die Mauer. Dann half er Bruder Oswald und Cædmon hinauf.

Als sie sicher auf der anderen Seite standen, atmete Cædmon erleichtert auf. »Jetzt müssen wir nur noch durch diese verfluchten Sümpfe.«
Bruder Oswald und Guthric tauschten ein Grinsen und sagten wie aus einem Munde: »Nichts leichter als das.«

Dover, Juli 1070

Nach ihrer geglückten Flucht war Cædmon mit Bruder Oswald und Guthric nach Helmsby gegangen, um seiner Mutter zu eröffnen, daß ihr ältester Sohn keineswegs bei Hastings gefallen war. Sie zeigte ihre Glückseligkeit über diese Nachricht sehr viel offener als ihren Schmerz bei Dunstans Todesnachricht. Doch Marie de Falaise war eine kluge Frau, und ihre Freude hinderte sie nicht, argwöhnisch zu fragen, warum in aller Welt Dunstan denn nicht heimgekommen sei, wenn er lebte. Außerdem sah sie Cædmon auf den ersten Blick an, daß er krank oder verwundet war, und sie ließ ihm keine Ruhe, bis er ihr schließlich von dem vermeintlichen Gottesurteil erzählte und ihr die schlecht verheilte Brandwunde zeigte. Marie legte einen kühlen, lindernden Umschlag darauf, verlor kein weiteres Wort über das ganze Thema und trauerte ein zweites Mal um Dunstan.
Nach wenigen Tagen brach Cædmon mit seinen beiden Gefährten Richtung Küste auf, um Odo in Dover aufzusuchen, denn er war sicher, der König sei längst in der Normandie.
Tatsächlich aber war William mit seinen engsten Beratern selbst zu Gast bei seinem Bruder, und Cædmon, Guthric und Oswald blieb kaum Zeit, die große, kostbar ausgestattete Halle von Dover zu erkunden und zu bewundern, ehe er nach ihnen schickte.
William erwartete sie in einem geräumigen Gemach über der großen Halle. Wertvolle Teppiche hingen an den Wänden; die warme Julisonne fiel durch die kleinen Fenster und ließ die Goldfäden in den Stickereien glitzern, daß es einen blendete. Cædmon hatte noch nie so reichbestickte Wandbehänge gesehen und dachte, daß Odo noch mehr Freude an Prunk und Pomp hatte als William. Diese Neigung ebenso wie Odos berüchtigte Frauengeschichten führten dazu, daß viele Leute in England nicht einmal ahnten, daß der Earl of Kent ein Bischof war.

William war, wie Wulfnoth einmal gesagt hatte, der weitaus maßvollere und tugendsamere der beiden Brüder.
Der König saß an einem schwarz gebeizten langen Eichentisch, dessen gedrechselte Beine reich mit Elfenbeinintarsien verziert waren. Dieses Kunstwerk stammte aus Byzanz und war über Sizilien nach England gekommen.
William saß am Kopf der Tafel, sein Bruder Robert an seiner rechten, fitz Osbern an seiner linken Seite. Lanfranc und Odo standen zusammen am offenen Fenster, jeder einen juwelenbesetzten Becher in der Hand. Auf dem Tisch standen Platten mit Fleisch und Brot, aber der König aß und trank wie so oft nichts.
Seine Miene war unbewegt, während er Cædmons Bericht lauschte, der sich auf die wichtigsten Tatsachen beschränkte.
»Also dort hat Morcar sich verkrochen«, murmelte William verdrießlich.
Cædmon nickte. »Aber er ist nicht mehr da.«
»Was ist mit seinem Bruder, Earl Edwin? Hat der sich etwa auch diesem unsäglichen Hereward angeschlossen?«
»Nein, Sire. Jedenfalls noch nicht. Morcar hat Ely verlassen, um sich auf die Suche nach Edwin zu begeben.«
»Um Edwin zu Hereward zu bringen, meinen Sturz zu planen und Edwin auf den Thron zu setzen, ja?«
Cædmon nickte.
Der König verlor die Beherrschung. »Das ist also der Dank! Das habe ich jetzt davon, daß ich Edwin und Morcar geschont und mit allen Ehren an meinem Hof aufgenommen, sie sogar an den Beratungen meines Hofs habe teilnehmen lassen! Und wer war es doch gleich wieder, der in Berkhamstead an mein Gewissen appelliert und mir vorgeworfen hat, ich sinke auf Harold Godwinsons Niveau herab, wenn ich meine besiegten Feinde töte?«
Bruder Oswald und Guthric waren leicht zusammengefahren und tauschten einen alarmierten Blick. Aber das zornige Gebrüll des Königs beeindruckte Cædmon nicht mehr als ein Mückenstich. Er war es gewöhnt, und er wußte, daß William nicht gefährlich war, solange er brüllte.
»Das war ich, Sire.«
»Ganz recht!«
»Und ich würde heute dasselbe sagen. Morcar und Edwin sind gute

Männer, Ihr selbst habt es ungezählte Male gesagt. Morcar ist zerrissen, er hat den Eid nicht vergessen, den er Euch geleistet hat. Aber er fürchtete in Rouen um sein Leben, darum ist er geflohen.«

William sprang auf, machte einen wütenden Schritt auf ihn zu und holte tief Luft, aber Lanfranc kam ihm zuvor.

»Mir scheint, Morcar und Edwin sind im Augenblick zweitrangig. Morcar hat weder Mittel noch Männer, und mag Edwin in Mercia auch immer noch verehrt werden, hätten wir es doch längst gemerkt, wenn sich dort Widerstand zusammenbraute. Die Frage ist, wie gefährlich ist dieser Hereward, und was hat er vor?« Seine samtweiche, leise Stimme schien eine eigentümlich beruhigende Wirkung auf den König auszuüben – William brach nicht erneut in Wut aus, sondern runzelte nachdenklich die Stirn. Dann wandte er sich wieder an Cædmon. »Was sagt Ihr?«

Cædmon wechselte einen kurzen Blick mit Oswald und nickte. »Er ist gefährlich. Das, für was er steht, ist gefährlich. Und er ist vor allem so lange gefährlich, wie er sich in Ely verschanzt hält und ungehindert Männer um sich scharen kann. Es werden jeden Tag mehr.«

»Dann müssen wir ihn eben aus Ely herausholen. Wir werden es belagern, und wenn es Jahre dauert. Zumindest können wir verhindern, daß weitere Kräfte dort zusammengezogen werden.«

Bruder Oswald räusperte sich nervös. »Sire, man kann Ely nicht belagern.«

William runzelte unwillig die Stirn, sagte aber höflich: »Sprecht nur weiter, Bruder Prior. Ihr und Bruder Guthric kennt die Insel und das Umland besser als jeder andere hier.«

Oswald sprach von der Tücke der Sümpfe, von den Wasserläufen, die ständig ihren Verlauf änderten und die Sümpfe deswegen so unberechenbar machten, daß selbst Torfstecher und Fischer, die ihr ganzes Leben dort verbracht hatten, darin ertranken. Und er erzählte von der Vielzahl an Fischen und Vögeln, die Moor und Flüsse mit sich brachten, von der fruchtbaren Erde und den üppigen Ernten auf der Klosterinsel.

»Man kann es nicht belagern und einnehmen, und man kann es erst recht nicht aushungern«, schloß er.

Aber mochte Cædmon auch vor kurzem noch der gleichen Meinung gewesen sein, war er inzwischen anderer Ansicht. »Doch, das kann man durchaus.«

William sah ihn fragend an und machte eine ungeduldige, auffordernde Geste.
»Wenn ein Mann die Sümpfe durchqueren kann, dann auch eine Armee. Sie muß nur vorsichtig sein«, sagte Cædmon.
»Aber …«, begann Guthric.
Cædmon unterbrach ihn. »Habt ihr nicht mühelos einen Weg durchs Moor gefunden? Auf unserer Flucht sind wir keinmal tiefer als bis zu den Knien eingesunken, weil ihr ortskundig wart.«
»Schon«, räumte Guthric ein. »Aber für eine größere Zahl Männer wäre es viel schwieriger.«
»Man müßte einen Damm bauen«, sagte der König versonnen.
Die beiden Mönche sahen ihn verdutzt an. Auf diese Idee war noch niemand gekommen.
»Wie auch immer«, fuhr Cædmon fort. »Es ist möglich. Und es mag schwierig sein, sie auszuhungern, aber wenn wir sie vom Nachschub abschneiden, werden sie trotzdem Probleme bekommen. Sie sind zu viele. Die Insel allein kann sie nicht alle über den Winter bringen. Sie werden erfrieren, wenn sie keine Holzkohle mehr vom Festland bekommen.«
Odo bedachte ihn mit einem anerkennenden Grinsen. »Ich wußte, es war eine gute Idee, Euch dorthin zu schicken, Cædmon.«
Sieh an, dachte Cædmon gallig. Dir verdanke ich also mein Brandmal …
Der König schien unentschlossen. »Was Ihr sagt, klingt vernünftig, Cædmon, aber ich habe jetzt einfach keine Zeit, mich um Ely zu kümmern.«
»Sire, wir sollten handeln, ehe Morcar und Edwin sich Hereward wieder anschließen«, wandte Cædmon eindringlich ein.
Der König hob das Kinn und betrachtete ihn mit zusammengekniffenen Augen. »Weil Ihr in Wahrheit nicht wollt, daß sie mir zusammen mit Hereward ins Netz gehen, nicht wahr.«
Solcherlei Unterstellungen beleidigten Cædmon schon lange nicht mehr. Er hatte längst durchschaut, daß William sie immer dann äußerte, wenn Cædmon eine Meinung vertrat, die ihm nicht genehm war.
»Weil es die Lage unnötig verschärfen würde. Ich verstehe, daß die Situation im Maine drängt, aber…«
»Das ist es ja nicht allein«, fiel Odo ihm ins Wort. »Ihr wißt es noch nicht, Cædmon. Balduin ist gestorben.«

Cædmon riß die Augen auf. »Der Herzog von Flandern?«
Odo nickte bedrückt.
Cædmon war sprachlos. Während der Wochen, die er in Flandern verbracht hatte, hatte er den Herzog nicht häufig gesehen und auch nicht näher kennengelernt, aber er erinnerte sich an einen agilen, kraftstrotzenden Mann, der auch im Winter unermüdlich auf die Jagd ritt.
»Aber er war noch so jung«, protestierte er.
Odo hob vielsagend die Schultern. »Gibt einem zu denken, nicht wahr.«
Cædmon verneigte sich vor William. »Seid so gut, Sire, und übermittelt der Königin meine aufrichtige Anteilnahme. Einen Bruder zu verlieren ist ein großer Kummer.«
William bedachte ihn mit einem Kopfschütteln und lächelte wider Willen. »Das sieht Euch ähnlich. Der König von Frankreich macht Front gegen mich und schürt die Rebellion an meiner Südgrenze, ich verliere meinen mächtigsten Verbündeten, und alles, woran Ihr denken könnt, ist der Verlust der Königin. Kein Wunder, daß die jungen Damen an meinem Hof alle von Euch schwärmen.«
Cædmon lief feuerrot an. »Sire...«
»Natürlich werde ich der Königin Euer Beileid übermitteln. Oder Ihr könnt es ihr vielmehr persönlich aussprechen. In zwei Tagen kehre ich nach Winchester zurück, und Ihr werdet mich begleiten.«
Cædmon verneigte sich wortlos. Diese knappen Marschbefehle, mit denen der König so gern über ihn verfügte, machten ihn immer rebellisch, und darum hielt er lieber den Mund.
William wandte sich wieder an seine versammelten Ratgeber. »Und jetzt zur Sache, Monseigneurs.«
»Sire«, meldete Guillaume fitz Osbern, Etiennes Vater, sich zu Wort. »Ich wiederhole es noch einmal: Laßt mich nach Flandern gehen. Ich bin sicher, ich kann die Witwe des Herzogs, die ja wohl derzeit die Regentin für ihre jungen Söhne ist, für unsere Seite gewinnen. Derweil könnt Ihr Euch der Sache in Ely annehmen, und wenn das getan ist, kümmern wir uns um die Rückeroberung des Maine.«
Der König nickte, aber er wirkte unschlüssig.

Oswald und Guthric blieben zusammen mit Lanfranc bei Odo in Dover. »Wir wissen nichts Rechtes mit uns anzufangen«, gestand Guthric Cædmon beim Abschied. »Wir sind heimatlos geworden. Aber es ist

ein großes Glück für uns, daß wir Lanfranc getroffen haben. Wir hatten schon so viel von ihm gehört, doch keine Beschreibung wird ihm gerecht. Ich glaube, er ist der gelehrteste Mann, dem ich je begegnet bin.«
Ein eigentümliches Feuer glomm in Guthrics Augen, dessen Ursache Cædmon nicht so recht verstand.
»Nun, auf jeden Fall wird er Karriere machen«, vertraute er Guthric an. »Es ist so gut wie sicher, daß er Erzbischof von Canterbury wird.«
»Also ist Stigand gestürzt?« fragte Guthric ungläubig. Der umstrittene Ränkeschmied war trotz wiederholter Exkommunizierung so lange Erzbischof gewesen, daß seine Entmachtung kaum vorstellbar schien.
Cædmon nickte. »Und auf dem Weg nach Ely, heißt es, um sich Hereward anzuschließen.«
Guthric seufzte. »Armes Ely. Wehe, wenn Williams Zorn dich trifft.«
Cædmon gab ihm recht. »Könnt ihr nicht in ein anderes Kloster gehen? Zwei Gelehrte wie euch würden sie doch sicher überall gern nehmen.«
»Ja, vermutlich werden wir genau das tun. Vielleicht auf dem Kontinent. Oswald möchte nach Bec. Und er hat recht, es ist eine gute Idee. Keine Bibliothek kann sich mit der in Bec messen.«
Cædmon schloß seinen Bruder in die Arme. »Wo immer du auch hingehst, Gott sei mit dir. Und laß mich wissen, wo du steckst.«
Guthric lächelte. »Vielleicht bleibe ich auch und gehe mit Lanfranc nach Canterbury. Falls er mich haben will...«
»Als ob ich's geahnt hätte«, murmelte Oswald. »Du bist genau wie ich vor zehn Jahren.«
»Wie meinst du das?« fragte Guthric.
»Du liebst das Leben im Kloster, es ist der einzige Ort, wo du wirklich sein kannst, aber ein Teil von dir fürchtet, du könntest gar zu viel versäumen, wenn du der Welt wirklich entsagst.«
Guthric hob kurz die Schultern. »So ist es.«
Auch Oswald schloß Cædmon in die Arme. »Leb wohl, Cædmon. Gib auf dich acht. Und wenn der König Ely nimmt, dann hüte dich vor deinem Bruder.«
Cædmon rieb sich das Kinn an der Schulter. »Ich hoffe, sehr weit weg von Ely zu sein, wenn das passiert.«
»Mach dir lieber nichts vor. Gerade in Ely wird er nicht auf dich verzichten wollen, denn du warst dort, und es könnte immerhin sein, daß Verhandlungen mit Hereward nötig werden. Davon abgesehen, tut er doch ohnehin kaum einen Schritt ohne deine Begleitung.«

Cædmon schnaubte. »Wer erzählt denn so etwas?«
»Bischof Odo. Der dich übrigens noch zu sprechen wünscht, ehe ihr aufbrecht. Allein.«

Verwundert suchte Cædmon den Bruder des Königs in seinem luxuriösen Privatgemach auf. Er konnte sich beim besten Willen nicht vorstellen, was sie zu besprechen haben mochten. Er hatte selten direkt mit Odo zu tun, sie kannten sich im Grunde kaum. Odo verließ Kent nur, wenn der König ihn an den Hof zitierte oder dringende Angelegenheiten seine Anwesenheit in Bayeux erforderten, denn er liebte seine friedliche, blühende Grafschaft, und auch wenn er ehrgeizig war und bei Hastings große Tapferkeit bewiesen hatte und seinen Bruder in allen Dingen unterstützte, hielt er sich aus den vielen Konflikten doch weitestgehend heraus.
Als Cædmon eintrat, fand er den Bischof bei einem zweiten Frühstück aus kaltem Fasan, schneeweißem Brot, Wein und einem beachtlichen Berg frischer Erdbeeren.
»Bruder Oswald sagte, Ihr wünscht mich zu sprechen, Monseigneur?«
Odo sah lächelnd auf. »Ganz recht.« Er legte sein Speisemesser beiseite, goß einen Schuß Wein über die Erdbeeren und führte eine zum Mund. Mit geschlossenen Augen ließ er sie genießerisch auf der Zunge zergehen.
»Hier. Kostet. Sie sind süß wie die Sünde.«
Cædmon konnte sich ein Grinsen nicht ganz verkneifen, schüttelte aber den Kopf. »Nein, danke.«
Odo hob kurz die Hände. »Ihr laßt Euch eine große Gaumenfreude entgehen, aber ich gebe zu, daß ich meine Erdbeeren viel lieber selbst esse.« Eine zweite verschwand in seinem breiten Mund, der für ein Männergesicht beinah zu üppig war. Dieser Mund schien Odos Hang zum Laster zu verraten; er war zu voll, die Lippen zu rot für einen Bischof. Abgesehen davon sah er dem König ähnlich – weitaus ähnlicher als Robert. Odo hatte die gleichen schwarzen Augen wie William, die Hakennase, die hohe, noble Stirn und die leicht gewellten, nach normannischer Sitte geschnittenen Haare.
Er verschluckte seine Erdbeere und trat mit verschränkten Armen auf Cædmon zu. »Ich weiß, daß Ihr bald aufbrechen müßt, und ich will Euch nicht lange aufhalten. Aber ich habe eine äußerst dringende Angelegenheit mit Euch zu erörtern.« Er brach ab.

Cædmon war neugierig. »Ich höre, Monseigneur.«
»Tja, seht Ihr, das Problem ist, daß ich Mühe habe, mein Anliegen in Worte zu fassen ... Seid so gut, kommt näher, Thane.«
Cædmon trat vor ihn.
»Hebt den Kopf ein wenig.«
Verwundert folgte er der Bitte.
Odo machte einen halben Schritt rückwärts, verengte die Augen, nahm Maß und schlug Cædmon die geballte, knochige Faust ins Gesicht.
Cædmon riß in grenzenloser Verblüffung die Augen auf, taumelte und ging zu Boden.
Odo sah ernst auf ihn hinab und schüttelte wortlos den Kopf.
Cædmon fuhr sich mit dem Handrücken über den Mundwinkel. Die Faust hatte ihn am Kinn getroffen, und der große Stein des Bischofsrings hatte ihm die Lippe aufgerissen. Er ließ die Hand sinken, setzte sich auf und sah zu Odo, der turmhoch über ihm stand.
»Und darf ich fragen, was Ihr mir damit sagen wolltet, Monseigneur?«
»Ich denke, das wißt Ihr ganz genau«, grollte Odo leise, und Cædmon stellte fest, daß der Bischof dem König noch viel ähnlicher wurde, wenn er zornig war.
Cædmon kam auf die Füße. »Nein, ich habe keine Ahnung.«
»Wollt Ihr mir weismachen, Ihr wüßtet nicht, daß ich Aliesa de Ponthieus Beichtvater bin?«
Cædmon stockte der Atem. Er war nicht nur sprachlos. Er war zutiefst entsetzt.
»Nun steht nicht da wie ein Märtyrer! Ich will eine Erklärung! Wie könnt Ihr das tun? Wie könnt Ihr eine so wunderbare Frau in so eine Situation bringen? Ich ...« Odo unterbrach sich kurz und atmete tief durch. »Cædmon, ich bin weiß Gott nicht ohne Sünde und würde mir nie anmaßen, Steine zu werfen, aber das ... Es ist so unaussprechlich niederträchtig. Das hätte ich Euch niemals zugetraut. Und Etienne fitz Osbern? Er ist Euer bester Freund, nicht wahr?«
Cædmon nickte.
»Sagt endlich etwas! Was tut Ihr ihm nur an? Gott, wenn Ihr wüßtet, wie er sich zerrissen hat für Euch letzten Winter, als Ihr in Ungnade wart. Er hat alles getan, um Euch zurückzuholen, hat riskiert, sich mit seinem Vater zu überwerfen und den Zorn des Königs auf sich zu ziehen. Wie könnt Ihr ihn nur so betrügen?«

Cædmon räusperte sich. »Ich weiß es nicht. Ich frage mich oft das gleiche, und ich weiß es einfach nicht.«
Odo hielt in seinem rastlosen Marsch durch den Raum inne und sah ihn irritiert an. Vielleicht hatte er mit Rechtfertigungen oder Beteuerungen gerechnet. Aber damit konnte Cædmon wirklich nicht dienen.
»Was soll ich sagen, Monseigneur? Was wollt Ihr hören? Daß ich ihn liebe wie einen Bruder? Ja, das tue ich. Daß ich mein Leben für ihn geben würde? Schon möglich. Wir kämpfen oft Seite an Seite – es kann morgen passieren. Daß ich sie um seinetwillen aufgeben werde? Nein. Ich habe es versucht. Aber ich kann nicht.«
»Aber das müßt Ihr. Ihr müßt! Sonst werdet Ihr euch alle drei ins Unglück stürzen. Wenn das nicht schon geschehen ist.«
Cædmon sah ihn angstvoll an. »Was heißt das?«
Odo zuckte ungeduldig mit den Schultern. »Genau das, was Ihr glaubt. Sie erwartet ein Kind.«
Cædmon gab sich große Mühe, seine Erschütterung zu verbergen. »Vermutlich ist es seins.«
»Blödsinn!« donnerte Odo. »Wie lange sind sie verheiratet? Drei Jahre? Und habt Ihr Euch nie gefragt, warum bei all den Frauen, die Etienne fitz Osbern hat, man niemals von Bastarden hört? O nein, Cædmon, es ist höchst unwahrscheinlich, daß es seins ist. Ihr könnt nur beten, daß er das glaubt. Und daß das Kind, das sie zur Welt bringt, nicht blond ist.«
Cædmon wandte sich ab. Für einen Augenblick verlor er die Fassung und vergrub das Gesicht in den Händen. »Gott, tu ihr das nicht an«, murmelte er.
Er spürte eine Hand auf der Schulter und zuckte zurück.
Als er den Kopf hob und Odo ansah, fand er unerwartet Mitgefühl in den dunklen Augen.
»Cædmon«, begann der Bischof leise. »Ich weiß, was Ihr Aliesa bedeutet, und ich sehe, wie es um Euch steht. Doch Ihr müßt der Sache auf der Stelle ein Ende machen.« Er sah, daß Cædmon ihn unterbrechen wollte, aber er hob abwehrend die beringte Rechte. »Ich weiß, ich weiß. Ihr glaubt, Ihr könnt ohne sie nicht leben und so weiter. Aber Ihr könnt. Gott, ich hatte vergessen, wie es ist, wenn man so furchtbar jung ist wie Ihr. Aber glaubt dem Wort eines Mannes, der sich in diesen Dingen auskennt: Ihr werdet staunen, wie gut es geht. Ihr habt sie gehabt, Ihr wißt, daß sie Euch mehr will als ihn, verdammt, was wollt Ihr denn noch?«

Du hast keine Ahnung, wovon du redest, dachte Cædmon verächtlich. »War das alles, Monseigneur?«
»Nein, das war nicht alles, Thane«, erwiderte Odo kühl. »Ich lasse Euch nicht gehen, ehe Ihr mir Euer Wort gegeben habt, daß Ihr die Sache beendet.«
»Ihr werdet mein Gesicht sehr bald satt haben, denn ich kann Euch mein Wort nicht geben.«
»Cædmon«, sagte Odo beschwörend. »Wenn es je herauskommt, wird die Hölle ein Ort der Erquickung und der Labsal sein, verglichen mit dem, was William Euch bereitet.«
»Ja, ich weiß.«
»All Eure Freunde werden sich voller Abscheu von Euch abwenden.«
»Ich weiß.«
»Aber wißt Ihr auch, welche Folgen es für *sie* hätte? Denkt Ihr je darüber nach?«

Winchester, Juli 1070

Die wenigen Adligen und Ritter, die derzeit in Winchester weilten, waren in den Hof hinausgeeilt, um den König zu begrüßen. Etienne wechselte ein paar Worte mit seinem Vater, ehe er zu Cædmon trat. Ein Blick in das Gesicht seines Freundes genügte, um Cædmon zu beruhigen. Noch war alles beim alten.
Sie begrüßten sich herzlich wie immer, und die dunklen Augen in Etiennes ebenmäßigem Gesicht, das so vielen Frauen jeden Standes so herzzerreißende Seufzer entlockte, strahlten vor Freude.
»Ich habe nicht viel Zeit, Cædmon, aber du kannst mich begleiten, wenn du willst.«
»Wenn es da, wo du hingehst, Bier gibt, gern. Ich bin vollkommen ausgetrocknet. Bei dieser Hitze ist das Reisen wirklich keine reine Freude.«
»Das kann ich mir vorstellen.« Etienne wies eine Magd an, Erfrischungen zum Sandplatz zu bringen, und führte Cædmon um die Halle herum in den schattigen Hof. »Ich habe die Ehre, Lucien de Ponthieu für ein paar Tag zu vertreten, bis ein neuer Lehrer für die Jungen gefunden ist. Es ist eine schöne Aufgabe. Ich bedaure, daß ich keine Zeit habe, sie länger wahrzunehmen.«

»Wo ist Lucien?« fragte Cædmon.
»Auf seinen Gütern in East Anglia.«
Cædmon blieb stehen. »Seit wann hat Lucien Güter in East Anglia?«
»Seit letzten Winter. Er hat sie verdient, glaub mir. Er ist ein hervorragender Offizier. Ohne ihn hätten wir in den Bergen noch viel mehr Männer verloren.«
»Das bezweifle ich nicht.« Cædmon seufzte. »Nun, vermutlich kann man sagen, ich bin selbst schuld, daß Lucien die Ländereien bekommen hat, die der König mir für die Verteidigung der Ostküste in Aussicht gestellt hatte. Aber ich muß gestehen, ich könnte mir angenehmere Nachbarn vorstellen.«
Etienne nickte grinsend. »Ich auch. Aber sein Land ist südlich des Yare, also trennt euch ein breiter Strom. Und der König hat sein Versprechen nicht vergessen, Cædmon. Du solltest ihn doch besser kennen. Du bekommst Ringley und Morton. Ich weiß es von meinem Vater. Wenn du so weitermachst, wirst du bald der größte Landeigner in Norfolk.«
Ringley und Morton. Cædmon ließ sich die Namen auf der Zunge zergehen. Fruchtbares, schwarzes Weideland. Allein die Wolle würde ihm jedes Jahr ein kleines Vermögen einbringen. Doch was er sagte, war lediglich: »Du kannst dich auch nicht beklagen.«
»Das würde mir nie einfallen.« Etienne besaß Ländereien in Dorset, Herefordshire und bis hinauf nach Cheshire. Für ihn wie für so viele jüngere Söhne normannischer Adelsgeschlechter hatte die Eroberung Englands sich als großer Glücksfall erwiesen. Niemals hätten sie in der Normandie so viel Land erhoffen können, wie sie hier gewonnen hatten. Und gerade diese jüngeren Söhne waren es, die hier schon Wurzeln geschlagen hatten, ihr Land und alles, was darauf und darin war, ins Herz schlossen und sich damit identifizierten.
»Wie war Ely?« fragte Etienne beiläufig.
Cædmon schüttelte den Kopf. »Erschreckend in vielerlei Hinsicht. Aber das ist eine lange Geschichte, sie erfordert einen ruhigen Winkel, einen Krug Wein und Muße.«
»Dann heute abend?«
»Einverstanden.«

Die Prinzen und die Knappen waren über Cædmons Rückkehr sichtlich erfreut, allen voran natürlich Eadwig, aber sie beschränkten sich auf einen respektvollen Gruß, ehe sie in einer perfekten Riege vor

Etienne Aufstellung nahmen und begierig lauschten, als er ihnen ihre nächste Aufgabe erklärte. Es war nicht zu übersehen, daß sie ihn vergötterten – sie hingen förmlich an seinen Lippen.

Die Magd brachte ein Tablett mit Bier und Honigkuchen. Cædmon nahm sich einen Krug, verzog sich in den herrlich kühlen Schatten der Buchen, die den Sandplatz umstanden, lehnte sich gemütlich an einen dicken Stamm und sah ihnen zu. Ohne jede Verwunderung stellte er fest, welch glückliche Hand Etienne mit den Jungen hatte. Er war kritisch und verlangte höchste Konzentration, aber er sparte nicht mit Lob, und seine Schüler holten das letzte aus sich heraus, um es sich zu verdienen. Es war ein beinah vergnügliches Schauspiel.

»Natürlich seid ihr überlegen, wenn ihr gegen einen unberittenen Gegner kämpft, aber es birgt auch Gefahren. Welche?«

»Wenn der Gegner mein Pferd fällt, bin ich in dem Moment, da ich mit ihm zu Boden gehe, nicht verteidigungsbereit«, antwortete Richard.

»Ganz genau. Und das weiß auch dein Gegner, darum wird er auf jeden Fall versuchen, deinem Pferd das Schwert in Brust oder Kehle zu stoßen, ehe er dich auch nur eines Blickes würdigt.«

»Hat mein Vater deswegen vier Pferde bei Hastings verloren?« wollte Rufus wissen.

»Natürlich«, antwortete Etienne.

»Es waren nur drei«, merkte Cædmon an. »Das vierte hat ihn bis zum Schluß getragen.«

»Du hast recht«, stimmte Etienne zu. »So war's ... Was gibt es da zu tuscheln, Rufus? Laß uns teilhaben an deinen Gedanken.«

Rufus sah auf und schüttelte den Kopf. »Nein, lieber nicht.«

»Ich bestehe darauf.«

Der Prinz zögerte einen Moment, dann hob er trotzig das Kinn. »Ich sagte, Cædmon müsse es wissen, er hat schließlich nur zugeschaut und hatte Muße zu zählen, wie viele Pferde mein Vater verlor.«

Etienne war einen Moment verblüfft, dann wurde seine Miene finster.

»Schon gut, Etienne«, kam Cædmon ihm zuvor. »Wo er recht hat, hat er recht.«

Etienne stemmte die Hände in die Seiten und sagte warnend: »Du tätest gut daran, einem Ritter deines Vaters etwas mehr Respekt zu erweisen, Rufus.«

Rufus' ohnehin schon gerötete Wangen verdunkelten sich, und er schlug die Augen nieder. »Entschuldige, Cædmon.«

Cædmon nickte, aber er dachte, daß es höchste Zeit wurde herauszufinden, welcher Teufel Rufus ritt, was aus dem fröhlichen, oft übermütigen Knaben einen so zornigen Jüngling gemacht hatte.
»Zurück zur Sache«, sagte Etienne. »Wenn ihr also wißt, daß der Gegner es auf euer Pferd abgesehen hat, was tut ihr? Eadwig?«
Eadwig dachte einen Moment nach. »Das beste wäre, ich erledige ihn, ehe mein Pferd in seine Reichweite kommt. Mit dem Wurfspieß oder der Schleuder.«
»Das wäre richtig, wenn wir alle eine so glückliche, sichere Wurfhand hätten wie dein Bruder, der sich ja aber leider weigert, uns gewöhnliche Sterbliche in das Geheimnis seiner Treffsicherheit einzuweihen. Ich persönlich hege seit Jahren den Verdacht, daß er dem Teufel seine Seele dafür verkauft hat, und das hängt keiner gern an die große Glocke.«
Die Jungen lachten, und Cædmon bedachte seinen Freund mit einem trägen Grinsen.
»Nein, Eadwig, das ist keine Lösung für unser Problem, Wurfspieß und Schleuder sind zu unsicher. Was tust du, wenn du ihn verfehlst? Was, wenn mehr als einer dich angreift?«
»Ich weiß nicht. Was kann ich schon tun?«
»Versuchen, ihm möglichst wenig Angriffsfläche zu bieten. Laß ihn nie frontal an dich heran, denn an Hals und Brust ist dein Pferd am verwundbarsten. Presch auf ihn zu, daß er es mit der Angst zu tun bekommt, aber wende nach links, ehe du ihn erreichst, so daß du ihn auf deiner Schwertseite hast, und dann bist du ihm nahe genug, um ihn von oben anzugreifen, über seinen Schild hinweg – der Vorteil ist auf deiner Seite.«
Sie nickten und murmelten zustimmend.
»Dann werden wir das jetzt üben. Es ist gefährlich, darum nehmen wir stumpfe Waffen. Roger, geh und hol sie«, wies er den jüngsten Warenne an. »Leif, du holst ein Pferd. Beeilt euch, los.«
Was in der Theorie so einfach und logisch geklungen hatte, erwies sich in der Praxis als ausgesprochen schwierig. Etienne ließ je einen seiner Schüler zu Fuß gegen einen berittenen antreten, und der Fußsoldat war nicht mit einem der stumpfen Übungsschwerter bewaffnet, sondern mit einem Stock, dessen Ende in zermahlene Kreide getaucht wurde. Damit hieß Etienne ihn versuchen, das Pferd an einer verwundbaren Stelle zu berühren, und bald war der Hals des kräftigen braunen Wallachs grau von Kreidestaub.

Etienne und Cædmon lachten über die Ungeschicklichkeit der Knappen, die ihre Anstrengungen daraufhin verdoppelten.
»Leif und Eadwig, versucht ihr es noch einmal«, sagte Etienne. »Eadwig, du nimmst das Pferd. Los, sitz auf, beweg dich.«
Eadwig schwang sich in den Sattel und trabte ans linke Ende der Bahn, während Leif den Kreidestock aufnahm und an die andere Stirnseite trat. Der Sandplatz war vielleicht sechzig Schritt lang und etwa halb so breit – nicht wirklich groß genug für einen Angriff im gestreckten Galopp –, aber der Wallach war ein schnelles Pferd und Eadwig ein guter Reiter. Aus dem Stand galoppierte er an und hielt geradewegs auf Leif zu, der ihm unbewegt entgegensah. Der Baum, an dem Cædmon lehnte, stand an der Längsseite auf Leifs Hälfte, und so konnte er fast den ganzen Weg seines Bruders von vorne verfolgen. Mit sorgsam verborgenem Stolz bewunderte er Eadwigs tadellosen Sitz und seine mühelose Herrschaft über das Pferd, als er aus dem Augenwinkel eine Bewegung wahrnahm. Dann geschahen mehrere Dinge fast gleichzeitig. Cædmon spürte, wie die Härchen in seinem Nacken sich warnend aufrichteten, hob den Kopf und stieß sich von seinem Baumstamm ab. Im selben Moment hörte er einen entsetzten Schrei, und er wußte, es war Aliesas Stimme. Etienne, der hinter Leif an der Stirnseite des Platzes stand, brüllte: »Eadwig, halt!« und rannte los.
Ein kleiner Junge torkelte auf dicken Beinchen wenige Schritte von Cædmon entfernt in die Bahn und lachte glucksend vor sich hin. Man konnte nur raten, was sich in seiner Phantasiewelt abspielte, das ihn so erheiterte, jedenfalls nahm es ihn vollkommen in Anspruch, und er hörte weder die warnenden Stimmen noch das Schnauben und den Hufschlag des gewaltigen Schlachtrosses, das genau auf ihn zuhielt. Cædmon sah auf einen Blick, daß Eadwig weder rechtzeitig anhalten noch ausweichen konnte und Etienne viel zu weit weg war. Er machte einen Satz, packte den kleinen Abenteurer von hinten, warf sich mit ihm zu Boden und schützte ihn mit seinem Körper. Dann legte er die Arme um den Kopf und wartete auf Huftritte.
Eadwig war zu entsetzt, um einen klaren Gedanken zu fassen. Instinktiv signalisierte er dem Pferd, seine Schritte zu verkürzen, und lehnte sich leicht vor, um ihm den Sprung zu erleichtern. Der langbeinige Braune machte einen kaum wahrnehmbaren Satz über das niedrige Hindernis hinweg, ohne Cædmon auch nur ein Haar zu krümmen.
Stimmengewirr, dumpfe Schritte im Sand, das mörderische Brennen

auf der Brust. Cædmon eruierte seine Sinneswahrnehmungen, um die Orientierung wiederzufinden, richtete sich auf, und als der kleine Körper unter ihm nicht mehr auf seine Brust drückte, verebbte das Brennen ein wenig.
»Aliesa, alles in Ordnung?« fragte Etienne atemlos.
Sie antwortete nicht. Vielleicht nickte sie oder schüttelte den Kopf. Im nächsten Moment kniete sie neben Cædmon, fuhr dem kleinen Jungen über den Kopf, nahm ihn behutsam bei den Armen und richtete ihn auf. »Oh, Henry. Du gottverfluchter kleiner Satansbraten…«
Ihre Stimme klang so sanft und liebevoll, daß niemand ihr lästerliches, gänzlich untypisches Fluchen so recht wahrzunehmen schien. Sie preßte den kleinen Ausreißer an sich, kniff die Augen zu und rang um Fassung, aber trotzdem rannen Tränen unter ihren dichten, langen Wimpern hervor. Als sie die Augen wieder aufschlug, trafen sich ihre Blicke. Cædmon lächelte. »Es ist nichts passiert, Madame. Seid beruhigt.«
Erst jetzt schien sie ihn wirklich zur Kenntnis zu nehmen. »Cædmon… Ich wußte nicht, daß du … Ihr zurück seid.«
Der Schreck hatte ihr zugesetzt. Sie war unnatürlich bleich; ihre Haut schien fast durchsichtig. Die grünen Augen waren immer noch geweitet, ihr Blick wirkte rastlos. Cædmon spürte einen so übermächtigen Drang, sie in die Arme zu schließen und zu trösten, zu beruhigen, zu beschützen, daß es fast körperlich weh tat, ihm zu widerstehen.
Ganz und gar nicht trostbedürftig war hingegen ihr Schützling. Der knapp zweijährige Prinz war von den erschrockenen Gesichtern der Erwachsenen wenig beeindruckt; er weinte nicht und zeigte keinerlei Anzeichen von Furcht.
Etienne hockte sich zu ihnen und legte seiner Frau einen Arm um die Schultern. »Alles heil, Cædmon?«
Cædmon winkte beruhigend ab. »Kein Kratzer. Dank Eadwig.«
Sein Bruder stand mit seinen Gefährten in einem ungleichmäßigen Kreis um die kleine Gruppe im Sand herum und lächelte scheu. Er hielt den Wallach am Zügel und fuhr ihm mit der Linken sanft über die Nüstern; es war eine verlegene Geste. Eadwig war schüchtern; es war ihm verhaßt, im Mittelpunkt zu stehen.
Cædmon fand, es sei Zeit, der Szene ein Ende zu machen. Er stand auf, klopfte sich den Sand von der Kleidung und hob den kleinen Prinzen zu sich hoch. »Was hast du dir nur gedacht, Henry fitz William? Selbst

du solltest schon wissen, daß man einem galoppierenden Pferd nicht in die Quere kommt. Es ist gefährlich.«
Henry sah ihm in die Augen. Die seinen waren groß und dunkel, ernste, unwiderstehliche Kinderaugen. Er nickte, bedächtig, aber nicht zerknirscht.
»Einen Sack Flöhe zu hüten ist ein Kinderspiel, verglichen mit Henry«, grollte Aliesa und erhob sich ebenfalls.
»Wo ist seine Amme?« fragte Etienne.
»Krank«, erwiderte sie knapp. »Langsam verstehe ich, warum...«
»Nun, du solltest die Königin bitten, bis zur Genesung der Amme eine andere ihrer Damen mit Henrys Betreuung zu beauftragen. Es ist zu anstrengend für dich«, sagte Etienne, und Cædmon war sicher, er fügte in Gedanken hinzu: in deinem Zustand. Aber davon sprach man in Gesellschaft nicht – es war nicht schicklich.
Aliesa seufzte. »Leider ist Henry äußerst wählerisch, was Frauen angeht. Ist es nicht so, Engel? Außer deiner Mutter, deinen Schwestern und mir bist du keiner geneigt, oder?«
Henry strahlte sie vertrauensvoll an, so daß Cædmon und Etienne lachen mußten. Henry stimmte mit einem verschwörerischen Kichern ein.
Aliesa betrachtete ihn stirnrunzelnd. »Ja, lach nur, Bengel. Wenn die Königin hiervon erfährt, werden wir beide allerhand zu hören bekommen.«
Cædmon reichte ihr den Jungen. Henry legte sofort die Arme um ihren Hals und den Kopf an ihre Schulter. Cædmon beneidete ihn.

Nur ein kleiner Kreis fand sich an diesem Abend in der Halle ein – kaum mehr als dreißig Menschen saßen an den langen Tischen. Nachdem Cædmon die Königin begrüßt und ihr zum Tod des Bruders kondoliert hatte, zog er sich, wie versprochen, mit Etienne in einen stillen Winkel zurück, und sie sprachen über Ely, über das Maine und Flandern und den König von Frankreich. Dann schickte Cædmon Eadwig nach seiner Laute und spielte leise für sich ein paar Balladen. Er genoß den ruhigen Abend unter all diesen vertrauten Menschen, aber er war nicht unbeschwert. Er hatte beinah vergessen, wie es war, unbeschwert zu sein. Aliesa mied ihn, setzte sich nicht zu ihm, als er die Laute kommen ließ, wie sie es früher so oft getan hatte, und zog sich früh zurück. Sie wirkte bleich und erschöpft. Er fragte sich, ob der kleine Zwischenfall

vom Nachmittag ihr immer noch zusetzte oder ob es andere Gründe gab.
»Ist deine Frau nicht wohl?« fragte er Etienne schließlich.
Der junge fitz Osbern hob kurz die Schultern. »Doch, ich denke schon.« Ein stolzes Grinsen stahl sich in sein Gesicht. »Sie erwartet ein Kind.«
Cædmon hatte seine Reaktion auf diese Eröffnung sorgsam einstudiert. Er lächelte breit. »Tatsächlich?«
Etienne nickte, beinah scheu. »Sie leidet viel an Schwindel und Übelkeit, aber der Arzt sagt, das sei zu erwarten gewesen, weil sie so zierlich ist.«
Cædmon legte ihm kurz die Hand auf die Schulter. Es fühlte sich an, als sei es die Hand eines Fremden. »Ich wünsche euch Glück und Gottes Segen, Etienne.«
»Danke. Ich ... bin erleichtert, weißt du. Ich dachte schon, irgend etwas stimmt nicht mit ihr. Dreieinhalb Jahre und immer noch nicht guter Hoffnung.«
Cædmon nickte wortlos.
Etienne sah ihn an und lachte verlegen. »Mach kein so ernstes Gesicht. Jetzt ist ja alles in Ordnung.«
Das will ich hoffen, dachte Cædmon, doch ehe er antworten konnte, trat Leif zu ihnen und verneigte sich höflich. »Cædmon, der König bittet Euch zu sich.«
Cædmon erhob sich eilig, erleichtert, diesem vertraulichen Gespräch zu entkommen. »Entschuldige, Etienne.«
»Natürlich.«
Cædmon folgte dem jungen Dänen zur Stirnseite der Halle. Der König hatte sich von der Tafel erhoben und stand mit einer kleinen Gruppe zusammen nahe der Tür. Im diffusen, zuckenden Lichtschein einer Öllampe erkannte Cædmon Roland Baynard, und so war er vorgewarnt, als der König sagte: »Cædmon, ich nehme an, Ihr kennt Ralph Baynard, den Befehlshaber der Londoner Miliz?«
Cædmon verneigte sich vor dem großen, hageren Mann, der zu seiner Überraschung einen kurzen Bart trug, wie ein Angelsachse von Rang. »Es ist mir eine Ehre, Monseigneur.«
Baynard nickte und betrachtete ihn mit unverhohlenem Interesse. »Mein Sohn hat mir viel Gutes von Euch berichtet, Thane.«
Cædmon wechselte beinah wider Willen ein Grinsen mit Roland und

bemerkte lächelnd: »Es ist eine von Rolands einnehmendsten Gaben, daß er über beinah jeden etwas Gutes zu sagen findet.«
Baynard lachte leise, wandte sich um und streckte die Hand aus. »Komm her, Beatrice.«
Ein zierliches, kleines Wesen trat an seine Seite, und als zwei schmale, schneeweiße Hände die weite Kapuze zurückstreiften, enthüllten sie einen dichten Schopf weißblonder Haare und ein ebenmäßiges Mädchengesicht mit einem Paar fesselnder, tiefblauer Augen. Der schmale Mund lächelte nicht, und sie senkte den Blick, als sie in den schwachen Lichtschein trat. Selbst ihre Wimpern waren hellblond, so daß man sie auf den ersten Blick kaum sehen konnte.
»Ich würde Euch gern meine Tochter vorstellen, Thane«, sagte Baynard. Zufriedener Besitzerstolz lag in seinem Ausdruck, so als zeige er ihnen ein ausnehmend kostbares Schlachtroß.
Cædmon verneigte sich. »Ich freue mich, Euch endlich kennenzulernen, Beatrice.« Er fühlte sich hölzern. Dieser blonde Engel wird also meine Frau, dachte er ungläubig. Beiläufig nahm er wahr, daß Roland neben ihm stand und grinste wie ein Schwachkopf.
Beatrice Baynard neigte huldvoll das Haupt. »Die Freude ist ganz auf meiner Seite, Thane«, hauchte sie beinah unhörbar. Sie sah ihm immer noch nicht in die Augen. Vermutlich ist sie zu Tode verängstigt, dachte Cædmon mitfühlend.
»Baynard und ich wollen morgen zur Falkenjagd, Cædmon«, bemerkte der König. »Wollt Ihr uns begleiten?«
Cædmon wollte nichts weniger. Er wollte den morgigen Tag mit seinem Bruder und den Prinzen und Etienne verbringen und sehnsuchtsvoll auf eine Nachricht von Aliesa warten. Er mußte sie dringend sprechen. Er hatte gesehen und gespürt, daß sie in Not war, und er sehnte sich mit jeder Faser danach, bei ihr zu sein. Aber sein »Mit Vergnügen, Sire« war heraus, noch ehe er einen klaren Gedanken gefaßt hatte.
»Reiten Engländer zur Falkenjagd?« fragte Beatrice mit unverändert leiser Stimme. »Ich war der Auffassung, sie jagen mit Eschenspeeren oder bloßen Händen und bemalen sich zu dem Anlaß mit blauer Farbe.«
Cædmon betrachtete seine Braut mit ganz neuem Interesse. »Wenn Ihr das glaubt, Madame, dann habt Ihr viel zu lernen.«
Sie lächelte, ob höhnisch oder spitzbübisch, konnte er nicht entscheiden. »Ich brenne darauf«, sagte sie.
Cædmon verneigte sich. »Also dann, auf morgen.«

Die Jagdgesellschaft war überschaubar: der König, die Königin, Richard und Rufus, fitz Osbern, Warenne und Montgomery und einige hochgestellte Angehörige des königlichen Haushalts wie der Chamberlain und der Constable, die Gäste aus London und eine Handvoll jüngerer Ritter. Ihnen folgte eine Schar Falkner mit den Vögeln. Aliesa war nicht mitgeritten.

»Sie wollte eigentlich«, vertraute Etienne Cædmon und Roland an. »Aber ich finde, es ist zu gefährlich. Was, wenn sie stürzt? Wirklich, manchmal ist sie uneinsichtig wie ein Kind. Ich habe es verboten, und jetzt zürnt sie mir.«

Roland lachte. »Solche Geschichten solltest du Cædmon nicht gerade heute erzählen. Er findet ja so schon keinen Mut, sich zu meiner Schwester zu gesellen.«

Cædmon rang derweil mit einem bestürzend heftigen Drang, seinem besten Freund die Zähne einzuschlagen. Vielleicht benimmt sie sich deshalb wie ein Kind, weil du sie so behandelst, dachte er verächtlich. Aber es war Roland, an den er sich wandte. »Ich werde schon zu ihr reiten, wart's ab. Sobald ich meine Verblüffung überwunden habe.«

»Verblüffung worüber?« wollte Roland wissen.

»Ich hätte nie gedacht, daß ein so häßlicher Kerl wie du eine so schöne Schwester haben könnte.«

Roland grinste gutmütig. »Ja, ja. Schönes Kind, unsere Beatrice. Aber eine Zunge wie eine Distel.«

»Tatsächlich?«

»Dann ist sie nicht die Richtige für Cædmon«, meinte Etienne. »Die Engländer lassen sich von ihren Frauen viel zu viel bieten. Die Frau meines Wildhüters in Cheshire schlägt ihren Mann jeden Freitag grün und blau.«

Roland und Cædmon lachten.

»Vermutlich besteht er darauf«, mutmaßte Cædmon. »Weiter, Roland. Erzähl mir von Beatrice.«

Roland hob kurz die Schultern. »Wenn ich ehrlich sein soll, muß ich sagen, ich kenne sie kaum. Sie ist die jüngste von uns allen. Und sie war noch winzig, als mein Vater mich an den Hof in Rouen schickte. Ein entzückender, blonder Engel war sie. Damals schon. Im Jahr der Eroberung kam sie ins Kloster, und sie ist erst vor ein paar Monaten nach England gekommen. Sie verabscheut London. Ich fürchte, sie verabscheut England. Vielleicht wird es besser, wenn sie auf dem Land lebt.« Aber er klang nicht sehr überzeugt.

Cædmon nickte wortlos. Und ausgerechnet sie verheiratest du mit einem Engländer, William, dachte er verdrießlich. Gut gewählt. Das arme Kind ...

Er ließ sich ein paar Längen zurückfallen, bis er neben Baynards normannischem Falkner auskam, sprach kurz mit ihm, streifte seinen eigenen Schutzhandschuh über und nahm dem Mann den Terzel ab, der stockstill auf seinem ledergeschützten Handgelenk hockte. Dann trabte er fast bis an die Spitze des Reiterzuges und fiel neben Beatrice in Schritt.

»Ich bringe Euch Euren Vogel, Madame. Vielleicht noch eine halbe Meile, dann kommen wir an einen Bach. Dahinter liegt eine große Lichtung, wo es nur so von Beute wimmelt. Hasen, Wachteln, Fasane und anderes mehr.«

Sie neigte leicht den Kopf. »Danke, Thane. Ihr kennt Euch gut aus. Stammt Ihr aus dieser Gegend?«

Offenbar hatte niemand sich die Mühe gemacht, ihr etwas über ihren Bräutigam zu erzählen. Er schüttelte den Kopf. »Meine Güter und meine Burg liegen in East Anglia, zwei Tagesritte nordöstlich von hier. Aber seit der Eroberung habe ich viel Zeit im Haushalt des Königs verbracht, war also oft hier in Winchester.«

Sie nickte ernst. Es schien, als lächele sie nicht häufig. Cædmon erzählte ihr ein wenig von East Anglia und von Helmsby, wobei er die vielen Sümpfe und die noch zahlreicheren Mücken vernachlässigte. Er wollte versuchen, ihre Furcht zu mildern. Und er fragte sie nach ihrer Heimat, ihrem Leben in der Normandie. Dabei hatte er in Wahrheit nicht das geringste Interesse an diesem Mädchen. Er betrachtete ihr hübsches, frisches Gesicht, während sie sprach, und nichts regte sich in ihm. Er wollte sie nicht. Und er erkannte an ihrer verkrampften Haltung und dem angedeuteten Stirnrunzeln, daß es ihr ebenso erging. Aber weder sie noch er wurden nach ihren Wünschen befragt. Ihr Vater und der König hatten entschieden, daß sie heiraten sollten, und Cædmon kannte William gut genug, um zu erkennen, wenn sein Entschluß unumstößlich war. Er konnte dieses nichtssagende, langweilige Geschöpf heiraten oder sich ein zweites Mal gegen den König auflehnen. In Wahrheit blieb ihm also überhaupt keine Wahl.

Die stockende Unterhaltung versiegte bald. Der Wald war erfüllt von

Vogelstimmen, sie hallten betörend durch die klare Sommerluft. Glokkenblumen und Wildrosen blühten zwischen üppigen Farnen, und am Bachufer wuchs dichtes, federndes Gras. Doch Beatrice hatte keinen Blick für die Schönheit der englischen Landschaft – nicht einmal an einem Tag mit einem so untypisch strahlenden Sommerhimmel.
Auf der Wiese jenseits des Flüßchens hielten sie an, und die Falkner übergaben die kostbaren Vögel ihren Eigentümern und streiften dann durch das hüfthohe Gras der Lichtung, um die Beute aufzuscheuchen. Etienne und Roland holten auf und gesellten sich zu Cædmon und seiner Braut.
Etienne zog seinem Falken die Haube vom Kopf, strich ihm liebevoll über die weiße Brust und sagte: »Diesen Vogel schlägst du nicht, Cædmon.«
»Wenn du es sagst…«
»Er stammt aus der Lombardei. Mein Bruder Guillaume hat ihn mitgebracht, als er letztes Jahr aus Apulien zurückkam, und ihn mir geschenkt.«
Cædmon betrachtete den Vogel zum ersten Mal eingehend. Er war eine Spur kleiner als hiesige Falken, aber er wirkte ungeheuer behende, auf eine ganz besondere Weise königlich. Was für ein Geschenk, dachte er bewundernd. Er wußte, Etienne und sein Bruder standen sich nahe, aber er mußte die Großzügigkeit des ältesten fitz Osbern-Sohnes bewundern. Und er spürte einen kleinen eifersüchtigen Stich. Wie sehr hätte er sich gewünscht, sein ältester Bruder hätte ihn je eines solchen Geschenks für würdig befunden. Aber Dunstans Geschenke waren von ganz anderer Art…
»Du bist zu beneiden, Etienne.«
Etienne lächelte breit. »Ich weiß. Also? Was sagst du zu zwei Pfund?«
»Ich sage nein. Du weißt genau, daß der König über dieses alberne Spiel die Stirn runzelt.«
»Ach was!« Etienne lachte unbeschwert. »Komm schon. Zier dich nicht. Oder hast du Bedenken, daß du meinen lombardischen Helden schlagen kannst?«
Cædmon betrachtete den Vogel eingehend. Zwei Pfund waren sehr viel Geld. Etwa die Summe, die Helmsby mit dem Verkauf von Molkereiprodukten jährlich auf dem Markt in Norwich verdiente. Es war ein waghalsiger Wetteinsatz…
»Meinetwegen.«

»Zwei Pfund gegen dich, Etienne«, sagte Roland prompt, legte die Hand an seinen Geldbeutel am Gürtel und ließ ihn klimpern.

Etienne nickte ungerührt. »Bitte, wenn du dich mit Cædmon ins Verderben stürzen willst, halte ich auch deine Wette.«

Beatrice sah verständnislos von einem zum anderen. »Was hat das zu bedeuten?«

»Wart's ab«, riet ihr Bruder.

Wie alle Dinge des gesellschaftlichen Lebens war natürlich auch die Jagdfolge bei den Normannen strikt geregelt. Die erste Beute gebührte dem König, der das Privileg galant an die Königin abtrat. Matildas Sperber erlegte mit schier atemberaubendem Geschick einen jungen, pfeilschnellen Hasen. So unberechenbar seine Haken auch waren, der Sperber war schneller. Er schlug seine Beute, stieg wieder auf, flatterte einen Augenblick triumphal in geringer Höhe und kehrte folgsam auf den Arm seiner Herrin zurück. Matilda gab ihm sein *Zieget* – ein Fleischbröckchen zur Belohnung –, während der Falkner den geschlagenen Hasen aufhob und hochhielt. Die Jagdgesellschaft applaudierte. Schließlich kam Etienne an die Reihe. Er wechselte einen Blick mit Cædmon, der ihm zunickte.

Wieder streiften die Falkner durchs hohe Gras. Nicht lange, und eine braungefleckte Fasanenhenne stieg unter verschrecktem Geflatter aus ihrem sicheren Versteck auf. Als Etienne ihren empörten Schrei hörte, riß er dem Falken die Haube vom Kopf und ließ sein behandschuhtes Gelenk in die Luft schnellen. Im selben Moment zog Cædmon die Schleuder aus dem Gürtel.

Der Flug der Henne war tölpelhaft und träge; sie hatte keine Chance gegen den pfeilschnellen Vogel. Er folgte ihr in einer Höhe von vielleicht zwanzig Ellen, schien einen Augenblick in der Luft stillzustehen und ihren Landewinkel vorauszuberechnen, dann stieß er mit einem schrillen, grausamen Triumphschrei herab.

Die Schleuder sang, der rundliche Stein von der Größe einer Kinderfaust schoß heraus, traf das fliehende Beutetier am Kopf und zerschmetterte den dünnen Vogelschädel. Der Falke sah den unerwarteten Konkurrenten von der Seite kommen, bremste in vollkommener Verwirrung seinen Sturzflug kurz vor dem anvisierten Ziel ab, geriet ins Trudeln und landete unter fliegenden Federn und ohne alle Grazie im Gras.

Die Jagdgesellschaft lachte ausgelassen – nur der König runzelte mißfällig die Stirn, genau wie Cædmon vorausgesagt hatte.

Mit hochrotem Kopf fing der Falkner der fitz Osberns den in Schande geratenen lombardischen Vogel ein, und Etienne schüttelte in fassungsloser Verärgerung den Kopf, während er seine bestickte Börse aufschnürte und seine Wettschulden beglich. »Also ehrlich, Cædmon«, grollte er leise. »Manchmal graut mir vor dir.«
Cædmon steckte zufrieden seinen Gewinn ein. »Du wolltest es ja unbedingt so haben.«
»Ja, ja. Nicht nötig, Salz in meine Wunden zu streuen...«
Roland, der ebenfalls um zwei Pfund reicher geworden war, grinste breit. »Das hätt' ich dir vorher sagen können, Etienne.«
Beatrice betrachtete ihren Bräutigam mit verächtlichem Befremden.

Neben Sommergemüse, frischem Weizenbrot und fetten Schweinepasteten gab es in der Halle an diesem Abend reichlich Kleinwild. Etienne bemängelte allerdings, der Fasan habe einen durchdringenden, schwefelartigen Beigeschmack, der unzweifelhaft auf die dubiosen Methoden zurückzuführen sei, mit denen Cædmon ihn erlegt habe.
Cædmon aß, trank, lachte über Etiennes anhaltende Verstimmung und versuchte nach Kräften, eine Unterhaltung mit Beatrice an seiner linken Seite in Gang zu halten, aber er war nicht wirklich bei der Sache. Sein Blick, all seine Sinne waren vollkommen auf Aliesa konzentriert, und als sie aufstand und gute Nacht sagte, erhob er sich ebenfalls, scheinbar zufällig, ging zum unteren Ende des Tisches, wo sein Bruder saß, und als er an ihr vorbeikam, raunte er: »Ich warte in der Kanzlei auf dich. Komm, wenn du kannst.«

Sie kam.
So lautlos wie ihr Schatten schlüpfte sie über die Schwelle, zog die Tür hinter sich zu, und er löste sich aus der Dunkelheit hinter einem der Schreibpulte, schloß sie in die Arme und bedeckte ihr Gesicht mit kleinen Küssen.
Sie lehnte den Kopf an seine Schulter. »Ich habe mir Sorgen gemacht. Du warst lange fort.«
»Es gab unerwartete Probleme.«
»Probleme?«
Er atmete tief durch, sog den Duft ihrer Haare ein. »Das ist jetzt nicht wichtig. Nur du bist wichtig. Was fehlt dir?«
»Nichts«, sagte sie leise. »Wir bekommen ein Kind, Cædmon.«

»Ja, ich weiß.«
»Und du heiratest Beatrice Baynard.«
Er machte sich los und wandte sich beschämt ab. »Was soll ich tun, Aliesa? Der König will es so.«
Sie schüttelte langsam den Kopf. »Du kannst nichts tun.«
Er drehte sich wieder zu ihr um. »Sie bedeutet mir nichts.«
»Dann ist sie zu bedauern.«
Er tat es mit einem Schulterzucken ab. »Sind wir das nicht alle?«
Sie lachte leise. »Du hast recht. Alle sind wir Wachs in Williams großen Händen. Er wollte eine Verbindung zwischen fitz Osbern, dem verläßlichsten all seiner Vertrauten, und Guy de Ponthieu, dem wankelmütigsten seiner Vasallen, also was lag näher als die Ehe zwischen Etienne und mir? Jetzt will er sichergehen, daß du ihm nicht noch einmal davonläufst, will deine Position stärken, damit du viel zu verlieren hättest, will dich bestechen. Also knüpft er eine vorteilhafte Verbindung für dich. Es ist normal – so werden Ehen geschlossen. Nur für sich selbst hat er das Privileg in Anspruch genommen, die Frau zu heiraten, die er wollte.« Sie sprach ohne Bitterkeit, stellte lediglich Tatsachen fest.
Cædmon setzte sich auf den Boden, zog sie zu sich herab, und sie lehnte sich mit dem Rücken an seine Brust. Er schlang die Arme um sie und fuhr mit den Lippen über ihren Nacken. »So wie Wulfnoth die Geschichte erzählt, hat William Matilda geheiratet, weil er ein Bündnis mit Flandern wollte. Es war nur ein Zufall, daß sie sich verliebt haben.«
Sie nickte. »Gut möglich. Ich habe mir schon oft gedacht, daß ein solcher Schritt wirklich überhaupt nicht zu ihm paßt. Und wer weiß. Vielleicht wird es dir und Beatrice genauso gehen.«
Er zog sie fester an sich. »Wieso sagst du das? Du weißt genau, daß das niemals passieren wird.«
Sie lächelte. »Ja. Ich weiß.«
Es wäre eine gute Gelegenheit gewesen zu sagen, daß es doch alles keinen Sinn hatte, daß ihre Schwangerschaft die Lage bedenklich komplizierte, daß sie keine Zukunft hatten und ein Ende machen sollten, ehe es einen Skandal mit unabsehbaren Folgen gab. Unabsehbare Folgen für sie beide, für Etienne, der ihnen beiden am Herzen lag, und jetzt auch für Beatrice Baynard. Aber sie sagten nichts von alledem. Das taten sie nie.
»Erzähl mir, was dir in Ely passiert ist, das dich so erschüttert hat«,

verlangte sie statt dessen. Und das tat er. Er offenbarte ihr weit mehr, als er Etienne berichtet hatte. Von seiner Zerrissenheit, seiner widerwilligen Bewunderung für Hereward, und er erzählte ihr alles von Dunstan.

»Guthric hat immer gewußt, wie Dunstan wirklich ist«, schloß er. »Ich nicht. Oder zumindest war es mir nicht bewußt. Aber als ich ihn wiedergesehen habe ... als mir klar wurde, daß er nicht tot ist, daß er leibhaftig vor mir stand ...« Er brach ab.

»War deine Freude nicht so ungetrübt, wie du dir gewünscht hättest?« mutmaßte sie.

Er schüttelte den Kopf. »Hundert Dinge schossen mir gleichzeitig durch den Sinn. Daß alles wieder so werden würde wie früher, ich ihm wieder ausgeliefert sein würde. Es ist seltsam, früher habe ich mich nie ausgeliefert gefühlt, aber auf einmal wurde es mir klar. Und daß er mir alles wegnehmen würde. Helmsby, die Burg, meine Stellung – so bescheiden sie auch sein mag –, alles, wofür ich so hart gearbeitet habe, wofür ich Opfer gebracht habe. Nein, ich war nicht erfreut. Ich war entsetzt.«

»Das ist kein Grund, beschämt zu sein, Cædmon, denn dein Entsetzen war durchaus gerechtfertigt. Dein Bruder Guthric hatte recht. Dunstan ist ein Ungeheuer. So wie Lucien«, schloß sie leise.

Cædmon hob verblüfft den Kopf. »Nein, Aliesa. Du tust deinem Bruder unrecht. Er ist hart, erbarmungslos manchmal. Vor allem dann, wenn er des Königs Werkzeug ist, denn William ist, wie wir alle wissen, an Erbarmungslosigkeit kaum zu übertreffen. Aber Lucien ist im Grunde kein übler Kerl. Das unterscheidet ihn von Dunstan.«

Sie befreite sich aus seinen Armen und wandte sich halb zu ihm um. »Glaubst du das wirklich?«

Er nickte nachdrücklich. Er hatte Lucien immer gemocht. Vielleicht weil er seiner Schwester so ähnlich sah, das war durchaus denkbar, aber es war nie so furchtbar schwierig gewesen, sympathische Züge an ihm zu entdecken. »Du sagst, es bräuchte mich nicht zu beschämen, daß Dunstan mir tot lieber wäre als lebendig. Ich bin keineswegs sicher, ob du recht hast. Aber du hast ganz gewiß keinen Grund, dich zu schämen, weil du deinen Bruder so innig liebst.«

Die so bestürzend graugrünen Augen schimmerten einen Moment voller Wärme, aber der gehetzte Ausdruck, der ihm gestern sofort aufgefallen war, kehrte schnell zurück. »Vielleicht, ich bin nicht sicher. Aber

Lucien war einer der Todesreiter. Und Etienne verabscheut ihn aus tiefster Seele.«

»Ja, ich weiß. Aber Etienne hat es leicht mit seinem Urteil. Ich weiß, daß er niemals Kapital daraus schlägt, daß sein Vater dem König so nahesteht, doch seine Position hat Etienne erspart, sich je vor die Wahl gestellt zu finden, grauenvolle Dinge für William zu tun oder ihm den Rücken kehren zu müssen.«

»Nein, das ist wahr.« Sie zog seine Arme fester um sich und rückte näher, so als könne sie ihm gar nicht nah genug sein. »Da fällt mir ein, daß ich aller Voraussicht nach eine illustre Schwiegermutter bekomme.«

»Was?« fragte Cædmon verwirrt.

»Fitz Osbern wird Richildis heiraten, die Witwe des Herzogs von Flandern.«

»*Was?*«

Sie nickte nachdrücklich. »Ich hörte, wie der König und die Königin darüber sprachen. Richildis soll als Regentin über Flandern herrschen, bis ihre Söhne erwachsen sind, aber ein gewisser Robert Frison, ein Bruder des verstorbenen Herzogs, droht mit einer Revolte.«

»Der Bruder unserer Königin?«

Aliesa hob kurz die Schultern. »So ist es. Jedenfalls ersucht Richildis dringend Williams Beistand und hat durchblicken lassen, daß sie durchaus gewillt sei, schnell wieder zu heiraten, vor allem dann, wenn König William ihr seinen getreuen Vetter und Vasallen fitz Osbern schicken sollte...«

Cædmon schüttelte ungläubig den Kopf. »Meine Güte, Balduin ist ja kaum unter der Erde.«

»Tja. Die Situation erlaubt keine Rücksichten auf Pietät.«

»Und du meinst, Etiennes Vater liebäugelt damit, als Regent quasi Herzog von Flandern zu werden?«

»Er liebäugelt mit allem, was seine Macht erweitert, solange es in des Königs Interesse liegt.«

»Wer weiß, was daraus werden könnte«, murmelte er nachdenklich.

»Wer weiß«, stimmte sie zu.

Sie genoß es, mit Cædmon über Politik zu reden. Sie hatte nicht häufig Gelegenheit dazu, denn die anderen jungen Damen am Hof interessierten sich nicht dafür, die Königin hielt es für unschicklich, mit ihren Damen darüber zu debattieren, und Etienne, der ihr so viel über die

Mechanismen des Regierens und die Hintergründe der Entscheidungen des Königs hätte verraten können, lehnte es ebenfalls ab, mit seiner Frau über solcherlei Dinge zu reden. Er fand, sie solle ihren hübschen Kopf nicht damit belasten. Was er meinte, war, daß sie nicht in der Lage sei, die Zusammenhänge zu begreifen. Weder Cædmon noch irgend jemand sonst hätte sie je gestanden, wie sehr sie das kränkte. Sie beklagte sich niemals über Etienne, bei Cædmon schon gar nicht. Und sie hatte ja eigentlich auch keinen Grund dazu. Etienne war ein zuvorkommender, meist sogar rücksichtsvoller Mann – sie hatte es weit besser angetroffen als die meisten anderen. Er war liebenswürdig, aufmerksam, fand nie etwas daran zu beanstanden, wie sie seinen Haushalt führte, hatte keine Einwände, daß sie gelegentlich Geld für ein Buch ausgab, und war bei seinen Affären äußerst diskret. Aber er wäre im Traum nicht darauf gekommen, sie in irgendeiner Weise ernst zu nehmen. Frauen waren in seinen Augen wie Kinder – unverständig, führungsbedürftig und nicht selten komisch. Das war einer der grundlegenden Unterschiede zwischen Etienne und Cædmon. Sie war nicht sicher, aber sie hielt es für möglich, daß es daran lag, daß Cædmon Engländer war. Die meisten Engländer behandelten ihre Frauen natürlich nicht besser als die Normannen, maßen ihnen nicht mehr Bedeutung zu. Doch es gab Unterschiede. So war es in England nicht ungewöhnlich, hatte sie zu ihrer Verblüffung herausgefunden, daß eine Frau als Älteste eines Dorfes in allen wichtigen Fragen das letzte Wort hatte oder eine Witwe die Ländereien ihres verstorbenen Mannes erbte und alleinverantwortlich verwaltete. Nach englischem Recht konnte eine Frau von Stand selbst dann, wenn sie verheiratet war, über ein eigenes Vermögen verfügen. So besaß Cædmons Schwester Hyld beispielsweise ein Gut in Norfolk, das Cædmon ihr übertragen hatte, denn auch wenn das Testament seines Vaters keine Gültigkeit mehr hatte, war Cædmon Ælfrics letzten Verfügungen dennoch gefolgt und hatte seine Schwester ebenso wie seine Brüder nach den jetzt geltenden Gesetzen belehnt, damit sie versorgt waren. Nach englischem Recht konnte Hyld allein über die Einkünfte aus diesem Land verfügen und brauchte sie nicht ihrem Mann zu überlassen. Und mochte der König auch angekündigt haben, diese »heidnischen und widernatürlichen« Gesetze abschaffen zu wollen, war es in England doch kein ganz und gar abwegiger Gedanke, daß eine Frau ein vernunftbegabtes Wesen sein konnte. Manchmal schämte Aliesa sich ihrer Geltungssucht, ihres Mangels an

Bescheidenheit, die, so betonte der König so gern und häufig, die schönste Zierde einer Frau sei. Sie wußte, daß es ihr daran gebrach. Aber ihr Wissensdurst, ihre Sehnsucht nach Herausforderungen und nach neuen Gedanken war soviel mächtiger, ihrer wahren Natur soviel näher als ihre Betrübnis über diesen Charaktermangel. Die Aussicht, ihr Leben als Etienne fitz Osberns Frau tatenlos verstreichen zu lassen, auf ewig in seinem Schatten, in höfischem, geistlosem Müßiggang und – wie sie schließlich hatte erkennen müssen – obendrein auch noch kinderlos, hatte sie oft in Düsternis gestürzt. Cædmon of Helmsby war ihr von Anfang an wie eine Verheißung auf einen Ausweg erschienen.

Er fing an, ihr Kleid aufzuschnüren, aber sie legte ihre Hand auf seine und schüttelte den Kopf. »Es geht nicht, Cædmon.«

»Warum nicht?« fragte er verdutzt. »Schwangerer kannst du nicht werden, oder?« Und sofort verwünschte er sich und biß sich schuldbewußt auf die Unterlippe. »Entschuldige.«

Ihre exquisite Nase kräuselte sich, halb belustigt, halb mißbilligend. Dann küßte sie ihn auf den Mundwinkel. »Der Arzt hat es verboten«, erklärte sie.

Was für ein normannischer Unsinn ist das nun wieder, dachte er ungeduldig, aber gleich darauf war er von Besorgnis erfüllt. »Aliesa, bist du sicher, daß alles in Ordnung ist?«

Sie lachte leise. »Natürlich. Ich bekomme ein Kind, das ist alles. Es ängstigt mich ein wenig, das gebe ich zu, aber dann sage ich mir, andere haben es auch schon überstanden. Gelegentlich.«

»Was ängstigt dich? Daß das Kind blond sein könnte?«

Sie winkte ab. »Oh, das wäre nicht weiter schlimm. Etienne hat mir erzählt, daß er als kleiner Junge blond war. Und seine Mutter war hell, und meine ist es auch. Nein, in der Hinsicht brauchen wir uns nicht zu sorgen, wenn es dir nicht gerade wie aus dem Gesicht geschnitten ist.«

»Das wäre in jeder Hinsicht ein Schicksalsschlag. Laß uns lieber hoffen, daß es deine noblen Züge erbt – damit kommt es sicher leichter durchs Leben ... Also, was ist es dann, das dich ängstigt?«

Sie wandte ein bißchen verlegen den Kopf ab. »Ach, gar nichts. Du ... du kannst dir vermutlich nicht vorstellen, welche Schauergeschichten unter Frauen kursieren. Natürlich erzählen sie sie keiner Schwangeren, aber seit ich weiß, daß ich ein Kind bekomme, sind sie mir alle wieder eingefallen.«

Er legte die Arme um sie und zog sie auf seinen Schoß. Sie schien nicht mehr als eine Feder zu wiegen. »Hab keine Angst«, sagte er leise. »Du bist jung und gesund. Alles wird gutgehen.«

Sie lehnte die Stirn an seine Schulter. »Natürlich wird es das. Ich bin nur ein verzärteltes Pflänzchen und eine alberne Gans, weiter nichts.«

Aber er wußte, das war sie nicht. Er blickte auf ihren feingeschwungenen, langen Hals hinab und sah den Puls darin pochen, rasend schnell. Und plötzlich war er felsenfest überzeugt, daß es irgend etwas gab, das sie ihm nicht sagte, und er spürte förmlich, wie die Furcht sich auch in sein Herz stahl.

Winchester, September 1070

Wider Erwarten hatte Etienne seinen Vater auf den Kontinent begleitet. Seit der Eroberung hatte er England nicht verlassen, denn hier lagen seine Ländereien, und außerdem mied er jede Kanalüberquerung, weil ihm vor nichts so graute wie vor dem Tod durch Ertrinken. Der Seneschall des Königs und Earl of Hereford verfuhr wie die meisten normannischen Adligen: Den Stammsitz der Familie in der Normandie überließ er der Obhut seines ältesten Sohnes, Guillaume, während er seine jüngeren Söhne, Roger und Etienne, mit in dieses neue Land gebracht hatte, damit sie sich hier ihre Sporen und eigene Güter verdienen und eine Existenz aufbauen konnten. Wie in den meisten Fällen war diese Rechnung auch für die fitz Osberns aufgegangen: Etienne, sein Bruder Roger und vor allem sein Vater waren zusammen die größten Landeigner in Westengland.

So war Etienne nicht besonders erbaut davon, nach Flandern verschleppt zu werden, wie er es ausdrückte, aber natürlich entsprach er dem Wunsch seines Vaters, der Roger hier zurückgelassen hatte, um die Interessen der Familie zu verwalten, seinen Jüngsten aber an seiner Seite haben wollte, weil er bei diesem neuerlichen normannischen Wagnis verläßliche Begleiter brauchte.

Der König konzentrierte seine schier unerschöpflichen Energien derweil darauf, Lanfranc auf den Bischofsstuhl von Canterbury zu setzen, und Ende August endlich war es vollbracht: Der Bischof von London und acht weitere Bischöfe führten Lanfranc in einer höchst feierlichen

Zeremonie – wenn auch in einer teilweise niedergebrannten Kathedrale – in sein hohes Amt ein.

»Ich frage mich nur, was daran so lange gedauert hat«, bemerkte Prinz Richard, als sie wenige Tage nach ihrer Rückkehr aus Canterbury wie so oft auf der Wiese neben der großen Halle saßen und über England und Politik redeten. Es war immer noch mörderisch heiß. Seit Mitte Juli war kaum ein Tropfen Regen gefallen, und die Bauern stöhnten, weil sie die Ernte bei dieser Gluthitze einbringen mußten und das Korn großteils verdorrt war. Es war äußerst fraglich, ob die magere Ernte das Land über den Winter bringen würde. Die Preise für Mehl und Korn stiegen bereits, und Cædmon war in Sorge.

»Es war nicht so einfach, Lanfranc zu überreden, das Amt anzunehmen«, antwortete er Richard. »Der König und Lanfranc sind sich einig, daß die englische Kirche vieler Reformen bedarf, aber selbst bei so frommen Angelegenheiten steckt der Teufel eben oft im Detail. Sie haben hart verhandelt.«

»Ich verstehe nicht, was an der ganzen Sache so verdammt wichtig sein soll«, brummte Rufus. »Das Maine schlüpft meinem Bruder Robert durch die Finger – er scheint nicht fähig, dort für Ruhe und Ordnung zu sorgen. Flandern wackelt, und in den Sümpfen deiner schönen Heimat hockt das englische Rebellenpack und sammelt seine Kräfte. Ich begreife nicht, warum mein Vater sich nicht lieber dieser Probleme annimmt.«

»Vielleicht fragst du ihn mal«, schlug Leif vor, und alle außer Rufus lachten.

»Vielleicht werde ich das«, gab der jüngere der beiden Prinzen hitzig zurück. »Warum nicht? Er mag der König sein, aber er ist nicht Gott!«

Cædmon ging nicht direkt auf diesen wenig ratsamen Vorschlag ein. Der König war den Empfehlungen seiner Vertrauten immer aufgeschlossen, aber selbst seine Brüder, Guillaume fitz Osbern und Lanfranc mieden es, seine Absichten oder Methoden zu kritisieren.

»Du solltest die Wichtigkeit dieser Reformpläne nicht unterschätzen, Rufus«, sagte er statt dessen.

Rufus winkte ungeduldig ab – die Geste machte ihn seinem Vater für einen Moment sehr ähnlich. »Wieso? Was ist so wichtig daran, ob die englischen Priester verheiratet sind oder nicht? Die meisten normannischen sind es doch auch. Und wenn sie's mit ihren Schafen und Ziegen treiben würden, wär's mir auch gleich...«

»Rufus!« rief Richard erschrocken aus.
Sein Bruder warf ihm einen verächtlichen Blick zu. »Was?«
»Richard hat recht, Rufus«, sagte Cædmon scharf. »Ich dulde keine vulgären Reden in meinem Unterricht, sie sind eines Prinzen nicht würdig. Außerdem sind es Gottesmänner, über die wir hier sprechen, und du wirst ihnen gefälligst Respekt erweisen.«
Rufus schnaubte und entschuldigte sich nicht.
Cædmon rang einen Moment mit sich und beschloß dann, sich nicht provozieren zu lassen. »Es geht nicht allein um die Frage der Priesterehe, sie ist im Grunde nebensächlich. Es geht darum, eine funktionsfähige Verwaltung aufzubauen. Der König ist durchaus gewillt, das angelsächsische Rechtssystem mit den Provinzgerichten in Hundert- und Grafschaften beizubehalten, aber sowohl er als auch Lanfranc streben nach einer Trennung von weltlichem und Kirchenrecht. Verwaiste Klöster müssen neu belebt werden, die schlecht geführten brauchen neue Äbte, damit die kirchlichen Ländereien vernünftig bewirtschaftet werden und sie ihre Verpflichtungen gegenüber der Krone erfüllen können. Das heißt, hierbei geht es um Geld und Kontingente von Soldaten. Was für die Klöster gilt, gilt ebenso für die Diözesen. Ihr müßt bedenken, daß die Bischöfe und Klöster in England etwa ein Viertel des Landes halten. Der König und Lanfranc wollen dieses Land von fähigen, königstreuen Männern verwaltet wissen. Außerdem wollen sie ein Schulsystem aufbauen – dessen Notwendigkeit mir allerdings auch nicht so recht klar ist.« Seine Schüler lachten. »Bevor diese Reform nicht durchgeführt ist, kann das Lehenssystem, das der König eingeführt hat, nicht richtig funktionieren, und das bedeutet, daß der Krone Einkünfte entgehen und weniger kampffähige, voll ausgerüstete Ritter zur Verfügung stehen, als es der Fall sein sollte. Das kann der König sich nicht leisten. Darum ist es richtig, daß er dieses Reformwerk wenigstens auf den Weg bringt, ehe er sich um das Maine oder auch um Hereward den Wächter kümmert.«
»Und um deinen Bruder Dunstan«, fügte Rufus vielsagend hinzu.
Cædmon war verblüfft und bestürzt zugleich. Er hatte den König und dessen Berater, die seinen Bericht über Ely mit angehört hatten, gebeten, nicht nach außen dringen zu lassen, daß Dunstan Herewards rechte Hand war. Weil er sich seines Bruders schämte und weil er wußte, daß es gewisse Männer am Hof gab, wie Warenne oder Lucien de Ponthieu zum Beispiel, die versuchen würden, Kapital daraus zu schlagen.

»Und um Dunstan, völlig richtig«, sagte er langsam. »Verrätst du mir, wie du davon erfahren hast?«
Nach einem kurzen Schweigen sagte Eadwig: »Ich hab es ihm erzählt, Cædmon.«
»Ah ja? Hatte ich dich nicht gebeten, es für dich zu behalten?«
Eadwig senkte den Blick. »Es tut mir leid.«
»Warum sollte es dir leid tun?« fragte Rufus. An Cædmon gewandt fuhr er fort: »Eadwig ist mein Freund. Er war bekümmert über den Verrat seines Bruders und hat sich mir anvertraut. Was ist dagegen einzuwenden, daß ich die Wahrheit weiß? Oder sonst irgendwer? Es sei denn, du versuchst, Dunstan zu decken, dann ist es natürlich etwas anderes. Ich hoffe doch nicht, daß du es dem König verschwiegen hast?«
Cædmon erhob sich langsam. »Steh auf, William Rufus. Komm her. Die anderen verschwinden.«
Beklommen kamen die Jungen auf die Füße und wandten sich ab. Nur Eadwig zögerte. »Cædmon...«
Sein älterer Bruder fuhr zu ihm herum. »Ich sagte, du sollst gehen, Eadwig«, herrschte er ihn an. »Tu es lieber. Wir sprechen uns später.«
Eadwig hatte seinen Bruder noch nie so wütend gesehen. Er hatte nicht gewußt, daß Cædmon so sein konnte, es machte ihm angst. Aber er beherrschte seine Furcht und blieb, wo er war, um für Rufus einzustehen. »Du weißt doch genau, daß Rufus das nicht ernst gemeint hat«, sagte er leise.
Cædmon trat langsam auf ihn zu, und Eadwig mußte sich zusammenreißen, um nicht zurückzuweichen.
»Warte, Cædmon«, bat Rufus plötzlich, aller Hochmut war aus seiner Stimme verschwunden. »Vergiß nicht, auf wen du es abgesehen hast. Laß ihn zufrieden. Es ist schon gut, Eadwig. Verschwinde lieber.«
Cædmons Zorn verrauchte. Diese beiden Bengel standen zu einander wie Roland und Olivier im *Chanson* – es war entwaffnend. Er gab sich die größte Mühe, nicht zu zeigen, daß er gerührt war, verschränkte die Arme vor der Brust und nickte Eadwig zu. »Wärst du jetzt so gut?« brummte er.
Eadwig wandte sich mit hängendem Kopf und einem letzten, vorwurfsvollen Blick in Cædmons Richtung ab.
Als sie endlich allein waren, sagte er: »Und was nun, Rufus?«
Der Prinz lachte verblüfft. »Das fragst du mich? Tja, wenn du Lucien de Ponthieu wärest, könnte ich dir genau sagen, wie es jetzt weiterginge. Aber bei dir? Ich weiß es nicht.«

Er hatte offenbar nicht lange gebraucht, um zu seiner Unverfrorenheit zurückzufinden. Mehr um ihm einen Dämpfer zu verpassen, denn weil es ihm ernst damit war, sagte Cædmon: »Ich fürchte, ich werde deinem Vater sagen müssen, daß ich dich nicht weiter unterrichten kann.«
Rufus' Reaktion überraschte und erschreckte ihn. Das sonst so rotwangige Gesicht wurde aschfahl. Er blinzelte, als habe er Sand in den Augen, dann schlug er plötzlich eine Hand vor den Mund und floh hinter die nahe Waffenkammer. Cædmon lauschte dem erstickten Würgen, das gar kein Ende nehmen wollte, setzte sich wieder unter den Baum und schämte sich. Er hatte nicht die Absicht gehabt, den Jungen in diesen Zustand zu versetzen. Natürlich hatte er gewußt, daß die Prinzen in ständiger Furcht vor ihrem Vater lebten. Das galt für Robert in der fernen Normandie ebenso wie für Richard und Rufus, und auch Henry würde es sicher nicht anders ergehen, wenn er größer wurde. In Gegenwart des Königs hielten seine Söhne die Köpfe gesenkt, sprachen nur, wenn es unvermeidlich war, und dann auch nur das Nötigste. Richard stotterte manchmal. Im Gegensatz zu manch anderem hatte Cædmon nie viel Komisches daran entdecken können. Er hatte Verständnis für ihre Angst. Es war schließlich leicht genug, den König zu fürchten, selbst wenn man nicht sein Sohn war. Aber er hatte nicht geahnt, wie schlimm es offenbar war.
Als Rufus wieder zum Vorschein kam, war sein Gesicht grau, und zwei feuerrote Flecken brannten auf den Wangen. Seine Knie schienen weich zu sein; er taumelte ein wenig.
»Cædmon...«
»Nein, warte. Setz dich. Und beruhige dich. Ich denke, wir müssen eine andere Lösung finden.«
Der Junge ließ sich neben ihm ins Gras fallen und lehnte den Kopf mit geschlossenen Augen an den rauhen Stamm. Er wirkte vollkommen erschöpft. »Und zwar?«
»Du könntest damit anfangen, daß du dich bei mir entschuldigst.«
»Ich entschuldige mich bei dir.«
»Weißt du, ich kann mir nicht helfen, aber das überzeugt mich irgendwie nicht.«
Rufus zeigte ein müdes Lächeln. Seine Augen waren immer noch geschlossen.
»Glaubst du wirklich, ich wolle meinen Bruder Dunstan decken, Rufus?« fragte Cædmon schließlich.

»Nein. Natürlich nicht.«
»Warum sagst du es dann? Und warum tut dir nicht leid, was du gesagt hast? Was habe ich dir getan, daß du dir immer solche Mühe gibst, mich in Verlegenheit zu bringen oder mich sogar zu beleidigen?«
Rufus öffnete die Augen und sah ihn kopfschüttelnd an. »Es hat nichts mit dir zu tun. Ich bin zu allen so. Ich ... kann nichts dagegen tun.«
»Doch, das mußt du. Was immer der Grund für deine üblen Launen ist, du mußt lernen, sie zu beherrschen. Denn auf diese Weise schaffst du dir wirklich keine Freunde, weißt du, und früher oder später *wird* dein Vater davon erfahren.«
»Ja. Ich weiß.« Es klang erstickt.
»Herrgott noch mal, Rufus, sag mir, was mit dir los ist. Wenn du so große Stücke auf Eadwig hältst, kannst du nicht versuchen, auch ein bißchen Vertrauen zu mir zu haben? Wie soll ich dir sonst helfen?«
Rufus wandte den Kopf und sah ihn an. »Willst du das denn, Cædmon? Ich bin dir in Wahrheit doch völlig gleich. Du liebst doch nur Richard. Den zukünftigen König von England. Genau wie alle anderen.«
So, dachte Cædmon, das ist es also. »Wie kommst du darauf?« fragte er neugierig.
Rufus lachte unglücklich auf. »Du brauchst es nicht zu leugnen, ich weiß, daß es so ist. Man merkt es an hundert kleinen Dingen. Daran, wie du ihn ansiehst, wie du ihm zuhörst, wie du mit ihm sprichst. Wegen ihm bist du zurückgekommen. Weil du in ihm die Hoffnung für Englands Zukunft siehst. Du träumst von dem Tag, da der grausame Eroberer endlich Platz macht für den sanftmütigen Richard, dessen Herz wahrhaft für England schlägt.«
Das traf den Nagel so genau auf den Kopf, daß Cædmon einen Moment sprachlos war. Ehe ihm eine überzeugende Erwiderung eingefallen war, fuhr Rufus fort:
»Alle denken so. Lucien de Ponthieu, Etienne fitz Osbern, sogar Lanfranc und meine Onkel, Odo und Robert. Sie alle setzen auf Robert für die Zukunft der Normandie und auf Richard für die Zukunft Englands. Sie bewundern Robert für die Tatkraft und Weitsicht, mit der er in Vaters Abwesenheit in Rouen herrscht, sie lieben Richard für seinen Anstand, seine Aufrichtigkeit und seine noble Gesinnung, und sie alle behandeln mich, als sei ich überhaupt nicht vorhanden. Mein Vater ist im Grunde genauso. Nicht daß er Robert und Richard liebt – er liebt niemanden. Außer meiner Mutter vielleicht. Aber er beachtet sie. Kri-

tisch, selten mit Wohlwollen, aber er beachtet sie. Er beachtet sogar Henry, weil er so niedlich ist, daß nicht einmal der eiserne William davon unberührt bleibt. Mich ignoriert er. Vollkommen.«

Cædmon ließ ein paar Augenblicke verstreichen und ordnete seine Gedanken. Er wußte, vieles von dem, was Rufus gesagt hatte, war nicht von der Hand zu weisen. Trotzdem ... »Das ist nicht wahr, Rufus. Er ignoriert jede deiner Schwestern, aber nicht dich. Er hat Pläne mit dir, sei versichert.«

»Welche?« fragte Rufus skeptisch.

»Das weiß ich nicht. Vielleicht nimmst du irgendwann einmal deinen Mut zusammen und fragst ihn. Da er dich bislang in kein Kloster gesteckt hat, nehme ich nicht an, daß du Erzbischof von Rouen oder Canterbury werden sollst. Vermutlich wird er dir soviel Land hinterlassen, daß du der mächtigste unter Richards Magnaten wirst, so daß du deinem Bruder, dem König, tatkräftig zur Seite stehen kannst. Wenn er sich nicht doch noch dazu entschließt, die englische Krone Robert zu überlassen, in dem Falle müßtest du dir die Rolle des mächtigen Prinzen im zweiten Glied mit Richard teilen. Wie auch immer, du kannst nicht dein ganzes Leben damit hadern, daß du nicht der erst- oder zweitgeborene Sohn deines Vaters bist.«

»Doch. Ich glaube, das kann ich durchaus.«

»Dann wirst du immer nur unglücklich sein und weder dir noch England oder der Normandie von Nutzen.«

Rufus schnaubte. »Ja, Cædmon, du hast leicht reden. Dein älterer Bruder hat sich freundlicherweise auf die Seite der Verräter geschlagen und somit Platz für dich gemacht, so daß du nachrücken konntest. Jetzt bist du Thane of Helmsby, nicht er.«

»Du hast recht, Rufus, so betrachtet habe ich Glück gehabt. Auch wenn es mir alles in allem lieber wäre, mein Bruder wäre kein Verräter, aber Helmsby gehört jetzt unumstritten mir. Trotzdem ist meine Situation nicht so anders als deine, und darum weiß ich genau, was du empfindest.«

»Wie meinst du das?«

Cædmon rang mit sich. Er spürte ein heftiges Widerstreben, ausgerechnet vor diesem Jungen seine Seele zu entblößen. Er sah ihn an. Die Wangen waren wieder so apfelrot wie eh und je, und die blauen Augen hingen beinah flehentlich an seinen Lippen. Er hatte gesagt, er wolle ihm helfen. Also gab er sich einen Ruck.

»Denkst du wirklich, es ist so leicht, als Engländer an einem normannischen Hof in einem besiegten England zu leben? Glaubst du vielleicht, es macht mir nichts aus, daß Warenne und Lucien de Ponthieu und einige andere mich hinter meinem Rücken einen angelsächsischen Schweinehirten nennen? Daß jeder Normanne sich mir überlegen fühlt, vor mir an der Reihe ist, wenn Ländereien zu verteilen sind, und daß ein Normanne Sheriff von Norfolk ist, das Amt bekleidet, das vor der Eroberung mein Vater ausgeübt hat?«

Rufus starrte ihn mit offenem Mund an und schüttelte langsam den Kopf. »Ja, das habe ich geglaubt. Wenn mich jemand gefragt hätte, hätte ich gesagt, es ist dir völlig gleich.«

Cædmon nickte. »Weil ich will, daß die Welt das glaubt.«

»Warum?« fragte der Junge verständnislos. »Wieso wehrst du dich nicht? Schlägst zurück?«

»Weil es an meiner Situation nichts ändern würde. Es würde sie höchstens verschlimmern. Mir zusätzlich zu Warennes Verächtlichkeit und Luciens Feindseligkeit noch ihren Hohn eintragen und, was noch schlimmer wäre, es würde mir meine Freunde entfremden. Das ist die Lektion, die ich gelernt habe, als ich ganz allein in die Normandie kam – ich war genauso alt wie du jetzt. Besser für dich, du lernst sie auch bald, Rufus. Sonst gehst du vor die Hunde.«

Rufus stützte das Kinn auf die Faust. Schließlich schüttelte er den Kopf und sagte leise: »Ich bin nicht sicher, ob ich das kann.«

»Natürlich kannst du. Du brauchst es nur zu tun. Die Entscheidung liegt allein bei dir.«

Rufus zeigte das schwache, skeptische Lächeln, das so typisch für ihn geworden war. »Danke, Cædmon. Kann ich gehen? Es wird Zeit für den verfluchten Bücherunterricht.«

Cædmon winkte auffordernd. »Das will ich dir auf keinen Fall vorenthalten. Verschwinde schon.«

Er hatte im Grunde wenig Hoffnung gehabt, daß Rufus sich seine Vorhaltungen zu Herzen nehmen würde, aber zu seiner Überraschung war der Prinz seit ihrer Aussprache wie ausgewechselt. Seine Bitterkeit schien ebenso verflogen wie sein rebellisches Verhalten, und er wirkte glücklicher und ausgeglichener als seit vielen Monaten. Cædmon war ebenso erleichtert wie Richard und die übrigen Knappen und Lehrer, aber er wagte nicht zu hoffen, daß diese wundersame Wandlung von

Dauer sein würde. Er glaubte nicht, daß seine Worte allein eine so heilsame Wirkung haben konnten. Helfen konnte dem Jungen letztlich nur der König. Aber das würde wohl niemals geschehen.
William war unterdessen mit innenpolitischen Angelegenheiten beschäftigt. Gemeinsam mit Lanfranc und seinem Bruder Odo erörterte er geeignete Kandidaten für den Erzbischofsstuhl von York, denn Aldred, der unmittelbar nach der Eroberung und auch seither eine so wichtige Vermittlerrolle gespielt hatte, war im vergangenen Herbst gestorben. York war die größte und mächtigste Diözese nach Canterbury; die Entscheidung war dementsprechend wichtig.
Sie hörten wenig Nachrichten aus Flandern. Fitz Osbern und Etienne waren unbeschadet dort eingetroffen, und Herzogin Richildis hatte sie erwartungsgemäß warm empfangen, aber Robert le Frison, der Bruder des verstorbenen Herzogs, genoß große Sympathien unter der Bevölkerung. Alles sprach dafür, daß es auf eine militärische Konfrontation hinauslaufen würde.
Während der September ins Land ging und die magere Ernte eingebracht wurde, nutzten Cædmon und Aliesa Etiennes Abwesenheit beinah jeden Tag zu einem heimlichen Treffen, während Cædmon Beatrice Baynard, die immer noch in Winchester weilte, mehr pflichtschuldig als feurig den Hof machte. Je besser er seine zukünftige Braut kennenlernte, um so mutloser wurde er. Beatrice war ein hübsches Mädchen und besaß formvollendete Manieren, sie gab sich sogar Mühe, Interesse an ihm zu heucheln. Aber Cædmon spürte deutlich, wie groß ihre Abneigung gegen England, seine Traditionen und vor allem seine Bewohner war. Ihre Vorstellungen waren von Vorurteilen geprägt, und sie schien nicht gewillt, sich eines Besseren belehren zu lassen. Vielleicht konnte sie einfach nicht. Aus ihrer Unfähigkeit, selbst die einfachsten Rätsel zu lösen, hatte Cædmon geschlossen, daß seine Erwählte nicht die Allerhellste war…
»… und Baynard sagte mir, daß Ihr seine Tochter für ein paar Tage mit nach Helmsby nehmen wollt?« hörte er den König sagen.
Cædmon kehrte mit seinen Gedanken schleunigst in die Gegenwart zurück. Sie befanden sich in einem Wald etwa zehn Meilen südlich von Winchester. Heute waren keine Damen mit von der Partie, denn sie machten Jagd auf Rot- und Damwild.
»Das ist richtig, Sire. Ich müßte ohnehin nach Hause, um zu sehen, wie es mit der Ernte steht, und da dachte ich mir, es wäre eine gute Gelegenheit, ihr Helmsby zu zeigen.«

»Hm«, machte der König. »Meinetwegen. Aber seid vor Mitte Oktober zurück und überbringt Eurer Mutter meine Einladung, Euch an den Hof zu begleiten.«
Cædmon fiel aus allen Wolken. »Meiner Mutter?«
William runzelte mißfällig die königliche Stirn. »Ihr werdet doch nicht schwerhörig, Thane?«
»Ähm ... nein, Sire. Keineswegs.« Gott, wie reizbar er in letzter Zeit war. Jedes Wort mußte man auf die Goldwaage legen. Wenn der König so weitermachte, würde bald jeder Angehörige des Hofes in seiner Gegenwart so einsilbig und verschreckt sein wie seine Söhne.
»Die Königin ist guter Hoffnung«, vertraute William ihm unvermittelt an.
Cædmon lächelte. »Meinen Glückwunsch, Sire.«
William nickte knapp. »Als Henry zur Welt kam, gab es Komplikationen. Ich weiß, Eure Mutter ist eine Dame und keine Hebamme, aber ... Ihr erwähntet irgendwann einmal, daß dank ihrer Hilfe in Helmsby weniger Frauen im Kindbett sterben als andernorts, also wäre ich beruhigt, wenn sie sich die Königin einmal ansähe.«
Cædmon dachte an Aliesa und kam zu dem Schluß, daß er ausnahmsweise einmal einer Meinung mit dem König war: Es wäre eine wirklich gute Idee, seine Mutter über den Winter an den Hof zu holen. »Ich werde es ihr ausrichten, Sire. Ich bin überzeugt, sie wird sich sehr geehrt fühlen.« Sie würde in Wahrheit wohl eher Feuer spucken. Aber sie würde kommen.
William hatte keine andere Antwort erwartet und wechselte das Thema. »Den halben Tag haben wir hier vertan und immer noch kein Stück Wild erlegt«, knurrte er.
»Es ist zu heiß«, mutmaßte Cædmon. »Bei diesem Wetter zieht sich das Wild zu tief in die Wälder zurück.«
»Mag sein. Wir haben diesen Sommer jedenfalls nicht genug erlegt, um die vielen Mäuler am Hof zu stopfen.«
Cædmon hob lächelnd die Schultern. »Es kann nicht daran gelegen haben, daß wir zu selten zur Jagd geritten wären, Sire. Wir hatten einfach kein Glück.«
»Ja, Ihr nehmt es auf die leichte Schulter. Aber ich muß ständig neues Vieh kaufen, um meinen Hof zu ernähren. Das gilt auch für Euch! Und das können wir uns nicht leisten.«
Cædmon überdachte das Problem mit größerem Ernst. »Aber was sollen wir tun, wenn wir kein Wild finden?«

»Die Wälder, die mir zur Verfügung stehen, sind einfach nicht groß genug«, grollte der König leise. »Und das muß ein Ende haben. Ich brauche mehr Wild für diesen Hof, sonst kann ich ihn nicht ernähren. Und wenn ich meinen Hof nicht ernähren kann, fällt mein Reich auseinander.«

Cædmon erkannte, daß es wirklich ein ernstes Problem war, das einer Lösung bedurfte. Trotzdem wurden seine Hände feucht, und er spürte einen heißen Druck auf dem Magen. Er kannte seinen König. Wenn William sich schon rechtfertigte, ehe er überhaupt gesagt hatte, welche Teufelei er wieder ausheckte, dann wurde es schlimm.

Doch der König sah ihn lediglich an – versonnen, so schien es – und wechselte dann unerwartet das Thema: »Es wird gemunkelt, der Papst sei krank, Cædmon.«

»Oh. Munkelt man auch, wie schlimm?«

William hob kurz die Schultern. »Die einen sagen dies, die anderen das.«

»Ich werde für ihn beten, Sire. Alexander ist ein guter Papst.«

»Ja, vor allem für England. Es kann nie schaden, wenn der Erzbischof von Canterbury der ehemalige Lehrer des Papstes ist, solch alte, persönliche Bande sind mit nichts zu ersetzen.«

Cædmon nickte zustimmend. Auf dieses Rezept hatte William gesetzt, seit er als siebzehnjähriger Knabe begonnen hatte, sich die Macht in der Normandie zu erkämpfen. Viele derer, die ihm damals beigestanden hatten, waren heute noch an seiner Seite – sie oder ihre Söhne. Und er hatte dafür gesorgt, daß sie es nicht bereuten. Er hatte England erobert und an sie verteilt...

»Und angenommen, Alexander sei so ernstlich erkrankt, daß bald ein Nachfolger gefunden werden müßte, wer könnte das sein, Sire?«

Der König sah konzentriert auf die Bäume, die sich vor ihnen wie eine undurchdringliche grüne Mauer erhoben. »Habt ihr je von Hildebrand von Soana gehört?« fragte er beiläufig.

»Nein.«

»Nun, das werdet Ihr noch. Er ist Benediktiner, genau wie Lanfranc. Und sie nennen ihn die Geißel Gottes.«

»Tatsächlich? Dann würde dieser Hildebrand sicher ein Papst nach Eurem Geschmack, Sire.«

Das schallende Gelächter des Königs hallte durch den stillen Wald, und die Vögel schreckten flatternd aus den Bäumen auf.

Cædmon erfuhr erst einige Tage später, was William getan hatte. Am Abend vor seinem Aufbruch mit Beatrice nach Helmsby saß er zusammen mit ihr, ihrem Bruder und Prinz Richard im Schatten hinter der Apsis der Kapelle, und sie plauderten. Nach kurzer Zeit gesellte Aliesa sich zu ihnen, den kleinen Henry an der Hand wie so oft in letzter Zeit. Cædmon spürte eine köstliche kleine Hitzewelle wie immer, wenn er sie sah. Zusammen mit Roland und Richard erhob er sich, als sie nähertrat, und bot ihr seinen Platz auf dem Mauervorsprung der Kapelle an, damit sie sich in ihrem guten mandelfarbenen Kleid nicht ins verdorrte Gras setzen mußte.

»Vielen Dank, Cædmon.« Sie lächelte freundlich, aber unverbindlich und ohne Augenkontakt mit ihm herzustellen, so wie sie es immer tat, wenn sie sich vor Zeugen begegneten. Dann nahm sie den angebotenen Platz ein und zog den kleinen Prinzen auf ihren Schoß, der prompt zu zappeln begann.

»Oh, kannst du denn niemals stillsitzen, Henry?« schalt sie seufzend, und er strahlte sie an und schüttelte den Kopf.

Richard zauberte ein zusammengeknotetes Tuch aus seinem Beutel hervor, das kandierte Früchte enthielt. »Komm her, Brüderchen. Ich werd' dich füttern, damit du Ruhe gibst.«

Henry kletterte von Aliesas Knien, tapste zu Richard hinüber, kniff die Augen zu und sperrte den Mund auf. Richard wählte eine kleine, von Zucker glänzende Kirsche aus und ließ sie hineinfallen. Offenbar fand die Kirsche Gnade vor Henrys Augen, denn er ließ sich vor Richard nieder, schmiegte sich an sein Knie und hoffte auf mehr.

Sie beobachteten ihn lächelnd.

»Ist es wahr, daß der König halb Hampshire zum königlichen Forst erklärt hat?« erkundigte sich Aliesa.

Cædmon, der gänzlich in die Betrachtung des kleinen Prinzen versunken gewesen war, hob den Kopf. »Wie bitte?«

Sie machte eine unbestimmte Geste. »Gerüchte, wie üblich.«

»Doch, es stimmt«, wußte Richard zu berichten. »Eine Fläche von fast hunderttausend Acres.«

Roland pfiff vor sich hin. »Ein wahrhaft königliches Revier.«

»Wo in Hampshire?« fragte Cædmon.

»Ihr wart doch letzte Woche ein paar Meilen südlich von hier zur Jagd, nicht wahr?« fragte der Prinz.

»Erfolglos, wie man hört«, bemerkte Roland trocken.

Cædmon nickte.
»Mag sein, aber der Wald hat es dem König offenbar trotzdem angetan«, erklärte Richard. »Das ganze Gebiet südlich von Romsey, von der Küste bis nach Ringwood. Das meiste ist ohnehin unbesiedelte Wildnis.«
»Das meiste, aber nicht alles«, sagte Cædmon. Er kannte die Gegend, weil Robert, der Bruder des Königs, Ländereien in Dorset besaß. Cædmon hatte gelegentlich Nachrichten zwischen William und Robert überbracht und auf dem Weg dieses riesige Waldgebiet durchquert. »Ein rundes Dutzend Dörfer liegt im westlichen Teil. Vielleicht auch zwei Dutzend.«
Richard schlug die Augen nieder und nickte unglücklich. »Des Königs Förster nennt sie ›eine Handvoll armseliger Weiler‹.«
»Und was soll damit geschehen?« fragte Aliesa stirnrunzelnd.
»Sie werden niedergebrannt, die Menschen müssen fort«, sagte Richard.
Cædmon erhob sich abrupt, wandte ihnen den Rücken zu und entfernte sich ein paar Schritte. Nimmt es denn nie ein Ende? fragte er sich bestürzt. Wann hast du genug, William, wann wirst du endlich aufhören, unschuldige Menschen ins Elend zu treiben? In beinah jeder Stadt in England ließ der König seine Burgen errichten, und bei der Auswahl der Standorte spielten lediglich strategische Erwägungen eine Rolle, nie die Frage, ob auf dem ausgewählten Gelände zufällig Häuser standen, in denen Menschen wohnten. Soldaten traten ihre Türen ein, trieben die Leute aus ihren Häusern und machten die meist erbärmlichen Holzhütten dem Erdboden gleich. Und wer nicht gleich verschwand oder gar protestierte, bekam noch ein paar Beulen und gebrochene Knochen mit auf den Weg…
Cædmon atmete tief durch, um die Fassung wiederzufinden. Schließlich wandte er sich wieder zu den anderen um. »Aber wo sollen sie hingehen? Was soll aus ihnen werden? Die meisten sind Köhler, oder sie bewirtschaften die winzigen Felder, die sie dem Wald abgerungen haben. Und jetzt kommt der Herbst, und das Land steht ohnehin vor einem Hungerwinter …« Er brach ab, als seine Stimme zu kippen drohte.
»Gott, William, warum kannst du nicht auf das bißchen Land dieser armen Kreaturen verzichten, wo dir doch ganz England gehört«, murmelte Aliesa.

Richard nickte unglücklich. »Er sagt, wenn er sie ließe, wo sie sind, würden sie früher oder später anfangen, in seinem Wald zu wildern. Lieber vertreibe er sie jetzt, als sie später alle kastrieren und blenden zu lassen.«

»Ah, er tut ihnen also im Grunde einen Gefallen«, höhnte Cædmon bitter. »Ich habe doch immer geahnt, daß er in Wahrheit ein Menschenfreund ist.«

»Ja, ich finde auch, der König tut ihnen einen Gefallen«, sagte Beatrice.

Alle starrten sie ungläubig an, dann begann Roland zu lachen. »Oh, was bist du nur für ein Schaf, Schwester.« Er wurde wieder ernst und wandte sich an Cædmon. »Und du solltest ein bißchen vorsichtiger sein mit dem, was du sagst. Und vor wem.«

Es war keine Drohung, nur eine Warnung, und er warf einen vielsagenden, kurzen Blick auf Beatrice. Roland Baynard war immer der Kluge und Bedächtige unter ihnen allen gewesen, die mahnende Stimme der Vernunft.

Cædmon nickte. »Du hast völlig recht. Ich werde irgendwohin gehen, wo mich niemand hört.« Er verneigte sich knapp vor den Damen und eilte mit langen Schritten davon. Die anderen sahen ihm nach, Roland und Richard besorgt, Aliesa voller Mitgefühl und Beatrice pikiert.

Helmsby, September 1070

Cædmon hatte sich den Luxus geleistet, einen Boten vorauszuschikken, damit seine Mutter und sein Vetter Alfred vorgewarnt waren, die Gästekammern herrichten und Onkel Athelstan irgendwo verstecken konnten. Es war ja nicht nötig, daß es gleich zu Anfang zu größeren Peinlichkeiten kam, auch wenn er sich keine Illusionen über den Erfolg dieses Besuches machte.

Beinah vier Tage war er mit Beatrice und ihrer Tante Yvetta – einer alten Jungfer von mindestens dreißig – unterwegs gewesen, denn die Damen waren lange Reisen nicht gewöhnt und ermüdeten schnell. Die Unterhaltung während der vielen eintönigen Stunden im Sattel verlief erwartungsgemäß stockend. Cædmon und Beatrice hatten bislang noch kein Thema finden können, das sie beide interessierte. Also plauderte Beatrice meist mit ihrer Tante über Menschen, die er nicht kannte, und Orte, an denen er nie gewesen war, oder sie beschwerten sich über die Strapazen des Reisens in diesem unwegsamen, barbarischen Land. Cædmon fragte sich verdrießlich, wo die Straßen der Normandie sein sollten, die angeblich soviel besser waren. Alle, die er kennengelernt hatte, waren ebenso staubig und holprig wie diese. Nach zwei Tagen war er es so satt, daß er nur mit eiserner Disziplin dem Drang widerstand, davonzureiten und sie ihrem Schicksal zu überlassen.

Am frühen Nachmittag des vierten Tages, schon in Sichtweite der ersten Häuser von Helmsby, begann es endlich zu regnen. Seit dem Morgen war es heiß und drückend, und gegen Mittag waren die ersten, schwarzen Wolken aufgezogen, aus denen es jetzt gewaltig schüttete. Trotz der wochenlangen Trockenheit füllte sich augenblicklich jede noch so kleine Bodenwelle mit Wasser, und der Weg verwandelte sich in zähen Morast.

Cædmon konnte der Versuchung nicht widerstehen: Er ließ Widsiths Zügel für einen Augenblick los, breitete die Arme aus und sagte: »Mesdames – willkommen in East Anglia.«

Beatrice und Tante Yvetta starrten ihn sprachlos an. Schließlich hob Beatrice die Linke und strich sich die triefenden Locken aus der Stirn. »Können wir nicht in der Kirche dort drüben Schutz suchen?« fragte sie kläglich.

Cædmon schüttelte seufzend den Kopf. »Das Dach der Kirche ist so löchrig, daß es drinnen mindestens so schlimm regnet wie draußen.« Das entsprach zwar der Wahrheit, aber er hätte es vielleicht auch gesagt, wenn das Dach von St. Wulfstan mit frischen, dichten Strohschindeln gedeckt gewesen wäre. Er fand, diese kleine Rache für vier Tage ununterbrochenes Genörgel stand ihm zu. »Kopf hoch, Beatrice. Es ist nicht mehr weit. Höchstens eine halbe Meile.«

Ein kleiner Sturzbach rann vom Zipfel ihrer Kapuze auf den Rücken ihres dünnen Sommermantels hinab, und wieder hob sie die Hand, um die aufgelöste Lockenflut zurückzustreichen. »Aber was wird Eure Mutter von mir denken, wenn sie mich so sieht?« Sie sah mit bangen Kinderaugen zu ihm auf.

Cædmon bekam ein schlechtes Gewissen. Er wußte, daß ihr nur deshalb daran gelegen war, einen guten Eindruck auf seine Mutter zu machen, weil Marie Normannin war, doch das änderte ja nichts an der Tatsache, daß diese bevorstehende Begegnung sie ängstigte. Und seine

Mutter würde sich wahrscheinlich keine große Mühe geben, Beatrice ein herzliches Willkommen zu bereiten.
Er lächelte sie an. »Meine Mutter wird zweifellos denken, daß Ihr in einen Schauer geraten seid. Und jetzt kommt. Dort unter den Bäumen haben wir etwas Schutz. Aber bleibt auf dem Pfad und haltet Euch hinter mir.«
»Warum?« fragte Beatrice argwöhnisch. »Was ist mit diesem Wald?«
»Ähm … gar nichts. Wir haben hier nur viele Tümpel. Und hier und da ein bißchen Treibsand.«
Yvetta begann, leise vor sich hinzumurmeln. Cædmon nahm an, sie betete. Doch als er genauer hinhörte, stellte er verblüfft fest, daß die reizlose, schmallippige, flachbrüstige Tante Yvetta fluchte wie ein Kesselflicker.

Wie so oft stand der Steward an der Zugbrücke, um den Burgherrn zu begrüßen, und grinste von Ohr zu Ohr. Alfred war ein kerniger Bursche – die paar Tropfen konnten ihm nichts anhaben. Als er auf Widsith zutrat, schwappte Wasser aus seinen knöchelhohen Schuhen.
»Willkommen daheim, Thane!« Er hielt Cædmon den Steigbügel, wie er es immer tat. Nicht daß es nötig gewesen wäre; Cædmon konnte ebensogut ohne Hilfe auf- und absitzen. Es war eine Geste der Höflichkeit und Ergebenheit, die Cædmon sehr zu schätzen wußte. Er glitt aus dem Sattel und schloß seinen Vetter in die Arme. »Danke, Alfred. Laß mich dir die Damen vorstellen.«
Höflich half Cædmon erst Beatrice und dann Yvetta vom Pferd, reichte jeder einen Arm, brachte sie zu Alfred und machte sie bekannt.
Alfred verneigte sich tief. »*Enchanté, Mesdames.*« Er erklärte Cædmon später, daß er Marie gebeten hatte, ihm wenigstens das beizubringen, und es tagelang geübt hatte.
Beatrice und Yvetta beschränkten sich auf ein knappes Nicken. Alfred wandte sich ab, zwinkerte Cædmon zu, um zu zeigen, daß er nicht gekränkt war – was vermutlich nicht stimmte –, und ging dann voraus zur Halle. Höflich hielt er ihnen die Tür auf, und sie traten ins dämmrige, feuchtschwüle Innere.
Cædmon sah sich verstohlen um und war erleichtert: Reine Leinenlaken bedeckten die langen Tische, frisches Stroh den Boden, und seine Housecarls wirkten überdurchschnittlich sauber und gepflegt. Vermutlich hat Mutter ihnen die Hölle heiß gemacht, dachte er mit einem

stillen Grinsen. Seine Halle war schlicht und würde es immer sein, aber er sah nichts, wofür er sich hätte schämen müssen.
Seine Mutter erschien an der Tür in der gegenüberliegenden Stirnwand und trat auf sie zu – gemessenen Schrittes und dunkel gekleidet. Aber sie lächelte.
Marie und Cædmon begrüßten sich höflich und kühl wie gewöhnlich, dann wandte sie sich den Gästen zu, und Cædmon stellte die drei Damen einander vor.
Marie nickte Yvetta zu und beachtete sie nicht weiter. Dann ließ sie den Blick über Cædmons Braut gleiten, abschätzend und kritisch. »Armes Kind. Welch ein Pech, daß Ihr in diesen Regenguß geraten seid. Man wird Euch sofort zu Eurer Kammer führen, so daß Ihr Euch frisch machen könnt. Alfred, sorge dafür, daß das Gepäck der Damen nach oben gebracht wird.«
»Natürlich.« Er winkte einen halbwüchsigen Jungen heran, der erfolglos versuchte, sich an den feinen Herrschaften vorbei zur Tür zu schleichen. »Ine, komm her.« Der Junge trat mit gesenktem Kopf näher und verbeugte sich linkisch vor Cædmon und Alfred. »Geh raus zu den Gäulen«, sagte Alfred. »Schaff herein, was wie Gepäck aussieht, dann bring die Pferde in den Stall. Dein Vater soll sehen, wo er Platz für sie findet.«
»Ja, Alfred.« Der Junge eilte davon, und Alfred wandte sich an Cædmon. »Ich bin sicher, du willst den Damen die Burg zeigen, aber wir müssen ein paar wichtige Dinge besprechen. Wir haben eine miserable Ernte, und ich weiß nicht, wovon wir die Steuern bezahlen sollen …«
»Geh nur mit Alfred, Cædmon. Ich werde mich der Damen annehmen«, sagte Marie auf Normannisch.
Cædmon schwankte einen Moment. Ihm war nicht entgangen, daß seine Mutter kein Wort des Willkommens zu Beatrice gesagt hatte, und auch wenn er nicht viel für seine Braut übrig hatte, zögerte er doch, sie dem herben Charme seiner Mutter zu überlassen.
Aber Beatrice überraschte ihn mit echtem normannischen Schneid. »Das wäre sehr freundlich, Madame«, sagte sie lächelnd. »Ich will Euch nicht von Euren Pflichten fernhalten, Cædmon.«
Erleichtert verneigte er sich. »Wie rücksichtsvoll Ihr seid, Madame. Dann sehen wir uns zum Essen.«

Trotz des strömenden Regens machten Cædmon und Alfred eine ausgiebige Runde über das Gut und durch Helmsby und erörterten unterwegs die Lage. Sie war düster. East Anglia war meist weniger von Trokkenheit betroffen als andere Gegenden Englands, aber hier hatte Mitte Juli eines Nachts ein fürchterliches Gewitter mit orkanartigen Böen getobt und der Ernte mehr geschadet als der fehlende Regen vorher und nachher. Und nun standen sie nicht nur vor dem Problem, daß die ausbleibenden Pachteinnahmen sie in finanzielle Nöte brachten, obendrein würden sie vermutlich auch nicht genug Winterfutter fürs Vieh haben und keine Reserven, um den Leuten in Helmsby und den vielen anderen Dörfern über den Winter zu helfen.
Cædmon schüttelte den Kopf. »Aber unsere Ländereien sind inzwischen so groß geworden, Alfred, es kann nicht sein, daß uns gleich bei der ersten Mißernte die Puste ausgeht.«
»Was nützen uns die größten Ländereien, wenn wir nirgendwo Pacht herausholen?« wandte Alfred mutlos ein.
»Das würde mich in der Tat sehr mißtrauisch stimmen. Ich kann nicht glauben, daß die Leute nach all den guten Jahren nicht wenigstens einen Teil der Pacht zahlen können. Laß dich nicht gar zu leicht abwimmeln, wenn du deine Runden machst.«
Alfred zog die Brauen hoch. »Was schlägst du vor? Soll ich es so machen wie die normannischen Eintreiber? ›Zahl deine Pacht oder zahle mit Blut‹?«
»Alfred...«
»Entschuldige, Cædmon. Ich weiß, daß du das nicht willst. Ich lasse meine Bitterkeit an dir aus, scheint mir. Ich weiß einfach nicht, was ich tun soll. Ich fürchte, viele Menschen werden sterben diesen Winter, und es gibt nichts, was wir dagegen tun könnten.«
»Sieh nicht so schwarz, Vetter. Es werden sicher nicht alle über den Winter kommen – so ist es nun mal nach einer Mißernte. Aber du weißt doch selbst am besten, wie die Leute sich zu helfen wissen, was sie aus Moor, Wald und Fluß holen, um zu überleben. Und mein Vater hat immer Almosen an die gegeben, die es am härtesten traf, dabei war er viel ärmer als wir heute. Also müssen wir es auch können.«
»Aber wir werden der Krone so schon Steuern schuldig bleiben«, widersprach Alfred.
Cædmon schüttelte den Kopf. »Das sollten wir auf keinen Fall tun. William ist bestimmt kein geduldiger Gläubiger. Es wird uns nichts

anderes übrigbleiben, als den Gürtel ein wenig enger zu schnallen. Laß uns ausrechnen, wieviel Stück Vieh wir voraussichtlich problemlos über den Winter kriegen, sowohl hier als auch auf den anderen Gütern. Den Rest verkaufen wir. So spät wie möglich, wenn die Preise schon ordentlich gestiegen sind. Das bringt uns Bargeld. Das gleiche machen wir mit den Schafherden. Wir dünnen sie ein bißchen aus. Sprich mit den Schäfern, sie wissen genau, welche Tiere nur wenig Wolle bringen oder tote Lämmer gebären und so weiter, und die verkaufen wir. Im Winter, nachdem der erste Schnee gefallen ist. Nicht vorher.«
Alfred nickte langsam. »Wenn die nächsten ein, zwei Jahre besser werden und wir keine Lämmer und Kälber verkaufen müssen, kämen wir bald wieder auf die alten Viehbestände.«
Cædmon lächelte. »Das wäre zu schön, um wahr zu sein. Aber wer weiß, vielleicht hast du recht und es geht tatsächlich so schnell wieder aufwärts.« Sie kamen durch das sumpfige kleine Wäldchen zurück zur Burg. Der Regen hatte ein wenig nachgelassen. »Wo ist dein Vater?« erkundigte sich Cædmon.
Alfred seufzte. »Bei Tante Edith in Blackmore.«
»Was denn, in der jämmerlichen Bauernkate?«
»In der jämmerlichen Bauernkate. Er reitet oft hin, weißt du. Er sagt, hin und wieder muß er unter echten Angelsachsen sein, und dafür nehme er die Gesellschaft ihrer Ziege und ihrer paar Hühner gern in Kauf. Die Wahrheit ist wohl, daß Vater und Tante Edith gern einen zusammen heben und gern zusammen ins Bett gehen und ebenso gern in gemeinsamen Erinnerungen schwelgen. Er versucht, ihren Söhnen eine Vorstellung dessen zu vermitteln, was und wer sie eigentlich sind, ihnen ein bißchen Stolz zu geben. Na ja, und als deine Mutter in Aussicht stellte, die Halle und all ihre Bewohner anläßlich des Besuchs deiner Braut einer Grundreinigung zu unterziehen, hat er schleunigst das Weite gesucht. Ich hoffe, du nimmst ihm das nicht übel. Er läßt dir ausrichten, er wünscht dir und deiner Braut Gottes Segen.«
»Danke. Den haben wir nötig«, bemerkte Cædmon trocken.

Vor dem Essen begrüßte Cædmon seine Housecarls und deren Familien. Von den Männern, die einst seinem Vater gedient hatten, war einzig Cynewulf übrig. Die meisten anderen waren bei Hastings gefallen, in den Jahren danach gestorben oder hatten sich Hereward in Ely angeschlossen. Der wackere Ohthere war mit Hyld und Erik nach York gegangen und fuhr nun unter Erik zur See.

Die neuen Housecarls, die Cædmon in seinen Dienst genommen hatte, waren entweder Söhne der Männer seines Vaters, oder aber sie stammten aus reicheren, angesehenen Bauernfamilien. Und der Begriff Housecarl trifft kaum mehr auf sie zu, dachte er, als er sie an diesem Abend so betrachtete. Sie hatten mehr Ähnlichkeit mit normannischen Rittern als mit angelsächsischen Kriegern. Genau wie er selbst und Alfred trugen sie keine Bärte, zwei hatten sich gar die Haare nach normannischer Sitte geschoren, und sie alle bevorzugten normannische Kettenpanzer und Helme, die sie jetzt natürlich nicht trugen. Sie hießen Cædmon mit tadellosem Respekt willkommen und fragten ungeduldig, wann er sie endlich mit auf einen Feldzug nehmen werde. Sie wußten, daß Helmsby dem König im Bedarfsfall sieben voll ausgerüstete Ritter stellen mußte, und offenbar konnten sie es kaum erwarten. Aber sie ahnten ja auch nicht, wie der Krieg war, rief Cædmon sich ins Gedächtnis. Außer der Schlacht von Metcombe letzten Sommer hatten sie noch kein Gefecht gesehen.

Er unterhielt sich eine Weile mit ihnen, begrüßte ihre Frauen und bewunderte ihre Kinder und sah sich derweil suchend nach Gytha um. In der Halle war es dämmrig geworden; der unerwartete Regen am Nachmittag hatte das Feuerholz für den Abend durchnäßt, so daß es stärker als gewöhnlich rauchte. Darum entdeckte er Gytha erst, als sie zur Köchin an den Herd trat und ihr half, den schweren Topf vom Haken zu heben.

Unauffällig schlenderte er zu ihr hinüber.

Sie nahm einen Stapel Zinnteller von dem schmalen Tisch an der Wand und stützte ihn auf ihre Hüfte. »Da bist du also«, sagte sie. Wie immer.

Er lächelte sie an. »Wie geht es Ælfric?«

»Gut. Er läuft und kann deinen Namen sagen. Aber deine Mutter will ihn in ein Kloster stecken.«

Er runzelte die Stirn, äußerte sich für den Moment jedoch nicht dazu. Er hatte seine Braut aus dem Augenwinkel eintreten sehen und wollte nicht zu lange hier stehenbleiben. »Wir sollten ein bißchen diskret sein, Gytha. Komm, wenn alles schläft.«

»Meinst du wirklich, das wäre klug?«

»*Sie* wird es bestimmt nicht merken.«

Gytha deutete ein Nicken an und ließ ihn stehen, um die Teller auf die Tische zu stellen.
Cædmon trat Beatrice entgegen und führte sie und Tante Yvetta zur Mitte der hohen Tafel. »Ich hoffe, Ihr hattet einen angenehmen Nachmittag, Madame?« fragte er höflich.
Beatrice lächelte angestrengt. »Danke.«
Also nein, schloß er. Nun, er konnte nicht sagen, daß ihn das verwunderte. Er sah zu seiner Mutter, die fast unmerklich das Kinn hob, ehe sie die Hände zum Tischgebet faltete.
Trotz der drohenden Knappheit hatte man für diesen Abend an nichts gespart: An der hohen Tafel zumindest wurden knusprig gebratener Eichelhäher, gefüllte Putenbrüstchen, fettes Rindfleisch und würzige Pilze serviert, während an den übrigen Tischen der gewöhnliche Kohleintopf aufgetragen wurde.
Beatrice speiste mit sichtlichem Genuß. Cædmon hatte schon beobachtet, daß sie gern aß. Vermutlich wird sie eines Tages fett, dachte er und unterdrückte ein Seufzen.
»Ich bin froh, daß die Künste meiner Köchin Euch zusagen, Madame«, bemerkte er mit einem, wie er hoffte, höflichen Lächeln.
Beatrice nickte. »Trotzdem werde ich einen normannischen Koch engagieren, wenn ... wenn es soweit ist.«
Ich hoffe, deine Mitgift ist groß genug, daß wir ihn uns auch leisten können. »Diese Dinge bleiben selbstverständlich allein Euch überlassen, Beatrice.«
»Ihr werdet mir völlig freie Hand lassen?«
»Natürlich.« Innerhalb vernünftiger Grenzen jedenfalls, fügte er in Gedanken hinzu.
Ihre Miene hellte sich ein wenig auf, aber es währte nur so lange, bis Tante Yvetta bemerkte: »Hier wirst du also leben.« Es hörte sich an, als sei die Halle eine Lasterhöhle und Helmsby die ewige Verdammnis.
Beatrice schwieg betroffen.
»Nun, East Anglia ist nicht so mild wie Cornwall«, räumte Cædmon ein. »Nicht so waldreich wie Sussex oder so hügelig wie Kent. East Anglia hat vor allem Wasser. Es bedeutet Sümpfe und Mücken und Fieber, aber ebenso fruchtbares Land, das etwas einbringt.« Wenn vielleicht auch nicht dieses Jahr ...
Yvetta beschränkte sich auf ein vielsagendes Hohnlächeln, doch Beatrice schien ein wenig getröstet. »Ich bin sicher, ich werde mich daran

gewöhnen«, sagte sie bestimmt. Es klang, als wolle sie vor allem sich selbst überzeugen.
Cædmon zwinkerte ihr anerkennend zu. »Ganz gewiß, Madame. Es wird erträglicher, je besser man es kennt, glaubt mir.«
Sie führte den Becher an die Lippen, um zu verbergen, was immer ihr durch den Kopf ging.
»Gibt es keine Musik in Eurer Halle, Cædmon?« fragte sie schließlich, als sie wieder abgesetzt hatte. Der Wein aus Burgund, den er zur Feier des Tages hatte anstechen lassen, war ihr zu Kopf gestiegen und hatte ihre Wangen gerötet. Sie ist wirklich schön, mußte er gestehen. Zumindest in der Hinsicht konnte er sich glücklich schätzen. Denn wenn die Pläne des Königs es so vorgesehen hätten, hätte auch ebenso Tante Yvetta sein Los sein können.
»Doch, es gibt gelegentlich Musik in meiner Halle, Madame. Ine.« Er winkte den Jungen zu sich, der gerade mit einem frischen Krug Wein aus der Vorratskammer heraufkam, ihn an Gytha reichte und dann zu Cædmon trat. »Thane?«
»Lauf nach oben in meine Kammer und bring mir die Laute.«
Ine war in Windeseile zurück. Voller Ehrfurcht trug er das kostbare, fremdländische Instrument vor sich her. Er reichte es Cædmon mit beinah komischer Vorsicht, so konzentriert darauf, daß er mit dem länglichen Hals nur ja nirgendwo anstieß, daß er nicht darauf achtete, was seine knochigen Ellbogen anrichteten, und prompt streifte er Beatrice' vollen Weinbecher, der umkippte und seinen roten Inhalt über ihr safrangelbes Kleid ergoß.
Sie fuhr wie gestochen von der Bank auf und verpaßte dem Unglücksraben eine schallende Ohrfeige.
Ine zuckte erschrocken zurück und ließ die Laute fallen. Cædmon fing sein geliebtes Instrument im letzten Moment auf und verhinderte so, daß es auf die Tischkante schlug. Er schnalzte mißbilligend. »Tölpel.«
»Ich bitte um Verzeihung, Thane«, stammelte Ine.
»Ja, ja. Schon gut. Ich glaube, es ist besser, du machst dich rar.«
Der Junge zog sich erleichtert zurück.
Beatrice stand immer noch wie erstarrt an ihrem Platz und sah auf Cædmon hinab.
»Nehmt wieder Platz, Madame«, sagte er leise. »Und erlaubt mir, mich für die Ungeschicklichkeit des Jungen zu entschuldigen.«

»Ich vergebe Euch, aber nicht ihm«, gab sie kühl zurück. »Dieses Kleid war kostbar. Jetzt ist es ruiniert.«
Cædmon nickte langsam. Er streifte seine Laute mit einem sehnsüchtigen Blick, ehe er sich an seinen Vetter wandte, der zwei Plätze entfernt an Maries Seite saß.
»Alfred, würdest du mir einen Gefallen tun?« fragte er auf englisch.
»Sicher.«
»Geh zu Ine. Mach ein finsteres Gesicht und schleif ihn hier raus. Und wenn ihr draußen seid, gib ihm den guten Rat, sich in Zukunft von meiner Braut fernzuhalten.«
Alfred machte seiner Rolle Ehre. Alle, die ihn mit langsamen, schweren Schritten auf Ine zugehen sahen, tauschten verwunderte Blicke, denn eine so sturmumwölkte Miene zeigte der Steward höchst selten. Er packte den Jungen roh am Arm, knurrte irgend etwas, das niemand verstand, und stieß ihn Richtung Tür.
Ine senkte den Kopf. Niemand hätte ahnen können, daß es ein breites Grinsen war, das er zu verbergen suchte. Denn was Alfred zu ihm gesagt hatte, war: »Dieser gottverfluchte französische Wein schmeckt wie Pferdepisse. Laß uns ein Bier trinken gehen…«

Cædmon saß vollständig bekleidet beim Licht einer kleinen Talglampe auf seinem Bett, als die Tür sich öffnete. Erwartungsvoll sah er auf. Aber nicht Gytha war es, die ihn zu dieser späten Stunde aufsuchte, sondern Marie de Falaise.
Cædmon kam eilig auf die Füße, aber ehe er irgend etwas sagen konnte, eröffnete ihm seine Mutter:
»Wenn du diesen hohlköpfigen, eiskalten Engel heiratest und hierher bringst, gehe ich in ein Kloster.«
Es war eine Ankündigung, mit der er seit Jahren rechnete, darum war er nicht wirklich überrascht. Er hob gleichmütig die Schultern. »Das ist dir unbenommen, Mutter. Im Gegensatz zu mir.«
»Was soll das heißen?« fragte sie barsch.
»Es soll heißen, daß ich vermutlich auch lieber ins Kloster ginge, als sie zu heiraten, aber ich werde nicht gefragt.«
Marie war so verblüfft, daß sie neben ihm aufs Bett sank und für den Augenblick einmal vergaß, daß sie ihn für den Tod seines Vaters verantwortlich machte. »Du … du willst sie nicht?«
Er wandte den Blick ab und rieb sich das Kinn an der Schulter. »Wie

kannst du glauben, sie könnte mir irgend etwas bedeuten? Was denkst du nur von mir?« fragte er leise.
»Ich weiß es wirklich nicht, Cædmon. Du bist mir seit Jahren ein Rätsel. Du bist so normannisch geworden, daß ich dich überhaupt nicht mehr kenne.«
»Das stimmt nicht. Und auch wenn du es noch so oft behauptest, wird es nicht wahr. Ich bin Engländer. Aber England ist normannisch geworden.«
Sie dachte eine Weile darüber nach, äußerte sich aber nicht dazu. »Also William zwingt dich, sie zu heiraten?«
»Ja.«
»Wieso?«
»Ich bin nicht sicher. Um mich zu bestechen vielleicht.«
»Ist sie denn so viel wert?«
Er nickte. »Ein Gut in Sussex, ein Haus in London, fünfzig Pfund und ein bißchen Kleinkram. Silberbecher und so weiter.«
Marie gab einen verächtlichen Laut von sich. »Ich sehe, Ralph Baynard läßt es sich allerhand kosten, seinem Töchterchen einen Mann zu kaufen.«
»Du kennst ihn?« fragte Cædmon verblüfft.
»Ich kenne sie alle, Cædmon. Bist du sicher, daß deine Braut Jungfrau ist?«
Er stand abrupt auf, brachte ein paar Schritte Abstand zwischen sie, verschränkte die Arme und wandte sich wieder zu ihr um. »Ich habe noch nicht nachgesehen.«
Marie zuckte ungerührt mit den Schultern. »Sei nicht so zimperlich. Es ist eine wichtige Frage. Ich bin sicher, sie ist unkeusch. Wie sie Odric angesehen hat...«
»Er trägt die Haare kurz. Vermutlich dachte sie, er sei Normanne.«
Marie lächelte ein untypisch süffisantes Lächeln. »Er ist der bestaussehende Mann in deiner Halle, Cædmon. Deswegen konnte sie die Augen nicht von ihm abwenden.«
Er ging ruhelos vor dem Bett auf und ab. »Das ist mir gleich! Ich mache mir eher Sorgen darüber, ob sie ein Herz hat.«
»Nun, ich habe keine Einwände gegen deine Prioritäten, mein Sohn. Ich denke lediglich, wenn du sie nicht willst, solltest du die Frage ihrer Keuschheit nicht so bedenkenlos außer acht lassen. Und Ralph Baynards Angebot nicht so ohne weiteres akzeptieren.«

Cædmon blieb abrupt stehen und sah seiner Mutter in die Augen. »Ich glaube, ich wäre dir sehr dankbar, wenn du mir das ein bißchen näher erklärst...«

Winchester, Oktober 1070

Wie Cædmon vorausgesehen hatte, war seine Mutter anfangs äußerst unwillig gewesen, ihn an den Hof zu begleiten, aber nachdem sie ihrer Empörung hinreichend Luft gemacht hatte, traf sie ihre Vorbereitungen mit Bedacht, reiste für zwei Tage nach Norwich, um Stoffe für neue Kleider zu kaufen, und nahm Beatrice und die unvermeidliche Tante Yvetta mit, so daß Cædmon eine Atempause bekam und gemeinsam mit Alfred die Vorbereitungen für den schweren Winter treffen konnte. Jeder Mann, jede Frau und jedes Kind in Helmsby war erleichtert, als Beatrice Baynard schließlich wieder verschwand. Cædmon hatte bedrückt festgestellt, daß sie ebenso unfähig wie unwillig war, sich in einen angelsächsischen Haushalt einzufügen: Sie mißverstand die Ungezwungenheit der Leute als Respektlosigkeit, rümpfte die Nase über ihre Küche, ihre Lieder, ihre Bräuche und ihr Bier, lernte in den zehn Tagen ihres Besuches nicht ein einziges Wort ihrer Sprache und behandelte selbst die angesehensten Bauern wie Leibeigene. Alfred ging ihr aus dem Wege, Marie begegnete ihr mit verächtlicher Herablassung, und die Sklaven in der Halle und auf dem Gut zitterten vor ihr. So war nicht nur Cædmon froh, als sie endlich nach Winchester zurückkehrten.
Gytha hatte ihm zum Abschied eröffnet, daß sie wieder ein Kind erwarte. »Es kommt im Frühling, falls ich es über den Winter bringe.«
Er hatte sie an sich gezogen und das Ohr auf ihren Bauch gepreßt. »Ich höre gar nichts.«
»Dafür ist es noch zu früh, Thane.«
Er hatte vor sich hingelächelt. Gytha war immer so furchtbar ernst. »Ich weiß.«
»Wußtest du, daß dem Müller von Metcombe die Frau gestorben ist?«
»Hengest? Nein. Was ist passiert?«
»Winterfieber.«
»Oh. Ich hoffe, sie hat es sich nicht in der Nacht geholt, als sie mir ihre Decke überlassen hat.«

»Was?«
»Nichts. Warum erzählst du mir das, Gytha?«
»Ich sollte aus dem Haus sein, wenn deine Braut hier einzieht.«
»Du willst heiraten?«
»Alfred sagt, der Müller will mich haben. Und meine Kinder auch. Seine Frau konnte keine bekommen, und er braucht jemanden, dem er eines Tages die Mühle hinterlassen kann. Er kommt in die Jahre.«
Hengest wäre eine gute Partie für Gytha, ging ihm auf. Ein unfrei geborenes Mädchen mit einem Bastard. Oder zweien. Müllerin eines großen Dorfes zu werden war weit mehr, als sie sich je hatte erhoffen können. Er ignorierte den eifersüchtigen Stich und fragte: »Und willst du ihn?«
Gytha hatte ihm in die Augen gesehen. »Denkst du nicht, das sollte ich?«

Es traf ihn vollkommen unvorbereitet, mit welch großer Ehrerbietung seine Mutter am Hof empfangen wurde. Natürlich wußte er, daß der König Marie schätzte – er erkundigte sich regelmäßig nach ihrem Wohlergehen und war ihr bei seinem Besuch in Helmsby vor einigen Monaten mit erlesener Höflichkeit begegnet. Was Cædmon hingegen nicht geahnt hatte, war, daß seine Mutter als junges Mädchen im Dienst der Mutter des Königs gestanden hatte, jener ebenso bemerkens- wie bedauernswerten Herlève, die, nachdem sie dem Herzog der Normandie seinen einzigen Sohn geschenkt hatte, mit dem Vicomte de Conteville verheiratet worden war, damit sie gut versorgt und aus dem Wege war. Aus dieser Ehe waren zwei Söhne hervorgegangen – Odo und Robert. Die Frau eines Vicomte zu sein war für die Gerberstochter ein enormer Aufstieg gewesen, aber leicht hatte sie es nie gehabt. All die Jahre, die William um die Vorherrschaft über sein Reich gekämpft hatte, hing ihr Schicksal ebenso am seidenen Faden wie seins. Nicht vielen hatte sie trauen können. Eine der wenigen war die Tochter des hochgeschätzten Wundarztes, der mit ihrem Sohn von Schlacht zu Schlacht zog, und Marie war bei Herlève geblieben, bis sie Ælfric of Helmsby heiratete und mit ihm in seine Heimat zurückkehrte.
»Das alles hast du mir nie erzählt«, sagte Cædmon fassungslos und sank auf einen Schemel neben dem prächtigen Bett in Maries vornehmem Quartier.

Sie zog die Brauen hoch und betrachtete ihren Sohn beinah amüsiert. »Ich muß dir ja auch nicht alles erzählen, Cædmon.«
»Ähm ... nein. Natürlich nicht. Aber daß du der Mutter des Königs so nahegestanden hast und ich nichts davon wußte ... Es überrascht mich nur, das ist alles.«
Marie setzte sich ihm gegenüber auf die Bettkante. »Ich kannte sie mein ganzes Leben lang. Sie stammte aus Falaise genau wie ich.«
»Natürlich ...«, ging ihm auf.
»Jeder in Falaise kannte die Hure des Herzogs. Manche krochen vor ihr, andere bewarfen sie mit Steinen. Ihr war es gleich. Sie war eine sehr stolze Frau. Als ich acht oder neun war, heiratete sie Herluin de Conteville, und ich ging mit ihr.« Sie hob lächelnd die Schultern. »Tja, Cædmon, ich habe sowohl Bischof Odo von Bayeux als auch dem ruhmreichen Robert de Mortain die Windeln gewechselt.«
Er lachte leise. »Zu schade, daß ich das noch nicht wußte, als Odo mich neulich niedergeschlagen hat...«
»Er hat *was* getan?«
Cædmon winkte ab. »Oh, es war nichts weiter. Ich hatte sein Mißfallen erregt, und Odo neigt zu Zornesausbrüchen, genau wie der König.«
»Trotzdem«, entgegnete Marie spitz. »Ein äußerst merkwürdiges Betragen für einen Bischof.«
»O ja. Odo ist überhaupt ein ganz merkwürdiger Bischof. Aber ein großartiger Mann. Ich glaube, er ist mir von den drei Brüdern der liebste. Was wurde aus Herlève?«
Marie seufzte leise. »Sie hat es nicht schlecht angetroffen mit Herluin de Conteville. Aber sie trauerte um Williams Vater, sie hat seinen Tod nie wirklich überwunden. Je deutlicher William seine Macht festigte, um so sicherer wurde auch ihre Position, und niemand wagte mehr, wegen ihrer niederen Herkunft mit dem Finger auf sie zu zeigen.«
Cædmon dachte an die Geschichte, die Wulfnoth ihm einmal erzählt hatte, und murmelte: »Nein, denn William hackte denen die Hände ab, die mit dem Finger auf sie zeigten...«
»Und die Füße, so ist es. Ich sehe, du hast von Alençon gehört. Unmittelbar nachdem William Rouen zurückerobert und seine Macht endgültig gesichert hatte, starb Herlève. Am Karfreitag vor zwanzig Jahren.«
Cædmon hob verblüfft den Kopf, und seine Mutter nickte. »Am Tag, als du zur Welt kamst, mein Sohn.«

»Vielleicht ist das der Grund, warum mich das Schicksal an die Seite ihres Sohnes gestellt hat, obwohl ich meistens lieber anderswo wäre«, sagte er.
»Vielleicht.« Marie stand auf, sah kurz an sich hinab und strich ihren Rock glatt. »Und jetzt sollte ich wohl lieber gehen und mir Williams Königin ansehen.«
Cædmon erhob sich ebenfalls. »Ich bin sicher, sie wird dir gefallen. Sie ist ein winziges Persönchen, sehr schön, und sie hat einen eisernen Willen, gegen den nicht einmal der König ankommt. Mit anderen Worten, Mutter …«, er hielt ihr höflich die Tür auf, »sie ist genau wie du.«
Marie trat lächelnd auf den Korridor hinaus. »Was für bemerkenswerte Komplimente du machst, Cædmon. Schade, daß du so sparsam damit bist.«
Er starrte ihr mit offenem Mund nach.

Nach einer Woche heftiger Regenfälle kam der goldene Oktober, und zu Cædmons grenzenloser Erleichterung kehrten die Baynards nach London zurück. Eine endgültige Einigung über den Ehevertrag war nicht erzielt worden.
»Ihr habt Ralph Baynard angedeutet, er müsse die Mitgift noch ein wenig aufbessern?« fragte Roger Montgomery, der Earl of Shrewsbury, rundheraus, während er neben Cædmon den schmalen Waldweg entlangtrabte. Es war die erste Jagd in dem unlängst beschlagnahmten Waldgebiet, das alle den Neuen Forst nannten.
Cædmon warf Montgomery einen unbehaglichen Blick zu. Er mochte den Earl gern, gerade wegen seiner Direktheit. Montgomery war einer der klügsten Ratgeber des Königs, fand er, der eher als andere dazu neigte, auch einmal unpopuläre Meinungen zu äußern. Ein sehr mutiger Mann und einer der großen Helden von Hastings. Aber heute wünschte er, Montgomery besäße ein bißchen mehr vornehme Zurückhaltung.
»Wer sagt so etwas, Monseigneur?«
Montgomery verzog amüsiert den Mund. »Ralph selbst. Er hat es mir erzählt. Wir sind alte Freunde, wißt Ihr.«
»Ja, ich weiß.«
»Er war ziemlich verwundert. Und nicht erfreut.«
Cædmon hob die Schultern. »Es war gewiß nicht meine Absicht, ihn

zu verärgern oder seine Tochter zu beleidigen. Aber ich habe mich ein wenig umgehört und bin zu dem Schluß gekommen, daß sein Angebot besser sein könnte.«

Montgomery lachte in sich hinein. »Ich habe Ralph gleich gesagt, wenn er hofft, seiner Tochter einen preiswerten Engländer kaufen zu können, dann soll er sich nicht gerade Euch aussuchen.«

»Wärmsten Dank, Monseigneur.«

Der Earl sah ihn scharf von der Seite an. »Ihr seid nicht gekränkt, daß ich das sage, oder?«

»Keineswegs. Ihr habt ja völlig recht.« Baynard wäre sicher besser beraten, sich einen Engländer zu suchen, der keine normannische Mutter hatte, die sich in diesen Dingen so erstaunlich gut auskannte und die Preise in die Höhe trieb ... »Ich fange nur an, mich besorgt zu fragen, warum Baynard so ein Interesse daran haben sollte. Und warum die Hast?«

»Oh, seid beruhigt. Mit Beatrice ist alles in Ordnung. Es gibt kein dunkles Geheimnis. Aber Baynard baut sich eine Festung in London, die mehr oder minder seine ganzen Einkünfte verschlingt. Außerdem hat Beatrice noch zwei Schwestern, die versorgt werden müssen.«

»Verstehe...«

»Und er liebt England und die Engländer. Auch das ist ein Grund, warum er Euch für sie will. Ihr solltet geschmeichelt sein.«

»Das bin ich.«

»Dann nehmt das Mädchen, Thane, und feilscht nicht länger.«

Dieses Mal lachte Cædmon vor sich hin. »Ich hoffe, Baynard hat Euch eine fette Prämie versprochen, wenn Ihr mich umstimmt und er einen Haufen Geld spart.«

Montgomery schnitt eine komische Grimasse und hob ergeben die Rechte. »Nein. Ein reiner Freundschaftsdienst. Und ich sehe, es wird nichts nützen.«

»Nein.«

»Hm. Dann bleibt mir nichts, als Euch zu wünschen, daß Ihr nicht den Zorn des Königs auf Euch zieht.«

Cædmon sah ihn stirnrunzelnd an. »Drohungen, Monseigneur?«

»O nein. Eine gutgemeinte Ermahnung. Auch dem König ist an dieser Verbindung gelegen. Und Ihr wißt ja ... Teufel, ich glaube, die Hunde haben etwas gewittert.«

Schlagartig kam Bewegung in die Jagd, und eine Fortsetzung der Unterhaltung blieb Cædmon vorläufig erspart. Die Meute war einem Rudel von etwa einem Dutzend Rehen auf die Spur gekommen. In Windeseile hatten die hervorragend abgerichteten Hunde eine Ricke mit ihrem Kitz von der Herde abgetrieben, und die zehnköpfige Jagdgesellschaft nahm die Verfolgung auf. Widsith hatte Montgomerys Pferd bald abgehängt und zu den Prinzen aufgeschlossen, die gleich hinter ihrem Vater über Stock und Stein und durch dichtes Gestrüpp galoppierten. Es war ein gefährlicher Ritt: Die Bäume standen dicht, und die Unebenheiten des Bodens waren im hohen Farn nie erkennbar, ehe es zu spät war. Nicht selten stürzte ein Pferd auf der Jagd und brach sich ein Bein, gelegentlich brach sich auch einer der Jäger den Hals. Doch keiner hätte freiwillig auf dieses hochgeschätzte Privileg verzichtet. Die Geschwindigkeit, das Donnern der Hufe, das Kläffen der großen, grauen Jagdhunde, die Aussicht auf Beute und die lauernde Gefahr – all das vermischte sich zu einem einzigartigen Rausch, der das Blut in den Adern zum Kochen brachte.

Die Hunde stellten die Rehe schließlich in einer grasbewachsenen Senke, schlugen ihre Fänge in die schlanken Läufe und brachten sie zu Fall.

Der König zog sein Schwert, zügelte seinen mächtigen Rappen, sprang aus dem Sattel und gab der Ricke den Fang. Das Kitz überließ er seinen Söhnen.

Der Jagdführer blies das Horn, und die Hunde wichen jaulend von der Beute zurück, sprangen nervös umher und schnappten nacheinander, während sie ungeduldig auf ihren Lohn warteten – die nicht verwertbaren Eingeweide.

Der König nickte seinen Söhnen zu. »Gut gemacht.« Er war nicht einmal außer Atem.

Richard und Rufus waren über das ungewohnte Lob sichtlich erfreut, und als Cædmon ihre strahlenden Gesichter betrachtete, fragte er sich, ob dem König denn wirklich überhaupt nicht bewußt war, wie selten er seine Söhne lachen sah.

Auf dem Rückweg nahmen die Prinzen Cædmon in die Mitte, brüsteten sich mit ihrer Tat und befragten ihn nach englischen Jagdsitten. Er gab bereitwillig Auskunft und erklärte, Engländer jagten genauso wie Normannen und andere zivilisierte Menschen: mit Meute oder mit Falken oder Pfeil und Bogen. Und manche eben auch mit der Schleuder.

»So wie du«, bemerkte Richard.
»So wie ich«, stimmte Cædmon zu.
»Wieso?«
»Weil es die eleganteste Art zu jagen ist. Schnell und lautlos.«
Der König, der mit seinem Bruder Robert, Montgomery und Warenne vor ihnen ritt, drehte sich im Sattel um. »Es ist bäurisch«, erklärte er mißfällig. »Laßt euch ja nicht einfallen, es zu versuchen.«
»Nein, Sire«, murmelten die Prinzen kleinlaut.
Nur Cædmon wagte, die Augen zu verdrehen, nachdem der König sich wieder nach vorn gewandt hatte, und er tauschte ein verstohlenes Grinsen mit seinen Schülern. Er hatte ihnen schon vor Jahren beigebracht, wie man mit einer Schleuder umging. Rufus war nicht einmal schlecht. Für einen Normannen.
Als sie den Waldrand schon fast erreicht hatten, stießen sie auf eine Schar zerlumpter Gestalten. Es waren vielleicht zwanzig Menschen, und sie alle waren schwer beladen, selbst die Kinder trugen Säcke auf den Rücken. Cædmon war nicht überrascht zu sehen, daß es keine persönlichen Habseligkeiten waren, die sie mit sich schleppten, sondern Holzkohle. Ihr kostbarstes Gut. Ihre Meiler hatten sie aufgeben müssen; sie standen vor dem Nichts, aber vielleicht hofften sie, mit dem Verkauf dessen, was sie tragen konnten, wenigstens über den Winter zu kommen.
Die beiden Soldaten der Leibwache, die den König begleiteten, preschten ein paar Längen vor und trieben die Leute zwischen die Bäume. »Verschwindet! Macht den Weg frei! Macht Platz für den König, ihr Gesindel!«
Sie traten und schlugen mit den Zügeln nach allen, die sich nicht schnell genug in Sicherheit brachten, und die Köhler stoben auseinander wie Hühner vor dem Fuchs. Nur eine alte, gebeugte Frau drehte sich wieder um und sah dem Reiterzug unbewegt entgegen. Ihr Haar war dunkelgrau, fast noch schwarz, stellte Cædmon verwundert fest, obwohl ihr Mund schon zahnlos und eingefallen war. Sie war klein und zierlich, die faltige Haut ihres Gesichts wirkte ledrig. Ein seltsames Lodern war in ihren schwarzen Augen, so daß man nicht lange hineinsehen mochte. Eine Frau des alten Volkes, ging ihm auf, dem dieses Land gehört hatte, ehe seine Vorfahren hier eingefallen waren und es erobert hatten so wie jetzt die Normannen.
Sie ließ den Blick langsam über die Jagdgesellschaft schweifen, und als sie Cædmon ansah, riet er eindringlich: »Was immer du sagen willst,

Mütterchen, behalt es für dich. Es würde dich deine Zunge kosten. Mindestens.«

Sie ignorierte ihn vollkommen und richtete die schwarzen Augen auf William. Der König war kein Mann, der einer Herausforderung leicht widerstehen konnte; er zügelte sein Pferd und erwiderte ihren Blick. Der Reiterzug hielt an.

»Verflucht sollst du sein, William Mörderkönig.«

Diese Worte hörte der König beileibe nicht zum erstenmal, und er verstand sie sehr wohl. Aber nichts regte sich in seinem Gesicht.

»Verflucht sollst du sein und deine Brut ebenso. Dieser Wald soll soviel Leid und Unglück über dich bringen, wie du über uns gebracht hast: Diese beiden Söhne, die mit dir reiten, sollen im Schatten dieser Bäume sterben.«

Cædmon fuhr zusammen, als habe ihn ein unerwarteter Schlag getroffen. Er hörte Rufus an seiner Linken scharf die Luft einziehen, und Richard senkte den Kopf und bekreuzigte sich.

Der König rührte sich immer noch nicht. »Cædmon?«

Für einen Moment erwog er zu lügen. Aber die Prinzen hatten jedes Wort verstanden, die Wachen vielleicht ebenso. Es würde nichts nützen. Er räusperte sich und wiederholte ihre Worte leise auf normannisch. Robert, Warenne und Montgomery folgten Richards Beispiel und machten das Kreuzzeichen.

»Dieser Fluch soll das letzte sein, was du je aussprichst. Und dieser Wald das letzte, was deine Augen je sehen«, sagte der König mit dieser eigentümlich ausdruckslosen Stimme, die jeder fürchtete, der ihn kannte. Er nickte den Männern der Wache zu, und sie traten näher, um die Alte zu packen, ein Stück zwischen die Bäume zu zerren und das Urteil des Königs dort zu vollstrecken. Doch sie zückte mit beinah katzenhafter Schnelligkeit ein kurzes, schmales Messer aus dem Gürtel, entwischte ihnen knapp und machte einen Satz auf den König zu. Zwei Schwerter durchbohrten ihren Rücken, wurden so tief hineingestoßen, daß sie blutverschmiert aus ihrer Brust ragten, und sie starb mit einem triumphalen Lächeln.

Die übrigen Vertriebenen hatten längst das Weite gesucht. Vermutlich würden sie später wiederkommen und sie holen, dachte Cædmon. Er sah noch einen Moment auf das ledrige, alte Gesicht hinab. Hinter den halbgeschlossenen Lidern schienen die dunklen Augen immer noch zu lodern. Er wandte sich ab und unterdrückte ein Schaudern.

Schweigsam setzte die Jagdgesellschaft ihren Heimweg fort, und als sie zur Halle zurückkamen, schickte der König nach seinem Kaplan, befahl seinen Söhnen, ihn zu begleiten, und begab sich mit ihnen umgehend in die Kapelle.

Cædmon hatte Mühe, die Düsternis abzuschütteln, die sich auf sein Herz gelegt hatte. Dabei war es mehr der gewaltsame Tod der alten Frau als ihr Fluch, der ihn bedrückte. Sie war nichts weiter gewesen als ein verbittertes altes Weib. Und weil sie nichts mehr zu verlieren hatte und den Winter so oder so nicht überlebt hätte, hatte sie ihrem ohnmächtigen Zorn Luft gemacht und den König mit ihrem harmlosen kleinen Kräutermesser angegriffen, damit seine Soldaten sie töteten, statt sie zu verstümmeln. Er bewunderte ihre Unbeugsamkeit und ihren Mut, aber ohnmächtig blieb sie dennoch. Trotzdem hatten die Wachen sie niedergemacht wie der König zuvor die Ricke. Cædmon hatte viele Männer in Schlachten, Belagerungen und Scharmützeln sterben sehen, und überall in Northumbria hatte er die Leichen beiderlei Geschlechts gefunden, die die Todesreiter hinterlassen hatten, aber der Tod dieser alten Frau hatte ihn aus der Fassung gebracht. Er wünschte plötzlich, Guthric wäre hier.

Das brachte ihn auf einen Gedanken. Er machte sich Richtung Sandplatz auf den Weg, um zu sehen, wo Leif und Eadwig steckten. Die Gesellschaft dieser unbekümmerten jungen Burschen tat ihm immer gut. Er konnte sich nie so recht vorstellen, daß er und Etienne und Roland und Philip vor fünf Jahren genauso gewesen sein sollten. Aber vielleicht hatte er es nur vergessen. Vielleicht hatten sie ebensolche ungestümen, törichten Hitzköpfe abgegeben wie sein Bruder und dessen Freunde heute. Jedenfalls beschloß er, sie ausfindig zu machen und mit ihnen nahe der Kapelle Stellung zu beziehen, damit sie den Prinzen Gesellschaft leisten konnten, sobald diese herauskamen, und ihnen helfen, die Erinnerung an das scheußliche Erlebnis abzuschütteln.

Auf dem Weg zur Nordseite der Halle begegnete er zu seiner Verwunderung Henry, der mutterseelenallein zwischen dem Backhaus und einem der Viehställe vor einer Pfütze hockte, wo er eine ganze Flotte leuchtend gelber Eichenblätter zu Wasser gelassen hatte. Während Cædmon ihn beobachtete, legte der kleine Junge die Wange auf den schlammigen Boden und pustete mit aufgeplusterten Backen, um seine Schiffe anzutreiben. Winzige Wellen erzitterten auf der stillen Oberfläche, so daß das Spiegelbild des weißblauen Oktoberhimmels zerfloß. Dann richtete der Flottenführer sich wieder auf, steckte beide Hände ins brackige Wasser und lachte glucksend. Seine blonden Locken waren mit dunklem Schlamm verschmiert, der ihm zäh auf Brust und Schultern tropfte.

Cædmon trat grinsend näher. »Henry. Was treibst du denn da? Junge, Junge, wenn deine Mutter dich so sieht…«

Henry hob den Kopf und strahlte ihm vertrauensvoll entgegen. »Schiffe«, erklärte er und wies mit dem Finger auf seine Blätter, die langsam, aber sicher kenterten. Cædmon starrte den Jungen fasziniert an. Es war das erste Wort, das er ihn je hatte sprechen hören, und er hatte es auf englisch gesagt.

Cædmon hockte sich zu ihm und zog ihn impulsiv in die Arme. »Mein kluger kleiner Prinz. Kannst du verstehen wenn ich ›mein kluger, kleiner Prinz‹ zu dir sage?«

Henry nickte und sah ihn ernst und konzentriert an.

Cædmon lächelte. »Warum bist du so ganz allein hier, hm?«

Der Junge antwortete nicht, warf einen letzten, teilnahmslosen Blick auf seine gesunkene Flotte und stand vom Boden auf. Einen Augenblick sah er zu Cædmon hoch, den Kopf leicht zur Seite geneigt, so als wäge er eine Entscheidung ab oder versuche, ihn einzuschätzen. Dann streckte er seine rundliche Hand nach ihm aus. Cædmon warf einen blitzschnellen Blick über die Schulter, um sicherzugehen, daß ihn hier bloß niemand sah. Dann schloß er seine große Faust um die winzigen Finger und ließ sich willig abführen.

Henry brachte ihn in den Viehstall. Drinnen war es warm und dämmrig und die Luft von einem durchdringenden Mistgeruch erfüllt, aber der kleine Junge zog ihn unbeirrt in einen Winkel an der hinteren Stirnseite, wo die Strohballen aufbewahrt wurden.

Cædmon erahnte eine schattenhafte Gestalt, und im selben Augenblick, als er den klebrig süßlichen Geruch wahrnahm, erkannte er sie.

»Aliesa?«

Sie hob den Kopf, und die losen, schwarzen Haare fielen von ihrem Gesicht zurück. Das züchtige Kopftuch war verschwunden. Ihre Lippen waren leicht geöffnet, und er sah, daß sie sich sacht vor- und zurück wiegte.

»Cædmon … hilf mir.«

Er kniete sich neben sie ins Stroh. Das Tageslicht draußen begann zu

schwinden, und sie waren sehr weit weg von der Tür, der einzigen Lichtquelle des fensterlosen, langgezogenen Stalls. Aber seine Augen hatten sich längst darauf eingestellt, er sah alles mit einer seltsam traumartigen Klarheit. Sie zitterte, ihr Gesicht war schweißüberströmt. Vage nahm er ein leises Klirren wahr, und es dauerte einen Augenblick, bis ihm klarwurde, daß es ihre klappernden Zähne waren.
»Ich hab' gedacht, ich komm' her und warte, bis es aufhört ... hat bisher immer wieder aufgehört ... aber heute nicht.«
Es war ein undeutliches Keuchen, er hatte Mühe, sie zu verstehen.
Er blickte ins Stroh hinab und sah die dunkle, bräunliche Verfärbung, die sich fast kreisförmig um sie ausgebreitet hatte. Sie kniete mitten in einem See aus Blut.
Cædmon durchlebte einen Moment vollkommener Kopflosigkeit, eine Art von Panik, die jeden klaren Gedanken unmöglich machte. Eine so allumfassende Hilflosigkeit wie in dem Augenblick, als Harold Godwinsons Schiff zerborsten und er kopfüber in die schwarzen Fluten gestürzt war, mit der Gewißheit, daß er sterben würde.
Doch es verging so schnell, wie es gekommen war. Nach einem Moment der Starre kam er auf die Füße, riß sich den Mantel von den Schultern und faßte sie behutsam am Arm.
»Kannst du aufstehen?« Noch während er fragte, zog er sie in die Höhe. Sie gab ein leises, halb überraschtes Stöhnen von sich, dann knickten ihre Knie ein, und er sah einen neuerlichen Blutstrom zwischen ihren Füßen im Stroh versickern. Mit fahrigen Bewegungen hüllte er sie in seinen Mantel, während sie schon gegen ihn kippte, dann hob er sie auf und trug sie zur Tür. Er hatte Henry vollkommen vergessen, doch der kleine Junge folgte ihm dicht auf den Fersen.
Cædmon versuchte, ihren Kopf an seine Schulter zu betten, aber er fiel immer wieder baumelnd nach hinten. Ihre Lider flatterten; die Ohnmacht war nicht tief. Im dämmrigen Licht des eilig schwindenden Oktobernachmittages wirkte ihre Haut grau und fahl, ihre Lippen waren blutleer. Cædmon betete.
Als sie sich der Halle näherten, begegneten sie ein paar Menschen. Fast der erste, den Cædmon sah, war Lucien de Ponthieu. Er trug einen dunklen, dreckbespritzten Reisemantel und wirkte, als sei er gerade in größter Eile eingetroffen.
Cædmon war nicht verwundert. Er hatte schon öfter beobachtet, daß Lucien oder Aliesa plötzlich auf unerklärliche Weise zur Stelle waren,

wenn der andere in Not war; er wußte, das Band war stark. Sein erster Impuls war, sie ihrem Bruder in die Arme zu legen, doch im letzten Moment besann er sich, daß Lucien keine zwei Arme mehr hatte und niemanden tragen konnte.

Cædmon blieb nicht stehen. »Halt mir die Tür auf. Ich weiß nicht, was es ist, Lucien, Henry hat mich zu ihr gebracht.«

Lucien ging neben ihm her und nahm die Hand seiner Schwester in seine. »Wo ist Etienne?«

»Mit seinem Vater in Flandern.«

Lucien sah fassungslos auf die dicken roten Tropfen hinab, die eine Spur über den Korridor legten. »Sie braucht einen Arzt.«

»Meine Mutter ist hier. Wir müssen nach ihr schicken. Vielleicht kann sie etwas tun.«

Marie war bald am Ende ihrer Weisheit. Am späten Abend suchte sie Cædmon, den sie ebenso aus dem Zimmer der Kranken verwiesen hatte wie deren Bruder, kurz in seinem Quartier auf. Es war eine zugige kleine Kammer im Obergeschoß des teils aus Stein und teils aus Holz errichteten Bauwerks, die er meist mit zwei oder drei anderen unverheirateten höhergestellten Rittern teilte, wie Roland Baynard etwa oder jetzt wieder Lucien de Ponthieu. Doch im Augenblick war er allein. Lucien war in der Kapelle.

»Ich habe getan, was ich konnte, Cædmon, aber ich fürchte, es wird nicht reichen.«

Er saß einen Augenblick reglos auf seinem Strohlager. Dann vergrub er das Gesicht in den Händen.

»Ich denke, es ist besser, du kommst mit mir.«

Er hob den Kopf. »Warum?«

Marie sah ihn an. »Jetzt ist nicht der richtige Moment für Heucheleien. Sie fragt immerzu nach dir.«

Er stand langsam auf. Seine Glieder kamen ihm vor wie aus Blei gegossen.

»War es dein Kind?« Es klang beinah so, als hätte sie ihm so etwas nie zugetraut.

Er nickte. »Wahrscheinlich.«

»Verstehe«, murmelte Marie. »Ja, ich glaube, jetzt wird mir so einiges klar.«

»Verblutet sie?«

»Vielleicht. Aber selbst wenn nicht, sterben wird sie auf jeden Fall.«
Er blinzelte einen Moment. »Woran?«
»Welche Rolle sollte das spielen? Kommst du nun, oder kneifst du lieber?«
Wortlos hielt er seiner Mutter die Tür auf und folgte ihr dann leise den dämmrigen, nur von wenigen Fackeln erhellten Korridor entlang und eine Treppe hinunter.
Als sie an die Tür zu Aliesas Gemach kamen, raunte Marie: »Heul ihr nichts vor, hörst du.«
Er schüttelte den Kopf.
»Ich hoffe, ihr Bruder wählt nicht gerade diesen Moment, um herzukommen«, fuhr sie leise fort und legte die Hand auf den Riegel.
»Wenn er es tut, sag ihm, sie habe nach mir geschickt, um mir einen letzten Gruß an ihren Mann aufzutragen. Er ist mein bester Freund, Lucien würde es glauben.«
Marie warf ihm einen kurzen Blick zu. »Du bist kaltblütiger, als ich gedacht hätte. Und weitaus durchtriebener.«
Er hörte kaum hin. Durchtrieben, ja, vielleicht, aber wenn sein Blut in diesem Augenblick kalt war, dann vor Furcht.
Zwei Talglichter brannten in mannshohen Ständern links und rechts des Fensters und tauchten den spärlich möblierten Raum in warmes, ruhiges Dämmerlicht. Niemand war dort; Marie hatte die Mägde fortgeschickt. Sie konnten nichts tun und störten mit ihrem nervösen Getuschel nur die Ruhe der Wöchnerin. Der dunkle Bettvorhang war geschlossen. Cædmon schob ihn zurück.
Die grünen Augen, die ihm entgegenstarrten, waren riesig und glänzten vor Fieber. Ihr Gesicht wirkte ausgezehrt, als leide sie schon lange an einer schweren Krankheit. Er sank neben ihr auf die Bettkante und strich ihr die verklebten Haare aus der Stirn, um nicht zu zeigen, wie erschüttert er war.
»Cædmon.«
»Hier bin ich, Liebste.«
Sie nahm seine Hand und verschränkte ihre klammen, schmalen Finger mit seinen. »Unser Kind ist tot. Und ich glaube, es will mich mitnehmen. Gott straft uns für unsere Sünde.«
Er führte ihre Hand an seine Lippen. »Bestimmt nicht. Wir haben niemanden verletzt als nur uns selbst, so groß kann sein Zorn nicht sein.«

Sie hob die Linke zu einer matten, abwehrenden Geste. »Doch, das ist er gewiß. Aber … das habe ich mit einkalkuliert. Nur nicht so bald …«
Er beugte sich über sie, wagte kaum, sie anzurühren, und küßte federleicht ihre Lippen. »Stirb nicht«, flüsterte er und schloß für einen Moment die Augen. »Bitte.«
»Sei nicht unglücklich, mein Herz.«
Marie trat lautlos ans Bett. »Ihr solltet nicht soviel reden, mein Kind. Cædmon, es wird Zeit, daß du dich verabschiedest.«
Aliesas Finger schlossen sich fester um seine. »Nein. Geh noch nicht.«
Er sah genau, daß sie ihn um etwas bitten wollte, und nach einem Augenblick ging ihm auf, was es war. »Ist es Bischof Odo? Soll ich ihn dir holen?«
Sie nickte. »Woher weißt du …?«
»Das erkläre ich dir ein andermal. Es wird einen Tag dauern, Aliesa.« Oder zwei. »Versprich mir, daß du so lange durchhältst.«
Der Anflug eines Lächelns erschien in ihren Mundwinkeln, doch im nächsten Moment verzerrte sich ihr Gesicht, ihre Nägel krallten sich in seinen Handrücken, und sie gab ein schwaches Wimmern von sich. Cædmon sah erschrocken zu seiner Mutter auf, die näher trat und ihre ineinander verschränkten Hände energisch trennte. »Du mußt jetzt gehen.«
Unwillig ließ er sich zur Tür schieben, blieb stehen und sah noch einmal zum Bett zurück.
»Was ist es?« fragte er Marie wispernd.
»Was soll es schon sein? Wehen natürlich.«
»Aber sie sagt, das Kind sei tot.«
»Deswegen muß es trotzdem heraus, oder? Es ist vermutlich schon seit Tagen tot, und ihr Körper versucht, es abzustoßen. Aber …«
»Aber?«
»Bei allen Heiligen, Cædmon, geh endlich«, zischte sie beinah tonlos. »Verstehst du nicht, daß es nicht schicklich ist, mit dir darüber zu reden?«
Sie legte die Hand auf seine Schulter und wollte ihn hinausschieben, aber er schüttelte die Hand ab.
»Das ist mir gleich. Sag es mir!«
Seine Mutter verdrehte ungeduldig die Augen, gab aber nach und erklärte flüsternd: »Es kommt mit den Füßen zuerst. Der Kopf ist steckengeblieben. Darum wird sie verbluten. Wenn ich versuche, es herauszu-

ziehen, wird der Kopf abreißen, in ihrem Leib verfaulen und sie vergiften. Ist deine Neugier damit befriedigt?«
Er starrte sie an, zutiefst entsetzt. Für einen Moment haßte er seine Mutter für die kühle Nüchternheit, mit der sie ihm diese grauenhaften Tatsachen darlegte, haßte vor allem sein totes Kind für die tierhafte, sinnlose Grausamkeit, mit der es seine Mutter tötete. Dann wandte er sich ab, floh die Treppe hinab, aus der Halle und in den nächtlichen Hof hinaus.
Als er den halben Weg zwischen dem Hauptgebäude und dem Tor zurückgelegt hatte, blieb er stehen, atmete die kalte, belebende Nachtluft in tiefen Zügen und dachte nach, schnell und präzise. In seinem Kopf schien eine gleißend helle Fackel zu lodern, und er wußte genau, was er zu tun hatte.
Mit langen, entschlossenen Schritten ging er zur Kapelle.
Im Innern des kleinen Gotteshauses war es wie immer dunkler aus draußen. Cædmon ging auf die wenigen Kerzen am Altar zu, entdeckte die knieende Gestalt davor und trat zu ihr.
»Lucien…«
»Verschwinde. Laß mich allein.«
»Meine Mutter hat mir Nachricht geschickt.«
Luciens Kopf fuhr zu ihm herum. Ohne die geringste Mühe kam er auf die Füße. »Was?« fragte er tonlos.
»Deine Schwester hat einen Wunsch geäußert. Sie bittet dich, nach Dover zu reiten und Odo herzuholen.«
»Bischof Odo? Ich verstehe nicht.«
»Es scheint, er ist ihr Beichtvater. Und sie wünscht…«
Luciens gesunder Arm hing ebenso kraftlos herab wie der verstümmelte. Seine bleichen Lippen bewegten sich tonlos, ehe er fragte: »Stirbt sie?« Seine Stimme klang heiser.
Cædmon sah in die graugrünen Augen, die es ihm immer so unmöglich machten, die Feindseligkeit dieses Mannes zu erwidern, und einen Moment war er nicht sicher, ob er es fertigbringen würde, seinen Plan in die Tat umzusetzen. Er wollte Luciens Schmerz nicht vermehren, und vor allem wollte er ihn nicht fortschicken, wo doch alles dafür sprach, daß seine Schwester nicht mehr leben würde, wenn er zurückkam. Aber es gab keine andere Möglichkeit. Lucien mußte aus dem Wege sein, ehe Cædmon seinen Plan angehen konnte. Und mit jedem Herzschlag verrann kostbare Zeit.

Lucien senkte für einen Moment den Blick. »Cædmon, ich weiß, ich habe kein Recht, dich um etwas zu bitten, und du hast keinen Grund, mir einen Dienst zu erweisen, aber würdest du für mich nach Dover reiten? Ich muß in ihrer Nähe bleiben.«
»Du hast durchaus ein Recht, mich zu bitten, und ich würde dir gern einen Dienst erweisen, denn du hast letzten Winter erst mich und dann meine Schwester geschont, aber ich kann nicht. Der König will morgen früh nach London und hat mich angewiesen, ihn zu begleiten.«
»Dann muß ich einen Boten schicken.«
Cædmon schüttelte seufzend den Kopf. »Du weißt, wie ungern Odo Dover verläßt. Er würde auf keinen Boten hören. Es sei denn, wir wekken den König und bitten ihn...«
Lucien schnaubte unwillkürlich. »Bist du noch zu retten?« Er wandte sich ab und fuhr sich kurz mit der Hand über die Stirn. »Nein, du hast recht. Ich muß selbst gehen.« Aber er rührte sich nicht.
Cædmon spürte einen Hauch von Erleichterung, der ihm nicht den geringsten Trost brachte. »Je eher du aufbrichst, um so besser die Chancen, daß sie noch lebt, wenn du Odo herbringst«, riet er ohne allen Nachdruck.
Lucien nickte wortlos und ging zur Tür.
Cædmon sank vor dem Altar auf die Knie und betete, wie er selten in seinem Leben gebetet hatte. Er faltete die Hände und kniff die Augen zu, so wie er es als kleiner Junge getan hatte. Als wäre er Gott näher, wenn er die Welt aussperrte. Ich werde keine Gelübde ablegen, die ich brechen müßte, darum gelobe ich nicht, sie aufzugeben, wenn du sie leben läßt. Aber ich schwöre, daß ich die erbärmliche Holzbaracke von St. Wulfstan einreißen lasse und dir in Helmsby eine steinerne Kirche baue, sobald wir uns von dieser Mißernte erholt haben. Ein wahres Gotteshaus zu deinen Ehren, und wenn es für den Rest meiner Tage jeden Penny verschlingt, den ich verdiene. Nur, laß sie leben. Laß sie uns noch ein bißchen. Ihrem Bruder, ihrem Mann und mir...
Als er den dumpfen Hufschlag von Luciens Pferd im Hof hörte, stand er auf, eilte aus der Kapelle und begab sich selbst zum Pferdestall. Der verschlafene Knecht, der Luciens wackeren, ausdauernden Grauschimmel gesattelt hatte, lauschte mit kaum verhohlenem Unwillen, als auch Cædmon nach seinem Pferd verlangte, führte aber wenig später Widsith in den nächtlichen Hof hinaus.

»Was ist denn geschehen, Thane? Sind die Dänen gekommen?« fragte der junge Kerl und unterdrückte ein Gähnen.
Cædmon schüttelte den Kopf, schwang sich in den Sattel und warf dem Stallknecht einen Farthing zu. »Ich bin bald zurück. Vergiß, wen ich mitbringe, hast du verstanden?«
»Natürlich, Thane.«

Er fand das Haus ohne Mühe, denn inzwischen kannte er sich auch bei Dunkelheit in Winchester aus. Der Mond war noch nicht viel mehr als eine Fingernagelsichel, aber keine Wolke trübte den Himmel – Tausende und Abertausende von Sternen funkelten und tauchten die Gassen in ihren matten, kalten Glanz.
Er glitt zu Boden, führte Widsith am Zügel bis zur breiten Tür des hölzernen Hauses und hämmerte.
Es dauerte nicht lange, bis eine junge Männerstimme von drinnen in einer fremden Sprache eine Frage stellte.
Cædmon antwortete auf Normannisch: »Ich bin Cædmon of Helmsby.«
Der Riegel rasselte, und das Tor öffnete sich einen Spalt. Im Schein einer kleinen Öllampe erahnte Cædmon ein junges, von langen Schläfenlocken umrahmtes Gesicht mit einem kurzen Vollbart.
»Was wünscht Ihr?«
»Ist dies das Haus von Levi, dem Juden?«
Der junge Mann nickte wortlos. Argwohn und Neugier rangen offenbar miteinander, boten einen beinah komischen Widerstreit auf seinem Gesicht.
»Und hat nicht Levi einen Sohn, der kürzlich hergekommen ist, der ein Heiler ist?«
»Ihr meint Malachias ben Levi, Thane.«
»Ihr wißt, wer ich bin?« fragte er verblüfft.
»So wie Ihr wißt, wer wir sind.«
Cædmon nickte und rieb sich nervös das Kinn an der Schulter. »Es ist sehr spät, und sicher schläft das ganze Haus schon. Aber ich wäre sehr dankbar, wenn ich diesen Malachias ben Levi sprechen könnte.«
Der junge Mann trat immer noch nicht von der Tür zurück und hatte sie nur ein Stückchen weiter geöffnet. Cædmon erkannte, daß er ein dunkles, weites Gewand trug, das fast bis zu den Schuhen herabreichte. Ein fremdartiger, aber nicht unangenehmer Geruch strömte aus dem Haus, nach Kerzenwachs und Kräutern aus fernen Ländern.

»Was soll ich ihm sagen, worum es geht?«
»Um eine Niederkunft. Eine der Damen der Königin, sie…«
»Ja?«
Cædmon atmete tief durch. »Könnt Ihr mich nicht einfach zu ihm führen? Sie verblutet, während wir hier stehen und reden.«
Die Tür öffnete sich weit, eine knochige Hand legte sich leicht auf seinen Arm und zog ihn in einen unmöblierten Vorraum. »Wie weit ist die Schwangerschaft?«
»Fünf Monate vielleicht.«
»Dann wird das Kind nicht leben.«
»Es ist schon tot.«
»Und haben die Wehen eingesetzt?«
»Ja.«
»Wann?«
»Ich weiß es nicht. Ich fand sie heute nachmittag, und sie litt Schmerzen und hatte schon viel Blut verloren. Wenn Ihr Malachias ben Levi seid, dann bitte ich Euch, kommt mit mir und helft ihr, um der Liebe Christi willen … ähm, Entschuldigung, ich meinte …« Er hatte keine Ahnung, was er meinte.
Der Argwohn war aus den dunklen Augen gewichen, und für einen Moment schimmerte ein Lächeln darin, doch es verschwand sofort wieder. Der junge Arzt neigte ein klein wenig den Kopf und fragte: »Ist sie Eure Frau?«
Cædmon schüttelte den Kopf. »Die meines Freundes, der derzeit auf dem Kontinent ist. Ihr Bruder ist ebenfalls fort, darum blieb nur ich, um Euch zu holen.«
Malachias verschränkte die Hände, legte die Daumen unters Kinn und dachte nach. Er schien unentschlossen. Schließlich sagte er leise: »Ich würde gerne versuchen, der Frau Eures Freundes zu helfen, aber ich fürchte, ich kann nicht.«
Cædmon starrte ihn entsetzt an. »Warum nicht?«
»Euer König hat uns in dieses Land geholt, weil er unser Geld will, aber Euch ist sicher nicht entgangen, daß wir weder Normannen noch Angelsachsen besonders willkommen sind. Mein Vater ist dabei, in dieser Stadt eine Handelsniederlassung aufzubauen, und viele Normannen schulden ihm Geld. Vielleicht gehört der Mann dieser Frau auch dazu? Und wenn sie nun stürbe, würde man nicht mir die Schuld geben? Denkt Ihr nicht, es wäre vielen ein willkommener Anlaß, uns mitsamt

den Schuldscheinen davonzujagen? Es tut mir leid, Thane. Das Mißtrauen hier ist zu groß. Ich muß zuerst an das Wohl meiner Familie denken.«

»Ja, ich verstehe Eure Bedenken. Aber ohne Eure Hilfe stirbt sie auf jeden Fall. Meine Mutter, die auch heilkundig ist, hat es gesagt, und das würde ich vor jedem bezeugen, der Euch einen Vorwurf machen will.«

»Die Frage ist nur, ob irgendwer innehalten würde, um Euch anzuhören. Ich müßte mich mit meinem Vater beraten...«

»Dazu bleibt keine Zeit. Vertraut mir, Malachias ben Levi, ich bitte Euch. Und seht es einmal von der anderen Seite: Der Mann dieser Frau ist der Sohn des engsten Vertrauten des Königs. Seine Familie ist sehr einflußreich. Sollte es Euch gelingen, seine Frau zu retten, werdet Ihr und Euer Volk einen sehr mächtigen Verbündeten in diesem Land haben. Er ist ein guter Mann, glaubt mir, er vergißt niemals, wer ihm einen Dienst erwiesen hat.«

Malachias nickte. »Auf jeden Fall ist er ein glücklicher Mann, daß er einen Freund wie Euch hat. Laßt uns gehen. Gott, mein Vater wird mir den Kopf abreißen...«

Als Marie die Tür öffnete und sah, wen Cædmon mitgebracht hatte, legte sie die Hände auf die Pfosten. »Nein.«

»Mutter...«

»Wie kannst du es wagen, einen von *ihnen* hierherzubringen, Cædmon? Hast du ihr noch nicht genug angetan? Reicht es nicht, daß sie deinetwegen in Sünde stirbt? Sollen auch noch unreine Hände sie berühren, an denen das Blut unseres Herrn Jesu Christi klebt?«

Cædmon fürchtete, Malachias werde auf dem Absatz kehrtmachen, und wandte sich zu ihm um. Der junge Arzt stand reglos mit verschränkten Armen im dämmrigen Korridor, das Kinn trotzig angehoben, und die dunklen Augen funkelten. Cædmon verstand nur zu gut, was er empfand, war er doch selbst ungezählte Male das Objekt dieser ganz speziellen Art normannischer Verächtlichkeit gewesen. »Ich hoffe, Ihr akzeptiert meine Entschuldigung, Malachias ben Levi«, sagte er verlegen.

Malachias nickte knapp.

Cædmon drehte sich zu seiner Mutter um, die immer noch versuchte, mit ihrer zierlichen Gestalt die Tür zu versperren. »Bitte, laß ihn eintreten.«

»Wenn du diesen Mann über diese Schwelle läßt, werde ich die Königin wecken und die Wache alarmieren.«
»Tu das. Ich bin sicher, die Königin wird meinen Schritt gutheißen, sie liebt Aliesa sehr. Und ich weiß, daß sie Levi den Juden schätzt, es ist noch keine zwei Wochen her, daß sie ihn hier empfangen hat. Und jetzt sei so gut…«
Ein schwacher Laut ertönte hinter dem Bettvorhang, halb kraftloser Schrei, halb Schluchzen. »Cædmon…«
Seine Brust zog sich zusammen, es fühlte sich tatsächlich so an, als zerreiße es ihm das Herz, und er tat, was er nie für möglich gehalten hätte: Er legte die Hand um den Oberarm seiner Mutter, drängte sie behutsam, aber bestimmt aus dem Türrahmen und trat über die Schwelle. »Kommt, Malachias, ich bitte Euch.«
Der Arzt folgte ihm wortlos zum Bett. Cædmon ergriff Aliesas Hand. Sie war eiskalt. »Ich habe jemanden hergebracht, der dir vielleicht helfen kann.«
Sie nickte, kniff die Augen zu und weinte stumm.
Malachias berührte ihn kurz an der Schulter. »Macht Platz, Thane. Am besten, Ihr wartet draußen.«
Aliesa ließ Cædmons Hand los, schlug die Augen wieder auf und sah in das fremde Gesicht mit den seltsamen Schläfenlocken. Dann sagte sie zu Cædmon: »Geh nur.«
Zögernd trat Cædmon vom Bett zurück. Aus dem Augenwinkel sah er, daß Malachias die Decke zurückschlug und sich über Aliesa beugte. Er stellte ihr eine Frage, so leise, daß Cædmon ihn nicht verstand. Er hörte Aliesa wieder stöhnen und vergrub das Gesicht in den Händen.
»Besser, du verschwindest«, raunte seine Mutter ihm höhnisch ins Ohr. »Damit du sie nicht schreien hören mußt, wenn dieser Barbar sie aufschneidet.«
Cædmon ließ die Hände sinken und starrte sie fassungslos an.
»Das hast du nicht gewußt? Nun, vielleicht hättest du mich fragen sollen, ehe du ihn herbrachtest. Denn das ist es, was sie mit den Frauen tun, du ahnungsloser, liebeskranker Schwachkopf!«
Cædmon fühlte eine elende Schwäche in den Beinen und fürchtete einen Moment, er werde in Ohnmacht fallen.
Dann richtete Malachias seinen langen Oberkörper auf und drehte sich zu ihnen um. »Nein, Madame, ich glaube, das wird in diesem Fall nicht nötig sein. Aber ich brauche Hilfe. Wollt Ihr es tun und vielleicht noch

etwas lernen? Oder seid Ihr zu stolz dazu? In dem Fall bräuchte ich Euch hier, Thane.«
Marie de Falaise bedachte Malachias mit einem Blick, von dem man wahrhaft zu Stein erstarren konnte, und schob ihre Ärmel über die Ellbogen hoch. »Du bist ja immer noch hier, Cædmon…«

Westminster, Februar 1071

»Und *warum* sollten die Londoner nicht in der Lage sein, mir die gleiche Summe an Steuern zu bezahlen wie meinem Cousin Edward vor mir, könnt Ihr mir das erklären?« fragte der König und bedachte Warenne mit einem mißfälligen Stirnrunzeln, weil er schon wieder von den kandierten Maronen nahm. »Wenn Ihr so weitermacht, werdet Ihr fett, Monseigneur.«
Warenne verzichtete darauf zu entgegnen, daß der König selbst derjenige war, der immer mehr in die Breite ging – eine Tatsache, die allgemein Verwunderung und Kopfschütteln erregte, weil er doch so mäßig aß und trank –, und stellte die Schale mit den Maronen auf der Fensterbank ab.
»Sie behaupten, die Stadtbevölkerung sei so geschrumpft, daß sie die Summe einfach nicht aufbringen können«, erklärte er verächtlich und zog die Nase hoch. Dieser Mann scheint einfach immer erkältet zu sein, fuhr es Cædmon durch den Kopf.
»Cædmon, reitet in die Stadt, geht in die Zunfthäuser und richtet den Leuten aus, für jeden Schilling, den sie mir schuldig bleiben, verlange ich nächstes Jahr zwei«, brummte der König. »Und wenn es noch einmal vorkommt, daß ein normannischer Weinimporteur nachts auf den Straßen von London ausgeraubt und geschlagen wird, verlieren ein paar Engländer eine Hand. Bestellt dem Gildemeister der englischen Weinhändler, er darf dreimal raten, wer der erste wäre…«
Cædmon unterdrückte ein Seufzen und nickte. »Ja, Sire.«
William schlug mit der Faust auf die geschnitzte Armlehne seines Sessels. »Ich kenne wahrlich keinen anderen Mann, der ›Ja, Sire‹ sagen und damit solche Mißbilligung ausdrücken kann. Laßt uns teilhaben an Eurem Kummer. Was ist der Anlaß für diese Cædmonische Leidensmiene?«

»Sire, ich bin sicher, die normannische Konkurrenz wäre den Londoner Weinhändlern kein solcher Dorn im Auge, wenn Normannen und Engländer gleichermaßen besteuert würden. Aber Ihr nehmt die Normannen von der Steuerpflicht aus und...«
»Sie zahlen Steuern für ihre Niederlassungen in der Normandie! Wie sonst hätte ich sie wohl herlocken sollen, wenn nicht mit der Aussicht auf steuerfreie Einkünfte? Warum sollten sie kommen?«
Warum willst du sie denn hier haben? dachte Cædmon ärgerlich, sagte aber: »Trotzdem ist der Einwand der englischen Kaufleute nicht unberechtigt. Die Stadtbevölkerung ist merklich zurückgegangen. Allein für Errichtung des Towers...«
»Des was?«
»Eure Londoner Burg, Sire, die Leute nennen sie ›den Tower‹. Allein um dafür Platz zu schaffen sind über hundert Häuser abgerissen worden ...«
William schoß aus seinem Sessel hoch. »Wie oft muß ich mir das noch anhören? Wären die Londoner nach der Eroberung nicht so halsstarrig gewesen, hätte ich vielleicht keine Veranlassung gesehen, ihnen eine Burg mitten in die Stadt zu setzen! So wie die Dinge lagen, war es notwendig, und der Platz mußte geschaffen werden!«
»Das ist richtig, Sire, trotzdem hat der Thane nicht ganz unrecht«, wandte Montgomery ein. »Der Abriß von hundert Häusern bedeutet hundert Familien, die entweder aus London fortgegangen sind oder als Bettler dort leben, jedenfalls keinen Anteil der Steuerlast übernehmen können, und trotzdem soll die Stadt die gleiche Summe zahlen wie früher. Das ist hart. Die Leute haben Mühe, das Geld aufzubringen, und sehen gleichzeitig, daß die zugewanderten Normannen von der Steuer ausgenommen werden. Kein Wunder, daß es böses Blut gibt.«
»Böses Blut muß fließen, Montgomery«, sagte William gefährlich leise. »Ich stehe vor wenigstens drei kostspieligen Feldzügen.« Er zählte sie an den Fingern ab: »Ich muß diesen verfluchten Halunken Hereward in Ely belagern, ich muß meine Macht im Maine wiederherstellen, weil mein Sohn offenbar unfähig ist, es zu tun, und in absehbarer Zeit muß ich eine Armee nach Schottland führen, damit dieser Eidbrecher Malcolm und sein angelsächsischer Schoßhund, Edgar Ætheling, endlich lernen, wem die Provinzen Cumbria und Lothian gehören. Und dafür brauche ich Geld.«
Montgomery nickte. »Ich weiß, Sire. Ich sage auch nicht, Ihr solltet

den Londonern die Steuern erlassen. Ich rate nur, ihnen die Situation zu erklären, statt ihnen zu drohen. Es sind vernünftige Männer, und sie auf unserer Seite zu haben, kann nur von Nutzen sein.«

Der König grübelte einen Augenblick mit gerunzelter Stirn. Schließlich nickte er knapp. »Also schön. Cædmon, sagt ihnen, ich lasse ihnen Zeit bis Ende April, aber das Geld muß her. Und erklärt ihnen meinetwegen, warum die normannischen Kaufleute ausgenommen bleiben.«

»Ja, Sire.« Cædmon verneigte sich, wandte sich zur Tür und nickte Montgomery dankbar zu.

Der Earl antwortete mit einem verstohlenen Augenzwinkern.

»Ach ja, und Cædmon...«

»Sire?«

»Wenn Ihr in London seid, solltet Ihr nicht versäumen, Eurer Braut einen Besuch abzustatten.«

»Nein, Sire.«

»Es ist eine Schande, daß man Euch ständig daran erinnern muß! Ihr solltet wirklich...«

Ein Klopfen an der Tür unterbrach den König, und unaufgefordert trat ein Soldat der Wache ein. »Ich bitte um Verzeihung, Sire...«

William packte den Unglücksraben am Ellbogen und schleuderte ihn gegen die schwere Eichentür. »Wie oft muß ich sagen, daß ich nicht gestört werden will, bis du es dir merkst?«

Der Mann fiel benommen auf ein Knie, stand aber sofort wieder auf und wiederholte hastig: »Ich bitte um Verzeihung, Sire, aber Etienne fitz Osbern ist hier und ersucht dringend, Euch zu sprechen.«

Der König riß verblüfft die Augen auf. »Etienne? Wie in aller Welt kommt er hierher?«

»Das hat er nicht gesagt, Sire.«

»Herein mit ihm, los, los, worauf wartest du!«

Der Soldat öffnete erleichtert die Tür, winkte, und augenblicklich trat Etienne ein. Er sah schrecklich aus. Cædmon unterdrückte nur mit Mühe einen bestürzten Ausruf. Sein Freund wirkte so bleich und schmal, als habe er die letzten Monate in einem lichtlosen Verlies verbracht, nicht am flämischen Hof. Getrocknetes Blut, das offenbar von einer Wunde an der Schläfe rührte, verklebte Stirn und Wange. Zwei, drei Tage alte Stoppeln bedeckten sein Kinn, seine Kleidung war dreckbeschmiert und teilweise zerrissen, und seine Augen waren trüb vor

Erschöpfung. Vor dem König sank er auf die Knie und senkte den Kopf. »Verzeiht mir, Sire.«
William sah unbewegt auf ihn hinab. »Ich nehme an, es sind keine guten Nachrichten, die Ihr bringt.«
Etienne schüttelte den Kopf.
»Sagt es mir. Und erhebt Euch.«
Etienne stand auf. Er schwankte leicht, Cædmon streckte die Hand aus und stützte ihn einen Moment, ließ ihn aber sofort wieder los.
»Robert le Frison stellte sich zur Schlacht, Sire. Er hat gesiegt. Flandern gehört ihm, Richildis ist gestürzt. Und … mein Vater ist gefallen.«
Der König zuckte fast unmerklich zusammen. Es war totenstill im Raum, selbst Warenne hatte sein unablässiges Schniefen eingestellt. Nur der eisige Wind, der um die alte Halle von Westminster fegte, war zu hören.
In Williams rechter Wange zuckte ein Muskel. »Wann?«
»Vorgestern, Sire.«
Der König wandte sich ab, trat langsam ans Fenster und starrte auf den verwitterten Laden, der gegen Schnee und Kälte geschlossen worden war. »Oh, Guillaume, mein treuer alter Freund …«, hörten sie ihn murmeln.
»Sire …«, begann Warenne unsicher, aber der König hob abwehrend die Hand. Alle starrten beklommen auf seinen breiten Rücken, den gesenkten Kopf.
»Laßt mich allein, Monseigneurs, seid so gut«, bat er ungewohnt höflich.
Montgomery öffnete die Tür, wartete, bis alle draußen waren, und folgte als letzter. Im Vorraum blieben sie einen Moment stehen.
Robert, der Bruder des Königs, legte Etienne die Hand auf die Schulter. »Es tut mir sehr leid, fitz Osbern.«
»Danke.«
»Wissen Eure Brüder es schon?« fragte Montgomery.
Er schüttelte den Kopf. »Ich bin vom Schlachtfeld aus hierhergekommen.«
»Ja, das sehe ich. Schlaft ein paar Stunden, Junge. Aber schickt Euren Brüdern Boten, ehe sie es aus zweiter Hand erfahren.«
»Ich kümmere mich darum, wenn du willst«, erbot sich Cædmon.
Etienne sah ihn blinzelnd an. Jetzt da er hier war und seine schlechte Nachricht überbracht hatte, konnte er sich wirklich kaum noch auf den Beinen halten. »Danke, Cædmon.«

»Und ich gehe und sage es der Königin«, murmelte Robert seufzend und fügte hinzu, was alle dachten, aber niemand außer ihm zu sagen gewagt hätte: »Wenn irgendwer dem König in dieser bitteren Stunde Trost spenden und uns alle vor seinem Zorn bewahren kann, dann sie.«

»Gott, Cædmon, was für ein furchtbares Gemetzel. Dabei hat mein Vater nicht einen einzigen taktischen Fehler gemacht. Aber sie waren in der Überzahl. Und vor allem wollten sie keine regierende Herzogin mit einem normannischen Ehemann. Die Flamen lieben diesen gottverfluchten Robert le Frison.«

Etienne seufzte tief und stützte das Kinn auf die Faust. Er hatte geschlafen, ein Bad genommen, sich rasieren lassen und trug saubere Kleidung, sah tatsächlich wieder so tadellos gepflegt und vital aus wie eh und je. Nur in den Augen konnte man die Spuren von Strapazen und Kummer noch erkennen.

Von ihrem Platz im oberen Drittel der linken Tafel ließ Cædmon den Blick über die Halle schweifen. Sie füllte sich langsam, und die Tische wurden gedeckt. Alle Geräusche schienen seltsam gedämpft. Man hörte weder Lachen noch Fluchen. Die königliche Halle von Westminster war heute ein Haus der Trauer.

»Es tut mir wirklich sehr leid, Etienne.«

Sein Freund hob den Becher an die Lippen und zuckte fast unmerklich mit den Schultern. »Nun ja. Ich erzähle dir nichts Neues, wenn ich dir sage, daß mein Vater und ich uns nicht nahestanden, nicht wahr. Es war grauenhaft, ihn sterben zu sehen. Und gewiß ist es ein großer Verlust für England und die Normandie. Aber wer behauptet, daß der Schmerz des Königs größer sei als meiner, sagt vermutlich die Wahrheit.«

»Mag sein. Aber so nach Hause zu kommen, und dann auch hier noch schlechte Neuigkeiten zu hören...«

Ein Schatten huschte über Etiennes ebenmäßiges Gesicht, und er senkte einen Moment den Kopf. »Ja, ich gestehe, ich hatte davon geträumt, einen Sohn zu haben, wenn ich heimkomme. Ich hätte so gern einen Sohn, Cædmon.«

»Ich weiß.« Und was für ein wunderbarer Vater du wärst, dachte er.

Etienne hob kurz die Linke und lächelte. »Aber ich sollte Gott danken, statt mich zu beklagen. Ohne dich wäre ich heimgekommen, um festzustellen, daß ich Witwer bin. Ich habe gehört, was du für meine Frau getan hast. Das werde ich dir nie vergessen. Du bist ein wahrer Freund.«

Selbstverachtung erfüllte Cædmon wie eine schneidende, innere Kälte, doch er winkte scheinbar gelassen ab und erwiderte: »Ich habe nur getan, was du selbst getan hättest, wärest du hier gewesen.«

Sein Freund betrachtete ihn einen Augenblick versonnen. »Hm, ich bin nicht sicher. Ich weiß nicht, ob ich auf den Gedanken gekommen wäre, zu diesen Fremdlingen zu gehen und einen von ihnen um Hilfe zu bitten. Es war eher typisch für dich: geistesgegenwärtig, wirksam und ein klein bißchen schockierend.«

»Aber in der Normandie weiß jedes Kind, daß sie die besten Ärzte sind«, widersprach Cædmon. »Da fällt mir ein, ich habe Malachias ben Levi gesagt, daß er und die seinen in dir einen Verbündeten in England haben werden.«

»Du hast nicht gelogen. Und weißt du ... was genau er getan hat? Aliesa kann sich nicht erinnern.«

»Nein, ich habe keine Ahnung.« Aber das stimmte nicht. Er hatte seiner Mutter keine Ruhe gelassen, bis sie es ihm schließlich erzählt hatte. Malachias ben Levi hielt wenig davon, den Leib einer Wöchnerin aufzuschneiden, schon gar nicht, wenn das Kind tot war, denn nur ein verschwindend kleiner Teil der Frauen überlebte diesen Eingriff. Statt dessen hatte er ihren Bauch mit geschlossenen Augen befühlt, bis er die Stelle ertastet hatte, die er suchte, hatte mit einem eigentümlichen Griff Druck ausgeübt, und schließlich war das leblose, winzige Kind, das nicht aus ihrem Leib wollte, wie durch ein Wunder beinah mühelos herausgeglitten. Aber es war undenkbar, Etienne diese Einzelheiten zu berichten – er hätte sie ja eigentlich gar nicht wissen dürfen.

Etienne erkannte seine Verlegenheit und wechselte das Thema. »Und die Königin?«

Cædmon setzte den Becher ab und nickte. »Hat kurz vor Weihnachten eine gesunde Prinzessin zur Welt gebracht. Constance.«

»Gott segne sie.«

»Ja, sie hat seinen Segen bitter nötig. Noch vor dem Jahreswechsel haben sie die bedauernswerte kleine Constance mit Alan Fergant von der Bretagne verlobt.«

»Das arme Kind. Nun, wenn sie Glück hat, ist er tot, ehe sie heiratsfähig wird. Jedenfalls hattet ihr hier sicher ein frohes Weihnachtsfest, könnte ich mir vorstellen.«

»O ja. Ich vor allem, denn unmittelbar nach der Niederkunft der Königin ist meine Mutter endlich wieder nach Hause gereist...«

Sie tauschten ein unkompliziertes, flegelhaftes Grinsen, wohl wissend, daß das an einem Trauertag wie heute denkbar deplaciert war.
»Da fällt mir ein, Cædmon, ist es wirklich wahr, daß mein teurer Schwager dir zum Dank für das Leben seiner angebeteten Schwester die Nase blutig geschlagen hat?«
»Wie hast du das nur so schnell wieder gehört?«
»Unsere Prinzen haben es mir erzählt. In tiefster Entrüstung. Also?«
»Ja, es stimmt.«
Etienne schnaubte verächtlich. »Es sollte ein Gesetz geben, das einem Krüppel verbietet, einen gesunden Mann zu schlagen – man kann sich ja nicht mal guten Gewissens wehren.«
Cædmon hatte nicht mit herabbaumelnden Armen dagestanden und den Schlag kommentarlos eingesteckt, weil Lucien ein Krüppel war. Aber die Erklärung war so gut wie jede andere.
»Warum?« fragte Etienne verständnislos. »Er hätte dir die Füße küssen sollen!«
»Nein, vielen Dank.« Cædmon hob unbehaglich die Schultern. »Er war einfach ... erleichtert.«
»Eine eigentümliche Art, seiner Erleichterung Luft zu machen.«
»Ach, du weißt doch, wie er ist. Er verabscheut Juden beinah so leidenschaftlich wie Engländer. Der Gedanke, daß ein jüdischer Arzt seine Schwester ... na ja. Außerdem hat er natürlich herausgefunden, daß ich ihn nur nach Dover geschickt hatte, um ihn loszuwerden. Das hat ihm nicht gefallen.«
Etienne schüttelte verständnislos den Kopf. »Immer findest du Ausflüchte und Entschuldigungen für ihn. Ich kann das einfach nicht begreifen. Du bist doch sonst kein so widerwärtiger Friedensengel.«
Cædmon lachte, über den Ausdruck ebenso wie aus Verlegenheit, doch eine Antwort blieb ihm erspart, denn Aliesa und Lucien betraten wie aufs Stichwort Arm in Arm die Halle.
»Wie sie sich gleichen«, raunte Etienne. »Dabei könnten sie unterschiedlicher kaum sein. Der Finsterling und das Lichtwesen.«
Die Zwillinge traten an den Tisch. Cædmon und Etienne erhoben sich, Etienne ergriff die Hand seiner Frau und legte sie einen Moment an seine Wange.
Cædmon beobachtete sie mit einem, wie er hoffte, höflich distanzierten Lächeln, aber jedesmal wenn er sah, wie gesund und strahlend sie wieder war, jubilierte sein Herz.

Aliesa streifte ihn nur mit einem von gesenkten Lidern verschleierten Blick, legte Etienne die Hände auf die Schultern und küßte ihn auf die Wange. »Wie fühlst du dich, *mon ami?*«
Etienne atmete tief durch. »Gut. Vielleicht besser als der Anstand zuläßt. Aber was soll ich tun? Ich bin ein glücklicher Mann.«

Belsar's Hills, Juni 1071

»Ja, jetzt verstehe ich, warum Hereward sich ausgerechnet in Ely eingenistet hat«, sagte Prinz Richard in eine lange Stille hinein. »Ich kann mir keine unzugänglichere Gegend vorstellen.«
Sie standen auf der Kuppe eines kreisrunden Erdwalls, in dessen Schutz das normannische Heer lagerte. Doch diese Befestigung hatten ausnahmsweise nicht die Normannen aufgeschüttet. Sie erhob sich seit Menschengedenken über der flachen Moorlandschaft, war das Überbleibsel einer Verteidigungsanlage oder heidnischen Kultstätte aus grauer Vorzeit, und die Leute in den Fens nannten sie aus unbekannten Gründen »Belsar's Hills«.
»Der Untergrund sieht gar nicht so schlecht aus«, meinte Etienne optimistisch.
Cædmon schüttelte seufzend den Kopf. »Nein. Bis man einen Fuß daraufstellt und bis zur Hüfte einsinkt, ehe man sich's versieht.«
»Ich kann kaum glauben, was du sagst.«
»Dann versuch's. Aber binde dir ein Seil um und gib mir das lose Ende.«
»Schluß mit dem Unsinn«, knurrte der König. »Die Männer sollen mit der Arbeit beginnen. Lucien, Ihr habt die Oberaufsicht über die Bauarbeiten.«
»Ja, Sire.«
»Richard, Rufus, ihr kommt mit mir.« Der König wandte sich ab, und seine Söhne folgten ihm.
Lucien sah ihnen einen Moment nach, ehe er wieder aufs Moor hinausstarrte. Die Welt zu ihren Füßen lag geradezu unheimlich still unter den tiefhängenden Wolken. Die Fens erstreckten sich bis zum Horizont. Die einzige Erhebung, die sich in der Ferne ausmachen ließ, war die Klosterinsel. Nichts war zu hören bis auf den gelegentlichen

schwermütigen Ruf eines Vogels und das unheilvolle Gurgeln und Schmatzen der Sümpfe. Selbst der Ouse, der ein kleines Stück nördlich von Belsar's Hills floß, war hier stumm. »Was für eine gottlose Gegend«, murmelte Lucien.

»Aber, aber«, mahnte Etienne. »Du mußt dir einfach mehr Mühe geben, East Anglia zu lieben. Immerhin ist es jetzt deine Heimat.«

»Ja, du kannst spotten, Schwager«, stieß Lucien wütend hervor. »Ein fitz Osbern muß niemals fürchten, mit einem Lehen in dieser Ödnis beglückt zu werden.«

»Tja, wir werden wohl noch sehen, was der Name wert ist«, erwiderte Etienne mit einem unbehaglichen Schulterzucken. »So sehr der König meinen Vater auch geschätzt haben mag, hat er offenbar nicht die Absicht, dieses Vertrauen auf einen meiner Brüder, geschweige denn auf mich zu übertragen. Jedenfalls hat er das Angebot meines Bruders Guillaume, nach England zu kommen, sehr kühl zurückgewiesen.«

»Ihr seid ihm zu jung«, mutmaßte Cædmon.

Etienne nickte. »Mag sein. Auf jeden Fall ist mein Bruder gekränkt.«

»Er sollte froh sein, daß er daheim in der Normandie bleiben kann, statt hier im Moor zu stecken«, murmelte Lucien sehnsuchtsvoll.

Cædmon unterdrückte ein Grinsen. »Ich verstehe nicht, daß ihr ansonsten so unerschrockenen Normannen vor so ein bißchen Schlamm verzagt. Aber du bist nicht der einzige. Beatrice Baynard kann East Anglia auch nichts abgewinnen.«

Etienne gluckste. »Das wird dich nicht davor retten, sie heiraten zu müssen.«

»Ja, Etienne hat recht«, bemerkte Lucien kritisch. »Es ist geradezu schändlich, wie du sie verschmähst, Cædmon. Wann heiratet ihr endlich?«

»Wenn ihr Vater die Mitgift erhöht.«

»Aber das hat er doch schon.«

»Du bist erstaunlich gut informiert, Lucien.«

»Was willst du denn noch?«

Cædmon wandte verlegen den Blick ab. »Heirate du sie doch. Ihr habt viel gemeinsam, wirklich. Euren Haß auf England und die Engländer, zum Beispiel.«

»Ich würde es lieber heute als morgen tun, glaub mir«, eröffnete Lucien ihm unerwartet.

Cædmon starrte ihn verblüfft an, aber ehe er antworten konnte, frag-

te Etienne erstaunt: »Ist das wahr? Sie hat Vorbehalte gegen England?«
»Vorbehalte? Sie wünscht sehnlicher als jeder englische Rebell, William hätte den Kanal nie überquert, und sie hält uns alle für Barbaren«, sagte Cædmon hitzig.
»Das ist mir vollkommen unbegreiflich«, höhnte Lucien und machte sich an den Abstieg. »Ich gehe und suche die beste Stelle, wo wir anfangen können. Davon, daß wir hier herumstehen und plaudern, wird der Damm nicht fertig.«
Gleich am Fuße des grasbewachsenen Walls begann das Schilf. Lucien stapfte darauf zu, und Cædmon öffnete den Mund zu einem warnenden Ruf. Aber Etienne legte ihm die Hand auf den Arm.
»Laß ihn doch«, sagte er mit einem boshaften Grinsen.
Lucien ging entschlossen, aber vorsichtig. Bei jedem Schritt prüfte er die Tragfähigkeit des Untergrunds, ehe er ihm sein ganzes Gewicht anvertraute. Als er nach zehn oder zwölf Schritten immer noch festen Boden fand, wurde er mutiger und ging schneller. Er setzte den Fuß auf die kleinen Grasinseln und glaubte schon, Cædmon habe mit seinen Warnungen vor der Tücke der Fens maßlos übertrieben, als das Büschel unter seinem linken Fuß wegtauchte.
Mit einem Protestschrei stürzte Lucien in die pechschwarzen Fluten.
Cædmon und Etienne lachten, liefen aber ohne zu zögern den Hang hinab, um ihm zu helfen. Zwei Schritte vor dem Rand des brackigen Schlammlochs hielt Cædmon an, nahm den Gürtel ab und legte sich auf den Bauch. »Etienne, halt meine Füße. Und paß auf, wo du hintrittst!«
Lucien steckte schon fast bis zur Brust im Morast. Erleichtert ergriff er das Ende des Gürtels, das Cædmon ihm zuwarf, zog sich, obwohl er nur eine Hand hatte, geschickt daran bis zum Rand, kletterte halb heraus und brach wieder ein. Diesmal ging er ganz unter, aber er ließ das rettende Seil nicht los.
»Langsam«, sagte Cædmon eindringlich, als der Kopf wieder auftauchte. »Du darfst dich nicht zu heftig bewegen. Am besten hältst du ganz still, und wir ziehen. Jetzt. Komm her, Etienne, faß mit an…«
Was schließlich keuchend und tropfend auf dem sicheren Boden vor ihnen stand, hatte nur noch entfernt Ähnlichkeit mit dem jungen, stattlichen Kommandanten der königlichen Leibwache, sah mehr aus wie eine übergroße Strohpuppe, die ein achtloses Kind in eine schlammige Pfütze geworfen hatte.

Etienne gab sich keinerlei Mühe, seine Belustigung zu verbergen. Er lachte, bis Tränen sein Gesicht hinabrannen, wies mit dem Finger auf seinen Schwager, stützte die Hände auf die Oberschenkel und rang um Atem. »O Gott, Lucien, nur gut, daß deine Schwester dich so nicht sieht. Ich denke, vor dem Essen solltest du dich wirklich umziehen. Und ein Bad nehmen, wenn du mir meine Offenheit verzeihen willst, aber du riechst ein bißchen streng...«
Lucien stand reglos, erduldete Etiennes Spott mit stoischer Ruhe und wischte sich zum wiederholten Male vergeblich mit dem schlammigen Ärmel über das schlammige Gesicht. Ein Tropfen fiel dabei von der Nase auf seine Brust und löste einen neuerlichen Heiterkeitsausbruch aus. »Ich weiß wirklich nicht, was du gegen East Anglia hast, ich finde es ausgesprochen unterhaltsam...«
»Was geht hier vor«, bellte die Stimme des Königs plötzlich hinter ihnen, und Etienne verstummte jäh.
William sah kopfschüttelnd an Lucien hinab und hatte selber sichtlich Mühe, ernst zu bleiben. »Ich habe nicht verlangt, daß Ihr den Untergrund *so* gründlich untersucht.«
»Sire ... Dieser Sumpf packt einen an den Füßen und zieht«, versuchte Lucien zu erklären. »Ich...«
»Was für ein Unfug!« widersprach der König unwirsch.
»Aber er hat recht, Sire«, sagte Cædmon. Er verspürte keinen Drang zu lachen. Wenn man sein ganzes Leben lang Leute im Moor hatte ertrinken sehen, verlor man den Sinn für den komischen Anblick, den die wenigen boten, die ihm lebend entkamen. »Genauso kommt es einem jedenfalls vor.«
Der König bedachte ihn mit einem finsteren Blick. »Nun, da Ihr Euch offenbar so hervorragend damit auskennt, werdet Ihr den Bau des Dammes überwachen.«
»Wie Ihr wünscht, Sire.«
Er verzichtete darauf einzuwenden, daß er sich nicht wirklich in den Fens auskannte. Guthric oder Bruder Oswald waren diejenigen, die sie hier gebraucht hätten, aber beide waren mit Lanfranc auf dem Weg nach Rom, wo der Erzbischof sich beim Papst sein Pallium abholen wollte. Und der König würde auch niemals erlauben, daß Cædmon einen der Torfstecher oder Fischer zur Hilfe holte, die hier lebten, weil er ihnen mißtraute – vermutlich zu Recht.

»Was soll so schwierig sein?« fragte Jerome, der Baumeister, den William ihm zur Seite gestellt hatte, verständnislos. »Wir legen Baumstämme aufs Wasser, schnüren sie mit Tauen zusammen und marschieren hinüber.«

Cædmon schüttelte den Kopf. »Sie werden untergehen.« Der Normanne sah ihn ungläubig an. »Ähm … Holz schwimmt, Thane.«

»Nicht im Moor.«

Der Baumeister glaubte ihm erst, als Cædmon ihn zu einem der brakkigen Schlammlöcher führte und ein Scheit Feuerholz hineinwarf. Langsam, aber sicher ging es unter. Jerome starrte mit komischer Verblüffung auf die breiige Masse, die es verschluckt hatte. Dann nickte er nachdenklich. »Hm. Ich sehe, Ihr wißt, wovon Ihr redet.«

Cædmon hob leicht die Schultern. »Es verschluckt alles, was es kriegen kann.«

»Nicht ganz.«

»Was meint ihr?«

»Das Schilf und das Gras«, sagte Jerome. »Sie gehen nicht unter.«

Cædmon winkte ab. »Weil sie kein Gewicht haben.«

»Falsch, Thane, sie haben nicht kein Gewicht, sondern ein geringeres als beispielsweise ein Holzscheit. Aber Gewicht scheint mir der entscheidende Faktor zu sein.«

»Und? Sollen wir alle fasten, bis wir so dünn wie Schilfrohre sind, ehe wir nach Ely ziehen?«

»Nun, dem König könnte es sicher nicht schaden zu fasten«, murmelte der Baumeister.

Cædmon grinste, sagte aber: »Ihr solltet Eure Zunge hüten, Mann. Bei dem Thema ist er empfindlich.«

Jerome nickte zerstreut und sah mit verengten Augen aufs Schilfmeer hinaus. »Nein, die Lösung unseres Problems ist Auftrieb, Thane.«

»Nennt mich Cædmon. Was ist Auftrieb?«

»Ich zeige es Euch. Seid Ihr bereit, dem König den Lederbeutel zu opfern, den ihr da tragt?«

»Meine Börse? Mit oder ohne Inhalt?«

»Ohne.«

Cædmon löste sie wortlos vom Gürtel, füllte seine magere Barschaft in den zweiten, etwas größeren Beutel um, der immer ein paar Steine für die Schleuder enthielt, und reichte dem Baumeister die leere Börse. Jerome hatte seine eigene ebenfalls abgenommen und geleert, zog die

Schnur zusammen, bis nur noch eine kleine Öffnung blieb, führte sie zu Cædmons Verblüffung an die Lippen und blies Luft in den kleinen Ledersack, bis er prall gefüllt war. Dann wickelte er die Schnur fest um die Öffnung, so daß nichts entweichen konnte. Dasselbe tat er mit Cædmons Börse.

»Jetzt seht her.« Er setzte sich ins Gras und zog die Schuhe aus. Den linken knotete er mit dem ledernen Schuhriemen auf den beiden Luftsäcken fest und stellte sein Konstrukt, das fast wie ein kleiner Karren aussah, behutsam auf den schwarzen Schlamm. Den rechten stellte er daneben. Fast sofort ging er unter. Auch die luftgefüllten Lederbeutel sanken ein Stück ein, doch mehr als die Hälfte blieb mitsamt Schuh über der Oberfläche. Cædmon starrte minutenlang darauf. Nichts geschah. Der Schuh schwamm.

»Jerome, Ihr seid genial«, sagte er fasziniert. »Ich sehe nur zwei Probleme.«

»Welche?«

»Erstens wiegt ein Mann in Rüstung ein bißchen mehr als ein Schuh.«

»Und zweitens?«

»Zweitens frage ich mich, worauf Ihr fortan laufen wollt.«

Cædmon und Jerome erklärten dem König die Situation, und William schickte Boten in die umliegenden Dörfer, um die Materialien zu beschaffen, die sie brauchten, und befahl den rund tausend Männern seiner Armee dann, Schwerter und Piken beiseite zu legen und statt dessen zur Nähnadel zu greifen. Es gab erst Gelächter, dann Verwunderung und schließlich Empörung, doch der König ließ sich wie gewöhnlich nicht erweichen und drohte an, allen, die sich gar zu ungeschickt anstellten, den Sold zu kürzen. Also hockten die Ritter und Soldaten, von denen so mancher zu den Siegern von Hastings gezählt hatte, vor ihren Zelten auf Belsar's Hills und nähten.

Zwischen der alten Festungsanlage und der Klosterinsel war das Moor schmaler als an jeder anderen Stelle – nur darum hatte William ja beschlossen, den Damm gerade hier bauen zu lassen –, aber es war immerhin eine halbe Meile, die es zu überwinden galt. Nach Jeromes Plänen mußten nun die gegerbten Häute von Schafen, Kühen und Ziegen, die herbeigeschafft worden waren, zu Luftsäcken zusammengenäht werden, und zwar in ausreichender Zahl, um die Holzstämme, die die Lauffläche bilden sollten, auf dieser ganzen Strecke zu tragen. Cædmon wußte nicht, wie viele Tierhäute es waren, aber ihm kam es vor, als wären es mehr als die Schilfhalme der Fens. Er hatte versucht, sich vor dem Nähen zu drücken, indem er vorgab, beim Bau der Teile für die Behelfsbrücke, die den Ouse überspannen sollte, unabkömmlich zu sein, aber es nützte nichts. Er blieb ebensowenig verschont wie Etienne oder die Prinzen. Einzig Lucien de Ponthieu und eine Handvoll weiterer Männer, die trotz fehlender Arme oder Hände noch mit ins Feld zogen, waren entschuldigt. Lucien nahm es daher auf sich, die Qualität der Näharbeiten zu überwachen. Und so sehr Cædmon ihn auch haßte, wenn er ihm mit einem schadenfrohen, kalten Lächeln ein fertiges, aber schlampig gearbeitetes Stück zurückbrachte, fand er es dennoch beruhigend. Denn ihrer aller Leben würde davon abhängen, daß die Nähte hielten.

Über zwei Wochen vergingen so, bis der erste Abschnitt des Dammes, der bis zum Ouse reichte, fertiggestellt war. Es waren keine leichten Tage und Nächte. Die eintönige Arbeit, die noch dazu viele als erniedrigend und ehrlos ansahen, machte die Männer ebenso gereizt und streitsüchtig wie die entnervende Stille der Sümpfe und die blutgierigen Mückenschwärme, die abends in großen Wolken aus dem Schilf aufstiegen. Vereinzelt traten Fieberfälle auf. Damit nicht genug, kamen nachts Herewards Männer mit ihren Flößen bis ans jenseitige Flußufer, schossen auf die Wachfeuer entlang des wachsenden Damms und auf alles, was sich bewegte, und verhöhnten das normannische Heer und seinen König. Nicht wenige der Pfeile aus der Finsternis fanden ein Ziel, und manch aufgeschreckter Wachsoldat tat einen Fehltritt und ertrank im Moor. Bald ging die Angst um unter den Männern, und es wurde von Geistern und Sumpfhexen gemunkelt. Als ein junger bretonischer Söldner nachts in Panik seinen Posten verließ und hinter den sicheren Wall von Belsar's Hills flüchtete, ließ Warenne, der eins der Kommandos führte, ihn so unbarmherzig prügeln, daß der Mann starb. Die übrigen Bretonen der Truppe murrten, und oft sah man sie zu zweit oder zu dritt zusammenstehen und untereinander tuscheln.

»Ich fürchte, sie könnten meutern«, vertraute Etienne Cædmon an, als sie abends mit einem Becher dünnem Bier und etwas Dörrfleisch vor ihrem Zelt saßen. »Sie sind eine mißgelaunte Brut, diese Bretonen.«

»Du wärst auch nicht strahlender Laune, wenn es einer deiner Landsleute gewesen wäre.«

»Keine Armee kann ohne Disziplin funktionieren, Cædmon. Wer die

Befehle mißachtet, muß bestraft werden und auf mein Mitgefühl verzichten, ganz gleich ob Normanne, Bretone oder Engländer.«
»Aber man muß ihn nicht gleich umbringen«, bemerkte Richard, der leise hinzugetreten war.
Etienne nickte unwillig. »Du hast recht.«
Cædmon rückte ein Stück zur Seite und lud Richard mit einer Geste ein, neben ihm auf seinem ausgebreiteten Mantel Platz zu nehmen. »Hier, nimm ein Stück Fleisch. Wenn das deinen prinzlichen Gaumen nicht beleidigt.«
Richard ließ sich neben ihm nieder und nahm den angebotenen, grauen Streifen. »Tja. Appetitlich sieht es nicht gerade aus. Eher wie vertrocknete Krötenhaut. Aber ich schätze, was gut genug für den König ist, ist gut genug für mich.« Er steckte das Fleisch in den Mund und zerrte mit den hinteren Zähnen daran.
»Wo sind Rufus und Leif und Eadwig?« fragte Etienne.
»Weiß nicht.«
Etienne hob das Kinn und sah ihn streng an.
Richard schlug die Augen nieder. »Auf dem Damm. Sie wollten einmal bis zum Ouse und zurück. Luft schnappen.«
Etienne stand auf. »Und sich ein paar englische Pfeile einfangen? Na wartet, ihr könnt was erleben, Jungs ...«, brummte er und ging eilig davon.
Richard seufzte. »Großartig. Wenn Rufus erfährt, daß ich es Etienne gesagt habe, wird er eine Woche kein Wort mit mir reden.«
»Etienne wird es ihm nicht verraten, sei unbesorgt. Davon abgesehen, solltest du dich schämen, dich vor deinem jüngeren Bruder zu fürchten«, neckte Cædmon.
»Da hast du eigentlich recht. Aber wenn Rufus wütend ist, ist er genau wie mein Vater.«
»Ja, ich weiß.«
»Cædmon, was wird passieren, wenn die Bretonen meutern? Was wird der König tun?«
Cædmon trank an seinem Becher und hielt ihn dem Jungen dann einladend hin. Richard schüttelte den Kopf.
»Er wird ein paar bretonische Köpfe abschlagen, und dann herrscht wieder Ruhe«, sagte Cædmon ironisch.
»Du haßt ihn, nicht wahr?« fragte der Prinz fast tonlos.
Cædmon sah ihn verblüfft an. »Wie in aller Welt kommst du darauf?«

»Du kannst es ruhig zugeben, Cædmon. Ich würde es verstehen. Er kommandiert dich herum, verfügt über dich, als wärst du sein Sklave, und meistens ist er schroff und rücksichtslos dabei…«

»Oh, um Himmels willen, Richard, was sollte mir das wohl ausmachen? Er behandelt mich nicht schlechter als jeden meiner Freunde.«

»Anders gesagt, er behandelt keinen deiner Freunde besser als dich. Und keinen seiner Söhne.«

Cædmon sah ihn forschend an. »Verrätst du mir, worauf du hinauswillst?«

Richard antwortete nicht gleich. Sein Blick war auf die undurchdringliche Schwärze jenseits des Öllichts gerichtet. »Ich … wünsche mir manchmal, ich wäre der Sohn eines anderen Mannes«, gestand er leise.

»Tatsächlich? Zum Beispiel?«

»Oh … weiß nicht. König Alfred, vielleicht. Oder Edgar.«

Cædmon lachte leise. »Du bist nicht gerade bescheiden, oder? Aber ich bin froh zu hören, daß du die angelsächsischen Könige so hoch schätzt.«

»Du machst dich über mich lustig«, sagte der Junge düster.

Cædmon wurde wieder ernst. »Nein, Richard. Entschuldige.« Er schwieg einen Moment, ehe er offen gestand: »Was du gesagt hast, hat mich erschreckt. Kein Sohn sollte so etwas sagen, ganz sicher nicht der Sohn des Königs.«

»Nein«, räumte der Prinz niedergeschlagen ein. »Aber ich sage es ja nur dir.«

»Dein Vertrauen ehrt mich.«

»Es ist auch nur, weil er… Er ist so grausam. So unerbittlich. Mir graut davor, was er tun wird, wenn wir Ely nehmen. Und mir graut vor dem, was er vorletzten Winter in Northumbria getan hat.«

»Wie hast du davon erfahren?« fragte Cædmon leise. Am Hof wurde niemals offen darüber geredet.

»Leif und Eadwig haben es uns erzählt.«

Cædmon nickte. »Verstehe.« Er strich sich einen Moment über sein unrasiertes Kinn, dann fragte er: »Richard, weißt du von der Herkunft deines Vaters?«

Der Junge nickte beschämt. »Ja.«

»Und weißt du, wie hart er hat kämpfen müssen, um die Macht in der Normandie zu erringen? Wie oft er verraten wurde, wie vielen Anschlägen er schon mit knapper Not entronnen war, lange bevor er so alt war wie du jetzt?«

»Ja, ich kenne die ganze Geschichte. Worauf willst du hinaus?«

»Nun, ich denke, es ist kein Wunder, daß ihn das hart und grausam gemacht hat. Siehst du, er unterteilt die Menschen in zwei Kategorien: die, die ihm damals beigestanden haben auf der einen Seite. Dazu gehören seine Brüder, deine Mutter, Montgomery, Warenne, vor ihnen schon deren Väter oder auch Etienne fitz Osberns Vater, der vergangenen Winter gefallen ist. In gewisser Weise auch meine Mutter. Sie alle haben sich als seine Verbündeten erwiesen, und das vergißt er nicht. Das ist einer seiner großen Vorzüge, seine Fähigkeit zur Dankbarkeit. Sogar wir Jüngeren kommen in deren Genuß, wenn er uns für einen erwiesenen Dienst reichlich mit Land belehnt. Aber in Wirklichkeit traut er keinem, der nicht zu diesem eingeschworenen Kreis gehört, der nicht die schweren Jahre mit ihm geteilt hat.«

»Er traut dir«, widersprach Richard.

Cædmon schüttelte den Kopf. »Manchmal. An guten Tagen. Aber er rechnet ständig damit zu entdecken, daß sein Vertrauen unangebracht ist. Und wenn es so leicht zu erschüttern ist, kann man es kaum Vertrauen nennen. Nein, er glaubt, daß er alle, die er braucht, deren bedingungslose Treue er aber anzweifelt, nur dann beherrscht, wenn sie in Angst vor ihm leben.«

»Aber das ist nicht recht«, wandte der Prinz ein. »Denn ihr alle seid ihm treu ergeben und zieht für ihn in den Krieg.«

»Ja. Doch wer so oft verraten worden ist, faßt nicht leicht Vertrauen.«

»Und inwieweit entschuldigt das, was er in Northumbria getan hat?«

Cædmon schüttelte kurz den Kopf. »Dafür gibt es weiß Gott keine Entschuldigung. Höchstens eine Erklärung.«

»Und zwar?«

Cædmon wählte seine Worte sorgsam. »Wenn du sagst, dein Vater sei grausam, hast du recht, Richard. Aber es gibt immer einen Grund. Grausamkeit bereitet ihm kein Vergnügen, wie etwa meinem Bruder Dunstan. Was der König in Northumbria getan hat, diente dazu, den Widerstand im Norden zu brechen und die Dänen von jedem Nachschub abzuschneiden. Und wenn er Dieben und Banditen auf öffentlichen Plätzen die Hände oder sonst irgend etwas abhacken läßt, dann um andere abzuschrecken, ihrem Beispiel zu folgen.«

»Du meinst, es sei richtig?«

»Nein. Aber der Hungerwinter hat den Dänen das Kreuz gebrochen, sie mußten unverrichteter Dinge abziehen und werden so bald nicht wiederkommen. Und die Banditen auf englischen Straßen leben in solchem Schrecken vor dem König, daß ein Kaufmann unbewaffnet mit seinen Schätzen von York nach Canterbury reisen kann, ohne behelligt zu werden. Dein Vater herrscht noch keine fünf Jahre über England, aber er hat das geschafft, was kein angelsächsischer König in den letzten zweihundert Jahren fertiggebracht hat: sichere Küsten und innere Ordnung.«

Richard schwieg lange. Schließlich schüttelte er seufzend den Kopf. »Ich muß darüber nachdenken. So habe ich die Dinge noch nie betrachtet. Trotzdem, mir ist unbegreiflich, wie du ihn lieben kannst, ausgerechnet du! Du bist doch Engländer. Macht es dir denn gar nichts aus, was mit deinem Bruder geschieht, wenn wir in Ely einmarschieren?«

»Dunstan? Glaub mir, er hat alles verdient, was er bekommen mag. Nein, um diesen Bruder werde ich keine Tränen vergießen. Aber ich will dir nichts vormachen, Richard. Du warst absolut offen zu mir, also bin ich es zu dir, das ist nur fair. Ich liebe den König nicht. Manchmal bewundere ich ihn. Oft bin ich wütend auf ihn. Und noch öfter jagt er mir eine Heidenangst ein.«

»Ist das wirklich wahr?« fragte der Junge verblüfft. »Dann geht es dir genau wie mir!«

»Nur darfst du eins nicht vergessen: Er war König Edwards Cousin, und Edward hatte ihn zum Nachfolger bestimmt. Harold Godwinson … selbst wenn wir seinen Eidbruch außer acht lassen, war er doch nur durch die Heirat seiner Schwester mit dem Königshaus verbunden, ihm stand die Krone nicht zu. Edgar Ætheling ist ein schwacher Charakter, darum hätte Edward ihn niemals als Nachfolger erwählt. Dein Vater hatte ein Anrecht auf den Thron.«

»Das gibt ihm nicht das Recht, die Engländer zu unterjochen, wie er es tut.«

»Nein.«

Richard atmete tief durch. »Ich bin froh, daß du zu meinem Vater stehst und mein Lehrer bist, Cædmon, aber wenn ich ehrlich bin, frage ich mich manchmal, warum du nicht auf der anderen Seite der Sümpfe bist. Bei Hereward und Morcar.«

Cædmon legte ihm die Hand auf die Schulter und sah ihm in die Augen. »Weil ich an die Zukunft denke, Richard.«

Anfang Juli war der Damm endlich fertig, und das Wetter schlug um. Ein kühler Wind erhob sich, und die Männer waren erleichtert, daß es mit der drückenden Schwüle und den blutgierigen Mücken ein Ende hatte. Der König erteilte umgehend den Marschbefehl, denn Jerome hatte gewarnt, daß die Luftsäcke nicht ewig halten würden.
»Fünfhundert Mann gehen über den Damm bis zum Ouse«, erklärte der König den gut zwanzig Kommandanten und Rittern, die er in sein Zelt beordert hatte. »Langsam und vorsichtig und in großen Abständen. Der Damm ist schmal, und wir dürfen ihn nicht überlasten. Jeder fünfte Mann führt ein Floß mit sich.«
»Ein Floß?« fragte Warenne verwundert. »Wozu?«
»Hättet Ihr Euch je die Mühe gemacht, den Damm zu inspizieren, wüßtet Ihr, daß er nicht bis an die Insel reicht«, erwiderte William kühl. »Wir haben ihn schließlich nicht gebaut, damit Hereward *seine* Truppen herüberführt und *uns* belagert. Wenn die erste Hälfte der Männer den Fluß erreicht hat, beginnt Ihr damit, die Nachhut hinüberzuführen, Warenne.«
»Und wer soll die erste Hälfte führen?« fragte sein Bruder Robert.
»Das werde ich tun«, erklärte William.
»Aber William, es ist zu gefährlich ...«, begann Robert, doch der König brachte ihn mit einer Geste zum Schweigen. »Laß uns keine Zeit damit verschwenden, immer wieder die gleichen Debatten zu führen. Die Männer fürchten sich vor dem Moor und werden es mit mehr Entschlossenheit überqueren, wenn ihr König sie anführt.«
Etienne nickte und raunte Cædmon zu: »Das ist wahr.«
Der König sah in ihre Richtung. »Und Ihr seid wirklich sicher, daß es regnen wird, Cædmon?«
Cædmon wies kurz auf sein linkes Bein. »Es wäre das erstemal, daß es sich irrt, Sire.«
»Könnt Ihr abschätzen, wann?«
Für die Antwort befragte Cædmon nicht etwa sein Bein, sondern trat an den Zelteingang und sah zum Himmel auf. »Vor Sonnenuntergang, aber nicht viel eher.«
»Ich finde, es sieht so aus, als wolle es jeden Moment anfangen zu schütten«, widersprach Warenne.
William ging nicht darauf ein. »Na schön. Wir marschieren eine Stunde nach Mittag.«
Warenne und Robert wechselten einen irritierten Blick. Sie verstan-

den nicht, warum der König so lange warten wollte. Aber sie fragten ihn nicht, sie waren sicher, er hatte einen guten Grund.

William entließ sie mit einer auffordernden Geste. »Also dann, Monseigneurs. Macht Euch bereit und bewaffnet Euch. Robert, Etienne, ihr marschiert mit mir. Dann folgt Lucien mit seinen Männern. Dahinter Cædmon mit den Prinzen und den anderen Jungen. Dann der Rest. Fragen?«

Sie schüttelten die Köpfe, und alle außer Robert und Warenne verließen das Zelt, um die Befehle des Königs weiterzugeben.

Bis zum Ouse verlief alles reibungslos. Wieder einmal spornte der König jeden der Männer mit seinem Mut und seiner Entschlossenheit an. Als sie sahen, wie unerschrocken er auf den Damm hinausschritt, ohne zu zögern einen Fuß vor den anderen setzte, als schreite er eine feste Straße entlang, schämten sie sich ihrer Furcht und folgten ihm. Der Damm wankte und ächzte unter ihrem Gewicht, neigte sich manchmal bedenklich, aber er hielt. Auf Anraten des Baumeisters überquerten sie den Fluß in Gruppen zu fünfzig Mann, mehr werde die provisorische Brücke nicht aushalten, hatte Jerome warnend prophezeit. Während die letzte Gruppe die Brücke betrat, hatte der König seine Vorhut schon bis ans Ende des Dammes geführt.

»Und nun?« fragte Robert.

»Alle bleiben, wo sie sind«, antwortete der König und sah sich im Schilf um. »Die Männer sollen die Flöße nach vorne ziehen, und wir knoten sie zusammen.«

»Eine schwimmende Brücke«, murmelte Etienne.

William nickte. »Aber auch sie dürfen wir nur in kleinen Gruppen überqueren. Ein Mann zuviel, und wir sind alle verloren.«

Robert spähte argwöhnisch zum seicht ansteigenden Ufer der Klosterinsel hinüber. »Es gefällt mir nicht, wie still es ist. Was haben diese seltsamen Aufschüttungen zu bedeuten?«

»Torfwälle«, antwortete der König. »Sei versichert, daß Herewards Männer dahinter auf der Lauer liegen.«

»Warum rühren sie sich nicht?«

»Weil sie irgendeine Teufelei aushecken. Los, beeilt euch mit den Flößen! Und sobald sie vertäut sind, will ich fünfzig Bogenschützen hier vorne haben!«

Es war schwierig, die sperrigen Flöße durchs Schilf und über die trüge-

rischen Grasinseln hinweg zu bewegen, aber nach und nach kamen sie alle an der Spitze des Zuges an. Etienne und ein paar Männer der Leibwache knieten im Schlamm und vertäuten sie, schoben die schwimmende Brücke, die immer länger wurde, weiter auf die Insel zu.
»Da vorne steigt Rauch auf«, rief des Königs Bruder plötzlich überrascht aus, und noch ehe alle die Köpfe gewandt hatten, um in die Richtung zu schauen, in die er zeigte, züngelten die ersten Flammen im Schilf auf.
»Gott, was ist das?« rief einer der Soldaten bestürzt.
»Sie stecken das Schilf in Brand«, erklärte Etienne überflüssigerweise. Er hatte kaum ausgesprochen, als ein Stein- und Pfeilhagel auf sie niederging.
Die Männer schrien vor Schreck und Überraschung, das Ende des Damms geriet gefährlich ins Wanken, und fünf oder sechs Soldaten stürzten gleichzeitig ins Moor, zwei von Pfeilen getroffen, die anderen hatten das Gleichgewicht verloren. Ihre Kameraden wollten sie zurück auf die sicheren Holzbohlen ziehen, aber der König rief: »Halt! Niemand rührt sich.«
»Aber sie ertrinken, Sire«, protestierte einer der Männer. Er war noch sehr jung, und seine Stimme klang hell und überschlug sich.
William riß das Schwert aus der Scheide, setzte es ihm an die Kehle und drängte ihn zwei Schritte zurück, bis der junge Soldat selbst am Rand des Bohlenwegs stand und abzustürzen drohte. »Widersprich mir noch einmal, und du bist der nächste! Wenn der Damm kippt oder untergeht, ertrinken wir alle!«
Als er die Klinge senkte, fiel der Junge vor ihm auf die Knie und bat ihn stammelnd um Vergebung. William wandte sich ab und vergaß ihn. »Cædmon, wo bleibt der verdammte Regen?«
Das Feuer rückte immer näher, und die Offiziere hatten Mühe zu verhindern, daß die Männer kehrt machten und flüchteten. Qualm wälzte sich in undurchdringlichen Wolken auf sie zu und hüllte sie ein.
Cædmon hustete und sah wieder zum Himmel auf, von dem vor lauter Rauch nicht mehr viel zu sehen war. Aber es schien ihm, als seien die Wolken dichter und schwerer als noch vor einer halben Stunde. »Es kann jeden Moment losgehen, Sire.«
»Hm. Das will ich hoffen.«
»William, wir sollten abziehen«, riet sein Bruder. Er klang eher besonnen als ängstlich. »Wenn der Damm Feuer fängt, rettet uns nichts

mehr, und dieser verfluchte Halunke Hereward ist es nicht wert, daß England für ihn seinen König und zwei Prinzen verliert.«

»Wir bleiben«, knurrte William. »Und wenn es nicht zu regnen beginnt, ehe das Feuer die Grasinsel da vorn mit dem Reihernest erreicht, werden wir wissen, daß Cædmons Bein unzuverlässige Prognosen abgibt, und ihn davon befreien!«

Großartig, dachte Cædmon und biß die Zähne zusammen. Erst meine Zunge in Berkhamstead, dann meine Hand in Penistone, jetzt in Ely mein Bein. Ein wahres Wunder, daß Cædmon of Helmsby nicht längst ein stummer Torso ist…

Etwas traf seine Nase, und er streckte die Hände aus. Erleichtert verkündete er: »Es regnet, Sire.«

William folgte seinem Beispiel und hob die linke Hand. »Ich würde sagen, es tröpfelt, Cædmon.«

Wieder prasselten Pfeile und Steine auf sie nieder, dann erhob sich eine kräftige Bö, die das Feuer im Schilf weiter anfachte und ein weiteres halbes Dutzend Männer in Panik versetzte. Vier stürzten schreiend in die Sümpfe. Dann öffnete der Himmel seine Schleusen.

Der König atmete sichtlich auf und bedachte Cædmon mit einem beinah spitzbübischen Grinsen. Hinter den Torfwällen am Ufer erhoben sich Stimmen im Protest.

»Ihr habt den Angriff so geplant, daß wir bei Regen hier ankommen, weil Ihr gewußt habt, was dieser Teufel Hereward ausheckte?« fragte Robert den König ungläubig.

William hob kurz die Schultern. »Er ist schließlich kein Dummkopf. Ich habe mich gefragt, was ich in seiner Situation tun würde. Wo bleiben meine Bogenschützen?«

Fünfzig Mann mit Bögen und prall gefüllten Köchern rückten vor und schossen ihre Pfeile auf Williams Geheiß in einem solchen Winkel in die Luft, daß sie unmittelbar hinter den Torfwällen niedergehen mußten. Bald hörte man Schreie und ein unheimliches, wütendes Zischen von dort. Ein paar der Verteidiger verloren den Kopf, kamen hinter den Wällen hervor und wurden abgeschossen wie Hasen.

William nickte zufrieden. »Mehr Flöße her. Los, beeilt euch. Verlängert die Brücke bis zum Ufer. Die Bogenschützen bleiben hier und geben uns Deckung. Wir gehen an Land.«

Beinah hundert Mann starben bei der Überquerung der Sümpfe, aber der Damm hatte seinen Zweck erfüllt. Eine Armee von immer noch neunhundert perfekt geschulten und ausgerüsteten Kämpfern landete bei Einbruch der Dunkelheit auf der Klosterinsel. Die Verteidiger, die noch am Ufer aushielten, wurden überwältigt und niedergemetzelt. Dann wälzte das Heer sich wie ein gefräßiger, todbringender Wurm nach Nordosten, wo das Kloster lag. Drei Dörfer, die sie unterwegs passierten, wurden in Schutt und Asche gelegt. Die Klosterpforte fiel nach wenigen Schlägen des kleinen, tragbaren Rammbocks, den die Nachhut mitgebracht hatte. William befahl den Prinzen und Knappen, außerhalb der Klostermauern zu bleiben, und stellte zwei Dutzend Männer der Leibgarde zu ihrem Schutz ab, ehe er als erster über die Schwelle der geborstenen Pforte stürmte.

Herewards Anhängerschaft war im Verlauf des Jahres, seit Cædmon hier gewesen war und sie gezählt hatte, tatsächlich enorm gewachsen, genau wie die Gerüchte besagt hatten. Aber selbst zusammen mit den Mönchen des Klosters, die für die Verteidigung der letzten angelsächsischen Helden zu den Waffen griffen, machte ihre Zahl doch höchstens zwei Drittel der königlichen Armee aus.

»Schont die Mönche und macht so viele Gefangene wie möglich«, hatte der König befohlen, ehe sie das Tor nahmen. »Vor allem Hereward will ich lebend.«

Es wurde dennoch ein grauenvolles Gemetzel.

Cædmon stand etwa in der Mitte des Klosterhofs, sah nicht nach rechts und links, gestattete sich nicht, darüber nachzudenken, was hier geschah, und kämpfte so beharrlich, unermüdlich und vor allem unerbittlich wie eine von Williams Belagerungsmaschinen.

Wie immer behielt er den König im Auge und folgte den unberechenbaren Haken, die dieser schlug, so gut wie möglich. Trotz des prasselnden Regens gingen die hölzernen Gebäude bald in Flammen auf, und der Innenhof war in gespenstischen, flackernden Feuerschein getaucht – »Kriegslicht« hatte Jehan de Bellême es genannt. Es machte die Nacht hell genug, daß Cædmon das Kampffieber in den schwarzen Augen des Königs glühen sah.

»Wir haben den Abt!« brüllten euphorische Stimmen, die vom Kirchenportal zu kommen schienen. »Wir haben Abt Thurstan!«

»Fesselt ihn und bewacht ihn und behandelt ihn mit Respekt!« rief der König über die Schulter, und als sein Blick auf Lucien fiel, nickte er ihm zu und befahl: »Geht und vergewissert Euch, daß sie tun, was ich sage.«

Lucien lief zur Kirche hinüber. Das Schwert in seiner Rechten war bis zum Heft blutbeschmiert.

Cædmon wandte einen winzigen Augenblick den Kopf, um ihm nachzuschauen, hörte ein unheilvolles Surren und sprang intuitiv nach hinten. Eine Streitaxt pfiff durch die Luft und grub sich in den Boden, auf dem er gerade noch gestanden hatte. Mit weit aufgerissenen Augen sah er zu dem gewaltigen Krieger auf. »Gorm…«

»Ganz recht, Thane. Du kannst dir nicht vorstellen, wie froh ich bin, dich wiederzusehen«, knurrte der Goliath und zog mit einem Ruck die Axt aus dem Gras.

Cædmon wußte, daß sein Schild ihn nicht schützen konnte und sein Schwert vermutlich bersten würde, wenn er es der niedersausenden Axt entgegenhob. Also stand er einfach stockstill, deckte seine linke Seite mit dem Schild und ließ Gorms Waffe nicht aus den Augen, um im rechten Moment beiseite springen zu können. Gorm lächelte haßerfüllt auf ihn hinab, hob die Axt mit beiden Händen über den Kopf und öffnete den Mund zu einem gewaltigen Kampfschrei, als ein langes, geschwärztes Schwert sich seitlich in seine Brust bohrte, die er in dem Eifer, Cædmon zu töten, so leichtsinnig entblößt hatte.

»Wie könnt Ihr einfach so dastehen, Cædmon? Habt Ihr gehofft, daß Gott einen Blitz vom Himmel herabschickt?«

Cædmon stieß erleichtert die Luft aus. »Das hat er doch, oder? Danke, Sire.«

Der König lachte. »Geht und findet Hereward. Ihr seid der einzige, der ihn von Angesicht kennt.«

»Mich wundert, daß er sich Euch nicht längst zum Zweikampf gestellt hat. Das sähe ihm eigentlich ähnlich.«

»Wenn ein Mann erkennen muß, daß seine Sache verloren ist, geht selbst dem Tapfersten der Sinn für noble Gesten verloren.«

Cædmon nickte und streifte den gefällten Goliath zu ihren Füßen mit einem flüchtigen Blick. Wo Gorm war, war Dunstan meist nicht weit … »Ich mache mich auf die Suche, Sire.«

Cædmon suchte dort, wo das Getümmel am dichtesten war, denn wahrscheinlich würde Hereward mitten darin stecken. Er schlug sich eine Bresche mit dem Schwert, entfernte sich immer weiter von William, Robert und Etienne und gelangte schließlich in den kleinen Hof hinter der Kirche, wo die Mönche in friedlicheren Zeiten ihr Pergament herstellten. Das kleine Holzhäuschen, wo die kostbaren Bögen aufbewahrt wurden, brannte lichterloh. Cædmon sah sich suchend um, aber keiner der vielen Schattenrisse hatte Ähnlichkeit mit dem gedrungenen, feenäugigen Angelsachsen. Er wandte sich Richtung Klostergarten ab, als plötzlich ein Schatten auf ihn fiel. Im letzten Moment riß Cædmon den Schild hoch. Das Schwert, das mit einem dumpfen Donnern darauf niedersauste, wurde mit solcher Kraft geführt, daß er die Wucht bis in die Knie spürte.

»Endlich kommst du«, raunte eine heisere Stimme flüsternd.

»Dunstan…«

»So ist es, *Bruder.*«

Cædmon sparte seinen Atem, hob das Schwert und lernte schnell, daß Dunstan ein Gegner war, vor dem man sich wahrlich in acht nehmen mußte. Er führte seine schwere, perfekt ausbalancierte Waffe mit Schnelligkeit und dem mühelosen Geschick jahrelanger Übung. Die Ausbildung der Housecarls in Harold Godwinsons Gefolge war offenbar ebenso gründlich gewesen wie die der Knappen am Hof in Rouen. Das dunkle Dröhnen von Stahl auf Esche wechselte sich ab mit dem helleren Klirren sich kreuzender Klingen, in schnellem Rhythmus. Beide Brüder versuchten, den Kampf zu beschleunigen, soviel Druck wie möglich zu machen, denn sie hatten beide erkannt, daß sie ebenbürtige Gegner waren und nur darauf hoffen konnten, den anderen zu ermüden. Dunstan hatte den Schild bis ans Kinn gehoben, führte das Schwert weit oben, ließ es einmal über dem Kopf kreisen und dann abwärtssausen. Cædmon wich einen halben, beinah tänzerischen Schritt nach links, holte in Hüfthöhe aus, setzte zum Gegenangriff an und drängte Dunstan zurück. Zwei Schritte, drei, vier, und als er gerade begann, sich zu fragen, wieso sein Bruder plötzlich wich, trat er mit dem linken Fuß ins Leere und fiel. Dunstan hatte ihn zu dem kleinen, bei dieser Dunkelheit im hohen Gras fast unsichtbaren Abzuggraben gelockt, der das viele bei der Pergamentherstellung benötigte Wasser zurück zum Fluß führte. Cædmon fiel hart auf seinen Schild, seine Hand verfing sich im Haltegriff und brach mit einem schauerlichen trockenen Laut.

Er rollte sich nach rechts, kniete im nächsten Moment im Schlamm und sprang wieder auf die Füße, das Schwert in Position.

Dunstan stand jenseits des kleinen Grabens, hielt einen Augenblick inne und schüttelte den Kopf. »Gib lieber auf, Cædmon«, sagte er mit der altvertrauten Herablassung.

»Warum?« fragte Cædmon. Er keuchte ein wenig. »Willst du mir weismachen, du wolltest mich schonen?«
»Nein. Aber ich verspreche dir, daß es schnell und schmerzlos sein wird.«
Cædmon mußte lachen. »Oh, diese brüderliche Großmut ...« Er sprang leichtfüßig über den Graben und hob seine Waffe. Die gebrochene Hand tat kaum weh, war nur taub und vollkommen nutzlos. »Wenn du mich töten willst, wirst du mich vorher besiegen müssen.«
Dunstan warf seinen Schild beiseite und legte beide Hände an das Heft seines Schwertes. »Das sollte jetzt ein leichtes sein.«
Aber Dunstan täuschte sich. Ohne die Schilde wurde der Kampf schneller und gefährlicher, und erst jetzt stellte sich heraus, wieviel wendiger Cædmon war. Dunstans beidhändige Schwertführung verlieh seinen Hieben eine solche Kraft, daß jeder tödlich gewesen wäre, hätte er getroffen, aber sie machte ihn zu schwerfällig. Cædmon tänzelte, schien keinen Herzschlag lang am selben Platz zu stehen, drehte sich wirbelnd um die eigene Achse, um Dunstan unerwartet von der Seite anzugreifen, und bald blinzelte der ältere der Brüder nervös, bewegte ruckartig den Kopf, um die Augen überall zu haben, übersah prompt einen blitzschnellen Frontalangriff und verlor sein Schwert.
In dem kleinen Hof war es merklich ruhiger geworden. Hier und da wurde noch gekämpft, doch die Wiese war übersät mit toten und sterbenden Männern, die Schlacht beinah geschlagen.
Cædmons Schwertspitze berührte Dunstans Brust. Reglos standen sich die Brüder gegenüber, atmeten schwer nach ihrem langen Kräftemessen und sahen sich in die Augen.
Schließlich fuhr Dunstan sich mit der Zunge über die Lippen. »Darf man fragen, worauf du wartest?«
»Ich habe nicht die Absicht, dich zu töten, Dunstan. Aber ich weiß nicht, wie ich dich mit einer Hand gefangennehmen soll, ohne daß du mir entwischst.«
»Mir ist lieber, du tötest mich, als daß der Scharfrichter deines geliebten Bastardkönigs es tut.«
»Aber ich habe diesen Kampf gewonnen, darum bestimme ich, was passiert. Im übrigen hast du gute Chancen, dein jämmerliches Leben zu behalten. Der König ist kein großer Freund der Todesstrafe. Er glaubt, ein Übeltäter sollte am Leben bleiben, damit er Zeit hat, seine Sünden zu bereuen.«

»Das wäre in meinem Falle pure Verschwendung, weil ich nichts zu bereuen habe. Aber vermutlich möchtest du gern zusehen, wenn er mir die Hände abhacken läßt, nicht wahr?«
»Du kannst froh sein, wenn es deine Hände sind«, murmelte Cædmon. Dann schüttelte er seufzend den Kopf. »Nein, Dunstan, ich werde nicht zusehen. Aber es wird mir auch nicht den Schlaf rauben. Ich kann dich nicht töten, weil wir das gleiche Blut haben, aber ich werde nicht mehr brüderliches Mitgefühl für dich aufbringen, als du für mich hattest.«
Dunstan lachte sein schauerliches, heiseres Lachen. »Du kannst mich nicht töten, sagst du? Was für ein Narr du bist, Cædmon.« Und damit glitt er einen Schritt nach rechts, so daß er außerhalb der Reichweite der scharfen Schwertspitze war, und trat Cædmon mit dem Knie gegen die linke Hand.
So plötzlich flammte der Schmerz in dem gebrochenen Gelenk auf, daß Cædmon die Luft wegblieb. Er taumelte rückwärts, sah klar und deutlich, daß Dunstan sein langes Jagdmesser zückte und zum Sprung ansetzte, aber er konnte nichts tun. Der Schreck lähmte ihn ebenso wie der Schmerz. Du hattest recht, Dunstan, dachte er atemlos, ich bin doch wirklich ein Narr. Ich konnte dich nicht töten, und darum sterbe ich von deiner Hand...
Doch ehe Dunstan sich auf ihn stürzen konnte, wurde er von hinten gepackt und zur Seite geschleudert. Er landete auf der Seite, wollte sich wieder aufrichten, aber eine neuerliche Schwertspitze an seiner Kehle ließ ihn innehalten.
»Earl Morcar«, krächzte Dunstan verblüfft. »Ich dachte, Ihr ... Wo ist Hereward?«
Morcar trat einen Schritt näher, ließ seine Klinge, wo sie war, und sah mit einem verächtlichen kleinen Lächeln auf Dunstan hinab. »Hereward ist geflohen.«
Sowohl Dunstan als auch Cædmon starrten ihn ungläubig an.
»Geflohen?« echote Cædmon.
»Nein. Ihr lügt!« stieß Dunstan hervor. »Das ist unmöglich!«
»Ich glaube, du vergißt, mit wem du sprichst, Dunstan of Helmsby«, versetzte Morcar mit dem einschüchternden aristokratischen Hochmut, der seiner Familie zu eigen war. »Ich lüge nicht. Hereward hat sich mit einer Handvoll Männer davongemacht, als er sah, daß die Schlacht verloren ist. Und jetzt laß das Messer fallen und steh auf.«

Dunstan setzte sich auf und senkte den Kopf. »Wie … wie kann er gehen und mich nicht mitnehmen?«
Morcar nickte knapp. »Das habe ich ihn auch gefragt. Aber ich habe keine Antwort bekommen. Er war sehr in Eile.«
»Ihr habt ihn fliehen sehen und seid nicht mitgegangen?« fragte Cædmon.
Morcar richtete seinen strengen Blick auf ihn. »Wofür haltet Ihr mich?«
»Ähm … für einen Ehrenmann, Mylord.«
»Aha. Vielen Dank. Ihr meint, ich hätte daran denken sollen, daß Herewards Flucht Williams Zorn auf die überlebenden Rebellen nicht gerade mildert?«
Cædmon nickte, legte die rechte Hand um den linken Unterarm und stützte ihn.
»Tja.« Morcar hob kurz die Schultern. »Ich sage Euch ehrlich, mir ist gleich, was William tut, Cædmon. Diese Revolte war schon lange vor dem heutigen Tage zu Ende.«
»Wie meint Ihr das?«
»Mein Bruder Edwin ist tot. Von seinen eigenen Männern auf der Flucht nach Schottland ermordet. Somit gibt es niemanden mehr, der das Erbe der angelsächsischen Könige antreten könnte. Es ist vorbei. Hereward und Edwin zusammen hätten William vielleicht stürzen können. Aber der eine ist ein Verräter, der andere wurde verraten, und der englische Widerstand ist mit ihm gestorben.«
Dunstan saß ihm Gras und hatte das Gesicht in den Händen vergraben. »Ihr habt recht«, murmelte er fast tonlos. »Gott steh uns bei … Ihr habt recht.«
Cædmon verschloß sich gegen das Mitgefühl, das ihn plötzlich überkommen wollte, und legte seinem Bruder die unverletzte Hand auf den Arm. »Komm jetzt.«
Dunstan stand langsam auf. Seine Erschütterung über Herewards feigen Verrat machte ihn fügsam, aller Trotz, aller Hochmut war ihm vergangen. Er hob den Kopf und sah seinem Bruder in die Augen. »Cædmon …«
»Was?«
Dunstan starrte ihn wortlos an. Tränen rannen über sein Gesicht und verschwanden in dem dichten, blonden Bart. Dann hob er mit schlafwandlerischer Bedächtigkeit das Messer, das er immer noch in der

Hand hielt. Morcar stieß einen warnenden Ruf aus und machte einen Schritt auf ihn zu. Cædmon öffnete die Lippen, aber er brachte keinen Ton heraus.
Dunstan legte die Linke über der Rechten um das Heft und stieß sich die Klinge ins Herz. Einen Augenblick stand er noch reglos, dann brach er lautlos in die Knie, fiel auf die Seite und lag still.
Cædmon kniete sich neben ihn ins regennasse Gras und drückte die eisblauen Augen zu. Der Tag, da das Drachenschiff den Ouse hinaufgekommen war, fiel ihm ein, und auf einmal mußte er kämpfen, um Wort zu halten und tatsächlich keine Träne um diesen Bruder zu weinen.

Die Suchmannschaften, die noch in der Nacht ausgeschickt wurden, um die Fens nach Hereward zu durchkämmen, kehrten entweder unverrichteter Dinge oder aber überhaupt nicht zurück. Hereward war entwischt. Und wie Morcar vorhergesehen hatte, ließ der König seinen unbändigen Zorn darüber an denjenigen aus, die mehr Mut als ihr Anführer bewiesen, die aussichtslose Schlacht bis zum Ende gefochten hatten und nach ihrer Niederlage gefangengenommen wurden.
William blieb seinem Grundsatz treu, daß Kirchenmänner außerhalb weltlicher Jurisdiktion stehen sollten, und er schonte selbst die Mönche, die Waffen gegen ihn geführt hatten, belegte das Kloster aber mit einer so gewaltigen Bußabgabe, daß es auf absehbare Zeit bettelarm sein würde. Er berücksichtigte auch Morcars hohe Geburt, akzeptierte einen neuen Treueschwur des jungen einstigen Earl und schickte ihn dann nach Rouen zurück, wo er allerdings nicht als Geisel am Hof leben, sondern als Gefangener in einem Verlies schmachten sollte. Auf unbestimmte Zeit. Die übrigen rund zweihundert Gefangenen wurden samt und sonders geblendet und kastriert. Es dauerte drei Tage. Tage, an denen von früh bis spät die gequälten Schreie der Verstümmelten aufs stille, gleichgültige Moor hinaus gellten, nur dann und wann erwidert vom schläfrigen Ruf eines Vogels. Viele Männer im Gefolge des Königs, vor allem die Prinzen und Knappen kamen sich vor wie in einem grauenvollen Alpdruck, der einfach kein Ende nehmen wollte. Doch der König hatte verboten, daß sie mit der Hauptstreitmacht ins Lager von Belsar's Hills zurückkehrten. Auch als sein Bruder für die Jungen zu intervenieren versuchte, blieb William unerbittlich.
»Ich weiß, daß es furchtbar ist, Robert, aber es ist notwendig. Sie sind alt genug, das zu begreifen, und es wird Zeit, sie daran zu gewöhnen.«

Der einzige, der von der tagelangen Blutorgie unberührt zu bleiben schien, war Lucien de Ponthieu, der die Oberaufsicht über die Bestrafungen führte. Jedenfalls nahm Cædmon das an, bis er am Abend des dritten Tages, als das Werk getan und endlich, endlich Stille eingekehrt war, auf einem Spaziergang außerhalb der Klostermauern durch ein kleines Gehölz kam und ihn dort fand. Lucien hatte sich in den Schutz eines Haseldickichts verkrochen, um sich, wie Cædmon Etienne später berichtete, die Seele aus dem Leib zu kotzen.

Etienne zeigte keine große Überraschung. »Ja, ja. So ist er, mein Schwager. Ein butterweicher Kern in einer sehr, sehr rauhen Schale. Mein Herz schlägt für ihn, ehrlich.«

Cædmon bedachte seinen Freund mit einem vorwurfsvollen Blick. »Komm, komm. Was hättest du denn gemacht, wenn der König dir diese ehrenvolle Aufgabe übertragen hätte?«

Etienne neigte den Kopf zur Seite, malte mit dem Finger unsichtbare Muster auf den groben Holztisch im Refektorium, an dem sie saßen, und schien angestrengt nachzudenken. »Vermutlich hätte ich es getan. Ich meine, es ist ja nicht so, als hätten diese Rebellen es nicht verdient. Aber mach dir keine allzu großen Illusionen über Lucien. Der König weiß schon, warum er ihn immer für diese Dinge auswählt. Lucien ist in vieler Hinsicht ein würdiger Nachfolger für Jehan de Bellême: ein Mann fürs Grobe. Er hat keine Gefühle, wie man sie Menschen allgemein nachsagt.«

Cædmon war anderer Ansicht. »Nun, jedenfalls liebt und verehrt er seine Schwester.«

Etienne nickte. »Richtig. Sie und Beatrice Baynard.« Er lachte über Cædmons Schreckensmiene, die sich praktisch immer zeigte, sobald dieser Name fiel. »Ach, Cædmon, alter Freund, beiß endlich in den sauren Apfel und heirate das Mädchen. Ohne Verbindung zum normannischen Adel wirst du nie Sheriff von Norfolk werden.«

Cædmon starrte ihn entgeistert an. »Wie kommst du auf den Gedanken, daß ich das je werden könnte?«

»Weil es der Wunsch des Königs ist. Sag nicht, der Gedanke sei dir noch nie gekommen. Warum sonst hat er dir so viele Ländereien in der Gegend gegeben? Warum sonst sollte er so darauf drängen, daß du Beatrice heiratest, statt die Tochter irgendeines königstreuen englischen Thane?«

»Aber … aber ich will nicht Sheriff werden.«

Etienne wandte den Kopf und sah ihm ins Gesicht. »Doch, Cædmon. Du wirst wollen. Morcar ist erledigt und wird auf Nimmerwiedersehen verschwinden. Damit bleiben Waltheof of Huntingdon und du als die letzten angelsächsischen Adligen von Bedeutung im normannischen England. Und ich bin sicher, wenn du darüber nachdenkst, wirst du feststellen, daß du soviel Macht und Einfluß brauchst, wie du nur kriegen kannst. Herrgott noch mal, warum sträubst du dich so sehr dagegen, sie zu heiraten?«

Cædmon hob abwehrend die bandagierte Linke und rieb sich das Kinn an der Schulter. »Ich liebe eine andere.«

Etienne brach in schallendes Gelächter aus. »Und das ist alles?«

3. BUCH

Doch viele, die edel und dem König treu ergeben schienen, verbündeten sich mit seinen Feinden und verrieten ihre Brüder und Väter und ihren obersten Lehnsherrn. So litt das Reich mehr unter den Seinen denn der Kriegswut seiner Feinde und wurde von einer inneren Krankheit verzehrt.
Ordericus Vitalis, *Historia Ecclesiastica*

Exning, August 1075

»Der Thane of Helmsby!« rief der Bräutigam erfreut aus. »Wie schön, daß Ihr uns an diesem Tag beehrt.«
Cædmon schüttelte ihm die Hand. »Viel Glück und Gottes Segen, Ralph.« Dann verneigte er sich vor der Braut. »Das wünsche ich auch Euch, Emma.«
Mit lachenden Augen strahlte sie ihn an. »Danke, Cædmon.«
Es war das erste Mal seit etwa zehn Jahren, daß er sie wiedersah, und er war nicht verwundert festzustellen, daß sie eine Schönheit geworden war. Schließlich war sie Etienne fitz Osberns Schwester.
Er machte den übrigen Gratulanten Platz, die schon ungeduldig herandrängten, und trat zu Etiennes und Emmas älterem Bruder. »Gut daß wenigstens Ihr in England seid, Roger, sonst hätte Emma mutterseelenallein zum Kirchenportal schreiten müssen.«
Roger fitz Osbern hatte zu helle Haare und zu kantige Züge, um seinen schönen Geschwistern ähnlich zu sein, aber das gewinnende Lächeln war das gleiche. »Ja, ich bin sicher, Etienne hätte allerhand darum gegeben, heute hier zu sein, statt mit dem König im Maine. Aber wenigstens seine Frau ist gekommen, um die fitz Osbern-Delegation zu verstärken.« Er sah kurz über die Schulter. »Aliesa? Hier ist Cædmon of Helmsby.«
Sie entschuldigte sich bei den bretonischen Freunden des Bräutigams, mit denen sie geplaudert hatte, und wandte sich lächelnd um. »Cædmon! Wie schön.«
Er verneigte sich sparsam. Wie immer brachte es ihn aus der Fassung, ihr nach längerer Trennung plötzlich gegenüberzustehen, aber ihr Beispiel an wohldosierter Höflichkeit machte es ihm immer leicht, unge-

zwungen zu wirken. »Ich hoffe, Ihr hattet einen angenehmen Sommer in Herefordshire, Madame?«
Sie machte eine kleine, wegwerfende Geste. »Oh, es war grauenhaft langweilig auf dem Land. Aber ich nehme an, jetzt, da der König nicht in England ist, war es am Hof auch eher ruhig, nicht wahr?«
Er nickte. »Beschaulich. Beinah ein bißchen eintönig. Eure Schönheit hat uns gefehlt, Madame.«
Er sagte es beinah zerstreut; ein abgedroschenes Kompliment ohne alle Bedeutung, das viele Männer vielen Frauen machten, egal ob schön oder häßlich. Sie bedachte es mit dem gekünstelten Lächeln, das es verdiente, hob nur für einen winzigen Moment die Lider und sah ihm in die Augen. Der Blick dauerte nicht einmal einen Herzschlag lang, aber er beantwortete alle Fragen. Fast ein Jahr war seit ihrer letzten Begegnung vergangen. Nichts hatte sich geändert.
»Ein prachtvolles Fest, nicht wahr«, plauderte sie weiter.
»Wunderbar«, stimmte er enthusiastisch zu, obwohl er für große Menschenansammlungen mit lauter Musik und Prasserei nicht besonders viel übrig hatte.
»Ja, Cædmon ist ein großer Freund von Hochzeitsfeiern, solange es nur nicht seine eigene ist«, bemerkte Bischof Odo trocken und gesellte sich zu ihnen, einen gut gefüllten Becher in der Hand.
Cædmon verneigte sich tief. »Welche Freude, Euch zu sehen, Monseigneur.«
»O ja, darauf wette ich.« Odo lachte leise und fragte vielsagend: »Wie geht es Eurer bildhübschen Verlobten, Cædmon?«
»Ähm … gut, soweit ich weiß.«
»Tatsächlich? Nun ich muß gestehen, daß mich das ein wenig verwundert, sie muß die Geduld eines Engels besitzen.«
Aliesa schüttelte mit einem kleinen Lächeln den Kopf. »Ihr bringt den Ärmsten in Verlegenheit, Monseigneur.«
Aber Cædmon winkte ab. »Nein, nein. Mein unendliches Verlöbnis ist schon viel zu lange Anlaß zur Heiterkeit bei Hofe, um mich noch in Verlegenheit zu bringen, Madame. Alle Welt weiß schließlich, daß meine Braut lieber Euren Bruder heiraten würde und ich lieber Junggeselle bliebe.«
»Ihr solltet sie trotzdem in absehbarer Zeit heiraten«, riet Odo. »Ehe sie grau und runzelig wird«, fügte er boshaft hinzu. »Und nun erzählt uns, Cædmon, wie geht es meinen prinzlichen Neffen?«

Erleichtert ließ er sich auf den Themenwechsel ein und berichtete, womit sie sich den Sommer über die Zeit vertrieben hatten. »Richard und Rufus sind wahrhaft trickreiche Jäger geworden, es vergeht fast kein Tag, da sie nicht für ein paar Stunden hinausreiten. Henry hingegen hat eine merkwürdige Vorliebe für muffige Schreibstuben und Bücher entwickelt.«

»Er ist erst sieben«, entgegnete Aliesa, um ihren geliebten kleinen Prinzen in Schutz zu nehmen. »Er wird schon noch Freude an Pferden und Waffen und all den Dingen, die ihr Männer für so unabdingbar haltet, entwickeln.«

Odo lachte über ihr mißfälliges Stirnrunzeln und fragte Cædmon: »Und Richard und Rufus? Verstehen sie sich besser?«

Cædmon schüttelte seufzend den Kopf. »Nein, im Grunde nicht. Sie gehen einander aus dem Wege. Wenn sie sich begegnen, sind sie höflich, aber in Wahrheit werden sie einander immer fremder.«

»Das ist bedauerlich«, sagte Odo besorgt.

»Ja, ich weiß, Monseigneur. Und ich habe getan, was ich konnte, um es zu ändern, aber ohne Erfolg. Sie sind einfach zu unterschiedlich. Rufus und mein Bruder Eadwig hingegen sind nach wie vor unzertrennlich.«

»Nun, das ist immerhin etwas. Ich sorge mich manchmal darum, daß unser Rufus sich immer weiter in sich zurückzieht.«

Cædmon nickte, erwiderte aber: »Ich mache mir derzeit ehrlich gesagt mehr Gedanken um Richard. Es hat ihn sehr gekränkt, daß sein Vater Lanfranc und nicht ihn in seiner Abwesenheit zum Regenten ernannt hat.«

Odo schnitt eine beinah komische Grimasse. »Nun, richtet ihm aus, damit stünde er nicht allein. Ich war auch gekränkt, daß William das Amt nicht mir übertragen hat. Aber sowohl ich als auch Richard müssen uns damit abfinden, daß Lanfranc der bessere Mann dafür ist. Ich bin zu bequem, Richard ist zu jung.«

»Er ist zwanzig, Monseigneur. Als sein Vater so alt war wie er ...«

»Sein Vater ist ein Mann, mit dem gewöhnliche Sterbliche sich nicht vergleichen sollten«, fiel Odo ihm ins Wort, und es klang keineswegs ironisch.

»Nein.« Cædmon seufzte. »Das ist wohl wahr.«

»Da fällt mir ein, Thane, ich wollte Euch um einen Rat bitten. Wie Ihr wißt, komme ich selten aus Kent heraus. Wenn ich die besten Stickerinnen Englands suche, wohin muß ich mich wenden?«

»Stickerinnen?« wiederholte Cædmon verwirrt.
Odo nickte. »Seht Ihr, meine Kathedrale in Bayeux wird bald fertig. Nun, Ihr wißt, wie das ist, Ihr baut schließlich selbst eine Kirche, alles dauert länger und wird teurer als geplant, aber ich hoffe, nächstes Jahr um diese Zeit fertig zu sein. Und ich will einen Schmuck für meine Kirche, wie die Welt ihn noch nicht gesehen hat. Es soll ein Bildteppich sein, der die Geschichte der normannischen Eroberung Englands erzählt.«
Ein seltsames Thema für eine Kirche, fand Cædmon, aber er sagte lediglich: »Die ganze Geschichte? Das muß ein großer Teppich werden.«
Odo nickte ungerührt. »Ich dachte, etwa zweihundert Fuß lang. Die Kirche ist ja groß.«
Cædmon unterdrückte jede Bekundung seines Erstaunens, aber Aliesa zog hörbar die Luft ein. »Dafür braucht Ihr eine Armee von Stikkerinnen.«
»Ja, vermutlich«, stimmte der Bischof unbekümmert zu. »Aber ich will nur die besten. Es soll eine Überraschung für William werden, schließlich hat er den Bau meiner Kirche sehr großzügig unterstützt. Dieser Bilderteppich soll ihn ehren. Aber dafür muß er ihm gerecht werden. Also, Cædmon, was ratet Ihr mir?«
Cædmon überlegte einen Moment. »Nun, auf die Schnelle fällt mir nur eine Frau ein, die vermutlich die Richtige für Euer … gewaltiges Projekt ist.«
»Sagt ruhig größenwahnsinnig. Wer?«
»Meine Schwester. Ihre Arbeiten wurden früher in ganz East Anglia und darüber hinaus gerühmt, vor allem ihre Kunst, Muster und Bilder zu entwerfen.«
»Ha. Das ist wirklich die Frau, die ich brauche. Wo finde ich sie?«
»Das ist das erste Problem. Sie lebt in York. Und das zweite Problem ist…«
»Ja, ich kann es mir denken. Wenn sie in York lebt, läge ihr sicher nichts ferner, als den König zu ehren«, knurrte Odo.
Cædmon nickte beschämt. »Ich fürchte, so könnte es sein.«
»Schickt Ihr trotzdem einen Boten. Sagt Ihr, ich mache sie reich.«
Cædmon mußte lachen. »Mit Geld werdet Ihr sie nicht ködern können, Monseigneur.«
»Dann sagt Ihr, ich werde Ihr keinen Wunsch abschlagen. Sagt Ihr, was immer nötig ist. Nur, ich will diesen Teppich!«

»Ich werde sehen, was sich machen läßt«, versprach Cædmon, aber in Wirklichkeit hatte er wenig Hoffnung.
Sie redeten noch ein wenig über dies und das, über England, Schottland, die Normandie und das Maine, doch Odo verabschiedete sich bald. Ehe er sich abwandte, raunte er Cædmon zu: »Bleibt nicht zu lange hier bei ihr stehen, mein Freund. Ich werde Euch im Auge behalten, vergeßt das nicht.«

Die Hochzeit wurde ein wahrhaft prachtvolles Fest. Ralph de Gael war einer der führenden bretonischen Adligen in England. Sein Vater hatte schon König Edward treue Dienste geleistet, und Ralph selbst war vor beinah zehn Jahren mit William herübergekommen, besaß große Ländereien in Ost- und Südengland und, seit er das Erbe seines Vaters angetreten hatte, den riesigen Stammsitz der Familie in der Bretagne. Er war Earl of Norfolk und Suffolk und somit einer von Cædmons einflußreichsten Nachbarn. Seine Ehe mit Emma fitz Osbern verband ihn mit einem der mächtigsten normannischen Adelsgeschlechter und bedeutete einen wichtigen Schritt auf seinem Weg zu der herausragenden politischen Machtstellung, die er offenbar anstrebte. Der König hatte den Tod des alten Gael zutiefst bedauert. Der junge Ralph tat sein Bestes, dem König den treuen Vasallen zu ersetzen.
Als die Gesellschaft sich zum Hochzeitsmahl setzte, ließ Cædmon den Blick über die feingekleideten Damen und Ritter schweifen und dachte darüber nach, daß der König sich irgendwann damit würde abfinden müssen, daß ein Generationenwechsel stattfand. Er tat sich letztlich keinen Gefallen, wenn er die erwachsenen Söhne seiner langjährigen Weggefährten ständig ignorierte und überging. Das galt nicht zuletzt für Etiennes Bruder Roger, der gerade auf ihn zuwankte und sich ihm gegenüber auf einen freien Platz sinken ließ.
»Cædmon.«
»Roger.«
»Ist es nicht herrlich, wenn zwei Menschen heiraten?«
Cædmon beäugte ihn argwöhnisch. »Ich hoffe, Ihr wollt Euch nicht der Zermürbungskampagne anschließen, die Bischof Odo gegen mich führt?«
Roger blinzelte. »Was?«
»Oh … gar nichts. Ja, eine Hochzeitsfeier ist immer eine bewegende Sache.«

»Hm. Ich wünschte, Etienne wäre hier. Er wäre so froh, unsere Emma so strahlend und glücklich zu sehen.«
»Das glaube ich auch.«
Roger sah ihn eulenhaft an. »Er liebt Euch mehr als jeden seiner Brüder, wißt Ihr. Etienne, meine ich.«
»Ja, ja. Ihr seid sturzbetrunken, Roger.«
»Stimmt. Würdet Ihr mir einen Gefallen tun?«
»Wenn er sich im Rahmen vernünftiger Grenzen bewegt, sicher.«
»Ihr geht zurück an den Hof, richtig?«
Cædmon nickte. »Ich bleibe ein paar Tage in Helmsby, wo ich schon mal in der Nähe bin, aber dann kehre ich nach Winchester zurück.«
»Würdet Ihr meine Schwägerin mitnehmen?«
»Wie bitte?«
»Aliesa. Sie sollte mit mir nach Hereford zurückkommen, aber …«, er kicherte verschwörerisch, »ich habe unterwegs ein paar Dinge zu erledigen, wobei ich keine Zeugen gebrauchen kann, versteht Ihr.«
»Natürlich. Wer ist denn die Glückliche?«
Fitz Osbern grinste entwaffnend. »Tut Ihr mir den Gefallen?«
Cædmon schüttelte mißbilligend den Kopf. »Wie stellt Ihr Euch das vor? Ich reise allein und…«
»Oh, keine Bange. Ich gebe Euch eine Wache zur Begleitung mit und finde eine Anstandsdame für Aliesa.«
»In dem Falle, bitte.«
Fitz Osbern atmete erleichtert auf. »Ich wußte, auf Euch ist Verlaß.«

Cædmon konnte sein Glück kaum fassen. Nur begleitet von zwei von fitz Osberns Rittern und Ralph de Gaels fünfzehnjähriger Cousine Anne, die nach dem tödlichen Jagdunfall ihres greisen Gatten und einer angemessenen Trauerzeit nun an den Hof und damit auf den Heiratsmarkt zurückkehrte, brachte er Aliesa am nächsten Tag nach Helmsby und erfüllte sich damit einen langgehegten Traum.
Es waren etwa zwanzig Meilen von Exning, doch weil sie fast den ganzen Weg der königlichen Straße folgen konnten, die London mit Norwich verband, und weil die Damen nichts dagegen hatten, zügig zu reiten, war es kaum mehr als ein halber Tagesritt.
Aliesa sah sich mit leuchtenden Augen um. »Wer behauptet, East Anglia sei ein flaches Ödland?«
»Euer Bruder, zum Beispiel, Madame«, antwortete Cædmon.

»Aber meine Augen sehen dort drüben eine Hügelkette.« Sie wies auf die welligen Anhöhen östlich von Exning.
»Man nennt sie die ›Downs‹«, erklärte er. »Und die Leute sagen, das Gras auf diesen Hügeln würde bis in den Himmel wachsen, wenn die Schafe es nicht abfräßen. Wenn man ein Stück in die Downs reitet, kommt man an einem Steilhang mit einem Weißen Pferd vorbei.«
»Ein weißes Pferd?«
Cædmon nickte. »Es gibt sie hier und da in ganz England. Irgendwer hat vor langer Zeit das Gras und Gebüsch auf diesem Hügel so zurückgeschnitten, daß der kreideweiße Felsen darunter sichtbar wird, und zwar in Form eines Pferdes. Irgendwer schneidet es immer noch bei.«
Aliesa schnalzte in gespielter Mißbilligung mit der Zunge. »Das klingt sehr heidnisch. War es nicht der Gott Odin, dem Eure Vorfahren Pferdeopfer darbrachten?«
»Stimmt. Genau wie Eure Vorfahren.« Sie lachten, aber dann fuhr er kopfschüttelnd fort: »Die Weißen Pferde waren schon lange vor der Ankunft der Angelsachsen hier. Ich vermute, das Alte Volk hat sie gemacht.«
»Und was ist das dort drüben?« Sie wies nach links, wo sich im typisch flachen Gras- und Schilfmeer der Fens ein langgezogener Wall bis zum Horizont erstreckte. »Es sieht beinah aus wie von Menschenhand gemacht.«
»Ist es auch. Die Leute hier nennen es den Teufelsdeich. Es heißt, die Angeln von East Anglia haben ihn zum Schutz gegen ihre nördlichen Nachbarn in Mercia gebaut, kurz nach der Besiedlung.«
»Wer waren denn diese nördlichen Nachbarn? Sachsen? Jüten?«
»Nein, auch Angeln. Aber sie haben sich trotzdem nicht vertragen.« Er hob lächelnd die Schultern. »Damals waren wir ein kriegerisches Volk und ließen uns nicht so einfach erobern wie heute.«
Er war nicht wirklich überrascht, daß sie zu den wenigen Menschen gehörte, die der stillen Gleichförmigkeit der Fens etwas abgewinnen konnten. Sie hatten in so vieler Hinsicht den gleichen Geschmack; es hätte ihn eher gewundert, wenn Aliesa die leise Melancholie der Landschaft nicht als angenehm und erholsam empfunden hätte, so wie er es tat. Ebensowenig überraschte es ihn zu erleben, wie sie das Herz seines wackeren Vetters Alfred im Sturm eroberte.
»Willkommen daheim, Thane«, sagte dieser, als er sie wie üblich am Tor begrüßte.

Cædmon saß ab. »Danke, Alfred.« Er half Aliesa aus dem Sattel und führte sie zu ihm. »Aliesa, dies ist mein Cousin Alfred, mein Steward«, sagte er auf normannisch und zu Alfred gewandt auf englisch: »Aliesa fitz Osbern, die Frau meines Freundes Etienne.«

»Schade«, murmelte Alfred, ehe er sich verneigte und seinen gesamten normannischen Wortschatz zum besten gab: *»Enchanté, Madame.«*

Aliesa reichte ihm mit einem leisen Lachen die Hand und sagte in fließendem, fast akzentfreiem Englisch: »Ich bin geschmeichelt, Alfred.«

Alfred errötete bis in die Haarwurzeln, nahm die Hand wie in Trance und schüttelte sie emsig. Cædmon sah Aliesas verwirrtes Blinzeln und hatte Mühe, sich ein Lachen zu verbeißen.

»Ihr sprecht unsere Sprache, Madame?« fragte Alfred entzückt.

»Ich lebe seit beinah zehn Jahren in England. Es ist meine Heimat. Ich müßte mich schämen, wenn ich in all der Zeit seine schöne Sprache nicht erlernt hätte.«

Alfred grinste. »Wenn alle Normannen so denken würden, wären sie so damit beschäftigt, sich zu schämen, daß ihnen gar keine Zeit mehr bliebe, uns auszupressen.«

Cædmon seufzte leise. »Alfred…«

Aber Aliesa hob gebieterisch die Hand. »Es ist schon gut, Cædmon. Euer Vetter hat völlig recht.« Sie nahm Alfreds Arm, da er keine Anstalten machte, ihn ihr zu reichen, und führte ihn über den Hof Richtung Zugbrücke. »Und wie geht es Eurem Vater, dem berühmten Onkel Athelstan, von dem ich schon so viel gehört habe …«, hörte Cædmon sie noch sagen. Er sah ihr einen Augenblick verträumt nach, ehe er sich seiner anderen Gäste entsann und mit einiger Verspätung auch der jungen Witwe aus dem Sattel half.

Nicht nur Onkel Athelstan, sondern ganz Helmsby lag Aliesa zu Füßen. Dabei gab sie sich keine besondere Mühe, irgendwen für sich einzunehmen, war weder auffallend leutselig zum Gesinde, noch zeigte sie größeres Interesse an Cædmons Housecarls oder deren Frauen. Sie war schließlich nur ein Gast auf der Durchreise, und auch wenn die Leute sie mit Ehrfurcht und Neugier betrachteten, weil sie eine normannische Adlige und Vertraute der Königin war, signalisierte sie doch allen, daß es unpassend wäre, ein allzu großes Gewese um ihren Besuch zu machen. Nur Cædmons Familie begegnete sie mit echter Herzlichkeit

und fand bei jedem exakt den richtigen Ton: gutmütigen Spott für den stammelnden, ständig errötenden Alfred, Hochachtung für den zutiefst geschmeichelten Onkel Athelstan, aufrichtige Verehrung für Marie, die mit größerer mütterlicher Wärme reagierte, als sie ihrer eigenen Tochter in den letzten Jahren je hatte angedeihen lassen.
»Ich bin froh, Euch so glücklich und wohlauf zu sehen, mein Kind.«
»Danke, Madame. Für mein Wohlbefinden stehe ich immer noch in Eurer Schuld.«
Marie tätschelte ihr den Arm. »Gott, das ist so lange her. Und seither?«
Aliesa schlug die Augen nieder und schüttelte den Kopf.
»Nun, für Eure Gesundheit ist es zweifellos das beste so. Aber gewiß eine Enttäuschung für Euren Gemahl.«
»Ja, ich fürchte, so ist es.«
»Er ist mit dem König auf dem Kontinent?«
Aliesa nickte. »Er hofft, daß sie vor Weihnachten zurückkommen ...«
Cædmon saß mit dem Rücken zur Halle und dem Gesicht zum Feuer auf der Bank, spielte leise auf der Laute, hörte ihnen zu und wunderte sich nicht zum erstenmal darüber, wie mühelos normannische Frauen in scheinbarer Aufrichtigkeit plaudern konnten und dabei jegliche brisante Themen umschifften, selbst wenn sie beide an nichts anderes dachten. Gewiß fand Marie Aliesas Besuch in Helmsby verwerflich und unklug. Gewiß hätte Aliesa ihr gerne erklärt, daß es weder ihre noch Cædmons Idee gewesen war. Doch sie wären im Traum nicht darauf gekommen, sich diese Dinge zu sagen.

Er hatte ihr großmütig seine Kammer überlassen und sich bei Alfred einquartiert. Als sein Vetter schlief, stand er leise auf und schlich zu ihr. Die Nacht war sehr warm, und Aliesa hatte sowohl den Bettvorhang als auch den Fensterladen weit geöffnet. Der volle Erntemond schien herein und tauchte den Raum in silbriges Licht. Das ausladende Bett warf tiefblaue Schatten.
Langsam trat er darauf zu und sah einen Moment auf sie hinab, beinah andächtig. Sie saß aufgerichtet an das breite Kopfteil gelehnt, ein Kissen im Nacken. Die dunkle Haarflut hing offen herab und reichte bis auf den Schoß ihres weißen Hemdes. Der Anblick machte seine Kehle eng.
Er kniete sich auf die Bettkante, zog sie ungeduldig in die Arme und küßte sie.

Ihre Finger verschränkten sich in seinem Nacken, und er spürte den nachgiebigen, aber doch so wunderbar festen Druck ihrer Brüste. Er ließ die Hand unter den Saum ihres Hemdes gleiten und schob es hoch. Aliesa löste ihre Lippen von seinen. »Ich war nicht sicher, ob du kommen würdest«, flüsterte sie.
Er hob verblüfft den Kopf. »Wie konntest du daran zweifeln?«
»Man erzählt sich, du habest ein Keuschheitsgelübde abgelegt. Die Meinungen gehen allerdings auseinander, ob für ein Jahr, zwei oder länger.«
Er lachte leise und schob die Träger über ihre Schultern, sah gebannt zu, wie der spitzenbesetzte Ausschnitt abwärts glitt. »Die Mär vom Keuschheitsgelübde ist das letzte Bollwerk gegen meine drohende Eheschließung mit Beatrice Baynard. Es war nicht einmal schwierig, das Gerücht in die Welt zu setzen.« Jeder war geneigt, es zu glauben, da alle Welt wußte, daß Cædmon of Helmsby den Bau einer steinernen Kirche begonnen hatte. Ein kostspieliges Unterfangen, und man war sich allgemein darüber einig, daß es sich um eine Buße handeln müsse, die er selbst oder auch sein Beichtvater ihm für irgendeine schwere Sünde auferlegt hatte – auch wenn leider niemand sagen konnte, worum es sich dabei handelte –, und zu der eben auch das besagte Keuschheitsgelübde gehörte. »Es war ein segensreicher Einfall. Sogar der König glaubt es, und jetzt kann nicht einmal er mir wegen Beatrice die Hölle heiß machen.«
Aliesa umfaßte seine abwärts wandernden Hände und schob sie weg. »Besser, du machst aus der Lüge Wahrheit.«
Er ließ die Hände sinken und sah sie an. »Was hast du?«
»Gar nichts. Aber Etienne ist seit einem halben Jahr auf dem Kontinent, Cædmon. Wenn ich jetzt schwanger würde, hätten wir wirklich ein Problem.«
Er streckte sich seufzend neben ihr aus und zog sie zu sich herunter. »Ja, ich weiß. Du wirst nicht schwanger werden, sei unbesorgt.«
»Aber wie willst du das verhindern?«
»Wie?« Er lachte leise. »Komm her, du Unschuldslamm, und ich zeig' es dir.«

Er ritt mit ihr nach Helmsby und führte sie zur Baustelle seiner Kirche. Aliesa zeigte sich tief beeindruckt. »Du meine Güte! Ich wußte nicht, daß du eine Kathedrale im Sinn hattest.«

Er warf ihr einen amüsierten Blick zu. »Nun übertreib nicht. Sie wird nicht viel größer als die Kapelle am Hof in Winchester.«
Aber er mußte selbst gestehen, daß die hohen, massigen Mauern des Chors mit der halb fertigen Apsis wuchtig wirkten, man kam sich in ihrem Schatten immer winzig und zerbrechlich vor. Er brachte sie ins Innere, wo die ersten vier der stämmigen Säulen errichtet worden waren, die eines Tages das Deckengewölbe tragen sollten. Jeder der runden Pfeiler hatte ein anderes Muster.
»Sie wird wunderschön, Cædmon«, sagte Aliesa mit aufrichtiger Begeisterung. »Und wie ich sehe, baust du in normannischem Stil.«
Er nickte. »Er ist dem angelsächsischer Kirchen weit überlegen. Normannische Kirchen sehen nicht nur besser aus, ihre Dächer stürzen auch seltener ein.«
Sie fuhr mit dem Finger das Zahnornament der vorderen linken Säule nach. »Ich hoffe, du verzeihst meine Offenheit, aber du mußt reicher sein, als ich angenommen hatte.«
Er lächelte geheimnisvoll. »Ich würde sagen, ich kann nicht klagen. Aber sie verschlingt alles, was ich verdiene.«
»Warum tust du es?«
Er verengte die Augen und sah scheinbar konzentriert zum Kapitell hinauf. »Ich habe ein Geschäft mit Gott gemacht. Ich habe ihn um etwas gebeten und im Gegenzug diese Kirche geboten.«
»Also hast du bekommen, worum du gebeten hast?«
»O ja.«
»Verrätst du mir, was es war?«
»Tut mir leid. Gott und ich haben Stillschweigen vereinbart.«
Sie lachte leise. »Ich hoffe jedenfalls, daß du trotz der hohen Kosten mit dem Geschäft zufrieden bist.«
»Das bin ich. Anders als meine armen Bauern. Sie fanden die alte Kirche völlig ausreichend, und sie sind gar nicht glücklich über all die fremden Handwerker in Helmsby, ganz zu schweigen von einem normannischen Baumeister.«
»Wer ist er?«
»Turold von Canterbury. Lanfranc hat ihn mir geliehen. Obwohl seine neue Kathedrale noch längst nicht fertig ist, aber er sagte, er habe Baumeister im Überfluß.«
»Vermutlich hat dein Bruder ein gutes Wort für dich eingelegt.«

»Wahrscheinlich.« Er reichte ihr seinen Arm. »Komm, laß uns gehen. Sieh dich vor, der Boden liegt voll zerbrochener Mauersteine.«
Vor der Kirche trafen sie Vater Cuthbert und Offa, den Schmied. Cædmon stellte Aliesa vor und redete ein paar Sätze mit den beiden Männern. Aliesa staunte über den ungezwungenen Umgangston zwischen dem Thane und den einfachen Leuten von Helmsby. Sie begegneten ihm mit Respekt, aber ohne alle Scheu, und es war unschwer zu erkennen, daß sie sich freuten, ihn zu sehen. Wie anders ist es mit Etiennes Bauern in Cheshire oder Herefordshire, fuhr es ihr durch den Kopf. Obwohl er ein so nachsichtiger Dienstherr war und nicht duldete, daß auf seinen Gütern irgendwer schlecht behandelt wurde, ganz gleich ob Pächter oder Sklave, zitterten sie doch alle vor ihm wie die Hühner vor dem Fuchs. Und das würde niemals besser werden, solange er ihre Sprache nicht beherrschte. Aber er lehnte es ab, darüber zu debattieren. »Dafür habe ich meine Stewards«, wandte er jedesmal ein...
»Aliesa, träumst du?«
»Entschuldige. Was sagtest du?«
»Ich bringe dich zur Burg zurück und reite dann weiter nach Metcombe«, wiederholte Cædmon geduldig.
»Zu *ihr*«, fügte sie hinzu. Weder ihre Stimme noch ihr Blick verrieten ihre Eifersucht. Sie hatte es verstanden, sie zu verbergen, seit Cædmon ihr zum erstenmal von Gytha erzählt hatte. Denn er hatte noch niemals das geringste Anzeichen von Eifersucht auf ihren Mann erkennen lassen. Und was er konnte, konnte sie schon lange.
»Zu meinen Söhnen«, korrigierte er ohne besonderen Nachdruck.
»Nimm mich mit«, bat sie impulsiv. »Ich würde die beiden so gerne kennenlernen.«
»Das wirst du. Ich bringe sie für ein paar Tage mit nach Helmsby. Aber es ist besser, du läßt mich alleine reiten. Es wäre nicht schicklich, wenn du und ich für Stunden zusammen im Wald verschwinden.«

In der Mühle herrschte Hochbetrieb. Das ganze Gebäude war von einem dichten Nebel aus Mehlstaub erfüllt, der durch die Ritzen in der Holzdecke aus dem Obergeschoß rieselte, wo der Mühlstein sich drehte, und aus den Säcken unter dem Trichter im Erdgeschoß aufwirbelte. Das eigentliche Mahlgeräusch wurde übertönt vom unablässigen Quietschen des Mühlrades und dem zischenden Tosen und Schäumen des Ouse, der es antrieb.

Cædmon blieb an der Tür stehen. Er hatte kein gesteigertes Interesse daran, von Kopf bis Fuß eingestäubt zu werden. »Hallo? Hengest! Gytha!«
Er hörte rennende Schritte in seinem Rücken und wandte sich um.
»Vater! Vater!«
Der sechsjährige Ælfric lief über die Dorfwiese auf ihn zu, sein zwei Jahre jüngerer Bruder folgte ihm, so gut er konnte.
Ælfric sprang ungestüm, und Cædmon fing ihn lachend auf. »Ælfric! Wie geht es dir, mein Sohn?«
»Warst du im Krieg, Vater? Wie lange kannst du bleiben?«
Cædmon stellte seinen quirligen Ältesten auf die Füße und fuhr ihm über die samtweichen, blonden Kinderlocken. Ælfric erinnerte ihn immer an Eadwig in diesem Alter. Cædmon war sich nicht bewußt, wie sehr der Junge ihm selbst glich. »Nein, in England ist derzeit kein Krieg, Gott sei Dank. Aber es kann nicht lange dauern, bis der nächste Unruheherd uns alle wieder aufschreckt.«
Er stützte die Hände auf die Oberschenkel und beugte sich zu seinem jüngeren Sohn herab. »Nun, Wulfnoth?«
Der kleine, elfenhaft schmale Junge krallte die Hand um den Mantelsaum seines Vaters, sah ernst zu ihm auf und sagte kein Wort.
Cædmon legte ihm leicht die Hände auf die Schultern und küßte ihn auf die Stirn. »Weißt du, wer ich bin?«
Wulfnoth nickte. »Vater.«
»Und trotzdem hast du Angst vor mir?«
Der Junge schüttelte den Kopf so nachdrücklich, daß die dunkelblonden Haare flogen.
Cædmon mußte lächeln. »Gut. Ich hatte gedacht, ich nehme euch für ein paar Tage mit nach Helmsby. Aber wenn dir das nicht geheuer ist und du lieber bei deiner Mutter bleibst, sag es ruhig.«
Wulfnoth äußerte sich nicht, sah nur unverwandt zu ihm auf. Cædmon konnte den Blick nicht deuten. Er kannte seine Söhne nur so flüchtig.
Hengest trat aus der Mühle, kam lächelnd auf sie zu und wischte sich die Hand an der Kleidung ab, ehe er sie Cædmon reichte. »Thane.«
»Hengest.«
Der Müller sah zu Ælfric. »Lauf, hol deine Mutter.«
Der ältere der beiden Jungen ging folgsam ins Haus.
Hengest und Cædmon setzten sich auf die Bank vor der Mühle und fanden nichts zu sagen, wie meistens in den letzten Jahren. Hengest nahm

Cædmon übel, welche Rolle er bei der Niederschlagung des letzten angelsächsischen Widerstandes in Ely gespielt hatte. Er wußte natürlich nicht genau, was sich im einzelnen abgespielt hatte. Aber Edwin of Mercia war tot, Morcar ein Gefangener in Rouen, Hereward »der Wächter« seit Jahren spurlos verschwunden. Und Cædmons eigener Bruder war tot, während Cædmon selbst lebte und höher denn je in der Gunst des normannischen Königs stand. Mehr brauchte Hengest nicht zu wissen. Cædmon seinerseits verübelte dem Müller seine rebellische Gesinnung. Vor allem aber verübelte er ihm, daß er Gytha geheiratet hatte. Auf Etienne fitz Osbern war er niemals wirklich eifersüchtig. Er dachte so selten wie möglich daran, was sich zwischen Etienne und Aliesa abspielte, aber die Tatsache an sich hatte ihn nie wütend gemacht. Hengest hingegen hätte er am liebsten den Hals umgedreht. Dabei war es doch Aliesa, die er liebte, nicht Gytha. Er hatte ungezählte schlaflose Nächte damit zugebracht, seine Gefühle zu erforschen und zu versuchen, diesen eigentümlichen Widerspruch zu begreifen. Aber alles, was er erreicht hatte, war, zu der Erkenntnis zu gelangen, daß der Verstand in diesen Angelegenheiten keine große Rolle spielte.
»Ihr wollt die Jungs mit nach Helmsby nehmen?« fragte Hengest. Es klang neutral, aber die Furchen auf seiner Stirn hatten sich fast unmerklich vertieft.
»Wenn ihre Mutter einverstanden ist, ja.« Er wollte nicht deutlicher werden. Aber was er meinte, war: Was geht es dich an?
Hengest sah auf das kleine Kleefeld in der Wiese vor ihnen und nickte. »Kann ich Euch ein Bier anbieten, Thane?«
Früher hast du es geholt, ohne zu fragen. »Nein, vielen Dank.«
Beide Männer waren erleichtert, als Gytha aus der Mühle kam. Sie führte den dreijährigen Hengest an der Hand und hielt den sechs Monate alten Oswin im Arm. Ælfric folgte ihr dicht auf den Fersen, und Wulfnoth glitt unauffällig an ihre Seite.
Cædmon erhob sich und trat lächelnd zu ihr. »Gytha.«
»Da bist du also.« Sie sah ihm nicht in die Augen.
»Da bin ich«, sagte er mechanisch. Er sah auf das schlafende Baby in ihren Armen, und als er den Kopf hob, trafen sich ihre Blicke unbeabsichtigt. Er lächelte. »Du bist wirklich reichlich mit Söhnen gesegnet.« Auch ihre Mundwinkel verzogen sich verräterisch nach oben. »Es kommt wieder eins. Ich bete, daß es eine Tochter wird. Du kannst dir nicht vorstellen, wie gern ich ein kleines Mädchen hätte.«

Er nickte. »Nun, dann werden es vermutlich Zwillingssöhne.«
Sie lachte ihr glockenhelles Mädchenlachen. Dann fragte sie: »Ælfric sagt, du willst ihn und Wulfnoth für eine Weile mitnehmen?«
»Wenn du einverstanden bist, ja.«
»Wir haben jetzt viel Arbeit hier in der Mühle«, bemerkte Hengest, der immer noch in seinem Rücken auf der Bank saß. »Wir können eigentlich nicht auf Ælfric verzichten.«
Cædmon wandte sich nicht um. Zu Gytha sagte er: »Aber Ælfric wird niemals Müller von Metcombe werden, das wissen wir alle.«
Gytha nickte und verzichtete darauf, die durchaus berechtigte Frage zu stellen, was statt dessen aus Ælfric werden sollte. Und aus Wulfnoth. Vermutlich hätte sie es getan, wenn sie allein gewesen wären. Aber Hengests Anwesenheit machte sie befangen. Pflichtschuldig sah sie zu ihrem Mann hinüber. »Ich bin einverstanden, wenn du es bist.«
Der Müller nickte, ohne zu zögern. »Schön, meinetwegen.«
Es gefiel Cædmon nicht, daß seine Söhne ihm erst auf Erlaubnis des Müllers übergeben wurden, und er rächte sich, indem er nur sagte: »Dann verabschiedet euch von eurer Mutter, Jungs.«

Er hatte wenig Übung darin, ein Vater zu sein, aber als sie in Helmsby waren, lief es reibungsloser als erwartet. Aliesa entwickelte sofort eine Schwäche für den stillen, verschüchterten kleinen Wulfnoth, der mehr Ähnlichkeit mit seiner Mutter als mit dem Letzten der Godwinsons hatte, dessen Namen er trug. Der ungestüme, lebhafte Ælfric fand in seinem Onkel Alfred und seinem Großonkel Athelstan dicke Freunde. So blieb Cædmon genügend Zeit, sich den vernachlässigten Geschäften seiner inzwischen so komplizierten Gutsverwaltung und dem Bau seiner Kirche zu widmen, obwohl er sich bemühte, jede Mußestunde mit seinen Söhnen zu verbringen. Bald hatte sein Tagesablauf sich eingespielt. Zum erstenmal seit vielen Jahren genoß er es, in Helmsby zu sein. Er war seltsam unbeschwert. Mit der beiläufigen Leichtigkeit eines Jongleurs teilte er seine Tage zwischen seinen vielen Aufgaben und seinen Söhnen auf. Und die Nächte gehörten Aliesa.
Eine bislang ungekannte Vertrautheit hatte sich zwischen ihnen entwickelt. Ihre vertrackte Situation quälte sie, es war eine allabendliche, beinah rituelle Prüfung, das Bett zu teilen ohne den eigentlichen Akt zu vollziehen. Doch die Dinge, die sie statt dessen taten, waren auf eigentümliche Weise persönlicher. Und sie redeten viel. Mehr als je

zuvor. Sie saßen im Bett, mit angezogenen Knien und ans Kopfteil gelehnt, teilten einen Becher Wein oder Bier und redeten bis kurz vor Sonnenaufgang.
»Cædmon?«
»Hm?«
»Was hast du für Pläne mit deinen Söhnen?«
»Oh, ich weiß noch nicht. Ich hoffe, daß sie eines Tages als Knappen an den Hof kommen, wenn Richard König wird. Ich meine, sie mögen nur Bastarde sein, aber vermutlich die einzigen Söhne, die ich je haben werde. Wenn es nach mir geht, soll Ælfric als mein Erbe Thane of Helmsby werden. Und Wulfnoth?« Er hob langsam die Schultern. »Er ist so ernst und still. Wie Guthric früher. Vielleicht stellt er eines Tages fest, daß er berufen ist.«
Aliesa nickte versonnen »Was auch immer du vorhast ... Ich hoffe, du bist nicht ärgerlich, wenn ich dir einen Rat gebe?«
Er schüttelte den Kopf. »Wenn es ein guter Rat ist, nein.«
Sie lächelte schwach. »Es ist mir ernst, Cædmon.«
»Ich bin ganz Ohr.«
»Schick sie nicht zurück nach Metcombe. Wenn du wünschst, daß eines Tages Ritter aus ihnen werden, sollten sie nicht unter Bauern leben.«
»Nun, noch sind sie sehr klein. Und sie brauchen ihre Mutter.«
»Aber der Müller behandelt sie nicht gut.«
Er hob den Kopf. »Was heißt das?«
Sie zuckte ungeduldig mit den Schultern. »Was glaubst du wohl? Er prügelt sie. Vor allem Wulfnoth.«
Cædmon winkte ab. »Darüber mach dir keine Sorgen. Jungen geraten außer Rand und Band, wenn man es nicht tut, glaub mir, ich weiß, wovon ich rede. Mein Vater hat damit auch nie gegeizt, und es hat keinem von uns geschadet.«
»Nein«, stimmte sie sarkastisch zu. »Es hat nur einen gefühllosen Klotz aus dir gemacht.«
»Aliesa ...«
Sie hob gebieterisch die Hand. »Sieh ihn dir an. Sieh ihn dir einmal genau an, und dann urteile selbst.«
»Herrgott noch mal ...« Ein Klopfen ließ ihn jäh verstummen.
Sie wechselten einen entsetzten Blick. Es klopfte noch einmal.
Aliesa sah hilflos zu Cædmon, räusperte sich und fragte mit vorgeblich schlaftrunkener Stimme: »Was gibt es denn?«

»Cædmon, ich weiß, daß du da drin bist«, rief Alfred gedämpft. »Es tut mir leid, daß ich mich nicht länger blind und taub stellen kann, aber Waltheof of Huntingdon ist unten in deiner Halle und besteht darauf, dich sofort zu sprechen.«
Cædmon machte eine beruhigende Geste und flüsterte: »Sei unbesorgt. Auf Alfred ist Verlaß.« Dann rief er: »Ich komme sofort.«
Er schwang die Beine aus dem Bett und griff nach seinen Hosen.
Aliesa umfaßte seinen Arm. »Was immer Waltheof of Huntingdon von dir will, sei vorsichtig.«
Er streifte die Hosen über und stand auf. »Wieso?«
Sie lehnte sich in die Kissen zurück. »Tu einfach, was ich sage.«
»Tue ich das nicht immer?«

Waltheof of Huntingdon war der letzte der großen angelsächsischen Earls, der noch in Amt und Würden war, obwohl oder vielleicht auch gerade weil er nie eine so herausragende Rolle wie das Haus von Mercia oder das Haus Godwinson gespielt hatte. Der König schätzte ihn sehr. Waltheof hatte gute Verbindungen nach Northumbria – sein dänischer Vater Siward war dort einst Earl gewesen –, und obwohl er vor sechs Jahren den Aufstand im Norden unterstützt hatte, hatte William ihm nicht nur verziehen, sondern ihn kürzlich gar zum Earl of Northumbria ernannt, in der Hoffnung, daß Siwards Sohn vielleicht gelingen könnte, was keiner vor ihm bewerkstelligt hatte, nämlich die Unruheprovinz mit dem normannischen Regime auszusöhnen. Waltheof hielt sich jedoch weitaus lieber auf seinen Gütern in Huntingdon und Northamptonshire auf als im rauhen Norden und war somit Cædmons Nachbar.
Cædmon eilte mit einem Öllicht in der Hand die Treppe hinunter und fragte sich beunruhigt, was dieser ungewöhnliche Besuch zu dieser noch ungewöhnlicheren Stunde zu bedeuten hatte.
»Waltheof! Seid gegrüßt.«
»Entschuldigt die nächtliche Störung, Cædmon.«
»Euer Besuch ist mir immer eine Ehre, Mylord, egal um welche Tageszeit.«
»Das werdet Ihr nicht wiederholen, wenn Ihr gehört habt, was ich zu sagen habe.«
Cædmon sah ihn einen Moment an. Waltheof hatte äußerlich keinerlei Ähnlichkeit mit seinem blonden, meeräugigen Wikingervater, der, wollte man der Legende glauben, groß wie ein Troll gewesen war und

in seinen zahllosen Kriegen gegen König Macbeth die Schotten dutzendweise mit der bloßen Faust erschlagen hatte. Waltheof war vielleicht Mitte Dreißig und schon fast kahl. Was ihm von seinem Haar geblieben war, war nach normannischer Sitte geschoren und mausgrau. Er war hühnerbrüstig und auf dem linken Auge fast blind. Aber Cædmon wußte, es wäre ein Fehler gewesen, sich von der äußeren Erscheinung täuschen zu lassen.

»Laßt mich Euch einen Becher Met holen, Ihr seid ja ganz außer Atem.«

Waltheof schüttelte den Kopf und nahm seinen Arm. Er ruckte sein Kinn zu den reglosen Gestalten, die entlang der Wände im Stroh lagen. »Können wir irgendwohin gehen, wo wir ungestört sind?«

Cædmon nickte und nahm von Alfred dankend zwei gefüllte Becher entgegen. »Folgt mir, Mylord.«

Er führte Waltheof ins oberste Stockwerk der Burg in eine kleine Schreibstube, wo Alfred und Vater Odric, Cædmons schreibkundiger Hauskaplan, die Bücher der Gutsverwaltung führten. Die Luft stand in der kleinen Kammer, es war heiß und stickig. »Verzeiht den bescheidenen Rahmen, aber ich habe Gäste, und mein Haus ist voll. Hier sind wir unter uns.«

Waltheof nickte, trank dankbar an dem Becher, den Cædmon ihm in die Hand gedrückt hatte, und begann unvermittelt: »Es gibt eine Verschwörung, Cædmon.«

Cædmon ließ seinen Becher sinken und nahm beiläufig wahr, daß sein Herzschlag sich beschleunigte. »Von wem gegen wen?«

»Gegen den König natürlich. Sie wollen seine Abwesenheit ausnutzen, um England auf einen Streich unter ihre Kontrolle zu bringen.«

»Wer sind *sie?*«

Waltheof sah ihm in die Augen. »Ralph de Gael und Roger fitz Osbern.«

Cædmon brach in schallendes Gelächter aus.

Waltheof runzelte ärgerlich die Stirn. »Ja, seht Ihr, das ist der Grund, warum ich zu Euch gekommen bin, statt sofort zu Lanfranc zu reiten. Niemand wird es glauben. Das ist ihr großer Vorteil. Niemand wird es für möglich halten, bis es passiert ist.«

Cædmon sah ihn unsicher an. »Aber wie kommt Ihr nur auf einen solchen Gedanken? Welchen Grund könnten sie haben, den König entmachten zu wollen? Kaum jemand steht so hoch in seiner Gunst wie gerade diese beiden, kaum jemand hält mehr Land in England.«

»Und vielleicht hat genau das sie gierig gemacht. Ich weiß nicht, warum. Sie wollen mehr Macht, als der König irgendeinem seiner Vasallen zugesteht. Es mißfällt ihnen, daß die Sheriffs als Vertreter der Krone die Macht der Earls in ihren Grafschaften beschneiden. Sie sind es satt, William ständig seine Feldzüge zu finanzieren. Und sie finden plötzlich, daß kein Bastard auf dem Thron einer christlichen Nation sitzen sollte. Philip hat hier seine Hand mit im Spiel, versteht Ihr.«

»Der König von Frankreich?« fragte Cædmon beinah tonlos.

»Wer sonst? Er ist erwachsen geworden, Cædmon, und es gefällt ihm nicht, daß er im Norden einen Nachbarn hat, der mächtiger ist als er. Er paktiert mit Flandern und den Aufständischen im Maine. Jetzt hat er seinen begehrlichen Blick auf die Bretagne gerichtet. Und in der Bretagne ist Ralph de Gael ein sehr einflußreicher Mann.«

Cædmon räusperte sich. »Woher wißt Ihr das alles?«

Waltheof sah ihm in die Augen. »Sie haben mich auf der Hochzeit vor zwei Wochen eingeweiht. Sie brauchen Northumbria, sonst kann ihr Plan nicht funktionieren.«

»Ihr wißt es seit *zwei* Wochen?«

»Ihr müßt verstehen, Thane, diese Männer haben nicht völlig unrecht mit dem, was sie sagen, und ich mußte abwägen ...« Er brach unvermittelt ab, als Cædmon einen Schritt zurücktrat und den Inhalt seines Bechers demonstrativ ins Stroh am Boden schüttete.

»Jedes Wort, das Ihr aussprecht, ist Verrat.«

»Und was für ein König ist es, den man nicht kritisieren darf, ohne ein Verräter zu sein?«

»Ihr kritisiert ihn nicht, Ihr wollt ihn stürzen. Obwohl er Euch mit Ehren und Gunstbeweisen regelrecht überhäuft hat! Euch mit seiner Nichte vermählt hat!«

»Aber ich bin doch zu Euch gekommen, um zu verhindern, daß es zum Schlimmsten kommt. Gerade wegen Judith.«

Cædmon schnaubte verächtlich. »Wenn es nicht schon zu spät ist.« Er schüttelte fassungslos den Kopf. »Gott, wißt Ihr eigentlich, was Ihr England antut? Ihr wart der letzte angelsächsische Earl, dem William zu trauen bereit war. Obwohl Edwin und Morcar ihn betrogen haben, von Harold Godwinson ganz zu schweigen. Euch hat er eine Chance gegeben. Und wie dankt Ihr es ihm? Es ist wahrlich kein Wunder, daß er das englische Volk mit Füßen tritt, wenn der englische Adel so ein schlechtes Licht auf das Volk wirft!«

Waltheof schien einen Augenblick versucht, mit Empörung zu reagieren und Cædmon daran zu erinnern, wen er vor sich hatte. Aber er konnte seinem Blick nicht standhalten. Seine Schultern sackten herab, und er nickte schuldbewußt. »Ihr sagt mit jedem Wort die Wahrheit. Reitet zu Lanfranc, Cædmon. Er wird es nicht bereitwilliger glauben als Ihr, aber Euer Bruder ist sein Vertrauter, und der Erzbischof hält große Stücke auf Euch und Eure Familie. Ihr müßt ihn überzeugen. Und er muß schnell handeln.«
Cædmon nickte grimmig. »Ihr könnt wetten, daß er das tut. Und jetzt sagt mir genau, was sie vorhaben.«
Waltheof schluckte. »Sie marschieren aus zwei Richtungen. Roger fitz Osbern kommt mit seinen Männern von Westen, Ralph zieht von hier aus los. Sobald sie sich vereinigt haben, wenden sie sich nach Süden.«
Cædmon brummte verächtlich. »Wie können sie nur hoffen, erfolgreich zu sein? Wie viele Männer haben sie denn schon? Zweihundert? Dreihundert?« Er bekam keine Antwort und sah seinen kleinlauten Besucher argwöhnisch an. »Gibt es vielleicht noch etwas, das ich wissen sollte?«
Waltheof riß sich zusammen und hob den Kopf. »Sie haben den König von Dänemark um Unterstützung gebeten. Prinz Knut rüstet eine Flotte aus.«
Cædmon starrte ihn einen Augenblick sprachlos an. Dann sagte er leise: »Gott vergebe Euch, Waltheof.« Er wandte sich abrupt zur Tür, hielt sie auf und machte eine auffordernde Geste. »Nach Euch, Mylord«, sagte er sarkastisch.
Waltheof trottete vor ihm her die Treppe hinab. Alfred wartete mit besorgt gerunzelter Stirn am Eingang zur Halle. Cædmon wollte ihn bitten, seine Männer zu wecken, als er erkannte, daß sie alle bereits am hastig aufgeschürten Feuer standen, Becher und Brotstücke in den Händen hielten und sich leise murmelnd unterhielten.
Cædmon nickte Alfred dankbar zu und weihte ihn flüsternd ein.
Alfred war sichtlich erschüttert. »Was ... was ist zu tun?«
»Ich muß sofort nach Canterbury.« Cædmon wandte sich kurz um. »Edric, geh und weck den Stallknecht und seinen Sohn. Sie sollen satteln, Widsith zuerst.«
»Ja, Thane.«
Cædmon sprach wieder zu Alfred: »Erkläre es meiner Mutter und Aliesa. Sei behutsam, Roger fitz Osbern ist Aliesas Schwager, es wird ein

furchtbarer Schock für sie sein, aber ich muß einfach sofort aufbrechen.«
Alfred nickte. »Sei unbesorgt. Ich bring' es ihr schon bei.« Er ruckte den Kopf in Waltheofs Richtung. »Was wird mit ihm?«
»Er kommt mit mir nach Canterbury, aber ich kann nicht auf ihn warten. Drei Mann sollen ihn hinbringen. Und sie dürfen ihn auf keinen Fall entwischen lassen, sonst sind wir in Schwierigkeiten.«
»Ich werde unter keinen Umständen ...«, begann Waltheof entrüstet, aber Cædmon schnitt ihm das Wort ab. »O ja, Ihr werdet. Ihr habt es vielleicht noch nicht gemerkt, aber Ihr seid mein Gefangener, Mylord. Alfred, binde ihm die Hände.«
Alfred sah unsicher von einem zum anderen. »Ähm ... Cædmon ...«
»Tu es!«
»Na schön.« Alfred fischte eine Lederschnur aus seinem Beutel und fesselte dem Earl die Hände, ohne ihm in die Augen zu sehen. Er tat es so untypisch zögerlich, als rechne er damit, daß Siwards legendäre Hammerfaust jeden Moment aus dem Jenseits auf ihn niederkrachen werde.
Cædmon nickte zufrieden. »Wulfstan soll in die Dörfer und zu den Gütern reiten. Alle sollen sich auf einen möglichen Däneneinfall einrichten. Wer sich Ralph de Gael anschließt, ist gut beraten, mir nie wieder unter die Augen zu treten. Und meine Söhne bleiben auf der Burg, bis diese ganze Sache vorbei ist.«
»Ja, Thane.«
»Schicke einen der Männer nach York. Wenn Erik dort ist, weiß er sicher längst, daß die Dänen kommen. Aber vielleicht ist er auf See. In dem Fall soll Hyld mit den Kindern hierherkommen.«
Alfred nickte. »Mach dich auf den Weg, Cædmon. Ich kümmere mich um alles, sei unbesorgt.«

Canterbury, September 1075

Lanfranc, Guthric, Prinz Richard und Cædmon saßen in einem geräumigen, aber doch mönchisch nüchternen Raum beim Licht zweier Öllampen um einen massiven Eichentisch. Cædmon hatte seine Neuigkeiten berichtet, und Ungläubigkeit, Schrecken, Empörung und

Fassungslosigkeit hatten einander abgelöst, um endlich einem langen, bleischweren Schweigen Platz zu machen.
Schließlich fuhr Richard sich mit beiden Händen durch die Haare und seufzte tief. »Gott, das wird den König furchtbar treffen.«
Lanfranc lächelte ihm zu. »Es spricht für Euch, daß Ihr zuerst an die Kränkung Eures Vaters denkt, mein Prinz, aber wir sollten jetzt vor allem überlegen, was zu tun ist. Die Zeit drängt.«
Cædmon gab ihm recht. »Wir müssen unter allen Umständen verhindern, daß die Verschwörer ihre Kräfte vereinen. Solange wir sie voneinander fernhalten, sollte es nicht allzu schwierig sein, mit ihnen fertigzuwerden.«
»Wobei wir die dänische Flotte nicht vergessen sollten«, gab Guthric zu bedenken. »Wie viele Schiffe?«
Cædmon schüttelte den Kopf. »Wir wissen es nicht.«
Lanfranc schien noch einen Moment tief in Gedanken versunken, dann legte er entschlossen die Hände auf die Tischplatte. »Zuerst müssen wir den König informieren und ihn überreden, sich nicht vom Maine ablenken zu lassen, sondern uns mit der Niederschlagung dieser Rebellion zu betrauen. Denn das war ja sicher eine von König Philips Absichten. Wenn er wirklich in diese Geschichte verwickelt ist. Guthric, seid so gut, schickt nach einem Schreiber.«
Guthric schüttelte den Kopf und stand auf. »Mit Verlaub, Monseigneur, aber besser, ich schreibe den Brief. Je weniger Menschen derzeit von dieser Sache wissen, um so besser. Und einige unserer Schreiber sind geschwätzig wie Marktweiber.«
Der Erzbischof nickte. »Ihr habt recht, mein Freund.«
Guthric trat an das Schreibpult und begann, nach Lanfrancs Diktat schnell und flüssig zu schreiben. Cædmon beobachtete seinen Bruder mit sorgsam verborgenem Stolz. Es ist ein Glück für England, dachte er, daß Guthric im Gegensatz zu Bruder Oswald nie ins Kloster zurückgekehrt ist. Er bekleidete kein offizielles Amt am erzbischöflichen Hof in Canterbury, weil er keines wollte, aber er war allgemein als Lanfrancs rechte Hand bekannt.
Als der Brief fertig versiegelt war, ließ Lanfranc mehrere seiner Ritter zu sich rufen und schickte sie als Boten aus: zwei zum König auf den Kontinent, um ihm das geheime Schreiben zu überbringen, je einen zu Odo, Montgomery, Warenne und den Bischöfen von Evesham und Worcester mit der Bitte, sich umgehend nach Winchester zu begeben.

»Dort treffen wir sie«, erklärte er den anderen. »Es wäre zu zeitraubend, sie alle hierherzubitten. Wenn wir von Winchester aus operieren, sind wir etwa in der Mitte zwischen den beiden Verschwörern und können von dort aus einen Keil zwischen sie treiben.«

Es erwies sich nicht einmal als besonders schwierig.
Die beiden englischen Bischöfe Wulfstan und Æthelwig sowie Montgomery, der Earl of Shrewsbury, führten ihre Truppen nach Westen und kesselten Roger fitz Osbern in Herefordshire ein, während Cædmon, Prinz Richard, Bischof Odo und der triefnasige Warenne gegen Ralph de Gael im Osten zogen. Ralph bekam Wind von der anrückenden Armee und verschanzte sich in Norwich. Während die königstreuen Truppen die Stadt belagerten, floh er unbemerkt und überließ die Verteidigung seiner blutjungen Braut, Emma fitz Osbern. Nach wenigen Tagen gab sie auf und öffnete den Belagerern die Tore.
Die dänische Flotte kam zu spät, der Aufstand war niedergeschlagen. So beschränkte Prinz Knut sich darauf, ein paar Küstenorte zu überfallen und, weil es so eine schöne alte Tradition war, York zu plündern. Fünf Jahre war die schwergeprüfte Handelsstadt im Norden verschont geblieben, war gerade wieder aufgebaut und zu neuem Wohlstand erblüht, als die Dänen einfielen, sie ausraubten und niederbrannten. Der Befehlshaber der normannischen Garnison war klüger als sein Vorgänger: Er zog die Zugbrücke ebenso wie den Kopf ein und wartete einfach, bis es vorbei war. Kaum in der Lage, ihre Beute zu tragen, zogen die Dänen ab und segelten heim. Cædmon bedauerte die Menschen der unglücklichen Stadt, aber er wußte Hyld und ihre Kinder sicher in Helmsby. Erik war im Frühling mit zwei vollbeladenen Schiffen nach Grönland aufgebrochen, er wurde erst im nächsten Jahr zurückerwartet. Und so hatte Hyld nicht lange gezögert, Cædmons Angebot anzunehmen und auf seiner Burg Schutz zu suchen, bis wieder Ruhe im Land herrschte.
Ralph de Gael hatte in der Zwischenzeit die Yaremündung erreicht, eins der dänischen Schiffe bestiegen und war, wie sie später erfuhren, sicher auf seine Güter in der Bretagne gelangt, wo er nun saß wie eine Spinne im Netz und ungestraft neue Ränke gegen den König schmiedete.
Das war der einzige Wermutstropfen in einem ansonsten vollkommenen Sieg. Roger fitz Osbern hockte, von Montgomerys Männern bewacht, auf seiner Burg in Hereford und harrte des königlichen Urteilsspruchs.

Seine Schwester Emma hatte sich freiwillig ins Kloster in Shaftesbury begeben. Über fünfzig bretonische Ritter, die Ralph de Gael unterstützt hatten, waren in Norwich und Umgebung festgesetzt worden. Und die traurigste Figur in dieser ganzen Verschwörung, Waltheof of Huntingdon, schmachtete in einem Verlies in Winchester. Normannische und englische Bischöfe und Adlige hatten durch ihr gemeinsames entschlossenes Vorgehen einen Sturz des Königs vereitelt, und das, sagte der freimütige Montgomery zu Cædmon, habe mehr zur Aussöhnung der beiden Völker beigetragen, als eine unfähige Jammergestalt wie Waltheof es je vermocht hätte.
Cædmon gab ihm recht.

Als der König wenige Tage vor Weihnachten von einem alles in allem erfolgreichen Feldzug nach England zurückkehrte, fand er sein Reich wieder befriedet. Trotzdem war er düsterer Stimmung und auf Rache aus. Er dankte den Männern, die den Aufstand niedergeschlagen hatten, und verteilte Ralph de Gaels eingezogene englische Güter an sie. Dann fällte er grausame Urteile über die abtrünnigen Bretonen und gab Befehl, sie noch vor Beginn der Feiertage zu vollstrecken. Auf dem Marktplatz von Norwich floß das Blut in Strömen und sammelte sich in dampfenden, rotbraunen Pfützen, ehe es steinhart gefror.
»Und was wird aus Roger fitz Osbern und Waltheof of Huntingdon, Sire?« fragte Montgomery.
Der König ließ den Blick nachdenklich über die Gesichter der Männer schweifen, die in seinem Arbeitszimmer versammelt waren, und verharrte bei Etienne, als er leise sagte: »Roger fitz Osbern wird die Sonne nicht wiedersehen.«
Etienne zeigte keinerlei Regung und erwiderte seinen Blick stumm.
Warenne zog nervös die Nase hoch. »Er soll sterben, Sire?«
William hob langsam die Schultern. »Irgendwann bestimmt. Aber nicht durch das Schwert eines Scharfrichters. Er bleibt in Kerkerhaft, und da soll er von mir aus verrotten. Hingerichtet wird nur Waltheof«, schloß er leise.
Unbehagliches Füßescharren war zu vernehmen.
Cædmon nahm seinen Mut zusammen und sagte: »Ich bitte Euch, diese Entscheidung noch einmal zu überdenken, Sire.«
Der König zeigte ein freudloses Grinsen. »Ich hätte meine Krone darauf verwettet, daß Ihr das sagt. Die Antwort ist nein.«

»Aber …« Er spürte Richards knochigen Ellbogen zwischen den Rippen: der gutgemeinte Rat, lieber den Mund zu halten. Cædmon rieb sich nervös das Kinn an der Schulter. »Sire, jeder Engländer wird denken, daß hier mit zweierlei Maß gemessen wird.«
»Dann wird jeder Engländer sich irren«, gab William unbeeindruckt zurück. »Wer mich kennt, weiß, daß ich niemanden hinrichten lasse, wenn es sich vermeiden läßt, aber Waltheof kann ich nicht leben lassen. Als Gefangener würde er sofort zur Symbolfigur möglicher englischer Rebellionen.«
»Tot würde er ein Märtyrer.«
»Oder vergessen.«
»Sire, er ist der Mann Eurer Nichte«, wandte Cædmon vorsichtig ein, aber William schnitt ihm mit einer Geste das Wort ab. »Ein Grund mehr, ihn hinzurichten. Ich habe Judith der Verständigung zwischen Normannen und Engländern geopfert, ich werde nicht zulassen, daß sie als Frau eines Verräters verfemt wird und mit kaum neunzehn Jahren in einem Kloster Zuflucht suchen muß. Wenn er tot ist, kann sie in ein oder zwei Jahren einen französischen Grafen oder einen walisischen Prinzen heiraten. Und nun hört auf, für ihn zu bitten, Cædmon, er ist es nicht wert. Ein Verräter, der die Verräter verrät, was für eine widerwärtigere Kreatur könnte es geben?«
»Ich bitte nicht für ihn, Sire, sondern für England.«
»Dessen König *ich* bin, und darum bestimme *ich*, was das beste für England ist!« Als er wieder einmal feststellen mußte, daß Cædmon von seinem Löwengebrüll vollkommen unbeeindruckt blieb, mäßigte sich der König, schüttelte langsam den Kopf und atmete tief durch. »Ich verstehe Eure Beweggründe, Cædmon. Aber ich muß Eure Bitte abschlagen. Ich hatte große Hoffnungen auf Waltheof gesetzt. Aber er hat mich einmal zu oft hintergangen. Und es ist zu gefährlich, ihn leben zu lassen.«
Cædmon gab sich geschlagen und nickte wortlos.
William konnte sich eine kleine Spitze nicht verkneifen: »Kopf hoch, Thane. Die Hälfte seiner Besitztümer in Huntingdon fällt an Euch.« Er wartete einen Moment vergeblich auf eine Reaktion und fuhr dann fort: »Und jetzt zu Philip von Frankreich, Monseigneurs …«

Cædmon stapfte frierend vor der Kapelle auf und ab und war erleichtert, als Etienne endlich herauskam. Sie wechselten wortlos einen Blick und gingen dann langsam nebeneinander zur Halle zurück.

»Aliesa sagt, du habest zwei wundervolle Söhne«, bemerkte Etienne in scheinbar unbeschwertem Plauderton. »Vor allem der kleine Wulfnoth hat es ihr angetan.«
»Ich glaube, das beruht auf Gegenseitigkeit. Wulfnoth ist ein stilles Wasser. Ich finde nur schwer Zugang zu ihm. Aber ihr ist es mühelos gelungen.«
»Sie hat die Tage in Helmsby genossen.«
»Das freut mich zu hören. Sie war eine große Bereicherung für mein Haus.«
Etienne nickte versonnen. »Wenn ich denke, daß Roger sie mit dir nach Helmsby geschickt hat, damit er ungestört mit Ralph de Gael und Waltheof of Huntingdon paktieren konnte ...« Seine Stimme klang tief und leise. »Ich kann es einfach nicht fassen, Cædmon.«
»Nein, ich weiß. Und ich habe geglaubt, er wolle deine Frau loswerden, um irgendeinem Rock nachzujagen.«
»Ich wünschte, es wäre so gewesen«, sagte Etienne, blieb unvermittelt stehen und kreuzte die Arme. »Welcher Dämon hat ihn nur besessen? Ich meine ... Gott, Cædmon, du kannst dir nicht vorstellen, wie unser Vater uns gepredigt hat, immer zum König zu stehen, komme was wolle. Wie er ihn verehrt hat. Ich weiß, daß er Roger damit immer auf die Nerven gegangen ist, aber das hier ... Und jetzt mißtraut der König mir.«
»Blödsinn.«
»Hast du nicht gemerkt, wie er mich angesehen hat?«
»Er mißtraut dir nicht, Etienne. Er ist gekränkt und zornig und sucht nach dankbaren Opfern, an denen er seinen Zorn auslassen kann. Das ist alles. Sobald er sich beruhigt hat, wird er wieder aufhören, dir argwöhnische Blicke zuzuwerfen. Du kennst ihn doch.«
Etienne hatte Zweifel. »Ich weiß nicht ... Dich hat er jedenfalls nie so angesehen, nachdem er wußte, daß dein Bruder Herewards Getreuer war.«
»Mein Bruder war auch nicht der Sohn seines Vetters und Seneschalls. Kein fitz Osbern, sondern nur ein unbelehrbarer, dummer Angelsachse. Das ist ein Unterschied.«
»Oh, Cædmon. Das ist wirklich nicht komisch.«
»Mir ist durchaus ernst, was ich sage. Hast du mit Roger gesprochen?«
Etienne schüttelte niedergeschlagen den Kopf. »Ich will ihn nicht sehen. Aber ich bin sicher, der König wird mir auftragen, Roger die Nach-

richt von seinem Urteil zu überbringen, wenn ich nach Weihnachten heimreite.« Er hob den Kopf und sah Cædmon an. »Mir graut davor.«
Cædmon nickte und legte ihm einen Moment die Hand auf die Schulter. »Trotzdem besser, wenn du es ihm sagst. Denn du bist vermutlich der einzige Mann in England, der auch nur einen Funken Mitgefühl für deinen Bruder empfindet.«

Weihnachten in Gloucester wurde ein prunkvolles Fest, und wie immer bot es Gelegenheit für manch frohes Wiedersehen. Cædmon war selig, daß Lanfranc Guthric mit an den Hof brachte, und endlich fanden die Brüder wieder einmal Muße, in Ruhe miteinander zu reden. Guthric wirkte asketisch und beinah erhaben in seiner tadellosen schwarzen Kutte zwischen all den bunt gekleideten Höflingen, und er machte keinen Hehl aus seiner Mißbilligung des verschwenderischen Pomps, aber er bewegte sich gewandt unter all den Mächtigen des Reiches; er war den Umgang mit ihnen gewöhnt. Und er erzählte Cædmon und seinen Freunden die komischsten Geschichten über Philip von Frankreich, die Lanfrancs Spione aus Paris berichteten, und natürlich von Papst Gregor, der vormals Hildebrand von Soana geheißen hatte und tatsächlich wie die Geißel Gottes über die Kirche und die christliche Welt gekommen war. Es hieß, der junge deutsche König Heinrich wolle ihn absetzen, da ihm die Machtansprüche dieses eifrigen neuen Papstes nicht behagten. Es hieß auch, Papst Gregor habe gedroht, Heinrich mit dem Bann zu belegen. Genau wie seine Freunde genoß Cædmon all diese haarsträubenden Geschichten, zumal sie England nicht betrafen, denn William stand auf gutem Fuße mit Papst Gregor. Er war nicht mehr als Heinrich gewillt, sich bevormunden oder gar bei der Auswahl der Bischöfe Vorschriften machen zu lassen, aber da William die gleichen Reformabsichten verfolgte wie der Papst, gab es keinen Anlaß für Machtproben.
Weit weniger als Guthrics Anwesenheit am weihnachtlichen Hof erfreute Cædmon hingegen die seiner Braut. Beatrice, inzwischen achtzehn, erregte allgemein Aufsehen mit ihrer weißblonden Haarpracht und der kostbaren Garderobe. Die jungen normannischen Adligen überschütteten sie mit Aufmerksamkeiten, allen voran Lucien de Ponthieu. Cædmon gab sich große Mühe, es ihnen gleichzutun, aber der bittere Zug um ihren Mund, der sich neuerdings zeigte, wenn er ihr unter die Augen trat, machte die Dinge nicht leichter.

Am Tag nach der Jahreswende bestellte der König ihn vor dem Essen in seine Privatgemächer und eröffnete unvermittelt: »Cædmon, jetzt ist ein für allemal Schluß.«
»Sire?«
»Am Sonntag nach Ostern werdet Ihr Beatrice Baynard heiraten. Ich bin es satt, mich ständig mit dieser Angelegenheit befassen zu müssen. Ihr habt die Mitgift in geradezu schamloser Weise in die Höhe getrieben und immer neue Ausflüchte gefunden, aber jetzt ist es genug. Am Sonntag nach Ostern. In Winchester.«
»Aber Sire … ich kann nicht.«
William kräuselte die Lippen; es war schwer zu sagen, ob es amüsiert oder verächtlich wirken sollte. »Ah ja. Das ominöse Keuschheitsgelübde. Nun, mir ist offen gestanden gleich, ob Ihr in Eurer Hochzeitsnacht mit Eurer Braut Mühle spielt, aber heiraten werdet Ihr sie auf jeden Fall. Ist das klar?«
Cædmon antwortete nicht sofort. Er hatte sich daran gewöhnt, daß der König über ihn verfügte, ohne je Rücksicht auf seine Wünsche zu nehmen, aber dieses Mal war der Drang zu rebellieren, sich einfach zu verweigern, beinah übermächtig.
»Ich warte, Cædmon«, sagte William bedenklich leise.
Er atmete tief durch. »Am Sonntag nach Ostern, Sire.«
William schenkte ihm ein beinah huldvolles Nicken. »Ihr dürft Euch entfernen, Thane. Baynard wird den Tag der Hochzeit heute abend bekanntgeben, und ich würde es begrüßen, Euch zu diesem Anlaß an der Seite Eurer Braut zu sehen.«
Cædmon verneigte sich wortlos. Er fühlte sich dumpf und hölzern, als er in die Halle zurückging.

Winchester, März 1076

»Und?« fragte Odo gespannt.
Cædmon strich sich die triefenden Haare aus der Stirn und schüttelte bedauernd den Kopf. »Nichts zu machen, fürchte ich. Sie sagt nein.«
»Aber…«
Der Bischof wurde unterbrochen, als Richard zu ihnen trat. »Cædmon. Eadwig. Seid ihr in einen Schauer geraten?«

»Ja«, brummte Eadwig, drehte seine langen Locken zu einem Strang zusammen und wrang sie aus. »Von Helmsby bis Winchester ging ein einziger Schauer nieder.«

Der Prinz lachte und machte eine einladende Geste. »Dann kommt ans Feuer, damit ihr trocknet.«

Sie folgten ihm in die Haupthalle, und der Prinz winkte einen Pagen herbei, der ihnen Becher mit heißem Wein brachte. Es war ungewöhnlich kalt für die Jahreszeit; an den Nordhängen und im Schatten der Wälder lag noch Schnee.

Bischof Odo war ihnen gefolgt. »Cædmon, ich gebe mich mit keinem Nein zufrieden.«

Cædmon legte die eiskalten Finger um seinen Becher und blies behutsam über das kochend heiße Gebräu. »Ich werde es ausrichten, aber ich fürchte, es wird nichts ändern.«

Der Prinz sah mit einem verständnislosen Lächeln von einem zum anderen. »Worum geht es? Wer sagt nein wozu?«

Odo warf Cædmon einen warnenden Blick zu, und es war Eadwig, der antwortete: »Bischof Odo wünscht, daß unsere Schwester eine Stickerei für ihn anfertigt. Es soll ein … kleiner Schmuck für seine Kathedrale in Bayeux werden. Aber sie weigert sich.«

»Oh.« Richard runzelte die Stirn, und Cædmon verbiß sich ein Lächeln, weil wieder einmal so deutlich erkennbar war, was der Prinz dachte: Er fand Hylds Reaktion auf das Ansinnen des Bischofs »unhöflich«.

Richard wandte sich an Odo und hob die Schultern. »England wimmelt nur so von erstklassigen Stickerinnen, Onkel.«

Doch Odo schüttelte entschieden den Kopf. »Ich habe mich umgehört. Keine, von denen man mir berichtet hat, hat je etwas hergestellt, wie ich es mir vorstelle. Auch in Canterbury sagte man mir, Hyld of Helmsby sei die Beste.«

Cædmon trank einen kleinen Schluck und bemerkte: »Es ist kein Wunder, daß Ihr immer die gleiche Antwort bekommt, wenn Ihr immer die gleiche Quelle befragt. Ich bin sicher, diese Auskunft stammt von meinem Bruder Guthric.«

Odo verdrehte ungeduldig die Augen. »Ich werde selbst nach Helmsby reiten und mit Eurer Schwester reden.«

Eadwig schnitt verstohlen eine komische Grimasse und murmelte: »Ich fürchte, das wird auch nichts nützen.«

Odo sah ihn finster an, und Richard lachte in sich hinein. Dann wandte er sich an Cædmon. »Und? Alle Vorbereitungen für den großen Tag abgeschlossen?«
Cædmons Miene verdüsterte sich. »O ja. Meine Mutter wartet nur auf besseres Wetter, ehe sie Helmsby verläßt und nach Maldon ins Kloster geht. Mein Onkel bemüht sich redlich, sich zu Tode zu trinken, ehe meine Braut auf meiner Burg einzieht, und meine Dienerschaft stellt die Halle auf den Kopf in dem hoffnungslosen Bestreben, Gnade vor ihren Augen zu finden. Ja, man kann wohl sagen, die Vorbereitungen werden mit allem gebotenen Eifer getroffen.«
Richard biß sich auf die Unterlippe. »Entschuldige, ich hätte nicht davon anfangen sollen.«
»Warum nicht?« wandte sein Onkel leichthin ein. »Es besteht kein Anlaß, übermäßige Rücksichten darauf zu nehmen, daß Cædmon glaubt, es sei das Ende der Welt, daß der König ihn mit einer Frau verheiratet, die er nicht will.«
Cædmon nickte knapp. »Ihr habt ja so recht, Monseigneur. Besseren Männern als mir ist das schon passiert.«
»Es passiert sozusagen jeden Tag«, stimmte Odo zu.
»Ja. Aber mir zum erstenmal. Sechs Jahre lang habe ich mich erfolgreich gewehrt. Es ist bitter, zuletzt doch noch zu unterliegen.«
Richard sah ihn bekümmert an. »Aber wieso sträubst du dich nur so sehr? Sie ist eine wirklich schöne Frau aus bester Familie und ...«
»Ja, Richard, nur leider haßt sie England«, fiel Cædmon ihm hitzig ins Wort. »Und mich.«
Der Prinz stellte seinen Becher auf einem nahen Tisch ab und verschränkte die langen Arme vor der Brust. »Ich bin sicher, du wirst Mittel und Wege finden, sie umzustimmen.«
Cædmon runzelte die Stirn. »Wie?«
Richard mußte lachen. »Oh, Cædmon. Alles, was ich über Frauen weiß, hast du mir beigebracht – wie so viele andere Dinge auch –, und jetzt fragst *du mich?*«
Cædmon grinste wider Willen. In Wahrheit hatte der Prinz auf diesem Gebiet nie großer Belehrungen bedurft. Er war ein gutaussehender junger Mann mit den dunklen Haaren und Augen und der großen, athletischen Statur seines Vaters. Mit seinen kaum zwanzig Jahren hatte er sich schon den Ruf eines hervorragenden Kommandanten und mutigen Kämpfers erworben. Er war kein solcher Draufgänger wie Rufus

oder ihr älterer Bruder Robert, fühlte sich im Zentrum der allgemeinen Aufmerksamkeit unwohl und war in Gegenwart seines Vaters immer noch schüchtern, aber sein Humor und sein natürlicher Charme machten alle Damen schwach.

»Ja, du hast gut lachen, Richard«, sagte Cædmon kläglich. »Deine schottische Braut ist erst drei Jahre alt. Dir bleiben noch mindestens zehn Jahre Schonfrist.«

»Das ist auch gut so«, brummte Odo. »Solange braucht er mindestens, um sich diese gewaltigen Hörner abzustoßen. Man hört schockierende Dinge über dich, mein Junge. Ich bin verwundert, daß dein Vater das duldet.«

Richard unterdrückte ein Lächeln. »Ich bin diskret, Onkel. Genau wie Ihr.«

Odo stimmte in das Gelächter mit ein, wurde aber schnell wieder ernst und fragte Cædmon: »Also? Was muß ich tun, um Eure Schwester umzustimmen?«

Ehe Cædmon antworten konnte, traten Rufus und Leif hinzu. Sie umarmten Eadwig zum Willkommen, und Leif fragte: »Hyld? Man stimmt sie nicht um, Monseigneur.«

Odo sah den jungen dänischen Ritter verdrossen an. »Was wißt Ihr darüber?«

»Sie ist die Frau meines Bruders. Sie hat Eadwig und meine Schwester und mich damals vor den Todesreitern gerettet. Ihr hättet sie sehen sollen. Selbst der Winter und der Hunger mußten sich ihrem Willen beugen.«

Odo zog spöttisch die Brauen in die Höhe. »Mein Junge, in Euch steckt ein Poet, scheint mir. Vielleicht habt Ihr das Zeug zu einem der großen Sagendichter Eures Volkes.«

»Ich bleibe lieber bei der Wahrheit, Monseigneur«, erwiderte Leif unerwartet ernst. »Niemand könnte eine neutralere Chronik über die Ereignisse in England während der letzten zehn Jahre schreiben als ich, denn ich bin dänisch, englisch und normannisch. Wenn ich darüber nachdenke, bin ich obendrein sogar noch Norweger.«

Odo nahm seinen Arm. »Ihr schreibt eine Chronik?«

Leif nickte. »Das Pergament ist furchtbar teuer, und ich komme nur langsam voran, aber das Jahr der Eroberung habe ich abgeschlossen.«

»Das ist großartig, Junge! Ich wußte gar nicht, daß Ihr schreiben könnt.«

Leif war ein wenig verwundert über das unerwartete Interesse des Bischofs, aber er erklärte wahrheitsgemäß: »Wir alle mußten hier lesen lernen, Monseigneur. Vom Lesen zum Schreiben ist es kein großer Schritt.«

»Nein«, stimmte der Bischof zu. »Wenn man erst einmal auf eine so abstruse Idee gekommen ist, nicht. Kommt mit mir, Leif Guthrumson. Ich habe mit Euch zu reden ...« Er zog ihn zur Tür, und Leif folgte ihm verblüfft, aber willig.

»Was hat das zu bedeuten?« fragte Rufus verwundert.

»Dein Onkel hat neuerdings ein großes Interesse an englischer Geschichtsschreibung«, vertraute Eadwig ihm raunend an.

»Ah ja?« Rufus nahm eine geröstete Haselnuß aus einer Messingschale auf dem Tisch, warf sie in die Luft und fing sie geschickt mit dem Mund auf. Dann ergriff er den verwaisten Becher seines Onkels und leerte ihn in einem Zug. »In dem Fall sollte irgendwer ihn darüber aufklären, daß in fünf oder sechs Klöstern im Land eine Chronik vom Anbeginn der angelsächsischen Besiedlung Englands bis zum heutigen Tag geführt wird. Ich nehme doch an, daß er dort alles findet, was er wissen will.«

»Du bist gut informiert, Rufus«, bemerkte Cædmon.

Der Prinz grinste breit. »Ob du es glaubst oder nicht, Cædmon, hin und wieder habe ich zugehört, wenn du uns etwas beizubringen versucht hast.«

»Das zerstreut all meine Zweifel am Sinn meines Daseins.«

Rufus seufzte zufrieden. »Da. Schon wieder einen Mann glücklich gemacht. Komm, Eadwig. Sieh dir meinen neuen Gaul an. Du wirst vor Neid erblassen, das sag' ich dir ...« Er zog seinen Freund mit sich zum Ausgang.

Cædmon und Richard blieben allein zurück. »Und was tun wir?« fragte Cædmon.

»Vielleicht wäre es das beste, du ließest den König wissen, daß du angekommen bist. Seit den frühen Morgenstunden wartet eine Abordnung northumbrischer Thanes auf eine Audienz. Sie wollen um Waltheofs Leben bitten, und mein Vater hat gesagt, er werde sie erst empfangen, wenn du hier bist.«

Cædmon seufzte. »Die northumbrischen Thanes haben den ganzen weiten Weg umsonst gemacht. Waltheofs Schicksal ist besiegelt. Ich wünschte weiß Gott, es wäre anders, aber die Beweggründe des Königs sind durchaus nicht von der Hand zu weisen.«

Richard nickte bedrückt. »Aber niemand könnte das den Thanes so schonend beibringen wie du, die barschen Worte des Königs so diplomatisch abmildern. Wer weiß, vielleicht haben wir Glück, und es gibt keine neue Revolte in Northumbria.«
Cædmon betrachtete ihn einen Augenblick nachdenklich. »Du könntest ebensogut für deinen Vater übersetzen wie ich.«
Richard mußte lachen. »Ich? Du meine Güte, Cædmon, er würde mir nicht einmal seinen Falken anvertrauen, geschweige denn seine Staatsgeschäfte.«
»Und das macht dir gar nichts aus?«
Der Prinz dachte einen Moment nach. »Doch.« Er hob mit einem unbeschwerten Lächeln die Schultern. »Aber ich schätze, die undankbare Aufgabe, Williams Mund und Ohr zu sein, überlasse ich viel lieber dir. Abgesehen davon würde es alle Verhandlungen unnötig in die Länge ziehen, wenn ich für ihn übersetzen müßte. Du weißt doch, wie ich stottere, wenn er nur im selben Raum ist.«
Cædmon klopfte ihm grinsend die Schulter. »Deine Stunde kommt auch noch, Richard. Sag, du weißt nicht zufällig, wo Etienne fitz Osbern ist?«
Der Prinz nickte. »Bei Malachias, dem Juden. Oder genauer gesagt, bei dessen Vater. Er will ihn überreden, in Chester eine Filiale seines Handelshauses zu eröffnen. Etienne ist der Meinung, daß sich der Handel in England zu sehr auf den Süden und den Norden konzentriert, und wenn er Sheriff von Cheshire wird, soll sich das ändern.«
Cædmon riß die Augen auf. »Etienne wird Sheriff?«
»Das wußtest du nicht? Und es würde mich überhaupt nicht wundern, wenn du der nächste wärest. Sobald diese dumme kleine Formalität am übernächsten Sonntag erledigt ist, versteht sich«, fügte er boshaft hinzu.
Cædmon hob die Hand; davon wollte er nichts hören. »Nun, ich hoffe, das wird Etienne endlich von dieser albernen Sorge befreien, daß der Groll des Königs gegen seinen Bruder sich auf ihn erstrecken könnte.«
»Tja, wenn ich ehrlich sein soll … ich bin keineswegs sicher, ob diese Sorge so unbegründet ist.«

Über Ostern hielt endlich der Frühling in Südengland Einzug, und am Tag nach den Feierlichkeiten brach eine große Gesellschaft zur Falkenjagd auf. Viele Adlige hatten bereits die Heimreise angetreten, aber es waren immer noch an die dreißig Ritter und Damen und etwa ebenso viele Falkner und Diener, die an diesem kühlen, aber sonnigen Tag in den Wald südlich von Winchester ritten, den der König so liebte.

»Guten Morgen, Beatrice.«

»Bonjour, Cædmon.«

»Ein herrlicher Tag für die Jagd, nicht wahr?«

Sie hob den Kopf und sah ihn an, und er bewunderte beiläufig, wie mühelos sie ihre mißgelaunte Stute beherrschte. »Ja, das wäre es, wenn ich hoffen könnte, daß Ihr heute ausnahmsweise einmal Eure Bauernschleuder im Gürtel laßt und jagt wie ein Edelmann.«

»Würde ich Euch denn einen so großen Gefallen damit tun?«

Beatrice nickte wortlos.

Er hob ergeben die Schultern. »Also schön. Es ist in gewisser Weise bedauerlich, denn irgendwer wird mir mit Sicherheit eine Wette anbieten, und gerade in diesem Gelände hätte ich gute Chancen, sie zu gewinnen.«

Sie hob das Kinn und sah zu ihm hinüber – sie verstand es wirklich hervorragend, Mißbilligung und Verächtlichkeit zum Ausdruck zu bringen, das mußte man ihr lassen. »Meine Mitgift sollte Euch für die entgangene Wette doch wohl hinreichend entschädigen.«

Cædmon räusperte sich. »Nun, Madame, Ihr mögt meine Jagdmethoden bäurisch finden, ich will mich lieber nicht dazu äußern, wie höfisch oder taktvoll Eure Bemerkungen sind.«

Sie errötete ein wenig und schlug die Augen nieder.

»Beatrice«, begann er. »Ich bedaure, wenn meine Schritte Euch gekränkt haben. Ich habe es nur getan, weil ich verhindern wollte, was weder Euren noch meinen Wünschen entsprach. Aber da die Dinge nun einmal sind, wie sie sind, bin ich bereit, das Beste daraus zu machen.« Er sprach leise und eindringlich, versuchte wie so viele Male zuvor, zu ihr durchzudringen, aber ihre Miene war undurchschaubar. Darum setzte er nach: »Das gleiche erwarte ich von Euch.«

Plötzlich schimmerten Tränen in ihren Augen. Sie wandte hastig den Kopf ab und murmelte: »Ihr werdet gewiß keinen Grund haben, Euch über mich zu beklagen, Monseigneur.«

»Nein, Madame. Da bin ich sicher.« Er betrachtete verstohlen ihr schönes Profil und fragte sich beklommen, wie es gehen sollte, wenn er sich in nur fünf Tagen allein mit ihr in einem prächtig geschmückten Brautgemach wiederfand. Natürlich konnte er an der Mär vom Keuschheitsgelübde festhalten. Aber sobald der König sie vom Hof entließ,

würde er Beatrice nach Helmsby bringen müssen, und irgendwann würde ihm nichts anderes übrigbleiben, als diese Eisprinzessin ... aufzutauen. Schon bei dem Gedanken fühlte er sich überfordert.
Rufus und Eadwig ritten heran und drängten sich neben Cædmon und seine Braut. »Wie steht es mit einer kleinen Wette, Cædmon?« schlug Rufus vor. »Mein Vogel gegen deine Schleuder?«
Cædmon schüttelte bedauernd den Kopf. »Heute nicht, mein Prinz.«
Rufus sah ihn verwirrt an. »Warum nicht, in aller Welt?«
»Sagen wir einfach, der Sinn steht mir heute nicht danach.«
Rufus sah kurz von Cædmon zu Beatrice und wieder zurück und brummte: »Verstehe. Nun, vielleicht beim nächstenmal.«
Das Gelände stieg langsam an, und die Bäume lichteten sich ein wenig. Der Boden war immer noch sehr naß, das Gras auf dem Pfad von den vielen Hufen bald zertrampelt und in schwarzen Morast verwandelt. Doch die ersten Vögel sangen in den kahlen Bäumen, die Luft roch würzig nach altem Laub und nassem Holz, und am Wegrand zeigten sich die ersten Narzissen und Sternhyazinthen. Cædmon hatte für gewöhnlich keinen ausgeprägten Sinn für die Schönheiten der Natur, aber der Kontrast zwischen ihrem satten Gelb und dem tiefen Blauviolett im strahlend weißen Licht der Frühlingssonne bannte sogar ihn.
Die Jagdgesellschaft verteilte sich. In Gruppen zu dritt oder zu fünft bezogen sie mit ihren Falknern entlang des Hügelkamms Stellung, immer weit genug voneinander entfernt, daß sie sich nicht gegenseitig die Beute streitig machten, aber doch noch so nah, daß man die farbenprächtigen Kleider der Damen durch die unbelaubten Bäume hindurchschimmern sah.
Cædmon und Beatrice schlossen sich mit Etienne, Aliesa und Richard zusammen. Sie machten gute Beute; der Wald wimmelte nur so von Kleinwild und Vögeln, vor allem Fasane waren zahlreich. Cædmon winkte seinem Falkner, nahm seinen Vogel auf die behandschuhte linke Faust und trat zu Beatrice.
»Hier, Madame. Ich wollte ihn Euch eigentlich zur Hochzeit schenken, aber heute scheint doch genau der richtige Tag zu sein.«
Ihr Gesicht erstrahlte vor Freude, und sie hob langsam die Hände, um den Vogel nicht zu erschrecken, schlang die Halteleine um ihr Handgelenk, nahm ihn auf ihren kostbar bestickten Handschuh und streifte die Haube von seinem Kopf. »Oh, Cædmon. Wie wunderschön er ist. So hell!«

Er grinste zufrieden und spürte zum erstenmal einen Hauch von Wärme für sie. »Es ist ein sizilianischer Falke. Daher das helle Gefieder. Der Händler hat geschworen, Robert Guiscard habe ihn höchstpersönlich abgerichtet, aber da bin ich skeptisch…«
Sie lachten, und auch Beatrice stimmte ausnahmsweise einmal mit ein. Es war ein helles Mädchenlachen. Dann schlug sie die Augen nieder. »Ich danke Euch, Monseigneur.«
Cædmon deutete eine kleine Verbeugung an. »Möge er Euch so ergeben sein, wie ich es bin, Madame.«
»Wer ist an der Reihe?« fragte der Prinz.
»Ich«, sagte Beatrice, ohne die Augen von ihrem kostbaren sizilianischen Spielzeug zu nehmen. »Er soll uns gleich zeigen, was er kann.«
Cædmon hatte keine Zeit gehabt, den Falken selbst zu erproben, ehe er ihn ihr schenkte, und dachte einen Moment beunruhigt, daß der Vogel, wenn er Beatrice tatsächlich genauso ergeben wäre wie Cædmon selbst, sich zu den weißen Wolken hinaufschrauben und niemals zurückkommen würde.
Sie hob die Faust, und alle sahen sie gespannt an, als es plötzlich zu ihrer Linken vernehmlich knackte. Der Falke sträubte sein wunderbar gezeichnetes Gefieder, legte den Kopf schräg und rührte sich nicht. Zwei der Pferde, die sie nachlässig an nahen Bäumen angebunden hatten, wieherten angstvoll, drei rissen sich los und flohen schnaubend in den Wald. Ehe irgendwer ihnen nachsetzen konnte, stürmte ein gewaltiger Keiler auf die kleine Lichtung. Cædmon war sicher, er hatte nie zuvor einen größeren gesehen: Seine zotteligen Borsten waren fast schwarz, zeigten hier und da aber große kahle Stellen. Einer der gewaltigen Hauer war abgebrochen, die gemeinen, kleinen Augen gelblich verfärbt, und er blutete am Kopf. Kein Zweifel, er hatte beim Kampf mit einem Rivalen den kürzeren gezogen, und jetzt war er auf Rache aus.
Beatrice hatte erschrocken aufgeschrien, niemand sonst gab einen Laut von sich. Cædmon packte seine Braut nicht gerade sanft am Ellbogen, schob sie hinter sich und zog im selben Moment das Schwert. Etienne war vor seine Frau geglitten und tat das gleiche.
Alles ging so rasend schnell, schien zwischen zwei Herzschlägen zu geschehen. Der Keiler rammte den verbliebenen Hauer in die lockere schwarze Erde und hielt mit gesenktem Kopf auf den Prinzen zu, der den Kopf abgewandt hatte und seinem fliehenden, kostbaren Pferd hinterherschaute.

»Gib acht, Richard!« rief Etienne, und auch Cædmon öffnete den Mund zu einer Warnung, doch er bekam keinen Ton heraus. Die Erkenntnis, daß es ein oftmals geträumter Alptraum war, der hier Wirklichkeit wurde, schnürte ihm die Luft ab.
Gleichzeitig sprangen Etienne und Cædmon vor, um dem heranrasenden Keiler den Weg zu versperren, aber er war zu schnell. Unaufhaltsam wie ein rollender Felsbrocken wälzte er sich durch die sich schließende Lücke und rammte seinen gewaltigen Schädel in Richards Leib, ehe der Prinz sein Schwert auch nur zur Hälfte aus der Scheide gebracht hatte. Eine solche Wucht lag in dem Aufprall, daß der stattliche junge Mann sechs oder acht Fuß durch die Luft geschleudert wurde, während Etienne und Cædmon ihre Klingen bis zum Heft in Brust und Hals der abscheulichen Kreatur stießen. Der Keiler erschauerte, und der Waldboden erzitterte, als er zur Seite fiel und röchelnd seinen letzten Atem aushauchte.
Cædmon ließ seine Waffe los und stürzte zu Richard, der am Fuß einer Buche zusammengekrümmt auf der Seite lag.
»Richard?« Er fiel neben ihm auf die Knie, rollte ihn auf den Rücken und fühlte sein Herz. Es schlug. Cædmon bettete den Kopf des Prinzen in seinen Schoß und strich ihm die schwarzen Locken aus der Stirn. »Richard …« Dann sah er kurz über die Schulter. »Hol Hilfe, Etienne.«
Sein Freund nickte und stieg auf das Pferd, das sein Falkner ihm brachte, während Aliesa sich bemühte, die weinende Beatrice zu beruhigen. Sie legte ihr tröstend den Arm um die Schultern und führte sie ein paar Schritte weiter weg vom Ort des grausigen Geschehens, warf aber allenthalben besorgte Blicke zurück auf Cædmon und Richard. Zwei der Diener gingen in den Wald, um die ausgerissenen Pferde einzufangen, die übrigen blieben bei den Damen.
Richards für gewöhnlich schon blasses Gesicht wirkte grau. Er bewegte die blutleeren Lippen und schlug die Augen auf. »Cædmon …«
»Lieg still, Richard. Etienne holt Hilfe, wir bringen dich im Handumdrehen nach Hause.«
Die glatte Stirn zeigte plötzlich tiefe Furchen. »Sie ist zurückgekommen und hat ihren Fluch selbst erfüllt. Das alte Weib steckte in dieser Bestie, ich hab's in den Augen gesehen.«
Cædmon nahm seine Hand. Sie war eiskalt und klamm. »Das ist dummes Zeug. Sie war nichts als eine verzweifelte alte Frau, und ihr Fluch kann dir nichts anhaben.«

Richards Atem wurde flacher, und er begann zu keuchen. Ein Blutfleck breitete sich links des Bauchnabels auf seinem tiefgrünen Gewand aus. Cædmon schob den zerrissenen Stoff auseinander, um den Schaden in Augenschein zu nehmen. Der Hauer hatte eine häßliche Wunde gerissen, die stark blutete, aber sie war nicht groß.
»Es sieht nicht schlimm aus, Richard. Alles wird gut.«
Der Prinz schien ihn nicht zu hören. »Hätte er sie doch geschont. Hätte er nur ein einziges Mal irgendwo irgendwen geschont … aber wozu?« Er lachte atemlos. »Er kann ja gut auf mich verzichten. Er hat … Söhne genug.« Schweiß glänzte auf seiner Stirn.
Cædmon fuhr behutsam mit dem Ärmel darüber. »Hast du Schmerzen?«
Richards Blick glitt hilflos suchend über die nackten Baumkronen, ehe er Cædmons Gesicht fand. Er nickte. »Es fühlt sich an, als sei alles zerrissen.« Seine Worte wurden undeutlich. »Cædmon …«
»Du darfst nicht soviel reden.«
»Es ist aber wichtig. Rufus hat … du mußt …« Er erschauderte, dann schoß ein beängstigender Blutschwall aus seinem Mund auf Cædmons Gewand, und sein Kopf fiel zur Seite. Cædmon lauschte seinem mühsamen Atem und betete. Hufschlag näherte sich, und der König preschte auf die kleine Lichtung und sprang aus dem Sattel.
Richard starb, ehe sein Vater ihn erreichte.

Der König hockte auf einem Knie im Morast, beinah so reglos wie sein toter Sohn. Dann hob er langsam die Linke und drückte behutsam die dunklen, starren Augen zu. Cædmon fühlte sich matt und dumpf vor Schmerz und dachte bitter: Hättest du ihm nur ein einziges Mal eine so liebevolle Geste geschenkt, solange er lebte.
William wandte den Kopf ab und stand auf. »Wischt ihm das Blut vom Gesicht, ehe seine Mutter ihn sieht«, sagte er heiser und ging zu seinem Pferd zurück.
Cædmon antwortete nicht, tat aber, was er gesagt hatte.
Bald wimmelte es auf der kleinen Lichtung von Menschen. Etienne stand eine Weile neben Cædmon, der immer noch mit Richards Kopf im Schoß am Boden kniete, sah tief bekümmert auf den toten Prinzen hinab, legte seinem Freund dann kurz die Hand auf die Schulter und wandte sich ab, um leise ein paar Anweisungen zu geben. Er hieß die Männer, den Kopf des Keilers vom Rumpf zu trennen und auf eine

Lanze zu stecken, so daß er über dem Tor der Halle aufgepflanzt werden konnte, den restlichen Kadaver fortzuschaffen und zu verbrennen.
Als William die Königin zu der Buche am Rand der Lichtung führte, verstummte auch das leise Tuscheln, und die Leute bildeten eine Gasse, um sie hindurchzulassen.
Matilda stützte sich schwer auf Williams Arm. Als Cædmon aus dem Augenwinkel ihre winzigen Lederschuhe sah, hob er den Kopf und sah zu ihr auf. Die Lippen der Königin bebten. Bislang war ihr erspart geblieben, was die meisten Mütter schon viel früher durchlitten; Richard war das erste ihrer neun Kinder, das starb. Aber sie bewahrte Haltung. Fassungslos, bewundernd und befremdet zugleich beobachtete Cædmon, was sich auf ihrem Gesicht abspielte, wie sie den Schmerz zurückdrängte, den Schrei des Protests hinunterwürgte, all das auf später verschob, wenn sie allein war. Sie wandte den Kopf ein wenig, und ihre Blicke trafen sich.
»Bringt den Prinzen nach Hause, Cædmon«, bat sie.
»Natürlich, Madame.«
Rufus, Leif und Eadwig hatten sich am weitesten von der Jagdgesellschaft entfernt und kamen erst, als William und Matilda schon fort waren. Und das war vermutlich auch gut so, denn anders als seine Eltern hielt Rufus eiserne Disziplin in allen Lebenslagen für keine sehr erstrebenswerte Tugend. Er fiel neben seinem Bruder auf die kalte Erde, packte ihn und zog seinen leblosen Körper an sich, schloß ihn in die Arme und wiegte ihn. Er hatte die Augen zugekniffen, und Tränen liefen über sein Gesicht. »Oh, Richard ...« Er weinte so hemmungslos, daß einige der Anwesenden das Gesicht abwandten, ob mitleidig oder beschämt, konnte Cædmon nicht sagen.
»Was mache ich denn nur ohne dich, Bruder? Was soll ich denn jetzt tun?«
Leif und Eadwig stellten sich vor die Prinzen, um ihren toten Freund anzusehen und ihn und seinen verstörten Bruder gleichzeitig vor den neugierigen Blicken abzuschirmen.
Cædmon stand langsam auf und wäre um ein Haar wieder hingefallen. Seine Beine waren eingeschlafen. Sein Bruder streckte ihm eine Hand entgegen, um ihn zu stützen, aber Cædmon schüttelte den Kopf, lehnte sich an den Stamm der Buche, sah auf dieses Bild des Jammers hinab und dachte: Ja, Rufus, du hast ganz recht. Was sollen wir jetzt nur tun?

Sie brachten Richard auf einer aus Ästen und Mänteln zusammengeschusterten Bahre zurück nach Winchester. Die Leute der Stadt, die den traurigen Zug in den Straßen sahen, erzählten es voll Schrekken ihren Nachbarn, und bis zum Abend hatte sich beinah die ganze Stadtbevölkerung vor dem geschlossenen Tor versammelt, um dem König und der Königin ihr Mitgefühl zu bekunden, vor allem aber dem toten Prinzen ihren Respekt zu erweisen. Richard war ebenso wie Rufus bei den einfachen Leuten beliebt, aus keinem anderen Grund als daß sie stattliche, hübsche junge Prinzen waren, die den ehrerbietigen Gruß des Volkes auf der Straße in dessen Sprache erwiderten.
Richard wurde in der Kapelle aufgebahrt, und Odo las eine Messe für seinen toten Neffen. Vermutlich ist er dankbar, daß er das mit dem Rücken zur vollbesetzten Kirche tun kann, dachte Cædmon, denn der Bischof fuhr sich während der stillen Zeremonie immer wieder verstohlen mit dem Ärmel über die Augen.

Auch Tod und Trauer folgten einem vorgeschriebenen Ritual. Viele empfanden dies als tröstlich, denn so waren alle trotz ihrer dumpfen Hilflosigkeit mit irgend etwas beschäftigt. Rufus, Eadwig, Leif, Cædmon, Etienne und alle anderen jungen Männer am Hof hielten in der Kapelle jeweils zu sechst die Totenwache, Tag und Nacht. Steinmetze kamen und nahmen einen Tonabdruck vom Gesicht des Toten, nach dem das der ruhenden Statue auf seinem steinernen Sarg geformt werden sollte. Die Dienerschaft traf die nötigen Vorbereitungen für die Beerdigung – und natürlich für die Hochzeitsfeier, die nur drei Tage später stattfinden würde, wenn auch wegen des Trauerfalls im kleineren Rahmen als Baynard dies ursprünglich geplant hatte. Cædmon war es gleich. Er dachte einfach nicht daran. Die Trauer um den toten Prinzen hatte sich wie eine betäubende Kälte in seinem Innern ausgebreitet, so daß ihm alles gleichgültig und belanglos schien. Er kam sich vor wie eins dieser rätselhaften mechanischen Spielzeuge, die die Normannen gelegentlich aus dem Maurenland mitbrachten: ein lebloses Stück Holz, das sich nur durch irgendeinen faulen Zauber bewegte.
In der Nacht vor der Beerdigung wich die dumpfe Gleichgültigkeit ganz plötzlich ohne jeden erkennbaren Anlaß, und Cædmon schlich sich in den entlegensten Winkel des finsteren Hofs hinter dem Hühnerhaus, setzte sich auf die kalte Erde und weinte, wie er nicht mehr geweint hatte, seit sein Vater ihn von zu Hause weggeschickt hatte.

Und so fand Aliesa ihn. Sie hatte ein geradezu unheimliches Gespür dafür, ihn ausfindig zu machen, das war ihm schon früher aufgefallen. Er sah einen dunklen Schatten vor dem sternenübersäten Nachthimmel und hörte ihre leise Stimme. »Cædmon?«
Er genierte sich furchtbar, preßte den Arm auf den Mund und biß hinein, aber ein ersticktes Schluchzen stahl sich trotzdem noch heraus. »Laß mich. Bitte.«
Statt dessen beugte sie sich über ihn, zupfte seinen Mantel zurecht und setzte sich darauf. Dann zog sie seinen Kopf an ihre Schulter und hielt ihn fest. Er schloß die brennenden Augen, vergoß noch ein paar stille Tränen auf ihr makelloses grünes Kleid und hatte plötzlich das Gefühl, ein Jahr lang schlafen zu können.
Sie drückte die Lippen auf seine Schläfe. »Du fühlst dich betrogen, nicht wahr? Du hast das Gefühl, daß du jahrelang die Zeche bezahlt hast und jetzt nichts dafür bekommst.«
Er hob verwundert den Kopf. »Woher weißt du das?«
»Ach, Cædmon ...« Sie lachte traurig. »Manchmal kann man deine Gedanken von deinem Gesicht ablesen wie die Wörter von der Seite eines Buches. Wann immer der König irgend etwas getan hat, das du mißbilligtest, wanderte dein Blick früher oder später zu Richard. Und wenn du gesehen hast, daß der Prinz genauso dachte wie du – die Dinge aus *englischer* Sicht betrachtete, dann war ein zufriedenes, kleines Lächeln auf deinem Gesicht, und man konnte förmlich sehen, wie du dachtest: Eines Tages, eines Tages, wenn Richard König von England ist, wird sich alles ändern.«
Hunderte Gelegenheiten fielen ihm ein, da er genau das gedacht hatte, und er spürte schon wieder einen Kloß im Hals, den er mühsam hinunterwürgte. »Ja. Genauso war es. Es ist erst ein paar Tage her, daß ich mit ihm darüber gesprochen habe. Deine Stunde kommt auch noch, habe ich zu ihm gesagt. Ich ... habe mich getäuscht.«
Sie fuhr ihm über den Kopf, und es war einen Moment still. Dann sagte sie leise: »Nun wird es Rufus' Stunde sein. Ihr alle neigt dazu, ihn zu vergessen.«
Cædmon atmete tief durch, sog ihren Duft ein, der sich wie Balsam auf seine Sinne legte, und dachte einen Moment nach. »Rufus ... ist ein heller Kopf und teilt die Vorurteile seines Vaters gegen England nicht. Aber er liebt England auch nicht besonders. Rufus liebt vor allem Rufus.«

»Mag sein. Ich kenne ihn nicht wirklich gut. Aber genau wie ihr Rufus vergeßt, vergeßt ihr Henry.«
»Henry ist acht Jahre alt.«
»Aber das wird er nicht immer bleiben. Und dann ist da immer noch Robert. Er ist der einzige Sohn des Königs, den der gleiche brennende Ehrgeiz treibt wie seinen Vater. Schon jetzt regiert er die Normandie praktisch allein. Aber das wird ihm nicht reichen. Wenn der Tag kommt, da ein Nachfolger für den König bestimmt werden muß, wird Robert Ansprüche geltend machen, glaub mir. Und ich bin nicht sicher, daß einer seiner Brüder ihm gewachsen ist, auch Richard wäre das nicht gewesen.«
Cædmon schüttelte den Kopf. »Mag sein. Ich weiß es nicht. Ich glaube, es ist mir im Moment auch ganz gleich, Aliesa. Ich vermisse den Jungen so furchtbar. Ich weiß, es wird vergehen, aber im Moment ist mir egal, daß Richard nicht König von England wird. Der Grund, warum ich hier sitze und heule wie ein Bengel, ist, daß ich ihn nie mehr wiedersehe.«
»Ich weiß.« Sie nahm seine Hand und drückte sie an ihre Wange. »Ich weiß, *mon amour.*«
Eine kleine Weile hüllte er sich noch in den Trost ihrer Gegenwart wie in einen wärmenden Mantel, aber dann stand er auf und zog sie mit sich in die Höhe. »Besser, wir gehen. Heute nacht finden so viele keinen Schlaf, irgendwer könnte uns sehen.«
Sie küßte ihn, schlang die Arme um seinen Hals und preßte sich an ihn. »Komm morgen nach Mitternacht in die Leinenkammer«, flüsterte sie ihm ins Ohr.
»Abgemacht.«

Sie betteten Richard in der Kirche des alten Klosters von Winchester zur letzten Ruhe. Lanfranc war aus Canterbury zurückgekehrt und hielt zusammen mit Odo das Requiem. Es war eine stille, würdevolle Zeremonie, und viele fanden Trost darin.
Still und würdevoll ging es auch beim anschließenden Essen zu. Die Tischgespräche in der etwa zur Hälfte gefüllten Halle waren gedämpft. Die Königin, die der Beisetzung ihres Sohnes trockenen Auges beigewohnt hatte, saß bleich und still an ihrem Platz und rührte die Speisen nicht an. Gebrochen, aber gefaßt, dachte Cædmon, genau wie meine Mutter damals, nachdem Vater bei Hastings gefallen ist.
Was der König empfand, war wie immer unmöglich zu sagen. Cædmon

war überzeugt, daß er um Richard trauerte, aber man merkte es nur daran, daß seine Zunge noch schärfer war als gewöhnlich und sein Jähzorn leichter entflammte. In der Kirche hatte er den achtjährigen Henry geohrfeigt und hinausgeschickt, weil der kleine Junge nicht aufhören konnte zu weinen, als sie seinen großen Bruder in das kalte, steinerne Grab legten.
Rufus schien so abwesend und teilnahmslos, daß Cædmon sich fragte, ob der Prinz vielleicht sinnlos betrunken war. Doch er verwarf den Gedanken, als Rufus sich von seinem Platz an der hohen Tafel erhob und sich bedächtig an seinen Vater wandte. »Sire, darf ich sprechen?«
William hob stirnrunzelnd den Kopf, nickte aber.
Rufus holte tief Luft und räusperte sich. »Vater, ich weiß, daß lange Reden Euch mißfallen, aber was ich Euch und dem Hof zu sagen habe, fällt mir sehr schwer, und ich bitte Euch um ein wenig Geduld.«
Eadwig, der auf der Bank weiter unten saß, stand unvermittelt auf. »Rufus, um Himmels willen…«
Rufus blinzelte fast unmerklich, warf dem Freund einen unglücklichen Blick zu und sah sofort wieder zu seinem Vater.
Der König ignorierte Eadwigs ungehörige Unterbrechung und sagte: »Sprich, Rufus. Ich werde dir zuhören, du hast mein Wort.«
Rufus befeuchtete die Lippen. »Vor ein paar Jahren habe ich eine Entdeckung gemacht, die mich sehr … bestürzt hat. Es betraf eine Sache, die ich Euch eigentlich gleich hätte zur Kenntnis bringen müssen, doch es waren Menschen davon betroffen, die mir nahestehen, und ich wußte nicht, was ich tun sollte. Also wandte ich mich an meinen Bruder Richard, vertraute mich ihm an und bat ihn um Rat. Und Richard nahm mir das Versprechen ab, das Geheimnis zu bewahren. Ich war erleichtert, weil es Euch und allen anderen Kummer ersparte. Aber dann fing dieses Geheimnis an, mich zu quälen, denn es machte mich zum Mitwisser, zum Komplizen eines schweren Verbrechens.« Er brach ab, als habe ihn plötzlich der Mut verlassen.
Der König sah seinen Sohn unverwandt an, den Kopf leicht gesenkt, die Rechte lose um seinen unberührten Becher gelegt. »Nur weiter. Ich glaube, du hattest selten ein aufmerksameres Publikum.«
Rufus legte nervös die Hände zusammen und senkte kurz den Blick. »Es … es tut mir leid, daß ich Euren Kummer mehre, Sire, statt Euch Trost zu bieten. Aber Richard ist tot und begraben, und mein Versprechen bindet mich nicht mehr. Und die Umstände zwingen mich, heute

zu sprechen und nicht länger zu warten. Ihr habt ... kürzlich gesagt, vom Ehebruch zum Hochverrat sei nur ein winziger Schritt, nicht wahr? Denn wer die Ehe breche, verstoße gegen die weltliche Ordnung ebenso wie gegen das göttliche Gebot, richtig?«

William hatte den Kopf noch ein wenig tiefer gesenkt. »Wer?« fragte er leise.

Rufus sah ihm in die Augen, wie das Kaninchen den Blick der Schlange erwidert, starr, völlig gebannt. »Cædmon of Helmsby und Etienne fitz Osberns Frau, Sire.«

Jedes Augenpaar in der Halle hing an seinen Lippen. Nur Cædmon starrte auf einen Fleck in der Tischdecke vor sich, seit er erkannt hatte, was Rufus seinem Vater zu sagen versuchte, und er rang verbissen um die Kontrolle sowohl über seine Blase als auch seinen leeren Magen. Aus dem Augenwinkel sah er Etienne an seiner Seite zusammenzucken, als die beiden Namen fielen.

Es war totenstill in der Halle.

»Das ist nicht wahr«, murmelte Etienne, stand langsam auf und wiederholte mit mehr Entschlossenheit: »Das ist nicht wahr. Cædmon?«

Cædmon riß sich vom Anblick des Soßenflecks los und erhob sich ebenfalls.

»Es *ist* wahr«, widersprach Rufus in Etiennes Rücken. »Es tut mir leid. Aber was ich gesehen habe, war unmißverständlich.«

Etienne sah seinen besten Freund unverwandt an, und als er das Eingeständnis in Cædmons Blick las, weiteten sich seine Augen voller Entsetzen. Er wich zurück, stolperte beinah, als er über die Bank hinwegstieg, und sah kopfschüttelnd von Cædmon zu seiner Frau, die hoch aufgerichtet und mit vollkommen ausdrucksloser Miene auf ihrem Platz zu seiner Rechten saß. Auch vor ihrem Anblick schien er zurückzuzucken. Dann wurde ihm anscheinend bewußt, daß der versammelte Hof ihn anstarrte. Einen Moment stand er mit kraftlos herabbaumelnden Armen da, so als wisse er einfach nicht, was er tun sollte. Schließlich räusperte er sich und sah den König an, der wortlos nickte. Etienne nahm den Arm seiner Frau. Die Geste wirkte zaghaft und behutsam, aber sein Griff war so fest, daß die Knöchel seiner großen Hand weiß hervortraten.

»Madame...«

Sie stand sofort auf, und als sie sich zum Ausgang wandten, trafen sich Cædmons und Aliesas Blicke für einen Moment. Furcht und Schmerz

verdunkelten ihre graugrünen Augen, sie schienen ein Spiegel seiner eigenen Empfindungen. Dann war sie fort. Ein paar Atemzüge lang hörte er noch die eiligen, langsam verklingenden Schritte. Als sie verhallt waren, drehte Cædmon sich zur hohen Tafel um. Rufus hatte den Kopf gesenkt und stand mit hängenden Schultern da wie ein gescholtener Bengel. Lanfranc und die Königin betrachteten Cædmon mit unverhohlener Verachtung, der kleine Henry angstvoll und verständnislos, Odo und der König mit unverkennbarem Zorn.
Dann nickte der König den Wachen zu und ruckte sein Kinn in Cædmons Richtung. Während sie hinzutraten, sagte er leise: »Sperrt ihn ein und legt ihn in Ketten, damit er mir nicht wieder davonläuft. Ich muß darüber nachdenken, was mit ihm geschehen soll.« Er wandte den Kopf zu einer dunkel gekleideten Gestalt, die, von allen anderen unbemerkt, im Schatten der Säulen gestanden hatte. »Erst einmal gehört er Euch, Lucien.«
Die Soldaten packten Cædmon bei den Armen und zerrten ihn zur Tür, dabei ging er ganz folgsam mit ihnen. Er konnte nicht viel anderes tun, denn er war vollauf damit beschäftigt, einen Fuß vor den anderen zu setzen. Etienne, was tust du mit ihr, war der einzige Gedanke, dessen er fähig war, was tust du mit ihr…
Das letzte Gesicht in der Halle, das er sah, ehe er endgültig den Kopf senkte, war das seines Bruders. Eadwig stand bleich und stockstill an seinem Platz. Aber es war nicht Cædmon, den er anstarrte, sondern Rufus.

Die Wachen brachten Cædmon in den Hof hinaus. Dankbar atmete er die kühle Abendluft ein, ehe sie ihn eine Treppe hinab- und in einen kleinen, von einer einzelnen Fackel erhellten Wachraum hineinzerrten, wo rostige Ketten unterschiedlicher Länge von Haken an der Wand hingen. Der Sergeant, der an dem wackeligen Tisch in der Wachkammer bei seinem Abendessen gesessen hatte, erhob sich umständlich, schätzte mit geübtem Kennerblick Cædmons Größe und wählte zwei aus. Er verstand sein Geschäft. Als die kalten, vom Rost rauhen Schellen die Hand- und Fußgelenke umschlossen, hatten sie gerade noch genug Spiel, um den Blutfluß nicht abzuschneiden. Der Sergeant verscheuchte den Gefangenen samt Begleitern mit einem mißgelaunten Brummen und einem ungeduldigen Wedeln, und die Wachen brachten Cædmon einen kurzen, dunklen Gang entlang zu einer Tür.

Lucien war ihnen gefolgt. »Nein, nicht da hinein. Eins weiter«, befahl er.
Die Soldaten führten Cædmon zur nächsten Tür, der eine zog den Riegel zurück und öffnete, und der andere stieß ihn vorwärts. Cædmon stolperte über die Schwelle, geriet durch die ungewohnten Fußfesseln ins Straucheln und fiel hart auf den festgestampften Lehmboden.
Lucien folgte ihm mit einer Fackel in der Hand, die er in einen Eisenring an der Wand steckte. »Verschwindet«, herrschte er die Wachen an, und sie zogen sich hastig zurück und lehnten die schwere Eichentür an.
Cædmon richtete sich halb auf und sah sich um. Er hatte in seinem sechsundzwanzigjährigen Leben mehr Verliese gesehen, als die meisten Gevattern von sich behaupten konnten, aber dieses, erkannte er auf einen Blick, war von allen das grausigste. Kein Fenster, kein noch so winziges Luftloch verband es mit der Außenwelt. Der Boden war feucht und schien eisige Kälte auszustrahlen, Schimmel leuchtete grünlich an den Wänden. Die eisenbeschlagene Tür war massiv und unüberwindlich. Dicke steinerne Pfeiler stützten das Gewölbe, denn der Raum war verhältnismäßig groß. Doch wenn die Fackel ausgebrannt war, würde ihm das wenig nützen. Er sah, daß die Finsternis vollkommen sein würde.
»Warum hier und nicht nebenan?« fragte er.
»Ich brauche Platz«, erklärte Lucien und sah ihn konzentriert an.
Cædmon rieb sich das Kinn an der Schulter und unterdrückte ein Schaudern. »Ich wünschte, du würdest gehen und Etienne hindern, irgend etwas zu tun, das er nachher bereut. Komm einfach später wieder, he?«
Lucien schüttelte langsam den Kopf. »Was immer Etienne tut, ist sein Recht. Und was immer aus meiner Schwester wird, verdankt sie allein dir.«
Cædmon nickte und wollte sich aufrichten, aber ein harter Tritt traf ihn an der Schulter, und er fiel zur Seite.
»Bleib unten, du würdest doch nicht lange stehen«, sagte Lucien leise. Er griff mit der einen Hand, die ihm geblieben war, unter seinen dunklen Mantel und zog sie mit einer eingerollten Ochsenpeitsche wieder hervor.
»Weißt du noch, was ich dir gesagt habe, als du mein Pferd gestohlen hast?« fragte Lucien und schüttelte sie aus, bis das lose Ende wie eine dünne Schlange auf dem dunklen Boden lag.

»Nein, nicht mehr so genau. Das ist über elf Jahre her, Lucien.«
»Stimmt. Es ist eine lange, lange Rechnung, Cædmon.«
Er trat einen Schritt zurück, maß mit konzentriert zusammengekniffenen Augen die Entfernung und glitt noch einen halben Schritt nach hinten. Cædmon legte schützend die Arme um den Kopf, nahm seinen Ärmel zwischen die Zähne und bezahlte seine Rechnung.

Er existierte form- und zeitlos in Schmerz und Dunkelheit, verlor sich in wirren, lichten Traumbildern, stunden- oder tagelang, er wußte es nicht. Er träumte von seiner Kindheit in Helmsby, Erinnerungen, die er längst vergessen hatte, dann wieder Dinge, die er sich erträumt hatte und die nie eingetreten waren, von Richard, von Aliesa, von dem Kind, das sie verloren hatten, und in seinen Träumen war dieses gesichts- und geschlechtslose Ding, das sie beinah umgebracht hätte, ein kleines Mädchen mit dunklen Locken und graugrünen Augen. Und manchmal war er so weit entrückt, daß er in der Ferne einen Korridor zu sehen glaubte, aus dem ein gleißendes Licht strömte, das aber die Augen nicht blendete. Er fühlte sich magisch angezogen von diesem Licht und schien ihm jedesmal näher zu kommen, um dann doch letztlich immer nur zu Schmerz und Dunkelheit zurückzukehren. Bis der Schmerz schließlich nachließ und Eadwig kam und mit seiner Fackel die Dunkelheit vertrieb.
Anders als das Zauberlicht in seinem Traum stach ihm das der Fackel gleißend in die Augen, und Cædmon blinzelte viele Male, ehe er seinen Bruder erkennen konnte, der wie vom Donner gerührt an der Tür stand und eine Hand auf den Mund gepreßt hatte.
»O Jesus Christus ... Cædmon!«
»Also wer nun?« Sein lahmer Scherz mißglückte vollends, weil seine Stimme nur ein dürres Krächzen war, und er räusperte sich. »Fall mir bloß nicht in Ohnmacht, Junge. Und ... starr mich nicht so an.«
»Entschuldige.« Eadwig gab sich einen Ruck, kniete sich neben den Bruder, hob behutsam dessen Kopf an und hielt ihm einen Krug an die Lippen.
Cædmon trank gierig. Er war vollkommen ausgetrocknet.
Eadwig setzte den Krug ab. »Schön langsam. Ich wäre eher gekommen, aber sie haben mich nicht zu dir gelassen.«
»Nein.« Cædmon keuchte, als sei er eine weite Strecke gerannt, stützte sich aber aus eigener Kraft auf einen Ellbogen und trank noch einen

langen Zug. Dann sagte er: »Vermutlich haben sie befürchtet, ich würde ihnen verrecken, und in dem Fall hätten sie es vorgezogen, dir ein schönes Märchen zu erzählen.«
»Ich sorge dafür, daß der König hiervon erfährt«, stieß sein Bruder wütend hervor. »Er würde niemals gutheißen...«
»Das wirst du nicht tun. Er heißt es gut, sei versichert. William glaubt fest daran, daß er den Menschen letztlich einen Dienst erweist, wenn er sie auf Erden für ihre Sünden büßen läßt.« Er schwieg einen Augenblick. »Wer weiß. Vielleicht hat er recht. Was ist mit Aliesa?«
Eadwig hob kurz die Schultern. »Etienne hat ihr kein Haar gekrümmt. Gut informierte Quellen, das heißt, die Mägde, die sich an der Tür die Ohren plattgedrückt oder durch einen Spalt spioniert haben, berichten, daß sie es die ganze Nacht getrieben haben wie die … ähm, entschuldige, Cædmon.«
»Ja. Schon gut. Weiter.«
»Am nächsten Morgen hat er den König wissen lassen, daß er sie nicht wiedersehen will. Der König hat sie seinem Bruder übergeben. Das Gesetz sagt, bei Ehebruch soll der Bischof die Frau bestrafen und der König den Mann. Aber William wollte es nicht dem Bischof von Winchester überlassen, sondern hat die Sache lieber Odo anvertraut. Er schickt sie nach Caen ins Kloster.«
Cædmon bettete den Kopf auf die Arme und schloß die Augen. »Fort aus England.«
Eadwig antwortete nicht. Mit erstaunlich geschickten, sanften Händen streifte er seinem Bruder das zerfetzte, blutverschmierte Übergewand ab, soweit die Ketten es zuließen, und wusch ihm mit lauwarmem Wasser aus einem Eimer, den er mitgebracht hatte, das getrocknete Blut vom Körper. Brust, Rücken und Arme waren mit schauderhaft tiefen Striemen übersät, die sofort wieder zu bluten begannen.
»Gott verdamme Lucien de Ponthieu«, brachte Eadwig gepreßt hervor. »Was für ein Monstrum er ist.«
Cædmon stützte die Stirn auf die Faust und antwortete nicht. Ausnahmsweise war er einmal nicht in der Stimmung, Lucien de Ponthieu in Schutz zu nehmen.
Eadwig hängte ihm behutsam eine Decke um die Schultern. »Eisig kalt hier unten. Sieh zu, daß du dir nicht den Tod holst.«
»Vielleicht wäre es das beste.«
»Cædmon … reiß dich zusammen.«

»Ja. Gleich.«
Es war eine Weile still. Schließlich hob Cædmon den Kopf, nahm den Krug in beide Hände und trank. Zum erstenmal registrierte er, was seine Zunge schmeckte: Es war süßer Met. Alle Engländer schworen darauf; er war das Allheilmittel in jeder Lebenslage, Seelentröster in der größten Not.
Er reichte seinem Bruder den Krug, und auch Eadwig nahm einen tiefen Zug. »Fast leer. Ich besorge neuen.«
»Und wie geht es weiter? Bin ich enteignet?«
Eadwig schüttelte nachdrücklich den Kopf. »Nein. Der König geht nächste Woche zurück auf den Kontinent. Er hat Bischof Odo angewiesen, dich mit nach Dover zu nehmen und dort einzusperren. Er scheint wirklich zu befürchten, daß du ihm wieder entwischst, so wie damals in Penistone.«
Cædmon grinste geisterhaft. »Da lagen die Dinge ein wenig anders. In Penistone hat Lucien de Ponthieu mich auf mein Pferd gesetzt und meiner Wege ziehen lassen.«
»Was? Wieso?«
»Wegen Aliesa. Er hat es die ganze Zeit gewußt. Von Anfang an. Und weil er seine Schwester so innig liebt, war er bereit, seinen Groll gegen mich ruhen zu lassen, bis ... Na ja, bis passiert, was eben jetzt passiert ist. Bis ich sie ins Unglück stürze.« Er unterbrach sich kurz und drückte Daumen und Zeigefinger der Linken gegen die geschlossenen Lider. »Also ein Kloster in der Normandie für Aliesa, ein finsteres Loch wie dieses in Dover für mich, richtig?«
»So sieht es im Moment aus, ja.«
»Und ... Etienne?«
»Er geht zurück nach Cheshire, schließlich ist er Sheriff dort und muß sich um allerhand kümmern. Er spricht nicht mehr mit mir, aber er hat mir ausrichten lassen, daß er dich ebensowenig wiederzusehen wünscht wie seine Frau.«
Cædmon nickte mit geschlossenen Augen. »Weiter, Eadwig. Laß dir nicht jedes Wort einzeln aus der Nase ziehen.«
»Ich hatte ... ich war besorgt, wie du das aufnehmen würdest«, gestand sein Bruder beklommen.
Cædmon schlug die Augen auf. »Du hast befürchtet, es würde mich härter treffen als alles andere? Nun, in gewisser Weise hast du recht. Aber ich habe damit gerechnet, weißt du. Ich habe immer gewußt, daß

die Hölle losbricht, wenn es herauskommt. Wir beide haben es gewußt und in Kauf genommen.«

»Du mußt sie sehr lieben.«

Cædmon ging nicht darauf ein. »Ich nehme an, auch Roland Baynard wird mich hier unten nicht aus alter Freundschaft besuchen?«

»So ist es. Die schöne Beatrice ist zu Tode beleidigt, und er meint, du habest sie entehrt. Ich verstehe allerdings nicht so recht, worüber er sich so aufregt, denn sie heiratet in zwei Wochen Lucien de Ponthieu, und er verlangt nur die Hälfte dessen, was du wolltest, wird erzählt. Also sollten die Baynards dankbar sein.«

»Nun, zumindest Beatrice wird dankbar sein. Es war nicht zu übersehen, daß sie Lucien anhimmelt. Und was ist mit Rufus? Ich könnte mir vorstellen, daß ihm die Geschichte schwer im Magen liegt.«

Eadwig senkte den Kopf. »Kannst du ihm je verzeihen, Cædmon?«

»Früher oder später bestimmt.«

»Sein Vater hat sich erstaunliche Mühe gegeben, Rufus von seinem Konflikt zu befreien, und hat ihm mehrfach gesagt, er habe wie ein treuer, ergebener Sohn gehandelt. Aber es reißt ihn trotzdem in Stükke.«

»Armer Rufus«, sagte Cædmon bitter. »Das ist typisch für ihn. Er lenkt den Karren in den Sumpf und ist todunglücklich, wenn er untergeht. Klär mich auf, Eadwig. Ich bin sicher, du kennst die Wahrheit. Wann und wie hat er es herausgefunden?«

»Kurz nachdem ich an den Hof gekommen bin. Bei einer Jagd. Er ist dir nachgeritten, als du dich von der Gesellschaft entfernt hast, weil er einmal mit dir allein sein wollte, und dann hat er euch gesehen.«

Cædmon erinnerte sich gut an diese Jagd kurz nach seiner Rückkehr aus Flandern. Und er erinnerte sich auch, daß seine Schwierigkeiten mit Rufus etwa zu dieser Zeit begonnen hatten. »Und was hatte es mit diesem ›Versprechen‹ an Richard auf sich? Ich kenne Rufus, ihn bindet kein Versprechen. Richard muß irgend etwas gegen ihn in der Hand gehabt haben, um sein Stillschweigen zu erpressen. Was war es?«

Eadwig hob den Kopf und sah ihm in die Augen. »Weißt du das wirklich nicht?«

Cædmon hatte so eine Ahnung. »Du teilst mit ihm das Lager?«

»Ja.«

»Schon lange?«

»Vom ersten Tag an.«

Cædmon nickte. Er war nicht schockiert. Natürlich hatte die Kirche es verboten. Vor allem normannische Priester wetterten eifrig gegen Männerliebe, und der König verurteilte sie als die widerwärtigste Art der Unzucht. Auch Angelsachsen rissen gern Zoten darüber, aber kaum jemand nahm diese Dinge besonders tragisch. Jedermann wußte schließlich, was sich des Nachts in den Klöstern abspielte. Und niemand glaubte ernsthaft, daß die rauhbeinigen, kampffreudigen und goldgierigen Krieger, die dereinst die Hallen angelsächsischer Thanes und Earls bevölkert und ihre endlosen Kriege ausgefochten hatten, sich immer allein in ihre Decken eingerollt hatten, wenn es in den Hallen dunkel wurde, doch die alten Lieder erzählten auffallend wenig von Frauen...

»Es ... na ja, es hat angefangen, als ich damals zu dem dänischen Prinzen kam«, erklärte Eadwig.

Cædmon schüttelte den Kopf. »Das tut mir leid, Bruder.«

»Nein, nein, versteh mich nicht falsch. Er war sehr gut zu mir. Eine Erlösung nach der Zeit auf dem Schiff. Ich hätte es nicht so unerträglich gefunden, bei ihm zu bleiben. Prinz Knut ist ein guter Mann, glaub mir.«

»Laß das nicht die Leute von York hören.«

Eadwig lächelte freudlos. »Ja. Ein wilder Krieger. Aber ein sanfter Liebhaber.«

»Und das also hat Richard gewußt und gedroht, es dem König zu offenbaren, wenn Rufus sein Wissen über Aliesa und mich preisgibt?«

»So war es. Rufus hat natürlich den Mund gehalten. Er zittert davor, daß der König es herausfinden könnte. Rufus wäre ein für allemal erledigt.«

»Ja, ganz bestimmt.«

»Und nachdem Richard tot war...«

»Ja.«

»Ich habe ihn angefleht, es nicht zu tun. Und er hat zu mir gesagt, er wolle noch einmal darüber nachdenken. Dann hat er es doch getan, ohne mich vorzuwarnen. Es war sehr schwer für ihn, weißt du. Er hängt so sehr an dir. Aber er fand, daß er dir im Grunde nichts schuldet, denn du hast Richard immer vorgezogen.«

»Ich fürchte, so war es. Was ist mit dir? Kannst du Rufus verzeihen? Ich könnte mir denken, daß deine Position bei Hofe auch nicht einfacher geworden ist.«

Eadwig seufzte tief und hob die Schultern. »Nein. Aber ich habe ihm trotzdem verziehen. Ich verzeihe ihm alles, Cædmon. Das weiß Rufus ganz genau, und er nutzt es schamlos aus.«
Die Tür flog krachend auf, und eine der Wachen trat über die Schwelle. »Das war lange genug. Verschwinde, Bürschchen.«
Eadwig sprang auf die Füße. »Ich komme wieder, Cædmon. Gibt es irgendwas, das ich dir bringen kann? Deine Laute?«
Cædmon schüttelte den Kopf. »Nichts. Vielleicht noch eine Decke. Und richte Lucien und Beatrice meine besten Wünsche zur Verlobung aus.«
Eadwig verdrehte die Augen. »Nein. Lieber nicht.«

Dover, Mai 1076

Bischof Odo saß mit gerunzelter Stirn über ein Stück Pergament gebeugt, welches das päpstliche Siegel trug. Er sorgte sich um die zunehmende Spannung zwischen Gregor und dem jungen Heinrich; er fragte sich, welche Konsequenzen es wohl für England und die Normandie hätte, wenn der deutsche König in diesem Machtkampf obsiegte und den Papst absetzte. Andererseits stellte sich die Frage, ob ihnen wirklich damit gedient wäre, wenn Gregor den längeren Atem bewies und gestärkt daraus hervorging. Der Papst war schon jetzt selbstbewußt genug…
Odo sah zerstreut auf, als es an der Tür klopfte. »Was gibt es denn?« fragte er unwirsch.
Ein Wachsoldat trat ein und verneigte sich. »Eine Dame, die Euch zu sprechen wünscht, Monseigneur.«
Odos Gesicht hellte sich auf. Er wartete seit Wochen auf ein ermutigendes Signal einer gewissen jungen Dame. Es war vielleicht ein wenig forsch, daß sie gleich herkam, aber bitte, der König war außer Landes, also wen sollte es aufregen?
»Wer ist es denn?« fragte er der Ordnung halber.
»Hyld of Helmsby. Engländerin«, fügte der Soldat unnötigerweise hinzu und schniefte vielsagend.
Das war das letzte, womit der Bischof gerechnet hatte, aber er überwand seine Verblüffung schnell, und mühelos verdrängte er seine amourösen Wünsche und ordnete seine Gedanken.

»Sie ist die Schwester des Thane of Helmsby, also erweis ihr gefälligst Respekt«, fuhr er den Soldaten barsch an und fügte gemäßigter hinzu: »Führ sie herein.«

Er verspeiste eine frühe Erdbeere und rümpfte die Nase über ihre Säure, ehe er sich von dem brokatgepolsterten Sessel erhob und der Besucherin entgegentrat.

Der Wachsoldat öffnete die Tür, aber ehe er seine formelle Ankündigung loswerden konnte, fegte eine junge Frau an ihm vorbei in den geräumigen Saal, sah sich flüchtig um und fixierte Odo mit ihren tiefblauen Augen.

»Mylord Bischof?«

Er lächelte und untersagte sich, in diesen blauen Augen zu versinken, die Cædmons so verblüffend ähnlich waren. »Madame. Das ist eine … unerwartete Freude.«

Sie wedelte seine normannische Galanterie ungeduldig beiseite, wartete, bis sie mit dem Bruder des Königs allein war, und kam dann ohne Umschweife zur Sache. »Mein Bruder sagte mir, Ihr wollt ein endloses Monstrum von einem Teppich?«

Odo verbarg ein amüsiertes Grinsen. »Hat er es so gesagt? Nun, im Prinzip ist es richtig, ja.«

Hyld nickte, verschränkte die Arme und sah sich mit offenkundiger Mißbilligung in dem prunkvoll eingerichteten Gemach um. »Ihr Normannen lebt nicht schlecht auf unsere Kosten.«

Odo räusperte sich pikiert. »Nun, Madame, ich bin nicht sicher, worauf Ihr …«

Sie schnitt ihm mit einer Geste das Wort ab, welche ihn auf geradezu unheimliche Weise an ihre Mutter erinnerte, die eine so zentrale Figur seiner frühen Kindheit gewesen war.

»Ich werde ganz offen zu Euch sein, Monseigneur.«

Er lehnte sich an seinen byzantinischen Tisch und verschränkte die Arme. »Ja, Madame, darauf wette ich.«

»Mein Bruder Cædmon ist Euer Gefangener.«

»So ist es.«

»Und er ist krank.«

»Ich fürchte, auch das ist wahr.«

»Schämt Ihr Euch nicht, ihn trotzdem in irgendeinem lichtlosen Loch vor sich hinsiechen zu lassen?«

Odo deutete ein Kopfschütteln an. »Nein. Mein Bruder, der König, hat vor seiner Abreise sehr klare Anweisungen geäußert. Und vermutlich wißt Ihr so gut wie jeder in England, daß man gut beraten ist, zu tun, was der König wünscht.«

»O ja. Ich kenne den König genau, glaubt mir.«

»Und ich sehe, Ihr hegt wenig Sympathie für ihn.« Odo füllte zwei Becher aus einem Zinnkrug auf dem Tisch und reichte ihr einen davon. Hyld trat zwei Schritte näher, nahm ihn zögernd und trank. Es war englisches Bier. Damit hatte sie nicht gerechnet.

Odo lachte leise. »Ihr mögt uns arrogant finden, und vermutlich habt Ihr recht, Hyld of Helmsby. Aber wir sind vor allem anpassungsfähig. Nur darum haben wir ein Reich erobern können, das – zugegebenermaßen mit ein paar Unterbrechungen – vom Südzipfel Siziliens bis zur schottischen Grenze reicht. Wenn wir ein Land erobern, betrachten wir, was wir vorfinden, und nehmen das an, was uns gut erscheint. Vor hundertfünfzig Jahren, als wir nach Frankreich kamen, war es der christliche Glaube. In England sind es der Wollhandel, das Recht, das Münzsystem und das Bier.«

Sie sah in seine lachenden, schwarzen Augen und war einen Moment von ihrem schnurgeraden Pfad abgelenkt. Sie hatte nicht damit gerechnet, daß er so sympathisch, vor allem so charmant sein könnte. Hastig trank sie einen tiefen Zug, um ihre Verwirrung zu verbergen, ehe sie sagte: »Ich bin gekommen, um Euch ein Geschäft vorzuschlagen.«

»Ich bin gespannt.«

»Ihr wollt Euren Teppich. Ich will meinen Bruder. Ich gebe Euch, was Ihr wollt, Ihr gebt mir, was ich will.«

»Ich fürchte, das ist ausgeschlossen, Madame, so gern ich zustimmen würde. Aber der König würde mir den Kopf abreißen.«

Hyld verzog sarkastisch den Mund.

»Wollt Ihr Euch nicht setzen, Madame?«

»Ja«, stimmte sie zu ihrer eigenen Überraschung zu. »Vielen Dank.«

Odo nahm in seinem Sessel am Kopfende des langen Tisches Platz, Hyld auf dem ersten Stuhl an der Längsseite. Sie verschränkte die Hände auf der blankpolierten Platte und sah ihn an. »Was genau hat der König angeordnet, was meinen Bruder betrifft?«

»Daß ich ihn sicher verwahre und auf keinen Fall entkommen lasse.«

»Hm. Und was genau ist dieser Teppich, den Ihr wollt?«

»Die Geschichte der Eroberung. Von Harold Godwinsons Besuch in der Normandie bis zu Williams Krönung in Westminster.«

»Die wahre Geschichte?«
»Die wahre Geschichte, soweit sie meinem Bruder zur Ehre gereicht. Meine Kathedrale habe ich gebaut, um Gott zu preisen. Den Teppich will ich, um den König zu ehren. Er hat es verdient; er ist ein großer Mann.«
»Und Ihr liebt ihn sehr, ja?« fragte sie.
Odo hob überrascht den Kopf und dachte einen Moment nach. »Nun, das zu tun ist nicht leicht, Madame. Aber zumindest kann ich sagen, daß ich ihn sehr verehre. Und er wird so oft verfemt, nur aufgrund der Tatsache, daß seine Mutter nicht die Frau seines Vaters war. Das ist ein Makel, den Robert und ich nie zu tragen hatten. Und das will ich gutmachen.«
Hyld nickte langsam. »Na schön. Ihr liebt ihn also doch. Ich hingegen liebe ihn überhaupt nicht, Monseigneur. Er hat mich einen Sohn und auf die ein oder andere Weise alle meine Brüder gekostet, versteht ihr?«
»Ja. Ich denke schon.«
»Trotzdem bin ich bereit, Eurem Wunsch zu entsprechen. Gebt mir zwanzig Stickerinnen, und ich werde Euch den Teppich entwerfen und sticken, den Ihr wollt. Ich verspreche Euch, er wird Euch nicht enttäuschen. Wer weiß, vielleicht wird er gar die Welt noch in Staunen versetzen, wenn Ihr und ich längst vergessen sind. Aber die Sache hat ihren Preis.«
Odo hatte die Ellbogen auf den Tisch aufgestützt und saß leicht vorgebeugt. Ohne sie aus den Augen zu lassen, schob er die vergoldete Schale in ihre Richtung. »Nehmt eine Erdbeere, Hyld.«

Seit über zwei Monaten befand Cædmon sich in Einzel- und Dunkelhaft, und seiner Ansicht nach hatte er inzwischen wohl für mehr Sünden gebüßt, als ein Mann in einem Leben begehen konnte. Wenn Jehan de Bellême das tatsächlich länger als ein Jahr überstanden hatte, dann war er kein Mensch, sondern ein Satan, wie Cædmon insgeheim immer vermutet hatte. Er wußte, in der Welt draußen mußte längst Frühling sein, aber hier unten war es immer noch so eisig kalt, daß sein Atem weiße Dampfwolken bildete. Die sah er allerdings nur, wenn gelegentlich ein Wachsoldat mit einer Fackel kam, um ihm ein paar Abfälle zu bringen. Er hatte keine Decke. Auch keinen Mantel. Er hatte nichts. Und weil er schon geschwächt und in tiefer Melancholie hierhergekommen war, hatte er Kälte, Dunkelheit und Hunger

auch überhaupt nichts entgegenzusetzen. Kampflos ergab er sich dem Fieber. Es war ihm sogar willkommen, denn es entrückte ihn von diesem Ort der Finsternis in eine lichte, zunehmend grelle Welt der Phantasie.
Wenn er bei klarem Verstand war, versuchte er zu essen und seine gefühllosen Glieder zu bewegen, aber bald war er zu schwach, sich zu regen oder das steinharte Brot zu kauen, und er spürte auch keinen Hunger mehr. Also bekamen die Ratten alles, was die Wachen ihm brachten. Er wußte, daß er starb. Manchmal erfüllte der Gedanke ihn mit Entsetzen, manchmal weinte er vor Einsamkeit, vor Verzweiflung, weil er niemanden mehr hatte, der kommen und ihm helfen würde, bis das Fieber wieder anstieg und ihn einhüllte wie eine warme, tröstliche Decke.
Er schreckte zusammen, als der Riegel rasselte. Seit ein oder zwei Stunden war er wach, so wach wie seit Tagen nicht mehr, schien es ihm. Wie schon einige Male zuvor war das Fieber heftigem Schüttelfrost gewichen, und er lag zitternd, mit klappernden Zähnen wie ein Kind im Mutterleib zusammengerollt am Boden, als die Wache mit der Fackel in der Faust über die Schwelle trat.
Cædmon starrte stumm und blinzelnd zu dem vierschrötigen Mann in Helm und Kettenhemd auf, der einmal kurz seine Fackel über ihn schwenkte, kehrtmachte und wieder nach draußen trat.
»Da ist nichts mehr zu machen, Monseigneur«, hörte Cædmon ihn sagen. »Der ist hinüber.«
»Ist er tot?« Bischof Odos Stimme, erkannte Cædmon verblüfft. Er versuchte, sein Zähneklappern zu unterdrücken, damit er besser hören konnte, was draußen gesagt wurde.
»So gut wie«, antwortete der Soldat.
Wieder wurde es hell, als Odo selbst mit der erhobenen Fackel auf der Schwelle erschien. Unbewegt sah er auf Cædmon hinab. Weder Mitgefühl noch Ekel oder Genugtuung waren seinem Gesicht anzusehen, obwohl Cædmon einigermaßen sicher war, daß es diese drei Empfindungen waren, die der Bischof so sorgsam verbarg.
Ihre Blicke trafen sich einen Moment. Dann schloß Cædmon einfach die Augen und wandte den Kopf ab, um dem grellen Schein der Flamme zu entkommen. »Geht doch weg.«
Die Dunkelheit kehrte zurück, und er biß die klirrenden Zähne noch fester zusammen, um Odo nicht zurückzurufen, ihn nicht anzuflehen.

Doch der vertraute, dumpfe Laut, mit dem die Tür sich schloß, blieb aus. Statt dessen kamen zwei Wachen herein und sahen einen Moment unentschlossen auf ihn hinab.
»Ich schätze, dieses Knochengerüst schaff' ich so gerade noch allein«, bemerkte der eine verächtlich.
Cædmon wich instinktiv zurück, als der Mann sich über ihn beugte, aber das half nichts. Der Soldat packte die Kette seiner Handfesseln, zerrte ihn daran roh in die Höhe, und als Cædmon in sich zusammensackte, packte er ihn und warf ihn sich über die Schulter. Jeder Blutstropfen, den er noch in sich hatte, schien Cædmon in den Kopf zu schießen, der so grauenhaft zu hämmern anfing, daß er den Mund öffnete, um zu protestieren. Aber ehe er einen Ton herausgebracht hatte, wurde er ohnmächtig.

Als Hyld ihren Bruder sah, war ihr erster Gedanke, diesen gottverdammten normannischen Bischof bis in den hintersten Winkel der Hölle zu verfluchen und das unheilige Abkommen aufzukündigen. Sie nahm Cædmons glühend heiße Hand und legte sie auf ihre Wange. Die Ketten klirrten.
»Kannst du mich hören?« fragte sie leise.
Cædmon zeigte keinerlei Reaktion. Fassungslos starrte sie in das ausgemergelte Gesicht. Der lange, zottelige Bart, der es zur Hälfte bedeckte, war verfilzt und fast völlig grau. Das erschütterte sie auf seltsame Weise mehr als alles andere.
Als sie leise Schritte hinter sich hörte, fuhr sie herum. »Ihr …«
Odo hob abwehrend die rechte Hand. »Ja, ich weiß. Es tut mir leid, Hyld. Ich hatte ehrlich keine Ahnung, daß er so krank ist.«
»Ihr hättet nur nachsehen müssen, um es festzustellen!«
»Aber ich wollte nichts davon wissen. Es fiel mir so schon schwer genug, angemessen zornig auf ihn zu sein. Ich habe ihn zu gern.«
Seine Offenheit entwaffnete sie einen Moment, doch dann versetzte sie eisig: »Diese befremdliche Anwandlung habt Ihr in bewundernswerter Weise niedergerungen, Monseigneur.«
»Ja«, gestand der Bischof kleinlaut. »Ich bin sicher, das gleiche würde mein Bruder auch sagen. Ihr dürft nicht vergessen, Hyld, daß Cædmon ein sehr schweres Verbrechen begangen hat.«
Sie sah unglücklich auf ihren todkranken Bruder hinab und tupfte ihm behutsam mit dem Ärmel über die feuchte Stirn. »Ich weiß nicht, was

ich machen soll. Meine Mutter könnte ihm vielleicht helfen, aber sie wird nicht kommen.«

»Wirklich nicht?« fragte Odo überrascht.

Sie schüttelte den Kopf. »Sie hat mir gesagt, sie will ihn nicht wiedersehen, ehe seine Ehre wiederhergestellt ist. Und sie meint, was sie sagt.«

»Ja, ich weiß. Ich bin trotzdem verwundert. Sie wußte seit Jahren von Cædmon und Aliesa.«

Hyld hob langsam die Schultern. »Meine Mutter ist Normannin, Monseigneur.«

»Und das bedeutet?«

»Nicht das Vergehen selbst zählt in ihren Augen. Nur die öffentliche Schande.«

Odo verzog schmerzlich das Gesicht. »Ihr haltet uns also für ein Volk von Heuchlern?«

»Ja.«

»Das ist bedauerlich, Madame. Aber Etikette und Aufrichtigkeit schließen einander nicht aus«, sagte er leise. Er blickte einen Moment auf Cædmon hinab, ehe er fortfuhr: »Ich habe einen Boten nach Winchester geschickt. Morgen wird er mit einem Arzt zurückkommen, der vielleicht etwas für ihn tun kann.«

»Ihr meint den Juden? Aber er und seine Familie sind Etienne fitz Osbern ganz und gar ergeben. Sie werden keinen Finger für Cædmon rühren.«

Odo schüttelte langsam den Kopf. »Sie machen Geschäfte mit fitz Osbern und schätzen ihn, aber sie sind ihm nicht ergeben. Sie sind klug genug, sich nur auf sich selbst zu verlassen. Und ich hoffe, das bedeutet, daß sie in einer Fehde zwischen einem normannischen und einem englischen Edelmann Neutralität wahren.«

Cædmon hatte begonnen, keuchend und stoßweise zu atmen. Er warf sich auf die Seite, sein Körper krampfte sich zusammen, und mit erstaunlicher Kraft und unter leisem Klirren traten seine Füße die leichte Decke weg. »Richard«, jammerte er erstickt. »Hüte dich vor dem verfluchten Wald, Richard…«

Odo wandte sich abrupt ab, entdeckte den Wachsoldaten, der unentschlossen nahe der Tür wartete, und herrschte ihn an: »Nehmt ihm endlich die verdammten Ketten ab!«

»Ja, Monseigneur.«

Mit langen Schritten stürmte der Bischof hinaus.

Hyld war ratlos. Sie wußte überhaupt nicht, was ihrem Bruder fehlte. Es war kein Lungenfieber, wie sie ursprünglich angenommen hatte, denn er hustete nicht und warf kein Blut aus. Sie tat, was sie auch mit ihren beiden Söhnen machte, wenn diese hohes Fieber hatten: Sie ordnete an, ein kühles Bad zu bereiten. Als es angerichtet war, hieß sie die Wachen, Cædmon in den hölzernen Zuber zu legen, und scheuchte sie dann hinaus. Sobald sie mit ihrem Bruder allein war, schnitt sie die Lumpen von seinem mageren, geschundenen Körper, hielt seine Brust mit einem Arm umklammert, damit er nicht unterging, schöpfte kaltes Wasser und ließ es ihm über den Kopf fließen.
Das verfehlte seine Wirkung nicht. Cædmons Atmung wurde ruhiger, und schließlich schlug er die Augen auf. Sie waren fiebrig, die Pupillen unnatürlich geweitet, aber klar.
»Hyld?«
»Ja, Bruder.«
»Was … was tust du hier?«
»Ich rasiere dich.« Wie zum Beweis hielt sie die scharfe Klinge hoch.
»Warum weinst du?«
»Sieh dich doch mal an.«
»Nein … nein, lieber nicht.«
Er ließ den Kopf zurücksinken und fand ein himmlisch weiches Kissen. Ein Teil seines Verstandes wußte, daß es die Brust seiner Schwester war, aber er war zu krank und verwirrt, um sich zu genieren. Sein Kopf war bleischwer, ihm war schwindelig, und ständig wurde ihm schwarz vor Augen. Aber er war in einem Raum voller Sonnenlicht, lag in den Armen seiner Schwester statt in seinem eigenen Dreck in einem lichtlosen, eisigen Verlies. Er fühlte sich sauber und getröstet, als er wieder einschlief.

Nach und nach nahm die Welt Formen an, und er stellte fest, daß sein ganzes Blickfeld von einem bärtigen Gesicht mit langen Schläfenlocken ausgefüllt war. Dunkle Augen betrachteten ihn ernst und aufmerksam.
»Hat Euch irgend etwas gebissen, Thane? Eine Ratte vielleicht?«
Das ist wieder einer von diesen blöden Träumen, erkannte Cædmon, schloß die Augen und wollte sich davontreiben lassen.
Aber eine Hand rüttelte unbarmherzig an seiner Schulter. »Antworte, Cædmon, bitte«, flehte Hyld.

Er zwang die Augen wieder auf und ließ sie zwischen den beiden ungleichen Gesichtern hin und her wandern, die sich über ihn beugten.
»Hyld.«
»Ja.«
»Malachias ... ben Levi.«
»So ist es, Thane. Hat Euch eine Ratte gebissen?«
Ein irres Lachen zitterte in seinen Bauchmuskeln, aber er war zu schwach, um es herauszulassen. »Ihr solltet nicht hier sein. Etienne fitz Osbern ist...«
»Ich weiß, ich weiß.« Malachias hob abwehrend die Hand. »Macht Euch darüber keine Sorgen. Bekomme ich jetzt eine Antwort?«
»Ja. Ein paarmal. Wenn man ... sich nicht mehr rührt, dann kommen sie und kosten...«
»Wann?«
»Ich weiß nicht mehr ... Mir ist so kalt.«
»So geht es immerzu«, sagte Hyld leise. »Von einem Augenblick zum nächsten vergeht das Fieber, und er bekommt Schüttelfrost.«
Malachias sah sich suchend um, fand eine zusammengefaltete Decke und breitete sie über den Kranken. »Schickt nach mehr Decken. Wir müssen ihn warm halten, wenn der Schüttelfrost kommt, und kühlen, wenn das Fieber steigt, wie Ihr es schon getan habt.«
»Wißt Ihr, was ihm fehlt?«
»Ich denke schon.« Er tastete Cædmons Hals, Achselhöhlen und Leistengegend ab und nickte, als habe ein Verdacht sich bestätigt. Dann suchte er systematisch den ganzen Körper des Kranken ab, bis er über dem linken Ellbogen eine geschwollene Verhärtung fand, wo die Haut rötlich verfärbt war. Als er behutsam darauf drückte, zuckte Cædmon zusammen und versuchte, seinen Arm loszureißen, aber Malachias gab ihn nicht her, sondern hielt ihn Hyld zur Begutachtung hin. »Da. Hier hat die infizierte Ratte ihn gebissen.«
»Ich verstehe nicht. Was bedeutet infiziert?«
»Daß sie die Krankheit in sich hatte und an ihn übertragen hat. Im Osten nennt man das Leiden daher Rattenfieber.«
»Müßt Ihr den Arm aufschneiden?« fragte sie angstvoll.
Malachias zog sarkastisch die buschigen Brauen in die Höhe. »Ich sehe, mein zweifelhafter Ruf ist mir vorausgeeilt...«
»Verzeiht mir, ich wollte nicht...«
»Ich weiß. Nein, das hätte höchstens ein, zwei Stunden nach dem

Biß etwas genützt. Jetzt ist es dafür zu spät. Ich gebe Euch ein Pulver, das Ihr in Wasser auflösen und ihm einflößen müßt, es senkt das Fieber. Viel mehr können wir nicht tun. Er muß viel trinken. Die Krankheit ist langwierig, aber bei entsprechender Behandlung in der Regel nicht tödlich. Es sei denn, der Betroffene ist schon vorher geschwächt oder hat nur einen schwachen Lebenswillen.« Er sah Hyld in die Augen.
Sie schluckte. »Ich schätze, beides trifft zu.«
Der junge jüdische Arzt nickte ernst. »Ich werde ein oder zwei Tage bleiben und sehen, was ich tun kann. Geht nur, der Bischof wartet schon ungeduldig auf Euch.«
Sie warf einen unsicheren Blick auf Cædmon, der jetzt ruhiger zu schlafen schien. »Also gut. Ich lasse Euch etwas zu essen bringen.«
Malachias hob abwehrend die Hände, beinah ein bißchen entsetzt, so schien es. »Nein, vielen Dank. Ich habe Brot mitgebracht, das muß für den Augenblick genügen.«
Sie starrte ihn entgeistert an. »Fürchtet Ihr, irgendwer hier wolle Euch vergiften?«
Er verbiß sich ein Lächeln. »Na ja, wie man's nimmt ... Nein, nein. Aber ich kann nicht essen, was Ihr hier eßt, Madame. Kein Schweine- oder Pferdefleisch, keine Muscheln oder Austern, auf die Engländer und Normannen gleichermaßen versessen sind, und vor allem nichts, das Milch und Fleisch enthält. Meine Religion verbietet es.«
»Warum?«
»Weil der Gott Abrahams es so befohlen hat.«
»Oh. Und warum hat er das wohl getan?«
Dieses Mal lachte er und breitete kopfschüttelnd die Arme aus. »Es gibt viele Gründe. Praktische und religiöse, einfache und komplizierte, vielleicht sogar gute und schlechte. Aber es würde wenigstens zehn Jahre dauern, sie alle aufzuzählen und zu erklären.«
Sie war fasziniert von der Fremdartigkeit dieser Gebote, doch dann kam ihr ein Gedanke. »Nun, wir dürfen freitags kein Fleisch essen – außer Bernikelgans – und keinen Met trinken, und in der Fastenzeit und im Advent dürfen wir praktisch gar nichts essen.«
»Wieso Bernikelgans?« fragte er verblüfft.
Hyld dachte bei sich, daß er für einen Heiler wenig von der Welt kannte, und erklärte, was in England jedes Kind wußte: »Die Bernikelgans schlüpft im Meer. Aus der Entenmuschel, die ja daher ihren Namen

hat. Darum ist die Bernikelgans ein Fisch, auch wenn sie wie ein Vogel aussieht, und Fisch dürfen wir freitags essen.«

Malachias dachte bei sich, daß, was einen Schnabel und Flügel hatte, ganz gewiß ein Vogel war. Vermutlich hatte man die Eier dieser Gans nur deshalb in England noch nie gesehen, weil sie sie in fernen Ländern legte und ausbrütete, ehe sie hierherzog, denn Gänse waren Wanderer, genau wie Juden. Dieses Volk hier war so unglaublich ungebildet, daß es ihn manchmal erschütterte, und die Normannen waren nur wenig besser. Aber er ließ sich seine Skepsis nicht anmerken, sondern sagte: »Nun, mir scheint, Eure Speisegesetze sind noch seltsamer und komplizierter als unsere, Madame.«

Sie erkannte am verräterischen Blitzen seiner schwarzen Augen, daß er sie auf den Arm nahm, und lächelte. »Wie wäre es mit ein bißchen Obst?«

Er deutete eine kleine Verbeugung an. »Sehr gern.«

Dover, Juli 1076

Ein etwa zwei Fuß breiter Leinenstreifen lag auf dem kostbaren byzantinischen Tisch, drei Köpfe waren emsig darüber gebeugt.

»Wir sollten nur die vorderen drei oder vier Pferde hintereinander galoppierend darstellen«, sagte Hyld nachdenklich. »Die nachfolgenden zeichnen wir versetzt nebeneinander. Das gibt den Eindruck einer geschlossenen Reihe von Reitern und dem Bild mehr Dichte.«

»Aber es müssen genug sein, daß es wie eine Armee aussieht«, erinnerte Odo sie etwa zum zehnten Mal.

»Und die Reitergruppe muß so weit in die Länge gezogen sein, daß darüber genug Platz für die Inschrift ist«, gab Bruder Oswald zu bedenken.

»Wie lautet die Inschrift gleich wieder?« fragte Hyld seufzend. Dieser unsinnige Buchstabensalat in ihren kunstvollen Bildern war ihr ein Dorn im Auge.

Oswald zog ein eselohriges Stück Pergament zu Rate. »Mal sehen … Hier ist es: ›Und sie zogen in den Kampf gegen König Harold‹. Also etwa: ›et venerunt ad prelium contra Haroldum rege‹.«

»Regem«, verbesserte Odo mit vorwurfsvollem Unterton.

»Ihr habt natürlich recht«, räumte Bruder Oswald ein, richtete sich auf und drückte die Hand in sein schmerzendes Kreuz. »Ich bin so müde, daß ich kein Latein mehr kann«, gestand er.
Hyld ignorierte seine Klage. »Zeichnet die Buchstaben ein, Bruder, damit ich sehe, wie breit die Reitergruppe werden muß. Und was soll oben und unten in die Borte, Monseigneur?« fragte sie den Bischof.
Odo dachte einen Moment nach. »Oben vielleicht ein Angelsachse und seine Frau? Sie bringt ihm in aller Eile die Rüstung, ehe er sie ein letztes Mal...«
»Ihr wollt noch mehr nackte Menschen in der Borte?« fragte Oswald ungläubig.
Der Bruder des Königs klopfte dem Mönch die magere Schulter. »Nur weil Ihr sie so vortrefflich zeichnet, mein Freund. Und dieser Teppich soll so viele Details erzählen wie nur möglich...«
»Warum konntet Ihr mich nicht in meinem Kloster in Winchester lassen?« brummte Oswald. »Ich werde ein Jahr auf den Knien verbringen müssen, um für all diese anstößigen Zeichnungen zu büßen.«
Odo lachte. »Wenn das so wäre, sähe man keinen Benediktiner je anders als auf den Knien rutschend, bei all den nackten Weibern, die ihr in eure frommen Illuminationen schmuggelt ... ähm, ich bitte um Verzeihung, Madame.«
Hyld grinste und trat ans Fenster, wo fünf Frauen um einen langen, schmalen Rahmen herumsaßen, in den einer der Leinenstreifen eingespannt war, und die Stickereien auf den von Oswald und Hyld angefertigten Zeichnungen ausführten. Sie verwendeten Wollgarn in acht verschiedenen Farben, und Hyld mußte gestehen, daß das Ergebnis in der Tat prachtvoll und farbenfroh wirkte, die Posen der Pferde und die Gesichter der Reiter so lebhaft, daß man meinen konnte, im nächsten Moment müsse man das Donnern vieler Hufe hören und sie alle aus dem Bild preschen sehen. »Dieser Schild ist wunderbar, Hedwig«, lobte sie die Novizin aus Canterbury, die Jüngste und Unsicherste unter den Stickerinnen.
»Aber es wird Jahre dauern, all die kleinen Ringe der vielen, vielen Kettenhemden zu sticken«, klagte Mildred, Hedwigs ältere Mitschwester. »Können wir nicht einfach nur den König und den König ... ich meine König William und Harold Godwinson in Rüstungen stecken?«
»Nein, Madame«, widersprach Odo entschieden, der hinzugetreten war. »Denn wir wollen bei der Wahrheit bleiben, und alle normanni-

schen Ritter wie auch viele der englischen Housecarls trugen prächtige Rüstungen. War's nicht so, Cædmon?«

Der Angesprochene saß mit angezogenen Knien auf dem breiten Fenstersims und starrte in den sonnenbeschienenen Hof hinaus. »Sicher, Monseigneur«, murmelte er.

Odo stemmte die Hände in die Seiten. »Hättet Ihr wohl die Güte, mich anzuschauen, wenn ich mit Euch rede, Thane?«

Betont langsam wandte Cædmon den Kopf.

Odo winkte seufzend ab. »Nein, vielleicht lieber doch nicht. Dieser waidwunde Blick geht mir inzwischen doch gar zu arg auf die Nerven. Ich wüßte es wirklich sehr zu schätzen, wenn Ihr Euch ein wenig an dieser schwierigen Aufgabe beteiligen wolltet. Ihr und ich sind schließlich die einzigen hier, die bei Hastings waren. Und gerade auf englischer Seite habt Ihr sicher mehr Details beobachtet als ich. Wie wäre es, wenn Ihr uns ein wenig unterstützen würdet?«

Cædmon erhob sich ohne Eile von seinem sonnenwarmen Fensterplatz und lehnte sich mit dem Rücken an die Wand. »Andernfalls?«

»Du meine Güte, wie streitsüchtig Ihr seid, Cædmon. Ich bitte Euch lediglich um Eure Hilfe.«

»Vielleicht könnte ich mich für Euren Bilderteppich eher erwärmen, wenn Ihr mich zur Einweihung Eurer Kathedrale mit nach Bayeux nehmen würdet.«

Odo trat einen Schritt näher auf ihn zu, verschränkte die Arme und sah ihn an. »Damit Ihr Euch davonmachen und nach Caen reiten könnt, meint Ihr, ja? Das könnt Ihr Euch aus dem Kopf schlagen! Selbst wenn Ihr je dorthin kämet, die Schwestern haben strengste Anweisung, Euch unter keinen Umständen, ganz gleich unter welchem Vorwand, mit ihr in Kontakt treten zu lassen.«

Cædmon blinzelte fast unmerklich, wandte sich brüsk ab und ließ den Bischof einfach stehen. Im Vorbeigehen sagte er zu den Stickerinnen: »Ladies, die Farbe, die Ihr jetzt vor allem braucht, ist Rot.«

Die Wache an der Tür versperrte ihm den Weg. Cædmon blieb mit gesenktem Kopf stehen. Über seine Schulter hinweg wechselte der Soldat einen Blick mit Odo. Der zögerte einen Moment, ehe er mit einem ärgerlichen Wink seine Erlaubnis erteilte. Die Wache öffnete die Tür, ließ Cædmon höflich den Vortritt, folgte ihm aber dicht auf den Fersen und begleitete ihn bis zu seinem Quartier. Nachdem Cædmon eingetreten war, zog der Mann die Tür zu, verriegelte sie und bezog davor Posten.

Cædmon ging langsam ans Fenster, das viel zu klein war, um hindurchzuklettern, selbst wenn es nicht im dritten Stock gelegen hätte. Er sah auf den Ausschnitt des Innenhofs und der Palisaden hinab, die ihm inzwischen in jeder noch so kleinen Einzelheit vertraut waren, dann hob er den Blick und starrte aufs Meer, das wie ein weißgefleckter blauer Teppich in der Ferne lag. Ein kleiner werdender Punkt bewegte sich auf den Horizont zu. Jeden Tag überquerten Schiffe von Dover aus den Kanal, segelten nach Flandern, Dänemark, den deutschen Nordseehäfen oder in die Normandie. In seiner Phantasie war Cædmon immer an Bord, war aus diesem zugegebenermaßen komfortablen Gefängnis entkommen, unbemerkt zum Hafen hinuntergelangt und hatte den erstbesten Handelssegler bestiegen. In seiner Phantasie hatte das Blatt sich endlich zu seinen Gunsten gewendet: Der Handelssegler brachte englische Wolle nach Fécamp oder englisches Leder nach Dieppe, wo er mühelos im Hafengewimmel untertauchte, ein paar Meilen zu Fuß lief, ehe er einem Bauern ein Pferd stahl und nach Caen ritt...

Stundenlang beschäftigte er sich manchmal mit diesen Träumereien. Er konnte nicht essen, nicht beten und nicht schlafen, er konnte nicht einmal die Laute spielen. Das einzige, was ihn aus seiner Lethargie zu reißen vermochte, waren der Anblick der See und die Bilder, die er heraufbeschwor. Er wußte, daß er sich in geradezu schändlicher Weise gehen ließ. Nur fiel ihm einfach nichts ein, wofür es sich lohnen könnte, sich zusammenzureißen. Er erinnerte sich, daß er nicht hatte sterben wollen, als er krank war. Aber dieses Leben wollte er auch nicht.

Hyld machte einen Inspektionsrundgang in den umliegenden Räumen, wo je vier oder fünf Frauen an den übrigen fünf Teilstücken des Teppichs stickten, die bereits fertig entworfen und vorgezeichnet waren. Im großen und ganzen war sie zufrieden. Nur ihre Freundin Gunnild, die sie aus Helmsby mit hergebracht hatte, hatte sie zum wiederholten Male bitten müssen, ein fertiges Stück wieder aufzutrennen, weil es nicht sorgsam genug gestickt war. Sie zog ernsthaft in Erwägung, Gunnild nur noch die Randmuster der Borte sticken zu lassen, denn ihre Figuren sahen alle wie mißgestaltete Gnome aus, Normannen ebenso wie Engländer.

»... nicht mehr lange dauern, bis ich die Geduld mit ihm verliere«, hörte sie den Bischof grollen, als sie in sein privates Gemach über der Halle zurückkam.

Er war allein mit Bruder Oswald; die fleißigen Stickerinnen machten eine wohlverdiente Pause und waren in den Hof hinuntergegangen, um sich ein wenig die Beine zu vertreten. Hyld nahm ihren pfeilspitzen Kohlestift wieder auf, beugte sich über die halbfertige Reitergruppe und sagte beiläufig: »Wenn Ihr ihn wieder einsperrt, könnt Ihr die Bilder der glorreichen Schlacht von Hastings selber sticken, Monseigneur.«
Odo seufzte tief und schenkte sich einen Becher Wein ein. »Davon ist ja keine Rede. Ich kann nur einfach nicht begreifen, wie ein Mann wegen einer Frau in solche Düsternis versinken kann.«
»Nein, wie auch«, bemerkte sie spitz. »Eure Leidenschaft verzehrt sich immer so schnell, daß sie längst ausgebrannt ist, ehe irgendwelche tieferen Gefühle sich entwickeln könnten.«
Sie verbrachten seit zwei Monaten beinah jede Stunde des Tages zusammen, und die gewaltige Aufgabe, die sie sich gesetzt hatten, schuf eine ungewöhnliche Vertrautheit. Inzwischen kannten sie einander recht genau. Hyld war auch keineswegs verborgen geblieben, daß der Bruder des Königs sie gern der langen Reihe seiner Eroberungen hinzugefügt hätte. Behutsam, aber entschieden hatte sie ihn wissen lassen, daß das nicht in Frage kam. Und obwohl oder auch gerade weil sie ihn abgewiesen hatte, war Odo ihr freundschaftlich verbunden und ließ sich von ihr Dinge sagen, die er anderen nie nachgesehen hätte.
»Und gerade Cædmons Beispiel zeigt, daß ein Mann gut beraten ist, keiner Frau in die Falle zu gehen«, konterte er ungerührt.
»Ein Bischof ist vor allem gut beraten, sich überhaupt nicht mit Frauen einzulassen«, raunte Bruder Oswald der nackten Männerfigur zu, die er gerade zeichnete.
Hyld schaute ihm über die Schulter und errötete leicht, als sie die gewaltige Erektion der Figur sah. »Bruder Oswald!« rief sie schockiert. »Man muß sich wirklich fragen, in welche Richtung Eure Phantasie schleicht. Denkt doch wenigstens an die armen Schwestern, die die Stickerei ausführen müssen.«
Er trat einen Schritt zurück, legte den Kopf schräg und betrachtete sein Werk. »Zu groß? Na schön, noch ist es nicht endgültig.« Er rieb mit dem Finger über die dünne Linie, bis das Prachtstück verschwunden war. Dann warf er sein Kohlestück achtlos auf den Tisch und streckte sich. »Ich glaube, ich brauche eine Pause.«
Er setzte sich auf den Fenstersims, zog ein Bein an und verschränkte die Arme darauf. »Vielleicht solltet Ihr Cædmon wenigstens nach Hause

reiten lassen, Monseigneur. Jetzt beginnt die Ernte, und außerdem baut er doch eine Kirche. Er hätte so viel zu tun…«

»Es ist ausgeschlossen, Bruder«, unterbrach Odo ungeduldig. »Nicht einmal wenn er mir sein Wort gäbe, Helmsby nicht zu verlassen, könnte ich ihm trauen. Er ist einfach unberechenbar, wenn es um Aliesa geht.«

»Ich glaube, Ihr begreift beide nicht, was in ihm vorgeht«, sagte Hyld. »Wie einsam er wirklich ist.«

»Aber er hat es immer gewußt, Hyld«, entgegnete Odo. »Er hat gewußt, daß das eines Tages passieren würde und daß er seinen Freund dann ebenso verlieren würde wie seine Geliebte.«

»Was soll ihm das helfen, daß er es gewußt hat? Wenn ein Dieb ein Goldstück stiehlt, weiß er, daß der Sheriff ihm die Hand abhacken läßt. Macht das Wissen den Verlust erträglicher? Oder den Schmerz?«

»Nein«, räumte Odo ein.

»Und Ihr vergeßt den Prinzen«, fuhr sie fort und mußte einen Augenblick überlegen, bis ihr der Name einfiel. »Richard.«

Odo senkte den Kopf und nickte. »An dem Verlust tragen wir alle schwer.«

»Ja, aber Herrgott noch mal… Cædmon hat sie alle gleichzeitig verloren! Versteht Ihr das denn nicht? Er steht mit völlig leeren Händen da. Ich weiß, daß Ihr ihm sein Verhältnis mit Aliesa de Ponthieu nicht wirklich verübelt, Monseigneur, das … ähm … könnt Ihr Euch gar nicht leisten. Also habt ein bißchen mehr Geduld mit ihm und übt Nachsicht, bis er wieder Boden unter die Füße bekommt.«

Odo sah hingerissen in die tiefblauen Augen, die sich im Zorn noch um eine Schattierung verdunkelten, und fragte: »Wann, sagtet Ihr, Madame, erwartet Ihr Euren Piraten aus Grönland zurück?«

Hyld stöhnte und wandte sich hilfesuchend an Oswald, doch ehe der Bruder zu einer spitzen Bemerkung ansetzen konnte, trat auf leisen Sohlen ein Diener ein und meldete: »Monseigneur … Prinz Rufus, Prinz Henry, Eadwig of Helmsby und Leif Guthrumson.«

Odos Miene hellte sich auf. »Herein mit ihnen. Und bitte den Thane of Helmsby her.«

Cædmon hätte die »Bitte« gern mißachtet, denn er hatte nicht das geringste Bedürfnis, Rufus wiederzusehen. Doch die Wache vor seiner Tür nahm ihm die Entscheidung ab. Nachdem der Diener die Nachricht überbracht hatte, hielt der Soldat höflich die Tür auf und sah auffordernd zu Cædmon hinüber. Cædmon wußte, wenn er sich weigerte, würde der Mann die höfliche Maske kurzerhand fallenlassen, ihn packen und nach unten schleifen. Also ging er lieber freiwillig.

Von der Tür aus beobachtete er sie einen Moment. Leif und Eadwig bewunderten das halbfertige Teilstück des Teppichs in dem Rahmen am Fenster. Hyld hatte sich bei ihrem Bruder und ihrem Schwager eingehakt und erklärte ihnen, was die Bilder darstellten und was noch hinzukommen sollte.

Derweil erläuterten Odo und Bruder Oswald Rufus den Entwurf auf dem Tisch. Henry stand auf Zehenspitzen am Fenster und versuchte vergeblich, hinauszusehen.

Eadwig wandte plötzlich den Kopf und entdeckte seinen Bruder. »Cædmon!« Er lächelte, aber Cædmon war nicht entgangen, daß die Augen sich einen winzigen Moment erschreckt geweitet hatten. Sah er denn wirklich so furchtbar aus?

Rufus' Kopf ruckte hoch, als er den Namen hörte.

Cædmon trat zu ihm und verneigte sich förmlich. »Mein Prinz.«

»Cædmon.« Rufus lächelte unsicher. Auf einmal wirkte er viel jünger als seine zwanzig Jahre, beinah knabenhaft. Er schluckte sichtlich. »Wir hörten, du seiest krank. Ich hoffe, du bist vollständig genesen?«

»Ja, vielen Dank.« Er sah dem Prinzen unverwandt in die Augen, schien überhaupt nicht wahrzunehmen, wie der Blick sich in die Länge zog, und Rufus war unendlich erleichtert, als Eadwig hinzutrat und Cædmon ungestüm an sich zog. »Bruder! Du bist immer noch dürr wie ein Rindvieh im Frühjahr.«

Cædmon lächelte kurz. »Dabei gibt Hyld sich solche Mühe, mich zu mästen. Was verschlägt euch hierher?«

»Lanfranc hat nach Rufus geschickt. Und es ist so grauenhaft langweilig in Winchester, also haben wir uns gedacht, wir leisten ihm Gesellschaft. Und den kleinen Plagegeist haben wir mitgenommen, weil er so ein Trauerkloß ist in letzter Zeit. Seine Mutter meinte, eine Reise täte ihm gut.« Er wies auf den achtjährigen Henry.

»Was gibt es Neues in Winchester?« wollte Bruder Oswald wissen.

Eadwig hob kurz die Schultern, nahm dankbar den Becher, den ein Diener ihm reichte, und trank. Dann antwortete er: »Gar nichts. Das letzte große Ereignis war Waltheof of Huntingdons Hinrichtung vor zwei Monaten. Ich nehme nicht an, daß ihr hören wollt, wie er mitten

im *Paternoster* zu heulen anfing und jeden Engländer bis auf die Knochen beschämt hat?«
»Du warst da?« fragte Hyld, ihre Mißbilligung war unüberhörbar.
Eadwig nickte. »Der Sheriff befürchtete Unruhen, jeder verfügbare Mann war da. Aber alles blieb friedlich. Waltheof gab so eine traurige Figur ab, daß auch die Engländer erleichtert waren, als der Scharfrichter seinem Gewinsel schließlich ein Ende machte.«
»Wie kannst du nur so reden?« fragte sie aufgebracht. »Ohne ihn wäre der König vermutlich gestürzt! Und wie hat er Waltheof seine Treue gedankt?«
»Waltheof hat ein bißchen lange gezögert, seine Treue unter Beweis zu stellen, Madame«, wandte Odo behutsam ein.
»Mag sein. Aber die wahren Verräter leben noch«, gab sie zurück.
»Ralph de Gael nur deswegen, weil er geflohen ist«, sagte Rufus. »Und Roger fitz Osbern ...«, sein Blick glitt unwillkürlich in Cædmons Richtung, als er den Namen aussprach, aber er hielt den Kopf gesenkt und beendete den Satz: »ist meines Vaters Neffe, Madame. Ihr müßt zugeben, daß das einen Unterschied macht, der nichts mit der Frage ob Engländer oder Normanne zu tun hat. Glaubt mir, bei Verrätern macht der König keine Unterschiede ...«
Cædmon verspürte ein wirklich flaues Gefühl in seinem leeren Magen. Er wollte nichts von alldem hören. Unbemerkt schlenderte er zum Fenster hinüber. Henry hatte den Versuch aufgegeben, in den Hof hinunterzuschauen. Der Sims war etwa auf der Höhe seiner Nasenspitze, aber so tief, daß er vom Ausblick nichts sehen konnte.
»Möchtest du, daß ich dich hochhebe, Henry?« fragte Cædmon leise.
Der blonde Lockenkopf fuhr zu ihm herum, und die Augen, die zu ihm aufsahen, erinnerten Cædmon so sehr an Richards, daß seine Brust sich zusammenzog. Der Prinz nickte stumm.
Cædmon packte ihn unter den Achseln und stellte ihn auf den Sims. »Da, siehst du? Dort drüben ist das Meer.«
Der Junge sah auf die tiefblaue See hinaus, auf der die Strahlen der Abendsonne wie Tausende von Edelsteinen funkelten, so daß sie schließlich beide blinzeln mußten.
»Manchmal träume ich von einem weißen Schiff auf dem Meer«, vertraute Henry ihm leise an.
»Ja? Und ist es ein prächtiges Schiff? Ein Königsschiff?«
»Nein.« Er wandte den Kopf ab. »Es ist ein Todesschiff.«

Cædmon legte ihm die Hand auf die Schulter, und sie sahen sich an, sprachlos.

»Gehst du mit mir zum Meer hinunter, Cædmon? Ich würd' es mir gern aus der Nähe ansehen.«

»Ich kann nicht weiter als bis zur Zugbrücke. Aber wenn du willst, können wir auf die Brustwehr steigen. Von dort hat man einen wundervollen Blick aufs Meer.«

Henry nickte heftig, und Cædmon hob ihn von der Fensterbank. Nebeneinander gingen sie zur Tür. Odo war mit Leif in ein angeregtes Gespräch über Geschichtsschreibung vertieft, aber er sah sie aus dem Augenwinkel und nickte der Wache unauffällig zu, so daß Cædmon und der Prinz den Raum ungehindert verlassen konnten.

Schweigend überquerten sie den Hof, stiegen die hölzerne Treppe an den Palisaden hinauf, und wieder hob Cædmon den Jungen hoch und setzte ihn auf seinen Arm, damit er über die angespitzten Pfähle schauen konnte.

Henry schirmte die Augen mit der flachen Hand ab und spähte hinaus.

»Kann man bis zur Normandie schauen?«

»Nein, leider nicht.«

»Ist sie so furchtbar weit weg?«

»Ach was. Bei gutem Wind dauert es nicht länger als von Winchester nach Dover zu reiten.«

Der Junge sah ihn mit großen Augen an. »Ist das wirklich wahr?«

»Ich würde dich nie anlügen, Henry.«

»Ich hab sie gefragt, ob sie traurig ist, daß sie in die Normandie ins Kloster muß.«

Schlagartig wurde Cædmon bewußt, daß es nicht allein Richards Tod war, der Henry so verstört hatte, sondern daß Aliesas plötzliches Verschwinden ihn vermutlich ebenso hart traf. Von frühester Kindheit an hatte der kleine Prinz an ihr gehangen, war seiner Amme ausgerissen, um Aliesa auf Schritt und Tritt zu folgen, und hatte gejammert, wenn sie nicht bei Hofe war.

»Was hat sie gesagt?«

»Sie hat nein gesagt. Weil sie in dem Kloster groß geworden ist und weiß, wie wundervoll der Garten ist. Und sie hat gesagt, sie kann es kaum erwarten, all die vielen Bücher zu lesen. Und meine Schwester Cecile ist mit ihr gegangen. Also war sie nicht einsam. Und Cecile auch nicht.«

Cecile war vierzehn oder fünfzehn, die einzige der älteren Prinzessinnen, die noch unverheiratet war, denn sie hatte den Wunsch geäußert, den Schleier zu nehmen. Sie war ebenso zierlich wie ihre Mutter und verstand es offenbar ebenso wie diese, sich durchzusetzen. Der König hatte sie jedenfalls nicht gegen ihren Willen in eine politische Ehe gedrängt. Darum hatte Cecile länger als jede ihrer älteren Schwestern am Hof ihres Vaters gelebt, und vermutlich vermißte Henry auch sie.
»Und was ist mit dir, Henry? Bist du manchmal einsam? Jetzt, da Aliesa und Cecile fort sind?«
Henry nickte. »Und Richard«, flüsterte er.
»Ja. Und Richard.«
Die großen braunen Kinderaugen füllten sich ganz allmählich mit Tränen, die langsam über die Wangen rollten und auf Cædmons Ärmel tropften. Einen Moment sahen sie sich noch an, dann wandten sie gleichzeitig die Köpfe und blickten wieder aufs Meer hinaus.

Dover, April 1077

»Sehr schön, Ælfric«, lobte Bruder Oswald. »Jetzt gib das Buch deinem Bruder, zeig ihm, wo du warst, und dann soll Wulfnoth uns die nächsten zwei oder drei Zeilen vorlesen.«
Folgsam schob der Junge seinem kleinen Bruder den dicken Folianten zu und wies mit dem Finger auf die richtige Stelle. Wulfnoth sah mit gerunzelter Stirn auf die bräunliche Pergamentseite hinab und las stockend: *»Auch werden dort Menschen mit Hundeköpfen geboren, die man Cono … Conopoenas nennt. Sie haben Mähnen wie Pferde und Hauer wie Keiler und die Köpfe von Hunden, und ihr Atem ist wie eine feurige Flamme. Dieses Land ist nahe der Städte, die voll irdischer Reichtümer sind, im südlichen Äg … Ägypten.«* Mit großen Augen sah er zu ihrem Lehrer auf. »Gibt es die wirklich? Menschen mit Hundeköpfen und Drachenatem?«
Oswald hob die mageren Schultern. »Ich weiß es nicht, Wulfnoth. Wir glauben, daß dies eine Übersetzung eines sehr alten Reiseberichts ist, den vor langer, langer Zeit ein Grieche verfaßt hat, der den Orient bereiste. Ob er all diese Wunderdinge wirklich gesehen hat und ob es sie noch gibt … Wer kann das wissen? Gib das Buch deinem Vater. Cædmon, du bist an der Reihe.«

Cædmon nahm Wulfnoth das schwere Buch aus den Händen, fand die Stelle mühelos und las: *»In einem gewissen Land werden Menschen geboren, die sechs Fuß groß sind.«* Er sah kurz auf und bemerkte: »Viel kleiner ist der König auch nicht.« Dann fuhr er fort: *»Sie haben Bärte bis zu den Knien, und das Haar wächst ihnen bis auf die Füße. Man nennt sie Homodubii, das heißt die Menschen des Zweifels, und sie leben von rohem Fisch, den sie essen.«*

Bruder Oswald sah ihn lächelnd an und schüttelte langsam den Kopf. »Cædmon, Cædmon. Wenn mir das jemand vor fünf Jahren gesagt hätte, ich hätte es nicht geglaubt.« Er stand von seinem Schemel auf und breitete die Arme aus. »Ihr seid allesamt in Gnaden entlassen. Ich bin sehr zufrieden.«

Seine vier Schüler – drei kleine und ein großer – lächelten stolz und erhoben sich ebenfalls. Ælfric, Wulfnoth und Prinz Henry stürmten in den Hof hinaus, um sich nach dem langen Stillsitzen auszutoben. Cædmon folgte ihnen langsamer, holte seine Laute und setzte sich ebenfalls in die Frühlingssonne, um ein bißchen zu spielen und den Jungen zuzuschauen.

Er strich das verblichene grüne Seidenband glatt, das er Aliesa vor Jahren abgeschwatzt und an den Hals seiner Laute geknotet hatte, befühlte es einen Moment und dachte an sie. Und als er zu spielen begann, fiel ihm Wulfnoth ein. Nicht sein Sohn, der keine zehn Schritte entfernt mit seinem großen Bruder und dem Prinzen um einen kleinen Lederball rangelte, sondern sein Freund in Rouen, mit dem ihn auf einmal wieder so vieles verband. Genau wie Wulfnoth war er ein Gefangener im goldenen Käfig. Genau wie Wulfnoth hatte er entdeckt, welch ein wirksames Heilmittel das geschriebene Wort gegen Eintönigkeit und Melancholie sein konnte, wie faszinierend es war, sich diese Welt Buchstabe für Buchstabe zu erobern, um sie schließlich zu beherrschen und in sie einzutauchen, wenn die Wirklichkeit gar zu grau und trostlos schien. Vor allem im Winter hatten Bruder Oswalds Bücher ihm über manch düsteren Tag hinweggeholfen.

Und genau wie Wulfnoth spielte er die Laute, um sich seiner Melancholie und seinen Sehnsüchten zu ergeben. Er konnte stundenlang spielen und sich erinnern, sich vorstellen, wo Aliesa jetzt war und was sie tat. Es hatte eine Zeit gegeben, da er sich gewünscht hatte, entweder sie oder er wäre tot, weil er es einfach nicht aushielt, in derselben Welt und doch von ihr getrennt zu sein. Besonders große Fortschritte hatte

er auf diesem Gebiet immer noch nicht gemacht, er trug es nicht duldsam. Aber er war froh, daß sie beide noch lebten.
Bruder Oswald war in den Hof hinausgekommen, sah sich einen Moment suchend um und trat zögernd näher, als er Cædmon auf der untersten Stufe der Treppe zur Brustwehr entdeckte.
Cædmon winkte den kleinen Mönch näher und rückte beiseite, damit er neben ihm Platz nehmen konnte. Schweigend sahen sie den Jungen eine Weile beim Ballspiel zu.
»Wunderbare Söhne, Cædmon«, bemerkte Oswald schließlich. »Alle beide.«
»Danke.«
»Was für eine gute Idee von deiner Schwester, sie herzuschicken.«
Cædmon nickte. »Ja. Sie tun Henry gut. Und mir.« Er streckte die Beine aus und stellte die Laute behutsam ans Treppengeländer. »Es ist so ganz anders als mit Richard, weißt du. Richard war nur fünf Jahre jünger als ich. Sicher, ich war sein Lehrer, aber im Grunde sind wir trotzdem zusammen aufgewachsen. Henry wächst mit meinen Söhnen auf.«
»Richard war dir näher?«
»Auf jeden Fall. Aber ich glaube …« Was er glaubte, war, daß er es ohne Henry nicht geschafft hätte. Daß Gott ihm diesen verstörten kleinen Jungen geschickt hatte, der vielleicht noch unglücklicher gewesen war als er selbst, damit sie sich gegenseitig aus dem finsteren Tale führten. Doch solche Dinge sprach man nicht aus. »Nun, vermutlich ist nicht so wichtig, was ich glaube. Henry ist Richard in vielen Dingen ähnlich.«
»Und du liebst ihn sehr, ich weiß. Aber du solltest Rufus nicht vergessen.«
»Ich vergesse Rufus nicht.«
»Es könnte durchaus sein, daß er König von England wird.«
Cædmon hob abwehrend die Linke. »Das hat keine Bedeutung mehr für mich, Oswald. Auch in der Hinsicht bin ich auf der ganzen Linie gescheitert. Ich habe für England getan, was ich konnte, solange es ging. Aber ich habe das Vertrauen des Königs verloren, aller politischer Einfluß, den ich je gehabt haben mag, ist dahin. Engländer und Normannen müssen fortan ohne meine Hilfe miteinander auskommen.«
»Das wäre für beide Seiten ein herber Verlust.«
Cædmon lächelte vor sich hin. »Du solltest mich nicht überschätzen.

Was habe ich denn je erreicht? Wann hätte William je auf mich gehört? Männer wie Montgomery oder Etienne fitz Osbern können viel mehr für eine Aussöhnung tun als ich.«

»Trotzdem. Du bist immer noch Thane of Helmsby, und...«

»Und ich war seit über einem Jahr nicht dort, dabei ...« Er brach unvermittelt ab und stand auf, als er den Reiter erkannte, der über die Zugbrücke kam.

»Wer ist es?« fragte Oswald neugierig.

»Mein Schwager.«

Oswald zog die Brauen hoch. »Der Wikinger? Gott steh uns bei.«

Erik hatte Cædmon entdeckt, hielt auf ihn zu und saß ab. Er trug einen kurzen, dunklen Bart, um seine Augen lagen Kränze kleiner Falten, und sein Gesicht wirkte wettergegerbt wie bei so vielen Männern, die zur See fuhren. Einen Moment sahen sie sich unsicher in die Augen, dann umarmten sie einander kurz.

»Erik. Alles in Ordnung? Ich hoffe, es ist nicht deine Familie, die du suchst. Hyld ist schon lange wieder in Helmsby.«

»Ich weiß. Ich war dort. Es geht allen gut.« Er nickte Oswald flüchtig zu, ehe er sich wieder an Cædmon wandte. »Kann ich dich allein sprechen?«

Der Mönch erhob sich lächelnd von der Treppenstufe. »Ich war ohnehin im Begriff, in die Kapelle zu gehen.«

Er ging ohne Eile davon, und Cædmon führte seinen Schwager die Treppe hinauf. Nebeneinander stützten sie die Unterarme auf die Palisaden und sahen auf den Hafen hinab.

»Ich hoffe, deine lange Fahrt war einträglich?« fragte Cædmon.

Erik nickte. »O ja. Du bist bleich und dürr, Schwager.«

»Danke. Du siehst hingegen blendend aus. Aber das ist nicht weiter verwunderlich, wir alle wissen schließlich, daß das Piratenleben dir bekommt. Doch ich nehme nicht an, daß du hergekommen bist, um dich von meinem Wohlergehen zu überzeugen.«

Erik hob kurz die linke Hand. »In gewisser Weise schon. Sag, Cædmon, was ist das für ein Unsinn, den Hyld mir erzählt, von einem Teppich, den sie für den Bruder des Königs gemacht hat?« fragte er gereizt.

So, dachte Cædmon, das ist es also. Er schüttelte langsam den Kopf. »Du hättest ihn sehen sollen, Erik. Ja, du solltest wirklich nach Bayeux fahren und ihn dir ansehen. Er ist ... einzigartig. Ich meine, ich habe immer gewußt, daß Hyld sich auf solcherlei Dinge versteht, aber ihr

Können und Bruder Oswalds Zeichentalent und Odos wahrhaft größenwahnsinnige Vision haben etwas hervorgebracht, das mit nichts zu vergleichen ist, was du je gesehen hast.«
»Ich habe eine Menge gesehen.«
»Ich bleibe trotzdem dabei.«
»Und es hat über ein Jahr gedauert?«
Cædmon wandte den Kopf und sah ihn an. »Selbst die vier Wände der großen Halle dieser Burg haben nicht ausgereicht, um den Teppich in voller Länge aufzuhängen, wir haben es versucht. Er ist tatsächlich über zweihundert Fuß lang geworden.« Und wie gern hätte er Williams Gesicht gesehen, wenn er die neue Kathedrale von Bayeux betrat und sein Blick auf dieses unvergleichliche Bilderwerk fiel, das die Geschichte seines größten Triumphes erzählte. »Was ist, Erik? Hast du so wenig Vertrauen zu deiner Frau? Ist es dir unheimlich, was sie vollbracht hat? Und wenn es so ist, warum stellst du mir diese Fragen statt ihr?«
»Sie würde mir die Augen auskratzen«, murmelte der Seefahrer, den weder die Stürme des Meeres noch unbekannte Küsten schreckten. »Natürlich habe ich Vertrauen zu ihr. Aber … sie hat sich verändert.«
»Du warst zwei Jahre fort, du kannst nicht erwarten, daß alles beim alten ist, wenn du heimkommst. Ich bin sicher, deine Söhne haben sich auch verändert. Harold ist bald alt genug, um mit dir hinauszufahren, und Guthrum konnte noch nicht einmal laufen, als du aufgebrochen bist.«
»Ja, aber damit hatte ich gerechnet.«
Cædmon nickte langsam. »Es gibt nichts, worum du dir Sorgen machen müßtest, soweit ich in der Lage bin, es zu beurteilen.«
Erik starrte aufs Meer und nickte. Dann wechselte er unvermittelt das Thema. »Wir gehen fort aus York.«
»Tatsächlich?«
»Hm. Wir haben es zweimal wieder mit aufgebaut. Jetzt liegt es wieder in Schutt und Asche. Und dieses Mal waren es nicht die Normannen, sondern meine eigenen Landsleute, die es verwüstet haben. Wenn du Hyld und die Kinder nicht rechtzeitig nach Helmsby geholt hättest, wäre ich vielleicht nur zu drei Gräbern heimgekehrt. Du hattest recht, weißt du. England ist normannisch geworden. Aber die Menschen im Norden werden sich nie damit abfinden. Die einen paktieren mit Malcolm von Schottland, die anderen blicken nach Dänemark. York liegt immer zwischen Hammer und Amboß. Und ich will nicht, daß meine Söhne dort aufwachsen.«

Cædmon sah ihn an. »Was wirst du tun?«
»Das kommt darauf an. Ich habe Geld, Cædmon. Ziemlich viel. Ich besitze drei Schiffe, zwei habe ich vollbeladen mit kostbaren Pelzen aus Grönland heimgebracht. Die Pelze sind verkauft, und ich … ersticke beinah in Geld. Ich könnte nach London gehen. Die Stadt wird immer reicher, sie ist ein guter Markt für Pelze. Und es war bestimmt nicht meine letzte Grönlandfahrt. Die Menschen dort haben nichts von dem, was uns selbstverständlich ist, keine Wolle, kaum Holz, sie haben nicht einmal Brot, denn man kann dort kein Korn anbauen. Für all diese einfachen Dinge sind sie bereit, ein Vermögen zu zahlen. In Pelzen. Das ist das einzige, was sie im Überfluß besitzen. Robben, Füchse, Bären, was du dir nur denken kannst.«
»Was sind es für Menschen? Wikinger?«
»Ja. Norweger.«
»Es muß ein karges Leben sein, das sie fristen.«
»Das ist es.«
»Ihr werdet also nach London ziehen? Das beruhigt mich. Es ist auch nicht so schrecklich weit weg.«
Erik fuhr sich über den Bart und nickte. »Das ist eine Möglichkeit, ja. Oder wir gehen fort aus England. Zurück nach Haithabu.« Er wandte den Kopf und sah Cædmon direkt an. »Wenn du mitkommen willst. Ich könnte dich hier rausholen, weißt du.«
Cædmon erwiderte seinen Blick sprachlos.
»Ich habe mir alles genau überlegt«, fuhr Erik leise fort. »Ich könnte mit drei, vier Karren als fahrender Händler hierherkommen. Nicht einmal der fromme Bruder würde mich wiedererkennen. Ich bleibe einen Tag lang, und jede Magd und jeder Soldat dieser Burg wird sich um meine Karren drängen, es gibt ein wildes Durcheinander. Kein Problem, dich und deine beiden Söhne in dem ganzen Gewirr auf einem der Karren zu verstecken. Und dann runter zum Hafen und übers Meer.«
»Übers Meer …«, wiederholte Cædmon versonnen und atmete tief durch. Er dachte lange darüber nach. Er stellte sich vor, wie es wohl wäre. Mit Hyld und ihrer Familie und seinen Söhnen in der Fremde zu leben, an einem der größten Handelshäfen der Welt. Vermutlich könnte er mit Erik in die weite Welt hinausfahren, vielleicht eines Tages selbst ein Schiff kaufen und führen. Ein völlig neues Leben beginnen. Die Vorstellung hatte durchaus ihre Reize. Doch schließlich schüttelte

er den Kopf. »Ich bin dir sehr dankbar für dein großzügiges Angebot, Erik. Aber ich kann nicht.«
»Warum nicht?«
»Ich würde nie zulassen, daß du deine Familie meinetwegen ins Ungewisse führst.«
Erik winkte ungeduldig ab. »Es wäre keineswegs so ungewiß. Ich bin in Haithabu aufgewachsen. Es ist ein guter Ort, glaub mir. Entgegen weitverbreiteter Irrlehren sind die Leute dort getauft – jedenfalls die meisten –, es ist nicht kälter als hier, und wir haben auch keine Eisberge hinter den Häusern. Es herrscht seit langem Frieden mit Norwegen, man muß nicht wie hier jeden Tag mit dem Einfall feindlicher Schiffe rechnen. Und wenn du mit uns gingest, müßte das nicht zwangsläufig bedeuten, daß du sie nie wiedersiehst, weißt du.« Cædmon wandte hastig den Kopf ab, aber Erik fuhr unbeirrt fort: »Wir warten ein halbes Jahr, bis Gras über die Sache gewachsen ist, und dann holen wir sie aus dem Kloster. Ihr könntet in Frieden zusammen leben, niemand in Dänemark schert sich um den Zorn eines normannischen Königs oder seiner Vasallen. Ihr wärt in Sicherheit.«
Cædmon versuchte, sich Aliesa in einem Kaufmannshaus vorzustellen, in einer lärmenden Hafenstadt voller Raufbolde und Hurenhäuser. Nur mit Mühe versagte er sich ein wehmütiges Lächeln. »Nein, Erik, es ist ausgeschlossen.«
»Aber warum nur?« fragte sein Schwager verständnislos.
Cædmon schüttelte den Kopf. »Ich bin einmal freiwillig ins Exil gegangen und habe mir geschworen, es nicht wieder zu tun. Ich würde eingehen, glaub mir. Und sie erst recht.«
»Seltsam«, brummte Erik. »Ich hätte gedacht, du würdest alles tun, um sie zurückzubekommen.«
So war es auch. Aber er wußte, daß er für Aliesa alles nur schlimmer machen würde, wenn er auf Eriks Vorschlag einging. Sie hatte ihre Ehre, ihre Freunde und ihre Freiheit verloren genau wie er, aber sie hatte immer gern im Kloster gelebt. Sicher fand sie dort Trost. Vielleicht sogar Frieden. Das Leben, das er ihr statt dessen zu bieten hätte, würde sie todunglücklich machen. Und was dann?
Er schüttelte noch einmal nachdrücklich den Kopf. »Du hast dich geirrt. Ich muß hierbleiben und sehen, wie es weitergeht. Schon wegen Helmsby. Wenn ich fliehe, wird der König mich enteignen, und das Lehen ginge an Gott weiß wen.«

»Na ja, das ist wahr«, räumte Erik unwillig ein. »Wenn dein normannischer Nachbar es bekäme, wäre in Helmsby der Jammer sicher groß.«
»Wen meinst du?«
»Lucien de Ponthieu. Seine Ländereien grenzen jetzt direkt an deine, wußtest du das nicht?«
»Nein.«
»Hm. Dein Vetter Alfred liegt ständig im Streit mit ihm über ein paar Felder in Blackmore; sie können sich nicht einigen, wem sie denn nun gehören. De Ponthieu hat angedroht, die Sache dem Sheriff vorzutragen, und da der Sheriff Normanne ist, können wir uns wohl alle denken, wie es ausgeht.«
Cædmon sah ihn an. »Du bist gut informiert.«
»Man muß nur ein paar Tage in Helmsby sein, um diese Dinge zu hören. Dein Vetter versteckt auch hin und wieder ein paar Sklaven oder Bauern, die von de Ponthieus Gütern fliehen. Der reinste Exodus. Lucien führt ein hartes Regiment. Aber seine Frau ist noch schlimmer, sagen sie.«
»Die göttliche Beatrice...«
»Ja.«
»Sag Alfred, er hat meinen Segen, aber er muß sich vorsehen. Wenn Lucien das herausbekommt und sich beim Sheriff oder gar beim König über uns beklagt, dann wird es düster aussehen.«
Erik grinste. »Oh, Alfred ist vorsichtig, sei unbesorgt. Ein gerissener Bursche. Er heiratet übrigens meine Schwester Irmingard.«
Cædmon lächelte. »Wirklich?«
»Hm. Wird auch Zeit. Sie ist schwanger, und inzwischen kann man es deutlich sehen. Du kannst dir sicher vorstellen, was deine Mutter dazu zu sagen hat.«
»Lebhaft. Sei so gut, richte Alfred und Irmingard meine Glückwünsche aus.«
Erik nickte und wollte etwas sagen, wollte vielleicht noch einmal versuchen, Cædmon umzustimmen, aber ein vernehmliches Poltern auf der Treppe lenkte ihn ab. Drei kleine Ritter erstürmten die Brustwehr, der Prinz vornweg.
»Cædmon! Oh ... entschuldige. Ich wußte nicht, daß du Besuch hast.«
»Henry, das ist Erik Guthrumson, Leifs Bruder und der Mann meiner Schwester Hyld.«
»Oder auch Erik, der Pirat, wie du gerne sagst«, beendete der Prinz die

Vorstellung mit einem pfiffigen Lächeln. Dann verneigte er sich höflich. »Es ist mir eine Ehre. Ich habe noch nie einen Piraten kennengelernt.«
Erik lächelte auf ihn hinab, doch ehe er erwidern konnte, daß Henrys Vater wohl der größte Pirat von allen sei, drängte Ælfric sich vor. »Du bist Onkel Erik, der bis ans Ende der Welt gesegelt ist?«
Erik winkte bescheiden ab. »Nur beinah, Ælfric. Hinter Grönland geht das Meer immer noch weiter, dann kommt noch das sagenhafte Vinland, wo das rothäutige Volk lebt, und erst dahinter liegt das Ende der Welt.«
»Wirst du mal hinsegeln?« fragte der Junge aufgeregt.
»Ich bin doch nicht verrückt. Dort sind Seeungeheuer, heißt es. Und man fällt über den Rand der Erde und landet weiß Gott wo.«
»Nein, ich meine nach Vinland.«
»Das schon eher.«
»Nimmst du mich mit?«
Erik lachte. »Vielleicht. Ich denke, einen Kerl wie dich könnte ich noch gebrauchen. Und was ist mit dir, Wulfnoth? Willst du auch zur See fahren?«
Ælfrics kleiner Bruder schüttelte den gesenkten Kopf. »Nein. Höchstens bis in die Normandie.«
Erik brummte mißfällig. »Und was willst du ausgerechnet dort?«
Der Junge zuckte mit den Schultern. »Ich gehe dorthin, wo Henry ist.«
»Verstehe. Ich merke, du kommst auf deinen Vater, mein Junge.«
Cædmon legte seinem kleinen Sohn die Hand auf die Schulter. Er spürte, daß der Fremde mit der tiefen Stimme und dem schwarzen Bart ihm angst machte. »Komm, Wulfnoth. Ihr anderen auch. Zeit für die Vesper, und danach gibt es Essen. Iß mit uns, Erik, mach uns die Freude.«
Erik hätte sich lieber verabschiedet und irgendwo haltgemacht, wo er für sein Essen nicht erst beten mußte, aber er willigte ein, ohne zu zögern. Er hatte so eine Ahnung, daß Cædmon an Heimweh litt und gerne noch ein paar Geschichten aus Helmsby hören wollte.

Das Essen am frühen Abend, die Hauptmahlzeit des Tages, war derzeit meist eine ruhige, schlichte Angelegenheit, doch kaum hatten sie sich hingesetzt, als sie eine große Reiterschar im Hof Einzug halten hörten. Ælfric sprang von der Bank auf, ignorierte die Ermahnungen seines

Vaters und stürzte ans Fenster. »Es ist Bischof Odo!« rief er aufgeregt. »Dein Onkel ist zurück, Henry! Und da ist Eadwig!«
Er wollte zur Tür laufen, aber Cædmon sagte bestimmt: »Du kommst her und setzt dich, Ælfric. Und du wirst nicht noch einmal von der Tafel aufstehen, ohne um Erlaubnis zu bitten, ist das klar?«
Ælfric sah ihn erschrocken an und kehrte kleinlaut an seinen Platz zurück. »Ja, Vater.«
Cædmon nickte und rief sich ins Gedächtnis, daß seine Söhne bis vor einem halben Jahr unter Bauern gelebt hatten. Es war allein seine Schuld, daß ihre Manieren zu wünschen übrigließen.
Die Rückkehr des Hausherrn versetzte nicht nur Ælfric in helle Aufregung. Der Koch rang verzweifelt die Hände, sah zu den Deckenbalken auf und fragte Gott, warum der Bischof ihm keinen Boten gesandt habe. Was würde der wählerische Bruder des Königs wohl sagen, wenn er Kohlsuppe und nicht mehr ganz frisches Brot vorgesetzt bekam? Er hastete in die Küche hinunter, um auf die Schnelle ein kleines Wunder zu vollbringen.
Wenig später betrat Odo mit etwa zwanzig Mann Gefolge seine Halle, begrüßte den Steward, den Kämmerer und den Mundschenk als höchste Amtsträger seines Haushaltes zuerst, ehe er sich seinen übrigen Gästen, freiwilligen wie unfreiwilligen, zuwandte.
Cædmon sah in sein strahlendes Gesicht und wußte alles. »Ich sehe, Ihr seid zufrieden, Monseigneur«, sagte er lächelnd.
Odo nickte. »Es war wunderbar. Eine sehr bewegende Zeremonie, der Erzbischof von Rouen ist ein begabter Mann. Aber er hat ja auch viel Übung darin, Kirchen zu weihen.«
»Und der König?«
Odos dunkle Augen funkelten. »Nun, als er die Kathedrale von außen sah, sagte er, sie sei so groß und prächtig, daß er Hoffnung habe, Gott werde mir zumindest die Hälfte meiner ungezählten Sünden erlassen. Und als er eintrat und den Teppich erblickte…«
»Ja?« fragte Cædmon gespannt.
»Sagte er gar nichts mehr. Er starrte darauf, als traue er seinen Augen nicht. Dann trat er an den Anfang und ging daran entlang. Es dauerte stundenlang, so schien es mir. Er hat den Beginn der Zeremonie wer weiß wie lange aufgehalten, der Erzbischof wurde schon ganz unruhig. Aber William merkte nichts davon. Etwa nach einem Viertel winkte er mich zu sich und zeigte auf die Inschrift, vor der er stand. Er konnte

nichts sagen, Cædmon. Zum erstenmal in meinem Leben sah ich meinen Bruder sprachlos. Zusammen gingen wir von Bild zu Bild, und ich las ihm die Beschriftung vor. Und als wir ans Ende kamen ...« Er brach ab.

Der König hatte geweint und Odo in die Arme geschlossen, ebenfalls beides bislang unbekannte Erfahrungen für den jüngeren Bruder. Einen Augenblick hatten sie reglos gestanden, beide erschüttert. Dann war William einen Schritt zurückgetreten, hatte Odo die Hand auf die Schulter gelegt und genickt, während immer noch Tränen über sein Gesicht liefen. Aber es war unmöglich, das zu erzählen. Es war ein zu persönlicher Moment gewesen.

Cædmon nickte. »Ja. Ich verstehe, Monseigneur. Und ich bin froh, daß all die harte Arbeit sich gelohnt hat.«

Odo atmete tief durch. »Das hat sie in der Tat. Ich ... ich habe den König nie so tief bewegt gesehen. Vielleicht ist es furchtbar, daß ich das sage, aber weder bei der Geburt seines ersten Sohnes noch bei seiner Krönung oder als Richard starb haben sich je solche Empfindungen auf seinem Gesicht gezeigt.«

Vielleicht liegt es daran, daß der Teppich etwas ist, das jemand ohne jeden Zwang oder Eigennutz für William getan hat, fuhr es Cædmon durch den Kopf. Für einen Mann, der sich so schlecht darauf verstand, Liebe oder Zuneigung in den Menschen zu wecken, sich so wenig darum bemühte, sicher eine seltene Erfahrung.

Odo sah ihn eulenhaft an. »Ich wüßte zu gern, was in Eurem Kopf vorgeht. Aber hier kommen Rufus und sein getreuer Schatten, Euer Bruder.«

Cædmon wandte den Kopf.

»Rufus.«

»Cædmon.«

»Eadwig!« Er zog den Bruder kurz an sich und klopfte ihm die Schulter. »Du scheinst ein bißchen grün um die Nase.«

Eadwig schnitt eine Grimasse und winkte ab. »Rauhe See«, erklärte er.

Cædmon lachte schadenfroh. »Ich glaube, unser Eadwig taugt nicht für deine nächste Grönlandfahrt, Erik.«

Eadwig begrüßte seinen Schwager herzlich, der den Bruder des Königs argwöhnisch aus dem Augenwinkel begutachtete.

Rufus trat einen Schritt näher an Cædmon heran und sagte leise: »Kann ich dich sprechen?«

»Natürlich.«
»Dann komm.« Der Prinz nickte zum Fenster, und Cædmon folgte ihm dorthin.
Rufus ließ den Blick über das Durcheinander in der Halle schweifen, ehe er seinen Mut sammelte und Cædmon in die Augen sah.
»Du … du weißt vermutlich, daß es mir ein großes Anliegen ist, den Wünschen meines Vaters zu entsprechen, seine Interessen zu wahren und ihm ein treuer, ergebener Sohn zu sein, nicht wahr?«
»Ja, Rufus. Das ist mir nicht entgangen. Ich habe deinen diesbezüglichen Eifer sehr deutlich zu spüren bekommen.«
Rufus nickte, zumindest äußerlich unberührt von Cædmons Sarkasmus. »Und daß ich ihm nie widerspreche und versuche, nichts zu sagen, das seinen Unwillen erregen oder sein Vertrauen in mich erschüttern könnte, denn mir liegt daran, und außerdem habe ich immer noch eine Todesangst vor ihm.«
Cædmon sah ihn an, nicht sicher, wie er dieses freimütige Eingeständnis werten sollte.
Der Prinz erwiderte den Blick scheinbar gelassen, aber seine Haltung war angespannt. »Nun, nach der Zeremonie in Odos Kathedrale bin ich von meinen Grundsätzen abgewichen, weil ich mir dachte, daß ich meinen Vater vermutlich nie wieder in so gelöster, nahezu milder Stimmung finden würde. Und ich habe ihn gebeten, seinen Groll gegen dich zu begraben und dich freizulassen.«
Cædmon zeigte keinerlei Regung, erweckte glaubhaft den Anschein, als langweile ihn ein wenig, was Rufus ihm erzählte, aber seine Hände waren plötzlich sehr feucht. »Und du hast festgestellt, daß das keine sehr kluge Idee war, nehme ich an.«
Rufus schüttelte den Kopf. »Im Gegenteil. Er hat zugestimmt. Zu Pfingsten soll ich mit Henry nach Rouen zurückkehren. Er wünscht, daß du uns begleitest.«

Eadwig erzählte ihm später die Einzelheiten, nachdem er Cædmon an seinem üblichen Platz auf der Brustwehr gefunden hatte, wo er stand, in die Dunkelheit starrte und dem Rauschen der Brandung an den weißen Klippen lauschte.
»Im ersten Moment hab ich gedacht, die Feierlaune sei vorbei, der König werde Rufus bei den Ohren packen und mit dem Kopf gegen die Wand schleudern. Etwas wirklich Finsteres huschte wie ein Schatten

über sein Gesicht, und er sagte kein Wort. Rufus … er ist wirklich sehr mutig, wenn eine Sache es ihm wert ist, weißt du, und er hat einfach weitergeredet und seinem Vater gestanden, wie sehr es ihn quälte, daß er für deine Gefangenschaft verantwortlich sei. Ähm … wir alle dachten natürlich, du lägest hier in irgendeinem finsteren Loch und würdest langsam, aber sicher verfaulen.«

Cædmon lächelte freudlos. »Euer unverdientes Mitgefühl ist mir wirklich peinlich.«

Eadwig schlug die Augen nieder und räusperte sich nervös. »Entschuldige, Cædmon. So hab ich's nicht…«

»Schon gut, schon gut. Nimm nicht alles so ernst, was ich sage. Das hast du früher auch nicht getan.«

Sein Bruder grinste erleichtert und fuhr fort: »Der König hat ihm auch tatsächlich zugehört. Dann wechselte er einen von diesen verstohlenen Blicken mit der Königin, wie er es so oft tut, und gab ganz plötzlich nach. ›Also gut, Rufus‹, hat er gesagt, ›ich gewähre deine Bitte.‹ Und er hat gelächelt wie eine zufriedene Katze. Ehrlich, manchmal verstehe ich überhaupt nicht, was in seinem Kopf vorgeht. Dann hat er Rufus aufgetragen, mit dem Bischof hierher zurückzukehren und dir auszurichten, daß er dich Pfingsten in Rouen erwartet. Bis dahin bist du frei zu gehen, wohin du willst, aber nicht weiter nördlich als Helmsby und nicht weiter westlich als Winchester.«

»Er will nicht, daß ich Etienne aufsuche.«

»Ja.«

Cædmon schwieg und dachte darüber nach. »Na ja, ich kann nicht behaupten, daß es mich besonders dazu drängt.« Wozu auch? Nichts, was er Etienne hätte sagen können, würde irgend etwas ändern. »Der König muß wirklich in seltsamer Stimmung gewesen sein«, bemerkte er. »Es sieht ihm nicht ähnlich, einen Gedanken an die Gefühle anderer Leute zu verschwenden.«

»Das ist es wohl auch nicht«, vertraute Eadwig ihm leise an. »In Wahrheit geht es wohl eher darum, daß er nicht will, daß du dich mit Etienne fitz Osbern versöhnst, meint Rufus. Der König blickt nicht wohlgefällig nach Chester, Cædmon. Lanfranc hat ihm berichtet, daß die Verwaltung dort darunter leidet, daß der Sheriff sich schon zum Frühstück betrinkt.«

»Etienne?« fragte Cædmon erschrocken. »Oh, verflucht…«

»Jetzt fang nicht gleich an, dir Vorwürfe zu machen. Sind wir mal ehrlich, er hat immer zuviel getrunken. Und seit sein Bruder mit Ralph de

Gael gegen den König rebelliert hat und in Ungnade ist, ist es schlimmer geworden.«

Ja, und seit er weiß, daß sein bester Freund ihn mit seiner Frau betrogen hat, noch ein bißchen schlimmer, dachte Cædmon, aber was er sagte, war: »Ich kann mir nicht vorstellen, daß Etienne seine Pflichten vernachlässigt. Gewissenhaftigkeit liegt einfach in seiner Natur, egal wieviel er trinkt.«

Eadwig hob die Schultern. »Mag sein. Wenn du meinst, der König habe ein besonders kritisches Auge auf deinen einstigen Freund geworfen, hast du vermutlich recht. Er traut ihm nicht mehr so recht, seit Etiennes Bruder versucht hat, ihn zu stürzen.«

»Aber das ist lächerlich, Etienne würde den König niemals verraten. Wie kommt er nur darauf? Dir und mir hat er nie angelastet, was Dunstan getan hat.«

»Wir haben Dunstan auch nicht wöchentlich im Kerker besucht, um ihm wollene Decken und gebratene Hühnchen zu bringen.«

»Tut Etienne das?« fragte Cædmon und fuhr sich müde über die Stirn. »Nun, ich würde sagen, das muß man ihm hoch anrechnen. Roger ist und bleibt sein Bruder. Dunstan war so rücksichtsvoll, sich einen Dolch ins Herz zu stoßen, deswegen ist dir und mir dieses Dilemma erspart geblieben. Aber wie kann William nur glauben, Etiennes Mitgefühl für seinen Bruder sei Anlaß zu Mißtrauen?«

Eadwig hob unbehaglich die Schultern. »Ich weiß nicht, Cædmon. Du kennst den König viel besser als ich, aber mir kommt es manchmal so vor, als sei ihm jeder Anlaß zu Mißtrauen recht, ganz gleich wie klein. Und je älter er wird, desto mißtrauischer wird er.«

Rouen, Juni 1077

Aus möglichst großer Entfernung beobachtete Cædmon, wie Rufus und Henry den König, die Königin und ihren älteren Bruder Robert begrüßten. Auch das mitgereiste Gefolge drängte in die Halle, alte Freunde und Brüder begrüßten einander nach Monaten oder gar Jahren der Trennung, es war ein ganz und gar unnormannisches Durcheinander. Vergeblich suchte Cædmon an der unteren linken Tafel nach Wulfnoths Gesicht.

Als das allgemeine Gedränge sich zu lichten drohte, ging er nach vorn an die hohe Tafel, um das Unvermeidliche hinter sich zu bringen, und kniete vor dem König nieder, der in eine Unterhaltung mit seinem Ältesten vertieft war.
»Mein König.«
William ignorierte ihn völlig, ließ ihn eine geraume Zeit schmoren, ehe er vorgab, ihn zufällig zu entdecken.
»Ah. Cædmon of Helmsby. Erhebt Euch, Thane. Willkommen in Rouen.«
Erleichtert stand Cædmon auf. »Danke, Sire.« Er verneigte sich vor der Königin. Matilda bedachte ihn mit einem eisigen Blick und deutete ein Nicken an.
Cædmon rieb sich das Kinn an der Schulter und wandte sich wieder an den König. Ihre Blicke trafen sich. William erkannte sein Unbehagen und seine Nervosität, und die schwarzen Augen funkelten boshaft. »Ihr erinnert Euch an meinen Sohn?«
Cædmon verneigte sich wiederum, dieses Mal vor dem Prinzen. »Robert.«
Der junge Mann schien die angespannte Atmosphäre überhaupt nicht wahrzunehmen und schenkte Cædmon ein unkompliziertes, aufrichtiges Lächeln. »Cædmon. Wie schön, Euch wiederzusehen, Monseigneur.«
Cædmon wunderte sich flüchtig über die förmliche Anrede. Sie waren nicht sehr lange gemeinsam durch Jehan de Bellêmes harte Schule gegangen, aber doch lange genug, um Schweiß und Blut und Tränen zusammen vergossen zu haben, und das machte Förmlichkeiten ein wenig lächerlich. All seine Freunde aus jener Zeit haßten ihn heute, aber sollten sie je wieder mit ihm reden, würde sicher keiner auf die Idee kommen, »Monseigneur« zu ihm zu sagen.
Doch er antwortete ebenso förmlich: »Ich danke Euch, Monseigneur.«
William entließ ihn mit einem nachlässigen Wink der eher beleidigenden Sorte. »Ich erwarte, daß Ihr Euch zu meiner Verfügung haltet, Thane. Das bedeutet, Ihr verlaßt diese Burg nicht ohne meinen ausdrücklichen Befehl.«
Cædmon biß die Zähne zusammen, nickte und wandte sich ab. Er ging gemessenen Schrittes, hatte Zeit zu sehen, daß Eadwig und Rufus sich angeregt mit Edgar Ætheling, dem angelsächsischen Prinzen, unterhielten, und daß Henry ein wenig verloren, doch mit stoischer Miene

zwischen dem Bischof von Avranches und seiner Cousine Judith saß. Als er die Halle hinter sich ließ, atmete Cædmon erleichtert auf und wandte sich zur Treppe, aber er mußte nicht bis in den dritten Stock hinaufsteigen, um den Mann zu finden, den er suchte.

Wulfnoth Godwinson wartete in der Vorhalle auf ihn. Sie sahen sich einen Moment in die Augen, umarmten sich herzlich, und dann führte Wulfnoth ihn die Treppen hinauf zu seinem Quartier, öffnete die Tür und hieß ihn mit einer Geste eintreten, ehe sie auch nur ein Wort gesprochen hatten.

Nachdem er die Tür zugezogen hatte, wies Wulfnoth auf den Tisch. »Du siehst, wir werden weder verhungern noch verdursten.«

Cædmon setzte sich, zückte sein Messer und schnitt sich ein Stück von dem reifen, saftigen Käse ab, während er mit der anderen Hand nach dem Krug griff und Wein einschenkte. Das Wunderbare an einem Wiedersehen mit Wulfnoth war, daß es immer so vonstatten ging, als hätten sie sich gestern erst getrennt.

Wulfnoth nahm ihm gegenüber Platz, bediente sich ebenfalls von dem Käse und brach ein Stück Brot ab. »Ich habe dir doch immer gesagt, sie liebt dich«, bemerkte er zwischen zwei Bissen.

»Das hast du«, stimmte Cædmon zu. »Und was ist aus der geheimnisvollen verheirateten Dame geworden, für die du den Kopf zu riskieren pflegtest? Ich weiß noch, daß ich dich sehr dafür bewundert habe. Vermutlich ist all dies nur passiert, weil ich dir nacheifern wollte.«

Wulfnoth lächelte flüchtig. »Wobei zu bedenken ist, daß ich nie so viel zu verlieren hatte wie du. Meine geheimnisvolle Dame ist genau wie deine kurz nach der Eroberung ihrem Gemahl nach England gefolgt. Inzwischen hat sie mich sicher längst vergessen. So wie ich sie. Du siehst, es war keine so unsterbliche Liebe wie deine.«

Cædmon nickte versonnen, ehe er ohne Verlegenheit das Thema wechselte. »Ich habe gesehen, daß Prinz Edgar hier ist. Ich meinte gehört zu haben, er sei geflohen und zu seinem Schwager, dem König von Schottland, gegangen.«

»Nun ja«, sagte Wulfnoth mit vollem Mund, kaute und schluckte. »Ich erzähle dir sicher nichts Neues, wenn ich sage, daß es verschiedene Kategorien von Geiseln gibt. Zum einen gibt es die unnützen, vergessenen Geiseln. Dazu zähle ich. Dann gibt es die, die in Wahrheit politische Gefangene sind, dazu gehört der arme Morcar.«

»Wo ist er eigentlich?« unterbrach Cædmon.

Wulfnoth schüttelte den Kopf. »Nicht mehr in Rouen. Der König hat ihn Roger de Beaumont übergeben, der ihn auf einer seiner Burgen gefangenhält. Ich möchte wahrlich nicht mit Morcar tauschen. Und dann gibt es die mächtigen Geiseln mit politischem Einfluß. Dazu gehört Edgar Ætheling. Er zählt zu Prinz Roberts engsten Vertrauten und kommt und geht, wie es ihm beliebt. Ein wirklich weitgereister junger Mann, glaub mir. Mal in Flandern, mal in Schottland, mal in Paris.«
»Bei König Philip?« fragte Cædmon ungläubig. »Du meinst, er paktiert mit Williams Feinden? Wie kann er dann Roberts Freund sein?«
»Ich würde nicht so weit gehen, zu sagen, daß er paktiert. Vielleicht tut er es, ich bin nicht sicher. Aber wenn Robert ihn gewähren läßt, dann sicher mit dem Einverständnis seines Vaters. Edgar ist ein schwacher Charakter. Er wechselt ständig die Seiten, auf ihn ist kein Verlaß. Du weißt es, ich weiß es, William weiß es und seine Feinde ebenso. Niemand käme im Traum darauf, Edgar noch zu trauen, darum ist er harmlos.«
»Niemand außer Robert, wie es scheint«, gab Cædmon zu bedenken. »Und schwacher Charakter hin oder her, Edgar ist ein angelsächsischer Prinz. Ich könnte mir vorstellen, daß er schon aufgrund dieser Tatsache ein wertvolles Pfand für Williams Feinde darstellt.«
Wulfnoth betrachtete ihn lächelnd. »Dafür, wie schauderhaft der König dich behandelt hat, liegen seine Interessen dir bemerkenswert am Herzen.«
Cædmon winkte seufzend ab. »Hast du eigentlich je daran gedacht, ihn mal zu fragen, ob er dich nicht endlich nach Hause lassen will?«
Wulfnoth nickte. »Letzte Woche noch. Und stell dir nur vor, Cædmon, er hat nein gesagt.«
Cædmon starrte trübsinnig auf die Tischkante. Manche Dinge, so schien es, änderten sich einfach nie.
»Erzähl mir von dir, Cædmon. Niemand sagt mir besonders viel, aber ich habe mit Odo gesprochen, als er hier war. Du hast ein schlimmes Jahr hinter dir.«
Cædmon sah nicht auf. »Ja.«
Es war eine Weile still, während Wulfnoth geduldig wartete. Cædmon bohrte die Spitze seines Messers in das Käseeckchen, das vor ihm auf dem Tisch lag, und zerschnitt es in zwei Hälften. Die Hälften teilte er wieder. Als die Krümel so klein waren, daß sie sich nicht weiter zerschneiden ließen, nahm er sich ein Stück Brotrinde vor. Schließlich fing er an zu erzählen.

Als er geendet hatte, drehte Wulfnoth seinen Becher zwischen den Händen und blickte hinein, als vermute er an dessen Grund die Antworten auf alle Rätsel der Welt. »Und was jetzt?« fragte er endlich.
Cædmon zuckte mit den Schultern. »Im Grunde hat sich nicht viel geändert. William verfügt über mich, wie er es immer schon getan hat. Nur hat er jetzt gewiß nicht mehr die Absicht, mich zum Sheriff von Norfolk zu ernennen, und darüber bin ich froh. Ich war nie besonders wild darauf, in seinem Namen die ewig steigenden Steuern einzutreiben oder kleine und große Übeltäter zu verstümmeln. Und er ist noch ein bißchen schroffer als früher, aber das erschüttert mich auch nicht. Ich weiß nicht, wozu er mich hierhergeholt hat, aber offen gestanden ist es mir auch egal. Offen gestanden sind mir die meisten Dinge ziemlich egal geworden. Mein Leben ist ein Trümmerhaufen. Weißt du, letztes Jahr um diese Zeit habe ich geglaubt, ich hätte alles verloren, was von Bedeutung war. Erst Richard, dann Aliesa und Etienne, meine Freiheit und mein Ansehen. Inzwischen weiß ich, daß das nicht stimmt. Ich habe meine Geschwister, die mir alle auf ihre Weise geholfen haben. Sogar Guthric ist zu mir nach Dover gekommen, um mir Mut zuzusprechen, obwohl er mein Verhältnis mit Aliesa mißbilligte und obwohl Lanfranc es nicht gern sah. Ich habe zwei Söhne. Ich habe trotz allem noch ein paar Freunde. Ich habe sogar noch mein Land. Nein, ich kann mich im Grunde wirklich nicht beklagen…«
»… aber ohne sie ist alles einen Dreck wert«, beendete Wulfnoth den Satz für ihn.
Cædmon hob leicht die Schultern und nickte mit einem verschämten, kleinen Lächeln, stand auf, trat ans Fenster und sah in den Hof hinunter. »Wo ist Jehan überhaupt? Ich habe ihn noch nicht gesehen.«
»Krank«, antwortete Wulfnoth knapp.
Cædmon wandte sich zu ihm um.
»Der Schlag hat ihn getroffen«, erklärte sein Freund. »Er ist gelähmt und kann kaum noch sprechen. Ich besuche ihn jeden Tag. Er wartet darauf, daß er stirbt. Und wie immer hat er wenig Geduld.«

Das Leben in Rouen war durchaus nicht unangenehm. Cædmon war in gewisser Weise froh, aus England fort zu sein. Auch wenn vermutlich jeder am Hof in Rouen wußte, was er verbrochen hatte, waren die meisten hier doch Fremde für ihn, und ihm war gleich, was sie dachten oder hinter seinem Rücken tuschelten. Er verbrachte seine Zeit mit

Rufus, Eadwig und Henry oder mit Wulfnoth und wartete ohne große Neugier darauf, daß der König ihn wissen ließ, wozu er ihn hergeholt hatte.

»Darf ich mich einen Moment zu Euch setzen, Thane?« erkundigte sich eine junge Stimme höflich auf englisch.

Cædmon sah auf und biß sich auf die Zunge, um nicht zu antworten: Nein, lieber nicht. Vor ihm stand der letzte angelsächsische Prinz, der zu groß und athletisch geworden war, um ihn noch den »kleinen« Edgar zu nennen, aber mit Anfang Zwanzig immer noch eine kindlich anmutende Unbekümmertheit ausstrahlte, eine gänzlich irreführende Unschuld, als ob er kein Wässerchen trüben könnte. Cædmon verbarg seinen Argwohn hinter einem höflichen Lächeln. »Es wäre mir eine Ehre, Mylord. Ich muß Euch allerdings warnen. Ich stehe derzeit nicht besonders hoch in Williams Gunst, und diese Krankheit kann ausgesprochen ansteckend sein. Unter Umständen reicht es schon, sich zu mir zu setzen, um sie sich einzufangen.«

Edgar Ætheling ließ sich unerschrocken neben ihm nieder. »Die Prinzen Rufus und Henry und ihre Ritter lassen sich davon nicht abschrekken«, bemerkte er. »Für einen Mann in Ungnade seid Ihr bemerkenswert selten allein.«

»Rufus und Henry und ihre Ritter sind aus Gründen, die zu erklären viel zu lange dauern würde, gegen meine Krankheit gefeit. Aber Ihr?«

Der Prinz winkte ab. »Um Euch die Wahrheit zu sagen, ich pfeife auf Williams Gunst, Thane.«

»Tatsächlich?«

»Hm. Ich besitze Roberts. Und glaubt mir, die ist hier in der Normandie hundertmal mehr wert.«

Cædmon sah ihn stirnrunzelnd an. »Wenn Ihr Euch da nur nicht täuscht. Sicher, Robert beherrscht die Normandie. Aber William beherrscht Robert.«

»Fragt sich nur, wie lange noch«, raunte Edgar. »Robert hat viele mächtige Freunde in der Normandie und unter seinen Nachbarn. In Flandern, im Anjou, in der Bretagne, sogar bis hinunter nach Aquitanien.«

»Und in Paris?« erkundigte sich Cædmon und sah ihm in die Augen.

Edgar hob langsam die Schultern. »Das ist schwer zu sagen. Jedenfalls hat er sie hier. Williams Vertraute werden alt und sterben oder sind mit ihm nach England gegangen. Ihre Söhne herrschen hier jetzt über Ländereien und Burgen, und sie sind Roberts Freunde. Männer in unserem

Alter, Thane. Junge Männer mit Visionen, die an die Zukunft denken. An die Zukunft der Normandie und Englands. Versteht Ihr, was ich sagen will?«

»Ehrlich gesagt, nein.«

Der englische Prinz verdrehte ungeduldig die Augen und senkte die Stimme. »Es wird Zeit, daß der König Robert von der Leine läßt. Ihm die Normandie überträgt, alleinverantwortlich.«

Cædmon lachte leise. »Ihr meint, William solle Robert zum Herzog der Normandie machen? Eher friert die Hölle ein, mein Prinz.«

»Wenn er es nicht freiwillig tut, muß man ihn eben zwingen«, erwiderte der Prinz mit mühsam unterdrückter Heftigkeit.

Cædmon hob seinen Becher an die Lippen und trank. Dann stellte er ihn versonnen zurück auf das Tischtuch und sagte: »Ich glaube, es wäre besser, Ihr sprächet nicht weiter, Mylord. Es hört sich zu sehr nach Hochverrat an. Und auch wenn es zwischen dem König und mir derzeit nicht zum besten steht, bin ich dafür nicht zu haben.«

»Was ist verräterisch daran, daß ein Sohn seinem Vater gegenüber einen berechtigten Anspruch anmeldet?« fragte Edgar ungerührt.

»Den Anspruch hat Robert erst an dem Tag, da sein Vater aus dieser Welt scheidet.«

»Aber wieso? Selbst der mächtige William kann nicht an zwei Orten gleichzeitig sein. Er hat es oft genug versucht, aber sobald er hier ist, rebellieren seine englischen Adligen, ist er dort, gibt es hier Unruhe. Es wäre nur vernünftig, die beiden Machtbereiche zu trennen.«

Cædmon nickte unverbindlich. Er hatte lange genug unter Normannen gelebt, um mit einem Nicken Ablehnung ausdrücken zu können. »Und warum sagt Ihr mir all dies, Mylord? Mein ohnehin seit jeher geringer Einfluß auf den König hat seinen absoluten Tiefstand erreicht. Wozu wollt Ihr mich also überzeugen?«

Edgar grinste ebenso verschwörerisch wie entwaffnend. »Euer Einfluß auf ihn war und ist nicht so gering, wie Ihr Euch und andere glauben machen wollt. Er war beispielsweise groß genug, um mein Leben zu retten. Denkt nicht, ich wüßte nicht, was ich Euch verdanke, Thane.«

Cædmon kam die Frage in den Sinn, ob er England damit einen so großen Gefallen getan hatte. »Ihr irrt Euch. Das war allein seine Entscheidung. Er hat durchaus ein Gewissen, auch wenn man es nicht immer merkt. Er hat Euch geschont, weil Ihr ein schutzloses Kind wart.

Seinem christlichen Mitgefühl verdankt Ihr Euer Leben, und darum solltet Ihr wirklich keine Ränke gegen ihn schmieden.«
Der Prinz fuhr nicht entrüstet auf. Er winkte nur ungeduldig ab. »Es ist bewundernswert, wie Ihr zu ihm steht. Aber es wird Zeit, daß Ihr anfangt, darüber nachzudenken, was es Euch letztlich eingebracht hat. Land? Nun, das könnte Robert Euch hier auch geben, wenn die Normandie ihm gehörte. Und er könnte eine gewisse Dame aus einem gewissen Kloster holen. Niemand in England könnte ihn hindern. Niemand dort bräuchte es überhaupt je zu erfahren.«
Cædmon saß vollkommen reglos und starrte in seinen Becher. Es war lange still. Schließlich fragte er leise: »Und was ist es, das Robert dafür will?«
Edgar Ætheling lächelte zufrieden. »Geld, natürlich. Das ist es, was er zur Verfolgung seiner Absichten am dringendsten benötigt.«
Cædmon glaubte eher, daß Geld letztlich das eigentliche Ziel dieser Absichten war. Sowohl Lanfranc als auch Bischof Odo hatten Cædmon im Vertrauen gestanden, daß sie sich um Roberts Verschwendungssucht sorgten. Der Prinz liebte Pracht und Pomp wie jeder Mann seiner Familie, aber anders als sein Vater und seine Onkel verstand er es nicht, Geld in dem Maße einzunehmen, wie er es ausgab, und seine impulsive, oft übertriebene Freigebigkeit seinen Günstlingen gegenüber war berüchtigt.
»Ich trage etwa ein Pfund und sieben Schilling in Silbergeld in meinem Beutel, Mylord. Ich glaube kaum, daß Prinz Robert damit weit käme.«
Edgar fegte das beiseite. »Aber Euch gehört halb Norfolk, sagt man.«
»Man übertreibt. Außerdem baue ich eine Kirche, wenn ich nicht gerade eingesperrt bin, und die hat alles verschlungen, was ich in den letzten Jahren verdient habe.«
Der englische Prinz sah ihm in die Augen und erklärte eindringlich: »Ich weiß, daß Ihr gute Beziehungen zu den Juden von Winchester unterhaltet. Ihr könntet die nächste Ernte beleihen, und das Geld könnte in wenigen Tagen hier sein. Die nötigen Botengänge werde ich gern für Euch übernehmen. Ohne daß der König etwas davon bemerkt. Denkt darüber nach.«
»Das werde ich.«
Edgar stützte die Hände auf den Tisch, als wolle er sich erheben, und dann fiel ihm noch etwas ein. »Ach, eines noch, Thane…«
»Ja?«

»Ich hätte gern Euer Wort darauf, daß diese Unterredung unter uns bleibt.«
Cædmon hätte ihm sein Wort ohne zu zögern gegeben, hätte keine so unmißverständliche Drohung in der Stimme des Prinzen gelegen. Er zögerte unwillig, und Edgar erhob sich ohne Eile und beugte sich lächelnd zu ihm hinab. »Ich würde den König nur höchst ungern davon in Kenntnis setzen, was Rufus und Euer Bruder miteinander treiben, wenn sie sich unbeobachtet glauben. Ich bin sicher, William wäre zutiefst erzürnt. Er setzt so große Hoffnungen auf Rufus, seit Richard tot ist, nicht wahr? Seine Enttäuschung wäre sicher bitter.«
Cædmon wandte abrupt den Kopf ab, und Edgar beugte sich noch näher heran und flüsterte ihm ins Ohr: »Was, denkt Ihr, würde William Eadwig wohl abhacken lassen, um ihn angemessen zu bestrafen?«
Cædmon stand auf und sah dem Prinzen in die Augen. »Ihr habt mein Wort, Mylord. Aber täuscht Euch nicht. Mein Bruder trägt allein die Verantwortung für das, was er tut. Glaubt lieber nicht, Ihr könntet mich mit dem, was Ihr zu wissen glaubt, erpressen.«
Der englische Prinz schüttelte in gespielter Entrüstung den Kopf. »Aber ganz gewiß nicht, Thane.« Er lachte leise, zwinkerte Cædmon vertraulich zu und schlenderte davon.

Cædmon hatte nicht die Absicht gehabt, den kranken Jehan de Bellême zu besuchen. Siechtum flößte ihm Unbehagen ein. Außerdem war Abscheu immer noch die überwiegende Empfindung, wenn er an seinen einstigen Lehrer dachte. Er wußte, daß er allein Jehan die Heilung seines lahmen Beins verdankte. Und die Künste, die Techniken und die üblen Tricks, die der alte Haudegen ihm beigebracht hatte, hatten sich oft als nützlich erwiesen, ihm vermutlich das ein oder andere Mal das Leben gerettet. Doch man mußte die Dinge nur schwarz genug sehen, um zu der Frage zu gelangen, ob ihm nicht allerhand erspart geblieben wäre, wenn er ein Krüppel geblieben oder bei der Schlacht um Lincoln gefallen wäre. Je länger er darüber nachsann, um so überzeugter war er, daß Jehan ihm nichts als Bärendienste erwiesen hatte, wahrscheinlich aus purer Bosheit.
Nichtsdestotrotz begann sein Gewissen ihn zu plagen, nachdem Wulfnoth ihm sagte, Jehan habe den Wunsch geäußert, Cædmon noch einmal wiederzusehen. Und als er hörte, der Zustand des alten Soldaten habe sich verschlechtert und es gehe wohl zu Ende, beschloß er unwil-

lig, sich der lästigen Pflicht zu entledigen, ehe Jehan verrecken und ihn, sozusagen als letzte Gehässigkeit, mit heftigen Gewissensbissen zurücklassen konnte.
Widerwillig stieg er die Stufen zum obersten Geschoß hinauf, ging den dämmrigen Korridor entlang und öffnete die Tür, ehe er es sich anders überlegen konnte.
Die kleine, beinah unmöblierte Kammer stank nicht nach Krankheit, Urin und Fäulnis, wie er erwartet hatte. Die helle Sommersonne schien durch das kleine Fenster und malte ein gleißendes Rechteck auf die grauen Steinfliesen. Irgendwer hatte einen Strauß aus wilden Sommerblumen in einem Zinnbecher auf den Tisch gestellt. Cædmon erkannte Salbeiblätter und Rosmarinzweige darin, die einen schwachen, durchaus angenehmen Duft verströmten.
Ein wenig erleichtert trat er an das schlichte, eher schmale Bett mit den schmucklosen, fadenscheinigen Behängen. Jehan hatte den Kopf zur Tür gewandt und sah ihm entgegen. Der kugelrunde Glatzkopf war unglaublich runzlig geworden. Er wirkte geschrumpft und unvorstellbar alt. Das narbige, zerfurchte Gesicht war verzerrt, ein Mundwinkel hing herab, und ein dünner Speichelfaden war herausgelaufen. Aber die dunklen Augen waren so klar, schienen so grausam und scharf wie eh und je.
Der noch bewegliche Mundwinkel zuckte aufwärts. »Du hast dir Zeit gelassen … Söhnchen«, flüsterte Jehan heiser. Es war die kraftlose Stimme eines Sterbenden, aber immer noch war sie voller Hohn, voll diebisch vergnügter Boshaftigkeit. Oder zumindest kam es Cædmon so vor.
Zögernd trat er näher. »Ja. Ich wollte Euch nicht sehen.«
Jehan keuchte erstickt. Mit einiger Verspätung erkannte Cædmon, daß es ein Lachen war. Der Atem des Kranken ging mühsam und pfeifend. »Hast du immer noch Angst vor mir?«
Cædmon sah kopfschüttelnd auf ihn hinab. »Ich glaube nicht. Es gibt nicht mehr besonders viele Dinge, die mir angst machen.«
»Nein. So ergeht es all denen, deren schlimmste Befürchtungen sich schon erfüllt haben. Bild dir nur nichts darauf ein.«
»Was wollt Ihr von mir?«
Jehan schloß für einen Moment die Augen, und sofort wirkte er zerbrechlich, um vieles kränker, ganz und gar harmlos. Bis er sie wieder aufschlug. »Ich will dir ein Geheimnis anvertrauen, das nicht mit mir

sterben darf. Ich denke, du bist der Richtige, um es zu hüten. Es ist das einzige ... was Robert im Zaume hält ...« Er keuchte.
Cædmon sah ihn gebannt an.
»Jetzt bist du neugierig, was?«
»Ja.«
»Gib mir zu trinken.«
Cædmon sah sich suchend um. Auf dem Tisch standen ein Krug und ein Becher. Er füllte ihn, trug ihn zum Bett und setzte ihn an die trokkenen, blutleeren Lippen. Mehr als die Hälfte ging daneben und rann Jehans mageren Hals hinab, aber sein Atem wurde ein wenig leichter.
»Sag, Cædmon, liebst du deinen König?«
»Nein. Aber ich habe ihm einen Eid geschworen. Ihn und die Seinen und sein Reich dies- und jenseits des Kanals mit all meinen Kräften und notfalls meinem Leben gegen alle Feinde zu verteidigen und so weiter. Und das tue ich. Wenn er mich läßt. Gut genug für Euer Geheimnis?«
»Ich denke schon. Komm näher ...«
Cædmon beugte sich weiter über ihn, als die Tür sich quietschend öffnete und der König eintrat. Cædmon richtete sich auf und verneigte sich knapp. »Sire.«
William kam näher, ein schwaches Lächeln lag auf seinen Lippen. »Es ist gut von Euch, daß Ihr Euren alten Lehrer nicht vergessen habt, Thane.«
Cædmon unterdrückte mit Mühe eine ironische Grimasse und sagte lieber nichts von seinen unvergeßlichen Erinnerungen an Jehan de Bellême.
Der König setzte sich auf den Schemel neben dem Bett, der unter seinem Gewicht unheilvoll knarrte, und nahm Jehans uralte Hand in eine seiner schwieligen Pranken. »Wie geht es Euch heute, mein Freund?«
Jehan lächelte, und den Ausdruck, mit dem er zu William aufsah, hatte Cædmon noch niemals in den Augen des alten Veteranen gesehen. Es war ein Blick tiefster Verehrung und Ergebenheit, nicht unähnlich dem Blick, mit dem Cædmons bevorzugter Jagdhund zu seinem Herrn aufsah, wenn der einen Knochen in der Hand hielt.
Leicht angewidert wandte Cædmon sich ab. »Ich werde Euch allein lassen.«
William nickte, ohne aufzusehen.
»Komm wieder«, flüsterte der Kranke eindringlich.
»Natürlich, Jehan.«

Nachdenklich ging Cædmon in den Innenhof hinunter. Auf dem Sandplatz trugen sein Bruder Eadwig und einer von Roberts Rittern einen Schaukampf aus, den gut zwei Dutzend Zuschauer gespannt verfolgten. Wulfnoth stand ein wenig abseits, aber auch er sah mit Interesse zu.

Cædmon gesellte sich zu ihm. »Eine englische Streitaxt gegen ein normannisches Schwert? Wird hier die Schlacht von Hastings wiederholt?« erkundigte er sich und fuhr fast unmerklich zusammen, als Eadwig mit einem geschickten Sprung einem tückischen Schwerthieb entging.

Wulfnoth nickte. »In gewisser Weise. Roberts und Rufus' Ritter debattierten über die jeweiligen Vorzüge englischer und normannischer Kampftechniken. Die jungen Normannen sind diesbezüglich ganz besonders von ihrer Überlegenheit überzeugt.«

»Leider zu Recht.«

»Das wissen du und ich. Doch dein Bruder hat diesem Jungen hier, der übrigens Roger Montgomerys Sohn ist, vorgeschlagen, die Unterschiede in der Praxis zu erproben. Es sollte eine rein technische Demonstration werden. Wer den anderen verletzt, muß ihn heute abend in der Stadt freihalten. Aber es wird mit jeder Minute hitziger.«

Der Kampf schien tatsächlich mit jedem Streich schneller und heftiger zu werden. Der junge Robert Montgomery kämpfte hart und schnell und war mit seinem mandelförmigen Schild wenigstens etwas geschützt. Eadwig hingegen hielt seine schwere, langstielige Axt in beiden Fäusten und war somit allein auf seine Geschicklichkeit angewiesen.

»Gott, der Junge ist gut, Cædmon. Hast du ihm das beigebracht?«

Cædmon schüttelte den Kopf. »Mein Vetter Alfred. Ich kann kaum mit einer Axt umgehen. Schließlich bin ich hier ausgebildet worden.«

»Da fällt mir ein, warst du bei Jehan?« fragte Wulfnoth, ohne die Kämpfenden aus den Augen zu lassen.

»Ja, sicher. Das Gespräch wurde gerade interessant, als der König kam und uns unterbrach ... Jetzt, Eadwig, jetzt ist er unten offen.«

Cædmon hatte nur leise gemurmelt, aber sein Bruder brauchte seine Ratschläge nicht. Er entdeckte die Lücke in der Verteidigung des Gegners, rammte die Axt seitlich in dessen Schild, riß ihn ihm aus der Hand und ließ den langen Eschenschaft der Axt gleichzeitig wie einen Knüppel auf seinen rechten Oberarm niedersausen, so daß Montgomery das Schwert fallenließ und mit zusammengebissenen Zähnen die Linke um den getroffenen Arm krallte.

Eadwig ließ die Waffe sinken, trat einen Schritt zurück und verneigte sich grinsend vor seinem Gegner. »Nichts für ungut, Montgomery.«
Die Zuschauer applaudierten, Rufus' Fraktion jubelte.
Der Verlierer zeigte ein etwas mühsames Lächeln.
Cædmon und Wulfnoth wandten sich ab und wollten davonschlendern, als ein Bote in den Hof preschte. Genau vor ihnen sprang er aus dem Sattel, sah erst Wulfnoth an, dann Cædmon und verneigte sich. »Thane, wo finde ich den König?«
Cædmon betrachtete ihn neugierig. Trotz des normannischen Haarschnitts war der junge Mann Engländer, und er kam ihm vage bekannt vor, aber er wußte nicht, woher. »Kommt mit mir, ich bringe Euch zu ihm.«
Eilig überquerten sie den Innenhof, und der Bote sah Cædmon mit einem verschämten, kleinen Lächeln an. »Ich schätze, Ihr habt mich in keiner sehr guten Erinnerung, nicht wahr, Thane?«
»Um ehrlich zu sein, ich bin nicht sicher.«
»Bei unserer letzten Begegnung habe ich Rotwein über Euer Gewand geschüttet. Es war gewiß ruiniert.«
Cædmon blieb stehen und studierte sein Gesicht. Jetzt erkannte er ihn. Er war der Page gewesen, der ihm damals in Winchester Aliesas Nachricht überbracht hatte. »Natürlich. Ich erinnere mich. Ich habe Euch danach nie wiedergesehen. Wohin seid Ihr so plötzlich verschwunden?«
Der Bote ging weiter neben ihm her und hob kurz die Schultern. »Mein Bruder starb, und ich mußte zurück nach Hause. Aber seit zwei Jahren stehe ich wieder im Dienst des Königs. Ich war mit ihm bei der Belagerung von Dol«, sagte er stolz.
»Wie ist Euer Name?«
»Toki Wigotson.«
»Euer Vater ist Wigot of Wallingford?«
»Ja. Ihr kennt ihn?«
»Ich kenne jeden englischen Edelmann, der noch ein bißchen Land hält. Euer Vater hält nicht gerade wenig.«
»Das ist wahr. Er hat dem König von Anfang an treu gedient, Thane. So wie Ihr.«
Cædmon zog eine verstohlene, schmerzliche Grimasse und wechselte das Thema. »Bringt Ihr gute oder schlechte Nachrichten?«
Toki seufzte. »Miserable.«

Cædmon brachte ihn in die Halle und klopfte ihm kurz die Schulter. »Dann trinkt lieber einen Schluck, ehe Ihr sie dem König verkündet. Ich gehe ihn holen.«
Toki stahl einem vorbeihastenden Diener einen vollen Becher aus der Hand, trank durstig und nickte. »Beeilt Euch nicht gar zu sehr.«
Cædmon wandte sich grinsend ab und stieg wieder die Treppe ins Obergeschoß hinauf. Er klopfte leise an Jehans Tür, ehe er eintrat. William saß auf der Bettkante und hielt den so schaurig abgemagerten Oberkörper des Kranken in den Armen, der geschrumpfte Glatzkopf ruhte an seiner breiten Schulter.
Als er das Knarren der Tür hörte, sah der König auf. Die schwarzen Augen waren voller Trauer und schimmerten verdächtig.
Beklommen trat Cædmon näher. Jehan lag vollkommen still in den Armen des Königs, der mühsame Atem war verstummt. Cædmon senkte den Blick und bekreuzigte sich.
»Es tut mir leid, Sire«, sagte er unbeholfen. Es war ihm unangenehm, William so erschüttert zu finden. Und er verabscheute ihn dafür, daß er um ein Ungeheuer wie Jehan de Bellême mehr trauerte als um seinen eigenen Sohn.
»Er wollte unbedingt noch einmal mit Euch sprechen«, sagte William leise.
Cædmon fiel keine angemessene Erwiderung ein. William bettete den Toten behutsam auf sein Kissen und stand auf. Cædmon sah auf das alte, todesstille Gesicht hinab und dachte: Jetzt hast du dein Geheimnis also doch mitgenommen, Jehan. Vermutlich würden sie alle noch Anlaß haben, das zu bedauern, aber Cædmon war nichtsdestotrotz erleichtert, dieser Bürde entronnen zu sein.
»Er war … ein sehr treuer Gefolgsmann«, murmelte der König.
»Ja, Sire. Das war er gewiß.«
»Ich entsinne mich noch genau, wie er mich bei Nacht und Nebel aus Rouen fortbrachte, nachdem mein Onkel versucht hatte, mich zu vergiften. Ich war … ich weiß nicht mehr. Acht oder neun. Zu Tode verängstigt. Sie waren hinter uns her, die ganze Zeit. Aber Jehan schüttelte sie ab und brachte mich nach Falaise zu meiner Mutter.« Er hob plötzlich den Kopf und sah Cædmon an. »Und zu Eurer. Es wird sie hart treffen, wenn sie hört, daß er tot ist.«
Cædmon nickte. »Sire … ich bedaure, diesen Abschied zu stören, aber Toki Wigotson wartet unten in der Halle mit wichtigen Neuigkeiten.«

William blickte noch einen Moment auf seinen einstigen Beschützer hinab, nahm die runzligen Hände des Toten und legte sie über der eingefallenen Brust zusammen. Dann stand er auf und wandte sich entschlossen ab. »Toki, sagt Ihr? Ich komme sofort. Seid so gut und benachrichtigt meinen Kaplan von Jehans Hinscheiden. Er soll alles Nötige veranlassen.«

»Natürlich, Sire.«

Cædmon hielt ihm die Tür auf und bat einen jungen Mönch, der ihnen im Korridor entgegenkam, nach dem Kaplan zu schicken, ehe er dem König in die Halle hinunter folgte, wo der junge, englische Bote mit seinem Becher in der Hand wartete und ungeduldig von einem Fuß auf den anderen trat. Als er den König eintreten sah, stellte er den Zinnbecher auf dem Tisch ab, machte zwei Schritt auf William zu und sank vor ihm auf die Knie. »Mein König.«

Die Halle war fast menschenleer um diese Stunde am frühen Nachmittag. Die warme Sommersonne hatte die meisten ins Freie gelockt; eine große Jagdgesellschaft war vorhin in die Wälder außerhalb der Stadt aufgebrochen. William ließ sich in seinen Thronsessel sinken und erlaubte dem Boten mit einer Geste, sich zu erheben. »Was habt Ihr mir aus dem Vexin zu berichten, Toki?«

»Nichts Gutes, fürchte ich, Sire.«

William drückte das Kinn auf die Brust. »Ich höre.«

Toki Wigotson fuhr sich kurz mit der Zunge über die Lippen. »Der junge Comte Simon de Vexin stand treu zu seinem Wort, Sire. Seit er die Nachfolge seines Vaters angetreten hat, hat der französische König vergeblich an seine Tür geklopft. Simon gab nichts auf seine Versprechungen und hielt unsere Südostgrenze unerschütterlich gegen Philip. Dann ... dann vermählte der junge Simon sich mit Judith, der Tochter des Grafen der Auvergne.« Er brach ab.

William verschränkte die Arme in einer Geste mühsam unterdrückter Ungeduld. »All das ist mir nicht neu, ich selbst habe diese Ehe vermittelt.«

Der Bote räusperte sich. »Ich weiß, Sire. Die Hochzeit fand vor einer Woche statt. Ich war dort. Es war ... ein ausgelassenes Fest mit glücklichen Brautleuten, so schien es. Doch am nächsten Morgen ... am nächsten Morgen verkündete Simon, er und seine Braut hätten über Nacht beschlossen, der Welt zu entsagen und ...«

»Was?«

»Er begab sich umgehend nach Saint-Claude ins Kloster, Sire«, fuhr Toki fort und schluckte nervös.
Der König hatte die Hände so fest um die Armlehnen seines Sessels gekrallt, daß die großen Knöchel schneeweiß wurden. »Weiter.«
»Das Vexin war plötzlich über Nacht ohne Führung. Und der König von Frankreich hatte Dutzende von Spionen auf der Hochzeit und erfuhr sogleich von dieser unerwarteten Wendung. Simon … Der Staub nach seiner Abreise ins Kloster hatte sich kaum gelegt, als die ersten französischen Truppen im Vexin einmarschierten, mein König. Ich bin mit Mühe und Not noch über die Grenze gekommen. Philip von Frankreich hält das Vexin bis zum Epte.«
William schoß aus seinem Sessel in die Höhe, schlug den Unglücksboten rechts und links ins Gesicht und stieß ihn roh zurück. »Und das erfahre ich *jetzt*? Wo seid Ihr gewesen, Mann?!«
Die beinah noch bartlosen Wangen brannten. Toki sank wieder vor dem König auf die Knie und senkte zerknirscht den Kopf. »Ich bin gekommen, so schnell ich konnte, Sire, ich schwör's. Aber die Franzosen hatten die Straßen abgesperrt und …« Er verstummte, als er sah, daß William nach ihm treten würde.
Doch Cædmon stellte sich schützend vor den knienden Boten. »Es ist nicht seine Schuld, Sire.«
»Geht mir aus dem Weg«, knurrte der König drohend. »Besser, Ihr vergeßt nicht, daß Euer eigener Kopf immer noch wackelt.«
»Und was sollte mich das wohl noch kümmern?« erwiderte Cædmon ebenso leise. »Wie kommt es nur, Sire, daß Ihr Ergebenheit nur in den Toten zu schätzen wißt und die Lebenden, die sie Euch entgegenbringen, *immer* mit Füßen tretet?«
Der König starrte ihn einen Moment an. Keiner seiner Brüder, seiner engsten Vertrauten, erst recht keiner seiner Söhne hätte je gewagt, so etwas zu ihm zu sagen, und mehr als alles andere war er verblüfft. Er schien einen Augenblick unsicher, als könne er sich nicht so recht entschließen, ob er sich beruhigen oder seinem berüchtigten Jähzorn freien Lauf lassen sollte. Und dann sagte eine sanfte Stimme hinter ihm: »Ist es der treue Toki Wigotson, der uns Nachricht bringt, *mon ami*?«
William fuhr leicht zusammen wie ein ertappter Eierdieb, wandte sich um und verneigte sich knapp vor seiner zierlichen Frau. »So ist es, Madame.«

Matilda trat lächelnd zu ihm, legte für einen Moment die Hand auf seinen Arm und sagte: »Willkommen in Rouen, Toki.«
Cædmon glitt zur Seite, betrachtete die Königin, die neben ihrem Gemahl so puppenhaft winzig wirkte, voller Bewunderung und fragte sich, wie lange sie wohl schon unbemerkt in der Tür gestanden hatte.
Der junge Bote schluckte sichtlich. »Danke, Madame. Ich fürchte nur, meine Neuigkeiten werden auch Euch nicht willkommen sein.«
Matilda zeigte ihr huldvollstes Lächeln, das zu Cædmons Verwunderung auch einen Moment in seine Richtung erstrahlte. »Doch gewiß weiß der König Eure wahre Treue zu schätzen, die Ihr ihm beweist, indem Ihr auch das Unangenehme ungeschönt zur Sprache bringt, nicht wahr, Sire?«
»Ähm … Ihr habt natürlich recht, Madame«, murmelte der König abwesend.
Cædmon blieb kaum Zeit für ein verstohlenes Grinsen, ehe William zu ihm herumfuhr und befahl: »Macht meine Söhne und Kommandanten ausfindig, bittet sie zu mir, und schickt Boten an meine Vasallen. Wir rücken aus, sobald die Truppen versammelt sind.«
»Ja, Sire.«

Simon de Vexins plötzliche fromme Anwandlung erregte Verwunderung, fruchtlose Debatten und unangebrachte Heiterkeit. Mehr oder minder offen wurde darüber spekuliert, was die gute Judith an sich gehabt haben mochte, das den armen Simon so fürchterlich erschreckt hatte, daß er sich und seine blutjunge Braut ins Kloster verbannte.
Doch die Folgen dieser seltsamen, wenn auch keineswegs beispiellosen Tat waren alles andere als erheiternd. Philip von Frankreich stand auf einmal vor Williams Haustür. Das Vexin war seit langem sowohl Frankreich als auch der Normandie lehnspflichtig gewesen, hatte praktisch eine neutrale Zone gebildet, ein dickes Kissen, das so manche Erschütterung abfederte. Jetzt war es plötzlich in Philips Hand. An der entgegengesetzten Grenze lauerte die Bedrohung durch den abtrünnigen Ralph de Gael und seine bretonischen Streitkräfte. Und alle befürchteten, daß Malcolm, der König von Schottland, nicht lange zögern würde, die Gunst der Stunde zu nutzen und an der Nordgrenze des anglo-normannischen Reiches eine dritte Front zu eröffnen. William

war nach wie vor der mächtigste Herrscher dies- und jenseits des Kanals, sein Territorium unangetastet. Doch plötzlich wurde es von allen Seiten bedroht.

»Wir überschreiten die Grenze bei St. Clair und besetzen das Vexin. In drei, vier Tagen stehen wir vor Mantes«, sagte Robert.
Doch der König schüttelte den Kopf. »Wir tun nichts dergleichen. Wir ziehen mit ein-, zweitausend Mann an die Grenze und zeigen Philip unsere Stärke. Das ist vorerst alles.«
»Aber Vater, Ihr wollt Euch diese Beleidigung einfach gefallen lassen?«
»Wieso beleidigt es uns, wenn Philip das Vexin besetzt?« wandte Rufus ein. »Es gehört uns doch gar nicht. Beleidigt sein könnte höchstens Simon, aber der übt sich ja neuerdings in mönchischer Armut und überläßt sein Reich Philip sicher gern.«
Die Männer, die sich im Privatgemach des Königs versammelt hatten, lachten leise, aber Robert funkelte seinen Bruder wütend an. »Ich kann weiß Gott nichts Komisches an dieser Situation erkennen. Im übrigen geht die Sache dich überhaupt nichts an, also halt den Mund und kümmere dich um deine englischen Angelegenheiten.«
»Erlaube mal«, widersprach Rufus mit hochgezogenen Brauen. »Alles, was in der Normandie und an ihren Grenzen passiert, *ist* eine englische Angelegenheit. Außerdem ist dein Vorschlag dumm und kurzsichtig und...«
»Sieh dich vor, Rufus ...«, knurrte Robert und machte einen drohenden Schritt auf seinen jüngeren Bruder zu.
»Schluß«, befahl der König, sein Tonfall ebenso barsch wie beiläufig, als seien sie zwei balgende Jagdhunde. Und ohne auch nur einen Gedanken daran zu verschwenden, welchen Gesichtsverlust es für Robert vor den versammelten Adligen bedeutete, beschied er: »Rufus hat völlig recht. Ich werde keinen Krieg mit Philip beginnen, solange er nicht auf normannisches Gebiet vordringt. Es gäbe nur einen guten Grund, das Vexin zu besetzen und Mantes zu nehmen.«
»Eine hervorragende Basis für einen Angriff auf Paris«, murmelte Rufus.
Sein Vater schenkte ihm ein kleines Verschwörerlächeln und nickte anerkennend. »Aber dazu haben wir derzeit weder die Kräfte noch das Geld. Es wird ein Traum bleiben. Vorerst. Und nun zurück zur Sache, Monseigneurs...«

Als der Rat sich auflöste, trat Robert zu seinem Vater. »Kann ich Euch einen Moment unter vier Augen sprechen, Sire?« fragte er leise.
Der König setzte sein Siegel unter die Protestnote an Philip, die er seinem Schreiber diktiert hatte, und reichte Cædmon den großen Stempel. »Seid so gut und schließt es weg.« Dann wandte er sich mit verschränkten Armen an seinen Sohn. »Wozu? Um mir schon wieder deine ungehörigen Forderungen vorzutragen? Dazu habe ich jetzt wirklich keine Zeit. Du wirst Herzog der Normandie an dem Tag, an dem ich sterbe, nicht eher. Und nun laß mich allein.«
»Aber Vater ... ist das alles, was ich für zehn Jahre treuer Dienste zu erwarten habe? Eine schroffe Abfuhr und eine öffentliche Demütigung?«
William löste mit ungeschickten Fingern die Spange, die seinen Mantel am Kinn zusammenhielt, nahm ihn ab und warf ihn über eine Stuhllehne. »Deine Dienste waren nichts weiter als das, was ein gehorsamer Sohn seinem Vater schuldet. Du hast die Normandie gut und umsichtig verwaltet, Robert, das würde ich dir nie absprechen. Aber gerade eben hast du bewiesen, daß es dir an Erfahrung und Weitsicht mangelt, um alleinverantwortlich zu herrschen. Und wenn du einen unklugen Vorschlag machst, werde ich nicht zögern, dir das zu sagen, ganz gleich, wer es hört. Jetzt geh.«
»Aber wie soll ich mit den mageren Einnahmen aus meinen bescheidenen persönlichen Ländereien meinen Hof und mein Gefolge unterhalten? Ihr verlangt, daß ich alles tue, was ein Herzog täte, ohne mir die Mittel zur Verfügung ...«
»Ich weiß, daß Geld der eigentliche Grund ist, warum du die Normandie willst«, fiel William ihm leise ins Wort. »Und auch deswegen kriegst du sie nicht. Diese Debatte ist beendet, ich will nichts mehr davon hören. Und wenn du jetzt nicht gehst, Robert, werde ich dir mit einem Tritt auf die Sprünge helfen.«
Robert fuhr leicht zusammen, trat einen Schritt zurück und verneigte sich formvollendet vor seinem Vater. »Sire.« Dann ging er eilig hinaus.
Der König schien ihn auf der Stelle zu vergessen, nahm sein Schwert ab und legte es auf den Tisch. »Würdet Ihr mir wohl mein Kettenhemd aus der Truhe reichen, Thane?«
Ich bin zwar nicht dein Kammerdiener, aber meinetwegen, dachte Cædmon, klappte den massiven Eichendeckel der Truhe auf und holte das schwere, in dunkle Wolle eingeschlagene Paket heraus. Als es

auf dem Tisch lag, wickelte er es aus und hielt das Kettenhemd an den Schultern hoch. »Ein herrliches Stück«, murmelte er bewundernd.

William streifte es mit geübten Bewegungen über und drückte mit einem unzufriedenen Brummen die Hände in die Seiten. »Aber zu eng. Wie kann es nur sein, daß ich immer dicker werde, wo ich doch nie etwas esse?« fragte er verdrossen. Er zog den schweren, knielangen Harnisch wieder aus. Die kleinen Eisenringe klirrten leise, als er ihn auf einem Schemel ablegte. »Sagt, was Ihr denkt, Cædmon.«

»Mit zunehmendem Alter legen die meisten Leute ein bißchen zu, es ist normal. Laßt Euch ein neues Kettenhemd anfertigen, und damit Schluß.«

»Herrgott noch mal, ich rede nicht von dem verfluchten Kettenhemd! Ihr sollt mir sagen, wie Ihr über diese Situation denkt!«

Cædmon sah ihn stirnrunzelnd an. »Wieso?«

»Wieso? Ich will Eure Meinung hören, deswegen«, erwiderte William in einem Tonfall, als sei es die selbstverständlichste Sache der Welt, als sei es seiner Natur vollkommen fremd, denjenigen, die ihm offen ihre Meinung sagten, die Zunge abschneiden zu lassen. Als er Cædmons halb ungläubigen, halb spöttischen Blick sah, konnte er sich selbst ein Grinsen nicht ganz verbeißen und gestand: »Die Königin ist der Ansicht, ich solle mehr auf Euch hören.«

»Ich merke, die Königin sinnt immer noch auf neue Wege, mich für meine Sünden zu bestrafen«, brummte Cædmon.

William schenkte einen Schluck Wein in einen Becher, trank und betrachtete ihn einen Moment versonnen. »Wer weiß. Jedenfalls sagt sie, Ihr seiet in der richtigen Gemütsverfassung, um unbequeme Wahrheiten auszusprechen, und solche Männer gäbe es hier in Rouen nicht genug.«

Cædmon zuckte mit den Schultern. »In einem Punkt hat die Königin sicher recht, Sire. Ich habe jahrelang mit so vielen Lügen gelebt, daß ich mich selbst oft unerträglich fand, und habe mir geschworen, mich nie wieder in Unwahrheiten zu verstricken. Oder in Illusionen und Selbstbetrug. Und wenn sie meint, daß ich heute unbedachter bin als früher, weil ich nicht mehr so viel zu verlieren habe, hat sie vermutlich ebenfalls recht. Aber wenn sie denkt, ich sei in so selbstmörderischer Stimmung, daß ich mich bedenkenlos um Kopf und Kragen rede, dann täuscht sie sich.«

Der König verdrehte ungeduldig die Augen. »Wenn man Euch hört, könnte man meinen, ich sei ein Tyrann«, knurrte er beleidigt.
Cædmon starrte ihn ungläubig an. War es möglich, daß William vergessen hatte, daß er ihm erst vor wenigen Tagen bei Toki Wigotsons Rückkehr gedroht hatte? Und all die vielen Male zuvor? Ja, vermutlich hat der König es tatsächlich vergessen, erkannte er. William, der ansonsten ein so bemerkenswert gutes Gedächtnis hatte – vor allem, wenn es darum ging, eine Kränkung nachzutragen –, schien sich oft wirklich nicht an die Dinge zu entsinnen, die er im Zorn gesagt hatte. Als lähme die kalte Wut einen Teil seines Verstandes. Eine unheimliche Vorstellung, fand Cædmon.
William betrachtete ihn herausfordernd, mit verschränkten Armen und einem stillen kleinen Lächeln, als wolle er sagen: Was für ein Feigling bist du nur.
Cædmon wandte den Blick ab und rieb sich unbehaglich das Kinn an der Schulter. Dann sagte er zögernd: »Nun, Sire, ich bin sicher, es ist klug, dem König von Frankreich das blanke Schwert unter die Nase zu halten. Seit seiner Kindheit hat er eine Todesangst vor Euch und ...«
»Woher wollt Ihr das wissen?«
»Einer von Lanfrancs Spionen am Hof in Paris, ein Diener, ist der Sohn der Amme des Königs. Er ist praktisch mit Philip zusammen aufgewachsen und hat berichtet, wenn der kleine Prinz Philip nicht folgsam war, hat die Amme gedroht, William von der Normandie käme ihn holen.«
Der König grinste amüsiert. »Lebt die Frau noch? Ich könnte ihr eine Jahresrente aussetzen ...«
Auch Cædmon mußte lächeln. »Lanfranc hat die Geschichte meinem Bruder Guthric erzählt, Guthric mir. Und abgesehen davon, daß Ihr für Philip von Frankreich der schwarze Mann seid, fürchtet er Euch als überlegenen Strategen und weil Eure Macht größer ist als seine. Diese Angst sollten wir nutzen. Was unserer Sache hingegen ganz und gar nicht dienen würde, wäre, ihm Euren Sohn Robert in die Arme zu treiben.«
»Cædmon!« donnerte der König entrüstet. »Wie könnt Ihr es wagen?«
»Es war das, was Ihr wolltet, Sire, meine Meinung. Ich muß gestehen, es ist länger gutgegangen, als ich gedacht hätte ...«
»Aber wie könnt Ihr nur glauben, Robert würde sich je gegen mich stellen?«

»Oh, ich sage nicht, daß er es will. Aber er ist gekränkt über Eure ablehnende Haltung. Vor allem darüber, daß Ihr Rufus vorzieht.«
»Das ist lächerlich! Das tue ich keineswegs!«
»Nein, ich weiß, aber es sieht so aus.«
Cædmon stellte mit Erstaunen fest, daß William tatsächlich einen Moment darüber nachzudenken schien, was er gehört hatte. Was immer die Königin zu ihm gesagt hatte, hatte offenbar zu ein paar guten Vorsätzen geführt. Die, so schätzte Cædmon, unter günstigen Bedingungen etwa bis zum Abendessen halten würden.
»Ich kann Robert die Normandie nicht geben, Cædmon«, sagte William, bestimmt, aber nicht zornig. »Er ist nicht bereit dafür. Und mein Reich ist noch nicht gefestigt genug, um es aufzuteilen. Vielleicht später einmal. Wenn Gott mir noch ein paar Jahre zugesteht, um es zu befrieden und zu ordnen und zu stärken. Aber jetzt noch nicht.«
Cædmon nickte. »Das ist gewiß weise, Sire. Aber vielleicht solltet Ihr Euch die Mühe machen, Robert Eure Haltung zu erklären.«
William legte sein Schwert wieder an. Mit der so typischen Ungeduld nestelten seine großen Hände an der Schnalle des Gürtels. »Ich bin ihm keine Erklärungen schuldig. Er ist mein Sohn, und er hat mir zu gehorchen!«
Ohne eine Antwort abzuwarten, stürmte der König hinaus.

Laigle, Oktober 1077

»Gott, wie ich diesen Edgar Ætheling verabscheue«, stieß Eadwig angewidert hervor. »Er ist schlüpfrig wie ein Aal und schlau wie ein Fuchs und verschlagen wie eine Katze und ...«
»Katzen sind nicht verschlagen«, protestierte Henry. »Sie sind stolz und unvergleichliche Jäger. Ich mag Katzen gern. Außerdem ist der englische Prinz Roberts Freund, und du solltest solche Dinge nicht über ihn sagen.«
Eadwig sah mit einem reumütigen Lächeln auf den Jungen hinab.
»Henry hat recht«, bemerkte Cædmon. »Du solltest achtgeben, was du redest, Eadwig. Hier haben die Wände Ohren.«
»Aber wir stehen ja glücklicherweise im Freien«, murmelte sein Bruder und hob die Hand, um die langen Haare hinter sein linkes Ohr zurück-

zustreichen, doch er griff ins Leere. Unbewußt fuhr er sich über den neuerdings kurzen Schopf. Vor zwei Tagen hatte er sich das Haar nach normannischer Sitte schneiden lassen. Es war der Preis für eine verlorene Wette gewesen, die er im Vollrausch mit dem jungen Montgomery eingegangen war. Cædmon hatte keine Ahnung, was der Gegenstand dieser Wette gewesen war, wollte es auch gar nicht wissen. Das einzige, was er mit Sicherheit wußte, war, daß sie alle Langeweile hatten, immer übellauniger wurden und die Neigung, Dummheiten zu begehen, mit jedem Tag stieg. Das galt für ihn ebenso wie für seinen Bruder, die Prinzen und ihr Gefolge. Er verschränkte seufzend die Arme und lehnte sich mit dem Rücken an die Stallwand im Hof der unscheinbaren kleinen Burg.

»Gräm dich nicht, Eadwig. Sie wachsen ja wieder.«

»Hoffentlich bald«, sagte sein Bruder mit einem so unglücklichen Seufzer, daß Leif und Rufus lachten.

»Jedenfalls hast du völlig recht, was Prinz Edgar angeht«, meinte Rufus. »Ich sage, er ist eine Natter, und mir ist gleich, wer mich hört. Immerzu *lächelt* er.«

Leif sah fragend zu Cædmon. »Mir ist aufgefallen, daß er in letzter Zeit ständig deine Nähe sucht. Was will er von dir?«

»Geld«, erwiderte Cædmon knapp.

Die anderen nickten wortlos. Nur Henry fragte: »Wofür?«

Es herrschte ein kurzes Schweigen, ehe sein Bruder ihm leicht die Hand auf die Schulter legte und erklärte: »Für Robert, Henry. Unser Bruder hat Schulden.«

»Oh. Warum? Er hält mehr Land als du und ich zusammen.«

Sie sahen ihn verblüfft an. Für einen neunjährigen Jungen wußte Henry manchmal die erstaunlichsten Dinge. Vermutlich liegt es daran, daß er ein so ausgezeichneter Zuhörer und Beobachter ist und so still, daß viele dazu neigen, seine Anwesenheit zu ignorieren und einfach zu reden, als sei er gar nicht da, fuhr es Cædmon durch den Kopf. In dieser Hinsicht war Henry genau wie Guthric, der schon als Junge in Helmsby immer die bestgehüteten Geheimnisse gekannt hatte und diese Gabe heute als rechte Hand des mächtigen Erzbischofs äußerst nützlich fand.

Rufus seufzte. »Um ehrlich zu sein, mir ist auch nicht so recht klar, wieso Robert Geldsorgen hat. Weißt du es, Cædmon?«

Er schüttelte den Kopf. »Edgar Ætheling beschränkt sich auf vielsagende Andeutungen.«

»Aber er ist hartnäckig«, bemerkte Rufus. »Womit versucht er dich zu ködern, he?«
Cædmon sah ihn eindringlich an. »Das braucht dich nicht zu kümmern. Aber ihr alle solltet euch vor ihm hüten. Das gilt vor allem für dich.«
Rufus hob unbehaglich die Schultern und gab vor, die Warnung nicht zu verstehen. »Oh, ich weiß, daß er mich verabscheut, weil er glaubt, mein Vater ziehe mich Robert vor.«
»Robert glaubt das auch«, murmelte Leif.
Es herrschte ein kurzes, unbehagliches Schweigen.
»Wenn wir doch nur endlich aus diesem elenden Drecksloch abziehen würden«, sagte Henry sehnsüchtig. »Ich wünschte, wir wären daheim in England.«
Cædmon empfand genauso.
Er hatte nichts dagegen gehabt, in Rouen zu sein, denn dort war Wulfnoth, dessen Gesellschaft ihm gutgetan hatte. Die Geduld, mit der Wulfnoth Godwinson sein Schicksal hinnahm und seine nun schon fast fünfundzwanzigjährige Geiselhaft ertrug, seine Selbstironie und die beinah heitere Gelassenheit waren ein Beispiel, das Cædmon beschämt und ebenso aufgerichtet hatte. Sie hatten die Laute gespielt, in Wulfnoths Büchern gelesen und geredet, und Cædmon hatte beinah körperlich gespürt, wie heilsam diese Freundschaft für ihn war. Doch als dann die Krise im Vexin eintrat, hatte der König ihn plötzlich vollkommen in Anspruch genommen, und sie alle waren ausgerückt und zogen nun seit Monaten von Burg zu Burg, um die Grenze zu sichern und zu verhindern, daß der französische König normannische Adlige auf seine Seite zog. Es war ein nasser, anstrengender, freudloser Sommer gewesen, und sie alle fragten sich, wie lange William dieses Katz-und-Maus-Spiel mit Philip noch fortsetzen wollte.
»Kommt, laßt uns zurückgehen, es fängt an zu regnen«, forderte Eadwig die anderen auf.
»Aber was wollen wir in der Halle?« fragte Rufus nörgelnd.
»Wir könnten Rätsel raten«, schlug Henry vor.
Die jungen Männer stöhnten vernehmlich.
»Weiß der Himmel, Henry, ich kenne niemanden, der so versessen auf Rätsel ist wie du«, bemerkte sein Bruder mißfällig.
»Richard war genauso«, bemerkte Leif und sah lächelnd auf den kleinen Prinzen hinab. »Du bist ihm in vieler Hinsicht ähnlich, weißt du.«

Henry lächelte stolz. »Ist das wahr?«
»Bild dir nur nichts ein«, brummte Rufus. »Er meint, daß deine Nase genauso krumm ist und du ein ebenso erbärmlicher Reiter bist.«
Henry blickte gekränkt zu ihm auf. »Richard war kein schlechter Reiter!«
Cædmon bedachte den älteren Prinzen mit einem vorwurfsvollen Kopfschütteln. Er wußte, es war nicht Rufus' Absicht gewesen, Richards Andenken zu beleidigen oder Henry zu verletzen, nur eine dieser typisch bissigen, gedankenlosen Bemerkungen, mit denen er ebenso freigiebig war wie sein Vater.
»Also was ist nun, Cædmon?« drängte Henry. »Weißt du nicht noch ein paar Rätsel, die wir noch nicht kennen?«
»Doch, wär' schon möglich.«
Sie gingen auf die Halle zu, als eine Gruppe von vielleicht einem Dutzend Reitern in den Hof preschte.
»Dann stell mir eins. Bitte.«
Henry blickte im Gehen zu Cædmon auf, und so sah er nicht, daß er den Ankömmlingen fast vor die Hufe lief.
Eadwig packte ihn am Arm und riß ihn zurück. »Bist du blind, Tölpel, paß doch auf!«
Die Reitergruppe hielt an. Die jungen normannischen Ritter glitten aus den Sätteln, und der vordere trat gemächlichen Schrittes auf sie zu. Vor Eadwig blieb er stehen und stemmte die Hände in die Seiten. »Was habt Ihr gesagt?«
Der junge Engländer sah ihn verwirrt an. »Wie bitte?«
»›Bist du blind, Tölpel?‹ Hab ich recht gehört?«
Eadwig verstand und lächelte. »Oh, ich meinte nicht Euch, Montgomery.«
»Nein? Wen dann?«
Eadwig öffnete den Mund, aber er wollte ungern eingestehen, daß er seinen Prinzen einen Tölpel genannt hatte, denn das war genau die Form englischer Ungezwungenheit, die hier niemand verstand.
Der junge normannische Ritter nahm den Helm ab und reichte ihn mitsamt den Zügeln seines Pferdes einem herbeigeeilten Stallknecht. Auch die übrigen Pferde wurden weggeführt, und die Normannen scharten sich um Montgomery, der Eadwig mit verschränkten Armen den Weg versperrte.
»Also? Ich höre.«

Eadwig schüttelte achselzuckend den Kopf. »Ich hab Euch nichts zu sagen, Mann. Ich habe nicht zu Euch gesprochen, und ich habe auch keine Veranlassung, Euch zu beleidigen. Jetzt seid so gut und laßt mich vorbei.« Mit einer fast komischen Grimasse legte er die Hand auf den Hinterkopf. »Es regnet, und es ist ein gräßliches Gefühl, wenn der Regen einem in den Nacken fällt. Ich weiß nicht, wie ihr Normannen das aushaltet.«

»Wir sind eben nicht solche Weichlinge wie ihr Engländer«, erwiderte Montgomery prompt.

Eadwig stieß hörbar die Luft aus und trat beiseite, um den Normannen zu umrunden. Aber Montgomery glitt in dieselbe Richtung. »Erst werdet Ihr Euch entschuldigen. Dann dürft Ihr ins Trockene.«

»Was soll das werden, Montgomery?« fragte Cædmon ungehalten. »Er hat Euch nicht beleidigt.«

»Ach je.« Montgomery legte in gespielter Ergriffenheit die Hand aufs Herz. »Der furchtlose Thane springt für seinen kleinen Bruder in die Bresche.«

Eadwigs Hände hatten sich zu Fäusten geballt. Aber ehe er etwas sagen oder tun konnte, trat Rufus einen Schritt näher an ihn heran und warnte leise: »Ihr seid streitsüchtig und betrunken, Montgomery. Besser, Ihr verschwindet, ehe der König Euch so sieht. Schlaft Euren Rausch aus.«

Montgomery wagte nicht, dem Prinzen die Antwort zu geben, die ihm offenbar auf der Zunge lag, aber sein verächtlicher Gesichtsausdruck sagte genug.

Rufus legte Eadwig leicht die Hand auf den Arm. »Komm, laß uns gehen.«

Zögernd wandte Eadwig sich ab. Seine finstere Miene verriet, wie zornig er war, aber er beherrschte sich. Doch als er Montgomery den Rükken zuwandte, stellte einer der anderen Normannen ihm ein Bein, und er fiel hart auf die schlammige Erde. Noch ehe er wieder auf die Füße gekommen war, hatte der Normanne einen Dolch gezückt, und Leif riß Eadwig zurück und trat dem fremden Ritter die Waffe aus der Hand. Sogleich stürzten drei der Normannen sich auf ihn. Zwei hielten ihn an den Armen, der dritte schlug auf ihn ein, bis Eadwig ihn packte und mit einem gewaltigen Faustschlag zu Boden schickte. Vier von Henrys englischen Rittern kamen aus der Wachkammer am Tor, erfaßten die Lage auf einen Blick und stürzten sich mit Feuereifer ins Getümmel.

Sie alle litten seit Wochen unter der Hochnäsigkeit von Roberts Anhängern ebenso wie unter der angespannten Lage und dem endlosen Warten auf die Schlacht, die niemals kam. So war ihnen diese kleine Ablenkung von Herzen willkommen.

Beinah beiläufig packte Cædmon einen der Normannen, der Eadwig von hinten in die Nieren getreten hatte, und schleuderte ihn mit Macht in die nächstbeste Schlammpfütze, ehe er sich mit jeder Hand einen seiner Prinzen schnappte und sie aus der Gefahrenzone zog. Mit einer Mischung aus Erstaunen und Entsetzen beobachteten sie, wie immer mehr Männer aus allen Richtungen herbeiströmten und mitmischten. Erbittert prügelten sich Roberts Ritter mit Rufus' und Henrys; innerhalb kürzester Zeit war eine regelrechte Massenschlägerei im Gange.

Rufus kaute nervös an seinem Daumennagel und brummte: »Gott, wie gern würde ich mitmachen.« Er warf Cædmon einen Blick zu und hob grinsend die Schultern. »Was schaust du so mißbilligend? Laß sie doch. Wird ihnen guttun, sich mal ein bißchen Luft zu machen.«

»Das ist keine harmlose Rauferei, Rufus«, widersprach Cædmon. »Dafür steckt zuviel dahinter.«

»Ach komm. Du läßt dich doch normalerweise auch nicht zweimal bitten.«

Cædmon verzichtete auf eine Antwort. Als er sah, wie Montgomery und einer von Rufus' Rittern die Schwerter zogen und kreuzten, wandte er sich ab. »Kommt mit.«

»Aber Cædmon …«, protestierte Rufus.

»Bitte, Rufus, tu nur dieses eine Mal, was ich sage. Das hier ist kein Spaß.«

Rufus zuckte ungeduldig mit den Schultern, folgte aber Henrys Beispiel und begleitete Cædmon zur Halle. Auf der obersten Stufe vor dem Eingang blieben die beiden Prinzen stehen und verfolgten weiter das muntere Treiben, an dem inzwischen wenigstens dreißig junge Männer beteiligt waren.

Cædmon hastete weiter in die Haupthalle, wo der König mit seinem ältesten Sohn und dem Befehlshaber der Burg zusammensaß.

»… müssen einen Teil der Ernte beschlagnahmen, wenn Ihr hier überwintern wollt, Sire«, sagte der normannische Adlige ernst. »Und das bedeutet …«

»Ich bedaure, daß ich Euch störe, Sire, aber ich bitte Euch, kommt mit nach draußen«, fiel Cædmon ihm unhöflich ins Wort.

Die drei Männer sahen stirnrunzelnd auf.
»Was fällt Euch ein, Cædmon?« fragte Prinz Robert entrüstet.
Cædmon ignorierte ihn einfach – eine weitere, unverzeihliche Unhöflichkeit – und sah dem König in die Augen.
William erhob sich ohne ein Wort. Mit langen Schritten ging er neben Cædmon her, und erst als sie an die Tür kamen, raunte er: »Ich hoffe um Euretwillen, daß es wichtig ist, Thane.«
Cædmon antwortete nicht, sondern führte ihn, so schnell der König es zuließ, in den Innenhof.
William blieb neben seinen jüngeren Söhnen am Eingang stehen und nahm das wilde Durcheinander in Augenschein. Drei, vier Männer lagen schlammverschmiert und reglos im strömenden Regen. Ein Karren mit Mehlsäcken war umgekippt und hatte seine Ladung in den Hof ergossen; einige der Säcke waren aufgeplatzt, und ihr kostbarer Inhalt lief in kleinen, milchigen Rinnsalen aufs Tor zu. Die Soldaten der Wache hatten ihre Posten verlassen, standen mit verschränkten Armen am Rande des Geschehens und sahen grinsend zu.
Der König schritt die Hälfte der Stufen hinab und donnerte: »Das ist genug!«
Er hätte ebensogut flüstern können. Nur diejenigen, die direkt unterhalb der Treppe balgten, hörten ihn, ließen augenblicklich voneinander ab und standen dann mit hängenden Schultern und betretener Miene da und wagten nicht, ihn anzusehen. Alle anderen prügelten sich weiter, hier und da hatten sie auch die Waffen gezogen.
William ging den Rest der Treppe hinab, ließ den Blick über das wilde Getümmel schweifen, packte schließlich einen der emsigsten Teilnehmer mit seinen gewaltigen Pranken und riß ihn zurück. Der so rüde Gestörte fuhr mit erhobenen Fäusten wütend herum, und weil der König keinen Zoll wich, fand er sich praktisch Kinn an Kinn mit ihm. Der volle, rote Mund unterhalb des Nasenschutzes verzog sich zu einer Grimasse des Schreckens, dann sank der Raufbold auf die Knie, senkte den Kopf und rührte sich nicht mehr. William stand ebenso reglos vor ihm.
Dieser eigentümliche Ruhepol blieb nicht lange unbemerkt. Nach und nach wurden alle, die in die Schlägerei verwickelt waren, darauf aufmerksam und stellten ihr wüstes Balgen ein. Manche standen vornübergebeugt und keuchten. Andere tupften sich mit dem Ärmel über blutende Gesichter oder drückten die Hand auf ihre Blessuren. Und alle sahen kleinlaut auf ihre Fußspitzen.

Schließlich kehrte Ruhe ein, eine so vollkommene Stille, daß man den Regen plätschern hörte.
»Wer ist der Offizier der Wache?« fragte William leise.
»Hamo fitz Hugh, Sire«, antwortete Rufus.
»Hol ihn her«, befahl der König ohne aufzusehen und sagte dann zu dem Mann, der vor ihm kniete: »Laßt mich Euer Gesicht sehen.«
Der Angesprochene riß sich den Helm vom Kopf.
William sah unbewegt auf ihn hinab. »Guillaume fitz Osbern?«
Cædmon zuckte fast unmerklich zusammen und starrte den fremden Ritter an. Kein Zweifel. Die Ähnlichkeit mit Etienne war unübersehbar. Dieser Mann war der älteste Sohn des einstigen Seneschalls.
»Ja, Sire. Ich ... ich ...« Fitz Osbern schluckte sichtlich und senkte den Kopf wieder. »Vergebt mir, Sire.«
William sagte weder ja noch nein. »Mir war nicht bekannt, daß Ihr hier seid. Wann hattet Ihr die Absicht, mir Eure Aufwartung zu machen?«
»Ich bin eben erst eingetroffen, mein König.«
»So, so. Nun, Ihr habt nicht lange gezögert, auf Euch aufmerksam zu machen. Ich bin froh, daß Euer Vater das nicht erleben muß, Guillaume. Ihr solltet Euch schämen!«
»Ja, Sire.«
Rufus kehrte mit dem Offizier der Wache aus der Halle zurück, der sich respektvoll verneigte. »Mein König?«
William sah zerstreut auf, schien sich einen Moment nicht erinnern zu können, wieso er nach ihm geschickt hatte. Dann wies er auf die Wachsoldaten, die ohne großen Erfolg versuchten, zum Tor zurückzuschleichen. »Diese Männer haben ihren Posten verlassen, Hamo. Sorgt dafür, daß sie bestraft werden.«
Hamo fitz Hugh nickte grimmig. »Sofort, Sire.«
William blickte wieder auf seinen zerknirschten jungen Verwandten hinab. »Ihr dürft Euch erheben, fitz Osbern. Aber ich verlange eine Erklärung. Wie kam es zu dieser unwürdigen Szene?«
Guillaume fitz Osbern fuhr sich verlegen mit dem Ärmel über die blutige Lippe, sah sich suchend um und wies dann mit dem Finger auf Eadwig. »Auf dem Weg hierher traf ich Robert Montgomery und ein paar weitere Freunde, Sire«, erklärte er dann. »Als wir in den Hof einritten, hat dieser englische Flegel Montgomery beleidigt. Als der ihn zur Rede stellte, hat der Engländer gekniffen. Er wollte sich verdrücken, ich habe ihn aufgehalten, und da hat dieser dänische Hund da vorn zugeschlagen.«

»Leif? Eadwig? Was habt Ihr zu sagen?« fragte der König mit deutlich erkennbarer Ungeduld.
Beide schwiegen beharrlich. Sie wußten, daß ihr Wort gegen das eines fitz Osbern nichts gelten konnte, ganz gleich, was sie sagten.
Der König nickte knapp und wandte sich an Rufus. »Es sind deine Ritter. Du wirst sie zur Rechenschaft ziehen.«
Rufus schüttelte ungläubig den Kopf. »Aber Sire, so war es nicht. Ich war doch dabei!«
Ehe der König etwas erwidern konnte, trat Robert vor, der inzwischen ebenfalls in den Hof hinausgekommen war. Er baute sich vor seinem Bruder auf. »Du willst Guillaume fitz Osbern der Lüge bezichtigen?« fragte er ungläubig. »Bist du auch sicher, daß du weißt, wer er ist?«
Rufus stieß hörbar die Luft aus, schien mehr verwirrt als verärgert. »Natürlich weiß ich, wer er ist, Robert, und ich will niemanden bezichtigen. Ich sage nur, daß es so nicht war.« Er wandte sich kurz an den jungen, aber mächtigen und hoch angesehenen fitz Osbern. »Ihr irrt Euch, Monseigneur. Eadwig of Helmsby hat Montgomery nicht beleidigt.«
»Helmsby?« Fitz Osbern spie den Namen voller Verachtung aus. »Jetzt wundert mich nichts mehr.«
Der König ließ es sich nicht nehmen, Cædmon, der kreidebleich geworden war, einen boshaften Blick zuzuwerfen, ehe er wieder zu Rufus sah. »Dann sag du mir, was geschehen ist.«
Der Prinz schilderte mit knappen Worten die Ereignisse, die zu der Schlägerei geführt hatten. »Ich weiß nicht, warum fitz Osbern sich bedroht fühlte«, schloß er, »aber jedenfalls hat er seinen Dolch gezückt, als Eadwig am Boden lag, und Leif hat instinktiv reagiert, um Eadwig zu schützen. Hätte ich an seinem Platz gestanden, hätte ich das gleiche getan, Sire.«
William ließ ihn nicht aus den Augen, während er fragte: »Henry?«
Sein jüngster Sohn hob unbehaglich die Schultern, antwortete aber entschlossen: »Es war, wie Rufus sagt, Vater.«
»Cædmon?«
Warum fragst du mich, William, dachte er ärgerlich. Eadwig ist mein Bruder und Guillaume fitz Osbern mein Feind. Darum wird meine Antwort die Wahrheit unglaubwürdig machen. Doch er sagte lediglich: »Ja, Sire, so war es.«
Der König wandte sich an seinen Ältesten. »Wie es scheint, waren es *deine* Ritter, die diesen schändlichen Zwischenfall ausgelöst haben.«

»Augenblick mal«, widersprach Robert, so empört, daß er vergaß, was sich gehörte. »Ihr stellt das Wort eines überführten, obendrein englischen Betrügers über das eines normannischen Edelmannes, der Euer Verwandter ist, Sire?«

William zuckte nicht mit der Wimper. »Ich sehe nicht, was Nationalität mit dieser Sache zu tun hat, Robert. Und was ist mit dem Wort deiner Brüder?«

»Das liegt doch wohl auf der Hand! Sie stellen sich vor ihre Ritter.«

»So wie du es auch tun würdest?«

»Natürlich!«

»Tatsächlich?« William sah seinen Ältesten scharf an. »Dafür würdest du mir die Unwahrheit sagen?«

Robert geriet in Bedrängnis und tat genau das, was sein Vater auch getan hätte: Er unternahm die Flucht nach vorn. »Man könnte glauben, Ihr wolltet mir das Wort im Munde verdrehen! Ich war nicht dabei, darum kann ich nicht sagen, was geschehen ist, und bin meinen Brüdern gegenüber im Nachteil. Aber ich brauche für meine Ritter nicht zu lügen, denn ich weiß, daß fitz Osbern und Montgomery die Wahrheit sagen!«

William runzelte die Stirn. »Montgomery hat sich ja noch gar nicht geäußert.« Er betrachtete den Sohn des mutigen Earl of Shrewsbury ohne große Sympathie. »Nun, Montgomery? Ich bin gespannt.«

Der junge Normanne schüttelte den gesenkten Kopf. »Ich … kann nicht fassen, was hier vorgeht, Sire. Wie … wie könnt Ihr fitz Osberns Wort anzweifeln? Ist er nicht der Sohn Eures treuesten und engsten Vertrauten?«

»Und der Bruder eines Hochverräters«, versetzte der König kühl.

Empörtes Raunen erhob sich unter Roberts Rittern.

Montgomery sah flehentlich zum König auf. »Und was ist mit meinem Vater? Steht nicht auch er Euch nah wie ein Bruder?«

Der König betrachtete ihn, und solche Verachtung lag in den schwarzen Augen, daß Montgomery ihrem Blick nicht standhalten konnte.

»Ihr beruft Euch auf Eure Väter, um von Eurer erbärmlichen Schwäche abzulenken«, versetzte der König eisig. »Weil Ihr selbst nichts, nicht das geringste vorzuweisen habt, das für Euch spräche.« Er fuhr zu seinem ältesten Sohn herum und wies auf die gesenkten Köpfe im Hof. »Robert, du wirst all diese Männer aus deinen Diensten entlassen. Sie

werden noch heute von dieser Burg verschwinden. Ich will keinen von ihnen wiedersehen.«
Robert war sehr blaß geworden. Ein Muskel in seiner rechten Wange zuckte, bemerkte Cædmon, auch das hatte der Prinz von seinem Vater geerbt.
»Wenn Ihr meine Ritter von Eurem Hof verbannt, werde ich mit ihnen gehen«, drohte Robert leise.
William starrte ihn einen Moment ungläubig an. Dann lächelte er kalt. »So? Und du erwartest, daß mich das erschüttert, ja?« Er ruckte sein Kinn zur Tür und wandte sich brüsk ab. »Wir reden unter vier Augen weiter.« Er stieg die Stufen hinauf, ohne auf Robert zu warten, der ihm hastig folgte.
Rufus lehnte sich an die grobe Holzwand neben der Tür zur Halle und verbarg das Gesicht in den Händen. »O Gott ...«, flüsterte er. »Ich habe solche Mühe, an dich zu glauben. Aber wenn du mir beweisen willst, daß es dich gibt, dann wäre jetzt der richtige Moment.«
Cædmon bemühte sich nach Kräften, Guillaume fitz Osberns mörderische Blicke zu ignorieren, und legte dem Prinzen tröstend die Hand auf den Arm. »Komm, Rufus, nicht hier. Laß uns hineingehen.«
Sowohl Rufus als auch Henry folgten ihm ins Innere der Halle, Eadwig und Leif stiegen nebeneinander die Treppe hinauf und schlossen sich ihnen an.
»Oh, Cædmon, was soll nur werden, wenn mein Vater und Robert sich überwerfen?« fragte Rufus verstört. »Das ... das hab ich nicht gewollt. Wirklich nicht. Aber fitz Osbern hat gelogen, und Leif und Eadwig haben keinen Ton gesagt, um sich zu verteidigen ... Warum, *warum* muß es nur so sein, daß ich immer allen Unglück bringe, die ich liebe?«

Niemand erfuhr je, was der König und sein Sohn sich unter vier Augen sagten, doch die Unterredung führte zum endgültigen Bruch. Noch vor Sonnenuntergang zog Prinz Robert mit seinem Gefolge von der Burg in Laigle ab, und der König zeigte sich weder am Abend noch am nächsten Tag und war für niemanden zu sprechen.
Robert sammelte seine Getreuen um sich, hörte auf die Schmeicheleien von Edgar Ætheling und anderen Günstlingen und unternahm den tollkühnen, aber doch unglaublich törichten Versuch, Rouen einzunehmen. Der Befehlshaber der Burg schlug den Angriff ohne die geringste Mühe zurück, eher verdattert als ernstlich bedrängt.

Dennoch stellte der Zwist innerhalb der Herrscherfamilie einen Riß dar, der sich bald auf das ganze Land auswirkte und es spaltete. Nach der erfolglosen Belagerung von Rouen floh Robert mit seinen Getreuen zu seinem Onkel, dem Herzog von Flandern, der ein erklärter Feind des Königs war. Dort empfing er Gesandte des Königs von Frankreich und schmiedete Ränke gegen seinen Vater. Und während die Monate ins Land gingen, schlossen sich ihm mehr und mehr normannische Adlige an. Vor allem die jungen Männer, die ältesten Söhne derer, die William mit nach England genommen und dort belehnt hatte. Ihre Erstgeborenen, Roberts Altersgenossen, waren mehrheitlich daheim geblieben, um den Familienstammsitz zu verwalten, genau wie Robert es für seinen Vater getan hatte. So war es nur natürlich, daß sie sich dem Prinzen enger verbunden fühlten als dem König, und William saß in Rouen und mußte mit ansehen, wie die Söhne seiner treuen Vasallen sich dem abtrünnigen Sohn in Flandern anschlossen. Auch Ralph de Gael, der einstige Earl of Norfolk, der Emma fitz Osbern geheiratet und mit ihrem Bruder Williams Sturz in England geplant hatte, bot Robert Hilfe und bretonische Burgen als Stützpunkte an.
Eadwig gab sich selbst die Schuld für diesen folgenschweren Familienzwist und bat Prinz Rufus, ihn für eine Weile aus seinen Diensten zu entlassen, damit er sich ein paar Monate in ein normannisches Kloster zurückziehen konnte, um dort zu beten, zu fasten und zu büßen.
Aber Rufus lehnte ab. Er konnte die flehentlichen Bitten seiner Ritter genauso hartherzig ignorieren wie sein Vater. Doch anders als sein Vater gab er wenigstens eine Erklärung: »Es ist nicht deine Schuld, Eadwig, sondern meine. Jedenfalls ist es das, was der König denkt. Wie soll ich meine Furcht vor seinem Zorn aushalten, wenn du nicht da bist? Und er *ist* zornig, weißt du. Du willst Buße tun, sagst du? Dann bleib hier.«

Rouen, Dezember 1078

Cædmon klopfte kurz an die Tür zu Williams Privatgemach über der großen Halle und trat sofort ein, denn Toki Wigotson hatte ihm ausgerichtet, der König verlange ihn auf der Stelle zu sprechen. Doch als er die Szene im Raum sah, wünschte er sich, er hätte auf eine Aufforderung von drinnen gewartet. Er sollte endlich lernen, mehr auf Etikette zu achten.

Die Königin stand vor ihrem Mann und weinte bitterlich. »Bitte, versuch doch, mich zu verstehen, William.«

»Wie soll ich verstehen, daß du mich hintergehst?« fragte er eisig.

»Aber er ist mein Sohn!«

Cædmon stand reglos an der Tür und schloß für einen Moment die Augen. O nein. Bitte nicht, Gott. Gib, daß sie es nicht schon wieder getan hat...

»Er ist ein Verräter«, widersprach der König, anscheinend vollkommen unbeeindruckt von ihrem Flehen.

William stand nur einen Schritt von seiner Gemahlin entfernt und überragte sie turmhoch. Matilda wirkte unter normalen Umständen schon elfenhaft klein und zierlich neben ihm, aber jetzt, da sie sich furchtsam zusammenkauerte, schien sie zerbrechlich wie ein Schilfhalm.

Die Königin hatte weitaus länger als der König gezögert, Cædmon sein Vergehen zu verzeihen, hatte ihn bis vor wenigen Wochen mit größter Herablassung behandelt und meist mit Verachtung gestraft. Und so empfand Cædmon einen kleinen Moment Genugtuung, sie so zu sehen. Aber sofort schämte er sich, denn er wußte, sie war eine sehr unglückliche, verzweifelte Frau. Und in diesem Augenblick bedroht. Cædmon sah mit eigenen Augen, was er niemals für möglich gehalten hätte: Der König war versucht, die Hand gegen seine angebetete Matilda zu erheben.

Cædmon sammelte seinen Mut, atmete tief durch und fragte: »Ihr habt nach mir geschickt, Sire?«

Beide Köpfe fuhren zu ihm herum, aber Matilda wandte sich sogleich wieder ab und flüsterte: »Bitte, kommt später wieder, Thane.«

»Ihr bleibt!« widersprach William, sah wieder auf die arme Sünderin hinab und fragte: »Wieviel dieses Mal?«

Sie antwortete nicht, wich beinah wankend einen Schritt vor ihm zurück ans Fenster.

William folgte ihr. »Madame, meine Geduld hat sich erschöpft!«

Sie starrte zu ihm auf, verängstigt und sprachlos, ihre Lippen bebten. Dieses erbarmungswürdige Bild war selbst für William zuviel, aber ehe es sein Herz erweichen konnte, fuhr er zu Cædmon herum und befahl: »Geht hinunter zu Hamo fitz Hugh und sagt ihm, es ist mein Wunsch, daß der Bote der Königin gefoltert wird, bis er sagt, wieviel er den Rebellen gebracht hat.«

»Nein!« rief Matilda entsetzt aus. »Nein, bitte. Es ... es waren ... zweitausend Pfund«, stieß sie atemlos hervor.

William sah sie ungläubig an. Zweitausend Pfund war eine wahrhaft gewaltige Summe. Für einen Moment verdrängte Fassungslosigkeit seinen Zorn. Langsam ging er zum Tisch hinüber und sank in einen Sessel. »Davon kann er eine ganze Armee bezahlen«, flüsterte er heiser. »Wie konntest du das tun, Matilda? Wie konntest du nur?«

Die trügerische Ruhe machte ihr ein bißchen Mut. »Aber versteh doch, er hat so furchtbare Schulden. Dafür war das Geld bestimmt, nicht für Soldaten«, versuchte sie zu erklären.

William schnaubte. »Das war es, was du glauben solltest.«

»Nein, es ist so. Ich weiß es von verläßlichen Informanten aus Flandern. Seit du Robert bei Rémalard geschlagen hast, ist seine Lage ... verzweifelt.«

Der König fuhr in die Höhe, als habe ihn etwas gestochen. »Und genau das war meine Absicht! Wenn all seine Getreuen und Verbündeten von ihm abgefallen und er verzweifelt genug gewesen wäre, wäre er vielleicht hergekommen und hätte mich um Verzeihung gebeten!«

»Wie kann er das, nachdem du ihm hast ausrichten lassen, daß du ihn erschlägst, wenn er dir je wieder unter die Augen kommt?« fragte sie erstickt, und wieder rannen Tränen über ihr Gesicht. »Es tut mir leid, wenn ich dich hintergangen habe, aber er hat mich so verzweifelt angefleht. Was sollte ich denn tun? Er ist doch mein Kind, William!«

Der König erwiderte ihren Blick mit unbewegter Miene. »Ich stelle mit Befremden fest, daß Ihr nicht an erster Stelle Herzogin und Königin seid, sondern Mutter, Madame. Ich sehe mich daher gezwungen, Euch vorläufig die Kontrolle über Euer persönliches Vermögen zu entziehen. Obwohl Euer Fehler vermutlich folgenschwer ist, will ich Euch noch einmal vergeben. Nicht aber Eurem Boten. Er wird geblendet.«

Matilda hatte ihm mit gesenktem Kopf gelauscht. Jetzt trat sie langsam vor ihn, und zu Cædmons grenzenloser Verlegenheit mußte er mit ansehen, wie die Königin vor ihrem Mann auf die Knie sank. »Bitte, Sire, schont meinen Ritter. Er hat nur getan, was ich ihm aufgetragen habe.«

»Laßt es Euch eine Lehre sein, Eure Befehle in Zukunft gewissenhafter abzuwägen«, erwiderte er leise, beinah sanft.

»William, ich flehe Euch an ...«

»Umsonst. Cædmon, geleitet die Königin in ihre Gemächer und sorgt dafür, daß das Urteil gegen ihren Boten umgehend vollstreckt wird. Vergeßt es nicht wieder, Thane«, schloß er drohend.
Cædmon biß die Zähne zusammen und schüttelte den Kopf. »Nein, Sire.« Dann trat er zu Matilda und streckte ihr die Hand entgegen. Er war sicher, sie werde sie ignorieren, doch zu seiner Überraschung legte sie ihre Linke hinein, ließ sich aufhelfen und ging widerstandslos mit ihm hinaus. Auf dem Korridor nahm er ihren Arm und stützte sie. Als er sie in ihr Gemach brachte, wechselten die beiden Damen, die dort auf sie warteten, einen entsetzten Blick, sagten aber nichts und rührten sich nicht.
Cædmon zögerte einen Moment, ehe er fragte: »Gibt es irgend etwas, das ich für Euch tun kann, Madame?«
Sie hob den Kopf und sah ihn an. Langsam fand sie die Fassung wieder; Cædmon konnte zusehen, wie der Schmerz in ihrem Gesicht der Resignation Platz machte. Mit einem enormen Willensakt straffte sie die schmalen Schultern. »Nein, Ihr könnt nichts tun. Er hört ja nicht einmal mehr auf Euch. Oder auf mich.«
»Er ist tief verbittert über Roberts Rebellion, Madame«, versuchte er behutsam zu erklären. »Zu Recht.«
Sie lächelte matt. »Natürlich. Und wie konnte ich nur glauben, Ihr stündet in diesem Punkt auf meiner Seite statt auf seiner.«
Cædmon senkte unglücklich den Blick. »Madame, ich…«
»Es ist schon gut.« Sie zeigte den Schatten ihres huldvollen Königinnenlächelns. »Ihr habt mir gerade vermutlich einen großen Dienst erwiesen, und dafür bin ich Euch dankbar. Dabei war ich so hart zu Euch, ich hätte verstanden, wenn Ihr einfach davongeschlichen wäret.«
Er verneigte sich tief vor ihr. »Ihr irrt Euch, Madame. Ich verdanke Euch mein Leben sowie die Rückkehr aus dem Exil und werde immer in Eurer Schuld stehen. Und Eure Härte war ja nicht unverdient.«
Sie sah ihn nachdenklich an. »Ich bin mir dessen gar nicht mehr so sicher, Thane. Jetzt da ich weiß, wie leicht Liebe zu Betrug und Verrat führt, weil sie einfach soviel stärker ist als das Gewissen. Ich habe oft über Euch nachdenken müssen in den letzten Monaten, nun da ich selbst erfahren habe, wie es sich anfühlt, zwischen zwei Menschen zu stehen, die man liebt, den einen nicht lieben zu können, ohne den anderen zu betrügen. Und auf einmal kann ich Euch nicht mehr verurteilen für das, was Ihr getan habt.« Sie lächelte traurig. »Ihr wißt ja, Cædmon. Hochmut kommt vor dem Fall.«

Er sah ihr in die Augen und fand einen Moment keine Worte. Dann sank er vor ihr auf die Knie, nahm die Hand, die sie ihm reichte, und führte sie einen Augenblick an die Lippen. Er fand es enorm mutig, vor allem aber großzügig, daß sie ihm diese Dinge gesagt hatte. »Ich danke Euch, Madame«, sagte er leise. »Und ich werde für Euren Boten tun, was ich kann.«

»Nein, Cædmon«, widersprach sie erschrocken. »Ich habe gehört, wie der König Euch gewarnt hat, Ihr macht Euch nur selbst unglücklich. So ... so furchtbar es auch ist, daß den armen Gilbert seine Treue zu mir so teuer zu stehen kommt, Ihr könnt es nicht verhindern.«

Er erhob sich und lächelte beinah verschwörerisch. »Nein, ich kann es wohl nicht ganz verhindern. Aber vielleicht ist die Wache ja nachlässig und blendet ihn nur auf einem Auge. Und in ein paar Tagen, wenn der König seinen Zorn auf Euren Ritter vergessen hat, wird die Wache vielleicht noch ein wenig nachlässiger und läßt den treuen Gilbert entwischen.«

Sie sah ihn unsicher an. »Das ... ginge?«

Cædmon nickte. Michel, sein alter Freund in der Burgwache von Rouen, würde es schon irgendwie richten, wenn Cædmon ihm bei einem Becher Wein in einem ruhigen Winkel erklärte, wie die Dinge lagen.

»Oh, Cædmon ...« Die Königin preßte eine Hand auf den Mund und mußte gegen neue Tränen ankämpfen. »Ich wäre Euch so dankbar. Und wenn es irgend etwas gibt, das ich tun kann, um mich erkenntlich zu zeigen ...«

Er sah ihr einen Moment in die Augen. Dann lächelte er schwach. »Es wäre wohl ausgesprochen unritterlich, Euch beim Wort zu nehmen. Außerdem scheint Ihr zu vergessen, daß Ihr meine Königin seid und Anspruch auf meine Dienste ohne Gegenleistung habt. Aber wenn Ihr wieder einmal Euer Herz erforscht und bei der Gelegenheit feststellt, daß Ihr nicht nur mir, sondern auch Aliesa verziehen habt, dann schreibt ihr einen Brief und laßt es sie wissen, Madame. Es ... es würde ihr so viel bedeuten.«

Sie nickte, ohne zu zögern. »Natürlich werde ich es tun.«

Auf der Treppe fragte Cædmon sich flüchtig, weswegen William wohl ursprünglich nach ihm geschickt hatte, aber er ging nicht zurück, um es herauszufinden. Niemand begab sich derzeit freiwillig in die Nähe des Königs.

Als er die Halle durchquerte, entdeckte er Wulfnoth mit der Laute an seinem angestammten Platz und trat zu ihm.
Wulfnoth hob den inzwischen angegrauten Kopf und lächelte. »Cædmon. Setz dich zu mir. Du siehst so aus, als bräuchtest du dringend etwas zu trinken.«
»So ist es auch. Aber ich kann nicht bleiben.«
Wulfnoth winkte ab. »Was könnte so eilig sein, daß du dir nicht die Zeit für einen Becher Wein nimmst?« fragte er.
Cædmon seufzte tief. In den letzten Monaten hatte er Wulfnoth so manches Mal um sein zurückgezogenes Geiseldasein beneidet, das ihn von allen politischen Ereignissen entrückte. Wulfnoth war seit jeher Opfer, Spielball und passiver Zuschauer gewesen. Er wußte alles, durchschaute jeden, doch seit seine eigene Familie sozusagen aus dem Rennen war, konnte er sich den Luxus erlauben, die Dinge mit Distanz zu betrachten und nicht gerade selten mit spöttischen Kommentaren zu würzen. Cædmon wurde hingegen als unfreiwilliger Vertrauter des Königs immer tiefer in die politischen Intrigen und Machtkämpfe verstrickt, und manchmal kam es ihm so vor, als sei die Freiheit kein zu hoher Preis für das Privileg, diesem Sumpf zu entrinnen.
»Eine äußerst drängende Angelegenheit, Wulfnoth«, erklärte er bitter. »Jemand muß unbedingt noch heute sein Augenlicht verlieren.«
Wulfnoth legte die flache Hand auf die Saiten der Laute. »Wer?«
»Ein Bote der Königin.«
»Gott, hat sie Robert etwa wieder Geld geschickt?«
»Zweitausend Pfund. Wenn dir der Sinn danach steht, ein gutes Werk zu tun, dann geh zu ihr. Ich glaube, sie hat den Zuspruch eines Freundes bitter nötig.«
Wulfnoth nickte seufzend. »Ja, ich werde zu ihr gehen. Später.«
»Wenn du sicher sein kannst, William nicht zu begegnen«, mutmaßte Cædmon brummend.
»So ist es. Seine Stimmung wird, wie du weißt, nie besser, wenn er mich sieht.« Er senkte den Kopf wieder über den Korpus der Laute. »Und warum sollte ich mich dem freiwillig aussetzen?«

Die Weihnachtstage wurden weder besonders froh noch friedvoll. Am Heiligen Abend kam ein Bote mit der Nachricht, daß Prinz Robert mit seinen Getreuen auf der französischen Burg von Gerberoi nahe der Ostgrenze zur Normandie Stellung bezogen hatte. Der französische König hatte ihm diese Festung zur Verfügung gestellt. Damit war bewiesen, was alle schon lange befürchtet hatten: Robert machte gemeinsame Sache mit Philip von Frankreich, Williams erklärtem Widersacher. Die jungen Normannen schlichen sich bei Nacht und Nebel über die Grenze, um sich Robert anzuschließen, aber auch französische Ritter scharten sich jetzt um ihn.

William hatte das Kinn auf die Faust gestützt und lauschte dem furchtsamen Boten mit gerunzelter Stirn. Als der junge Ritter verstummte, hob er den Kopf. »Das war alles?«

»Ja, Sire«, bestätigte der Bote atemlos.

»Herrgott, hör auf zu schlottern, Junge, das ist ja erbärmlich!« grollte der König.

Der junge Mann straffte seine Haltung und schluckte sichtlich. »Verzeiht mir, Sire.«

»Roger de Beaumont schickt dich, sagst du?«

»Ja, mein König.«

»Dann hattest du einen weiten Weg durch höllisches Wetter. Geh in die Halle hinunter und iß und trink.«

So grenzenlos war die Erleichterung, die sich in der Miene des Boten zeigte, daß selbst der König belustigt einen Mundwinkel verzog.

Nachdem die Tür sich geschlossen hatte, wandte er sich an seinen Zweitältesten. »Nun, Rufus? Was würdest du tun?«

»Ich würde Verstärkung aus England anfordern und Robert belagern, Sire.«

»Tatsächlich?«

Rufus sah seinen Vater unsicher an, sprach aber mit aller Entschlossenheit weiter, die er aufbringen konnte, denn er war von der Richtigkeit seiner Meinung überzeugt. »Ja. Robert hat sich zu Philips Handlanger machen lassen. Das ist bitter, macht seinen Verrat um vieles schlimmer, und … und es schmerzt mich, Vater, wie Euch sicher auch. Es ist ein Grund mehr, dieser verbrecherischen Rebellion ein Ende zu machen. Mit England im Rücken sind wir unvergleichlich viel stärker, als Philip von Frankreich es je sein könnte. Und Robert ist kein guter Soldat, er hat nicht viel Erfahrung. Wir werden ihn in Gerberoi genauso leicht besiegen wie in Rémalard, und dieses Mal lassen wir ihn nicht entkommen.«

»Sondern tun was mit ihm?« hakte sein Vater ein.

Rufus stieß hörbar die Luft aus. »Das … weiß ich nicht. Das könnt wirklich nur Ihr entscheiden, Sire.«

»Du bist also nicht bereit, diese Bürde mit mir zu teilen?« erkundigte sich der König.
Rufus sah ihn unglücklich an. Er merkte nicht, daß sein Vater nur ein grausames Spiel mit ihm trieb. Das merkte Rufus nie.
Cædmon kam ihm zur Hilfe und murmelte: »Erst mal sollten wir Robert schlagen und einfangen, ehe Ihr Euch darüber den Kopf zerbrecht.«
Zu Rufus' Verblüffung zeigte William sein Wolfsgrinsen, lehnte sich im Sessel zurück und nickte. »Ein weises Wort, Cædmon. Schickt nach einem Schreiber, ich muß Lanfranc Nachricht schicken.« Er wandte sich an Rufus. »Ich bin ganz deiner Meinung. Es ist zwar gefährlich, England zu entblößen, weil König Malcolm von Schottland Truppen aufstellt, um in Northumbria einzufallen, aber zwei-, dreihundert Ritter aus dem Süden und Westen werden Lanfranc und deine Onkel wohl entbehren können. Ich habe bereits nach Verstärkung geschickt; die ersten Männer können jederzeit eintreffen. Gleich nach den Feiertagen ziehen wir nach Gerberoi.« Er sah wieder zu Cædmon. »Worauf wartet Ihr?«
»Eure Schreiber sind alle in der Kapelle, Sire. Heute ist der Heilige Abend.«
Der König nickte zerstreut. »Was für eine Welt, in der man nicht einmal mehr am höchsten aller Feste Frieden hat ...«, bemerkte er seufzend. »Dann werdet eben Ihr Lanfranc schreiben, Cædmon.«
»Ich?«
William runzelte unwillig die Stirn. »Ich sehe hier sonst niemanden dieses Namens.«
»Sire, ich ... kann nicht schreiben.«
»Aber Ihr könnt doch lesen.«
»Das ist nicht das gleiche.«
»Ziert Euch nicht, geht an das verdammte Schreibpult! Na los!«
Cædmon sah hilfesuchend zu Rufus, Henry und den anderen Männern am Tisch, die alle mehr oder minder offen grinsten. Von dort war keine Unterstützung zu erwarten. Ratlos trat er an das Pult, nahm zögernd die Feder in die Hand und tauchte sie in das kleine Tintenhorn, das in einem schmiedeeisernen Ständer daraufstand. Er fühlte sich hoffnungslos überfordert, noch ehe der König ein Wort diktiert hatte. Bitte, Gott, tu irgendwas. Egal was, aber lenk ihn ab, bis die Andacht vorbei ist...
Prompt ertönte ein Klopfen an der Tür, und auf Williams ungeduldigen Ruf hin trat ein Page ein und verneigte sich tief.

»Was gibt es?« fragte der König barsch.
»Der Sheriff von Cheshire ist mit fünfzig Rittern aus England eingetroffen. Er wartet unten in der Halle auf Eure Befehle.«
Cædmon hatte sich abrupt abgewandt, so daß niemand sein Gesicht sehen konnte, und dachte voller Entsetzen: Bedenke, worum du bittest, du unbelehrbarer Narr, denn Gott könnte dir einen tückischen Streich spielen und es gewähren...
»Schick ihn herauf«, befahl der König.
Als Cædmon den Türriegel einrasten hörte, wandte er sich an William, rang um eine ausdruckslose Miene und sagte ohne alle Dringlichkeit: »Erlaubt Ihr, daß ich mich zurückziehe, Sire?«
Eine der großen Pranken winkte ab. »Kommt nicht in Frage. Das fehlt noch, daß ich ständig nach Euch schicken muß, weil Ihr Euch irgendwo verkrochen habt, um ihm aus dem Wege zu gehen. Die Dinge sind so schon schwierig genug.«
»Sire, ich ... bitte Euch.«
»Ja, ja. So viele bitten mich um so viele Dinge. Und wie so oft kann ich auch Eure Bitte nicht gewähren.«
Ein neuerliches Klopfen an der Tür beendete die Debatte. Cædmon durchlebte einen Moment würgender Panik, sein Blick glitt gehetzt durch den großen, aber so spärlich möblierten Raum, als suche er nach einem Versteck, verharrte gar einen Augenblick bei einem der Fenster. Doch es war zu klein, als daß ein ausgewachsener Angelsachse hindurchgepaßt hätte, und außerdem lag es mehr als dreißig Fuß über der Erde...
Er nahm sich zusammen, als die Tür sich öffnete, und sah ausdruckslos geradeaus.
»Etienne fitz Osbern!« rief William leutselig. »Seid willkommen.«
Einen endlosen Augenblick lang starrten die einstigen Freunde sich an. Cædmons erste Empfindung war eine völlig unerwartete, unbändige Freude, so daß er sich nur mit Mühe daran hinderte, zu lächeln und auf ihn zu zu gehen. Etiennes Gesicht zeigte überhaupt keine Regung, seine Augen verengten sich nur ein klein wenig, und sein Schritt geriet fast unmerklich ins Stocken.
All das dauerte nicht einmal einen Herzschlag lang. Dann richtete der Ankömmling den Blick auf den König, sank vor ihm auf ein Knie nieder und sagte: »Ich bin gekommen, so schnell ich konnte, mein König. Ihr seht mich tief erschüttert. Mein Vater ist tot, meine beiden

Brüder und meine Schwester Verräter, und so bin ich der letzte fitz Osbern, der Euch dient, aber meine Treue gehört Euch ebenso wie mein Leben.«

William neigte das Haupt ein wenig und hieß ihn mit einer Geste, sich zu erheben. »Ich hoffe, Ihr hattet eine gute Überfahrt?«

Etienne deutete ein Achselzucken an. »Nun, ich stehe hier lebendig vor Euch, Sire. Das ist das einzig Gute, was es über diese Überfahrt zu sagen gibt.«

Die Männer am Tisch lachten leise, vermutlich nicht wenig erleichtert darüber, daß ihnen eine häßliche Szene offenbar erspart bleiben sollte. Nur Cædmon stand immer noch stockstill neben dem Schreibpult und wünschte sich wohl zum tausendsten Mal in seinem Leben, sein Vater hätte ihn niemals, niemals aus Helmsby fortgeschickt.

Mit einer Geste lud der König Etienne ein, in der Runde Platz zu nehmen. »Ihr bringt fünfzig Männer?«

Etienne verneigte sich vor den Prinzen, setzte sich dann neben den Bischof von Évreux und nickte den übrigen grüßend zu. »So ist es. Allesamt Engländer, die mir oder meinen Vasallen dienstpflichtig sind. Hervorragend ausgebildet und ausgerüstet und Euch ganz und gar ergeben.«

Der König nickte zufrieden. »Rufus, setze fitz Osbern ins Bild, sei so gut.« Dann warf er einen flüchtigen Blick über die Schulter. »Cædmon, ich denke, der Brief kann warten, bis die Brüder von der Vesper kommen. Erweist uns die Ehre und gesellt Euch wieder zu uns.«

Oh, William, warum tust du das? fragte er sich verständnislos, kehrte mit butterweichen Knien an den Tisch zurück und sank auf seinen Platz zwischen den Prinzen, Etienne schräg gegenüber.

Er hätte später nicht zu sagen vermocht, worüber gesprochen wurde, und vermutlich war es ein Glück, daß er die Lage bereits kannte und genau wußte, was der König vorhatte. Er starrte blicklos auf eine breite Kerbe in der Tischplatte vor sich, sah aus dem Augenwinkel, daß Etienne ihn keines Blickes würdigte, und fühlte sich sterbenselend.

Das allgemeine Stühlerücken verkündete ihm irgendwann, daß die Beratung beendet war und der König sie entlassen hatte, und er stand mit gesenktem Kopf auf und erreichte die Tür als erster. Hastig trat er auf den eisigen Korridor hinaus und floh die Treppe hinab, über den verschneiten Burghof und in den kleinen Garten hinter der Kapelle. Hier war er sicher. Niemand kam im Winter je hierher, niemand außer ihm.

Cædmon verbrachte beinah jeden Tag ein paar Minuten in seiner wohltuenden Winterstille, um die drückende Stimmung, die auf der Halle lastete, für ein Weilchen abzustreifen, vor allem aber, um sich zu erinnern. Es war der einzige Ort, wo er sich Aliesa nahe fühlte, wo die Entfernung, die sie trennte, nicht unüberwindlich schien. Er ließ sich auf die Knie fallen, strich sacht mit den flachen Händen über den pulvertrockenen Schnee und entsann sich gründlich, gab sich einer regelrechten Erinnerungsvöllerei hin, wie er sie sich nur höchst selten gestattete. Aber heute abend war es unvermeidlich. Er mußte es tun, um sich wieder aufs neue zu vergegenwärtigen, wie es überhaupt zu all dem gekommen war, warum es so hatte enden müssen und daß es den Preis wert gewesen war. Vor allem deswegen. Er hatte lange gebraucht und hart gekämpft und manchmal erbärmlich gelitten, ehe er zu dieser Einsicht gekommen war, und in das Jammertal wollte er nicht zurück. Darum kniete er also bei eisiger Kälte im Schnee und dachte an den Tag in Beaurain, an den Falken, den sie geküßt hatte, dann an ihr Wiedersehen hier, an genau dieser Stelle, wo sie sich in den Finger geschnitten und er Moos auf die blutende Wunde gedrückt hatte, und er wußte noch ganz genau, wie ihre schlanke, zierliche Mädchenhand sich angefühlt hatte. Eines nach dem anderen ließ er die vertrauten Bilder wieder aufleben, und er staunte nicht zum erstenmal darüber, wie heftig das Sehnen war, das ihn überkam, ihre Abwesenheit eine fast körperliche Qual. Er schlang die Arme um den Oberkörper, so als mime er eine innige Umarmung, wiegte sich sanft vor und zurück, ohne es zu merken, und dann traf ihn ein harter Gegenstand am Hinterkopf, er fiel mit dem Gesicht in den Schnee und spürte gar nichts mehr.

Er wachte mit einem gewaltigen Brummschädel auf und wußte sofort, daß er in Wulfnoths Bett lag, denn er erkannte den Raum an seinem Geruch nach Talglichtern und Bücherstaub und hörte leise Lauteklänge in der Nähe. Irgendwer hatte ihn bis ans Kinn zugedeckt, aber er schlotterte trotzdem. Es kam ihm vor, als sei ihm in seinem ganzen Leben noch nie so kalt gewesen.

»Ich glaube, er wird wach.« Es war Eadwigs Stimme.

»Gut«, antwortete Wulfnoth. »Versuch, ihm den heißen Wein einzuflößen.«

Cædmon spürte eine kräftige Hand im Nacken und schlug die Augen auf. »Eadwig...«

»So ist es, Bruder. Hier, trink.«
Cædmon hob abwehrend die Hand und legte sie leicht auf Eadwigs Ärmel. Dann richtete er sich auf, vergrub stöhnend den Kopf in den Händen und zog sich die Decke wieder bis zu den Schultern hoch. Ungläubig stellte er fest, daß seine Zähne klapperten. »Was ist passiert?«
Eadwig hielt ihm den Becher hin. »Du mußt das trinken, Cædmon, sonst wirst du todkrank.«
Cædmon nahm das Tongefäß in beide Hände und verzog das Gesicht, weil es zu heiß war, setzte es aber an die Lippen und nahm vorsichtig einen kleinen Schluck. Sein Bruder hängte ihm eine weitere Decke über die Schultern.
Wulfnoth stellte das Instrument beiseite, stand vom Tisch auf und kam zu ihnen herüber. »Tu, was Eadwig sagt, Cædmon. Es ist fast Mitternacht. Du hast stundenlang im Schnee gelegen.«
Erschrocken nahm Cædmon einen tiefen Zug und verbrannte sich fürchterlich die Zunge. »Gott verflucht ... Warum befinde ich mich in deinem Bett und nicht in meinem?«
»Tja, ich schätze, du wirst hier einquartiert, bis ihr abzieht. Es wird ein bißchen eng auf der Burg. Der Kastellan hat Etienne fitz Osbern und seinen Offizieren dein Quartier zugewiesen, aber Etienne weigert sich, in einem Raum mit dir zu wohnen.«
Cædmon nickte und wünschte sogleich, er hätte es nicht getan. Sein Kopf fühlte sich an, als wolle er im nächsten Moment in tausend Scherben zerspringen. »Ihr könnt sagen, was ihr wollt, ich werde niemals glauben, daß Etienne sich von hinten an mich anschleicht, mich niederschlägt und im Schnee liegenläßt.«
»Hat er auch nicht«, sagte Eadwig. »Er hat dich gefunden und zurückgebracht.«
Cædmon stöhnte.
»Er trug dich über der Schulter wie einen Hafersack und schaffte dich hierher«, erläuterte Wulfnoth, der als einziger in der Lage schien, die Sache von ihrer komischen Seite zu sehen. »›Schaut nur, was ich Euch bringe‹, hat er zu mir gesagt. ›Wo soll ich es abladen?‹ Auf meine Frage erklärte er, er habe dich im Rosengarten gefunden und nach kurzem, aber heftigem Ringen mit seinem Gewissen entschieden, dich nicht zum Erfrieren dort liegenzulassen.«
»Hört doch auf, Wulfnoth«, stieß Eadwig wütend hervor. »Seht Ihr denn nicht, was Ihr anrichtet?«

Cædmon hob abwehrend die Rechte. »Nein, Augenblick. Mir dröhnt der Schädel, und mir ist kalt, aber das heißt nicht, daß man mich wie ein rohes Ei behandeln muß. Darüber hinaus solltest du nicht vergessen, daß es Wulfnoth Godwinson ist, bei dem wir hier zur Gast sind, Eadwig, also erweise ihm gefälligst Respekt und fahr ihn nicht an, hast du verstanden?«
»Ja, Thane«, antwortete Eadwig verdattert.
Cædmon schwang langsam die Beine aus dem Bett, stützte sich auf seinen Bruder und stand versuchsweise auf. Es ging besser als erwartet. »Wenn es kurz vor Mitternacht ist, sollten wir zur Mette gehen.«
»Du kannst nicht zur Mette gehen, Cædmon«, widersprach Eadwig.
»Nein? Schau genau hin, dann wirst du sehen, daß ich es kann.«
»Aber...«
Cædmon gab sich zumindest Mühe, seinen Bruder anzulächeln. »Wer immer mich so feige niedergeschlagen hat, soll nicht die Genugtuung haben, daß du und ich und Wulfnoth Williams Mißfallen erregen, weil wir die Christmette versäumen. Wenn wir vorgeben, alles sei in bester Ordnung, bringen wir ihn um sein Vergnügen. Komm schon, Eadwig, mir fehlt doch nichts. Laß uns gehen.«
Wulfnoth reichte ihm ein Paar Hosen, die zum Trocknen über einem Schemel nahe dem Kohlebecken gehangen hatten. »Vielleicht ziehst du dir vorher etwas an?«

Die Einschätzung, ihm fehle nichts, war nicht ganz richtig. Während der gesamten Dauer der feierlichen Mette rang er mit Schwindel und Übelkeit, und im Verlaufe des nächsten Tages stellte sich eine gräßliche Erkältung ein. Über die Weihnachtsfeiertage entwickelte er die merkwürdige Angewohnheit, ständig mitten in einer Unterhaltung einzuschlafen, und nachdem er zweimal von der Bank gekippt war, wies der König ihn aus der Halle. Cædmon folgte der barschen Aufforderung nur zu gern und verzog sich in Wulfnoths Bett, das sie wieder einmal teilten, wo er sechsunddreißig Stunden nahezu ohne Unterbrechung schlief. Danach war bis auf einen hartnäckigen Schnupfen alles vorbei.
»Ich bleibe trotzdem lieber hier und lasse mich vorerst nicht blicken«, vertraute er Rufus und Henry an, die gekommen waren, um nach ihm zu sehen. »Ich vertraue auf eure Diskretion.«
Die Prinzen wechselten einen Blick, und Henry seufzte leise. »Ich

fürchte, daraus wird nichts, Cædmon. Der König hat gesagt, wir sollen feststellen, wie es dir geht, und wenn wir nicht den Eindruck hätten, daß du im Sterben liegst, sollen wir dir ausrichten, daß er dich heute wieder in der Halle erwartet.«

»Ah. Meine Verbannung ist schon aufgehoben? Zu schade.« Er biß in den Zimtkuchen, den sie ihm mitgebracht hatten. »Hm! Gut. Was will er denn von mir?« fragte er mit vollem Mund und schluckte, ehe er weitersprach: »Vor dem Dreikönigsfest passiert doch nichts. Die ganze Christenheit hält Weihnachtsfrieden, sogar William.«

»Du irrst dich«, eröffnete Rufus ihm. »Wir rücken übermorgen aus und werden sehr viel eher nach Gerberoi kommen, als mein geliebter Bruder uns erwartet.«

Cædmon machte große Augen. »Noch vor Neujahr? Wie frevlerisch. Und Roberts Spione werden es erfahren und ihn vorwarnen, wir alle versündigen uns umsonst.«

»Nicht, wenn wir in kleinen Gruppen von zehn oder zwanzig Mann über eine Woche verteilt ausziehen und uns heimlich in Gournay sammeln.«

Cædmon zog die Brauen hoch. »Nicht schlecht.«

Es herrschte ein kurzes, unbehagliches Schweigen, ehe Rufus sagte: »Es war Etiennes Vorschlag.«

Cædmon nickte und rieb sich beinah verstohlen das Kinn an der Schulter. »Ja. Er war schon immer ein genialer Stratege. Wie ... ist er?«

Rufus hob kurz die Schultern und brauchte einen Moment, ehe er Cædmon in die Augen sehen konnte. »Wie früher. Völlig unverändert. Geistreich, witzig, gute Gesellschaft. Und jeden Abend betrunken, aber natürlich niemals unangenehm oder streitsüchtig oder gar lächerlich. Nur redet er niemals ein Wort mit Eadwig, und wenn irgendwer deinen Namen erwähnt, gibt er vor, es nicht gehört zu haben. Er wirkt unbeschwert und seiner selbst sehr sicher. Alle, die ihn noch nicht kannten, sind vollkommen hingerissen von ihm, vor allem natürlich die Damen. Aber mir ist er unheimlich.«

»Warum?« fragte Cædmon.

Der Prinz fuhr sich mit dem Daumen über das ausgeprägte, glattrasierte Kinn und dachte einen Moment nach. »Ich weiß nicht genau. Vermutlich ist es häßlich von mir, das zu sagen, denn er hat sich wirklich Mühe gegeben, keine Befangenheit zwischen uns aufkommen zu lassen, er ist sehr freundlich zu mir. Aber manchmal, wenn er mich ansieht, dann ... dann bin ich sicher, daß er mich haßt.«

Cædmon betrachtete den Prinzen versonnen und schüttelte den Kopf. »Das bildest du dir ein, Rufus.«

Haß war Etiennes Natur fremd. Im Gegensatz zu Cædmon oder Lucien hatte Etienne nicht einmal Jehan de Bellême wirklich gehaßt. Er hatte ein zu sanftes Gemüt, um über längere Zeit einen Groll gegen irgend jemanden zu hegen, tat Ungerechtigkeiten und Rückschläge meist mit einem Schulterzucken ab und vergaß sie. Cædmon hatte ihn ob dieser Gabe oft ebenso beneidet wie bewundert, dieser tief verwurzelten Heiterkeit des Wesens, die auf nichts anderem als Bescheidenheit und Weisheit gründete. Und Cædmon dachte manchmal, daß seine größte Sünde darin bestand, das zerstört zu haben. Er hatte seinen Freund so tief gekränkt, in so unverzeihlicher Weise verraten, daß Etienne gar nichts anderes übrigblieb, als ihn zu hassen. Und ganz bestimmt war dieses Gefühl ihm fremd und unheimlich.

»Nein, ich bin sicher, du irrst dich, Rufus. Vermutlich fühlt er sich unwohl hier, wäre viel lieber in England geblieben, aber das ist auch alles. Du kannst ihm trauen, glaub mir. Er ist ... ein wirklich guter Mann.«

Rufus schlug unglücklich die Augen nieder und antwortete nicht.

Nach einem Moment sagte Henry: »Das glaubt der König offensichtlich auch. Er scheint ihm sehr gewogen. Auch deswegen solltest du zurückkommen, Cædmon.«

Cædmon zog überrascht die Stirn in Falten. »Etienne hat die Gunst deines Vaters verdient, und ich gönne sie ihm von Herzen, Henry. Das letzte, was mir einfallen könnte, wäre, mit ihm darum zu konkurrieren.«

»Aber wir glauben, daß Etienne fitz Osbern sich bemüht, den König wieder gegen dich aufzubringen«, wandte der junge Prinz besorgt ein.

Cædmon sah von ihm zu Rufus. »Wie kommt ihr darauf?«

Rufus hob die Hände zu einer Geste der Ratlosigkeit. »Oh, es ist nichts, worauf man den Finger legen könnte. Andeutungen. Kleine, scherzhafte Bemerkungen. Er erwähnt natürlich niemals deinen Namen – wie könnte er, da er ja so tut, als gäbe es dich gar nicht –, aber er scheint alles zu wissen, was in den letzten Monaten vorgefallen ist. Einmal hat er beiläufig erwähnt, daß es vielleicht nie zum Bruch zwischen meinem Vater und Robert gekommen wäre, wenn die englischen Ritter in Henrys und meinem Gefolge sich besser zu benehmen wüßten. Der König

stand in der Nähe und hat es gehört. Und er weiß auch, daß du dem Boten meiner Mutter zur Flucht verholfen hast.«
Cædmon fuhr erschrocken zusammen. »Woher weißt *du* davon?«
Rufus lächelte flüchtig. »Meine Mutter hat es meiner Schwester Adeliza erzählt. Adeliza mir. Aber wie fitz Osbern davon erfahren hat ...« Er hob vielsagend die Schultern. »Ich habe es keiner Menschenseele gesagt. Und Adeliza kann Geheimnisse hüten, das weiß jeder in unserer Familie, sonst hätte Mutter ja nie mit ihr darüber gesprochen.«
»Also kann ich damit rechnen, in absehbarer Zeit wieder in einem der anheimelnden normannischen Verliese zu landen«, mutmaßte Cædmon finster.
Rufus lächelte schwach. »Ich glaube nicht, Cædmon. Vater hat überhaupt nicht darauf reagiert, als er es hörte. Natürlich hat Etienne es ihm auch nicht direkt ins Gesicht gesagt, sondern mit Hamo fitz Hugh darüber geplaudert, als der König zufällig in der Nähe war. Ich habe meinen Vater genau beobachtet. Er war nicht wütend. Und das nächste, was ich ihn sagen hörte, war, daß du beim Sturm auf Gerberoi seine englischen Ritter befehligen sollst.«
Cædmon fuhr sich mit dem Ärmel über die triefende Nase und stützte die Stirn auf die Fäuste. »Er will uns gegeneinander ausspielen. Gott verflucht ... Rufus?«
»O nein, Cædmon. Ich werde ihm nicht sagen, du seiest todkrank und unfähig, mit nach Gerberoi zu ziehen. Das kannst du dir aus dem Kopf schlagen. Dich Etienne fitz Osbern gegenüber zu finden mag dir unangenehm sein, aber mein Vater zieht in den Krieg gegen meinen Bruder. Was denkst du, wie ich mich fühle? Der König wird wie ein wütender Löwe sein. Glaubst du, ich gehe mit ihm und lasse seinen Wärter freiwillig hier zurück?«

Gerberoi, Januar 1079

»Schlaft nicht ein an der Winde!« rief Cædmon aufmunternd. Er mußte die Stimme erheben, um sich gegen das unablässige Heulen des Sturms Gehör zu verschaffen. »Dauerbeschuß, hat der König gesagt. Nicht einmal pro Stunde. Na los!«
Die beiden englischen Soldaten, die die Winde der Ballista betätigten,

legten ein bißchen zu, kurbelten mit mehr Einsatz, so daß sie trotz der eisigen Winterkälte bald ins Schwitzen gerieten, und die dicke Sehne der gigantischen Armbrust wanderte auf ihrer Führung allmählich nach hinten. Als sie über den Hahn rutschte, legte einer der Soldaten hastig den Sperrbügel um, und die Ballista war gespannt. Aus einem Korb in der Nähe nahm er ein Geschoß, das in Länge und Dicke fast einem Speer gleichkam, entzündete die mit Schwefel präparierte Spitze am Wachfeuer, legte es in die dafür vorgesehene Vertiefung am Schaft der Ballista und trat auf Cædmons Zeichen den Auslöser. Mit einem hellen Zischen sauste der riesige Pfeil hoch in die Lüfte, flog im weiten Bogen über die Palisaden und war verschwunden.

Zwei Reiter näherten sich und saßen ab. Cædmon erkannte Rufus und Eadwig, noch ehe sie die Helme abgenommen hatten.

Der Prinz wies auf die Ballista. »Mit Katapulten würden wir mehr ausrichten, denkst du nicht?«

Cædmon hob kurz die Schultern und behauchte seine gefühllosen Hände. »Das macht keinen großen Unterschied. Und Katapulte hätten wir niemals unbemerkt quer durch die Normandie schaffen können. Sie lassen sich nicht so leicht auseinandernehmen und wieder zusammensetzen wie diese Ballistas.«

»Ballistae«, verbesserte Eadwig geistesabwesend und sah zu den Palisaden hinüber. »Nichts rührt sich. Man fragt sich, ob überhaupt noch jemand dort drin ist.«

Sie waren zu weit entfernt, um jenseits der Einfriedung Schritte oder Stimmen hören zu können, und die Burg wirkte tatsächlich unheimlich still.

»Wir hätten uns die Heimlichtuerei jedenfalls sparen können«, brummte Rufus. »Der Überraschungseffekt hat uns nichts genützt. Seit drei Wochen frieren wir uns hier halb zu Tode und haben nichts erreicht.«

»Das stimmt nicht«, widersprach Cædmon. »Seit drei Wochen ist keine Maus dort raus- oder reingekommen. Wir wissen nicht, wie viele Männer Robert da drinnen hat, aber ich wette, inzwischen haben sie alle mächtigen Hunger.«

»Und du meinst, wenn sie hungrig genug sind, werden sie einfach klein beigeben?« fragte Rufus skeptisch.

»Spätestens wenn sie ihre Pferde aufgegessen haben. Es kann noch ein Weilchen dauern, aber letztlich wird Robert verhandeln müssen.

Wenn er darauf gehofft hat, Philip von Frankreich würde kommen, um uns in den Rücken zu fallen, hat er sich offenbar getäuscht. Das hätten wir schon gemerkt. Nein, Robert sitzt in der Falle. Und früher oder später ...«

Er brach ab, als sie ein fernes Poltern vernahmen, das vom Haupttor der Palisaden zu kommen schien. Ungläubig starrten sie über die Ebene. Langsam schwangen die gewaltigen Torflügel nach innen.

»Was hat das zu bedeuten?« fragte Eadwig verwirrt.

»Vielleicht schieben sie schon Kohldampf«, mutmaßte Rufus verächtlich. »Robert ist Entbehrungen nicht gewöhnt, schließlich...«

»Sitzt auf, reitet zurück«, unterbrach Cædmon.

Sie hörten den drängenden Tonfall, aber Rufus zögerte. »Was haben sie nur vor? Denkst du, sie wollen verhandeln?«

»Verdammt, Rufus, tu, was ich sage! Reite zum König! Wenn sie verhandeln wollten, würde Robert jemanden auf die Brustwehr schicken. Wir müssen uns sofort formieren.«

Der Prinz riß ungläubig die Augen auf. »Sie greifen an?«

Cædmon fuhr zu den Soldaten an der Belagerungsmaschine herum. »Laßt alles stehen und liegen. Zurück zum Lager, schnell! Tretet das Feuer aus und nehmt die Geschosse mit!«

Rufus schwang sich eilig in den Sattel und sah noch einmal kopfschüttelnd zur Burg. Jetzt konnte es keinen Zweifel mehr geben: Ein Strom berittener Soldaten ergoß sich aus dem Tor.

»Robert ... du mußt *wahnsinnig* sein.«

»Er tut genau das, was dein Vater auch getan hätte«, bemerkte Cædmon, saß auf und preschte mit Eadwig und dem Prinzen zusammen zum Zelt des Königs.

Robert wartete nicht, bis das normannische Heer sich formiert hatte. Er wußte, daß seine Truppen zahlenmäßig weit unterlegen waren, und er nutzte den Überraschungsvorteil ohne jede Rücksicht auf die Gepflogenheiten eines ehrenvollen Kampfes aus.

Der König behielt einen klaren Kopf, rückte mit allen kampfbereiten Männern vor und hieß Etienne fitz Osbern, die Säumigen zu sammeln und ihm so bald wie möglich zu folgen. Dann formierte er seine englischen und normannischen Ritter zu zwei Spitzen, von denen eine er selbst, die andere Rufus anführte.

Cædmon ritt mit den englischen Rittern aus Williams Haushalt an der

äußeren rechten Flanke, weit genug vorn, um in der Nähe des Königs zu bleiben.
Robert hatte seine Ritter zu einem langen Wall aufgestellt, der ihnen in tadellos gerader Linie entgegenpreschte. Als die gegnerischen Seiten aufeinandertrafen, bohrten sich die Spitzen der königstreuen Truppen wie Keile in Roberts Phalanx.
Als Etienne die Nachhut von gut hundert normannischen Rittern ins Feld führte, kämpften auf seiten des Königs knapp achthundert Mann gegen Roberts fünfhundert.
Waffen klirrten, Pferde wieherten, und Menschen schrien. Der knöchelhohe Schnee knirschte unter Hufen und Füßen, wurde zu nassem, braunem Schlamm aufgewühlt, und die kleinen weißen Inseln, die sich noch hielten, waren bald voll roter Tropfen und Schlieren. Der Anblick des blutgetränkten Schnees brachte Cædmon den Winter der Todesreiter in Northumbria in Erinnerung, und er fragte sich, ob das der Grund war, weshalb ihn ein ebenso unbestimmtes wie heftiges Grauen überkommen hatte, oder die Tatsache, daß hier Väter gegen Söhne und Brüder gegen Brüder kämpften.
Neben ihm fällte ein kostbar gerüsteter Normanne einen jungen englischen Ritter mitsamt dessen magerem Gaul, und Cædmon ritt eine Länge vor, um ihn abzudrängen, ehe der Normanne seinem stürzenden Opfer das Schwert in die Kehle rammen konnte. »Toki«, brüllte er über die Schulter. »Bleibt beim König und haltet ihm den Rücken frei.«
Aus dem Augenwinkel sah er den jungen Wigotson nicken und nach links verschwinden, dann richtete Cædmon seine ganze Aufmerksamkeit auf den Gegner, parierte seinen abwärts geführten Schwerthieb mit seiner eigenen Klinge und schlug ihm unfein mit dem dicken Eschenschild gegen den Kopf, so daß der Mann benommen vom Pferd fiel. Ehe Cædmon sein junges Schlachtroß noch wenden konnte, sprang ein englischer Soldat hinzu und spaltete dem Normannen mit der Axt den Schädel.
Ein gutes Stück weiter vorne schlug sich der König mit zwei Gegnern, der treue Toki war direkt an seiner Seite. Cædmon sah kurz über die Schulter, um zu sehen, wo die Nachhut blieb. Etienne hatte nicht getrödelt: Seine hundert Normannen bildeten eine exakte Linie und hatten schon fast aufgeschlossen. Eine etwa gleichgroße Schar von Roberts Männern, die die königstreuen Linien durchbrochen hatten, galoppierten in einem unordentlichen Knäuel auf sie zu, und noch während

Cædmon zurücksah, verwickelten zwei von ihnen Etienne in einen hitzigen Kampf.
»Gott schütze dich, Etienne«, murmelte Cædmon, sah aus dem Augenwinkel eine schnelle Bewegung und riß den Schild hoch. Krachend landete ein Schwert darauf.
»Jetzt seid Ihr fällig, Helmsby«, drohte eine wütende Stimme, es war beinah ein Zischen. »Euren Bruder hab ich schon erledigt.«
Es war Guillaume fitz Osbern.
Cædmons Brust fühlte sich plötzlich an wie zugeschnürt, und ein eisiger Schauer rieselte seinen Rücken hinab. Aber er gestattete sich nicht, an Eadwig zu denken, sondern münzte seinen Schmerz um in Kampfeswut und hob das Schwert gegen den Bruder seines einstigen Freundes, um ihn zu töten, wenn er konnte.
Es wurde ein harter, langwieriger Kampf. Da sie beide von Jehan de Bellême ausgebildet worden waren, kämpften sie nach der gleichen Technik, sahen jeden Trick und jede Finte kommen. Doch schließlich scheute Cædmons unerfahrenes Pferd und stieg, und das war alles, was fitz Osbern brauchte, um sich den entscheidenden Vorteil zu verschaffen. Er rammte dem nervösen jungen Hengst die Klinge in die Kehle, und das Tier brach schaudernd zusammen, während ein gewaltiger Blutschwall zischend und dampfend in den Schnee spritzte.
Cædmon war aus dem Sattel gesprungen, ehe das sterbende Tier ihn unter sich begraben und einklemmen konnte. Er landete sicher auf den Füßen, sah fitz Osbern unbewegt entgegen, der unaufhaltsam auf ihn zuritt, und machte im letzten Moment einen Satz nach rechts, so daß er auf der ungefährlichen, der Schildseite seines Gegners stand. Ehe fitz Osbern sein Pferd wenden konnte, packte Cædmon seinen Fuß, riß ihn aus dem Steigbügel und verpaßte ihm einen kräftigen, aufwärts gerichteten Stoß.
Guillaume fitz Osbern stürzte mit einem entsetzten Protestschrei aus dem Sattel, doch sein rechter Fuß hatte sich im Steigbügel verfangen, und als sein verschreckter Gaul durchging und davonstob, schleifte er ihn mit. Fitz Osberns Bein brach mit einem hörbaren Knacken, und seine gellenden Schreie waren noch zu hören, nachdem das Pferd längst im Getümmel verschwunden war.
Cædmon sah ihm grimmig hinterher. »Mögest du elend verrecken, Guillaume fitz Osbern«, knurrte er und blickte sich nach einem neuen Gegner um. Er wußte, er durfte sich keine Atempause gönnen, bis das

Gemetzel vorbei war, denn wenn er sich jetzt gestattete, an Eadwig zu denken, dann würde auch er auf diesem Schlachtfeld, in diesem Bruderkrieg sterben.

»O mein Gott, der König! Der König ist gestürzt!« Der entsetzte Schrei erhob sich zu seiner Linken. Cædmon fuhr herum, erwischte den Zügel eines vorbeilaufenden reiterlosen Pferdes, schwang sich in den Sattel und trieb das Tier unbarmherzig in die Richtung, wo der Kampf am hitzigsten war und er William vermutete.

Auch der König hatte sein Pferd verloren. Bei dem Sturz hatte er den Helm eingebüßt und, was weitaus schlimmer war, sein Schwert. Er bückte sich hastig danach, als der Mann, der sein Pferd gefällt hatte, wieder heranpreschte, um ihm den ungeschützten Kopf abzuschlagen. Cædmon sah genau, was passieren würde, aber er war noch zu weit entfernt, um irgend etwas tun zu können. Er schrie auf vor Zorn und Angst, als Toki Wigotson sich plötzlich aus dem Sattel fallen ließ und sich zwischen den König und das zustoßende Schwert warf.

Die normannische Klinge durchbohrte sein Kettenhemd und stieß ihm mit solcher Wucht in die Brust, daß sie in seinem Rücken wieder herauskam und den König, der instinktiv die Arme hochgerissen hatte, an der Hand verletzte.

Noch ehe der Normanne sein Schwert aus dem Leib des Sterbenden befreien konnte, hatte William sich auf Tokis Pferd geschwungen und dem Mann, der versucht hatte, seinen Herzog und König zu erschlagen, den Schwertarm vom Rumpf getrennt. Mit einem fast beiläufigen Tritt beförderte der König den schreienden Ritter aus dem Sattel und ließ ihn zum Verbluten im eiskalten Morast liegen.

»Wo ist mein Sohn?« brüllte er wutentbrannt. »Zeig dich, Robert!«

Aber wo immer Robert auch sein mochte, er gab sich nicht zu erkennen. Cædmon hörte hinter sich heftigen Waffenlärm, sah sich verwundert um und riß dann voller Entsetzen die Augen auf.

»Sire…«

»Cædmon, wißt Ihr, wo Robert ist?«

»Nein. Sire, unsere Nachhut fällt uns in den Rücken.«

Die Schlacht war verloren.

Auf beiden Seiten gab es hohe Verluste. Ehe der König den Rückzug befahl, war fast die Hälfte seiner Armee gefallen. Doch Eadwig zählte nicht dazu. Er lag schwer verletzt im Lazarettzelt in dem Lager, das sie kaum fünf Meilen von Gerberoi entfernt, aber auf der normannischen Seite der Grenze errichtet hatten. Er hatte eine häßliche Platzwunde an der Schläfe, vor allem aber eine tiefe Fleischwunde am Schwertarm, und der Feldscher wollte noch keine Prognose abgeben, ob der Arm gerettet werden könne oder nicht. Eadwig hatte furchtbar viel Blut verloren und lag in tiefer Bewußtlosigkeit.

»Gott, er ist so blaß. Und er rührt sich überhaupt nicht. Er atmet kaum«, sagte Rufus erstickt und starrte unverwandt auf ihn hinab. Er selbst hatte nur einen Kratzer an der Schulter davongetragen, und er hatte den Wundarzt, der ihn vor dem schwerverletzten Eadwig hatte verbinden wollen, in solcher Schärfe angefahren, daß der Mann furchtsam zurückgewichen war und verdrossen vor sich hinmurmelte, daß Äpfel selten weit vom Stamm fielen.

»Du mußt dich zusammennehmen, Rufus«, mahnte Cædmon. »Und du solltest zu deinem Vater gehen. Dort ist jetzt dein Platz.«

Rufus sah unglücklich auf. »Ja. Du hast recht, in seiner finstersten Stunde sollte ich ihm beistehen. Aber ich will nicht.«

»Tu's trotzdem«, riet Cædmon.

»Kannst du nicht mitkommen?« fragte Rufus kläglich.

Cædmon schüttelte den Kopf. »Ich kann nur zu ihm gehen, wenn er nach mir schickt. Jetzt verschwinde schon. Leif und ich bleiben bei Eadwig. Ich verspreche dir, er wird nicht allein sein, wenn er aufwacht.«

Rufus seufzte tief. »Na schön.«

Nachdem der Prinz endlich mit hängenden Schultern davongeschlichen war, gestattete Cædmon sich einen Blick zum anderen Ende des Lazarettzeltes. Trotz des großen Durcheinanders hatten die Ärzte soviel Geistesgegenwart und Feingefühl bewiesen, den verwundeten Etienne fitz Osbern möglichst weit entfernt von Eadwig of Helmsby unterzubringen.

Etienne hatte einen dicken Stirnverband, auf dessen Außenseite sich langsam ein dunkelroter Fleck ausbreitete. Er lag bleich und reglos mit geschlossenen Augen da, genau wie Eadwig.

Cædmon wollte zu ihm gehen und sich vergewissern, daß er gut versorgt war, aber Leif legte ihm leicht die Hand auf den Arm und hielt ihn zurück.

»Tu's lieber nicht. Er ist wach, hat eben die ganze Zeit zu uns herübergestarrt.«

Cædmon zögerte, dann wandte er Etienne den Rücken zu und fragte Leif: »Weißt du, wie schlimm es ihn erwischt hat?«
Der junge dänische Ritter schüttelte den Kopf. »Ich hab einen der Feldscher sagen hören, er habe den Schildarm gebrochen, und wenn die Kopfwunde nicht bis Tagesanbruch aufhört zu bluten, will er sie nähen. Aber das ist wohl alles.«
Unentschlossen sah Cædmon auf das bleiche Gesicht seines Bruders hinab. Tiefe dunkle Schatten lagen unter den geschlossenen Augen. Cædmon sorgte sich um ihn, sorgte sich darum, wie Eadwig damit fertig werden würde, wenn er seinen Arm verlor. Aber vor allem verspürte er Erleichterung darüber, daß sein Bruder lebte, und fragte sich unwillkürlich, was aus Guillaume fitz Osbern geworden war. Obwohl er ein Feind und Verräter war, würde Etienne um seinen Bruder trauern, wenn er gefallen war, das wußte Cædmon genau. Und wenn Etienne erfuhr, wer seinen Bruder vom Pferd geholt hatte, dann…
Er hatte wirklich keine Ahnung, was dann passieren würde.
Eadwig stöhnte leise und bewegte den Kopf.
»Er wird wach«, sagte Leif erleichtert und nahm die Hand seines Freundes. »Eadwig? Hörst du mich?«
Die Lider schienen leicht zu flattern, aber er zeigte keinerlei Reaktion.
»Es wird noch ein Weilchen dauern, bis er wirklich zu sich kommt«, sagte Cædmon leise. »Besser so. Er wird sicher üble Schmerzen haben.«
Er ging kurz hinaus zu einem der Proviantzelte und organisierte einen Becher kräftigen burgundischen Rotwein. Als er damit zurückkam, atmete sein Bruder merklich tiefer, und dann und wann zuckte sein Mund. Schließlich begann die unverletzte Hand, rastlos über die rauhe Wolldecke zu streichen, bis Cædmon sie ergriff und seine warmen Finger darum schloß.
»Es ist alles in Ordnung, Eadwig.«
Sein Bruder wandte den Kopf in die Richtung, aus der die Stimme kam.
»Ist der Arm … ab?« fragte er leise.
»Nein. Du bist noch in einem Stück. Mach die Augen auf und sieh selbst.«
Zögernd schlug Eadwig die Lider auf und blinzelte.
»Hier, trink das.« Behutsam richtete Cædmon seinen Bruder ein wenig auf, ohne auf dessen schwachen Protest und sein Stöhnen zu achten, und flößte ihm einen Schluck ein. »Komm schon. Du hast Blut verloren und brauchst Wein.«

»Ja. Vielleicht tut es nicht mehr so weh, wenn ich betrunken bin«, erwiderte er keuchend, und Leif und Cædmon tauschten ein erleichtertes Grinsen. Nach einem Moment Pause setzte Cædmon Eadwig den Becher wieder an die Lippen. Als er geleert war, ließ Eadwig den Kopf erschöpft an die Brust seines Bruders sinken.

»Ist der König gefallen? Sagt mir die Wahrheit.«

»Nein. Er hat nur einen Kratzer. Toki Wigotson hat ihm das Leben gerettet.«

»Ein Engländer«, murmelte Eadwig.

»So ist es.«

»Gut. Sagt Toki, ich gebe ihm ein Bier aus, wenn wir nach Hause kommen.« Und damit schlief er wieder ein.

Cædmon bettete ihn vorsichtig zurück auf das rauhe, gräuliche Laken und küßte ihm die Stirn. Dann sah er zu Leif auf. »Geh nur. Ich bleibe bei ihm.«

Leif wollte widersprechen, als ein kleiner Tumult am Zelteingang sie ablenkte. Zwei Soldaten versuchten, sich an einem Feldscher vorbeizudrängen, der sich ihnen tapfer in den Weg gestellt hatte.

»Was fällt euch ein?« zischte er. »Ihr könnt hier nicht einfach so hereinplatzen...«

»Befehl des Königs«, entgegnete einer der Männer unbeeindruckt, und als der Arzt ihnen daraufhin nicht umgehend ehrfurchtsvoll Einlaß gewährte, stieß der Soldat ihn rüde beiseite. Zusammen mit seinem Kameraden schritt er die beiden Reihen der Strohlager entlang und sah sich suchend um. Vor Etienne fitz Osbern blieb er stehen und stemmte die Hände in die Hüften. »Steht auf. Wenn Ihr nicht könnt, schleifen wir Euch eben raus.«

Cædmon machte drei lange Schritte und packte den Rohling am Arm. »Was erlaubst du dir eigentlich, du Ochse?«

Der Mann machte einen linkischen kleinen Diener vor Cædmon, sagte aber mit unveränderter Entschlossenheit: »Dieser Mann ist ein Verräter, Thane, und der König hat uns angewiesen, ihn zu ihm zu bringen.«

»Das ist lächerlich. Der König muß doch...«

»Ich komme«, sagte Etienne. Seine Stimme war leise, aber eigentümlich durchdringend. Alle sahen ihn an, während er sich langsam aufrichtete. Er stützte den geschienten linken Arm mit der rechten Hand und hielt den Kopf einen Moment so tief gesenkt, daß sie sein Gesicht nicht sehen konnten.

»Macht mir eine Schlinge«, sagte er zu niemand Bestimmtem, und nach kurzem Zögern ergriff eine der Wachen ein fleckiges Stück Leinen, das in der Nähe lag, faltete es, knotete es zusammen und reichte es ihm.

Etienne nickte. »Danke.« Er legte sich die Schlinge um den Hals und steckte den gebrochenen Arm hinein. Dann sah er auf.

»Etienne ... Was hat das zu bedeuten?« fragte Cædmon verständnislos.

Die dunklen Augen sahen ihn unverwandt an. Ihr Ausdruck war rätselhaft, unmöglich zu deuten.

»Ich weiß es nicht, Cædmon«, sagte er. Er sprach langsam, beinah überdeutlich. »Aber wo immer sie mich hinbringen, ich bin lieber dort als hier. Mir ist alles gleich, solange ich dich nicht sehen muß. Und wenn sie mich in den nächstbesten finsteren Winkel führen, um mir dort die Kehle durchzuschneiden, soll es mir auch recht sein. Hauptsache, du bist nicht dort. Verstehst du?«

Cædmon wandte den Blick ab und nickte stumm.

Etienne ließ ihn stehen, machte zwei entschlossene Schritte und brach dann ohne einen Laut bewußtlos zusammen.

Der Arzt hastete herbei. »Ich hab's ja gesagt, er darf nicht aufstehen. Er hat eine schwere Kopfverletzung und braucht Ruhe.«

»Die kriegt er«, versprach einer der Soldaten höhnisch und beugte sich über Etienne, um ihn aufzuheben und sich über die Schulter zu werfen.

»Hände weg«, sagte Cædmon leise. »Wag es nicht, ihn anzurühren.«

Die Soldaten zögerten und sahen ihn unsicher an. »Aber der König hat uns befohlen, ihn zu ihm zu bringen.«

Cædmon nickte und wandte sich kurz zu Leif um. »Würdest du bei Eadwig bleiben?«

»Natürlich.«

Cædmon brach sich fast das Kreuz, als er Etienne aufhob, denn sie waren etwa gleich groß und gleich schwer. Aber er bemühte sich, jedes noch so leise Ächzen zu unterdrücken und keine Miene zu verziehen, lehnte angebotene Hilfe entrüstet ab und hoffte, daß, wo immer der König auch sein mochte, es nicht weit bis dorthin war.

Williams Zelt war tatsächlich nur einen Steinwurf vom Lazarettzelt entfernt. Als Cædmon, dicht gefolgt von den beiden Wachen, eintrat, hielt der König in seinem ruhelosen Marsch durch den kleinen Raum inne und sah ihnen mit grimmiger Miene entgegen. Sein rechter Unterarm war blutverschmiert und unverbunden, bemerkte Cædmon.

Vermutlich hatte der König den Arzt, der ihn verbinden wollte, mit einem Tritt zum Teufel gejagt.
Hoch aufgerichtet stand William in der Zeltmitte, so daß das immer noch rabenschwarze Haar die durchhängende Decke berührte, und verschränkte die Arme.
»Was für ein rührendes Bild«, höhnte er bitter. Dann fuhr er die Wachen an: »Habe ich nicht gesagt, ihr sollt ihn in Ketten legen?«
»Sire … Der Thane hat ja nicht erlaubt, daß wir…«
»Und wem seid ihr dienstpflichtig? Dem Thane of Helmsby oder mir?«
Sie stammelten Unverständliches, und der König scheuchte sie mit einem angewiderten Wink hinaus. Dann sagte er zu Cædmon: »Legt ihn schon ab, ehe Ihr zusammenbrecht.«
Vorsichtig ließ Cædmon Etienne auf den mit Fellen bedeckten Boden gleiten, hockte sich hinter ihn und stützte seinen Oberkörper. Dann sah er auf. »Sire, Ihr täuscht Euch. Etienne fitz Osbern hat die Nachhut nicht angestiftet, Euch anzugreifen. Es ist passiert, nachdem er verwundet wurde.«
»Woher wollt Ihr das wissen?« fragte William verblüfft. »Habt Ihr es gesehen? Eure Augen müssen sehr scharf sein. Ihr wart schließlich vorne; die ganze Schlacht lag zwischen Euch und der Nachhut.«
»Ich habe es nicht gesehen.«
»Dann könnt Ihr auch nicht wissen, daß es so war.«
»Ich weiß es.«
Der König winkte ab, ließ sich ächzend auf einen harten Holzstuhl fallen und nahm einen untypisch tiefen Zug aus dem Weinbecher, der auf dem Tisch stand. »Ihr seid nur sentimental, Cædmon. Er war Euer Freund, Ihr habt ihn betrogen, jetzt plagt Euch Euer Gewissen, und Ihr wollt etwas gutmachen. Ich hingegen bin in der Lage, unvoreingenommen zu urteilen, und sehe den Tatsachen ins Auge: Ich habe ihm die Nachhut unterstellt, und das war ein Fehler. Ich hätte ihm nie trauen dürfen. Sein Verrat hat mir heute das Kreuz gebrochen, und ich höre das schallende Gelächter meiner Feinde bis hierher.«
Cædmon schüttelte entschieden den Kopf. »Ihr seid nicht unvoreingenommen, Sire. Ihr seid zornig und sucht ein Opfer, an dem Ihr Euren Zorn auslassen könnt. Und Ihr verurteilt Etienne, weil sein Bruder Euch verraten hat.«
Der König schoß von seinem Stuhl hoch. »Gebt acht, was Ihr redet, Thane, sonst sperre ich Euch zusammen mit ihm ein! Dann hättet Ihr

viel Zeit und Muße, Euch mit Eurem teuren Freund auszusöhnen. Darüber hinaus hat nicht nur einer seiner Brüder mich verraten, sondern beide! Und seine Schwester obendrein!«

»Aber sein Vater war Euer treuester Vasall!« entgegnete Cædmon ebenso hitzig.

»Ja. Ein großartiger Mann, geschlagen mit einer Brut wertloser Schwächlinge von Söhnen! Gott hat ihm eine große Gnade erwiesen, indem er ihn zu sich rief, ehe sie alle ihr wahres Gesicht zeigten! Und jetzt schert Euch hinaus!«

Cædmon ließ Etienne ganz zu Boden gleiten, sah einen Moment auf das ebenmäßige, jetzt friedvolle Gesicht hinab und kam dann schwerfällig auf die Füße. Jeder Knochen tat ihm weh nach diesem Tag auf dem Schlachtfeld, und er fühlte sich dumpf vor Erschöpfung.

»Ja, Sire, ich gehe. Aber wenn Ihr erlaubt, würde ich gern erfahren, wie Rufus in dieser Sache denkt.«

Der Prinz hatte reglos in einer dunklen Ecke des schwach beleuchteten Zelts gestanden. Als sein Vater keine Einwände erhob, trat er einen Schritt näher, blickte bekümmert auf den bewußtlosen Mann am Boden und sah Cædmon dann in die Augen. »Ich teile die Ansicht meines Vaters, Cædmon.«

Du elender Feigling, dachte Cædmon angewidert. Fassungslos schüttelte er den Kopf. »Wie ist das möglich? Du … du *kennst* ihn doch.«

»Ja. Aber du vergißt den kleinen Zwischenfall an Heiligabend.«

»Ich weiß nicht, wovon du redest.«

»Tatsächlich nicht? Du warst im Rosengarten und wurdest niedergeschlagen. Etienne fitz Osbern fand dich – angeblich – und brachte dich zu Wulfnoth. Ich habe ihn auf dem Weg dorthin gesehen, und er war nicht allein. Hugh de Bernay und Rollo fitz Alan waren bei ihm. Beide sind heute in der Nachhut geritten, beide sind tot. Also können wir sie nicht mehr befragen, aber das ist wohl auch nicht nötig. Es war ein Verschwörertreffen, das dort im Rosengarten stattgefunden hat, und sie haben dich von hinten niedergeschlagen, damit du sie nicht siehst. Vermutlich war es fitz Osbern selbst.«

Cædmon starrte ihn betroffen an. Dann schüttelte er langsam den Kopf. »Du mußt dich irren.«

Rufus' Blick war voller Mitgefühl. »Ich glaube nicht, Cædmon. Offenbar bist du derjenige, der sich in Etienne fitz Osbern getäuscht hat.«

Rouen, April 1079

Bei ihrer Rückkehr erwartete sie die Nachricht, daß Malcolm von Schottland in Northumbria eingefallen war und das Land nördlich des Tees verwüstete. Darüber hinaus erwarteten sie der Earl of Shrewsbury, Roger Montgomery, Hugh de Grandmesnil, der greise Roger de Beaumont und eine Schar weiterer mächtiger normannischer Adliger, deren Söhne, Brüder oder Neffen sich Roberts Rebellion angeschlossen hatten und gegen den König ins Feld gezogen waren. Aus England und den entlegensten Winkeln der Normandie waren sie nach Rouen gekommen, um zu vermitteln, den König zu überreden, mit Robert zu verhandeln und diesen Zwist zu beenden, der das anglo-normannische Reich spaltete und Kräfte vergeudete, die anderswo dringend gebraucht wurden, und die Sicherheit ernstlicher gefährdete, als es der König von Frankreich, der König von Schottland, der Herzog von Flandern oder die feindlichen Kräfte im Maine und der Bretagne je vermocht hätten. Anfangs lehnte der König empört ab. Sein ältester Sohn hatte gegen göttliches Gebot und natürliches Gesetz verstoßen, hatte seinem Vater erst den Gehorsam verweigert und ihn dann obendrein bei Gerberoi gedemütigt – William stand der Sinn nicht nach Aussöhnung, sondern nach Genugtuung. Nach Rache. Doch nach und nach zeigten die hartnäckigen Bemühungen der Vermittler erste Erfolge. Wieder einmal war es vor allem Montgomery, der den richtigen Ton fand. Hatte denn nicht sein eigener Sohn sich genauso gegen Gott, König und Vater versündigt? Gar die verhängnisvolle Rauferei angezettelt, die zum Bruch zwischen dem König und dem Prinzen geführt hatte? Saßen sie als Väter nicht praktisch im selben Boot, waren sie nicht gleichermaßen gekränkt und beleidigt worden? Genau wie all die anderen Väter, die nach Rouen geeilt waren? Wenn sie alle gewillt waren, ihren Söhnen zu vergeben, konnte der König es nicht auch? Mußte er das nicht sogar? Durfte er die Kränkung als Vater über seine Pflichten als Herzog und König stellen? Und so weiter und so fort. Als die Eisschollen auf der Seine zu schmelzen begannen, die ersten verwegenen Narzissen im struppigen Gras erblühten und die Fastenzeit einsetzte, hörte der König schließlich auf zu toben und fing an zuzuhören. Matilda verstärkte mit ihrem unverminderten Einfluß die Fraktion der Vermittler. Und als Prinz Robert seinem Vater schließlich einen Boten schickte, ließ der König ihm nicht den Kopf abschlagen, um ihn Robert zurückzusenden, wie er ursprünglich beabsichtigt hatte, sondern hörte ihn nach nur drei Tagen Wartezeit an. Alle atmeten erleichtert auf.

»Dieser Bote war ein extrem nervöses Knäblein, das kannst du mir glauben«, berichtete Cædmon Wulfnoth. »Als ich ihm die Nachricht brachte, daß der König ihn empfangen wolle, wurde ihm so schlecht, daß ich mich in Sicherheit bringen mußte, damit er mir nicht auf die Schuhe spuckte.«

Wulfnoth seufzte tief. »Man kann's ihm kaum verübeln. Und? Was hatte Prinz Robert seinem Vater zu sagen?«

»Daß er ihr Zerwürfnis zutiefst bedauert.«

»Guck an. Das heißt, Robert ist endgültig pleite, ja?«

Cædmon nickte. »Es sieht danach aus. Offenbar hatte Philip von Frankreich sich mehr von Gerberoi versprochen, als Robert erreicht hat, und hat ihm weitere finanzielle Unterstützung verwehrt. Um ehrlich zu sein, ich weiß es nicht. Vielleicht hat es Robert auch einfach erschüttert, daß sein Vater beinah gefallen wäre, und er ist sich des Ausmaßes seiner Sünde bewußt geworden. Jedenfalls ist er auf Versöhnung aus und bescheiden geworden. Keine Rede mehr davon, daß er die Herzogswürde verlangt.«

»Sondern was?«

»Ein uneingeschränktes Pardon für sich selbst und seine Getreuen. Und die erneute Zusicherung, daß die Normandie nach dem Tod des Königs an ihn fällt.«

Wulfnoth brummte. »Hm. Dahinter könnte durchaus Philip von Frankreich stecken.«

Cædmon nahm einen Schluck aus seinem Becher und drehte ihn dann versonnen zwischen den Händen. »Möglich. Aber auf jeden Fall sieht es so aus, als werde der Familienkrach in absehbarer Zeit beigelegt. Zu schade, daß erst ein paar hundert gute Männer wie Toki Wigotson dafür ihr Leben lassen mußten…«

Ein leises Klopfen unterbrach ihn; im nächsten Moment öffnete sich die Tür, und Eadwig trat ein.

Wulfnoth lächelte ihm entgegen. »Was macht der Schwertarm, wakkerer Eadwig? Kannst du schon wieder einen Bierkrug damit stemmen? Dann setz dich zu uns.«

Eadwig trat grinsend näher. »Er ist so gut wie neu.« Zum Beweis bewegte er den tadellos verheilten rechten Arm ein paarmal auf und ab. »Cædmon, eine der Wachen hat mir eine Nachricht für dich aufgetragen.«

Sein Bruder sah ihn an. »Und?«
Eadwig hob beklommen die Schultern. »Etienne fitz Osbern verlangt nach dir.«

Cædmon dachte unbehaglich, daß er für dieses Treffen nicht bereit war, was immer Etienne auch von ihm wollte. Er ging trotzdem noch am selben Abend zu ihm, denn er wußte, daß er sich dieser Begegnung am nächsten oder übernächsten Tag ebensowenig gewachsen fühlen würde.
Als er die Außentreppe zum Gewölbe hinabstieg, spürte er eine Gänsehaut auf den Armen, die nichts mit der kühlen Aprilnacht zu tun hatte. Über einen Monat lang hatte er hier unten zusammen mit Wulfnoth in Angst und Ungewißheit geschmort, nachdem Harold Godwinson damals die englische Krone an sich gerissen hatte. Er dachte an die Ratten, die Kälte, die Feuchtigkeit und das unreine Stroh – die Trostlosigkeit dieses Ortes, die sich mit jedem Tag schwerer auf Gemüt und Glieder gelegt hatte. Und Etienne hatte unbeirrbar zu ihm gestanden und den Zorn des Königs und des Seneschalls riskiert, indem er zu ihnen gekommen war. Ein wahrer Freund…
»Was verschlägt Euch hierher?« fragte der Wachsoldat in dem kleinen, niedrigen Vorraum verwundert.
»Ich möchte zu Etienne fitz Osbern.«
»Tut mir leid, Thane. Niemand außer Vater Maurice darf zu ihm.«
Cædmon hielt ihm einen Penny hin. »Guck in die andere Richtung.«
Der Soldat nickte zögernd, ließ die Münze verschwinden und wies auf den Weinschlauch und den halben Brotlaib, die Cædmon trug. »Das könnt Ihr hier lassen. Seit Beginn der Fastenzeit ißt und trinkt er so gut wie nichts mehr.«
»Wenn er es nicht will, kriegst du es«, versprach Cædmon. »Jetzt laß uns gehen.« Ehe mich der Mut verläßt, fügte er in Gedanken hinzu.
Der Mann führte ihn zu der Tür des Verlieses, wo auch Cædmon und Wulfnoth eingesperrt gewesen waren. »Ich mach' das nicht für den Penny, Thane«, stellte der Soldat verdrossen klar. »Wenn es rauskommt, krieg' ich Schwierigkeiten. Ich tu' Euch einen Gefallen.«
»Und dafür bin ich dir dankbar«, versicherte Cædmon ihm ohne Spott.
Der Wachsoldat brummte zufrieden, zog den Riegel zurück und öffnete die Tür. »Klopft dreimal, wenn Ihr rauswollt.«

»Einverstanden.«
Cædmon trat über die Schwelle in den großen Raum mit der niedrigen, gewölbten Decke. Hinter ihm schloß sich polternd die Tür, und die Flamme der einzelnen Fackel flackerte knisternd in der Zugluft, drohte zu verlöschen und beruhigte sich wieder.
Etienne saß mit dem Rücken an einen der Pfeiler gelehnt. Er trug immer noch die blutbefleckten Kleider vom Tag der Schlacht bei Gerberoi. Die dunklen Haare waren fast bis auf Kinnlänge gewachsen, aber offenbar hatte er irgendwen überreden können, ihn zu rasieren; die Stoppeln auf seinem Kinn waren nur ein paar Tage alt. Die Schiene war von seinem linken Arm verschwunden, der gebrochene Knochen längst geheilt. Seine Hände lagen locker im Schoß verschränkt, und er hatte den Kopf zur Tür gewandt.
»Cædmon?«
»Ja.« Er räusperte sich.
»Komm ein bißchen näher, wenn du so gut sein willst. Ich seh' nicht mehr besonders gut.«
Cædmon machte ein paar zögernde Schritt auf ihn zu. »Was heißt das, du siehst nicht gut?«
Etienne winkte ab. »Willkommen in meinem bescheidenen Heim. Setz dich.«
Cædmon sank vor ihm auf die Knie und streckte ihm entgegen, was er mitgebracht hatte. »Hier. Nicht viel, fürchte ich. Aber guter Wein.«
»Danke, ich will nichts.«
Sie sahen sich schweigend an. Etienne wirkte bleich und erschöpft. Das war nicht verwunderlich, schließlich war er seit über zwei Monaten hier unten, und Cædmon wußte, wie Kälte und Dunkelheit an den Kräften zehrten. Aber der distanzierte Ausdruck war ebenso aus Etiennes Augen verschwunden wie die eisige Feindseligkeit aus seiner Stimme.
»Ich habe die Nachhut nicht zum Verrat angestiftet, Cædmon.«
»Nein, ich weiß.«
Beinah amüsiert fuhren die dunklen Brauen in die Höhe. »So sicher bist du dir dessen?«
Cædmon hob langsam die Schultern und nickte wortlos.
»Denk nicht, ich sei nicht versucht gewesen, mich Robert anzuschließen«, gestand Etienne offen.
»Wegen Guillaume? Deinem Bruder?« vermutete Cædmon. »Ich weiß, daß er dir immer nahegestanden hat.«

»Ja. Näher als Roger, obwohl Roger und ich all die Jahre in England waren und Guillaume hier. Aber wenn ich mich dazu entschlossen hätte, die Seiten zu wechseln, wäre ich in aller Offenheit gegangen. Ohne dem König in den Rücken zu fallen.«

Cædmon nickte wiederum. Ungezählte Male hatte er versucht, dem König genau das zu erklären, war anfangs auf taube Ohren gestoßen, dann auf Ungeduld und schließlich auf zunehmend ernstgemeinte Drohungen.

»Weißt du, daß mein Bruder hinkt? So wie du früher?« fragte Etienne beiläufig.

»Ja, irgendwer hat mir davon erzählt.«

»Aber anders als du wird Guillaume bis ans Ende seiner Tage hinken.«

»Und weißt du, wem er das zu verdanken hat?«

Etienne nickte. »Natürlich. Aber immerhin dachtest du, er habe deinen Bruder getötet, nicht wahr?«

»Du bist gut informiert«, bemerkte Cædmon.

Etienne zuckte mit einem schwachen Lächeln die Schultern. »Montgomery kommt gelegentlich her und erzählt mir, was vorgeht. Obwohl er im Gegensatz zu dir nicht an meine Unschuld glaubt. Er bedauert mich lediglich. Und er denkt, daß es nur der Gnade Gottes zu verdanken sei, daß sein Sohn nicht an meiner Stelle ist. Wie auch immer. Ein Mann in meiner Position lernt, sich an der Ironie des Schicksals zu erfreuen, und es *ist* ironisch, daß mein Bruder Guillaume, dem ich all dies hier letztlich zu verdanken habe und der sich solche Mühe gegeben hat, dir und den deinen Schaden zuzufügen, nun mit dem Gebrechen geschlagen ist, das du überwunden hast. Vielleicht lernt er etwas daraus, wer weiß.«

»Was heißt das, du hast es Guillaume zu verdanken?« fragte Cædmon verständnislos.

»Kurz nach meiner Ankunft hier in Rouen vor Weihnachten schickte mein Bruder mir einen Boten, Rollo fitz Alan. Kanntest du ihn?«

»Nur dem Namen nach. Er ist bei Gerberoi gefallen.«

»Und Gott verdamme seine verräterische Seele. Rollo hatte sich auf Geheiß meines Bruders dem Gefolge des Königs angeschlossen, um weitere Männer für Prinz Roberts Sache zu gewinnen. Am Heiligen Abend bestellte er mich in den Rosengarten zu einem Verschwörertreffen. Als sie sich dort versammelten, um die Falle von Gerberoi zu planen, stolperten sie über dich und schlugen dich nieder. Was zur Hölle hattest du dort verloren, Cædmon?«

»Nun ... ich gehe ab und zu hin, einfach so. Um allein zu sein.«
Etienne nickte. »Als ich dich dort liegen sah, war ich erschrocken. Es war eigenartig. Eigentlich hätte es mich erfreuen müssen. Ich ... ich habe dich so gehaßt, Cædmon. Mehr als ich je einen Menschen geliebt habe, habe ich dich gehaßt. Das ist ... eine ernüchternde Bilanz.«
Cædmon sah ihn wortlos an. Sprachlos. Er konnte nicht sagen, daß es ihm leid tat. Obwohl er zutiefst bedauerte, was er Etienne angetan hatte. Aber er wußte genau, daß er es morgen wieder getan hätte, wenn er noch einmal vor die gleiche Wahl gestellt worden wäre. Also was sollte er sagen?
»Jedenfalls habe ich Rollo fitz Alan die Nase blutig geschlagen und ihm klargemacht, daß ich kein Interesse an der Verräterbotschaft meines Bruders habe. Dann hab ich dich da weggeschafft.« Er lachte leise. »Wenn ich ihn angehört hätte, hätte ich die Falle von Gerberoi vielleicht verhindern können.«
Cædmon schüttelte fassungslos den Kopf. »Und hast du das dem König erzählt?«
»Ja, aber er hat nicht zugehört. Er will mir nicht glauben. Seit dem Tag, da mein Bruder Roger ihn verraten hat, hat er mir mißtraut.«
»Dann werde ich es ihm eben noch einmal erklären«, versprach Cædmon hitzig. »Ich bin sicher, daß ich Montgomerys Unterstützung gewinnen kann, und dann...«
Etienne hob abwehrend eine der langen, schmalen Hände. »Es hat keinen Sinn, Cædmon. Es ist auch nicht mehr so wichtig.«
Angst legte sich wie eine eiskalte Hand um Cædmons Herz, ein unheimliches, unbestimmtes Grauen, und jetzt erkannte er, daß es sich angeschlichen hatte, seit er dieses Verlies betreten und Etienne zum erstenmal in die Augen gesehen hatte. »Was soll das heißen, es ist nicht mehr wichtig?«
»Ich werde blind, Cædmon«, eröffnete Etienne ihm scheinbar gelassen. »Na ja, das war ich in gewisser Weise immer schon. Wollte es sein. Ich habe immer gewußt, daß du sie liebst, weißt du.«
Cædmon schreckte zusammen und starrte ihn an. »Etienne...«
»Nein, es wird Zeit, daß wir darüber reden. Ich bin im reinen mit Gott und sogar mit mir selbst. Nur du fehlst noch.«
Cædmon ließ den Kopf hängen. »Welcher Sinn könnte darin liegen, darüber zu reden?« fragte er leise. »Es gibt keine Sünde, zu der ich nicht herabsinken könnte, um Aliesa zu bekommen. Ich würde den König

dafür verraten, meine Familie im Stich lassen, Gott entsagen und meine Seele dem Satan verkaufen. Ich bin felsenfest davon überzeugt, daß ich sie mehr liebe, als du sie je geliebt hast. Aber sie war deine Frau, nicht meine. Wenn meine Liebe gut und rein und selbstlos gewesen wäre, hätte ich das Weite suchen und euch zufrieden lassen müssen. Aber ich bin nicht gut und rein und selbstlos, sondern rücksichtslos und schwach und selbstsüchtig, und deswegen habe ich auch nicht verdient, daß du mir verzeihst.«
Etienne nickte mit gerunzelter Stirn. »Ich sehe, du hast auch ein paar wenig schmeichelhafte Erkenntnisse über dich selbst gewonnen.«
»Ja. In einem Loch wie diesem, genau wie du.«
»Hm. Nun, ich gestehe, daß ich deiner Selbstzerfleischung nur höchst ungern etwas entgegensetze, aber ich *habe* dir verziehen, Cædmon. Ich hoffe, du bist nicht enttäuscht.«
Cædmon sah ihn unsicher an und fragte sich, ob Etienne vielleicht ein grausames Spiel mit ihm trieb, ob das hier seine Rache war.
Etienne belächelte seine Zweifel, dann nickte er nachdrücklich. »Es ist die Wahrheit.«
»Aber … warum solltest du das tun?«
»Oh, ich weiß nicht. Ich war in dieser ganzen Geschichte auch kein Unschuldslamm. Wie gesagt, ich habe schon damals hier in Rouen gespürt, daß sie es dir angetan hatte. Deswegen habe ich so lange gezögert, dir zu sagen, daß sie meine Verlobte ist. Ich wollte dir so lange wie möglich Zeit lassen, dich in deinen Wunschträumen zu ergehen. Immer in der sicheren Gewißheit, daß mir gehörte, was du begehrtest. Du warst mein bester Freund, Cædmon, hättest alles für mich getan, und trotzdem hat es mir ein eigentümliches Vergnügen bereitet zu wissen, daß *ich* den Preis gewinnen würde, wenn du den Vergleich verzeihen willst. Daß ich dir in dieser Hinsicht überlegen war. Das war Hochmut, verstehst du. Und keine andere Sünde kommt einen so teuer zu stehen.«
Cædmon lauschte ihm ungläubig und schalt sich einen unverbesserlichen Narren, weil Etiennes freimütiges Eingeständnis ihn selbst nach all den Jahren noch kränken konnte.
»Und was Aliesa betrifft, hast du recht«, fuhr Etienne fort. Er hob kurz die Schultern. »Ich habe sie geliebt, kein Zweifel. Ich meine, man konnte ja kaum anders, sie ist eine wundervolle Frau. Aber nicht so wie du. Ich hätte nicht wie du Kopf und Kragen und Seelenheil riskiert, um

sie zu haben. Mir wäre auch im Traum nicht eingefallen, wegen ihr damit aufzuhören, jede Frau zu verführen, die ich kriegen konnte.« Er sah Cædmon in die Augen. »Und es waren nicht nur unverheiratete, weißt du. Mit anderen Worten, ich habe verdient, was ich bekommen habe, vielleicht noch mehr als du. Und ich habe dich im Grunde nur aus verletzter Eitelkeit gehaßt, und das ist erbärmlich.« Er brach ab und atmete tief durch.

»Etienne…«

»Fang bloß nicht an zu heulen, Mann.«

Cædmon räusperte sich entschieden. »Nein. Laß uns diesen Wein trinken, was meinst du?«

Etienne hob abwehrend die Linke. »Trink für mich mit. Ich vertrage ihn nicht mehr.«

»Wieso nicht?«

»Dazu kommen wir gleich. Nimm einen ordentlichen Schluck, Cædmon, du wirst ihn brauchen. Ich bin noch nicht fertig mit dir.«

Cædmon streckte die Beine aus und stellte fest, daß seine Füße eingeschlafen waren. Es kam ihm vor, als hätte er stundenlang im schmutzigen Stroh gekniet. Er bewegte die kribbelnden Zehen in den Schuhen und trank einen tiefen Zug aus dem Weinschlauch, um den Kloß hinunterzuspülen, der sich hartnäckig in seiner Kehle hielt.

Eine Weile redeten sie nicht. Cædmon konnte nicht sagen, was Etienne durch den Kopf ging. Er selbst wärmte sich an ihrer wiedergefundenen Freundschaft, lehnte mit geschlossenen Augen an dem dicken, steinernen Pfeiler und erging sich in einem kleinen Rausch der Leichtigkeit, wie er sie seit drei Jahren nicht mehr empfunden hatte. Aber dieses Gefühl war nur von kurzer Dauer. Die Furcht, die ihn beschlichen hatte, kaum daß er diesen Ort der Finsternis betreten hatte, war nicht gewichen.

»Was ist mit deinen Augen?« fragte er schließlich.

Etienne antwortete nicht sofort. Er regte sich, verschränkte die Arme, ließ sie wieder sinken und legte die Hände lose auf die angewinkelten Knie. »Die Augen sind nicht das Problem. Es ist mein Kopf. Ich sterbe, Cædmon.«

Cædmon kniff für einen Moment die Augen zu, riß sie wieder auf, wandte den Kopf und sah ihn an. Er war nicht wirklich überrascht. Er hatte es gewußt, als er ihn sah, stellte er fest. »Woran?«

Etienne wich seinem Blick aus und hob kurz die Schultern. Es wirkte verlegen. »Ich habe ... Anfälle. Ich bekomme grauenhafte Kopfschmerzen. Sie ... sind schlimmer als alles, was ich mir je hätte vorstellen können. Vor ein paar Tagen war es einmal so schlimm, daß ich geschrien habe. Stundenlang, sagen die Wachen. Ich weiß nichts mehr davon. Sie glaubten, ich sei von einem Dämon besessen, und holten Vater Maurice. Er blieb bei mir, bis es vorüberging, und ich habe ihn gebeten, einen jüdischen Arzt aus der Stadt herzuholen.« Er brach ab.

»Und? Hat er's getan?«

Etienne nickte. »Ein aufgeschlossener Mann, Vater Maurice. Ich weiß nicht, wie ich die vergangenen Monate ohne seine Hilfe überstanden hätte.«

»Was hat der Arzt gesagt?« fragte Cædmon.

»Daß etwas in meinem Kopf wächst, das nicht dorthin gehört. Er nannte es einen Tumor. Er sagt, vermutlich habe ich ihn schon mein ganzes Leben lang. Durch die Kopfverletzung bei Gerberoi ist dieser Tumor aus dem Schlaf geweckt worden, und jetzt ... wächst er.«

»Großer Gott ... Und kann man nichts tun, damit er wieder einschläft?«

»Nichts.« Etienne hob den Kopf und sah ihn wieder an. »Er wird wachsen und wachsen, und je weiter er wächst, um so häufiger und schlimmer werden die Anfälle. Es ist jetzt schon schlimmer als vor einem Monat. Und ich will so nicht sterben, Cædmon.«

Cædmon starrte ihn unverwandt an und betete in tiefster Inbrunst, daß er sich irren möge, daß er mißverstand, was sein Freund ihm zu sagen versuchte.

Etienne erkannte das nackte Entsetzen in seinen Augen und legte ihm beruhigend die Hand auf den Arm. »Ich habe ein Testament gemacht, es ist in Vater Maurice' Obhut. Darin steht, daß ich dir und Aliesa vergebe und daß es mein Wunsch ist, daß du sie heiratest. Vater Maurice ist eingeweiht. Er wird dich von jedem Vorwurf freisprechen, er weiß, daß es mein freier Entschluß ist.«

»Etienne ... bitte ... bitte nicht.«

»Cædmon«, fuhr Etienne fort, seine Stimme leise, samtweich und überzeugend; die Stimme der Vernunft. »Es gibt niemanden sonst, den ich bitten könnte. Wenn du ablehnst, dann ... dann werde ich elend verrekken. Ich habe den Arzt gebeten, mir die Wahrheit zu sagen, aber ich muß gestehen, daß ich das im nachhinein bereue. Die Schmerzen sind jetzt schon unerträglich. Aber sie werden schlimmer, sagt er. Sie werden länger andauern. Bis sie irgendwann nicht mehr weggehen. Und er sagt, bevor ich schließlich sterben werde, weil dieses Ding in meinem Kopf mein Hirn so unbarmherzig zusammendrückt, daß irgend etwas zerplatzt, bevor das passiert, werde ich den Verstand verlieren. Cædmon, ich bitte dich um der Liebe Christi willen, laß mich so nicht sterben.«

»Ich ...« Cædmon atmete tief durch und versuchte, seinen rasenden Herzschlag zu beruhigen, »ich muß darüber nachdenken. Gib mir einen Tag.«

»Nein.« Etiennes Stimme klang plötzlich scharf, Panik schwang darin. Er ließ Cædmon nicht aus den Augen und schüttelte entschieden den Kopf. »Du würdest hundert Gründe finden, es nicht zu tun, und dich nie wieder herwagen.«

»Du irrst dich.«

»Cædmon, ich habe gebeichtet und bin von meinen Sünden losgesprochen. Heute ist der Tag. Ich weiß nicht, ob ich noch einmal den Mut finde. Wenn du es nicht tust, muß ich selbst einen Weg finden. Und du weißt, was dann aus mir wird.«

Cædmon blinzelte verstört, fassungslos angesichts dieser grauenhaften Wahl, vor die er sich plötzlich gestellt fand.

»Es tut mir leid, daß ich dich erpresse«, gestand Etienne und stützte die Stirn auf die Faust. »Aber wenn du kneifst, dann ... Gott, ich weiß nicht, was dann wird.« Er sah wieder auf. »Hilf mir, Cædmon. Bitte.«

»Ich helfe dir«, hörte Cædmon sich sagen. »Hab keine Angst mehr.«

Etienne schloß die Augen und stieß in grenzenloser Erleichterung die Luft aus. »Dann ... dann werde ich jetzt den Wein trinken, den du mir mitgebracht hast.«

»Hier.« Cædmon reichte ihm den Schlauch mit seltsam schleppenden Bewegungen. Ein grausiges Gefühl der Unwirklichkeit wollte ihn beschleichen, und er kämpfte es verbissen nieder.

»Es wird vielleicht eine Stunde dauern, bis die Kopfschmerzen einsetzen. Sie kommen immer, wenn ich Wein trinke, aber heute brauche ich sie ja nicht zu fürchten«, sagte Etienne mit einem schwachen Lächeln. »Bis dahin wollen wir über alte Zeiten reden, ja?«

»Ja.«

»Und wenn ich sage: ›Ich glaube, ich möchte jetzt schlafen‹, dann tust du's, ja? Zeig mir deinen Dolch, Cædmon.«

Cædmon zog sein langes Jagdmesser aus der Scheide am Gürtel und reichte es ihm mit dem Heft zuerst. Etienne prüfte behutsam die

Schneide mit dem Daumen, nickte zufrieden und gab es ihm wieder zurück.
»Gut. Und du wirst es auch wirklich tun, nicht wahr? Und schnell?«
»Du weißt doch, daß meine Hände schneller sind als jeder Falke, den du je besessen hast.«
Etienne lachte, leise und unbeschwert, setzte den Schlauch an die Lippen und trank mit dem gewaltigen Zug, der ihm zu eigen war.
Sie sprachen über alte Zeiten. Über Jehan de Bellême, seinen komischen, krummbeinigen Gang und seinen Glatzkopf, über die Schnippchen, die sie ihm manchmal geschlagen hatten. Und sie erinnerten sich an die Überfahrt auf der *Mora* und an Hastings, an die Krönung und die guten Jahre voll großer Taten danach, als sie das Ihre dazu beigetragen hatten, England neu zu ordnen. Wie stolz sie gewesen waren. Und wie unschuldig.
Flegelhaft zogen sie über Lucien de Ponthieus Einarmigkeit und Roland Baynards absolute Humorlosigkeit her, und Etienne entsann sich genußvoll der vielen schönen Frauen, deren Gunst er errungen hatte. Er war in Windeseile betrunken. Seine Augen wurden trüb, seine Stimme schleppend.
»Verflucht, Cædmon, ich kann dich kaum noch erkennen«, sagte er schließlich mit einem verschämten kleinen Lachen. Er lallte beinah.
»Das macht nichts. Du weißt ja, wie ich aussehe.«
»Und mir ist so schwindelig. Würdest du es als sehr ungehörig empfinden, wenn ich meinen Kopf in deinen Schoß legte?« Seine Stirn war gerunzelt, und sein Gesicht wirkte mit einemmal grau.
»Nein, keineswegs.«
Etienne hob den Schlauch ein letztes Mal an die Lippen und ließ sich die letzten Tropfen in den Mund rinnen. Dann streckte er sich auf dem Rücken aus, kreuzte die Knöchel und bettete den Kopf auf Cædmons Oberschenkel.
»Es … es war kein schlechtes Leben, weißt du. Ich bin dreißig Jahre alt geworden, das ist kein so übles Alter, oder?«
»Nein«, stimmte Cædmon zu, den noch ein Jahr von seinem dreißigsten Geburtstag trennte. »Danach kommen nur noch Greisenalter und Siechtum.« Etienne lachte glucksend, dann verzerrte sich sein Gesicht, und er preßte die flache Hand auf die linke Schläfe. »Gott war mir fast immer gnädig in diesen dreißig Jahren. So viele Wünsche sind mir erfüllt worden. Selbst wenn sie allesamt eitel waren …«

»Was macht das schon.«
»Ja, du hast recht.« Die trüben, blutunterlaufenen Augen fielen zu. »Gott, Cædmon, erinnerst du dich, wie wir … wie wir die Schweine in Winchester mit in Wein getunktem Brot gefüttert haben und sie alle besoffen waren?«
»Nicht so besoffen wie wir.«
»Das ist wohl wahr. Und dann … und dann … Cædmon, ich bin so müde.«
Cædmon antwortete nicht. Behutsam legte er die Rechte auf den dunklen Schopf, wandte den Kopf ab, damit seine Tränen nicht auf Etiennes Gesicht fielen, und zog mit der Linken das Messer aus der Scheide.
»Cædmon?«
»Ja, Etienne.«
»Ich glaube, ich möchte jetzt ein bißchen schlafen.«
Cædmon nahm die Hand vom Kopf seines Freundes, legte sie über die Linke an den abgegriffenen Schaft des langen Messers und stieß es Etienne mit einer präzisen, fließenden Bewegung in die Brust.

Caen, Juni 1079

»Mein Name ist Cædmon of Helmsby, ehrwürdige Mutter, ich bin …«
»Ich weiß, wer Ihr seid«, unterbrach die Äbtissin ihn schneidend. Sie war eine ungewöhnlich hochgewachsene Frau um die Fünfzig. Die kerzengerade Haltung unterstrich ihre Größe und flößte jedem Besucher wie auch den Schwestern ihres Klosters Respekt und Ehrfurcht ein. Das Gesicht mit den ausgeprägten, hohen Wangenknochen wirkte ebenso nobel wie asketisch, die dunklen Augen intelligent und jetzt abweisend und kühl.
Er bemühte sich nach Kräften, sich nicht einschüchtern zu lassen. »Wenn ich recht informiert bin, hat der Bischof von Bayeux Euch geschrieben?«
Sie nickte knapp. »Er und die Königin ebenfalls«, erwiderte sie. Ihr Mißfallen ob des Inhalts dieser Briefe war nicht zu überhören. Aber zumindest was diesen Fall anging, war sie an die Weisungen des Bischofs von Bayeux gebunden – auch wenn der lasterhafte Odo hier

ansonsten glücklicherweise nicht zuständig war –, und der Königin eine Bitte abzuschlagen war so gut wie unmöglich, denn Matilda hatte dieses Kloster gestiftet.

»Dann wäre ich dankbar, wenn ich Aliesa de Ponthieu jetzt sprechen könnte, Madame, vorausgesetzt, ich komme nicht ungelegen.«

Es war früher Morgen, der Tau im grasbewachsenen Innenhof des Kreuzgangs kaum getrocknet. Er wußte so gut wie sie, daß es die beste Zeit war, ein Kloster zu besuchen.

Sie deutete ein Nicken an. »Wartet hier.«

Er wartete vielleicht eine Viertelstunde, und seine Nervosität und die bohrende Angst steigerten sich mit jeder Minute. Er wußte ja nicht einmal, ob sie ihn sehen wollte.

Als er schon im Begriff war, die Flucht zu ergreifen und in der nahegelegenen Benediktinerabtei von St. Etienne, wo er die letzten Wochen verbracht hatte, um Aufnahme als spät entschlossener Novize zu ersuchen, traten zwei dunkel gekleidete Frauen lautlos durch eine schmale Tür in der Südwand des Kreuzganges. Die jüngere und kleinere war Cecile, die Tochter des Königs, die sich hier durch so hervorragende Qualitäten und so tiefe Demut und Frömmigkeit hervorgetan hatte, daß schon jetzt festzustehen schien, daß sie die nächste Äbtissin dieses Hauses werden würde. An ihrer Seite ging Aliesa.

Er trat ihnen mit weichen Knien entgegen und verneigte sich, ohne die Prinzessin wirklich wahrzunehmen. Einen Moment mußte er um Mut ringen, ehe er Aliesa in die Augen sehen konnte, und beschränkte sich darauf, sie aus dem Augenwinkel zu betrachten. Die dunkle Nonnentracht unterstrich das Lilienweiß ihrer Haut prägnanter, als all die kostbaren Kleider es je vermocht hatten, das Fehlen von jedwedem Schmuck ihre natürliche Schönheit. Sie schien ihm fremd und gleichzeitig vollkommen vertraut. Alle Einzelheiten waren genau so, wie er sie in Erinnerung gehabt hatte, nur das Gesamtbild hatte er vergessen. Es traf ihn unvorbereitet, wie ein Blitz aus heiterem Himmel, fast wie beim allerersten Mal. Er spürte sein Herz in der Kehle rasen und war keineswegs sicher, ob er einen Ton herausbringen würde.

Dann hob er endlich den Kopf und sah sie an.

Die graugrünen Augen schienen größer, vielleicht weil ihr Gesicht eine Spur schmaler geworden war, und kummervoll. Die Heiterkeit ihres Wesens, die diese Augen immer hatte erstrahlen lassen, war von Trauer

und Schmerz überlagert. Und doch war ihr Ausdruck im Grunde unverändert. Cædmon war versucht, in diesen Augen zu ertrinken.
Dann lächelte sie und streckte ihm die Hände entgegen. »Cædmon. Mein armer Cædmon.«
Er ergriff die Hände, und da sie nicht allein waren, beschränkte er sich darauf, die rechte an die Lippen zu führen. »Ich bin alles andere«, entgegnete er leise. »Kommst du mit mir?«
»Wie kannst du fragen?«
»Ich denke, ich habe alles, was wir brauchen. Mußt du packen?«
Sie schüttelte den Kopf und wies auf den kleinen Beutel an ihrem Gürtel. »Das ist alles.« Dann ließ sie ihn los, wandte sich an Cecile, schloß sie in die Arme, und die beiden jungen Frauen sprachen leise ein paar Sätze.
Als Aliesa sich löste, verneigte Cædmon sich hastig vor der Prinzessin. »Lebt wohl, Cecile. Gott sei mit Euch.«
»Oh, ich denke, das ist er. Was Euch betrifft, bin ich mir hingegen nicht so sicher«, erwiderte die Tochter ihres Vaters, aber ihr Lächeln milderte die Schärfe ihrer Worte.
Cædmon ergriff Aliesas Hand und führte sie zum Portal und auf die stille Straße hinaus.
»Keine Pferde?« fragte sie verwundert. »Und bis wohin soll ich laufen?«
Er lächelte über diese so typisch normannische Art von Entrüstung, und seine Befangenheit ließ ein wenig nach. »Nur bis zum Fluß. Es ist nicht weit.«
»Oh. Bist du ein Seemann geworden, Cædmon?«
»Ich glaube, ich bin immer das, was ich gerade sein muß.«

Jeder, der zwischen Yare und Ouse aufwuchs, lernte zu segeln und einen Flußkahn zu führen. Cædmon brachte sie zu dem kleinen, aber stabilen und wendigen Boot, das er einem der Flußfischer von Caen abgekauft hatte, und half ihr an Bord.
Aliesa ließ sich auf der schmalen Sitzbank im Heck nieder und kreuzte unbehaglich die Arme. »Wohin fahren wir?«
»Das verrate ich nicht. Es ist nicht weit. Heute mittag sind wir da.«
Das hoffte er jedenfalls. Er stieß das Boot einigermaßen geschickt ab, tauchte die Ruder ins Wasser und steuerte in die Mitte des Stroms. Dann legte er sich ohne allzugroßen Elan in die Riemen. Er wußte, die Strömung würde sie in Windeseile zum Meer bringen.

Sie saßen sich gegenüber und wechselten unsichere Blicke und das ein oder andere nervöse Lächeln.
»Laß uns nicht in Sprachlosigkeit sinken, Cædmon«, sagte sie schließlich kopfschüttelnd. »Erzähl mir von…«
»Nein, du zuerst. Bitte.« Er ruderte mit mehr Schwung, spürte die Morgensonne auf der rechten Wange, roch den Fluß und hörte sein Plätschern, und er hätte nichts dagegen gehabt, noch ein paar Stunden zu schweigen und sie einfach anzusehen. Sich langsam wieder an sie zu gewöhnen. Aber wenn sie es anders haben wollte, war es ihm auch recht.
Sie ließ die schmale, zarte Linke durchs Wasser gleiten und sah darauf hinab. An der Klosterpforte hatte sie den züchtigen Nonnenschleier abgelegt; die langen, schwarzen Haare waren offen und fielen vor ihr Gesicht, so daß er nichts als ihre Nasenspitze sah.
»Ich habe nicht viel zu erzählen«, gestand sie. »Die Zeit im Kloster vergeht langsam und beschaulich und fliegt doch dahin. Ein Tag ist wie der andere. Es war friedvoll und erbaulich. Die meisten Schwestern waren sehr gut zu mir. Ich habe viele neue Dinge gelernt.« Sie atmete tief durch, hob den Kopf und warf die schwarze Haarflut über die Schulter zurück. »Ich war eingesperrt und unfrei, aber das war schließlich nichts Neues, in gewisser Weise war ich das mein Leben lang. Ich hatte es auf jeden Fall besser als du. Als Lucien mir am Tag meiner Abreise gestand, was er mit dir getan hatte, habe ich mir gewünscht, ich wäre tot.«
Ja, dachte er, ich auch. »Ach … Das ist so lange her, weißt du.«
Sie betrachtete ihn versonnen. »Du bist distanziert.«
»Nein. Ich bin verlegen. Ganz sicher nicht distanziert.«
»Aber verändert.«
»Was hast du erwartet? Es waren drei Jahre. Viel ist passiert. Ich habe lesen gelernt, ob du's glaubst oder nicht.«
Ihr Gesicht erstrahlte in einem Lächeln purer Freude. »Ist das wahr?«
»So wahr ich hier sitze und mir die Hände schwielig rudere.«
Sie schüttelte verwundert den Kopf. »Erzähl der Reihe nach.«
»Erst will ich mehr über dich hören.«
»Nein, jetzt bist du am Zug, würde ich sagen.«
Also berichteten sie abwechselnd. Nach einer guten Stunde erreichten sie die Flußmündung, und Cædmon richtete den Mast auf, setzte nach einigen Fehlversuchen das kleine Segel und steuerte nach Osten. Es

wehte ein stetiger ablandiger Wind, der sie gut voranbrachte, ohne seine bescheidenen Seemannskünste zu überfordern. Nahe der Küste trieben sie durch den Ärmelkanal, und die stockende Unterhaltung wurde bald flüssig, während sie die eigentümliche Scheu nach der langen Trennung überwanden. Bald redeten sie wie früher, vertraut und offen, berichteten von den frohen und den finsteren Stunden der letzten drei Jahre und überschütteten einander begierig mit Fragen.

»Hat die Königin dir geschrieben?« wollte Cædmon wissen. »Irgendwann letzten Winter?«

Aliesa nickte und klopfte auf ihren kleinen Beutel. »Ein wundervoller Brief. Du kannst dir nicht vorstellen, welchen Trost er mir gespendet hat. Sie schrieb mit solcher Wärme von dir. Es war das erstemal, daß ich wirklich Hoffnung geschöpft habe.«

Und als die Sonne schon hoch stand und Cædmon begann, nach seinem Ziel Ausschau zu halten, sagte sie schließlich: »Erzähl mir von Etienne, Cædmon.«

Er wandte sich ab, überprüfte unnötigerweise ein paar Leinen, lehnte sich schließlich mit dem Rücken an die niedrige Backbordwand und winkte sie zu sich. »Komm her.«

Sie erhob sich unsicher, machte zwei wankende Schritte, die die Nußschale bedenklich ins Schaukeln versetzten, und ließ sich dann neben ihm auf den Planken nieder.

Cædmon legte den Arm um ihre Schultern und sah ihr einen Moment in die Augen. Dann strich er mit den Lippen über ihre Schläfe und berichtete ihr in allen Einzelheiten, was sich ereignet hatte.

Aliesa vergrub den Kopf an seiner Schulter und weinte.

»Und was geschah dann?« fragte sie schließlich, wischte sich mit dem Ärmel über die Augen und sah ihn an.

Er hob kurz die Schultern. »An die Nacht kann ich mich nicht erinnern. Irgendwann kamen Menschen. Wachen. Dann ein Offizier. Ein Mönch, der Vater Maurice war, dann Wulfnoth, mein Bruder und schließlich der König. Erst da kam ich wieder halbwegs zu mir und verstand, daß sie alle wollten, daß ich Etienne losließ, damit sie ihn begraben konnten. Und sie haben mich beschimpft und auf mich eingeredet. Sie haben mich pausenlos irgendwelche Dinge gefragt, und ich habe geantwortet. Aber ich kann mich an kein Wort entsinnen. Es ist alles ... verschwommen. Ich wollte ihn nicht hergeben. Ich war so glücklich, daß er uns vergeben hatte, ich ... wollte ihn nicht hergeben.

Wulfnoth hat ihn mir schließlich aus den Armen genommen, glaube ich. Und dann war ich ein paar Stunden oder Tage eingesperrt, bis Vater Maurice alles erklärt hatte. Dem König Etiennes Testament gezeigt und vorgelesen hatte.«
In Wirklichkeit, so wußte er inzwischen, war es eine ganze Woche gewesen, doch auch diese Zeit war ihm nicht im Gedächtnis. Er entsann sich nur bruchstückhaft. Vater Maurice, der sich um ihn gekümmert hatte wie zuvor um Etienne, hatte ihm später erklärt, daß Gott die Menschen manchmal in diesen Zustand des Vergessens versetze, damit Geist und Seele einen großen Schock überwinden konnten.
»Ich könnte mir vorstellen, daß der König nur wenig besänftigt war, als er die Umstände erfuhr«, murmelte Aliesa.
Cædmon sah blinzelnd zur Sonne. »Du kennst ihn wirklich gut. Nein, er war vielleicht noch wütender auf mich als vorher. Er glaubte, Gott habe Etienne seine Krankheit geschickt, um ihn für seinen angeblichen Verrat zu strafen, und ich hätte mir angemaßt, Gottes Plan zu durchkreuzen.«
»William kennt wirklich kein Erbarmen.«
»Nein.«
»Und wie ging es weiter?« fragte sie.
»Na ja. Er hat ein paar Tage getobt und mir lebenslange Kerkerhaft angedroht und ewiges Höllenfeuer prophezeit, und schließlich hat er sich beruhigt. Die Königin hat ihm ins Gewissen geredet, erzählt Wulfnoth, und ihm gesagt, er dürfe Etiennes letzten Willen nicht mißachten. Schließlich ließ er mich zu sich kommen und gab mir die Erlaubnis, dich aus dem Kloster zu holen und zu heiraten und nach England zu bringen, wohin er bald zurückkehren wird. Vater Maurice legte mir als Buße auf, vierzig Tage ins Kloster zu gehen und zu schweigen und zu fasten und so weiter. Er sagte, das werde eine heilsame Wirkung haben. Und er hatte recht, weißt du. Ich bin nach Caen geritten, um meine Buße zu erfüllen, weil ich in deiner Nähe sein wollte. Da kam ich langsam wieder zu Verstand. Und ich erhielt einen Brief von Odo, in dem er sagte, alles sei arrangiert und ich könne dich holen, falls du gewillt seiest, mit mir zu gehen. Gestern waren die vierzig Tage um. Ich habe das Boot gekauft und ein paar andere Kleinigkeiten und die Nacht vor eurer Klosterpforte verbracht.«
»Mir hat Bischof Odo auch geschrieben«, sagte sie. »Es war ein sehr

offener und freundschaftlicher Brief. Er schrieb, wenn ich dich heirate, müsse ich damit rechnen, daß viele sich endgültig von mir abwenden. Daß alle sich nur daran erinnern werden, daß du Etienne getötet hast, nicht daran, wieso und unter welchen Umständen.«

»Er hat sicher recht. Genau so wird es kommen.«

Er sah sie an. Ihre Augen waren voller Furcht und Zweifel, und davon wurde ihm himmelangst. Er strich mit dem Zeigefinger über ihre leicht gerunzelte Stirn und wollte irgend etwas sagen, um die Zweifel zu zerstreuen, aber sie fuhr fort:

»Er schrieb, der einzig ehrenvolle Ausweg für mich sei, im Kloster zu bleiben, und das gleiche gelte für dich. *Hört auf die Stimme Eures Herzens*, riet er mir, *aber seid Euch darüber im klaren, daß Ihr kein unbeschwertes Glück und keinen Frieden finden werdet, wenn Ihr Cædmon of Helmsby heiratet.*«

Er senkte den Blick. »Und? Bist du gewillt, darauf zu verzichten?«

Sie legte beide Hände auf sein Gesicht und sah ihm in die Augen. »Unbeschwertes Glück, falls es so etwas gibt, war uns nie beschieden, und das haben wir immer gewußt. Ich konnte bislang darauf verzichten, und das kann ich wohl auch in Zukunft. Die Frage ist, kannst du ohne Ehre leben, Cædmon? Denk darüber nach, ehe du antwortest. Es wäre bitter, wenn du eines Morgens aufwachst und feststellst, daß der Preis zu hoch war.«

Er schnaubte, es war fast ein kleines Lachen. »Meine Ehre hängt nicht mehr so sehr davon ab, wie andere Menschen meine Taten beurteilen. Was in den Augen der Normannen ehrenvoll ist, betrachten die Engländer vielleicht als schändlich, und umgekehrt. Ich habe den Versuch schon vor langer Zeit aufgegeben, es allen recht machen zu wollen, es ist einfach unmöglich. Ich glaube inzwischen, daß Ehre eine sehr persönliche Sache ist, weißt du.« Er umfaßte ihre Oberarme, zog sie näher an sich und sagte leise: »Heirate mich, und die Welt soll zum Teufel gehen.«

Es war ein herrlich warmer Sommertag, und die Mittagssonne glitzerte und funkelte auf der tiefblauen See. Zu ihrer Rechten erhob sich eine gewaltige Steilküste aus weißem Kalkstein, die Cædmon immer so sehr an die Südküste Englands erinnerte.

Als sie dem Verlauf der Klippen um eine sanfte, südöstliche Biegung folgten, eröffnete sich ihnen plötzlich ein Blick auf das monumentalste

Wunder der Schöpfung, das Cædmon je gesehen hatte. Er atmete tief durch, luvte an und steuerte hart am Wind darauf zu.
Er hörte Aliesa scharf die Luft einziehen. »Heilige Jungfrau … was ist das?«
Vor ihnen lag ein weißer Felsen, der aus der Steilküste weit aufs Meer hinausragte. Doch war diese Klippe nicht massiv, sondern von einem gewaltigen Rundbogentor durchbrochen, zehnmal so hoch wie jedes von Menschen geschaffene Tor – ein Portal mitten im Meer.
Er sah sie lächelnd an. »Du kennst es nicht?«
Sie schüttelte den Kopf und blickte mit leuchtenden Augen zu dem mächtigen Bogen auf. »Oh, Cædmon. Ich habe nicht geahnt, daß Gott ein solches Wunder in der Normandie geschaffen hat.«
Er hielt genau auf das Tor zu. »Ich habe es zum erstenmal gesehen, als im Sommer vor der Eroberung die Flotte von der Divesmündung nach St. Valéry verlegt wurde. Und als ich es sah, habe ich davon geträumt, dich eines Tages hierher zu bringen.«
Mit der Strömung schossen sie unter dem hohen, weiten Bogen hindurch in eine langgezogene Bucht mit einem schmalen Strand aus graugelbem Sand, an deren Ende sich eine weitere Klippe erhob, durchbrochen von einem ganz ähnlichen Bogen. Ein weißer Fels in Form einer gewaltigen Pfeilspitze ragte unmittelbar davor aus dem Wasser auf.
Cædmon ließ das Boot auf den Strand auflaufen, sprang an Land und streckte ihr beide Hände entgegen.
»Komm. Ich helfe dir. Gib acht, daß du nicht fällst.«
Sie nahm seine Hand und kletterte von Bord, ohne darauf zu achten, wohin ihre Füße traten, drehte den Kopf bald nach links, bald nach rechts, legte ihn in den Nacken, um zu den hohen Klippen und dem makellos blauen Himmel aufzuschauen, und dann breitete sie die Arme aus.
»Es ist der schönste Ort, den ich in meinem Leben je gesehen habe.«
»Gut«, sagte er zufrieden. »Dann hast du wohl nichts dagegen, wenn ich uns hier ein Zelt aufschlage?«
Sie betrachtete ihn mit leuchtenden Augen und einem fassungslosen Kopfschütteln. »Cædmon, auf was für Ideen du kommst.«
»Also?«
Sie lachte leise. »Von mir aus laß uns für den Rest unserer Tage hierbleiben.«

Er lud das Gepäck aus dem Boot, und sie setzte sich in den Sand, verschränkte die Arme auf den angezogenen Knien und kam nicht im Traum darauf, ihm zu helfen. Er grinste verstohlen vor sich hin, ließ ein Bündel Zeltplane neben ihr fallen und hielt ihr einen grauen Leinenbeutel hin. »Hier. Brot, Rettich und Käse. Und ich habe einen Schlauch Cidre. Du mußt hungrig sein.«
Sie nickte, öffnete den Knoten in der Kordel und förderte den Inhalt des Brotbeutels zu Tage. »Sehr weit werden wir nicht damit kommen«, bemerkte sie.
Er holte den Cidre vom Boot und setzte sich neben sie. »Nein.« Dann wies er mit der Linken auf den Felsen an der Ostseite der Bucht. »Dahinter liegt ein kleines Fischerdorf. Dort bekommen wir sicher Proviant. Aber ich will nicht eher hingehen als nötig. Sicher werden die Leute neugierig und kommen her.«
Sie lächelte flüchtig. »Was sie wohl denken werden, wenn sie uns sehen ...«
»Hm. Sie werden noch ihren Enkeln davon erzählen.«
»Wie heißt dieses Dorf?« wollte sie wissen.
»Etretat.«
»Die Menschen von Etretat können sich glücklich preisen, an einem Ort wie diesem geboren zu sein.«
»Ja. Und ich wette, sie wissen es nicht zu schätzen.«
Sie aßen schweigend, und dann machten sie sich auf und folgten einem schmalen Pfad, der auf der Westseite in die Klippen hinaufführte. Sie fanden Hufabdrücke und Schafdung, aber jetzt waren weder Mensch noch Tier zu entdecken. Als sie die Anhöhe erklommen hatten, erstreckten sich hügelige Wiesen landeinwärts, so weit das Auge reichte. Große aufrechte Gesteinsfinger ragten aus den zerklüfteten Klippen, die steil abgestuft zum Meer hin abfielen. Ein paar Möwen flatterten unter entrüstetem Gekreisch davon, als sie zwischen den Felsen umherstreiften und über den Abgrund spähten. Bienen summten im Mohn und den kerzenförmigen, violetten Blüten einer Blume, die sie nicht kannten, und das gleichmäßige Rauschen der See weit unter ihnen überlagerte alles mit seinem einzigartigen Zauber.
Cædmon lehnte an einem der Felsen, der ihn ein gutes Stück überragte, hatte die Arme verschränkt und beobachtete Aliesa, während sie eine kleine Höhle erkundete. Sie hatte sich ein wenig vorgebeugt, um in den niedrigen Einlaß sehen zu können, und er legte den Kopf schräg

und betrachtete ihr Profil. Sie hob eine ihrer langfingrigen Hände, strich sich die Haare aus dem Gesicht, machte mit den Fingern einen Kamm und hielt sie hinter der Schläfe zurück, so daß ihr winziges Ohr freilag. Dann kniete sie sich hin, um ein verlassenes Möwennest am Eingang der Höhle in Augenschein zu nehmen, und es schnürte ihm die Luft ab, sie so im Gras knien zu sehen, vollkommen selbstvergessen, die Haare immer noch mit der Linken zurückgehalten.

Er stieß sich von seinem Felsen ab und trat zu ihr, nahm behutsam ihren Arm und zog sie zu sich hoch.

Sie sah auf.

Cædmon legte die Rechte in ihren Nacken, den linken Arm um ihre Taille und zog sie an sich. Ihre Lippen trafen sich, und es wurde ein sanfter, beschaulicher Kuß, beinah so behutsam als wäre es der allererste, als wären die Lippen des anderen ihnen nicht auch nach drei Jahren noch in jeder Einzelheit vertraut. Sie hielten einander eng umschlungen, aber nicht mehr verzweifelt wie Ertrinkende. Er hätte nichts dagegen gehabt, sie ins kurze, federnde Gras hinabzuziehen und es hier und jetzt zu tun, doch das hatte keine Eile. Zum ersten Mal hatten sie Zeit. Und in diesem Luxus wollte er schwelgen. Er spürte eine tiefe, innere Ausgeglichenheit, die ihm vollkommen fremd war, und erkannte erstaunt, was es bedeutete, wunschlos zu sein. Es war wie ein sanfter Rausch, erfüllte ihn mit einer wohligen Ruhe und gleichzeitig mit Übermut. Als eine Bö Aliesas schwarze Haarflut erfaßte und ihm um den Kopf wehte, lachte er, und alle Trauer fiel von ihm ab.

Sie verbrachten den Nachmittag im Schatten der steilen Klippen am Strand. Cædmon errichtete das kleine Zelt aus einem vorgefertigten Holzgestänge, über welches die Zeltbahnen gebreitet wurden, die er anschließend mit hölzernen Pflöcken im Boden befestigte.

»Der Sand ist kein idealer Untergrund«, bemerkte er. »Ich hoffe, das Zelt wird uns nicht über den Köpfen weggeweht. Dann müßten wir bei den Fischern um Obdach bitten.«

Aliesa hockte auf dem Rand des Bootes, das er bis oben auf den Strand gezogen hatte, und rümpfte die Nase. »Schlag lieber noch ein paar Pflöcke ein. Ich hoffe, du verzeihst meine Offenheit, aber die ganze Konstruktion sieht ein wenig merkwürdig aus. Eher wie ein Dach ohne Haus als wie ein Zelt.«

Er nickte. »Es ist ein englisches Zelt, Madame.«

»Oh. In dem Fall bitte ich um Vergebung für meine Taktlosigkeit und kann nur hoffen, daß englische Zelte stabiler sind als englische Häuser.«
Sie lachten.
Die Sonne stand schon schräg, tauchte das Meer in ein beinah goldenes Licht und wollte bald hinter den Klippen im Westen verschwinden.
»Sobald es dunkel ist, wird es kühl«, prophezeite er.
»Haben wir Feuerholz?« fragte sie. »Hier wächst weit und breit kein Baum.«
»Wir könnten noch mal nach oben klettern und trockenen Schafmist sammeln. Der eignet sich hervorragend für ein Feuer.« Er erfreute sich einen Moment an ihrem nur unzureichend verborgenen Schrecken, ehe er lachend sagte: »Nein, keine Bange. Wir haben einen Sack Holzkohle.«
Sie stieß ihn mit den flachen Händen vor die Brust. »Flegel …«
Er zog sie an sich und legte das Kinn auf ihren Scheitel. »Sag mir einfach, wenn dir das einfache Leben hier nicht geheuer ist, und ich bringe dich sofort irgendwohin, wo es eine Halle mit zivilisierten Christenmenschen und Dienern und Köchen und Mägden gibt, die nichts als nur deine Bequemlichkeit im Sinn haben.«
Sie schüttelte den Kopf. »Noch nicht. Ich war noch nie im Paradies, darum muß ich mich erst daran gewöhnen. Aber ich will nicht fort. Die Welt da draußen ist mir fremd geworden. Und sie macht mir angst, weil sie mir feindlich gesinnt ist.«
»Dann bleiben wir einfach hier«, versprach er.
Sie lachte leise. »Bis wir es nicht mehr ertragen und genau wie Adam und Eva alles tun, um vertrieben zu werden.«

Als die Nacht hereinbrach, schaufelte Cædmon gleich vor dem Zelteingang eine kleine, flache Grube im Sand und machte Feuer. Dann rollte er ihre Decken aus, halb drinnen, halb unter freien Himmel, und als Aliesa sich neben ihn kniete, begann er, sie auszuziehen. Er tat es mit beinah quälender Langsamkeit, betrachtete eingehend jedes Detail, das er enthüllte, hob einen ihrer Arme und strich mit der Wange darüber, um die kleinen, goldenen Härchen darauf zu spüren. Er nahm sich Zeit, sie in aller Ruhe wiederzuentdecken. Und Aliesa, die ihn früher mit ihrer Ungeduld so oft erregt und erheitert hatte, ließ seine gemächliche Erkundung widerspruchslos über sich ergehen und ver-

traute sich ihm einfach an. Als sie schließlich nackt war, wollte er seine eigenen Sachen abstreifen, aber sie nahm kopfschüttelnd seine Hände, hob dann die Arme, die rötlich golden im Schein des kleinen Kohlefeuers schimmerten, umfaßte den Saum seines Übergewands und zog es ihm über den Kopf, entkleidete ihn ebenso bedächtig wie er sie.
Er sah sie frösteln und wollte ihr die Decke um die Schultern legen, als sie die Arme um seinen Hals schlang und sich an ihn preßte. Er spürte die Weichheit ihrer Brüste, atmete tief durch und rieb sich sacht daran. Seine Hände wanderten über ihre Seiten abwärts. Ihre Haut war so seidenglatt und warm. Als er die Rechte in das dunkle, buschige Dreieck ihrer Schamhaare gleiten ließ, gab sie ein wunderbares kleines Stöhnen von sich, preßte die Lippen auf seinen Mund und küßte ihn gierig. Dann ließ sie sich zurücksinken und zog ihn mit. Ihre Augen waren geschlossen, und er ergötzte sich an den winzigen, gebogenen Schatten, die die langen Wimpern auf ihre Wangen warfen, während er langsam in sie eindrang.

Die Frühsommertage brachen kühl an, und noch ehe es ganz hell war, fuhr Cædmon zum Fischen hinaus. Aliesa begleitete ihn und lachte über seine Ungeschicklichkeit, doch er fing immerhin genug, daß sie keinen Hunger litten. Sobald die Morgensonne zu klettern begann, wurde es heiß. Am zweiten Tag überredete Cædmon Aliesa, mit ihm im Meer zu baden, und versuchte ohne besonders großen Erfolg, ihr das Schwimmen beizubringen. Sie bewies mehr Mut als Geschick, und als sie unterging und prustend wieder auftauchte, war er an der Reihe, sie auszulachen. Mit funkelnden Augen schaufelte sie Wasser in seine Richtung, um ihn naßzuspritzen. Er hatte noch nie eine nackte, wütende Frau im Meer gesehen, und das Lachen verstummte, als ihm der Atem stockte. Er zog sie zurück ins seichtere Wasser, wo sie ihm schließlich verzieh und die Beine um seine Hüften schlang, und sie liebten sich im Meer, beinah schwerelos.
Sie unternahmen lange Streifzüge durch die Klippen oder bei Ebbe auch unten am Wasser entlang, und Aliesa konnte an keiner Muschel vorbeigehen, ohne sie aufzuheben und anzuschauen und Cædmon zu zeigen, der sie gebührend bewunderte. Die schönsten steckte sie in ihren Beutel.
Es dauerte nicht lange, bis die Fischer von Etretat das merkwürdige Zelt und seine Bewohner in der Nachbarbucht entdeckten und ka-

men, um die eigenartigen Fremden in Augenschein zu nehmen. Cædmon trat ihnen mit finsterer Miene und bis an die Zähne bewaffnet entgegen, »mimte den wilden Angelsachsen«, wie Aliesa es ausdrückte, und sie zogen schleunigst wieder ab, nachdem sie eingewilligt hatten, dem grimmigen Krieger frisches Brot und Käse und Cidre zu verkaufen.

So blieben sie unbehelligt, widmeten sich mit großer Hingabe diesem ungewohnten, schlichten Leben und vor allem einander. Cædmon sah Aliesa zu, während sie die Fische ausnahm und mit den Kräutern füllte, die sie auf ihren Wanderungen gepflückt hatte, er kümmerte sich ums Feuer, über dem sie den so vortrefflich zubereiteten Tagesfang schließlich brieten, und sie stellten sich vor, sie seien einfache Fischer aus einem Dorf wie Etretat, auf einer Fahrt in einen Sturm geraten und in einer einsamen Bucht gestrandet. Und sie lachten über ihre törichte Phantasterei. Von allen möglichen Dingen sprachen sie, entlockten einander verrückte Träume und nie gestandene Geheimnisse, doch sie redeten weder über die Vergangenheit noch die Zukunft.

Der Nordseesommer zeigte sich von seiner besten Seite; sonnige, windige Tage folgten auf kühle, sternklare Nächte, und als Cædmon eines Abends das gewaltige Felsentor im Meer bewunderte und zum Mond aufschaute, der es mit seinem silbrigen Licht anstrahlte, stellte er verblüfft fest, daß dieser Mond fast voll war.

Aliesa war seinem Blick gefolgt. »Wir müssen seit wenigstens zehn Tagen hier sein«, bemerkte sie und legte den Kopf in den Nacken, um möglichst viel vom tiefblauen Nachthimmel zu sehen.

»Nicht zu fassen«, murmelte er und seufzte.

»Denkst du, es wird Zeit, daß wir aufbrechen?« fragte sie vorsichtig.

»Tja … Irgendwann wird irgendwer anfangen, sich zu fragen, wo wir stecken. Ich hatte die Absicht, dich nach Fécamp zu bringen und nach England überzusetzen, und es sollte nach Möglichkeit so aussehen, als kämen wir unmittelbar aus Caen.«

»Ja«, stimmte sie zu. »Nicht nötig, daß irgendwer von diesem kleinen Aufenthalt hier auch nur etwas ahnt. Der Skandal wird so schon groß genug sein, wenn wir so bald nach Etiennes Tod heiraten.«

Er wandte den Kopf und sah sie an. Es war das erste Mal, daß Etiennes Name gefallen war, seit sie hier waren, und er war erstaunt, wie beiläufig es passiert war. Und daß er nicht zusammengezuckt war, keinen heißen Stein im Magen fühlte.

»Du willst keine Trauerzeit einhalten?« fragte er und bemühte sich, die bange Hoffnung aus seiner Stimme herauszuhalten.
Sie schüttelte den Kopf. »Ich habe drei Jahre lang getrauert. Um euch beide. Das reicht. Für wen soll ich heucheln? Sie werden uns so oder so nicht vergeben, ganz gleich, wie lange wir warten. Außerdem wäre es ein Wunder, wenn ich nicht schwanger wäre, bedenkt man, wie oft wir in den letzten Tagen ... Das ist nicht komisch, Cædmon«, schloß sie spitz.
»Nein«, räumte er ein, bemühte sich um eine ernste, würdevolle Miene und nahm ihre Hand. »Ich bin erleichtert, das ist alles. Ich war sicher, du würdest warten wollen.«
»Ich hoffe nur, wir finden einen Priester, der uns traut«, murmelte sie unbehaglich.
»Odo wird es tun«, sagte er zuversichtlich. »Er wird knurren und sich ein wenig zieren, aber er wird es tun. Für dich.«
»Glaubst du wirklich?«
Er nickte.
Einen Moment schwiegen sie nachdenklich, und sogleich zogen die Wellen Cædmon wieder in ihren Bann. Er lauschte ihrem feierlichen, uralten Rhythmus, betrachtete die blauweißen Schaumkronen im Mondlicht und wünschte, er müßte noch nicht fort.
»Und was dann?« fragte sie schließlich.
Er hob leicht die Schultern. »Das hängt von den Wünschen des Königs ab.«
Sie sah ihm in die Augen und nickte mit einem eigentümlichen, kleinen Lächeln. »In der Hinsicht hat sich nichts geändert. Alles hängt immer von den Wünschen des Königs ab. Dein Leben, Etiennes, meins.«
»Ja. Und wenn er nach England zurückkehrt, wird es nicht viel Ruhe und Frieden geben. Aber erst einmal gehen wir nach Helmsby, wenn du einverstanden bist.«
»Mein Gott, du warst drei Jahre nicht dort«, ging ihr auf.
Er fuhr sich mit der Hand über die Stirn. »Es kommt mir vor wie zehn.«
Er gestand ihr sein Heimweh, seine Sehnsucht nach den Söhnen und seine Sorge über die schwelenden Nachbarschaftsstreitigkeiten mit ihrem Bruder.
Sie lehnte den Kopf an seine Schulter und sah genau wie er auf das weißschimmernde Felsentor im Meer hinaus. »Dann laß uns nach

Helmsby gehen, Cædmon. Ich habe mir so oft vorgestellt, wie es wäre, als deine Frau dorthin zu kommen. Laß uns morgen aufbrechen. Ich glaube, es wird Zeit, daß wir das Paradies aufgeben.«

»Bist du sicher?«

»Ja.«

»In dem Falle ... hier.« Er zog einen Apfel aus seinem Beutel und drückte ihn ihr in die Hand.

Der Abschied von Etretat wurde ihnen leicht gemacht, denn über Nacht schlug das Wetter um. Das Prasseln des Regens auf dem Zelt und die donnernde Brandung rissen sie vor Sonnenaufgang aus dem Schlaf. Cædmon warf einen kurzen Blick aufs Meer und verkündete, daß er bei diesen Windverhältnissen lieber nicht mit der Nußschale nach Fécamp segeln wolle.

Also tauschten sie ihr Boot im Dorf gegen ein altersschwaches, dürres Maultier ein. Cædmon wußte, daß er betrogen wurde, aber er feilschte nicht lange. Jetzt da sie sich einmal entschlossen hatten zurückzukehren, konnte er sein Heimweh kaum noch zügeln.

Sie ließen alles zurück, was sie entbehren konnten, dann half Cædmon Aliesa in den hölzernen Sattel des bedauernswerten Maultiers, nahm den Zügel und führte es einen gewundenen Pfad zwischen den ausgedehnten Weiden hinauf. Ehe sie die Straße nach Westen einschlugen, hielten sie an und sahen ein letztes Mal auf die weißen Felsentore weit unten im Meer hinab.

Sie wurden naß bis auf die Haut, aber es war nicht kalt und ihr Weg nicht sehr weit. Am späten Vormittag erreichten sie Fécamp und fanden ein dänisches Schiff, das französischen Wein, Pfeffer und andere Luxusgüter nach Dover bringen sollte, und dessen Kapitän gewillt war, zwei Passagiere an Bord zu nehmen, ohne Fragen zu stellen. Sie liefen trotz schwerer See mit der Abendflut aus. Aliesa fürchtete sich vor der nächtlichen Überfahrt in diesem Wetter, und die anzüglichen Pfiffe und unverschämten Blicke der Besatzung erregten ihren Zorn, aber sie beklagte sich mit keinem Wort. Cædmon wich die ganze Nacht keinen Schritt von ihrer Seite. Erschöpft, aber wohlbehalten erreichten sie am nächsten Morgen den Hafen von Dover, bezahlten dem dänischen Kapitän den vereinbarten Preis und begaben sich auf kürzestem Wege zur Burg hinauf.

»Es tut mir leid, Thane, aber der Bischof ist nicht hier«, eröffnete ihm der Steward, der sie in der Halle begrüßte und es geflissentlich vermied, Aliesa anzusehen. Die Neuigkeiten haben vor uns den Kanal überquert, erkannte Cædmon resigniert.
»Wann erwartet Ihr ihn zurück?« fragte er enttäuscht.
»Das kann ich nicht sagen.«
»Wo ist er denn?«
Der Steward nestelte unbehaglich am Ärmel seines Gewandes. »In Helmsby, Thane.« Er erwiderte Cædmons bangen Blick und nickte betrübt. »Eure Mutter hat nach ihm geschickt. Der Bote sagte, sie liege im Sterben.«

Helmsby, Juni 1079

Der Burghof lag ungewohnt verlassen unter dem wolkenverhangenen Himmel. Eine Schar Hühner pickte lustlos im Gras, aber kein Mensch war zu sehen.
»Wir kommen zu spät«, murmelte Cædmon beklommen.
Vor dem Pferdestall saßen sie ab. Weder der alte Edgar noch dessen Sohn Ine erschien, um ihnen die Tiere abzunehmen, nur Grim, Cædmons zottiger, grauer Jagdhund, kam schnaufend aus dem Schatten des Stalltors in den Nieselregen hinaus, und als er Cædmon entdeckte, wedelte seine mächtige Rute, und mit einem leisen Winseln legte er sich seinem Herrn zu Füßen.
Cædmon fuhr ihm mit der Rechten kurz über die lange Schnauze. »Treuer Grim. Nach so langer Zeit erkennst du mich wieder. Du bist ein alter Knabe geworden, was?«
Der Hund sah ergeben zu ihm auf, und als Cædmon sich abwandte, um Aliesa aus dem Sattel zu helfen, kam er mit einem Satz auf die Beine, sprang übermütig um sie herum und beschnüffelte mit vornehmer Zurückhaltung Aliesas Kleidersaum.
Cædmon band die Pferde an und nahm ihren Arm. »Laß uns hineingehen. Komm nur mit, Grim.«
Er führte sie zur Zugbrücke, und die Torwachen machten große Augen, als sie ihn entdeckten.
»Thane! Willkommen daheim. Wir hatten keine Nachricht, daß Ihr

kommt«, begrüßte der junge Odric ihn freudestrahlend. Dann verdüsterte sich seine Miene, und er zog unbehaglich die Schultern hoch. »Ich fürchte nur…«

Cædmon hob die Hand. »Ich weiß. Odric, Elfhelm, das ist meine Frau, Aliesa de Ponthieu.«

Die Housecarls erinnerten sich sehr wohl an die schöne Normannin, die vor einigen Jahren hier zu Besuch gewesen war, aber wenn es sie verwunderte, daß aus der Frau des Sheriffs von Cheshire inzwischen die Frau ihres Thane geworden war, ließen sie es sich jedenfalls nicht anmerken. Sie verneigten sich ehrerbietig.

»Dann seid auch Ihr willkommen daheim, Lady«, begrüßte Odric sie mit seinem charmanten Lächeln.

Sie fand es ausgesprochen merkwürdig, von einer Torwache willkommen geheißen zu werden, aber natürlich wußte sie, daß dies zu den vielen Dingen gehörte, die hier anders waren, und daß die Housecarls in einem kleinen, überschaubaren Haushalt mehr oder weniger zur Familie gehörten.

»Hab vielen Dank, Odric«, erwiderte sie in beinah akzentfreiem Englisch.

Dann legte sie die Hand wieder auf Cædmons Arm, und dicht gefolgt von Grim überquerten sie die Zugbrücke und stiegen die Außentreppe zur Halle hinauf.

Odo, Hyld, Guthric, Alfred und Irmingard und Onkel Athelstan saßen mit Hylds und Cædmons Söhnen an der hohen Tafel. Vor ihnen stand Helen, die Köchin, und tranchierte einen goldbraun gebratenen Fasan. An den Längstischen saßen die Housecarls mit ihren Familien, weiter unten die Mägde und Knechte. Die Stimmung war gedrückt, man unterhielt sich gedämpft, und so hallte Ælfrics Stimme unglaublich laut durch den hohen Saal: »Vater!«

Er sprang auf, dann besann er sich, schlug die Hand vor den Mund und murmelte: »Entschuldigung.«

Immerhin macht er Fortschritte, dachte Cædmon und lächelte seinen Söhnen flüchtig zu, als er mit Aliesa die Halle durchschritt und die hohe Tafel umrundete. Vor Odo machten sie halt.

Cædmon verneigte sich tief.

Odo, Hyld und Guthric hatten sich erhoben. Der Bischof sah von Cædmon zu Aliesa und schüttelte mit einem leisen Seufzen den Kopf.

Ehe er irgend etwas sagen konnte, trat Hyld zu ihrem Bruder und schloß ihn in die Arme.
»Cædmon. Ich bin so glücklich, daß du zu Hause bist.« Er spürte ihre Tränen an seinem Hals. »Mutter ist tot.«
Obwohl er es geahnt hatte, war er erschüttert. Er biß die Zähne zusammen, fuhr seiner Schwester übers Haar und küßte sie auf die Wange, ehe er sie losließ und seinen Bruder umarmte.
»Was ...«, Cædmon mußte sich räuspern, »was ist passiert?«
»Lungenfieber«, erklärte Guthric knapp.
Alfred war hinzugetreten und klopfte Cædmon die Schulter. »Es hat schon im Winter angefangen«, sagte er. »Eigentlich war sie schon seit Jahren kränklich.«
»Sie wollte nicht mehr«, raunte Onkel Athelstan seinem leeren Becher zu. »Sie wollte schon lange nicht mehr, schon seit Ælfric fiel. Die verfluchten Normannen sind an allem schuld.«
Alfred stöhnte. »Vater, bitte...«
Cædmon legte seinem Onkel zum Gruß kurz die Hand auf die Schulter, ehe er wieder zu Odo und Aliesa trat, die leise miteinander sprachen.
»Ich danke Euch, daß Ihr gekommen seid, um meiner Mutter Trost zu spenden, Monseigneur. Jetzt in des Königs Abwesenheit wart Ihr in Dover sicher schwer abkömmlich.«
Odo winkte ab. »Das war das mindeste, das ich für sie tun konnte. Sie war eine großartige Frau, ich habe sie sehr verehrt. Außerdem hat der ehrwürdige Erzbischof Lanfranc das Reich fest in der Hand. Ich bin überzeugt, auf Euren Bruder Guthric kann er schlechter verzichten als auf mich.« Er wurde wieder ernst. »Es tut mir leid, Cædmon.«
»Danke.«
Ælfric und Wulfnoth standen ein paar Schritte entfernt, traten ungeduldig von einem Fuß auf den anderen, wagten sich aber nicht näher. Aliesa wandte sich ihnen schließlich zu, stützte die Hände auf die Oberschenkel und studierte ihre Gesichter. »Ist dieser wackere kleine Ritter tatsächlich Wulfnoth of Helmsby?« fragte sie scheinbar ungläubig.
Der kleinere der beiden Jungen nickte scheu. »Ja, Lady.«
»Erinnerst du dich an mich?«
Er schüttelte den Kopf.
»Nun, es ist vier Jahre her, daß wir uns gesehen haben, du warst halb so alt wie heute. Aber damals waren wir gute Freunde.«

Wulfnoth senkte schüchtern die Lider und fand nichts zu sagen.
Cædmon trat hinzu und sagte, was alle Väter nach langer Abwesenheit zu ihren Söhnen sagten: »Ihr seid groß geworden.«
Ælfric, der im letzten Monat zehn Jahre alt geworden war, hatte tatsächlich schon die kindlichen Rundungen abgelegt; seine langen, muskulösen Beine waren eher die eines unermüdlichen Athleten denn die eines Kindes.
»Alfred unterrichtet mich im Umgang mit der Streitaxt«, berichtete er stolz.
Cædmon legte jedem der Jungen eine Hand auf die Schulter. »Ich bin sicher, du machst dich prächtig. Sag Aliesa guten Tag, Ælfric. Sie ist ... na ja, ich schätze, sie ist so etwas wie deine Stiefmutter.«
Ælfric verneigte sich höflich, gab jedoch zu bedenken: »Aber meine Mutter lebt doch noch.«
Cædmon warf unwillkürlich einen unbehaglichen Blick in Odos Richtung und sagte leise: »Ich würde sagen, das eine schließt das andere nicht aus, Ælfric, doch wir werden später noch in Ruhe darüber reden.« Er wandte sich an Wulfnoth. »Und was meinst du?«
Der jüngere der Brüder schrumpfte unter dem forschenden Blick seines Vaters sichtlich in sich zusammen. »Wo ist Prinz Henry?« fragte er leise.
»In Rouen. Aber er wird bald heimkommen.«
Wulfnoth nickte, dann hob er den Blick und sah seinem Vater in die Augen. »Großmutter ist gestorben.«
Cædmon fuhr ihm mit der Linken durch den dunkelblonden Schopf. »Ich weiß. Sei nicht so traurig, Wulfnoth. Wir alle müssen irgendwann sterben, und deine Großmutter war eine alte, kranke Frau. Jetzt ist sie im Himmel und darf Gott in seiner Herrlichkeit schauen.«
»Ich bin nicht traurig«, eröffnete sein Sohn ihm in kindlicher Ehrlichkeit. »Sie konnte uns nicht leiden und hat nie mit uns gesprochen. Sie hat mir angst gemacht. Ich bin froh, daß sie in der Erde liegt und nicht mehr über uns schimpfen kann.«
Cædmon war schockiert. Er wußte beim besten Willen nicht, was er darauf sagen sollte. Daß seine Mutter gestorben war, erschreckte ihn; auf einmal fühlte er sich steinalt. Und er trauerte um die kühlen Hände, das ungestüme Temperament und die unkritische Mutterliebe, die seine Kindheit so reich und so sicher gemacht hatten. Aber er konnte die Augen nicht vor der Erkenntnis verschließen, daß er im Grunde ebenso erleichtert war wie Wulfnoth. Ein Zusammenleben mit seiner Mutter

wäre niemals einfacher geworden, schon gar nicht für Aliesa. Marie hätte sie nie vergessen lassen, wie sie über ihre Ehe dachte, und Aliesa wäre aufgrund ihrer Erziehung und ihres Wesens unfähig gewesen, sich gegen diese Attacken zur Wehr zu setzen.

Wulfnoth kam den halbherzigen Vorhaltungen seines Vaters zuvor, indem er mit bangen Augen fragte: »Es ist böse, so etwas zu denken, nicht wahr?«

Cædmon sah die Angst in den großen blauen Kinderaugen und spürte, wie es eng um seine Brust wurde. Er liebte seine beiden Söhne gleichermaßen, aber Wulfnoth erweckte immer einen eigentümlich heftigen Drang in ihm, ihn mit Klauen und Zähnen gegen die Welt zu verteidigen.

»Ich glaube, man kann nichts für die Dinge, die einem so durch den Kopf gehen, weißt du. Und es war gewiß nicht recht von deiner Großmutter, daß sie keine Liebe für euch hatte und dich und Ælfric für Dinge büßen ließ, die nicht eure Schuld waren. Aber es gibt eine Regel, die besagt, daß man über die Toten nichts Schlechtes sagen darf. Wenn einem nichts Gutes einfällt, sagt man besser gar nichts, verstehst du.«

Wulfnoth nickte ernst und sah ihn unverwandt an. »Bleibst du jetzt hier, Vater? Oder mußt du wieder fortgehen?«

Cædmon war verwundert und nicht wenig geschmeichelt, daß dem Jungen offenbar soviel daran lag. Bis auf das knappe Jahr, das sie zusammen an Odos Hof in Dover gewesen waren, hatten sie schließlich nie zusammen gelebt; Hengest der Müller hatte eine weitaus größere Rolle in Wulfnoths jungem Leben gespielt als Cædmon.

»Vorläufig bleibe ich erst einmal hier. Ihr habt mir gefehlt, weißt du. Und wenn der König nach England zurückkommt und nach mir verlangt … nun, was dann werden soll, überlegen wir uns, wenn es soweit ist. Und jetzt setz dich wieder an deinen Platz und iß auf. Das gilt auch für dich, Ælfric.«

Sein Vetter Alfred hatte inzwischen ein paar Anweisungen gegeben, und zwischen Odo und Guthric waren in der Mitte der hohen Tafel zwei Sessel aufgestellt worden.

Cædmon führte Aliesa an ihren Platz und setzte sich neben sie. Als er nach seinem Becher griff, stellte er fest, daß jedes Augenpaar in der Halle auf ihn gerichtet war. Er verharrte mit dem Becher auf halbem Weg zum Mund und stellte ihn dann wieder ab.

»Heute ist ein Trauertag in Helmsby«, begann er, nicht laut, aber es war so vollkommen still, daß man seine Stimme auch am gegenüberliegenden Ende der Halle deutlich hören konnte. »Und es wäre respektlos der Verstorbenen gegenüber, von anderen Dingen als ihrem Andenken zu sprechen. Ihr alle wißt, was für eine Frau meine Mutter war, so manchen von euch hat sie genau wie mich von Verwundungen und Krankheiten geheilt, hat eure Kinder auf die Welt geholt, eure Väter und Mütter fürsorglich bis zu der Schwelle begleitet, die sie nun selbst überschritten hat. Sie hat dafür gesorgt, daß auch in schlechten Jahren keiner von uns Hunger leiden mußte und wir alle jeden Abend an ein warmes Feuer heimkehren konnten. Darum bin ich sicher, ihr werdet meiner Bitte bereitwillig folgen und für die Seele meiner Mutter beten. Und ihr sollt wissen, daß Gott es so gefügt hat, daß die Halle von Helmsby keinen Tag ohne Herrin sein soll.« Er sah mit einem fast schüchternen Lächeln zu Aliesa, nahm ihre Hand und führte sie einen Moment an die Lippen. »Dies ist Aliesa de Ponthieu, meine Frau. Und wer von euch mir ergeben ist, wird sie willkommen heißen und ihr ebenso treu dienen wie mir. Ja ... das ist alles, schätze ich.«

Einen Augenblick herrschte unsichere Stille. Dann erhob sich der alte Cynewulf, der schon Cædmons Vater gefolgt war. Sein weißes Haar war dünn geworden, fiel aber auf immer noch breite, aufrechte Schultern, und seine meergrauen Augen waren klar und scharf. »Ihr habt recht, Thane, der heutige Tag gehört dem Andenken Eurer Mutter. Erlaubt mir trotzdem, Euch und Eure Braut daheim willkommen zu heißen. Gott segne den Thane und die Lady Aliesa und schenke ihnen ein langes Leben und ein Dutzend gesunder Kinder.«

Mit einem verschmitzten Lächeln hob er seinen Becher, und alle an der Tafel Versammelten murmelten Zustimmung und folgten seinem Beispiel. Cædmon nickte Cynewulf seinen Dank zu und sah aus dem Augenwinkel, daß Aliesa dem treuen Housecarl ein so strahlendes Lächeln schenkte, daß sich auf den alten Wangen eine feine Röte ausbreitete.

Odo lehnte sich zu Cædmon hinüber und raunte: »Das habt Ihr fabelhaft gemacht, Thane. Aber habt Ihr nicht eine Kleinigkeit vergessen?«

Cædmon nahm von Helen einen gutgefüllten Teller entgegen und fragte mit gerunzelter Stirn. »Und zwar?«

»Noch ist sie nicht Eure Frau, oder? Und ich bin gespannt, wo Ihr einen Priester finden wollt, der sich traut, Euch zu trauen, wenn Ihr das Wortspiel verzeihen wollt.«

Der Thane nahm eine Fasanenkeule in die Hand, aß aber nicht, sondern wandte den Kopf und sah Odo offen an. »Ich hatte gehofft, Ihr.«
Odo machte große Augen. »Ich? Das könnt Ihr Euch aus dem Kopf schlagen.«
Cædmon senkte verlegen den Blick. »Mir ist klar, daß es nicht ganz … unproblematisch ist, aber der König hat uns immerhin seine Erlaubnis erteilt.«
Der Bischof schüttelte entschieden den Kopf. »Trotzdem, Cædmon. Das könnt Ihr wirklich nicht verlangen. William ist ohnehin schlecht auch mich zu sprechen, weil ich es gewagt habe, einen durchaus berechtigten Anspruch auf ein paar Güter in Kent gegen seinen verehrten Statthalter und Erzbischof Lanfranc geltend zu machen. William mag dieser Ehe zugestimmt haben – was blieb ihm angesichts des Testaments auch anderes übrig –, aber ich weiß, daß er seine königliche Stirn darüber runzelt. Vor allem, da Ihr nicht einmal soviel Anstand beweist, ein Trauerjahr einzuhalten. Und ich habe nicht die Absicht, ihn noch weiter gegen mich aufzubringen.«
Cædmon warf besorgt einen kurzen Blick auf Aliesa, die an seiner Seite saß, lustlos aß und vorgab, nicht zu hören, was sie redeten. Er senkte die Stimme. »Ich hatte geglaubt, Ihr würdet es um ihretwillen tun.«
Odo verdrehte die Augen und atmete tief durch, offensichtlich war er hin und her gerissen. Nach einem kurzen inneren Kampf schüttelte er den Kopf. »Ich fürchte, ich kann nicht.«
In vorgetäuschter Gleichmut hob Cædmon die Schultern. »Nun, dann werde ich Vater Cuthbert bitten. Er ist mein Pächter und kann kaum ablehnen.«
»Fragt sich nur, wie rechtskräftig die Ehe wäre. Ich hatte die Ehre, gemeinsam mit ihm Eure Mutter zu beerdigen. Er kann kein Latein, Cædmon. Ich habe Zweifel, ob er in der Lage ist, Euch ordentlich zu trauen. Außerdem …«
»Ich werde es tun«, unterbrach Guthric, der neben Aliesa saß und ebenso unauffällig gelauscht hatte wie sie.
Aliesa, Cædmon und Odo sahen ihn überrascht an.
»Du?« fragte Cædmon verwirrt. »Aber … aber wie ist das möglich?«
Sein Bruder hob mit einem kleinen Lächeln die Schultern. »Ich habe vor einem Jahr die Priesterweihe empfangen. Ich kann Euch rechtsgültig trauen, und keine Macht dieser Welt wird mich daran hindern.

Ganz sicher nicht der König«, schloß er mit einem spöttischen Blick in Odos Richtung.
Der Bischof verzog den Mund und knurrte: »Ja, Ihr habt gut lachen, Guthric, in jedem Nachbarschaftsstreit zwischen Lanfranc und mir steht Ihr aus des Königs Sicht auf der richtigen Seite…«
Guthric hob gleichgültig die Schultern. »Eure Machtkämpfe sind mir völlig gleich, Monseigneur. Sie langweilen mich zu Tode, um ehrlich zu sein.«
»Nun, wir werden ja sehen, ob das immer noch so sein wird, wenn Ihr erst einmal Lanfrancs Erzdiakon seid«, entgegnete Odo bissig.
»Guthric …«, unterbrach Cædmon mit einem fassungslosen Kopfschütteln, »du bist Priester? Und sollst Erzdiakon werden?«
Sein Bruder seufzte vernehmlich. »Ich soll, ganz recht. Von Wollen kann keine Rede sein…«
Cædmons Augen leuchteten. »Du meine Güte, wenn Vater das wüßte. Ich bin ja so stolz auf dich, Guthric.«
»Das könnt Ihr auch sein«, vertraute Odo ihm an. »In Williams Abwesenheit herrscht Erzbischof Lanfranc über England. Ist William hier, beherrscht Lanfranc William. Und dieser große, gelehrte, weise und so mächtige Lanfranc tut keinen Schritt ohne den Rat des nahezu unsichtbaren Guthric of Helmsby.«
»Hör nicht auf ihn, Cædmon«, riet Guthric. »Der Bischof neigt zu Übertreibungen. Das ist ein verbreitetes Übel in seiner Familie.«
Odo lachte wider Willen, hob den Becher an die Lippen und nahm einen tiefen Zug. »Ihr wißt so gut wie ich, daß es die Wahrheit ist. Euch hat Gott geschickt, um mich Demut zu lehren, Guthric.« Er nahm ein Stück Fasanenfleisch, tunkte es in die Kräutersauce und verspeiste es. Seine Miene hellte sich ob des Geschmacks einen Moment auf, wurde aber sogleich wieder verdrossen. »Als mein Bruder England eroberte, habe ich gehofft, als geistliches Oberhaupt dieses Landes seine rechte Hand bei dessen Neuordnung zu werden. Nun, ich muß zugeben, Lanfranc ist der bessere Mann dafür. Aber wenigstens Lanfrancs rechte Hand hätte ich werden sollen.«
»Aber das seid Ihr doch«, wandte Guthric verständnislos ein. »In Williams Abwesenheit habt Ihr als Regent doch die gleichen Vollmachten wie Lanfranc…«
»Wem wollt Ihr das weismachen, mein Sohn?« fragte Odo. Sein Tonfall war belustigt, die Augen funkelten spöttisch, aber Cædmon

glaubte, einen Hauch von Bitterkeit zu hören. »In Wahrheit liegt die Macht bei Lanfranc allein, denn ihm gehört Williams uneingeschränktes Vertrauen.« Odo hob einen Zeigefinger, um seinen Worten Nachdruck zu verleihen. »Uneingeschränkt. Und Lanfrancs Vertrauen wiederum gehört Euch. Nicht mir. Das sind die Tatsachen«, schloß er mit einem entwaffnenden Lächeln, das Cædmon zu der Überzeugung brachte, daß dieser Sachverhalt Odo zwar kränkte, ihm andererseits aber auch nicht ungelegen kam. Odo war ehrgeizig. Aber er war auch bequem.

Unter dem Tischtuch nahm er Aliesas Hand und drückte sie sanft, als er seinen Bruder fragte: »Und es ist dein Ernst? Du würdest uns trauen?«

Guthric sah ihm in die Augen. »Ja.«

Ehe Cædmon etwas entgegnen konnte, fragte Aliesa leise: »Seid Ihr auch sicher, daß Ihr die ganze Geschichte kennt, Guthric?«

»Vielleicht werdet Ihr sie mir erzählen, Schwägerin? Vorher oder nachher, das ist mir gleich. Wenn ihr wollt, können wir nach dem Essen zur Kirche gehen und die Angelegenheit erledigen.«

Aliesa erwiderte seinen Blick. Hoffnung leuchtete in ihren Augen. Sie wußte so gut wie Cædmon, daß ihre Zukunft davon abhängen konnte, wer ihrer Verbindung den kirchlichen Segen verlieh. Aber ihr Gewissen, ihre Auffassung von Anstand zwang sie, Guthric zu warnen: »Der Bischof hat schon recht. Der König wird vielleicht nicht wohlgefällig auf den Priester blicken, der Cædmon und mich traut.«

Guthric verschränkte die Arme und grinste. »Ach, wirklich? Nun, ich muß Euch gestehen, das ist mir völlig gleich. Ich schulde nicht dem König Rechenschaft, sondern dem Erzbischof von Canterbury, dem Papst, der Kirche und Gott.«

Odo reiste am nächsten Morgen ab. Er hatte eine ganze Woche in Helmsby verbracht und erklärte, daß seine Pflichten eine längere Abwesenheit nicht erlaubten. Das entsprach vermutlich der Wahrheit, aber Cædmon hatte den Verdacht, daß der Bischof nicht einmal in der Nähe sein wollte, wenn diese Ehe geschlossen wurde. Doch da er als hoher Gast das Zimmer des Hausherrn bewohnt hatte, kam Cædmon die überstürzte Abreise nicht ungelegen. Er selbst hatte in Guthrics Kammer genächtigt, Aliesa bei Hyld, aber er hatte sich geschworen, daß es die letzte Nacht sein sollte, die er unter seinem eigenen Dach von seiner Frau getrennt verbrachte.

Nachdem sie den Bischof verabschiedet hatten, begab die Familie sich ins Dorf zu der kleinen, inzwischen sehr windschiefen Kirche von St. Wulfstan. Als sie an der Baustelle des neuen Gotteshauses vorbeikamen, blieb Cædmon wie angewurzelt stehen und starrte daran hinauf.
»Mein Gott … sie ist fast fertig.«
»Ich habe daran weiterbauen lassen, wann immer wir Geld hatten«, erklärte Alfred. »Die Pläne waren ja vollständig.«
»Sie wäre längst geweiht«, fügte Guthric hinzu. »Aber Alfred und ich waren uns einig, daß wir auf deine Rückkehr warten wollten. Der Bischof von Elmham war hier und hat sie sich angeschaut. Er war tief beeindruckt.«
Cædmon nickte zufrieden. »Das will ich hoffen. Und jetzt laß uns tun, wozu wir hergekommen sind, ehe das ganze Dorf sich einfindet.«
Cædmon und Aliesa waren sich einig darüber, daß sie so wenig Aufsehen wie möglich wollten. Sie beide wünschten sich Gottes Segen für den Bund, den sie längst geschlossen und besiegelt hatten, aber sie wollten keine großen Feierlichkeiten. Aufgrund des Trauerfalls wäre ein Festessen ohnehin unschicklich gewesen, und Cædmon hatte in Aussicht gestellt, daß er seinen Haushalt und seine Pächter zu Mittsommer für das versäumte Festmahl entschädigen werde.
Also standen sie nun nur von Cædmons Familie umringt an der schmucklosen Tür der kleinen Holzkirche, wo Guthric sie nacheinander fragte, ob sie den Bund der Ehe schließen wollten. Auf sein Geheiß zog Cædmon mit einem glücklichen kleinen Lächeln den Ring hervor, den er am Abend zuvor mit Hylds Hilfe in der Truhe seiner Mutter gefunden hatte. Es war ein durchbrochener Goldreif, unglaublich fein ziseliert und mit Intarsien aus Perlmutt und Lapislazuli versehen. Ein kostbarer Ring, den, so wußte Cædmon inzwischen, die Mutter des Königs Marie de Falaise zum Dank für ihre Treue und Freundschaft geschenkt hatte, ehe ihre Wege sich trennten.
Aliesa hob den Blick und sah in seine lächelnden Augen, während er ihre Linke ergriff und ihr den Ring ansteckte.
Guthric legte ihre Hände ineinander und sprach ein paar Worte auf Latein. Niemand verstand ihn, aber es klang sehr feierlich. Dann sagte er: »Du darfst deine Braut küssen, Cædmon, mit dem gebotenen Anstand.«
Die anderen lachten leise, und Cædmon drückte seine Lippen sacht auf

Aliesas Mund, während sie einander mit geradezu gierigen Blicken verschlangen.
Guthric gab vor, es nicht zu bemerken, führte das Brautpaar und die kleine Gesellschaft in die Kirche und feierte die Messe.

Die vielen Veränderungen, die teilweise lang erwartet und teilweise überraschend eingetreten waren, versetzten den sonst eher beschaulichen Haushalt in Unruhe, und hier und da wurde besorgt darüber spekuliert, was für neumodische normannische Sitten jetzt wohl in der Halle einziehen würden.
»Ich hoffe nur, sie setzt mir keinen normannischen Koch vor die Nase«, brummte Helen verdrossen. »Ich hab gehört, wie sie zu Hyld sagte, es seien nicht genug Dienstboten in der Halle. Und sie will eine persönliche Zofe. Das müßt ihr euch mal vorstellen.«
Der hübsche Odric zuckte gleichgültig mit den Schultern. »Lieber ein normannischer Koch als ein normannischer Priester. Sie ist furchtbar fromm, heißt es.«
Er stibitzte eine Rosine aus dem Vorratstopf, den sie neben dem Herd abgestellt hatte, und handelte sich einen unsanften Klaps auf die diebischen Finger ein.
»Hände weg«, schalt die Köchin mißgelaunt und schüttelte dann seufzend den Kopf. »Warum konnte der Thane kein nettes, englisches Mädchen heiraten?«
Odric grinste. »Nun, ich wäre der letzte, der etwas gegen englische Frauen sagen würde, aber eine solche Schönheit muß man eben nehmen, wo man sie findet.« Er lachte über ihr abfälliges Grunzen. »Kopf hoch, Helen. Sieh es doch mal so: Im Grunde haben wir Glück gehabt. Vor ein paar Jahren sah es noch so aus, als solle er diese Beatrice heiraten. Dann hätten wir wirklich nichts mehr zu lachen gehabt.«
Sie nickte grimmig. »Wir werden ja sehen, ob wir es mit der Lady Aliesa soviel besser angetroffen haben. Eins ist jedenfalls sicher: Irmingard wird es ganz und gar nicht gefallen, daß sie die Schlüssel einer Normannin überlassen muß.«

Aber Helen täuschte sich. Irmingard hatte als Frau des Stewards den Haushalt verwaltet, seit Marie im vergangenen Winter krank geworden war, aber sie wußte selbst am besten, wie sehr diese gewaltige Aufgabe sie überforderte, und gab sie bereitwillig in fähigere Hände.

Aliesa war dazu erzogen und ausgebildet worden, die Dame einer großen Halle zu sein, Vorräte, Wolle und Leinen in riesigen Mengen zu verwalten, den Bedarf an Pökelfleisch, Räucheraal, Mehl, Käse, Zwiebeln und so weiter für den ganzen Winter vorauszuberechnen, die teuren Gewürze und Kerzen sowie Talg und Holzkohle in den richtigen Mengen einzukaufen und zu verwalten und all die anderen Aufgaben zu versehen, die damit einhergingen. Irmingard hingegen hatte die erste Hälfte ihres Lebens im Haus ihres Onkels in Haithabu verbracht, wo sie als Küchenmagd hatte schuften müssen, sobald sie alt genug war. Dann hatte sie bei Erik und Hyld in York gelebt und wenigstens gelernt, einen Kaufmannshaushalt zu führen, aber das war mit einer Halle wie Helmsby nicht zu vergleichen.

»Darum bin ich froh und glücklich, daß du gekommen bist, ehe ich anfangen muß, für den nächsten Winter zu planen«, gestand sie Aliesa offen und überreichte ihr ohne jede Feierlichkeit und vor allem ohne das geringste Bedauern den dicken Schlüsselbund. »Hier. Möge er dir nicht jede Nacht den Schlaf rauben wie mir.«

Aliesa lächelte zuversichtlich und befestigte den Ring an ihrem Gürtel. »Nicht, wenn du eine Runde durchs Haus mit mir machst und mir zeigst, welcher Schlüssel zu welchem Schloß gehört.«

»Einverstanden. Aber du mußt Nachsicht mit mir üben, wenn du die Leinenkammer siehst. Hyld hat versucht, dort Ordnung zu schaffen, aber irgendwie ...« Sie hob in komischer Verzweiflung die Schultern.

»Oh, die Leinenkammer sah schon wieder ganz manierlich aus«, erklärte Hyld, während sie an den Tisch trat und sich zu ihnen setzte. »Bis ich vorgestern vergessen habe, sie abzuschließen, und die kleinen Räuber dort eingefallen sind.«

»Ihre Söhne und Cædmons«, erklärte Irmingard.

Hyld nickte seufzend. »Ich wünschte, ich hätte ein Mädchen wie du, Irmingard.« An Aliesa gewandt fuhr sie fort: »Wir müssen uns etwas einfallen lassen wegen der Jungen. Alfred widmet ihnen soviel Zeit, wie er nur erübrigen kann, aber das reicht nicht. Sie wachsen auf wie kleine Wilde, und wenn Ælfric und mein Harold zusammenstecken, haben sie nur Unsinn im Kopf.«

Aliesa nickte nachdenklich und dachte, daß einer von Cædmons Rittern sich der Jungen annehmen sollte, wenn ihre Väter nicht daheim waren. »Entschuldige die Frage, Hyld, aber ich war lange fort und weiß viele Dinge nicht. Lebst du in Helmsby?«

Hyld nickte. »Derzeit ja. Wir haben ein Haus in London, aber ich verabscheue das Leben in der Stadt, und London ist hundertmal schlimmer als York. Darum komme ich mit den Kindern her, wenn Erik auf See ist. So wie jetzt.«
»Wo ist er?« fragte Aliesa neugierig.
Hyld seufzte. »Das weiß Gott allein. In Grönland oder noch weiter. Dieses Jahr kommt er sicher nicht mehr heim.«
Aliesa betrachtete ihre Schwägerin mitfühlend. »Das kann nicht leicht für dich sein.«
»Nein.« Es war sogar kaum auszuhalten. Sie sehnte sich nach ihrem Mann und sorgte sich um ihn, jeden Tag, jede Stunde. Doch sie sagte scheinbar ergeben: »Aber damit muß jede Frau leben, die einen Seefahrer heiratet.«
»Nicht alle bleiben immer gleich jahrelang fort«, wandte Irmingard mißfällig ein. »Erik ist genau wie unser Vater. Er konnte der See auch nicht widerstehen. Als Mutter starb und Erik mit ihm fuhr, wurde es ganz schlimm. Vater kam einfach nicht mehr nach Hause, obwohl er genau wußte, wie es Leif und mir im Haus seines Bruders erging. Ich bin sicher, sein Gewissen hat ihn auch manchmal geplagt. Aber der Ruf der See war stärker.«
Hyld griff nach ihrem Stickrahmen und senkte den Kopf darüber. »Ja. Die See ist stärker.«
»Nun, dein Bruder Leif ist jedenfalls kein Seefahrer geworden«, sagte Aliesa zu Irmingard.
»Nein«, stimmte die junge Frau des Stewards zu. »Er war immer eifersüchtig auf die See, weil sie ihm seinen Vater und seinen Bruder gestohlen hat.«
Aliesa sah einen Augenblick auf Hylds gesenkten Kopf hinab und fand, es sei an der Zeit, das Thema zu wechseln. »Was würdest du davon halten, wenn du und Alfred in Maries Zimmer zieht, Irmingard? Dann könnte Hyld eure Kammer haben, und alle hätten mehr Platz.«
Irmingard sah unsicher zu Hyld. »Wärst du einverstanden?«
Hyld hob den Kopf für einen Moment und lächelte ihr zu. »Natürlich. Wann wirst du endlich aufhören, dich wie ein schlecht gelittener Gast in diesem Haus zu fühlen, Irmingard? Es ist dein Zuhause, und du bist die Frau des Stewards. Ich bin diejenige, die sich hier ungebeten einquartiert hat.«
»Ich glaube, es gibt einige in diesem Haushalt, die sagen würden, daß

ich diejenige sei«, bemerkte Aliesa trocken, und alle drei lachten. Dann stand sie auf. »Laßt uns einen Rundgang machen, ja?«
Irmingard erhob sich ebenfalls. Auch Hyld legte ihr Stickzeug beiseite. »Gib nichts auf die finsteren Blicke der alten Helen, Aliesa«, riet sie. »Sie ist ein Drachen, aber sie versteht ihr Handwerk, und weil sie so furchtbar knauserig ist, wird bei ihr nie etwas verschwendet.«
Sie kann so finster dreinschauen, wie sie will, solange sie tut, was ich sage, dachte Aliesa flüchtig, aber was sie antwortete war lediglich: »Ihr müßt mir raten, wo ich mich am besten nach ein paar zusätzlichen Dienstboten umsehen soll.«
Hyld stieg neben ihr die Treppe hinauf und bemerkte achselzuckend: »Wenn du hier auf dem Gut keine geeigneten Leute findest, mußt du nach Norwich zum Sklavenmarkt.«
Aliesa verzog unwillkürlich das Gesicht. »Das kommt nicht in Frage. Ich dachte, der König habe die Sklavenmärkte verboten?«
»Nun ja, möglich«, antwortete Hyld ausweichend. Wie dem auch sein mochte, es gab die Märkte jedenfalls noch. Wie so viele Dinge, die der König verboten hatte. Die Normannen rümpften ihre vornehmen Nasen über die Sklavenhaltung in England, behandelten ihre leibeigenen Bauern aber keinesfalls besser. Außerdem hatte sie noch von keinem Normannen gehört, der die Sklaven, die er mit seinen englischen Ländereien bekommen hatte, freigelassen hätte. Hyld fand sie scheinheilig. Doch vielleicht war heute nicht der richtige Tag, um über solche Dinge zu reden. Der schlimmste Bauernschinder von Norfolk kam ihr in den Sinn, und sie fragte: »Weiß dein Bruder eigentlich schon, daß du hier bist?«
Aliesa schüttelte niedergeschlagen den Kopf. »Ich muß ihm einen Boten schicken. Aber ich schiebe es lieber noch ein bißchen vor mir her.«

»Er kriegt den Hals einfach nicht voll, Cædmon«, berichtete Alfred mit besorgt gerunzelter Stirn. »Er will immer noch mehr Land, vor allem dann, wenn es dir gehört. Er treibt die Pacht in Ashby ein und hat die freien Bauern so lange drangsaliert, bis jeder ihm sein Land überschrieben hat.«
Sie ritten Seite an Seite durchs Dorf. Auf der großen Wiese waren Männer und Frauen dabei, das Gras für die Heuernte zu mähen. Als der Thane und der Steward vorbeikamen, ließen sie die Sensen sinken und grüßten.

Cædmon lächelte zerstreut, grollte jedoch leise: »Aber Ashby gehört zu Blackmore, das weiß jedes Kind.«
Alfred nickte. Der kleine Weiler am Nordufer des Yare hatte zum Land ihres Onkels gehört; sie beide hatten ihn oft genug sagen hören, Ashby sei die Perle seiner Besitztümer, denn dort gebe es nicht nur den besten Räucheraal, sondern auch die schönsten Mädchen von East Anglia. Und alles, was einmal Onkel Ulf gehört hatte, war heute Cædmons Besitz.
»Nur leider gibt es keine Urkunde, die das bestätigt«, gab Alfred zu bedenken.
»Aber sicher Dutzende freier Männer, die es bezeugen könnten«, entgegnete Cædmon.
Alfred seufzte. »Das werden sie nicht, Vetter. Alle Leute von Blackmore zittern vor Lucien de Ponthieu. Er hat einen Haufen wilder Gesellen, die er ausschickt, um die Bauern in Angst und Schrecken zu versetzen.«
Cædmon runzelte ärgerlich die Stirn. »Dann ist es ein Fall für den Sheriff.«
Alfred sah ihn verdutzt an. »Gott, Cædmon, ich vergesse immer, wie lange du fort warst. Lucien de Ponthieu *ist* der Sheriff von Norfolk.«
»O nein...«
»Hm. Seit einem Jahr. Und seitdem hält ihn nichts mehr. Er läßt nichts unversucht, um mich zu einem unbedachten Schritt zu provozieren. Letzten Winter haben sie meinen Vater überfallen und übel zugerichtet, als er von einem Besuch bei Tante Edith in Blackmore zurückkam. Als wir ihn fanden, habe ich wirklich gedacht, das war's. Aber zum Glück war er sternhagelvoll, darum ist er nicht erfroren. Hat nicht mal einen Schnupfen bekommen. Aber sie hatten ihm ein paar Rippen gebrochen. Er hat sich erst im Frühling richtig erholt, schließlich ist er nicht mehr der Jüngste.«
Cædmon lauschte ihm voller Schrecken. »Und ich nehme an, es gibt keinerlei Beweise, daß es Luciens Männer waren, die einen friedlichen, alten, englischen Edelmann überfallen haben?«
Alfred schüttelte resigniert den Kopf. »Mein Vater hat sie gesehen. Aber was gilt das Wort eines friedlichen, alten, englischen Trunkenbolds gegen das der Männer des normannischen Sheriffs?«
»Nichts, du hast recht.«
»Wirst du hinreiten und mit ihm reden? Jetzt ist er schließlich dein Schwager.«

Cædmon schnitt eine Grimasse. »Ich weiß nicht, ob das die Dinge schwieriger oder einfacher machen wird.« Ihm graute davor, Lucien wiederzusehen. Bei der Erinnerung an ihre letzte Begegnung überlief ihn jedesmal ein eisiger Schauer. Aber er konnte Alfred schlecht gestehen, was allein der Gedanke an Lucien de Ponthieu in ihm auslöste.
»Irgend etwas werden wir unternehmen müssen. Schon wegen der Leute von Blackmore und Ashby. Ganz zu schweigen von Tante Edith und ihren Söhnen.«
»Du hast recht. Zum Glück hat der Sheriff keine Ahnung, daß sie Verwandte von uns sind. Aber wenn er es je rausfindet, werden sie keinen Tag Frieden mehr haben.«
Cædmon nickte versonnen. Sie ritten in östlicher Richtung, vorbei an den großen offenen Feldern von Helmsby, die durch tiefe Furchen in Streifen unterteilt waren. Die Mehrheit der Pächter verfügte über drei dieser Streifen, wobei je einer brachliegen mußte, damit die Erde neue Kräfte sammeln konnte. Mehr als die Hälfte der Streifen gehörte zu Cædmons Gut und wurde von Sklaven und den unfreien Pächtern bestellt, die Cædmon je nach Jahreszeit ein oder zwei Tage Arbeit die Woche schuldeten. Heute wollte er jedoch nicht die Feldarbeit inspizieren, sondern die Schafherden – die Quelle seines Wohlstandes –, und so ließen sie die bestellten Felder bald zurück und kamen auf das weite, flache Weideland.
»Was gibt es sonst Neues?« wollte Cædmon wissen. »In drei Jahren muß sich allerhand ereignet haben.«
Alfred hob langsam die massigen Schultern. »Die alte Berit von Metcombe ist vorletzten Winter gestorben. Jetzt hat der Müller das Sagen im Dorf.«
Cædmon war ebensowenig überrascht wie erfreut. »Und ... Gytha?«
»Kriegt jedes Jahr ein Kind und scheint zufrieden. Ab und zu reitet sie für einen Tag herüber, um Ælfric und Wulfnoth zu sehen. Aber sie kommt immer seltener. Die Jungen sind ihr fremd geworden und verlegen, wenn sie hier ist. Wer weiß, jetzt, da du deine Frau hergebracht hast, kommt sie vielleicht gar nicht mehr. Wär' sicher besser so.«
»Ja.« Er spürte Alfreds fragende Blicke und seine Unsicherheit, und er wußte, er mußte ihm erklären, wie es kam, daß er die Frau seines Freundes als Braut nach Helmsby brachte. »Alfred ... erzähl mir noch ein bißchen mehr. Laß uns die Schafe ansehen und anschließend durchs Dorf zurückreiten. Ich will mir meine Kirche von innen ansehen. Laß

mich erst einmal nach Hause kommen. Und heute abend oder morgen trinken wir in Ruhe einen Becher zusammen und reden.«
»Du schuldest mir nichts, Thane«, erwiderte Alfred und sah ihn mit einem offenen Lächeln an.
Cædmon sog die klare laue Luft und den Duft der Sommerwiesen tief ein. »Das ist nicht wahr.«
Nach einem kurzen Schweigen fuhr Alfred fort: »Am übernächsten Sonnabend ist Gerichtstag in Metcombe. Das beste wird wohl sein, wenn du mit hinkommst, dann bist du über alle wichtigen Angelegenheiten in der Hundertschaft auf dem laufenden.«
»Ja, du hast recht. Und bei der Gelegenheit werde ich ankündigen, daß der Gerichtstag von nun an in Helmsby stattfindet. Metcombe mag der traditionelle Versammlungsort sein, aber inzwischen gehört die ganze Hundertschaft mir, also sollen sie sich in meiner Halle versammeln.«
Alfred fand die Idee höchst ungewöhnlich – das *Folcmot*, die Versammlung aller freien Männer der Hundertschaft, wo alle Angelegenheiten von allgemeinem Interesse, alle Streitigkeiten und Gesetzesverstöße verhandelt wurden, fand seit Menschengedenken unter freiem Himmel und immer am selben Ort statt. In manchen Hundertschaften war es ein Findling oder ein alleinstehender, alter Baum, in dessen Schatten man sich versammelte, in Metcombe war es ein Grabhügel aus grauer Vorzeit, den man schon auf viele Meilen Entfernung aus dem flachen Moor aufragen sah. Nur bei vollkommen unerträglichem Wetter war man bislang auf eines der nahegelegenen Häuser ausgewichen. Aber Alfred mußte gestehen, daß Cædmons Vorschlag einiges für sich hatte. »Es erspart uns jeden Monat einen weiten Weg«, räumte er ein. »Und außerdem liegt Helmsby zentraler als Metcombe, so daß niemand mitten in der Nacht aufbrechen muß und erst in der folgenden Nacht heimkommt.«
Cædmon nickte zustimmend und lächelte schwach. »Ich hatte befürchtet, du würdest sagen, es sei eine normannische Idee.«
»Ja, das ist es, denn sie ist praktisch und vernünftig und wird viele Engländer vor den Kopf stoßen. Aber sie werden sich schon dran gewöhnen.«
»Wir werden es ihnen versüßen, indem wir verkünden, daß ich anläßlich meiner Vermählung allen freien Pächtern ein Viertel der Pacht erlasse und allen unfreien einen halben Tag Frondienst die Woche, bis das Winterpflügen beginnt. Es sei denn, du sagst mir, daß ich mir so schöne Gesten nicht leisten kann.«

Alfred grinste breit. »Doch, das kannst du. Wir hatten vier gute Jahre in Folge. Trotz des Kirchenbaus haben wir sogar noch ein bißchen Geld übrig. Du bist ein wohlhabender Mann, Cædmon.«
»Das trifft sich gut. Ich glaube, ich habe eine ziemlich kostspielige Frau geheiratet.«
»Ist sie so versessen auf Kleider und Schmuck?« fragte Alfred verwundert. Den Eindruck hatte er bislang nicht gehabt. Im Gegenteil, das Kleid, in dem sie hergekommen war, war schlicht und dunkel wie eine Nonnentracht und obendrein ein bißchen verblichen und fadenscheinig.
»Eigentlich nicht«, antwortete Cædmon. »Aber auf Bücher, auf Tischtücher und Wandbehänge und solches Zeug. Ich könnte mir vorstellen, daß sie feine Leute aus uns machen will, weißt du.«
Alfred verdrehte die Augen und brummte: »Heiliger Edmund, steh uns bei …«

Tiefe Stille lag über der Burg, die süßen Düfte der warmen Sommernacht strömten durchs Fenster herein. Und Mücken. Aliesa erschlug eine mit der flachen Hand auf ihrer Brust, und es gab ein wunderbar sattes, klatschendes Geräusch, das Cædmon auf den Gedanken brachte, daß diese Hochzeitsnacht vielleicht doch noch nicht ganz vorüber war.
»Ich kenne keinen Ort, wo es so viele Mücken gibt wie hier«, erklärte sie ungehalten. »Ich glaube, sie wollen mich bei lebendigem Leib auffressen.«
Er zog seine Braut zu sich herunter. »Sie werden keine Gelegenheit kriegen, denn ich werd' ihnen zuvorkommen …«
Aliesa lachte. »Oh, Cædmon, das kann nicht wahr sein.«
Er nahm ihre Hände und legte sie um die Bettpfosten, dann spreizte er mit den Knien ihre Schenkel, die sich ihm willig öffneten, ließ sich abwärts und in sie hineingleiten.
»Es *ist* wahr«, erklärte er überflüssigerweise und eine Spur verlegen. Er war nie ein Dauerkönner gewesen, wie manche seiner Freunde es waren – jedenfalls laut eigener, unbestätigter Angaben –, aber in dieser Nacht hatte er wahrhaftig das Gefühl, immer wieder von vorn anfangen zu können. Es war der Umstand ihrer Heirat, der diesen Rausch ausgelöst hatte, erkannte er, die schlichte Tatsache, daß sie ihm jetzt vor Gott und den Menschen angehörte und niemand als nur Gott allein sie ihm

wieder wegnehmen konnte. Es war Besitzerstolz. Und sie empfand ihn ebenso. Hemmungsloser als je zuvor schlang sie die Beine um seine Hüften und wölbte sich ihm entgegen, bis sein Atem schwer wurde. Dann nahm sie die Hände von den Pfosten, legte sie auf seine Schultern und bedeutete ihm, sie umzudrehen, so daß sie rittlings auf ihm saß, und dann ritt sie ihn, daß ihm Hören und Sehen verging und er keuchend ihren Namen stammelte. Hingerissen lauschte sie seiner Stimme, warf mit einem triumphalen Laut den Kopf in den Nacken und schauderte und kam.

»Oh, Aliesa«, flüsterte er schließlich ein bißchen heiser. Er lag in ihren Armen, hatte den Kopf auf ihre Brust gebettet und die Augen fest geschlossen. »Würdest du … würdest du das wohl gelegentlich wieder tun?«

Sie sah auf seinen Kopf hinab, den verblüffend schmalen Nacken, der ihn so verwundbar erscheinen ließ, die breiten Schultern und kräftigen Arme, die die Narben der Greueltat ihres Bruders trugen, und sie zog ihn fester an sich und drohte der Welt im stillen an, sie werde sie kennenlernen, wenn sie ihm je wieder weh tat.

»Sagen wir, an jedem ersten Freitag im Monat?« antwortete sie ebenso leise, aber er hörte das Lächeln in ihrer Stimme.

Er brummte schläfrig, »Ihr seid sehr sparsam mit Eurer Gunst, Madame.«

Sie drückte die Lippen auf die Stelle über seinem Ohr, wo die Haare besonders hell waren. »Ich meine, das ist nur weise, sonst weißt du sie eines Tages nicht mehr zu schätzen.«

»Deine Gunst werde ich in hundert Jahren noch zu schätzen wissen. Sie war immer mein kostbarster Besitz, das einzige, worauf ich nicht verzichten kann. Wußtest du das nicht?« murmelte er.

»Doch. Ich weiß. Cædmon?«

Aber er war eingeschlafen.

Sie weckte ihn, noch ehe es hell war, und es kam ihm vor, als habe er nur wenige Minuten geschlafen.

»Wach auf, Cædmon, das mußt du dir ansehen.« Sie rüttelte unbarmherzig an seinem Arm.

»Was?« fragte er undeutlich, das Gesicht ins Kissen gepreßt.

»Die Sonne geht auf!«

Er stöhnte. »Aber das tut sie hier in East Anglia jeden Morgen« protestierte er. »Immer genau vor diesem Fenster. Das ist nichts Besonderes.«

Sie lachte und zog ihm die Decke weg. »Komm schon.«
Schlaftrunken setzte er sich auf, sah blinzelnd zum Fenster und rieb sich die Augen. Der Bettvorhang war zurückgezogen. Aliesa hatte sich in ein Laken gewickelt und stand mit dem Rücken zu ihm vor dem Ausschnitt des glutroten Himmels. Er stand auf, stellte sich neben sie und legte den Arm um ihre Schultern. Eine geschlossene hohe Wolkendekke hatte den Himmel überzogen und wurde von der aufgehenden Sonne angestrahlt. Sie leuchtete in allen Farben des Feuers: goldgelb, violett und tiefrot. Es war ein Anblick, für den aufzuwachen sich lohnte, mußte er einräumen.
Er strich ihre Haare beiseite und küßte ihren Nacken. »Die Schamesröte des Himmels ob unserer Ausschweifungen«, bemerkte er.
Sie neigte lachend den Kopf. »Das würde mich nicht wundern…«
Er zog sie näher, preßte den Bauch an ihren Rücken und legte beide Arme um sie. »Ich wünschte, Gott würde die Zeit anhalten. Jetzt, in diesem Moment.«
»Aber das wird er nicht. Ich bin schwanger, Cædmon.«
Er lächelte selig. »Sicher?«
Sie hob leicht die Schultern. »Dafür ist es eigentlich zu früh. Aber trotzdem, ich bin sicher.«
Er umschloß sie noch ein wenig fester und sah über ihren Scheitel hinweg auf den Feuerhimmel hinaus. »Dieses Mal wird es gutgehen, Aliesa.«
»Wie kannst du so sicher sein?« fragte sie verwundert.
»Das Kind, das du verloren hast, war in Sünde gezeugt. ›Die Frucht der Unzucht soll verdorren.‹ Heißt es nicht so in der Bibel? Aber unsere Sünde ist gesühnt und vergeben. Gott wird uns gnädig sein, und unser Kind wird in unserer neuen Kirche getauft werden, du wirst sehen.«
Sie atmete tief durch und lehnte den Kopf zurück an seine Schulter. Mehr gab es dazu wohl nicht zu sagen. Sie wollte dieses Kind. Sie hatte sich auch von Etienne Kinder gewünscht, aber es war nie geschehen, und jetzt wollte sie es um so mehr, weil es Cædmons Kind sein würde und es außerdem höchste Zeit wurde. Sie war achtundzwanzig, schon viel zu alt, hätte manche Hebamme gesagt. Es war müßig und albern, sich wegen der Risiken zu sorgen. Aber sie konnte die Erinnerung an die grauenvolle Fehlgeburt nicht abschütteln, und seine Zuversicht beruhigte und tröstete sie.

»Laß uns ein Stück am Ouse entlangreiten«, schlug er plötzlich vor. »Es ist so wunderbar am Fluß um diese Tageszeit.«
Ihre Augen leuchteten auf. »Einverstanden.«

Sie waren nicht die ersten, die sich im Burghof regten. Die Nachtwache an der Zugbrücke wurde gerade abgelöst, als sie aus dem Haus traten, und die Housecarls grüßten verwundert. Die Melkerinnen trugen schon die ersten gefüllten Ledereimer aus den Ställen in die Molkerei hinüber.
Cædmon und Aliesa schlichen in den Pferdestall nahe des Haupttores, und der junge Ine kam schlaftrunken die Leiter vom Heuboden herab. Das leise Klimpern von Trensen und Sattelgurtschnallen hatte ihn offenbar geweckt.
»Thane ...«, murmelte er verblüfft und ein wenig erschrocken, »hab' ich irgendwas verschwitzt?«
»Nein, schon gut, Ine. Wir wollen nur am Fluß sein, ehe es hell ist. Sattel Lady Aliesas Stute, ich kümmere mich selbst um Widsith.«
»In Ordnung.«
Der Stallknecht legte dem zierlichen Tier den Damensattel auf, schnallte ihn sorgsam fest und streifte dann das Zaumzeug über den edlen kleinen Kopf. Cædmon sah aus dem Augenwinkel, wie behutsam er den Riemen über die empfindlichen Ohren schob, und dachte, daß Ine eine bessere Hand mit Pferden hatte als der alte Edgar.
»Wo ist dein Vater?«
»Tot«, beschied Ine knapp.
»Oh. Das tut mir leid.«
Der junge Mann nickte ergeben, nahm die Stute am Zügel und führte sie hinaus, wo Aliesa wartete. Ine überreichte ihr die Zügel, verschränkte die Finger ineinander und beugte sich vor, so daß sie seine Hände als Trittleiter benutzen konnte.
Aliesa saß auf, nickte ihm zu und strich ihren Rock glatt.
Cædmon folgte mit Widsith, schwang sich ebenfalls in den Sattel, und Seite an Seite ritten sie aus dem Tor und auf den Wald zu.
»Ein Generationenwechsel hat in Helmsby und in Metcombe stattgefunden«, sagte er versonnen. »Dabei war ich doch nur gut drei Jahre fort.«
»Wahrscheinlich kommt es dir so vor, weil deine Mutter gestorben ist«, vermutete sie.

»Sie und Berit of Metcombe und der alte Edgar … Menschen, die ich mein Leben lang gekannt habe.«
Sie lächelte. »Du kennst jeden hier dein Leben lang, vorausgesetzt er ist älter als du.«
»Das ist wahr.«
Als sie an den Fluß kamen, begann die Glut am Himmel zu verblassen, und die Sonne ging auf. Sie ritten ihr auf dem Uferpfad entgegen, und jetzt war es das Wasser, das rotgolden funkelte und strahlte.
»So muß es ausgesehen haben, als der Goldschatz noch in den Tiefen des Rheins verborgen lag«, murmelte Cædmon.
»Was?« fragte sie verwundert.
Er wandte den Kopf und sah sie an. Er erinnerte sich noch genau daran, daß er sich einmal gewünscht hatte, sie möge eines Tages in einer englischen Halle mit ihm am Feuer sitzen und die Lieder von Siegfried und dem Drachen hören.
»Es ist eine Geschichte. Von den alten Göttern und einem großen Goldschatz und einem Drachen.«
»Erzähl sie mir!« Ihre Augen leuchteten.
»Das wäre eine Schande. Der nächste gute Spielmann, der nach Helmsby kommt, soll es tun.«
Sie rümpfte die Nase. »Versprechungen …«
»Ich mag mich irren, aber ich glaube, alles, was ich dir bis jetzt versprochen habe, habe ich auch gehalten, oder?«
Sie dachte kurz nach. »So ist es.« Mit einem Lächeln streckte sie die Hand aus und legte sie einen Moment auf seinen Arm. »Also will ich mich gedulden.«
Cædmon nickte zufrieden, sah wieder nach vorn und zügelte Widsith. »Schsch«, machte er wispernd. »Sieh nur.«
Aliesa hielt neben ihm und folgte seinem Blick. Eine Ricke stand mit einem Kitz am Ufer und trank. Noch hatte sie sie nicht gewittert, denn sie hatten den Wind im Gesicht. Unbeholfen stakste das Junge neben ihr im hohen Gras auf und ab, hob dann den Kopf, legte die kleinen Ohren zurück, suchte einen Moment und fing dann an zu saugen. Die Ricke hatte sich sattgesoffen und stand geduldig still. Dann flaute die Morgenbrise einen Moment ab, und sofort drehte das Muttertier den Kopf in ihre Richtung, die Ohren zuckten nervös. Das Kitz hörte auf zu trinken, folgte ihrem Beispiel, und dann machten sie kehrt und sprangen eilig zwischen den Bäumen davon.

Aliesa atmete tief durch. »Wie wunderschön. Nur gut, daß du deine Hunde zu Hause gelassen hast.«
Cædmon nickte. Er hätte die Ricke ebensogut mit der Schleuder erlegen können, sie war keine fünfzig Schritt weit weg gewesen. Einen Moment hatte er mit dem Gedanken gespielt. Er war ein leidenschaftlicher Jäger, und Wild war immer eine willkommene Bereicherung seiner Tafel. Normalerweise hätte das friedvolle Bild ihn nicht bewogen, die Rehe zu schonen. Doch heute war kein normaler Tag.
Sie ritten weiter, und Aliesa wies auf eine schlanke, zartrosa Blütenkerze, die aus einem Bett ausladender Blätter aufragte. »Fingerhut«, sagte sie. »Gut für ein schwaches Herz.«
»Aber tödlich, wenn man es falsch dosiert.«
»Ja.«
»Kennst du dich gut mit Heilpflanzen aus?« fragte er.
Sie schüttelte den Kopf. »Nicht so wie deine Mutter. Ich fürchte, in der Hinsicht werde ich sie nicht ersetzen können. Ich habe auch nicht die Absicht, mich als Hebamme zu versuchen«, stellte sie klar.
Er biß sich auf die Lippen, um nicht zu lachen. »Das hatte ich auch nicht angenommen. Hyld hat viel von Mutter gelernt. Wenn du willst, wird sie dir die Pflanzen in Mutters Kräutergarten zeigen und dir erklären, wozu sie taugen. Wenn Erik zurückkommt und Hyld uns verläßt ...« Er brach unsicher ab.
»Sollte ich in der Lage sein, einen Kräutervorrat für den Winter anzulegen und einfache Gebrechen und Krankheiten zu behandeln, weil das in England von der Lady der Halle erwartet wird?«
Er nickte. »Es ist so üblich, ja. Aber wenn du nicht willst, werde ich Irmingard bitten...«
»Wofür hältst du mich, Cædmon?« fragte sie, und er sah sie verblüfft an, als er den scharfen Tonfall hörte. »Glaubst du, ich sei aus irgendeinem Grunde nicht in der Lage, meine Pflichten zu erfüllen? Wenn es üblich ist, werde ich es lernen.«
»Gut«, sagte er zufrieden und dachte, wie hinreißend sie aussah, wenn sie wütend wurde, aber er fand, es sei vermutlich besser, ihr das nicht gerade jetzt zu sagen.
Ihre Stirn glättete sich wieder. »Was denkst du, wollen wir bald umkehren? Ich bin ausgehungert.«
»Einverstanden. Da, siehst du die knorrige Weide da vorn am Ufer?

Das ist die Stelle, wo mein teurer Schwager Erik mich angeschossen hat.«

Aliesa ritt bis zur Weide, sah auf den Fluß hinaus und dann auf das Gebüsch neben dem Pfad. Sie atmete tief durch. »Wie furchtbar weit dein Heimweg war.«

Er nickte und lächelte ihr zu. »Mach kein solches Gesicht, dafür ist es zu lange her. Komm, laß uns zusehen, daß wir ein Frühstück kriegen.«

Er klang unbeschwert, aber die Erinnerung an das Erlebnis hatte unvermeidlich auch Erinnerungen an Dunstan heraufbeschworen, und das war immer noch schmerzlich.

Wie so oft schienen Aliesas Gedanken in die gleiche Richtung zu gehen, denn sie fragte seufzend: »Was machen wir mit Lucien, Cædmon?«

Er ritt wieder an und entgegnete: »Ich weiß nicht, ob die Frage nicht eher lauten sollte, was wird Lucien mit uns machen. Er ist Sheriff von Norfolk, wußtest du das?«

»Nein.« Die Neuigkeit erschreckte sie offenbar nicht so wie ihn.

»Glaubst du, er wird dir verzeihen, daß du mich geheiratet hast?«

Sie seufzte, und nach einem kurzen Schweigen sagte sie: »Lucien würde mir verzeihen, selbst wenn ich den Satan persönlich heiratete. Aber ich bin keineswegs sicher, daß er mir zuliebe seinen Groll gegen dich begräbt.«

»Nein, da sehe ich auch schwarz. Ich werde schon selbst mit ihm fertig, keine Bange ...«

»Ich will nicht, daß ihr euch bekriegt«, unterbrach sie scharf. »Du bist mein Mann, er ist mein Bruder, und ihr beide müßt vergessen, was war.«

Er lachte ungläubig auf. »*Vergessen*? Nun, ich glaube, das dürfte unmöglich sein. Aber ich bin bereit, Vergangenes vergangen sein zu lassen. Du hast recht, die Dinge haben sich geändert, er ist mein Schwager und mein Nachbar, ganz gleich, ob mir das gefällt, und ich wäre froh, wenn wir ohne Hader leben könnten. Die Frage ist nur, was will Lucien?«

»Ich werde hinreiten und ihn fragen«, sagte sie. »Allein.«

»Kommt nicht in Frage ...«

»Cædmon, wenn du mich begleitest, wird es nur böses Blut geben. Vergiß nicht, wer seine Frau ist.«

Cædmon raufte sich mit der Linken kurz die Haare. Das war ihm in der Tat einen Moment entfallen. »Aber du kannst unmöglich allein bis nach ... Wo leben sie überhaupt?«

»In Fenwick.«
»Das ist ein Tagesritt von Helmsby.«
»Ich werde eine Eskorte mitnehmen und deine Schwester als Begleitung, wenn sie mir den Gefallen tut.«
Cædmon dachte einen Moment darüber nach und schüttelte seufzend den Kopf. »Ich weiß nicht ... Die Sache gefällt mir nicht. Es gibt viele Dinge, über die du nicht informiert bist. Lucien stiehlt mein Land und drangsaliert meine Pächter. Seine Leute haben meinen Onkel überfallen und zusammengeschlagen. Wenn ich nicht mit dir hinreite, wird er glauben, ich kneife.«
»Das werde ich schon klarstellen«, versicherte sie.
»Aliesa, er muß mir das Land zurückgeben, sonst kann es nie Frieden zwischen uns geben. Wenn er es nicht tut, werde ich vor dem König Klage gegen ihn erheben, Sheriff oder nicht, das ist mir gleich!«
»Land, Land, Land«, sagte sie ungeduldig.
»Es leben auch Menschen auf diesem Land«, erwiderte er hitzig.
»Ja.« Sie sann darüber nach, ehe sie bat: »Laß mich erst mit meinem Bruder Frieden schließen, Cædmon. Danach rede ich mit dem Nachbarn und Sheriff. Und ich werde es so tun, daß er nicht auf die Idee kommen kann, du würdest vor ihm kneifen. Vertrau mir.«
Es klang beinah beschwörend. Er wußte es nicht, aber er ahnte, daß sie in Wirklichkeit meinte: Beweise mir, daß du ein anderer Mann bist als Etienne und mich nicht für hohlköpfig und unvernünftig hältst, nur weil ich eine Frau bin. Beweise es mir, indem du diese wichtige Angelegenheit vertrauensvoll in meine Hände legst.
Er nickte langsam. »Einverstanden. Nur warte bis nach Mittsommer, sei so gut. Ich weiß, daß diese Sache dir sehr am Herzen liegt, aber es sind nur noch vier Tage bis zum Fest, und die Leute wären so enttäuscht, wenn du nicht hier wärest.«
»Das darf auf keinen Fall geschehen, daß ich deine Pächter und Knechte enttäusche«, spöttelte sie, wurde aber gleich wieder ernst und versprach: »Natürlich warte ich so lange.«

Als sie zur Burg zurückkehrten, war längst Tag, und im Hof herrschte munteres Treiben.
»Geh nur hinein, ich bringe die Pferde in den Stall«, erbot sich Cædmon.
»Na schön. Wenn du einverstanden bist, werde ich die Garderobe dei-

ner Mutter durchforsten und sehen, ob ihre Kleider mir passen. Ich kann dieses triste Grau nicht mehr sehen.«
»Ich fürchte, ihre Kleider werden dir zu kurz sein, sie war kleiner als du.«
»Vielleicht kann man sie ändern.«
»Hyld wird dir sicher helfen. Und sobald wir Zeit haben, reiten wir nach Norwich und kaufen Stoff für neue Kleider. Es ist nicht nötig, daß du auf den Luxus verzichtest, den du gewöhnt warst, weißt du«, erklärte er ein wenig verlegen.
Sie küßte ihn lächelnd auf den Mundwinkel. »Ich glaube, das würde mir nicht besonders viel ausmachen. Bis gleich. Und rasier dich bei Gelegenheit.«
Er grinste und fuhr sich mit dem Handrücken über das stoppelige Kinn. »Sehr wohl, Madame«, raunte er ihr nach, nahm mit jeder Hand einen Zügel und führte die Tiere in den Stall.
»Ine?«
Der Stallbursche kam mit einer Mistgabel aus einem der Ställe, lehnte sie an die Wand und trat näher.
Cædmon drückte ihm die Zügel in die Hand und wandte sich ab. »Danke.«
»Thane ... kann ich Euch einen Augenblick sprechen?«
Cædmon drehte sich wieder um. »Ja?«
Ine band die Tiere an, löste Widsiths Sattelgurt, richtete sich wieder auf und sah Cædmon offen an. »Ich möchte heiraten, Thane.«
Cædmon nickte und dachte sehnsüchtig an das Frühstück, das ihn in der Halle erwartete. »Dann nur zu. Rede mit Alfred.«
»Alfred sagt, ich soll mit Euch sprechen.«
»Oh. Wer ist denn deine Auserwählte?«
Ine schlug einen Moment die Augen nieder, besann sich aber sogleich und sah ihn wieder an. »Gunnild.«
»Welche Gunnild?« fragte er verwirrt. Nur eine fiel ihm ein. »Du meinst nicht die Tochter des Schmieds?«
»Doch.«
Cædmon schnaubte unwillkürlich. »Das kannst du dir aus dem Kopf schlagen. Wie kommst du nur auf so einen Gedanken?«
Ine war sehr blaß geworden, aber er sagte ruhig: »Sie will mich haben.«
»Aber ihr Vater bestimmt nicht.« Er sah, daß der junge Knecht noch etwas sagen wollte, hob abwehrend die Hand und ging zur Tür. Über die Schulter beschied er: »Die Antwort ist nein.«

Kopfschüttelnd trat er ins Freie. Was dachte der Kerl sich nur? Und warum in aller Welt hatte Alfred Ine an ihn verwiesen, statt ihm selbst zu sagen, daß eine solche Verbindung nicht in Frage kam? Sicher, es mochte gelegentlich vorkommen, daß ein Sklave die Tochter eines unfreien Pächters heiratete, vor allem dann, wenn sie keine Brüder hatte und ein Mann gebraucht wurde, der für ihren Vater in das Pachtverhältnis eintreten konnte. Aber der Schmied von Helmsby war ein hochangesehener, freier Mann. Es wäre kaum unverschämter gewesen, wenn Ine Cædmon um die Hand seiner Schwester gebeten hätte. Verdrossen beschloß Cædmon, ein ernstes Wort mit seinem Steward zu reden, umrundete mit langen Schritten den Pferdestall und blieb plötzlich wie angewurzelt stehen.
Der Tag hat so gut begonnen, dachte er flüchtig, und jetzt jagt ein Ärgernis das nächste...
Vier kleine Jungen hatten sich am Fuße des gewaltigen, scharfriechenden Misthaufens eingefunden: seine Söhne und Hylds. Harold und Guthrum, neun und fünf Jahre alt, standen mit auf dem Rücken verschränkten Händen und sahen mit konzentrierter, leicht beunruhigter Miene auf ihre beiden Cousins.
Ælfric hatte seinem jüngeren Bruder den linken Arm auf den Rücken gedreht, die andere Hand in dessen lange, dunkle Haare gekrallt und ihn gegen den stinkenden Hügel aus Stroh und Pferdemist gedrängt.
»Schwöre«, befahl Ælfric. »Los, schwöre, daß du das Maul hältst!«
Dunstan, schoß es Cædmon durch den Kopf. Er ist genau wie Dunstan. Es war ein schrecklicher Gedanke.
Wulfnoths Gesicht war anzusehen, daß es zumindest schon einmal in den ekligen Dreck gedrückt worden war: Es war verschmiert, und unreines Stroh klebte in seinen Haaren. Er weinte leise, schüttelte aber trotzig den Kopf.
»Na schön. Du hast es so gewollt, Schwachkopf«, höhnte Ælfric.
Cædmon wartete nicht, bis sein Ältester seine Drohung wahrmachen konnte. Mit zwei Schritten hatte er die Jungen erreicht. Er packte jeden an einem Oberarm, zerrte sie auseinander, hielt Wulfnoth fest, bis er sicher stand, und verpaßte Ælfric eine so gewaltige Ohrfeige, daß der Junge mit einiger Wucht in den Mist geschleudert wurde.
»Was hat das zu bedeuten?« erkundigte Cædmon sich.
Ælfric rappelte sich auf, klopfte sich das Stroh von der Kleidung und sah seinen Vater trotzig an. Wulfnoth stand reglos und mit gesenktem

Kopf da. Harold und Guthrum traten unbehaglich von einem Fuß auf den anderen und warfen ihrem Onkel bange Blicke zu.
»Es wäre klug, wenn du mir antworten würdest, Ælfric«, drohte Cædmon mit mühsam beherrschter Ungeduld.
Doch sein Sohn schüttelte entschieden den Kopf. »Es ist eine Sache zwischen Wulfnoth und mir.«
Furchtlos, erkannte Cædmon nicht ohne Stolz. Auch in dieser Hinsicht glich Ælfric Dunstan, der ihrem Vater ebenso stets die Stirn geboten hatte, vollkommen unbeeindruckt von den zu erwartenden Folgen.
Mehr weil es ihn amüsierte, denn seinen Sohn zu belehren, gab er eine von Jehan de Bellêmes meistzitierten Weisheiten zum besten: »Furchtlosigkeit ist die Tugend der Narren, Ælfric. Sie entsteht nicht aus Mut, sondern aus mangelnder Vorstellungskraft. Der Weise fürchtet sich und läßt sich trotzdem nicht von seinem Weg abbringen. Er wird nur vorsichtig.« Ælfric blinzelte verwirrt. »Was heißt das?«
»Daß du einfach keine Ahnung hast, was dir blüht, wenn du nicht tust, was ich sage.« Er packte ihn hart an der Schulter und zog ihn mit einem Ruck näher. »Jetzt bin ich wieder zu Hause, verstehst du, und jetzt brechen neue Zeiten an. Wenn ich dich noch mal dabei erwische, daß du dir einen Schwächeren vornimmst, bist du fällig. Es ist feige.«
»Ich bin nicht feige«, protestierte Ælfric entrüstet.
»Wirklich nicht? Dann sag mir, was dein Bruder schwören sollte. Ein solcherart erzwungener Schwur wäre übrigens ohnehin nicht bindend gewesen, aber das spielt im Augenblick keine Rolle. Sag es mir. Na los.«
Ælfric schüttelte ohne das geringste Zögern den Kopf. »Nein.«
Cædmon atmete tief durch. Und all das vor dem Frühstück, dachte er fassungslos, nach einer Nacht wie dieser. »Schön, ganz wie du willst. Ihr anderen verschwindet. Wulfnoth, geh dich waschen, und dann hinein mit euch zum Frühstück.«
Harold und Guthrum wandten sich mit hängenden Schultern ab, aber Wulfnoth zögerte.
»Nein, warte, Vater«, bat er leise.
Ælfrics Miene war grimmig entschlossen; ein beinah unheimlicher Ausdruck auf einem so jungen Gesicht. »Halt bloß den Mund, Knirps«, drohte er finster.
Wulfnoth schwankte.

Cædmon machte eine ungeduldige, wedelnde Handbewegung. »Geh nur, Wulfnoth.«
Der jüngere seiner Söhne schüttelte ungewöhnlich entschlossen den Kopf. »Nein.« Seine kleinen Hände ballten sich zu Fäusten, und dann stieß er hervor: »Es ist alles wegen Hereward, Vater. Der Müller von Metcombe versteckt ihn vor den Männern des Sheriffs.«
Cædmon sah fassungslos von einem Sohn zum anderen. »Hereward? Der Wächter?«
Wulfnoth senkte den Blick. »Ja.«
Cædmon atmete tief durch und wandte den Blick zum wolkenverhangenen Himmel. Was kommt als nächstes, Gott?
Er hatte geglaubt, Hereward sei längst tot. Seit acht Jahren hatte niemand von ihm gehört...
»Und er ist in Metcombe?«
Wulfnoth nickte zögernd. »Ælfric wollte, daß ich schwöre, dir nichts zu sagen, weil Hereward ein englischer Held ist. Aber Prinz Henry ist mein bester Freund, Vater. Und Hereward will die Normannen aus dem Land jagen. Also mußte ich es doch sagen, oder?« fragte er flehentlich.
Cædmon löste seinen eisernen Griff von Ælfrics Schulter. »Wißt ihr«, sagte er leise, »das wirklich Vertrackte an der Sache ist, daß ihr beide recht habt. Und ihr könnt beide beruhigt sein. Ich werde Hereward nicht dem Sheriff preisgeben, aber ebensowenig wird Hereward die Normannen aus England verjagen, Wulfnoth. Dafür ist es schon lange zu spät. Hereward hatte seine Chance und hat sie vertan.« Er sah zu Ælfric, der seinen Blick mit skeptischer, verschlossener Miene erwiderte. »Du mußt vor allem lernen, daß dein Bruder ein englischer Patriot und trotzdem dem normannischen Königshaus ergeben sein kann, Ælfric.«
Ælfric rieb sich verlegen das Kinn an der Schulter. »Ich glaube nicht, daß das möglich ist.«
Cædmon seufzte. »Doch. Auch wenn es nicht gerade ein leichtes Los ist. Kommt. Laßt uns in die Halle gehen, ehe Aliesa uns vermißt. Und später setzen wir uns zusammen und reden über diese Sache. Es gibt einiges, das ihr lernen müßt, über England, die Normannen und über euch selbst.« Und es ist mein Versäumnis, dachte er, daß Ælfric und Wulfnoth all diese Dinge nicht längst wissen, keinerlei Grundlage haben, um ihren Standpunkt zu finden, sondern nur ihren kindlichen Instinkt und aufgeschnappte Parolen.

Cædmons Haushalt und die Angehörigen des Guts versammelten sich zum Frühstück in der Halle. Alle senkten die Köpfe, während Guthric ein kurzes Tischgebet sprach, und nach einem hastig gemurmelten »Amen« griffen sie zu. Brotlaibe und Haferfladen wanderten die Tische entlang, dünnes Bier plätscherte in die Becher, und Schmalz- und Buttertöpfe wurden herumgereicht. An der hohen Tafel gab es außerdem weißes Brot und Honig, und Cædmon trug der Köchin auf, jedem Kind in der Halle ebenfalls einen Löffel Honig zu geben.

»Ihr verhätschelt Euer Gesinde, Thane«, brummte sie mißfällig.

»Aber wir haben so viel Honig diesen Sommer, daß wir beinah darin ertrinken, Helen.«

»Der nächste Winter kommt bestimmt«, prophezeite sie düster.

»Zweifellos. Aber auch für den Winter wird der Honig reichen. Ich habe eher den Verdacht, du willst, daß wir noch ein Faß Met ansetzen für Mittsommer, he?«

»Aber Thane ...«, protestierte sie empört.

Cædmon lachte. »Honig ist wichtig für Kinder, Helen, er fördert das Wachstum. Sie werden größer und kräftiger und können um so besser für mich arbeiten. Du siehst, es ist purer Eigennutz. Wirst du's tun?«

Sie zeigte ihr dünnes, griesgrämiges Lächeln. »Meinetwegen.« Ohne Hast schlurfte sie davon.

Aliesa sah ihr mit einem fassungslosen Kopfschütteln nach, äußerte sich aber nicht.

»Cædmon, ich werde heute vormittag aufbrechen«, sagte Guthric zwischen zwei Bissen. »Ich würde mich zwar viel lieber noch ein paar Tage hier verkriechen, aber ich fürchte, wenn ich nicht bald freiwillig zurückkehre, wird Lanfranc mich holen lassen.«

Cædmon nickte. Er bedauerte, daß sein Bruder sie verließ, aber er verstand, daß Guthric seine Pflichten nicht länger vernachlässigen konnte. »Ich hoffe nur, der Erzbischof wird dir verzeihen, daß du diese Heirat möglich gemacht hast.« Er hatte Lanfrancs Gesicht am Abend von Richards Beerdigung noch sehr lebhaft vor Augen.

»Ach, Cædmon, manchmal bist du ein Unschuldslamm«, erwiderte Guthric lachend und senkte die Stimme, als er fortfuhr: »Lanfranc weiß genau, was in Rouen zwischen dir und Etienne fitz Osbern vorgefallen ist. Unter anderem erhält er regelmäßig schriftliche Berichte von Bruder Maurice, an den du dich gewiß erinnerst. Lanfranc weiß immer alles, verstehst du. Und er *wollte*, daß du sie heiratest. Denn er glaubt, daß es deine Position letztlich stärken wird, Skandal hin oder her. Und er wollte vermeiden, daß du dich weiter vor der Welt verkriechst und still vor dich hin leidest, denn er möchte, daß du an den Hof zurückkehrst, weil du Einfluß auf den König hast und auf Odo.«

Cædmon winkte ab. »Ich bin Lanfranc für seine Unterstützung dankbar, aber er sollte meinen Einfluß auf William lieber nicht überschätzen. Er ist sehr begrenzt. Der König wird mit zunehmendem Alter nicht einfacher, Guthric. Schon gar nicht, wenn sein Sohn und seine Neffen und Vasallen ihn verraten und von ihm abfallen. Er ist verbittert und jähzorniger denn je.«

Guthric nickte. »Ja, ja. Aber in Rouen erzählt man sich, du seiest der einzige Mann dies- und jenseits des Kanals, der keine Angst vor William habe.«

Dieses Mal war es an Cædmon zu lachen. »Das ist ausgesprochen schmeichelhaft, aber es entspricht leider ganz und gar nicht der Wahrheit.«

Guthric hob die Schultern. »Das macht doch nichts. Wichtig ist, daß sie es glauben. Lanfranc, der Hof, Odo, die Königin, die Prinzen … und William glaubt es auch.«

Cædmon unterdrückte ein Seufzen. »Wenn das stimmt, dann möge Gott mir gnädig sein. Aber wie dem auch sei. Noch ist der König weit weg in Rouen, und ich werde erst anfangen, mich seinetwegen zu sorgen, wenn er zurückkommt. Immerhin ist es ja möglich, daß sein Schiff untergeht, und ich hätte mich umsonst um den Schlaf gebracht.«

»Cædmon …«, schalt Guthric in gespielter Entrüstung.

Der Thane grinste flegelhaft und wechselte das Thema. »Wirst du mir einen Gefallen tun, Guthric? Oder eigentlich sind es zwei.«

Guthric trank einen Schluck. »Und zwar?«

»Schreib dem Bischof von Elmham und ersuche ihn, möglichst bald herzukommen und meine Kirche zu weihen.«

»Das wird er liebend gern tun. Und zweitens?«

»Schick mir einen jungen normannischen Mönch her, der meine Söhne erzieht. Ich will, daß sie normannische Sitten lernen und vor allem die Sprache. Er soll Edelleute aus ihnen machen, verstehst du. Damit sie im normannischen England bestehen können, wenn sie erwachsen sind, und Ælfric nicht am Galgen endet.«

Guthric nickte nachdenklich. »Glaubst du nicht, Wulfnoth wäre in einer Klosterschule am besten aufgehoben?«

»Nein, noch nicht. Er ist zu jung.«

»Je jünger, desto besser«, entgegnete Guthric.

Doch Cædmon schüttelte entschieden den Kopf. »Erst einmal soll er sich einen Platz in der Welt suchen. Wenn er ein gelehriger Schüler ist, kann er meinetwegen Latein lernen, dagegen habe ich nichts. Aber ich will, daß sie vorläufig beide in Helmsby bleiben.«

Guthric seufzte. »Und wieder ist ein vielversprechender junger Geist für die Kirche verloren ... Aber du hast schon recht. Er kann die Entscheidung später immer noch treffen. Ich werde einen guten Lehrer für die beiden suchen«, versprach er und sah zu seinen Neffen hinüber. Wulfnoth verfütterte sein Frühstück heimlich an den treuen alten Grim, der ihm schwanzwedelnd zu Füßen lag, und Ælfric tauschte mit seinem Vetter Harold unter dem Tisch Knuffe und Tritte. »Es wird nicht so einfach sein, jemanden zu finden, der Ælfric Respekt einflößen kann, aber Wulfnoth keine angst macht«, bemerkte Guthric.

»Nein«, stimmte Cædmon zu. »Wir bräuchten einen zweiten Bruder Oswald.«

Guthric lächelte unwillkürlich, als er an seinen Mentor und Prior erinnert wurde. »Der gute Oswald. Er wollte nichts weiter als seine Ruhe, um sich in seinem Kloster in Winchester ganz dem Studium der Heiligen Schrift zu widmen, aber seit er mit Hyld Odos berühmten Teppich entworfen hat, will jeder normannische Adlige in England ein Buch von ihm. Es ist eine regelrechte Mode. Und Oswalds Abt ist dem Reiz des Geldes verfallen und verhökert Oswalds Dienste wie ein Zuhälter die seiner Hure. Ich hörte, Oswald sei verzweifelt.«

Cædmon grinste. »Er hat sich bestimmt auch schon so manches Mal gewünscht, Harold Godwinson hätte damals nicht ausgerechnet ihn mit in die Normandie genommen ...«

Die Mahlzeit ging zu Ende; die Leute standen von den Bänken auf, um ihr Tagewerk zu beginnen, Mägde sammelten Becher und Schüsseln ein. Guthric winkte eins der Mädchen zu sich und sagte: »Lauf zum Pferdestall hinüber und sag Ine, daß ich in einer Stunde aufbrechen will.«

Sie nickte und wollte sich auf den Weg machen, aber Hyld hielt sie zurück. »Laß nur, Martha, ich wollte sowieso gleich zu Ine.«

Cædmon sah seine Schwester scharf an. »Wozu?«

Hyld erwiderte seinen Blick offen und antwortete unschuldig: »Ich muß Kranke besuchen und brauche ein Pferd, wenn's recht ist.«

»Natürlich. Entschuldige, Hyld. Solange es nichts mit deiner Freundin Gunnild zu tun hat …« Aus dem Augenwinkel sah er, daß Alfred sich erhoben hatte und davonschleichen wollte, und sagte: »Nein, bleib noch einen Moment, Vetter, sei so gut.«
Hyld und Alfred tauschten einen schuldbewußten Blick, der Cædmon alles sagte, was er wissen wollte. Er wartete, bis Guthric und die Jungen aufgestanden waren und auch Irmingard mit ihrer zweijährigen Agatha auf dem Arm und deren Großvater im Schlepptau davongegangen und nicht mehr in Hörweite war. Dann wandte er sich an Aliesa und erklärte: »Ine, der Stallknecht, will meine Erlaubnis zur Heirat mit Gunnild, der Tochter von Offa, dem Schmied. Offa ist ein angesehener, freier Mann. Die Verbindung ist undenkbar. Ich habe mich gefragt, wie Ine dazu kommt, einen solchen Gedanken auch nur zu äußern, aber jetzt sehe ich, daß er für diesen Irrsinn die Unterstützung meiner Schwester und meines Stewards hat.«
Aliesa dachte nicht daran, sich zu der Sache zu äußern, ehe sie mehr darüber wußte, und Hyld nutzte ihr Schweigen, um ruhig zu fragen: »Wieso ist es so undenkbar, Cædmon? Sie will es und er auch.«
»Aber ich nicht und ihr Vater gewiß auch nicht«, entgegnete Cædmon. »Er würde mit seinem Hammer auf mich losgehen, wenn ich diese alberne Idee unterstützte, und zu Recht. Meine Güte, was ist nur in euch gefahren? Die Tochter eines Freien kann keinen Sklaven heiraten, das wißt ihr so gut wie ich!«
»Ah ja?« fragte Hyld. Dann stützte sie die Hände auf den Tisch, lehnte sich leicht vor und sagte: »Ich hab's getan, Cædmon, und ich würde es morgen wieder tun.«
»Das war etwas anderes …«, widersprach er ungeduldig.
»Keineswegs.«
»Eriks Großvater war ein Bruder des Königs von Norwegen, Ines Großvater war ein Raufbold, der einen Housecarl unseres Großvaters erschlug und kein Wergeld zahlen konnte, verstehst du, das ist der Unterschied.«
»Ich sehe nicht, was unsere Großväter mit dieser Sache zu tun haben …«
»Hör zu, Hyld, damit das ein für allemal klar ist …«
»In dem Ton brauchst du mir überhaupt nicht zu kommen, Bruder …«
»Verdammt, Alfred, würdest du vielleicht auch mal was sagen …«
»Ähm, Cædmon, ich …«

»Augenblick mal«, mischte sich Aliesa energisch ein und war verblüfft über die Wirkung. Alle drei verstummten und sahen sie an. »Ich habe einige Fragen«, fuhr sie fort.
Es herrschte ein kurzes, unsicheres Schweigen, dann nickte Cædmon ihr zu. »Bitte.«
»Wie alt ist das Mädchen?« wollte sie wissen.
Hyld überlegte kurz. »Etwa so wie ich. Mitte Zwanzig. Zwei, drei Jahre älter als Ine.«
»Und warum ist sie nicht längst verheiratet? Wenn ihr Vater ein angesehener, vermutlich nicht armer Mann ist, warum hat er sie nicht längst ordentlich unter die Haube gebracht?«
»Weil sie ihrem Vater und ihren Brüdern das Haus führen muß, seit ihre Mutter tot ist«, erklärte Hyld. »Offa hat nicht wieder geheiratet, und seine Söhne haben es auch nicht eilig damit. Also lassen sie Gunnild für sich schuften; das ist billiger, als eine Magd zu nehmen, der sie einen Penny die Woche zahlen müßten.«
»Also ehrlich, Hyld, es ist unmöglich, was du da redest«, protestierte Cædmon aufgebracht.
»Leider nicht, denn es ist wahr«, entgegnete sie. »Außerdem hat Gunnild furchtbar schlechte Augen. Ich hab' es vor drei Jahren gemerkt, als sie mit am Teppich gearbeitet hat, obwohl sie so tapfer versucht hat, es geheimzuhalten. Aber mittlerweile ist es bekannt, darum stehen die Heiratskandidaten nicht gerade Schlange. Kann sein, daß sie blind wird. Aber Ine ist es egal, denn er liebt sie. Ich dachte, du wüßtest, was das heißt.«
Cædmon fuhr wütend auf, doch seine Frau kam ihm zuvor. »Aber Hyld, selbst wenn Cædmon seine Meinung ändern würde...«
»Wird er nicht«, grollte er und verschränkte trotzig die Arme.
»... wie in alle Welt will sie die Zustimmung ihres Vaters bekommen?« beendete Aliesa ihre Frage.
Hylds gewaltiger Zorn, den sie an Stelle ihrer Freundin aus Kindertagen empfand, entlud sich über dem unschuldigen Haupt ihres Vetters: »Du bist verdächtig still, Alfred! Immerhin hast du Ine auf diese verrückte Idee gebracht, Cædmon zu fragen, ehe ich mit ihm reden konnte, und jetzt sitzt du da und sagst keinen Ton!«
Der gutmütige Alfred warf ihr einen verschämten Blick zu, verschränkte die Hände auf der Tischplatte und wandte sich mit einem unbehaglichen Räuspern an Aliesa. »Madame, jetzt wird es ... nun ja, delikat.

Ich denke, es wäre besser, wenn ich diesen Teil der Angelegenheit mit Cædmon allein bespräche.«
Hyld stöhnte. »Oh, Alfred, du bist hoffnungslos!« Sie wandte sich an Aliesa und Cædmon. »Letzten Winter bekam Gunnild ein Kind. Es ist nur eine Woche alt geworden, aber man konnte sehen, daß es nicht normal war. Mißgestaltet und der Kopf viel zu groß.«
Cædmon runzelte mißfällig die Stirn, so als habe er vorübergehend vergessen, daß er selbst zwei Bastarde in die Welt gesetzt und die Frau seines besten Freundes geschwängert hatte. »Von Ine?«
Hyld schüttelte den Kopf. »Von ihrem Vater, sagt sie, und ich habe keinen Grund, an ihrem Wort zu zweifeln.«
»Großer Gott ...«, Cædmon raufte sich die Haare.
»Offa streitet es natürlich ab«, fügte Alfred hinzu. »Aber Hyld hat recht, warum sollte Gunnild es sagen, wenn es nicht wahr wäre? Die Schande ist für sie schließlich genauso groß wie für ihren Vater. Und denk an die Torfstecher in den abgelegenen Dörfern im Moor, jeder weiß, daß sie mehr schwachsinnige und mißgestaltete Kinder haben als andere Leute, weil sie immer nur untereinander heiraten. Jetzt will jedenfalls niemand Gunnild mehr haben. Eine halbblinde, eigentlich schon zu alte Frau, die ein verkrüppeltes Kind geboren hat. Für Gunnild heißt es, Ine oder keiner. Ine oder bald das nächste Balg, dessen Vater sein Großvater ist.«
»Oder sein Onkel«, warf Hyld ein. »Denn Gunnilds Brüder meinen, was ihr Vater dürfe, dürften sie erst recht.« Sie schüttelte seufzend den Kopf. »Gott, Aliesa, du mußt die Engländer für Barbaren halten ...«
Aliesa hob abwehrend die Hand. »Ich habe eine Hälfte meines Lebens in der Normandie verbracht, die andere in England, Hyld, und wenn ich eines gelernt habe, dann, daß die Menschen überall gleich sind.« Sie sah zu Cædmon. »Was sagst du nun?«
Er rieb sich das immer noch unrasierte Kinn und dachte nach. »Na ja, ich sehe, die Sache ist komplizierter, als ich angenommen hatte«, räumte er schließlich ein. »Aber mir ist immer noch nicht klar, wie ihr Offa dazu bewegen wollt, seine Zustimmung zu geben.«
Hyld und Alfred tauschten einen Blick, und er sagte: »Wenn du zu Offa gehst und ihm die Hölle heiß machst und ihm androhst, ihn wegen Blutschande vor einem dieser neuen normannischen Kirchengerichte anzuklagen, wird er klein beigeben. Er ist ein Hasenfuß.«
»Wie könnte ich ihn anklagen, wenn es keine Zeugen gibt?«

»Sag ihm, er werde sich einem Gottesurteil unterziehen müssen«, schlug Hyld vor.
»Aber es gibt bei kirchlichen Gerichten keine Gottesurteile ...«
»Meine Güte, Cædmon, das weiß der Schmied doch nicht!« unterbrach Hyld ungeduldig. »Lüg ihm was vor und mach ihm angst. Er hat es verdient.«
»Ja, zweifellos, Hyld, du vergißt nur, daß ich grundsätzlich immer noch gegen Heiraten zwischen Freien und Unfreien bin.«
»Warum?« wollte Aliesa wissen.
»Weil es stets Ärger über die Frage gibt, ob die Kinder aus diesen Ehen frei oder unfrei sind. Es bringt immer Hader und Unfrieden. Und selbst wenn Gunnild heute vor zwei Dutzend Zeugen erklärt, auf alle Rechte ihres Standes zu verzichten, wird ihr Sohn eines Tages zu mir oder meinem Sohn kommen und sagen: ›Ich bin ein freier Mann und schulde dir keinen Frondienst.‹«
»Es würde dich nicht ruinieren«, murmelte Hyld.
»Darum geht es nicht«, erwiderte er gereizt.
Hyld öffnete den Mund, doch dann fing sie Aliesas Blick auf und sah das angedeutete Kopfschütteln ihrer Schwägerin. Mit einem verstohlenen Verschwörerlächeln in Hylds Richtung legte Aliesa Cædmon die Hand auf den Arm und sagte: »Du mußt es ja nicht jetzt entscheiden. Schlaf eine Nacht darüber.«

Mittsommer war immer ein rauschendes Fest, zu dem ein jeder an Speisen und Getränken beisteuerte, was er nur konnte. Doch in diesem Jahr übertraf das Festmahl alles, was man in Helmsby je gesehen hatte, denn der Thane hielt Wort und richtete anläßlich seiner Vermählung einen wahren Festschmaus für das ganze Dorf aus. Zwei Ochsen wurden am Spieß gebraten, fünf Lämmer und ungezählte Hühner mußten ihr Leben lassen, wahre Berge an Broten und Honigkuchen und Pasteten wurden gebacken, und es gab genug Met und Bier, daß jeder Mann und jede Frau von Helmsby sich zur völligen Besinnungslosigkeit hätte betrinken können.
Darüber hinaus war es der Hochzeitstag von Ine und Gunnild, ein Umstand, der bei den Brautleuten strahlende Glückseligkeit und bei den übrigen Dorfbewohnern je nach Sichtweise Befremden oder Genugtuung hervorrief.
»Ich frage mich nur, wie Hyld den Thane dazu überredet hat«, raunte

Eadgyth, die Melkerin, ihrer Freundin Seaxburh zu, die mit einem der kleinen Pächter verheiratet war.
»Helen sagt jedenfalls, sie hätten gewaltig gezankt deswegen«, wußte Seaxburh zu berichten. »Ah, da kommt der Mann, der uns sicher mehr sagen kann.«
Onkel Athelstan trat lächelnd zu den beiden jungen Frauen, einen Becher in der Hand. »Ist das nicht ein ganz wunderbarer Met, Seaxburh?«
Sie nickte. »Das ist es.«
Athelstan kniff der jungen Eadgyth liebevoll in die Wange. »Und wer springt heute abend für dich übers Feuer, he?«
Das Mädchen errötete heftig und senkte den Blick. »Oswin der Müllerssohn, will ich hoffen.«
»Ah. Ein wackerer Bursche. Gott, ich gäbe allen Met der Welt darum, noch einmal so jung zu sein wie ihr...«
Sie lachten, und Seaxburh mutmaßte: »Das sagt Ihr nur, weil Ihr sicher seid, daß Ihr nicht beim Wort genommen werdet.«
Athelstan grinste breit.
Eadgyth nickte verstohlen in Richtung der Brautleute und fragte: »Und werdet Ihr uns verraten, wie Hyld das angestellt hat? Ich hätte jede Wette gehalten, daß der Thane niemals zustimmt.«
Athelstan hob mahnend einen Zeigefinger. »Da siehst du, welch gefährliches Laster das Glücksspiel ist. Weitaus gefährlicher als der Trunk. Nein, es war nicht Hyld, die dieses beachtliche Wunder gewirkt hat, sondern die zauberhafte Lady Aliesa.«
Die beiden Frauen starrten ihn ungläubig an. »Die Normannin?«
Er nickte nachdrücklich. »Die Perle ihres Volkes.«
»Aber ... wie?« wollte Seaxburh wissen.
»Wie soll ich das wissen, Kind? Bin ich vielleicht eine Maus, die im Stroh unter ihrem Bett wohnt? Abends hat er noch nein gesagt und mit Hyld gestritten, daß die Fetzen flogen, und am nächsten Morgen war er zahm wie ein Lämmchen und gab seine Erlaubnis.« Er hob vielsagend die breiten Schultern. »Ein liebestoller Narr stellt dem anderen kein Bein, schätze ich.«
Seaxburh und Eadgyth folgten seinem Blick. Der Thane stand mit seiner normannischen Gemahlin am Rand der Dorfwiese im Schatten der Kastanie, die dort wuchs, hatte einen Arm um ihre Schultern gelegt, steckte ihr mit der anderen Hand irgendeine Leckerei in den lachen-

den Mund und flüsterte ihr etwas ins Ohr, woraufhin sie die Unterlippe zwischen ihre herrlichen weißen Zähne nahm und ihm tief in die Augen sah.

»Ja«, stimmte Seaxburh trocken zu, »ich verstehe, was Ihr meint.«

Doch sie irrten sich. Nicht mit Liebeskünsten, sondern mit praktischen Vorschlägen hatte Aliesa Cædmon überzeugt. Laß sie heiraten und gib ihnen ein Stück Land, hatte sie gesagt. Mach sie zu Pächtern, und den geschuldeten Frondienst leistet Ine dir nicht auf deinen Feldern, sondern bei den Pferden, denn darauf versteht er sich. Er, seine Frau und seine Familie werden nicht mehr an deinem Tisch essen, sondern an ihrem eigenen, und so sparst du Geld. Gib ihnen Land, Saatgut, zwei Ochsen, ein Haus und ein paar Möbel, und als Gegenleistung müssen sie sich einverstanden erklären, daß sie und ihre Nachkommen auf alle Rechte verzichten, die sich eventuell aus Gunnilds Stand ableiten lassen. Und damit diese Vereinbarung nicht in Vergessenheit geraten kann, werden wir sie in einer Urkunde schriftlich festhalten, die auch in hundert Jahren noch vor jedem Gericht Bestand haben wird.

Auf diese einfache Lösung wäre Cædmon von selbst nie gekommen, denn auch wenn er Lesen gelernt hatte, war das geschriebene Wort in seiner Vorstellung doch immer noch etwas Fremdartiges, etwas, das in die Klöster und Kirchen gehörte und in seinem Alltag nichts verloren hatte. Aber er mußte zugeben, daß es in diesem Fall die Antwort auf das Problem war. Noch vor dem Frühstück am nächsten Morgen hatte er mit Hyld und mit Alfred gesprochen, der sich sofort bereiterklärte, Ine alles beizubringen, was er über das Pflügen, Eggen, Säen und Ernten vielleicht noch nicht wußte. Als Alfred dann nach dem Essen mit Ine gesprochen und Cædmon gesehen hatte, wie das finstere, bleiche Gesicht sich allmählich aufhellte und dann erstrahlte, erst da war Cædmon der Gedanke gekommen, daß er und Ine tatsächlich etwas gemeinsam hatten, das alle Grenzen von Stand, Stellung und Geburt überwand, so als teilten sie ein Geheimnis. Und als der junge Stallknecht mit leuchtenden Augen zu ihm herübergeschaut hatte, hatte Cædmon gelächelt, nicht herablassend, nicht gönnerhaft, sondern aus purer Freude.

»Und was geschieht nun?« fragte Aliesa und wies auf den gewaltigen Scheiterhaufen, der in der Mitte der Dorfwiese aufgetürmt worden war. »Natürlich feiern die Leute in Herefordshire auch Mittsommer, aber ich war nie dabei.«

»Tja ... Irgendein Junge wird gleich auf diesen Baum hier klettern. Es ist immer einer der vorwitzigsten, also wird es vermutlich mein Sohn Ælfric sein. Er muß die Sonne genau im Auge behalten, und in dem Moment, da sie untergeht, muß das Feuer entzündet werden. Es ist ein uralter, heidnischer Brauch, verstehst du. Die lebensspendende Kraft der Sonne geht über ins Feuer. Es wird mächtig aufgeschürt, die Flammen müssen so hoch wie möglich schlagen. Denn es heißt, das Korn wird so hoch wie die Flammen des Mittsommerfeuers. Und das ist der Zeitpunkt, da du und ich uns zurückziehen werden.«
Sie nahm den Metbecher, den er ihr hinhielt, und trank, ehe sie fragte: »Und was geschieht, nachdem wir uns zurückgezogen haben?«
»Die Leute singen und tanzen ums Feuer, bis es heruntergebrannt ist. Dann springen die jungen Burschen für ihre Angebeteten übers Feuer. Wer es als erster wagt, ist ein großer Held. Und nach und nach wird es am Feuer immer leerer und stiller, während die Paare sich allesamt in Feen verwandeln und im Gebüsch verschwinden...«
Sie zog erschrocken die Luft ein und lachte, halb schockiert, halb belustigt. »Cædmon! Ist das wahr?«
Er nickte mit einer Grimasse komischer Zerknirschung. »Ich fürchte, ja. Wie gesagt, es ist ein sehr alter Brauch. Ein, ähm ... Fruchtbarkeitsritus, verstehst du.«
»O ja.«
»Er stammt aus der Zeit, ehe die Angeln und Sachsen das alte Britannien eroberten. Es heißt, die jungfräulichen Priesterinnen jener Zeit gaben sich in der Mittsommernacht eigens dafür ausgesuchten Männern hin, die anschließend verbrannt wurden, um sie ihrer Göttin zu opfern.«
Sie verzog das Gesicht. »Das ist ja gräßlich.«
»Und vermutlich nicht wahr, aber ich weiß es ehrlich gesagt nicht. Ich weiß nur, daß die Eroberer immer häßliche Lügen über die Eroberten erfinden, um deren Unterdrückung zu rechtfertigen. So wie Warenne behauptet, alle Northumbrier seien Heiden und beten zu Odin, was vollkommen lächerlich ist.«
Sie nickte, war aber in Gedanken bei der Mittsommernacht. »Und bist du auch einmal für ein Mädchen übers Feuer gesprungen, Cædmon? Und so weiter?«
Er schüttelte lächelnd den Kopf. »Ich war ein unschuldiger Knabe von vierzehn, als mein Vater mich in die Normandie schickte. Abgesehen

davon durften meine Geschwister und ich nie bleiben, wenn meine Eltern das Fest kurz nach Entzünden des Feuers verließen. Dunstan ist natürlich immer zurückgeschlichen, brüstete sich tags darauf mit seinen Taten und kassierte Prügel. Aber nie besonders schlimm. Mein Vater tat es nur, weil meine Mutter darauf bestand. Insgeheim klopfte er Dunstan auf die Schulter. Vermutlich wäre er selbst gern bis Sonnenaufgang dabei geblieben. So wie Onkel Athelstan hierbleiben wird. Und Alfred und Irmingard.«

Ælfric kam angerannt und hielt unter der Kastanie. Harold und zwei Jungen aus dem Dorf folgten ihm dicht auf den Fersen, aber Ælfric berührte den Stamm als erster. »Ich war der Schnellste! Ich darf hinauf! Nicht wahr, Vater?«

Cædmon nickte. »Du warst der erste, ja. Laß sehen.« Er und Aliesa traten zurück und machten Platz.

Ælfric sprang mit aller Kraft ab und versuchte, den untersten Ast des gewaltigen Baums zu fassen zu kriegen, aber er war zu hoch. Er versuchte es zweimal, dreimal, unermüdlich, aber jedesmal verfehlte er den Ast um wenigstens einen Zoll.

Cædmon hob seufzend die Schultern. »Wie du siehst, ist es nicht immer damit getan, der Schnellste zu sein.«

»Hilfst du mir?« fragte der Junge.

»Nein, das ist gegen die Regeln.«

»Aber die Sonne geht unter!« flehte Ælfric verzweifelt.

»Dann solltest du dir schnell etwas einfallen lassen.«

Ælfric sah sich mit hochrotem Kopf um. »Harold …?«

Sein Vetter schnaubte. »Das kannst du vergessen.« Offenbar hatte Ælfric unlängst irgend etwas getan, um sich Harolds Freundschaft vorübergehend zu verscherzen.

Plötzlich stand Wulfnoth neben ihm. Cædmon war schon gelegentlich aufgefallen, daß der Kleine eine fast unheimliche Gabe hatte, sich lautlos zu bewegen.

»Ich werd' dir helfen, Ælfric«, erbot er.

Ælfric stieß erleichtert die Luft aus und winkte ihn näher. »Mach eine Räuberleiter, los.«

Wulfnoth trat neben ihn. »Die Sache hat einen Preis. Du mußt mir einen Wunsch erfüllen.«

»Was?« fragte Ælfric ungeduldig.

»Das sage ich dir anschließend.«

»Überleg dir gut, was du tust, Ælfric, nachher gibt es kein Zurück«, warnte Cædmon beiläufig.
Aber das Nachher war weit weg, nur das Jetzt galt für Ælfric. »Einverstanden. Los, los, mach schon!«
Wulfnoth verschränkte die Hände ineinander, Ælfric stellte einen Fuß hinein, packte die schmächtige Schulter seines Bruders und hangelte sich hoch. Im Nu war er zwischen dem dichten Laub verschwunden; Zweige knackten, ein paar lange Fingerblätter schwebten zu Boden, und dann erschien Ælfrics Kopf bedenklich weit oben in der Krone. »Sie ist schon mehr als halb weg!« brüllte er aufgeregt.
Cædmon sah grinsend zu ihm auf. »Laß sie nicht aus den Augen, jetzt geht es ziemlich schnell!« riet er. Dann blickte er kurz auf Wulfnoth hinab und murmelte: »Ich will nicht wissen, wie dein Wunsch lautet, aber mach ihm klar, daß ich die Einhaltung seines Versprechens überwache. Wenn er versucht, sich zu drücken, sagst du es mir.«
Wulfnoth lächelte ihn an, seine Miene zeigte verschmitzte Schadenfreude und vollkommenen Triumph.
Aliesa fuhr ihm lachend durch die weichen Locken. »Du bist ein kluger kleiner Bursche, Wulfnoth. Ich glaube, Ælfric wird den freien Blick auf die untergehende Sonne noch bereuen.«
»Das glaub' ich auch.«
Etwa alle zwanzig Herzschläge gab Ælfric den aktuellen Sonnenstand durch, was jedesmal mit Gelächter und ausgelassenem Applaus zur Kenntnis genommen wurde. Dann war es endlich soweit: »Jetzt! Jetzt! Sie geht unter!«
Seaxburhs Mann reichte die brennende Fackel an Onkel Athelstan, der sie einmal feierlich schwenkte und dann in den Holzstapel stieß. Augenblicklich begann es zu züngeln und zu prasseln, und die versammelten Einwohner von Helmsby brachen in lauten Jubel aus.
»Legt mehr Holz auf«, rief Athelstan mit donnernder, metgeölter Stimme. »Laßt die Flammen bis zum Himmel schlagen, auf daß euer Korn bis in den Himmel wachse und niemand in Helmsby Not leiden muß!« Er selbst nahm einen Scheit vom Vorratsstapel und warf ihn ins Feuer, und die jungen Männer, Frauen und auch die Kinder folgten seinem Beispiel. Schnell wie ein Eichhörnchen war Ælfric aus dem Baum geklettert, schwang einen Moment vom unteren Ast, ließ sich fallen und rannte zum Feuer, sein Versprechen vergessend. Wulfnoth folgte ihm langsamer.

Die Alten saßen im Gras einen Steinwurf vom Feuer entfernt und erfreuten sich an Lammbraten, weichem Hühnchenfleisch und Met, die Kinder rannten lachend und schreiend um das Feuer herum und hörten nicht auf die ängstlichen Warnungen ihrer Mütter.
Cædmon und Aliesa verfolgten das frohe Treiben, gingen Arm in Arm von Gruppe zu Gruppe und redeten mit den Leuten, und als das Feuer seinen Höhepunkt überschritten hatte und knisternd begann, in sich zusammenzufallen, raunte Cædmon seiner Frau zu, daß es Zeit sei zu gehen.
Sie willigte ein. »Obwohl ich nichts dagegen gehabt hätte zu sehen, wie du für mich übers Feuer springst«, flüsterte sie. »Ich glaube, das könnte mir gefallen.«
»Aber ich brenne doch so schon für dich«, gab er zurück.
Sie lachte anerkennend. »Sehr schlagfertig«, lobte sie und sah sich auf der dunklen Dorfwiese um. »Wo sind die Kinder?«
»Hyld sammelt sie ein und bringt sie nach Hause.«
Aliesa nickte versonnen. »Ja, ich kann mir vorstellen, daß sie nicht hierbleiben will. Dies ist keine Nacht für die Einsamen.«
»Nein, wirklich nicht«, stimmte er zu, sann einen Moment über das Los seiner Schwester nach, und Aliesa sagte, was er dachte:
»Es kann nicht leicht sein. Nicht nur die Ungewißheit und die Angst. Aber die lange … na ja, Enthaltsamkeit.«
»Ja«, stimmte er seufzend zu. »Wer wüßte das besser als du und ich.«
Sie lehnte den Kopf an seine Schulter und murmelte: »Wenn du mit dem König in den Krieg ziehst, wird es mir genauso ergehen wie Hyld. Das ist das Los der Frauen.«
Und ich werde in irgendeinem tristen Schlammloch festsitzen und mich fragen, ob du mir treu bist. Das ist das Los der Männer, dachte er, sagte aber nur: »Darüber können wir uns grämen, wenn es soweit ist.«
Sie schlenderten über die Wiese und wollten sich unauffällig davonstehlen, als plötzlich ein Schatten vor ihnen aufragte. Cædmon schrak zusammen und legte die Hand an das Heft seines Schwerts. »Wer ist da?«
»Thane, ich … hatte noch keine Gelegenheit, mit Euch zu sprechen.«
Es war Ine. Cædmons Augen hatten sich inzwischen auf das Dunkel eingestellt, und er erkannte Gunnild an der Seite ihres Bräutigams.
»Wir wollten Euch danken«, murmelte der Stallknecht verlegen.
»Und Euch auch, Lady«, fügte Gunnild hinzu, und nach einem kurzen

Zögern ergriff sie Aliesas Hand und führte sie kurz an die Lippen. »Gott hat Euch nach Helmsby geschickt.«
Aliesa blinzelte verwirrt, sah mit einem unsicheren Lächeln zu Cædmon und sagte dann impulsiv: »Du hast recht, Gunnild. Auf langen Umwegen, aber hier bin ich. Möge er euch segnen, wie er mich gesegnet hat.«

Früh am nächsten Morgen brachen Aliesa und Hyld mit Odric und Edmund als Begleitung nach Fenwick auf, um Lucien aufzusuchen, und Cædmon blieb mit Zweifeln und von bösen Ahnungen geplagt in Helmsby zurück.
Alfred saß kreidebleich an seiner Seite und gab ein schwaches Wimmern von sich, als Helen ihm eine Schale mit Hafergrütze vorsetzen wollte.
»Nimm das bloß weg«, murmelte er gequält.
In der Halle war es still wie bei einem Begräbnis. Das ist das Schlimme am Met, dachte Cædmon nicht zum erstenmal. Er ist süß und süffig und stimmt selbst den schrecklichsten Wüterich friedlich, aber der Jammer am nächsten Morgen ist unsäglich. Cædmon wußte genau, wie sein Vetter, seine Housecarls und sein Gesinde sich fühlten: als sei ihr Magen randvoll mit Galle und ihr Kopf so groß wie die neue Kirche von Helmsby. Onkel Athelstan war nicht einmal aufgestanden.
»Deine Frau ist fort?« fragte Alfred matt.
Cædmon nickte und hielt ihm einen Steinguttopf unter die Nase. »Ein wenig Schmalz, Vetter?«
Alfred wandte stöhnend den Kopf ab, den er gleich darauf mit einer schmerzlichen Grimasse in den Händen vergrub. »Hab Erbarmen, Thane ...«
Cædmon stellte den Schmalztopf grinsend beiseite.
Alfred riß sich zusammen und richtete sich auf. »Hör zu, Cædmon. Es gibt eine wichtige Sache, die ich dir sagen muß, aber in den vergangenen Tagen war es unmöglich, dich allein zu erwischen.«
Cædmon nahm einen Zug aus seinem Becher. »Jetzt bin ich allein.«
»Ja. Versteh mich nicht falsch. Sie ist eine wunderbare Frau, das habe ich dir damals schon gesagt. Aber bei dieser Sache war ich nicht sicher ... Sie ist Normannin, und ihr Bruder ist der Sheriff ...«
Cædmon sah ihn aufmerksam an. »Ich bin ganz Ohr, Alfred.«

Der Steward atmete tief durch und rang sichtlich um Mut. »Es ist ... eine vertrackte Geschichte. Aber brüll mich nicht an, Cædmon, ja? Nicht heute. Schlag mir morgen den Schädel ein.«
»Du hast mein Wort.«
Alfred deutete ein Nicken an und schloß einen Moment die Augen. »Es geht um diesen verfluchten Bastard Hereward.«
Cædmon stieß hörbar die Luft aus. »Gott sei Dank, Alfred«, sagte er leise. »Ich fing ernstlich an zu befürchten, du wolltest es mir nicht sagen.«
Alfred ließ die stützende Hand von seiner Stirn sinken. »Du weißt es?«
»Daß er in Metcombe ist und der Müller ihn versteckt, ja. Ist er allein?«
»O ja. Hereward ist so allein wie ein Mann nur sein kann. Cædmon, denk nicht, ich habe Vorbehalte gegen deine Frau, aber ich war einfach nicht sicher...«
Cædmon winkte beruhigend ab. »Das verstehe ich. Und vielleicht ist es sogar wirklich besser, daß sie im Augenblick noch nichts davon weiß, denn sie ist zu ihrem Bruder geritten, und es hätte sie sicher belastet, dieses Geheimnis mit dorthin zu nehmen.« Er brach ein Stück Brot ab, steckte es in seinen Beutel, dann leerte er seinen Becher. »Ich reite nach Metcombe.«
»Ich komme mit«, verkündete Alfred mit grimmiger Entschlossenheit.
Cædmon schüttelte grinsend den Kopf und legte ihm die Hand auf die Schulter. »Bleib lieber hier und schlaf dich aus.«
»Cædmon, du solltest auf keinen Fall allein hinreiten«, warnte der Steward eindringlich. »Hereward mag am Ende und von allen Getreuen verlassen sein, aber er ist immer noch gefährlich. Wie ein Bär in der Falle. Nimm ein paar der Männer mit, ich bitte dich.«
Cædmon überdachte den Rat einen Augenblick und schüttelte dann den Kopf. »Wenn ich die Housecarls mitnähme, könnte es dazu kommen, daß Engländer im Streit um einen Engländer Engländer töten, weil ein normannischer Sheriff und ein normannischer König ihnen im Nacken sitzen. Und das will ich nicht.«
Alfred sah ihn aus blutunterlaufenen Augen unglücklich an und nickte unwillig. »Aber sei vorsichtig, Thane. Hengest glaubt, du seiest schuld an allem, was Hereward geschehen ist.«
»Und in gewisser Weise hat er recht. Ich gebe schon auf mich acht, keine Bange.«

Ehe der Uferpfad den Wald verließ und auf die Dorfwiese von Metcombe einmündete, saß Cædmon ab und band Widsith an eine junge Birke. Der scharfe Ritt hatte das wackere normannische Schlachtroß erschöpft, und Cædmon mußte sich eingestehen, was er eigentlich nicht wahrhaben wollte: Widsith wurde alt. Lange würde er ihn nicht mehr tragen.
Lautlos schlich Cædmon zum Waldrand, legte sich auf den farn- und moosbedeckten Boden und robbte durchs Gebüsch, bis er einen klaren Blick auf die Mühle hatte. Nichts rührte sich. Die Asche des Mittsommerfeuers auf der Wiese rauchte noch hier und da, und wahrscheinlich litten auch die Leute von Metcombe an den Folgen der vergangenen Nacht. So betrachtet, hätte er kaum einen besseren Tag für diesen Besuch wählen können. Die Morgensonne begann zu klettern, fand hier und da einen Weg durch das Laub der Bäume und Sträucher und wärmte ihm den Nacken. Er konnte warten. Er hatte schon schlechter und kälter und nasser auf der Lauer gelegen. Verträumt rupfte er einen Grashalm aus, steckte ihn zwischen die Lippen und dachte an seine Frau, die jetzt vielleicht den halben Weg zu ihrem Bruder zurückgelegt hatte. Er fragte sich, was sie wohl vorfinden würde. Vor allem um ihretwillen hoffte er, daß Lucien Einsicht zeigen werde. Cædmon wußte genau, daß Aliesa mit der Ablehnung des Hofes und des normannischen Adels leben konnte, wenn nur ihr Bruder zu ihr stand. Er stützte das Kinn auf die verschränkten Hände und malte sich die Zukunft aus, überlegte, wie es wohl sein würde, wenn sie eine Tochter oder einen Sohn bekämen, was geschehen würde, wenn der König zurückkam, ob es Krieg mit Schottland geben mochte und ob sie endlich Ruhe vor den Dänen haben würden. All diese Fragen beschäftigten seine Gedanken so sehr, daß er kaum wahrnahm, wie die Zeit verging. Als die Tür zur Mühle sich endlich öffnete, war es fast Mittag.
Gytha trat aus dem Haus, einen Leinenbeutel in der Hand. Cædmon lächelte unwillkürlich, als er sie sah. Gytha mußte um die Dreißig sein, war eine gestandene Frau und hatte inzwischen sieben Söhne geboren. Nicht mehr das gertenschlanke, scheue Mädchen, das nach Rauch und Milch roch. Doch die ungezierte, natürliche Anmut war immer noch dieselbe, und ihr Anblick berührte Cædmon auf die gleiche Weise wie eh und je.
Hengest folgte ihr ins Freie, sagte etwas, und Gytha nickte, reichte ihm den Beutel und sah sich nervös um. Der Müller hängte sich den Lederriemen über die Schulter und ging mit langen Schritten davon.

Cædmon wartete, bis die Wiese wieder verlassen dalag und die Tür zur Mühle sich geschlossen hatte. Dann gab er sein Versteck auf, lief zu dem großen Holzgebäude hinüber und trat ein.
Gytha stand am Herd und fuhr erschrocken herum, als sie die Tür hörte.
Er sah sich kurz in dem großzügigen Raum um und fand sich an die eisige Winternacht erinnert, als er hier Obdach vor dem Schneesturm gefunden hatte. Keine Kühe standen heute in der Ecke hinter dem Herd – sie waren zweifellos auf der Weide. Aber drei kleine Jungen spielten im Stroh am Boden.
»Gytha.«
Sie starrte ihn unverwandt an. »Da bist du also.«
Er lachte leise. »Da bin ich. Kein Grund, wie ein verschrecktes Reh dazustehen. Leg den Schürhaken weg. Ich bin es nur.«
Abwesend legte sie den mit Asche bestäubten Eisenstab auf den Tisch und die Hände um die Oberarme, so als sei ihr kalt. »Wir hörten, du seiest zurück. Und hast eine normannische Braut mitgebracht.«
»Ja. Wo ist er, Gytha?«
»Hengest? Er ist zum Fischen gegangen.«
»Ohne Angel und mit einem Brotbeutel über der Schulter? Wie eigenartig.«
Sie schlug die Augen nieder, äußerte sich aber nicht.
»Sag es mir«, bat er leise. »Es ist nicht Hengest, den ich suche. Ich will kein Unglück in dein Haus bringen. Ich will nur Hereward.«
Sie zuckte zusammen, als der Name fiel, und ihr Blick wanderte zu den drei kleinen Jungen. »Ich habe dir nichts zu sagen, Cædmon.«
Er trat einen Schritt näher. »Gytha, sei vernünftig. Früher oder später wird der Sheriff davon Wind bekommen, daß ihr einen Gesetzlosen versteckt, und dann kann nichts und niemand euch retten. Aber noch kann ich euch helfen.«
Sie wich vor ihm zurück. »Du willst uns helfen? Kein Unglück über mein Haus bringen? Warum kommst du dann her?« fragte sie bitter. »Was, denkst du, werden meine Nachbarn sagen, wenn sie hören, daß ich Hereward an dich ausgeliefert habe? Und was würde Hengest tun? Wenn du mir helfen willst, dann verschwinde!«
»Das kann ich nicht. Da ich nun einmal davon weiß, muß ich handeln, sonst mache ich mich mitschuldig.«
Sie schnaubte verächtlich. »Niemand bräuchte je davon zu erfahren,

wenn du dich nur entschließen könntest, zu vergessen, was du weißt. Aber du kannst deinen geliebten normannischen König nicht hintergehen, nicht wahr? Einen Helden deines Volkes auszuliefern fällt dir hingegen nicht schwer.«
Es bekümmerte ihn, daß sie so schlecht von ihm dachte, und ihre Bitterkeit kränkte ihn. Aber er erwiderte ruhig: »Du hast recht, Gytha. Ich kann den König nicht hintergehen, denn ich habe ihm einen Eid geleistet. Und Hereward ist kein Held, glaub mir. Als Ely fiel, ist er geflohen und hat all seine Männer im Stich gelassen. Auch meinen Bruder. Aber darum geht es nicht. Ich bin nicht hier, um Hereward zur Rechenschaft zu ziehen, sondern um euch zu schützen und mich selbst. Ihr wart zu unvorsichtig. In Helmsby pfeifen es die Spatzen von den Dächern: ›Der Müller von Metcombe hält Hereward den Wächter versteckt‹. Ælfric und Wulfnoth wissen es. Mein Gesinde und meine Pächter wissen es vermutlich auch schon. Irgendwann wird die Neuigkeit sich bis nach Blackmore verbreiten, und was die Leute von Blackmore wissen, weiß auch bald der Sheriff, denn die Bauern dort leben in Angst vor ihm, und früher oder später wird einer es ihm sagen. Und dann wird er herkommen, Metcombe niederbrennen und Hengest blenden oder töten oder beides. Sie werden...«
»Hör auf!« unterbrach sie ihn schneidend. Sie trat zu ihren drei Söhnen, die mit angstvoll aufgerissenen Augen zu dem fremden Mann aufstarrten. Der älteste, vielleicht vier oder fünf und alt genug zu verstehen, was Cædmon gesagt hatte, brach in Tränen aus und vergrub das Gesicht in den Röcken seiner Mutter.
Gytha bedachte Cædmon mit einem verächtlichen Blick und strich ihrem Sohn mit einer ihrer schwieligen Hände über den Kopf. »Das ist es, was ihr Normannen am besten könnt: Kinder erschrecken.«
Cædmon senkte den Blick. »Ich bin kein Normanne, Gytha. Und es tut mir leid, ich wollte weder dir noch deinen Söhnen angst machen. Aber du mußt mir helfen. Und euch. Was ... was würdest du sagen, wenn ich mein Schwert und mein Messer hierließe und nur zu Hereward ginge, um mit ihm zu sprechen? Niemand könnte dir einen Vorwurf machen, schließlich weiß ich ja ohnehin schon, daß er hier irgendwo ist.«
Gytha sah ihn verständnislos an, ihre großen Augen waren voller Unruhe. »Er wird dich töten, wenn du unbewaffnet zu ihm kommst.«
»Das glaube ich nicht.«

Er löste seinen Schwertgürtel und legte ihn auf den Tisch. Dann zog er das lange Jagdmesser aus der Scheide und rammte es hoch oben in einen Balken, damit die Kinder nicht herankommen und sich beim Spielen verletzen konnten.

Gytha beobachtete ihn mit leicht geöffneten Lippen. »Woher weiß ich, daß im Wald nicht ein Dutzend normannischer Soldaten warten?«

Er sah sie wortlos an.

Sie schlug die Augen nieder und schüttelte den Kopf. »Entschuldige.«

»Du mußt mir glauben, Gytha, ich bin hier, um euch zu schützen.«

Es war so schwer, ihm zu glauben, nachdem der Müller ihr seit Jahren vorgebetet hatte, daß Cædmon of Helmsby ein Normannenfreund sei und kein Herz für sein eigenes Volk habe. Mit der ihr eigenen Bedächtigkeit wägte sie Für und Wider ab, sann über alles nach, was Cædmon einerseits und ihr Mann andererseits gesagt hatten, und traf ihre Wahl.

»Weißt du, wo Godric der Flußschiffer wohnt?«

»Ja.«

»Auf halbem Weg zu seinem Haus steht eine alte Schäferhütte. Sie wird nicht mehr benutzt; das Moor ist dorthin gewandert, und zu viele Schafe ertranken. Da versteckt sich Hereward.«

Cædmon nickte und wollte sich abwenden.

»Warte...«

Sie hob den weinenden Jungen auf den Arm und wiegte ihn. Zu Cædmon sagte sie: »Ich habe es mir überlegt. Nimm deine Waffen mit. Ich will nicht, daß er dich tötet.«

Er zögerte einen Moment und schüttelte dann den Kopf. Er war versucht, ihr zu verraten, daß er ein kleines Wurfmesser im Schuh trug, tat es aber nicht. Es konnte schließlich nicht schaden, wenn sie ihn für unerschrockener hielt, als er war. »Nein, vielleicht ist dies wirklich der bessere Weg. Und Hereward wird keinen unbewaffneten Mann töten.«

»Sieh dich vor«, bat sie leise. »Und hüte dich vor dem Moor, hörst du.«

Er trat zu ihr und küßte sie lächelnd auf die Wange. »Sei unbesorgt. Vor Sonnenuntergang komme ich wieder und hol' mir mein Schwert.«

Der Flußschiffer wohnte ein Stück außerhalb des Dorfes an einem der zahllosen Zuflüsse des Ouse, und der Weg führte durch sumpfige Heide und kleine Gehölze. Cædmon ging zu Fuß. Nach einer guten Viertelstunde sah er die verfallene Schäferhütte in einer flachen Senke vor sich liegen, blieb im Schutz einer kleinen Gruppe von Weißdornsträuchern stehen und beobachtete sie. Nichts rührte sich. Die Hütte war kaum mehr als ein armseliger Bretterverschlag mit einem löchrigen Strohdach. Sie mochte einmal eine Tür gehabt haben, aber jetzt gähnte nur eine schiefe Öffnung in den hellen Sommertag hinaus, und die Schwärze im Innern wirkte bedrohlich, als liege dort etwas auf der Lauer.

Cædmon zögerte. Ein seltsam heftiges Gefühl warnte ihn, sich weiter zu nähern. Er erwog, kehrtzumachen, von hinten an die Hütte heranzuschleichen und an einer Ritze zwischen den verwitterten Brettern zu lauschen, als hinter ihm plötzlich ein leises Rascheln erklang. Er fuhr herum und fand sich Auge in Auge mit Hengest, der eine blankpolierte Streitaxt in Händen hielt. Und der Müller war nicht allein. Links und rechts von ihm standen zwei junge Burschen, die Cædmon nicht kannte, der Kleidung nach Bauern, und sie waren mit furchteinflößenden Knüppeln bewaffnet.

»Ich bedaure, daß Ihr hergekommen seid, Thane«, sagte der Müller, und es klang tatsächlich so, als tue es ihm leid.

Cædmon spielte seinen einzigen Trumpf aus: »Ich bin unbewaffnet, Hengest.«

»Das war unvorsichtig von Euch. Doch es wird Euch nicht retten«, entgegnete er.

»Aber Hengest …«, begann einer der Milchbarte unsicher. »Er ist der Thane. Und … man darf doch keinen unbewaffneten Mann erschlagen.«

Hengest warf ihm stirnrunzelnd einen kurzen Blick zu. »Das ist auch nicht nötig. Selbst ein Thane kann im Moor ertrinken.«

Ah ja? dachte Cædmon. Erst mußt du mich zu fassen kriegen, du Bastard …

»Würdest du einem Todgeweihten eine letzte Bitte gewähren, Hengest?« erkundigte er sich.

»Ihr solltet lieber nicht glauben, ich würde es nicht tun«, knurrte der Müller drohend. »Ihr seid ein Verräter an Eurem Volk, und ich werde mich nicht fürchten, Eurem Vater und Großvater im Jenseits Rede und Antwort zu stehen, wenn ich Euch töte!«

Cædmon verkniff sich eine bissige Antwort. Es hatte keinen Sinn, den Mann weiter zu reizen, denn er war gefährlich. Seit Jahren hegte der Müller einen schwelenden Groll gegen Cædmon, der viel mehr mit Gytha als mit König William oder Hereward zu tun hatte.

»Beantwortest du meine Frage?« erkundigte er sich.
»Was wollt Ihr?«
»Laß mich mit Hereward sprechen. Nur einen Moment.«
»Nein.«
»Warum nicht?«
»Weil Ihr ihn schändlich verraten habt und es gewiß schmerzlich für ihn wäre, Euch zu sehen. Der Mann hat genug gelitten.«
»Wenn ich ihn verraten habe, solltest du ihm das Recht, mich selbst zu töten, nicht streitig machen.«
Der Müller schien einen Augenblick unsicher, und noch ehe er eine Entscheidung getroffen hatte, fragte Cædmon: »Bewacht ihr euren Helden immer zu dritt, oder habt ihr mich erwartet?«
Hengest hob die Rechte und wies auf den schlaksigen Jüngling an seiner Seite. »Bedwyn hat Euer Pferd im Wald gesehen. Ich war schon auf dem Heimweg, als er und sein Bruder…«
Cædmon packte die Axt, ehe der Müller wieder beide Hände am Griff hatte, und entriß sie ihm mit einem gewaltigen Ruck. Dann machte er einen Satz nach hinten und ließ die gefährliche Waffe einmal vor sich durch die Luft sausen, als sei es eine Sense, um die drei Männer auf Abstand zu halten.
Er stand breitbeinig, die Axt einsatzbereit in beiden Händen, und grinste in drei verdatterte Gesichter. »Und was machen wir nun, Hengest?«
Der Müller ließ ihn nicht aus den Augen. »Bedwyn, lauf ins Dorf und trommel alle Männer zusammen, na los…«
Der junge Bursche wandte sich ab und rannte los, aber er war noch keine zehn Schritt weit gekommen, als Cædmon seinen linken Fuß hob und einen Augenblick wie ein Storch dastand, das Messer aus dem Schuh zog und aus dem Handgelenk warf. Die kleine Waffe wirbelte pfeilschnell durch die Luft, und die Klinge drang in Bedwyns Wade. Der Junge jaulte auf, stürzte der Länge nach und landete mit einem dumpfen Platschen in einem der tückischen Schlammlöcher.
»Bedwyn!« rief sein Bruder entsetzt und wollte zu ihm laufen, aber Cædmon hob drohend die Axt. »Du rührst dich nicht, Bürschchen.«
»Aber Thane … er ist mein Bruder!«
Cædmon sah ihn finster an. »Dann schwöre beim Leben deines Bruders, daß du mir gehorchen wirst und nicht dem Müller.«
Der Junge legte ohne zu zögern die Linke aufs Herz und hob die Rechte. »Ich schwöre.«

Cædmon machte eine einladende Geste, und der Junge wandte sich ab, riß sich im Laufen den Gürtel vom Leib, fiel am Rand des Sumpflochs auf die Knie und warf seinem jammernden Bruder das rettende Seil zu.
Cædmon beachtete sie nicht weiter, ließ den Müller nicht aus den Augen und die Axt keinen Zoll sinken – dankbar, daß Hengest nicht ahnte, wie hoffnungslos ungeübt er im Umgang mit dieser, der englischsten aller Waffen war.
Schlammverschmiert und triefend kam Bedwyn schließlich zu Cædmon zurückgehumpelt. Er stützte sich schwer auf die Schultern seines Bruder und heulte leise.
Cædmon sah ihn kopfschüttelnd an. »Zieh das Messer raus, dann wird es nicht mehr so weh tun«, riet er und wahrte mit Mühe ein ernstes Gesicht. »Pflück Moos und drück es auf die Wunde«, wies er den unverletzten Bruder an. »Und ihr zwei wartet hier und rührt euch nicht von der Stelle. Habt ihr verstanden?«
Sie nickten kleinlaut.
Cædmon sah zu Hengest und machte eine einladende Geste mit der Axt. »Du und ich gehen zu Hereward.«
Mit bleichem Gesicht wandte der Müller sich ab, trottete vor Cædmon hügelabwärts und unternahm einen letzten, tollkühnen Versuch, das Blatt noch zu wenden und seinen Gast zu schützen: Er warf sich mit einem plötzlichen Satz nach hinten, um Cædmon zu Fall zu bringen und ihm die Waffe zu entreißen. Aber Cædmons Reflexe waren zu schnell. Mit einem beinah eleganten Ausfallschritt glitt er beiseite, und Hengest fiel hart auf den Rücken. Schweigend wartete Cædmon, bis der andere wieder auf die Füße gekommen war. Die Schultern des Müllers hingen mutlos herab und verrieten seine Resignation.
Am Eingang der dunklen Hütte blieb Hengest stehen.
Cædmon winkte ungeduldig. »Nach dir.«
Sie mußten beide den Kopf unter dem niedrigen Sturz einziehen.
Im Innern roch es nach Schafen und Fäulnis. Der Lehmboden der kleinen Hütte war feucht. Es gab keine Möbel.
Als Cædmons Augen sich auf das Dämmerlicht eingestellt hatten, entdeckte er in einer Ecke am Boden eine reglose Gestalt.
Cædmon packte den Müller am Arm, schleuderte ihn in die gleiche Richtung, stellte sich mit dem Rücken an die Wand neben der Tür und hielt die Axt einsatzbereit.

»Seid so gut und steht auf, Hereward.«
Nach einem Moment regte sich der Mann am Boden. Seine Bewegungen waren schleppend wie die eines Greises, aber er kam ohne Mühe auf die Füße, stand ungebeugt und trat einen Schritt vor.
Etwas Licht fiel durch die Türöffnung auf ihn. Hereward mußte etwa Mitte Dreißig sein, wußte Cædmon, doch sein Haar war schneeweiß, das Gesicht tief zerfurcht. Nur die stechenden Feenaugen waren unverändert.
Sie sahen sich lange an.
»Sie sagen, Dunstan hat sich das Leben genommen«, sagte Hereward schließlich. Seine Stimme war so kräftig und volltönend wie damals, doch die unerschütterliche Arroganz war nicht mehr herauszuhören.
»Nein, er fiel im Kampf«, hörte Cædmon sich sagen.
»Nicht von Eurer Hand, hoffe ich für Euch beide?«
Cædmon schüttelte den Kopf. »Aber ich habe es gesehen.«
Hereward, den sie den Wächter genannt hatten, senkte den Blick und gestand: »Ich bin froh, daß Ihr gekommen seid. Daß es vorbei ist.«
Cædmon verhärtete sich gegen sein Mitgefühl. »Täuscht Euch nicht. Ich bin nicht hier, um Euch zu töten. Aber wenn Ihr Euch freiwillig in meine Hände gebt, dann … dann werde ich für Euch tun, was ich kann.«
Hereward hob den schlohweißen Kopf und sah zu Hengest. »Es tut mir leid, mein wackerer Freund. Ich bin dir dankbar für das, was du für mich getan hast, aber ich fürchte, das Angebot des Thane ist zu verlockend. Ich bin müde, Hengest.«
Müde, dachte Cædmon, wäre ich wohl auch. Acht Jahre auf der Flucht. Acht Jahre in erbärmlichen Verstecken wie diesem, ein Gesetzloser, den jeder töten kann, der ihn erkennt, um die Belohnung zu kassieren, die auf seinen Kopf ausgesetzt ist…
Hengest senkte den Kopf und sagte nichts.
»Es hat keinen Sinn mehr«, versuchte Hereward zu erklären. »In Ely hatten wir eine Chance, aber jetzt … ist es zu spät. England gehört William. Seine eigenen Adligen haben versucht, ihn zu stürzen, und sind gescheitert. War's nicht so, Thane?«
Cædmon nickte. »So war es.«
Hereward löste sein Schwert und gab es Cædmon. »Laßt uns gehen.« Er legte dem Müller die Hand auf die Schulter.
Hengest nickte unglücklich, rang einen Moment um seinen Mut und

sah dann zu Cædmon. »Kann ich in Metcombe bleiben, oder wird der Sheriff mir seine Bluthunde auf den Hals hetzen?«

Cædmon winkte ab. »Von mir erfährt er nichts, da kannst du sicher sein. Und wenn Hereward nicht mehr hier ist, spielt es keine Rolle, welche Gerüchte dem Sheriff zu Ohren kommen. Wenn er euch heimsucht, schickt mir einen Boten, so wie früher.«

Hengest starrte ihn ungläubig an. Er hatte offenbar nicht damit gerechnet, daß Metcombe weiterhin unter Cædmons Schutz stehen würde. Aber er brachte es nicht fertig, ihm zu danken, sondern fragte lediglich: »Wo bringt ihr Hereward hin? Nach Helmsby?«

Cædmon sah einen Moment in die immer noch lodernden Feenaugen und schüttelte den Kopf. Helmsby hatte kein Verlies, und er traute Hereward nicht. Wenn er satt und ausgeschlafen war, mochte sein Kampfgeist zurückkehren, und Cædmon hätte allerhand zu erklären, wenn dieser Gefangene ihm entwischte. Oder Lucien könnte kommen und ihn holen und Gott weiß was mit ihm tun, und das wollte Cædmon ebensowenig.

»Nach Dover«, antwortete er schließlich. »Zu Bischof Odo, des Königs Bruder. Er hat ein Herz für in Ungnade gefallene Engländer – das weiß niemand besser als ich.«

Helmsby Juli 1079

Er hatte damit gerechnet, daß Aliesa einige Tage fortbleiben würde, aber nach zwei Wochen begann er, sich zu sorgen, und er vermißte sie fürchterlich. Doch er widerstand der Versuchung, ihr zu folgen, und schickte statt dessen Alfred nach Blackmore, um sich ein wenig umzuhören. Die Gerüchte, die der Steward mit heimbrachte, waren beruhigend, wenn auch ein wenig rätselhaft. Die Bauern erzählten sich, der Sheriff habe seine Schwester mit größter Herzlichkeit aufgenommen und auch die Schwester des Thane of Helmsby höflich empfangen, aber seit ihrer Ankunft hatte niemand mehr die schöne Beatrice zu Gesicht bekommen. Nun, Cædmon war sicher, Hyld und Aliesa würden ihm in allen Einzelheiten von ihrem Besuch in Fenwick berichten. Fürs erste war er zufrieden damit zu wissen, daß sie wohlauf waren.

Er vertrieb sich die Tage mit Arbeit. Die Ernte hatte begonnen, und oft war er von früh bis spät mit Alfred zusammen draußen auf den Feldern. Meistens nahm er Ælfric und Wulfnoth mit. Er genoß die Gesellschaft seiner Söhne, und er hielt sein Versprechen, erzählte ihnen von Normannen und Engländern, ihren Vorzügen und Schwächen und Gemeinsamkeiten. Ælfric blieb allem Normannischen gegenüber skeptisch, so sehr Cædmon sich auch bemühte, Treue und Loyalität, diese alten Tugenden angelsächsischer Krieger, für den König in ihm zu wekken. Doch immerhin lauschte Ælfric ihm höflich und aufmerksam, und seine vielen Fragen verrieten, wie gründlich er über alles nachdachte, was sein Vater ihm sagte. Wulfnoth legte nach und nach seine Scheu ab und sog all das neue Wissen über die normannische Welt gierig in sich auf. Oft wies er auf einen Gegenstand, ein Tier oder einen Baum und fragte seinen Vater, wie sie auf normannisch hießen, und er vergaß nie ein einziges Wort. Ælfric betrachtete seinen Bruder mit Unverständnis und manches Mal kopfschüttelnd, aber nicht mehr mit der gleichen Herablassung wie noch vor Mittsommer. Cædmon erfuhr nie, worum es sich bei dem Versprechen gehandelt hatte, das Wulfnoth seinem großen Bruder abgegaunert hatte, doch offenbar stand Ælfric zu seinem Wort und empfand plötzlich eine gewisse Achtung für Wulfnoth. Cædmon war stolz auf sie beide und nicht wenig erleichtert. Dunstan, den er so oft in seinem draufgängerischen Ältesten wiederentdeckte, wäre jedes Mittel recht gewesen, fair oder unfair, um sich vor der Einlösung eines unbequemen Versprechens zu drücken.

Der St.-Swithun-Tag Mitte Juli brachte Regen, wie Cædmons linkes Bein ihm schon beim Aufwachen angekündigt hatte. Der Wetterumschwung löste allgemein Stöhnen und Jammern aus, denn jeder wußte: Regnete es an St. Swithun, regnete es vier Wochen lang. Doch mit dem Regen kam an diesem Feiertag auch der Bischof von Elmham mit seinem Diakon und einer Schar von Kaplänen und weihte die neue, steinerne St.-Wulfstan-Kirche von Helmsby. Beim anschließenden Festmahl in der Halle gratulierte er Cædmon überschwenglich und wiederholt zu diesem neuen Gotteshaus und vertraute ihm zum Abschied an, er sei überzeugt, daß Cædmon mit dieser Gabe an Gott alle Sündenschuld getilgt habe, die er mit seiner etwas ... nun ja, delikaten Eheschließung auf sich geladen habe.

Als die bischöfliche Delegation Helmsby verließ, begab Cædmon sich zurück in die jetzt verlassene Kirche. Die kühle, feuchte Luft im Inneren war immer noch schwer von Weihrauch. Er sog den betäubenden, aber doch so wohltuenden Duft tief ein und sah sich aufmerksam um. Vier Säulenpaare trennten die Seitenschiffe vom mittleren Hauptschiff der Kirche. Von Säule zu Säule spannte sich ein Rundbogen, hinter jedem Rundbogen lag eine Fensteröffnung in den Wänden der Seitenschiffe, durch die das Licht des regnerischen Nachmittags hereinfiel. Eines Tages, dachte er, würde er vielleicht Glas in diese Fenster einsetzen lassen. Über den hohen Fenstern des Mittelschiffs spannte sich ein hölzernes Tonnengewölbe, und wenn man, so wie er jetzt, mit dem Rücken zum noch fehlenden Portal stand, schien der ganze Bau auf den Altarraum an der Ostseite ausgerichtet, schienen die Säulen geradewegs dorthinzustreben. In der Apsis führte eine schmale Treppe hinab in die Krypta, wo in einem schlichten, steinernen Reliquiar der Knochensplitter des heiligen Wulfstan aufbewahrt wurde, den die Pfarrei ihr eigen nannte, und wenn er irgendwann einmal wieder Geld hatte, wollte Cædmon über der noch unvollständigen Westfassade der Kirche einen Turm errichten. Schon jetzt war der Bau prachtvoll, und die Bauern von Helmsby senkten ehrfürchtig die Köpfe, wenn sie ihn betraten. Cædmon hätte stolz auf sein Werk sein sollen. Zumindest zufrieden. Was er statt dessen empfand, begann als sanfte Melancholie und drohte in der berüchtigten Düsternis auszuufern, die ihm nur zu vertraut war. Er entzündete zwei Kerzen, eine für Richard, eine für Etienne, stellte sie auf den Altar, kniete davor nieder und suchte Trost im Gebet. Aber der Trost wollte sich nicht einstellen, und so betete er eben um Aliesas baldige Heimkehr, denn er wußte, sobald sie wieder da war, würde die Düsternis weichen.

Als er leise Schritte auf den steinernen Bodenplatten vernahm, glaubte er, Gott habe seinen Wunsch ungewöhnlich prompt erfüllt, und er wandte hoffnungsvoll den Kopf.

Doch nicht Aliesa durchquerte das dämmrige Mittelschiff, sondern eine kleine, dunkle Gestalt in Kutte und Kapuze. »Cædmon? Entschuldige, daß ich dich störe. Dein Steward sagte mir, ich könne dich hier finden …«

»Bruder Oswald!« Er erhob sich eilig, trat ihm entgegen und schloß ihn in die Arme. »Was in aller Welt verschlägt dich nach Helmsby?«

Bruder Oswald antwortete nicht sofort, sondern sah sich aufmerksam um. »Welch eine wundervolle Kirche, Cædmon. Meinen Glückwunsch.«

»Danke. Komm, laß uns zur Halle hinübergehen.«
Oswald winkte ab. »Bleiben wir noch einen Moment. Ich möchte sie mir in Ruhe ansehen. Außerdem gießt es draußen wie aus Kübeln.«
Cædmon hob lächelnd die Schultern. »Wenn wir warten wollen, bis es aufhört, müssen wir auf ein Wunder hoffen oder verhungern. Heute ist St. Swithun.«
»O nein, ist das wahr?«
»Das solltest du besser wissen als ich, Bruder Oswald.«
»Oh, Cædmon, wenn du wüßtest…«
Cædmon erkannte auf einmal, wie unglücklich und rastlos sein alter Freund wirkte. »Was ist passiert?«
Der kleine Mönch schnitt eine halb komische, halb klägliche Grimasse. »Ich habe mich mit meinem Abt überworfen. Wenn du es genau wissen willst: Ich bin ohne Erlaubnis aus Winchester verschwunden. Ich bin … na ja, auf der Flucht.«
Cædmon starrte ihn ungläubig an, ehe er sich entsann, was Guthric ihm erzählt hatte. »Dein geldgieriger Abt hat dir keine Ruhe gelassen, was?«
»Nicht nur das. Er ist geistlos und grausam. Er schikaniert die englischen Brüder. In diesem Fall haben der König und Lanfranc schlecht gewählt, Cædmon. Guy de Lisieux ist kein geeigneter Vorstand für ein englisches Kloster.«
»Du solltest Guthric davon berichten. Wenn er es Lanfranc vorträgt, wird der Erzbischof sich der Sache annehmen.«
Oswald nickte. »Ich war bei Guthric, und er hat versprochen, sich darum zu kümmern. Es bleibt aber leider die Tatsache, daß ich eins meiner drei Gelübde gebrochen habe.« Er lächelte ein wenig verloren. »Gehorsam ist mir immer schwerer gefallen als Armut und Enthaltsamkeit. Jedenfalls sagte Guthric, es sei ratsam, wenn ich eine Weile untertauche, bis Gras über die Sache gewachsen ist. Und er sagte, du suchst einen Lehrer für deine Söhne.« Er breitete die Arme aus. »Du hast Glück. Derzeit bin ich billig zu haben. Ein Dach über dem Kopf und zwei schlichte Mahlzeiten am Tag reichen mir voll und ganz.«
Cædmon strahlte. Es hätte kaum besser kommen können. Er nahm den Bruder beim Arm. »Dann sei willkommen in Helmsby, Oswald. In wessen Obhut wüßte ich Ælfric und Wulfnoth besser aufgehoben? Komm. Sie werden sich freuen, dich wiederzusehen.«
Kaum zehn Schritte von der neuen Kirche entfernt, waren sie schon

bis auf die Haut durchnäßt. Aber sie beide kannten die Wolkenbrüche in East Anglia, und es war nicht kalt. Sie beeilten sich nicht sonderlich, während sie die halbe Meile zur Burg zurücklegten.
»Hast du von Hereward gehört?« erkundigte sich Cædmon.
Oswald nickte. »Ich traf Bischof Odo in Canterbury. Er wollte es nicht rundheraus zugeben, aber wie es scheint, findet er großen Gefallen an Hereward. Du hast eine kluge Entscheidung getroffen, Cædmon. Odo wird sich beim König für Hereward verwenden, ich bin sicher.«
Cædmon atmete tief durch. »Es könnte so vieles wiedergutmachen, wenn William sich entschließen könnte, ihn nicht hinzurichten oder zu blenden. Die Leute würden Waltheof of Huntingdon vergessen. Sie *wollen* ihn vergessen, denn er war ein Verräter und ein Feigling.«
»Auch Hereward war beim Fall von Ely ein Feigling«, bemerkte Oswald.
»Das wissen du und ich«, entgegnete Cædmon. »Aber in den Augen vieler Engländer ist er der letzte angelsächsische Held. Wenn William ihn ihnen läßt, beweist er, daß er ein englischer König ist.«
»Was denkst du, Cædmon, wann kommt der König zurück nach England?«
Cædmon hob vielsagend die Schultern. »Das hängt davon ab, wie die Lage auf dem Kontinent sich entwickelt. Ob er seinem Sohn Robert nochmals sein Vertrauen schenkt. Wie das Maine und Flandern und die Bretagne, vor allem aber wie Philip von Frankreich sich verhält. Die Normandie ist von allen Seiten bedrängt und innerlich zerrissen.«
»Und die Schotten verwüsten Northumbria.«
»Er wird sich darum kümmern, wenn er kann, Oswald, glaub mir.«
Der Mönch war skeptisch. »Er hat kein Herz für Northumbria.«
»Nein, das ist wahr. Aber er kann es nicht ausstehen, wenn irgendwer seine Grenzen verletzt.«

Als Aliesa und Hyld zwei Tage später heimkamen, fand Cædmon seine Frau bleich und abgespannt.
Er war in den Hof hinausgestürmt, nachdem er Alfred hatte rufen hören, und traf sie vor dem Pferdestall. Hyld war mit den Pferden in dem niedrigen Holzschuppen verschwunden und redete mit Ine. Aliesa stand wartend im strömenden Regen, und als sie ihren Mann auf sich zukommen sah, lächelte sie.
Ihre zierliche, tropfnasse Gestalt verschwand fast vollständig in Cædmons Umarmung. Er kniff die Augen zu und preßte die Lippen auf ihre

triefenden, schwarzen Locken. »Gott … laß mich nie wieder so lang allein, hörst du.«
»Um Himmels willen, laß mich los, du Troll, was sollen die Leute denken?« murmelte sie mit einem Lächeln in der Stimme.
»Sie können denken, was sie wollen.« Aber er löste sich von ihr, trat einen Schritt zurück und nahm ihre Hand. »Komm ins Trockene. Es ist ungemütlich. Nicht, daß du dich erkältest. Das Wetter scheint zu halten, was St. Swithun versprochen hat …« Er spürte plötzlich einen eigentümlichen Drang zu faseln und biß die Zähne zusammen, um es zu verhindern. Mit einem verschämten Lächeln nahm er ihren Arm und führte sie ins Haus. »Geht es dir gut?« fragte er besorgt, während er sie von der Seite betrachtete. »Du bist sehr blaß.«
»Alles in Ordnung.« Aber ihr Lächeln erinnerte ihn an die Wintersonne – es wirkte zu strahlend und unecht.
Cædmon fragte vorerst nicht weiter, wartete geduldig, bis sie Alfred und Irmingard und Onkel Athelstan begrüßt hatte, und brachte sie dann zur Treppe. »Sicher willst du die nassen Sachen ausziehen.«
Sie nickte. »Wo sind die Kinder?«
»In ihrer Kammer. Stell dir vor, Bruder Oswald ist zu uns gekommen. Er wird ein Weilchen bleiben und unterrichtet sie. Ich hab mir überlegt, daß wir im Hof eine kleine Kapelle bauen könnten. Bruder Oswald könnte unser Hauskaplan werden.«
»Eine wunderbare Idee«, stimmte sie zu, während sie vor ihm die Schlafkammer betrat.
Cædmon schloß die Tür, nahm ihr den nassen Mantel ab und warf ihn achtlos auf die Truhe am Fenster. Aliesa sank auf die Bettkante. Die herabhängenden Schultern verrieten ihre Erschöpfung. Er setzte sich zu ihr und nahm ihre Hand. »Eisig«, stellte er fest. »Leg dich ins Bett, hm? Damit du warm wirst.«
Er rechnete damit, daß sie protestieren würde, doch sie ließ sich widerstandslos aus den nassen Sachen helfen. »Nur ein paar Minuten«, erklärte sie, während sie unter die Decken glitt. »Dann gehen wir zum Essen hinunter.«
»Einverstanden.«
Sie preßte seine Hand an ihre Wange. »Ashby und Blackmore gehören dir«, murmelte sie schläfrig. »Lucien hat mir eine Urkunde gegeben.«
Er schüttelte lächelnd den Kopf. »Du bist unglaublich, Aliesa.«
»Ja. Ich weiß.«

Sie schlief bis kurz nach Mitternacht. Cædmon wich nicht von ihrer Seite. Er saß auf der Bettkante und studierte ihr Gesicht, lauschte ihrem Atem und fragte sich, was sie träumte. Als sie schließlich mitten in der Nacht aufwachte, sah sie ihm einen Moment wortlos in die Augen, zog ihn dann zu sich herab, und er liebte sie so behutsam und vorsichtig wie er konnte. Gleich darauf schlief sie wieder ein, und sie wachte nicht auf, als es hell wurde.

»Es liegt an der Schwangerschaft«, erklärte Hyld ihm, als sie beim Frühstück die Köpfe zusammensteckten. »Bei manchen Frauen ist es einfach so, es zehrt alle Kräfte auf, die sie haben. Wäre sie eine einfache Bauersfrau, die hart arbeiten muß, egal ob schwanger oder nicht, würde sie niemals ein Kind austragen. Auch so bin ich keineswegs sicher, ob sie es schafft. Sobald sie sich anstrengt, fängt sie an zu bluten. Wenn du Wert auf einen ehelich geborenen Erben legst, dann sorg dafür, daß sie sich schont.«

Er winkte ungehalten ab. »Darum geht es nicht. Ich ängstige mich um sie.«

Hyld nickte seufzend. »Das hast du mit ihrem Bruder gemeinsam. Seine eigene Frau ist ebenfalls guter Hoffnung, und ihr ist von früh bis spät speiübel. Aber um sie war er nicht halb so besorgt wie um Aliesa. Ich glaube, er wird dir nie verzeihen, daß du sie geschwängert hast.«

Cædmon brummte und starrte einen Moment in sein Bier. »Es gibt so viele Dinge, die er mir nie verzeihen wird, daß es darauf auch nicht mehr ankommt. Und? Wie war er?«

Hyld antwortete nicht sofort.

Sie hatte Aliesa unter größten Bedenken nach Fenwick begleitet, hatte sich nur dazu überreden lassen, weil sie ihre normannische Schwägerin wirklich ins Herz geschlossen hatte. Und als sie Lucien de Ponthieu wiedersah, war genau das eingetreten, was sie befürchtet hatte: Der grauenhafte Tag, da die Todesreiter nach Salby gekommen waren, die unbeschreiblichen Wochen danach, selbst der Schmerz über den Tod des kleinen Olaf – alles war plötzlich wieder gegenwärtig. Doch Luciens Freude über das Wiedersehen mit seiner Schwester war so groß, daß sie ihn völlig verwandelte, aus dem todbringenden Finsterling einen strahlenden, verblüffend gutaussehenden jungen Edelmann machte. Plötzlich wirkte er keineswegs mehr bedrohlich, sondern regelrecht übermütig, und das hatte es Hyld leichter gemacht, ihren Schrecken zu überwinden.

»Er war außer Rand und Band vor Seligkeit. Zuerst. Aber er hatte noch nicht gehört, was alles passiert ist, und als Aliesa ihm sagte, daß ihr geheiratet habt, da hat er sie angesehen, als habe sie ihm plötzlich aus heiterem Himmel einen Dolch ins Herz gerammt. Er stand auf und ging ohne ein Wort hinaus.« Hyld aß versonnen zwei Löffel Hafergrütze, ehe sie achselzuckend fortfuhr: »Schließlich hat er sich beruhigt. Aliesa versteht ihren Bruder wirklich zu nehmen. Sie hat ja auch ein Leben lang Übung darin. Er hat versprochen, dich und die Deinen und dein Land in Zukunft zufrieden zu lassen. Ich denke, du brauchst dir um ihn keine Sorgen mehr zu machen.« Nur wenn Aliesa im Kindbett sterben sollte, würde Lucien de Ponthieu weder rasten noch ruhen, bis er Cædmon getötet hatte, dachte sie besorgt.

»Und … Beatrice?« fragte ihr Bruder weiter.

Hyld verzog das Gesicht. »Beatrice ist ein Ungeheuer.«

»Tja. Ein eiskalter Engel.«

»Nun, in Luciens Bett ist sie alles andere, heißt es. Geradezu heißblütig. Aber nur, wenn er sie vorher schlägt. Daran haben sie beide Spaß, scheint es, also sind sie in gewisser Hinsicht ein perfektes Paar.«

»Mögen sie zusammen glücklich werden.« Cædmon nahm einen tiefen Zug aus seinem Becher, um zu vertuschen, wie angewidert er war. »Ich merke, du hast mit ihrem Gesinde geplaudert.«

Hyld nickte. »Und hanebüchene Geschichten gehört. Die Leute leben in Angst und Schrecken vor Beatrice. Und sie hassen sie. Wenn sie sich nicht vorsieht, wird sie eines Tages auf Nimmerwiedersehen im Moor verschwinden. Fenwick ist ein Ort des Jammers, Cædmon. Alle leben in Furcht. Die Mägde und Knechte fürchten sich vor Beatrice, Beatrice fürchtet sich vor Lucien, Lucien fürchtet englische Rebellionen, und mehr als alles andere fürchtet er sich vor eurem König.«

Der König blieb jedoch vorläufig auf dem Kontinent, wo die politische Lage so angespannt war, daß er kaum Zeit fand, sein kritisches Augenmerk auf England zu richten. Den ganzen Herbst über hörten sie selten Nachrichten in Helmsby. Guthric kam zu Michaelis und berichtete, daß William und Prinz Robert sich ausgesöhnt hatten, aber auf Wulfnoths drängende Frage, wann der König endlich zurückkommen und Prinz Henry heimbringen werde, wußte auch Guthric keine Antwort. Cædmon war es recht. Endlich hatte er einmal Zeit, sich um seine Ländereien und die vielen Güter zu kümmern, die ihm inzwischen gehörten. Er besuchte sie alle, um sich vor Ort über die Verhältnisse ein

Bild zu machen, nahm ein paar zusätzliche junge Männer in seinen Dienst, hielt einmal im Monat den Gerichtstag in Helmsby ab, und kurz nach Allerheiligen ritt er zum übergeordneten Gerichtstag der Grafschaft nach Norwich. Das lang gescheute Wiedersehen mit Lucien, der als Sheriff den Vorsitz führte, verlief geradezu lächerlich unspektakulär. Sie tauschten ein kühles Nicken und erkundigten sich höflich nach dem Wohlergehen ihrer Frauen. Niemand, der sie sah, hätte ahnen können, daß der eine die Schwester des anderen, der andere die Verlobte des einen geheiratet hatte, oder daß bei ihrer letzten Begegnung eine Ochsenpeitsche mit im Spiel gewesen war. Und wenn sich jedes Härchen an Cædmons Körper bei der Erinnerung im Protest aufrichtete, so machte er doch ein gutgehütetes Geheimnis daraus. Erleichtert und ein bißchen stolz auf seine Nonchalance ritt er heim.

Wie Hyld prophezeit hatte, verlief Aliesas Schwangerschaft mühsam, doch nachdem die schwierigen ersten drei Monate vorüber waren, hörten die Blutungen auf. Aliesa führte Cædmons Haus mit der scheinbar eleganten Mühelosigkeit eines Jongleurs, verfeinerte den Speiseplan, ohne die mürrische Köchin zu beleidigen, und führte unauffällig ein paar Reformen durch. An den langen Winterabenden las sie manchmal aus ihren Büchern vor, die sie aus Herefordshire hatte kommen lassen, oder sie sang eines der englischen Lieder, die Cædmon ihr beibrachte. Anfangs waren die Bewohner der Halle den normannischen Neuerungen gegenüber skeptisch, doch als sie feststellten, daß sich Cædmons Frau allem Englischen gegenüber aufgeschlossen zeigte, bewiesen sie ihrerseits Entgegenkommen. So verbrachten sie einen friedlichen Winter, und als Cædmon zu Weihnachten einen Spielmann in seine Halle führte, der sich ehrerbietig vor der Lady verbeugte und ankündigte, er wolle das Lied von Siegfried und dem Drachen und dem Gold im Rhein vortragen, war es, als hätten alle Wünsche sich erfüllt.

Helmsby, März 1080

Sie hatten Cædmon aus dem Haus gejagt. Er wäre gern in seine neue Kirche gegangen, um zu beten, denn seine Knie waren butterweich vor Furcht und seine Hände kalt und klamm, aber er wagte sich nicht so weit fort. Schon ein, zwei Stunden nach Mitternacht hatte er Eanfled, die Hebamme, aus dem Dorf geholt, und jetzt war beinah Mittag. Aber nichts rührte sich auf der Zugbrücke. Und er wagte auch nicht, zurückzugehen und zu fragen, wie es stand.

»Ähm, Entschuldigung, Thane, könntet Ihr ein Stück beiseite treten?« bat Ine.

Cædmon machte ihm Platz. »Tut mir leid, daß ich dir im Wege rumstehe, Ine. Ich weiß nicht, wohin ich sonst gehen soll bei dem verdammten Regen.«

Ine führte die beiden Pferde, die er von der Weide geholt hatte, zu ihren Boxen. Eines war Widsith, der inzwischen sein Gnadenbrot bekam, den Cædmon aber immer noch mehr liebte als seinen Nachfolger Frison, einen ausdauernden, klugen, aber launischen flämischen Rappen. Cædmon hatte ihn aufgrund genau dieser Eigenschaften nach dem Herzog von Flandern, Robert le Frison, benannt.

Er trat zu seinem alten Weggefährten und nahm Ine das Stroh aus der Hand. »Ich reibe ihn ab. Ich bin froh, wenn ich irgend etwas zu tun habe. Und wie geht es deiner Frau?«

Ine nickte und atmete tief durch. »Ist auch bald soweit. Ich wünschte, es wäre schon alles vorbei. Ich wünschte ... ich könnte so gelassen sein wie Ihr.«

»Ich bin nicht gelassen, Ine.«

»Aber es scheint so.«

Cædmon verzog den Mund. Das ist der Normanne in mir, dachte er und nestelte nervös an Widsiths immer noch üppiger Mähne herum. Er hatte allerdings Zweifel, wie lang er seine scheinbare Gelassenheit noch würde aufrechterhalten können.

Als er im Hof eilige, leichte Schritte hörte, trat er ans Stalltor. Seine Schwester rannte mit wehenden Röcken auf ihn zu, nahm sich keine Zeit, die Pfützen zu umrunden, und spritzte kleine Schlammfontänen auf. Cædmon sah ihr ins Gesicht, schloß für einen Moment die Augen und dankte Gott.

»Hyld...«

Sie fiel ihm um den Hals. »Es ist ein Junge, Cædmon. Ich frage mich, warum in dieser Familie nie jemand ein Mädchen bekommt, aber er ist wunderbar. Komm. Komm schon!«

Achtlos warf er die Handvoll Stroh zu Boden, nahm ihren Arm und ließ sich durch den unablässigen Regen zurück zur Brücke ziehen. »Und Aliesa?«

»Sei unbesorgt. Es war scheußlich, aber es geht ihr gut. Ich hatte Angst um sie, das gebe ich zu. Aber sie hat es viel besser durchgestanden, als ich gedacht hätte. Und jetzt behauptet sie, das sei letztlich eine reine Willensfrage...«

Jeder, der ihm in der Halle begegnete, wollte ihm gratulieren, doch Cædmon hatte ihnen nicht mehr als ein Nicken und ein fahriges Lächeln zu bieten, ehe er die Treppe hinaufstürmte – immer zwei Stufen auf einmal – und die Tür zu ihrer Schlafkammer aufstieß.

Aliesa wirkte nicht zerzaust und abgekämpft, wie er erwartet hatte. Die Schatten unter ihren Augen waren der einzige Hinweis auf den Kampf, den sie hinter sich hatte. Ihr Haar war gekämmt und geflochten, ihr Hemd ebenso frisch wie die Laken auf dem Bett. Sie sah aus wie immer.

»Hier.« Lächelnd streckte sie ihm das winzige Bündel entgegen, das sie in den Armen hielt. »Hyld meint, er sei ziemlich gut gelungen.«

Cædmon kniete sich neben sie und schloß sie vorsichtig mitsamt dem Kind in die Arme. Dann nahm er es ihr ab, hielt es ungeschickt in beiden Händen und betrachtete es eingehend. Seinem Sohn war die Anstrengung der vergangenen Stunden wesentlich deutlicher anzusehen als der Mutter, stellte er fest. Das kleine Gesicht war verquollen und krebsrot.

Ist Ælfric auch so winzig gewesen, fragte er sich ungläubig. Die Hände, die Finger wirklich genauso klitzeklein?

»Er ist perfekt«, sagte er heiser, räusperte sich entschlossen und küßte behutsam die kleine, rote Stirn. »Und er sieht aus wie du.«

Aliesa nahm ihn ihm mit einem stolzen Lächeln ab, bettete seinen Kopf an ihre Brust, obwohl er fest schlief, und bemerkte: »Das ist ein zweifelhaftes Kompliment, Cædmon.«

Er lachte. »Aber seine Haare sind pechschwarz.«

»Ja, ich hab's gesehen.« Sie fuhr staunend mit dem Daumen über den dunklen Flaum. Dann hob sie den Kopf. »Wir können ihn unmöglich Etienne nennen, Cædmon.«

»Nein, ich weiß«, stimmte er bedauernd zu.

»Möchtest du, daß er einen englischen Namen bekommt?« fragte sie.

Er schüttelte den Kopf. »Ich dachte, wenn du keine Einwände hast, nennen wir ihn Richard.«

Sie sann darüber nach. Sie hatte sich in den letzten Wochen häufig mit dieser schwierigen Frage befaßt, aber sie hatten noch keinmal darüber gesprochen, weil es Unglück brachte, vor der Geburt über den Namen eines Kindes zu reden. Auch sie hatte schon an den Namen des toten Prinzen gedacht.

»Einverstanden. Es ist ein guter Name.«

Das fand Cædmon auch.

Sie nahm seine Hand und lehnte den Kopf an seine Schulter. »Wenn du sicher bist, daß dich nicht jedesmal Trauer überkommt, wenn du den Namen deines Sohnes hörst.«

Er schüttelte den Kopf. Er brauchte den Namen nicht zu hören, um an den Prinzen erinnert zu werden; es verging ohnehin kein Tag, da er nicht an ihn dachte. »Nein, ich fände es tröstlich, wenn wenigstens sein Name und dadurch auch sein Andenken in unserem Sohn weiterlebt.«

»Gut. Dann schick nach Bruder Oswald und nach Alfred.«

Es war schon lange vereinbart, daß Alfred der Pate sein sollte, wenn das Kind ein Junge wurde, und Bruder Oswald hatte sich nur zu gerne bereit erklärt, es zu taufen. Es war üblich, ein neues Menschenkind gleich nach der Geburt zu taufen, denn wenn es starb, ehe es durch das Sakrament von der Erbsünde reingewaschen wurde, war das Heil seiner unschuldigen Seele ungewiß. Also entführte Cædmon Aliesa ihren Sohn für eine halbe Stunde, und die drei Männer trugen ihn warm eingepackt im Schneckentempo und mit so übertriebener Vorsicht zur Kirche im Dorf, daß jeder schmunzeln mußte, der sie sah. Die Leute von Helmsby, die wegen des schauderhaften Wetters nicht auf ihre Felder hinausgegangen waren, strömten in St. Wulfstan zusammen, um das freudige Ereignis mitzuerleben, und Cædmon war über die vielen herzlichen Glückwünsche gerührt. Doch als Bruder Oswald das Neugeborene zum erstenmal ins eisige Wasser des Taufbeckens tauchte, wachte Richard auf und stimmte ein empörtes Gebrüll an, das immer lauter wurde, je mehr der Bruder die Stimme erhob, um es zu übertönen. Die Bauern gratulierten Cædmon zu Richards kräftiger Stimme, aber Vater, Pate und Priester waren gleichermaßen erleichtert, als sie den kleinen Schreihals wieder bei seiner Mutter abliefern konnten. Sie legte ihn an, und er beruhigte sich von einem Augenblick zum nächsten.

Cædmon beobachtete Mutter und Sohn mit unverhohlener Verzükkung. »Ich frage mich, ob es wirklich nötig ist, daß die Aufnahme in den Schoß der Heiligen Mutter Kirche mit so einem Mordsschrecken verbunden ist«, murmelte er.

Aliesa streichelte dem kleinen Richard liebevoll den Kopf, erwiderte

aber: »Jeder muß einen Preis für sein Seelenheil zahlen, das kann man gar nicht früh genug lernen.«
Er seufzte. »Das ist wohl wahr. Ich habe mir überlegt, daß wir anläßlich seiner Geburt ein Festmahl geben könnten. Es ist ein guter Anlaß zum Feiern, was denkst du?«
Sie hob den Kopf, sah ihn an und nickte. »Lade Lucien und Beatrice ein.«
»O nein, muß das sein?«
»Natürlich nicht. Ich bitte dich lediglich darum.«
Wie hätte er es ihr abschlagen können? Lucien war ihr Bruder und, Gott helfe ihnen, Richards Onkel. Eine weitere Verknüpfung, die ihrer aller Leben enger miteinander verstrickte. Vielleicht wurde es wirklich Zeit, daß sie wenigstens versuchten, die Vergangenheit ruhen zu lassen und ein halbwegs normales Verhältnis zu entwickeln. Doch Lucien würde niemals den ersten Schritt machen, das wußte Cædmon ganz genau. Also lag es an ihm.
»Na schön, meinetwegen.«
Sie belohnte ihn mit einem Lächeln, für das er immer noch willig die Sterne vom Himmel geholt hätte.
»Ine sagt, Gunnilds Kind kann auch jeden Tag kommen«, berichtete er. »Sie wäre eine gute Amme für Richard.«
Aliesa dachte einen Augenblick darüber nach. »Dann werden die ersten Worte, die er spricht, englisch sein«, murmelte sie versonnen. Cædmon antwortete nicht, und nach einem Moment fügte sie hinzu: »Aber ich denke, so soll es auch sein. Denn schließlich ist Richard Engländer.«

Sie hatten das Festessen auf einen Sonntag kurz nach Ostern gelegt, denn während der Fastenzeit war jede Art von Prasserei völlig undenkbar, und nach vierzig Tagen ohne Fleisch, Butter und Eier wußten sie eine üppig gedeckte Tafel besonders zu schätzen. Es gab frisches Wild und Lamm in köstlichen Soßen mit den kostbarsten Gewürzen – Cædmon hatte bei einem jüdischen Händler in Norwich gar Pfeffer und Safran erstanden. Außerdem wurden süße und deftige Pasteten mit herrlich goldbraunen Krusten gereicht, saftige Honigkuchen mit Rosinen und Mandeln, knusprige Brathühnchen und vieles mehr. Met, Wein und Cidre flossen in Strömen. Die Stimmung war ausgelassen, und die normannischen Musiker, die Cædmon ebenfalls in Norwich

ausfindig gemacht hatte, erfreuten auch die englischen Zuhörer. Er hatte keinen englischen Spielmann engagieren wollen, dessen Lieder seine normannischen Gäste gelangweilt hätten.
Lucien hatte Cædmons Einladung nicht ausgeschlagen. Er saß an der linken Seite seiner Schwester an der hohen Tafel, aß wenig, sprach kaum ein Wort und lauschte sichtlich gelangweilt Aliesa und Beatrice, die sich über seinen Kopf hinweg unterhielten. Erwartungsgemäß sprachen sie über Kleinkinder und deren Eigenarten. Beatrice hatte wenige Wochen vor Weihnachten ein Mädchen zur Welt gebracht – eine herbe Enttäuschung für Lucien –, und Aliesa hatte sich auf das einzige Thema gestürzt, das sie und ihre Schwägerin gleichermaßen interessierte.
»Natürlich habe ich eine normannische Amme genommen«, hörte Cædmon Beatrice sagen, »diesen englischen Bauernmädchen kann man ja kein hilfloses Kind anvertrauen. Mein Bruder hat sie mir von zu Hause geschickt. Aber ich fürchte, sie taugt auch nichts. Sie ist unaufmerksam, und genug Milch hat sie auch nicht. Und kurz vor Ostern ist sie…«
»Noch Wein, Lucien?« fragte Cædmon, damit er ihrer unangenehm schneidenden Stimme nicht länger lauschen mußte.
Sein Schwager nickte. »Kein übler Tropfen«, bemerkte er.
Cædmon war über das Kompliment aufs höchste erstaunt und erwiderte lächelnd: »Aus dem Languedoc. Dieses verrückte Volk dort unten mag uns nicht freundlich gesinnt sein und mit Philip von Frankreich paktieren, aber sie machen wirklich keinen schlechten Wein.«
Lucien winkte ab. »Das Languedoc ist weit weg. Ich mache mir im Moment mehr Sorgen um Northumbria.«
Cædmon spürte eine Gänsehaut auf Armen und Rücken. Northumbria war das letzte, worüber er mit Lucien sprechen wollte. Zu viele grausige Erinnerungen waren daran geknüpft. Aber dies war das erstemal, seit sie sich kannten, daß Lucien ihm nicht offenkundig feindselig begegnete, und das wollte er nicht gleich wieder zunichte machen.
»Warum? Was hörst du aus Northumbria?«
Lucien hob leicht die breiten Schultern und stützte dann den einen Ellbogen auf den Tisch. »Der Erzbischof von York hat eine Intrige aufgedeckt. Eine Handvoll northumbrischer Thanes und reicher dänischer Kaufleute wollten dem König von Dänemark einen Boten schicken.«

Cædmon stöhnte. »Um ihn und seine Flotte einzuladen? Werden die Leute im Norden denn nie klüger? Hat ihnen der letzte Besuch der Dänen nicht gereicht?«
»Tja«, machte Lucien. »Sie fürchten sich vor den Schotten und glauben, König William sei nicht gewillt oder in der Lage, sie gegen Malcolm zu schützen.«
Cædmon schüttelte den Kopf. Der König konnte nicht überall gleichzeitig sein. Wäre er letzten Herbst in England gewesen, hätte er die Schotten aus Nordengland vertrieben. Aber die Lage in Frankreich hatte ihn gehindert.
»Nun, wenn man die Dinge aus der Sicht der Northumbrier betrachtet, kann man sie verstehen«, meinte Aliesa nachdenklich. »Wenn der König nicht selbst gegen die Schotten ziehen konnte, hätte er einen seiner Brüder oder Rufus schicken sollen. Kein Wunder, daß die Menschen im Norden den Eindruck haben, der König habe kein gesteigertes Interesse daran, sie zu beschützen.«
»Sie haben dem König nie den geringsten Anlaß gegeben, sie ins Herz zu schließen«, bemerkte Lucien sarkastisch.
Seine Schwester schüttelte entschieden den Kopf. »Niemand verlangt, daß er sie ins Herz schließt. Aber er ist ihr König, und sie haben ein Anrecht auf seinen Schutz.«
Lucien sah von ihr zu Cædmon. »Ich ahne, woher du deine politischen Ansichten nimmst.«
Sie straffte die Haltung. »Siehst du diesen Kopf auf meinen Schultern, Lucien? Meinst du, er sei nur dazu da, ein *couvre-chef* zu tragen?«
Er hob zerknirscht die Hand. »Nein. Ich kenne diesen Kopf schon ein Weilchen, und ich weiß, daß er die eigenwilligsten Gedanken ausbrütet.«
Cædmon sah Beatrice einen eifersüchtigen Blick in Aliesas Richtung werfen und wandte den Kopf ab, um sein Grinsen zu verbergen und den Mundschenk zu rufen. »Ælfric, bring dem Sheriff neuen Wein. Ælfric? Wo ist dein Bruder, Wulfnoth?«
Der große Weinkrug war für den neunjährigen Jungen eigentlich noch zu schwer, aber Wulfnoth, der die Gäste an der linken Tafel zu versorgen hatte, schlug sich wacker. Jetzt kam er an die Kopfseite, füllte Luciens Becher, ohne einen einzigen Tropfen zu verschütten, und sagte: »Ich weiß es nicht, Vater.« Er hielt den Blick gesenkt.
»Wulfnoth«, begann Bruder Oswald leise, und sein Tonfall verhieß

nichts Gutes. »Ich habe dir diese Woche schon zweimal gesagt, daß eine Lüge auch dann Sünde ist, wenn du sie aussprichst, um deinen Bruder zu decken. Weißt du noch?«

Wulfnoth nickte.

»Wie bitte?«

»Ja, Bruder Oswald.«

»Und was, denkst du, muß ich tun, damit du endlich beherzigst, was ich dir sage?«

Wulfnoth schluckte sichtlich und brachte kein Wort heraus. Wie so oft kam Aliesa ihm zu Hilfe. Sie winkte ihn näher. »Komm zu mir, Wulfnoth.«

Der Junge trat vor sie.

»Bruder Oswald hat recht, weißt du. Wenn dein Vater dich fragt, wo dein Bruder ist, mußt du ihm antworten. So sind die Regeln. Es ist tapfer von dir, wenn du dich schützend vor deinen Bruder stellst, aber deine Verpflichtung deinem Vater gegenüber ist größer. Das weißt du doch, oder?«

»Ja.«

»Also?«

Er hob den Kopf und sah ihr in die Augen. »Ich weiß wirklich nicht, wo er ist. Aber er hat gesagt, er … er will nicht Mundschenk sein.«

Was Ælfric tatsächlich gesagt hatte, war, daß er lieber Tod und Teufel und Bruder Oswald ins Auge sehen wolle, als seinen Vater und das verfluchte Normannenpack an der Tafel zu bedienen, aber selbst Wulfnoth wußte schon, daß es manchmal diplomatischer war, Gehörtes nur sinngemäß widerzugeben.

»Ich glaube, Ælfric hat mich irgendwie mißverstanden«, murmelte Cædmon. »Es handelte sich keineswegs um eine Einladung.« Er nickte seinem Zweitältesten zu. »Es ist schon gut. Du kannst wieder verschwinden.«

»Ich muß dir wirklich zu deinen Söhnen gratulieren, Cædmon«, spöttelte Lucien boshaft. »So diszipliniert. Sollte der Vermißte ein blonder englischer Bengel sein, der dir wie aus dem Gesicht geschnitten ist, habe ich ihn vorhin, als wir ankamen, gesehen. Er hockte hinter deinem Viehstall und heulte sich die Augen aus.«

Du hast der Versuchung noch nie widerstehen können, einen englischen Jungen in Schwierigkeiten zu bringen, dachte Cædmon grimmig. Als der Lehrer seiner Söhne sich erheben wollte, schüttelte er den

Kopf. »Nein, laß nur, Bruder Oswald. Ich kümmere mich selber darum.«
Er wies den vierzehnjährigen Sohn eines seiner Housecarls an, dafür zu sorgen, daß die Becher an der hohen Tafel nie leer wurden, und wartete, bis das Essen vorbei war und seine höchsten Gäste, der Sheriff und seine Frau und ein paar normannische Adlige und englische Thanes aus der Nachbarschaft, sich zurückzogen. Erst als nur noch Onkel Athelstan und die anderen hartnäckigen Trinker auf den Bänken saßen und alle anderen schon die Tische beiseite räumten und ihre Decken herbeiholten, entschuldigte Cædmon sich bei seiner Frau und machte sich auf die Suche nach Ælfric.
Obwohl es für die Kinder längst Zeit war zu schlafen, war sein Ältester nicht in der Kammer, die er mit Wulfnoth und den Söhnen der Housecarls teilte. Also ging Cædmon hinaus in den Hof und fand ihn tatsächlich hinter dem Viehstall, genau wie Lucien gesagt hatte. Die Nacht war klar, der Mond fast voll, es war nicht dunkel. Ælfric saß mit dem Rücken an die Stallwand gelehnt und hatte die Stirn auf die angewinkelten Knie gelegt.
»Ælfric...«
Der Kopf ruckte hoch. »Oh, Mist! Ich dachte, ich hätte wenigstens bis morgen früh Schonfrist.«
»Steh gefälligst auf, wenn ich mit dir rede!«
Ælfric kam langsam auf die Füße und trat vor ihn. Er sah seinem Vater unverwandt in die Augen. Herausfordernd, schien es Cædmon.
»Was ist dir nur eingefallen? Du kannst dich doch nicht einfach weigern, wenn ich dir etwas auftrage. Was für ein Benehmen ist denn das?«
»Ich ... wollte einfach nicht.«
»Es ist vollkommen ohne Belang, ob du wolltest oder nicht! Du hast mich vor meinen Gästen blamiert, du verdammter kleiner...«
»Bastard?«
Cædmon hob die Hand im Affekt, zögerte dann und ließ sie wieder sinken. Plötzlich fiel ihm der Abend vor fast genau sechzehn Jahren ein, als er vor seinem Vater im Obstgarten gestanden hatte, genau wie Ælfric jetzt vor ihm stand. *Wie konntest du mich so bloßstellen, Cædmon?* Es war eine Aprilnacht gewesen wie diese, nur lauer. Und er erinnerte sich genau an die Bitterkeit, die Verzweiflung, die er empfunden hatte, als er erkannte, daß sein Vater ihn fortschickte, weil er einen Makel hatte, weil er der minderwertigste seiner Söhne war. Heute dachte er

manchmal, daß die Gründe seines Vater womöglich völlig andere gewesen waren, doch jedenfalls hatte der Thane es nicht verstanden, die Zweifel seines Sohnes zu zerstreuen, und Cædmon hatte Jahre gebraucht, um diesen Kummer und seinen Zorn zu überwinden und seinen eigenen Wert zu erkennen. Und Ælfric war erst elf, drei Jahre jünger als Cædmon damals.

Statt ihn zu schlagen, legte er seinem Sohn die Hände auf die knochigen Schultern. »Ich werde nicht versuchen, dir weiszumachen, es habe sich für dich nichts geändert durch Richards Geburt, Ælfric. Aber er ist dein Bruder. Man kann überhaupt nicht genug Brüder haben. Es wäre auch für dich ein Grund zum Feiern gewesen.«

»Ich hätte wirklich nichts gegen eine Schwester gehabt«, antwortete der Junge erstickt. »Aber jetzt werde ich niemals Thane of Helmsby werden.«

»Nein, vermutlich nicht. Und ich kann verstehen, daß du enttäuscht bist. Aber du bist und bleibst mein Sohn, genau wie Wulfnoth, und wenn ich sterbe, werdet ihr nicht mit leeren Händen dastehen, das verspreche ich dir. Euch soll es nicht so ergehen wie Onkel Athelstan. Und noch etwas solltest du bedenken, Ælfric: England ist im Umbruch. Nichts ist mehr so, wie es früher war. Wenn du es richtig anstellst, kannst du dir mehr Land verdienen, als ich je besessen habe. Wenn du dem König oder seinem Nachfolger treu dienst mit all deinen Kräften. Es liegt ganz bei dir.«

Ælfric senkte den Kopf und fuhr sich verstohlen mit dem Ärmel über die Augen. »Ich kann nicht«, sagte er tonlos. »Die Normannen sind so seltsam. So fremd. Sie machen mir angst.«

»Ich wußte gar nicht, daß irgend etwas dir angst machen kann. Also wieso ausgerechnet die Normannen? Sie sind Menschen wie wir. Was ist mit Aliesa? Ist sie nicht immer gut zu dir? Ich glaube, du weißt überhaupt nicht, welch ein Glück du mit deiner Stiefmutter hast.«

Ælfric nickte. »Doch. Ich wünschte, es wäre nicht so. Ich wünschte, sie wäre gemein und schroff wie Großmutter. Sie … sie bringt mich durcheinander.«

So, jetzt kommen wir der Sache auf den Grund, dachte Cædmon. »Warum ist dir so daran gelegen, alle Normannen zu hassen? So einfach ist die Welt nicht, weißt du. Man muß jeden Menschen einzeln betrachten.«

»Aber sie haben uns überrannt. Sie unterjochen uns, und sie demütigen uns!«

Cædmon seufzte. »Ælfric, du kennst die ganze Geschichte von König Edwards Versprechen und Harold Godwinsons Wortbruch. Ich brauche dir nicht noch einmal zu erklären, wie es zu alldem gekommen ist. Aber nicht alle Normannen sind Unterdrücker. Nur die, die grundsätzlich alle Engländer hassen und verachten. So wie du glaubst, alle Normannen zu verabscheuen. Es ist dumm und kurzsichtig und beruht vor allem auf Unkenntnis. Und es nützt nichts, sich immer zu wünschen, die Dinge wären anders. Du mußt die Welt so nehmen, wie sie ist, und versuchen, sie zu verstehen. Ich glaube, du müßtest die Normannen nur besser kennenlernen.«

»Aber diese verfluchte Sprache...«

Cædmon lachte leise, hob Ælfrics Kinn mit Daumen und Zeigefinger und sah ihm ins Gesicht. »Ja, man bricht sich fast die Zunge an dieser Sprache, aber du wirst sie schon lernen. Bruder Oswald ist ein hervorragender Lehrer. Und wenn du dich anstrengst und diese Sprache gut genug beherrschst, bis der König zurückkehrt und nach mir schickt, dann nehme ich dich vielleicht mit an den Hof. Was hältst du davon?« Es war eine spontane Eingebung, aber als er einen Augenblick darüber nachdachte, stellte er fest, daß es wirklich keine üble Idee war. »Du könntest die tapfersten Krieger Englands sehen und in Prinz Rufus' Dienst treten, wenn du willst. Dein Onkel Eadwig ist Rufus' treuester Ritter. Er würde dir sicher unter die Arme greifen und dir helfen, dich in der normannischen Welt zurechtzufinden. Wer weiß, vielleicht kann Eadwig das viel besser als ich.«

Als der Name seines Onkels fiel, hellte sich Ælfrics Gesicht auf. Er sah seinen Vater mit großen Augen an, dann befreite er seinen Kopf und rieb sich verlegen das Kinn. »Das würdest du tun? Mich mitnehmen?«

Cædmon hob kurz die Schultern. »Warum nicht?«

»Ich weiß nicht. Weil ich ein Taugenichts bin. Und meine Mutter nur eine Magd ist.« Er hob beide Hände. »Weil ich ein Bastard bin.«

Sein Vater lächelte unbeschwerter, als ihm zumute war. »Wie der König. Du siehst, deine Möglichkeiten sind beinah unbegrenzt. Deine Mutter ist eine großartige Frau, Ælfric, du solltest dir über ihren Stand keine Gedanken machen. Ja, ich werde dich mitnehmen. Wenn ich das Gefühl habe, daß du dich wirklich bemühst, nicht nur dein Normannisch, sondern vor allem deine Manieren zu verbessern. Glaub mir, kaum etwas ist wichtiger, wenn man unter Normannen zurechtkommen will. Du mußt lernen, dich zu beherrschen. Denk nach, bevor du handelst. Tu nie wieder, was du heute abend getan hast. Es war schändlich, für dich ebenso wie für mich.«

Ælfric seufzte. »Es tut mir leid.«

»Ja, das will ich hoffen.« Cædmon fuhr ihm kurz über den blonden Schopf. »Jetzt verschwinde. Leg dich schlafen, es ist spät.«

Sein Sohn nickte und sah ihn mit dem verwegenen Lächeln an, das so typisch für ihn war und das sich nie lange unterdrücken ließ. »Gute Nacht, Vater. Ich hoffe, der König schickt bald nach dir.«

Helmsby, Juli 1080

Es war ein perfekter Sommersonntag. Der Himmel zeigte sich in geradezu bestürzendem Blau und vollkommen wolkenlos. Die warme Luft war erfüllt vom Summen der Bienen und Hummeln, die die Blumen der kleinen Wiese am Brunnen umschwirrten.

Cædmon saß an den Stamm der mächtigen Eiche gelehnt, die den Brunnen überschattete, hielt die Laute auf dem Schoß und spielte das Lied vom Wolf und der Taube. Aliesa hatte den Kopf an seine Schulter gelehnt und summte die Melodie leise mit. Ein wehmütiges kleines Lächeln auf ihren Lippen verriet ihm, daß sie sich erinnerte, genau wie er. Und als er geendet hatte, murmelte sie: »Gott, wie unglücklich wir waren …«

Er nahm die Hand von den Saiten und legte den Arm um ihre Schultern. »Warst du das wirklich? Man konnte es dir nie anmerken.«

Sie seufzte leise. »Nun, wenigstens einer von uns mußte sich zusammenreißen, oder?«

Er war nicht so sicher. Er dachte, daß alles leichter gewesen wäre, wenn sie ihn von Anfang an hätte wissen lassen, wie sie zu ihm stand. Aber das war alles so lange her. Er fand es richtig, sich zu erinnern, und er tat es oft. Aber er redete nicht gerne darüber.

Aliesa hatte den Kopf gehoben und sah zu Richard hinüber, der mit seiner Ziehschwester Edith zusammen auf einer weichen Decke im Gras lag. Gunnild saß bei ihnen und erfreute beide Babys abwechselnd mit Richards Rassel, einem buntbemalten Hohlkörper aus Fichtenholz, der mit getrockneten Erbsen gefüllt war. Alfred hatte sie für sein Patenkind geschnitzt.

Aliesa atmete tief durch. »Warum kann nicht jeder Tag so sein wie dieser.« Cædmon nahm eine Kirsche aus der Schale neben ihm und steckte sie ihr zwischen die Lippen. »Warte lieber, bis der Tag vorbei ist«, warnte er lächelnd. »Wenn man so lange nichts von Ælfric und Wulfnoth und Harold und Guthrum hört, kann das nichts Gutes bedeuten.«
»Sie sind zum Fischen gegangen«, erklärte Hyld, die mit ihrem unvermeidlichen Stickrahmen auf den Knien neben dem Brunnen saß. »Alfred und Onkel Athelstan sind bei ihnen.«
»Fischen? Um diese Tageszeit?« Cædmon lachte. »Sie werden schwer enttäuscht werden.«
Hyld nickte lächelnd. »Ich nehme an, das Fischen diente in erster Linie als Vorwand, um im Fluß zu schwimmen. Auf die Art und Weise werden diese Kinder endlich einmal sauber.«
»Onkel Athelstan hätte ein Bad nötiger«, bemerkte Aliesa spitz, und alle lachten.
Hyld ließ den Stickrahmen sinken und legte den Kopf schräg. »Ich höre Pferde.«
Sie hatte kaum ausgesprochen, als sechs Reiter am Tor erschienen. Sie hielten kurz, sprachen mit den Wachen, trabten dann zu ihnen herüber und saßen ab.
Cædmon sprang auf die Füße. Aus dem Augenwinkel sah er Hylds enttäuschtes Gesicht. Der, auf den sie Tag für Tag mit zunehmender Ungeduld wartete, war nicht unter den Ankömmlingen.
»Rufus! Und Henry!« Cædmon verneigte sich vor den Prinzen, die mit vieren ihrer Ritter in den Hof geritten waren. »Willkommen in Helmsby.«
Auch Aliesa hatte sich erhoben und begrüßte den hohen Besuch, während Cædmon Eadwig und Leif umarmte und auch die anderen beiden Ritter willkommen hieß.
Ein Weilchen redeten alle durcheinander, bis Cædmon schließlich Richard von seiner Decke holte und zu den Ankömmlingen brachte. »Das ist unser Sohn«, verkündete er überflüssigerweise. »Ein Vierteljahr alt. Was sagt ihr?«
»Neffe Nummer fünf«, bemerkte Eadwig strahlend. »Er ist ein Prachtkerl.«
Henry, der vor Aliesa im Gras kniete und mit gänzlich untypischer Unbefangenheit ihre Hände hielt, hob den Kopf und betrachtete Richard. »Meinen Glückwunsch. Er sieht aus wie du, Aliesa.«

»Ja«, stimmte sein älterer Bruder zu. »Und wie Lucien. Nur kleiner und mit zwei Armen.«
Aliesa warf ihm einen strafenden Blick zu, und Cædmon mußte die Zähne zusammenbeißen, um ernst zu bleiben. »Oh, Rufus. Du hast mir wirklich gefehlt. Dein Charme und dein Taktgefühl vor allem.«
Der Prinz war inzwischen vierundzwanzig, aber er grinste immer noch wie ein Flegel. »Wie heißt er denn?«
»Richard.«
Rufus' Miene wurde schlagartig ernst, und er sagte leise: »Ein guter Name. Ich bin sicher, mein Bruder wäre sehr geehrt.«
Cædmon brachte seinen Sohn der Amme zurück. »Bring ihn hinein, wenn du so gut sein willst, Gunnild, hier wird es zu unruhig. Und würdest du uns Wein und ein paar Leckereien rausschicken?«
Gunnild nickte scheu und nahm ein Kind in jeden Arm. »Natürlich, Thane.«
»Ich gebe Helen Bescheid wegen des Essens«, erbot sich Hyld und ging zusammen mit Gunnild zur Zugbrücke.
Leif sah ihr einen Moment nach. »Mein Bruder ist nicht hier?« fragte er.
Cædmon schüttelte seufzend den Kopf. »Es scheint, er bleibt noch ein Jährchen länger aus.«
»Er ist ein Schwachkopf«, urteilte der junge Däne. »Entschuldigt mich einen Moment, ich will meine Schwester begrüßen.«
Sie setzten sich ins Gras, und nachdem eine Magd Bier und Wein und Brot und kaltes Fleisch gebracht hatte, tauschten sie Neuigkeiten aus.
»Vater und Robert haben sich ausgesöhnt«, berichtete Rufus. »Das hat dem König von Frankreich natürlich gründlich die Suppe versalzen. In der Bretagne und im Maine ist es immer noch unruhig, aber Vater kommt noch diesen Monat nach England zurück.«
»Er hat euch vorausgeschickt?« fragte Cædmon.
Rufus nickte, und es war Henry, der erklärte: »Vater kommt mit Mutter nach. Und er wird Robert mitbringen. Das gefällt Rufus nicht; er fragt sich, was Robert plötzlich hier in England will.«
»Ach, halt doch die Klappe, Henry«, fuhr sein Bruder ihm über den Mund.
Cædmon sah von einem Prinzen zum anderen und nickte nachdenklich. »Ich verstehe deine Besorgnis. Robert ist gierig und machthungrig. Aber gräm dich nicht zu sehr. Wenn er weiterhin auf Edgar

Ætheling und seine anderen Günstlinge hört, wird es nicht lange dauern, bis er sich wieder mit deinem Vater überwirft.«

»Ja, das gleiche sagt Eadwig auch«, brummte Rufus. »Trotzdem ärgert es mich. Ich habe all meine Kräfte, mein Vermögen, mein ganzes Leben in den Dienst meines Vaters gestellt. Ich habe alles getan, um ihm Richard zu ersetzen. Aber er weiß es überhaupt nicht zu schätzen. Plötzlich gibt es nur noch Robert für ihn.«

»Es ist wie die Geschichte vom verlorenen Sohn«, meinte Henry.

Cædmon gab ihm recht. Zu Rufus sagte er: »Doch, er weiß zu schätzen, was du für ihn tust, ich bin sicher. Er ist nur unfähig, es zu zeigen. Aber er wird es nicht vergessen. Er vergißt nie etwas.«

Rufus warf ihm einen zweifelnden Blick zu, steckte ein Stück Räucherforelle in den Mund und wechselte das Thema. »Was in aller Welt ist in Northumbria passiert?«

Cædmon senkte den Blick, und es war Aliesa, die antwortete: »Walcher ist ermordet worden.«

»Ja, das haben wir gehört«, bemerkte Eadwig.

»Wer ist Walcher?« wollte Henry wissen.

»War«, verbesserte sein Bruder. »Ein Priester, stammte aus Lothringen, soweit ich weiß. Er kam kurz nach der Eroberung an Vaters Hof, etwa zu der Zeit, als du zur Welt kamst. Der König machte ihn zum Bischof von Durham, und Walcher bewies solches Geschick im Umgang mit den störrischen Leuten im Norden, daß er nach Waltheofs Verrat Earl of Northumbria wurde. Aber anscheinend hatte er doch keine so glückliche Hand, wie Vater und Lanfranc dachten.«

»Nein«, stimmte Cædmon zu. »Die Northumbrier sind erbittert über die ständigen schottischen Überfälle und suchten einen Sündenbock. Es gab eine Revolte, und Walcher floh mit seinen Rittern und ein paar Amtsträgern seines Haushaltes in seine Kirche. Die aufgewiegelte Menge steckte die Kirche in Brand. Als Walcher und seine Leute ins Freie flüchteten, wurden sie einer nach dem anderen abgeschlachtet.«

»Mein Gott ...«, Eadwig rieb sich die Stirn, »diese Northumbrier sind wahrhaftig Barbaren.«

»Ja. Was muß passieren, damit sie endlich Ruhe geben?« brummte Rufus.

»Das will ich dir sagen«, erwiderte Cædmon. »Der König von Schottland muß endlich aufhören, sie zu drangsalieren. Wir brauchen einen dauerhaften Frieden mit Schottland. Vielleicht solltest du einfach deine schottische Prinzessin heiraten.«

Rufus verschluckte sich. Als er schließlich aufhörte zu husten und zu röcheln, keuchte er: »Aber sie ist doch erst sieben oder so.«
Cædmon nickte. »Stimmt. Einstweilen hat euer Onkel Odo eine Truppe aufgestellt und ist in Eilmärschen nach Norden gezogen, um die Aufstände niederzuschlagen und die schottischen Truppen zurück über die Grenze zu treiben. Er hat auch die sieben Männer mitgenommen, die Helmsby der Krone stellen muß. Seine Mission war alles in allem erfolgreich, aber von meinen Männern sind nur drei zurückgekommen.«
»Wer wird vermißt?« fragte Eadwig erschrocken.
»Edwin, Gorm, Elfhelm und sein Bruder Odric«, zählte Cædmon bekümmert auf. »Und ich fürchte, ›vermißt‹ ist nicht der richtige Ausdruck. Das alles war im Mai. Odo ist seit über sechs Wochen zurück. Wenn sie noch leben würden, wären sie längst wieder zu Hause.«
Eadwig schlug die Augen nieder und schüttelte den Kopf. All diese Männer waren nach Helmsby gekommen, als Cædmon Thane geworden war. Länger als sein halbes Leben hatte Eadwig sie gekannt. Sie hatten ihn Reiten und den Umgang mit der Streitaxt gelehrt und ihm Geschichten erzählt, hatten alle so gut sie konnten versucht, ihm den toten Vater zu ersetzen und den Bruder, der ständig fort mußte. Eadwig rang sichtlich um Haltung, und Rufus legte ihm leicht die Hand auf die Schulter.
»Wir werden es den verfluchten Schotten zeigen«, murmelte er. »Ich bin sicher, ich kann die Erlaubnis des Königs erwirken, noch dieses Jahr nach Schottland zu ziehen. Und zwar nicht, um Prinzessin Maud den Hof zu machen, so liebreizend sie auch sein mag, sondern um ihren Vater das Fürchten zu lehren.«
Eadwig nickte, aber er schien nur wenig getröstet.
»Wieso glaubst du, dein Vater läßt dich nach Schottland ziehen?« fragte Cædmon neugierig.
»Weil er selbst gesagt hat, daß es Zeit werde, sich der Schotten anzunehmen. Er will gleich nach seiner Ankunft in England seine Vasallen zusammenrufen, um sich in der Angelegenheit mit ihnen zu beraten. Ein außerplanmäßiger Hof, wenn du so willst. Du sollst auch kommen. Das heißt, er wünscht, daß du uns nach Winchester begleitest und dort bist, wenn er eintrifft, läßt er dir ausrichten.« Er verneigte sich knapp vor Aliesa. »Die Einladung gilt auch für Euch, Madame.«

»Ich bin hingerissen, mein Prinz«, erwiderte sie leichthin, wechselte einen kurzen Blick mit Cædmon und sah in seinen Augen, was sie selber dachte: Die friedlichen, unbeschwerten Tage waren vorüber.

Sie brachen drei Tage später auf. Rufus hatte zur Eile gedrängt und wäre lieber gleich am nächsten Morgen nach Winchester geritten, doch er sah ein, daß Cædmon und Aliesa ein paar Vorbereitungen zu treffen hatten, ehe sie Helmsby auf unbestimmte Zeit verlassen konnten.
Einen Tag vor ihrer Abreise kehrte auch Erik endlich zurück. Hyld empfing ihn freudestrahlend, aber ohne großes Getue, so als sei er zwei Tage fortgewesen, nicht zwei Jahre. Durch nichts ließ sie sich anmerken, wie unglücklich und besorgt und einsam sie in all der Zeit oft gewesen war. Denn das, vertraute sie Aliesa später an, sei die sicherste Methode, Erik ein schlechtes Gewissen zu machen. Und er wirkte auch tatsächlich zerknirscht und erklärte, er wäre ja schon vor Monaten zurückgekommen, wäre er nicht mitten auf der Nordsee Prinz Knut vor den Bug gelaufen, der auf dem Heimweg nach Dänemark war, um sich nach dem Tod seines Bruders zum König krönen zu lassen, und weil sein Anspruch keineswegs unangefochten war, hatte er wiederum Eriks Dienste gefordert.
»Was hätte ich tun können, Hyld? Ich bin Untertan der dänischen Krone, ganz gleich, wo ich lebe.«
Hyld nickte voller Verständnis und legte unter dem Tisch die Hand auf sein Bein.
»Also Knut ist König von Dänemark …«, murmelte Cædmon versonnen.
»Ist das gut oder schlecht?« fragte Rufus.
Cædmon zuckte mit den Schultern, und ihm lag auf der Zunge zu sagen, daß ein Pirat letztlich so gut oder schlecht wie der andere sei, besann sich aber im letzten Moment und sah Erik fragend an. »Was denkst du?«
Erik grinste und zeigte zwei Reihen bemerkenswert guter Zähne, die in seinem schwarzen Bart regelrecht zu leuchten schienen. »Es ist bestimmt gut für Dänemark. Aber wenn ihr wissen wollt, ob Knut auf die Idee kommen könnte, irgendwann noch einmal sein Glück in England zu versuchen … Es würde mich nicht wundern.«
»Das finde ich nicht komisch«, erklärte Leif finster.
Sein vorwurfsvoller Blick schien Erik nicht sonderlich zu erschüttern.

Er hob kurz die Schultern, stand auf und zog seine Frau mit sich hoch. »Auf jeden Fall könnte König Knut dir reichlich Stoff für dein komisches Geschichtsbuch liefern, Brüderchen. Und wenn ihr uns jetzt entschuldigen wollt...«

Winchester, Juli 1080

»Willkommen daheim, Sire.«
Der König grinste flüchtig. »Das hat noch keiner gesagt. Der Erzbischof von Canterbury, der Chancelor, der Steward, der Constable und der Chamberlain, sie alle sagen ›Willkommen in England, Sire‹. Nur Ihr sagt ›daheim‹. Die Cædmonische Art und Weise, mir meine lange Abwesenheit vorzuwerfen.«
Cædmon rieb sich verlegen das Kinn an der Schulter und sah sich bei der Gelegenheit unauffällig um. Natürlich hörte der ganze Hof zu. Alle hatten sich im Innenhof vor der Halle versammelt, um die Ankömmlinge zu begrüßen.
»Wie käme ich dazu, mein König?«
William antwortete nicht gleich. Er ließ den Blick kurz über die Versammelten schweifen, über die Nebengebäude, die Palisaden und das prächtige Hauptgebäude, dann hinauf zum unverändert blauen Sommerhimmel und murmelte: »Wißt Ihr, es ist wirklich gut, wieder in England zu sein. Ihr habt Neuigkeiten aus Dänemark, sagt Rufus?«
»Vermutlich nichts, was Ihr nicht längst wißt.«
»Kommt trotzdem vor dem Essen zu mir.«
»Wie Ihr wünscht, Sire.«
William nickte ihm zu, und Cædmon trat beiseite, um den Nachfolgenden Platz zu machen, und begrüßte die Königin.
»Ich hoffe, Ihr hattet eine gute Reise, Madame?«
Sie lächelte. »Schauderhaft. Schiffe und ich sind einfach nicht füreinander geschaffen. Ich höre, Ihr habt einen Sohn, Cædmon. Ich gratuliere Euch. Wie glücklich Ihr sein müßt.«
Er strahlte. »Danke. Ja, das sind wir.«
Sie legte federleicht die Hand auf seinen Arm, neigte den Kopf etwas näher zu ihm und murmelte: »Warum ist Eure Frau nicht hier?«
»Sie wartet in Euren Gemächern auf Euch, Madame.« Er fand es

schwierig, ihrem forschenden Blick standzuhalten, hob ein wenig verschämt die freie Hand und gestand: »Sie fürchtete, irgendwer könnte anläßlich dieser Begrüßung irgend etwas besonders Häßliches zu ihr oder zu mir sagen. Das wollte sie uns allen ersparen. Aber sie kann es kaum erwarten, Euch wiederzusehen.«

»Ist es ... schlimm?«

Er schüttelte den Kopf. »Ich hatte geglaubt, es würde schlimmer.«

Roland Baynard, ein paar andere alte Freunde und auch einige der jungen Damen am Hof schnitten sowohl ihn als auch Aliesa und hatten sich geweigert, an der Tafel mit ihnen zusammenzusitzen. Aber die Prinzen und ihre Ritter, Lanfranc und Odo und die meisten der übrigen Bischöfe und Adligen und ihr Gefolge, die bereits in Winchester eingetroffen waren, verhielten sich, als hätten die Ereignisse des letzten Sommers niemals stattgefunden. Montgomery und einige andere schienen sich gar besondere Mühe zu geben, Cædmon und Aliesa ihre Freundschaft und Unvoreingenommenheit zu beweisen, und so dankbar Cædmon ihnen auch war, fand er ihre Aufmerksamkeit manchmal doch ein bißchen peinlich.

Die Königin ließ die Hand sinken. »Es wird in Vergessenheit geraten, Cædmon. In ein paar Jahren wird niemand mehr daran denken.«

Niemand außer Aliesa und mir, dachte er. »Ja, bestimmt, Madame.« Er verabschiedete sich mit einer galanten Verbeugung und trat zu Prinz Robert, der mit Edgar Ætheling ein paar Schritte abseits stand.

Ehe er irgend etwas sagen konnte, stieß Robert seinem Freund den Ellbogen in die Seite und raunte: »Da kommt Etienne fitz Osberns treuester Freund.«

»Ah!« Edgar sah sich suchend um. »Wo ist die strahlende Witwe?«

Cædmon war alles in allem dankbar, daß ihm erspart blieb, die Maske der Höflichkeit aufrechterhalten zu müssen. Er nickte kühl. »Prinz Robert. Mich wundert, Euch in England zu sehen, wo doch all Euer Hoffen und Streben bisher der Normandie galt.«

»Ich gehe dorthin, wo ich den Interessen meines Vaters am besten dienen kann, Thane.«

Cædmon gab sich nicht die geringste Mühe, ein Hohnlächeln zu unterdrücken. »Welch ungewohnte Anwandlung von Pflichtgefühl. Solltet Ihr dabei an Schottland denken, habt Ihr in Prinz Edgar einen wirklich kundigen Berater. Er steht ja bekanntlich auf besonders freundschaftlichem Fuße mit seinem Schwager, König Malcolm.«

Edgar Ætheling machte einen halben Schritt auf ihn zu. »Ihr solltet Euch lieber in acht nehmen, Thane. Rufus' Stern sinkt. Seine Freundschaft wird Euch nicht mehr lange schützen. Und es war noch nie besonders schwierig, das Vertrauen des Königs in einen seiner Vasallen zu erschüttern.«
»Oder in einen seiner Söhne«, konterte er hitzig, wandte sich ab und ging ohne Gruß davon.

Cædmon war überrascht, den König allein anzutreffen, und blieb unsicher an der Tür stehen. »Bin ich zu früh?«
William wandte sich vom Fenster ab und schüttelte den Kopf. »Nein. Tretet ein, Thane. Bring den Wein und dann verschwinde, Paul«, befahl er dem Diener, der offenbar kurz vor Cædmon hereingekommen war.
Der junge Mann füllte zwei Becher und reichte einen dem König. William rührte ihn nicht an, sondern warf dem Diener einen ungeduldigen, beinah drohenden Blick zu. Hastig führte der den Becher an die Lippen und nahm einen ordentlichen Zug. Dann stellte er den Pokal vor dem König auf den dunkel gebeizten Eichentisch, brachte Cædmon seinen Wein und schlüpfte hinaus.
»Ihr laßt vorkosten, Sire?« fragte Cædmon fassungslos.
William hob beinah verlegen die Hände. »Im Winter war ich krank. Die Ärzte konnten keine Ursache feststellen. Schließlich bestand die Königin darauf, selbst für mich zu kochen, und ich aß nur noch, was sie zubereitet hatte. Von einem Tag zum nächsten ging es mir besser. Vielleicht war es ein Zufall. Vielleicht auch nicht. Es wäre nicht das erste Mal, daß irgendwer versucht, mich zu vergiften.«
»Aber wer könnte so etwas tun?« fragte Cædmon ehrlich entsetzt.
William warf ihm einen Blick zu, als wolle er sagen, stell dich nicht dümmer, als du bist. »An Feinden hat es mir nie gemangelt.«
»Aber wer unter Euren Feinden ist ein so niederträchtiger Feigling? Und es müßte jemand in Eurer unmittelbaren Nähe sein.«
»Ja. Der Verdacht gegen meinen Sohn und Erben Robert drängt sich regelrecht auf, meint Ihr nicht?«
Cædmon schwieg schockiert, und William lächelte spöttisch. »Was für ein Unschuldslamm Ihr manchmal seid. Habt Ihr wirklich geglaubt, ich würde ihm je wieder trauen? Denkt Ihr, ich sei mit so vielen Feinden so alt geworden, weil ich leichtgläubig oder sentimental bin?«

»Ähm … nein. Nein, das seid Ihr nun wirklich nicht, Sire. Was … was tut Robert hier, wenn er Euer Vertrauen nicht zurückgewonnen hat?«
»Das werdet Ihr schon noch sehen. Aber es war nicht Robert, über den ich mit Euch sprechen wollte, sondern Hereward.«
Cædmon wurde unbehaglich.
»Ihr seid der Ansicht, ich solle ihn schonen, nicht wahr?« fragte William.
»Ja.«
»Ihm seine Güter zurückgeben?«
»Das wäre eine nette Geste.«
»Darauf hoffen, daß er aus purer Dankbarkeit in Zukunft treu zu mir steht?«
»Auf keinen Fall.«
William drehte seinen Becher zwischen den Händen, aber er trank nicht. Er beäugte Cædmon aus dem Augenwinkel. »Also? Was schlagt Ihr vor? Ihr habt ihn eingefangen und versäumt, ihn zu töten. Ihr habt es darüber hinaus auch versäumt, ihn dem zuständigen Sheriff auszuliefern.«
Cædmon versuchte erst gar nicht, eine plausible Ausrede vorzubringen. »Hätte ich das getan, wäre Herewards Schicksal besiegelt gewesen.«
William runzelte die Stirn. »Und ich bräuchte mich jetzt nicht damit zu befassen. Euretwegen habe ich dieses Problem am Hals. Das mindeste, was ich verlangen kann, ist, daß Ihr es löst.«
Cædmon antwortete nicht sofort. Er dachte nach und rief sich alles in Erinnerung, was er über Hereward wußte. Unbewußt strich er sich mit der Linken über die Brust. Schließlich sagte er: »Ich habe ihn geschont, weil er unbewaffnet und hilflos war, als ich ihn fand. Und weil ich glaube, daß es gut für Euch und für England wäre, wenn Ihr ihn als Zeichen der Aussöhnung leben ließet. Er schien gebrochen und harmlos, aber ich bin ehrlich nicht sicher, ob er das ist. Nehmt seine Söhne als Geiseln. Wenn er keine Söhne hat, nehmt ihn selbst als ›Gast‹ an Euren Hof, wie Ihr es all die Jahre mit Wulfnoth Godwinson getan habt. Nur, laßt ihn leben. Er bedeutet den Menschen so viel.«
»Was sollte mich das kümmern?« fragte William brüsk.
Cædmon biß sich auf die Unterlippe und wünschte, er hätte diesen letzten Satz nicht ausgesprochen. Obwohl der König durchaus ein Gewissen hatte, war es immer gefährlich, daran zu appellieren. Ehe ihm

eine Erwiderung einfiel, klopfte es an der Tür, und des Königs Brüder, Robert und Odo, kamen herein. Kurz darauf folgten Lanfranc und der Bischof von Winchester, Montgomery, Warenne und die drei Prinzen. Sie sprachen über den neuen König von Dänemark, über das Maine, das nach wie vor der Zankapfel zwischen William und seinen französischen Nachbarn war, und über ein paar andere drängende Angelegenheiten, ehe der König schließlich auf sein ursprüngliches Thema zurückkam und die Versammelten befragte, was ihrer Meinung nach mit Hereward geschehen solle.

»Laßt ihn hinrichten, Sire«, riet Warenne prompt, schniefte und fuhr sich mit dem Ärmel über die ewig triefende Nase. »Ihr habt von Anfang an zuviel Geduld mit diesen englischen Rebellen gehabt. Denkt nur an Morcar und Edwin, wie haben sie Euch Eure Großmut gedankt? Wieder und wieder sind sie abtrünnig geworden.«

»Das läßt sich kaum vergleichen«, wandte Montgomery ein. »Seit dem Fall von Ely sind fast zehn Jahre vergangen, vieles hat sich geändert. Niemand würde Hereward heute mehr folgen, kein vernünftiger Mann in England ist mehr gewillt, gegen normannische Herrschaft zu rebellieren. Abgesehen von Northumbria, natürlich, aber dort hat Hereward keinen Einfluß. Es wäre heilsamer, ihn leben zu lassen.«

Odo nickte zustimmend. »Ein akzeptables Risiko. Hereward ist ein alter Mann.«

»Ich meine, Warenne hat recht, Sire«, meldete Prinz Robert sich zu Wort. »Der einzige englische Abtrünnige, der Euch kein zweites Mal verraten hat, war Waltheof of Huntingdon. All diese englischen Adligen warten doch nur auf eine neue Gelegenheit, sich zu erheben. Ihr solltet jeden, der sie anführen könnte, zumindest einsperren.«

»Dann sollten wir mit deinem Busenfreund Edgar Ætheling anfangen«, brummte Rufus.

Robert fuhr wütend zu ihm herum, aber ehe er etwas sagen konnte, grollte der König leise: »Nimm dich zusammen, Rufus.« Doch das belustigte Aufblitzen in seinen Augen war weder Cædmon noch den Prinzen entgangen.

Rufus senkte reumütig den Kopf, blieb aber bei seiner Meinung. »Ich stimme mit Montgomery und meinem Onkel, dem Bischof.«

»Ich auch«, meldete Henry sich schüchtern zu Wort.

Prinz Robert schnaubte verächtlich. »Wie kommt es nur, daß ich nicht überrascht bin…«

Der König bedachte ihn mit einem mißfälligen Stirnrunzeln, schien aber tief in Gedanken versunken. Schließlich hellte seine Miene sich auf, und er sagte: »Da auch Cædmon und der Erzbischof dieser Meinung sind, soll Hereward am Leben bleiben und mir als Gast an meinem Hof willkommen sein. Meinetwegen bekommt er auch ein, zwei seiner Güter zurück.« Mit einem ganz und gar untypischen, beinah leutseligen Lächeln sah er in die teils erfreuten, teils mißbilligenden Gesichter und fügte dann hinzu: »Vorausgesetzt, jeder seiner sechs Fürsprecher ist gewillt, mir Herewards Wergeld zu bezahlen. Was ist er wert? Er ist ein englischer Thane, nicht wahr. Also zwölfhundert Schilling? Runden wir auf. Sagen wir, fünfzig Pfund.«
Betroffenes Schweigen folgte. Schließlich räusperte Odo sich. »Sire, Ihr ... wollt uns Herewards Leben verkaufen?«
»In gewisser Weise. Ich muß eine Armee nach Schottland führen, und ich brauche Geld, um sie zu bezahlen. Betrachtet es also als Spende für einen guten Zweck.«
»Trotzdem, ich finde das äußerst bedenklich, Sire«, meldete Lanfranc sich zu Wort.
»Warum?« entgegnete der König ungerührt. »Es ist englisches Recht. Hereward hat sein Leben verwirkt, es sei denn, jemand bezahlt ein Wergeld.«
Das war die hanebüchenste Rechtsverdrehung, die Cædmon je erlebt hatte. Nach englischem Recht mußte ein Mann, der einen anderen verstümmelt oder erschlagen hatte, dessen Familie ein Wergeld zahlen, das je nach Stand festgeschrieben war. Doch richtete sich die Höhe der Summe natürlich nach dem Stand des Geschädigten, nicht dem des Beschuldigten. Und die Summe wurde einmal gezahlt, nicht sechsmal. Fünfzig Pfund war eine gewaltige Stange Geld. Vierhundert Ochsen konnte man dafür kaufen oder zweitausend Schafe oder fünfzig gute Sklaven. Er wußte wirklich nicht, woher er diese Summe nehmen sollte. Nach dem Bau der Kirche hatte er keine solchen Reserven.
»Nun, was ist, Monseigneurs? Auf einmal so still? Hereward leben zu lassen ist ein Opfer für mich – ich muß auf meine Rache verzichten. Es ist nur gerecht, wenn Ihr ebenfalls ein Opfer erbringt«, spöttelte William.
Rufus und Henry wechselten einen Blick und nickten sich zu. »Wir zahlen«, erklärte der Ältere.
»Ich ebenfalls«, schloß Montgomery sich an. Nach kurzem Zögern

stimmten auch die beiden Bischöfe zu. Cædmon steckte in der Klemme. Er wollte nicht vor all diesen Männern gestehen, daß er das Geld nicht aufbringen konnte. Irgendwie würde er es zusammenkratzen müssen. Vielleicht könnte ich in Metcombe von Tür zu Tür gehen und sammeln, dachte er grimmig.

Er nickte dem König zu. »Ich zahle auch.«

William lächelte wissend. »Pünktlich, wenn ich bitten darf, Monseigneurs. Gleich nach Michaelis.«

So kam also Hereward der Wächter an den Hof des normannischen Königs. Er wurde bestaunt und begafft und schließlich von den meisten vergessen, denn er führte ein zurückgezogenes Dasein, verkehrte kaum in der Halle und verbrachte den Großteil seiner Tage in der Kapelle. Am Ende seiner langen Wanderung hatte Hereward zu Gott gefunden, und es ging ein Gerücht, er habe William gebeten, in ein Kloster eintreten zu dürfen. Das Gerücht besagte auch, William habe bereitwillig zugestimmt, allerdings nur unter der Bedingung, daß Hereward in das Kloster eintrat, welches der König unweit von Hastings auf dem einstigen Schlachtfeld errichten ließ. Der Altar der Klosterkirche stehe genau an dem Fleck, wo Harold Godwinson gefallen sei, so daß es für Hereward ein Ort der Anbetung im doppelten Sinne sein würde. Leider sei die Anlage noch nicht ganz fertig, ein paar Jahre werde Hereward sich wohl noch gedulden müssen...

Der König widmete seine nach wie vor unerschöpflichen Energien der minutiösen Vorbereitung des Schottlandfeldzuges, rief alle Männer zu den Waffen, die seine Vasallen ihm schuldeten, und warb zusätzlich englische und normannische Söldner an. Cædmon wurde die Ausbildung der englischen Bogen- und Armbrustschützen übertragen, und der König schickte ihn ständig mit Botschaften nach Canterbury und Dover. Nur Ende September entließ er ihn für einige Tage, damit er Herewards »Wergeld« aus Helmsby holen konnte. Aliesa begleitete ihn nach Hause, denn sie sehnte sich halb zu Tode nach Richard.

Unterwegs rechnete Cædmon ihr vor, wie es um sie stand: »Die Ernte ist gut, also gehe ich davon aus, daß all meine Bauern ihre Pacht in voller Höhe bezahlen können. Aber du weißt, daß nur ein kleiner Teil der Pacht in barer Münze entrichtet wird, der Großteil in Korn, Vieh und Eiern und so weiter. Ich schätze, die fünfzig Pfund machen zwei Drittel unserer diesjährigen Pachteinnahmen aus. Wir müssen aber auch noch Steuern zahlen und brauchen Geld für unseren Haushalt. Kurz und gut, ich denke, daß ich die Hälfte der Summe von Levi dem Juden borgen muß.«

»Was ist mit den Überschüssen unserer eigenen Ernte? Können wir nichts verkaufen? Was ist mit der Wolle?«

»Die Einnahmen aus den Wollverkäufen sind für neue Pferde draufgegangen.« Er schüttelte niedergeschlagen den Kopf. »Ich bin verpflichtet, dafür zu sorgen, daß meine Männer und ich vernünftig bewaffnet und ausgerüstet sind. Es ist unglaublich, was für ein Geld das verschlingt. Es tut mir leid, Aliesa. Das Geld für diesen verfluchten Halunken Hereward wirft uns ein gutes Stück zurück. Ich hätte mich erst mit dir beraten sollen, aber ich mußte mich sofort entscheiden, verstehst du.«

Sie lachte verblüfft. »Cædmon, was redest du denn da? Es ist *dein* Geld.«

Er war anderer Ansicht. »Es geht um das Wohlergehen unserer Familie und unseres Haushaltes. Und um das Erbe unseres Sohnes.«

Sie dachte flüchtig, daß dies vielleicht nicht der günstigste Moment war, ihm zu eröffnen, daß sie wieder ein Kind bekam. Statt dessen legte sie die Hand auf seinen Arm. »Gräm dich nicht, Liebster. Es war der Preis für Herewards Leben, und du warst gewillt, diesen Preis für den Frieden zwischen Normannen und Engländern zu bezahlen. Ich bin sicher, jeder Mann und jede Frau in unserer Halle ist bereit, dafür den Gürtel ein wenig enger zu schnallen. Wir werden schon wieder auf die Füße kommen. Und wenn du Geld borgen mußt, dann geh zu deinem Schwager Erik. Er ist reich, und er wird es dir zinslos leihen.«

»Aber das will ich nicht. Es ist mir peinlich.«

»Das sollte es nicht sein. Er schätzt dich so sehr. Er würde noch ganz andere Dinge für dich tun, glaub mir.«

Er nickte unwillig. »Ja, ich weiß.« Und er erzählte ihr von dem Angebot, das Erik ihm gemacht hatte, als Cædmon ein Gefangener in Dover und sie im Kloster in Caen eingesperrt gewesen war.

Aliesa war nicht überrascht. »Da siehst du's.«

Als sie heimkamen, stellte sich jedoch heraus, daß das Problem sich auf wundersame Weise von selbst gelöst hatte. Nachdem Cædmon seine Familie und seine Housecarls begrüßt hatte, nahm Alfred ihn beiseite und raunte: »Sei so gut, komm mit nach oben.«

Er folgte ihm die Treppe hinauf. »Was gibt es denn?«
Sein Vetter besaß einen Zweitschlüssel für die Tür zu Cædmons Kammer. Ohne eine Antwort steckte er ihn ins Schloß, sperrte auf und führte ihn zu der Truhe unter dem Fenster. Mit einem weiteren, großen Eisenschlüssel entriegelte er auch deren Schloß, klappte den Deckel auf und förderte zwei schwere Münzsäcke ans Licht. »Hier.«
Cædmon sah verständnislos darauf hinab. »Was ist das?«
»Das wüßte ich auch gern. Vor etwa einem Monat kamen zwei Reiter bei Nacht und Nebel und verlangten den Steward. Die Wache holte mich aus dem Bett. Einer der Boten stellte die beiden Beutel vor mir auf den Tisch und sagte, dieses Geld sei für dich. ›Von wem und wofür?‹, frag ich ihn. Wofür wüßtest du selbst und von wem sei er nicht befugt zu sagen. Ich wußte nicht, was ich tun sollte. Was hat das zu bedeuten, Cædmon?«
Der Thane schüttelte verwundert den Kopf. »Ich habe nicht die geringste Ahnung. Wieviel ist es? Hast du's gezählt?«
Alfreds Miene wurde noch besorgter. »Es sind achthundert Schilling.«
»Achthundert Schilling«, wiederholte Cædmon. »Fünfundzwanzig Pfund?«
Alfred räusperte sich. »Ja.«
»Und der Bote hat auch seinen Namen nicht genannt?«
»Nein.«
»Trug er ein Wappen?«
Der Steward schüttelte den Kopf. »Nichts. Aber beide Männer waren kostbar gekleidet und hatten gute Pferde.«
»Normannen oder Engländer?«
»Der, der geredet hat, war Engländer. Der andere sah zumindest aus wie ein Normanne.«
Cædmon sank auf die Bettkante und dachte nach. Dann hob er den Kopf und sah seinen Vetter an. »Ich bin genauso verwundert wie du, Alfred. Aber du brauchst dich nicht zu sorgen. Niemand versucht, mich für irgendein Komplott zu kaufen oder ähnliches.«
»Cædmon, wie kannst du denken, ich würde glauben…«
Cædmon winkte ab. »Nun, es wirkt schließlich verdächtig genug. In einem Punkt hatte der Bote recht, ich weiß, wozu dieses Geld bestimmt ist.« Er berichtete seinem Vetter von dem Handel, zu dem der König ihn und die anderen auf so schamlose Weise gezwungen hatte. »Aber ich will verdammt sein, wenn ich weiß, von wem es sein könnte.«

»Vom Earl of Kent vielleicht?«
»Bischof Odo? Wie kommst du darauf?«
»Er ist dein Freund. Und er ist reich.«
»Aber seiner Ansicht nach nicht reich genug. Nein, er hält sein Geld zusammen, denn er braucht alles, was er hat, für seinen kostspieligen Lebenswandel.«
»Dann einer der Prinzen.«
Cædmon nickte versonnen. Er tippte auf Henry. Hätte Rufus ihm die Hälfte der geschuldeten Summe geben wollen, hätte er es in Winchester und in aller Offenheit getan, ohne daran zu denken, wie unangenehm die Situation für Cædmon gewesen wäre. Rufus war impulsiv und nicht besonders einfühlsam. Henry hingegen war besonnen, und obwohl er noch nicht einmal dreizehn war, tat er selten etwas, ohne die Konsequenzen für sich und andere abzuwägen. Kurz, Henry war wie sein toter Bruder Richard. Und genau wie er neigte Henry zu komplizierten Gedanken und Plänen. Diese geheimnisvollen, namen- und wappenlosen Boten sahen ihm ähnlich.
»Ja, vermutlich hast du recht, Alfred. Bestimmt war es einer der Prinzen.«
»Und wirst du's annehmen?«
»O ja. Erstens, weil ich es brauche, und zweitens, weil ich nicht wüßte, an wen ich es zurückschicken sollte.«
Alfred räumte das Geld wieder in die Truhe und gab Cædmon den Schlüssel. »Hier. Solange du zu Hause bist, solltest du ihn verwahren.«
»Danke.«
Plötzlich grinste Alfred breit. »Junge, ich bin erleichtert. Seit Wochen hab ich mich um den Schlaf gebracht, weil ich dachte, irgendein Normanne wolle dir was am Zeug flicken. Ich muß gestehen, ich hatte deinen Schwager, den Sheriff, in Verdacht.«
Cædmon stand auf und klopfte seinem Vetter die Schulter. »Nein, diesmal nicht. Lucien würde nie etwas tun, das seiner Schwester Kummer bereiten könnte, weißt du. Darum sind wir vor ihm sicher, denke ich.«
»Aber nur so lange, bis er eine Teufelei ausgeheckt hat, die dir das Kreuz bricht, ohne den Verdacht auf ihn zu lenken.«
Cædmon dachte darüber nach. »Ja, vielleicht. Aber ich sehe nicht, wie er das mit dieser geheimnisvollen Spende anstellen will. Nein, ich bin sicher, das hier ist die Gabe eines Freundes.«

Gloucester, Januar 1081

»Da kehrt er heim, der strahlende Sieger«, murmelte Rufus. »Ich wünschte, die verfluchten Schotten hätten ihm den Schädel gespalten.«

»Rufus«, mahnte Cædmon leise. »Wie alt mußt du werden, um zu lernen, daß man manche Dinge besser nicht ausspricht, wenn es schon sein muß, daß man sie denkt?«

Rufus brummte übellaunig und sah weiterhin starr aus dem Fenster in den verschneiten Hof hinunter, wohin der König und fast alle Angehörigen des Hofes sich begeben hatten, um Prinz Robert willkommen zu heißen.

Rufus war zutiefst erbittert gewesen, als sein Vater im vergangenen Herbst Robert allein als Heerführer auf den Schottlandfeldzug geschickt hatte. Sein einziger Trost war, daß Robert aller Wahrscheinlichkeit nach kläglich versagen würde, denn sein strategisches und taktisches Geschick wurden allgemein in Zweifel gezogen. Doch Robert hatte sie alle überrascht, hatte Lothian auf einen Streich überrannt und verwüstet und stand in Falkirk, ehe König Malcolm wußte, was über ihn gekommen war. Es blieb ihm nichts anderes übrig, als das Abkommen zu unterzeichnen, das Robert ihm diktierte, und damit die Schotten nicht vergaßen, wer fortan im Norden die Vorherrschaft hatte, ließ Robert auf seinem Rückweg in Grenznähe eine gewaltige Burg errichten, so daß die Grenze bewacht und gesichert war.

So war es nicht verwunderlich, daß er im Triumph in Gloucester einzog, und noch während Cædmon, Eadwig, Rufus und Henry aus dem Fenster schauten, trat der König zu seinem Ältesten, der vor ihm im Schnee kniete, hob ihn auf und schloß ihn in die Arme. Der Hof jubelte.

Rufus wandte sich angewidert ab. »Ælfric, bring mir was zu trinken.«

»Ja, mein Prinz.« Der Junge eilte zu einem der Tische an der Längsseite, füllte einen versilberten Pokal und brachte ihn dem Prinzen. Rufus riß ihm den Becher unsanft aus der Hand und scheuchte den Jungen mit einem schroffen Wink fort. Ælfric trat ein paar Schritte zurück und sah fragend zu Eadwig, Cædmon und Prinz Henry. »Für euch auch?«

Sie schüttelten die Köpfe, und Cædmon lächelte ihm aufmunternd zu. »Nein, danke, mein Junge.«

Er fand, Ælfric schlug sich wacker. Seit gut einem Vierteljahr stand er jetzt in Rufus' Diensten. Der Prinz hatte ihn auf Cædmons Bitte hin bereitwillig genommen, aber er konnte ebenso brüsk und ungeduldig sein wie sein Vater. Ælfric hatte immer noch seine Schwierigkeiten mit der normannischen Sprache, und Rufus geizte nicht mit Ohrfeigen, wenn der Junge nicht auf Anhieb verstand, was er ihm befahl. Doch ebenso oft sprach Rufus englisch mit seinem Gefolge. Wer in seiner Umgebung bestehen wollte, ohne den Unwillen des Prinzen auf sich zu ziehen, mußte beide Sprachen beherrschen. Und Ælfric hatte zu seiner Verwunderung und Freude festgestellt, wie englisch der Prinz auch in vielen anderen Dingen war. Rufus liebte Bier und deftiges englisches Essen, englische Sagen und Lieder, Feste und Heilige, und wenn niemand es sah, jagte er gelegentlich mit der Schleuder. Darüber hinaus, hatte der Junge erkannt, gab es keinen Mann auf der Welt, den Prinz Rufus höher schätzte als seinen Onkel Eadwig. Das erfüllte Ælfric mit Stolz, und wie Cædmon gehofft hatte, wachte Eadwig über das Wohl seines Neffen und half ihm, sich in dieser neuen Welt zurechtzufinden und sie zu verstehen. Und da es jetzt meistens Leif und Eadwig waren, die die Jungen am Hof im Waffenhandwerk unterrichteten, blieb Ælfric diese ganz spezielle, normannische Art von Schikane erspart, wie Cædmon und auch Eadwig sie erlebt hatten. Ælfric war noch jung und formbar. Bald hatte er seine Vorbehalte gegen alles Normannische abgelegt, und als er erfuhr, daß Prinz Rufus sich genau wie sein Vater beim König für Hereward den Wächter eingesetzt hatte, kannte seine Heldenverehrung für den Prinzen keine Grenzen mehr.

Eadwig stieß Rufus einen Ellbogen in die Seite. »Sie kommen herein. Lächle, Rufus. Laß deinen Bruder nicht sehen, was du empfindest, es würde seinen Triumph gar zu perfekt machen.«

Rufus brummte gallig, nickte aber, und als der König, der Hof, der umjubelte Sieger und sein Gefolge in die Halle strömten, waren seine Glückwünsche und seine geheuchelte Freude über Roberts siegreiche Rückkehr fast so überzeugend wie Henrys. Auch die Königin kam in die Halle, und sie brauchte ihre Glückseligkeit nicht vorzutäuschen. Stolz und erleichtert über die unversehrte Heimkehr ihres Ältesten schloß sie ihn in die Arme, und Robert beugte sich rücksichtsvoll zu ihr herunter, damit seine puppenhaft kleine Mutter die Hände auf seine Schultern legen konnte.

Aliesa war im Gefolge der Königin, kam an ihren Platz an der Tafel und setzte sich neben Cædmon. Unter dem Tischtuch ergriff er verstohlen

ihre Hand und drückte sie leicht. Sie vermieden Berührungen in der Öffentlichkeit, denn sie sahen keinen Sinn darin, all jene, die ihnen ihre Heirat verübelten, noch weiter gegen sich aufzubringen.
»Du siehst blaß und müde aus«, murmelte er.
»Sehr charmant, vielen Dank«, erwiderte sie lächelnd. »Ich *bin* müde, und vermutlich bin ich auch blaß. Aber es ist nicht nötig, daß wir jeden Tag darüber reden. In vier Monaten ist alles vorbei.«
»Ich sorge mich um dich, das ist alles.«
Unter gesenkten Lidern hervor schenkte sie ihm ihr strahlendstes Lächeln, von dem er bis auf den heutigen Tag weiche Knie bekam. »Und das weiß ich zu schätzen«, flüsterte sie. »Ich muß gestehen, ich werde erleichtert sein, wenn die Weihnachtstage vorüber sind. Ich finde diese zwei Wochen schon dann anstrengend, wenn ich kein Kind erwarte.«
Auch Cædmon war der steifen Feierlichkeiten und endlosen Hochämter überdrüssig, wie jedes Jahr. Vor allem weil sie ihm kaum Zeit ließen, mit seiner Frau allein zu sein. Er hatte den Verdacht, daß die Königin Aliesa über Gebühr beanspruchte. Und darüber hinaus hatte er den Verdacht, daß Aliesa unter dieser Schwangerschaft mehr litt als unter der letzten, auch wenn sie das nie zugeben würde.
Ehe sie ihre leise Unterhaltung fortsetzen konnten, erschienen Lucien und Beatrice und nahmen die freien Plätze neben ihnen ein. Cædmon hätte nicht gedacht, daß es ihm je eine Freude sein könnte, Lucien als Tischnachbarn zu haben, doch selbst Lucien war besser als die auffällig leeren Plätze, die jetzt so oft rechts und links von ihnen klafften, als wären sie Aussätzige.
»Was ist mit dem König von Schottland passiert?« raunte Lucien Cædmon zur Begrüßung zu. »Hat er sich die Augen verbinden und die Hände auf den Rücken fesseln lassen, oder wie kommt es, daß Robert ihn geschlagen hat?«
Cædmon grinste. »Vielleicht fragst du Robert mal.«
»Ich hoffe, der König schickt ihn bald zurück nach Rouen«, brummte Lucien. »Ich weiß nicht, was er sich davon verspricht, seine Söhne gegeneinander auszuspielen. Wenn Robert hier bleibt, kann es nur Unfrieden geben.«
Aliesa nickte versonnen und sah zur hohen Tafel hinüber. »Der König denkt einfach nicht darüber nach«, sagte sie leise. »Wie immer. Seine Söhne sind nur Werkzeuge für ihn. Seht ihn euch an. Heute ist Roberts

großer Tag. Aber William hat wieder einmal nur Augen für seine Königin.«
»Das glaub lieber nicht«, entgegnete Cædmon ebenso gedämpft. »Er sieht alles.«
Lucien nickte. »Und er hört alles. Also laßt uns übers Wetter reden.«
»In East Anglia ist Tauwetter und Regen«, berichtete Beatrice prompt.
Lucien verdrehte die Augen. »Und in deinem Kopf herrscht wie üblich dichter Nebel, Teuerste.«

Dover, März 1081

»Cædmon!« Bischof Odo erhob sich von seinem kostbaren Tisch und kam auf ihn zu. »Seid willkommen. Zur Abwechslung einmal eine angenehme Überraschung.«
»Danke, Monseigneur. Aber ich bin keineswegs sicher, ob Ihr das auch noch sagt, wenn Ihr meine Nachricht gehört habt.« Er nahm den durchnäßten Mantel ab, drückte ihn einem Diener in die Hand, trat ans Feuer und ließ sich den Rücken und das linke Bein wärmen, das ihm seit dem Winter bei schlechtem Wetter mehr zu schaffen machte als in all den Jahren seit seiner Verwundung. Ich habe dich nicht angelogen, Etienne, dachte er, jenseits der Dreißig lauern die Gebrechen des Alters…
Nachdem der Diener sie alleingelassen hatte, fragte Odo: »Der König schickt Euch? Wo brennt es denn diesmal? An der schottischen Grenze oder auf dem Kontinent?«
Cædmon schüttelte den Kopf. »Nirgendwo. Es schwelt nur hier und da, wie üblich. Aber der König erwägt, die Fackel nach Wales zu tragen, um bei Eurem Bild zu bleiben.«
»Wales?« fragte Odo ungläubig. »Mangelt es meinem Bruder an Unruheherden? Hat er Langeweile?«
Cædmon hob leicht die Schultern. »Er meint, daß wir die inneren Machtkämpfe, die Wales seit Jahrzehnten zerrütten, ausnutzen sollten, um unsere Herrschaft dort zu festigen, ehe die Waliser sich auf einen neuen Anführer einigen.«
Der Bischof dachte einen Moment nach. »Nun ja. Der Gedanke ist nicht dumm. Und was will er von mir?«

»Er wünscht, daß Ihr eine Truppe von zweihundert Rittern und wenigstens tausend Fußsoldaten aufstellt und anführt.«
Odo brummte. »Und bezahlen soll ich sie vermutlich auch.«
Der Diener kam zurück und brachte heißen Wein und ofenfrische Pasteten, so daß Cædmon nicht zu antworten brauchte. Als sie wieder allein waren, setzte Odo sich an den Tisch und lud ihn mit einem Wink ein, ihm Gesellschaft zu leisten. Cædmon nahm Platz und ergriff mit spitzen Fingern eine der glühend heißen Pasteten. Sie war mit Schweinefleisch und Apfelstücken gefüllt. »Hm! Köstlich«, urteilte er.
Der Bischof nickte. »Ein neuer Koch. Blutjunger Bursche, aber ein Genie.«
»Normanne?« fragte Cædmon.
Odo schüttelte den Kopf. »Römer.«
Cædmon sah ihn verdutzt an, aber dann fiel es ihm ein. »Natürlich. Ihr seid vergangenen Sommer nach Rom gepilgert und habt den Papst aufgesucht.«
»Tja, man bekommt nicht jeden Tag die Gelegenheit, die Förderung seines Seelenheils mit den politischen Wünschen des Königs zu verknüpfen«, bemerkte Odo lächelnd und streckte die beringte Rechte nach einem weiteren Pastetchen aus. »Wie Ihr ja selber wißt, muß man in den meisten Fällen zwischen diesen beiden Absichten wählen.«
»Wohl wahr«, murmelte Cædmon.
»Ich nehme an, Ihr bleibt über Nacht? Oder wollt Ihr noch weiter nach Canterbury?«
»Nein, ich komme von dort.«
»Dann seid mein Gast.«
Cædmon nahm dankend an.
»Was wollte der König von Lanfranc?« erkundigte der Bischof sich scheinbar beiläufig. Aber Cædmon wußte genau, daß Odo jedesmal von Eifersucht geplagt war, wenn William den Rat des Erzbischofs als erstes suchte.
»Gar nichts«, antwortete er. »Ich war nur dort, um nach meinem Bruder Guthric zu sehen. Er war sehr krank letzten Winter, und ich war in Sorge.«
»Richtig, ich erinnere mich, daß er zu Weihnachten nicht in Gloucester war. Geht es ihm besser?«
Cædmon nickte. »Er ist wieder auf den Beinen, aber blaß und dürr. Er fastet und arbeitet zuviel. Wenn seine zahllosen Pflichten ihn einmal

nicht in Anspruch nehmen, schreibt er an einer Abhandlung über kanonisches Recht. Ich glaube, er schläft niemals.«
»Ein sehr gelehrter Mann. Wenn er wollte, könnte er es weit bringen.«
Cædmon lächelte. »Guthric besitzt nicht einen Funken persönlichen Ehrgeiz.«
Odo rieb sich das Kinn. »Nein, ich weiß. Vermutlich bewundere ich ihn deswegen so. Und nun erzählt mir von Eurer wunderbaren Frau.«
Sie plauderten über dieses und jenes, und als es Zeit zum Essen wurde, beschloß der Bischof, daß sie nicht in die Halle hinuntergehen sollten, sondern ließ für Cædmon und sich etwas heraufbringen. Cædmon wunderte sich, denn es war ausgesprochen unüblich, daß der Herr der Halle die Hauptmahlzeit des Tages nicht mit seinem Haushalt einnahm. Aber es war so warm und anheimelnd in Odos Privatgemach und so zugig und rauchig in der Halle, und Cædmon war immer noch nicht ganz getrocknet. Also kam ihm diese Ausnahme durchaus gelegen.
Als er sich nach einem letzten Becher von Odos erstklassigem Burgunder schließlich verabschiedete, war es längst Nacht geworden. Nur mit einer flackernden, tropfenden Kerze in der Hand schritt er den langen Korridor entlang zur Treppe. Die Zugluft drohte das schwache Flämmchen auszublasen, aber notfalls hätte Cædmon sich hier auch im Dunkeln zurechtgefunden. Über ein Jahr hatte er auf dieser Burg gelebt, und wann immer es ihn seither für eine Nacht nach Dover verschlagen hatte, bewohnte er dasselbe Quartier wie damals. Er weilte mit seinen Gedanken in der Vergangenheit, als er den Riegel zurückzog und über die Schwelle in den dunklen Raum trat, dachte an Hyld und Bruder Oswald und den wunderbaren Teppich, den sie hier geschaffen hatten, doch als er einen Luftzug auf der linken Wange spürte, reagierte er sofort.
Die Kerze fiel zu Boden und erlosch. In vollkommener Dunkelheit zückte er sein Jagdmesser, sprang den dunklen Schatten an, der hinter der Tür auf ihn gelauert hatte, und bekam Stoff und einen muskulösen Arm zu fassen. Er schleuderte die Gestalt mit Macht nach links, so daß sie hart gegen die Wand prallte, stürzte sich von hinten darauf und setzte sein Messer an die Kehle. »Wer bist du?« zischte er wütend. »Gib dich zu erkennen, na los!«
»Thane, um der Liebe Christi willen … Ich bin's, Odric.«
Cædmon ließ die Waffe sinken und wich einen Schritt zurück. Für

einen Moment überkam ihn Grauen, weil er glaubte, der Geist seines Housecarls habe ihn hier heimgesucht, aber er verwarf den Gedanken sofort wieder. Ein Geist war nicht aus Fleisch und Blut, hatte keine Arme, keine Kehle, die man ertasten konnte, vor allem keine Todesangst.

»Odric ... O mein Gott.« Er sagte nicht ›Ich dachte, du bist tot‹, denn das brachte Unglück. »Entschuldige, alter Freund. Du hast mir einen furchtbaren Schreck eingejagt.«

Er hörte Odric tief durchatmen. »Ja, Ihr mir auch, Thane.«

Cædmon hockte sich auf den Boden und tastete im Stroh nach der Kerze. »Warte einen Moment«, sagte er, öffnete die Tür, entzündete den Docht an einer der Fackeln im Gang und kam mit dem Licht zurück. Im schwachen Schimmer betrachtete er seinen totgeglaubten Housecarl. Eine Narbe, die vor Odos Feldzug nach Northumbria noch nicht dagewesen war, verlief quer über das nach normannischer Mode glattrasierte Kinn, aber Odric war immer noch ein auffallend gutaussehender Mann. Nur die meergrauen Augen, die sonst meistens übermütig funkelten, waren jetzt geweitet und voller Unruhe.

Cædmon legte ihm die Hand auf die Schulter. »Wie gut es tut, dich zu sehen. Wo ... wo in aller Welt bist du gewesen? Komm, setz dich.«

Er führte ihn zum Bett, zog den schlichten Vorhang zurück, und sie setzten sich nebeneinander auf die Kante.

»Wir sind auf der Isle of Wight«, berichtete Odric.

»Wir?«

Odric wandte ihm das Gesicht zu. Er wirkte verunsichert. »Ja. Edwin, Gorm, mein Bruder Elfhelm und ich. Aber das müßt Ihr doch wissen.«

Cædmon war vollkommen verwirrt. Doch ein eigentümlich heftiger Instinkt mahnte ihn zur Vorsicht. »Nun ja ... ich war nicht ganz sicher. Erzähl. Wie ist es euch ergangen? Und wie kommst du hierher?«

Odric verknotete die Finger ineinander und sah darauf hinab. »Als wir letzten Sommer von der schottischen Grenze zurückkamen, führte Mylord Bischof Odo ... ich meine, der Earl of Kent, er führte uns hierher. Er entließ die Fußsoldaten des Fyrd, damit sie rechtzeitig zur Ernte auf ihre Felder zurückkehren konnten, aber uns sagte er, wir müßten bleiben. Na ja, wir haben uns nichts dabei gedacht. Bevor wir damals mit ihm nach Norden gezogen sind, habt Ihr zu uns gesagt, wir müßten ihm so ergeben sein und so treu dienen wie Euch. Und das tun wir. Aber langsam kommt uns die Sache ein bißchen seltsam vor. Und wir haben Heimweh. Elfhelm und Gorm haben Familie in Helmsby, sie wollen endlich mal wieder nach Hause. Ich bin seit zwei Tagen hier und soll morgen auf die Insel zurück. Aber als eine der Küchenmägde mir erzählte, daß Ihr hier seid, hab ich mir gedacht, ich komme her und frage Euch ... Verflucht, das ist schwierig für mich, Thane, Ihr sollt nicht denken, ich mache Euch Schande und mißachte meine Befehle. Wir wissen, daß der Earl of Kent ein guter Mann und Euer Freund ist, aber ich dachte, ich sollte Euch fragen, ob ... ob das alles wohl so seine Richtigkeit hat.« Er atmete tief aus, als habe er sich einer gewaltigen Bürde entledigt.

Cædmons Gedanken rasten. Aber er ließ sich weder seine Verwirrung noch das leise Entsetzen anmerken, das ihn bei Odrics Worten beschlichen hatte. Sein Lächeln wirkte vollkommen gelöst und beruhigend, als er dem jungen Ritter wieder die Hand auf die Schulter legte. »Sei unbesorgt, Odric, du hast ganz richtig gehandelt. Also auf die Isle of Wight hat er euch geschickt. Davon hat er mir gar nichts erzählt.«

Odric nickte. »Er hat ein paar Güter dort. Ich glaube, die halbe Insel gehört ihm. Wunderbar ist es dort, so mild, man kann den ganzen Sommer schwimmen. Viel anderes gibt es auch nicht zu tun. Das war's, was uns so komisch vorkommt. Wir hocken da rum und warten – auf was, weiß Gott allein. Wir trainieren ein paar Stunden am Tag, ein normannischer Schleifer bildet die Neulinge aus, aber nichts passiert.«

»Nun, ich bin sicher, daß sich bald irgend etwas tut. Ich hätte euch weiß Gott lieber zu Hause, Odric, aber du weißt ja, wie es aussieht. Ich schulde dem König Soldaten.«

»Ja, natürlich, Thane. Ich hoffe, Ihr denkt nicht, ich wollte mich beklagen. Mein Bruder und ich und Gorm und Edwin, wir werden willig tun, was der König oder sein Bruder uns sagt, und gehen, wohin er uns schickt, solange wir wissen, daß das auch Euer Wunsch ist.«

Treuer Odric, dachte Cædmon voller Wärme. »Dann sei beruhigt. Geh zurück in die Halle, und vielleicht ist es besser, wenn du niemandem erzählst, daß du mit mir gesprochen hast. Du weißt ja, die Normannen sind in manchen Dingen ein bißchen ... empfindlich. Sag Gorm und Elfhelm, ihre Frauen und Kinder sind wohlauf, ich werde sie grüßen. Und ich hole euch nach Hause, sobald ich kann.«

Er erhob sich, und Odric folgte seinem Beispiel. »Danke, Thane. Wie geht es der Lady Aliesa und dem kleinen Richard?«

»Es könnte nicht besser sein. Mit Gottes Hilfe bekommt Richard zur Ernte einen Bruder oder eine Schwester.«

»Ich hoffe, wir sind rechtzeitig zurück.«
Cædmon brachte ihn zur Tür. »Wenn es nach mir geht, ganz bestimmt. Leb wohl, Odric, und gute Reise. Mögest du auf deinem Weg Freunde finden, die Führung der Engel und das Geleit der Heiligen.« Er schloß ihn kurz in die Arme.
»Danke, Thane. Gott schütze Euch.«
Odrics Besorgnis war verflogen, und mit seinem typischen verwegenen Grinsen glitt er lautlos auf den Gang hinaus.
Cædmons Herz war um so schwerer. Er überlegte ein paar Minuten, was er tun sollte. Aber er konnte nichts entscheiden, ehe er nicht ein paar Antworten auf einige brennende Fragen bekam. Und seinem gewaltigen Zorn Luft gemacht hatte.
Also verließ er sein Quartier, stieg die Treppe hinab, ging zu Odos Gemach zurück und klopfte vernehmlich.
Die Stimme, die ihn hereinrief, klang nicht schläfrig.
Cædmon trat ein. Der Bischof saß beim Licht zweier Kerzen mit einem Buch am Tisch, einen gefüllten Becher in Reichweite. »Nanu, Cædmon? Ist etwas passiert?«
»Noch nicht, soweit ich weiß. Aber ich habe es versäumt, mich bei Euch zu bedanken, Monseigneur. Und das wollte ich vor dem Schlafengehen unbedingt noch nachholen.«
»Bedanken?« fragte Odo verständnislos. »Wofür?«
»Daß Ihr mir das Wergeld für die vier Housecarls gezahlt habt, die Ihr mir gestohlen habt.«
Odo starrte ihn an. Seine vollen Lippen waren leicht geöffnet, aber er rührte sich nicht.
»Als mein Steward mir von den geheimnisvollen Boten berichtete, die das Geld gebracht hatten, glaubte ich, ein unbekannter Wohltäter wolle mir die Hälfte des Betrages spenden, den ich dem König für Hereward schuldete. Ich habe mich von der Summe irreführen lassen. Aber fünfundzwanzig Pfund sind auch achthundert Schilling. Das Wergeld eines einfachen Mannes wie beispielsweise eines Housecarls beträgt zweihundert Schilling. Odric, Elfhelm, Gorm und Edwin. Sind achthundert.«
»Cædmon ... Es ist nicht so, wie Ihr glaubt.«
Cædmon trat langsam auf den Tisch zu. »Vielleicht nicht. Ich hoffe, ich irre mich. Ich *kann* nicht glauben, daß es das bedeutet, wonach es aussieht. Aber was immer es ist, Monseigneur, was immer Ihr vorhabt mit der Truppe handverlesener Ritter, die Ihr auf der Isle of Wight

zusammenzieht und ausbilden laßt, ich will nicht, daß meine Männer etwas damit zu tun haben. Darum werde ich Euch die Summe erstatten, und Ihr gebt mir meine Housecarls zurück. Es sind gute Männer, und sie vertrauen mir.« Er unterbrach sich, schüttelte fassungslos den Kopf und stieß die Luft aus. »Wie konntet Ihr das nur tun? Es sind *Menschen*, die Ihr da in Euer fragwürdiges Spiel hineinzieht. Ihre Familien dachten, sie seien tot. Sie trauern um sie, so wie mein Bruder und ich um sie getrauert haben! Was habt Ihr Euch nur dabei gedacht? Was fällt Euch eigentlich ein?«

Odo schoß aus seinem Sessel hoch. »Mäßigt Euch, Thane! Ich glaube, Ihr vergeßt, mit wem Ihr redet.«

Cædmons Hände ballten sich zu Fäusten. »Ich weiß genau, mit wem ich rede. Ich glaube, ich erkenne heute zum erstenmal klar, wer Ihr seid. Was Ihr seid.«

»Cædmon, hört mir zu. Es stimmt, ich habe Euch diese Männer gestohlen. Eure vier besten. Mit anderen hab ich das gleiche getan. Und ich hatte ein schlechtes Gewissen, deshalb habe ich Euch das Geld geschickt. Ich kann nicht sagen, daß es mein Gewissen sonderlich beruhigt hat. Aber ich brauche diese Männer. Und der Zweck, für den ich sie brauche, ist kein Verrat. Nichts, was meinem Bruder, dem König, in irgendeiner Weise schaden könnte. Ihr müßt doch wissen, daß ich das niemals täte.«

Die leisen Worte verfehlten ihre Wirkung nicht. Cædmon beruhigte sich ein wenig, lief nicht länger Gefahr, mit den Fäusten auf die sakrosankte Person eines Bischofs der Heiligen Kirche loszugehen. Aber er war ganz und gar nicht getröstet. »Ihr könnt mir nicht weismachen, daß das, was Ihr vorhabt, die Zustimmung des Königs findet, wenn Ihr in solcher Heimlichkeit eine Truppe aufstellt.«

»Das habe ich ja auch gar nicht behauptet«, erwiderte Odo mit einem schwachen Lächeln.

Cædmon konnte wirklich nichts Erheiterndes an der Situation erkennen. »Dann gebt mir meine Männer zurück. Sie dienen Euch, weil sie glauben, daß es mein Wunsch ist. Ihr mißbraucht ihre Treue und Loyalität auf schändlichste Weise. Das kann ich nicht verantworten. Sie vertrauen mir, und ich bin es ihnen schuldig, sie davor zu schützen, in die Irre geleitet zu werden. Also, gebt sie mir zurück.«

Odo verschränkte die Arme. »Nein.«

Cædmon rieb sich das Kinn an der Schulter. »Ich bestehe darauf.«

»Das wird nichts nützen.«
»Ja, begreift Ihr denn nicht, daß Euer Spiel aus ist? Ich will Euch gern drei Tage Zeit lassen, um mit dem König zu sprechen. Aber wenn Ihr ihm bis dahin nicht gesagt habt, was diese geheimnisvolle Truppe zu bedeuten hat, dann muß ich ihm mitteilen, was ich erfahren habe.«
Odo lehnte sich an seinen Tisch und verschränkte die Arme. »Ich fürchte, Ihr seid derjenige, der die Situation verkennt, Cædmon. Ich habe verhindert, daß Ihr heute abend in meine Halle hinuntergeht, um ein Treffen zwischen Euch und Odric zu vereiteln. Weil ich Euch die Folgen ersparen wollte. Aber es sollte nicht sein.«
Der Bischof sah plötzlich auf einen Punkt hinter Cædmons Schulter. Cædmon wirbelte in dem Moment herum, als die Wachen ihn packten. Er hatte keine Ahnung, durch welches verborgene, geheimnisvolle Signal Odo sie herbeigerufen hatte, und er dachte wütend, daß er doch inzwischen wirklich hätte wissen müssen, daß dieser Mann immer alle Eventualitäten mit einkalkulierte.
»Es tut mir leid, Cædmon«, sagte Odo leise, es klang beinah wie ein Seufzen. »Aber ich fürchte, Ihr werdet meine Gastfreundschaft wieder einmal ein wenig länger erdulden müssen, als Ihr beabsichtigtet.«
»Nein...«
»Bringt ihn weg. Sperrt ihn ein, wo ihn keiner findet. Und gebt acht, daß niemand ihn sieht.«
»Nein!« Cædmon versuchte sich loszureißen, kämpfte in lichterloher Panik gegen die Pranken, die ihn hielten, trat gegen Schienbeine und gebrauchte seine Ellbogen wie Rammböcke. Dann traf ihn ein harter Gegenstand am Hinterkopf, und sein letzter Gedanke war, daß Odo ihm auf die Botschaft des Königs überhaupt keine Antwort gegeben hatte.

Dover, März 1082

Die Tür schwang auf, und die Wache brachte eine Schale mit Essen und einen Krug.
Cædmon legte die Laute beiseite, stand auf und betrachtete die Gaben stirnrunzelnd. »Was denn, kein Brathühnchen? Ich hätte geschworen, heute sei Mittwoch.«

Der junge Soldat schlug die Augen nieder und nickte schuldbewußt. »Stimmt. Aber heute beginnt die Fastenzeit, Thane.«
Cædmon starrte ihn ungläubig an. Ein Jahr, dachte er erschüttert. Ein ganzes Jahr...
Er biß hart die Zähne aufeinander. Er hatte bis jetzt die Fassung bewahrt – sie jedenfalls vor Zeugen nicht verloren –, und es bestand kein Grund, daran etwas zu ändern, nur weil heute Aschermittwoch war. Er machte eine wedelnde Handbewegung. »Na schön. Pack dich.«
Der Junge schlich mit hängenden Schultern zur Tür, aber ehe er hinaustrat, rief Cædmon ihn zurück. »Nein, warte. Wie ist das Wetter draußen?«
»Kühl und sonnig. Es wird Frühling.«
Cædmon schnitt verstohlen eine Grimasse. »Wie schön für die Welt. Wo ist der König?«
»Auf dem Kontinent, Thane. Er hat das Maine endgültig zurückgewonnen, heißt es.«
Cædmon nickte. Gut gemacht, William, dachte er. Ich weiß nicht, was Gott an dir findet, aber er hat dich anscheinend immer noch nicht verlassen.
»Und die Prinzen?«
»Rufus und Robert haben den König begleitet. Henry ist in England geblieben. Er verbringt die meiste Zeit bei Lanfranc und Eurem Bruder in Canterbury, wird erzählt.«
Cædmon wandte den Kopf ab und starrte auf die vertraute, dunkelgraue Mauer. »Es ist gut«, beschied er. »Du kannst verschwinden.«
Nachdem der junge englische Wachsoldat fort war, schalt Cædmon sich einen undankbaren Narren, weil er gerade ihn immer so schroff behandelte. Dabei war dieser Junge der einzige, der ihm gelegentlich ein paar Neuigkeiten aus der Welt erzählte, der unaufgefordert die Fakkel auswechselte, der einzige, den Cædmons Los nicht völlig unberührt ließ. Er war ein freundlicher, gutartiger junger Kerl, und er hatte ein Gewissen. Aber Cædmon hatte sich noch nie die Mühe gemacht, ihn nach seinem Namen zu fragen.
Er gelobte Besserung. Er schärfte sich ein, sich zusammenzunehmen, sich nicht gehenzulassen, sich von seiner Bitterkeit nicht beherrschen zu lassen. Die Gefahr bestand durchaus. Dabei war seine Gefangenschaft wirklich zu ertragen. All die vielen Male, die er in seinem Leben in normannischen Verliesen eingesperrt gewesen war – verdient oder

unverdient –, war es ihm niemals so gut ergangen wie jetzt. Er wurde vortrefflich beköstigt, bekam das gleiche Essen wie die Leute in der Halle, akzeptablen Wein und soviel Bier, wie er nur wollte. Er hatte so viel Zeug hier unten angesammelt, daß sein kleines Verlies fast davon überquoll: Decken, Kissen, eine Laute, sogar Bücher. Er wurde zweimal wöchentlich rasiert und bekam auf Wunsch Wasser, um sich zu waschen. Er hatte keinen Tag Not gelitten oder wirklich gefroren, und nur die drei oder vier Male, da er versucht hatte zu fliehen, hatten sie ihn für ein paar Tage in Ketten gelegt. Es war zu ertragen. Es war auch zu ertragen, daß er seit einem Jahr weder Sonne noch Mond, noch Himmel gesehen hatte. Daran konnte man sich gewöhnen. Man konnte sich an fast alles gewöhnen.

Was ihm hingegen unerträglich war, was ihn schier um den Verstand brachte, war der Gedanke, daß Aliesa sich seit einem Jahr grämte, daß sie nachts wachlag und sich fragte, was in aller Welt aus ihm geworden sein mochte. Ihre Sorge, ihr Kummer, ihre Trauer. Und daß niemand ihm sagen konnte oder wollte, wie es ihr ging, ob er einen vierten Sohn oder eine Tochter hatte. Oder ob seine Frau vielleicht im Kindbett gestorben war. Oder ob sie ihn aufgegeben hatte und sich allmählich nach einem Stiefvater für ihre Kinder umschaute. So vieles konnte in einem Jahr passieren, und er wußte nichts. Auch sein junger englischer Wärter konnte oder wollte ihm nicht erzählen, was es Neues in Helmsby gab.

Er verzehrte sich nach seiner Frau. Es war schlimmer als je zuvor, denn früher war seine Sehnsucht nach Aliesa immer wie der Griff nach den Sternen gewesen. Doch jetzt gehörte sie ihm an, so wie er ihr, und in seiner grenzenlosen Einfalt hatte er geglaubt, daß nur Gott sie je wieder auseinanderreißen könnte. Statt dessen hatte Odo es getan. Eiskalt, berechnend, ohne auch nur einen Augenblick zu zögern hatte er sie seinem Ehrgeiz geopfert, seiner schier unstillbaren Gier nach Macht. Manchmal haßte Cædmon ihn so sehr, daß ihm ganz elend davon wurde. Ein Gefühl wie eine kalte Taubheit breitete sich dann in seinem Innern aus, das ihn vollkommen lähmte. An anderen Tagen war er überzeugt, daß Odo nur ein Werkzeug in Gottes unergründlichem Plan war und daß er, Cædmon, immer noch den Preis dafür bezahlte, daß er sich genommen hatte, was ihm nicht zustand.

So oder so, ganz gleich, aus welchem Winkel er die Dinge betrachtete, jeder Gedanke endete in Verzweiflung. Aber dieses Mal ergab er sich ihr nicht. Sie begleitete ihn Tag und Nacht, lauerte auf jeden Moment der Schwäche, um ihn zu überwältigen, aber noch leistete er Widerstand. Er aß und trank auch dann, wenn er keinen Appetit hatte. Er spielte die Laute, beschäftigte seine Gedanken, las in der englischen Bibel und den anderen Büchern, die sie ihm gebracht hatten, und vor allem ließ er nicht zu, daß sein Körper träge wurde. Das fensterlose Kellerloch, in das sie ihn gesperrt hatten, maß sieben Schritte. Von morgens bis er schätzte, daß Mittag war, ging er auf und ab, immer auf und ab, vielleicht tausend Mal. Nach ein paar Wochen hatte er gelernt, auf den Händen zu gehen. Anfangs schien es unmöglich, aber er hatte nicht aufgegeben und ließ sich nicht entmutigen, und die Herausforderung hatte ihn tagelang beschäftigt und beflügelt. Als er diese akrobatische Kunst schließlich beherrschte, legte er vielleicht ein Zehntel seines täglichen Marsches auf diese Weise zurück. Und er tat alles, um zu verhindern, daß er wieder krank wurde. Seine Wurfhand war so sicher wie eh und je, und keine Ratte, die sich in sein Quartier wagte, blieb lange am Leben. Er hatte schon so manchen hölzernen Trinkbecher bei der Rattenjagd zertrümmert, aber er bekam immer einen neuen.

Und bei jeder Gelegenheit hatte er versucht zu entwischen. Doch die Gelegenheiten wurden spärlicher, denn die Wachen waren vorsichtig geworden. Sie drehten ihm nicht mehr den Rücken zu. Beim letzten Mal hatte er einem von ihnen die Nase eingeschlagen und war fast bis zum oberen Ende der Treppe gekommen, ehe sie ihn einholten. Seither kamen sie meist zu zweit, und Odo ließ ihm ausrichten, daß beim nächsten Fluchtversuch mit allen Vergünstigungen Schluß sei. Das war die einzige Nachricht, die er von Odo gehört hatte. Ansonsten zeigte der Bischof wenig Interesse an Cædmon, ließ sich vor allem niemals blikken. Er war jetzt auch öfter für längere Zeit abwesend, hatte der junge Engländer Cædmon erzählt. Vermutlich, um seine wachsende Armee auf der Isle of Wight zu inspizieren, dachte Cædmon. Oder vielleicht auch in Helmsby, um Aliesa Trost zu spenden und vielleicht doch noch Einlaß in ihr Bett zu finden. Und wenn er das dachte, wollte er alles kurz und klein schlagen und mit den blanken Fäusten auf die schwere Eichentür losgehen. Statt dessen lief er auf den Händen, bis seine Arme zu zittern begannen und seine Ellbogen schließlich einknickten und er keuchend und schwitzend und völlig ausgepumpt auf dem kalten, festgestampften Boden lag.

Ein Tag hier unten war wie vierzig, vierzig Tage wie einer. Als die Wache ihm eines Abends Lammbraten, frisches, weiches Weizenbrot und Speckpfannkuchen brachte, starrte er verwundert darauf.
»Du meine Güte ... Soll das heißen, wir haben schon Ostern?« fragte er ungläubig.
Der Mann nickte, lehnte die Tür an und stellte das Tablett mit den verführerisch duftenden Speisen auf einen Schemel. Dann stand er mit herabbaumelnden Armen da und sah unverwandt auf Cædmon hinab.
»Was starrst du mich so an? Wer bist du überhaupt? Neu hier, was? Bist du gekommen, um den größten Toren unter der Sonne zu begaffen, einen englischen Thane, der glaubte, er könne sich gegen die Willkür des mächtigen Earl of Kent zur Wehr setzen?«
Der Wachsoldat räusperte sich, riß sich den Helm vom Kopf und sank auf die Knie. »Thane...«
Cædmon sprang auf die Füße, unterdrückte mit Mühe einen Ausruf des Erstaunens und flüsterte statt dessen: »Odric...«
»Es ist alles meine Schuld, Thane. Das ... das hab ich wirklich nicht gewollt. Wenn ich geahnt hätte...«
Mit einem Schritt hatte Cædmon ihn erreicht, packte ihn am Arm und zog ihn auf die Füße. »Bist du verrückt, Mann, steh auf.« Er schloß seinen Housecarl in die Arme, kniff die Augen zu und versuchte ohne den geringsten Erfolg, die Hoffnung niederzuringen, die plötzlich in ihm aufkeimte, und die ihm vorgaukeln wollte, ihm seien Flügel gewachsen.
»Nichts ist deine Schuld. Wie kommst du hierher? Was tust du hier?«
Odric hatte den Kopf gesenkt und wischte sich verstohlen über die Augen. Cædmon rang um Geduld, füllte einen Becher mit Bier und reichte ihn dem jungen Mann. »Hier, trink. Und erzähl. Leise.«
Als Odric auf der Isle of Wight an Land gegangen war, hatte der Kapitän des Schiffes ein paar Soldaten befohlen, ihn zu ergreifen und fortzuschaffen, berichtete er wispernd. Er kam nie zurück zu dem Gut, wo die Truppe zusammengezogen wurde, sondern war genau wie Cædmon das ganze letzte Jahr eingesperrt gewesen. Vor ein paar Tagen war er geflohen. Ein Fischer hatte ihn mit seinem Boot übergesetzt, kostenlos, nur um den Normannen ein Schnippchen zu schlagen, wie er sagte. Odric hatte ein Pferd gestohlen, war nach Canterbury zu Guthric geritten und hatte ihm das wenige erzählt, was er wußte.
»Guthric hat zwei und zwei zusammengezählt und sagte, er könnte sich vorstellen, wohin Ihr so spurlos verschwunden wäret. Wir sind herge-

kommen, haben uns in den Schenken ein bißchen umgehört, einen der Soldaten des Earl in einen dunklen Winkel gelockt, und ich hab mir seine Uniform ... geborgt und mich hier eingeschlichen.« Er drückte Cædmon den Helm in die Hand, löste den Umhang, der das Emblem der Burgwache trug, und zog das Kettenhemd über den Kopf. »Hier. Zieht die Sachen an. Guthric wartet in der Stadt auf Euch, ich erklär' Euch den Weg.«

»Nein, Odric. Entweder wir gehen zusammen oder gar nicht.«

Odric schüttelte wild den Kopf. »Das ist ausgeschlossen. Nur einer kann raus, ohne diese Verkleidung hier haben wir keine Chance. Geht, Thane, ich bitte Euch. Guthric sagt, sobald Ihr frei seid, wird es nur ein paar Tage dauern, bis Odos Plan aufgedeckt ist. Solange werd' ich's schon hier aushalten.« Er wies grinsend auf das Abendessen. »Vor allem bei der Beköstigung.«

Cædmon rührte sich nicht. Wenn entdeckt würde, wer ihm zur Flucht verholfen hatte, dann war es ganz gewiß kein Festmahl, das Odric winkte. »Warum hat Guthric keine Soldaten mitgebracht? Dem König keinen Boten geschickt?«

»Es ging nicht. Bitte, Thane, Ihr müßt jetzt wirklich gehen. Guthric wird Euch alles erklären. Aber Ihr müßt Euch beeilen.«

Cædmon zog die Sachen an, die sein Housecarl ihm anreichte, schlich zur Tür und lauschte. Dann nickte er Odric zu. »Leg dich mit dem Gesicht auf den Boden. Versuch, möglichst tot auszusehen. Wenn ein paar Beine in deine Nähe kommen, werd wieder lebendig und bring sie zu Fall. Es sei denn, es sind meine.«

»Thane ...«, flehte Odric verzweifelt.

»Tu, was ich dir sage!« zischte Cædmon, und Odric tat, was er seit Jahren getan hatte, was natürlich für ihn war und wobei er sich am sichersten fühlte: Er gehorchte.

Als er reglos auf der Erde lag, öffnete Cædmon die Tür und rief: »He, könnt ihr mir mal helfen? Ich glaub', hier stimmt was nicht!«

Ohne besondere Eile kamen zwei normannische Soldaten aus der nahen Wachkammer herbeigeschlendert, einer hielt einen Becher in der Hand. Cædmon ließ sie über die Schwelle treten, stieß dann die Tür zu, riß dem, den er als ersten zu fassen bekam, den Helm vom Kopf und schlug ihn mit der geballten Rechten auf die Schläfe. Der Mann sackte lautlos in sich zusammen, als der zweite sich von hinten auf Cædmon stürzte. Dieser bekam einen Tritt in die Kniekehle, taumelte gegen die

Wand, und vermutlich hätte es nicht gut für ihn ausgesehen, aber dann griff Odric ins Geschehen ein, und im Handumdrehen lag auch der zweite Normanne reglos am Boden.

Cædmon machte eine einladende Geste. »Siehst du, so einfach ist das. Such dir einen von beiden aus, ich denke, der Schwarzhaarige hat eher deine Statur...«

In Windeseile war auch Odric mit der Uniform der Burgwache bekleidet, und unbehelligt hasteten sie den niedrigen Gang entlang, die Treppe hinauf und hinaus in den Hof.

Es war fast dunkel. Cædmon blieb stehen, legte den Kopf in den Nakken und entdeckte ein paar Sterne am wolkenlosen Himmel. Ein sanfter Abendhauch strich über sein Gesicht. Er trug das eigentümliche, vertraute Gemisch aus Seebrise und Hafengestank. Cædmon atmete ein paarmal tief durch.

Odric sah sich nervös um, mahnte aber nicht zur Eile. Es war erst fünf Tage her, daß er genauso unter dem Abendhimmel gestanden hatte.

Dann nickte Cædmon ihm zu. »Komm.«

Ohne verdächtige Eile, aber auch nicht unnötig langsam überquerten sie den Hof.

»Wo soll's denn hingehen?« fragte die Torwache auf normannisch.

Cædmon wandte sich um und ging rückwärts weiter. »Wohin gehst du denn zu Ostern, wenn du dienstfrei hast? In die Kirche, natürlich.«

Der Soldat lachte. »Ja, darauf wette ich.«

Als sie das Tor hinter sich hatten, atmeten sie beide tief durch, tauschten ein Grinsen und rannten ein Stück. Bald erreichten sie die ersten Häuser der Stadt. Guthric wartete vor einem großen Kaufmannshaus. Als er sie kommen sah, trat er aus dem Schatten der Toreinfahrt und umarmte seinen Bruder.

»Cædmon ... Gott sei gepriesen. Und Odric. Ich gebe zu, ich bin erleichtert, daß du nicht zurückbleiben mußtest. Kommt, laßt uns hier nicht auf der Straße rumtrödeln. Wenn eure Flucht bemerkt wird, werden sie die Stadt durchkämmen.«

Sie folgten ihm die Straße hinunter. »Wohin gehen wir?« erkundigte Cædmon sich, und er mußte wieder und wieder zum Himmel aufsehen, der mit jeder Minute seine Farbe änderte.

»Zum Hafen«, antwortete sein Bruder.

Cædmon blieb stehen. »Ich fahre nirgendwohin, ehe ich meine Frau nicht gesehen habe.«

Guthric warf ihm einen Seitenblick zu und lächelte. »Nein, das habe ich mir gedacht. Komm. Je schneller du dich bewegst, um so eher siehst du sie.«

»Sie ist hier?« Er packte Guthric am Arm und zerrte ihn vorwärts. »Wo? Wie geht es ihr? Was ist mit dem Kind?«

Guthric machte sich lachend los. »Du rennst in die falsche Richtung, Cædmon. Hier müssen wir links. Es geht ihr gut. Zumindest wird es das, sobald sie sieht, daß du in Sicherheit bist. Das Kind ist ein Mädchen. Die Königin hat sich erboten, Pate zu stehen, und so haben sie deine Tochter Matilda genannt. Da sind wir. St. Edmund.«

Es war eine alte, unscheinbare Kirche in einem ärmlichen Viertel. Cædmon stieß das Portal auf, so daß es beinah aus den morschen Angeln riß, und stürmte hinein. Guthric und Odric warteten draußen.

Aliesa kniete vor dem Altar. Er sah ihre Silhouette vor den zwei oder drei Kerzen, die darauf brannten. Als sie die Tür hörte, wandte sie den Kopf, kam in einer fließenden, graziösen Bewegung auf die Füße und lief ihm entgegen. Die Kirche war klein; mit vier oder fünf Schritten hatten sie sich erreicht, und Aliesa schlang die Arme um seinen Hals und preßte das Gesicht an seine Schulter. Cædmon drückte sie an sich, schärfte sich ein, ihr nicht wieder die Luft abzuschnüren, und dachte, daß dies wohl das wunderbarste Gefühl auf der Welt war, seine Frau an Hals und Armen, an der Brust, fast an seinem ganzen Körper zu spüren.

»Cædmon ...« Es klang erstickt.

Er legte einen Finger unter ihr Kinn und hob ihren Kopf, küßte ihre Tränen weg, ehe er sich mit Hingabe ihrem Mund widmete.

»Es tut mir so leid, Aliesa«, sagte er schließlich. »Wäre ich nicht so unglaublich dumm gewesen, hätte ich dir all diesen Kummer ersparen können. Aber ich...«

Sie legte einen Finger auf seine Lippen und schüttelte den Kopf. Sie weinte nicht mehr, aber sie drängte sich immer noch an ihn, als müsse sie sich mit ihrem ganzen Körper vergewissern, daß er wirklich wieder da war. »Das ist jetzt alles ganz gleich. Du bist wieder da. Nur das zählt. Alles ist gut.«

Alles ist gut. Wie wunderbar das klang. Und wenigstens ein paar Minuten wollte er sich vorgaukeln, es sei wahr. Er sah in ihr Gesicht hinab, strich mit den Daumen über ihre Schläfen und bat: »Erzähl mir von Matilda.«

Aliesa lächelte unwillkürlich. »Sie ist das schönste kleine Mädchen, das du dir vorstellen kannst. Und so brav. Sie weint niemals. Die Amme steht jede Nacht dreimal auf, um zu sehen, ob sie noch lebt, weil man nie etwas von ihr hört.«

»Wie sieht sie aus?«

»Wie du. Sie ist dein Ebenbild. Und Richard spricht, Cædmon. Er vergöttert seine kleine Schwester und folgt der Amme wie ein Schatten, wohin sie sie auch trägt, und von früh bis spät redet er.«

Gott, ich will nach Hause, dachte er. Die Sehnsucht nach seinen Kindern und seinem Heim war so übermächtig, daß er nicht wußte, was er ihr entgegensetzen sollte. Aliesa berichtete ihm auch von Wulfnoth, von Alfred und Irmingard und deren Kindern, und er fragte und hörte ihr zu, bis endlich alles gesagt schien, und sie schwiegen eine Weile.

Dann sah sie ihm in die Augen. »Erzähl mir, was passiert ist.«

Er beschränkte sich auf zwei, drei Sätze. Odrics nächtlicher Besuch in seinem Quartier, seine anschließende Konfrontation mit Odo und deren Ausgang.

Sie schüttelte langsam den Kopf. »Ich kann es immer noch nicht begreifen. Er war jahrelang mein Beichtvater. Er war immer unser Freund. Und er ist in den letzten Monaten dreimal bei mir gewesen, um mir Trost zu spenden. Wie kann ein Mann so falsch sein?«

Cædmon strich über ihre Oberarme und Schultern. »Oh, ich bin sicher, er wollte dir Trost spenden. Vermutlich hatte er ein wirklich schlechtes Gewissen dir gegenüber. Was hat er überhaupt gesagt? Wie hat er erklärt, daß ich in Dover ... abhanden gekommen bin?«

»Als du ein paar Tage fort warst, schickte der König einen Boten zu Odo, um zu fragen, wo du bleibst. Und der Bischof tat ganz verwundert und unschuldig und berichtete, du seiest gleich am nächsten Morgen nach Winchester zurückgeritten. Der König hat dich suchen lassen. Tagelang.«

»Wie schmeichelhaft...«

»Rufus und Eadwig fanden dein Pferd im Neuen Forst. Wir dachten, Banditen hätten dich überfallen. Doch William wollte nichts davon hören, er sagte, du seist kein Mann, der einfach so unter die Räuber fällt. Und Eadwig meinte, es wären seltsame Banditen, die ein kostbares Pferd zurücklassen. Aber ...« Sie wischte sich mit dem Handrücken über die Augen. »Du meine Güte, sieh mich an. Entschuldige, Cædmon. Es ist die Erleichterung, nichts weiter. Es war eine meiner finster-

sten Stunden, als sie dein Pferd reiterlos zurückbrachten. Doch ich habe nie geglaubt, daß du tot bist.«
Er konnte sich vorstellen, wie es für sie gewesen war. Die Angst, die Ungewißheit und die lauernden, hämischen Blicke derer bei Hofe, die glaubten, sie bekomme nur, was ihr zustand. Er küßte sie wieder, gierig diesmal, im wahrsten Sinne lustvoll, um sie auf andere Gedanken zu bringen und um anzudeuten, daß er nichts dagegen hätte, sie hier und jetzt auf den festgestampften Lehmboden hinabzuziehen und sie zu lieben, Kirche oder nicht.
Sie lachte atemlos, als ihre Lippen sich voneinander lösten, lehnte die Stirn an seine Schulter und fragte: »Guthric sagt, du mußt noch heute nacht fort?«
»Guthric scheint mit der gleichen Selbstverständlichkeit über mich zu verfügen wie der König«, erwiderte er bissig. »Ich gehe nirgendwohin. Ich hab genug, wirklich.«
Mit einem diskreten Räuspern trat Guthric aus dem Schatten und kam auf sie zu. Cædmon dachte flüchtig daran, daß Odo einmal gesagt hatte, Guthric habe ein Talent, unsichtbar zu sein und darum alles zu hören, was nicht für seine Ohren bestimmt war.
»Cædmon, du *mußt* gehen«, sagte sein Bruder leise, aber beschwörend. »Ich kann dich verstehen, wirklich, aber dies ist unsere verzweifeltste Stunde. Wenn der König seinen Bruder nicht aufhält, dann wird es eine Katastrophe geben. Odo kann jetzt jeden Tag in See stechen, und das müssen wir um jeden Preis verhindern.«
»Ich weiß doch noch nicht einmal, was er vorhat«, wehrte Cædmon ab.
»Aber ich.«
»Dann fahr du doch zu William.«
»Mir wird er nicht glauben. Es ist zu … monströs.«
Cædmon raufte sich die Haare und holte tief Luft. »Was ist es?«
Guthric antwortete nicht gleich. Er lehnte sich mit einer Schulter an einen steinernen Pfeiler, sah erst Aliesa und dann Cædmon an und erklärte: »Odo glaubt, er sei auserwählt, Papst zu werden.«
Sie schwiegen betroffen.
»Als er vor vier Jahren zum erstenmal in Rom war, hat ein Wahrsager prophezeit, der nächste Papst werde den Namen Odo tragen«, fuhr Guthric fort.
»Ich bin sicher, das hat ihn sehr erfreut«, warf Cædmon höhnisch ein.

»Das glaube ich auch. Bei seiner nächsten Pilgerfahrt in die Ewige Stadt hat der Bischof dort einen Palast erworben, prunkvolle Feste für den römischen Adel gegeben und viele Freundschaften geschlossen. All das haben wir gewußt und mit einiger Besorgnis beobachtet, aber Lanfranc sagte zu Recht, daß niemand Odo hindern könne, der Erfüllung dieser Weissagung mit legitimen Mitteln ein wenig nachzuhelfen. Immerhin könnte uns Schlimmeres passieren, als einen Normannen auf dem Stuhl Petri zu haben. Kein Papst lebt ewig, nicht einmal Gregor, und es kann nicht schaden, an die Zukunft zu denken.«
Guthric legte eine bedeutungsvolle Pause ein. Cædmon schwieg trotzig, doch Aliesa fiel ihm unwissentlich in den Rücken, als sie gespannt fragte: »Aber?«
»Seit zwei oder drei Jahren hat Odo allem Anschein nach einen unstillbaren Geldbedarf. Er hat seine Grafschaft zunehmend ausgeplündert, hat auch vor Klöstern und Kirchen nicht haltgemacht. Dergleichen hat er früher niemals getan. Man neigt dazu, es zu vergessen, aber er ist und bleibt ein Bischof, und er ist ein sehr frommer Mann. In den letzten Monaten hat er sich regelmäßig mit verschiedenen normannischen Adligen getroffen, sowohl in England als auch auf dem Kontinent. Unter anderem mit dem Earl of Chester, der aufgrund seiner Nähe zur walisischen Grenze eine große Truppe unterhält. Das alles hat Lanfranc … beunruhigt. Wir wußten es nicht so recht zu deuten. Bis Odric gestern zu mir kam und berichtete, was auf der Isle of Wight vor sich geht. Da ergab auf einmal alles einen Sinn.«
»Du meinst, Odo wolle mit einer Streitmacht nach Rom ziehen und Papst Gregor stürzen?« fragte Cædmon fassungslos.
»Es wäre weiß Gott nicht das erste Mal, daß so etwas passiert«, antwortete Guthric. »Gregor ist ein Autokrat…«
»Ein was?« unterbrach Cædmon.
»Jemand, der ganz allein herrschen will. Er hat viele Feinde. Für einen klugen Strategen wäre es ein leichtes, sie zu mobilisieren.«
»Odo *ist* ein kluger Stratege«, bemerkte Aliesa.
Guthric nickte. »Darum muß ihm Einhalt geboten werden, ehe er Gelegenheit bekommt, seine Pläne in die Tat umzusetzen. Ich bin sicher, er hat alles minutiös vorbereitet. Schon allein die Tatsache, daß er unter unserer Nase eine Armee aufstellen konnte, ohne daß wir das geringste davon erfahren haben, beweist seine Klugheit. Ich hätte geschworen, so etwas sei unmöglich.« Er schüttelte den Kopf, als könne

er es immer noch nicht so recht fassen. »Ich hätte geschworen, in England geschehe nichts, was Lanfranc nicht weiß. Darum mußt du heute nacht den Kanal überqueren und den König aufsuchen und es ihm erklären, Cædmon. Das ist etwas, das wirklich nur du tun kannst.«
Cædmon stand reglos mit verschränkten Armen da, seine ganze Haltung drückte Ablehnung aus.
Aliesa trat zu ihm und legte ihm mitfühlend die Hand auf den Arm. »Guthric hat recht, Cædmon. Du mußt es tun.«
Er sah sie an, nickte und zog unbehaglich die Schultern hoch. »Gott ... wie William mich hassen wird für diese Nachricht.«

Carisbrooke, Mai 1082

»Wer seid Ihr?« fragte der junge Wachsoldat verschreckt. »Was wollt Ihr?«
William krallte eine seiner Pranken in das Kettenhemd, als sei es aus weichem Leinen, und schleuderte den schmächtigen jungen Mann gegen den Türpfosten. »Ich bin der König von England, du Lümmel, und ich hätte gern ein Wort mit meinem Bruder gesprochen, wenn ich nicht gar zu ungelegen komme!«
Halb saß, halb lag der Junge am Boden und starrte mit großen Augen zu ihm auf. »O Jesus, Maria und Josef...«
Der König stieg achtlos über ihn hinweg.
»Sire«, sagte Robert de Mortain leise. »Ich bitte Euch nochmals: Erlaubt mir, zum Schiff zurückzukehren.«
Über die Schulter warf William ihm einen kurzen Blick zu. »Nein. Hör endlich auf zu winseln, Robert. Er ist mein Bruder ebenso wie deiner, glaubst du, für mich sei es leichter?«
Robert warf Cædmon einen hilflosen, kläglichen Blick zu und formte mit den Lippen die Worte: Ja, das glaube ich.

Tatsächlich hatte William schnell, besonnen und mit größter Entschlossenheit gehandelt, als Cædmon ihm von seiner Gefangenschaft, von Odos verdächtigen Machenschaften und Guthrics Verdacht berichtet hatte. Der Zorn des Königs hatte sich in der Tat zuerst über dem Haupt des Unglücksboten entladen, aber es wurde nicht so schlimm, wie Cædmon gedacht hatte. William hatte keine Möbel zertrümmert und niemanden zusammengeschlagen. Vor allem hatte er nicht einen Moment lang an Cædmons Worten gezweifelt, sondern war umgehend nach England gesegelt, hatte seine Berater nach Winchester berufen, um gleich nach ihrem Eintreffen auf die Isle of Wight überzusetzen. Vor gut einer Stunde waren sie in Cowes gelandet und ohne jede Verzögerung hierher nach Carisbrooke geritten.

Mit vier langen Schritten durchquerte der König die Vorhalle, und als er mit seinem beachtlichen Gefolge den Hauptraum der Burg betrat, verstummten die Instrumente der Musiker eines nach dem anderen, und auch das Stimmengewirr ebbte ab und versiegte.

William trat an die hohe Tafel. »Auf ein Wort … Bruder.«

Odo erhob sich langsam. »Sire.«

Das war alles. Seine Stimme bebte nicht, klang auch nicht gepreßt, aber mehr brachte er nicht heraus. Er sah vom König zu ihrem jüngeren Bruder, dann weiter zu Warenne und Montgomery und all den anderen, an deren Seite er für seinen Bruder England erobert und verwaltet hatte. So mancher senkte den Blick.

Cædmon nicht. Offen sah er in die schwarzen Augen, gelassen sogar und nicht ohne Genugtuung.

Der König verschränkte die Arme vor der massigen Brust. »Ist es wahr, daß du dem Thane of Helmsby und anderen meiner Vasallen ihre Ritter gestohlen hast, Männer, die in meiner Armee dienten, um eine eigene Streitmacht aufzustellen?«

Odo räusperte sich. »Ja.«

»Und ist es wahr, daß du diese Männer auf einen Eroberungszug nach Rom führen wolltest, ohne meine Zustimmung einzuholen?«

Odo straffte die Schultern. »Dies ist eine Angelegenheit der Kirche, für die ich Eure Zustimmung nicht brauchte, Sire.«

William trat noch einen Schritt näher. »Aber meine Soldaten schon, ja?«

Odo senkte für einen Moment den Blick, sah seinem Bruder aber sofort wieder in die Augen. »Ihr habt mich übergangen. Wieder und wieder. ›Hier, Odo, du bekommst Kent‹, habt Ihr gesagt, ›aber die Macht teile ich lieber mit anderen‹. Die *wirkliche* Macht. Es war … nicht genug. Ihr wart nicht der einzige, der sich zu Höherem berufen fühlte, Bruder.«

Der König lächelte frostig. »Du willst deine frevlerische Revolte gegen den Heiligen Stuhl mit meinen Siegen vergleichen? Meinen heiligen Krieg mit deinem Verrat? Das ist infam!«

Odo war fast unmerklich zusammengezuckt. »Ich habe niemanden verraten. Euch am allerwenigsten. Ich wollte den Heiligen Stuhl, um mit Euch gemeinsam die christliche Welt zu beherrschen.«

William hob abwehrend die Hand. »Du hast den Earl of Chester und andere normannische und englische Adlige versuchen wollen, dir nach Rom zu folgen. Sich gegen den Papst und gegen ihren König aufzulehnen. Du *bist* ein Verräter.« Er sah über die Schulter und sagte zu niemand Bestimmtem: »Nehmt ihn fest und bindet ihn.«

Keiner rührte sich.

Odos Gesicht war mit einemmal aschfahl geworden. »Sire ... ich bin ein Bischof der Heiligen Kirche. Ihr selbst habt tausendmal gesagt, daß keine weltliche Macht über einen Mann der Kirche richten darf. Ihr könnt mich nicht verhaften. Ihr habt kein Recht dazu.«

»Ich verhafte nicht den Bischof, sondern den Earl, meinen Vasallen«, entgegnete der König unbeeindruckt, umrundete die Tafel mit wenigen Schritten und packte Odo mit einer seiner Pranken am Ellbogen. »Und wenn niemand sonst es zu tun wagt, mache ich es eben selbst.« Mit diesen Worten riß er die kostbar bestickte Börse von Odos Gürtel, zog mit einem ungeduldigen Ruck die Schnur heraus und band seinem Bruder die Hände auf den Rücken. Den Inhalt der prallen Börse schleuderte er mit Macht ans untere Ende des rechten Seitentisches. »Fort mit euch!« befahl er den Männern, die dort saßen und gierig die herabregnenden Münzen zusammenklaubten. »Hier ist für euch nichts mehr zu tun. Das große Abenteuer ist vorbei, ehe es begonnen hat.«

Hastig erhoben sie sich von den Bänken und schlichen aus der Halle. Nur drei traten zögernd näher und scharten sich um den Thane of Helmsby. Cædmon begrüßte seine drei Housecarls leise, legte Elfhelm kurz die Hand auf den Arm und murmelte: »Odric ist wohlauf. Er ist zu Hause.«

Odo hob den Kopf, als er das leise Raunen hörte, und sah zu Cædmon hinüber. »Mein einziger Fehler«, sagte er tonlos, es klang beinah verwundert. »Nur dieser eine, einzige Fehler. Aber ich konnte Euch nicht töten, Cædmon.«

Cædmon erwiderte seinen Blick stumm, aber er dachte: Das ist es, was dich von William unterscheidet.

Der König beobachtete diesen wortlosen Austausch mit einem bitteren Hohnlächeln. »Cædmon...«
Der Thane blickte ihn einen Moment an und atmete tief durch. »Nein, Sire. Ich will nach Hause.«
Wie üblich ignorierte der König seinen Protest einfach. »Ihr bringt den Earl of Kent nach Rouen und übergebt ihn dem Offizier der Wache. Er soll ihn einsperren und den Schlüssel meinethalben in die Seine werfen.«
»William«, protestierte Robert flehentlich. »Er ist unser Bruder!«
Der König sah ihn an. »Ja. Das ist das wirklich Bittere. Erst mein Sohn. Dann mein Bruder. Wer wird der nächste sein?«

4. Buch

Wer wollte solche Zeiten nicht beklagen? Und wer könnte so hartherzig sein, solches Unglück nicht zu beweinen? Doch solche Dinge geschehen, weil die Menschen sündig sind und weder Gott lieben noch Rechtschaffenheit. Und die Sünde des Königs war seine übergroße Gier nach Gold und Silber.
Angelsachsenchronik, 1087

Helmsby, Januar 1086

Ine kam aus dem Stall, als er die Pferde im Hof hörte, und zählte verstohlen. Zwei, vier, sechs … sieben. Heiliger Oswald, wo soll ich Platz für all die Gäule finden?
»Willkommen daheim, Thane.«
Cædmon saß ab und reichte ihm die Zügel. »Danke. Wie geht es allen?«
Der Stallknecht hob kurz die Schultern. »Gut. Es ist nur überall zu voll, im Dorf und in der Halle erst recht … ähm.« Er lachte verlegen. »Entschuldigung, Thane. Ich schätze, für den Herrn des Hauses und sein Gefolge ist immer noch Platz.«
Cædmon fuhr fast unmerklich zusammen, denn »Gefolge« war nicht ganz der passende Ausdruck. Doch Prinz Henry lachte nur, zog sich den Helm vom Kopf und sprang aus dem Sattel. »Notfalls kann dein *Gefolge* ja in der Halle im Stroh nächtigen, Cædmon.«
Ine hatte keine Ahnung, wen er vor sich hatte, und entgegnete kopfschüttelnd. »Da ist auch alles voll.«
Wulfnoth und Ælfric saßen ebenfalls ab, und der jüngere Bruder bemerkte grinsend: »Tja, mein Prinz … Bleibt immer noch der Heuboden.«
Ine starrte den Sohn des Thane mit offenem Mund an, dann den jungen Normannen, stammelte eine Entschuldigung und brachte hastig die Pferde in den Stall. Odric, sein Bruder Elfhelm und Gorm, die Cædmon jetzt meistens begleiteten, folgten ihm mit den übrigen Tieren.
Cædmon führte seine Söhne und seinen Gast Richtung Zugbrücke. »Ich hoffe, du übst Nachsicht, Henry. Ganz gleich, wie mein Stallknecht darüber denkt, wir werden schon ein standesgemäßes Bett für dich finden. Und wer immer es räumen muß, wird es gern tun.«

Der knapp achtzehnjährige Prinz sah ihn von der Seite an und grinste. »Wie kannst du so sicher sein?«

»Weil die Ehre aller Voraussicht nach meine sein wird.«

Lachend überquerten sie die schlüpfrigen, vereisten Bohlen der Brücke. Von dem steilen Erdwall, auf dem der Burgturm sich erhob, löste sich etwas, das wie eine große Schneekugel aussah, und walzte auf sie zu. Vor ihren Füßen rollte es aus und hatte plötzlich Arme und Beine.

»Vater! Du bist zu Hause!«

»Matilda!« Er hob sie hoch und wirbelte sie durch die Luft, wobei die ein oder andere Schneeschicht von ihr abfiel. Sie jauchzte, legte die Arme um seinen Hals und drückte ihre gerötete, samtweiche Kinderwange an seine. »Du kratzt!«

»Und du machst mich ganz naß«, konterte er, setzte sie auf seinen linken Arm und trug sie die Treppe hinauf. »Was wird deine Mutter nur sagen, wenn sie dich so sieht?«

»›Ma*til*da! Wie du wieder aussiehst‹, schätze ich.« So treffend ahmte sie den halb nachsichtigen, halb vorwurfsvollen Tonfall ihrer Mutter nach, daß ihr Vater, ihre Brüder und der Prinz wieder lachen mußten. Cædmon küßte sie verstohlen auf die Wange. Auch wenn er es nie offen zugegeben hätte, gestand er sich selbst doch ehrlich, daß er keinen seiner Söhne so liebte wie dieses kleine Mädchen. Äußerlich glich sie ihm sehr, hatte große, tiefblaue Augen, und die langen blonden Zöpfe erinnerten ihn an Hyld in dem Alter, waren nur einen Ton dunkler, eben von exakt der gleichen Farbe wie seine Haare. Doch sie hatte nicht nur den scharfen Verstand, sondern auch das sanftmütige, großzügige Naturell ihrer Mutter geerbt, und darum machte er sich keine Gedanken, daß die allzu große Nachsicht, mit der die ganze Welt ihr begegnete, sie verderben könnte. Jedes Mitglied seines Haushaltes, vor allem aber seiner Familie, vergötterte Matilda. Seit es sie gab, hatte Ælfric alle Ressentiments, die er seinen ehelichen Geschwistern gegenüber je gehegt haben mochte, stillschweigend begraben, Wulfnoth hatte seine scheinbar so unüberwindliche Scheu vor der Welt abgelegt, je mehr er in die Rolle des großen Beschützerbruders hineingewachsen war, und Richard, der nur ein gutes Jahr älter war als seine fünfjährige Schwester, war ihr glühendster Verehrer und verläßlicher Komplize in allem, was sie ausheckte.

»Wo ist dein Bruder, hm?« fragte Cædmon, während er mit der Schulter die Tür aufstieß und die Halle betrat.

»Bei Bruder Oswald«, klärte sie ihn auf. »Er muß doch jetzt lesen lernen.«
Cædmon nickte zerstreut und sah sich ein wenig entsetzt in seiner Halle um. Es wimmelte von Menschen. Dichtgedrängt saßen sie auf den Bänken, selbst die zusätzlich aufgestellten Tische boten nicht genug Platz. In Gruppen hockten die Leute auf Decken im Stroh, Kinder tobten, Säuglinge plärrten, Hunde bellten, und es herrschte ein wahrhaft babylonisches Stimmengewirr.
»Du lieber Himmel ...«, murmelte Cædmon matt. »Ist das ein Jahrmarkt?«
Matilda schüttelte den Kopf. »Nein, Mutter sagt, es heißt ›Einquartierung‹.« Sie hob das Kinn und sah mißfällig zu Henry hinüber. »Wieso lachst du über mich? Wer bist du überhaupt?«
»Das ist Henry fitz William, Matilda, der Sohn des Königs und deiner Patentante«, klärte Wulfnoth sie auf. »Und du mußt ein bißchen höflicher zu ihm sein, denn er ist ein Prinz.«
»Oh.« Sie schlug eine ihrer rundlichen Hände vor den Mund. »Entschuldige bitte, Prinz Henry fitz William.«
Er verneigte sich galant vor ihr. »Nein, du hast schon ganz recht, Matilda. Es war unfein von mir, über dich zu lachen. *Ich* muß mich entschuldigen.«
Sie strahlte ihn an und klopfte ihrem Vater beiläufig auf die Schulter. »Laß mich runter.«
Cædmon stellte sie auf die Füße, sah sich fasziniert in dem wilden Durcheinander um und suchte unter all den Menschen erfolglos nach seiner Frau.
Matilda hatte derweil ihre großen Brüder nacheinander mit einem sehr feuchten Kuß huldvoll begrüßt, stand nun vor Henry und sah zu ihm auf. »Meine Patentante war deine Mutter?«
Er nickte. »So ist es.«
»Du mußt sehr traurig sein, daß sie gestorben ist.«
Er hockte sich zu ihr herunter und sah ihr in die Augen. »Ja, schon. Aber es ist jetzt über zwei Jahre her, weißt du. Mit der Zeit wird es besser. Man ist jeden Tag ein bißchen weniger traurig.«
»Was allerdings nicht für den König gilt«, murmelte Ælfric auf normannisch.
Cædmon warf ihm einen warnenden Blick zu, aber ehe er etwas sagen konnte, kam Alfred durch das Menschengewirr auf sie zu. »Cædmon!«

Lächelnd und ohne seine frühere Unbeholfenheit verneigte er sich vor Henry. »Willkommen in Helmsby, mein Prinz. Jungs.« Er nickte seinen Neffen zu, ehe er sich wieder an Cædmon wandte. »Bitte entschuldige, gestern haben wir noch zehn neue bekommen. Aber ich werde sie schon verteilen, keine Bange. Es dauert nur ein bißchen.«
»Noch einmal zehn?« fragte Cædmon ungläubig. »Wer hat das angeordnet?«
»Rate.«
»Lucien…«
»Natürlich. Wir haben jetzt alles in allem zweiundvierzig… Gäste hier, abgesehen von den Leuten aus Metcombe. Dein Schwager und die schöne Beatrice hingegen beherbergen sieben, heißt es. Allesamt normannische Offiziere, versteht sich.«
Cædmon seufzte. »Und kriegen wir alle über den Winter?«
»Ich denke schon. Wenn wir uns ein bißchen am Riemen reißen und keiner am Honigtopf nascht«, schloß er mit einem vielsagenden Blick auf seine Nichte.
Matilda stand immer noch an Henrys Seite. Der festgepappte Schnee in ihren Haaren und der Kleidung war geschmolzen, und aus ihren Zöpfen tropfte es. Treuherzig lächelte sie zu ihrem Onkel empor, sah dann an ihm vorbei und schnitt eine koboldhafte Grimasse. »Da kommt Mutter.«
Cædmon fuhr auf dem Absatz herum, trat seiner Frau entgegen und schloß sie ungeniert in die Arme. Einen kurzen Moment standen sie eng umschlungen, ohne zu reden, tauschten ein Lächeln tiefster Vertrautheit, und dann machte Aliesa sich los, um die anderen Ankömmlinge zu begrüßen. Schließlich sah sie auf ihre Tochter hinab und schüttelte seufzend den Kopf. »Ma*til*da! Wie du wieder aussiehst.« Sie wunderte sich, warum die jungen Männer über ihre Ermahnung lachten, und erklärte: »Sie wird sich den Tod holen, wenn sie bei der Kälte immerzu in nassen Sachen herumläuft. Wo ist die Amme, Matilda?«
»Ich weiß nicht. Ich hab sie nach dem Frühstück abgehängt und seither nicht mehr gesehen.«
»Ah ja. Nun, Wulfnoth, dann hast du die Ehre, deine Schwester nach oben zu begleiten und dafür zu sorgen, daß sie trockene Sachen anzieht.«
»Ähm … ich?« fragte der Fünfzehnjährige entsetzt.
»Ganz recht. Wie du siehst, haben die Mägde alle Hände voll zu tun.

Und da du Matildas Eskapaden so erheiternd findest, darfst du dich ihr noch ein wenig länger widmen. Geh mit Wulfnoth, Engel. Reiß ihm nicht aus und versuch, ihn nicht um den Verstand zu bringen, ja?« Sie fuhr ihrer Tochter liebevoll über den Kopf, und Matilda nahm Wulfnoths Hand und zog ihn quer durch das bunte Treiben zur Treppe.
»Am besten, wir gehen nach oben, und ich lasse uns etwas Heißes heraufbringen«, schlug Aliesa vor. »Ihr müßt ganz durchfroren sein.«
Sie wandte sich ab, aber ehe sie ihr folgten, legte Cædmon seinem Ältesten die Hand auf den Arm und nickte auf eine dunkle Ecke am hinteren Ende der Halle zu. »Dort drüben ist deine Mutter mit zweien deiner Brüder, Ælfric. Geh sie begrüßen und vergewissere dich, daß sie alles hat, was sie braucht. Dann komm nach.«
Ælfric wirkte nicht begeistert, folgte dem Wunsch seines Vaters aber widerspruchslos. Mit siebzehn war er immer noch ein Hitzkopf und oft genug ein unbedachter Draufgänger – zwei Gründe, warum Rufus ihn so gern um sich hatte und ihn nur zögerlich für ein paar Tage entlassen hatte –, aber Ælfric hatte viel gelernt in den Jahren am Hof. Manchmal dachte Cædmon, daß der Junge seine eigenen Schwächen besser kannte als die meisten anderen Menschen, und er ging mit der ihm eigenen Sturheit dagegen an.

»Wie schön, daß du gekommen bist, Henry.« Aliesa reichte dem Prinzen einen versilberten Becher. Sie saßen an dem Tisch, den es seit einigen Jahren in Cædmons und Aliesas geräumiger Kammer gab, weil sie manchmal gern allein blieben und sich gegenseitig etwas vorlasen oder redeten oder musizierten. »Wie geht es deinem Vater?«
Henry stellte den glühend heißen Becher hastig ab und wärmte sich die Hände lieber über dem Kohlebecken, das gleich neben ihm stand. »Er … na ja. Gesundheitlich geht es ihm besser. Endlich hört er auf Malachias ben Levi und hält eine strenge Diät ein. Er hat zwar nicht an Gewicht verloren, aber die Beschwerden haben nachgelassen. Das hebt auch seine Stimmung. Ein wenig.«
Aliesa lächelte ihn warm an. »Welch ein Glück, daß er dich hat. Du und dein Bruder Rufus müßt ihm ein großer Trost sein.«
»Ja, das glaube ich auch«, warf Cædmon ein. »Aber wie immer versteht es der König, seine Gefühle tief zu verbergen. Jedenfalls seine schöneren Gefühle.«
Sie nickte und drückte kurz seine Hand. »Du mußt Geduld mit ihm

haben. Ihr alle müßt das. Er hat so viele Rückschläge erlitten in den letzten Jahren. Erst Odo. Dann der Tod der Königin und Prinz Roberts erneute Rebellion. Und seine Feinde haben ihm keinen Tag Ruhe gegönnt. Es ist verständlich, daß der König verbittert ist.«
»Vielleicht erzählst du das den Leuten von Metcombe, deren Ernte und Häuser er verbrannt hat. Ich bin sicher, sie werden ihn in ihre Gebete einschließen, wenn du ihnen erklärst, wie schwer der König es hat«, antwortete Cædmon sarkastisch.
Henry warf ihm einen unbehaglichen Blick zu. »Aber du weißt doch genau, warum er das getan hat.«
»Ja, Henry, natürlich weiß ich das, aber deswegen muß es mir nicht gefallen, oder?«
Als sie im vergangenen Sommer die Nachricht erreicht hatte, daß König Knut von Dänemark eine Flotte ausrüste, um England zu erobern und den Anspruch auf die englische Krone, den er geerbt zu haben glaubte, durchzusetzen, hatte der König zwei Dinge getan, um Knuts ehrgeizige Pläne zu vereiteln: Er hatte jeden Mann zu den Waffen gerufen, der ihm dienstpflichtig war, und zusätzlich Söldner in England und der Normandie angeworben, so daß er über eine größere Armee verfügte als die, mit der er selbst England erobert hatte. Da die dänische Flotte aber auf sich warten ließ und es unmöglich war, dieses ganze Heer längerfristig an einem Ort zu beköstigen, hatte der König es auf seine Güter und die seiner Vasallen aufgeteilt. So kam Cædmon zu dem zweifelhaften Vergnügen, zweiundvierzig fremde Soldaten, teilweise finstere Gesellen, unter seinem Dach zu beherbergen. Die zweite Maßnahme, die der König ergriffen hatte, war noch ein wenig drastischer: Er gab Befehl, die Dörfer entlang der Ostküste und an den Ufern der schiffbaren Flüsse mitsamt ihren prallgefüllten Scheunen in Schutt und Asche zu legen, damit die Dänen, falls sie vor dem Winter kamen, hungerten. Die Dänen waren nicht gekommen, den Hunger litten statt dessen die unglückseligen Bewohner der verwüsteten Dörfer. Der Sheriff von Norfolk, Lucien de Ponthieu, hatte die Befehle seines Königs ebenso gründlich ausgeführt wie damals in Northumbria.
Cædmon, Aliesa und Alfred hatten für die betroffenen Dörfer, die zu ihren Ländereien gehörten, einen Notplan aufgestellt und die obdachlosen Menschen vorübergehend auf die Dörfer im Landesinneren verteilt. Die Leute aus Metcombe waren nach Helmsby gekommen. Sowohl im Ort als auch auf der Burg waren alle zusammengerückt. Aber

Cædmons Geldreserven schmolzen wieder einmal dahin wie Schnee in der Frühlingssonne, und der König hatte die Steuern erhöht. Der Thane wußte nicht so recht, wie es weitergehen sollte.
Henry rieb sich die Stirn. »Gott, du hast recht. Immer versuche ich, ihn zu verteidigen…«
»Und das ist gut und richtig so«, sagte Cædmon mit Nachdruck. »Vor jedem anderen außer euch beiden tue ich das gleiche. Auch vor Rufus. Du bist der einzige von euch, der seinen Vater genug liebt, daß es nicht schadet, wenn du gelegentlich ein paar offene Worte über ihn hörst. Bei Rufus ist das anders und bei deinen Schwestern auch.« Denn anders als Rufus und vor allem Robert, anders als fast jeder Mann, den Cædmon kannte, hatte Henry keine Angst vor dem König. Warum das so war, hätte er nicht zu sagen vermocht, er wußte nur, daß es der Fall war, und darum konnte er mit Henry anders reden als mit Rufus.
»Ich weiß auch nicht«, fuhr der Prinz unsicher fort und seufzte. »Manchmal … manchmal tut er mir so furchtbar leid. Er ist einsam. Dabei hat er Söhne und zumindest noch einen vertrauenswürdigen Bruder und Freunde, *echte* Freunde, wie dich oder Montgomery, aber trotzdem ist es so. Ich habe noch nie einen Mann gesehen, der so um seine Frau trauert wie mein Vater.«
»Nein, ich auch nicht«, stimmte Cædmon zu.
»Wieso habe ich das Gefühl, daß ihr beide ihn in Schutz nehmt, um einmal wieder irgend etwas zu entschuldigen, das er getan hat?« fragte Aliesa argwöhnisch.
Cædmon und Henry wechselten einen Blick, und der Thane antwortete seiner Frau: »Die Beratungen des Hofes haben deswegen dieses Mal so lange gedauert, weil der König sich etwas ausgedacht hat, das vollkommen beispiellos ist. Ich bin mir noch nicht sicher, ob es genial oder wahnsinnig ist…«
»Ein bißchen von beidem vielleicht«, sagte Henry.
»Jedenfalls wird es Unmut erregen. Womöglich Schlimmeres.«
»Was hat er vor?« fragte Aliesa. Auch sie kannte den König gut genug, um immer mit allem zu rechnen.
Ehe einer der Männer antworten konnte, wurde ohne Vorwarnung die Tür aufgerissen, und Ælfric stürzte herein. »Vater, komm mit, bitte. Schnell.« Und als Cædmon und Henry aufsprangen, fügte er kopfschüttelnd hinzu. »Nein, ich glaube, es ist besser, du bleibst hier, Henry. Es gibt Ärger mit diesem Gesindel in der Halle.«

Cædmon zog sein Schwert und nickte dem Prinzen zu. »Tu, was er sagt.« Dann folgte er seinem Sohn die Treppe hinunter.

Die Halle sah immer noch aus wie Sodom und Gomorrha, aber im Innenraum des Hufeisens aus Tischen hatte sich eine kleine Freifläche gebildet, um die herum ein dichter Ring von Zuschauern stand. Cædmon drängte sich eilig hindurch, und wer ihm nicht sogleich Platz machte, bekam einen Ellbogen zwischen die Rippen.

Vorne angelangt, erfaßte er die Lage auf einen Blick. Ein ihm unbekannter normannischer Soldat lag reglos am Boden, zwei weitere hielten Alfred an den Armen gepackt, und ein vierter, ein vierschrötiger Kerl mit Glatze, hatte dem Steward das blanke Schwert auf die Brust gesetzt. Cædmon packte den Schwertarm und riß ihn zurück.

»Was geht hier vor? Laßt den Steward los, ihr Strolche, wird's bald?«

Statt zu gehorchen, sprang der Glatzkopf einen Schritt zurück und hob sein Schwert. Ehe Cædmon ihn fragen konnte, ob er noch bei Trost sei, griff der Normanne an. Die Zuschauer brachten sich in Sicherheit, der Ring wurde größer. Cædmon parierte den ungeschickten Schwertstoß ohne jede Mühe, konterte, und als sein Angreifer rückwärts taumelte und die Arme ausbreitete, um das Gleichgewicht zu halten, trat er ihm das Schwert aus der Hand und setzte ihm seine eigene Klinge an die Kehle. Aus dem Augenwinkel sah er eine Bewegung, und noch ehe Alfred warnend seinen Namen rufen konnte, hatte Cædmon mit der freien Linken das Wurfmesser aus dem Schuh gezogen, ließ es aus dem Handgelenk vorschnellen, und es drang tief in die Schulter des Soldaten, der sich seitlich hatte anschleichen wollen. Der Mann schrie auf, wollte die Hand auf die Wunde pressen, und als er an den kurzen Messerschaft stieß, schrie er wieder. Alfred lachte ihn aus, schickte den letzten verbliebenen Normannen mit einem beachtlichen Haken zu Boden, der Cædmon daran erinnerte, daß Ælfric Eisenfaust auch Alfreds Urgroßvater war, und zu spät, aber zu allem entschlossen stürmten Cædmons Housecarls den Ring.

Er betrachtete sie kopfschüttelnd. »Großartig, Männer. Ich bin beeindruckt.«

»Ähm, Verzeihung, Thane, aber wir waren so ausgehungert und ...«, begann Odric, doch Cædmon schnitt ihm mit einer Geste das Wort ab.

»Was hat das zu bedeuten?« fragte er den Glatzkopf, der versuchte,

einen langen Hals zu machen, um jeden Kontakt mit der Schwertspitze zu vermeiden. Der Mann antwortete nicht.
Alfred wies auf den Bewußtlosen am Boden. »Der verdammte Bastard wollte einer der Mägde an die Wäsche. Er hat ihr Kleid zerrissen. Dieses Pack versteht einfach nicht, was ein Nein bedeutet. Ich hab ihn mir vorgenommen, und da sind seine drei Kumpane über mich hergefallen. Es tut mir leid, daß du damit belästigt worden bist, Cædmon. Es kommt nicht wieder vor. Heute war mit Sicherheit das letzte Mal, daß ich unbewaffnet in die Halle hinuntergekommen bin.«
»Ist so was schon öfter passiert?« fragte der Thane.
»Ab und an. Diese vier sind die Schlimmsten. Sie stehlen auch Essen. Notfalls den Kindern.«
Cædmon wandte sich an den Glatzkopf. »Zu wem gehört ihr?« fragte er auf normannisch.
»Hugh de Ryes.«
»Kenne ich nicht. Wo ist er?«
»Beim Sheriff von Norfolk.«
»So, Hugh de Ryes residiert also in Fenwick, und sein Lumpenpack schickt er nach Helmsby, ja?« Er ließ die Waffe sinken und ruckte sein Kinn zur Tür. »Raus mit euch.« Er wies auf den Mann am Boden. »Vergeßt ihn nicht, und nehmt jeden mit, der zu euch gehört. Na los, worauf wartet ihr?«
Der Glatzkopf hob entrüstet das Kinn. »Das könnt Ihr nicht machen! Dazu habt Ihr kein Recht, wir sind hier einquartiert! Befehl des Königs!«
»Dann schlage ich vor, du gehst zum König nach Gloucester und beschwerst dich. Oder geh zu Hugh de Ryes, mir ist es gleich, aber wenn ihr nicht auf der Stelle verschwindet, lasse ich jeden von euch auspeitschen. Dazu *habe* ich das Recht, weißt du.« Jedenfalls nahm er das an. Es gab keinen Präzedenzfall für eine Situation wie diese.
Die Normannen waren klug genug, es lieber nicht darauf ankommen zu lassen. Murrend hoben sie ihren besinnungslosen Kameraden auf, holten ihr Zeug und machten sich davon.
»Odric, Edwin, geht ihnen nach und vergewissert euch, daß sie wirklich verschwinden.«
Die beiden Housecarls eilten davon.
Cædmon wandte sich an seinen Steward. »Ich denke, es wäre ratsam, wenn wir unsere eigenen Leute zu einem Wachdienst einteilen, Alfred.

Solange wir so viele Fremde in Helmsby haben, müssen andere Regeln gelten als sonst.«
»Ich glaube, du hast recht, Thane.«
»In der Halle ist es zu voll. Quartiere so viele wie möglich in die Außengebäude aus, den Heuboden, die Futterscheune, die Viehställe, das Brauhaus und so weiter. Aber gekocht und geheizt wird nur hier, wir wollen keine Brände. Steck die englischen und normannischen Soldaten nicht zusammen, das gibt nur Ärger. Dann ruf die Housecarls zusammen und jeden Mann aus Helmsby und aus Metcombe, der dir geeignet scheint, und teil sie zur Wache ein, Tag und Nacht. Ab sofort wird das Bier verdünnt, ich will nicht, daß hier irgendwer betrunken ist. Ähm, das gilt selbstverständlich nicht für deinen Vater, aber er muß diskret sein. Wo ist er überhaupt?«
»Wo schon? Bei Tante Edith in Blackmore, natürlich.«
Cædmon grinste. »Er ist noch ganz schön unternehmungslustig für sein Alter, oder? Ich glaube, wir trinken nicht genug, Vetter. Also weiter: Wer sich nicht zu benehmen weiß oder deine Befehle mißachtet, wird bestraft oder vor die Tür gesetzt. Hab keine Scheu, hart durchzugreifen. Das hier sind Söldner, keine harmlosen Bauern, die in den Krieg ziehen, weil sie im Fyrd dienen müssen. Wenn du davon ausgehst, daß jeder dieser Kerle dir bedenkenlos die Kehle durchschneiden würde, um an deine Börse zu kommen, tust du sicher einigen unrecht, aber du lebst länger. Die meisten dieser Kerle sind Abschaum, verstehst du. Der König befiehlt, daß wir diesen Abschaum in unser Haus aufnehmen und unsere Frauen und Töchter ihre Gesellschaft erdulden müssen, aber ich will verdammt sein, wenn ich unter meinem eigenen Dach nicht mehr ruhig schlafen kann.«
Alfred hatte in regelmäßigen Abständen genickt. »In Ordnung. Es soll alles so geschehen, wie du gesagt hast.« Er atmete tief durch und lächelte plötzlich befreit. »Gott, bin ich froh, daß du nach Hause gekommen bist, Thane.«
Cædmon klopfte ihm grinsend die Schulter. »Nach dem, was ich eben gesehen habe, würde ich sagen, du kommst auch ganz gut allein zurecht. Was anderes, Alfred. Wann ist das nächste Folcmot?«
»Am Sonnabend. Übermorgen. Warum?«
Cædmon seufzte. »Diese Einquartierung ist nichts, verglichen mit dem, was der König sich als nächstes ausgedacht hat. Aber darüber reden wir später. Laß uns erst für ein bißchen Ordnung in der Halle sorgen.«

»Einverstanden.« Alfred winkte Gorm und Elfhelm und die anderen zu sich, und sie steckten die Köpfe zusammen.
Cædmon wandte sich an seinen Ältesten, der die ganze Szene aus der vorderen Zuschauerreihe verfolgt hatte. »Gut gemacht, Ælfric.«
»Ach, ich weiß nicht«, sagte der junge Mann niedergedrückt. »Ich hätte das gleiche tun können wie du. Aber als sie Alfred überwältigten, dachte ich, sie würden ihn töten.«
»Das hätten sie auch getan. Und dich vielleicht auch. Ich weiß, daß du gut und schnell bist, aber für solches Gelichter braucht man ein bißchen mehr Erfahrung als du hast.«
Ælfric nickte mit einem etwas gedämpften Grinsen. »Vor allem hab ich keine solche Wurfhand wie du. Ich werde nie begreifen, wie du das machst.«
Cædmon lachte leise. »Gönn mir meine kleinen Geheimnisse. Sieh nur, da sind Bruder Oswald und Richard.«
Der Zuschauerring hatte sich aufgelöst, sobald die Vorstellung vorüber war, und so hatten der schmächtige Mönch und der kleine Junge keine Mühe, zu ihnen zu gelangen. Cædmon trat ihnen ein paar Schritte entgegen.
»Richard!« Er hob seinen Erben hoch, küßte ihm die Stirn und stellte ihn wieder auf die Füße. Richard war, so wußte Cædmon, kein Freund von Gefühlsbekundungen in der Öffentlichkeit, ließ sich überhaupt nur von seiner Mutter und seiner Schwester freiwillig küssen, und auch das bloß, wenn niemand zusah. Er hatte keinen leichten Stand als jüngster Sohn des Thane, pochte bei jeder Gelegenheit auf seine Männlichkeit und konnte es nicht erwarten, endlich groß zu werden wie Ælfric und Wulfnoth.
Er machte einen formvollendeten kleinen Diener vor seinem Vater, strich sich die Haare aus der Stirn und strahlte ihn dann aus diesen bestürzend grünen Augen an. »Willkommen zu Hause, Vater.«
»Danke, mein Junge.« Cædmon begrüßte auch Bruder Oswald und befragte Lehrer und Zögling nach ihrem Befinden.
»Es könnte kaum besser sein«, erwiderte Oswald, legte Richard die Hand auf die Schulter und sah auf ihn hinab. »Nur mit den Buchstaben will es noch nicht so recht klappen, nicht wahr? Wir haben einen ausgesprochen wachen Verstand, aber wir treiben uns lieber am Fluß und im Wald herum.«

Cædmon zwinkerte Richard verschwörerisch zu. »Offenbar kommst du in der Hinsicht mehr auf deinen Vater als auf deine Mutter.«
Richard wechselte diplomatisch das Thema. »Ist Wulfnoth auch mit dir gekommen?«
»Ja. Und Prinz Henry. Komm mit nach oben. Du auch, Oswald. Es gibt Neuigkeiten, zu denen ich gern deine Meinung hören würde.«

Die Hundertschaft von Helmsby bestand aus Metcombe, Helmsby und einer Handvoll kleiner Weiler in der näheren Umgebung, und so waren fast alle Männer, die sich einmal im Monat zum Folcmot in Helmsby versammeln mußten, ohnehin schon dort. Die übrigen stellten sich im Laufe des Samstag morgen ein. Alle, die beim Gerichtstag nichts zu suchen hatten, schickte Cædmon aus der Halle. Er riet den Frauen und Kindern und Unfreien, sich warm anzuziehen und für die Dauer des Folcmot in die Kirche zu gehen, denn dort sei genug Platz für alle. Den einquartierten Söldnern riet er, im Dorf ja keinen Ärger zu machen.
So saß er schließlich allein mit seiner Frau, seinem Steward, seinen älteren Söhnen und dem greisen Vater Cuthbert an der hohen Tafel in der Halle, und die freien Männer der Hundertschaft hockten auf den Bänken oder im Stroh.
»Es ist ein harter Winter für uns alle«, sagte Cædmon, nachdem er die Versammlung begrüßt hatte, »und ich kann nicht versprechen, daß der Frühling viel besser wird. Unsere Scheunen und Geldbeutel sind fast leer, und ich weiß, daß viele von euch fürchten, daß die Vorräte nicht über den Winter reichen. In solchen Zeiten gedeihen Neid und Mißgunst leider besonders gut, und ich appelliere an euch alle, euch des göttlichen Gebots der Nächstenliebe zu erinnern und dieses Folcmot vorläufig mit kleinlichen Nachbarschaftstreitigkeiten zu verschonen, denn wir haben genug ernste Sorgen. Und noch ein Gebot möchte ich euch in Erinnerung rufen: Du sollst nicht stehlen. Der Steward und ich sind uns einig, daß Diebstahl in schlechten Zeiten wie diesen noch unverzeihlicher ist als sonst, und darum wird jede hier verhandelte Aneignung fremden Eigentums bis auf weiteres als schwerer Diebstahl betrachtet. Das heißt, der überführte Dieb kommt nicht mit Rückgabe des Diebesgutes oder Zahlung einer Entschädigung davon, sondern wird dem Sheriff und dem Gericht der Grafschaft überstellt. Ich nehme an, damit seid ihr alle einverstanden.«
Nicken und zustimmendes Gemurmel waren die Antwort.

Cædmon wandte sich an Alfred. »Sei so gut, verhandele du die laufenden Sachen.«
»Vor zwei Monaten hat Wulfstan of Barton seinen Nachbarn Cyneheard Rotschopf beschuldigt, ihm eine Kuh gestohlen zu haben«, begann Alfred ohne Vorrede. »Weder damals noch zum nächsten Folcmot ist Cyneheard erschienen, um zu der Anschuldigung Stellung zu nehmen. Ist er heute hier?« Er sah fragend in die Richtung, wo die Männer aus dem kleinen Dorf Barton zusammenstanden. Ein schmächtiger, auffallend rothaariger Mann trat vor und schüttelte den Kopf. »Nein.«
Alfred seufzte. »Du bist sein Bruder. Cynewulf, richtig?« Der Steward kannte jeden freien Mann der Hundertschaft mit Namen, wußte, wer mit wem verwandt und verschwägert war, und hatte alle laufenden und vergangenen Rechtsstreitigkeiten im Kopf. Cædmon fand, sein Vetter hatte ein erstaunliches Gedächtnis.
Der Mann aus Barton nickte. »So ist es. Und ich und jeder aufrechte Mann aus Barton ist gewillt zu schwören, daß mein Bruder kein Dieb ist.«
»Du weißt genau, daß das nichts nützt, solange er hier nicht erscheint. Richte ihm aus, nächsten Monat ist seine letzte Gelegenheit. Kommt er zur dritten Vorladung wieder nicht zum Folcmot, wird er ein Gesetzloser. Sag ihm, er soll es sich gut überlegen. In Zeiten wie diesen erschlägt ein Mann den anderen nur für die Kleider, die er am Leib trägt, und einen Gesetzlosen kann jeder ungestraft töten. Nächster Fall. Edmund Zimmermann beschuldigte Osfrith Lügner, ihm den Preis für ein neues Scheunentor schuldig geblieben zu sein. Da Osfrith ein bekannter Eidbrecher ist, konnte er die Klage nicht durch einen Unschuldsschwur abwenden, und ein Gottesurteil mußte entscheiden. Vater Cuthbert, wie steht es damit?«
»Edmund wählte die Feuerprobe. Osfrith hat vorschriftsmäßig drei Tage zuvor gefastet und sich dem Gottesurteil dann vorschriftsgemäß unterzogen«, krächzte der alte Priester. »Die Wunde war nach drei Tagen nicht brandig und ist inzwischen sauber verheilt.«
Alfred nickte. »Somit ist Osfrith unschuldig.« Er ignorierte das empörte Geraune aus der Umgebung des Zimmermanns und sah zu Cædmon. »Das war's.«
Cædmon wandte sich an die Versammlung. »Wer eine Klage vorzubringen hat, möge nun sprechen.«

Offa Offason, der älteste Sohn des Schmieds, erhob sich von seinem Platz und trat vor die hohe Tafel. Er trug eine Binde über dem linken Auge. »Winfrid Fischer hat mir ein Auge ausgeschlagen, Thane«, verkündete er erbittert.

Ungläubig sah Cædmon zu Winfrid, einem kaum achtzehnjährigen jungen Mann, der als Waise in Vater Cuthberts Haus aufgewachsen und das friedfertigste Wesen war, das Cædmon sich vorstellen konnte. »Winfrid?« fragte er.

Der Junge bedachte seinen Kläger mit einem nachsichtigen Grinsen. »Du warst sternhagelvoll und bist unglücklich in einen Weißdornbusch gefallen, Offa. Schön, der Busch steht vor *meiner* Hütte, aber gefallen bist *du*, und gesoffen hast du auch ohne mein ... Einwirken.«

Es gab Gelächter.

Offa verschränkte die Arme und trat wütend einen Schritt näher an die Tafel. »Ich schwöre, daß er's getan hat, und ich will Wergeld für mein Auge!«

Cædmon versuchte, nicht zu zeigen, wie sehr er den Sohn des Schmieds verabscheute, wie groß seine Mühe war, ihm zu glauben. Er war sicher, Winfrid sagte die Wahrheit: Offa hatte den Verlust des Auges seiner Trunkenheit zuzuschreiben, wollte aber ein Geschäft daraus machen. Doch was Cædmon glaubte oder nicht, war ohne jeden Belang.

»Also bitte, schwöre.«

»Ich schwöre vor Gott und allen Heiligen, daß ich nicht aus Haß oder Mißgunst oder unrechtmäßiger Habgier Klage erhebe«, begann Offa. Er leierte die festgeschriebene Formel ausdruckslos herunter. »Und ich schwöre vor Gott und allen Heiligen, daß Winfrid mir das Auge ausgeschlagen hat und mir ein Wergeld zusteht.«

»Das Wergeld beträgt zwanzig Schilling«, sagte Cædmon. »Wie steht es, Winfrid? Willst du zahlen?«

Der Junge schüttelte den Kopf. »Ich könnte nicht, selbst wenn ich wollte. Und ich bin unschuldig.«

»Du hast Zeit bis zum nächsten Folcmot, zwölf Eidhelfer zu finden.«

Um sich zu entlasten, reichte es nicht, daß der Beschuldigte selbst seine Unschuld beschwor, sondern er brauchte Männer, die wiederum die Richtigkeit seiner Worte beschworen. Da Winfrid keinerlei Verwandtschaft hatte, die ihn hätte unterstützen können, würde er vielleicht Mühe haben, die zwölf Männer zu finden, denn niemand übernahm das

Amt eines Eidhelfers leichtfertig. Aber notfalls würde Cædmon dem Jungen helfen, genügend Fürsprecher zu finden. Das war nicht verboten.

»Sonst noch jemand?« fragte Cædmon, und als niemand sich zu Wort meldete, fuhr er fort: »Bevor wir zur Planung für das Winterpflügen und anderen Angelegenheiten von allgemeinem Interesse kommen, muß ich euch etwas mitteilen.«

»Wie wär's zur Abwechslung mal mit einer guten Neuigkeit, Thane?« rief eine biergeölte Stimme aus den hinteren Reihen und erntete Applaus und Gelächter.

Cædmon winkte grinsend ab und wurde gleich wieder ernst. »Vielleicht beim nächsten Mal, Byrtnoth«, antwortete er. »Hört zu: Der König möchte wissen, wie es um England und die Engländer bestellt ist. Er möchte wissen, wem wieviel Land gehört, wieviel Vieh, wie viele Sklaven, wie viele Mühlen, wieviel Wald oder Weideland, wer wem wieviel Pacht schuldet und so weiter und so fort. Er will wissen, wie diese Dinge zu Zeiten von König Edward standen, wie im Jahr der Eroberung, wie heute.«

»Warum will er nicht wissen, wie es zu Zeiten von König Harold war?« rief eine andere Stimme, und wieder gab es Beifall und Gejohle.

Gott, dachte Cædmon ungehalten, warum können sie nicht ein wenig disziplinierter sein und einfach zuhören? Warum können sie nicht wenigstens hin und wieder einmal ein ganz kleines bißchen normannischer sein? Aber er ließ sich seine Verärgerung nicht anmerken, sondern fuhr fort: »Darum wird der König Männer ausschicken, die durchs Land reisen und eine Befragung durchführen. Das betrifft jeden von euch und mich ebenso, auch jeden Earl, Abt oder Bischof. Für jedes Dorf werden sechs vertrauenswürdige Männer bestimmt, die vor diesen Beamten des Königs eine beeidete Aussage über ihre Vermögensverhältnisse und die ihrer Nachbarn machen. Wer diese Männer sein sollen, werde ich mir gründlich überlegen und lasse es euch nächsten Monat wissen. Die Beamten des Königs werden alles, was sie erfahren, aufschreiben, und ihre Aufzeichnungen werden in der Kanzlei des Königs zusammengetragen.«

Es war totenstill geworden. Cædmon wechselte einen Blick mit Aliesa, ehe er die brisanteste seiner Neuigkeiten aussprach: »Nach der Auswertung dieser Aufzeichnungen werden die Steuern neu berechnet.«

Es gab einen Tumult. Die Männer sprangen von den Bänken auf, rede-

ten aufgeregt durcheinander, schimpften, gestikulierten wild und machten ihrer Empörung Luft. Viele riefen Fragen zu Cædmon hinüber. Er wartete, bis der Lärm erstarb, und als es beinah wieder still war, sagte er betont leise: »Ich verstehe eure Besorgnis, und ich kann auch nicht behaupten, daß ich über die ganze Sache besonders glücklich bin. Aber weder ihr noch ich werden gefragt. Und es ist letztlich auch keine solche Katastrophe. Sie werden herkommen, ihre Fragen stellen, eure Antworten aufschreiben und wieder verschwinden. Nur eins müßt ihr beherzigen: Ihr dürft sie unter gar keinen Umständen anlügen. Denkt daran, daß ihr eure Aussagen unter Eid macht, wie hier beim Folcmot. Wer lügt, versündigt sich nicht nur gegen den König, sondern auch gegen Gott. Wie Gott das ahnden wird, weiß ich nicht. Der König wird jeden Meineidigen blenden und kastrieren lassen. Es werden Normannen sein, die kommen. Also seid möglichst höflich und laßt euch eure Erbitterung nicht anmerken, um so schneller verschwinden sie wieder. Fragen?«
Sie hatten eine Menge Fragen, und Cædmon antwortete geduldig, soweit er dazu in der Lage war. Aber welche Angaben zu einem Feld gemacht werden sollten, dessen Eigentümerschaft umstritten war, ob die Beamten des Königs vor oder nach dem Schlachten kommen würden und vor allem, wie genau die Steuern in Zukunft berechnet werden sollten, all das wußte Cædmon auch nicht.
»Aber was geht es den König an, wie viele Schafe ich besitze? Oder wie viele Tage Arbeit pro Woche ich Euch für das Land schulde, das ich von Euch gepachtet habe, Thane? Wieso will er das wissen?«
»Das weiß ich nicht, Byrtnoth. Aber er ist der König und kann von jedem seiner Untertanen erfragen, was immer seine Neugier erweckt.«
»Mich kann er ruhig fragen, ich habe nichts zu verbergen«, verkündete der Müller von Metcombe. Hengest war ein alter Mann geworden, aber er stand immer noch aufrecht, seine Stimme war nach wie vor kräftig, und sein Wort hatte unverändert Gewicht bei den Nachbarn. »Alles, was ich je besessen habe, hat er mir schon genommen, dieser verfluchte, räuberische Bastard!«
Cædmon sah ihm in die Augen. »Wir werden Metcombe wieder aufbauen, wie wir es immer getan haben, und ich habe euch gesagt, ich werde euch mit Saatgut unterstützen, so gut ich kann. Darüber hinaus dulde ich in meiner Halle keine Beleidigungen gegen König William.«
Er tat sein möglichstes, um den Leuten die Furcht vor dem Besuch der

königlichen Beamten zu nehmen und sie zu besänftigen, aber inwieweit ihm das gelungen war, würde er wohl erst wissen, wenn die normannischen Beamten nach Helmsby kamen. Viele Männer wirkten zufrieden und gehobener Stimmung wie am Ende eines jeden Folcmots, als die Versammlung sich schließlich auflöste und sie sich auf dem kürzesten Weg zum nächsten Bierfaß machten. Aber viele Gesichter waren auch verschlossen und finster.

»Ich wußte nicht, daß sie meinen Vater so hassen«, sagte Henry beklommen. Auf Cædmons Vorschlag hin hatte er auf der oberen Treppenstufe gehockt und das ganze Folcmot belauscht. Cædmon fand es wichtig, daß der Prinz erfuhr, wie es um die Volkesseele bestellt war. Sie saßen im kleinen Kreis in Cædmons und Aliesas Kammer, die sie Henry für die Dauer seines Besuches überlassen hatten.

»Das stimmt nicht, die meisten hassen ihn nicht«, widersprach Aliesa. »Er ist seit zwanzig Jahren ihr König und hat sie bis jetzt immer vor den Dänen beschützt. Sie haben sich längst an ihn gewöhnt, und sie wissen ihn auch zu schätzen. Aber niemand hat es gern, wenn ein anderer in seinen Angelegenheiten herumschnüffelt und sehen will, was und wieviel er besitzt. Das verletzt den Stolz vieler Menschen.«

»›Herumschnüffeln‹ ist wohl kaum der richtige Ausdruck«, widersprach Henry hitzig. »Hier geht es um die Grundlage zur Berechnung der rechtmäßigen Steuereinnahmen der Krone!«

Wulfnoth brachte ihm einen Becher. »Hier, mein Prinz.«

Henry trank und verzog das Gesicht. »Met. Das Zeug ist zu süß für meinen Gaumen, Wulfnoth.«

»Aber es besänftigt«, erwiderte der Junge ernst.

Henry sah stirnrunzelnd zu ihm auf und lachte plötzlich. »Wackerer Wulfnoth. Du hast so eine vornehme Art, mir zu sagen, daß ich mich schlecht benehme.« Er verneigte sich reumütig vor Aliesa. »Ich wollte dich nicht anfahren. Es ... hat mich nur gekränkt, daß der alte Mann meinen Vater einen ›verfluchten räuberischen Bastard‹ genannt hat.«

»Denk nicht, mir ging es anders«, sagte sie.

Cædmon stand mit verschränkten Armen am Fenster. »Hengest ist und bleibt unbelehrbar. Er ist alt und lebt in der glorreichen angelsächsischen Vergangenheit. Er ist ein Aufrührer, aber er spricht nicht für die Mehrheit, glaub mir, Henry. Doch es ist, wie Aliesa sagt, die Pläne des Königs treffen die Menschen an einer empfindlichen Stelle. Je mehr Leute bei der ganzen Geschichte einen kühlen Kopf bewahren, um so besser.«

»Es wird Widerstand gegen die Befragungen geben«, sagte Alfred besorgt. »Vielleicht nicht hier, aber ganz sicher anderswo. Vieles wird davon abhängen, wie die Beamten Eures Vaters die Leute behandeln, mein Prinz. Wie vernünftig und geduldig sie sind.«

»Nun, wenigstens ein vernünftiger, geduldiger Mann wird dabeisein«, sagte Cædmon zur Decke. »Darüber hinaus gescheit, gutaussehend, unerschrocken ... was noch? Ach ja. Bescheiden, natürlich.«

Alle starrten ihn verständnislos an. »Wen meinst du?« fragte Ælfric.

Bruder Oswald lachte in sich hinein. »Ich fürchte, sie haben dich nach deiner Beschreibung nicht erkannt, Cædmon.«

»*Du?*« rief Aliesa verblüfft aus. »Der Thane of Helmsby soll mit den königlichen Schreibern durch England vagabundieren und Schafe zählen? Welcher Narr hat sich diesen Unsinn ausgedacht?«

»Ich war der Narr«, eröffnete Cædmon ihr ungerührt. »England wird für die Erhebung in sieben Bezirke unterteilt. Sieben Gruppen machen sich auf den Weg, um die Befragung durchzuführen. Eine Gruppe deckt Norfolk, Suffolk und Essex ab. Die werde ich begleiten. Vorausgesetzt, die Dänen kommen nicht vorher.«

»Aber warum willst du das tun?« fragte der Prinz verwundert.

»Um für die normannischen Schreiber und die englischen Bauern zu übersetzen. Ihnen zu helfen, einander zu verstehen, im wörtlichen wie auch in jedem anderen Sinne.« Er sah den Prinzen an. »Dafür hat dein Vater mich in seinen Dienst genommen, weißt du.«

Die Dänen hatten sich untereinander zerstritten, berichteten die Spione des Königs frohlockend, und daher im Augenblick keine Zeit, in England einzufallen. König Knut hatte offenbar Mühe, seine Schiffsbesatzungen beisammenzuhalten. Die sonst so unerschrockenen Dänen fürchteten sich vor einem Krieg mit dem unbesiegbaren William, und jede Nacht verschwanden ein paar Dutzend Soldaten aus Knuts Lager. Also machte Cædmon sich, wie verabredet, mit den königlichen Kommissaren auf die Reise. Seine Anwesenheit bei den Befragungen erwies sich in der Tat als segensreich und half den Leuten, ihren Argwohn und ihre Furcht zu überwinden. Trotzdem war es oft schwierig und unerfreulich. Es gab Widerstand bis hin zu blutigen Zwischenfällen. Eine solche Erhebung hatte es nie zuvor gegeben, niemand hatte je von Vergleichbarem gehört, und dementsprechend groß waren Argwohn und Empörung. Außerdem war es mühsamer, als Cædmon gedacht hätte, denn die normannischen Schreiber waren nicht selten ratlos, welche lateinischen Worte sie für die angelsächsischen Stände und die Eigenheiten des englischen Besitzrechtes anwenden sollten. Erschöpft und erleichtert kam er Mitte Juni nach Hause.

»Hast du dich so gelangweilt, daß dir graue Haare gewachsen sind, oder ist es nur Staub?« erkundigte Aliesa sich, als sie ihn in der Halle begrüßte, und lachend klopfte sie ihn ab, ehe sie zuließ, daß er sie an sich zog.

Wie immer drückte er die Nase in ihre Haare und atmete tief durch. »Man sieht auf der Straße kaum die Hand vor Augen vor lauter Staub«, erklärte er. »Wir hatten unterwegs nicht einen Tag Regen. Wie war es hier?«

Sie schüttelte den Kopf. »Keinen Tropfen. Das trockenste Frühjahr, das East Anglia je erlebt hat, meint Alfred. Er sorgt sich um die Ernte.«

»Alfred sorgt sich immer um die Ernte«, entgegnete Cædmon und nahm von einer der Mägde dankend einen Becher entgegen. Seine Kehle war wie ausgedörrt. Während er trank, sah er sich um. »Wie wunderbar leer es geworden ist.«

Sie folgte seinem Blick. »Gott sei Dank, ja. Die einquartierten Soldaten sind allesamt nach Norwich abkommandiert worden, und die Leute aus Metcombe sind nach Hause gegangen, um ihre Häuser wieder aufzubauen und ihre Felder zu bestellen.«

Er nickte. »Ich weiß. Ich war ja dort. In Begleitung deines Bruders übrigens. Die Sheriffs waren gehalten, die Kommissare zu begleiten, und wie immer nahm Lucien seine Pflichten sehr ernst.«

»Habt ihr gestritten?« fragte sie besorgt.

Cædmon stellte den leeren Becher auf dem Tisch ab und setzte sich. »Nein. Wie du weißt, sind wir seit Jahren höflich zueinander. Meistens. Beatrice ist wieder guter Hoffnung, hat er erzählt.«

Sie nahm neben ihm Platz und ergriff seine Hand. »So wie ich.«

Sein Kopf ruckte hoch. »Ist das wirklich wahr? Gott, ich brauche dich nur anzusehen, und schon ist es passiert.«

Aliesa lachte leise. »Vielleicht liegt es daran, daß du mich jedesmal ›erkennst‹, wenn du mich ansiehst.«

Cædmon grinste verlegen und sagte nichts. Er hatte ein schlechtes Gewissen. Nach Matilda hatte Aliesa zwei Fehlgeburten gehabt. Inzwischen war sie fünfunddreißig, und mit jedem Jahr wurde das Risiko größer.

»Es wird Zeit, daß damit Schluß ist«, murmelte er schließlich unbehaglich.
Sie hatte Mühe, sich ein süffisantes Lächeln zu versagen. »Ich werde dich zu gegebener Zeit an diesen guten Vorsatz erinnern.«
»Und wie geht es dir?«
Sie winkte ab und wechselte das Thema. »Der König wünscht, daß du so bald wie möglich zu ihm nach Westminster kommst. Eadwig war kurz nach Pfingsten zwei Tage hier und brachte die Nachricht.«
Cædmon raufte sich die Haare. Er wollte nicht. »Ich lasse dich jetzt nicht gern allein«, gestand er.
»Das brauchst du auch nicht. Die Einladung gilt für uns beide. Eadwig sagt, der Hof sei wieder einmal prächtig gewesen, und am Pfingstsonntag hat der König Henry zum Ritter geschlagen. Wulfnoth sei außer sich vor Stolz auf seinen Prinzen…«
»Aliesa, laß mich alleine zum König gehen. Ich werde dich entschuldigen. Ich müßte nicht einmal lügen, ich sehe doch, daß du nicht wohl bist.«
Sie schüttelte entschieden den Kopf. »Das kommt nicht in Frage. Mach dir keine Gedanken. Ich bin nie wohl, wenn ich schwanger bin, das hat nichts zu bedeuten. Aber du warst über drei Monate fort, und ich will nicht, daß wir uns gleich wieder trennen müssen.«
»Nein, das gefällt mir auch nicht«, räumte er ein. »Aber es wäre besser so, glaub mir. Der König wird … immer schwieriger. Immer düsterer. Und er haßt es, zwei glücklich verheiratete Menschen zu sehen.«
Aliesa erhob sich, um ihm auf diplomatische Weise zu sagen, daß sie nicht weiter über das Thema zu debattieren gedachte. »Ich muß mit Irmingard und der Amme reden und ein paar Vorbereitungen treffen. Wir sehen uns zum Essen. Und wenn du ausnahmsweise einmal einen Rat von deiner Frau annehmen willst, Cædmon: Nimm ein Bad.«

Winchester, Juli 1086

»Wie nett, daß Ihr meiner Einladung schon gefolgt seid, Thane«, grollte der König, gestattete Cædmon aber mit einer nachlässigen Geste, sich zu erheben.
»Wir haben Euch in Westminster knapp verpaßt, Sire. Dort sagte man

uns, Ihr seiet in London. Als wir zum Tower kamen, eröffnete uns der Kommandant, ihr seiet bereits nach Oxford aufgebrochen und...«
»Ja, vielen Dank, ich bin über meinen Aufenthalt während der letzten Wochen durchaus im Bilde. Habt Ihr irgendwelche Einwände dagegen, daß ich mein Land und meine Güter inspiziere?«
»Ähm ... ich glaube nicht, Sire.«
William sah ihm in die Augen. Nichts regte sich in seinem feisten Gesicht, aber der Blick der schwarzen Augen war eine solche Drohung, daß Cædmon der Schweiß ausbrach. Er biß sich auf die Zunge und rief sich ins Gedächtnis, daß der König allen Humor verloren hatte, den er je besessen haben mochte, und daß bissige Bemerkungen in seiner Gegenwart lebensgefährlicher denn je waren.
William war fett geworden. Rufus hatte bei einem der Gelage, die er so gern mit seinen Vertrauten abhielt, einmal bemerkt, sein Vater sehe aus wie eine aufgeblasene Kröte. Cædmon hatte ihm eindringlich geraten, die Zunge zu hüten und seinen Weinkonsum einzuschränken, doch Rufus hatte wie meistens die Wahrheit gesagt. Niemand vermochte zu erklären, wovon der König so dick geworden war. Seit dem Tod der Königin aß und trank er noch lustloser als früher. Unter den Engländern ging das Gerücht, er fresse all das Gold und Silber, das er dem Volk abpreßte... Doch seine Leibesfülle ließ William nicht gutmütig wirken, wie es bei so vielen anderen dicken Menschen der Fall war. Zusammen mit seiner enormen Körpergröße machte sie ihn nur noch massiger, gewaltiger und bedrohlicher. Jeder, dem der König entgegentrat, mußte den Instinkt niederringen, zurückzuweichen.
Aber jetzt ließ William Cædmon noch einmal vom Haken. Er lehnte sich in seinem ausladenden Sessel zurück und schlug die Beine übereinander. »Was haltet Ihr vom Tower?«
Cædmon brauchte seine Begeisterung nicht zu heucheln. »Er ist großartig. Eine Burg aus weißem Stein. Ich muß gestehen, als die Bauarbeiten anfingen, konnte ich mir nichts Rechtes darunter vorstellen. Aber Eure Baumeister haben nicht zuviel versprochen. Schönheit und Stärke lassen sich durchaus verbinden. Der Tower of London ist ohne Zweifel Eure schönste Burg, Sire, und uneinnehmbar.«
William betrachtete ihn einen Augenblick versonnen, neigte den Kopf ein wenig zur Seite und sagte: »Ich wünschte, es gäbe mehr Engländer wie Euch, die so bereitwillig von den Normannen lernen. Stolz nicht mit Halsstarrigkeit verwechseln.«

Cædmon deutete ein Kopfschütteln an. »Alle Engländer lernen von den Normannen, genau wie umgekehrt. Und was Halsstarrigkeit angeht, stehen Normannen den Engländern in nichts nach, meine ich.«

»Vielleicht habt Ihr recht. Wenn man meinen Bruder Odo und meinen Sohn Robert betrachtet, sieht es in der Tat so aus. Seid so gut, schenkt mir einen Becher Cidre ein, Thane.«

Ich bin zwar nicht dein Mundschenk, aber bitte, meinetwegen, dachte Cædmon, trat an den Tisch unter dem kleinen Fenster und füllte einen mit Edelsteinen besetzten Silberpokal aus einem passenden Krug.

»Wünscht Ihr, daß ich ihn vorkoste, Sire?«

William grinste humorlos. »Nein. Der Diener, der ihn gebracht hat, hat das vorhin getan, und Ihr seid beinah der einzige Mann auf der Welt, dem ich nicht zutraue, Gift in meinen Becher zu rühren.«

Cædmon wußte nicht, ob er geschmeichelt oder beleidigt sein sollte, und reichte William den Pokal kommentarlos.

»Erzählt mir von der Erhebung, Cædmon. Waren meine Untertanen kooperativ? Meine Beamten ihrer Aufgabe gewachsen?«

»Nein und nein«, wäre die ehrliche Antwort gewesen, aber Cædmon drückte es ein wenig diplomatischer aus. Er schilderte die Schwierigkeiten, auf die sie gestoßen waren, sagte aber abschließend: »Trotz alldem bin ich sicher, daß die Ergebnisse hinreichend präzise sind, um ihren Zweck zu erfüllen. Und soweit ich es beurteilen kann, haben die Menschen wahrheitsgemäße Angaben gemacht, weil sie Euren Zorn fürchteten.«

Der König trank. »Gut.«

»Vielen hat schon die Befragung angst gemacht. Und natürlich war es ihnen unheimlich, daß alles, was sie sagten, aufgeschrieben wurde. Ein Priester in Colchester fragte, ob es dieses Buch sei, das der Engel beim Jüngsten Gericht aufschlagen werde. Es gab Gelächter, aber das Wort hat die Runde gemacht. Im ganzen Osten nennen sie es das ›Domesday Book‹ – das Buch vom Tage des Weltenendes.«

William verzog spöttisch einen Mundwinkel. »Das wird es zumindest für all jene sein, die unrichtige Angaben gemacht haben.«

»Und wie geht es mit der Auswertung voran?« fragte Cædmon neugierig.

»Langsamer als mir lieb ist. Aber mein erster Eindruck ist, daß ich recht zufrieden sein kann. England ist ein ertragreiches, alles in allem wohlgeordnetes und gut bewirtschaftetes Land.«

Cædmon nickte. Zu der gleichen Erkenntnis war er auch gekommen und hatte bei sich gedacht, was zwanzig Jahre Ruhe vor dänischen Überfällen doch für einen Unterschied machten. Das war zweifelsfrei Williams Verdienst. Vor allem auf dem Land ging es den meisten Leuten besser als vor der Eroberung, trotz der hohen Steuern. Nur in Northumbria, wo die Todesreiter gewütet hatten, sah es anders aus. Die königlichen Beamten, die die Erhebung dort im Norden durchführten, hatten weite Landstriche nach wie vor entvölkert vorgefunden und nur einen einzigen Satz eingetragen: *Hoc est wasta* – Dies ist ein Ödland.

»Trotzdem werde ich noch einmal neue Kommissionen zusammenstellen, die die Erhebung überprüfen sollen«, unterbrach der König seine Gedanken. »Und dieses Mal werden es nur Fremde sein, die die Leute befragen. Nicht ihr Sheriff, ganz sicher nicht ihr Thane.«

Cædmon war erschrocken. »Aber ... das werden die Leute nicht verstehen. Sie...«

»Was sollte mich das kümmern? Ich selber werde bis zum Eintreffen der verdammten dänischen Flotte durchs Land reisen und mich vergewissern, daß meine Anweisungen befolgt werden.«

»Sire, Ihr provoziert Unruhen.«

Erstaunlich behende schoß der König aus seinem Sessel hoch. »Ah ja? Nun, vielleicht sollte ich bekanntmachen lassen, daß ich bis zum Abschluß der Erhebung den Thane of Helmsby als Geisel behalte und ihn blenden lasse, sobald der erste Engländer sich meinen Kommissaren widersetzt!«

Cædmon spürte den altvertrauten heißen Stich der Angst, den Williams Drohungen ihm seit jeher verursachten, aber er hatte zumindest gelernt, seine Empfindungen vor ihm zu verbergen. »Nur blenden, mein König? Das geschieht so vielen Engländern jeden Tag, es wird niemanden sonderlich beeindrucken.«

Einen Augenblick fürchtete er, seine Flucht nach vorn habe ihn ins Verderben geführt. Williams Augen wurden trüb, sein berüchtigter Jähzorn, der ihn in den vergangenen Jahren mehr beherrschte denn je, drohte hervorzubrechen, und dann war alles möglich, wußte Cædmon, dann konnten mit unglaublicher Schnelligkeit die fürchterlichsten Dinge geschehen. Aber diesmal hatte er Glück. Der König beschränkte sich darauf, den kostbaren Silberpokal in seine Richtung zu schleudern. Cædmon duckte sich kurz, und das Geschoß sauste über seinen Scheitel hinweg. Ein klebriger, nach Äpfeln duftender Schauer ging auf ihn

nieder, ehe der Becher scheppernd von der Wand abprallte und dann unrund, eingedellt über die Steinfliesen rollte.
»Geht mir aus den Augen, ehe ich mich vergesse«, riet der König tonlos.

Die Prinzen, Eadwig und Cædmons Söhne waren zur Jagd in den Neuen Forst geritten, so daß der Thane erst abends in der Halle Gelegenheit bekam, sie zu begrüßen.
»Cædmon!« Rufus umarmte ihn herzlich. »Gott sei Dank, der Löwenbändiger ist zurück.«
»Sag das nicht«, knurrte der Angesprochene verdrossen.
Rufus lachte übermütig. Es war ein schönes, ansteckendes Lachen. Cædmon dachte manchmal, daß Rufus die Persönlichkeiten beider Eltern in eigentlich unvereinbarer Weise in sich trug und dieses arglose, herzliche Lachen eine der schönsten Gaben war, die seine Mutter ihm vermacht hatte.
»Kaum zurück, und schon seid ihr wieder aneinandergeraten?« mutmaßte der Prinz. »Du solltest dir endlich abgewöhnen, ihn unnötig zu reizen, weißt du. Eines Tages wird er eine seiner Drohungen wahrmachen.«
Cædmon nickte grimmig. »So wie der Löwe früher oder später immer seinen Wärter zerfleischt.«
»Was hat es denn gegeben?« fragte Aliesa. Anders als Rufus konnte sie nie über Cædmons Reibereien mit dem König lachen. Sie fürchtete immer, daß Williams Zorn – die einzige Schwäche, bei der er kein Maß kannte – sie alle eines Tages ins Unglück stürzen würde.
Cædmon winkte verlegen ab. »Es war nicht der Rede wert.«
Rufus streifte Aliesa mit einem ungehaltenen Blick. Vermutlich bemerkt er sein Stirnrunzeln nicht einmal, fuhr es Cædmon durch den Kopf. Der Prinz war wirklich kein großer Freund von Frauen, war im Umgang mit ihnen noch unbeholfener als Guthric und schien sie meist als lästige Plage zu empfinden, etwa so wie eine Schar lärmender Kinder. Henry hingegen verneigte sich galant vor Aliesa, schien wie immer beglückt, sie zu sehen, und fragte ehrlich besorgt: »Geht es dir nicht gut? Du kommst mir sehr blaß vor.«
Sie legte ihm lächelnd die Hand auf den Arm. »Es ist ein heißer Sommer, mein Prinz, und Hitze bekommt mir nicht. Aber davon abgesehen erfreue ich mich bester Gesundheit.«

»Ist sie schwanger?« raunte Ælfric seinem Vater in eher englischer Direktheit ins Ohr.
Cædmon nickte beinah unmerklich.
Eadwig, der ein paar Schritte zur Linken mit Leif und Wulfnoth stand, hob den Kopf und lauschte. »Da kommt der König«, verkündete er leise.
Der kleine Kreis löste sich auf, stob fast schuldbewußt auseinander. Tuschelnde Gruppen erregten heutzutage leicht Williams Argwohn. Die Prinzen nahmen ihre Plätze an der hohen Tafel ein, Cædmon, Aliesa und Eadwig die ihren oben an der linken Seite, und die Knappen Ælfric und Wulfnoth begaben sich ans untere Ende.
Ein eher schlichtes Fischgericht wurde aufgetragen. Außerhalb der drei Hoffeste im Jahr wurde an Williams Tafel in den letzten Jahren fast kärglich gespeist, vor allem freitags. Der Bischof von Sarum, der als Gast an der hohen Tafel saß, stierte lustlos auf den faden Kabeljau hinab.
»Ich bedaure, daß die Speisen in meiner Halle nicht nach Eurem Geschmack sind, Monseigneur«, sagte William mit einem trügerischen Lächeln.
Der Bischof fuhr schuldbewußt zusammen. »Aber ganz und gar nicht, Sire ...« Wie zum Beweis schob er sich hastig einen vollen Löffel in den Mund.
»Dann ist es ja gut«, erwiderte William. »Es ist bedenklich, wenn ein Bischof gar zu großen Wert auf Tafelfreuden und anderen weltlichen Tand legt.«
»Da gebe ich Euch vollkommen recht«, pflichtete der Bischof bei.
Der König nickte zufrieden und fuhr im Plauderton fort: »Enthaltsamkeit ist der einzige Pfad zur Tugend, so will es mir scheinen. Ich kannte einmal einen Bischof, der den Versuchungen des Fleisches einfach nicht widerstehen konnte, ganz gleich, ob es sich um Erdbeeren oder schöne Frauen handelte. Und wißt Ihr, wo er heute ist?«
»Vater, bitte«, murmelte Henry an seiner Seite seufzend.
Der König ignorierte seinen Sohn und sah seinem Gast unverwandt in die Augen.
Der Bischof, ein älterer Mann, der noch ein wenig wohlbeleibter war als William, ließ den Löffel langsam sinken. Die Hand bebte. Das runde Vollmondgesicht war bleich geworden. Er wußte sehr genau, von welchem Bischof der König gesprochen hatte. Was er hingegen nicht wuß-

te, war, was er sich hatte zuschulden kommen lassen, warum William ihm so unmißverständlich drohte. Nach den Gesetzen, die der König gemeinsam mit Lanfranc und in Übereinstimmung mit den Wünschen des Papstes in England eingeführt hatte, konnte er über keinen Bischof oder Mönch oder Priester richten. Doch seit Odos Verhaftung fühlte sich kein Kirchenmann mehr vor der Willkür des Königs sicher.

»Sire, wenn ich irgend etwas getan habe, das Euer Vertrauen in mich erschüttert hat...«

»Es gibt keinen Mann unter meinen Vasallen oder in meinem Kronrat oder in meiner Familie, dem ich noch uneingeschränkt traue, Monseigneur«, entgegnete der König lapidar.

»O mein Gott, Sire, wie könnt Ihr so etwas sagen?« murmelte Henry, der sich an die himmelschreienden Ungerechtigkeiten, die sein Vater neuerdings so bedenkenlos äußerte, noch nicht gewöhnt hatte.

»Noch ein Wort und du verläßt die Halle, Henry«, fauchte William, ohne ihn anzusehen.

»Ja, es ist besser, du hältst den Mund«, riet auch Rufus seinem Bruder eindringlich.

Der Bischof schüttelte den Kopf, als habe er einen Schlag ins Gesicht bekommen. »Aber Sire ... Jeder Eurer Vasallen, jeder Eurer Untertanen ist Euch treu ergeben! Haben sie Euch nicht alle einen Treueid geschworen?«

»Und wer hätte ihn nicht irgendwann gebrochen?« konterte der König unbeeindruckt.

»Roger de Montgomery, Guillaume de Warenne, Robert de Beaumont«, begann Henry aufzuzählen, und auf einen wortlosen, aber mörderischen Blick seines Vaters hin erhob er sich und ging zum Ausgang, wobei er unbeirrt fortfuhr: »Ralph Baynard, de Mandeville, Cædmon of Helmsby, Lucien de Ponthieu, der Erzbischof von York, der Bischof von Durham, der Earl of...« Seine Stimme verhallte, und in der unangenehmen Stille, die in der Halle zurückblieb, tauschten Cædmon und Aliesa ein sehr verstohlenes Lächeln.

»Sire, wenn Ihr das Vertrauen in die Ergebenheit Eurer Vasallen verloren habt, gebt ihnen Gelegenheit, ihren Eid zu erneuern«, bat der Bischof. Henrys unerschrockener Widerstand hatte ihm offenbar geholfen, sein fettgepolstertes Rückgrat wiederzufinden, aber das Mißtrauen, welches der König pauschal gegen seinen Adel ausgesprochen hatte, schien ihn wirklich zu erschüttern.

William schnaubte und schob seine Eintopfschale unberührt von sich weg. »Wie stellt Ihr Euch das vor?«
Der Bischof zuckte die Schultern. »Nichts leichter als das. Ruft sie alle zu Eurem nächsten Hof zusammen.«
»Der nächste Hof ist aber leider erst zu Weihnachten, Monseigneur, und das Fest gedenke ich dieses Jahr in der Normandie zu begehen.«
»Dann beruft einen außerplanmäßigen Hof ein, ehe Ihr auf den Kontinent geht.« Plötzlich kam dem Bischof ein Gedanke, und seine Augen leuchteten auf. »Erweist mir die Ehre und haltet Hof in Sarum, Sire. Laßt meine Stadt der Schauplatz des neuen, unverbrüchlichen Treueids all Eurer englischen Vasallen sein!«
Das mürrische Gesicht des Königs hellte sich plötzlich auf. »Das scheint mir eine ganz wunderbare Idee zu sein, Monseigneur. Und ich weiß Eure Einladung wirklich zu schätzen. Ihr ahnt ja nicht, welche Summen drei Hoffeste pro Jahr verschlingen.«
Der Bischof starrte ihn mit offenem Mund an, vollkommen überrumpelt. Natürlich hatte er mit seinem Vorschlag nicht sagen wollen, daß er die horrenden Kosten einer solchen Versammlung übernehmen wollte. Plötzlich bildeten sich Schweißperlen auf seiner Stirn, aber noch ehe er auf eine Erwiderung sinnen konnte, ehe er auch nur ganz begriffen hatte, daß er auf schamlose Weise in eine Falle gelockt worden war, kam der jüngste der Prinzen im Laufschritt zurück in die Halle.
»Henry, das ist ganz und gar unentschuldbar!« donnerte der König, und Cædmon fragte sich, wer außer ihm erkannte, wie ratlos das Verhalten seines Jüngsten den König machte, wie sehr es ihm imponierte.
Henry hob die Rechte und schnitt dem König beinah das Wort ab. »Ich weiß, Sire, aber meine Neuigkeiten sind so gut, daß ich hoffe, Ihr werdet mir noch ein letztes Mal vergeben.«
William preßte die Lippen zusammen und verschränkte die Arme. »Darauf rechne lieber nicht. Ich höre.«
»Ein Bote aus Canterbury ist gerade eingetroffen«, begann Henry. »Der Erzbischof hat Nachricht von einem seiner ... Nachrichtensammler aus Dänemark bekommen. König Knut ist tot, Vater.«
William sprang wie fast jeder andere in der Halle von seinem Platz auf. »Ist das sicher?«
Henry nickte. »Es ist keine schöne Geschichte. Wäre es nicht eine solch glückliche Fügung für England, gäbe sie wirklich keinen Anlaß zur Freude. Der König von Dänemark wurde von seinen Widersachern

verraten und gefangengenommen und in die Stadt Odense gebracht. Und in der dortigen Kirche wurde er ermordet.«
Es gab einen kleinen Aufruhr in der Halle. Die Menschen redeten aufgeregt durcheinander. Nicht nur der König bekreuzigte sich und erbat Gottes Gnade für den gemeuchelten Herrscher der gefürchteten Dänen, doch genau wie alle anderen empfand er vor allem Erleichterung. Lächelnd legte er seinem Jüngsten die Hände auf die Wangen und küßte ihm zum Zeichen seiner Vergebung die Stirn. »Gottes Wege sind wahrhaftig unerforschlich, Henry. Aber wir sollten ihm danken, daß er diese Gefahr von uns abgewendet hat, und mit neuer Entschlossenheit und zum Preise seines Namens wollen wir uns all den anderen stellen, die noch auf uns warten.«
Darauf erhoben alle gern ihre Becher. Plötzlich war die Stimmung in der Halle gelöst, beinah euphorisch. Nur Eadwig hatte den Kopf gesenkt und weinte um den König von Dänemark.

Helmsby, August 1086

Während der Gewitter der letzten Nächte hatten sich große Pfützen im Innenhof der Burg gebildet. Doch das Gras war und blieb verbrannt. Jetzt nach dem Regen hatte es eine dunkle, bräunliche Farbe angenommen und verströmte einen betörenden Duft, wie von nassem Heu.
Cædmon führte Frison in den Stall. Niemand war dort, also überließ er es Odric und Elfhelm, die ihn begleitet hatten, sein Pferd und ihre eigenen zu versorgen.
Als er auf die Zugbrücke zuging, erwartete ihn wie so oft der Steward am Tor.
»Willkommen daheim, Thane.«
»Danke, Alfred. Wie steht es hier mit der Rinderpest?«
Sie überquerten die Brücke, und Alfred schüttelte mutlos den Kopf. »Es ist schrecklich, Cædmon. Sie krepieren schneller, als wir die Kadaver von den Weiden holen können.«
»Was ist mit unseren eigenen Tieren?«
Sie stiegen die Treppe hinauf, und Alfred hielt ihm die Tür auf. »Wir haben noch zwei Milchkühe und ein Kalb und keinen einzigen Ochsen mehr.«

Die Halle war wie ausgestorben. Das trübe Licht des wolkenverhangenen, schwülen Augusttages fiel durch die kleinen Fenster auf verwaiste Tische und kalte Asche im Herd.
Cædmon sank auf die erstbeste Bank nieder, als sei plötzlich die Kraft aus seinen Beinen gewichen. »Alle sechzehn Ochsen verendet? Und nur zwei Kühe übrig? Von fünfundzwanzig?«
Alfred setzte sich neben ihn und ließ den Kopf hängen. »Ja. Das entspricht etwa dem Durchschnitt. Von zwanzig Tieren sterben neunzehn.«
»Gütiger Himmel ...« Cædmon fuhr sich ratlos mit der Hand über Kinn und Hals. Das war eine Katastrophe.
»Ich hole dir einen Becher Bier, Cædmon. Hier ist niemand. Ich habe jeden, der ein Paar Hände hat, auch Greise und Kinder auf die Felder geschickt, um von der Ernte zu retten, was eben noch zu retten ist.« Die anhaltende Trockenheit während des Frühjahrs und des Sommers war schon schlimm genug gewesen, doch die Unwetter, die fast gleichzeitig mit der Erntezeit begonnen hatten, hatten den größeren Schaden angerichtet.
Cædmon schüttelte den Kopf und legte seinem Vetter die Hand auf die Schulter. »Laß nur, ich mach' das selbst. Ich bin sicher, du willst wieder an die Arbeit. Weißt du, wo meine Frau ist?«
Alfred wies auf die Treppe. »Bei Bruder Oswald und den Kindern.«
»Gut. Ich gehe sie begrüßen, und dann komme ich und helf' dir.«
»Ælfric und Wulfnoth hast du nicht mit heimgebracht? Oder Eadwig?« fragte der Steward und bemühte sich ohne großen Erfolg, den leisen Vorwurf aus seiner Stimme herauszuhalten. Alfred fand, in einer Krise wie dieser sollte jeder Mann der Familie nach Hause eilen.
Cædmon erhob sich und schüttelte den Kopf. »Der König geht bald auf den Kontinent und nimmt seine Söhne mit. Die Prinzen ihrerseits nehmen ihre Ritter und Knappen mit. Darum konnte keiner von ihnen nach Hause kommen. Es ist nicht ihre Schuld, weißt du.«
»Nein, natürlich nicht. Vermutlich können wir von Glück sagen, daß der König dich nicht auch noch mitnimmt.«

Aliesa sagte das gleiche, als sie am Abend nebeneinander im Bett saßen und endlich in Ruhe reden konnten. »Und ich bin froh und dankbar, daß der König dich hierläßt, aber ich habe Mühe zu glauben, daß er es aus Rücksichtnahme und Herzensgüte tut. Was ist es? Habt ihr gestritten?«

Cædmon warf ihr einen ungläubigen Blick zu. »*Gestritten*? Wer mit dem König ›streitet‹, reitet nicht frei und unversehrt nach Hause. Nein, nein. Es hat nichts zu bedeuten; schließlich hat er mich meistens hiergelassen, wenn er auf dem Kontinent war. Er wirbt schon wieder neue Truppen an. Wenn alles vorbereitet ist, wird er nach mir schicken, hat er gesagt.«

»Wenn *was* vorbereitet ist?«

Cædmon antwortete nicht sofort. Donner grollte in der Ferne, und er sah zerstreut, mit gerunzelter Stirn zum Fenster, ehe er schließlich sagte: »Ich weiß es nicht. Ich glaube, niemand weiß es. Sowohl der Bruder des Königs, Robert, als auch Montgomery haben mich im Vertrauen gefragt, ob ich ihnen irgend etwas über Williams Pläne sagen könnte. Aber was immer es ist, es muß etwas Gewaltiges sein.«

»Du meinst, deswegen hat er euch alle letzte Woche nach Sarum kommen lassen, um ihm einen neuen Eid zu schwören?«

Er nickte. Es donnerte wieder, schon viel näher.

»Wie war es?« fragte sie neugierig.

Cædmon hob kurz die Schultern. »Es war … sehr bewegend. Perfekt inszeniert, wie immer. Ich glaube, auch William selbst war gerührt zu erleben, wie zwei- oder dreihundert Männer vor ihm niederknieten und ihm in tiefster Inbrunst ihre Treue schworen.«

»So viele?« staunte sie.

»Ja. Nicht nur die Kronvasallen waren aufgerufen, den Eid zu leisten, sondern auch die bedeutenderen unter den Aftervasallen.« Er lächelte schwach. »Es waren englische Thanes dabei, die noch nie bei Hofe gewesen waren, und sie haben mich keinen Moment aus den Augen gelassen und alles getan, was ich tat. Guthric hat sie schließlich beiseite genommen und ihnen erklärt, daß es eine Marotte von mir sei, das Kinn an der Schulter zu reiben, wenn etwas mir Unbehagen bereite, keine geheimnisvolle normannische Sitte, die es nachzuahmen gelte …«

Aliesa lachte.

»Stimmt das?« fragte er noch immer ungläubig. »Habe ich so eine Marotte?«

Sie legte die Hand auf seine Wange und küßte ihn. »Aber natürlich! Das weißt du nicht? Immer schon, seit ich dich kenne. Leg sie nicht ab, Liebster. Sie ist so wunderbar.«

Er brummte gallig, ehe er fortfuhr: »Jedenfalls war es ein denkwürdiges Ereignis und hat, soweit ich es beurteilen kann, seinen Zweck erfüllt.

Der König scheint wieder größeres Vertrauen in die Treue seiner Vasallen zu haben, umgekehrt ist auch den unwilligsten Hinterwäldlern unter seinen Vasallen von neuem bewußt geworden, was Königswürde und Lehnstreue bedeuten. Sie werden ihm folgen, ganz gleich, welche Teufelei er wieder ausheckt, und das weiß er. Gehobener Stimmung hat er Sarum verlassen. Alle waren gehobener Stimmung. Alle außer dem Bischof, versteht sich. Ich würde sagen, er ist ruiniert.«
Ein greller Blitz zuckte auf und beleuchtete für einen Augenblick die gespenstischen Wolkentürme am Nachthimmel. »Wenn es mit dem Wetter so weitergeht, werden wir das bald alle sein«, murmelte Aliesa beunruhigt.

Das Gewitter tobte schlimmer als alle, die Cædmon je erlebt hatte. Selbst Onkel Athelstan erklärte am nächsten Morgen, er könne sich an nichts Vergleichbares erinnern.
Der Donner war ein anhaltendes Dröhnen, das sich allenthalben zu einem ohrenbetäubenden Poltern steigerte, wenn einer der Blitze ein nahes Ziel gefunden hatte. In kurzen Abständen zuckten sie am pechschwarzen Himmel auf, der Wechsel zwischen Finsternis und ihrem grellen Licht schmerzte in den Augen. Der Wind heulte mit Furienstimmen, trieb den dichten, prasselnden Regen durchs Fenster herein, und die Balken der Halle ächzten unter seinem Ansturm. Cædmon und Aliesa saßen auf dem Bett, starrten unverwandt nach draußen, hielten sich eng umschlungen und fürchteten sich. Und als sie schon glaubten, das Unwetter lasse nach, als der Wind abflaute und der Donner zu verhallen schien, fing es an zu hageln.
Cædmon sprang vom Bett auf und stürzte ans Fenster.
»O nein. Bitte nicht...«
Die Blitze zeigten ihm ein Bild des Schreckens: Riesige Körner prasselten trommelnd auf die Erde nieder, manche dick wie Hühnereier. Minutenlang schleuderte der Himmel sie herab, bis sie den Hof und das Land, so weit das Auge reichte, mit einem tödlichen weißen Teppich bedeckten und jede Ähre in den Boden gestampft hatten, die noch auf dem Feld stand.
»Gott, was tust du?« flüsterte Cædmon heiser. »Schlägst du das Land mit Plagen, weil das Herz des Königs verstockt ist?«
Aliesa trat neben ihn. Ohne es zu merken, hatte sie schützend die Hände um ihren gewölbten Bauch gelegt. »Cædmon?«

Er sah sie an. »Erst die Viehseuche. Dann der Hagel. Was kommt als nächstes? Heuschrecken?«
Er bekam die Antwort schneller, als ihm lieb war. Es klopfte an der Tür, und Alfred rief: »Thane?«
Cædmon hörte an der Stimme, daß sein Vetter eine Hiobsbotschaft brachte, und kniff einen Moment die Augen zu. »Komm rein, Alfred.«
Die Tür flog auf. Alfred stand mit einer Öllampe auf der Schwelle, sein Gesicht wirkte fahl in ihrem schwachen, zuckenden Schimmer. »Cædmon, der Blitz hat die Scheune getroffen. Sie brennt lichterloh. Das bißchen Korn, das wir hatten, ist dahin.«
Cædmon hörte Aliesas halb unterdrückten Schreckenslaut und legte einen Arm um ihre Schultern. Aber mehr Trost hatte er ihr nicht zu bieten. Er dachte fassungslos, mit welch schwindelerregender Schnelligkeit ein wohlhabender Mann an den Bettelstab kommen und alle Sicherheit, die man sich vorgaukelte, zum Teufel gehen konnte.
»Wir werden hungern«, sagte er.

Am nächsten Morgen ritten Cædmon und Alfred ins Dorf und am Ouse entlang bis nach Metcombe, um festzustellen, wie groß die übrigen Schäden waren, während Aliesa, Irmingard, Onkel Athelstan und Bruder Oswald versuchten, die verängstigten Menschen auf Burg und Gut zu beruhigen und erste Maßnahmen für den bevorstehenden Hungerwinter zu treffen. Ab sofort wurden alle Lebensmittel streng rationiert und sämtliche Vorratsräume verschlossen. Nur in Aliesas Begleitung konnte die Köchin jetzt ihre Zutaten zusammensuchen, niemand mehr zwischen den Mahlzeiten in die Vorratskammer schleichen und sich ein Stück Brot oder einen Schluck Bier genehmigen.
Richard, Matilda und die anderen Kinder merkten natürlich, daß die Erwachsenen besorgt waren und sich eigenartig verhielten. Matilda war ungewöhnlich still, sah sich mit riesigen, unruhigen Augen um und wich nicht von der Seite ihrer Mutter. Richard versuchte, sich seine Angst nicht anmerken zu lassen, aber selbst das kärgliche Frühstück, das Helen ihm vorsetzte, brachte er nicht herunter. Cædmon nahm ihn kurzerhand mit, setzte ihn vor sich in den Sattel und erklärte ihm unterwegs, was passiert war. Er fand, es hatte keinen Sinn, seinem Sohn etwas vorzumachen, er würde früher oder später ja doch merken, daß sie für den Winter nicht genug zu essen hatten. Besser, er machte sich damit vertraut.

»Aber wir haben Geld«, erinnerte der Junge ihn. »Können wir kein Korn kaufen?«
»Wir haben nicht viel Geld«, entgegnete Cædmon. »Wir mußten dem König hohe Steuern zahlen, verstehst du. Und weil ganz England von der Mißernte betroffen ist, wird Getreide teuer. Außerdem müssen wir wenigstens acht neue Ochsen kaufen, denn wenn wir im Winter nicht pflügen können, werden wir nie wieder etwas ernten.« Er brach unvermittelt ab, als ihm aufging, daß durch das Rindersterben vermutlich auch die Preise für Ochsen in die Höhe schnellen würden.
»Bekommst du nach der Ernte denn nicht neues Geld?« fragte Richard. »So viele Bauern schulden dir Pacht.«
»Aber sie leiden unter der Mißernte genau wie wir, und auch ihre Ochsen sind verendet. Außerdem müssen sie irgendwie den Zehnten für die Kirche aufbringen und zusätzlich den St.-Peters-Penny, den der König jedes Jahr zu Michaelis erhebt und dem Papst in Rom schickt. Nein, ich denke, mit Pachteinnahmen sollten wir lieber nicht rechnen.«
Richard hatte noch eine Idee. »Was ist mit unserem Wald? Kannst du nicht jagen gehen?«
Cædmon wechselte einen Blick mit Alfred, ehe er sagte: »Nein, Richard, das darf ich nicht.«
»Aber wieso das denn nicht?« fragte der Junge verständnislos. »Der Wald gehört dir!«
»Streng genommen gehört mir gar nichts und dem König alles.« Und William hatte die Forstgesetze noch einmal verschärft: Keiner seiner Vasallen durfte in den Wäldern, die zu seinem Lehen gehörten, jagen, wenn er keine königliche Urkunde besaß, die ihm dieses Privileg zugestand. Eine solche Erlaubnis bekam man, wenn man das Glück hatte, den König in einem günstigen Augenblick darum zu bitten – und wenn man gewillt und in der Lage war, den Preis für eine solche Urkunde zu zahlen. Auf Cædmon traf weder das eine noch das andere zu. Ehe eines seiner Kinder oder sonst jemand in der Halle verhungerte, würde er vermutlich trotzdem in seinem Wald auf die Jagd gehen, aber wenn Lucien de Ponthieu, der als Sheriff die Einhaltung der Forstgesetze zu überwachen hatte, ihn erwischte, dann käme er in Teufels Küche. Ein Mörder konnte von König William eher Gnade erhoffen als ein Wilderer.
»Wir haben immer noch den Fluß und das Moor«, sagte er zu Richard. »Hab keine Angst, mein Junge. Es wird ein harter Winter, daran kann

es keinen Zweifel geben, aber wir werden schon zurechtkommen. Wir sind immer noch um vieles glücklicher dran als die einfachen Bauern, denn auch wenn alle Kühe verendet sind, haben wir immer noch unsere Schweine und Ziegen, und wir können auch ein paar Schafe schlachten.« Aber seine Schafherden waren in den vergangenen Jahren schon geschrumpft, weil er immer Tiere hatte verkaufen müssen, um die Steuern zu bezahlen, und jedes geschlachtete Schaf bedeutete einen Einkommensverlust in kommenden Jahren. Das war keine Lösung. Zu viele Menschen aßen an seinem Tisch, als daß er sie alle nur mit Fleisch hätte über den Winter bringen können. »Es gibt auch noch andere Möglichkeiten. Dein Patenonkel Alfred hier zum Beispiel versteht sich auf Pilze. Wenn es Herbst wird, kannst du mit ihm in den Wald reiten, und er bringt dir bei, welche eßbar sind. So kommen wir schon bis in den November, wenn ihr genug sammelt.«

»Ja, ich könnte weiß Gott Hilfe beim Pilzesammeln gebrauchen«, stimmte Alfred zu. »Ich kann doch auf dich zählen, Richard?«

»Natürlich!« versprach der Junge eifrig, offenbar dankbar, daß es etwas gab, das er tun konnte, um die drohende Not zu lindern.

Cædmon wurde ganz warm ums Herz. Er fuhr seinem Sohn mit der schwieligen Hand durch die rabenschwarzen Locken und wies dann geradeaus. »Siehst du, da ist schon unsere Kirche.«

Alfred sah mit zusammengekniffenen Augen nach vorn. »Und ganz in der Nähe steigt Rauch auf.«

Das Unwetter hatte alle Leute erschüttert, und auch im Dorf waren zwei Scheunen in Flammen aufgegangen. Mit leeren Händen kamen die Bauern von ihren Feldern zurück, manche weinten. Nichts war übrig. Kein Halm hatte den Hagel überdauert.

In Metcombe bot sich ihnen das gleiche Bild des Jammers, und sie erfuhren, daß Hengest vom Blitz erschlagen worden war. Als habe Gott sich überlegt, daß er, wenn er schon die ganze Ernte zunichte machte, den Müller eigentlich auch gleich mitnehmen konnte.

Cædmon fand Gytha mit ihren fünf Söhnen in der Mühle um den Tisch versammelt. Reglos, wie erstarrt saßen sie auf der Bank, die beiden kleineren Jungen weinten leise.

Als sie Cædmon eintreten sah, stand Gytha langsam auf und machte einen unentschlossenen Schritt in seine Richtung. »Der Wind hatte die Schindeln vom Dach gerissen, und der Hagel kam herein«, erklärte

sie. »Ich hab ihm gesagt, es sei zu gefährlich, aufs Dach zu klettern, aber er hat nicht auf mich gehört. Er hat nie auf mich gehört.«
Zögernd streckte er die Arme aus, und sie kam tatsächlich, legte den Kopf an seine Schulter und schloß die Augen. »Was soll ich nur tun, Cædmon?« flüsterte sie. »Wie kriege ich fünf hungrige Jungen über den Winter ohne einen Mann, der für sie sorgt?«
»Komm nach Hause«, sagte er ohne zu zögern. »Bring deine Söhne nach Helmsby.«
Sie schüttelte den Kopf. »Ihr habt ja selbst nichts.«
»Es wird schon gehen. Und was würdest du hier anfangen? Du kannst die Mühle nicht alleine weiterführen.«
»*Ich* werde es tun«, stieß der Älteste der Jungen wütend hervor. »Und ich werde meine Mutter und Brüder über den Winter bringen, wir brauchen Eure Almosen nicht!«
»Still, Hengest«, sagte seine Mutter. Aber ihre Stimme klang sanft.
Cædmon betrachtete den ältesten Sohn des Müllers. »Wie alt bist du? Zwölf? Dreizehn?«
»Vierzehn.«
»Wie auch immer. Du bist zu jung. Ihr kommt nach Helmsby und bleibt dort.«
Der Junge hatte den Kopf zwischen die Schultern gezogen. »Nein.«
Langsam löste Cædmon sich von Gytha und machte einen Schritt auf ihren Sohn zu. Aber sie nahm seinen Arm und hielt ihn zurück. »Nein, bitte. Sei ihm nicht böse. Er ... er trauert um seinen Vater, und er fühlt sich für uns verantwortlich. Das mußt du doch verstehen.«
Cædmon betrachtete den Jungen kühl. »Du wirst tun, was ich sage, und mir nicht noch einmal widersprechen. Nach der nächsten Ernte suche ich einen Müller für Metcombe, der die Mühle führt und dich das Handwerk deines Vaters lehrt, bis du alt genug bist, sie zu übernehmen. Ist das klar?«
Der junge Hengest starrte noch einen Moment trotzig vor sich hin. Dann nickte er. »Ja, Thane.«
»Gut. Dann packt euer Zeug zusammen und macht euch auf den Weg.«
Gytha begleitete ihn nach draußen. »Deine Frau wird bestimmt nicht begeistert sein, wenn wir kommen«, sagte sie unglücklich. »Es wird sein wie mit deiner Mutter früher.«
Cædmon legte für einen Augenblick die Hand auf ihre Wange. Gythas Gesicht war verblüht, ihr Haar ergraut, und sie hatte schon ein paar

Zähne verloren. Sie konnte noch keine vierzig sein, aber sie war eine alte Frau. Doch wenn er ihr in die Augen sah, entdeckte er immer noch das stille, zierliche Mädchen, das nach Rauch und Milch roch, und eine eigentümlich wehmütige Zärtlichkeit überkam ihn.

»Nein, so wird es nicht sein. Aliesa ist nicht wie meine Mutter, auch wenn sie Normannin ist, du wirst sehen. Außerdem bist du die Mutter meiner Söhne, Gytha, du hast keinen Grund, dich wie eine Bettlerin zu fühlen.«

Sie lächelte traurig. »Wie geht es ihnen? Ælfric und Wulfnoth?«

»Prächtig. Du kannst stolz auf sie sein.«

»Sind sie in Helmsby?«

Er schüttelte den Kopf. »Sie begleiten den König und die Prinzen in die Normandie.«

»In den Krieg?« fragte sie erschrocken.

»Ich bin nicht sicher. Aber ganz gleich, wo er sie auch hinbringt, sie werden auf jeden Fall genug zu essen haben. Ich sorge mich im Moment mehr um das Wohl der Kinder, die hier zu Hause geblieben sind.«

Helmsby, Januar 1087

Es klopfte leise, und Irmingard steckte den Kopf durch die Tür. »Schläft sie?« fragte sie leise.

Cædmon sah auf und nickte. »Wie steht es mit Onkel Athelstan?«

Irmingard senkte den Blick. »Heute morgen schien das Fieber ein wenig gesunken. Aber jetzt brennt er wieder. Er vergeht vor meinen Augen. Nein, ich fürchte, er schafft es nicht. Aber mein Schwiegervater ist ein alter Mann«, fügte sie hastig hinzu. »Deine Frau ist in den besten Jahren. Das ist etwas anderes.«

Er nickte wiederum, auch wenn sie beide wußten, daß schon jüngere und robustere an diesem tückischen Fieber gestorben waren. Am Tag des heiligen Königs Edmund im November hatte Aliesa ein gesundes Mädchen zur Welt gebracht. Die Geburt war reibungsloser verlaufen als alle vorherigen, aber sie kam nur langsam wieder zu Kräften, und ehe sie ganz wiederhergestellt war, hatte das Fieber sie erwischt.

Irmingard zögerte, dann gab sie sich einen Ruck. »Es tut mir leid, daß ich dich damit behellige, aber Alfred sagt, ich müsse mit dir reden. Es

ist soweit. Unsere Vorräte sind erschöpft. Morgen früh kann ich allen noch etwas vorsetzen, morgen abend ist Schluß. Das einzige, was wir noch haben, ist Honig. Du mußt etwas tun, Cædmon.«
Ihre Mitteilung ließ ihn scheinbar unberührt. Aber nach einem kurzen Schweigen sagte er: »Ist gut. Morgen reite ich auf die Jagd, es bleibt uns nichts anderes übrig.«

Sie hatten getan, was sie konnten. Nüsse, Bucheckern, sogar Eicheln gesammelt, aus denen man eine Art Mehl herstellen konnte. Es schmeckte bitter, aber es machte satt. Die Pilze hatten sie tatsächlich über den Oktober gebracht. Zwiebeln, Äpfel und weiße Rüben hatten bis Weihnachten gereicht, den letzten Käse hatten sie am Dreikönigstag gegessen, an diesem Abend das letzte Pökelfleisch. Doch kurz vor der Jahreswende hatte eisige Kälte eingesetzt, und der Ouse und alle Seen und Tümpel waren zugefroren. Die Leute schlugen Löcher ins Eis, um zu fischen, aber die Ausbeute war mager. Und als die Menschen glaubten, daß es schlimmer nicht mehr werden könne und Gott nun endlich mit ihnen fertig sei, waren die ersten Fieberfälle aufgetreten. Rasend schnell wie ein Feuer im Schilf verbreitete die Epidemie sich unter den geschwächten Menschen und raffte sie dahin. Als Cædmon erkannte, wie groß die Ansteckungsgefahr war, hatte er Aliesa mit Bruder Oswald und den Kindern nach Ely schicken wollen. Er hoffte, daß die Seuche die abgelegene Klosterinsel noch nicht erreicht hatte. Aber der Schnee machte eine Überquerung der Sümpfe unmöglich.
Nachdem Irmingard sie allein gelassen hatte, betrachtete er wieder eingehend das Gesicht seiner Frau. Es war bleich und mager, aber das war nichts Besonderes – jeder in Helmsby war derzeit bleich und mager. Was ihn bannte, war das Bild des Friedens, das sie bot. Sie lag auf der Seite, das Gesicht ihm zugewandt, eine Hand unter der Wange. Die langen, geschwungenen Wimpern, die ihn von Anfang an so entzückt hatten, lagen wie ein hauchfeiner Schleier oberhalb des ausgeprägten Jochbeins, und ihr Mund lächelte.
Unendlich behutsam, schüchtern wie der Knabe, der sich vor zweiundzwanzig Jahren in sie verliebt hatte, legte er die Hand auf ihre Stirn. Unverändert. Sie glühte. Heute war der letzte Tag der zweiten Woche. Er wußte, wenn das Fieber morgen oder übermorgen nicht zurückging, war sie einer der hoffnungslosen Fälle.
Als es wieder an der Tür zu ihrer Kammer klopfte, rechnete er mit

Alfred, aber tatsächlich war es die Amme, die auf seinen leisen Ruf hin hereinhuschte. Die kleine Marie schlief in ihren Armen.

Cædmon stand hastig von der Bettkante auf und trat ihr entgegen. »Hab ich dir nicht gesagt, daß du die Kinder auf keinen Fall herbringen sollst?« fuhr er sie an, gedämpft, aber unmißverständlich scharf.

Die Amme war ein vierzehnjähriges Mädchen aus dem Dorf, dessen eigenes Kind gleich nach der Geburt gestorben war. Viele Neugeborene waren diesen Winter gestorben, und die jungen Frauen hätten alle nur zu gern die Aufgabe der Amme für Cædmons jüngste Tochter übernommen, denn auf der Burg war die Not nicht so groß wie bei ihnen. Cædmon und Aliesa hatten sich für die junge Annot entschieden, weil sie kräftiger schien als die anderen und reichlich Milch hatte. Doch Erfahrung mit Kindern hatte sie nicht – es war ihr Erstgeborenes gewesen, das sie verloren hatte –, und sobald etwas schiefging, fing sie an zu heulen. So wie jetzt.

»Verzeiht mir, Thane, ich...«

Er riß sich zusammen, nahm ihren Arm, führte sie auf den Gang hinaus und schloß die Tür. »Was ist es?«

»Ich weiß nicht.« Sie schüttelte den Kopf und schluchzte. »Ich ... Kommt mit. Bitte!«

Von bösen Vorahnungen erfüllt, folgte er ihr zu der kleinen Kammer, die die Amme und die drei Kinder bewohnten. Das Mädchen führte ihn zu dem Bett, das Matilda und Richard teilten, und wies stumm darauf.

Cædmon beugte sich darüber. Richard schlief ruhig und friedlich. Aber Matilda hatte ihre Decke weggestrampelt, warf sich rastlos auf den Rücken und starrte mit glasigen Augen zu ihm auf.

»Vater ... mir ist so heiß. Und mein Kopf tut so weh.«

Ein so gewaltiger Schrei des Protests braute sich in Cædmons Brust zusammen, daß er einen Augenblick nicht sicher war, ob er ihn niederringen konnte. Er biß sich die Zunge blutig und hob das kleine Mädchen auf. Fast meinte er, ihre Haut müsse ihn versengen. Sie brannte.

»Ich hab geträumt«, murmelte sie.

Cædmon fühlte erst ihre Stirn, dann legte er die Hand auf ihre magere Brust. Ihr Herz raste wie wild.

»Ich nehme sie mit«, flüsterte er der Amme zu. »Leg dich schlafen, Annot.« Und Matilda fragte er: »War es ein böser Traum, Engel?«

»Ich weiß nicht. Von einem Schiff. Ein weißes Schiff. Es war wunderschön. Aber es hat mir angst gemacht ... es war ein Todesschiff...«

Ein eisiger Schauer überlief ihn. Er wußte genau, daß er das schon einmal gehört hatte, auch wenn er sich nicht entsinnen konnte, wann und wo. Er küßte die glühend heiße Stirn. »Hab keine Angst mehr. Alles ist gut.«
»Bleibst du bei mir heute nacht?«
»Ja.«
Sie schlief ein, aber nicht beruhigt, es war eher, als gleite sie tiefer in die Fieberwelt hinab und sei ihm plötzlich fern und entrückt.
Er brachte sie zu Aliesa, legte sie aber nicht zu ihr, sondern hüllte sie in eine warme Decke und hielt sie auf dem Schoß, versuchte sie mit seiner Nähe durch den Nebel des Fiebers zu erreichen. Doch Matilda schien immer tiefer zu sinken, und er spürte, daß sie immer heißer wurde. Ihr kleines Gesicht war gerötet und feucht, die blonden, wirren Locken klebten an ihrem Kopf. Nach gut einer Stunde fiel sie in einen Fieberkrampf, und Cædmon preßte den Unterarm vor den Mund, um nicht zu heulen wie ein waidwundes Tier.
Er hörte, wie die Tür sich öffnete, und sagte, ohne aufzusehen: »Holt Bruder Oswald her.« Dann spürte er plötzlich kühle Hände, die ihm sein Kind aus den Armen nehmen wollten, riß die Augen auf und drückte den kleinen Körper behutsam an sich. »Nein …«
»Cædmon, ich bin's.«
Er blinzelte. »Hyld?«
»Gib sie mir. Schnell. Jede Minute zählt.«
Ohne zu zögern legte er sein Kind seiner Schwester in die Arme, vergewisserte sich mit einem schnellen Blick, daß Aliesa nach wie vor schlief, und folgte Hyld auf den Flur hinaus und zur Treppe.
»Was tust du? Wo bringst du sie hin?«
Sie antwortete nicht, durchquerte mit eiligen Schritten die Halle und sagte: »Erik, halt mir die Tür auf.«
Ihr Mann, der ein bißchen verloren in der nächtlichen Halle stand, kam der Aufforderung nach und folgte ihr gemeinsam mit Cædmon in die eisige, sternklare Nacht hinaus. Hyld lief behende die Stufen hinab, ließ sich an deren Fuß auf die Knie fallen, streifte Matildas Hemd hoch und legte das Kind in den Schnee.
Erschrocken schrie Matilda auf.
»Hyld, bist du besessen, was tust du da …« Cædmon wollte einschreiten, aber eine Pranke umfaßte sein Handgelenk und hielt ihn zurück.
»Laß sie«, riet Erik eindringlich. »Unseren Jüngsten hat sie so auch durchgekriegt. Sie weiß, was sie tut.«

Cædmon versuchte nicht länger, sich loszureißen. Er wandte den Kopf ab, damit sein Schwager nicht sah, daß er weinte, und blickte immer noch ein wenig entsetzt auf seine Schwester hinab, die sein armes, krankes Kind mit Schnee zudeckte. Matilda wimmerte leise.
Plötzlich überkam Cædmon eine so bleierne Erschöpfung, daß er sich nicht mehr auf den Beinen halten konnte. Er sank auf die unterste Treppenstufe, ohne sich um den verharschten Schnee zu scheren, der sie bedeckte, und fragte: »Wie in aller Welt kommt ihr hierher? Was tut ihr hier?«
»Wir klopfen an dein Tor und erbitten Obdach, Schwager«, antwortete Erik ernst. »Hyld, unsere Emma, unser kleiner Knut und ich.«
»Dann seid willkommen. Nur die Küche hat hier in jüngster Zeit ein wenig nachgelassen. Wenn du Lust hast, kannst du morgen mit mir auf einen Wildererzug reiten, das ist doch sicher nach deinem Geschmack ...« Er merkte, daß er dummes Zeug redete, verstummte abrupt und fragte dann: »Was ist passiert?«
»Ja, habt ihr es denn nicht gehört?«
»Was?«
»London ist abgebrannt, Cædmon.«

Es dauerte ein Weilchen, bis er Näheres erfuhr. Erst brachte er Hyld, die Matilda in den Armen hielt, zu Aliesa. Seine Schwester versprach, sich um Mutter und Tochter zu kümmern. Hyld hatte längst nicht alle Geheimnisse der Heilkunst von ihrer Mutter gelernt, aber in den Jahren ihrer Kindheit, da sie Marie auf Krankenbesuchen begleitet hatte und ihr zur Hand gegangen war, hatte sie unweigerlich allerhand Wissenswertes erfahren. Auch in London hatte die Fieberepidemie gewütet, und sie hatte die Kranken in der Nachbarschaft versorgt. So reichte ein kurzer Blick auf Aliesa, um Cædmon zu beruhigen: Seine Frau würde durchkommen. Zu Matildas Chancen wagte sie sich nicht zu äußern, es war noch zu früh. Aber sie gab sich hoffnungsvoll.
Cædmon weckte Irmingard, die ihren Bruder selig in die Arme schloß und ihm den Weg zu Eadwigs leerer Kammer wies. Die sechsjährige Emma und ihr vierjähriger Bruder Knut waren auf einem der beiden Karren eingeschlafen, die sie von London hergebracht hatten. Nachdem die Kinder zu Bett gebracht worden waren, setzten Cædmon und Erik sich an den Tisch in der Halle und redeten.
»Bist du durstig?« fragte Cædmon gedämpft. Entlang der Wände lagen

reglose, schlafende Gestalten. »Ich fürchte, ein Becher Wasser ist alles, was wir zu bieten haben.«
Erik hob abwehrend die Hand, und auf Cædmons Bitte hin berichtete er von dem Feuer, das die große Handelsstadt an der Themse fast vollständig zerstört hatte. »Es heißt, es sei in der Nähe von St. Paul ausgebrochen. Niemand weiß es genau. Es spielt auch keine Rolle. Die Stadt liegt in Schutt und Asche. Es sieht beinah so aus, als wären die Dänen eingefallen«, bemerkte er nicht ohne Ironie. »Trockene Kälte birgt größere Feuergefahr als ein heißer Sommer, sagt man, weil die Leute versucht sind, an den unmöglichsten Orten ein Feuer anzuzünden, um sich zu wärmen. Warst du jemals in London, Cædmon?«
Der Thane nickte. »O ja. Ich habe für den König oft Botschaften in die Stadt gebracht. Außerdem war ich mit Beatrice Baynard verlobt. Ihre Familie lebt in London, und hin und wieder scheuchte der König mich hin, um sie zu besuchen.«
»Dann weißt du, wie dichtgedrängt die Häuser dort standen. Und alle aus Holz. Das Feuer raste einfach von Dach zu Dach ... Es war furchtbar. Panik, Plünderungen, was du dir nur denken kannst. Ralph Baynards steinerne Festung und der Tower sind beinah die einzigen Gebäude, die noch stehen. Als wir sahen, daß auch unser Viertel am Hafen nicht verschont bleiben würde, haben wir auf zwei Wagen geladen, was uns sinnvoll erschien, und mit den Karren im Hof gewartet. Unser Hof war groß, eine Freifläche, verstehst du: Sicherheit. Aber es ist erschütternd, dein Haus um dich herum abbrennen zu sehen, das kannst du mir glauben.«
Cædmon nickte wortlos. Er hatte Kopfschmerzen und verspürte einen leichten Schwindel. Er wußte nicht genau, wie viele Tage es her war, daß er zuletzt etwas gegessen hatte. Vier oder fünf, schätzte er. Er war erschöpft und am Ende seiner Weisheit, aber Eriks Bericht faszinierte ihn auf eine seltsame, kranke Art. Es war merkwürdig tröstlich, von den Schicksalsschlägen zu hören, die andere getroffen hatten.
»Gab es viele Tote?«
»Hunderte. Etliche sind in ihrer Angst in den Fluß gesprungen und ertrunken. Viele sind verbrannt. Und es gab einen Moment in unserem Hof, wo ich dachte, es würde uns auch erwischen.«
Cædmon atmete tief durch. »Welch ein Glück, daß du zu Hause warst. Es hätte ebensogut passieren können, während du auf See bist.«
Erik lächelte ein wenig wehmütig und schüttelte den Kopf. »Ich fahre nicht mehr zur See, Cædmon. Die Zeiten sind endgültig vorbei.«

»Aber … wieso?«
»Ich leide an Gicht. Es kommt von einer Stunde zur nächsten. Plötzlich bin ich ein Krüppel.« Er lachte leise, hob den Kopf und sah Cædmon in die Augen. »Eine gerechte Strafe, denkst du nicht?«
Cædmon schüttelte den Kopf. »Nein. Du schuldest mir schon lange nichts mehr.«
»Tja.« Erik strich sich verlegen über den Bart. »Wie auch immer. Ich kann nicht mehr hinausfahren, und zumindest Hyld ist glücklich darüber. Aber ich will mich nicht beklagen. Ich habe immer noch meine drei Schiffe. Meine Söhne, Harold und Guthrum, fahren jetzt unter meinen Kapitänen, aber eines Tages werden sie das Kommando führen. Ich schätze, es ist richtig so. Das ist der Lauf der Dinge.«
Es war einen Moment still, ehe Cædmon fragte: »Wie alt bist du?«
Erik hob langsam die Schultern. »Ich weiß es nicht. Aber noch keine vierzig, glaub' ich.«
»Und … hast du viel verloren? Im Feuer?«
Unverändert weiße Zähne blitzten auf, als das Piratengrinsen sich zeigte. »Nein. Ich habe alles retten können, was wirklich von Wert ist. Hast du die Karren gesehen, die ich mitgebracht habe?«
Cædmon nickte. Der eine hatte die Kinder und ein paar verheißungsvoll klimpernde Beutel und persönliche Habseligkeiten enthalten. Der andere war hoch mit Rinderhäuten beladen.
»Aber wenn es eine Ware derzeit im Überfluß gibt in England, dann ist es Rindsleder«, bemerkte er. »Schließlich ist beinah jede Kuh im Land verreckt.«
»Die Tierhäute sind nur Tarnung. Darunter sind Weizensäcke.«
Cædmon erstarrte. »Weizen?«
Erik warf ihm einen kurzen Blick zu und nickte. »Ich hab ihn letztes Jahr gekauft, weil ich eine neue Grönlandfahrt geplant hatte. Aber dann wurde es immer schlimmer mit der Gicht, und ich mußte einsehen, daß ich mein Vorhaben nicht mehr durchführen kann. Dann … kam die Mißernte, und die Kornpreise schnellten in die Höhe. Aber ich konnte nicht.« Er lachte verschämt. »Es kam mir so schäbig vor, mit dem Hunger und der Not Geld zu machen. Also habe ich meinen Weizen nicht verkauft.« Er hob den Kopf und sah Cædmon direkt an. »Nimm ihn. Als Dank dafür, daß du uns aufnimmst, daß du meine Frau und meine Kinder immer hier willkommen geheißen hast, wenn ich fort war, immer gegen den Willen deiner Mutter.« Er unterbrach sich

kurz, ehe er brüsk knurrte: »Verflucht, Cædmon, zier dich nicht. Niemand in Helmsby muß mehr hungern, es sei denn, du opferst die Leute deinem Stolz. Ich kann diesen Weizen einfach nicht verkaufen, es wäre falsch. Also tu mir den Gefallen und nimm ihn.«
Cædmon lächelte befreit. »Meinetwegen. Wenn dir soviel daran liegt ...«
Sie lachten. So laut, daß manch hungriger Mann in der Halle erschrokken aus wirren Träumen auffuhr und Zeuge wurde, wie der Thane und der berüchtigte dänische Pirat, der sein Schwager war, sich lachend in die Arme sanken.

Der bitterkalte Hungerwinter forderte im ganzen Land hohen Tribut. Die Priester mahnten das Volk zur Umkehr. Gott sei im Zorn über England gekommen, um die Menschen Demut und Frömmigkeit zu lehren, und nur durch Abkehr von Laster und Sünde und Hinwendung zur Rechtschaffenheit könne er besänftigt werden.
Cædmon glaubte nicht, daß er und die Seinen rechtschaffener oder weniger lasterhaft waren als die Leute der nächsten Hundertschaft, aber in Helmsby hatte die Not ein Ende, und sein Onkel war das einzige Opfer der Fieberepidemie, das es in seiner Familie zu beklagen gab. Athelstan starb, nachdem Bruder Oswald ihm die Letzte Ölung erteilt und Alfred ihm den letzten Becher Met eingeflößt hatte, den sie noch besaßen, am selben Tag, als Aliesa zum erstenmal aufstehen konnte und Matildas Fieber endlich zu sinken begann.
Jeder in der Halle und im Dorf betrauerte Onkel Athelstans Hinscheiden, vor allem natürlich sein Sohn, doch Alfred selbst war es, der bei der Totenfeier aussprach, was alle dachten: Athelstan of Helmsby war nicht gestorben, ohne sich seinen großen Lebenstraum erfüllt zu haben; er hatte das letzte Faß bis auf den letzten Tropfen geleert.
Hyld brachte Aliesa und Irmingard bei, wie man mit Schneepackungen und Wadenwickeln das Fieber bekämpfen konnte, und die drei Frauen waren von früh bis spät unterwegs und kümmerten sich um die Kranken. Nachdem der Hunger ein Ende hatte, hatte sich auch die Epidemie bald ausgetobt. Helen, die alte Köchin, war eins der ersten Fieberopfer geworden, und Gytha übernahm vorläufig ihr Amt. Umsichtig teilte sie die neuen Vorräte ein, und Cædmon borgte Geld von Erik und kaufte Lucien de Ponthieu, dem reichsten seiner Nachbarn, ein paar Fässer Pökelfleisch ab. Früh im Jahr setzte die Schneeschmelze ein, und sie erlebten einen ungewöhnlich milden März.

»Ich denke, das Schlimmste haben wir hinter uns«, sagte Cædmon. Er stand am Fenster, spürte die laue Frühlingsbrise auf den Wangen und reckte sich in der warmen Morgensonne.
Aliesa strich mit zwei Fingern über seine rechte Schläfe, wo über den Winter die ersten silbrigen Strähnen aufgetaucht waren. Wegen seiner blonden Haare fiel es kaum auf; man sah es nur, wenn das Licht in einem bestimmten Winkel darauf fiel. Aber sie hatte es gleich bemerkt.
»Und wir haben sogar unsere kleine Marie über den Winter gebracht«, antwortete sie. »Am Tag ihrer Geburt hatte ich kaum Hoffnung für sie.«
Cædmon nickte. Viele Kinder waren gestorben, in manchen Familien gar zwei oder drei. »Ich weiß, ich sollte glücklicher sein. Trotzdem. Ich kann immer noch nicht richtig fassen, wie es zu all dem kommen konnte. Daß wir so mir nichts, dir nichts ins Elend geraten konnten.« Er sprach bedächtig und leise, aber er hatte Mühe, seinen Zorn zu beherrschen. »Ist das wirklich alles, was es mir eingebracht hat, zwanzig Jahre meines Lebens William, diesem gottverfluchten Bastard, zu schenken?«
Aliesa legte den Arm um seine Taille und folgte seinem Blick, sah auf die Wiesen und die Felder mit der fetten, schwarzen Erde hinaus und weiter bis zum Fluß. »Was sonst hättest du tun können? Du hast immer gesagt, daß jeder, der dazu in der Lage ist, seinen Beitrag zur Verständigung zwischen Engländern und Normannen leisten muß. Das hast du, mehr als jeder andere. Und der König hat dir auf die einzige Art gedankt, die er versteht. Du hältst mehr Land in East Anglia, als irgendeiner deiner Vorfahren je hatte.«
»Das ist wahr. Aber wem er viel gibt, von dem nimmt er auch viel. Er hat uns in den letzten Jahren so ausgepreßt, daß wir keinerlei Rücklagen hatten.« Er hob seufzend die Hände und ließ sich auf die Truhe unter dem Fenster sinken. »Wahrscheinlich habe ich alles falsch gemacht. Etienne hatte recht. Ich hätte Sheriff von Norfolk werden können. Dann stünde ich anders da, das kannst du mir glauben. Lucien und Beatrice und ihre Kinder haben jedenfalls den Gürtel nicht enger schnallen müssen.«
Aliesa setzte sich neben ihn und nahm kopfschüttelnd seine Hand. »Was für einen Unsinn du redest, Cædmon. Du hast das Amt nicht gewollt, weil du nicht der verlängerte Arm des Königs sein wolltest. Die Entscheidung ist heute noch genauso richtig wie eh und je. Und ich bin sicher, wenn der König es dir heute anböte, würdest du ablehnen.«

Er dachte darüber nach und nickte langsam. »Solange William König ist, ja, vermutlich.«
Sie hob die Schultern. »Also? Was quält dich?«
Er sah verlegen auf seine Schuhspitzen hinab. »Dein Bruder hat mir ein paar häßliche, aber leider wahre Dinge gesagt, als ich letzten Monat bei ihm war. Daß du nie in eine solche Lage geraten wärest, wenn du keinen Engländer geheiratet hättest. Daß du unter deinem Stand geheiratet hast. Und daß Etienne dir mehr zu bieten gehabt hat.«
Sie lachte leise, legte die Arme um seinen Hals und sah ihn an. Die graugrünen Augen leuchteten, schienen beinah zu sprühen von einer Heiterkeit, die er nicht so recht verstand, und dann drückte sie die Lippen auf sein Ohr und flüsterte: »Aber ich wollte *dich.*«

Rouen, Juli 1087

Der Hof der großen Burg glich einem Ameisenhaufen, in den ein mutwilliges Kind einen Stock gestoßen hatte. Es wimmelte von Soldaten, Pferden und Karren, und alle schienen ziellos umherzulaufen.
»Grundgütiger Himmel, welch ein unnormannisches Durcheinander«, murmelte Cædmon verwundert und saß ab.
Seine Housecarls folgten seinem Beispiel und sahen sich neugierig um. Der eine oder andere hatte staunend den Mund geöffnet. Sie alle waren zum erstenmal in der Normandie und hatten nie zuvor eine so gewaltige Burg gesehen.
Cædmon tippte Odric auf die Schulter und wies nach links. »Dort hinten ist der Pferdestall. Ihr werdet vermutlich keinen Platz für die Tiere mehr finden, aber vielleicht jemanden, der euch sagen kann, wo ihr sie hinbringen könnt. Bleibt zusammen und fangt keinen Streit mit den normannischen Söldnern an. Nach der Vesper treffen wir uns hinter der Kapelle, und ich werde euch hoffentlich sagen können, wo ihr die müden Häupter betten könnt.«
Odric nahm ihm Frisons Zügel aus der Rechten. »In Ordnung, Thane.«
Cædmon wandte sich ab, kämpfte sich durch das Gewühl zum Eingang des Turms und stieg die Treppe zur Halle hinauf. Auch hier ging es zu wie auf dem Jahrmarkt, aber einer der ersten Menschen, den Cædmon entdeckte, war sein Bruder.

»Eadwig!«
Eadwig sah stirnrunzelnd auf und strahlte, als er ihn erkannte. »Willkommen in der schönen Normandie, Thane.«
»Heißen Dank, aber ich wäre viel lieber zu Hause geblieben.«
Eadwig grinste und klopfte ihm die Schulter. »Wer wär' das nicht. Doch wir können den König ja schlecht nur mit diesen normannischen Schlappschwänzen in den Krieg ziehen lassen, oder?«
Sie setzten sich auf eine Bank, wo gerade zwei Plätze freigeworden waren. »Was ist passiert?« fragte Cædmon.
»Ich nahm an, das wüßtest du. Oder hat eine Stimme dir im Traum gesagt, du solltest mal herkommen und nach dem Rechten sehen?«
»Nein, Guthric. Er kam auf dem Weg nach York zu Hause vorbei und sagte, es gebe Ärger im Vexin, und der König habe Lanfranc Nachricht gesandt, er solle alle verfügbaren Männer nach Rouen schicken. Das ist alles, was ich weiß. Ich bin sofort mit zwanzig meiner Männer aufgebrochen. Also?«
»Hugh Estevel und Ralph Mauvoisin, zwei französische Ritter, die zu den Besatzungstruppen von Mantes gehören, haben mit ihren Horden mehrfach die Grenze überschritten und sind in der Normandie eingefallen. In der Gegend von Évreux und Pacy haben sie das Land verwüstet, Bauern und Vieh abgeschlachtet und so weiter. Danach haben sie sich ins Vexin zurückgezogen, aber der König ist nicht gewillt, sich diese Beleidigung kommentarlos gefallen zu lassen.«
»Und *dafür* stellt er ein Heer auf?« fragte Cædmon verständnislos. »Weil Philip von Frankreich über die Grenze gespuckt hat?«
»Philip von Frankreich? Oder Prinz Robert?« entgegnete Eadwig vielsagend.
Cædmon nickte versonnen. Nach dem erneuten Zerwürfnis mit König William vor vier Jahren war sein ältester Sohn in aller Offenheit an den Hof nach Paris gegangen, und seither war immer schwer zu sagen, ob es Philip oder Robert oder beide zusammen waren, die Williams Macht zu schmälern oder ihn zu provozieren versuchten – bislang erfolglos.
Eadwig verschränkte die Arme. »Zehn Jahre hält Philip jetzt das Vexin besetzt. Ich dachte, William hätte sich längst damit abgefunden. Aber offenbar habe ich mich geirrt.«
»Du solltest ihn besser kennen. Mit so etwas findet er sich niemals ab. Er war nur in diesen zehn Jahren immer von so vielen Seiten bedrängt,

daß er sich nie darum kümmern konnte. Aber es bleibt eine Tatsache, daß das Vexin ihm ebenso lehnspflichtig ist wie dem König von Frankreich. Sein Vater hat Philips Vater zu seinem rechtmäßigen Thron verholfen und zum Dank das halbe Vexin erhalten. Die Normannen haben es nicht erobert, verstehst du, es war eine Gabe für treue Dienste. Das ist ein Prinzip, an das William unerschütterlich glaubt, darum beleidigt diese Sache ihn so.«

»Das ist mir neu«, entgegnete Eadwig überrascht. »Ich glaube auch nicht, daß Rufus es weiß.«

»Ihr müßt ja auch nicht alles wissen«, erwiderte Cædmon grinsend, wurde aber gleich wieder ernst. »Trotzdem ist es merkwürdig. Wie viele Männer hat er wohl?«

Eadwig zuckte mit den Schultern. »Hier auf der Burg wenigstens vierhundert. Draußen vor der Stadt ist ein Zeltlager, aber ich weiß nicht, wie viele dort sind.«

»Ich bin daran vorbeigekommen. Ich würde schätzen, drei- bis viertausend.«

»Du meine Güte … Das ist ein Erobererheer!«

Cædmon nickte. »Da könntest du durchaus recht haben.«

Er fand den König in düsterer Stimmung.

»Das wurde ja wohl auch langsam Zeit!«

»Ich bitte um Verzeihung, Sire, aber die Nachricht, daß Ihr mich zu sprechen wünscht, hat mich gerade erst erreicht.«

»Ja. Ich hätte diesem Schwachkopf von Diener sagen sollen, daß er Euch vermutlich bei diesem verfluchten Verräter Godwinson findet.«

Cædmon verzichtete darauf, ihn daran zu erinnern, daß Wulfnoth Godwinson kein Verräter war, oder ihm zu erklären, daß es auf der Burg derzeit drunter und drüber ging, so daß es durchaus Stunden dauern konnte, jemanden zu finden. Statt dessen sagte er gar nichts, und der König beendete das Schweigen mit einem ungeduldigen Wink und den Worten: »Wie dem auch sein mag. Erhebt Euch und erweist uns die Ehre, an unseren Beratungen teilzunehmen.«

Cædmon stand auf und nickte den Prinzen und Kommandanten zu, die sich in Williams Gemach eingefunden hatten.

»Cædmon.« Rufus saß scheinbar entspannt zurückgelehnt in einem der Sessel und lächelte. »Gut, daß du gekommen bist. Wie viele Männer bringst du?«

»Zwanzig.«
»Wir hörten, ihr hattet einen schweren Winter«, bemerkte der jüngere der Prinzen. »Alles in Ordnung in Helmsby?«
»Nicht jetzt, Henry!« fuhr sein Vater ihm über den Mund. »Seid Ihr über die Situation im Bilde, Thane?«
Cædmon nickte und faßte zusammen, was Eadwig ihm berichtet hatte.
»Ja, so ist es«, grollte William. »Ich habe Philip von Frankreich eine Botschaft geschickt, mit der ich Anspruch auf das gesamte Vexin erhebe. Eben ist einer seiner Ritter mit der Antwort eingetroffen.« Er sah zur Wache an der Tür. »Laßt den Lumpen eintreten.«
Auf ein Zeichen der Wache stolzierte ein junger Geck herein, der Cædmon schon draußen auf dem Korridor ins Auge gefallen war. Er war ein gutaussehender junger Kerl, aber zu bunt und auffällig gekleidet. Er trug ein kostbar verziertes Schwert, doch seine Hände waren so weich und rosig, daß man auf den Gedanken kommen konnte, er trage es nur zum Schmuck. Sein Name sei Roger de Beauvais, verkündete er mit einem hochnäsigen Nicken in Williams Richtung, und Cædmon dachte, daß Roger de Beauvais die Fleischwerdung aller Vorurteile war, die man in England und der Normandie gegen Franzosen pflegte: Er war eitel, eingebildet und dumm.
»Alsdann«, sagte der König auffordernd. »Welche Antwort bringst du mir von König Philip?«
»Mein Herr und König läßt Euch wissen, daß er Eure zu Unrecht und in Willkür erhobenen Ansprüche auf das französische Vexin in aller Schärfe und Entschiedenheit zurückweist.«
Niemand war übermäßig überrascht, und die Miene des Königs blieb unbewegt, als er mit leiser Stimme fragte: »Und was ist mit dem *normannischen* Vexin?«
»Es gibt kein normannisches Vexin, Monseigneur.«
»Wie würdet Ihr dann das Gebiet nennen, das Philips Vater meinem Vater aus Dank für seine Treue und seinen Schutz gegen Burgund verlieh?«
Roger de Beauvais wußte anscheinend keine Antwort auf diese heikle Frage und fuhr stur mit seiner auswendig gelernten Botschaft fort: »Darüber hinaus hat König Philip mir aufgetragen, Euch daran zu erinnern, daß Ihr als französischer Herzog sein Vasall seid, und er erwartet Euch noch in diesem Monat in Paris, um Eure Huldigung entgegenzunehmen.«

William lachte verächtlich. »Ich bin König von England und schulde niemandem Huldigung als Gott allein.«
De Beauvais zog die verdächtig schmalen Brauen in die Höhe. »Für den Fall dieser Antwort hat mein König mir aufgetragen, Euch folgendes in Erinnerung zu rufen: Ihr seid König von England nicht durch Geburtsrecht, sondern durch Usurpation. Und Ihr seid ein Bastard und könnt darum niemals im Stande göttlicher Gnade sein. Somit seid Ihr ihm keineswegs ebenbürtig an Rang und schuldet ihm Vasallentreue und Lehnseid.«
Die Prinzen tauschten einen entsetzten Blick.
William starrte den französischen Boten einen Moment ausdruckslos an, das Kinn auf die linke Faust gestützt. »Von allen Beleidigungen, die diese feige kleine Kröte, Philip von Frankreich, mir je zugefügt hat, war wohl die unverzeihlichste, mir einen so unglaublichen Dummkopf wie Euch als Boten zu schicken.«
Rufus konnte sich ein Lachen nicht verbeißen und schlug sich hastig die Hand vor den Mund.
Der König neigte den Kopf zur Seite. »Sagt uns, Roger de Beauvais, wie viele Männer an seinem Hof haben sich freiwillig erboten, mir diese Nachricht zu bringen?«
»Ich verstehe nicht...«
William winkte ab. »Nun, es ist nicht weiter von Belang. Ich könnte Euch auftragen, der kleinen Kröte auszurichten, daß ich in der Tat nach Paris kommen werde, aber anders, als er es sich vorstellt. Und ich könnte Euch auftragen, meinem verräterischen Sohn Robert zu bestellen, daß er gut beraten wäre, Paris zu verlassen, ehe ich dort einziehe, weil ich keine Verantwortung übernehmen kann für das, was passiert, wenn er mir je wieder unter die Augen kommt. Aber Tölpel, der Ihr seid, würdet Ihr die Botschaft sicher vergessen oder verfälschen, darum müssen wir einen anderen Weg finden.«
Beleidigt reckte der junge Franzose das Kinn vor. »Ich werde Eure Nachricht wortgetreu übermitteln, seid unbesorgt.«
Williams Mundwinkel verzogen sich nach oben. »Ja. In gewisser Weise werdet Ihr das tun. Ihr werdet der Überbringer meiner unmißverständlichen Botschaft an Philip sein. Wache.«
Die beiden Soldaten traten hinzu und drehten de Beauvais die Arme auf den Rücken.
»Was erlaubt ihr euch...«

»Schneidet ihm die Zunge heraus und schickt sie Philip«, unterbrach William den empörten Boten leise. »Wartet drei Tage, dann schlagt ihm den Kopf ab und schickt ihn hinterher. Und jetzt raus mit ihm.«
Die vierschrötigen Wachen nickten und führten den vor Entsetzen verstummten de Beauvais hinaus.
Alle im Raum starrten den König an, und es war Rufus, der sich schließlich ein Herz faßte und fragte: »Paris, Sire?«
William nickte versonnen. »Ja. Über Mantes. Weißt du noch, was du vor zehn Jahren gesagt hast, als Philip Mantes besetzte?«
»Natürlich«, antwortete der Prinz. »Die Stadt ist eine hervorragende Basis für einen Marsch auf Paris.«
»So ist es. Von Mantes nach Paris sind es nur dreißig Meilen flußaufwärts. Warum nicht?« Er stützte die Hände auf die Armlehnen und beugte sich leicht vor. »*Warum nicht*? Philip von Frankreich ist seit Jahren der großzügige Gönner all meiner Feinde, hat die Bretagne, Flandern, das Anjou und Schottland und nicht zuletzt meinen eigenen Sohn gegen mich aufgehetzt. Meine Armee kann in einer Stunde marschieren. Nennt mir einen einzigen Grund, warum ich es nicht tun sollte.«
Der Erzbischof von Rouen kam der Aufforderung nach. »Philip ist der König von Frankreich.«
William fegte den Einwand brüsk beiseite. »Dann soll er seine Krone mit dem Schwert verteidigen. Wenn er kann.« Er stand unvermittelt auf. »Macht Euch bereit, Monseigneurs, wir rücken morgen bei Sonnenaufgang aus und tragen Feuer und Verderben ins Vexin. Philip soll erzittern auf seinem Thron, denn dieses Mal kommt William von der Normandie wirklich, um ihn zu holen.«

Mantes, Juli 1087

Cædmon hatte an König Williams Seite in vielen Schlachten gekämpft und viele Städte und Dörfer fallen sehen. Er wußte, was eine Armee anrichten konnte, wenn sie erst aufgestachelt und enthemmt und dann losgelassen wurde. Aber was er an diesen brütend heißen Julitagen im Vexin erlebte, stellte alles in den Schatten.
Brennend und mordend zogen Williams Truppen die Seine hinauf, zün-

deten das Korn auf den Feldern an und verwüsteten jedes Dorf, durch das sie kamen. Eine Vorhut von knapp fünfhundert handverlesenen Rittern zog schließlich vor die Tore von Mantes und forderte die französische Garnison zum Kampf.

Deren Befehlshaber fielen prompt auf die Finte herein und führten ihre kleine Besatzungsarmee ins Verderben. Kaum hatten sie die sicheren Mauern der Stadt verlassen und Aufstellung zum Kampf genommen, da fielen Williams Horden über sie her, metzelten sie nieder und stürmten die Stadt.

Williams Befehl, Kirchen und Klöster zu schonen, verhallte ungehört. Sie wurden genauso geplündert und in Brand gesteckt wie die Häuser der unglücklichen Bewohner der Stadt. Menschen verbrannten und wurden abgeschlachtet, Mädchen und Frauen jeden Alters vergewaltigt, Schreie, Waffenklirren und das Tosen des Feuers stiegen zum Himmel auf und der Gestank von brennendem Holz, Nässe und Fäulnis.

Als es Nachmittag wurde, war die Stadt dem Erdboden gleich. Schwer beladen mit Fässern und Säcken voller Beute strömten die Soldaten zum Tor hinaus, manche hatten gar einen Karren organisiert. Cædmon saß an Williams Seite auf dem Rücken seines Pferdes und beobachtete diesen grausigen Exodus. Ein Karren, hoch beladen mit Tierhäuten, Fellen und zwei leblosen Frauengestalten, der von zwei weinenden, halbwüchsigen Jungen gezogen wurde, fuhr kaum zehn Schritte vor ihnen vorbei. Ein halbes Dutzend englischer Söldner trieb die Knaben mit Tritten, Schlägen und unter lautem Gejohle an. Staub wirbelte auf und wurde in einer dichten Fahne zu ihnen herübergeweht. Frison tänzelte nervös. Cædmon nahm die Zügel kürzer und rieb sich das Kinn an der Schulter.

Der König, der seit geraumer Zeit mit dieser vollkommen ausdruckslosen Miene, die Cædmon so unheimlich fand, durch das weit geöffnete Stadttor gestarrt hatte, wandte plötzlich den Kopf und sah ihn an.

»Eure Männer?«

»Nein.« Aber seine Housecarls waren genau wie jeder andere Soldat in der Stadt eingefallen, und er dachte, daß er lieber nicht wissen wollte, was sie getrieben hatten. Odric, Elfhelm, Gorm, sie alle waren treue Seelen und anständige Männer, aber eine gefallene Stadt konnte selbst die Besonnensten in einen gefährlichen Rausch versetzen.

»Die Kommandanten sollen bekanntmachen, daß bis morgen früh jeder Gelegenheit hat, Reliquien, Kelche und anderes Kircheneigentum

zurückzugeben. Nach dem Morgenappell wird die Beute durchsucht, und wer dann noch im Besitz solcher Gegenstände ist, wird geblendet und verliert eine Hand.«
Cædmon nickte. »Ja, Sire.«
»Und jetzt seid so gut und begleitet mich in die Stadt. Ich denke, wir können es wagen. Alles ist still.«
Um nicht zu sagen totenstill, dachte Cædmon, winkte den Männern der Leibgarde, ihnen zu folgen, und ritt an der Seite des Königs durchs Tor und zwischen den schwelenden, verkohlten Gerippen der Häuser hindurch die einstmals belebten Straßen von Mantes entlang.
In der Nähe des Tores verstopften die Leiber der toten französischen Soldaten die Straße, die zurück hinter die Stadtmauern geflüchtet waren, als das Heer sie überfiel. Auch im Stadtinnern lagen Tote im Staub, zertrampeltes Federvieh und verendete, halb verbrannte Schweine und Ziegen. Cædmon sah kein einziges Haus, das nicht verbrannt war. Die Zerstörung war vollkommen. Selbst die steinernen Kirchen waren rußgeschwärzte Ruinen, ihre hölzernen Dächer verbrannt und eingestürzt.
Vor einem dieser geschändeten Gotteshäuser hielt der König an und sah an der einstmals prächtigen Westfassade hoch.
»Notre-Dame«, murmelte er. »Mein Vater hat sie bauen lassen, als er das Vexin bekam. Obwohl er sonst kein großer Kirchenstifter war. Nicht so wie ich.«
Die Kirche stand am Rande eines großen Marktplatzes, der vollkommen ausgestorben dalag, bis ein lahmer Straßenköter mit angesengtem Fell aus einer Gasse gekrochen kam, sich geduckt vorwagte, den Bauch fast am Boden, und die blutbesudelte Leiche eines alten Mannes beschnupperte.
Cædmon wurde schlagartig übel, und er wandte hastig den Kopf ab. Auf dieser Seite des Platzes rührte sich nichts. Hier lagen auch keine Toten. Ein heißer Windhauch erhob sich und wirbelte den Staub zu einer flachen Windhose auf. Er starrte darauf hinab, als er plötzlich an seiner Seite ein schrilles Wiehern vernahm. Sein Kopf fuhr herum.
Die Bö hatte das schwelende Feuer im Innern der Kirche wieder angefacht, und mit einemmal schlugen Flammen aus der leeren Türöffnung. Frison stieg ebenso wie der große Rappe des Königs, zwei Pferde der Wachsoldaten brachen aus und galoppierten ein Stück, ehe die Männer sie zum Stehen brachten und wieder wendeten.

Frison tänzelte ängstlich zur Seite und stieg noch einmal. Cædmon krallte die Linke ohne alle Eleganz in die Mähne, um sich im Sattel zu halten, und sah aus dem Augenwinkel, wie das Pferd des Königs bockte, hinten hochging und sein gewichtiger Reiter nach vorn geschleudert wurde.
Dann war der Spuk vorbei, die Flammen erstarben, und die Pferde beruhigten sich wieder.
»Alles in Ordnung, Sire?« fragte Cædmon.
Der König saß reglos und eigentümlich zusammengesunken. Langsam hob er den Kopf und sah Cædmon an, seine Augen schienen wie vor Verwunderung geweitet. Dann zuckte sein Mund, und ohne jede Vorwarnung sackte der schwere, unförmige Körper zur Seite, rutschte vom Rücken des Pferdes und schlug hart auf den Boden.
Mit einem erschreckten Ausruf sprangen Cædmon und die Männer der Leibwache aus dem Sattel. Cædmon erreichte den König als erster und kniete sich neben ihn.
William lag zusammengekrümmt auf der Seite und stöhnte.
Cædmon hob die Hand, zögerte, legte sie dann auf seine Schulter und drehte ihn mit einiger Mühe auf den Rücken.
»Sire ... was ist passiert?«
William hatte die fette linke Hand auf den Unterleib gepreßt. »Es ist nichts«, brachte er mit Mühe hervor. »Ich bin ... auf den Sattelknauf gefallen.« Er lachte atemlos. »Warum muß das verfluchte Ding auch vergoldet sein? Helft mir auf, Cædmon. Es vergeht gleich wieder.«
Aufhelfen? dachte Cædmon entsetzt. Dazu brauchen wir einen Ochsen und eine Winde ... Er sah flehentlich zu den Männern der Wache. Einer erbarmte sich und kam herbei, und sie stützten den König jeder von einer Seite. Doch kaum hatten sie ihn in eine sitzende Haltung gebracht, gab William einen gepreßten, halb erstickten Laut von sich und verlor die Besinnung.
Ratlos und verängstigt sahen sie auf ihn hinab. Das Gesicht des Königs war pergamentbleich, beinah grau, und kleine Schweißtropfen standen auf seiner Stirn.
»Gott ... was tun wir denn jetzt, Thane?« fragte einer der Männer.
»Wir holen einen Wagen und bringen den König zu seinem Zelt, was sonst können wir tun? Wir sind immerhin zu siebt, das sollte zu schaffen sein.«

St. Gervais, September 1087

Cædmon empfing Guillaume Bonne-Ame, den Erzbischof von Rouen, am Tor des kleinen Klosters.

»Wie geht es ihm?« fragte der Bischof und war nicht zu stolz, sich vom Pferd helfen zu lassen. Er war kein junger Mann mehr, und der Ritt hinauf auf den steilen Hügel westlich von Rouen hatte ihn angestrengt.

Cædmon schüttelte den Kopf. »Furchtbar, Monseigneur. Ich habe noch niemals einen Menschen so leiden sehen. Die Schmerzen sind grauenhaft. Er ... er beherrscht sich, wie es vermutlich kein anderer Mann könnte, aber wenn er einmal ein wenig Schlaf findet, wecken seine eigenen Schreie ihn wieder auf. Und so geht es jetzt seit beinah sechs Wochen.«

»Wer sind seine Ärzte?« fragte der Bischof. »Sie müssen doch irgend etwas tun können.«

»Der Bischof von Lisieux und der Abt von Jumièges.«

»Zwei vielgerühmte Heiler«, bemerkte Guillaume.

Cædmon führte ihn durch den stillen, schattigen Kreuzgang. Ihre Schritte hallten leise auf den ausgetretenen Steinfliesen. »Sicherlich. Aber in diesem Fall sind sie völlig machtlos.«

Er hatte dafür plädiert, Malachias ben Levi aus Winchester zu holen, aber die frommen Ärzte hatten den Vorschlag entrüstet abgelehnt. Im Grunde war es auch gleich. Cædmon wußte, daß auch Malachias nichts mehr hätte tun können. Der Leib des Königs war innerlich zerrissen und heilte nicht mehr. Nur die Schmerzen hätte der jüdische Arzt mit seinen geheimnisvollen morgenländischen Pulvern vielleicht zu lindern gewußt. Doch seine Hände seien unrein, hatten Abt und Bischof erklärt, befleckt mit dem heiligen Blut Jesu Christi, und seine Pulver darüber hinaus vermutlich Teufelswerk. Auf keinen Fall dürfe der König dem jetzt noch ausgesetzt werden. Cædmon hatte sie wütend gefragt, welches Gewicht diese theologischen Erwägungen wohl hätten, wenn es einer der frommen Männer selbst wäre, der die Schmerzen aushalten müßte, aber alles, was er erreicht hatte, war, die Ärzte zu beleidigen.

Er brachte den Erzbischof zu der Pforte des Hauses, das gewöhnlich der Prior bewohnte, und murmelte: »Ihr dürft nicht erschrecken, Monseigneur. Er sieht ... sehr verändert aus. Aber sein Geist ist völlig klar; er merkt, wenn man ihn mitleidig oder entsetzt anschaut. Und beides kränkt ihn.«

Der Erzbischof nickte und wappnete sich.
Cædmons Warnung war durchaus angebracht gewesen. Obwohl der Leib des Königs unter der Decke immer noch groß und unförmig wirkte, war sein Gesicht eingefallen. Der Schmerz hatte tiefe Furchen in Stirn und Wangen gegraben, die schwarzen Augen waren trüb und gelblich verfärbt. Auch die fahle Haut schien einen leichten Gelbton angenommen zu haben, und das eisgraue Haar war dünn wie Spinnweben geworden. William war neunundfünfzig Jahre alt. Bis vor sechs Wochen hatte er ausgesehen wie ein Mann in der Blüte seiner Jahre. Jetzt war er ein todkranker Greis.
Als er den Besucher eintreten sah, verzogen sich die rissigen, blutleeren Lippen zu einem Lächeln. »Guillaume Bonne-Ame, mein alter Freund…«
Der Erzbischof ergriff die faltige Hand, die sich ihm entgegenstreckte. »Gott sei mit dir, William.«
»Er ist mit mir. Er war immer mit mir. Ihm verdanke ich alles, was ich hatte. Er war immer mein Verbündeter, meine größte Kraft.«
Cædmon brachte dem Bischof einen Schemel, und Guillaume ließ sich ächzend darauf nieder, ohne die Hand des Königs loszulassen. »Ja, ich weiß. Und du hast mich rufen lassen, um deinen Frieden mit ihm zu machen?«
Der König nickte, kniff die Augen zu und ballte die freie Hand zur Faust. Sein Gesicht verzerrte sich, und sein Atem ging in ein mühsames Keuchen über.
»Schnell, Thane, holt die Ärzte«, murmelte der Erzbischof erschüttert.
»Sie können nichts tun, Monseigneur«, wiederholte Cædmon leise. »Wartet ein Weilchen. Es vergeht.«
Aber es dauerte lange, ehe es verging. Cædmon kam es so vor, als währte es von Mal zu Mal länger. Er versuchte, kein Mitleid zu haben. Er dachte an seinen Vater, den alten Wulfric, die Opfer der Todesreiter in Northumbria und an all die geblendeten, verstümmelten Engländer. Aber es nützte nichts. Er empfand trotzdem Mitgefühl für den König. Er konnte einfach nicht anders.
Schließlich ebbten die Schmerzen ab, und William stieß zittrig die Luft aus. »Ich habe viel zu beichten, Guillaume. Ich denke, es wird Zeit.«
»Ich höre dir zu«, versprach der Bischof.
Cædmon ging zur Tür. »Ruft mich, wenn Ihr mich braucht, ich bin gleich vor der Tür.«

»Cædmon, habt Ihr getan, worum ich Euch gebeten habe?« fragte William.
»Natürlich, Sire. Sie sind alle benachrichtigt. Sie können jeden Moment kommen.«

Und sie kamen. Rufus und Henry und des Königs Halbbruder Robert de Mortain, Vasallen und Weggefährten aus der Normandie und aus England; Cædmon hatte nach allen geschickt, die dem König nahegestanden hatten. Auch nach Lucien.
Nach und nach fanden sie sich in dem kleinen Kloster außerhalb der Stadtmauern von Rouen ein, versammelten sich im sonnenbeschienenen Innenhof vor dem Haus des Priors und warteten, daß sie hereingerufen wurden. Und nachdem der König gebeichtet und die Letzte Ölung empfangen hatte, ließ er sie kommen und diktierte in ihrem Beisein sein Testament. Einen nicht geringen Teil seines persönlichen Vermögens vermachte er verschiedenen Kirchen und Klöstern zur Verteilung an die Armen und zum Wiederaufbau der zerstörten Gotteshäuser von Mantes.
Dann sah er der Reihe nach in all die vertrauten Gesichter, die ihn umgaben.
»Rufus. Komm her.«
Der Prinz trat näher und sank vor dem Bett auf die Knie. »Hier bin ich, Sire.«
»Hör auf zu heulen, Bengel.«
Der dreißigjährige Rufus fuhr sich verschämt mit dem Ärmel über die Augen und sagte erstickt: »Entschuldigt, Vater.«
William lächelte schwach. »Du warst immer ein treuer, pflichterfüllter Sohn, und du sollst haben, was dir zusteht. Die Normandie muß ich deinem treulosen, verräterischen Bruder Robert hinterlassen, denn ich habe mein Wort gegeben, und der junge normannische Adel ist ihm ergeben und würde sich gegen jeden anderen Herzog auflehnen. Die Normannen sind ein rebellisches Volk.« Er seufzte tief. »Sie brauchen eine eiserne Hand, die sie führt. Robert wird kläglich versagen und das Land ins Zwist und Unrast stürzen, doch ich bin durch Eid gebunden. Aber du nicht. Also bist du nicht verpflichtet, ihm zu lassen, was ich ihm gebe. Verstehst du, was ich dir sage?«
»Ja, Sire.«
»England … England ist für dich. Lanfranc ist informiert und wartet in

Winchester auf dich. Während wir uns hier verabschieden, bereitet er deine Krönung vor. Zaudere nicht, Rufus. Mach dich sofort auf den Weg. Warte an der Küste, bis die Nachricht dich erreicht, daß ich diese Welt verlassen habe, und dann stich sofort in See, ehe dein Bruder, der Verräter, dir zuvorkommt.«

»Ja, Sire. Ich werde alles genauso machen, wie Ihr wünscht.«

»Ich habe nichts anderes erwartet. Leb wohl, Rufus.«

»Lebt wohl, Vater. Gott sei mit Euch.« Rufus kam unsicher auf die Füße und eilte mit gesenktem Kopf zur Tür, wo Eadwig ihn erwartete. Zusammen verließen sie den Raum.

»Henry.«

Sein jüngster Sohn trat an das Bett. »Was bleibt für mich, Vater?«

»Fünftausend Pfund. Es ist das Vermögen deiner Mutter, und es war ihr Wunsch, daß du es bekommst.«

Der junge Prinz senkte den Kopf und nickte, fragte jedoch beklommen: »Was soll ich aber mit Geld, wenn ich kein Land habe, das ich mein Heim nennen kann, Vater?«

William verzog amüsiert den Mund und tastete nach Henrys Hand. »Sei guten Mutes, Henry. Deine Brüder sind älter, und du mußt es geduldig hinnehmen, daß sie Vorrechte haben. Aber ich sage dir, eines Tages wirst du mächtiger sein und mehr Land besitzen als sie beide, denn du bist klüger und stärker als sie. Du bist der Beste meiner Söhne. Und deine Stunde wird kommen.«

Der junge Prinz hatte das Haus des Priors gerade verlassen, als eine neue Welle von Schmerz den König übermannte, und danach schien er vollkommen erschöpft.

»Ich glaube, es ist besser, wir lassen ihn allein«, flüsterte der Bischof von Lisieux.

Die Männer wandten sich zur Tür, aber der König hielt sie zurück. »Nein, geht nicht. Bitte. Ich … fürchte mich.«

Verwundert über dieses gänzlich untypische Eingeständnis blieben sie stehen und tauschten ratlose Blicke.

Schließlich sagte der Erzbischof: »Du hast keinen Grund zur Furcht, mein Sohn. Du hast gebeichtet, und deine Sünden sind vergeben.«

»Sind sie das wirklich?« fragte William stirnrunzelnd. »Das frage ich mich. Nicht mehr lange, und ich werde vor Gott stehen und Rechenschaft ablegen müssen. Für all das Blut, das ich vergossen habe. Und es war viel Blut. Ich hatte … so viele Feinde. Immer, seit ich acht Jahre alt war und mein Vater starb und mir sein Reich hinterließ, hatte ich Feinde, die mir nach dem Leben trachteten oder nach meinem Besitz. Ich habe … sie alle besiegt. Und ihr Blut ist geflossen. Jetzt … klebt es an mir. Wird Gott mir vergeben?«

Er bekam nicht gleich eine Antwort. Anscheinend wollte sich niemand so recht festlegen. Jeder der hier Versammelten hatte seine eigenen Erinnerungen an Williams Grausamkeit, seinen furchtbaren Zorn, seine so eiskalt kalkulierten Gewaltakte.

Schließlich räusperte Cædmon sich und sagte: »Wenn all das vergossene Blut Euch wirklich reut, Sire, dann solltet Ihr vielleicht jetzt an die Feinde denken, deren Blut nicht vergossen wurde. Ich meine all die Männer, die hier und in England in Eurem Namen gefangengehalten werden, weil sie sich gegen Euch versündigt haben oder Ihr fürchtetet, sie könnten eine Rebellion anzetteln. Beweist ihnen Gnade, dann wird Gott erkennen, daß Eure Reue aufrichtig ist, und Euch die seine nicht verweigern.«

William sah einen Moment versonnen zu ihm auf und zeigte den Schatten seines Wolfsgrinsens. »Ein wahrhaft Cædmonischer Vorschlag …«

»Er hat recht, Sire«, meldete der Erzbischof sich unerwartet zu Wort. »Es sind so viele Männer, und manche tragen nur den falschen Namen. Laßt sie frei. Es wäre ein wahrer Akt der Nächstenliebe und wird so manche Sünde aufwiegen.«

Der König schürzte die Lippen und dachte nach. Dann murmelte er: »Na schön. Warum nicht? Sollen meine Söhne sich mit ihnen herumschlagen, in der nächsten Welt können sie mir nicht mehr schaden. Also nehmt Euren Freund Godwinson und bringt ihn nach Hause, Cædmon, das ist es doch, was Ihr wollt.«

»Danke, Sire.«

»Und all die anderen meinethalben auch. Mit einer Ausnahme. Mein Bruder Odo darf niemals freigelassen werden. Denn er hat sich nicht nur gegen mich versündigt, sondern gegen den Papst, gegen Gott selbst. Dafür kann er in dieser Welt keine Vergebung finden.«

Robert de Mortain trat vor und sank neben dem Bett auf die Knie. »William, ich bitte Euch. Er ist doch unser Bruder!«

Der Abt von Jumièges gab ihm recht. »Fast fünf Jahre war er nun eingesperrt, Sire. Das ist lange genug.«

»Immerhin ist und bleibt Odo ein Bischof der Kirche«, fügte der Erzbi-

schof hinzu. »Und ich bin sicher, daß er seine Sünden ebenso aus tiefster Seele bereut wie Ihr.«
Einer nach dem anderen sprach für Odo, und William hörte ihnen notgedrungen zu, bis schließlich Schweiß auf seiner Stirn ausbrach, weil die Schmerzen wieder einsetzten. Er biß sich die Lippen blutig, um nicht zu schreien, sein massiger Körper versteifte sich wie im Krampf, und seine gealterten Hände krallten sich zu Klauen zusammen.
»Hört auf!« zischte Lucien de Ponthieu, der bislang keinen Ton gesagt hatte, schließlich in das Stimmengewirr. »Seid doch still. Seht ihr denn nicht, was ihr anrichtet!«
Alle verstummten und warteten beklommen, bis der Anfall vorüberging.
»Also schön«, flüsterte der König erschöpft. »Also schön. Meinetwegen auch Odo. Ihr werdet ja sehen, was ihr davon habt.«

Cædmon und Lucien wachten die Nacht über an Williams Sterbebett, und es war das erste Mal, daß sie in wirklicher Eintracht beieinandersaßen, was nicht zuletzt daran lag, daß sie kein Wort sprachen.
Kurz nach Sonnenaufgang erwachte der König aus einem ohnmachtartigen Schlaf, sah blinzelnd in die vertrauten Gesichter und fragte: »Welche Glocke ist es, die ich da höre?«
»Notre-Dame in Rouen, Sire«, antwortete Lucien. »Die Glocken läuten zur Prim.«
»Notre-Dame. Dann ... dann empfehle ich meinen Geist der heiligen Jungfrau, die seit jeher meine Fürsprecherin war.«
Zwei-, dreimal hörten sie ihn noch rasselnd atmen, dann kehrte Stille ein, und der Blick der dunklen Augen wurde glasig.
Cædmon zögerte einen Moment, aber da Lucien sich nicht rührte, hob er schließlich die Rechte und schloß die Lider.
»So starb William der Bastard«, sagte er leise, »den sie in England den Eroberer nannten, zur Prim am neunten September im Jahre des Herrn eintausendundsiebenundachtzig.«
»Der König ist tot«, flüsterte Lucien fassungslos.
Cædmon nickte. »Lang lebe König Rufus. Einer von uns muß zu ihm reiten und ihm die Nachricht bringen. Du oder ich? Mir ist es gleich.«
Lucien sah ihn an. »Ich werde gehen, wenn du keine Einwände hast. Höchste Zeit, daß ich etwas tue, um Rufus' Gunst zu gewinnen. Ich

werde ihn begleiten und dafür sorgen, daß er heil auf seinen Thron kommt.«

Cædmon nickte und machte eine einladende Geste.

Lucien blickte noch einen Moment auf den Toten hinab, sank dann neben ihm auf ein Knie, küßte seine Hand und sagte auf englisch: »Mögest du auf deinem Weg Freunde finden, die Führung der Engel und das Geleit der Heiligen.«

Dann ging er eilig hinaus.

Cædmon starrte ihm ungläubig nach.

Der Tod des Königs und Herzogs löste zunächst Kopflosigkeit, beinah eine Art Panik aus. Die normannischen Adligen, die in St. Gervais und auf der nahen Burg in Rouen versammelt gewesen waren, reisten überstürzt ab, begaben sich auf ihre Güter und verschanzten sich dort. Alle fürchteten, daß Anarchie und blutige Fehden ausbrechen könnten, ein jeder dachte vornehmlich daran, seine Besitztümer und Interessen zu schützen. Der Erzbischof schickte Prinz Robert in Paris eine unterkühlte Botschaft und erbat seine sofortige Rückkehr.

Williams Leichnam wurde derweil nach Caen gebracht, wo er seinem letzten Wunsch gemäß in der Abtei St. Etienne beigesetzt wurde, die er gestiftet hatte.

Am Tag nach der Beerdigung kehrten Cædmon und Henry nach Rouen zurück.

»Aber wir sind nur auf der Durchreise«, erklärte der Prinz dem Kastellan. »Wir wollen so bald wie möglich nach England zurückkehren.«

Und nicht mehr hier sein, wenn Robert, der neue Herzog der Normandie, auf seiner Burg Einzug hält, fügte Cædmon in Gedanken hinzu und fragte: »Ist Morcar of Mercia inzwischen hergebracht worden?«

»Er ist bei Wulfnoth Godwinson, Thane«, antwortete der Kastellan.

Cædmon nickte. »Kommst du mit, Henry?«

Der Prinz schüttelte lächelnd den Kopf. »Ich denke, das macht ihr Angelsachsen lieber unter euch aus. Ich gehe derweil und suche Wulfnoth … ähm, ich meine, deinen Sohn, und lasse alles für unsere Abreise vorbereiten. Wir müssen uns beeilen, wenn wir zu Rufus' Krönung zu Hause sein wollen.«

Cædmon klopfte ihm kurz die Schulter, verließ die Halle und eilte die Treppen hinauf.

Wulfnoth Godwinson hockte wie eh und je auf dem Schemel unter dem Fenster und spielte die Laute. Neben ihm saß ein gebeugter, weißhaariger Mann. Hätte Cædmon nicht gewußt, daß es Earl Morcar war, hätte er ihn niemals wiedererkannt.
Als Wulfnoth die Tür hörte, brachte er die Saiten mit der flachen Hand zum Schweigen und sah auf. »Cædmon!«
Auch Morcar hob den Kopf, aber seine milchigen Augen starrten ins Leere. Er war blind. *Fünfzehn Jahre*, dachte Cædmon und schauderte. Fünfzehn Jahre hatte der einstige Earl of Northumbria in irgendeinem finsteren Loch in Beaumont verbracht. Kein Wunder, daß seine Augen irgendwann den Dienst eingestellt hatten, es gab ja doch nie etwas zu sehen.
Cædmon wechselte einen bekümmerten Blick mit Wulfnoth, der warnend den Kopf schüttelte, und schloß die Tür.
»Alles ist erledigt«, verkündete er. »Und morgen fahren wir nach Hause.« Er trat einen Schritt näher auf Morcar zu. »Ich danke Gott, daß Eure lange Gefangenschaft endlich vorüber ist, Mylord, und es ist mir eine Ehre, Euch nach England zu begleiten.«
Morcar nickte ernst. »Danke, Thane.«
Wulfnoth erhob sich rastlos, ging zum Tisch und hüllte seine Laute liebevoll in ihren fadenscheinigen Beutel. »Mir gefriert das Blut, wenn ich nur daran denke, nach Hause zu kommen«, gestand er leise. »Wie es wohl sein wird? Was ich wohl vorfinde? Niemand ist übrig von meiner Familie, nur der eine oder andere von Harolds Bastarden, und keinen von ihnen habe ich je im Leben gesehen. Ich weiß nicht einmal, wo sie sind. Ich glaube, das letzte Mal habe ich mich so erbärmlich gefürchtet, als mein Vater mich als Geisel hierherschickte. Vor fünfunddreißig Jahren.«
Ja, dachte Cædmon beklommen, deine Gefangenschaft war die längste von allen. »Du hast keinen Grund, dich zu fürchten«, entgegnete er. »England hat sich nicht so sehr verändert, wie du vielleicht annimmst. Und viele halten den Namen Godwinson in Ehren und werden dich willkommen heißen.«
Wulfnoth nickte, auch wenn er wenig beruhigt schien, wandte sich ab und schenkte aus einem Krug auf dem Tisch drei Becher voll.
Cædmon nahm ihm den Krug aus der Hand. »Herrgott, laß mich das doch machen. Es wird höchste Zeit, daß du dich darauf besinnst, wer du bist.«

Wulfnoth lachte leise. »Besser nicht. Dem jungen Rufus kann so schon nicht wohl sein bei dem Gedanken, daß ich heimkehre. Und? Erzähl schon, Cædmon. Wie war die Beerdigung? Feierlich und würdevoll, will ich hoffen?«
Cædmon verteilte die Becher, und nachdem sie getrunken hatten, antwortete er. »Nein. Wirklich nicht. Es war ... einfach grauenhaft, Wulfnoth.« Er seufzte tief und schüttelte den Kopf. »Williams Vertraute und Weggefährten geleiteten den Leichnam in feierlicher Prozession durch die Straßen von Caen zum Kloster, als plötzlich in einem der Häuser ein Feuer ausbrach.«
Morcar hob den Kopf. »Wie bei der Krönung in Westminster«, bemerkte er. Er war schließlich dabeigewesen an jenem denkwürdigen Weihnachtstag vor einundzwanzig Jahren. »Wo William auch hinkommt, bringt er Feuer und Verderben, selbst über den Tod hinaus.«
Cædmon nickte. »Viele dachten genau das gleiche, Mylord. Ich auch. Jedenfalls breitete das Feuer sich so schnell aus, daß es das ganze Viertel zu vernichten drohte, also verließen wir alle unsere Plätze und halfen beim Löschen, so daß nur die Mönche und Bischöfe die Prozession nach St. Etienne beendeten.
Schließlich standen wir dann endlich alle in der kleinen Klosterkirche zusammengedrängt, und der Bischof von Évreux hatte gerade das Requiem begonnen, als irgendein kleiner normannischer Landedelmann hereinstürmte und sagte, die Zeremonie könne nicht stattfinden, das Land, auf dem die Kirche stehe, habe William ihm mit unlauteren Mitteln abgenommen, und er verlange auf der Stelle eine Entschädigung. Ihr kennt die Normannen, also könnt ihr euch vorstellen, wie grenzenlos peinlich die Szene allen war. Robert, des Königs Bruder, zahlte den ungehobelten Störenfried kurzerhand aus und schickte ihn seiner Wege. Aber das war noch nicht alles.«
Er unterbrach sich kurz. Wulfnoth und Morcar glaubten, er wolle sie vor dem Höhepunkt seines Berichtes ein wenig auf die Folter spannen, wie jeder gute Geschichtenerzähler es tat, aber tatsächlich überkamen Grauen und Ekel Cædmon bei der Erinnerung so übermächtig, daß er einen Moment um Fassung ringen mußte, ehe er fortfahren konnte.
»Ich ... weiß nicht, wie es passieren konnte, daß der steinerne Sarkophag zu klein war. Jeder wußte schließlich, daß der König an die sechs Fuß groß ist. Jedenfalls war der Sarg zu kurz. Die sechs Diener, die seinen Leichnam hineinzubetten versuchten, merkten, daß er nicht paßte,

und beschlossen kurzerhand, den König … nun ja, zusammenzufalten. Dabei platzte sein Leib auf, und der grauenvollste Gestank, den ich in meinem Leben je gerochen habe, breitete sich in der Kirche aus. Ich sage euch, ich habe noch nie so viele Bischöfe und Äbte mit grünen Gesichtern gesehen. Viele flüchteten ins Freie, und Gilbert von Évreux beendete die Zeremonie, so schnell er nur konnte. Es war … fürchterlich. Henry war weiß Gott nicht der einzige, der über dieses unwürdige Ende geweint hat. Ich …« Er atmete tief durch und rieb sich das Kinn an der Schulter. »Vermutlich könnt ihr das nicht verstehen, gerade euch hat William so großes Unrecht angetan, und ich weiß, daß er ein Ungeheuer war, aber glaubt mir, das hat er nicht verdient. Das verdient niemand. Würde ist das einzige, was man einem Toten noch nehmen kann. Und gerade seine Würde war ihm so kostbar. Du weißt doch, wie es war, Wulfnoth, wie er aufgewachsen ist, wie seine Feinde ihn verhöhnt haben wegen seiner Geburt.«

Wulfnoth nickte langsam. »Ja. Und du hast recht. William hat Gott so unermüdlich gedient, daß Gott sich diesen häßlichen kleinen Scherz wahrhaftig hätte sparen können. Und was war mit Odo?«

»Tja.« Cædmon leerte seinen Becher in einem gewaltigen Zug und stellte ihn auf dem Tisch ab. »Odo hat das ganze Schauspiel mit unbewegter Miene verfolgt und mit niemandem außer seinem Bruder Robert ein Wort gesprochen. Nach der Beerdigung machte er sich umgehend auf den Weg nach Bayeux. Es gehört ihm ja noch, genau wie seine Besitztümer in England, William hat ihn nie enteignet. Aber er ist zutiefst verbittert. Ich fürchte, William könnte recht haben, Odo wird uns allen noch Ärger machen. Ich hoffe nur, er läßt die Finger von Rufus, denn der Prinz … ich meine, der König ist leicht zu beeinflussen.«

Wulfnoth hatte den Kopf leicht zur Seite geneigt und betrachtete ihn neugierig. »Was denkst du, Cædmon? Was kommt auf England zu? Was für ein König wird Rufus sein?«

Cædmon dachte einen Moment nach. »Ich bin nicht sicher. Rufus ist ein Mann mit ausgeprägten Schwächen und ausgeprägten Stärken. Ich glaube immer noch, Richard wäre der Bessere für die Aufgabe gewesen, aber Richard ist tot, Gott hat Rufus gewählt.«

»Er ist ein Normanne«, warf Morcar abschätzig ein. »Was für ein König soll er England schon sein?«

»Er hat beinah sein ganzes Leben in England verbracht«, widersprach Wulfnoth. »So betrachtet ist er eher Engländer.«

Cædmon schüttelte lächelnd den Kopf. »Rufus ist einer von diesem seltsamen neuen Volk, das ihr noch nicht kennt: Er ist Anglo-Normanne.«

Winchester, Oktober 1087

Ælfric kam die Treppe hinunter, ließ den Blick über die vielen Menschen in der Halle schweifen, entdeckte seinen Vater und trat eilig zu ihm.
Cædmon stand mit verschränkten Armen reglos an eine der Säulen gelehnt und rang um Geduld. Als er seinen Sohn auf sich zukommen sah, richtete er sich auf.
»Und?«
»Der König bittet dich jetzt zu sich, Vater.«
»Das wurde auch Zeit«, grollte Cædmon. »Seit heute früh warte ich hier. Rufus ist und bleibt ein Flegel.«
Ælfric ließ unglücklich den Kopf hängen. »Vielleicht sagst du ihm das lieber nicht. Er ist … sehr verändert seit seiner Krönung.«
»Tyrannisch, meinst du, ja?«
Cædmon wartete keine Antwort ab. Er klopfte seinem Ältesten kurz die Schulter, durchschritt dann den großen Raum und eilte die Treppe hinauf. Ein so übermächtiger Zorn brodelte in seinem Innern, daß er versucht war, das königliche Gemach formlos zu erstürmen und Rufus seine bitteren Vorwürfe entgegenzuschleudern, aber er beherrschte sich. Wenn er in den vielen Jahren mit William eines gelernt hatte, dann dies: Gute Manieren und ein kühler Kopf waren in einer Situation wie dieser die wirksamsten Waffen.
Nachdem die Wache ihn angekündigt hatte, betrat er den vertrauten Raum. Alles war unverändert, nur ein anderer Mann saß in dem reichverzierten Sessel.
Cædmon sank vor ihm auf die Knie. »Sire.«
Rufus betrachtete ihn unbewegt. »Wir haben Euch bei unserer Krönung vermißt, Monseigneur.«
»Aber gewiß hat Henry Euch inzwischen berichtet, daß ein Sturm uns in der Normandie festgehalten hat. Wir wären lieber hier gewesen als dort, glaubt mir.«

»Habt Ihr mit dem Herzog, meinem Bruder Robert, gesprochen?«
Cædmon schüttelte den Kopf. »Wir haben Rouen am Tag nach der Beisetzung verlassen und in Fécamp auf besseres Wetter gewartet. Henry wollte Robert nicht begegnen. Und ich auch nicht.«
Rufus nickte abwesend. »Ihr dürft Euch erheben, Thane. Euren Treueid könnt Ihr mir morgen früh nach der Messe leisten. Und wenn Ihr uns jetzt entschuldigen wollt, wir sind sehr beschäftigt.«
Cædmon stand auf und wechselte einen kurzen Blick mit Eadwig, der zusammen mit Leif am Fenster stand und mit einem traurigen Kopfschütteln von seinem Bruder zu seinem geliebten König sah.
Cædmon räusperte sich. »Ich will Eure Zeit nicht über Gebühr beanspruchen, Sire, aber da Ihr mich nun schon den ganzen Tag wie einen hergelaufenen Bittsteller habt warten lassen, wäre ich doch ausgesprochen dankbar, wenn Ihr mir eine Frage beantworten wolltet.«
Rufus gelang es nicht ganz, sein Unbehagen zu verbergen. »Und zwar?«
Cædmon trat einen halben Schritt näher. »Warum ist Wulfnoth Godwinson verhaftet worden? Mit welchem Recht? Euer Vater hat ihn freigegeben, aber Ihr habt ihm kaum Zeit gelassen, nach fünfunddreißigjähriger Gefangenschaft einen Blick auf seine Heimat zu werfen, ehe Ihr ihn wieder in irgendein finsteres Loch sperren ließet. Wieso?«
Rufus hob das Kinn. Das Rot seiner Wangen wurde einen Ton dunkler. »Ich wüßte wahrlich nicht, warum ich Euch Rechenschaft schulden sollte, Thane. Aber wenn Ihr es nicht versteht, will ich es Euch erklären: Wulfnoth Godwinson ist eine Gefahr für die normannische Herrschaft in England, allein aufgrund seines Namens. Die Hälfte meiner Adligen hier sähe lieber meinen Bruder Robert auf dem Thron. Ich weiß nicht, wie mein geliebter Onkel Odo sich verhalten wird, auf wessen Seite er steht. Meine Macht ist nicht ungefährdet, und ein Godwinson, der frei herumläuft, ist das letzte, was mir fehlt.«
»Aber Sire…«
Rufus stand unvermittelt auf. »Ich will nichts mehr darüber hören!«
Ehe der Thane etwas erwidern konnte, sagte Eadwig leise: »Es hat keinen Sinn, Cædmon. Ich habe alles versucht. Ich habe mit Engelszungen geredet. Aber Erzbischof Lanfranc und Lucien de Ponthieu und einige andere halten Godwinson für gefährlich und haben dem König zu diesem Schritt geraten.«
»Ah ja?« Cædmon sah dem König in die Augen. »Nun, Sire, es ist

sicher ein weiser Entschluß, den Ratgebern zu vertrauen, auf die auch Euer Vater immer gebaut hat…«
»Nicht deswegen tue ich es«, fiel Rufus ihm barsch ins Wort. »Ich bin nicht mein Vater. Ich bin ein vollkommen anderer Mann. Und meine Ratgeber suche ich mir selbst aus.«
Cædmon lächelte mokant. »Was bedeutet, daß ich zu der auserwählten Schar nicht zähle? Nun, ich muß gestehen, ich sehne mich danach, mich ins Privatleben zurückzuziehen. Also erteile ich jetzt ungebeten meinen ersten und einzigen Rat an Euch als König: Wenn Ihr fürchtet, daß der normannische Adel in England sich zu Gunsten Eures Bruders gegen Euch erheben könnte, dann versichert Euch der Treue Eurer englischen Untertanen. Wenn jeder englische Ritter und Thane hinter Euch steht, wird Euer Thron in England nicht wackeln. Gebt ihnen ein Zeichen, sie warten doch nur darauf. Laßt Wulfnoth Godwinson frei.«
»Gebt Euch keine Mühe, Monseigneur. Die Antwort ist nein.«
»In dem Fall, fürchte ich, kann ich Euch den Eid nicht leisten, Sire.«
»Dann sollte ich wohl erwägen, Euch zu Eurem alten Freund Godwinson zu sperren.«
Cædmon lachte leise. »Ein dutzendmal habe ich diese Drohung früher Tag für Tag von Eurem Vater gehört. Glaubt Ihr wirklich, Ihr könntet mich damit noch beeindrucken?« Er verneigte sich tief. »Ich würde mich gerne zurückziehen, wenn Ihr erlaubt. Ich denke, wir haben uns weiter nichts zu sagen.«
Der König antwortete nicht, und nach einem kurzen Zögern wandte Cædmon sich ab und ging zur Tür.
»Nein, warte, Cædmon!«
Cædmon drehte sich wieder um und sah ihn schweigend an.
Rufus ließ sich in seinen Sessel sinken und seufzte tief. »Das will ich nicht. Ich will nicht, daß du gehst, und ich will weder auf deine Freundschaft noch auf deinen Rat verzichten. Die Dinge … sind so schwierig. Ich habe viele Feinde, hier wie in der Normandie. Ich darf ihnen keine Angriffsfläche bieten.« Er brach ab, griff nach dem vergoldeten Becher, aus dem William so oft getrunken hatte, und nahm einen kräftigen Zug. »Herrgott, ich wünschte, mein Vater wäre nicht ausgerechnet jetzt gestorben. Es war noch zu früh.«
Cædmon kam langsam zu ihm zurück und wählte seine Worte mit Bedacht. »Und wäre dein … Pardon, Eurer Vater hundert Jahre alt geworden, Sire, er hätte Euch auch dann Feinde und Unrast hinterlassen,

denn es lag in seiner Natur. Aber ich sehe an dieser Lage nichts, womit Ihr nicht fertig werden könntet. Ihr solltet mehr Vertrauen zu Euch selbst haben.«
Rufus' Miene hellte sich ein wenig auf, doch er schüttelte den Kopf. »Und wenn du mir noch so viel Honig ins Ohr träufelst, ich kann Godwinson nicht laufen lassen. Es würde mir den Schlaf rauben, nicht zu wissen, wo er steckt, was er treibt, wer sich um ihn schart. Er ist ein Risiko, ganz gleich, was du sagst.«
Cædmons Kopf ruckte hoch. »Und was wäre, wenn Ihr wüßtet, wo er steckt, und sicher sein könntet, daß niemand sich um ihn schart?«
»Wie sollte das möglich sein?«
Eadwig lächelte befreit und trat zu ihnen. »Indem du ihn in Cædmons Obhut gibst. Hat dein Vater seine Gefangenen nicht auch vertrauten Vasallen auf dem Land geschickt, damit sie weit weg von allen Hofintrigen und gleichzeitig sicher verwahrt waren? Es ist eine gute Lösung, Rufus. Alles, was Wulfnoth Godwinson sich erträumt, ist ein Ort, wo er Frieden finden kann. Er hat doch keine Menschenseele mehr in England. Laß ihn mit Cædmon nach Helmsby gehen. Dort wäre er gut aufgehoben, und du könntest beruhigt sein. Nicht einmal Lanfranc oder Lucien oder Warenne werden daran etwas zu beanstanden finden.«
Der König zögerte noch einen Moment, vielleicht in erster Linie, um sein Gesicht zu wahren, mutmaßte Cædmon. Dann nickte Rufus knapp. »Meinetwegen. Du kriegst Godwinson. Ich deinen Eid.«
Cædmon verneigte sich tief. »Wie Ihr wünscht, Sire.«

Helmsby, Oktober 1087

»Was für ein herrlicher Tag«, murmelte Wulfnoth, legte den Kopf in den Nacken und sah zum wolkenlosen, strahlend blauen Himmel auf. »Was für ein herrlicher Tag, Cædmon. Ich frage mich, ist der Oktober in der Normandie je so golden?«
»Natürlich nicht«, antwortete Cædmon, und sie lachten.
Die Sonne ließ das rot und leuchtend gelb gefärbte Laub an den Bäumen funkeln. Eine dichte Schicht gefallener Blätter bedeckte den Boden und raschelte unter den Hufen der Pferde. Der feuchte Boden hatte

Pilze in schier unglaublichen Mengen hervorgebracht, die die kühle, klare Luft mit ihrem erdigen Duft erfüllten. Schweigend ritten sie nebeneinander durch die herbstliche Pracht. Odric, Elfhelm und vier weitere Housecarls folgten in gebührlichem Abstand und machten sich verstohlen über die unförmigen Beutel mit der Laute lustig, die sowohl der Thane als auch sein hoher Gast auf dem Rücken trugen.

»Wie wunderschön East Anglia ist«, bemerkte Wulfnoth. »Harold sagte immer, es sei ein tristes Ödland. Er ... nun ja. Er war vermutlich nicht sehr empfänglich für diese stille Art von Schönheit.«

Cædmon warf ihm einen kurzen Seitenblick zu. Man konnte Wulfnoth immer noch ansehen, wie sehr seine unerwartete Verhaftung ihn erschüttert hatte. Schon vor ihrer Ankunft in England war er unsicher und von Ängsten und Zweifeln geplagt gewesen. Doch jetzt wirkte er mit einemmal erschöpft und alt.

»Es ist jedenfalls ein guter Ort, um viele Dinge zu vergessen«, antwortete Cædmon.

Aber Wulfnoth schüttelte den Kopf. »Nein, das will ich gar nicht. Nur wäre ich dankbar, wenn die Normannen *mich* endlich vergessen wollten.«

»Sei unbesorgt, Wulfnoth. Niemand wird dich mehr behelligen. Rufus hat mir sein Wort gegeben.«

»Es wäre nicht das erste Mal, daß er es bricht«, warf Wulfnoth ein.

»Nein. Darum habe ich mit Eadwig und Ælfric vereinbart, daß sie mir Nachricht schicken, wenn es so aussieht, als solle der Wind sich drehen, und wenn dann Lucien oder sonst irgendwer nach Helmsby kommt, um dich zu holen, wirst du nicht mehr da sein. Aber ich glaube ehrlich nicht, daß es dazu kommt.«

»Deiner normannischen Frau wäre es sicher nicht recht, wenn du meinetwegen Streit mit ihrem Bruder oder dem König bekämest. Es ist ihr sicher schon so unangenehm genug, mich im Haus zu haben.«

Cædmon lachte leise. »Ich denke, meine normannische Frau wird dich überraschen. Da. Das sind die ersten Häuser von Helmsby.«

Wulfnoth bestaunte die stattliche Kirche. Die letzten Arbeiten an der Westfassade waren inzwischen fast abgeschlossen. Im Dorf herrschte reger Betrieb, denn es war Sonntag, und die Sonne hatte die Leute scharenweise vor die Tür gelockt. Als der Thane und sein Gast die schmale Dorfstraße entlangritten, blieben sie stehen und grüßten höflich.

»Wie respektvoll deine Bauern sind, Cædmon«, murmelte Wulfnoth

verwundert. »Da merkt man die normannische Zucht. So war es früher nicht.«
Cædmon schüttelte lachend den Kopf. »Oh, Wulfnoth, verstehst du denn nicht? *Du* bist es, vor dem sie sich verneigen.«

Behäbiger Sonntagsfriede herrschte im Innenhof der Burg. Wulfnoth und Cædmon überließen ihre Pferde den Housecarls und gingen zur Zugbrücke.
Mit einem ironischen kleinen Lächeln sah Wulfnoth an den hohen Palisaden hinauf und bemerkte trocken: »Ich werde keine Schwierigkeiten haben, mich heimisch zu fühlen.«
Ehe Cædmon etwas erwidern konnte, rief eine aufgeregte Kinderstimme: »Sie kommen! Sie kommen!«
Cædmon blickte zur Tür seiner Halle. Richard und Matilda standen am Eingang und sahen ihnen freudestrahlend entgegen. Alfred hatte jedem der Kinder eine Hand auf die Schulter gelegt, um sie zu hindern, ohne jede Feierlichkeit die Treppe hinabzurennen.
Als der Thane und sein Gast die oberste Stufe erreichten, trat Alfred zurück, verneigte sich tief, räusperte sich und brachte trotzdem keinen Ton heraus.
»Wulfnoth, das ist Alfred, mein Vetter und Steward. Und dies sind Richard und Matilda.«
Richard vollführte einen formvollendeten Diener. Matilda sah ohne Scheu zu dem fremden Mann auf und verkündete: »Mein Bruder heißt auch Wulfnoth.«
Godwinson nickte. »Ich weiß. Eine der vielen Ehren, die dein Vater mir erwiesen hat.«
Cædmon fuhr seinen Kindern über den dunklen und den blonden Schopf, als er ihre Mutter kommen sah.
Aliesa trug ein schlichtes, tiefgrünes Kleid, ein cremeweißes *couvre-chef* und keinen Schmuck außer ihrem Ring. Und doch erschien sie Cædmon wie eine Königin, als sie hoch aufgerichtet und gemessenen Schrittes zu ihnen trat, das silberbeschlagene Trinkhorn in Händen.
Sie streife Cædmon mit einem kurzen Blick, und ihre grünen Augen funkelten. Dann wurde ihre Miene wieder ernst und feierlich. Sie streckte Wulfnoth das Horn entgegen und neigte den Kopf. »Seid willkommen in Helmsby, Mylord. Tretet ein und erweist uns die Ehre, unser Heim das Eure zu nennen.«

Wulfnoth starrte sie einen Augenblick so reglos an, als sei er mit einem Bann belegt. Dann nahm er sich zusammen, blinzelte entschlossen und ergriff das Trinkhorn. »Ich danke Euch, Aliesa.« Er nahm einen tiefen Zug und stieß einen ebenso tiefen Seufzer aus. »Met! Er ist wunderbar.« Er gab das Horn an Cædmon weiter, der ebenfalls trank und zustimmend nickte, ehe er es Aliesa zurückreichte, die ihrerseits kostete.
Nachdem somit dem angelsächsischen Zeremoniell Genüge getan war, lächelte sie und machte eine einladende Geste. »Laßt uns essen. Gytha hat seit heute früh am Herd gestanden, ich denke, wir sollten bald anfangen, wenn wir vor Mitternacht alles vertilgen wollen, was sie auftischt. Alfred, sei so gut, begleite seine Lordschaft an den Ehrenplatz der hohen Tafel.«
Wulfnoth lächelte verlegen. »Madame, ich ... wäre Euch zutiefst dankbar, wenn Ihr mich einfach Wulfnoth nennen wolltet. Das gilt auch für Euch, Alfred.«
Aliesa nickte. »Ab morgen, ich verspreche es Euch. Heute abend müßt Ihr uns erlauben, Euch zu ehren und zu feiern, wir alle haben uns seit Tagen auf das große Ereignis gefreut.«
Lächelnd ließ Wulfnoth sich von Alfred abführen und auch die lautstarken Ehrenbezeugungen der Housecarls über sich ergehen.
Cædmon legte die Arme um seine Frau und zog sie an sich.
»Willkommen daheim, Cædmon«, sagte sie leise.
»Danke. Wie wunderbar du das gemacht hast, Aliesa. Mit dieser Geste hast du Wulfnoth für vieles von dem entschädigt, was ihm William in fünfunddreißig Jahren angetan hat.«
Sie stellte sich auf die Zehenspitzen und küßte ihn auf den Mundwinkel. »Ich würde sagen, du übertreibst. Darüber hinaus drückst du mir wieder einmal die Luft ab.«
»Ich hoffe, du vergibst mir noch mal«, murmelte er ohne erkennbare Reue.
Matilda zupfte mit der Linken am Mantel ihres Vaters, mit der Rechten am Rock ihrer Mutter. »Nun kommt doch! Kommt doch endlich. Alle warten auf euch!«
Willig ließen sie sich von ihrer Tochter zur festlich gedeckten Tafel zerren. Auf dem makellos weißen Tischtuch standen ihre besten Silberleuchter, die auf Hochglanz poliert worden waren, so daß die Flammen der wohlriechenden Wachskerzen sich darin spiegelten. Der kleine Richard versuchte, ihren feinsten Trinkpokal für Wulfnoth zu füllen, und

als ein ordentlicher Schuß des tiefroten Weines über den Rand schwappte, kam sein Patenonkel Alfred ihm unauffällig zu Hilfe. Bruder Oswald, Hyld, Erik und Irmingard umringten Cædmon, um ihn zu begrüßen. Endlich saßen alle an der Tafel, und es kehrte Ruhe ein. Oswald hatte ein Einsehen und faßte sich kurz mit dem Tischgebet. Und dann begann das Festmahl.

Nachbemerkung und Danksagungen

Rufus regierte dreizehn Jahre, ehe sich auch an ihm der Fluch der alten Frau erfüllte und er bei der Jagd im New Forest durch einen verirrten Pfeil ums Leben kam. Die Chronisten haben nicht viel Gutes über ihn berichtet, aber man darf nicht vergessen, daß diese Chronisten Kirchenmänner waren, für die Rufus' Homosexualität allein schon Grund genug war, ihn zu verdammen. Darüber hinaus war er kein Freund der Kirche, es heißt gar, er habe bei einer Gelegenheit den Erzbischof von Canterbury mit dem Schwert bedroht. Rufus war ein *Enfant terrible* und ebenso kriegerisch und unberechenbar wie sein Vater. Da er weder heiratete noch Kinder zeugte, folgte sein Bruder Henry ihm auf den Thron, und die Weissagung, die ihr Vater nach Ordericus Vitalis' Bericht auf dem Sterbebett aussprach, erfüllte sich: Henry übertraf seine Brüder bei weitem an Macht und Reichtum. Er war der erste – de facto der einzige – König der normannischen Dynastie, der in England zur Welt kam, und er war den Menschen und ihren Traditionen und Bräuchen näher als seine beiden Vorgänger. Ihm gelang es, das englische Volk mit der normannischen Herrschaft auszusöhnen. Er war ein überzeugter Vertreter von »Law and Order« wie sein Vater und nach unseren heutigen Maßstäben grausam, aber ebenso ein Visionär und für einen Mann seiner Zeit ein Schöngeist und Gelehrter. Doch die seltsamen Begebenheiten seiner langen Regentschaft und was es mit dem Weißen Todesschiff auf sich hatte, das ist, wie J.R.R. Tolkien gesagt hätte, eine andere Geschichte und soll ein andermal erzählt werden.

Der/die kundige LeserIn wird festgestellt haben, daß ich hier und da von den Schilderungen der Chronisten abgewichen bin. Den Hergang von Prinz Richards tödlichem Jagdunfall etwa oder die Umstände, die zu der folgenschweren Schlägerei von Laigle führten, hat Ordericus ein wenig anders geschildert – er war allerdings auch nicht dabei, sondern schrieb seine *Historia* dreißig Jahre später –, und das große Feuer, das London zerstörte, hat erst im Herbst 1087 stattgefunden. Hier kann ich zu meiner Verteidigung nur vorbringen, daß ein Roman seine eigenen, zwingenden Gesetze hat, die es manchmal erfordern, sich dichterische Freiheiten zu nehmen. Ansonsten habe ich versucht, historische Personen und Ereignisse und die Lebensumstände im 11. Jahrhundert so originalgetreu zu schildern, wie ich sie rekonstruieren konnte. Und wer aus seinem Schulunterricht noch die Mär kennt, Harold Godwinson sei bei Hastings

durch einen Pfeil ins Auge getötet worden, dem sei gesagt, daß es sich dabei um einen hartnäckigen Irrglauben handelt. Das Gerücht entstand wohl durch die mißverständliche Darstellung im Teppich von Bayeux, aber die Forschung ist sich heute weitgehend einig darüber, daß es sich in Wahrheit etwa so abgespielt hat, wie hier geschildert.
Zu Dank verpflichtet bin ich natürlich all den englischen, französischen und skandinavischen MediävistInnen, deren akribische Forschungsarbeiten mir die Grundlagen für diese Geschichte geliefert haben. Und auch wenn ich der Meinung bin, daß eine Bibliographie in einem Roman nichts zu suchen hat, muß ich doch einfach David C. Douglas' Biographie *William The Conqueror* erwähnen. Douglas war vielleicht der erste englische Historiker, der den Ausgang der Schlacht von Hastings nicht mehr als persönliche Kränkung empfand und daher in der Lage war, unvoreingenommen über diesen komplexen, furchtbaren und faszinierenden Menschen zu berichten.
Danken möchte ich jedoch vor allem denen, die dieses Projekt auf dem langen Weg von der Idee bis zur endgültigen Fassung begleitet und betreut haben: Sabine Rose und Janos Borsay für ihren fachkundigen Rat in medizinischen Fragen zu jeder Tages- und Nachtzeit, Regina Hütter für verläßliche Auskünfte in vertrackten Zweifelsfällen, Uli Lua für ihr kunsthistorisches Augenmerk und unermüdliches Korrekturlesen halbgarer Manuskripte, Christa und Rainer Holtei, Ulrike Schemmann und Rolf Berninghaus für ihre Hilfe bei der Recherche, Kevin Baker für seine befreienden und erhellenden Gedanken zum historischen Roman, Susanne Goga-Klinkenberg und allen anderen ÜbersetzerkollegInnen, die mir mit ihrem phänomenalen Wissen und ihrer Phantasie aus so mancher Klemme geholfen haben, meiner Lektorin Karin Schmidt und meinem Agenten Michael Meller. Mehr als allen anderen verdanke ich Hildegard und Wolfgang Krane, die mir nicht nur ihr enzyklopädisches Wissen und ihre Bibliothek zur Verfügung gestellt haben, sondern die vor allem die Liebe zur Literatur, zur Kunst und zur Geschichte in mir geweckt und mich das Lesen gelehrt haben, als ich sieben Jahre alt war und überzeugt, daß ich diese schwierige Kunst niemals meistern würde.
Gewidmet ist dieser Roman meinem Mann Michael, und ihm gilt mein innigster Dank. Warum und wofür sage ich ihm lieber persönlich.

R.G. April 98 – November 99

DRAMATIS PERSONAE

Es folgt eine Aufstellung der wichtigsten Figuren, wobei die historischen Personen mit einem * gekennzeichnet sind.

Helmsby

Cædmon of Helmsby
Dunstan, Guthric und Eadwig, seine Brüder
Hyld, seine Schwester
Ælfric of Helmsby, sein Vater
Marie de Falaise, seine Mutter
Erik, ein dänischer Pirat
Athelstan, Ælfrics trinkfreudiger Bruder
Alfred, sein Sohn

Engländer

Edward* »der Bekenner«, König von England
Harold Godwinson*, Earl of Wessex und König von England
Wulfnoth Godwinson*, sein Bruder
Tostig Godwinson*, ebenfalls sein Bruder, Earl of Northumbria
Edwin*, Earl of Mercia
Morcar*, sein Bruder, Earl of Northumbria
Edgar Ætheling*, ein angelsächsischer Prinz
Hereward* »der Wächter«, ein Rebell
Waltheof of Huntingdon*, Earl of Northumbria
Toki Wigotson*, ein königstreuer Ritter

Normannen

William* »der Bastard«, Herzog der Normandie und König von England
Matilda*, seine Gemahlin
Robert*, Richard*, William* »Rufus« und Henry*, ihre Söhne
Guy de Ponthieu*, ein wankelmütiger Vasall
Lucien, sein Sohn
Aliesa, seine Tochter
Jehan de Bellême, ein Veteran
Guillaume fitz Osbern*, König Williams Cousin, Seneschall, Earl of Hereford und Regent von England

Guillaume* und Roger*, sein erst- und zweitgeborener Sohn, beide Verräter
Emma*, seine Tochter, auch eine Verräterin
Etienne, sein jüngster Sohn, Cædmons Freund und kein Verräter
Robert de Mortain*, König Williams Halbbruder, Earl of Cornwall
Ralph Baynard*, Befehlshaber der Londoner Miliz
Roland, sein Sohn
Beatrice, seine Tochter
Guillaume de Warenne*, ein normannischer Adliger
Roger Montgomery*, Earl of Shrewsbury

Kirchenmänner
Bruder Oswald, ein reiselustiger Mönch
Odo*, König Williams Halbbruder, Bischof von Bayeux, Earl of Kent, Regent von England
Aldred*, Erzbischof von York
Stigand*, mehrfach exkommunizierter Erzbischof von Canterbury
Lanfranc*, Abt von St. Etienne in Caen, später Erzbischof von Canterbury, Regent von England